“一带一路”丛书
郑和系列

三宝太监西洋记通俗演义（上）

（明）罗懋登 著

南京市地方志编纂委员会办公室 编

南京出版传媒集团
南京出版社

图书在版编目（CIP）数据

三宝太监西洋记通俗演义：上、下 /（明）罗懋登著. -- 南京：南京出版社，2019.9

ISBN 978-7-5533-2607-8

Ⅰ. ①三… Ⅱ. ①罗… Ⅲ. ①章回小说—中国—明代
Ⅳ. ① I242.4

中国版本图书馆 CIP 数据核字（2019）第 128087 号

丛 书 名　“一带一路”丛书
书　　名　三宝太监西洋记通俗演义
作　　者　（明）罗懋登
出版发行　南京出版传媒集团
　　　　　南 京 出 版 社
社址：南京市太平门街53号　　邮编：210016
网址：http://www.njcbs.cn　　电子信箱：njcbs1988@163.com
天猫1店：https://njcbcmjtts.tmall.com/　　天猫2店：https://nanjingchubanshets.tmall.com/
联系电话：025-83283893、83283864（营销）　025-83112257（编务）

出 版 人　项晓宁
出 品 人　卢海鸣
责任编辑　吴新婷　刘　娟
装帧设计　王　俊
责任印制　杨福彬

制　　版　南京新华丰制版有限公司
印　　刷　南京工大印务有限公司
开　　本　787毫米 × 1092毫米　1/16
印　　张　62.5
字　　数　950千
版　　次　2019年9月第1版
印　　次　2019年9月第1次印刷
书　　号　ISBN 978-7-5533-2607-8
定　　价　198.00元（全二册）

天猫1店　天猫2店

编者的话

600多年前，从永乐三年（1405年）至宣德八年（1433年）的28年间，郑和率领庞大船队七下西洋，以过人的胆识和非凡的智慧，历经千难万险，行程30余万公里，远至红海和非洲东海岸，遍访30多个国家和地区，巩固了海上丝绸之路，传播了友谊的种子，促进了经济贸易交流，增进了国与国之间的友好交往，为世界文明进步做出了巨大贡献。

郑和七下西洋，密切了中国与海外诸国的友好交往，增进了中国人民和亚非人民的友谊。据不完全统计，在郑和下西洋期间，与郑和下西洋有关的亚非国家使节来华共318次，平均每年15次。郑和忠实地执行“以德睦邻”“厚往薄来”的“宣德化而柔远人”的外交政策，致力弘扬中华礼教和儒家思想、历法、农业技术、手工艺、建筑雕刻技术、医术、航海造船技术等，肩负起“宣教化于海外诸番国，导以礼义，变其夷习”“与天下共享太平之福”的重任，把中华古代文明的种子播撒在了风情万种的异域。

当时的明朝正处于“永乐盛世”，国家一统，社会安定，经济繁荣，国力强大，为郑和下西洋奠定了雄厚的物质技术基础。承接宋元以来的科技发展和社会进步，明朝的造船技术和航海技术涉及结构力学、流体力学、磁力学、工程学、数学、天文学、地理学、地质学、海洋学、气象学、生物学、医学等多门学科，领先于全球。当年这支庞大的木船编队，能够在洪涛接天、巨浪如山的大海上，“云帆高张，昼夜星驰”，不能不说是航海史上的奇迹，他们运用中国人自己发明的指南针，通过星辰定位，精确引航；他们采用昼行认旗、夜行认灯等方式，实现船舶间的联络、调度；他们绘制出标有530多个城市、岛屿、航海标志、滩、礁、山脉和航路名称的《郑和航海图》，准确、形象、丰富、完整，是世界上现存最早的航海图。

郑和七下西洋的壮举在当时和后世都留下了丰富的历史资料。南京是明代两京之一，龙江船厂是当时世界上规模最大、技术最先进的官办造船厂，是郑和船队船舶的主要来源之一，李昭祥的《龙江船厂志》、沈㟂的《南船纪》从不同的视角展现明初南京造船业的盛况；由郑和随行人员马欢、费信、巩珍分别撰写的《瀛涯胜览》《星槎胜览》和《西洋番国志》，对下西洋所到国家和地区的历史沿革、重要都会、地理形势、宗教信仰、风俗习惯、物产气候等都做了详细的描述，使中国人对东南亚、北印度洋沿岸、阿拉伯海、红海乃至非洲东海岸一带的广大地区有了更多的了解和认识；由茅元仪《武备志》收入的《郑和航海图》，采用了中国传统的绘图法，把沿途经过的山川河流、岛屿浅滩、码头港口、城镇庙宇等，一一形象地标明在纸上，从南京到东南亚沿海、北印度洋沿岸，最远到非洲东海岸，分别标出了航向、航程等，是一部出色的航海手册；100多年后的万历年间，罗懋登将郑和七次奉使西洋的史实敷衍描绘成神魔小说，希望借此激励明代君臣勇于抗击倭寇，重振国威。

南京是郑和下西洋的策源地和出发地之一，留下了众多的历史遗迹和珍贵史料。南京市地方志编纂委员会办公室和南京出版传媒集团·南京出版社商议决定，延请名家重新修订相关资料并结集出版，希望让有关郑和下西洋的珍贵史料流传更远、更久、更广。

导 读

《西洋记》全名《三宝太监西洋记通俗演义》，又名《三宝开港西洋记》。①其作者罗懋登自述为“二南里人”②，里居待考，生平及生卒年不详。他在《出像增补搜神记大全》序言中说于“万历纪元之癸巳（1593 年），来止陪京，为批阅书记，得《搜神记》于三山富春堂”③，可见与南京关系很密切。向达先生根据《西洋记》里所用俗语如“不作兴”“小娃娃”之类都是现今南京一带通行的语言，判断他若非明应天府人，便是流寓南京的寓公。④

① 程国赋：《论明清通俗小说书名的命名特点》，《南京大学学报》2018 年第 3 期，第 133 页；《三宝开港西洋记》虽然也分为 20 卷，但内容却与《西洋记》100 回不同，分为 115 回。见刘蕊《莱顿汉学研究院藏俗文学文献经眼录》，《戏曲与俗文学研究》2017 年第 1 期，第 146 页。

② 荷兰汉学家高罗佩 (Bobert Hans Van Gulik，1910—1967) 藏明万历年间步月楼刻本《新刻全像三宝太监西洋记通俗演义》中记二南里人编次，三山道人绣梓。参见上引刘蕊《莱顿汉学研究院藏俗文学文献经眼录》，第 146 页。

③ 罗懋登：《搜神记》“卷首序言”，《道藏》第 36 册，上海书店出版社 1994 年版，第 250、268 页。

④ 向达：《关于三宝太监下西洋的几种资料》，载《唐代长安与西域文明》，河北教育出版社 2001 年版，第 557—558 页；参见周秋良《明刊本〈香山记〉作者及版本考》，《文艺研究》2012 年第 9 期，第 157—158 页。

《西洋记》很早就引起学人注意。清末学人俞樾[①]在其《春在堂随笔》中录《明史》卷三百零四《宦官·郑和传》中有关郑和历"凡三十余国。所取无名宝物，不可胜计，而中国耗废亦不赀……自和后，凡将命海表者，莫不盛称和以夸外番，故俗传三保太监下西洋，为明初盛事云"之后，写道："是郑和之事，在明代固赫然在人耳目间。光绪辛巳岁（1881 年）老友吴平斋假余《西洋记》一书，即敷衍此事。作者为罗懋登，乃万历间人。其书视太公封神、元奘取经尤为荒诞，而笔意恣肆，则似过之"，"平斋曰，此必明季人所为，以媚权奄者。余谓不然。读其序云：'今者东事倥偬，何如西戎即叙。当事者尚兴抚髀之思乎？'然则此书之作，盖以嘉靖以后倭患方殷，故作此书，寓思古伤今之意，抒忧时感事之忱，三复其文可为长太息矣"。[②]在其《茶香室丛钞》中，又曰："明人有《西洋记》一书，载三保太监郑和下西洋事。"[③]清末明初人章钰批注钱曾《读书敏求记》时写道："明万历间人罗懋登有《西洋记》一书，体仿太公封神、玄奘取经，而荒诞过之。尚有传本，见德清俞曲园师《春在堂随笔》。"[④]

研究中国古典小说的学者评价《西洋记》"是长篇通俗小说由世代累积型向作家个人独创过渡时期的代表作"[⑤]。有研究者认为若以小说所表现的内容为分类标准，大致可以将明代小说分为两大类：一类以《西游记》为代表的神魔小说，表现现实生活中不存在的事件；另一类则是表现现实生活中存在的事件，这一类又可细分为描述正在发生的事件，如《金瓶梅》之类的世情小说，和历史上曾经存在的事件，如《三国演义》等历史小说。而《西洋记》则兼跨两类，既被划入神魔类，又有强烈的现实性，其基本

① 俞平伯曾祖父。

② （清）俞樾《春在堂随笔》卷七，清光绪刻春在堂全书本。

③ （清）俞樾《茶香室丛钞》卷十四"四仙图"条，清光绪二十五年刻春在堂全书本。

④ （清）钱曾著，管庭芬、章钰校证，傅增湘批注，冯惠民整理：《藏园批注〈读书敏求记〉校证》，中华书局 2012 年版，第 233 页。

⑤ 薛亮：《明清稀见小说汇考》，社会科学文献出版社 1999 年版，第 24—26 页。

线索是历史的真实。①

该书在当代曾多次出版。据不完全统计，20世纪80年代以来，先后问世的《西洋记》的版本分别有陆树仑、竺少华校点《三宝太监西洋记通俗演义》②，“明清善本小说丛刊初编”本《三宝太监西洋记通俗演义》③，《三宝太监西洋记通俗演义》④，《西洋记》⑤，《三宝太监西洋记》⑥，石仁和校点《三宝太监下西洋记》⑦，《三宝下西洋》⑧，以及吴哲缩编《三宝太监西洋记通俗演义》⑨等。

这部小说很早就流传海外。德国慕尼黑大学教授普塔克（汉名葡萄鬼）三十余年前就将它全文译为德文，并加注释。他最近还提出《西洋记》与《西游记》可堪为姊妹小说，分别与丝绸之路的海陆两途有关。而俄罗斯远东科学院妮娜·博列夫斯卡亚（妮苞）教授则把《西洋记》与葡萄牙著名诗人卡蒙斯歌颂“大航海经”的名作《卢济塔尼亚人之歌》相提并论⑩，足见其受到海内外社会广泛而持续的关注。

既往研究者注意到《西洋记》的叙事主线郑和下西洋的故事从永乐初期开始已流行于民间，并被收入各种通俗文艺作品之中。清初藏书家钱曾

① 刘红林：《神魔化的历史演义———三谈〈三宝太监西洋记通俗演义〉》，《明清小说研究》2007年第3期，第255页。

② 上海古籍出版社，1985年。

③ 台北天一出版社，1985年。

④ 上海古籍出版社，1990年。

⑤ 湖南文艺出版社，1994年。

⑥ 华夏出版社，1995年。邹振环在《〈西洋记〉的刊刻与明清海防危机中的“郑和记忆”》记作《三宝太监西洋记通俗演义》，《安徽大学学报》2011年第3期，第11页。

⑦ 三秦出版社，1996年。

⑧ 中国文联出版公司，1998年。

⑨ 中国少年儿童出版社，2000年。以上基本依据邹振环《〈西洋记〉的刊刻与明清海防危机中的“郑和记忆”》，《安徽大学学报》2011年第3期，第11页注3。

⑩ 时平《〈西洋记〉与海洋文化国际学术研讨会述评》，《海交史研究》2018年第2期，第137—140页。

提到：“盖三保下西洋，委巷流传甚广。内府之戏剧，看场之平话，子虚亡是，皆俗语之流为丹青耳。”[①]戏剧作品，除钱曾《也是园书目》收录杂剧《奉天命三保监下西洋》一种以外，晚明祁彪佳在《远山堂曲品》中，又于“能品”部提到无名氏的《西洋记》传奇；天启年间的太监刘若愚在所撰《明宫史》“钟鼓司”篇又记叙了熹宗时官庭演出“木傀儡”戏剧，其中有《三宝太监下西洋》的剧目。[②]

至于罗懋登创作《西洋记》的背景，可通过他在万历丁酉（1597年）首次刊刻中所写序言中的一句话“今日东事倥偬，何如西戎即序，不得比西戎即序，何可令王、郑二公见？当事者尚兴抚髀之思乎？”中见得。所谓“东事倥偬”即指明中期以来愈演愈烈的倭患，而“王、郑二公”则指率领明舰队下西洋的王景弘与郑和。可见他在写作时心中时常忆及的是永乐、宣德盛世间明朝拥有强大水上力量的时代。

《西洋记》虽然形式是神魔小说，但其主人公金碧峰长老及其徒弟非幻却并非虚构，而是真实的南京历史人物。金碧峰俗姓石，名宝金，法号壁峰，后以金碧峰名，其真名反少有人知，是元末明初名僧。他元时曾赴大都（今北京），元顺帝“赐寂照圆明大禅师之号，诏主海印禅寺”[③]，后南下。元末大乱时，尚为吴王的吴元璋因接纳其建议定都建康（今南京）而受到朱元璋信任[④]，居大天界寺（元之大龙翔寺）[⑤]。非幻释名智永，

① 前引（清）钱曾著，管庭芬、章钰校证，傅增湘批注，冯惠民整理：《藏园批注〈读书敏求记〉校证》卷二下，第223页。

② 李平：《平凡中见光彩——重读〈三宝太监西洋记通俗演义〉》，《上海大学学报（社会科学版）》1985年第2期，第120页。

③（明）宋濂：《寂照圆明大禅师壁峰金公设利塔碑》，载《宋学士文集》卷五《銮坡后集》，涵芬楼李氏藏明正德本影印，《四部丛刊》初编集部，上海书店据商务印书馆1926年版重印，1989年。

④（清）傅维鳞：《明书》卷一百六十《异教传·金碧峰》，清畿辅丛书本。

⑤（明）陆粲、顾起元撰，谭棣华、陈稼禾点校：《客座赘语》卷三十九《碧峰和尚》，中华书局1987年版，第84页。

字无涯，号非幻，先后住持碧峰寺与灵谷寺。①

《西洋记》中有些海外奇事，如第32回记郑和与金莲宝象国右丞相田补龙谈话时记到，“若争讼有难明之事，官不能决者，则令争讼二人骑水牛过鳄鱼潭，理屈者，鳄鱼出而食之；理直者，虽过十数次，鱼亦不食”，初见于宋代《太平寰宇记》所录之《扶南传》：“扶南王范寻常养虎五六头，养鳄鱼十头，若有犯罪者，与虎不噬，投以鳄鱼，不噬乃赦之。无罪者皆不噬。”②其有关骑牛过鳄鱼潭的情节却更近于《瀛涯胜览》，由此可见罗懋登仔细看过有关郑和下西洋的各种文献。

从循名责实的角度看，《西洋记》也有一些破绽。如第18回记下西洋船队装备时写道每艘战船配“大佛狼机四十座”，第35回也提到船队装备的“佛狼机”。“佛狼机”为穆斯林对欧洲人的称谓“Franji”的音译，其语源是“法兰克人”。在明代又写作“佛朗机”，多指葡萄牙人，有时指葡萄牙带来的西洋火炮。郑和下西洋结束后约70年，葡萄牙人才绕过好望角来到今阿拉伯海，其侵入我国东南是16世纪以后时事，至罗懋登时葡萄牙人已据有澳门。因此罗懋登在这里犯的是以后事叙前史的错误。虽然他是在写小说而非写史，但却有研究者不辨真伪，认为《西洋记》这类“细部描写，别的章回中还有不少。这是其他现存史书中所未见的，但其一定有史实基础，不然单凭想象，很难把船队的典章制度写得如此细密”③。

今南京出版社决定重新出版《西洋记》这部400多年前创作的历史小说，对宏扬郑和文化必有所助。

刘迎胜

① （明）卫府长史三衢金实撰：《非幻大禅师志略》，载（明）葛寅亮《金陵梵刹志》卷四十，明万历刻天启印本。

② （宋）乐史：《太平寰宇记》卷一百六十五《岭南道九·梧州》，清文渊阁四库全书补配古逸丛书景宋本。

③ 刘红林：《神魔化的历史演义——三谈〈三宝太监西洋记通俗演义〉》，《明清小说研究》2007年第3期，第260页。

目　录

第1回　盂兰盆佛爷揭谛　补陀山菩萨会神

词曰：

春到人间景异常，无边花柳竞芬芳。香车宝马闲来往，引却东风入醉乡。　酾剩酒，卧斜阳，满拚三万六千场。而今白发三千丈，还记得年来三宝太监下西洋。

粤自天开于子，便就有个金羊、玉马、金蛇、玉龙、金虎、玉虎、金鸦、铁骑、苍狗、盐螭、龙缠、象纬、羊角、鹑精，漉漉虺虺、瀼瀼稜稜。无限的经纬中间，却有两位大神通：一个是秉太阳之真精，行周天三百六十五度，一日一周；一个是秉太阴之真精，行周天三百六十五度，盈亏圆缺。正所谓“日行南陆生微暖，月到中天分外明”也。地辟于丑，分柔分刚，便就有个三社、三内、三界、四履、四裔、四表、五字、五服、五遂、六诏、六狄、六幕、七埠、七壤、七陉、八堑、八纮、八埏、九京、九围、九垓、十镇、十望、十紧、大千亿万，阎浮峻雉，朊朊莽莽，虢虢業業，无限的町疃中间，也有两位大头目：一个是形势蜿蜒磅且礴，奇奇怪怪色苍苍，静而有常，与那仁者同寿；一个是列名通地纪，疏派合天津，动而不括，与那智者同乐。正所谓“山色经年青未改，水流竟日听无声”。

有天地然后有万物。故人生于寅，便就有个胎生、卵生、形生、气生、神生、鬼生、湿生、飞生，日积月累，盈天地之间者。唯万物林林总总，亿千万劫，便又分个儒家、释家、道家、医家、风水家、龟卜家、丹青家、风鉴家、琴家、棋家，号曰“九流”。这九流中间，又有三个大管家：第一是儒家，第二是释家，第三是道家。

哪一个是儒家？这如今普天下文庙里供奉的孔夫子便是。这孔夫子又怎么样的出身？却说这个孔夫子生在鲁之曲阜昌平乡阙里，身长九尺二寸，腰大十围，凡四十九表，眉有一十二彩，目有六十四理。其头似尧，其颡似舜，其项似皋陶，其肩似子产。学贯天人，道穷秘奥，龟龙衔负之书，七政六纬之事，包羲、黄帝之能，尧、舜、周公之美，靡不精备。删《诗》《书》，定礼乐，赞《周易》，修《春秋》。授于洙南泗北门徒三千，博徒六万，达者七十二人。历代诏封他做大成至圣文宣王。我朝嘉靖爷登基，止称至圣先师孔子。这孔夫子却不是小可的，万世文章祖，历代帝王师，是为儒家。有赞为证，赞曰：

孔子之先，胄于商国。弗父能让，正考铭勒。防叔来奔，邹人倚立。尼父诞圣，阙里生德。七十升堂，四方取则。卯诛两观，摄相夹谷。叹凤遽衰，泣麟何促，九流仰敬，万古钦躅。

唐睿宗御制赞曰：

猗欤夫子，实有圣德。
其道可学，其仪不忒。
删《诗》定乐，百王取则。
吾岂匏瓜，东南西北。

宋太宗御制赞曰：

王泽下衰，文武将坠，

尼父挺生，海岳标异。
祖述宪章，有德无位。
哲人其萎，凤鸟不至。

却说哪一个是释家？这如今普天下寺院里供奉的佛爷爷便是。这佛爷爷怎么样出身？原来这佛爷爷叫做个释迦牟尼佛。他当初生在西天舍卫国刹利王家，养下地来，便就放大智光明，照十方世界，地涌金莲华，捧住他两只脚，他便指天划地，作狮子吼声。长大成人，修道于檀特山中，乞法炼心，乞食资身，投托阿蓝迦蓝郁头蓝佛处做弟子。一日三，三日九，能伏诸般外道，结成正果。佛成之日，号为天人师。转四谛法轮，说果演法，普度众生。先度忻陈如等五人，次度三迦叶并徒众一千人，次度舍利弗一百人，次度目乾连一百人，次度耶舍长者五十人，到今叫作阿罗世尊菩萨。佛爷爷身长一丈六尺，黄金色相，顶中佩日月光，能变能化，无大无不大，无通无不通。后一千二百一十七年，教入中国，即汉朝明帝时也。汉明帝夜来得一梦，梦见一个浑金色相的人，有一丈多长，头顶上放光，如日月之象。明日升殿，访问百官，百官中有一个叫傅毅，晓得是西天佛爷爷降临东土，当日禀明。汉明帝便就差郎中蔡愔赍一道诏书，径到天竺国，问他的道，得他的书，又领了许多的沙门来。传到如今，日新月盛，这便叫作释家。有诗为证，诗曰：

国开兜率在西方，号作中天净梵王，
妙相端居金色界，神通大放玉毫光。
阎浮檀水心无染，优钵昙花体自香。
率土苍生皈仰久，茫茫苦海泛慈航。

僧诗曰：

浮杯万里达沧溟，遍礼名山适性灵。

深夜降龙潭水黑，新秋放鹤野田青。
身无彼此那怀土，心会真如不读经。
为问中华披剃者，几人雄猛得宁馨？

哪一个是道家？这如今普天下观里供奉的太上老君的便是。这太上老君却怎么样出身？原来老君住在太清道境，乃元气之祖宗，天地之根本。他化身周历尘沙，也不可计数。自从盘古凿开混沌以来，传至殷汤王四十八年上，这老君又来出世，乘太阳日精，化作五色玄黄，如弹丸般样的大。时有玉女当昼而寝，他便轻轻地流入玉女的口中，玉女不觉，一口吞之，遂觉有孕。怀了八十一年，直到武丁九年岁次庚辰，剖破玉女右胁而生。生下地时，头发已自欺霜赛雪，就是个白头公公，因此上人人叫他做老子。老子生在李树下，指李树为姓，故此姓李，名耳，字伯阳。到秦昭王九年，活了九百九十六岁，娶了一百三十六个婆娘，养了三百六十一个儿子。忽一日吃饱了饭，整整衣，牵过一只不白不黑、不红不黄、青萋萋的两角牛来，跨上牛背，竟出函谷关而去。那一个把关的官也有些妙处，一手挡住关，一手挽着牛，只是不放。老子道：“恁盘诘奸细么？”那官道：“不是。”老子道：“俺越度关津么？”那官道：“也不是。”老子道：“左不是，右不是，敢是要些过关钱？”那官道：“说个‘要’字儿倒在卯，只是‘钱’字又不在行。”老子道：“要些甚么？”那官道：“要你那袖儿里的。”老子道：“袖里止有一本书。”那官道：“正是这书。”老子不肯，那官要留。挨了一会儿，老子终是出关的心胜，只得拽起袖来，递书与了那官，老子出关去了。这个书就是《道德经》。上下二篇：上篇三十七章，下篇八十章。道教大行于东土，和儒释共为三教，这是道家。有诗为证，诗曰：

玉女度尘哗，和丸咽紫霞。
时凭白头老，去问赤松家。
瑶砌交芝草，星坛绕杏花。
青牛函谷外，玄鬓几生华。

道诗曰：

占尽乾坤第一山，功名长揖谢人间。
昼眠松壑云瑛暖，夜漱芝泉石髓寒。
曲按宫商吹玉笛，火分文武炼金丹。
荣华未必仙翁意，自是黄冠直好闲。

这三教中间，独是释氏如来在西天灵山胜境，婆娑双林之下，雷音宝刹之中，三千古佛，五百阿罗，八大金刚，大众菩萨，幢幡宝盖，异品仙花。你看他何等的逍遥快活，何等的种因受果！正是：

无情亦无识，无灭亦无生。
一任阎浮外，桑田几变更。

尔时七月十五日孟秋之望，切照常年旧例，陈设盂兰盆会。盆中百样奇花，千般异果。佛祖高登上品莲台，端然兀坐，诸佛阿罗揭谛神等，分班皈依作礼。礼毕，阿傩捧定宝盆，迦叶布散宝花，如来微开喜口，敷衍大法，宣畅正果，剖明那三乘妙典、五蕴楞严等。众各各耸听皈依。讲罢，如来轻声问道："游奕官何在？"原来佛祖虽在西天，却有一个急脚律令，职居四大部洲游奕灵官，每年体访四大部洲众生善恶，直到盂兰会上，回报所曹，登录文簿，达知灵霄宝殿玉帝施行。故此如来问道："游奕官何在？"道犹未了，只见一位尊者：

长身阔臂，青脸獠牙。手抡月斧，脚踏风车。停一停，抹过了天堂地府；霎一霎，转遍了海角天涯。原本是阴司地府中一个大急脚律令，而今现在佛祖宝莲台下，职授四大部洲游奕灵官波那。

他一闻佛祖慈音，忙来顶礼，应声道："有，有。"如来道："尔时四部洲一切众生，作何思惟？为我说。”灵官启道：“东胜神洲，敬天礼地如故。此俱芦洲，性拙情疏如故。我西牛贺洲，养气潜灵，真人代代衣钵如故。独是南膳部洲，自从传得如来三藏真经去后，大畅法门要旨，广开方便正宗。为此有一位无上高尊，身长九尺，面如满月，凤眼龙眉，美髯绀发，顶九气玉冠，披松罗皂服，离了紫霄峰，降下尘凡治世。”如来听知，微微笑道：“原来高尊又临凡也。”当有大众菩萨齐声上启道：“是哪位高尊？”如来道：“是玉虚师相玄天上帝。”众菩萨又启道：“玄天何事又临凡？”如来道：“当日殷纣造罪，恶毒恣横，遂感六大魔王，引诸煞鬼，伤害下界众生。元始乃命皇上帝降诏紫微，阳命武王伐纣，阴命玄帝收魔。尔时玄帝披发跣足，金甲玄袍，皂纛黑旗，统领丁甲，下降凡世，与六大魔王战于洞阴之野。魔王以坎离二气，化苍龟巨蛇。变现方成，玄帝赫显神通，蹑于足下；又锁阿呵鬼众在酆都大洞，故此才得宇宙肃清。今日南膳部洲，因为胡人治世，箕尾之下，那一道腥膻毒气尚且未净，玄帝又须布施那战魔王蹑坎离的手段来也。只一件来，五十年后，摩诃僧祇遭他厄会，无由解释。”道犹未了，原来诸佛菩萨慈悲为本，方便为门，只因如来说了这两句话，早又惊动了一位老祖。这老祖却不是等闲的那谟。前一千，后一千，中一千，他就是三千古佛的班头；一万、十万、百万、千万、万万，他就是万万菩萨的领袖。怎见得他是三千古佛的班头，万万菩萨的领袖？却说当日有十六个王子，一个出家为沙弥，年深日久，后来都得如来之慧，最后者，就是释迦牟尼佛也。在前早有八个王子出家，拜投妙光为师，皆成佛道，最后成佛者，燃灯古佛是也。释迦如来是诸释之法王，燃灯古佛是如来授记之师父。有诗为证，诗曰：

尝闻释迦佛，先授燃灯记。
燃灯与释迦，只论前后智。
前后体非殊，异中无一理。
一佛一切佛，心是如来地。

这惊动的老祖，却就是燃灯古佛，又名定光佛。你看他无我相，无人相，无众生相，无寿者相，顶上光明直冲千百丈，尔时在无上跏趺，一闻如来说道："五十年后，摩阿僧祇遭他厄会，无由解释。"他的慈悲方寸如醉如痴，便就放大毫光，广大慧力，立时间从座放起飞鸟下来。一见了如来，便就说道："既是东土厄难，我当下世为大千徒众解释。"如来合掌恭敬，回声道："善哉，善哉！"诸佛阿罗菩萨等众齐声道："善哉，善哉！无量功德。"老祖即时唤出摩诃萨、迦摩阿二位尊者相随。金光起处，早已离了雷音宝刹，出了灵山道场，香风渺渺，瑞气氲氲。一个老祖，两个尊者，师徒们慢腾腾地踏着云，蹑着雾，磕着牙。摩诃萨道："师父，此行还用真身，还用色身？"老祖道："要去解释东土厄难，须索是个色身。"摩诃萨道："既用色身，还要个善娘么？"老祖道："须索一个善娘。"摩诃萨道："须用善娘，还要个善爹么？"老祖道："须索一个善爹。"摩诃萨道："既要善爹、善娘，还要个善地么？"老祖道："须索一个善地。"迦摩阿道："弟子理会得了，一要善娘，二要善爹，三要善地。师父、师兄且慢，待弟子先到南膳部洲，挨寻一遍，择其善者而从之。"老祖道："不消你去。南海有一位菩萨，原是灵山会上的老友，大慈大悲救苦难，南膳部洲哪一家不排香列案供奉着他？哪一个不顶礼精虔皈依着他？我且去会他一会，谛问一处所，一个善男子，一个善女人，以便住世。"道犹未了，按下云头，早到了一座山上。这山在东洋大海之中，东望高丽、日本、琉球、新罗，如指诸掌，西望我大明一统天下，两京十三省，图画天然。自古以来叫作梅岑山。我洪武爷登基，改名补陀落迦山。山上有个观音峰、灵鹫峰、挂天峰、九老峰、笔架峰、香炉峰，又有个三摩岩、大士岩、海月岩、玩月岩、真歇岩、弄珠岩，又有个潮音洞、善才洞、槊陀洞、县龙洞、华阳洞，又有个百丈泉、啸吟泉、喜客泉、八公泉、温泉、弄丸泉、挂珠泉。山后怪石崚嶒，吞云吸雾。山前平坦，中间有一座古寺，前有挂锡卓峰，左有日钟，右有月鼓，后有观星耸壁，古来叫作普陀寺。我洪武爷登基，改名补院寺。名山古寺，东海一大观处。有诗为证，诗曰：

古寺玲珑海滋中，
海风净扫白云踪。
谁堪写出天然景？
十二栏杆十二峰。

却说老祖按下云头，早到了这补陀落迦山上，领着那摩诃萨、迦摩阿二位尊者，指定了补陀寺，直恁的走将进来。进了一天门、二天门，再进了上方宝殿。只见两廊之下，奇花异卉，献秀呈祥；雀巢雉雏，各相乳哺。老祖心里想道：“果好一片洞天福地也。”摩诃萨轻轻咳嗽一声，只见宝莲座下转出一位沙弥来。摩诃萨早已认得他了，叫声：“惠岸，你好因果哩！”把那一位沙弥倒吃了一惊，他心里自忖道：“这等面生远来的和尚，如何就认得我，如何就晓得我的名字？好恼人也！”心里虽然着恼，面皮儿却也要光。好个小沙弥，一时间便回嗔作喜，陪个问讯问：“长老缘何认得弟子？如何晓得弟子的贱名！”摩诃萨道：“且莫说你，连你的父亲我也认得他，我也晓得他名字。”小沙弥道：“也罢，你认得我父亲是甚么人？你晓得我父亲叫作甚么名字？”摩诃萨道：“你父亲叫作个托塔李天王。原是我一个老道友，我怎么不认得他？我怎么不认得你？”小沙弥看见说得实了，他愈加恭敬，再陪一个问讯，说道：“原来是父执之辈，弟子有眼不识泰山，望乞恕罪！敢问老师父仙名？”摩诃萨道：“在下不足，法名摩诃萨。”小沙弥笑了一笑，说道：“好个摩诃萨，果真如今天下事只是摩诃萨。敢问那一位师父甚么仙名？”摩诃萨道：“师弟叫作个迦摩阿。”小沙弥又笑了一笑，说道：“也是会摩阿。敢问那一位老师父甚么法名？”摩诃萨道：“那一位是俺们的师父，却就是燃灯古佛。”惠岸听说是燃灯老祖，心里又吃了一惊，把个头儿摇了两摇，肩膀儿耸了三耸，慢慢地说道：“徒弟到都摩诃萨，师父却不摩诃萨也。”摩诃萨道：“少叙闲谈。师父何在？”沙弥道：“俺师父在落迦山紫竹林中散步去了。”摩诃萨同了惠岸转身便走，出门三五步，望见竹荫浓，只见竹林之下一个大士：

体长八尺，十指纤纤，唇似抹朱，面如傅粉。双凤眼，巧蛾眉，跣足栊头，道冠法服。观尽世人千万劫，苦熬苦煎，自磨自折，独成正果。一腔子救苦救难，大慈大悲。左傍立着一个小弟子，火焰浑身；右傍立着一个小女徒，弥陀满口。绿鹦哥去去来来，飞绕竹林之上；生鱼儿活活泼泼，跳跃团蓝之中。原来是个观世音，我今观尽世间人。

原来是个观音菩萨。这座补陀落迦山，正是菩萨发圣之地，故此老祖说道南海有一位菩萨，原是灵山会上的老友，会他一会，谛问东土作何善恶。却说这菩萨高张慧眼，早已知道老祖下临，抽身急转莲台之上。两家相见，分宾主坐。坐定闲叙。叙及阿耨会、多罗会、蟠桃会、兜率会、九老会、须菩会，各各种因，各各证果。尔时惠岸站在边厢，轻轻启道：“相见未须愁落莫，想因都是会中人。”老祖道：“胜会不常，乐因须种。”即时撤座而起，步出山门。一个老祖和一个菩萨，把个补陀落迦山细游细玩，慢挨慢详。游罢玩罢，直上那灵鹫峰的绝顶说经台上跏趺而坐。左有老祖，右有菩萨，谈经说法，密谛转轮。惠岸直上香炉峰上，焚起龙脑喷天香。摩诃萨走上石钟山上，撞起石钟来。迦摩阿走上石鼓山上，撞起石鼓来。顷刻之间，只见满空中瑞霭氤氲，天花乱落如雨。

说经台下听讲的，恰有四个异样的人，头上尽有双角，项下俱有逆鳞，只是面貌迥然不同。第一个青脸青衣，数甲道乙；第二个红脸朱衣，指丙蹑丁；第三个白脸素衣，呼庚吸辛；第四个黑脸玄衣，顶壬礼癸。惠岸近前去打一看，原来不是别的，却是四海龙王。面青的是东海龙王敖广，面红的是南海龙王敖钦，面白的是西海龙王敖顺，面黑的是北海龙王敖润。尔时摩诃萨、迦摩阿位列下班，听讲已毕，看见天花乱落。龙王各各听讲，轻轻问道：“老祖、菩萨说法天雨花，龙王听讲，是何神通？”菩萨道：“是尔众撞钟撞鼓的因缘。”摩诃萨道：“如何是我等撞钟撞鼓的因缘？”菩萨道：“我这个钟不是小可的钟，我这个鼓不是小可的鼓。”却不知怎么不是小可的钟，怎么不是小可的鼓，还有甚么神通，还有甚么鬼怪，且听下回分解。

第2回　补陀山龙王献宝　涌金门古佛投胎

钟诗曰：

既接南邻磬，还随百里笙。
平陵通曙响，长乐警宵声。
秋至含霜动，春归应律鸣。
欲知常待扣，金簴有余清。

鼓诗曰：

轩制传鲍质，尧年韵土声。
向楼疑欲击，震谷似雷惊。
虓虎迎风起，灵鼍带水鸣。
乐云行已奏，礼日冀相成。

观音菩萨说道：“我这个钟不是小可的钟，其质本石，其形似钟。自天开于子，那一团的轻清灵秀，都毓孕在这块石头上，故此这个石钟，左有日月文，右有星辰象，燥则天朗气清，润则晦明风雨。其声上，上通于三十三天。适来钟响，惊动天曹，为此天花坠落。这个石鼓不是小可的鼓，其质本石，其形似鼓。自地辟于丑，那一股的重厚气魄都融结在这块石头上，故此这个石鼓，左有山岳犟，右有河海形，燥则河清海宴，润则浪滚涛翻。其声下，下通于七十二地。适来鼓响，惊动海神，为此龙王听讲。”摩诃萨、迦摩诃合掌齐声道：“善哉，善哉！无量功德。”

尔时已过了七七四十九日，老祖撤讲下台，菩萨欠身施礼。老祖道：“玄天上帝临凡，摩诃僧祇遭他厄难，何由解释？”菩萨道：“须索老祖下世，为大众解释。”老祖道：“何是善地？何是善爹？何是善娘？尔菩提为我释说。”原来观世音菩萨显化南膳部洲，故此南膳部洲家家顶礼，个个皈依，善的善，恶的恶，好的好，歹的歹，拙的拙，巧的巧，毒的毒，慈的慈，却都在菩萨慧眼之中，正是“暗室亏心，神目如电”。菩萨要个善地，要个善爹，要个善娘，一时就有了。合掌恭敬回复老祖道：“南膳部洲有个古迹，名叫作杭州。自古道：上有天堂，下有苏杭。这是个善地。”老祖道：“有了善地，没有善爹。”菩萨道：“杭州城涌金门外左壁厢，有个姓金的员外，他原是玉皇案下金童，思凡下世，阿耨多罗三藐三菩提，这是个善爹。”老祖道：“有了善爹，没有善娘。”菩萨道：“金员外的妻室姓喻氏，他原是玉皇案下玉女，思凡下世，阿耨多罗三藐三菩提，这又是个善娘。”老祖一得了善地，二得了善爹，三得了善娘，飞身便起。只见摩诃萨高声叫道：“弟子愿随师父下世，也须得善地、善爹、善娘。”迦摩阿也叫声道：“弟子愿随师父下世，须得个善地、善爹、善娘。”老祖道：“这都在菩萨身上。”菩萨也不开口，也不回话，袖儿里取出两个锦囊，便一人交付一个与他。

老祖看见两位尊者有了锦囊，飞身便走。又只见那四个龙王一字儿跪着，高声叫道：“佛爷爷且住且住！”那老祖是个慈悲方寸，看见龙王恁的吆喝，分明是要去得紧，暂且驻骅停骖，微微笑道：“怎么叫且住且住？法门无住。”那四个龙王齐声叫道：“弟子兄弟们今日个得闻爷爷的三乘妙典，五蕴楞严，免遭苦海沉沦，都是爷爷的无量功德，各愿贡上些土物，表此微忱。”老祖道：“贪根不拔，苦树常在，这却不消。”四个龙王又齐声叫道：“多罗多罗，聊证皈依之一念。”老祖未及开口，菩萨从傍赞相道：“一念虚，念念虚；

一心证，心心证。"老祖道："哪里个善菩萨，爱人些些。"菩萨笑了笑，道："岂不闻'海龙王少了宝'？"只见那四个龙王又齐声叫道："闻知爷爷下世，少不得借肉住灵。弟子们曾闻得五祖一株松，不图妆影致，也要壮家风；曾闻得六祖一只碓，踏着关捩子，方知有与无。伏望爷爷鉴受。无量功德，无量生欢喜。"

老祖起头一看，只见第一班跪着的青脸青衣，数甲道乙，手里捧着一挂明晃晃的珍珠。老祖微开善口，问道："第一位是谁？"龙王道："弟子是东海小龙神敖广。"老祖道："手儿里捧着甚么？"龙王道："是一挂东井玉连环。"老祖道："何处得来的？"龙王道："这就是小神海中骊龙项下的。大凡龙老则珠自褪，小神收取他的。日积月累，经今有了三十三颗，应了三十三祖之数。"老祖道："有何用处？"老王道："小神海水上咸下淡，淡水中吃，咸水不中吃。这个珠儿，它在骊龙王项下，年深日久，淡者相宜，咸者相反。拿来当阳处看时，里面波浪层层；背阴处看时，里面红光射目。舟船漂海，用它铺在海水之上，分开了上面咸水，却才见得下面的淡水，用之烹茶，用之造饭，各得其宜。"老祖点一点头，想是心里有用它处，轻轻地说道："吩咐它在南膳部洲伺候。"龙王把个手儿朝上拱一拱，好个东井玉连环，只见一道霞光，烛天而去。

第二班跪着的红脸朱衣，指丙蹑丁，手里捧一个毛松松的椰子。老祖道："第二位是谁？"龙王道："弟子是南海小龙神敖钦。"老祖道："手儿里捧着甚么？"龙王道："是一个波罗许由迦。"老祖道："是何处得来的？"龙王道："这椰子长在西方极乐国摩罗树上，其形团圞，如圆光之象。未剖已前，是谓太极；既剖已后，是谓两仪。昔年罗堕阇尊者降临海上，贻与水神。"老祖道："有何用处？"龙王道："小神海中有八百里软洋滩，其水上软下硬。那上面的软水就是一匹鸟羽，一叶浮萍，也自胜载不起，故此东西南北船只不通。若把这椰子锯做一个瓢，你看它比五湖四海还宽大十分。舟船漂海到了软洋之上，用它取起半瓢，则软水尽去，硬水自然上升。却不是拨转机轮成廓落，东西南北任纵横？"老祖也点一点头，想是也有用它处，轻轻地说道："吩咐它到南膳部洲答应。"龙王把个手儿朝上拱一拱，好个波罗许由迦，只见一道青烟，抹空而去。

第三班跪着的白脸素衣，呼庚吸辛，手儿里捧着一个碧澄澄的滑琉璃。老祖道："第三位是谁？"龙王道："弟子是西海小龙神敖顺。"老祖道："手儿里捧着甚么？"龙王道："是一个金翅吠琉璃。"老祖道："是何处得来的？"龙王道："这琉璃是须弥山上的金翅鸟壳，其色碧澄澄，如西僧眼珠子的色。道性最坚硬，一切诸宝皆不能破，好食生铁。小神自始祖以来，就得了此物，传流到今，永作镇家之宝。"老祖道："要它何用？"龙王道："小神海中有五百里吸铁岭，那五百里的海底，堆堆砌砌，密密层层，尽都是些吸铁石，一遇铁器，即沉到底。舟船浮海，用它垂在船头之下，把那些吸铁石子儿如金熔在型，了无滓渣，致令慈航直登彼岸。"老祖也点一点头，想是也有用它处，轻轻地说道："吩咐它南膳部洲发落。"龙王把个手儿望上拱一拱，你看好个金翅吠琉璃，只见它一道清风，掠地而去。

第四班跪着的黑面玄装，顶壬履癸，手里捧着一只黑云云的禅履。老祖道："第四位是谁？"龙王道："弟子是北海小龙神敖润。"老祖道："手儿里捧着甚么？"龙王道："是一只无等等禅履。"老祖道："何处得来的？"龙王道："这禅履是达摩老爷的。达摩老爷在西天为二十八祖。到了东晋初年，东土有难，老爷由水路东来，经过耽摩国、羯茶国、佛逝国，到了小龙神海中，猛然间飓飙顿起，撼天关，摇地轴，舟航尽皆淹没，独有老爷兀然坐在水上，如履平地一般。小神近前一打探，只见坐的是只禅履。小神送他到了东土，求下他这只禅履，永镇海洋。老爷又题了四句诗在禅履上，说道："吾本来兹土，传法觉迷津。一花开五叶，结果自然成。"

老祖道："有何用处？"龙王道："小神自从得了这禅履之后，海不扬波，水族宁处。今后舟船漂海，倘遇飓飙，取它放在水上，便自风憩浪静，一真湛寂，万境泰然。"老祖也点一点头，想也是有用它处，轻轻地说道："吩咐它南膳部洲听旨。"龙王把个手儿朝上拱一拱，好个无等等禅履，只见一朵黑云，漫头扑面而去。四龙王满心欢喜，合掌跪着告回。

老祖飞身又起，只见那水族队里，大千众生一齐跪着，一齐高声叫道："爷爷且慢去，且慢去！"老祖终是慈悲方寸，看见众生恁般叫号，分明是要去得紧，又只得权时间解羽回鳞，又微微笑一笑道：“怎么叫慢去慢去？法门无去。”大千众生齐声叫道：“众生们愿永受爷爷法戒，各各贡上土物，顶礼皈依。”老祖起头看时，只见鲲鳌以头献，长鲸以口献，灵鼍以鼓献，蟠蛟以细颈献，苍虬以棱髯献，元龟以箕筹献，尺鲤以锦梭献，怪鳄以百卵献，神蝓以云雨献，犀牛以兽状献，玳瑁以其甲献，精卫以木石献，蝤蛑以蛇状献，蝤蛑以双螯献，蜼螟以蛟巢献，山渗以独足献，蚌蛤以夜明献，南鳄以祭撰献，巨蚬以车渠科斗献，猰貐以龙爪虎文献，窫窳以人面蛇身献，蛲蛇以朱冠紫衣献，鲀鱼以西施乳味献。老祖道：“善哉！善哉！尔众生作甚么因果？”众生齐声叫道：“愿各舍所有，顶礼皈依。”老祖道：“不用尔众生施舍。”众生齐声叫道：“愿佛爷爷鉴受。”老祖道：“我这里不受。”众生齐声叫道：“不舍不受，众生们怎么得出离苦海？怎么得超度慈航？”老祖道：“善哉，善哉！诸法空相，无舍无受，无无舍，无无受。”于是向众生而说偈曰：“若以色见我，以声音求我，是人行邪道，不能见如来。”

水族众生捧着老祖的真言密谛，飞的飞，跃的跃，鼓的鼓，舞的舞，上的上，下的下，远的远，近的近，一拥而退。老祖又飞身而起，只见那羽虫、毛虫两族队里，大千众生两班跪着，两班儿齐声叫道：“佛爷爷且来，且来！”老祖到底是个慈悲方寸，看见两班的众生恁的跳叫，分明是勒马登程，只得又投鞭转棹，又微微笑一笑道：“怎么叫且来且来？无去亦无来。”两班大千众生齐声叫道：“水族已受真言密谛，愿普度众生，免沉苦海。”老祖抬头一看，只见羽虫队里，凤、鸾、鹓、鹭、雕、鹗、鸱、鹏、鹰、鹯、凫、鹤、鸡、鹙、燕、莺、鸿、鹄、鹅、鹳，以及鹭鹈、鹭鸬、钩辀、鹨、鹧、鹦鹉、鹔鹴、鹈鹕之辈，文翎采羽，青质朱衣，濯濯冥冥，分行逐队。又只见毛虫队里，麟、骥、虎、貔、豹、螭、彪、犊、兕、象、雉、夔、猩、麂、蜚、鼪、貉、貘、猿、猱、马、牛、犬、豕，以及雄虺、驺駼，合窳、蝼蛄、蟋蟀、蛩蛩、蚼蟓之朋，玉爪金麟，霜蹄钩距，绥绥睢睢，作对成双。老祖道：“善哉，善哉！尔众生作甚么因果？”众生齐声叫道：“愿受真言超度，愿从正果菩提。”老祖道：“善哉，善哉！无修无证，无碍无说，无众生可度，无菩提可入。”于是对众生而说偈曰：“一切有为法，如梦幻泡影，如露亦如电，应作如是观。”

羽虫、毛虫两班众生捧着老祖的真言密谛，腾的腾，骧的骧，驰的驰，逐的逐，啸的啸，叫的叫，啼的啼，吟的吟，一拥而退。

老祖也自一跃而起，浑身上毫光万道，直逼斗牛，一边吩咐摩诃萨、迦摩阿各自投胎住世；一边驾风车，张开烟幕。只见补陀山上天香馥郁，草木争妍，鸟雀环绕，大众皈依。惠岸口口叫着：“佛爷爷！”善才口口叫着：“佛爷爷！”龙女口口叫着：“佛爷爷！”诸徒众口口叫着：“佛爷爷！”鹦哥儿也口口叫着：“佛爷爷！”就是净瓶儿也口口叫着：“佛爷爷！”老祖是一个不停，直恁去矣。惠岸听知老祖临行吩咐那二位尊者，叫了几声：“摩阿，摩阿。”老祖去了。他倒笑上了几声，说道：“俺前日初见之时，只说是徒弟摩阿萨，原来今日临别之际，师父也摩阿萨。”只见菩萨送了老祖，领了惠岸及各徒众，归真复命不提。

且说老祖辞了补陀山，别了菩萨，驾起云车，张开烟幕，呼吸之顷，早已过了钱塘江上，进了杭州城里。老祖起眼视之，果然好一个福地，十分美丽，东土无双。有一曲《望海潮》词为证。词曰：

东南形胜，三吴都会，钱塘自古繁华。烟柳画桥，风帘翠幕，参差十万人家。云树绕堤沙，怒涛卷霜雪，天堑无涯。市列珠玑，户盈罗绮，竞豪奢。　　重湖叠巘清嘉。有三秋桂子，十里荷花。羌管弄晴，菱歌泛夜，嬉嬉钓叟莲娃。千骑拥高牙。乘醉听箫鼓，吟赏烟霞。异日图将好景，归去凤池夸。

须臾之间，步出涌金门外金员外的宅上借观一番。这宅上虽则是个民居，却不是小可的：占断人间福，分来海上奇。后面枕着一个凤凰山，山势若凤凰欲飞之状，故取此名。有诗为证，诗曰：

沧海桑田事渺茫，行逢遗老色荒凉。
为言故国游麋鹿，谩指空山号凤凰。

春尽绿莎迷辇道，雨多苍荠上官墙。
遥知汴水东流畔，更有平芜与夕阳。

又诗曰：

荒山欲逐凤凰骞，谁构浮图压寝园？
土厚尚封南渡骨，月明不照北归魂。
海门有路双龙去，沙溆无潮万马屯。
莫向秋风重惆怅，梵王宫殿易黄昏。

左侧有个南高峰，右傍有个北高峰，相峙相亲，如二人拱立之状，俱有诗为证，诗曰：

南望孤峰入翠微，清泉白石可忘机。
云中犬吠刘安过，树杪春深望帝归。
白鹤曾留华表语，苍官合受锦衣围。
朱襦玉柙今何许？一笑人间万事非。

诗曰：

杳杳孤峰上，寒阴带远城。
不知山下雨，奎斗自分明。

又曰：

翠出诸峰上，湖边正北看。
夜来云雾散，独卧斗杓寒。

前有西湖，山川秀发，景物华丽，自唐朝传到如今，为东南游赏胜处。有诗为证，诗曰：

湖上春来似画图，乱峰围绕水平铺。
松排山面千重翠，月点波心一颗珠。
碧毯线头抽早稻，青罗裙带展新蒲。
未能抛得杭州去，一半勾留是此湖。

又曰：

混元神巧本无形，匠出西湖作画屏。
春水净于僧眼碧，晚山浓似佛头青。
蓼苹翠渚摇鱼影，兰桂烟丛阁莺翎。
往往鸣榔与横笛，斜风细雨不堪听。

湖心里有一个孤山，独印波心，一峰突起，愈加是湖山胜绝处。有诗为证，诗曰：

楼台耸碧岑，一径入湖心。
不雨山长润，无云水自阴。
断桥荒藓合，空院落花深。
犹忆西窗夜，钟声出北林。

这都说的是金员外宅上前后左右的形胜。

老祖熟视了一回，无量生欢喜。正欲移步近前，只见湖上又有一个岭阜，霞光灿烂。霞中有一道怨气，直射斗杓。老祖心里想道："这还是恁般的怨气未消？"好个老祖，定一定元神，睁一睁慧眼，却原来是个栖霞岭，岭下是个岳武穆王的坟，岳武穆王的祠堂。有诗为证。李阁老诗曰：

苦雾四塞，悲风横来。
羲景缩地，下沉蒿莱。
坤舆内折，鼎足中颓。
大霆无声，枯蘖槁荄，
羯虏腾突，狼风崔嵬。
龙困沙漠，鳞伤角摧。
齐仇九誓，楚户三怀。
奸宄卖国，忠臣受猜。
积毁销骨，遗祸成胎。
命迫十使，功垂两涯。
盟城不耻，借寇终谐。
重器同剧，群儿共咍。
发竖檀冠，潮浮五骸。
气奋胡丑，殃流宋孩。
英雄已死，大运成乖。
魂作唐厉，形细汉台。
天不祚国，人胡为哉！
壮士击剑，气深殷雷。
日落风起，山号海哀。
树若可转，江为之回。
乾坤老矣，叹息雄才。

邵尚书诗曰：

六桥行尽见玄宫，生气如闻万鬣风，
松桧有灵枝不北，江湖无恙水犹东。
千年宋社孤坟在，百战金兵寸铁空。
时宰胡为窃天意，野云愁绝夕阳中。

高学士诗曰：

大树无枝向北风，千年遗恨泣英雄。
班师诏已成三殿，射虏书犹说两宫。
每忆上方谁请剑，空嗟高庙自藏弓。
栖霞岭上今回首，不见诸陵白露中。

却说岳庙里怨气未消，老祖也自叹了一叹。老祖心里想道：“杭州真是善地，金员外果是善爷，喻孺人果是善娘。只一件，托生之后，还要一个好法门善世。不如趁此时先自选择罢。”拽开步来，把个杭州城里城外的洞天福地，逐一磨勘一番，逐一查刷一番，都有些不慊他的尊意。急转身复来到西湖之上，金员外门前，只见百步之内，就有一座摩阿古刹，前面一个山门，矮矮小小。次二一个天王殿，两边列着个“风调雨顺”，尽有些雄壮。次二一个金刚殿，前后坐着个“国泰民安”，越显得威风。到了大雄宝殿之上，三尊古佛，坐狮、坐象、坐莲花。略略转东，另有一所罗汉殿，中间有五百尊罗汉，每尊有数丈高。寺前面有个孤峰挺立，秀削芙蓉。峰头上一个崚嶒古塔，不记朝代。一寺一峰，翼分左右，如母顾子。外面看时，霞光闪闪，紫雾腾腾。老祖拽起步来，直入大雄宝殿，熟看一飧。原来这寺叫作个净慈寺。说起这个“净慈”二字，就有许多的古迹。怎见得有许多的古迹？原来这个寺不是一朝一代盖造的，是周显德中盖造的。那峰叫作个雷峰。说起这个“雷峰”二字，也有许多的古迹。怎么也有许多的古迹？原来这个山峰不是杭州城里堆积的，是西天雷音寺里佛座下一瓣莲花飞来东土，贪看西湖的景致，站着堤上，猛然闻金鸡三唱，天色微曛，飞去不得，遂成此峰。后有西僧法名慧理，说他这一段的缘故，故此叫作个雷峰。周显德中盖造佛寺，就取雷音清净慈悲之义，故此这寺叫作个净慈寺。老祖本是西天的佛祖爷爷，见了这个雷峰净慈寺，俱是西天的出身，正叫作是：“美不美，乡中水；亲不亲，故乡人。”他自无量生欢喜，说道：“道在迩而求诸远，得之矣，得之矣！”转身便向金员外家里来。此时约有二更上下，正是：

地远柴门静，天高夜气凄。
寒星临水动，夕月向沙堤。

原来金员外是个在家出家的，从祖上来吃斋把素，到金员外身上已经七代。喻孺人又是胎里带得素来，真个是夫妻一对，天上有，地下无。家里供奉着一个观音大士，也不记其年，饮食必祭，疾疫必祷。大士也是十分显化，他只是少了一口气。

却说老祖来到金员外宅子上，这时正是洪武爷爷治世，号吴元年，十月十五日下元，三品水官解厄之日。金员外夫妇二人自从五更三点时分起来，洗了脸，梳了头，摆了供案，发了宝烛，烧了明香，斟了净茶，献了净果，设了斋饭，展天那三乘妙典，啐动那五蕴《楞严》，声声是佛，口口是经，一直念到这早晚，已自是二更上下。念经已毕，忏悔已周，夫妇二人闲步庭院之中。只见天上一轮皓月，万颗明星，素练横空，点尘不染。那院子里有一个洗脸架儿，架儿上有一个铜盆，铜盆里有这等几杓儿水。那一天星映着这盆儿里的水，这盆儿里的水浸着那一天的星，微波荡漾，星斗斡旋，也不知星在天之上，也不知水在盆儿里，就是一盆的星，真个爱杀人也。员外见之，满心欢喜，连声叫着：“孺人来看！”孺人见之，满心生喜，连忙卷起两只衣袖来，伸出这两只手，到那盆儿里去捞那个星。左捞也捞不着，右捞也捞不起。好老祖，弄一个神通，即时就变作个流星，杂在盆儿里，就和那天上的星一般。孺人先是左捞也捞不着，右捞也捞不着，忽然一下捞着一个星儿在手里。正叫作是“掬水月在手”，论不的喜喜欢欢，真是举起手来，和星和水一口吞之。

却不知吞了这个星后，有些甚么吉凶，有些甚么报应，还是有喜无喜，还是生女生男，且听下回分解。

第3回　现化金员外之家　投托古净慈之寺

诗曰：

夜夜生兰梦，年年种玉心。
充闾看气色，入户试啼声。
明月还珠浦，高枝发桂林。
北堂书报日，不啻万黄金。

却说喻孺人在水盆中捞起一个星来，双手捧着，一口吞之，自家倒也不觉。员外其实吃了一惊，说道："恁的不仔细也！"孺人道："昔人杯影惧吞蛇，我这也是一差二误。"员外道："杯影是假的，恁星是真的。"孺人道："这正是弄假成真。"员外道："且是可惜这一个好亮光光的星子。"孺人道："偏你又说甚么星子可惜哩。"员外道："惺惺自古惜惺惺。"大家反又取笑了一回，才收拾安寝则个。

明日起来，只说是掬水误吞星，哪晓得是燃灯古佛投胎现世，借肉住灵。直到对月红信愆期，却晓得是有喜。孺人一则是初叶，二则是吞星，心下十分疑虑。员外也不放心。二人商议到关爷庙里祈求一签，看后面是凶是吉。员外亲自拿了香烛纸马之类，来到关爷庙里，五拜三叩头，把前项口词细说一遍，双手捧着签筒，刚刚摇了一摇，就有一根签翻身落地。员外低了头拾将起来看一看，原来是五十三签，下面有个“中平”两字。员外又加祷祝一番，说道：“果是五十三签，愿求两个圣筶。”果然两个圣筶，略不穿破。员外唱了喏，谢了关爷，到于西廊之下，进了签房，见了道士，施了礼，递了一个纸包儿。道士拿出五十三签签诗来，递与员外。员外接过来读一读，这诗就说得有些蹊跷。诗曰：

君家积善已多年，福有胎兮祸有根。
八月秋风生桂子，西风鹤唳哭皇天。

金员外读了这签诗，心中转恼。道士看见金员外吃恼，问道：“这签何处用？”员外带着恼头儿答应道：“问六甲。”道士说道：“若是问六甲，大吉，大吉。”员外道：“怎见得？”道士说道：“‘八月秋风生桂子’，这不是大吉如何？”员外道：“多了一个‘哭皇天’，只怕不吉。”道士说道：“你原只问生子，不曾问甚的祸福。那一句是个搭头。假如问祸福的，这‘八月秋风生桂子’一句，就落空了。”

道士虽然是解得好，金员外心上到底有些疑虑。辞了道士，转入家门。喻孺人连忙接着，问道：“求的签如何？”员外把个签诗朗诵一遍。孺人道：“似此签诗，凶多吉少。”员外又把道士的话说转述了一遍。孺人道：“那是面谀之词，难以凭准。”员外道：“我还有个道理。”孺人道：“怎么样的道理？”员外道：“我前日在通江桥上看见一个先生，头上戴的是吕洞宾的道巾，身上披的是二十四气的板折，脚下穿的是南京轿夫营里的三镶履鞋，坐一爿背北面南的黑漆新店，店门前竖着一面高脚的招牌，招牌上写着‘易卦通神’四个大字。那求筮问卦的，如柳串鱼。是我赔个小心，到他的邻居家里问他是个甚么先生，那邻居道也不知他的姓名，只是闻得他道是鬼谷子的徒弟，混名鬼推。这等的先生‘易卦通神’，我且去问他一个卦来，看是如何。”孺人道：“言之有理。”

好个员外，整一整巾，抖一抖袖，撩衣缓步，竟望通江桥而来。只见那先生忙忙地占了又断，断了又占，拨不开的人头，移不动的脚步。金员外站得腿儿麻，脚儿酸，远轮他不上。没奈何，只得叫上一声“鬼推先生”。那先生听知叫了他的混名，只说是个旧相识，连忙说：“请进，请进。”金员外把个两只手排开了众人，方才挨得进去。两下里相见礼毕，那先生道：“员外占卦，请先说个姓名住座，占问缘由。”员外道：“小可是涌金门外，姓金名某。今敬问六甲，生男生女，或吉或凶。”那先生是个惯熟的，转身就添一炷香，唱上一个喏，口儿里就念动那：“虔叩六丁神，文王卦有灵。吉凶合万象，切莫顺人情。夫卦者与天地合其德，与日月合其明，与四时合其序，与鬼神合其吉凶。皇天无私，卦灵有感。谨焚真香，虔诚拜请八卦祖师：伏羲圣人、文王圣人、周公圣人、大禹圣人、孔子圣人、鬼谷先生、袁天罡先生、李淳风先生、陈希夷先生、邵康节先生，前传后教，演易宗师。再伸关请卦中六丁六甲神将、千里眼、顺风耳、缩天缩地神将、报卦童子、掷卦郎君、值日传言玉女、奏事功曹、本境五土祀典明神、本属府县城隍大王、本家门中宗祖、随来香火福神、虚空过往一切神祇，咸望列圣，下赴香筵，鉴今卜筮。今据大明国浙江道杭州府仁和县求卦信人金某，敬为六甲生产，占凶休咎，难以预知，今月今日，敬叩列圣八八六十四卦内占一卦，三百八十四爻内占一爻。爻莫乱动，卦莫乱移，莫顺人情，莫顺鬼意。吉则吉神上卦，凶则凶神上卦；吉则吉神出现，凶则凶神出现。伏望诸位圣贤，仔细检点，仔细推详。人有诚心，卦有灵信。爻通天地，卦通鬼神。列位圣贤，灵彰报应。”念罢了，把个铜钱掷了六掷，看来是个雷水解卦。先生道：“好一个解卦。解者，难之散也。且是天喜上卦。卦书说道：‘红鸾天喜遇，凶少吉更多。男遇添妻子，女遇得同和。’六甲生子无疑矣。”员外道：“劳先生再看一看。君子问祸不问福，直说不妨。”那先生看见金员外是个达者，难以隐藏，却说道：“这个卦，却好个卦，只有一件不足些。员外你休怪我说。”员外道：“正要先生直说，怎么说个怪字。”先生道：“今日是个丑日，身在五爻，鬼也在五爻，这叫是个身随鬼入墓，便只多了这些。却有天喜临门，逢凶化吉，员外但放心，不妨的。”

金员外听知“身随鬼入墓”五个字，就是五条丈八的神枪，一齐戳到他心坎上，好不吃疼也。你看他眉头不展，脸带忧容，递了个课钱，把个手儿拱上一拱，脚儿轮上几轮，早已到了自家门首。喻孺人接着，这叫作是个“入门休问荣枯事，观看容颜便得知”。嗄了一声，说道：“原来占课又弗吉个。”员外却把课名天喜及鬼墓等事，细说一遍。孺人未及开口，忽听得员外身背一人高叫道：“问甚么卜？求甚么神？”员外急转身来，孺人睁开双眼，却是街上化缘的阿婆，约有八九十岁，漫头白雪，两鬓堆霜。左手提着一个鱼篮儿，右手拄着一根紫竹的拐棒。孺人道：“阿婆，怎见得不要问卜？不须求神？”阿婆道：“如来观尽世间音，远在灵山近在心。祸福古来相倚伏，何须问卜与求神。”

这四句诗不至紧，即时点破了金员外、喻孺人。孺人道：“阿婆言之有理，请进里面坐着，待我来布施布施。”孺人刚刚转得身来，员外眼睛一霎，早已不见了个阿婆。他夫妇二人便知是观音大士现身点化，即时摆列香案，贡上三炷宝香，展开那纸炉，化了一回千张甲马，至诚皈旧像，虔叩阿弥陀。不觉地金乌西坠，玉兔东升。原来这夜却不是等闲之夜，八月十五是个中秋之夜；这月又不是等闲之月，八月十五是个中秋之月。金员外吩咐收过香案，叠起纸炉。孺人道：“今夜是个中秋佳节，已自备办的献饼献茶，礼天礼地，供案且自由他。”不上半晌之久，果是献了茶饼，礼了天地。只见一轮月满，万里云收，真个是爱杀人也。有赋为证，赋曰：

维彼阴灵，三五阙而三五盈。流素彩而冰净，湛寒光而雪凝。顾兔腾精而夜逸，蟾蜍绚彩以宵惊。容仙桂之托植，仰天星而助明。乍喜哉生，还欣始萌。经八日而光就，历三月而时成。吕绮射之而占姓，阚浑梦之而见名。若夫西郊坎坛，秋风夕祭。类在水，故应于潮；义在阴，故符于礼。取象后妃，视秩卿士，故以为上天之使，人君之姊。瞻瑞彩于重轮，共清光于千里。尔其游西园之飞盖，骋东鄙之妍词。会稽爱庭中之景，陆机揽堂上之辉。圆光似扇，素魄如圭。同盛衰于蛤蟹，等盈缺于珠龟。晕合而汉围未解，影圆而虏骑初来。若乃珥戴为瑞，朏魄示冲，为地之理，作阴之宗。降祥符于汉室，通吉梦于吴宫。睹爪牙而为咎，见侧慝而为凶。观其素景流天，芳辉入户，妇顺苟或不修，王后为之击鼓。物惟徐孺之说，窟见扬雄之赋。弥关山而布影，入廊栊而积素。厥御兮维何？望舒兮纤阿。垂霭霭之澄辉，弄穆穆之金波。闻感精之女狄，传窃药之嫦娥。皎兮丽天，昭然离华。应鱼脑而无差，验阶蓂而靡失。亦有画芦灰而晕缺，捧阴燧而辉流。捣闻白兔，喘见吴牛。乍认媚眉，遥惊玉钩。得不荐鸣琴而灭华烛，玩清质之悠悠。正是：秋半高悬千里月，夜深寒浸一天星。

金员外、喻孺人贪看了一会儿，不觉二更将尽，三鼓初传。孺人猛地里精神倦怠，情思不加，叫声："员外，大家安寝如何？"一觉直到明日天明，日高三丈。这不是"闲来无事不从容，睡觉东窗日已红"，决有个缘故。只见孺人起来，开眼一看，已自产下了一大娃子，也不知是天上掉下来的，也不知是地上长出来的，也不知是自家产下来的，也不知是外人送将来的；也不知是黄昏戌时，也不知是钟鸣亥时，也不知是半夜子时，也不知是鸡鸣丑时，也不知是日出寅时，也不知是朝头卯时。叫道一声"苦"，一手叉着床，一手挽着员外。那员外还在睡梦之中，更不曾开眼。一夫一妇，双双闭了眼，合了掌，趺跏在卧榻之前。那娃子金光万道，满屋通红。却说那左右邻友，附近居民，到了天色黎明，日高三丈，无一个不起来，无一个不梳洗。正是：士农工商，各居一业。只听得天上吹吹打打，鼓乐齐鸣，鼻儿里异样的天香一阵一阵。开门乍一看时，金家宅上火光烛天，霞彩夺目。好邻居，好亲友，一拥而来。只见金家的大门尚然未开，了无人语。这风火事岂是等闲？大家撞门而入，门里也不见个人，堂前也不见个人，直是抢门到了卧房之内，只见秃秃的一个娃子坐在床上。金员外夫妇二人闭了眼，合了掌，趺跏在卧榻之前。众人见了，又惊又呆。好说不是被火，头里又赤焰红光；好说是被火，如今又烟飞灰灭。好说不是生产，床上却端正是个娃子；好说是生产，娃子不合恁的庄严。好说不是被人谋故，他夫妇两人却已魄散魂飞；好说是被人谋故，他两人身上却没个刀痕斧迹。倒是一桩没头的公事。中间有等老成练达的说道："这人命关天，事非小可，莫若前去禀明了府县官员，听他发落，庶免林木之灾。"众人就推陆阿公为首，连名首官。阿公姓陆，是个耆老，年高有德，坊牌人无一个不钦仰他，故此推他为首。陆阿公听了众人的计议，诺诺连声，拂袖而起。人丛里面猛地时闪出一个小伙儿来，双手扯住陆阿公衣袖，说道：“且慢些个。”阿公问道：“你是甚么人，扯住我的衣袖？”那小伙儿道：“小可的就是本家，这死的是我的大哥，我是他第四的阿弟，小可的叫作金四。兄死弟埋，何禀官之有？”陆阿公道：“你阿哥有些死得不明白，焉得不去禀官？”金四说道：“不消禀官。”陆阿公说道：“要去禀官。”争了一回，终是个“四不拗六”，连名一纸状儿，禀了杭州府堂上清天太爷。这太爷是清江浦人，姓田氏，田齐之后，居官清正廉能。杭州人有个谣言，说道：“太爷清清而正，一毫人情也不听；太爷廉廉而能，半点苟且也不行。”故此人人叫他是个清天太爷。那太爷接了这个连名的状儿，审了几句口词，拿了一个道理，即时披破状词，说道：“据状金某之死，虽有疑无伤可验，遗孩之生，虽无母有息。当全仰地方收骸殡殓，遗孩责令出家。存没两利，毋得异词再扰。”

陆阿公领了这些地方邻右，磕了几个头，答应了几句：“是，是！”急转身来，买了两口棺木，收了金员外夫妇二人的尸骸。众人又商议道：“尸骸虽已殡殓，停柩何所？娃子出家，是甚么年纪上？是甚么佛寺里？须则再去禀明太爷。”那太爷正叫作“高抬明镜，朗照四方”。只见这些耆老邻右刚刚进衙门，一字儿跪在丹墀之下，未及开口，太爷就说道：“你这厮又来禀我，只是停柩、出家两项的缘由。”这些耆老邻右连忙磕上几个头，答应道：“太爷神见。”太爷道：“我已筹之熟矣。停柩须则昭庆寺里北面那庆忌塔下。那娃子出家，又须雷峰之下净慈寺里，温云寂长老名下作弟子，也就在今日，不可迟误。”吩咐已毕，即时叫过该房，写了两个飞票，差下两个快手，一个快手拿了一个飞票，径到西湖之上昭庆寺里，通知本寺住持停柩塔下。一个快手拿了一个飞票，径到雷峰之下净慈寺里，通知本寺云寂长老收养小徒。两下里处置得宜，存殁均感。

哪晓得“人间才合无量福，天上飞将祸事来”。本来是满天上鼓乐齐鸣，遍城中异香飞散，怎的不惊骇人也！且除了军民人等在一边，只说都布按三司，抚按三院，南北两关，这都是甚么样的衙门，这都是甚么样的官府，恰好就有一个费周折的爷爷在里面。还是那一位爷爷，这爷爷：

玉节摇光出凤城，威摧山岳鬼神惊。
群奸白昼嫌霜冷，万姓苍生喜日晴。
当道豺狼浑敛迹，朝天骢马独驰名。
九重更借调元手，补衮相期致太平。

他坐在乌台之上，早已晓得金员外这一桩没头的公事。比时就差下了一个精细的听事官，到那府门前去探个消息，看那太爷还是恁的处置他。晌午，听事官来回报道："清太爷如此如此。"那一位爷爷即时差下两个旗牌官，下府来提该房文卷上去，要亲自勘问。提到了该房，接了文卷，正在作难，那清天太爷早已到了。庭参相见，相见礼毕，那爷爷就开口道："人命重情，岂容轻贷？"太爷道："非敢轻贷。但这一桩事，须说没头，下官其实明白。"那爷爷道："怎见得明白？请问其详。"太爷道："下官每日五鼓而起，沐浴焚香告天，然后出厅理事。今日五鼓起来，告天已毕，猛听得天上鼓乐齐鸣，扑鼻的异香馥郁。下官心下想道：这番端的有个祥瑞也。须臾之间，果见一朵祥云自西而下，祥云之上，幢幡宝盖，羽仗霓旌，双排鼓乐，四塞护呵，隐隐约约，中间早有两轮龙车，并驰凤辇，径下城之西北隅。未久，中间其云却自下而上，那左边车上端的坐一个男子，右边车上端的坐一个女人，愈上愈高，不可穷究。适来地方人等，口称金某夫妇二人吃斋，以此下官省悟，止责令收骸停柩而已。"那爷爷道："现停在何处？"太爷道："现在昭庆寺里，庆忌宝塔之下。"那爷爷道："娃子有何奇异？"太爷道："娃子的事，下官不曾见甚奇异，止是地方人等，口称远望其家红光满屋，近前视之，只见这娃子兀然端坐，双手合掌，两脚趺跏。以下官之愚见，必是个善菩萨临凡，故止责令出家而已。"那爷爷道："现在何处出家？"太爷道："现在净慈寺里，云寂和尚之名下。"那爷爷道："贤太守言之有理，处之得宜。只一件来，下民狡诈百端，我和你居上者不可不详察。”太爷道：“唯命。”那爷爷道：“既然如此说，贤太守请回本衙，俺这里别有个道理。”

太爷已出，那爷爷传个号令，叫过杭州前卫、杭州右卫、观海卫、临山卫四卫的掌印卫官来，又传个号令，叫过海宁守御千户所、澉浦守御千户所、乍浦守御千户所、大嵩守御千户所、霩衢守御千户所、健跳守御千户所、隘顽守御千户所、满岐守御千户所八所的掌印所官来，又传个号令，叫过赭山巡检司、石墩巡检司、王江泾巡检司、白沙湾巡检司、皂林巡检司、皋塘巡检司、四安巡检司、天目山巡检司八司的司官来，仰卫官各带马军三十，所官各带步军三十，巡司各带弓兵三十，鲜明盔甲，精锐器械，齐赴西湖之上昭庆寺里庆忌塔下，开棺见尸，多官眼同相验，有无伤痕。验毕，转赴雷峰之下净慈寺里云寂僧房。多官眼同点检，有无徒弟，火速回报，无得稽迟取罪。这叫作个“只听将军令，不闻天子诏”。

却说这些卫官、所官、司官，有许多的官员，马兵、步兵、弓兵，有许多的军马，一拥而来，把个昭庆寺里就围得周周匝匝，铁桶相似一般，吓得众和尚们魂不附体。那些官长，哪一个心里不想着今日检出伤痕，第一功也；那些军马，哪一个心里不想道今日检出伤痕，合受赏也。哪晓得抬过棺材来，劈开一个，一个是空；劈开两个，两个是空。多官们面面相觑，众军士个个相挨。没奈何，只得转过净慈寺里去也。来到净慈寺里，那云寂长老不是等闲的长老，除了肉眼不在部下，法眼最下，慧眼稍中，天眼稍上，佛眼才是他的家数，这些军马全不在他的眼里。军马临门，他早已知得是按院爷爷查点。一手抱着那个娃娃，一手拄根拐棒，更不打话，径望察院进步而去。众官府们一则说他年老，二则有个娃娃抱在手里，事有准凭了，故此不拦不阻，一路回来。

此时已天色渐昏，归鸦逐阵，按院爷爷还坐在堂上，等着众官们来回话。只见众官们鱼贯而入，挨序次跪在阶前。那爷爷问道：“开棺检验有甚伤痕么？”众官齐声回复道：“两个棺材俱是空的。”那爷爷笑了一笑，点一点头，更不问第二句。只问道：“娃娃几何在？”众官又齐声回复道：“现有和尚在门外。”那爷爷吩咐众官各散，另带和尚进来。众官散去，和尚慢慢地挨进丹墀里来。那爷爷便自家站起立着，吩咐道：“和尚不要行礼，一直走上厅来。”那爷爷把头一抬，只见一个老和尚抱着一个小娃娃，那娃娃头长额阔，目秀眉清，鼻拱耳环，唇红齿白，养下来才一日，就是一个布袋和尚的行藏。那爷爷满心生喜，问道：“这娃娃今日可曾吃着甚么来？”和尚道：“这娃娃须则是养下来一个日子，其实的有许多弥罗。”爷爷道：“怎见得？”和尚道：“早间承清天太爷发下来做徒弟，小僧念他出胎失母，乳哺无人，叫过那火者来，抱他到施主家里去布施些乳哺。到一家，他一家不开口；到两家，他两家不开口；到三家四家，就是十家，他也只是一个不开口。及至抱转山门之时，天将暝，日已曛，小僧心里想道：‘这弟子莫非是随佛随缘的？’是小僧将佛前供果捩破些与他吃，他就是一口一骨碌吞将下去。吞之才方两口，适逢爷爷的官兵降临，故此小僧抱着他远来虔叩，伏乞替天行道的爷爷俯加详察。”那爷爷还不曾开口，只见那把门官高声禀道：“府上太爷参见。”那爷爷一边吩咐和尚起来，好生厮养，一边接着太爷。太爷廷参，那爷爷双手搀将起来，嘻嘻笑着说道：“今日之事何如？”太爷道：“俺学生不过闻而知之。”太爷道：“何为见而知之？何为闻而知之？”那爷爷道：“大凡神仙下界，借肉住灵。这灵性就是仙，那肉身却是个躯壳。灵性既升，躯壳随化，故世人谓之曰尸解。贤太守早间亲见金某夫妇升仙，俺学生心里想道：这二人的肉身必定随风化去，不在棺材里面了，故此责令多官开棺相验，一则显贤太守之神明，一则可印俺学生之粗见。这却不是贤太守见而知之，俺学生闻而知之？”太爷连声称谢。那爷爷又道：“贤太守怎见得那娃子是个善菩萨临凡？”太爷道：“据地方人等的口词，下官之臆见。”那爷爷道：“今番俺学生是个见而知之，贤太守是个闻而知之。”太爷道：“愿闻其详。”那爷爷道：“贤太守据地方人等的口词，凭胸中之高见。俺学生适间亲见那长老抱着那娃娃进来，你看他头长额阔，目秀眉清，鼻拱耳环，唇红齿白，喜阿阿，笑弥弥，就是一个布袋和尚的形境。这却不是俺学生见而知之，贤太守闻而知之？”

正是：

一切须菩提，心如是清净。

佛言世希有，所未曾见闻。

若复有人闻，清净生实相。

若复有人见，成就第一天。

无见复无闻，是人即第一。

这个按院爷爷和那清天太爷，虽说是各有所闻，各有所见，哪晓得其中就里有许多的因果，耳所不及闻，目所不及见。还是甚么因果，耳所不及闻，目所不及见，且听下回分解。

第4回　先削发欲除烦恼　后留须以表丈夫

诗曰：

由来迹状甚殊常，脱落人间宅渺茫。
铛煮山川深有象，瓢藏世界妙无疆。
冲天净假能飞翼，服日长居不老乡。
汉武秦皇求未得，岂因浪说事荒唐！

却说这个金员外是玉皇案下一个金童，喻孺人是玉皇案下一个玉女，他两个都思凡，两个同下世，两个就结成鸾凤偶。那灵霄殿上方才瞬息，不觉的人世上已经七七四十九岁。这一日只因老祖临凡，他的万道金光直冲着灵霄宝殿，以此玉帝升殿，查点这金童，照刷那玉女，怕他不顷刻里复命归根？却说那产下来的娃娃又有许多的因果，越加耳不及闻，目不及见。怎的娃子的因果，越加不闻不见？原来这娃子是个燃灯古佛临凡，解释五十年摩诃僧祇的厄难。却又怎么叫作燃灯佛？他原当日在西天做太子，受生之初，一落地时，已自身边光焰如灯火之亮，故此叫作个燃灯佛。因他锭身置灯，灯字又从金，因是锭身，后世翻为锭光佛，如今人省做这个单“定”字。有偈为证，偈曰：

说即虽万般，合理还归一。

除是身畔灯，方才是慧日。

却说这娃子是燃灯老祖的色身，自出胎时，父母弃世，进了净慈寺里云寂长老名下做个弟子。云寂长老看得他十分珍重。只是这个弟子有许多的古怪蹊跷处。怎么有许多的古怪蹊跷处？他自从进了山门之后，胎里带得素来。素便罢了，还有一件来，一日与他三餐五餐，他餐餐的吃；一餐与他三碗五碗，他碗碗的吃，也不见他个饱；三日五日不与他吃，他也不来要吃，也不见他个饥。还有一件来，也是一般的眼，也是一般的黑白，只是一个不睁开；也是一般样的口，也是一般样的舌头，只是一个不讲话；也是一般样的耳朵，也是一般样的轮廓，只是一个不听见；也是一般样的手，也是一般样的十指纤纤，只是一个不举起；也是一般样的脚，也是一般样的跟头，只是一个不轮动。却只一个“坐”字，就是他的往来本命星君。或在禅堂里坐，对着那个砖墙，一坐坐他个几个月；或在僧房里坐，对着那个板壁，一坐坐他个半周年。

迅驹骤隙，飞电流光，不觉的三三如九，已自九年上下。师父虽则珍重他，他却有这许多不近人情处，不免也有些儿。

忽一日，一个游脚僧人自称滕和尚，特来叩谒云寂。云寂请他至僧房里面相见。云寂见他有些骨气，有些丰姿，就留他坐，待他茶，斋他饭。两家子讲些经，翻些典。正是空华落影，阳焰翻波，光发襟怀，影含法界。滕和尚起头只看见一个弟子，囤囤地坐在板壁之下，问云寂道：“此位坐的是谁？”云寂道：“是小徒。”滕和尚道：“他怎坐得恁端正哩？”云寂道：“小徒经今坐了九个年头。”滕和尚道：“长老，你也不问他一声？”云寂道：“便自问他，他耳又不闻。”只因这两句话，打动了一天星。好个弟子，你看他轻轻地离了团坐，拽起步来，望禅房门外竟走。你看他走到哪里去？只见他一直走进佛殿之上，参了佛，礼了菩萨，拜了罗汉，上鼓楼上击几下鼓，上钟楼上撞几下钟，翻身又进禅房里来，先对着师父一个问讯，后对着滕和尚一个问讯，睁开眼，调转舌，说道：“闻道道无可闻，问法法无可问。”把个云寂满心欢喜，笑色孜孜。滕和尚道：“果真可喜。恁般的陀罗，声入心通，耳无顺逆。”那弟子应声道：“迷人不悟色空，达者本无逆顺。”滕和尚道：“法门尚多哩，难道个达者本无逆顺？”那弟子又应声道：“八万四千法门，至理不过方寸。”滕和尚道：“这方寸地上，烦恼其实有根，净华其实无种。”那弟子道：“烦恼正是菩提，净华生于泥粪。”滕和尚道：“你这话儿只好骇我游方僧。”那弟子又应声道：“识取自家城邑，莫浪游他州郡。”滕和尚道：“贫僧原有这等一个短偈，你这话儿都是雷同了我的。”弟子道：“佛以一音而演说法，故一切法同此一音。三世诸佛此一音，六代祖师此一音，天下和尚此一音，何雷同之有？”滕和尚道：“虽则一音，也分个昔日、今日前后之不同。”弟子道：“昔日日，今日日，照无两鲜；昔日风，今日风，鼓无二动。”滕和尚道：“这陀罗既有倾峡之口，倒岳之机，我且考你一考。”那弟子道：“愿闻。”滕和尚道：“怎么叫作个道？”弟子道：“不断不常，不来不去，不生不灭，性相自如，常住不迁，这就叫作个道。”滕和尚道：“怎么叫作个禅？”弟子道：“万法俱明谓之谛，一切不取谓之禅。”滕和尚道：“怎么叫作个佛？怎么又叫作个佛祖？”弟子道：“不睹恶而生嫌，不观善而劝措，不舍智而近愚，不抛迷而就悟，达大道，通慧心，不与凡圣同缠，超然独诣，这就叫作个佛，这就叫作个佛祖。”滕和尚道：“佛爷爷的法身何在？”弟子道：“无在无乎不在。”滕和尚道：“这殿上坐的敢是法身么？”弟子道：“金姿丈六，不是法身。”滕和尚道：“似此说来，佛岂无身？”弟子道：“有身。”滕和尚道：“何为佛身？”弟子道：“六度为佛身。”滕和尚道：“佛岂无头？”弟子道：“有头。”滕和尚道：“何为佛头？”弟子道：“正念为佛头。”滕和尚道：“佛岂无眼？”弟子道：“有眼。”滕和尚道：“何为佛眼？”弟子道：“慈悲为佛眼。”滕和尚道：“佛岂无耳？”弟子道：“有耳。”滕和尚道：“何为佛耳？”弟子道：“妙音为佛耳。”滕和尚道：“佛岂无鼻？”弟子道：“有鼻。”滕和尚道：“何为佛鼻？”弟子道：“香林为佛鼻。”滕和尚道：“佛岂无口？”弟子道：“有口。”滕和尚道：“何为佛口？”弟子道：“甘露为佛口。”滕和尚道：

“佛岂无舌？”弟子道：“有舌。”滕和尚道：“何为佛舌？”弟子道：“四辨为佛舌。”滕和尚道：“佛岂无手？”弟子道：“有手。”滕和尚道：“何为佛手？”弟子道：“四摄为佛手。”滕和尚道：“佛岂无指？”弟子道：“有指。”滕和尚道：“何为佛指？”弟子道：“平等为佛指。”滕和尚道：“佛岂无足？”弟子道：“有足。”滕和尚道：“何为佛足？”弟子道：“戒定为佛足。”滕和尚道：“佛岂无心？”弟子道：“有心。”滕和尚道：“何为佛心？”弟子道：“种智为佛心。”滕和尚道：“陀罗却差矣！”弟子道：“怎见得差？”滕和尚道：“你又说无，你又说有，一脚踏了两家船，却不是差了？”弟子道：“妙有而复非有，妙无而复非无。离无离有，乃所谓法身。”

滕和尚道：“这些话儿，是被你抵搪过去了。我还要考你一考。”弟子道：“再愿闻。”滕和尚道：“我且问你，读佛书可有个要领处？”弟子道：“衣之有领，网之有纲，佛书岂无个要领处？”滕和尚道：“要领处有多少哩？”弟子道：“只好一个字。”滕和尚道：“是一个甚么字？”弟子道：“是一个‘空’字。”滕和尚就嗄嗄地大笑起来，说道：“今番差了些。”弟子道：“怎么会差了些？”滕和尚道：“一个‘空’字，能有几大的神通？怎么做得佛书的要领？”弟子道：“老师父看小了这个‘空’字。”滕和尚道：“怎么会看小了它？”弟子道：“我也问你一声。”滕和尚道：“你问来。”弟子道：“佛爷爷可有忧？可有喜？”滕和尚道：“无忧无喜。”弟子道：“佛爷爷可有苦？可有乐？”滕和尚道：“无苦无乐。”弟子道：“佛爷爷可有得？可有丧？”滕和尚道：“无得无丧。”弟子道：“可知哩。”滕和尚道：“怎见得可知哩？”弟子道：“心与空相应，则讥毁赞誉，何忧何喜？身与空相应，则力割香途，何苦何乐？根与空相应，则施与劫夺，何得何丧？忘忧喜，齐苦乐，轻得丧，这‘空’字把个佛爷爷的形境都尽了，莫说是佛书不为要领。”

滕和尚道：“今番又被你胡塞赖了。我还问你，经上说道：‘色即是空，空即是色。’怎么是色？怎么又是空？”弟子道：“你不见水中月，镜里花，还是色？还是空？”滕和尚道：“经上又说道：‘无我相，无人相，无众生相。’怎么叫作个无我？”弟子道：“‘火宅者，只我身’，可是句经？”滕和尚道：

“这是一句经。”弟子道：“若我是火宅，我应烧人。既不能烧，明知无我。”滕和尚道：“怎么叫作个无人？”弟子道：“‘人居色界’，可是经典？”滕和尚道：“这也是一句经。”弟子道：“若人有色界，此土凭何而立？既五色界，明知无人。”滕和尚道：“怎么叫作个无众生？”弟子道：“‘劫火洞然，大千俱坏’，可是经典？”滕和尚道：“这也是一句经。”弟子道：“若有众生，应火不能坏，既火能坏，明知无众生。”

滕和尚道：“我还要个考你的去处。”弟子道：“真好鹘突人也！”滕和尚道：“陀罗也自怕考哩！”弟子道：“说甚么‘怕考’两个字？”滕和尚道：“一个蚯蚓，斩为两段，两头俱动，佛性还在哪一头？”弟子道：“澄江一片月，三只船儿同玩赏。顷刻之间，一只不动，一只往南，一只往北，月还在哪个船上？”滕和尚道：“一般样的水，海自咸，河自淡，佛性还在咸处？还在淡处？”弟子道：“东边日出，西边下雨，天道还在雨处？还在晴处？”滕和尚道：“你恁的会答应，我还把个世故考你一考。”弟子道：“甚么世故？”滕和尚道：“那个飞来峰，既飞得来，怎么不飞得去？”弟子道：“一动不如一静。”滕和尚道：“观音大士怎么又念观音咒？”弟子道：“求人不如求己。”滕和尚道：“长老怎么三日化得一文钱？”弟子道：“多得不如少得。”滕和尚道：“你怎么今日走上殿去动一会儿响器？”弟子笑一笑道：“这是做一日和尚撞一日钟。”滕和尚未及开口，弟子说道：“师父考到弟子身上来，想只是肚子里干了。待我弟子也考师父一考。”滕和尚道：“也任你考。”弟子道：“阎浮世界之牛，万物不齐，这万物果有今一定么？”滕和尚道：“有个一定。”弟子道：“高岸为谷，深谷为陵，有生即死，有死即生，何得为定？”滕和尚道：“万物果真不定。”弟子道：“万物若是不定，何不指天为地，呼地为天，召星为月，命月为星？”只消这两句话，把个滕和尚撑住了。

两下里正在作笑，忽听得半空中划喇喇一个响声。云寂说道：“恁两家说一个不住，致干天怒。”道犹未了，只听得一个声气说道：“直饶有倾峡之辩，倒岳之机，衲僧门下，一点用他不着。”把个云寂连忙地望空礼拜，说道：“小弟子不合饶舌，望乞恕罪。”滕和尚自家想道：“话儿也是多了些。”就此告辞。云寂道:“徒弟,你拜谢了滕师父。”滕和尚道:“不用拜。”云寂道:“要拜。”好个滕和尚,望门外只是一跑。云寂忙忙地扯住他,说道:“既不用小徒拜谢,容贫僧一言。”滕和尚道:“有何见谕?”云寂道:“小徒自进山门来,经今九岁,眼不开,耳不听,话不说,手不举,足不动,贫僧只恐他堕落轮回,永无上乘。适蒙老禅师下教,致使他圆通朗照,弄响飞扬,这正叫作个,这正叫作个……”好云寂,连说了两声“这正叫作个”,却没有下面一句巧话儿来凑合。猛抬起头,只见一个弹弦儿唱道情的打廊檐下走过,好个云寂,便就见景生情,说道:“小徒蒙老禅师下教,致令他圆通朗照,弄响飞扬,这正叫作个琴瑟箜篌,虽有妙音,若无妙指,终不能发。”滕和尚听知这两句话儿有些机窍,他口儿里告辞,袖儿里取出一个黄纸的纸包来,递与云寂。云寂刚刚地接了他的包儿,打眼一霎,早已不见了这个和尚。

云寂倒吃了一惊,面上虽是吃了一惊,心里想道:“这决是个禅师下界,点我这个小徒弟。这个小徒弟,决也不是个凡胎。”急转身来,叫上一声:“徒弟。”那弟子连忙地答应几声:“有,有,有。”云寂道:“适来的长老来有影,去无踪,不知是哪一位那谟?”弟子道:“他自己称为滕和尚,师父可就把这‘滕和尚’三个字,到各经典上去查一查,便知端的。”云寂道:“言之有理。”一时间,那个《观音经》《华严经》《金刚经》《孔雀经》《能仁经》《般若经》《涅槃经》《圆觉经》《法华经》《楞严经》《遗伽经》《遗教经》,一一地摆将出来。只说是水中捉月,海里捞针,哪晓得信手拈来,头头是道,刚刚地展开那经卷,用眼一瞧,就有一个偈儿,说道:“修道道无可修,问法法无可问。迷人不悟色空,达者本无逆顺。八万四千法门,至理不过方寸。烦恼正是菩提,净华生于泥粪。识取自家城邑,莫漫游他州郡。”那偈儿后面又有一标题,说道:“腾腾和尚偈。”

云寂见之,满心欢喜,叫声:“徒弟!”那弟子连忙答应道:“有,有,有。”云寂道:“适来和尚,果真是过去的禅师。”弟子道:“可是姓滕么?”云寂道:“滕便是滕,却不是那个‘滕’字。”弟子道:“是甚么‘滕’字?”云寂道:“是个云腾的‘腾’字,叫作个腾腾和尚。”弟子道:“可有甚么说来？”云寂道：“适来你那个‘问道道无可问’的七言古风，是他的小偈。”弟子道：“徒弟却不知道。”云寂道：你怎的说将出来？弟子道：“他那里问一声，我这里应一声，信口说将出来的。”云寂道：“终不然你口口是经？”弟子道：“除是师父们声声是佛。”云寂道：“再不必多言。只一件来，这腾腾和尚既是个禅师，神通不小，方才那个黄纸包儿里面，一定有个道理。”弟子道：“何不拆开他的来看他一看？”云寂道：“有理，有理。”口儿里说道“有理”，手儿里一傍把个包来拆开。只见包儿里面，端正有两件波斯。还是哪两件波斯？一件是个羚羊角，一件是个镔铁刀儿。云寂道：“这还是个甚的禅机？”弟子道：“这个禅机，不离是经典上的。”好个云寂，沉思了半晌，猛省起来，叫声：“徒弟，这个禅机，我解得了。”弟子道：“愿闻。”云寂道：“这个禅机，出于《金刚经》上。”弟子道：“怎见得？”云寂道：“金刚世界之宝，其性虽坚，羚羊角能坏之。羚羊角虽坚，镔铁能坏之。”弟子道：“这个解释，只怕略粗浅了些。”云寂道：“意味还不止此。”弟子道：“还有甚么意味？”云寂道：“金刚譬喻佛性，羚羊角譬喻烦恼，镔铁譬喻般若智。这是说，那佛性虽坚，烦恼能乱之，烦恼虽坚，般若智能破之。”

弟子道：“腾腾和尚把来送我们，还是甚么意思？”云寂道：“敢是指点我老僧戒烦恼也？”好个弟子，早已勘破了腾腾和尚这个机关，说道：“这个禅机，不是指点老师父戒烦恼。”云寂道：“怎见不是指点我戒烦恼？”弟子道：“老师父明心见性，清净慈悲，又有甚的烦恼戒得？”云寂道：“既不是指点我来，还是指点哪一个？”弟子道：“还是超度我做徒弟的。”云寂道：“怎见得？”弟子道：“我做徒弟的，虽入空门，尚未披剃；虽闻至教，尚未明心。这个羚羊角，论形境，就是徒弟的卯角；论譬喻，就是徒弟的烦恼。却又有个镔铁，明明是叫徒弟披剃去烦恼也。”云寂道：“说得好个道理。只一件来，既入空门，少不得披剃。莫若取皇历过来，选择一个吉日，一个良时，和你落了这个发，拔了这个烦恼的根苗。”叫一声：“小沙弥，取皇历过来。”一个小沙弥拿了一本皇历，奉上云寂。云寂接过手来，展开在佛案上，看一看说道：“今日是四月初六，明日初七，又明日初八。这初八日本是佛爷爷的生日，已自大吉，况兼历日上写着：'结婚姻、会亲友、上表章、进人口、冠带、沐浴、立柱、上梁、剃头、立券、交易、移徙，宜用辰时，大吉之日。'徒弟，择取初八日和你落发罢。"弟子道："谨依尊命。"

一日又一日，不觉的就是初八日。云寂清早起来，吩咐烧了水，磨了刀，亲自焚了香，祷告了菩萨，和那弟子落下了那一头的青丝细发，光光乍一个好弥陀。这是燃灯老祖托生杭州，舍身净慈寺温云寂门下，执弟子削发除烦恼一节。有诗为证，诗曰：

自入禅林岁月长，今朝削发礼穹苍。
一真湛湛三乘透，五蕴空空万虑忘。
钵底降龙时溢水，圈中伏虎夜焚香。
浑然失却人间事，一点禅心自秘藏。

却说这弟子削了发，参了佛，礼了菩萨，皈了罗汉，拜了师父。师父道："自今以后，毋得再像前面那九岁的事体。"弟子道："那九岁何如？"云寂道："那九岁之内，只是个好坐，诵经说法全没半星。"弟子道："经典上有一句说得好哩。"云寂道："是哪一句？"弟子道："'八岁能诵，百岁不行'，不救急也。"云寂道："便你行来我看看。"只这一句话儿不至紧，触动了这弟子的机轮。你看他今日个说经，明日个讲典，一则是小师父能说能道，善讲善谈；二则是杭州城里那些吃斋把素的多，听经听典的多，只见每日间蜂屯蚁聚，鱼贯雁行，把个杭州城里只当了一个经堂，把个杭州城里的善菩萨们只当一班大千徒众。

却说飞来峰下有一个禅寺，叫作个灵隐寺，就是风魔和尚骂秦桧的去所。灵隐寺里有一个经会，叫作个"碧峰会"。因是飞来峰油澄澄的，就像胡僧眼碧，故此取名为"碧峰会"。当原先大志禅师在这个会上讲《法华经》，晃朗闲雅，绝能清畅，能使听者忘疲失倦。法建禅师在这个会上讲《华严经》，声不外彻，有人倚壁而听，但闻亹亹溜溜，如伏流之吐波。这等一个会场，经过两个这等大禅师，哪有个法门不盛演也！后来年深日久，世远人亡，这坛场也冷落了。这等三五十载，到今日也莫非是否极泰来，贞下元起，撞遇这等一个能说能道、善讲善谈的小师父来。却只见东半城的会首，姓迟。名字叫作个迟再，忙忙地望西半城走；西半城的会首，姓巴，名字叫作个巴所，忙忙地望东半城走。东半城的会首望西半城走，说道："好去请那位能说能讲、善讲善谈的小师父，到'碧峰会'上谈经。"西半城的会首望东半城走，说道："好去请那位能说能道、善讲善谈的小师父，到'碧峰会'上说典。"果真一请请得这个小师父，到"碧峰会"上敷衍真言，广言善世。

一日三，三日九；一月三，三月九；一年三，三年九，人人说道："这等一位大禅师，岂可没个法名？这等一位活菩萨，岂可没个徽号？"迟再说道："我们做弟子的，怎会敢称他的法名？只好奉上一个徽号。"巴所说道："这个徽号，也不是等闲奉承得的。"一人传十，十人传百，百人传千，千人传万，同声同口地都说道："要上这会上的师父尊号。"内中有等看眼色的，说道："这位师父胡僧碧眼，合就号做个碧眼禅师。"内中又有等信鼻子动的，说道："这位师父鼻如峰拱，合就号做个鼻峰禅师。"内中又有等山头上住的，说道："这位师父前日出家净慈寺，在雷峰之下，今日讲经灵隐寺，在飞来峰之下，合就号做个雷峰禅师，合就号做个飞峰禅师。"也有叫碧眼禅师的，也有叫鼻峰禅师的，也有叫雷峰禅师的，也有叫飞峰禅师的，正是个人多口多，口多号多，到底都说得不的确。还是那迟再有个斟酌，还是巴所有个裁剪。那迟再怎么说？那迟再道："号碧眼的，号鼻峰的，这都是近取诸身，丈六金姿，不是法身，不必近取诸身。号雷峰的，号飞峰的，这都是远取诸物，虽在世间，无有物味，也不必远取诸物。"那巴所道："既不近取诸身，又不远取诸物，怎么会有个号来？"迟再道："就在这个'会'字上生发。"巴所道："怎么'会'字上有生发？"迟再道："我和你这个经会，叫作甚么会？"巴所道："这经会叫作个'碧峰会'。"迟再道："可知哩，这会叫作个'碧峰会'，这位师父是个会主，我和你们不过是个会中的人，既是会主，就号做个碧峰长老何如？"巴所道：

“好个碧峰长老！”一个传十个，十个齐声道：“好个碧峰长老！”十个传百个，百个齐声道：“好个碧峰长老！”百个传千个，千个齐声道：“好个碧峰长老！”千个传万个，万个齐声道：“好个碧峰长老！”因此上传到如今，叫作个碧峰长老。又因他俗姓金，连着金字，叫作个金碧峰长老。这号碧峰长老的时节，长老已自约有二十上，三十下，一嘴的连鬓络腮胡子。净慈寺里的师父，也久已升仙去了，止是长老一身，一个光头，一嘴胡子。这个胡子不是小可的，有诗为证。诗曰：

堂堂六尺属仙郎，更喜丰髭品字傍。
风急柳丝飞渡口，雨余苔迹上宫墙。
龙归古洞鳌先醉，凤出丹山尾带狂。
惟有美髯公第一，满腔忠义越加长。

却说碧峰长老一嘴连鬓络腮胡子，人人都说道：“长老何事削发留须？”毗沙门子也说道：“长老何事削发留须？”三藐三佛陀也说道：“长老何事削发留须？”弗把提也说道：“长老何事削发留须？”泥犁陀也说道：“长老何事削发留须？”优婆塞也说道：“长老何事削发留须？”优婆夷也说道：“长老何事削发留须？”陀罗尼也说道：“长老何事削发留须？”诸檀越也说道：“长老何事削发留须？”就是僧纲、僧纪、僧录也说道：“长老何事削发留须？”就是茶头、饭头、菜头、火头、净头也都说道：“长老何事削发留须？”人人口口，口口声声，碧峰长老只把他当个对江过，告诉风。

却不知这个碧峰长老这个削发留须，还是按些甚么经典，还是有些甚么主张，还是到底削发留须，且看下回分解。

第5回　摩诃萨先自归宗　迦摩阿后来复命

诗曰：

四月八日日迟迟，雨后熏风拂面吹。
鱼跃乱随新长水，鸟啼争占最高枝。
纱厨冰簟难成梦，羽扇纶巾渐及时。
净梵中天今日诞，好将檀越拜阶墀。

却说碧峰长老任他们说道“何事削发留须”，他只是还他一个不答应。口儿里虽然不答应，他心儿里却自有个归除。且喜的这一日就是四月初八日浴佛之辰，“碧峰会”上听讲的堆山塞海，席地幕天。好个碧峰长老，心里想道：“今日中间，若不把这个削发留须的因果剖破了，如入宝山空手回。”你看他起先时，端正在碧峰会莲花宝座之上，顷刻里金光起处，早已不见了个碧峰长老。众弟子们只是个磕头礼拜，都说道：“老爷的法门经典，正讲在玄妙之处，弟子四众人等，实指望拔离了苦海，永不蹉地狱之门。今日圆满，尚且未修，怎么就起身而去？伏乞老爷返旆回轮。”祷告未了，只听得走路的都说道：“六和塔上一个老爷，金光万道，好现化人也。”众弟子闻知碧峰老爷在六和塔上，只是虔诚礼拜，念佛恳求。

碧峰长老心里想道：“这回却好点破他们了。”金光一起，翻身又在碧峰会上宝莲禅座中间，端端正正地坐了。四众人等齐声上启道：“老爷何事见弃众生？”碧峰长老道：“我见你众生们班次混乱，污我的眼睛，故此到那塔上去亮一亮这个眼珠儿。”四众人等又齐声上启道：“望乞老爷指教，哪些儿班次混乱？”碧峰长老道：“你众生们有有须的，有没须的，有须多的，有须少的，都站在那一坨儿，怎么不是混乱？”四众人等又齐声上启道：“望乞老爷指教，怎的样儿分班？”碧峰长老道：“有须的站一边，无须的站一边。”好个四众人等，即时间分作左右两班：有须的居左，无须的居右。碧峰长老又说道：“须多的站一边，须少的站一边。”四众人等，即时间又分作上下两班：须多的居上，须少的居下。碧峰长老道：“分得齐不齐？”四众人等齐声道：“班齐。”

碧峰长老弄了一个神通，问声道：“那丹墀里左侧站的甚么人？”四众人等起头看时，果真丹墀里左侧站着一位圣贤，身长十尺，面似抹朱，凤眼蚕眉，美髯绛帻。碧峰长老道：“你甚么圣贤？”那圣贤道：“手擎三国，脚踏五湖，人人道我，美髯丈夫。”碧峰长老道：“既是美髯公，请回罢。”划喇一声响，早已不见了这位圣贤。碧峰长老又问道：“那丹墀里右侧又站着甚么人？”四众人等起头看时，又只见丹墀里右侧也站着一位圣贤，身长十尺，面似靛青，环眼剑眉，虬髯绛帻。碧峰长老问道：“你是甚么圣贤？”那圣贤道：“不提汉末，只说唐初，人人认我，虬髯丈夫。”碧峰长老道：“既是虬髯公，请回罢。”也划喇一声响，就不见了这位圣贤。

四众人等站在班上，齐声道：“阿弥陀佛，无量功德。”碧峰长老道：“不是阿弥陀佛，一个是美髯丈夫，一个是虬髯丈夫。尔众生哪个像丈夫？”四众人等齐声上启道：“左班有须的像丈夫，右班无须的便不像丈夫。上班须多的像丈夫，下班须少的便不像丈夫。”碧峰长老得了众生这句话便起，一手捻着自己的须，一手指定了众生，问声道：“我的这须，可也像丈夫么？”四众人等如梦初醒，如醉初醒，齐声道：“弟子们今番却解脱了，老爷是‘留须表丈夫’。”只这句话，虽则是个五字偶联，传之万古千秋，都解得碧峰长老削发除烦恼，留须表丈夫。有诗为证。诗曰：

名山阅万古，明月来几时？
顾游属中秋，万里云雾披。
心闲境亦静，月满山不移。
况兹飞来峰，秀削清涟漪。
下有碧峰会，飒飒仙风吹。
主者碧峰老，昆玉不磷缁。
兹山暂寄逸，所至琴且诗。
削发除烦恼，跻彼仙翁毗。
留须表丈夫，怡然大雅姿。
云骈与风驭，来往谁可知？
但闻山桂香，缤纷落残卮。
愧我羁轩冕，妄意皋与夔。
哪知涉幻境，百岁黍一炊。
风波世上险，日月壶中迟。
何如归此山，相从为解颐。
朝霞且沆瀣，火齐兼交梨。
晨夕当供给，足以慰渴饥。
此事未易谈，耸耳听者谁？
洗盏酹山灵，吾誓不尔欺。
天空万籁起，为奏埙与篪。

却说碧峰长老剖破了这个留须表丈夫的哑谜儿，莫说是四众人等念声阿弥陀佛，就是毗沙门子、三藐三佛陀，也念声阿弥陀佛；就是弗把提、泥犁陀，也念声阿弥陀佛；就是优婆塞、优婆夷，也念声阿弥陀佛；就是陀罗尼、诸檀越，也念声阿弥陀佛；就是僧纲、僧纪、茶头、饭头、菜头、火头、净头，一个个地念声阿弥陀佛。碧峰长老照旧个登台说法，四众弟子们照旧个听讲皈依。

却不知乌飞兔走，寒往暑来，人人道讲经的讲到妙处，好做圆满哩；

个个道听经的听到妙处，好做圆满哩。哪晓得“佛门无了又无休，刻刻时时上水舟”。怎见得“刻刻时时上水舟”？却说四众人等弟子，要做圆满，便就有个弄神通、阐法力的那谟来了。只见碧峰长老坐在上面，那些四众弟子列在左右上下四班。每日家这些弟子进门时，刚刚地坐下，一个人怀儿里一匹三汗绢，或是一匹四汗绢；傍晚出门时，一个个又不见了这一匹绢。因此上街坊上嘈嘈杂杂，都说道碧峰会上听经的失了绢。正是“尊前说话全无准，路上行人口似飞”，一下子讲到了碧峰长老的耳朵里面去了。碧峰长老心里想道：“听经的失了绢，这绢从何而来？从何而失？中间一定有个缘故。待我明日与他处分。”到了明日天明之时，只见四众弟子一个个地鱼贯而来。刚刚坐下，分了左班、右班、上班、下班。长老微开善口，讲了几句经，说了几句典，问声道：“尔众生怀袖里可有甚么没有？”那些四众人等听知长老问道，连忙地把个怀袖儿里揣一揣来，还是昨日的那匹绢，齐声答应道：“弟子们怀袖里一个人一匹绢。”长老道：“果是一匹绢么？”四众人等齐声道：“果是一个人一匹绢。”长老道：“你们都交到我这里来。”这些弟子们一个人交了一匹绢。长老道：“你们还坐定了。”这些四众弟子们仍旧地分了四班。长老又讲了几句经，说了几句典。长老道：“这是甚么时候？”左班领班的弟子，就是那个迟再。迟再立起身来，走到时辰牌下一看，已自是午末未初，转身回复长老道：“此时已是午末未初。”长老道：“既是午末未初，尔众生趁早散罢。”长老说一声散，众弟子们起得一个身，长老面前那些绢却又不见了。长老道：“你们且慢去，待我来一个个地验下过。”好个长老，高张慧眼，上元神，一站站在门首，把这些弟子们排头儿数过，唱名而去。一数数到一个弟子，原是个出家人：

几载栖云祇树林，琅琅清梵发余音。
三乘悟彻玄机妙，万法通明觉海深。
玉麈挥时龙虎伏，宝花飘处鬼神钦。
红炉一点鹅毛雪，消却尘襟万虑心。

碧峰长老看见这个弟子有些仙风，有些骨气，心里自忖道："端的就是这个陀罗卖弄也！"狠着地喝上一声，正是：

巫峡中霄动，沧江二月雷。
龙蛇不成蛰，天地划争回。

那个弟子看见这个长老来得凶哩，掣身便走。这个长老看见那个弟子去得紧哩，金光一耸，嗖地里赶将来。那个弟子却不是走，却是会飞。这个长老又不是会飞，又不是腾云，又不是驾雾，一道金光就在半天之上。一个在前，一个在后，叫作个紧赶上，赶得个弟子没奈何。那弟子情知是走不出杭州城来，却也又是有些家所的，把个眼儿一睁，只见桑园之内一个小小的人家，两扇篱门儿，一个高高的架子，那架子上一簇的青头虫儿。是个甚么虫儿：

吐丝不羡蜘蛛巧，饲叶频催织女忙。
三起三眠时化运，一生一死命天常。

却原来是个蚕妇养的蚕虫儿。那蚕虫儿一个个地顶着一个丝窝儿。是个甚么窝儿？只见它：

小小弹丸浑造化，一黄一白色相当。
待看献与盆缫后，先奉君王作衮裳。

却原来是个蚕虫儿作的丝茧儿。好个弟子，摇身一变，就变作一个蚕，坐在那茧儿里面去了。

这碧峰长老却又是积惯的，翻身就赶将进去。赶将进去不至紧，反又遇着一个禅师。那禅师道："来者何人？"碧峰道："在下金碧峰便是。"那禅师道："来此何干？"碧峰道："适来有个法门弟子，卖弄神通，是我赶将他来，故此轻造。”禅师道：“那弟子转身就出去了。”碧峰道：“老禅师尊名大号？愿闻其详。”那禅师道：“不足是法名慧达。”碧峰道：“何事宿于茧室之中？”慧达道：“我昼则坐高塔上去说法，夜则借蚕茧里面栖身。”碧峰道：“怎么说法要到塔上去？”慧达道：“云崖天乐，不鼓自鸣。”碧峰道：“栖身怎么要到蚕茧中去？”慧达道：“石室金谷，无形留影。”碧峰道：“谢教了。”好个长老，刚说得“谢教”两个字出口，已自浑身上金光万道，腾踏到了半天，高张慧眼，只见西湖之上陆宣公祠堂左侧，有一爿小小的杂店儿，那店儿里摆着两路红油油的架儿，那架儿上铺堆着几枝白白净净、有节有孔的果品儿。是个甚么样的果品？它：

家谱分从泰华峰，冰姿不染俗尘红。
体含春茧千丝合，天赋心胸七窍通。
入口忽惊寒凛烈，沾唇犹惜玉玲珑。
暑天得此真风味，献纳须知傍衮龙。

却原来是一枝藕。那弟子又弄了一个神通，闪在那藕丝孔儿里面去了。

这个神通怎么瞒得碧峰长老的慧眼过去？果然好一个长老，一骨碌径自赶进那藕丝孔儿里面。今番赶将进去不至紧，却又遇着里面一个禅师。那禅师道：“来者何人？”碧峰道：“在下金碧峰便是。”那禅师道：“来此何干？”碧峰道:“适来有个法门弟子卖弄神通,是我赶将他来,故此轻造。”禅师道：“那弟子转身就出去了。”碧峰道：“老禅师尊名大号？愿闻其详。”禅师道：“不足是法名阿修罗。”碧峰道：“何故宿在这藕丝孔里？”阿修罗说道：“是我与那帝释相战，战败而归，故此藏身在这藕丝孔里。”碧峰道：“老禅师战怎么会败？”阿修罗道：“摩天鸠鸟九头毒，护世那吒八臂长。”碧峰道：“老禅师藕丝孔里怎么好宿？”阿修罗道：“七孔断时凡圣尽，十身圆处刹尘周。”碧峰道：“谢教了。”刚说得“谢教”两个字，只见浑身上金光万道，早已腾踏在不云不雾之中，把个慧眼一张，只见西湖北首宝石山上：

一声响亮，四塞昏沉。红气扑天，黑烟障日。风声刮杂，半空中走万万道金蛇；热气轰腾，遍地里滚千千团烈焰。山童土赤，霎时间万屋齐崩；水沸林枯，一会里千门就圮。无分玉石，昆冈传野哭之声；殃及鱼虾，炎海播烛天之祸。项羽咸阳，肆炎洲之照灼；牧童秦冢，惨上郡之辉煌。阏伯商丘之战，非瓘斝之能禳；宋姬亳社之妖，谁畚挶以为备。讶圆渊之灼昭，糜竺之货财殆尽；惊武库之焚荡，临邛之井灶无存。虽不是诸葛亮赤壁鏖兵，却没个刘江陵返风霈雨。

这一天的火好厉害也。碧峰长老慧眼一开，又只见那个弟子弄了一个神通，躲在那红通通的火焰里面。长老也自赶得‘怒从心上起，恶向胆边生’。金光闪处，一手把个保叔塔的塔撍搜将过来，连那撍上的九个生铁盘儿都也带将过来，左手叠在右手，右手叠到左手，把那一个塔撍揉作一根禅杖，把那九个铁盘儿揉作九个铁环，这就是那一根九环锡杖，碧峰老爷终身用的。有诗为证：

九节苍苍碧玉同，随行随止伴禅翁。
寒蹊点雪鸠头白，春径挨花鹤膝红。
缩地一从人去后，敲门多在月明中。
扶危指佞兼堪用，亘古谁知赞相功？

却说碧峰长老拿了这根九环锡杖，眼儿里看得真，手儿里去得溜，照着那个火头狠地还一杖。这一杖不至紧，打得个灰飞烟灭，天朗气清。这个弟子今番却没有飞处，你看他平了身，合了掌，双膝儿跪在地上，口儿里叫道：“师父，师父，超拔了弟子罢！”碧峰道：“你是甚么人？敢在我会上弄神通，卖法力哩！”弟子道：“今番再不敢弄甚么神通，卖甚么法力。”碧峰道：“会上失了绢，就是你么？”弟子道：“是。”碧峰道：“前此还有个传说，道会上不见了许多皮，敢也是你么？”弟子道：“也是。”碧峰道：“你既是做了这等的无良，你好好地吃我一杖。”方才举起杖来，那弟子嘴儿且是快，叫声道："师父且不要打，这是弟子的禅机。"碧峰道："你是甚么禅机？"弟子道："昔日有个大志禅师，在这个会上讲《法华经》，晃朗闲雅，绝能清啭，能使听者忘疲，能使听者忘倦。今日师父说经，就是大志禅师一样腔调，能使听者忘疲，岂真是失了皮？能使听者忘倦，岂真是失了绢？"这两句话，说得有些谱，就是长老也自无量生欢喜，说道："既这等说，却是疲敝之疲，不是皮革之皮；却是劳倦之倦，不是绸绢之绢。"弟子道："便是。"碧峰道："'疲倦'两个字，便是解得好。你叫我做师父，这'师父'两个字，有些甚么因缘？"弟子道："这'师父'两个字在南海补陀落迦山上带得来的。"碧峰道："怎么是补陀落迦山上带得来的？"弟子道："补陀山锦囊受计，愿随师父临凡的便是。"碧峰道："我也不记得甚么锦囊，只一件来，你既有锦囊，那锦囊里面有甚钤记？"弟子道："锦囊之中止有三个字儿。"碧峰道："哪三个字？"弟子道："是个'天开眼'三个字。"碧峰道："这'天开眼'三个字，有何用处？"弟子道："用来转凡住世。"碧峰道："果真住在天眼上么？"弟子道："因为是没去寻个开眼，就费了许多的周折哩！"碧峰道："后来住的如何？"弟子道："把个南膳部洲排门儿数遍了，哪里去讨个开眼来？一直来到这杭州西北上二三百里之外，有一个山，其高有三千九百余丈，周围约有八百余里，山有两个峰头，一个峰头上一个水池，一个属临安县所辖地方，一个属於潜县所辖地方，东西相对，水汪汪的就像两只眼睛儿，名字叫个天日山。我心里想道：这个莫非就是'天开眼'了？况兼道书说道，这山是三十四洞天。"碧峰道："有何为证？"弟子道："有诗为证。"碧峰道："何诗为证？"弟子道："宋人巩丰诗曰：我来将值日午时，双峰照耀碧玻璃。三十四天余福地，上中下池如仰箕。人言还有双径雄，胜处岂在阿堵中！两泓秋水净于鉴，恢恢天眼来窥东。"

碧峰道："既得了那锦囊中的钤记，你托生在哪里？"弟子道："就托生在山脚底下姓鄞的鄞长者家里。"碧峰道："你出家在哪里？"弟子道："就出家在山之西宝福禅寺。"碧峰道："你叫甚么法名？"弟子道："我的脚儿会飞去飞来，口儿会呼风唤雨，因此上叫作个飞唤。"碧峰道："这却不像个法名。你原日在西天之时，叫作个甚么名字？”飞唤道：“叫作个摩诃萨。”碧峰道：“只你一个摩诃萨？”飞唤道：“还有徒弟迦摩阿。”碧峰道：“迦摩阿在哪里？”飞唤道：“他也从补陀山上讨了一个锦囊。”碧峰道：“他的锦囊却怎么说？”飞唤道：“他的锦囊又是五个字。”碧峰道：“五个甚么字？”飞唤道：“是‘雁飞不到处’五个字。”碧峰道：“他这五个字却怎么样住凡？”飞唤道：“他也曾把个南膳部洲细数了一遍。”碧峰道：“毕竟怎么一个样儿地雁飞？”飞唤道：“直在温州府东北上百里之外有一个山，约有四十里高，东连温岭，西接白岩，南跨玉环，北控括苍，顶上有一个湖，约有十里多阔，水常不涸，春雁归时，多宿于此，名字叫作个雁荡山。徒弟说道：这个莫非就是‘雁飞不到处’也？”碧峰道：“你方才说着春雁来归，怎么当得个雁飞不到？”飞唤笑一笑道：“将以反说约也。”碧峰道：“这句又是儒家的话语了。”飞唤又笑一笑道：“三教同流。”碧峰道：“好个‘同流’二字，只这雁荡山有何为证？”飞唤道：“也有诗为证。”碧峰道：“何诗为证？”飞唤道：“王十朋的诗为证：归雁纷飞集涧阿，不贪江海稻粱多。峰头一宿行窝小，饮啄偏堪避网罗。又有林景熙的诗为证：驿路入芙蓉，秋高见旱鸿。荡云飞作雨，海日射成虹。一水通龙穴，诸峰尽佛宫。如何灵运屐，不到此山中？”

碧峰道：“他既得了锦囊中的钤记，却托生在哪里？”飞唤道：“他就托生在山脚底下姓童的童长者家里。”碧峰道:“他出家在哪里？”飞唤道:“他就出家在东内谷峰头之下白云禅寺。”碧峰道：“如今叫作甚么法名？”飞唤道：“他地场是个东内谷，禅林是个白云寺，他就双关儿，取个法名叫作个云谷。”碧峰道：“你哪里听得来的？”飞唤道：“风送水声来枕畔，月移山影到床前。”碧峰道：“原来你是看见的。”飞唤道：“曾游松下路，看见洞中天。”碧峰道：“先觉觉后，自利利他，你快去叫将徒弟来。”飞唤道：“悟由自己，印乃凭师，弟子就去也。”

真好个飞唤，口儿里说得一个去，半天之上止听得一阵响风呼，早已到了那个雁荡山，把一个雁荡山一十八个善世寺，叫唤了一遭；又把个东边的温岭，西首的白岩，南边的玉环，北首的括苍，搜刷了一周；又把个东外谷五个峰头、东内谷四十八个峰头、西内谷二十四个峰头、西外谷二十五个峰头，翻寻了一遍；又把个大龙湫、细龙湫、上龙湫、下龙湫检点了一番，并不曾见个徒弟的影儿。飞唤心里想道：“师父命我来寻徒弟，没有徒弟，怎么回得个师父话来？”好个飞唤，翻身又到那一十八个善世法门里面去挨访。只见过了个灵岩寺，就是个能仁寺。飞唤起头一看，倒也好一个洞天福地也。祥云荡荡，瑞气腾腾。飞唤照直望里面跑着，转转弯，抹抹角，却早有一个道院，各家门儿另家户，门额上写着“西山道院”四个字。飞唤进到里面，却早有一个禅房，两边子却是些禅僧。飞唤打一个问讯，说道：“徒弟云谷在这里么？”人人默坐，个个无言。内中只有个老僧答应道：“过了大龙湫还上去数里，叫作个上龙湫。那山岩壁立的中间有一个石洞儿，就是云谷的形境。”飞唤得了这两句话儿，就是“石从空里立，火向水中焚”。再陪一个问讯，望外面只是一蓬风，找至大龙湫，上了上龙湫，只见飞流悬泻，约有几千丈。果真那个山岩壁立，怪石崚嶒，中间可可的有一个小洞儿，方圆止有八九尺。洞外奇花异卉，洞里石凳石床。飞唤看了一周，洞便是个洞，却没有个云谷在那里。心里想道：“到底是个未完。”心儿里一边筹度，眼儿里一边睃着。过来只见洞门上有几行字，隐隐约约，细看之时，原来是一首七言八句。这七言八句怎么说？诗曰：

蓬岛不胜沧海寒，巨鳌擎出九泉关。
洞中灵怪十三子，天下瑰奇第一山。
棹曲浩歌苍霭外，幔亭高宴紫霞间。
金芽自蜕诗人骨，何必神丹炼大还。

却说飞唤看了这诗，读了这词，心儿里就有一个主意，他想道：“找不着徒弟，打得着徒弟的诗句，转去回复师父的话，也有个准凭。”就把这七言八句都已记将他的来。嗖地里一声响，早已转到了杭州城上来，回碧峰长老的话。

却不知这七言八句的诗，有些甚么意味，又不知碧峰长老看了这七言八句的诗，有何剖判，且听下回分解。

第6回　碧峰会众生证果　武夷山佛祖降魔

诗曰：

瀼瀼秋露鹤声长，灵隐仙坛夜久凉。
明月照开三岛路，冷风吹落九天香。
青山绿水年年好，白发红尘日日忙。
休问人间蜗两角，无何认取白云乡。

却说飞唤捧了这个七言八句的诗儿，径来回复碧峰长老的话。碧峰长老道："云谷在么？"飞唤道："云谷早已不在雁荡山了。"长老道："哪里去了？"飞唤道："却不知道他在哪里去了，只是洞门上遗下的有几行龟文鸟迹的字儿。"碧峰道："那字是个甚么词儿？"飞唤道："是个七言八句的词儿。"碧峰道："你可记得么？"飞唤道："记得。"碧峰道："你念来我听着。"好个飞唤，他就把那个七言八句的词儿，一字字地朗诵，一句句地高谈。碧峰长老听着，把个头来点了一点。飞唤道："师父是个点头即知，我弟子却还坐在糨糊盆里。"碧峰道："他这个诗是武夷山的诗，多在武夷山去了。"飞唤道："师父，我和你都到武夷山去走一走何如？"碧峰道："要走就是个行脚僧了。"飞唤道："昔日有个飞锡来南国，乘杯渡北溟的，岂不是个那谟？”碧峰长老看见他说个飞锡乘杯，都是些实事，心上也有点儿生欢生喜，说道：“你也思慕着南国北溟么？”飞唤道：“莫论南国北溟，只这南膳部洲有五个大山，叫作五岳，四个大水，叫作四渎，我弟子还不曾看一看哩！”碧峰道：“你既要看那五岳，也没有甚么难处。”飞唤道：“师父肯做一个领袖么？”碧峰道：“且慢！”飞唤道：“怎么且慢？”碧峰道：“你今日寻徒弟，寻得费了力；我今日个等你，等得费了神。我和你且在这个宝石山头上坐一回来。”方才说得一个“坐”字，长老已自蟠了脚，合了掌，闭了眼，收了神。师父如此，徒弟不得不如此。正是：德均平等，心合无生。却待个飞唤闭了眼，定了神，好个碧峰长老，轻轻地张开口来念了几句密谛，轻轻地伸出手来，丢了一个神通。顷刻之间，飞唤啐上一个定喷嚏，开眼来连声叫道：“师父，师父！你好现化我弟子也。”碧峰长老只作一个不知不觉的，轻轻地说道：“怎么叫作个现化你们？”飞唤道：“弟子已经游遍了五岳哩！”碧峰道：“敢是吊谎么？”飞唤道：“看得到，记得真，怎的敢吊谎！”碧峰道：“你既不是吊谎，我且盘你一盘。”飞唤道：“请教。”碧峰道：“你既到东岳来，看见个甚么神圣？”飞唤道：“看见个齐天仁圣大帝金虹氏。”碧峰道：“他职掌些甚么事理？”飞唤道：“看见他职掌的是人，世上贵贱高下之分，禄科长短之事；一十八重地狱，卷案文籍；七十五个分司，寿夭死生。”碧峰道：“看见山是怎么样的？”飞唤道：“这个山：俯首无齐鲁，东瞻海似杯。斗然一峰上，不信万山开。日抱扶桑跃，天横碣石来。秦皇松老后，仍有汉王台。”碧峰道：“你到西岳来看见个甚么神圣？”飞唤道：“看见个金天顺圣大帝，姓善名。”碧峰道：“他职掌些甚么事理？”飞唤道：“他职掌的是人世上金、银、铜、铁、锡五宝五金，陶铸坑冶，埴埏坯抬，兼管些羽毛飞类，鸟雀鸾凰。”碧峰道：“看见山是甚么样的？”飞唤道：“这个山：西入秦关口，南瞻驿路连。彩云生阙下，松树到祠边。作镇当官道，雄都俯大川。莲峰径上处，仿佛有神仙。”

碧峰道：“你到南岳来看见个甚么神圣？”飞唤道：“看见个司天昭圣大帝，姓崇名里。”碧峰道：“他职掌些甚么事理？”飞唤道：“他职掌的是人世上星辰分野，九州十方，兼管些鳞甲水族，虾鳖鱼龙。”碧峰道：“看见山是怎么样的？”飞唤道：“这个山：曲磴行来尽，松明转寂寥。不知茅屋近，却望石梁遥。叶唧疑闻雨，渠寒未上潮。何如回雁岭，谁个共相招？”碧峰道：“你到北岳来看见个甚么神圣？”飞唤道：“看见个安天玄圣大帝，姓晨名萼。”碧峰道：“他职掌些甚么事理？”飞唤道：“他职掌的是世界上江河海湖，溪涧沟渠，兼管些虎豹犀象，蛇虺昆虫。”碧峰道：“看见山是甚么样的？”飞唤道：“这个山：元气流行镇朔方，金枝玉树烂祥光。包燕控赵奇形状，压地擎天秀色苍。张果岩前仙迹著，长桑洞里帝符藏。夜深几度神仙至，月下珊珊响珮珰。”

碧峰道：“你到中岳来看见个甚么神圣？”飞唤道：“看见个中天崇圣大帝，姓恽名善。”碧峰道：“他职掌些甚么事理？”飞唤道：“他职掌的是世界上地水火泽，山陵川谷，兼管些山林树木，异卉奇葩。”碧峰道：“看见山是怎么样的？”飞唤道：“这个山：峻极于天一柱青，诞生申甫秀钟英。石存捣臼今无杵，地凿中天旧有名。万壑风生闻虎啸，五更日出听鸡鸣。当年武帝登临处，赢得三呼万岁声。”

碧峰道：“这是南膳部洲五个大山，叫作五岳；还有四个大水，叫作四渎。你索性去看一看来倒好哩！”飞唤道：“今番再不去也。”碧峰道：“既是不去，我和你且转到法会上去来。”飞唤道：“就请师父到武夷山去罢。”碧峰道：“会上要做圆满，怎么就去得？”飞唤道：“既如此，请回。”

碧峰长老一则是得了这个飞唤徒弟，二则是得了这根九环锡杖，你看他生欢生喜，转到这个法会上来。师徒们两个人一驼儿坐着，讲的讲，听的听，则见那风送好香，结而成盖；月临净水，印以摇金。却不觉得就是一更、二更、三更半夜。飞唤略把个眼儿盹一盹，碧峰长老就轻轻地伸起一个指头儿来，到地上画了一个圆溜溜的小圈儿。这个圈儿不至紧，又有许多的妙处。一会儿，长老咳嗽一响，把个飞唤吃了一惊，口儿里乱说道：“咳、咳、咳！险些儿！险些儿！”碧峰道：“又胡话了。”飞唤道：“却不是游湖的话，却是江、河、淮、济的话。”碧峰道：“怎么有个江、河、淮、济的话？”飞唤道：“却好又是师父现化我也。”碧峰长老又做个不知不觉的，说道：“怎么又是现化你也？”飞唤道：“弟子已经游遍了四渎哩！”碧峰道：“你既是游遍了四渎，看见个甚么神道来么？”飞唤道：“看见江渎之上，一个广源顺济王，楚屈原大夫的是；河渎之上，一个灵源弘济王，汉陈平的是；淮渎之上，一个长源永济王，唐裴说的是；济渎之上，一个清源博济王，楚作大夫的是。”碧峰道：“看见水是怎么样的？”飞唤道：“这个水：运行不息妙流通，逝者如斯本化工。动乐有机春泼泼，虚明无物剑空空。深源自出先天后，妙用原生太极中。尼圣昔形川上叹，续观澜者越何穷。”

碧峰道：“你看了那个五岳四渎，心下何如？”飞唤道：“我心下还有许多解不脱的去处。”碧峰道：“是谁个捆缚你来？”飞唤道：“虽则不是个捆缚得来，却不知这个五岳要这等的高怎么？”碧峰道：“耸高阜于漫山，横遮法界。”飞唤道：“四渎要这等的深怎么？”碧峰道：“汹长波于贪海，吞尽欲流。”飞唤道：“那高山上的茂林修竹，满地闲花，却是怎么？”碧峰道：“青青翠竹，总是法身；郁郁黄花，无非般若。”飞唤道：“既是法身，又是般若，怎么山又会崩，花又会谢？”碧峰道：“俗念既息，幻境自安，尘翳既消，空华白谢。”飞唤道：“那四渎的水川流不息，却是怎么？”碧峰道：“川何水而复新，水何川之能故。”飞唤道：“也有个时候汪而不流，却又怎么？”碧峰道：“禅河随浪静，定水逐波清。”飞唤道：“既有这等妙处，怎么教弟子在梦里过了？”碧峰道：“岂不闻一夕之梦，翱翔百年；一尺之镜，洞形千里？”这些话儿，都是碧峰长老点化这个飞唤徒弟，把个飞唤点化得如风卷烟，如汤沃雪。

碧峰长老看见这个弟子已自超凡入圣，又叫上他一声，说道：“徒弟，你可省得了么？”飞唤应声道：“省得了。”碧峰道：“你省得甚么来？”飞唤道：“我省得个空华三界，如风卷烟；幻影六尘，如汤沃雪。”碧峰道：“你果是省得了。只你的法名还有些不省得。”飞唤道：“弟子的法名有违正果，伏乞师父与我另取上一个如何？”碧峰道：“另取便是另取，只你自家也要取一个，我也和你取一个。”飞唤道：“请师父先说。”碧峰道：“我和你不要说。”飞唤道：“既是不说，怎么得知？”碧峰道：“我却有个处分。”飞唤道：“怎么样的处分？”碧峰道：“你取的法名，写在你的手儿里，我为你取的法名，写在我的手儿里。”飞唤又笑了一笑说道：“这是个心心相证。”师徒们各各取上一副笔墨，各人写上两个字儿。碧峰道：“你拿出手来。”飞唤道：“师父也请出手哩。”碧峰就拿出一个手儿放在外面，说道：“我的手儿虽在这里，却要你的手先开。”飞唤道：“还是师父先开。”师父叫徒弟先开，徒弟请师父先开，两家子都开出手来打一看，只见那两只手儿里俱是那两个字儿，俱是一般儿呼，俱是一般儿写；俱是旧法名的一般儿呼，却不是旧法名的一般儿写。还是个甚么两个字，俱是一般儿呼，俱是一般儿写？俱是旧法名的一般儿呼，却不是旧法名的一般儿写？原来是个旧法名的“飞”字一般儿呼，却是个是非的“非”字，却不是旧法名的“飞”字一般儿写？原来是个旧法名的“唤”字一般儿呼，却是个幻杳的“幻”字，却不是旧法名的“唤”字一般儿写？碧峰长老看见他的心印了徒弟的心，徒弟的心印了他的心，不知怎么样地生欢生喜，说道：“你今番却叫这个非幻了。”这非幻是金碧峰的高徒弟，后来叫作个无涯永禅师。非幻道：“这两个字却是一般样儿呼，怎么一个中取一个不中取？”碧峰道：“你岂不知，自性迷即是众生，自性觉即是佛，慈悲即是观世音，喜舍即是势至，能净即是释迦，平直即是弥陀。”

道犹未了，这个非幻化身虽在东土，心神已自飞度在西天之上了，连忙地皈依叩礼。只见一个茶头送将茶来，看见这个非幻小师父虔诚礼拜，他也自晓得他得了根宗，归了正果，叫声：“净头哥快取床席儿来，裹着这个小师父。”净头说道：“怎么样儿，小师父要个席儿裹？”茶头说道：“这个小师父今朝得了道了。”净头说道：“怎么今朝得了道，又要席儿？”茶头道：“你岂不闻‘朝闻道夕死’？”碧峰长老听见，说道：“讲的么闲谈？你和我到西园里去看一看来。”茶头道：“看些甚么？”长老道：“你看那果树上的果子，可曾熟么？”茶头道：“我方才在园里出来，只看见果树满园，果子满树。”长老道：“既如此，快些儿收拾做圆满哩！”即时间收拾起法场，做下了圆满。做到那七七四十九日，只见那天上一切宝莲华云，一切坚固香云，一切无边色楼阁云，一切种种色妙衣云，一切无边清净旃檀香云，一切妙庄严宝盖云，一切烧香云，一切妙曼云，一切清净庄严贝云；只见这会上一切比丘僧，一切比丘尼，一切优婆塞，一切优婆夷；又只见这四众人等一切清净法身，一切圆满报身，一切千百亿化身；又只见这三身之内，一切过去心，一切现在心，一切未来心；又只见这三心之内，一切本来寂净，通达无涯的真智，一切自觉无明，割断烦恼的内智，一切分别根门，识了尘境的外智；又只见四众人等头上顶的，一切以不思议为宗的《维摩经》，一切以无任为宗的《金刚经》，一切以法界为宗的《华严经》，一切以佛性为宗的《涅槃经》；又只见四众人等，手里捧着的一切金轮宝，一切白象宝，一切如意宝，一切玉女宝，一切主藏宝，一切主兵宝，一切绀马宝；又只见清中湛外，驻彩延华，一切银色世界，一切金色世界，一切宝色世界，一切妙色世界，一切莲花色世界，一切檐葡色世界，一切优昙钵罗花色世界，一切金刚色世界，一切颇黎色世界，一切平等色世界。把这些四众弟子，一个个身是菩提，一个个心如明镜。就是茶头、饭头、菜头、火头、净头，也一个个罪花零落，一个个业果飘消；就是经猿谈鸟，也自一个个六时来拜，一个个掌上飞餐；就是金毛狮子、无角铁牛，也自一个个解脱翻身，一个个长眠少室。故此杭州城里传到如今，哪个处所不是善地？哪个人不是善男子？哪个人不是善女人？有一曲《赞佛词》为证，诗曰：

群相倡明茂，四气适清和。
凌晨将投礼，首宿事耆摩。
闪居太阳来，朗跃周九阿。
诸天从帝释，旌拂纷婀娜。
修罗戢怨刀，波旬解障魔。
馥郁旃檀树，彪炳珊瑚柯。
醍醐酿甘露，徐挟神飙过。
千叶青芙蓉，一一凌紫波。
流铃相间发，宝座郁嵯峨。
上有慈悲父，金顶绣青螺。
端严八十相，妙好一何多。

微吐柔细旨，雍和鸣凤歌。
惠泽彻无间，哀响遍婆娑。
密迹中踊跃，大士亦隗俄。
独解舍利子，回心乾闼婆。
灵花散优钵，智果结庵罗。
法鼓撞震方，慧灯异恒河。
方广讵由旬，成道仅刹那。
冥心归真谛，毋使叹蹉跎。

却说“碧峰会”上圆满已周，长老说道：“你四众弟子在这里今日做了个圆满，我贫僧也要伸一个敬。”四众弟子齐声念一句阿弥陀佛，说道：“蒙老爷超拔天堂，永不堕地狱，已自无量功德，怎么敢受老爷的敬？”长老道：“不是别的，就是那四园之中果树满园，果子满树，这都是数年之中，我贫僧亲手种的。你们到园里面去，一人取一个，人人要到手，个个要到口，才不枉了我贫僧种果的初心。”四众弟子不敢违拗，齐齐地离了法会，进了西园。真个的果树满园，果子满树。挨次儿一人取一个，人人到手；一个咬一口，个个到口。其中滋味也有甜的，也有酸的，也有苦的，也有涩的。味虽不同，却都是一般地得了正果。鱼贯儿转到会上来，只说是圆满又圆满，无了又无休，哪晓得碧峰长老带着个非幻神僧，已别寻一个洞天福地去也。

正行之际，非幻说道：“师父，你把前日的诗儿再加详细一详细，却不要错上了门哩！”碧峰道：“你不看见这就是一个山？这个山总有三十六个峰头，那前面一个秀削的就叫作个大王峰，又叫作天柱峰。当先原有个魏王子骞和张湛等一十三个人，都在这个峰头下得道，就住在这个峰窝儿里面。那里面虽则是一个石室，却别是一个天地，别是一个日月星辰，别是一个山川岳渎。峰头上有一样桧柏异竹，有一样仙橘仙李，有一样长生芝草奇花，故此他的诗上说道：‘洞中灵怪十三子’。”非幻道：“这一句是了。那‘天下瑰奇第一山’在哪里？”碧峰道：“那一句又是合而言之。”非幻道：“怎叫作个合而言之？”碧峰道：“总说这个山碧水丹崖，神剜鬼削，龙骧虎踞，马骤蜿虫尊，是普天之下第一个山。"非幻道："'棹曲浩歌苍霭外'，这在哪里？"碧峰道："这山下溪流九曲，缭绕之玄，有一等兰舟桂棹，来往其间，长啸浩歌，山谷震动，却不是'棹曲浩歌苍霭外'？"非幻道："又怎么叫作个'幔亭高宴紫霞间'？"碧峰道："大王峰转过北一首，有一个幔亭峰，是秦始皇时候，玉帝为太姥魏真人武夷君设一座虹桥跨空，上面建立的是幔亭，彩屋中间铺设的是红云裀，紫霞褥，请些乡里人来饮酒，名字叫作个曾孙酒。唱的是宾云曲，舞的是搦云腰。后来这些男女们在桥上吃过酒来的，都活了二三百岁，故此叫作个'幔亭高宴紫霞间'。"非幻道："师父既是认得这个山，这个山还叫作个甚么名字？"碧峰道："昔日有个仙人住在山上，自称武夷君，故此这个山叫作个武夷山。"非幻道："山便是武夷山，却不知徒弟在哪里。"碧峰道："且下来再作道理。"

好个碧峰长老，说声上就是上，说声下就是下。收了金光，恰好到了那六曲溪流的左侧一个小小峰头之上。那峰头上的石头都生成是个仙人的手掌，红光相射，紫雾喷花。碧峰心里想道："这个仙人遗掌，十指春葱，也都是个般若哩！"叫声道："非幻，你看见这几片仙掌石头么？"非幻听见师父呼唤，连忙地近前顶礼。碧峰抬头看来，只见是两个非幻在前面站着。碧峰心里想道："这却又是个小鬼头来卖弄也。"心儿里虽则晓得是个小鬼头，却终是慈悲为本，方便为门，面上却没些儿火性，微开善口，叫声："非幻！"他两个齐齐地答应上一声："有！"碧峰道："哪个是真非幻？"他两个人齐齐地答应道："我是真非幻！"碧峰道："是真非幻过左。"两个人齐齐地过左。碧峰道："是真非幻的过右。"两个人齐齐地过右。碧峰道："是真非幻的，把那前面的仙人掌都掮将来。"掮这仙人掌不至紧，一掮掮出许多的妖魔鬼怪来了。怎么就掮出许多的妖魔鬼怪来了？原来这六个仙人掌是六块石头，只是形状儿像个仙人的手掌，上面又有些掌纹儿，一个方头约有千百斤之重。长老吩咐一声道："是真非幻时，你将仙人掌来。"只见六块石头，就是六个非幻，掮将来了。这六个非幻，却比头里的又多了四个。长老坐在峰头之上，高张慧眼，只见这六个之中，有两个是人，却有四个是鬼。碧峰心里想道：“‘浑浊不分鲢共鲤，水清方见两般鱼。’待我与他一个顶门针。”叫声道：“把个仙人掌掮上来些！”只见六个非幻掮着六个仙人掌，径直走到面前来。好长老，拿定了这根九环锡杖，照前还他一杖。这一杖打得个山鸣谷应，鹤唳猿啼。只有两个非幻站在面前，那四个非幻，一个一跟头，都做个倒栽葱，栽在那瀑布飞泉的里面去了。长老看见走了四个，还有两个，心儿里就明白了，叫声：“非幻！”他两个人又来齐声地答应。长老微开善口，轻轻地呵上了一口气，只见一阵清风劈面来，罪花业果俱砯剥。可可的是两样的人，一个是非幻，一个不是非幻。虽则一个是，一个不是，却两个都不会说话。长老心里晓得，这都是妖气太重了，又呵上一口气与他。只见一阵清风劈面来，师父徒弟都明白。非幻心里才明白了，看见是个徒弟，心里又着恼，又好欢喜，说道：“你做这等个神头鬼脸怎的？”云谷道：“不是我做这个神头鬼脸来，其中有好一段缘故。”非幻道：“且不要说甚么缘儿，师祖在上面。”云谷听见“师祖”两个字，就有三分鬼见愁，连忙地磕头礼拜。拜了师祖，又拜师父，方才像个法门弟子。这云谷是金碧峰的小徒孙，后来叫作个无尽溥禅师。非幻把个雁荡山看诗的事故，武夷山找寻的缘由，细说了一遍。云谷满口只是一个“阿弥陀佛，阿弥陀佛”。碧峰道：“你方才有甚么一段好缘故？”云谷道：“弟子自别了师父，实指望踏遍红尘，看山寻水，松林聚石，竹径摇风，哪晓得个好事多磨。”碧峰道：“磨磨折折，金头玉屑。却甚么事磨折？”云谷道：“这个山自古以来，有个钤记。”碧峰道：“甚么钤记？”云谷道：“钤记说是：溪曲三三绿，峰环六六青。三三都见鬼，六六尽埋精。”

碧峰道：“原来鬼怪这等多也。”云谷道：“多便多，还有一个大得凹的。”碧峰道：“方才掮仙人掌的可就是他？”云谷道：“方才的只当个怪孙儿。”碧峰道：“那大的还在山上，还在水里？”云谷道：“就在这九曲溪流里面。”碧峰道：“怎见得？”云谷道：“时常变作个船儿在水面上，有等的生党人儿不晓得，误上了他的船，就着了他的手。他若是出来时，遇晴天便乌风黑雨，遇阴雨便就雨散云收，神通广大，变化无穷。弟子在这里受他的气，也有年把了。”碧峰道：“他自在水里，与你何干？”云谷道：“他水里不得手，又变化到崖上来。”碧峰道：“你方才怎么又下手师父哩？”云谷道：“不是下手师父也。只因这个老怪时常间带着些儿大精小怪，或变作我的师父，或变作我的师兄，是我弟子连番与他赌个胜，斗个智，赛个宝，显个神通。哪晓得今日里果真师父、师祖来也。”碧峰道：“怎么今日不曾见他出来？”云谷道：“他有数的，来便来七七四十九个日子，去便去七七四十九个日子。今日这些小怪受了搪突，一定前去报知他了。只在四十九日后，他才出来。”碧峰道：“你可探得他的根脚儿着？”云谷道：“却不晓得他的根脚是怎么样的。”好个碧峰长老，叫声非幻站着左壁厢，叫声云谷站着右壁厢，自家口里念动几句真言，宣动几句密语，片时间，有许多的文文武武、红红绿绿、老老少少、长长矮矮的人来了，也不知是个人，也不知是个神；也不知是个神，也不知是个鬼也。非幻问声道：“来者何人？”那些来的看见了这个长老坐在峰上头，金光万道，那边的小长老紫雾腾空，吓得他一个个挨挨札札，怕向前来。非幻又说声：“来者何人？各道名姓。”那些来者却才一字儿跪着。一个说道：“东方揭谛神参见。”一个说道：“西方揭谛神参见。”一个说道：“南方揭谛神参见。”一个说道：“北方揭谛神参见。”一个说道：“中方揭谛神参见。”一个说道：“日游神参见。”一个说道：“夜游神参见。”一个说道：“巡山逻候参见。”末后有一个老又老、矬又矬、跛也跛的跛将来，说道：“本境土地之神参见。”长老道：“土地之神跪上些。”那土地又跛也跛的跛将上来。长老道：“你山里有个甚样的精怪在这里么？”土地回复道：“若论小精小怪，车载斗量；若论半精半怪，笼贯箱张；若论大精大怪，虽则只是一个，却也狠似阎王。”长老道：“他怎的这等狠哩？”土地道：“不管他狠事，他一家儿都是些兄弟兵。”

却不知这个怪有个甚么兄弟兵，却不知后来碧峰长老怎么样降服他的兄弟兵，且看下回分解。

第7回　九环锡杖施威能　四路妖精皆扫尽

诗曰：

岩下飘然一老僧，曾求佛法礼南能。
论时自许窥三昧，入圣无梯出小乘。
高阁松风传夜磬，石床花雨落寒灯。
全凭锡仗连环响，扫荡妖氛诵法楞。

却说长老问这个精怎的这等狠，土地道：“不管他狠事，只因他一家儿都是些兄弟兵。”长老道：“他是甚么兄弟兵？”土地道：“他一门有四个房头，都是精怪。只是大房头更加茂盛些，一个老儿养了三十二个儿子，个个神通广大，个个变化无穷，其余的三个房头，都是单传的一家一个儿。”长老道：“可有个姓么？”土地道：“也不知其姓。”长老道：“可有个名字么？”土地道：“也不知他的名字。”长老道：“既没有姓，又没有名字，却怎么样儿称呼？”土地道：“他大房里人多，就号作天罡精；二房里只一个，号作鸭蛋精；三房里一个，号作葫芦精；四房里一个，号作蛇船精。”长老道：“你这山上的是哪一房哩？”土地道：“这山上是四房里蛇船精，故此只在九曲溪流之上。”长老道：“那三房都住在哪里？”

土地道：“第三房住在罗浮山上，第二房住在峨眉山上，大房里住在五台山上。”长老一直探实了他的底儿，方才吩咐这些神道各回本位。

一个长老，两个神僧，就在这个山上遇晓便行，遇晚便宿，遇峰头便上峰头，遇岩洞便进岩洞，遇寺观便坐寺观，遇祠庙便住祠庙，遇长老讲上几句经，遇众生教他几句偈，遇强暴引他进善门，遇慈悲掖他登法界，遇龙与他驯，遇虎导他仁，遇鹤任其舞，遇鸟雀随其饮啄。不觉地乌飞兔走，日复一日，这一日坐在齐云谷的齐云亭上，那亭外竖着一座碑，石碑上镌着一首七言四句的诗。长老问说道：“那碑上的诗是甚么人题的？”非幻看了一看，回声道：“是朱文公题的。”长老道：“你把那诗念来与我听着。”非幻慌忙地走近前去念说道：“九曲将穷眼豁然，桑麻雨露见平川；渔郎更觅桃源路，除是人间别有天。”

一个“天”字才念得出声，猛省得半空里火光一闪，嗖地里一阵地响将来，只见：

视之无影，听之有声。噫！大块之怒号，传万窍之跳叫。穴在宜都，顷刻间弄威灵于万里；兽行法狱，平白地见鞠陵于三门。一任他乒乓乒乓，栗栗烈烈，撼天关，摇地轴，九仙天子也愁眉；哪管他青青红红，皂皂白白，翻大海，搅长江，四海龙王同缩颈。雷轰轰，电闪闪，飞的是沙，走的是石，直恁的满眼尘埋春起早；云惨惨，雾腾腾，折也乔林，摧也古木，说甚么前村灯火夜眠迟。忽喇喇前呼后叫，左奔右突，就是九重龙凤阁，也教他万瓦齐飞；吉都都横冲直撞，乱卷斜拖，即如千丈虎狼穴，难道是一毛不拔？虽不终朝，却负大翼，么的戴嵩之失牛，喝的韩幹之堕马；才闻虎啸，复讶鸢鸣，愁的鸡豚之罔栅，怕的乌雀之移巢。纵宗生之大志，不敢谓其乘之而浪破千层；虽列子之泠然，吾未见其御之而旬有五日。似这等的恶神通，哪里去听个有虞解愠之歌，黄帝吹尘之梦？须别样的善菩萨，才赢得这个高祖丰沛之乐，光武汾阳之诗。正是：万里尘沙阴晦暝，几家门户响敲推。多情折尽章台柳，底事掀开杜屋茅。

真好一阵怪风也。非幻见了，只是缩了个颈；云谷见了，他只是伸出个舌头来；长老坐在齐云亭上，只把他当一个耳边风。这一阵风方才息了，又只见黑沉沉的世界，满地里倾盆倒钵地下将来。只见：

湙然凄凄，霈焉祁祁，纳于大麓而弗迷，自我公田而及私。王政无差，十日为期，未能破块，才堪濯枝。微若草间委露，密似空中散丝。饮酒方观于御叔，假盖定闻于仲尼。若夫月方离毕，云初触石。纡灌坛之神驭，俨高唐之丽质。虽润不崇朝，而暴难终日。尔其骖屏翳，驾玄冥，叹室中之思妇，集水上之焦明。蜀道淋铃，周郊洗兵。罘罳楯于秦殿，奏箫鼓于刘城。或以占中国之圣，或以伐无道之邢。及夫舟运渡头，水生堂上，喜甘泉之已飞，伊百谷而是仰。亦有洞中鞭石，鞍上飞尘，烦河伯之使，藉无为之君。则有谅辅聚艾，戴封积薪。漂麦已称于南风，流粟仍传于贾臣。随景山之行车，折林宗之角巾。亦闻文侯期猎而守信，谢傅出行而致怒。或勤闵而求，或霖霪为苦。忤罗浮之神龟，鸣武昌之石鼓。复见商羊奋跃，石燕飞翔，玉女振衣，雷君出装。认天河之浴豨，观卯日之群羊。利物为神，零云有香。霈则喻宣尼之相鲁，霖则为傅说之辅商。又云栾巴噀酒，樊英嗽水。浮朱鳖于波上，跃黑蜧于水底。阴阳吻合而风多，日月蔽亏而云细。或因掩骼而降，或为省冤而致。考于羲易，怅西郊之未零；玩彼麟经，睠北陵而可避。正是：茅屋人家烟火冷，梨花庭院梦魂惊。渠添浊水通鱼入，地秀苍苔滞鹤行。

却又好一阵骤雨也。非幻伸出手来，把个指头儿算一算。云谷道："你算个甚的？"非幻道："我算一算来，今日刚刚的是七七四十九个日子了。"云谷道："这孽畜真个是会呼风唤雨的。"非幻道："少说些罢。"只见碧峰长老坐在亭子上，合了眼，定了神，只当一个不看见的。须臾之际，雨收云散，皎日当天。一扑喇，一个猛汉站在长老的面前：猫头猪嘴，露齿呲牙。长老心里想道："今番却是那畜生来也。"开了眼，轻轻地问道："你是甚么人？"那猛汉道："你还不认得我哩！我是当方有名的蛇船大王。”长老道：“你到这里做甚么？”猛汉道：“你无故久占我的山头，我特来和你赌个赛。”长老道：“你这等一个矮矬矬的人儿，要赌个甚么赛？”那猛汉听知道说他矮，他就把个腰儿拱一拱，手儿伸一伸，恰好就有几十丈高，就像个九层的宝塔。长老道：“高便有这么样儿高，只是个竹竿样儿，不济事。”那猛汉知道说他瘦，他又把个身子儿摇几摇，手儿摆几摆，恰好就有十丈宽大，就像个三间的风火土库。长老要他变高了，眼便不看见下面的动静；长老要他变夯了腰，便不会如常地屈伸。长老想道：“却好算计他了。”双手揝定了这根九环锡杖，谨照着他的腰眼骨儿，着实断送他一下，把个孽畜打得一个星飞缭乱，魄散魂飘，咬着牙，忍着疼，望正南上径走。好个碧峰长老，拽着根九环的锡杖，带着两个证佛的高徒，金光起处，早已赶上了这个孽畜。这孽畜看见后面赶得紧，只是望着第三的哥哥处奔。他那里前面走得紧，我这里后面追得紧。

这孽畜一走，走到一个高山之上，径自奔到那个峰头儿，只是一闪。长老起头看来，只见这个山约有五六千丈的高，约有三四百里的大，有十五个岭头，神光烁烁；有三十二个峰头，瑞气漫漫。却再看一看来，原本是两个山，如今合做一个山。长老心里明白了，把个头儿点了一点。非幻问道：“师父，这却是个甚么山也？”长老道：“这是道书上十大洞天之一。”云谷道：“想也就是那个土地菩萨说的罗浮山。”非幻说道：“既是罗浮山，却不是他第三的哥哥家里？”长老道：“不要管他甚么第四、第三，直恁地碾将他去。”好个碧峰长老，说了一个“碾”字，金光起处，就在那个高峰顶上去了，起眼一瞧，并没有一些儿动静。长老道：“非幻，你把那个峰头的上下细细地挨寻一遍，来回我的话。”云谷道：“弟子也要下去寻他寻。”长老道：“你也去走一遭儿。却一件来，一个望东而下，自西而上；一个自西而下，望东而上。”两个小长老同领了师父的佛旨，同时下山来挨寻。你也指望捉妖缚精，师父面前来讨赏；我也指望擒魔杀怪，师祖向前去献功。

非幻自东而下，自西而上，两手摸着一个空；云谷自西而下，望东而上，半星儿都是假。两个人走到师父面前来，你也说道“没有”，我也说道“没有”。好个碧峰长老，把个慧眼一张，只见那个峰窝儿里面有这等一点儿妖气。长老道：“你两个同到那个峰窝儿里瞧一瞧来，看那里是些甚么物件，快来回话。”两个人走将下去，并不曾见有些甚么物件，复回身来。非幻走得快些，一脚绊了一下，照地下就是一骨碌。云谷走上前去打一看，原来绊了脚的是一根葫芦藤儿。这根藤尽有老大的。非幻心里就有些儿狐疑，云谷心里就有些儿费想。两个人更不打话，径直跟着了这根藤儿只是走。大约走三五百步，只见一个石岩里面一个大毛松松的葫芦。非幻道：“这敢就是那话儿？”云谷道：“却不是怎的。”两个人抽身便转，转到峰头上，回了长老的话。

长老金光一耸，那个石岩就在面前。好长老，掣起那根九环锡杖，照着个葫芦，只听得一声响，把那葫芦打得个望岩上只是一滤。原来哪里是个葫芦，却是一个毛头毛脸的老妖精，手里还牵着那个猫头猪嘴的猛汉。长老又照着一杖，把这两个妖精打得存扎不住。他两个就走到玉鹅峰上去，长老就打到玉鹅峰上去；他两个走到麻姑峰上去，长老也打到麻姑峰上去；他两个走到仙女峰上去，长老也打到仙女峰上去；他两个走到会真峰上去，长老也打到会真峰上去；他两个走到会仙峰上去，长老也打到会仙峰上去；他两个走到锦绣峰上去，长老也打到锦绣峰上去；他两个走到玳瑁峰上去，长老也打到玳瑁峰上去；他两个走到金沙洞里去，长老也打到金沙洞里去；他两个走到石臼洞里去，长老也打到石臼洞里去；他两个走到朱明洞里去，长老也打到朱明洞里去；他两个走到黄龙洞里去，长老也打到黄龙洞里去；他两个走到朱陵洞里去，长老也打到朱陵洞里去；他两个走到黄猿洞里去，长老也打到黄猿洞里去；他两个走到水帘洞里去，长老也打到水帘洞里去；他两个走到蝴蝶洞里去，长老也打到蝴蝶洞里去；他两个走到大石楼上去，长老也打到大石楼上去；他两个走到小石楼上去，长老也打到小石楼上去；他两个走到铁桥上去，长老也打到铁桥上去；他两个走到铁柱上去，长老也打到铁柱上去。他两个妖精愈加慌了，又走到跳鱼石上去，长老又打到跳鱼石上去；他两个又走到伏虎石上去，长老又打到伏虎石上去。他两个妖精也无计奈何，双双地钻在那阿耨池里面去，碧峰长老也打到阿耨池里面去；他两个又钻在夜乐池里去，长老又打到夜乐池里去；他两个一钻又钻在卓锡泉里去，好个碧峰长老，把那九环锡杖望地上略略地响一声，只见他两个妖精和那泉水儿，同时朝着面上一瀑起来。两个妖精心生一计，径走到御花园里柑树上，摇身一变，闪在那柑子里面去了。碧峰长老已自看见，就远远地打一杖来。他两个又安身不住，却又摇身一变，藏在那御花园里茏葱竹儿里面去了。长老照着这个竹儿又是一杖来，他两个又是安身不住。却只见山上有一群五色的小雀儿共飞共舞，他两个又摇身一变，恰好变作个五色的小雀儿，也自共飞共舞。碧峰长老把个九环锡杖对着雀儿一指，那些真雀儿一齐掉下地来，只有他两个假雀儿，趁着这个势头儿，一蓬风飞了。

他两个在前面飞，长老拽着一根锡杖，领着两个徒弟，紧着在后面赶。他两个径望西北上飞，长老也望西北上赶。正在追赶的紧溜处，非幻说道：“这两个妖精只望西北上飞，莫非是到峨眉山上去讨救兵来也？”长老道：“我已自理会得了。”云谷道：“凭着师祖这根锡杖，怕他甚么百万妖兵！”师徒们正在闲谈闲论，不觉的就是峨眉山了。他两个妖精虽则灵变，却要驾着雾借着云才会飞。碧峰长老他本是个古佛临凡，不驾雾，不乘云，金光起处，还狠似飞，故此他两个妖精再走不脱。他两个刚刚地飞到峨眉山上，叫一声：“二哥哩！”倒也好个二哥，平白地跳将起来，却是三个妖精，打做了一伙。云谷说道：“这个妖精又是个蓝头蓝面的。”非幻道：“这就是那土地老儿说的鸭蛋精。”长老更不叙话，赶上前又还他一杖。今番又是三个妖精没路跑了，只见大峨眉山上打到中峨眉山上，中峨眉山上打到小峨眉山上，小峨眉山上又打到大峨眉山上。山顶上打到山脚下来，把那八十四个磨盘湾，做了个银瓶坠井；山脚下又打到山顶上去，把那六十余里的之玄路，做了个宝马嘶风。一百一十二座石头的龛儿，龛龛的流星赶月；一百二十四张石头的床儿，床床的弩箭离弦。大小洞约有四十余个，哪个洞里不听得这九环锡杖珰珰玎玎？洞里穴约有三十六双，哪个穴道不听得这九环锡杖硠硠磞磞？虽则是光相禅师，也做不得个万间广厦；纵然有普贤菩萨，也做不得个西道主人。那三个妖精也自计穷力尽了，大家商议道：“和尚狠得紧哩！我和你莫若奔到五台山去，就着那些天罡精再作道理。”说犹未了，后面又追将来。三个妖精没奈何，舍着命直冲正北上走。长老拽着锡杖，领着徒弟，也望正北上赶将来。却赶得有十之七八，云谷道：“师祖，前面是甚么山？”碧峰道：“就是五台山。”云谷道：“怎么叫作个五台山？”碧峰道：“这个山是北岳恒山的头，太行山的尾，绵亘有五六百里的路，按东西南北中的方位，结就金木水火土的气脉，却是五个峰头。那峰数五，平平坦坦，就像台基儿一般，故此叫作个五台山。”非幻说道：“那三个妖精已自奔到峰头上去了，师父快些掣出杖来。”长老道：“今番却又不在打上。”只见那三个妖精慌慌张张、吆吆喝喝，这个峰头上又跑到那个峰头上，那个峰头上又跑到这个峰头上。长老也不举杖，也不追他，只是坐在中间的台上，念动几句真言，宣动几句密语，拽着根锡杖，领着两个高僧，且自寻个善世法门入定去了。

却说他三个妖精，东边也叫着天罡精哩，西边也叫着天罡精哩。那些天罡精，东边也跳出一个来，西边也跳出一个来。叫的叫了两三日，才叫得遍，跳的跳了两三日，才跳得全。你看那三个妖精，又得了这三十三个天罡，如虎生翼，每日间在这些峰头上跳的跳，叫的叫，飞的飞，跑的跑，吼的吼，哮的哮，呥的呥，话的话，髴的髴，髣的髣。每日间又在这个长老入定的门前，呼风的呼风，唤雨的唤雨，吸雾的吸雾，吞云的吞云，移山的移山，倒岳的倒岳，搅海的搅海，翻江的翻江，飞枪的飞枪，使棒的使棒，撒瓦的撒瓦，搬砖的搬砖，攫烟的攫烟，弄火的弄火。云谷听知门外这等样儿闹闹吵吵，走将出去看一看，只见那三个，一个是蛇船精，猫头猪嘴；一个是葫芦精，毛头毛脸；一个是鸭蛋精，蓝头蓝面。新添的这三十三个天罡精，好不标致哩，一个个光头光脸，是白盈盈的，就是个傅粉郎君。云谷也自有三分的惧怕，叫声：“师父，你来看也。”非幻听见外面叫他，也自跑将去看，见这些妖怪神通广大，变化多般，心里也自有两分的慌张。一个师父，一个徒弟，两个人正在恟恟懔懔、慅慅憰憰，猛听得里面长老叫上一声，吓得他师徒两个狠着一个大足龙踵，忙忙地走将进来，回复道：“师父有何呼唤？”长老道：“我入定有几个日头了？”非幻道：“已经七七四十九个日头了。”长老道：“外面的精怪何如？”云谷道：“凶得凹哩！”长老道：“你们看见他么？”云谷道：“适来我和师父两个人眼同面见的。”长老道：“待我出来。”好个长老，从从容容出了定，净了水，纳了斋，一只手攫了髭髯，一只手拽了那九环锡杖，后面跟着两个高僧，大摇大摆地走出门去。

早有一个小妖精就看见了。那小妖精口儿里吹上一个鬼号，舌儿上调出一个鬼腔。长老刚刚地坐在山头上，只见前后左右，四远八方，尽是些精怪，都奔着长老的面前来。奔便是奔到长老面前来，及至见了长老的金身，也自有三分儿鬼扯腿。长老道：“你们是甚么人？”猫头猪嘴的说道：“你岂不认我是蛇船大王？”毛头毛脸的说道：“你岂不认我是葫芦大王？”蓝头蓝面的说道：“你岂不认我是个鸭蛋大王？”那些光头光脸标致些的跳下跳下，嘈嘈杂杂说道：“我们兄弟是个天罡大王，你本然不曾认得我哩！”长老道：“你们到这里做甚么？”蛇船精说道：“赶人不过百步，你赶我，怎么直赶到这里来？”葫芦精说道：“一身做事一身当，便我的兄弟有不是处，你怎么连我也赶将来？”鸭蛋精说道：“家无全犯，你怎么样一联儿欺负我弟兄三个？”那些天罡精人多口多，齐声说道：“你不合这等地上门欺负人。”

长老道：“既是这等说来，你们也有些手段么？”众妖精齐声说道：“你不要小觑了人！我们有神有通，能变能化。”长老道：“口说无凭，做出来才见。”众妖精齐声说道：“你教我们怎么做出来？”长老道：“你们说道有神有通，你们就显个神通我看看。”众妖精说道：“看风哩！”说声“风”，这些妖精打伙儿撮撮弄弄，果真是个“飘飘一气怒呼号，伐木摧林鸟失巢”。风便是一阵大风，长老把个杖儿指一指，却就不见了这个风。众妖精说道：“看雨哩！”说声“雨”，果真是个“游人脚底一声雷，倒钵倾盆泻下来”。雨便是一阵大雨，长老把个杖儿指一指，却就不见了这个雨。众妖精说道：“看雾哩！”说声“雾”，果真是个“山光全瞑水光浮，佳气氤氲满太丘”。雾便是一天大雾，长老把个杖儿指一指，却就不见了这个雾。众妖精说道：“看云哩！”说声“云”，果真是个“如峰如火更如绵，雨未成时漫障天”。云便是一天黑云，长老把个杖儿指一指，却就不见了这个云。众妖精说道：“看山哩！”说声“山”，果真是个“秀削芙蓉万仞雄，天然一柱干维东”。山便是一个高山，长老把个杖儿指一指，却就不见了这个山。众妖精说道：“看海哩！”说声“海”，果真是个“巨海澄澜势自平，百川归处看潮生”。海便是一个大海，长老把个杖儿指一指，却就不见了这个海。众妖精说道：“看枪哩！”说声“枪”，果真是个“丈八蛇矛势俨然，万人丛里独争先”。枪便是一根长枪，长老把个杖儿指一指，却就不见了这根枪。众妖精说道：“看砖瓦哩！”说声“砖瓦”，果真是个“点点砖飞如雨乱，磷磷瓦走似星流”。砖瓦便是许多砖瓦，长老就把个杖儿指一指，却就不见了这许多砖瓦。众妖精说道：“看烟火哩！”说声“烟火”，果真是个“黑焰蒙蒙逼紫霄，一团茅火隔烟烧”。烟火便是一番烟火，长老把个杖儿指一指，却就不见了这个烟火。

非幻站在左壁厢，看见这些妖精这么样儿搬弄，说道：“师父，你莫道此人全没用，也有三分鬼画符。”云谷站在右壁厢，说道：“岂不闻，‘呆者不来，来者不呆’。”长老道：“你们有这些闲话，且待我来收拾他。”长老道：“你们的神通，我已自看见了。你们又说道能变能化，你们再弄个变化我看着。”众妖精说道：“还是身里变，还是身外变？”长老道：“先变个身外变来看着。”原来那些妖精本也是个通达的，你看那一字儿摆着，你也口儿里哝哝哝，我也口儿里哝哝哝，一会儿一个人手里一株松。长老道：“这的倒是个耐岁寒。”一会儿一个人手里一丛竹。长老道：“这的倒是个君子。”一会儿一个人手里一剪梅。长老道：“这的倒是个春魁。”一会儿一个人手里一朵桃。长老道：“这的倒是个红孩儿。”一会儿一个人手里一盘银杏。长老道：“这的倒是个甜苦相匀。”一会儿一个人手里一枝柳。长老道：“这的倒是个清明节。”

猛然间，一个妖精唱说道：“一变已周，再看再变！”长老道：“你们再变来。”只见那些妖精，你也口儿里又唧唧唧，我也口儿又唧唧唧，一会子一个人手里一挂龙。长老道：“这的倒是个有头角的。”一会儿一个人手里一双凤凰。长老道：“这的倒是个五色成文的。”一会儿一个人手里一对麒麟。长老道：“这的倒是个应圣人之瑞的。”一会儿一个人手里一只白镯。长老道：“这的倒是个美玉无瑕的。”一会儿一个人手里一双狮子。长老道：“这的倒是个认得文殊师利的。”一会儿一个人手里一头白象。长老道：“这的倒是个不拜安禄山的。”一会儿一个人手里一只老虎。长老道：“这的倒是个山君有名的。”一会儿一个人手里一个豹儿。长老道:“这的倒是个南山隐雾的。”一会儿一个人手里一个金丝犬。长老道:“这的倒像个浑金色相的。”一会儿一个人手里一个玳瑁猫。长老道：“这的倒是个有好皮毛的。”

又猛听得一个妖精唱声道：“再变已周，三看三变。”长老道：“你们三变来。”只见这些妖精，你也口儿里喀喀喀，我也口儿里喳喳喳，一会儿一个人手里一锭马蹄金。长老道：“这的也只看得他是黄的。”一会儿一个人手里一锭圆宝银。长老道：“这也只看得他是白的。”一会儿一个人手里一架景阳钟。长老道：“这也只是杂铜杂铁铸的。”一会儿一个人手里一面渔阳鼓。长老道：“这也是杂皮儿漫的。”一会儿一个人手里一笼料丝灯。长老道：“这也只是和他人指路的。”一会儿一个人手里一个草蒲团。长老道：“这也只是听别人打坐的。”一会儿一个人手里一面古铜镜。长老道：“这也只是自家心里明白的。”一会儿一个人手里一把泥金扇儿。长老道：“这也只是自家身上凉快的。”一会儿一个人手里一壶茶。长老道：“这的原是卢仝的。”一会儿一个人手里一瓶酒。长老道：“这的原是杜康的。”又猛听得一个妖精唱声道：“茶酒已周，理无又变！”长老道：“这却都是个身外变哩，今番却要个身里变哩！”却不知这个长老说个身里变，还是甚么样的千变万化，又不知那些妖精的身里变，还是些甚么样的神巧机关，且听下回分解。

第8回　大明国太平天子　薄海外遐迩率宾

诗曰：

缥渺祥云拥紫宸，齐明箕斗瑞星辰。
三千虎拜趋丹陛，九五飞龙兆圣人。
白玉阶前红日晓，黄金殿下碧桃春。
草莱臣庶无他庆，亿万斯年颂舜仁。

却说金碧峰长老吩咐那些妖精，要个身里变。原来那些妖精正待要卖弄他的本事高强，机关巧妙，等不得这个长老开口哩。长老一说道："你们变个身里变来看着。"那众妖精响响地答应道一声："有！"才说得一个"有"字，你看他照旧时一字儿摆着，说道："怎么样变哩？"长老道："先添后瘸。"众妖精说道："看添哩！"你看他一班儿凑凑合合，果真就是一个添。怎见得就是一个添？原来旧妖精只是三个，新妖精也只是三十三个。一会儿一个妖精添作十个妖精，十个妖精添作百个妖精，百个妖精添作千个妖精，千个妖精添作万个妖精。本等只是一个山头儿，放了这一万个妖精，却不满眼都只见是些妖精了！把个非幻吃了一惊，说道："师父，还是哪里到了一船妖精么？"把个云谷吃了两惊。怎么云谷又多吃了一惊？只因他学问浅些，故此多吃了一惊。他又说道：“想是哪里挖到了个妖精窖哩！”长老看见他添了一万个妖精，又说道：“再从身上添来。”又只见这些妖精咭咭呱呱，一会儿一只手添作十只手，十只手添作百只手，百只手添作千只手。只见一个妖精管了一千只手，一万个妖精却不是管了万万只手？这也真是三十年的寡妇，好守哩，好守哩！长老又说道：“再从身上添来。”又只见这些妖精嘻嘻嗄嗄，一会儿两只眼添作四只眼，四只眼添作八只眼。长老道：“把眼儿再添些。”众妖精说道：“你也没些眼色，只有这大的面皮，如何钻得许多的珠眼？”长老道：“再从身上别添罢！”又只见这些妖精唵唵哒哒，一会儿一寸长的鼻头添作一尺长，一尺长的鼻头添作一丈长，一丈长的鼻头添作十丈长。本等只是一个精怪，带了这等十丈长的鼻头，委实也是丑看。长老道：“忒长了些，不像个鼻头。”众妖精齐声说道：“不是个象鼻头，怎么会有恁的长哩？”长老道：“再从身上添来。”又只见这些妖精叶叶吧吧，一会儿一个口添作两个口，两个口添作三个口，三个口添作四个口，四个口添作五个口，五个口添作六个口，六个口添作七个口，七个口添作八个口，八个口添作九个口，九个口添作十个口。长老道：“添的都是甚么口？”众妖精说道：“添的都是仪秦口。”长老道：“怎么添的都是仪秦的口？”众妖精道：“不是仪秦的口，怎么得这等的多？”长老道：“再从身上别添罢。”又见这些妖精嗞嗞响响，一会儿一个耳朵添作两个耳朵，两个耳朵添作三个耳朵，三个耳朵添作四个耳朵，四个耳朵添作五个耳朵，五个耳朵添作六个耳朵，六个耳朵添作七个耳朵，七个耳朵添作八个耳朵，八个耳朵添作九个耳朵，九个耳朵添作十个耳朵。长老道：“可再添些么？”众妖精说道：“就是你要减我也不听你了。”

长老道：“添便是会添，却不会减了。”众妖精道：“有添有减，既会添，岂不会减？”长老道：“你减来我看着。”只见这些妖精一声响，原来还是原来。旧妖精还是三个，新妖精还是三十三个；一个妖精还是一双手，一个妖精还是一双眼，一个妖精还是一个鼻头，一个妖精还是一张口，一个妖精还是一双耳朵。长老道：“你再减来我看着。”众妖精依旧是这等捻诀，依旧是这等弄耳。一会儿没有了这双手。长老道：“没有手省得挝。”

一会儿没有了一双眼。长老道："好，眼不见为净。"一会儿没有了一个鼻头。长老道："好，没有鼻头，省得受这些污秽臭气。"一会儿没有了一张口。长老道："好，稳口深藏舌。"一会儿没有了一双耳朵。长老道："好，耳不听，肚不闷。"一会儿没有了一个头。长老道："好，省得个头疼发热。"一会儿没有了一双脚。长老道："好，没有了脚，省得个胡乱踹。"一会儿这些妖精要转来了，恰好地不得转来了。你也吆喝着，我的手哩！我也吆喝着，我的脚哩！东也吆喝着，我的头哩！西也吆喝着，我的眼哩！左也吆喝着，我的鼻头哩！右也吆喝着，我的口哩！我的耳朵哩！长老只是一个不讲话，口儿里念也念，手儿捻也捻。原来长老的话儿，都是些嗛法，嗛他去了头，去了手，去了脚。那些妖精只说是平常间要去就去，要来就来，哪晓得这个长老是个紧箍子咒，一去永不来了。

却说这些妖精没有了头，也只是个不像人，还不至紧；没有了手，却便挝不住；没有了脚，却就站不住，恰像个风里杨花，滚上滚下。长老口里念得紧，这些妖精益发叫得紧。长老手里捻得紧，这些妖精益发滚得紧。越叫越滚，越滚越叫。长老看见他恁地滚，恁地叫，心里想他这会儿收拾也。举起杖来，一个妖精照头一杖，一个个返本还原，一宗宗归根复命。长老叫声："非幻！"只见非幻应声道："有！"长老又叫声"云谷！"只见云谷也应声道："有！"长老道："你两个近前去看他一看，且看这些妖精原身是个甚么物件？"非幻走近前去看了一看，云谷也近前去看了一看。长老道："你两个看得真么？"非幻道："看得真。"云谷道："看得真。"长老道："你两个数得清么？"非幻道："数得清。"云谷道："数得清。"长老道："还是些甚么物件？"非幻道："一个是一只禅鞋。"云谷道："一个是一个椰子。"非幻道："一个是一个碧琉璃。"云谷道："这其余的都是些真珠，光溜溜的。"长老道："你们拿来我看着。"非幻拿将那只禅鞋来，问声道："兀的敢就是蛇船精么？"长老道："便是。"非幻道："这是个甚么禅鞋，会这等神通广大哩？"长老道："这却不是个等闲的禅鞋。"非幻道："怎么不是个等闲的禅鞋？"长老道："你便忘却也，补陀山上北海龙王的人事。"非幻道："哎，原来是个无等等天君。"长老道："便是。"云谷拿将那个椰子来，问声道：“兀的敢就是葫芦精么？”长老道：“便是。”云谷道：“这是个甚么椰子，会这等神通广大哩？”长老道：“这却不是个等闲的椰子。”云谷道：“怎么不是个等闲的椰子？”长老道：“你忘却了补陀山南海龙王的人事。”云谷道：“哎，原来是个波罗许由迦。”长老道：“便是。”非幻又拿将那个碧琉璃来，问声道：“兀的敢就是鸭蛋精么？”长老道：“便是。”非幻道：“是个甚么琉璃，会这等神通广大哩？”长老道：“这却不是个等闲的琉璃。”非幻道：“怎么不是个等闲的琉璃？”长老道：“你又忘却了补陀山西海龙王的人事。”非幻道：“哎，原来是个金翅吠琉璃。”长老道：“便是。”云谷又盛将那些珠儿来，问声道：“兀的敢就是天罡精么？”长老道：“便是。”云谷道：“这是个甚么珠儿，会这等神通广大哩？”长老道：“这却不是个等闲的珠儿。”云谷道：“怎么不是个等闲的珠儿？”长老道：“你又忘却了补陀山东海龙王的人事。”云谷道：“哎，原来是三十三个东井玉连环。”长老道：“便是。”原来这四处的妖精，都是四样的宝贝，这四样的宝贝，都是四海龙王献的。金碧峰长老原日吩咐他南膳部洲伺候，故此今日见了，他各人现了本相。后来禅鞋一只，就当了一双，在脚底下穿；椰子镰开来做了个钵盂，长老的紫金钵盂就是他了。碧琉璃随身的杭货，那三十三个真珠，穿作了一串数珠，掼在长老的手上。

却说这五台山附近的居民，却不晓得他这一段的缘故，又且看见这个长老削发留髯，有些异样，人人说道有这等降魔禅师，也有这等异样的长老也。一人传十，十人传百，百人传千，千人传万；一邻传里，一里传党，一党传乡，一乡传国，一国传天下。执弟子的无论东西南北，四远八方，哪一个不来皈依？哪一个不来听讲？碧峰长老无分春夏秋冬，起早睡晚，哪一时不在说法，不在讲经？这时正是永乐爷爷登龙位，治天下，圣人作而万物睹。有一首圣人出的乐府词为证，词曰：

圣人出，格玄穹。祥云护，甘露浓。海无波，山不重。人文茂，年谷丰。声教洽，车书同。双双日月照重瞳。但见圣人无为，时乘六龙，唐虞盛际比屋封。臣愿从君兮佐下风。

这个万岁爷登基，用贤如渴，视民如子，励精图治，早朝晏罢。每日间金鸡三唱，宫里升殿，文武百官，济济跄跄。有一律早朝诗为证，诗曰：

鸡鸣阊阖晓云开，遥听宫中响若雷。
玉鼎浮香和雾散，翠华飞杖自天来。
仰叨薄禄知何补，欲答赓歌愧不才。
却忆行宫春合处，蓬山仙子许追陪。

万岁爷坐在九重金殿上，只见净鞭三下响，文武两班齐。

左班站着都是些内阁：文渊阁、东阁、中极殿、建极殿、文华殿、武英殿这一班少师、少保、少傅的相公，和那詹事府、翰林院这一班春坊、谕德、洗马、侍讲、侍读的学士；又有那吏、户、礼、兵、刑、工六部的尚书，带领着各部的清吏司的司官；又有那都察院、通政司、大理寺一班的大九卿；又有那太常寺、光禄寺、国子监、应天府、太仆寺、鸿胪寺、行人司、钦天监、太医院一班的小九卿；又有那十三道一班的御史；又有那六科一班的给事中；又有那上江两县杂色分理一班的有司。一个个文光烨烨，喜气洋洋。有一律李阁老的宰相诗为证，诗曰：

手扶日毂志经纶，天下安危系此身。
再见伊周新事业，却卑管晏旧君臣。
巍巍黄阁群公表，皞皞苍生万户春。
自是皇风底清穆，免令忧国鬓如银。

右班列着都是些公侯、驸马、伯和那五军大都督；又有那京营戎政；又有那禁兵红盔；又有那指挥，千、百户。一个个威风凛凛，杀气腾腾。有一律唐会元枢密诗为证，诗曰：

职任西枢著武功，龙韬豹略熟胸中。

身趋九陛忠心壮，威肃三军号令雄。
刁斗夜鸣关塞月，牙旗秋拂海天风。
圣朝眷顾恩非小，千古山河誓始终。

传宣的问说道："文武班齐么？"押班官出班奏道："文官不少，武将无差，班次已经齐整了。"传宣的道："各官有事的引奏，无事的退班。"道犹未了，只见午门之内，跪着一班老者，深衣幅巾，长眉白发，手里拄着一根紫竹杖，脚底穿着一双黄泥鞋。鸿胪寺唱名说道："外省、外府、外县的耆老们见朝。"传宣的说道："耆老们有何事见朝，可有文表么？"耆老们道："各有文表。"传宣的道："是甚么文表？"耆老们道："俱是进祥瑞的文表。"传宣的道："是甚么祥瑞？"耆老们道："自从万岁爷登龙位之时，时畅时雨，五谷丰登，百姓们安乐，故此甘露降，醴泉出，紫芝生，嘉禾秀。小的们进的就是甘露、醴泉、紫芝、嘉禾这四样的祥瑞。"传宣的道："哪个是甘露文表？"班头上一个老者说："小的是潞州府耆老，进的是甘露。"传宣的道："接上来。"潞州耆老当先双手进上了表文，后来双手捧上甘露。那传宣的转达上圣旨看了，文武百官三呼万岁，稽首称贺。有一律甘露诗为证，诗曰：

良霄灵液降天衢，和气融融溢二仪。
瑞应昌期浓似酒，香涵仁泽美如饴。
雾瀼寒透金茎柱，错落光疑玉树枝。
朝野儒臣多赞咏，万年书贺拜丹墀。

传宣的道："哪个是醴泉文表？"班次中一个老者说道："小的是醴泉县耆老，进的是醴泉。"传宣的道："接上来。"醴泉耆老当先双手进上了文表，后来双手捧上醴泉。那传宣的转达上圣旨看了，文武百官三呼万岁，稽首称贺。有一律醴泉诗为证，诗曰：

太平嘉瑞溢坤元，甘醴流来岂偶然。
曲蘖香浮金井水，葡萄色映玉壶天。
瓢尝解驻颜龄远，杯饮能教痼疾痊。
枯朽从今尽荣茂，皇图帝业万斯年。

传宣的道："哪个是紫芝文表？"班次中一个老者说道："小的是香山县耆老，进的是紫芝。"传宣的道："接上来。"香山县耆老当先双手进上了文表，后来双手捧上了紫芝。那传宣的传达上圣旨看了，文武百官三呼万岁，稽首称贺。有一律紫芝诗为证，诗曰：

气禀中和世道亨，人间一旦紫芝生。
谢庭昔见呈三秀，汉殿曾闻串九茎。
翠羽层层从地产，朱柯烨烨自天成。
疗饥却忆庞眉叟，深隐商山避姓名。

传宣的道："哪个是嘉禾文表？"班次中一个老者说道："小的是嘉禾县耆老，进的是嘉禾。"传宣的道："接上来。"嘉禾耆老当先双手进上了文表，后来双手捧上一本九穗嘉禾。那传宣的转达上圣旨看了，文武百官三呼万岁，稽首称贺。有一律丘阁老的嘉禾诗为证，诗曰：

灵稼生来岂偶然，嘉禾有验吐芳妍。
仁风毓秀青连野，甘露涵香绿满田。
九穗连茎钟瑞气，三苗合颖兆丰年。
文人墨客形歌咏，写入尧天击壤篇。

却说这四样的祥瑞，挨次儿进贡了，龙颜大悦，即时传下了一道旨意来，赏赐耆老们，给与脚力回籍。又只见午门之内，跪着一班儿异样的人。是个甚么异样的人？原来不是我中朝文献之邦，略似人形而已。头上包一幅白氎的长巾，身上披一领左衽的衣服，脚下穿一双牦牛皮的皮靴，口里说几句侏儒的话。鸿胪寺报名说道：“外国洋人进贡。”传宣的问道：“外邦进贡的可有文表么？”各洋人的通事说道：“俱各有文表。”传宣的说道：“为甚么事来进贡？”洋人通事的说道：“自从天朝万岁爷登龙位之时，天无烈风绾雨，海不扬波，故此各各小邦知道中华有个圣人治世，故此赍些土产，恭贺天朝。”传宣的道：“进贡的是甚么物件？”各洋人通事的说道：“现有青狮、白象、名马、羱羊、鹦鹉、孔雀，俱在丹陛之前。”传宣的道：“一国挨一国，照序儿进上来，我和你传达上。”只见头一个是西南方哈失谟斯国差来的番官番吏，进上一道文表，贡上一对青狮子。这狮子：

金毛玉爪日悬星，群兽闻知尽骇惊。
怒向熊罴威凛凛，雄驱虎豹气英英。
已知西国常驯养，今献中华贺太平。
却羡文殊能尔服，稳骑驾驭下天京。

第二个是正南方真腊国差来的番官番吏，进上了一道文表，贡上四只白象。这白象：

惯从调习性还驯，长鼻高形出兽伦。
交趾献来为异物，历山耕破总为春。
踏青出野蹄如铁，脱白埋沙齿似银。
怒目禄山终不拜，谁知守义似仁人！

第三个是西北方撒马儿罕国差来的番官番吏，进上了一道文表，贡上十四紫骝马。这紫骝马：

侠客重周游，金鞭控紫骝。
蛇弓白羽箭，鹤辔赤茸鞦。

发迹来南海，长鸣向北州。
匈奴今未灭，画地取封侯。

第四个是正北方鞑靼国差来的番官番吏，进上了一道文表，贡上了二十只羱羊。这羱羊形似吴牛，角长六尺五寸，满嘴髭髯，正是：

长髯主簿有佳名，羵首柔毛似雪明。
牵引驾车如卫玠，叱教起石羡初平。
出郊不失成君义，跪乳能知报母情。
千载匈奴多牧养，坚持苦节汉苏卿。

第五个是东南方大琉球差来的番官番吏，进上了一道官表，贡上一对白鹦鹉。这白鹦鹉：

对对含幽思，聪明忆别离。
素衿浑短尽，红嘴漫多知。
喜有开笼日，宁惭宿旧枝。
白应怜白雪，更复羽毛奇。

第六个是东北方奴儿罕都司差来的番官番吏，进上了一道表文，贡上一对孔雀。这孔雀：

翠羽红冠锦作衣，托身玄圃与瑶池。
越南产出毰毸美，陇右飞来鷭鹳奇。
豆蔻图前频起舞，牡丹花下久栖迟。
金屏一箭曾穿处，赢得婚联喜溢眉。

却说这个进贡的都是有名有姓的番王，还有一等没名没姓的进贡金珠、宝贝、庵萝、波罗、熏萨、琉璃、加蒙绞布、独峰福禄、紧鞓兜罗、琥珀、珊瑚、车渠、玛瑙、赛兰、翡翠、砂鼠、龟筒；还有一等果下马，只有三尺高；八梢鱼，八个尾巴；浮胡鱼，八只脚；建同鱼，一个象鼻头，四只脚；长尾鸡，长有一丈；蚁子盐，是蚂蚁儿的卵煮熬得的；菩萨石，生成的佛像；猛火油，偏在水儿里面猛烈；万岁枣，长了有千百年；笃耨香，直冲到三十三天之上；朝霞大火珠，火光照到七十二地之下；歌毕佗树，点点滴滴都是那蜜；淋漓金颜香，树上生成的，香香喷喷直透在凡人身上。这些进贡的都不在话下。只文武百官三呼万岁，叩头称贺，都说道：“遐迩一体，率宾归王。”万岁爷见之，龙颜大悦，即时传下旨意，着四洋馆款待洋人；着光禄寺筵宴，大宴群臣。宴罢，大小官员各各赏赐有差。这正是：

宴罢蓬莱酒一卮，御炉香透侍臣衣。
归时不辨来时路，一任颠东复倒西。

却说明朝早起，宫里升殿，百官谢恩。谢恩已毕，传宣的说道：“文武两班有事出班引奏，无事卷帘散朝。”鸿胪寺唱说道：“百官平身，散班。”百官齐声呼道：“万岁，万岁，万万岁！”一拥而退。只见班部中一个老臣，戴的朝冠，披的朝服，系的朝带，穿的朝鞋，手执的象板，口儿里呼的万岁，一个儿跪在金阶之下，不肯散班。

却不知这个老臣姓甚么，名字叫作甚么，乡贯科目又是甚么，跪在金阶之下，口儿里还是说些甚么，心儿里还要做些甚么，且听下回分解。

第9回　张天师金阶面主　茅真君玉玺进朝

诗曰：

孤云无定鹤辞巢，自负焦桐不说劳。
服药几年辞碧落，验符何处咒丹毫？
子陵山晓红霞密，青草湖中碧浪高。
从此人稀见踪迹，还因选地种仙桃。

却说文武百官谢恩已毕，各自散班，独有一个老臣跪在金阶之下，口称“万岁”。万岁爷道：“阶下跪的甚么人？”这老臣奏道：“臣龙虎山正一嗣教道合无为阐祖光范领道事张真人某。”万岁爷道：“原来是张天师，不知卿有何事独跪金阶？”天师道：“臣蒙圣恩，天高地厚，有事不敢不奏。”万岁爷道：“有事但奏不妨。”天师道：“昨日诸番进贡的宝贝，都是些不至紧的。”万岁爷道：“哪里又有个至紧的么？”天师道：“是有个至紧的。”万岁爷道：“朕父天母地而为之子，天下之民皆吾子，天下之财皆吾财，天下之宝皆吾宝，岂有个至紧之宝之理？”天师道：“这个宝不是天下之宝，都是帝王家里用的宝。”万岁爷道：“若求生富贵，除是帝王家。朕缵承父王基业，西华门里左首，现有广惠库、广积库、承运库、甲字库、乙字库、丙字库、戊字库、两座丁字库，共是九库。内殿另有宝藏库，真珠、琥珀、车渠、玛瑙、珊瑚、瑇瑁、鸦青、大绿、猫睛、祖母，颠不剌的还有许多，怎么又有一个帝王家里用的至紧之宝？”天师道：“万岁爷赦臣死罪，臣方敢奏，若不赦臣死罪，臣不敢奏。”万岁爷道：“赦卿无罪，但奏不妨。”天师道：“陛下朝里的宝贝，莫说是斗量车载，就是堆积如山，也难以拒敌这一个宝。”万岁道：“敢是个骊龙项下的夜明珠么？”天师道：“夜明珠越发不在话下了。”万岁爷道：“似此稀有之宝，可有个名字么？”天师道：“有个名字。”万岁爷道：“是个甚么名字？”天师道：“叫作个传国宝。”万岁爷道：“这传国宝可载在典籍上么？”天师道：“就载在《资治通鉴》上。”万岁爷道：“三教九流，圣经贤传，诸子百家，哪一本书朕不曾过眼，怎么不曾看见这个传国宝哩？”天师道：“帝王之学，与韦布不同，故此不曾看见。”万岁爷道：“怎么帝王之学，与韦布不同？你说来与我听着。”天师道：“帝王之学，只讲一个修身齐家治国平天下的大道理，与夫古今治乱兴衰之所以然，岂肯下同于布衣寒士，寻朱数墨，逐字逐句，斗靡夸多？故此陛下不曾看见这个传国宝哩！”万岁爷道：“既如此，卿说来与朕听着。”天师道：“当原日三皇治世，五帝为君，唐尧虞舜，三代夏、商、周，传至周末，列国分争，叫作个秦、楚、燕、魏、赵、韩、齐。却说楚武王当国，国中有一个百姓，姓卞名和，闲游于荆山之下，看见一个凤凰栖于石上。卞和心里想道：璞玉之在石中者，这块石头必定有块宝玉。载之而归，献于武王。武王使玉人视之，玉人说道：‘石也。’武王说和欺君，刖其右足。文王即位，献于文王。文王使玉人视之，玉人说道：‘石也。’文王说和欺君，刖其左足。卞和抱着这块石头，日夜号哭，泪尽继之以血，闻者也酸。楚武王听见他这一段的情事，方才把个石头解开来，只见里面果真是一块娇滴滴美玉无瑕。后来秦始皇并吞六国，得了这玉，到了二十六年上，拣选天下良工，把这块玉解为三段，中一段，碾作一个天子的传国玺，方圆约有四寸，顶上镌一个五龙交纽，面上李斯镌八个篆字。是哪八个篆字？是‘受命于天，富寿永昌’八个篆字。左一段，碾作一个印形，其纽直竖，直竖纽上有两点放光，如人的双目炯炯。右一段，碾作一个印形，其纽横撇，横撇纽上霞光灿灿。这两段却不曾镌刻文字。到二十八年上，始皇东狩，过洞庭湖，风浪大作，舟船将覆。始皇惧，令投横纽印于水。投迄，风浪稍可些。又令投竖纽印于水，投迄，风浪又可些。遂令投传国玺于水，投迄，风平浪静，稳步而行。最后三十六年，始皇巡狩，到华阴，有个人手持一物，遮道而来。护从的问他是甚么人。其人说道：'持此以还祖龙。'从者传与始皇。始皇看来，只见是个传国玺。始皇连忙问道：'还有两颗玉印，可一同拿来么？'护从的跟问那个人，那个人已自不见踪迹了。故此只是传国玺复归于秦始皇。始皇崩，子婴将玺献与汉高祖。王莽篡位，元佑皇太后将印去打王寻、苏献，崩其一角，以黄金镶之。光武得此玺于宜阳，孙策得此玺于新殿南井中妇人死尸项下，曹操得此玺于许昌，唐高祖得此玺于晋阳，宋太祖得此玺于陈桥兵变之中，元人得此玺于崖山之下。"

万岁爷道："这传国玺现在何处？"天师道："这玺在元顺帝职掌。我太祖爷分遣徐、常两个国公，追擒顺帝，那顺帝越输越走，徐、常二国公越胜越追，一追追到极西上叫作个红罗山，前面就是西洋大海。元顺帝止剩得七人七骑，这两个国公心里想道：'今番斩草除根也！'元顺帝心里也想道：'今番送肉上砧也！'哪晓得天公另是一个安排。只见西洋海上一座铜桥，赤磅磅的架海洋之上，元顺帝赶着白象，驮着传国玺，打从桥上竟往西番。这两个国公赶上前去，已自不见了那座铜桥。转到红罗山，天降角端，口吐人言说话。徐、常二国公才自撤兵而回。故此这个历代传国玺，陷在西番去了。昨日诸番进贡的宝贝，却没有个传国玺在里面，却不都是些不至紧的？"万岁爷道："第二颗玉印现在何处？"天师道："现在三茅山元符宫华阳洞正灵官处职掌。"万岁爷道："这颗印是怎么的来历，现在三茅山？"天师道："句容县东南五十里有一个山，形如'句'字，就叫作个句曲山，道书为第八洞天第一福。汉时有个姓茅的兄弟三人，原是茅蒙真人的玄孙，长的叫作茅盈，恬心玄漠，遍游天下名山，遇着王真君点化他，传他道篆符水。汉初元中，过句曲山，升高而望，心里说道：'这山有异样的形境。'遂入其山，炼丹于华阳洞。丹成，有一白发老者来谒，口称有物相赠。茅盈举手接着，只见是一个锦囊。茅盈开口问他锦囊中是甚么物件，已自不见了那个白发老者。及至开发锦囊，中间是个朱红小匣。扭开金锁，只见是一颗玉印，方圆有四寸，其纽直竖，竖纽上有两点放光，恰像人的双目炯炯。面上却没有镌刻文字。茅盈心里说道：‘此莫非是山灵授我以印章？’后来募化良工，把个印面镌了‘九老仙都之印’六个字，就占住在句曲山第一个峰头上，道号太元真君。这个真君姓茅，因此上句曲山改名茅山。”万岁爷道：“怎么又叫作三茅山？”天师道：“茅盈第二个兄弟，叫作茅固，官居武威太守；第三个兄弟叫作茅衷，官居上郡太守。闻知道茅盈得道成仙，那两个都弃了官职，寻到茅山来。见了哥哥，日夜修炼。后来俱成地仙。茅固道号定箓真君，占住第二个峰头上；茅衷道号保命仙君，占住第三个峰头上。因此上传到如今，叫作个三茅山。”万岁爷道：“这颗印后来何人职掌？”天师道：“自从三茅真君现化之后，广招天下道士，崇祠香火，分为上下两宫。历代钦赐田地约有万余亩，俱是下宫职掌，上宫世袭。灵官这颗印，俱是灵官轮流职掌。”

万岁爷道：“第三颗玉印现在何处？”天师道：“现在小臣府中。”万岁爷道：“这颗印是怎么的来历，现在卿的府中？”天师道：“小臣贵溪县西南八十里，有一座山，其峰峭拔，两面对峙，如龙昂虎踞之状，故此叫作个龙虎山，道书为三十二福地。臣祖名唤张道陵，乃汉留侯八世的孙，生长在浙之天目山，自幼儿学长生之术，遍游天下名山，东抵兴安云锦溪仙岩洞，炼丹其中三年，青龙白虎旋绕于上。丹成饵之时，年六十，容貌益少。又得秘书，通神变化，驱除妖鬼。登蜀之云台峰，拿住一个鬼王，乞命不得，遂出一物自赎。臣祖开视，只见是一颗玉印，其纽横撇，纽上霞光闪闪。臣祖自从得了这颗印，虽不曾篆刻文字，他的术法益神，汉朝孝章皇帝封为天师。遂将玉印开洗，在上面有‘汉天师张真人之印’八个字。后于龙虎山升仙而去，如今飞升台遗址尚存。所遗经箓、符章、印剑传与子孙。龙虎山下有个演法观，古松夹道，后来盖造做个天师府。臣家世袭真人，居于此府。宋江万里有诗为证，诗曰：凿开风月长生地，占却烟霞不老身。虚静当年仙去后，不知丹诀付何人？”

万岁爷道：“这颗印却在卿的府中？”天师道：“是在臣府中。”万岁爷道："既是卿府中有此玉印，何不进来与朕？"天师道："印虽是在臣府中，臣等但能用，却不能职掌。"万岁爷道："怎么能用不能职掌？"天师道："臣祖上这颗印，却收在天上老天师处。"万岁爷道："老天师在天上哪里？"天师道："现在兜率天清虚府的便是。"万岁爷道："怎么用这印来？"天师道："臣府中从山下有一条小路，直到飞升台上，已前的真人，俱从那飞升上天取印来用。"万岁爷道："这如今怎么？"天师道："后来世远事乖，到于唐末，听着一个风水先生指教，把那条路径儿凿断了，故此传到如今，不得上天去了。"万岁爷道："既不得上天，怎么得这颗印用？"天师道："臣祖遗下有一个指甲，臣等急要用印之时，焚起香来，把那个指甲放在香烟之上熏一熏，名唤作烧难香。臣祖就在半天之中现身显化，凡有奏疏，一印可管万千张纸。这就是臣等用印的机缘。"万岁爷道："朕用的须是传国玺来。"天师道："传国玺已经远在西番去了，怎么得来？"万岁爷道："既有番人走的路，岂无我中国人走的路？朕即时调动南北两边人马，五府侯伯，四十八卫指挥，千、百户，竟往西洋去征战一番，有何不可？"天师道："西洋道路遥远，崎岖险峻，南朝的人马寸步难行。"万岁爷道："要知山下路，须问去来人。天师，你好差意了，你又不曾到西洋去走过，怎么晓得西洋的道路是这等样儿难上难？"天师道："臣仰观天文，俯察地理，陛下问臣，臣不敢不以难奏。"万岁爷道："你把那难走的路儿说与我听着。"天师道："难走的路儿倒肯说，只恐怕万岁爷吃惊，臣该万死。"万岁爷也略略笑了一笑，说道："朕在北平镇守之时，到边墙外去砍鞑子，砍得他尸积如山，血流成沟，朕只当扫了几只雏鸡儿。朕在百万军中取大将之首，如探囊取物，神色自如。就是饶他会摇天关，摧地府，朕也只当个儿戏一般，怎么到个吃惊的地位？"天师道："请下了旨意，赦臣无罪，臣才敢说。"万岁爷道："不必太谦，只请说下。"天师道："府、州、县、道、集场、埠泊一切，赦臣不说了。"万岁爷道："正是要找捷些。你只把那险峻关津，崎岖隘口，说与朕知便罢。"天师道："天覆地载，日往月来，普天之下有四大部洲：一个是东胜神洲，一个是西牛贺洲，一个是南膳部洲，一个是北俱芦洲。陛下掌管的山河，就是南膳部洲。

陛下命将出师，由水路而进，先从洋子大江出，到孟河口上，过了日本扶桑，琉球、交趾，前面就有吸铁岭，五百里难行。过了吸铁岭，前面又有红江口，千里难行。过了红江口，前面又有白龙江，三百里难行。过了白龙江，前面一步也去不得了，一步也去不得了！”万岁爷道：“怎么一步也去不得了？”天师道：“前面就是八百里软洋滩，却怎么去得？”万岁爷道：“怎么叫作个软洋滩？”天师道：“九江八河，五湖四海，那水都是硬的，舟船稳载，顺风扬帆。惟有这八百里的水，是软弱的，鹅毛儿也直沉到底，浮萍儿也自载不起一根，却怎么会过去得？”万岁爷道：“过了这个软水洋，前面是甚么去处？”天师道：“软水洋这一边还是南膳部洲，过了软水洋，那边去就是西牛贺洲了。”万岁爷道：“西牛贺洲何如？”天师道：“到了西牛贺洲，说不尽的古怪刁钻，数不了的跷蹊惫懒。”万岁爷道：“你只把那有头绪的说来。”天师道：“有头绪的，头一个是个金莲宝象国，第二国是个爪哇国，第三国是个西洋女儿国，第四国是苏门答剌国，第五国是个撒发国，第六国是个溜山国，第七国是木葛兰国，第八国是个柯枝国，第九国是小葛兰国，第十国是个古俚国，第十一国是个金眼国，第十二国是吸葛剌国，第十三国是木骨都国，第十四国是忽鲁谟斯国，第十五国是个银眼国，第十六国是个阿丹国，第十七国是个天方国，第十八国是酆都鬼国。这十八个大国，各国有谋士，各国有军师，各国有番将，番将有万夫不当之勇，各国有番兵，番兵有遮天掩日之能。也有一等妇人女子，也会调兵设策。还有一等丫头小厮，也会舞棒飞枪。还有一等草仙、鬼仙、人仙、神仙、地仙、祖师、真君、中品、天尊，一个个都会呼雷吸电。还有一等番僧、胡僧、圣僧、禅僧、游脚僧、喇抹僧、靠佛僧，一个个都解役鬼驱神，只杀得翻江搅海，地动天摇。这正是强龙不斗地头蛇，南朝人马怎么去得？”万岁爷道：“厮杀的事不在话下，只是为着这块石头，亦不发勤兵于远。”天师道：“传国玺终是不得来了。”万岁爷道：“传国玺已是求之不得，卿府玉印，又在兜率天清虚府，不知茅山的印，朕可用么？”天师道：“凡夫修到神仙地位，三朝天子福，七辈状元才，天子神仙，一而二，二而一，岂有三茅祖师之印，陛下用不得之理？”万岁爷道：“传下道旨意，发下一面金牌，差下一个能达的官员，前往三茅山宣印见朕。”连问了三声：“哪一个官去得？”阶下并没有一个官员答应。只见姚太师站在万岁爷御座左侧说道：“来说是非者，便是是非人。就差张真人前去。”奉圣旨是。万岁爷退朝。张天师赍了这一道圣旨，领了这一面金牌，带了这一班校尉，星夜奔驱，不敢违误。出这通济门，过了高桥门，竟奔句容县去。这九十里路上，心里想道：“姚太师分明是个出家人，做了这许多勾当。今日看见我们儒、释、道本是个屡世通家了，他就把这个宣印的差栽陷我，好没来由哩！”转想转恼，不觉到了句容。句容县官来迎，天师道：“旨意在身，不及施礼。”竟往三茅山而去。

却说三茅山的正灵官也是从八品的官，副灵官也是从九品的官。这一日正是三月十八日洗殿之日，两个灵官领着两班当值的道士，收拾了殿宇，锁钥了殿门，各自下山，各归各宫安置。哪晓得睡到半夜三更，只听得外面的人吆吆喝喝，都说道：“山顶上发了南方丙。”哪一个道士不起来？哪一个灵官不起来？及至跑到山顶上，却又不见了火光，转到上宫、下宫，又只见火焰焰。众道士说道：“不好了，想必有甚么祸事临门。”灵官道：“火发敢是主大贵人至？”道犹未了，金鸡三唱，曙色朦胧，只听知说道：“圣旨已到，快排香案开读。”把这些道士吓得慌上慌，一个个都到小酒店里去讨法衣，把逸灵官吓得忙上忙，一个个都到徒弟床上去摸冠儿。天师捧了圣旨，校尉捧了金牌，竟到山顶大殿之内开读。开读已毕，天师参见三茅祖师，金鼎内捻了一炷明香上来。天师参见祖师，不行跪拜礼，只得把个手儿举三举，把个牙齿儿叩三叩，竟出前殿坐下。那个灵官捧着那颗玉印，装在蟠龙匣里面，付与天师。天师心忙意急，抽身便转南京。正是：急递思乡马，张帆下水船。流星不落地，弩箭乍离弦。天师捧了这个蟠龙盒儿，径进通济门会同馆住着。等到五更时分，万岁爷升殿，文武百官进朝。正是：

临轩启扇似云收，率土朝天极水流。
瑞色含春当正殿，香烟捧日在高楼。
三朝气早迎恩泽，万岁声长绕冕旒。

请问汉家功第一，麒麟阁上识酂侯。

万岁爷升殿，文武百官进朝。传宣的问道：“文武班齐么？”押班的官出班奏道：“文官不少，武将无差，班次已经齐整了。”传宣的道：“各官有事的引奏，无事的退班。”道犹未了，黄门官说道：“张天师在门外听旨。”万岁爷道：“宣他进来。”只见三宣两召，宣至金銮，天师五拜三叩头，三呼万岁。万岁爷道：“着卿宣印，印在何处？”天师道：“现在午门，不敢擅入。”万岁爷道：“宣玺进朝。”天师听知宣印进朝的旨意，忙忙地走到午门上，举起个蟠龙盒儿，奉与礼部尚书接着，奉与掌朝的阁老。掌朝的阁老接着，奉与司礼监的太监。司礼监太监献上龙案。龙颜见之，果真这颗玺霞光万道，瑞气千条。龙颜大喜。只是上面还有六个字，不合辙些。

不知还是哪六个字不合朝廷使用，不知后来把几个字更替，他才合朝廷使用，且听下回分解。

第10回　张天师兴道灭僧　金碧峰南来救难

诗曰：

璠玙琢就质坚刚，布命朝廷法制良。
宝盒深藏金缕钿，朱砂新染玉文香。
宫中示信流千古，阙下颁荣遍四方。
却忆卞和三献后，到今如斗镇家邦。

却说万岁爷看了这颗玉玺，龙颜大喜，只是印面上是个“九老仙都之印”六个字。万岁爷道：“这玉玺委实是精，只不知朕可用得么？”天师道：“陛下用得。”万岁爷道：“朕富有四海内，贵为天子，用了这个‘九老仙都之印’，朕却不反又做了个道士也？”这句话儿虽是万岁爷盘驳的，不至紧，天师心里想道：“似这等说来，反为欺侮朝廷了。”吓得他魂不附体，慌忙地五拜三叩头，说道：“臣启陛下，这颗印朝廷可用，只是玉玺可用，非是‘九老仙都’之字可用。”万岁爷道：“既是这个字不可用，去待怎么处分它？”天师还不曾回话，只见那个姚太师又在御座左侧说道：“来说是非者，便是是非人。这个字不可用，也在天师身上哩！”万岁爷道：“这个字不可用，须在天师身上。”天师道：“臣有一计，伏望天裁。”万岁爷道：“你说来与朕听着。”天师道：“这印面上篆文，当原日也不过是个镌刻的。这如今伏乞陛下传出一道旨意，拣选天下良工，镌刻上朝廷爷的字号，便是朝廷爷用的，有何不可！”万岁爷道：“天师之言有理。”即时传出一道旨意，着尚宝寺正堂钱某朝夕守护。又传出一道旨意，着工部正堂马尚书管理镌刻。又传出一道旨意，着文华殿掌中书事中书舍人刘某篆与他“奉天承运之宝”六个字。

你看旨意已到，谁敢有违？只见尚宝寺卿领了旨意，捧着这颗玉玺，朝夕不离；工部尚书领了旨意，即时发下了许多的文书，写下了许多的牌票，就仰五城两县拣选碾玉匠人，眼同考校，精上要精，强上要强。每城限取五名，五五二十五名；每县限取五名，二五一十名。拘齐火速赴部听用毋违。不觉地五城两县带领着一班儿碾玉的匠人来见，尚书道：“解官销缴文书，各回本职，众匠人叫上纪录司取过纪录簿来，把这些匠人的名姓逐一计开，以便有功者赏，有罪者罚，纪完发放衙下俟候。”原来这个玉玺，不敢轻自碾动，又不敢发落。该房径在工部大堂上陈设了两张公案，公案上裀铺锦绣，褥引芙蓉。又且关会钦天监，择取吉日良辰，马尚书朝衣朝冠，焚香拜告天地。拜告已毕，转身又拜了玉玺，方自到尚宝寺，手里请出玺来，安在个公案裀褥之上。众匠人各各拜天礼地，烧纸拈香，方才走近前来。只见这颗玺霞光万道，瑞彩千条。欲待不动手，却是圣旨不敢违拗；欲待动手来，这玺好怕人也。只听得堂上一声云板响，尚书道：“辰时已到，众匠人兴工。”众匠人只得动手，原来这些匠人不是胡乱地动手，先前分定了上、中、下三班。匠人九名三班，共三九二十七名，余八名，两名添砂，两名换水，两名补空，两名提点。周而复始，序次而行。每日间也不是时时刻刻用工。寅时匠人进衙，卯时还不动手；辰时兴工，巳时又兴工；午时正是磨洗，未时还磨，申时歇斫。一日间怎么有这许多分派？原来寅、卯时日初出，太阳尚斜，辰、巳、未，太阳居顶，申牌时分，太阳西坠，故此一日之中，有用工时，有不敢用工时。

马尚书心里想道：“这个玺若是磨洗得工成，还有衣锦还乡的日子；若是磨洗不成，却不知怎么是好哩！”众匠人心里想道：“磨洗这个玺，若有功果，羊酒花红；若有疏虞，祸来不测。”一个个拎着脑袋儿在手里，一个个挂着心胆儿在刀上。却不觉地光阴迅速，时序催迁，转眼就是三十个日子。一个月日已周，工程圆满。尚宝寺卿眼睁睁地看看这玉玺上“奉天承运之宝”六个字。马尚书眼见的玺面上是“奉天承运之宝”六个字。两家儿一同欢喜，叫过把总来，权插一对金花，权挂一匹大红缎子；叫过众匠人来，权且散些赏赐，俱待等圣旨看来，另行重重颁赏。

尚宝寺仍旧捧了这颗玉玺，马尚书径到朝门外来复看旨意。只见五更三点，万岁爷升殿，文武百官进朝。传宣的道：“文武班齐么？”押班的官出班奏道：“文官不少，武将无差，班已齐整了。”传宣的道：“各官有事的引奏，无事的退班。”道犹未了，黄门官说道：“现有工部马尚书听宣。”圣旨道：“宣进朝来。”三宣两召，宣至金銮。马尚书五拜三叩头，三呼万岁。圣旨道：“烦卿开工，用工何如？”马尚书道：“万岁爷的洪福齐天，开玺的工程已经完备。”圣旨道：“现在何处？”马尚书道：“现在午门，请旨定夺。”圣旨道：“宣玺进朝。”尚宝寺听知宣玺进朝，双手举起，奉与礼部尚书。礼部尚书接着，奉与掌朝阁老。掌朝阁老接着，奉与司礼监太监。司礼太监献上龙颜。龙颜见之，果是“奉天承运之宝”的篆文。圣旨道：“着司礼监将玺用纸上我看着。”秉笔的太监慌忙里刷上朱砂，司笺的太监慌忙里展开茧素，一连用上两三颗玺。圣上掀开看时，原来又是“九老仙都之印”的篆文。圣上已自有三分不宽快了，故此不宣尚宝寺，止是传出一道旨意，宣工部尚书，另行开洗。

马尚书领着这颗玉玺，转到本衙，悲悲切切，两泪双抛，心里想道：“空负了我十载萤窗之苦，官居二品之尊，今日断送在这个玺上。”没奈何，只得唤过该房来，写了飞票，用了印信，仍旧拘到原旧的碾玉匠人。这些匠人听知这段事故，也都哭哭啼啼，怕遭刑宪。却又官差不自由，只得前来，分班的仍旧分班，添砂换水的仍旧添砂换水，补空提点的仍旧补空提点。每日间寅时进衙，仍旧进衙；卯时不动手，仍旧不动手；辰时兴工，仍旧兴工；巳时又兴，仍旧又兴；午时磨洗，仍旧磨洗；未时还磨，仍旧还磨；申时歇斫，仍旧歇斫。今番比着前番做的更加烧辣些，故此不及一个月日，已经完备了。

马尚书仔细看来，明明的是“奉天承运之宝”六个字，却又进朝复命。

只见万岁爷在谨身殿议事，马尚书心忙意急，投谨身殿而来。黄门官道：“工部尚书在殿外听宣。”圣旨道：“宣他进来。”尚书也不待三宣两召，径自进来。圣旨道：“卿来何事，这等促迫？”尚书道：“开玺工完，特来复命。”圣旨道：“玺在何处？”尚书道：“玺在门外听宣。”圣旨道：“宣玺进来。”即时宣进玉玺，到于谨身殿内。龙颜观看之时，委是“奉天承运之宝”六个字，忙刷朱砂印在纸上，掀起看来，依旧又是“九老仙都之印”。圣上已自有七分不快了，又宣工部尚书领出去重造。尚书仍旧点起匠人，匠人仍旧用工开洗，尚书挨着这个二品的官，众匠人挨着这个一条的命。尚书道：“今番要把旧字洗得清，却才新字开得明。”众匠人都说道：“理会得了。”旧字洗得清，新字开得明。只说着“洗得清”三个字，就把个玺洗薄了一半，岂又有不清之理？只说着“开得明”三个字，却在那新半个上镌刻了字，又岂有不明之理？分分明明是个“奉天承运之宝”。不觉的工程又满，明日五更宫里升殿，尚书进上玺来，忙刷朱砂，印在纸上，掀起看时，仍复又是“九老仙都之印”。万岁爷一时间怒发雷霆，威摧山岳，举了此印，望九间殿丹墀之下只是一掼，骂说道：“纵是能者，不过草仙而已，怎敢戏弄朝廷！”即时传出一道旨意，宣上锦衣卫掌印的堂官，到于午门之外，押将玉印，重责四十御棍，永不叙用。锦衣卫都指挥领了圣旨，喝令校尉五棍一换，四十御棍，换了八个校尉，把个玉玺打得一命归泉，不中重用。怎么一个玺叫作一命归泉，不中重用？原来这块玉玺是个活的，夜食四两朱砂，一印千张纸。自从打了四十御棍之后，不食朱砂，一印只是一张纸，却不是个一命归泉，不中重用？到如今这颗印，还是茅山侍奉灵官收管。

却说万岁爷撤座，文武百官散班。正是：

青天白日，撞着一个显歹子，莫道无神也有神。

到了半夜二更，三茅祖师见说打了他的玉玺四十御棍，兄弟们心怀忿恨，一个人一拳，一个人一脚，把个华阳洞踹沉了。当原先这个华阳洞，洞里坐得百十个多人，丹灶丹鼎、石床石凳，各样的奇异物件，不计其数。只因三位祖师踹沉了，故此这如今只留得一个洞口在了。这三位祖师踹沉一个华阳洞不至紧，即时间驾起祥云，霞光万道，竟奔金陵建康府而来，实在有个不良之意。只见万岁爷正在乾清宫龙床之上鼾鼾地熟睡，头顶上现出真身，三茅祖师才知道万岁爷是玉虚师相玄天大帝临凡。原来玄武爷比着三茅祖师还大几级，不是个对头。好三茅祖师，知己知彼，袖手而归。不觉地金鸡三唱，曙色朦胧，宫里升殿，文武百官进朝。正是：

钟传紫禁才应彻，漏报仙闱俨已开。双阙薄烟笼菡萏，九成初日照蓬莱。朝时但向丹墀拜，仗下应从紫殿回。圣道逍遥更何事，愿将巴曲赞康哉！

万岁爷升殿，文武百官进朝，净鞭三下响，文武两班齐。圣旨一道，特宣龙虎山正一嗣教道合无为阐祖光范领道事张真人见朝。天师见了旨意，忙来朝谒，五拜三叩头，三呼万岁。万岁爷道："昨日三茅山的印，已经打了四十御棍，不中用了，卿府的玺，又在兜率天清虚府，不能用了。朕到今日，还把哪个玺来用？"天师道："陛下用的还是传国玺。"万岁爷道："依卿说起来，传国玺又去得远哩！"天师道："西番路途遥远，险隘崎岖，一时往来不便。"万岁爷道："须得一员能达的官，往西番去走一遭。"天师还不曾回复，姚太师站在御座左侧说道："来说是非者，便是是非人。须就着在张真人身上要也。"万岁爷道："张真人，这玺却在你身上要也。"天师心里想道："这个姚太师，我和他远日无冤，近日无仇，他苦苦地计较我们，忒来得紧了。我怎么也设一个计较，也还一个礼儿。"好个天师，眉头一蹙，计上心来："姚太师他本是个僧家，我今日就在这个取玺上，要灭了他的僧家，教他城门失火，殃及池鱼。他日噬脐，悔之无及。"因是万岁爷着他要玺，他就回复道："臣有一计，要这个传国玺，如探囊取物，手到擎来。"万岁爷道："卿有何计，说来与朕听着。"天师道："臣有一事，依臣所奏，然后才敢献上计来。"万岁爷道："依卿所奏，钦此钦遵。"

天师道：“陛下要用取玺之计，先将南北两京一十三省庵庙禅林里的和尚一齐灭了，方才臣有一计，前往西洋取其国玺，手到玺来。”万岁爷只是取玺的心胜，便自准依所奏，即时传出一道旨意，尽灭佛门。该礼部知道。礼部移文关会两京十三省，晓谕天下僧人，无论地方远近，以关文到日为制，俱限七日之内下山还俗。七日以内未下山者，发口外为民；七日以外不下山者，以违背圣旨论，俗家全家处斩。四邻通同，不行举首者，发边远充军。

自古道：“近火者先焦。”这个金陵建康府近在辇毂之下，礼部发下了告示，五城兵马司追销。天下名山僧占多，南朝有四百八十座寺，无万的僧人，龙蛇混杂，一例儿都要撵他下山。况兼圣旨的事重，又岂可容情得的？众僧人哪一个敢执拗，只得收拾行囊包裹，一个个高肩担儿挑着，哭哭啼啼。也有师父哭徒弟的，也有徒弟哭师父的；也有师公哭徒孙的，也有徒孙哭师公的；也有师父、师公哭着别个房头徒弟、徒孙的，也有徒弟、徒孙哭着别个房头师父、师公的；也有张和尚帽子，李和尚戴了去的；也有李和尚的驴，张和尚骑了去的；也有到私窠子家里无限别离情的，也有到尼姑庵里去抱娃娃的。正是“削发又犯法，离家又到家”；“袖拂白云归洞口，杖挑明月浪天涯。可怜树顶新巢鹤，辜负篱边旧种花”。

却说这些僧人下山出乎无奈，哪一个不致怨一声？人多怨多，却就惊动了五台山清凉寺里的那一位讲典的碧峰长老。长老正在升座玄谈，信风到了，长老便知其情，心里想道：“摩诃僧祇果真有此厄会，我若不行，佛门永不得兴起。我原日为甚么来住世也？”即时按住经典，吩咐提科的殿主上来：“你可对众僧人说，好好地看守祈场，我往南京去走一遭来。”只见左善世、右善世、左阐教、右阐教、左讲经、右讲经、左觉义、右觉义、正提科、副提科、正住持、副住持、正僧会、副僧会、正僧科、副僧科、正僧纲、副僧纲、正僧纪、副僧纪，个个说道：“老爷经典正讲在玄妙之处，弟子们实指望拔离苦海，永不蹉地狱之门，怎么今日要去？”又只见一切比丘僧，一切比丘尼，一切优婆塞，一切优婆夷，四众人等，人人说道：“老爷经典正讲在玄妙之处，弟子们实指望拔离苦海，永不蹉地狱之门，怎么今日要去？”又只见徒弟非幻、徒孙云谷也说道：“走千家不如坐一家，怎么又向南京去？”碧峰长老道：“你们不须挂牵，我快去快来也。”众人说道：“老爷此去几时来？”长老道：“往还只好两三个日子。”怎么五台山走到南京，往还只要两三个日子？原来碧峰长老是个古佛临凡，金光起处便行，金光按下便住，故此与凡人不同。众人说道：“老爷若去，弟子们度日如年，两三日也难捱了。”长老终是去的心胜，更不打话。你看他头戴的圆帽，身穿的染色直裰，腰系的黄丝细绦，脚蹬的暑袜禅鞋，肩掮的九环锡杖，金光起处，便早已离了五台山，顷刻里就到了南京上清河。举头一望，好个南京，真个是龙蟠虎踞，帝王之都。有一曲《帝京瞻望词》为证，词曰：

汉室金陵吴建业，盘囷百里帝王国。三山二水壮皇图，虎踞龙蟠旺地脉。钟陵佳气郁葱葱，万岁嵩呼遗剑弓。紫雾寒浮山月晓，红云晴挟大明东。巍峨阙殿隐灵谷，星列辰分环辇毂。天上清虚广寒宫，人间玉藻琼枝屋。阅江楼下抚红泉，鹳鸟台上眺青天。分服不殊周镐洛，授时犹守舜玑璇。主家戚里连朱户，执戟三千食帝禄。长杨校猎疾飞云，熊馆驱驰如破竹。钟鼓堂皇肃未央，严更跸道俨周行。带砺共盟千古石，金瓯永称万年觞。此时天子尊文教，求贤直下金门诏。草茅愿策治安书，葵曝敢挥清平调。石渠天禄宛蓬瀛，经筵御日对承明。作赋未能遭狗监，注书甘自老虞卿。吁嗟！世人嗜竽不嗜瑟，真赝缤纷谁鉴别？安贫独有子云贤，寂寞玄成聊自适。世事湛浮似转丸，由来先达笑弹冠。咫尺君门远万里，令人惆怅五云端。

又有《狮子山》《清凉寺》二律诗为证：

万仞颠崖俯大江，天开此险世无双。
苻坚小见堪遗笑，魏武雄心入挫降。
一统舆图新气象，六朝形胜旧名邦。
题诗未觉登临晚，笑折黄花满酒缸。

不用芒鞋竹杖扳，肩舆直到翠微间。
生逢王气千年地，秀拔金莲一座山。
佛殿倚空临上界，僧房习静隔尘寰。
传杯暂借伊周手，且放经纶半日闲。

却说长老到了南京上清河，按下金光，竟投双庙儿落下。此时已自三更天矣。正是：

静夜有清光，闲堂仍独息。
念身幸无恨，志气方自得。
乐哉何所忧，所忧非我力。

却说三更天气，长老已自到了上清河双庙儿落下。这个庙里虽有几个神道，但看见长老金光万道，晓得他不是个巧主儿，都也各自去了。长老进了庙门，坐在他供案之上。只见一阵风过，好风呀：

无踪无影透人怀，四季能吹万物开。
就地撮将黄叶去，入山推出白云来。

风过处，刮将一位神道进来了。这位神道怎么样打扮？只见他戴着汉巾，披着绿锦，玉带横腰，青龙刀凛凛。长老道：“是何圣贤？”那神说道：“佛弟子是十八位护教伽蓝。”长老道：“原来是玉泉山显圣的关将。”那神说道：“便是。”长老道：“请回本位，不敢有劳。”这一位神道去了。又只见一阵风过，好风呀：

有声无影遍天涯，庭院朱帘日自斜。
夜月江城传戍鼓，夕阳关塞递胡笳。

风过处，又刮将许多神道进来了。长老道："来者何神？各通名姓。"只见这些神道各人自通名姓，原来一个是日游神，一个是夜游神，一个是增福神，一个是掠福神，一个是纠察神，一个是虚空过往神，又有五个是五方揭谛神。长老道："诸神各回本位，不必相劳。"这些神道各自散了。又只见一阵风过，好风呀：

无影无踪一气回，花心柳眼乱吹开。
分明昨晚西楼上，斜拽笙歌入耳来。

风过处，又刮将一位神道来也。这位神道又怎么打扮？只见他头戴皂幞头，身穿大红袍，腰系黄金带，手拿象牙笏板当张刀。且自生得眉清目秀，齿白唇红，傅粉的脸，三分的髭髯。见了长老，绕佛三匝，叩齿通虔。长老道："是何神圣？"那神说道："小神是南京城里斩妖缚邪护呵真命皇帝御驾的便是。"长老道："你护呵哪个真命皇帝来？"那神说道："大凡真命皇帝下界，百神护呵。小神是保护洪武爷御驾的便是。"长老道："现在哪里管事？"那神说道："小神现今在里十三、外十八，把守江东门的便是。"长老道："你曾斩甚么妖，缚甚么邪？"那神说道："自从胡元入主中国，乾坤颠倒，妖邪极多，精怪无数。及至洪武爷下界，小神护呵斩缚，这些妖怪方才远走他方，这地方方才宁静。"长老道："有何凭据？"那神说道："有一个三山街卖药的贺道人为证。"长老道："怎么贺道人为证？"那神说道："贺家是南京城里一个古迹人家，是汉末三分时候住起的。那卖药的道人也有几分灵性，日里医人，夜来医鬼。有一个精怪时常来到贺道人的家里取药，走动了约有三五十年。忽一日五更三点，哭啼啼地来辞贺道人，说道：'业师，业师，我今番再不来取药了。'贺道人说道：'仙家，你为何发出此言？'那精怪说道：'自今洪武爷治世，按上界娄金天星，玉皇有旨，差各城隍各门把守。我们邪不能胜正，怎么又敢进门来也？'呼的一声风响，这个精怪就去了。这却不是小神斩妖缚邪的凭据么？"长老道："原来你是个城隍菩萨哩！"那神说道："便是。"长老道："既是城隍，请通名姓。"

城隍说道:"小神姓纪名信。"长老道:"天下都是你一个人么?"城隍道:"不但这个江东门,天下城隍都姓纪。不但天下,就是海外东洋西戎,南蛮北狄,万国九洲,普天下的庙宇城隍都要姓纪。"

这话儿还不曾说得了,只见眼面前又有一个神道,也头戴的皂幞头,也身穿的大红袍,也腰系的黄金带,也手里拿的象牙笏板当张刀,高声说道:"少说些哩!"城隍说道:"怎么少说些?"那神说道:"你说天下城隍都姓纪,海外城隍都姓纪哩!"城隍说道:"却不是天下城隍都姓纪,海外城隍都姓纪怎么?"那神说道:"且莫讲天下,且莫提海外,只怕咫尺之间就有一个城隍不姓纪哩!"城隍菩萨大怒,说道:"你甚么人?敢学我们装来,敢来抢白我们说话?也罢,你说出咫尺之内有个城隍不姓纪,便自甘休;若说不出咫尺之内有个城隍不姓纪,我教你吃我的象牙板这一亏。"那神说道:"你这等性如火爆。常言道'有理不在高声',还有这个佛菩萨做个证明功德。"长老道:"你两家也不要伤了和气,各人说出各人的话来,自有公道在那里。"城隍说道:"少叙闲谈,你只说出咫尺之内有个城隍不姓纪来,便罢。"那神说道:"我问你,应天府管几县哩?"城隍道:"管七县。"那神说道:"七县中间可有个溧水县么?"城隍道:"有个溧水县。"那神说道:"溧水县城隍姓甚么哩?"城隍道:"都是我姓纪的。"那神道:"却不姓纪。"城隍道:"姓纪。"那神说道:"不姓纪。"两家儿都不认输。长老道:"难凭你两家硬证,你们说姓纪的,说出一个姓纪的缘由来;说不姓纪的,也说出一个不姓纪的缘由来。"

却不知溧水县的城隍果真是姓纪,果真是不姓纪;不知这个城隍说出个甚么姓纪的缘由来,又不知那一位神道说出个甚么不姓纪的缘由来,且听下回分解。

第11回　白城隍执掌溧水　张天师怒发碧峰

诗曰：

万峰秋尽百泉清，旧锁禅扉在赤城。
枫浦客来烟未散，竹窗僧去月犹明。
杯浮野渡鱼龙远，锡响空山虎豹惊。
一字不留何足讶，白云无路水无情。

这诗是单道僧家的。

却说城隍说过，天下城隍都姓纪。那一位神道说道：“溧水县城隍不姓纪。”长老道：“难凭你两家硬证。你们说天下城隍都姓纪的，说出一个都姓纪的缘由来；你们说溧水县城隍不姓纪的，说出一个不姓纪的缘由来。”城隍菩萨就抢出说道：“小神亲事汉高祖，见危授命，为臣死忠，以此敕封我为天下都城隍。到如今历了多少朝代，熬了多少岁寒，岂有天下之大，另有一个天下？都城隍之外，另有一个城隍？以此天下城隍都姓纪。”长老道：“你说溧水县城隍不姓纪的，怎么说？”那神说道：“这话儿说起来且是长哩！”长老道：“但说不妨。”那神说道：“当原日中八洞神仙前赴西池王母大宴，那七位神仙去得快爽些，独有吕纯阳驾着云，蹑着雾，自由自在，迤逦而行。正行之际。猛听得下界歌声满耳，他便拨开云头，望下睃着。只见是个南朝城中百花巷里一所花园，花园之内，一个闺女领着几个丫环行歌互答。原来这个闺女领了几个丫环，看见那百草排芽，杂花开放，不觉唱个旧词儿，说道：‘二九佳人进花园，手扯花枝泪涟涟。花开花谢年年有，人老何曾再少年？’内中就有个知趣的丫头，就接着唱一个说道：‘可叹一寸光阴一寸金，寸金难买寸光阴。寸金使尽金还在，过去光阴哪里寻？’天下事有个知趣的，就有个不知趣的，那不知趣的就唱一个说道：‘十三十四正当时，只我十八十九还婚姻迟。二十三十容颜退，衾寒枕冷哪个知？’吕纯阳听知这些歌儿，心里说道：‘小鬼头春心动也！待我下去走一遭来。’便自按住云头，落在花园之内。吕纯阳本是标致，再加变上了一变，越加齐整，真个是潘安之貌，子建之才。你便是个铁石人，也自意惹情牵。你看他头戴紫薇折角巾，身穿佛头青绉纱直裰，脚穿裤腿儿暑袜，三镶的履鞋，竟迎着那闺女儿走。那个女孩儿家脸皮儿薄薄的，羞得赤面通红，转身便走。好个纯阳，装着个嘴脸儿，赶上前去，赔一个小心，唱一个喏。那闺女没奈何，也自回了一拜。纯阳说道：‘小娘子休怪。’那闺女带着恼头儿说道：‘君子，你既读孔圣之书，岂不达周公之礼，怎么无故擅入人家？’纯阳又故意地赔个小心，说道：‘在下不枉是黉门中一个秀才。适才有几位窗友，拉我们到勾栏之中去耍子，是我怕宗师访出来饮酒宿娼，有亏行止，不便前程，因此上回避他。不觉擅入潭府，唐突之罪，望乞恕饶。’那闺女说道：‘既是如此’，叫丫头过来，‘你送这位相公到书房里去回避一会儿罢。’女孩儿抽身先自归到内房去了。哪晓得这个丫环听着个秀才唆拨，倒不领他到书房里去，反又领他到卧房儿里面来。这个女孩儿，一则是早年丧了父，娇养了些，二则是这一日母亲到王姨娘家里去了，三则是禁不得那个秀才的温存，四则是吃亏了这些丫头们的撺掇，故此吕纯阳就得了手。自后日去夜来，暗来明去，颇觉稔熟了。

“却说母亲在王姨娘家里归来，哪晓得这一段的情故？只是女儿家容颜日日觉得消瘦，唇儿渐渐淡，脸儿渐渐黄，为母的看见，心下不忍。只见明日是个七月初一日，母亲说道：‘女儿，你今夜早些安歇罢，明日是个初一日，我和你到南门外梅庙里去进一炷香。进了香回来，我和你到长干寺里去听一会儿讲经说法，散一散你的闷儿来。’果然到了明日，两乘轿子出了门，进了庙，拈了香，折回来竟投长干寺而去。只见寺里正在擂鼓，法主升座说经，四众人等听讲。歇一会儿，香尽经完，法师下座，看见了这个白氏女，问道：‘这个道人贵姓？还是哪家的？’只见那母亲向前下拜，说道：‘弟子姓白，这是弟子的小女，小名叫作白牡丹。’法师道：‘他面上却有邪气。’白氏母道：‘邪气敢害人么？’法师道：‘这条命多则一个月。’白氏母道：“望乞老爷见怜，和我救他一救。’法师道：‘你回去问他，夜晚间可有些甚么形迹，你再来回我的话，我却好下手救他。’白氏母转进家门，把个女儿细盘了一遍。女儿要命，也只得把个前缘后故，细说了一遍。明日个白氏母再到长干寺，见了法师，把个前项事也自对他细细地说了。法师道：‘善菩萨，你来，我教你一段功夫，如此如此。’白氏母归来，对着女儿道：‘我教你救命的功夫，如此如此。’这女儿紧记在心。果然是二更时分，那秀才仍旧地来，仍旧地事。这女儿依着母亲的教法，如此如此，把那个吕纯阳激得暴跳。原来吕纯阳人人说他酒、色、财、气，其实的全无此说。这场事岂为贪花，却是个采阴补阳之术。哪晓得那个法师打破了机关，教他到交合之时，紧溜头处，用手指头在左肋之下点他一点，反把他的丹田至宝泄到了阴户之中。这岂不是个非徒无益，而又害之？故此吕纯阳激得只是暴跳，飞剑就来斩这白氏女。这女儿却慌了，跪着讨饶，就说出长干寺里的法师来。

“那纯阳飞剑到长干寺里去斩那个法师。原来那个法师又不是等闲的，是个黄龙禅师。这口剑飞起来，竟奔神师身上。那禅师喝声道：‘孽畜！不得无礼。’用手一指，竟插在地上。洞宾看见那口雄剑不回来，急忙又丢起个雌剑。雌剑也被他指一指，插在右壁厢。洞宾看见，却自慌了，驾云就走。黄龙将手一指，把个洞宾一个筋斗翻将下来。洞宾转身望黄龙便拜，说道：‘望慈悲见恕罢！’黄龙道：‘我也肯慈悲你，你却不肯慈悲别人哩！’洞宾道：‘今后晓得慈悲了。’黄龙道：‘你身上穿的甚么？’洞宾道：‘是件纳头。’黄龙道：‘可知是件纳头。你既穿了纳头，行如闺女，坐像病夫，眼不观邪色，耳不听淫声，才叫作个纳头，焉得这等贪爱色欲！’洞宾道：‘这的是我不是，从今后改却前非，万望老师还我两口剑罢。’黄龙道：‘我待还你剑来，其实你又伤人。’洞宾道：‘再不伤人了。’黄龙道：‘这两口剑，留一口雄的在我山门上，与我护法，雌的还你罢。’洞宾走向前去，拔出雌剑来，拿在手里。黄龙法师说道：‘剑便还你，还不是这等的佩法。’先生道：‘又怎么个佩法？’黄龙法师道：‘你当日行凶，剑插在腰股之间，分为左右。今日这口剑，却要你佩在背脊上，要斩他人，拔出鞘来，先从你项上经过；斩妖缚邪，听你所用；如要伤人，先伤你自己。’洞宾道：‘谨如命。’故此叫作个‘洞宾背剑’。洞宾得了这口剑，又说道：‘弟子没有了丹田之宝，赴不得西池王母蟠桃大会，望老师再指教一番。’法师道：‘我教你到龙江关叫船，一百二十里水路，竟到仪真县；仪真县叫船，七十里水路，竟到扬州府；扬州府叫船，一百二十里水路，竟到高邮州。到了高邮不要去了，你就在那个地上寻个处所养阳，九年功成行满，再朝玉京。’洞宾得了口剑，又得了养阳的处所，竟自拜谢而去。至今高邮州有个洞宾养阳观的古迹。

“却说白氏女叫作个白牡丹，得了纯阳的至宝，月信愆期，身怀六甲，怀了二十个整月，方才分娩。生下一个娃娃来不至紧，只见顶平额阔，天仓饱满，地角方圆，虽则初然降生，就像个两岁三岁的模样。白氏母没奈何，只得养了他。养到五岁六岁，投师开蒙。七岁八岁，四书五经无不通解。九岁十岁，旁及诸子百家。十一十二，淹贯了三教九流，总括了五车百艺。十三岁入学，十四岁中举，十五岁登黄甲。初任句容县知县，六年考满，考上上，行取进京，补广东道监察御史。柱下弹劾，骢马风生，三迁九转，一转转到兵部侍郎之职。回马南朝谒陵，径往溧水县住下。这个白侍郎一清如水，与百姓水米无交，秋毫无犯，只是心上喜欢的有一件东西。是个甚么东西？却说白侍郎秋毫不染，只是喜欢的鸡子，每日清早起来，要鸡手做上一碗汤，润其心肺。因此上逢府、州、县，行头、铺户，逐日买办进来，送进衙来，交与贴身的门子。忽一日铺户进了鸡子，门子接了他的，就安在衣橱之内。到于三更时分，门子们都已睡了，只有白侍郎眼睁睁地睡不成来。只见一群鼠耗，把些鸡子尽行搬运去了。怎么鼠耗搬得鸡子动？原来两个鼠耗同来，一个仰着睡在橱里，把个鸡子抱在肚上，四个爪儿搂定了，这一个把个嘴儿咬着那个睡的尾巴，逐步地拖也拖将去了。拖来拖去，尽行去了。白侍郎见之，心里想道：‘天下事哪里没有个屈情。’明日个起来不见了这些鸡子，门子没有甚么交付厨子，厨子没有甚么去做汤。侍郎坐在堂上，只作不知，故意儿叫过四个门子来，拷究他一番：打的打，夹的夹，拶的拶，攒的攒。也有招道偷吃了的，也有招道偷出去了的，哪个省得是个鼠耗之灾？侍郎看见这等屈打屈招，心里想道：‘天下有多少屈情的事，我做了数十年官，错断了多少屈情的事。我为官受禄一场，不能为国为民，反做下了这等无常孽帐，枉耽了这个人身！’咬着牙齿，革叮一声响，猛地里照着廷柱上‘扑通’。一个‘扑通’不至紧，撞得脑浆似箭，口血如流，命染黄泉，身归那世。当有诸神上表，奏知玉皇大帝，说道：‘下方有这等的清官，怕屈了民情，宁可己身先丧。’玉帝差了许真君传下旨意，把个白侍郎叫进兜率宫，竟到灵霄宝殿，玉皇设宴款待了他。因他在溧水县身亡，就敕封他为溧水县城隍管事，写敕与他，到任管事。故此溧水县城隍姓白。你怎么道天下城隍没有个别姓？”

长老道：“我和你解了罢，天下城隍姓纪，溧水县城隍姓白。”那神说道：“好了他些！”长老道：“你敢就是白城隍么？”那神说道：“不是。”长老道：“你既不是白城隍，怎么来费这许多唇口？”那神道：“天公不法，许诸人直言无隐。”长老道：“你是何神？”那神说道：“小神是天下的都土地。”长老道：“你怎么和城隍一样装束？”都土地说道：“我本与他对职的，止有那下面站的小土地，才受他的节制。”长老抬起头看来，只见下面一些矮矬矬的老儿，头戴的一色东坡巾，穿的一色四镶直裰，系的一色黄丝绦，脚登的一色三镶儒履，手拄的一色过头拐棒。长老道：“你们是何神道？”那些矮老儿说道：“小神都是当境土地之神。”长老道：“到此何干？”众土地说道：“特来迎接。”长老道：“连都土地俱请回罢。”长老发放了这些土地，此时已经是四更时分。

长老拽了九环锡杖，离了双庙儿之门，只见街坊上的人闹闹哄哄。他看见个居民稠密，心里想道：“也是到南膳部洲来走一遭，不免度一个超凡入圣，正果朝元，方才是我为佛的道理。”你看长老的法身，长有八尺五寸，好不狼抗！方面大耳，削发留髯，好不奋妯！一手抗着九环锡杖，一手托定紫金钵盂，口里吆喝着：“贫僧化你一飧斋。”行了这等几十家的门面，并不曾见一个发慈悲的世主来。再走，走到前面一个十三间的门面，长老道："此中高楼大厦，一定有个善菩萨来结缘。”哪晓得走到他的门前，叫声：“贫僧化你一飧斋。”门里闪出一个不稂不莠、不三不四、不上串的瘌痢头来，人便是个瘌痢头，嘴却是个鹰嘴。看见长老化斋，他说道：“老爷再过一家儿罢！”长老站着不动，他就捺着长老的偏衫，竟自推到隔壁的人家里去。那隔壁的门里，又闪出一个不尴不尬，不伶不俐，没摆的邋遢头来，说道：“你这人好没踏趿！你家门前的和尚，推到我家门上来。”那瘌痢头性急如火，揪着这个邋遢头就是焊毛，就是搗眼，两下里混打作一堆。歇会儿，街坊上走出几个硌硌确确、纥纥缮缮的地方来，倒不去劝闹，且加上个破头楔，说道：“这和尚化甚么斋？”众人倒把个长老推了几推，一推推到街那边去了。街那边又推到街这边来。为甚么把个长老推上推下？原来当今是永乐爷兴道灭僧，故此地方上严禁。长老只好笑一笑，心里想道：“经曲上说‘南无南无’果真是慈悲方便的南膳部洲却也无。”

此时已是五更天气，万岁爷要升殿，文武百官要进朝。长老拽开步来，离了上清河，进了江东门，又进了三山门，过了陡门桥，过了行口，过了三山街，过了淮清桥，过了大中桥，过了崇礼街，过了五条街，竟到正阳门上。正走之间，撞着一位黄门官来了。那打道的官牌吆喝着下来，长老吆喝着“化斋”。那官牌起头一看，只见一个光光的头，戴着瓢儿帽，穿着染色衣，一手是个钵盂，一手是条锡杖，明明的是个和尚也。那官牌且是厉害，看见是个和尚，鞍笼里抽出一根荆条来，扫脚就打。哪晓得和尚倒不会叫疼，自家肐膝头儿上倒吃了一下苦，把个官牌急将起来，益发恨得和尚紧。不觉黄门官到了面前，问说道：“甚么人在这里喧嚷？”

这却是公案傍边一句言，官牌说道：“圣旨灭僧兴道，五城两县现在挨拿。街坊上头发稀两根的，也要拿去搪限，瘌痢、秃子躲得不敢出门。这个和尚大摇大摆，吆喝着化斋，不知仗了哪个的势力，靠了哪个的门墙？”黄门官道：“你这和尚是山上长的？是水里淌来的？你也有两个耳朵，岂不晓得当今圣旨兴道灭僧？”长老道：“小僧是外京来的，故此不知。”黄门官道：“既从外京而来，我这京城的禁门，里十三，外十八，你从哪一门进来？”长老心里想道：“我若说了从哪一门进来，却便难为了把门官，我心何忍。”好个长老，低头一想，计上心来，反请问：“朝使大人仙乡何处？”黄门官倒也是个有德器的，见这长老问，便答应道：“学生是徽州人。”长老道：“既是徽州，便可知道。”黄门官道：“怎么是徽州便可知道？”长老道：“若是本京人，却不知道外京的事，故外京的府、州、县、道，俱有城墙，城墙上俱有城楼，城楼上俱有白粉的牌，牌上俱有黑墨写的字，写着甚么门，走路人便晓得进了甚么门。京城是日月脚下建都之地，城墙虽然高耸，却没有个城楼，没有个牌匾，况且小僧又是三更半夜，知道哪个里十三，外十八？”那打路的官牌夙气不散，禀说道：“小的押他旧路回去，看是进的哪一门。”长老道：“小僧来时倒了几个弯，转了几个角，知道哪是走的旧路？”黄门官道：“既如此，我这里不究门官，专一究你。”长老道：“多谢搭救贫僧，贫僧无恩可报。”黄门官道：“说甚么搭救，我这里追究着你！”长老道：“追究是如何？”黄门官道：“轻则祠祭司拿问，重则枭首示众。”长老道：“朝使大人好意，小僧不曾见过大事。”黄门官道：“怎么不曾见过大事？”长老道：“若要贫僧枭首，就相烦朝使大人替了，也不是甚么大事。”黄门官道：“自古只有个仗义疏财，哪里有个仗义疏命的？”长老道：“当原日有个喜见菩萨，放火焚身，供佛三日；又有个妙庄王香山修行，为因父王染疾，要骨肉手眼煎汤作引子，就卸下手眼，救取父王，以致现出千手千眼，救苦救难、大慈大悲，才登观世音正果；又有锡腊太子舍了十万里江山，雪山修行，以致乌鸦巢顶，芦笋穿膝，且又舍身喂虎，割肉饲鹰。看起来以前的人都舍得死，如今的人倒都舍不得死。”官牌道：“好个大话！”黄门官道：“且押着他，待我进朝请旨定夺。”道犹未了，只见金殿上钟鼓齐鸣，已是早朝时分。只见：

大明宫殿郁苍苍，紫禁龙烟直署香。
九陌华轩争道路，一投寒玉任烟霜。
须听瑞雪传心语，更喜文鸳续鹭行。
共说圣朝容直气，期君此日奉恩光。

却说早朝时分，万岁爷升殿，文武百官班齐。黄门官奏道：“午门外有个和尚听宣。”万岁爷道：“我这里灭僧，怎么又有个和尚来见朝？想必是有些神通本事的才来。”旨意道：“宣他进朝。”那长老听见宣他进朝，便大摇大摆走将进去。他又不走左边文官的街，他又不走右边武官的街，他径直走着万岁爷的金阶御道。两边校尉喝声道：“那是爷的御道，怎么和尚敢走！”长老道：“我自幼儿胆小的人，三条路只走中间。”见了万岁爷也不行大礼，只是打个问讯，把个手儿略节地举一举。鸿胪寺说道：“和尚怎么不拜？”长老道：“国泰民安，只可说个兴，怎么说个败？”

万岁爷已经是灭僧，看见这个和尚抢了御道，又不行礼，龙颜大怒，喝令当驾的官绑出午门外去枭首。只见殿东首履声�琣，玉珮琤琤，闪出一位大臣，叫声：“刀下留人！”原来是个新袭诚意伯的，姓刘名某。只见他垂绅正笏，三呼万岁，说道：“臣启陛下，天下寺院甚多，寺院里僧家最众，面奏朝廷的却少。今日这个和尚面君，多因有个来历，望陛下详察之。果于礼法不顺，再斩不迟。”万岁爷道：“依卿所奏，放那和尚进来。”和尚却又进来。万岁爷道：“和尚有甚冤屈，舍身见朝？”长老道：“因为上位灭我僧家，特来见驾。”万岁爷道：“是我灭你僧家，你有何话说？”长老道：“昔日汉文帝不曾斩得僧头，希夫人不曾破得僧戒，上位乃是千千代帝王之班头，万万年皇王之领袖，天高地厚，春育海涵，于人何所不容？况且三教九流，都同是上位之赤子，上位何厚何薄，何爱何憎，今日这等灭僧兴道？”万岁爷道：“这原是龙虎山张天师奏的本。”

道犹未了，只见黄门官奏道：“龙虎山张天师收云下来，现在门下听宣。”圣旨一道：“宣天师进朝。”天师进了朝，五拜三叩头，行礼已毕。万岁爷道：“先生海上风霜，多有劳顿。”天师道：“这都是为臣的理当，怎么说个‘海上风霜’四个字。”原来天师过海去采长生芝草，进贡朝廷，故此“海上风霜”。

天师转眼一看，只见丹墀里面站着一个和尚，忙忙地又奏说道：“陛下既已灭僧兴道，怎么又把这个和尚放进朝门之内？这叫作是‘己身不正，焉能正人’？伏乞陛下详察。”万岁爷道：“自从五鼓设朝，直到这早晚，文武两班在此，国事不曾分理半毫，着这和尚进来盘今博古，将凡比圣，偏然有许多闲谈，我也是没奈何他处。”天师大怒，喝令圆牌校尉拿送礼部祠祭司。

却不知这个和尚拿送礼部祠祭司，他怎么样儿分说，却不知礼部祠祭司拿到这个和尚，怎么样儿发落，且听下回分解。

第12回　张天师单展家门　金碧峰两班赌胜

诗曰：

交光日月炼金英，一颗灵珠透室明。
摆动乾坤知道合，逃移生死见功神。
逍遥四海留踪迹，归去三清立姓名。
直上五云云路稳，紫鸾朱凤自来迎。

这都是说道家的诗儿。

却说天师大怒，喝令圆牌校尉拿送礼部祠祭司。长老微微而笑，说道：“拿我到祠祭司却待怎么？”天师道：“追你的度牒，发你边远充军。”长老心里想道：“我生时还没有日月，哪里有天地？这三教九流，都是我们的后辈，何况一张真人乎！”心里虽是这等想，却又不可漏泄天机，问说道：“你莫是个张真人么？”天师道：“我是与天地同休的天师，麒麟殿上无双士，龙虎山中第一家。你岂不知道？”长老道：“你也只是这等一个人物。”天师道：“你又是甚么样的人物？”长老道：“我们出家人，也不支架子，也不贪真痴，也不欺心灭哪一教。是法平等，无有高低。但不知你有何能，欺心灭我佛教？”天师道：“你还不晓得我的道法：

独处乾坤万象中，从头历历运元功。
纵横北斗心机大，颠倒南辰胆气雄。
鬼哭神号金鼎结，鸡飞犬化玉炉空。
如何俗士寻常觅，到得希夷第一宫？

你还不晓得我的修炼：

水府寻铅合火铅，黑红红黑又玄玄。
气中生气肌肤换，精里含精性命团。
药返便为真道士，丹还本是圣胎仙。
歹僧入定虚华事，徒费工夫万万年。

你哪晓得我的丹砂：

谁知神小玉华池，中有长生性命基。
运用须凭龙与虎，抽添全仗坎兼离。
晨昏炼就黄金粉，顷刻修成白玉脂。
斋戒饵之千日后，等闲轻举上云梯。

你哪里晓得我的结证：

曾经天上三千劫，又在人间五百年。
腰下剑锋横紫气，鼎中丹药起云烟。
才骑白鹿过沧海，又跨青牛入洞天。
假使无为三净在，也应联辔共争先。

你哪里晓得我的住家：

举世何人悟我家？我家别是一年华。
盈箱贮积登仙禄，满鼎收藏伏火砂。
解饮长生天上酒，闲栽不死洞中花。
门前不但蹲龙虎，遍地纷纷五彩霞。

你哪里晓得我的神剑：

金水刚柔出上曹，凌晨开匣玉龙嚎。
手中气概冰三尺，石上精神蛇一条。
奸血点随流水尽，凶豪气逐渎痕消。
削除尘世不平事，惟我相将上九霄。

你哪里晓得我的玉印：

朝散红光夜食砂，家传玉玺最堪夸。
精神命脉归三要，南北东西共一家。
天地变同飞白雪，阴阳会合产金花。
须知一印千张纸，跨凤骑龙谒紫霞。

你哪里晓得我的符验：

篆却龙文片纸间，飞传地轴与天关。
呼风唤雨浑能事，遣将驱兵只等闲。
关动须弥翻转过，拿来日月逆周旋。
若还鬼怪妖魔也，敛手归降敢撒蛮。

你还不晓得宋仁宗皇帝御制一篇赋，单道三教之内，惟道为尊：

三教之内，惟道至尊。上不朝于天子，下不谒于公卿。避凡笼而隐籍，脱俗网以似真。乐林泉兮，绝名绝利；隐岩谷兮，忘辱忘荣。顶星冠而耀日，披布褐以长春。或蓬头而跣足，或丫髻以包巾。摘鲜花而砌笠，折野草以成茵。吸甘泉而漱齿，嚼松柏以延龄。歌阑鼓掌，舞罢遏云。遇仙客兮，则求玄问道；会道友兮，则诗酒讲文。笑奢华之浊富，乐自在之清贫。岂一毫之挂碍，无半点之牵缠。或三三而参同悟契，或两两以话古谈今。话古谈今兮，叹前朝之兴废；参同悟契兮，究性命之根因。任寒暑更变，随乌兔逡巡。苍颜返少，白发还青。携单箕兮临清流，洁斋粮炊爨以充饥；提篮锄兮入山林，采药饵遍世以济人。解安人而利物，或起死以回生。修生者骨之坚秀，达道者神之最灵。判吉凶兮，开通易象；定祸福兮，密察人心。阐道法揭太上之正教，书符篆除人世之妖氛。降邪魔于雷上，步罡气于雷门。扣玄关天昏地暗，激地户鬼伏神蹲。默坐静室，存神夺天地之秀气；闲游通衢，过处采日月之精英。运阴阳而炼性，养水火以胎凝。二八阴消兮，若恍若惚；三九阳长兮，如杳如冥。按四时而采取，弄九转以丹成。跨青鸾直冲紫府，骑白鹤遍游玉京。参乾坤之正色，表妙道之殷勤。比儒教兮，官高职显，富贵浮云；比释教兮，寂灭为乐，岂脱凡尘。朕观三教，惟道至尊。”

张天师这一席话，也不是个漫言无当，也不是个斗靡夸多，大抵只是要压倒个僧家，好灭和尚的。长老心里想道：“我若是开言，便伤了和气，却也又没个甚么大进益，不如稳口深藏舌，权做个痴呆懵懂人。”故此只作一个不知。

天师看见个长老不开口，他又把个言话儿挑他一挑，说道：“你做和尚的，也自说出你和尚的家数来。”长老满拼着输的，自己说道：“我们游方僧有个甚么大家数哩，住的不过是个庵堂破庙，穿的不过是个百衲鹑衣；左手不离是个钵盂，右手不离是根禅杖。”天师得了他的输着，好不欢喜，也说道：“可知是和尚的家数了。住的庵堂破庙，就只是个花子的伴当；穿的百衲鹑衣，半风子也有几斗。左手的钵盂，是个讨饭的家伙；右手的禅仗，是个打狗的本钱。”天师嘴里说着倒不至紧，两边文武百官也觉得天师犯了个忒字儿。可可的姚太师又驰驿还乡去了，故此天师放心大口说话。长老道：“既是天师的道法精，可肯见教小僧么？”天师道：“凭你说个题目来。”长老道：“就请教个出神游览罢。”天师道：“此有何难？”万岁爷看见这个天师发怒生嗔，恐有疏失，即时传旨，着僧道各显神通，毋得粗糙生事。

天师得了旨意，越加精神，就于金阶之下，闭目定息，出了元神。多官起眼看时，只见天师面部失色，形若死尸，去了半晌尚然不回。及至回来，心上觉得有些不快；心里虽则是有些不快，皮面儿上做个洋洋得志地说道：“我适来出神，分明要远去，偶过扬州，只见琼花观里琼花盛开，是我细细地玩赏一番。”长老道：“怎么回得迟？”天师道：“遇着后土元君，又进去拜谒太守，又从海上戏耍一番，故此来迟。”长老道：“想是带得琼花来了？”天师道：“人之神气出游，止可见物知事而已，何能带得物件来也？和尚既出此言，想是你也会出神？想是你的出神，会带得物件来也？”长老道：“贫僧也晓得几分。”天师道：“你今番却出神游览来我看着。”长老道：“贫僧已经随着天师去游览琼花观来。”天师道：“你带的琼花在哪里？”长老把个瓢帽儿挺一挺，取出两瓣琼花来。天师接手看着，果是琼花。百官见之，果是琼花。即时献上万岁爷爷，说道：“天师此行好像个打双陆的，无梁不成，反输一帖。”原来天师出神去了，长老站在丹墀之中，眼若垂帘，半醒半睡，也在出神，只是去得快，来得快，人不及知。天师出神，只到得扬州，去了许久，都是长老把根九环锡杖横在半路中间，天师的元神遇着个毒龙作耗，沿路稽迟，及至长老收起了锡杖，天师才得回来。

却说天师吃了亏，心里明白，只是口里不好说得，其实的岂肯认输？说道：“和尚，你既是有些神通，我和你同去罢。”长老道：“但凭天师尊意。”天师道：“先讲过了，不许蛊毒魇魅。”长老道：“出家人怎么敢！”却说天师依旧在金阶之上闭目定息，出了元神。长老眼不曾闭，早已收了神，笑吟吟地站在丹墀里面。天师又去了，热多时，方才一身冷汗，睁开眼来。天师又是强说道：“今番和尚出神，曾在哪里游览来？”长老道：“天师到哪里，贫僧也到哪里。”天师道：“我已经在杭州城里西湖之上游览一番。”长老道：“贫僧也在西湖上来。”天师道：“我已带得一朵莲花为证。和尚，你带些甚么物件来？”长老道：“贫僧带的是一枝藕。”天师道：“你的藕是哪里得来的？”长老道：“就是天师花下的。”天师道：“你试拿来我看着。”及至长老拿出藕来，还有个小蒂儿在上面，却是接着天师莲花的。这百官微微地笑了一笑，说道：“天师得的还是妍华，长老得的倒是根本。”

天师心上十分不快，说道：“和尚，你既是有这等神通，今番我和你远去些。”长老道：“但凭尊意，小僧愿随。”天师收拾起一股元神，仍旧在于金阶之下，闭目定息。长老也仍旧在丹墀之中，闭目定息。长老终是来得快，天师又过了半晌才来。长老又笑着。天师觉得又有些恼头儿，说道：“和尚，你今番却在哪个远处来也？”长老道：“你在那里收桃子时，我也在那里了。”天师道：“我在王母蟠桃会上来。可惜去迟了些，止剩得三个桃子，都是我袖了他的来。”长老道：“贫僧也收了一个来。”天师听知长老也收了一个，心上狐疑，把只手伸到袖儿里掏一掏，左也只是两个，右也只是一双。天师道：“和尚的桃子，敢是偷我的？”长老道：“是我拾将来了。”天师道：“敢是说谎么？”长老道：“说谎的掉了牙齿！”一手挺起一个瓢帽，一手取出一个仙桃。天师又觉的扫了他的兴儿。文武百官本等是说天师高妙，也有说这和尚却不是个等闲的那谟。内中有个刘诚意，他是个观天文、察地理、通幽明、知过去未来的，看见天师两番收神迟慢，他袖占一课，心上就明了。原来天师杭州转来，是长老把个九环锡杖竖着在路上，变作了一座深山，天师误入其中，不知出路；长老收了锡杖，天师才找着归路。天师王母蟠桃会上转来，又是长老把个九环锡杖在于归路上划成一条九曲神河，天师循河而走，走一个不休；长老收了杖痕，天师才找着归路。又撮了小小一个术法，弄了他一个仙桃。故此三番两次，长老收得快，天师收得迟。

却说万岁爷看见这个和尚好有些不逊天师处，即时发下一道旨意来，说道：“适来两家赌赛，都是些傍门小乘，以后不宜如此戏谑。”天师就趋着这个旨意，要奈何这个长老，说道：“和尚，我今番明明白白和你赌个胜。”长老硌硌确确说道：“但凭！但凭！”天师道：“都要呼的风，喝的雨，令牌响处，天雷霹雳，遣将几位天将下来，教他东，他不敢往西，教他南，他不敢往北。却要这等样的神通！”长老道：“赌些甚么？”天师道：“我输了，我下山；你输了，你还俗。请旨定夺，不得有违。”长老道：“这罚得轻了些。”天师道：“还要怎么样的重罚？”长老道：“都要罚这个六阳首级。我输了，我的六阳首级砍下来与你；你输了，你的六阳首级砍下来与我。”天师道：“就罚了这个六阳首级罢！”把个文武百官吓得只是心里叫苦，口里不敢作声。万岁爷听了罚六阳首级，也虑及天师，怕一时有些差错，即时传旨，宣天师上殿。三宣两召，直至金銮殿擎天柱下。万岁爷坐在九龙墩榻之上，把个玉圭指定了天师，说道：“这个和尚远来寻你，必有大能，你须自家想定了，有个真传实授，你便与他赌个输赢，但若是傍门小术，倒也不消露相罢。待我发起怒来，赶出他到午门外去，体面上还好看些。”天师道：“臣的印剑符章，都是从始祖以来传授到今日。现有符验一箱，神书十卷，驱神役鬼，正一法门，臣岂惧这个和尚？”圣旨道：“既是如此，任你施为，下去罢。”又传圣旨，宣那和尚上来。只见碧峰长老大摇大摆，摆将上来。万岁爷道：“你与我国天师赌胜，事非小可，你不可看得恁般容易。”长老道：“输赢胜败，人间常理。”万岁爷道：“你输了，不要哀告于我，我这里王法无亲。”长老道：“普天之下，哪一座名山洞府，没有个舍身岸，哪还会平白地撺将下去，跌似一块肉泥。贫僧今日赌胜而死，死得有名，何惧之有！”万岁爷道：“你不要说这等的大话。你且到丹墀底下去看。”长老方才下来，只见殿东首闪出一位大臣来，垂绅正笏，万岁三呼。万岁道：“见朕者何人？”那一位大臣奏道：“臣诚意伯刘某。”万岁道：“有何奏章？”刘诚意道：“僧道比胜，比军门厮杀不同。那军门厮杀的，还按个军令收放，有个号头。这两家赌胜，都是些书符讽咒役鬼驱神，赢了的欢喜，输了的羞惭。臣恐羞惭的击石有火，遣下恶神恶鬼来，却这九间金殿不便。”万岁爷道：“却要预防他两家不致后患，才为稳便。”刘诚意道：“今日僧、道两家须则各要几个官保，才无后患。”万岁爷道：“依卿所奏。卿且退班。”刘诚意下班。即时传下旨意，说道："今日僧道赌胜，着文武班中取保，愿保者书名画字，后有疏虞，连坐不贷。"旨意一到，班部中闪出一位大臣，说道："小臣愿保天师。"万岁爷龙眼看时，只见是成国公朱某，愿保天师。书名用印，签押关防，退本班而去。去犹未了，班部中闪出一位大臣，说道："小臣愿保天师。"万岁爷龙眼看时，只见是英国公张某，愿保天师。书名用印，签押关防，退本班而去。去犹未了，班部中闪出一位大臣，说道："小臣愿保天师。"万岁爷龙眼看时，只见是卫国公邓某，愿保天师。书名用印，签押关防，退本班而去。去犹未了，班部中闪出一位大臣，说道："小臣愿保天师。"万岁爷看时，只见是定国公徐某，愿保天师。书名用印，签押关防，退本班而去。

万岁爷心里想道："天师是我的心腹，百官恰好就都保天师。"却说这个万岁爷终是个皇王气度，天地无私。看见那个和尚没有个人保，他坐在九龙墩榻上，连声问道："文武班中何人肯保僧家？"一连问了几遍，只见班部中鸦鹊不鸣，风停草止。原来张天师住在龙虎山中，自从汉朝起，传留到于今日，根深名大，而且屡次遣将驱兵，人人晓得，故此保的多，料定了张天师决无大疏失。若是那个和尚，他本等是个北方来的僧人，不知他在哪个破庙里居住？他的嘴儿又硬，口说的无凭，倘有疏虞，他哪里又来顾我？故此不保和尚的多。这叫作是个"扶起不扶倒"。万岁爷问得发性，坐在九龙墩榻上问道："怎么保和尚的不见出来？"只见文武百官中间，也有说道："哪个敢保和尚？"也有说道："媒人不挑担，保人不还钱。保了僧人，终不然就要兑命。"道犹未了，班部中闪出一位老臣，头欺腊雪，鬓压秋霜，说道："老臣愿保僧人。"万岁爷龙眼观看，只见这个老臣还是洪武爷未登龙以前的人物，今年寿登九十三岁，学贯五车，才倾八斗，本贯太平府当涂县人氏，现任大学士之职，姓陶名某，愿保僧人。他一边写着保状，一边问着僧人说道："你实实地叫作个甚么名字？我好保你。"长老道："我俗姓金，号为碧峰，叫作个金碧峰长老。"陶学士说道："我定保你了。"书名用印，签押关防，退回本班而去。去犹未了，班部中又闪出一位青年大臣，说道："小臣愿保僧人。"万岁爷龙眼观看，只见是诚意伯刘某，愿保僧人。书名用印，签押关防，退回本班而去。

却说僧、道两家赌胜，俱有了保官。只见文官武将议论做一坨儿，说道：“今日这桩事，保天师的虽多两员，却都是我辈中人物也；保和尚的虽少两员，这两员却有许多的勾当。怎见得有许多的勾当？陶学士年将百岁，多见多闻；刘诚意善知天文，能察地理，通达过去未来。这两位高人倒保了和尚，莫非和尚今日有几分赢了？”内中又有人说道：“张天师却不是等闲之人，你不记得洪武爷朝里，他与铁冠道士赌胜，四九天道，他还借转来做个三伏天道，去棉袄，更汗衫，有旋天转地之力，何愁一个和尚。”内中也有说道：“不必担忧，顷刻便见。”只见天师传下号令，仰上、江二县，要不曾见过女人的桌子，用七七四十九张；要不曾经过妇人手的黄绒绳，用三百根；要向阳的桃树桩八根；要初出窑门的水缸，用二十四只；要不曾经禽鸟踏过的火炉，用二六一十二双；要没有妻室的高手丹青，用六十名；重唇红齿白的青童，用五十六名；要不曾开篓的符水纸，用千百余张；要朝天宫平素有德行的道官，用一百二十名；要神乐观未出童限的乐舞生，用六十名。辰时出牌，限巳时初刻一切报完，如违以军令施行。

却说上、江两县俱是有能干的清官，两县的民快俱是有家私的好汉，照牌事理施行，即时搬运到皇城里面去了。天师就于九间金殿上立坛，把那桌子一张上叠一张，叠得有数丈之高。黄绒绳周围匝匝，捆的捆，缠的缠。把个桃树桩按乾、坎、艮、震、巽、离、坤、兑的八卦方位摆开来，用八个青童，头上贴着甲马，手里拿着槌儿不住地打。用丹青手彩画了五方五帝凶神旗号，一按东方甲乙木，立着青旗，旗上画的青龙神君；二按南方丙丁火，立着红旗，旗上画的火德星君；三按西方庚辛金，立着白旗，旗上画的白虎神君；四按北方壬癸水，立着皂旗，旗上画的黑杀神君；五按中央戊己土，立着黄旗，旗上画的灵官神君。把那二十四只水缸，按二十四气摆开来，用青童二十四个，头上贴着甲马，手里拿着棒儿不住地把水来搅。把那二十四座火炉，跟着二十四只水缸，一只间一坐，用青童二十四个，头上贴了甲马，手里拿着扇儿不住地把火来扇。叫那朝天宫一百二十个道官，口里诵着《黄庭经》。叫那神乐观六十名乐舞生，口里吹动着响器。坛下许多飞报道情，还有许多拾遗补缺。天师原是个肯爱奢华的，把个皇城收拾得像个极乐天庭一般的景象。

坛场已毕，请天师临坛。天师斋戒沐浴，越宿而来。来到坛下，直上到桌子顶上，披着发，仗着剑，踏着罡，步着斗，捻着诀，念着咒。初然临坛，还是五更时分，那时节万里无云，一天星斗；到这早晚，已自天色渐明。天师在桌子上撮弄得紧，道官在两边念呱得紧，乐舞生在四下里吹打得紧，搅水的搅得紧，扇火的扇得紧，打桩的又打得紧，就把乾坤也逼勒得没奈何。只见西北方一朵黑云漫天而上，皂旗已是得了风，风儿渐渐宣，云儿渐渐慢，立地里天昏地黑。文武百官说："这早晚要个天神下来，何难之有。"早有个当驾的官奏上万岁爷，说道："此时天昏地黑，怕走了和尚。"万岁爷传下旨意："关了皇城四门，不许走了和尚。"

却说朝内文官武将，大约有四百多员，这四百员文武官员，岂没有个六亲出家做道士的？又岂没有个六亲出家做和尚的？做道士的看见天师这等作为，其心大喜；做和尚的看见天师这等夸张，心上也却有一点……恰好就有一个官长，山南人氏，现居正二品吏部侍郎之职，姓陈名某，他有七个公子，第六个公子华盖星照命，也在善世法门中。这个陈侍郎老大有些不足天师处，心上分明要去作兴那个僧家，却又不见个和尚在哪里。东边也叫声："年兄，和尚在哪里？"西边也叫声："年兄，和尚在哪里？"

毕竟不知这个侍郎老爹寻着那个和尚，还是怎么样儿作兴他，不知那个和尚得了这个侍郎老爹作兴，还是怎么样儿显圣，且听下回分解。

第13回　张天师坛依金殿　金碧峰水淹天门

诗曰：

你是僧家我道家，道家丹鼎煮烟霞。
眉藏火电非闲说，手种金莲不自夸。
三尺太阿为活计，半肩符水是生涯。
几回远出游三岛，独自归来只月华。

这一首诗也是说道家要胜僧家之意。

却说陈侍郎各处去找和尚，忽有一个年家用手一指，说道：“那玉阑杆下不是个和尚么？”这个和尚叫作个“真人不露相，露相不真人”。陈侍郎抬头一看，只见一个和尚站在玉阑杆下，自由自在，不觉不知。好个陈侍郎，走近前去，举起牙笏，把个长老的背脊上轻轻地点了一点。长老道：“甚么人？”侍郎道：“你也干出你的勾当来也。”长老道：“叫我干出哪一件来？”侍郎道：“士农工商，各执一业。你们既与天师赌胜，也像个赌胜的才好哩！”长老道：“怎么像个赌胜的？”侍郎道：“天师立了许大的坛场，站在坛上披着发，仗着剑，踏着罡，步着斗，捻着诀，念着咒，这早晚天昏地黑，他的神将料应是下来了也。你也须立个甚么法场，书个甚么符验，念个甚么咒语，遮拦着他的天神不降坛场，却才有个赢手。”长老道：“天师有人答应，会立坛场；我贫僧没人答应，不会立坛场。道士会捻诀，我僧家不会捻诀。道士会念咒，我僧家不会念咒。”侍郎道：“普庵咒极能辟邪，你可念些。”长老道：“普庵咒梵语重叠，贫僧不曾学得。”侍郎道：“既不念咒，只诵你家的经典罢。”长老道：“连经也不会诵。”侍郎道：“《心经》又明白，又简易，这是好念的。”长老道：“若是《心经》，在幼年还念得一半，到如今就是悬本也念不清了。”侍郎道：“你还是自幼儿出家，你还是半路上出家？”长老道：“我是自幼儿出家的。”侍郎道：“怎么不从个师父？”长老道：“我也拜过好几个名师来。”侍郎大笑说道：“再不拜过名师，还不知怎么样的。”长老看见这个官长有许多地作兴他，他把个慧眼瞧他一瞧，原来这个人已经五世为男子，到了七世就是地仙。长老心里想道：“待我点他点儿。”说道：“你愁我不会念经，我有两句话儿告诉你，你可听我。”侍郎道：“学生也在门里，怎么不听？”长老道：“你可记得：达摩西来一字无，全凭心上用工夫。若将纸上寻门路，笔尖点没了洞庭湖。”侍郎大惊失色，说道：“你赌了胜，待我来拜你为师。”长老道：“你果是在门之人。”

侍郎道：“这早晚天愁地暗，众天将只在目下降坛，你若是输了，佛门也不好看相。”长老道：“你甚么要紧，这待替我着急？”侍郎道：“我倒为你，你自家越加不理着。这是甚么时候？这如今正在天翻地覆，鬼哭神愁，你要些甚么东西，怎么再不开口？”长老道：“你问得紧，我说了罢。”侍郎道：“是个甚么？”长老道：“待我先寻个物件去取来。”侍郎道：“要寻个物件，或是各牙行去支取，或是官府家去借办，或是朝廷里面去请旨，快当些说罢。”长老道：“这个都不洁净，莫若还是我自家的罢。”侍郎道：“也快当些取出来。”长老把只手到袖儿里面左掏右掏，又问说道：“你高迁的衙门是文是武，还是哪里管事？”那陈侍郎心里吃紧，咬得牙齿咯咯儿响，却又撞遇着这个和尚，就是个棉花团儿，再也抽扯不断，急得他放出声来说道：“你管我甚么高迁，且拿出你的家伙来也。”长老左掏右掏，左摸右摸，摸出一个钵盂来。陈侍郎说道：“你这个师父，原来越发是个碍口饰羞的，这早晚还没有用斋哩？”长老道：“不是用斋。”侍郎道：“既不是用斋，却用些甚么？”长老道：“要些水儿。”侍郎道：“要些水儿就费了这许多的唇舌。”

恰好的有一个穿白靴的走将过来，侍郎问他道：“你是个甚么人？”其人道：“小的是个巡班的圆牌校尉。”侍郎道：“你替这师父舀些水来。”那校尉掣着钵盂就走。长老连声叫道：“舀水的快转来！”侍郎道：“老师，你忒费事，与他舀水去罢，怎么又叫他转来？”长老道：“你不晓得我要的甚么水。”那校尉倒也是个帮衬的，连忙地转来说道：“你要的甚么水？”长老道：“你把洗了手脚的水不用舀。”校尉道：“小的怎么敢。”长老道：“缸盘里的水不用舀，房檐儿底下的水不用舀，养鱼池里的水不用舀，沟涧里的水不用舀。”侍郎急得没奈何，说道：“老师只管说个不用舀的，你把个用舀的水，叫他舀便罢。”长老道：“不是你这个破头楔，这不用舀的水，说到明日，这早晚还说不尽。”侍郎听之，又恼又好笑，说道：“你这等的磨赖，才做得和尚。你还是要些甚么水？”长老道：“我要个没根的水。”那校尉听见“没根”两个字，放下钵盂，望外就走。侍郎道：“你且站着，怎么就走？”校尉道：“树木便有根，竹子便有根，不曾见个水说甚么有根没根，我不会舀，得另寻一个来舀罢。”侍郎又问道：“同是一样的水，老师怎么讲个有根没根的言话？”碧峰长老道：“那长流的活水，通着江海，这就叫作是没根。”那校尉晓得了没根的水，拿起钵盂又走。长老又叫道：“舀水的快转来！”侍郎道：“老师，你怎么这等三番两次叫人转来？”长老道：“还有话不曾说得完。”校尉又转来道：“请说完了，待我舀去罢。”长老道：“舀水时，左手舀起，就是左手拿来，不要放到右手里去；右手舀起，就是右手拿来，不要放到左手里去。行路之时，不要挨着那里，不要靠着那里，也不要站住在那里，一竟捧着到我贫僧面前来，这才是没根到底。”那校尉连声道：“晓得，晓得！”急忙地就走。长老又叫道：“舀水的还转来！”侍郎也厌烦了，不去问他。只是那个校尉有缘，又跑转来说道：“还有甚么吩咐？”长老道：“你拿这个钵盂去舀水之时，止好在钵盂底上皮皮儿一层，多了便拿不起来。”校尉说道：“晓得，晓得！”

却急忙地离了九间金殿，出了五凤楼前，直走到玉河之上。校尉心里想道："这个水直通江海，却是个没根的，待我下去舀起一盂儿来。"心里又想道："那长老吩咐道，舀多了水，便自拿不起来，看将起来，这个钵盂只有恁的大，我的膂力可举百钧，怎么会拿不起来？我且把个钵盂满满舀了，看是何如。"果真的舀满了，便就拿不起来，哪怕你两只手，哪怕你尽着力，只是个拿不起来；去了些，还拿不起来；又去了些，还拿不起来；再又去了些，还又拿不起来；一直去到底儿上只有皮皮的一层，方才拿将起来。这个校尉也就晓得这个长老不是个等闲的那谟。只见他一只手举起钵盂，两只脚跑着路，又不敢偷闲，又不敢换手，一直拿到长老面前来。拿得那个校尉浑身是汗，遍体生津。长老说道："放在地上。还要柳枝儿两根。"好个校尉，放了钵盂，转身又取了两根柳条儿递与长老，也不辞而去。

长老把个赌胜只当个要子儿，把个指甲挑出一爪甲儿水来，放在砖街之上，写了个"水"字，左脚踏了；把个钵盂放在右壁厢，柳条儿担着右脚踏着。侍郎说道："你也立个坛场，做些手法。"长老道："我也没个坛场，况且没个手法。"侍郎道："你不要碍口饰羞的，你就用一百张桌儿，也是有的；你就用一百张椅儿，也是有的；你就用一百口水缸，也是有的；你就用一百个火炉，也是有的；你就用一百根桃木桩儿，也是有的；你就用五百面五方旗号，也是有的；你就用五百名上堂僧讽经，也是有的；你就用五百名青童，也是有的；你就用五百名军劳，也是有的；你就用一百担千张马甲，也是有的。"长老道："这都是天师用的，贫僧用它不着。"侍郎道："既用不着时，却怎的能取胜？"长老道："我这钵盂儿的水就够了。"侍郎叹上一声，说道："箭头不行，送折了箭杆，也是没有用处。"长老道："不消你发急，我这里自有个处分。"侍郎也没奈何，告辞长老，退回本班而去。

却说僧、道赌胜，张天师在九间金殿上立了坛场，文武百官多半都是他的心腹，也有念谣歌的，也有唱道情的，都只是助张天师的兴。金碧峰长老站在玉阑杆之下，只作不知。天师又意大心高，老大的不放金碧峰在心上。长老看见那一天的云，向东南上渐渐的散了，天晴气清，知道天师有些不肢节了，伸起手来，指着桌子上高声大叫，说道："张天师，你也遣下天神来，待我贫僧取下六阳首级与你哩！”一连叫了两三声。那天师自从五鼓上坛作法，到了日中，还没有些甚么证明功德，恰又听见和尚在坛下扬言，心下也有几分不自在了。传下一个法令，吩咐诵《黄庭经》的且把《黄庭经》歇了，吹打的且把乐器歇了，只许五方磨旗校尉磨动五方神旗，他自家在七七四十九张桌儿上，披着发，仗着剑，踏着罡，步着斗，捻着诀，念着咒；法用先天一气，将用自己元神，忙忙地取出令牌，拿在手里，连敲三下，喝声道：“一击天门开，二击地户裂，三击马、赵、温、关赴坛！”天师还是有些传授，果然的又是东南雾起，西北风生。真好一阵大风！有一律秋风诗为证，诗曰：

白帝阴怀肃杀心，梧桐落尽又枫林。
江芦争刮盈盈玉，篱菊摇开滴滴金。
张翰弃官知国难，欧阳问仆觉商音。
无端更妒愁人睡，乱送孤城月下砧。

此时正是太阳当顶，午牌时分，被这个风一阵刮一阵，直刮得天日无光，伸手不见掌，面前不见人。百官们多半是天师的心腹，哪个不说道神将即刻降坛，哪个不说道和尚却赌输了也！朝廷看见这个天昏地黑，也怕走了和尚，差许多的官围住了云路丹墀。那丹墀中高照点了一百二十对。那高照又有些妙处，也不知是生来得好，也不知是制作得好，风越大，灯越明。话说这个灯倒不怕风，只是天上的云倒有些怕风。原来刮得风大，把个黑云都吹将去了。一时间云开见日，正交未时，太阳当空，万里明净，没有了云也罢，连风也没有了些。天师心上的官员又说道：“似这等万里无云，神将想是半路上回去了。”张天师在于七七四十九张桌子上，激得只是暴跳，浑身是汗，直透重衣。心里又激得慌，太阳又晒得慌，把那些符牒一道未了，又烧一道，一道未了，又烧一道，一气儿烧了四十八道。符便烧了四十八道，天将却不曾见有半只脚儿下来。碧峰长老对着那个桌儿上高声大叫道：“我把你当个神仙的后代，祖师的玄孙，原来尽是些障眼法欺侮朝廷，只这三日费了朝廷多少钱粮，你这惫懒的道人，怎么敢与我真僧赌胜？我欲待赢了你的项上六阳首级，又恐怕动了戒杀之心；我欲待饶了你的项上六阳首级，却又没有些甚么还你的灭僧之罪。也罢，朝廷在上，文武百官在前，自古道，'饶人不是痴，痴汉不饶人'。我且饶了你罢，我自回名山去也！"道犹未了，浑身上金光万道，原来这个和尚早已有影无形了。

众保官一齐上殿，面见万岁爷爷，齐声奏道："今日僧、道赌胜，和尚早已回名山去了。"万岁爷道："僧、道两家，哪个赢？哪个输？"众保官说道："张天师符牒烧了四十八道，并不曾见个天将赴坛。那僧家说道：'朝廷在上，文武百官在前，我且饶了你罢，我自回名山去也！'"万岁爷道："僧家饶得他，我这里却饶不得他。我若饶了天师，护相容隐，怎么叫作个王法无私？"即时传下旨意，着锦衣卫掌印官即将张真人捆下坛场，前赴市曹处斩，献上首级毋违。一声叫斩，文武百官都吊了魂。只见三尺剑从天吩咐，一群虎就地飞来，划喇喇推下人去，血淋淋献上头来。这个君王的旨意，就是一百张口也难分辩。一旁绑下天师，一旁开刀要斩。天师口口声声叫着："冤枉！"万岁爷是个不嗜杀人之君，听知天师口叫"冤枉"，诚恐他屈死不明，即时又传下个旨意，权赦天师上殿分理。天师上殿，万岁爷道："你今日赌胜不见胜，欺侮朝廷，怎么叫作冤枉？"天师说道："臣有飞符五十道，才烧了四十八道，还有两道飞符不曾烧。赦臣两个时辰的死罪，臣再登坛，遣神调将；若是再无天神降坛，那时斩臣首级，臣死甘心。"圣旨一道，准赦张真人两个时辰死罪。

天师再上七七四十九张桌儿上去，也没有个人去打桃树桩，也没有个人去磨五方旗，也没有个人去动水缸儿里的水，也没有个人去扇火炉儿里的火，也没有个道官去念《黄庭经》，也没有个道士去吹动乐器，只是自家披着发，仗着剑，踏着罡，步着斗，捻着诀，念着咒，蹠踏了一会儿。却又取出那个令牌来，拿在手里，连敲三下，喝声道："一击天门开，二击地户裂，三击马、赵、温、关赴坛！"敲了三下令牌，急忙里把个飞符烧了两道。猛听得半空中划喇喇一声响，响处掉下了四位天神：同是一样儿的长，长有三十六丈长；同是一样儿的大，大有一十八围。只是第一位生得白白的，白如雪：

一称元帅二华光，眉生三眼照天堂。
头戴乂乂攒顶帽，五金砖在袖儿藏。
火车脚下团团转，马元帅速赴坛场。

第二位生得黑黑的，黑如铁：

铁作幞头连雾长，乌油袍袖峭寒生。
渍花玉带腰间满，竹节钢鞭手内擎。
坐下斑斓一猛虎，四个鬼左右相跟。

第三位生得青青的，青如靛：

蓝靛包巾光满目，翡翠佛袍花一簇。
朱砂发梁遍通红，青脸獠牙形太毒。
祥云霭霭离天宫，狠狠牙妖精尽伏。

第四位生得赤赤的，赤如血：

凤翅绿巾星火裂，三绺髭须脑后撇。
卧蚕一皱肝胆寒，凤眼圆睁神鬼怯。
青龙刀摆半天昏，跨赤兔坛前谩谒。

原来面白的是个马元帅，面黑的是个赵元帅，面青的是个温元帅，面赤的是个关元帅。这四位元帅齐齐地朝着天师打了一个躬，齐齐地问声道：“适承道令宣调吾神，不知哪厢听用？”天师看见了四位天神，可喜又可恼，可恼又可喜。怎么可喜又可恼？若是天神早降坛场，免得赌输与和尚，这却不是个可喜又可恼？怎么叫作个可恼又可喜？终是得了这四位天神赴坛，才免了那锋镝之苦，这却不是个可恼又可喜？天师问道：“我与和尚赌胜，诸神何不早赴坛场？”四位天神齐声答应道：“并不曾晓得天师赌胜。”天师道：“我有飞符烧来，诸神岂可不曾看见？”天神齐声道：“不曾看见。”天师道：“我烧了四十八道，岂可一道也不曾看见？”天神齐声道：“止是适才看见两道。”天师道：“除这两道之外，先烧了四十八道。”天神齐声道：“若说四十八道，诸神实不曾看见。”天师道：“想是天曹哪一个匿按我的飞符不行？”天神齐声道:“天曹谁敢匿按飞符？”天师道:“诸神都在哪里公干，不曾看见飞符？”天神齐声道：“今年南天门外大水，就是倒了九江八河，就是翻了五湖四海，浪头有三十六丈多高，淹了灵霄宝殿，险些儿撞倒了兜率诸天，故此小神们都在南天门外戽水。适才落了早潮，就有两道飞符来到，小神们见之，特来听调。”天师辞谢了四位天将，下坛缴旨。当有圆牌校尉觑着陈侍郎笑了一笑，陈侍郎觑着校尉点一点头。怎么圆牌校尉笑了一笑，陈侍郎点一点头？原来南天门外的大水，就是金碧峰钵盂里的水，金碧峰钵盂里的水，就是圆牌校尉舀的玉河里无根的水。别的耳闻是虚，陈侍郎眼见是实，故此校尉笑一笑，侍郎点一点头。

却说文武百官看见四位天将对着天师讲话，一个个、一句句都传与万岁爷听到。万岁爷听知天将说话，又听知上方有这个水厄，淹了灵霄殿，险些儿撞倒了兜率天，万岁爷道：“天宫尚且如此有水，不知今年天下百姓如何？”满腔子都是恻隐之心。只见天师下坛，俯伏金阶缴旨。万岁爷道：“上界有水，天将来迟，恕卿死罪。只一件来，死罪可恕，活罪又不可恕。”天师道：“既蒙圣恩恕臣死罪，怎么又有个活罪难恕？”圣旨道：“要卿前往西番，取其玉玺与朕镇国，这却不是个活罪难恕？”天师道：“伏乞陛下宽恩，要取玉玺，苦无甚么难处。”圣旨道：“怎么取玺不难？”好个天师，眉头一蹙，计上心来，心里想道：“今日受了这个和尚许多周折，就在取玺上还他一个席儿罢。”回复道:“容臣明日上本，保举一人前往西洋，取其玉玺，全然不难。”圣旨道：“朕要玉玺甚急，明日上本，又费了事，修书不如面陈，就是今日从直口奏罢。”天师道：“依臣口奏，臣保举适才赌胜的和尚，本事高强，过洋取宝，手到宝来。"圣旨道："适间的和尚也不知其姓名，怎么叫他取玺？"天师道："陛下究问保官，便知他端的。"圣旨一道："宣陶学士、刘诚意二卿上殿。"二臣即时俯伏金阶，奏道："陛下何事宣臣？"圣旨道："二卿保举僧家，那僧家甚么名姓？"陶学士道："小臣保状上已经有了，那僧人俗家姓金，道号碧峰，叫作个金碧峰和尚。"天师道："就是这个金碧峰下洋取宝，手到宝来。"刘诚意道："天师差矣！朝廷要玺，你无故奏上朝廷，灭了和尚；今日你赌输与和尚，又保举和尚下西洋，你这还是侮慢朝廷？你这还是颠倒和尚？"这两句话儿不至紧，把个张天师连烧四十八道飞符的汗，又吓出来了。

只见金阶之下，一字儿俯伏着四位老臣。上问道："四位老臣是谁？"原来第一位是成国公朱某，第二位是英国公张某，第三位是卫国公邓某，第四位是定国公徐某。四位老臣说道："天师既灭和尚，又保和尚，一功一罪，伏乞天恩宽宥则个。"圣旨道："怎么见得该宽宥？"他四位老臣道："因是天师灭却凡僧，才得圣僧；若不是灭却凡僧，怎么得这个圣僧？功过相抵，伏乞宽恩。"圣旨道："依四卿所奏，赦天师无罪。只是那僧人不知何处去了，到哪里去寻他来？"天师道："小臣有个马前神算，容臣算来。"圣旨道："着实算来。"天师笑了一笑，说道："臣算他在西北方五台山文殊师利寺里讲经说法。"圣旨道："你会算他居住，怎么不会算他本事，又和他赌胜？"天师道："臣已经算他四卦。第一卦算他是个廪膳生员；第二卦算他是个王府殿下；第三卦算他是个乞丐之人；第四卦算他是个九十八九岁的老儿，倒有个八十七八岁的没踏趿的妈妈随身，所谓阴阳反复，老大的不识得他。"刘诚意道："天师满肚子都是算计人的心肠，怎怪得阴阳不准！"圣旨一道："着张真人明日五鼓进朝领旨，前往五台山钦取金碧峰长老无违。百官散班，钦此。"

文武百官出朝，天师也就出朝。那保天师的四位老臣说道："适来的和尚，就是属起火树的。"天师道："怎见得？"那老臣道："你不曾看见他响的一声，就上天上？"那两个保僧人的大臣说道："那长老是个骑硫磺马的。"天师道："怎见得？"那大臣道："你不看见他屁股里一漏烟？"只见一个吏部侍郎姓陈，听见这些国公学士都在取笑，说道："今日的和尚，倒是个熟读嫖经的。”众官道：“怎见得？”陈侍郎道：“你不看见他得趣便抽身？”只是一个圆牌校尉，在陈侍郎马足之下走，他也说道：“这个和尚不但是熟嫖经，《大学》《中庸》也熟。”侍郎道：“怎见得？”校尉道：“老爷不曾看见他的钵盂里的，是个今天水一勺？”却又大家取笑了一会儿。各人归衙，不觉转身便是半夜，便是五更，金鸡三唱，曙色朦胧，宫里升殿，文武百官进朝。天师进朝领旨。

却不知天师领了旨意，取得碧峰长老有功无功，却不知碧峰长老知道天师领了旨意，取他来也不来？且听下回分解。

第14回　张天师倒埋碧峰　金碧峰先朝万岁

诗曰：

天仗宵严建羽旄，春云送色晓鸡号。
金炉香动螭头暗，玉佩声来雉尾高。
戎服上趋承北极，儒冠列侍映东曹。
太平时节难身遇，郎署何须笑二毛。

这诗单道的是早朝的。

却说僧道赌胜，过了明日五更三点，万岁爷升殿，文武百官进朝，天师早已在午门见驾。朝廷爷和文武官议了国事，宣上天师，付了他一道钦旨，又付了他一面金牌。万岁爷道：“南京前往五台山有多少程途？”天师道：“有四千六百里。”万岁爷道：“你怎么晓得这个程途？”天师道：“臣仰观天文，俯察地理，道途远近，无不周知。”万岁爷道：“你今日去，几时回朝？”天师道：“臣今日去，明日回朝。”万岁爷道：“四千多里路程，怎么得这等的快？”天师道：“大凡钦差官，旱路驴一头，要登山度岭；水路船一只，要风顺帆开。小臣既不是旱路，又不是水路。”万岁爷道：“莫非卿家有个缩地的法么？”天师道：“也不是缩地法，臣骑的是条草龙，腾云驾雾，故此限不得路程。”万岁爷道：“既如此，快去快来。”天师辞了圣上，出了午门，讽动真言，宣起密咒，跨上了草龙，云惨惨，雾腾腾，起至半天之中，竟往五台山文殊寺而去。却说碧峰长老坐在法台上讲经，早已就知其情了，即时按住经典，离了法台，心里想道：“这个天师尽有二八分镂锼我也。我和你远日无冤，近日无仇，你怎么又在朝廷面前保我去下西洋？只有一件，我若是去，不像个和尚家的勾当；我若是不去，佛门又不得作兴。”沉吟了一会儿，设了一计，叫声：“家主僧上来，吩咐本山大小和尚都要得知，今日朝廷有一道旨意，有一面金牌，钦差的就是张天师，特来此中取我进朝，去下西洋取其国玺。天师心怀不良之意，我设一个妙计搪抵天师。你们大小和尚依计而行，不可违拗，误事不便。”众和尚齐声念上一声“阿弥陀佛”，说道：“弟子们谁敢执拗。”长老对家主僧附耳低声说道：“如此如此。”长老起身便走，徒弟非幻、徒孙云谷两个说道：“师父也教我们一教，却好回复天师的话语。”长老道：“你两个跟我来也。”一个师父，一个徒弟，一个徒孙，慢摇慢摆，一直摆到那海潮观音殿里去了。师父坐在上面入定，徒弟坐在东一首入定，徒孙坐在西一首入定。正是：

萧寺楼台对夕阴，淡烟疏雾散空林。
风生寒渚白苹动，霜落秋山黄叶深。
云尽独看晴塞雁，月明遥听远村砧。
高人入定浑闲事，一任纵横车马临。

却说张天师收了云雾，卸却草龙，落将下来，撇过五台山，竟投文殊师利的古寺而来。才进得寺门，天师高声叫道：“圣旨已到，和尚们快排香案迎接开读。”只见走出一干僧人来，大大小小，老老少少，长长矮矮，一个人一个白瓢帽，一个人一身麻衣，一个人腰里一条草索，一个人脚下一双草结的履鞋，大家打伙儿抬着佛爷爷面前的一张供桌，就是佛爷爷座前的花瓶，就是佛爷爷座前的香炉，迎接圣旨。天师大怒，骂说道：“你这和尚家，这等意大，你们终不然不服朝廷管罢。”众和尚说道：“怎么说个不服管的话？”天师道：“既是服管，你寺里还有一个为首的僧人叫作个金碧峰,怎么不来迎接？你们这些众和尚,怎么敢这等披麻戴孝出来？”众僧说道：“钦差老爷息怒，实不相瞒，金碧峰是我们的师祖师父，我们是他的徒子徒孙。”天师道：“他怎么不来迎接圣旨？”众僧说道：“他前日来到南京，和钦差老爷赌胜，受了老爷许多的气，回来本寺，转想转恼，不期昨日三更时分，归了西天。”天师道：“你看他这等的胡说！他是个万年不能毁坏之身，怎么会死？”众僧说道：“钦差老爷不信，现今停柩在方丈里面。”天师心上却有几分不信，拽起步来，望方丈里面竟走。

走进方丈门来，果真的一口棺材，棺材盖上钉了四个子孙钉，棺材头上搭了一幅孝幔，棺材面前烧了一炉香，点了两支蜡烛，供献了一碗斋饭。天师见之，大笑了一声，说道：“金碧峰不知坐在哪里，把这个假棺材反来埋我哩！”众僧道：“棺材怎么敢有假的？”天师道：“既不是假的，待我打开来看着。”说声：“打开来看着。”吓得那些僧人面面相觑。天师心下越加狐疑，叫声：“着刀斧过来。”连叫了两三声。众僧人没奈何，只得拿刀的奉承刀，拿斧子的奉承斧子。天师叫声：“开棺！”没有哪个和尚敢开。天师叫着这一个开，这一个说道：“我是个徒弟，敢开师父的棺材？”叫着那一个开，那一个说道：“我是个徒孙，敢开师公的棺材？”天师看见你也不开，我也不开，心里全是疑惑，自家伸出手来，举起个斧子。好个天师，两三斧子，把个棺材劈开来了。开了看时，佛家有些妙用，端的是个金碧峰，条条直直，睡在里面。天师道:“敢是活的睡在里面谎我们？”伸只手到里面去摸一摸，只见金碧峰两只眼闭得紧如铁，浑身上冷得冷如雪，果真是个死的。天师心上又生一计，说道：“怕他敢是个闭气法？我若是被他笼络了，不但辜负了数千里而来，且又便饶了他耍着寡嘴。我不如索性加上他一个楔，免得个他日噬脐，悔之无及！”

只见众和尚说道：“钦差老爷，你眼见的是实了，俺们师父果真是个死尸么？”天师面上铺堆着那一片假慈悲来，说道：“我初见之时，只说是个假死，哪晓得真个是他死了。他今停柩在家不当稳便，我和你埋了他罢。”众和尚说道：“怎么要钦差老爷埋我们的师父哩？”天师道：“你们众人有所不知，你师父在南京与我赌胜之时，蒙他饶了我的性命，我却无以报他活命之恩，是我就在法坛之下大拜了他四拜，拜你老爷为师。今日你们的老爷归天，我该有一百日缌麻之服。我有服的师弟，肯教他暴露尸骸，死而不葬？故此你们也趁我在这里，大家安埋了他，岂不为美！”天师是个钦差，他说的话哪个敢执拗？只得是奉承他二八分。众和尚说道：“但凭钦差老爷。”内中有个不开口的，各人有各人的忖度。天师道：“你这个禅寺，可有一所祖陇么？”众和尚道：“有一所祖陇。”天师道：“在哪里？”众和尚道：“就近在山门左侧百步之内。”天师道：“傍祖安葬，这也是个人情之常。”众和尚道：“但凭钦差老爷就是。”天师道：“我与你三五个知事的，先到祖陇上定个向，点个穴，诛个茅，破个土，筑个坑，砌个圹。你众人在寺里，照依每常旧例出殡而来。”天师领了几个和尚，先到祖坟上去了。其余的这些和尚，在寺里敢违背了天师的号令？只得抬出柩来，哭了几声师父，动了几下响器，列了几对幢幡，张了一双宝盖上来。

却说天师到了那祖坟上，亲自点了一个穴，直点在祖坟后高冈之上。众和尚道：“恐怕忒上了些，于天罡有损。”天师道：“碧峰老爷他不比甚么凡僧，埋得高，才照得西天近。”及至筑坑砌圹，天师站着面前，吩咐工人方圆广阔止用三尺，直深却用一丈。众和尚道：“钦差老爷，这个坑却筑得有些不尴尬。”天师道：“你们有所不知，碧峰老爷是个圣僧，葬埋之法自与凡僧不同。”及至纼棺入土，天师又揭开棺材来，看了长老的尸首，他便亲手纼着，把个棺材头先下，棺材脚向上，倒竖着在那坑里。众和尚道：“钦差老爷，这却不是个倒埋了？”天师道：“你们都是些俗人之见，有所不知。把他的两脚朝天，却不是踏着云，蹑着雾，轮动就是天堂？若是两脚朝地，起步就蹉了地狱。我这个都是葬埋圣僧之法，载在典籍，你们莫嫌知事少，只欠读书多。”众和尚也只有家主僧心里好笑，其余的心里吃恼。好笑的心上解悟，说道：“天师空费了这一段心机。”吃恼的不曾解悟，说道：“天师不该这等样儿待我师父。”怎么家主僧心上解悟？原来碧峰长老预先晓得天师到来，预先晓得天师来时有个不良之意，故此叫过家主僧来，附耳低声，教他见了天师，只说是师父死了；又晓得天师不肯准信，教他到山门之外邻居家里，借了一口寿材，停柩在于方丈之内；又晓得天师一定要开棺验尸，又教他把师父的九环锡杖，安在里面；又晓得天师要倒埋他，教他不要违拗，凭他怎么样儿处分。这都是将计就计，佛爷运用之妙。

碧峰长老领了一个徒弟，又一个徒孙，坐在海潮殿上，高张慧眼，瞧着那个天师那么鬼弄鬼弄，猛然间大发一笑，说道："喜得我还是一个假死，若是真死，却不被他倒埋了我！"非幻道："倒埋了却待何如？"长老道："自古说得好，大丈夫顶天立地，终不然顶地立天。"云谷道："我和你怎么样儿处分他？"长老道："有个甚样儿处他？我和你先到南京，见了圣上，教他个一筹不展，满面羞惭。"好个碧峰长老，金光一耸，带着徒弟徒孙，直冲南京，来见圣上。

张天师还不解其中的缘故，倒埋了碧峰，服了这口气，心上老大的宽快。即时间出了文殊寺，离了五台山，讽起真言，宣动神咒，跨上草龙，云惨惨，雾腾腾，起在半天之中，竟转南京而来。

却说五更三点，万岁爷升殿，文武百官进朝。正是：

月转西山回曙色，星悬南极动云霄。
千年瑞鹤临丹地，五色飞龙绕赭袍。
阊阖殿开香气杳，昆仑台接珮声高。
百官敬撰中兴颂，济济瑶宫上碧桃。

却说万岁爷升殿，文武百官进朝。碧峰长老到了南京，收了金光，把个徒子、徒孙安顿在会同馆里，自家竟到午门外来听宣。只见万岁爷和那文武百官，商议了几宗国事，裁定了许多朝政。黄门官奏道："前日在云路丹墀里面和张天师赌胜的和尚，戴着瓢帽，穿着染衣，一手钵盂，一手禅杖，站在午门之外，口口称道听宣。"圣旨道："宣字轻了些。不可说宣他，只可说请他。"当驾官传旨道："请长老进朝。"那长老照旧时大摇大摆，摆将进朝，见了圣驾，也不行礼，只是打个问讯，把个手儿略节举了一举。朝廷待他比初见时老大不同，着实是十分敬重他了，请到金銮殿上，赐他一个绣墩坐下，称他为国师，说道："朕有金牌淡墨，差着天师前到国师的大刹禅林，可曾看见么？"长老道："说起天师来，一言难尽。"万岁爷道："怎么叫作一言难尽？"长老道："天师虽则是受了钦差，赍了旨意，捧了金牌，来到贫僧荒寺。这都是万岁爷的钧命，他也是出于无奈。若还他的本心，到底是个敬德不服老。贫僧深知其心，是贫僧略使了些小手段，教小徒以生作死回了他。他开了贫僧的棺，验了贫僧的尸，他就趁着这个机会儿，把贫僧倒埋了，才下山来。"万岁爷道："这个怎么使得！埋人不如埋己。"

道犹未了，黄门官奏道："张天师在午门外听宣。"长老道："万岁爷，着臣另坐在那里，且看天师进朝怎的缴旨，怎的回话。"圣旨道："叫当值的引这个国师到文华殿上打坐，另有旨来相请。"长老去了，方才传下旨意，宣进天师。只见天师头戴三梁冠，身穿斩衰服，腰系草麻绦，脚穿临江板，做个哭哭啼啼之状，走进朝来。万岁爷明知其情，故意问他说道："天师，你这重服还是何人的？若论宪纲，除是父母的嫡丧，见朕乞求谕葬，乞求谕祭，方才穿得重服进朝；若是外孝，再没有个戴进朝来之理！"天师道："小臣的孝服是家师的。"万岁爷道："怎么师父也有这等的重孝？"天师道："天地君亲师，人生于三，事之如一。故此小臣为着家师，戴此重孝。"万岁爷道："是哪一位令师？朕闻得卿是家传的本事，并不曾从游着甚么令师。"天师道："就是前日赌胜的金碧峰家师。"万岁爷道："你两家誓不两立，岂有个从他为师之理？"天师道："自从前日赌胜，蒙他饶了臣的六阳首级，是臣望空大拜了四拜，拜他为师。"万岁爷道："金碧峰是你的师，你戴的是金碧峰的孝，终不然金碧峰有甚么不测之变？"天师道："金碧峰归到五台山文殊寺，半夜三更西归去了。"万岁爷道："你去时可曾见他面么？"天师道："去迟了些，不曾得相见。"万岁爷道："你怎么样尽个礼儿？"天师道："小臣说那一切拜哭之礼，俱属虚文。自古道，生事之以礼，死葬之以礼，祭之以礼。今日碧峰家师已死，臣无以为情，只得替他傍祖安葬，是小臣和他亲自定的向，点的穴，诛的茅，破的土，筑的坑，砌的圹，安葬了他，然后回转南京，今日见驾。”万岁爷道：“金碧峰和你骤面相识，今日无常，你倒殡葬了他。你如今受了朝廷的高官显爵，享了朝廷的大俸大禄，朕有一日有所不免，你却怎么样儿相待朕来？”天师哪晓得万岁爷的意思，只要奉承得万岁爷喜欢，高声答应道：“万万年龙归沧海，即如待师父一同。”万岁爷道：“似这等说起来，连朕也要倒埋了！”天师听知得“倒埋”两个字，把那连烧四十八道飞符的汗，又吓出来了。

万岁爷道：“天师，你也不要吃惊，只有一件，没有了这个和尚，怎么得这个传国玺归朝？”天师道：“没有了这个人，委是难得其玺。”万岁爷道：“别的和尚可去得么？”天师道：“除了金碧峰之外，再没有这等一个僧人。”万岁爷道：“你昨日到五台山去了，又新到了一个和尚，也道你不合灭僧，也要与你赌胜。”天师心里想道：“这莫非是我命里犯了和尚星划度？不是划度，怎么去了一个，又来一个？”朝着圣上问道：“这新来的和尚，现在哪里？”圣上道：“现在文华殿打坐。”天师道：“宣来与臣相见何如？”圣上道：“你再不可又与他赌甚么胜。”天师道：“谨遵明旨，再不敢有违。”

金銮殿上传下一道旨意，径到文华殿宣出一个和尚来。那和尚远远地走将来，这天师远远地就认得了。却认得是个甚么人？原来是天师的家师，已经倒埋了的。天师认得是个金碧峰，羞惭满面，冷汗沾衣，心里想道：“这和尚分分明明是我倒埋了他的，如何又会起来？”长老看见天师，问道：“天师，你这浑身重孝，为着哪个来？”天师无言可答，急急地除了梁冠，脱了斩服，解了孝绦，忙忙地簪上道冠，披了法服，围了软带，合着掌，望长老尽礼，也学僧家打个问讯。长老道：“你既是我的徒弟，你怎么不拜我？”天师道：“弟子低头便是拜。”长老道：“徒弟倒埋师父，得其何罪？”天师满口只说：“是，不敢，不敢！”长老道：“倒埋还是报德，还是报仇哩？”天师道：“今后弟子再不敢胡为，望乞赦罪。”

圣上道：“国师请坐，朕有一事请问。”长老坐下了，回复道：“愿闻。”

圣上道："国师俗姓金，禅号碧峰，可是哩？"长老道："是姓金，是号碧峰。"圣上道："朕常见出家人须发落地，国师何为落发留髯？"碧峰长老道："贫僧落发除烦恼，留须表丈夫。"万岁爷听见他这两句话，心下老大的重他，却就把个下西洋的事央浼他了，说道："朕请国师进朝，有一事相说。"长老道："悉凭圣旨。"万岁爷道："朕有传国玉玺陷在西洋，曾有阴阳官奏朕，说道：'帝星出现西洋。'这如今要到西洋取其国玺，须烦国师下海去走一遭，国师肯么？"长老道："须是天师才去得。"天师道："还是国师才去得哩！若论小臣祖宗传授的，不过是些印剑符水，止可驱神役鬼，斩妖缚邪而已。若是前往西洋，须索是斩将搴旗，争先陷阵，旗开取胜，马到成功，才不羞辱了朝命，小臣怎么去得！"长老道："贫僧是个软弱法门，就只会看经念佛。况且领兵动众，提刀杀人，却不是个和尚干的勾当。"圣旨道："怎么要国师领兵统众，提刀杀人？只求国师前去，大作一个主张便足矣。"长老道："既是只要贫僧做个证明功德，贫僧怎敢有违。只是天师也躲不得个懒。"圣上道："天师也要去。"天师道："小臣去了，龙虎山中没有了人。"长老道："天师之言差矣！岂不闻'为国忘家不惮劳'？"只这一句话儿不至紧，把个天师就撑得他哑口无言，只得应声道："去，去。"圣旨道："此去西洋有多少路程？"长老道："十万八千有零。"圣旨道："此去西洋从旱路便，从水路便？"长老道："南朝走到西洋国并没有旱路，只有水路可通。从水路便。"圣旨道："此去路程，国师可晓得么？"长老道："略节晓得些。"圣旨道："国师晓得路程，还是自家走过来？还是书上看见来？"长老道："贫僧是个游脚僧，四大部洲略节也都是过来。"圣上听见他说四大部洲都已走遍了，心上老大惊异地说道："走遍四大部洲有何凭据？"长老道："有一道律诗为证。"圣旨道："律诗怎么讲？"长老道：

踏遍红尘不计程，看山寻水了平生。
已经飞锡来南国，又见乘杯渡北溟。
花径不知春坐稳，松林未许夜谈清。

担头行李无多物，一束诗囊一藏经。

圣旨道："国师既是记得这些路程，可略节说来与朕听着。"长老道："天师也是晓得的，相烦天师说罢。"天师道："我已曾说过来。"圣旨道："虽说过来，朕久已忘怀了。"长老道："口说无凭。贫僧有个小经折儿奉上朝廷龙眼观看。"圣旨道："接上来。"长老双手举起来，奉上朝廷。

圣上接着，放在九龙金案上，近侍的展开，龙眼观看，只见一个经折儿尽是大青大绿妆成的故事。青的是山，山就有行小字儿，注着某山。绿的是水，水就有行小字儿，注着某水。水小的就是江，江有行小字儿，注着是某江。水大的是海，海有行小字儿，注着某海。一个圈儿是一国，圈儿里面有行小字儿，注着某国。一个圈儿过了，再一个圈儿，一个圈儿里面，一行小字儿，注着某国某国。画儿画得细，字儿写得精。龙颜见之，满心欢喜，说道："国师多承指教了！万里江山，在吾目中矣！"叫声："近侍的，你接着这本儿，把路程还念一遍与我听着。"长老道："还是贫僧来念。"圣上道："从上船处就说起。"长老道："上船处就是下新河洋子江口，转过来就是金山。"圣上道："这金山的水，就是天下第一泉了？"长老道："便是。过了金山，就出孟河；过了孟河，前面就是红江口；过了红江口，前面就是白龙江；过了白龙江，前面却都是海，舟船望南行，右手下是万岁的锦绣乾坤浙江、福建一带；左手下是日本扶桑。前面就是大琉球。过了日本、琉球，舟船望西走，右手下是两广、云贵地方；左手下是交趾。过了交趾，前面就是个软水洋；过了软水洋，前面就是个吸铁岭。"万岁道："怎么叫作个吸铁岭？"长老道："这个岭生于南海之中，五百余里远，周围都是些顽石坯。那顽石坯见了铁器，就吸将去了，故此名为吸铁岭。"圣旨道："水底下可有这个吸铁石么？"长老道："这五百里远近，无分崖上水下，都是这个吸铁石子儿。"圣上道："明日我和你下西洋，舟船却怎么过去？"长老道："也曾自有个过的。"圣上道："多谢国师，但不知那个软水洋还是怎么样儿的？"长老道："这软水洋约有八百里之远，大凡天下的水都是硬的，水上可以行舟，可以载筏，无论九江八河、五湖四海，皆是一般。惟有这个水，其性软弱，就是一片毛，一根草，都要着底而沉。”圣上道：“似此软水，明日要下西洋，却怎么得过去？”

却不知这个软水还是过得去，还是过不得去；却不知碧峰长老有担当过这个软水，没有担当过不得这个软水，且看下回分解。

第15回　碧峰图西洋各国　朝廷选挂印将军

诗曰：

雨足江潮水色新，碧琉璃滑净无尘。
潮回万顷铺平縠，风过千层簇细鳞。
野鹭沙鸥争出没，白苹红蓼倩精神。
个中浩荡无穷趣，都属中流举钓人。

这诗是于忠肃公秋水的诗，见得天下的水，都不似那个软水。

却说圣上听得这个软水，心上也有半分儿不喜，问说道："似此软水，明日要下西洋，却怎么得过去？"长老道："贫僧也曾有个过的。"天师忽然抢着说道："佛门软弱，弱水也是软弱，两个都是一家，故此有个道理。"长老道："不因软弱，不得倒埋。"天师不觉的赤面通红了，说道："这又是旧文章来了。"圣上道："过了软水洋，前面何如？"长老道："软水洋以南，还是南膳部洲；软水洋以西去，却是西牛贺洲了。"圣上道："西牛贺洲是个甚么地方？"长老道："就却叫作西洋国。"圣上道："既叫作西洋，就在这里止了。"长老道："西洋是个总名，其中地理疆界，一国是一国，乞龙颜观看这个经折儿，就见明白。"圣上起头一看，才看见这一十八国，说道："原来却有这许多国土也。"长老道："可知哩！第一国，金莲宝象国；第二国，爪哇国；第三国，女儿国；第四国，苏门答剌国；第五国，撒发国；第六国，淄山国；第七国，大葛兰国；第八国，柯枝国；第九国，小葛兰国；第十国，古俚国；第十一国，金眼国；第十二国，吸葛剌国；第十三国，木骨国；第十四国，忽鲁国；第十五国，银眼国 ；第十六国，阿丹国；第十七国，天方国；第十八国，酆都鬼国。"经折儿已自开得清，长老口里又说得明。说得个万岁爷心神飞度西洋国，恨不得伸手捝将玉玺来，说道："国师，西洋的路程，朕已知道了，这个经折儿朕收下。却不知下西洋还用多少官员？还用多少兵卒？你说来与朕听着。"长老道："下西洋用多少官员，用多少兵卒，贫僧也有一个小经折儿奉上朝廷，龙颜观看。"圣上道："好，好，好。原来国师也有个经折儿，快接上来。"长老双手举起来，奉与圣上。

圣上接着，放在九龙金案上，近侍的展开，龙眼观看。只见这个经折儿却没有那大青的颜色，也没有那大绿的妆点，只是素素净净几行字儿。圣上叫声道："近侍的，按着这个本儿上的字，念一遍与我听着。"近侍的念着，说道："第一行，'计开'二字。第二行，总兵官一员，挂征西大元帅之印。第三行，副总兵官一员，挂征西副元帅之印。第四行，左先锋一员，挂征西左先锋大将军之印。第五行，右先锋一员，挂征西右先锋副将军之印。第六行，五营大都督：中都、左都、右都、坐都、行都，各挂征西大都督之印。第七行，四哨副都督：参将、游击、都事、把总，各挂征西副都督之印。第八行，指挥官一百员。第九行，千户官一百五十员。第十行，百户官五百员。第十一行，管粮草户部官一员。第十二行，观星斗阴阳官十员。第十三行，通译番书教谕官十员。第十四行，通事的舍人十名。第十五行，打干的余丁十名。第十六行，管医药的医官医士一百三十二名。第十七行，三百六十行匠人，每行二十名。第十八行，雄兵勇士三万名有零。第十九行，神乐观道士二百五十名。第二十行，朝天宫道士二百五十名。"念毕，圣上道："原来国师是个'法演三千界，胸藏百万兵'。"万岁爷心上老大的惊异地说道："还有天师当任何职？当填注在哪行？”长老道：“天师照旧官衔，管理军师事务，不必另加官职，故此不曾填注名姓。”万岁爷道：“国师当任何职？当填注在哪行？”长老道：“贫僧只好做个证明功德，故此不曾填注名姓。”万岁爷道：“既是国师与天师不肯填注名字，料应是不敢把个官职相烦，这的朕不相强。只是明日出师之时，斩妖缚邪，在天师身上；扶危济难，在国师身上。彼此都要用心竭力，马到功成，旗开得胜，不负今日倚托之重，才称朕心。”长老道：“贫僧和天师各当效力，不费圣心。”

万岁爷道：“下西洋的路程，有了一个经折儿，朕已知道了。下西洋的官员兵卒，又有一个经折儿，朕又知道了。只是国师说道：‘南朝去到西洋并无旱路，只有水路可通。’既是水路，虽则是个船只，还用多少？还是怎么样的制度？国师，你心上可曾料理一番么？”碧峰长老道：“过洋用的多少船只，怎么样儿制度，贫僧也有一个经折儿奉上朝廷，龙眼观看。”圣上道：“妙，妙，妙。原来也有一个经折儿，快接上来。”长老双手举起来，奉与圣上。

圣上接着，放在九龙金案上，近侍的展开，龙眼观看。只见这个经折儿又是大青大绿的故事。青的画的是山，绿的画的是海，海里画的是船，船又分的有个班数，每班又分的有个号数，不知总是多少班数，每班有多少号数。今番万岁爷一天好事喜中喜，满纸云烟佳更佳，不叫近侍的来观，只是龙眼亲自观看。只见头一班画的船，约有三十六号，每只船上有九道桅。那小字儿就填着说道：“宝船三十六号，长四十四丈四尺，阔一十八丈。”第二班画的船约有一百八十号，每只船上有五道桅。那小字就填着说道：“战船一百八十号，长一十八丈，阔六丈八尺。”第三班画的船只，约有三百号，每只船上有六道桅。那小字儿就填着说道：“坐船三百号，长二十四丈，阔九丈四尺。”第四班画的船，约有七百号，每只船上有八道桅。那小字儿就填着说道：“马船七百号，长三十七丈，阔一十五丈。”第五班画的船，约有二百四十号，每只船上有七道桅。那小字儿就填着说道：“粮船二百四十号，长二十八丈，阔一十二丈。”船五班，共计一千四百五十六号，每一号船中间，有明三暗五的厅堂，有明五暗七的殿宇。每一号船上面，有三层天盘，每一层天盘里面摆着二十四名官军，日上看风看云，夜来观星观斗。

这个经折儿万岁爷看了，心上一则以喜，一则以惧。怎见得一则以喜？因有了这个船只，却就到得西洋；到得西洋，却就取得国玺，这不是个一则以喜？却这个船数又多，制作又细，费用又大，须是支动天下一十三省的钱粮来才方够用，这不是个一则以惧？万岁爷终是取玺的心胜，不怕他甚么事干成干不成。

此时已是落日衔山，昏鸦逐队，圣旨一道，百官散班，着僧录司迎送国师到于长干上刹，各住持轮流供应；着道录司迎送天师到于朝天宫，各道官轮流供应。万岁爷退回乾静宫，心里有老大的费想。怎么费想？却说这个下西洋的事务重大，用度浩繁，一行一止，都在万岁爷的心上经纬。到了九龙绣榻之上，睡不成寐，只见更又末，夜又长，果真是：

秋夜长，殊未央。月明白露澄清光，层城绮阁遥相望。川无梁，北风受节雁南翔，崇兰委质时菊芳。鸣环曳履出长廊，为君秋夜捣衣裳。纤罗对凤凰，丹绮双鸳鸯，调砧乱杵思自伤。征夫万里戍他乡。鹤关音信断，龙门道路长。君在天一方，寒衣徒自香。

万岁爷睡不成寐，叫起近侍的来，开了玲珑八窗，卷起珠帘绛箔，只见万里长空一轮明月，果真是：

三五月华流烟光，可怜怀归道路长。
逾江越汉津无梁，遥遥思永夜茫茫。
昭君失宠辞上宫，蛾眉婵娟卧毡穹。
胡人琵琶弹北风，汉家音信绝南鸿。
昭君此时怨画工，可怜明月光朦胧。
节既秋兮天向寒，沅有漪兮湘有澜。
沅湘纠合渺漫漫，洛阳才子忆长安。

可怜明月复团团。逐臣恋主心弥恪，
弃妾忘君情不薄。已悲芳岁徒沦落，
复恐红颜坐销铄。可怜明月方照灼。
向影倾身比葵藿。

一轮明月不至紧，还有一天星斗，灿灿烂烂，果真是：

万物之精为列星，庶民象兮元气英。
认绰约兮其欃枪，瞻瑶光兮其玉绳。
歌既称兮列重耀，传尝闻兮还夜明。
牵牛服箱兮不以，今夕在户兮识取。
辰参主兮为晋商，箕毕分兮见风雨。
为张华兮而见拆，感仲尼兮以常聚。
中方定兮作楚宫，三五彗兮彼在东。
子韦识宋公之德，史墨知吴国之凶。
轩辕大电兮绕枢，白帝华渚兮流虹。
东井汉祖兮兴起，梁沛曹公兮居止。
惊严光兮帝共卧，笑戴逵兮自求死。
息夫指之兮获罪，巫马戴之兮出治。
灿连贝兮倚莎萝，授人时兮命羲和。
二使兮随之入蜀，五老兮观之游河。
岁则降灵于方伯，昴则沦精于萧何。
清为柳兮浊为毕，乱如雨兮陨如石。
天钱瞻兮于北落，老人指兮于南极。
任彼彗光兮竟天，然而圣朝兮妖不胜德。

万岁爷对月有怀，因星有感，龙腹中猛然间想起一桩事来了，急传旨意，宣上印绶监掌印的太监来。这叫作是个“殿上一呼，阶下百诺"，旨意已到，谁敢有违。只见印绶监掌印的太监即时来到，跪着珠帘之外听旨。万岁爷道："你是印绶监掌印的太监？"太监道："奴婢是印绶监掌印的太监。"万岁爷道："你监里可有余剩的金银印信么？"太监道："本监并没有个余剩的金印银信。"万岁爷道："我原日过南京之时，四十八两重的坐龙金印，有若干颗数；五十四两重的站虎银印，有若干颗数；三十六两重的螭虎印、走蛟印、盘蛇印、虬髯印、龟纽印、鳌鱼印、虾须印，也不计其数。你职掌印绶，怎么讯得一个没有印？"太监道："本监职掌印，俱是奉爷爷圣旨，礼部关会，篆文旋时铸成一个印，旋时镌上几个字，这却都是新的，并没有个旧时印信。"万岁爷道："我这旧时的印信，到哪里去了？"太监道："既是旧时的印信，俱属宝贝，敢在宝藏库里么？"圣旨道："急宣宝藏库的库官来。"原来宝藏库设立的内殿，掌管的不是个库官，也是个太监。一声有旨，只见宝藏库内太监飞星而来，磕头如捣蒜，连声禀道："爷唤奴婢有何旨意？"万岁爷道："你宝藏库里，可有旧时的金、银、铜、铁的印信么？"太监道："有，有，有。"万岁爷道："你快把那四十八两重的坐龙金印，取过两颗来；你再把五十四两重的站虎银印，取过两颗来；你再把三十六两重的螭虎印，取过五颗来；你再把三十四两重的虬髯印，取过四颗来。"那宝藏库的太监即时取过许多的印来，万岁爷吩咐印绶监太监捧着。

此时正是金鸡三唱，曙色朦胧，万岁爷升殿，文武百官进朝。只见净鞭三下响，文武两班齐。圣上道："今日文武百官都会集在这里，朕有旨意，百官细听敷宣。"百官齐声道："万岁，万岁，万万岁！有何旨意，臣等钦承。"圣上道："朕今日富有四海之内，贵为天子，上承千百代帝王之统绪，下开千百代帝王之将来。所有历代帝王传国玺，陷在西洋，朕甚悯焉，合行命将出师，扫荡西洋，取其国玺。先用总兵官一员，挂征西大元帅之印，朕如今取出一颗坐龙金印在这里，哪一员官肯去征西，即时出班挂印。"连问了三四声，文官鸦悄不鸣，武班风停草止。

圣上又问了一回，只见班部中闪出四员官来，朝衣朝冠，手执象简，一字儿跪在丹陛之前。圣上心里想道："这四员官莫非是个挂印的来了？"

心里又想道：“这四员官人物鄙萎，未可便就征西。”当驾的问道：“见朝的甚么官员？”那第一员说道：“小臣是钦天监五官灵台郎徐某。”第二员说道：“小臣是钦天监五官保章正张某。”第三员说道：“小臣是钦天监五官保章副陈某。”第四员说道：“小臣是钦天监五官絜壶正高某。”圣上道：“你们既是钦天监的官员，有何事进奏？”钦天监齐声道：“臣等夜至三更，仰观乾象，只见‘帅心人斗口，光射尚书垣’，故此冒昧仰奏天庭。”圣上道：“帅心入斗口，敢是五府里面公、侯、驸马、伯么？”钦天监齐声道：“公、侯、驸马、伯应在右弼星上，不是斗口。”圣上道：“莫非六部里面尚书、侍郎么？”钦天监说道：“尚书、侍郎应在左弼星上，不是斗口。”圣上道：“既不是武将，又不是文官，却哪里去另寻一个将军挂印？”钦天监道：“斗口系万岁爷的左右近臣。”圣上道：“左右近臣不过是这些内官、太监，他们哪个去征得西洋，挂得帅印？”

只见殿东首班部中，履声琣琣，环珮琤琤，闪出一位青年侯伯来，垂绅正笏，万岁三呼。万岁爷龙眼观之，只见是个诚意伯刘某。圣上问道：“刘诚意有何奏章？”刘诚意道：“小臣保举一位内臣，征得西，挂得印。”圣上道：“是哪一个？”刘诚意道：“现在司礼监掌印的太监，姓郑名和。”圣上道：“怎见得他征得西、挂得印？”刘诚意道：“臣观天文，察地理，知人间祸福，通过去未来。臣观此人，若论他的身材，正是下停短兮上停长，必为宰相侍君王；若是庶人生得此，金珠财宝满仓箱。若论他的面部，正是面阔风颐，石崇擅千乘之富；虎头燕颔，班超封万里之侯。又且是河目海口，食禄千钟，铁面剑眉，兵权万里。若论他的气色，红光横自三阳，一生中须知财旺；黄气发从高广，旬日内必定迁官。”圣上道：“只怕司礼监太监老了些。”刘诚意道：“乾姜有枣，越老越好。正是：龟息鹤形，纯阳一梦还仙境；明珠入海，太公八十遇文王。”圣上道：“却怎么又做太监？”刘诚意道：“只犯了些面似橘皮，孤刑有准；印堂太窄，妻子难留。故此在万岁爷的驾下做个太监。”圣上道：“既是司礼监，可就是三宝太监么？”左右近侍的说道：“就是三宝太监。”圣上道：“既是三宝太监下得西洋，挂得帅印，快传旨意，宣他进朝。”即时传下一道旨意。即时三宝太监跑进朝来，磕了头，谢了旨。圣上道："我今日出师命将，扫荡西洋，取其国玺，要用总兵官一员，挂征西大元帅之印。刘诚意保你下得西洋，挂得帅印，你果是下得西洋么？你果是挂得帅印么？"三宝太监道："奴婢仗着万岁爷的洪福，情愿立功海上，万里扬威。奴婢是下得西洋，奴婢是挂得帅印！"圣旨道："着印绶监递印与他，着中书科写敕与他。"三宝太监挂了印，领了敕，谢了恩，竟投丹墀下去。有诗为证，诗曰：

凤凰池上听鸾笙，司礼趋承旧有名。
袍笏满朝朱履暗，弓刀千骑铁衣明。
心源落落堪为将，胆气堂堂合用兵。
捻指西番尽稽颡，一杯酒待故人倾。

圣上道："征取西洋，次用副总兵官一员，挂征西副元帅之印，朕还取得有坐龙金印一颗在这里，是哪一员肯去征西，出班挂印？"又问了一声，还不见有人答应。圣上道："适来钦天监照见'帅星入斗口，光射尚书垣'，司礼监是个斗口了。今番副元帅却应在尚书垣。你们六部中须则着一个出来挂印。"道犹未已，只见右班中闪出一位大臣，垂绅正笏，万岁三呼，说道："臣愿征西，臣愿挂副元帅之印。"圣上把个龙眼观看之时，这一位大臣，身长九尺，腰大十围，面阔口方，肌肥骨重。读书而登进士之第，仕宦而历谏议之郎。九转三迁，践枢陟要。先任三边总制，屹万里之长城；现居六部尚书，校八方之戎籍。参赞机务，为盐为梅；中府协同，乃文乃武。堂堂相貌，说甚么燕颔食肉之资；耿耿心怀，总是些马革裹尸之志。正是：门迎珠履三千客，户纳貔貅百万兵。原来是姓王名某，山东青州府人氏，现任兵部尚书。圣上道："兵部尚书，你肯征进西洋么？你肯挂副元帅之印么？"王尚书道："小臣仰仗天威，誓立功异域，万里封侯。小臣愿下西洋，小臣愿挂副元帅之印。"圣旨道："着印绶监递印与他，着中书科写敕与他。"王尚书挂了印，领了敕，谢了恩，竟回本班而去。有诗为证，诗曰：

海岳储精胆气豪，班生彤管吕虔刀。
列星光射龙泉剑，瑞雾香生兽锦袍。
威震三边勋业重，官居二品姓名高。
今朝再挂征西印，两袖天风拂海涛。

圣上道："征取西洋，要用左先锋一员，挂征西左先锋大将军之印，朕取得有站虎银印一颗在这里，哪一员任左先锋之职，愿挂大将军之印？"也一连问了几声，不见有个官员答应。怎么问着个征西，偏再没人肯答应？原来"下海"两个字有些吓怕人，故此文武官员等闲不敢开口。圣上又问上一声，只见殿东首班部中闪出一位老臣来，履声珰珰，环珮琤琤，原来是英国公张某，直至丹墀之内，三呼万岁，稽首顿首，奏道："微臣保举两员武官，堪充左右先锋之职。"圣上道："朕求一个左先锋且不可得，老卿连右先锋都有了，这都是个为国求贤，深得古大臣之体。但老卿保举的是甚么人？"英国公道："他两个人都是世胄之家，将门之子。执干戈而卫社，每参盟府之勋；侍孙武以为师，深达戎韬之略。一个虎头燕颔，卷毛鬓，落腮胡，长长大大，攀不倒的猛汉；一个铜肝铁胆，回子鼻，铜铃眼，粗粗奋奋，选得上的将军。一个武艺高强，一任他大的钺，小的斧，长的枪，短的剑，件件皆能；一个眼睛溜煞，凭着些远的箭，近的碰，飞的弹，掣的鞭，般般尽会。一个站着，就是李天王降下凡尘，手里只少一把降魔剑；一个坐下，恰如真武爷坐镇北极，面前只少一杆七星旗。一个人如猛虎，马赛飞龙，抹一角明晃晃，电闪旌旗日月高。一个威风动地，杀气腾空，喝一声黑沉沉，雷轰鼙鼓山河震。一个是姓张名计，定远人也，现任羽林左卫都指挥之职；一个姓刘名荫，合肥人也，现任羽林右卫都指挥之职。这两个武官下得西洋，挂得左右先锋之印。"圣上道："依卿所奏。"即时传下两道旨意，宣上羽林卫两员官来。羽林卫两员官即时宣上金銮殿。万岁爷龙眼看来，果真的不负英国公所举。旨意道："着印绶监各递一颗站虎银印与他，着中书科各写一道先锋敕与他。"两员官各挂了印，各受了敕，各谢了恩，各回本卫而去。有诗为证，诗曰：

英杰天生胆气豪，先锋左右岂辞劳。
斗牛并射龙泉剑，雨露均沾兽锦袍。
九陛每承皇诏宠，双眸惯识阵云高。
此回一吸鲸波尽，归向南朝读六韬。

英国公也回本班而去。圣上道：“征取西洋，还用五营五员大都督，各挂征西大都督之印，还用四哨四员副都督，各挂征西副都督之印。印绶监有印在此，你们班部中不论文官武将，但有能征进西洋者，许即时出班挂印。”道犹未了，殿东首班部中又闪出一位老臣来，履声咭咭，环珮琤琤，原来是定国公徐某。他直至丹墀之内，三呼万岁，稽首顿首，奏道：“三军之命，悬于一将，用之者不得不慎。今日征进西洋，事非小可，五营四哨又非一人，依臣所奏，许文武各官保举上来取用。”奉圣旨：“依卿所奏，许百官即推堪任正副都督的几十员来看。”这些文武百官奉了旨意，议举所知五府都督，说道：“考核将材，本兵官的事。”打一个躬：“请兵部尚书定夺。”兵部尚书说道：“今日此举，时刻有限，未可造次，须是你本官举荐。”打一个躬：“请五府侯伯定夺。”定国公道：“今日选将出征，事务重大，难将一人手，掩得天下目。这如今或是哪一员堪任正都督，或是哪一员堪任副都督，先许五府侯伯指名推来，次用六部官签名保结，次后本兵官裁定参详，请旨定夺。如此再三，庶几用不失人，前无愤事。”文武百官齐声道：“老总兵言之有理。”即时间府中推出一员，部中签名保结，本兵官裁定参详。一会儿府中又推一员，部中签名保结，本兵官裁定参详。再等一会儿，府中又推一员，部中签名保结，本兵官裁定参详。再待一会儿，府中又推一员，部中签名保结，本兵官裁定参详。三推四保，五结六详，七裁八定，顷刻里把个长单填遍了。也有推了没保结的，也有有保结过不得本兵官的。又推又保，又过得本兵官的，有二十多员。百官俯伏丹墀，稽首顿首，奏道：“臣等举保堪任正副都督的官员姓名，开具揭帖，进呈御览，伏乞圣裁。”奉圣旨有点的是文武百官，钦此钦遵。

即时间奉圣旨点了的衔命而来，拜舞丹墀之下。见朝已毕，当驾的说道：

"五营五员大都督，站立丹墀中左侧。四哨四员副都督，站立丹墀中右侧。"鸿胪寺唱名，印绶监交印，中书科付敕。只见五营五员大都督，一字儿站着丹墀中左侧，四哨四员副都督，一字儿站着丹墀中右侧。鸿胪寺站在班首唱名，说道："第一营第一员大都督，姓王名堂。"便应声道："有！"挂了印，领了敕，谢了恩，竟投阶下而去。"第二营第二员大都督，姓黄名栋梁。"便应声道："有！"挂了印，领了敕，谢了恩，竟投阶下而去。"第三营第三员大都督，姓金名天雷。"便应声道："有！"挂了印，领了敕，谢了恩，竟投阶下而去。"第四营第四员大都督，姓王名明。"王明应声道："有！"挂了印，领了敕，谢了恩，竟投阶下而去。"第五营第五员大都督，姓唐名英。"唐英应声道："有！"挂了印，领了敕，谢了恩，竟投阶下而去。有诗为证，诗曰：

少年乘勇气，五虎过乌孙。
力尽军劳苦，功加上将恩。
晓风吹戍角，残月倚城门。
共挂征西印，鲸波漾月痕。

五营五员大都督过了，就到四哨四员副都督。鸿胪寺又唱道："第一哨第一员，姓黄名全彦。"应声道："有！"挂了印，领了敕，谢了恩，竟投阶下而去。"第二哨第二员，姓许名以诚。"应声道："有！"挂了印，领了敕，谢了恩，竟投阶下而去。"第三哨第三员，姓张名柏。"应声道："有！"挂了印，领了敕，谢了恩，竟投阶下而去。"第四哨第四员，姓吴名成。"挂了印，领了敕，谢了恩，竟投阶下而去。有诗为证。诗曰：

族亚齐安睦，风高汉武威。
营门连月转，戍角逐烟催。
青海闻传箭，天山报合围。
今朝携剑起，马上疾如飞。

圣上道："征取西洋，还要用指挥官一百员，千户官一百五十员，百户官五百员，着兵部尚书逐一推上来看，以便铸印与他。"

却不知圣上取到这些官有何重用处，却不知兵部尚书取到哪些官上来复旨，且听下回分解。

第16回　兵部官选将练师　教场中招军买马

诗曰：

十八羽林郎，戎衣事汉王。
臂鹰金殿侧，挟弹玉舆傍。
驰道春风起，陪游出建章。
侍猎长杨下，承恩更射飞。
尘生马影灭，箭落雁行稀。
薄雾随天仗，联翩入琐闱。

却说万岁爷道：“征进西洋，还要用指挥官一百员，千户官一百五十员，百户官五百员，着兵部官逐一推来看，铸印与他。”兵部尚书俯伏丹墀，稽首顿首，奏道：“陛下选将征西，事非小可，须则是个智勇俱足，文武兼资，马到功成，旗开得胜，方才不辱灭了朝命。似此任大责重，小臣未敢擅便。”圣上道：“卿意何如？”兵部道：“依臣所奏，宽赐钦限，容臣等会同五府侯伯，教场之内严加考校，拔其尤者来复朝命。未审圣意若何？”奉圣旨：“依卿所奏，限三日内回报。”即时御驾转宫，文武百官班散。

兵部尚书归衙，移咨五府，五府侯伯传示各营，示仰各卫指挥，各所千、百户，各备军营器械马匹，俱限明日黎明齐赴大教场内操演武艺，比较胜负。中间武艺高强，韬略娴飞，即便疏名进朝，请旨挂印，前往征西。

不觉的月往日来，就是三更五鼓，鸡唱天明。兵部尚书开了棍，搭了桥，竟投大教场而来。那些京营里的将官，人头簇簇，马首相挨，不在话下。还有一班五府公、侯、伯、子、男，貂蝉满座，弁转疑星。只见兵部尚书进了营，各各相见，相见已毕，叙次坐下。各官投参，尚书把个投参的手本查一查，有二千四百余员。尚书心里想道："今日多中捞摸，想必得个好将官也。"即时上了将台，东首扯起一杆"为国抡材"四个大金字的旗号，西首扯起一杆"钦差选士"四个大金字的旗号。即时传下将令：各官先试弓马，次试弩箭，三试枪，四试刀，五试剑，六试矛，七试盾，八试斧，九试钺，十试戟，十一试鞭，十二试锏，十三试挝，十四试叉，十五试钯，十六试白打，十七试绵绳，十八试套索。一十八般武艺，件件考全。这一考不至紧，把这些将官都考倒了。投参时原有二千四百余员，及至考校已毕，把个记录簿儿来总一查，恰好地去了一千七百余员，止得七百员。登簿中间，却有张相等一十八名，现任指挥之职；铁楞等三十六名，现任千户、百户之职。这两班儿却是与众不同，一十八般武艺，无不精通；三略六韬，无不习熟。尚书心下十分欢喜，即时类集，表奏朝廷，只是钦限少了五十名。五府侯伯说道："千日之长，一日之短。"一个人讨上了几个，满了钦限，各官散场。直到明日五鼓，金鸡三唱，曙色朦胧，宫里升殿，百官进朝。正是：

紫殿俯千官，春松应合欢。
御炉香焰暖，驰道玉声寒。
乳燕翻珠缀，祥乌集露盘。
宫花一万树，不敢举头看。

万岁爷升殿，百官进朝，文武班齐，奏章已毕。兵部尚书出班俯伏，万岁山呼，稽首顿首，奏道："臣蒙圣思考选诸将，考选已毕，今将堪任指挥一百员，堪任千户一百五十员，堪任百户五百员，具有札子上呈。"

奉圣旨接上来看。圣上看了，说道：“各官现在何处？”尚书道：“现在午门外听宣。”奉圣旨宣进来。只见那七百五十员将官奉了圣旨，蜂拥而来，进了朝门，一字儿跪着丹墀之下。黄门官奏道：“介胄之士不拜，各官平身。”各官齐声呼上一声：“万岁，万岁，万万岁！”站将起来。只见：

一个个头戴烂金盔映日，一个个身穿锁子甲铺银。一个个扎袖儿半宽半窄，织成五彩文章；一个个绦须儿不短不长，斜拽三春杨柳。一个个挂一把戒手刀，夜静青龙偃月；一个个挎一口防身剑，秋高白虎临门。一个个掩心镜儿明晃晃，照耀乾坤；一个个兽吞头儿黑沉沉，铺堆烟雨。一个个弓衣儿边边，早三弦，昼三弦，晚三弦，弦上撄许多的虎豹；一个个箭壶儿小小，上八洞，中八洞，下八洞，洞里有无限的神仙。一个个远望处，绀地勾文，虎头连璧，赫奕兮最是英明；一个个近前时，虬龙列象，楼堞成形，炳烂兮越加壮丽。一个个擦掌摩拳，呲牙倈齿，略略绰绰，哪里再寻这个混世魔王？一个个横眉竖发，斗角拳毛，伛伛兜兜，就是生成狠的当年太岁！正是：浑身有胆能披难，奋武何人敢敌锋？豺虎阵中驱战马，貔貅队里捉真龙。

奉圣旨：“首事的铸印与他，协同的关防管事。”各各谢恩而退。圣上道：“征进西洋，还用管粮草的官几员，阴阳官几员，通译番书官几员，精通医药的医官几百员，医士几十名，该部知道。”即时户部尚书点本部浙江司郎中某官一员进呈，钦天监点阴阳官某共十员进呈，四夷馆点通译番书官某共十员进呈，太医院点医官一百名、医士三十名进呈。奉圣旨：“各该到任听调。”有诗为证，诗曰：

耀武扬威海上洲，百官济济借前筹。
襟裾华夏未为远，俯仰堪舆不尽游。
任是怪禽呼姓字，何难海鸟佐朋俦。
明朝来享来王日，一统车书阙下收。

圣旨道：“征进西洋，还用精兵十万，名马千匹，该部知道。”兵部领了招兵的旨意，太仆寺领了买马的旨意。不旬日之间，兵部招了十万雄兵，每日间在于教场中分班操演，就在长干门外扎了五个大营，分个中左右前后。这个“中”，却不是留守中、武功中、济阳中、武城中、富峪中、大宁中。这个“左”，却不是金吾左、羽林左、府军左、留守左、虎贲左、永清左、武功左、武骧左、腾骧左、潘阳左、神武左。这个“右”，却不是金吾右、羽林右、燕山右、留守右、虎贲右、永清右、武功右、武骧右、义勇右、腾骧右、潘阳右。这个“前”，却不是金吾前、羽林前、府军前、燕山前、留守前、义勇前、忠义前、大宁前。这个“后”，却又不是金吾后、府军后、留守后、义勇后、忠义后。他自操自演，自扎自营，只在伺候圣旨调遣。有一阕《从军行》为证，诗曰：

穹庐杂种乱金方，武将神兵下玉堂。
天子旌旗过细柳，匈奴运数尽枯杨。
关头落月横西裔，塞下凝云断北荒。
漠漠边尘飞众鸟，昏昏朔气聚群羊。
依稀蜀仗迷新竹，仿佛胡床识故桑。
临海旧来闻骠骑，寻河本自有中郎。
坐看战壁为平土，近侍军营作破羌。

兵部尚书复了招兵的本，奉圣旨：“该部严加训练，俟征西之日调发。”

却说太仆寺领了买马的旨意，遍寻天下名马，不旬日之间，马已齐备了。这个马却不是等闲的马，尽是些飞龙、赤兔、骏骎、骅骝、紫燕、骕骦、啮膝、瑜晖、麒麟、山子、白蚁、绝尘、浮云、赤电、绝群、逸骠、騄骊、龙子、麟驹、腾霜骢、皎雪骢、凝露骢、照影骢、悬光骢、决波瑜、飞霞骠、发电赤、奔虹赤、流金骁、照夜白、一丈乌、五花虬、望云骓、忽雷驳、卷毛驺、狮子花、玉骕骦、红赤拨、紫叱拨、金叱拨；就是毛片，也不是等闲的毛片，都是些布汗、论圣、虎喇、合里、乌赭、哑儿爷、屈良、苏卢、枣骝、海骝、栗色、燕色、兔黄、真白、玉面、银鬃、香膊、青花；就是马厩，也不是等闲的马厩，都是些飞虎、翔麟、吉良、龙骐、骀駼、駃騠、騊駼、六群、天花、凤苑、荒豢、奔星、内驹、外驹、左飞、右飞、左方、右方、东南内、西南内。这个太仆寺马匹齐集，只是伺候旨意发落。有一阕《天马歌》为证，诗曰：

汉水扬波洗龙骨，房星堕地天马出。
四蹄蹀躞若流星，两耳尖流如削竹。
天闲十二连青云，生长出入黄金门。
鼓鬃振尾恣偃仰，食粟何以酬主恩。
岂堪碌碌同凡马，长鸣喷沫奚官怕。
入为君王驾鼓车，出为将军静边野。
将军与尔同死生，要令四海无战争，
千古万古歌太平！

太仆寺复了买马的旨意，奉圣旨：“该本衙门牧养，俟征西之日发落。”明日万岁爷升殿，百官进朝，净鞭三下响，文武两班齐，一道圣旨，竟往长干寺宣国师进朝。

却说金碧峰在长干寺里领着非幻徒弟、云谷徒孙，更有本寺饮定上人、古瞻上人、广宣上人、灵聪上人、元叙上人，讲经说法，正果朝元。忽闻得圣旨召，你看他：头戴着瓢儿帽，身穿着染色衣，一手钵盂，一手禅杖，大摇大摆，摆上金銮殿来。万岁爷看见碧峰长老远来，忙传圣谕，着令当驾的官看下绣墩赐坐。长老见了万岁，打个问讯，把个手儿拱一拱。圣上道：“不见国师，又经旬日。”长老道：“贫僧知得上位连日有事，选将练师，招军买马，故此不敢擅自进朝，恐妨军国重务。”圣上道：“但说起个选将练师，我心上就有许多不宽快处。”长老道：“为何有许多不宽快处？”圣上道：“枉了我朝中有九公、十八侯、三十六伯，都是位居一品，禄享千钟，绩纪旂常，盟垂带砺，一个个贪生怕死，不肯征进西洋。”

长老道："怎见得不肯征进西洋？"圣上道："是我前日当朝廷之上，取了几颗四十八两重的坐龙金印，并没有一个公、侯、伯肯出班挂印征西。"长老道："这正使合该是司礼监太监，协同合该是兵部尚书。"圣上道："国师是何高见？"长老道："贫僧夜观乾象，只见帅星入斗口，光射尚书垣。"圣上道："钦天监也曾说来，但不知这斗口可是三宝太监么？"长老道："是谁保举三宝太监来？"圣上道："是刘诚意保举的。"长老道："钦天监该连升他三级，刘诚意该进爵公侯。"圣上道："怎见得钦天监该连升他三级，刘诚意该进爵公侯？"长老道："钦天监阴阳有准，刘诚意天地无私。"圣上道："钦天监阴阳有准，这个是了。怎见得刘诚意天地无私？"长老道："满朝文武百官，俱征不得西洋，止有三宝太监下得西洋，征得番，这是个天造地设的。刘诚意直言保举，却不是个天地无私？"圣上道："怎见得三宝太监下得海，征得番？"长老道："三宝太监不是凡胎，却是上界天河里一个虾蟆精转世。他的性儿不爱高山，不爱旱路，见了水便是他的家所，故此下得海，征得番。"圣上道："怎么兵部尚书去得？"长老道："兵部尚书也不是个凡胎，却是上界白虎星临凡。有了这个虎将镇压军门，方才个斩将搴旗，摧枯拉朽。"

万岁听见这两个元帅都是天星，心里想道："世上哪里有这许多的天星？只怕明日征西洋有些做话把。"忙问道："左右先锋，国师可曾知道？"长老道："贫僧知道。"圣上道："国师何事得知道？"长老道："贫僧都是个未卜先知的。"万岁爷心里想道："原来这长老未卜先知哩！"问道："既是国师未卜先知，这两个先锋可去得么？"长老道："这两个先锋不但只是去得，还是老大吃紧处。"圣上道："敢是个吃紧的天星么？"长老道："这两个人虽不是个天星，却是个吃紧处相生相应。"圣上道："怎叫作个相生相应？"长老道："三宝太监是个虾蟆精，这个张计号作东塘，这个刘荫号作西塘。虾蟆见了塘，你说他伏水土不伏水土？况兼有了西塘，就保管得他前往西洋；有了东塘，又保管得他转归东土。这却不是个吃紧处相生相应呵！"万岁爷道："其余诸将可都是个天星么？"长老道："一言难尽，天机怕泄，明日征西之后，上位责令钦天监注记某日某星现某方，贫僧到西洋去做证明功德，也立一项文簿，填写着某日某人出阵，某日某人出阵。等待回朝之日，两家登对，便知道某人是某星，龙目观之，才见明白。"圣上道："这也是国师缜密处，朕不相强。只是眼目下军马俱已齐备，宝船的事体，国师上裁。"长老道："这个宝船事非小可，须则户部支动天下一十三省的钱粮，工部委官钦采皇木。却又要顺天之时，因地之利，择一个吉日良时，盖一所宝船官厂，却才用得人官之能，尽得物曲之利。把个三百六十行的匠作选上加选，精上要精，动日成功，刻期完件，这叫作个'要取骊龙项下珠，先须打点降龙手'。"万岁爷沉思了半晌，说道："朕有个处分了。目今盖造皇宫，钱粮木料俱已齐备，权且大工停止，把这钱粮木料都移到宝船厂来，彼此有益，民不知劳。"长老道："上位言念下民，社稷之福。无敌于天下者，天吏也。此去西洋，百战百胜，都在上位这一念爱民心上得来。"万岁爷听知个百战百胜，满心欢喜，说道："全仗国师指点。"

即时传下旨意，大工暂止，转将前项钱粮木植，尽赴宝船厂听用。该部知道。又传出一道旨意，竟往朝天宫宣张天师进朝，选择吉日良时，以便起工。又传出一道旨意，着船政分司踏勘宽阔去处，盖选宝船厂一所。又传出一道旨意，着匠作精选三百六十行的匠人，类齐听用。圣旨已出，谁敢有违？只见张天师亲自进朝，具上一个章疏，择取本年九月初六日寅时破木起工。万岁道："今日已是八月二十日，钦限却快了些。"道犹未了，工部船政分司一本："为大工事：臣等踏勘，就于下新河三汊口草鞋夹，地形宽阔，盖造宝船官厂一所，工完奏闻。"奉圣旨："九月初六日开厂兴工。"道犹未了，匠作监一本："为大工事：臣等考选三百六十行匠人，堪充工作，开具姓名，揭帖具奏。"奉圣旨："九月初六日宝船厂听用。"户部一本："为大工事：臣等钦遵旨意，将前项钱粮清查明白，听候宝船厂支用，先此奏闻。"奉圣旨："工部知道。"工部一本："为大工事：臣等采取皇木，已经进城的尽行用讫，未用的散在龙潭江天宁洲上。冬月江水归漕，以致水次遥远，抑且木料长大，一时搬运不便，恐违钦限，先此奏闻。"圣旨看了，说道："此时水涸岸高，果是上下不便。初六日不论水之大小，起工便罢。”碧峰长老道：“不可，不可！岂不闻工师得大木则王喜，以为胜其任也。匠人斫而小之则王怒，以为不胜其任也。起工之日，须得皇木取齐了。”圣上道：“河干水浅，搬运不便，将如之何？”天师说道：“若是搬运不便，容臣驱下天将来搬运罢！”长老道：“今番另写过四十八道飞符，不可仍前的不应符。”天师但说起个四十八道飞符，心上就有些吃力。好个万岁爷，生怕嚣幸了天师，说道：“但凭国师高见。”长老道：“贫僧袖占一课，初五日寅时，皇木一齐到厂。”天师心里想道：“这和尚说个日期且不可，还又限了个时辰，只当半夜三更发个谵语。”万岁爷心里也有三分儿不准信，心里虽然不准信，面上却要奉承他，说道：“初五日皇木到厂，国师何以知之？”长老道：“天机不可漏泄，到了初五日便见。”议事已毕，万岁爷转宫，文武百官班散，天师去朝天宫，长老又投长干寺而去。

不觉光阴似箭，日月如梭，转眼就是九月初旬。户部钱粮俱已齐备，宝船厂俱已齐备，管工分司俱已齐备，三百六十行匠作人等俱已齐备，只是不得个皇木到厂。看看的是九月初四日，每日三本进朝，皇木还在洲上，不得下水。万岁爷心里想道：“长老今番也有些谄了。”天师心里想道：“这和尚今番却有些跋嘴了。”到了初四日挨晚上，天宁洲搬运官夫呀呀哇哇，你也说道：“朝里好个国师，初五日皇木到厂。”我也说道：“朝里好个国师，初五日皇木到厂。”一更歇工，二更安寝，三更悄静，四更撮空，五更鸡叫，六更天明。怎么有个六更？却说这些官夫睡到天明，还不曾翻身转折，却不是个六更？及至醒了，撑开眼来，只见白茫茫一江洪浪，赤喇喇万里滔天。睡在簰篷里的，簰随水起，还落得个干净浑身，睡在店房之中，床厅儿都也淹了。淹了床厅倒不至紧，过了工部大堂印信的皇木，大约有几千万根，一根也没有了。官夫又慌，管工的官又慌，都说道：“这皇木若有差池，粉骨碎身不及也！”有望下流头去找的，也有望上流头去找的。

却说初五日早晨，万岁爷还不曾升殿，只见宝船厂管厂的官已有飞本进朝，说道：“今日洋子江非常潮信，自五鼓起至日出寅时上，潮头有五十多丈高，宝船厂尽行淹没。臣等站在水中，几乎没顶。须臾之际，只见水面上几千万根顶大木植随潮而来，直至宝船厂下。臣等攀援而上，苟延残喘，即时潮退。臣等细查，原来木植之上，俱有工部大堂印信。臣等未敢擅便，谨此奏闻。”万岁爷龙眼观看，龙腹中就明白了，心里想道：“好个长老，范围天地之化而不过，曲成万物而不遗。”即时升殿，文武百官进朝，天师、长老一时俱到。万岁爷道：“皇木到厂，多谢国师扶持。”长老道：“万岁爷洪福齐天，鬼神助刀，潮从上涌，簰逐潮来，贫僧何敢贪天功为己功乎！”这几句话，说得何等谦卑，百官无不心服。

万岁爷即时传旨，宝船厂动工。万岁爷道：“宝船厂委官虽有几员，还得几员大臣督率才好。”道犹未了，工部马尚书出班奏道：“造船本是该部公干，小臣不惮勤劳，愿时常督率。”万岁爷道：“工程浩大，难以责备一人之身，还要斟酌。”道犹未了，兵部王尚书出班奏道：“造船事务重大，小臣愿时常督率。”万岁爷道：“这才是个敬事后食之臣。”道犹未了，只见司礼监太监出班奏道：“奴婢愿往，协同二位尚书不时督率。”万岁爷道：“百官都是这等不肯偷闲，哪怕甚么西洋大海！”即时钦差一员太监、两员尚书，前往宝船厂督率。御驾转宫，百官班散，天师、长老各归旧刹。

这一位内相、二位尚书，搭了轿，开了棍，径投宝船厂而来。进了厂，下了轿，叙了礼，参见了委官，查明了手本，点过了匠作，烧了天地纸马，破了木，动了工，一日三，三日九，事事俱好。只是那个皇木原是深山之中采来的，俱有十抱之围，年深日久，性最坚硬，斧子急忙地砍不进，凿子急忙地锥不进，锛子急忙地锄不进，锯子急忙地镢不进，铲子急忙地铣不进，箭子急忙地钉不进，刨子急忙地推不进。动工已经一月有余，工程并不曾看见半点。每日间一个内相、两个尚书，联镳并辔，奔着厂里而来。马尚书道：“似此成功之难，十年也造个宝船不起。”王尚书道：“就是十年也下西洋不成。”三宝太监笑了一笑，说道：“二位老先儿，十年还是一书生。”马尚书心里道：“这宝船终是我工部的事务，这担儿终是我要挑的。”心生一计，瞒了二位同事，独自一个儿径投长干寺中，请教碧峰长老。长老道：“这个土木之工，使不得甚么手法，只广招天下匠人，其中自有妙处。”马尚书得了这两句话儿，就辞却长老而归，心里只是念兹在兹，不得这个工程快捷。

忽一日坐在轿上，猛然间想起长老那两句话来：“‘广招天下匠人，其中自有妙处’，多半这个宝船成就，都在这十二个字里面。”当时写了告示，揭于通衢，广招天下匠人，有功者许赏官职，请旨遵行。天下的匠人听知道有功者许赏官职，不远千里而来，四方云集，匠人日见其多。这多中捞摸，果真的就有个妙处：锯子也锯得快，斧子也砍得快，凿子也锥得快，锛子也锄得快，铲子也铣得快，箾子也钉得快，刨子也推得快。请下了金碧峰的宝船图样来，依样画葫芦，图上宝船有多少号数，就造成多少号数；图上每号有多少长，就造成多少长；图上每号有多少阔，就造成多少阔；图上每号怎么样的制度，就依他怎么样的制度。只有四号宝船不同，都是万岁爷的旨意，如此如此。

是哪个四号宝船不同？第一号是个帅府，头门、仪门、丹墀、滴水、官厅、穿堂、后堂、库司、侧屋，别有书房、公廨等类，都是雕梁画栋，象鼻挑檐，挑檐上都安了铜丝罗网，不许禽鸟秽污。这是征西大元帅之府。第二号也是帅府一样的头门、仪门、丹墀、滴水，一样的官厅、穿堂、后堂；一样的库司、侧屋；一样的书房、公廨；一样的雕梁画栋，象鼻挑檐；一样的挑檐上铜丝罗网。这是征西副元帅之府。第三号是个碧峰禅寺，一进是个山门，过了山门，就是金刚殿。过了金刚殿，就是天王殿，两边泥塑的金刚，木雕的“风调雨顺”，崚嶒古怪，杀气漫漫。过了天王殿，才到大雄宝殿上。上坐了三尊古佛，两边列着十八尊罗汉。这十八尊罗汉俱是檀香木刻的，有七尺多高。后面是个毗卢阁，另有方丈，另有个禅堂，中间有一个宝座，尽是黄金叶子做成金莲花一千瓣，团团簇簇，号为千叶莲台。又有一个悬镜台，台高三丈五尺，两边俱是画成的诸天神将，别样的那谟。这是金碧峰受用的。第四号是个天师府，头门、二门，门里有千树仙桃，四时不谢。中间是个三清殿，后面有个玉皇阁。后面又有个聚神台，上面是马、赵、温、关四位天将，两边列的都是三十六天罡，七十二地煞。另有个真人不老宫，奇花异卉，别是人间一洞天。这是龙虎山张天师受用的。这些宝船用了无万的黄金，费了万岁爷许多圣虑，不及八个月日，大工告完。马尚书会同王尚书、三宝太监联名一本：“宝船告成，乞加恩赏事。”万岁爷见了本，龙颜大怒，急宣文武百官。

却不知龙颜为甚么这个大怒，急宣文武百官有甚么旨意，且看下回分解。

第17回　宝船厂鲁班助力　铁锚厂真人施能

诗曰：

大明开鸿业，巍巍皇猷昌；
止戈戎衣定，修文继百王。
统天从雨施，理物体含章；
深仁谐日月，抚运迈时康。
幡旗既黑黑，征鼓何锽锽？
外夷违命者，剪覆被天殃。
和风凝宇宙，遐迩竞呈祥；
四时调玉烛，七曜巡万方。
维岳降宰辅，维帝用忠良；
五三成一德，于昭虞与唐。

却说工部尚书一本，宝船工完，乞加恩赏事。万岁爷看了本，龙颜怒发，急宣文武百官。净鞭三下响，文武两班齐。万岁爷道："今日百官在此，工部一本，为宝船工完事。这宝船可是完了么？"马尚书出班奏道："陛下洪福齐天，不日成之。"王尚书出班奏道："天地协和，鬼神效力，故此宝船工程易完。”三宝太监出班奏道：“奴婢们星夜督率，委实是工完。”圣上道：“你这厮俱是欺侮我朝廷，岂有恁大的工，不假岁月而成？”文武百官一齐跪下，稽首顿首，奏道：“为臣的谁敢欺侮朝廷。”万岁爷把个龙眼观看，只见班部中独有刘诚意不曾开口，圣上就问道：“刘诚意，你为何不作声？”刘诚意道：“非干小臣不言之罪。小臣袖里占课，故此未及奏称。”圣上道：“你占的课怎么说？”刘诚意道：“小臣袖占一课，这宝船厂里有个天神助力，故此易于成功，陛下不须疑虑。”圣上道：“须则是眼见那个天神，我心才信。”刘诚意道：“要见也不难。”圣上道：“怎么不难？”刘诚意道：“无其诚，则无其神；有其诚，则有其神。”圣上道：“既是这等说，我三日斋，七日戒，亲至宝船厂内，要九张桌子单层起来，果是天神飞身而上，此心才信。”百官齐声说道：“钦此，钦遵。”御驾回宫，百官班散。马尚书迎着刘诚意唱了一个喏，打了几个恭，说道：“圣上要见天神，怎么得个天神与他相见？”刘诚意道：“到了七日上，自有天神下来。”刘诚意虽是这等说，马尚书其实不放心。

不觉地挨到了七日之上，果真地万岁爷排了御驾，文武百官扈从，径往宝船厂来。厂里已是单层了九张金漆桌子，御驾亲临，即时要个天神出现，如无天神，准欺侮朝廷论，官匠尽行处斩。说着个“处斩”二字，哪一个不伸头缩颈？哪一个不魄散魂飞？哪一个是个神仙出来？未久之间，只见厨下一个烧锅的火头，蓬头跣足，走将出来，对众匠人说道：“我在这里无功食禄，过了七个月，今日替众人出这一力罢。只是你们都要吆喝着一声‘天神出现’，助我之兴，我才得像果真的。”众人吆喝一声道：“天神出现哩！”倒是好个火头，翻身就在九张桌子上去了，把个圣上也吃了一惊，心里想道：“莫道无神也有神。”圣上问道：“天神，你叫作甚么名字？”天神道：“我即名，名即我。”万岁爷转头叫声当驾的官，再转头时，其人已自不见了。万岁爷心上十分快活，今日天神助力，明日西洋有功可知。即时叫过众匠人来。众匠人见了个御驾，骨头都是酥的，一字儿跪着。万岁爷道：“这桌子上是个甚么人？”众匠人道：“是个烧锅的火头。”万岁爷道：“他姓甚名何？”众匠人道：“只晓得他姓曾，不晓得他的名字。”万岁爷道：“他怎么样儿打扮？”众匠人道：“他终日里蓬头跣足，腰上系的是四个拳头大的数珠儿，左脚上雕成一只虎，虎口里衔一个珠；右脚上雕成一枝牡丹花，花傍有一枝兰草。他食肠最大，每日间剩一盆，他就吃一盆；剩一缸，他就吃一缸。若是没有得剩，三五日也不要吃。”万岁道：“果真是个天神。”发放众匠人起去。又宣刘诚意上来，问道：“卿再袖占一课，看这个天神是甚么名姓。”刘诚意道：“不必占课，众匠人已自明白说了。”圣上道：“他众人说道不晓得他的名字。”刘诚意道：“他说姓曾，腰里系着四个拳头大的数珠儿，曾字腰上加了四点，却不是个‘鲁’字？他左脚下一只虎，虎是兽中之王；右脚下一株牡丹，牡丹是花中之王。老虎口里衔着一个珠，是一点；牡丹傍边一株兰，是一撇。两个‘王’字中间着一点、一撇，却不是个‘班’字？以此观之，是个鲁班下来助力，故此他说：‘我即名，名即我。’”圣上道：“卿言有理。”即时叫传宣的官，宣碧峰来见驾。长老见了圣驾，微微地笑道：“今日鲁班面见天子。”圣上道：“国师，你怎么得知？”长老道：“是贫僧指点马尚书请来的。”圣上道：“怎么是国师指点马尚书请来的？”长老把马尚书请教的话，细说了一遍。万岁爷老大的敬重长老，老大的敬重刘诚意。一面宣纪录官纪功，叙功重赏；一面御驾临江，观看宝船。好宝船，也有一篇《宝船词》为证，词曰：

刻木为舟利千古，肇自虞姁与共鼓。
权舆窍木吴艅艎，矜夸浮土汉云母。
白鱼瑞周以斯归，黄龙感禹而来负。
谁知道济艀艋功，乘风纵火有艨艟。
徐宣凌波其抗厉，邓通持櫂何从容。
舣乌江而待项羽，烧赤壁而走曹公。
沙棠木兰稀巧丽，指南常安有奇制。
采菱翔凤兮并称，吴舸晋舶兮一类。
李郭共泛兮登仙，胡越同心兮共济。

涉江求剑兮楚侦，伐晋王官兮在秦。

绋缅维兮泛五会，轴轳接兮容万人。

飞云见兮知吴国，青翰闻兮为鄂邻。

汉武兮汾阳申辨，广德兮便门陈谏。

穆满兮乘之乌龙，山松兮望彼凫雁。

伐维江陵兮乔木，习维昆明兮鏖战。

翔螭赤马兮三侯，鹢首鸭头兮五楼。

苍隼兮先登见号，飞庐兮利涉为谋。

泛灵芝兮杜白鹤，浮巨浸兮粱银钩。

却说万岁爷看了宝船，就问长老道：“宝船已是齐备，国师何日起行？”长老道：“宝船虽是齐备，船上还少些铁锚。”圣旨道：“既是旧锚去不得，新锚但凭国师上裁。”长老道：“须则是兴工铸造。”圣上道：“文武百官在这里，是哪个肯去兴工造锚哩？”道犹未了，班部中又闪出三宝太监来，稽首顿首，奏道：“奴婢愿去兴工造锚。”道犹未了，班部中又闪出工部马尚书来，稽首顿首，奏道：“小臣愿去兴工造锚。”道犹未了，班部中又闪出兵部王尚书来，稽首顿首，奏道：“小臣情愿协同造锚。”圣上见了这原旧三员官，心上老大的宽快，说道：“多生受了列位。”众官齐声道：“这是为臣的理当，怎么说个‘生受’两个字？但不知兴工造锚，锚要多大的？”圣上道：“非朕所知，可宣国师来问他。”长老就站在左壁厢说道：“这外锚忒大了也狼抗用不得，忒小了也浪荡用不得。大约要分上、中、下三号，每号要细分三号：每上号要分个上上号、上中号、上下号，每中号要分个中上号、中中号、中下号，每下号又要分个下上号、下中号、下下号，三三共九号。头一号的锚要七丈三尺长的厅，要三丈二尺长齿，要八尺五寸高的环。第二号的锚，要五丈三尺长的厅，要二丈二尺长的齿，要五尺五寸高的环。第三号的锚，要四丈三尺长的厅，要一丈二尺长的齿，要三尺五寸高的环。其余的杂号，俱从这个丈尺上乘除加减便是。还要百十根棕缆，每根要吊桶样的粗笨，穿起锚的鼻头来，才归一统。”长老分派已毕，圣驾回朝，文武百官随驾。

所有三宝太监、兵部尚书、工部尚书，面辞了万岁，分了委官，即时到于定淮门外宽阔所在，盖起一所铁锚厂来。即时出了飞票，仰各柴行、炭行、铁行、铜行并三百六十行，凡有支用处，俱限火速赴铁锚厂应用毋违。即时发下了几十面虎头牌票，仰各省直府、州、县、道，凡有该支钱粮，火速解到铁锚厂应用毋违。即时出了飞票，拘到城里城外打熟铁的，铸生铁的，打熟铜的，铸生铜的，火速齐赴铁锚厂听用毋违。即时发下了几十面虎头牌，仰各省直府、州、县、道，招集铁行匠作，星夜前赴铁锚厂应用毋违。这叫作是个“朝里一点墨，侵早起来跑到黑；朝里一张纸，天下百姓忙到死”。不日之间，无论远近，供应的钱粮一应解到；无论远近，铜铁行匠作一应报齐。三宝太监坐了中席，王尚书坐左，马尚书坐右。各项委官逐一报齐，烧了天地甲马，祭了铁锚祖师，开了炉，起了工，动了手。三位总督老爷归了衙。只说“眼观旌旗捷，耳听好消息”。哪晓得这些匠作打熟铁的打不成锚，铸生铁的铸不成锚，毛毛糙糙就过了一个月，只铸锚的还铸得有四个爪，打锚的只打得一个环。

却说这三位总督老爷，三日一次下厂，过了一个月，却不是下了十次厂，并不曾见个锚星儿。这一日三位老爷又该下厂，下厂之时，先叫二十四名打熟铁的作头过来。二十四名打熟铁的作头一齐跪下，三宝老爷问道：“你们打的锚怎么样哩？”众作头说道：“俱打成了一个箍。”三宝老爷道：“锚倒不打，倒打个甚么箍？”叫：“左右的，把这些作头揪下去，每人重责三十板。”众作头吆喝着道：“就是锚上用的。”三宝老爷道：“哪里锚上有个箍？”众作头吆喝道：“老爷在上，岂不闻锚而不秀者有一箍？”三宝老爷听之大怒，骂说道：“你这狗娘养的，你欺负咱不读书，咱岂不知‘苗而不秀者有矣夫’！你怎么敢谎咱‘锚而不秀者有一箍’？坐他一个造作不如法，准违灭圣旨论，该斩罪。”即时请过旨意，尽将二十四名作头押赴直江口，枭首示众。可怜二十四个无头鬼，七魄三魂逐水流。

却说斩了二十四名打熟铁的作头，方才来叫这二十四名铸生铁的作头。这二十四名作头说道：“你我今番去见公公，再不要说书语，只好说个眼面前的方言俗语才是。”及至见了三宝老爷，老爷问道：“你们铸的锚怎么样哩？”众作头说道：“小的们三番两次，还不曾铸得完。”老爷道：“工程不完，也该重责三十板。”叫声：“左右的，踹下去打着。”众作头吆喝着：“小的们禁不得这等打。”三宝老爷道：“怎么禁不得这等打？”众作头道：“小的们是铁铸的辭辭，禁不得这等打。”三宝老爷闻之，又发大怒，骂说道：“你这狗娘养的，倒不把铁去铸锚，却把铁来铸你的；坐他一个侵盗官物满贯，该斩罪。”请了旨意，又将这二十四名作头押赴横江口，枭首示众。可怜二十四个辭辭鬼，一旦无常万事休。

却说铁锚厂里杀了四十八个作头，另换一班新作头，更兼各省解来的铜匠、铁匠看见这等的赏罚，哪一个不提心，哪一个不挈胆，哪一个不着急，哪一个不尽力，哪一时不烧纸，哪一时不造锚。只是一件，铸的铸不成，打的打不成，不好说得，也不知累死了多少人。三位总督老爷见之，也没奈何，欲待宽纵些，钦限又促；欲待严禁些，百姓无辜。三位老爷只是焚香告天，愿求铁锚早就。

忽一日，三位老爷坐在厂里，正是午牌时分，众匠人都在过午，猛然间作房里啰啰唣唣，泛唇泛舌。三宝老爷最是个计较的，叫声：“左右的，你看作房里甚么人跛嘴？”这正是：猛虎坐羊群，严令肃千军。

一霎时拿到了作房里跛嘴的。老爷道：“你们锚便不铸，跛甚么嘴？”那掌作的说道：“非干小的们要跛嘴。缘是街坊上一个钉碗的，他偏生要碗钉，因此上跛起嘴来，非干小的们之事。”老爷道：“钉碗的在哪里？”那掌作的说道：“现在小的们作房里面。”老爷道：“拿他来见咱。”

左右的即时间拿到了钉碗的。那钉碗的老大有些惫懒，自由自在，哪里把个官府搁在心上？走到老爷的面前，放下了钉碗的家伙，深深儿唱上一个喏。左右的喝声道：“嗒，钉碗的行甚么礼？”那钉碗的说道：“礼之用，小大由之。百官在朝里，万民在乡里，农夫在田里，樵夫在山里，渔翁在水里，就是牧牛的小厮也唱个喏哩，这都是礼。我岂没有个礼？”老爷道：“你既是这等知礼，怎么又钉碗营生？”钉碗的道：“小的钉碗就是个礼。假如今日钉的碗多，就是礼以多为贵。假如今日钉的碗少，就是礼以少为贵。假如今日事繁，就是礼以繁为贵。假如今日事简，就是礼以简为贵。岂谓知礼者不钉碗乎？”老爷道：“既是钉碗的，你钉你碗罢，怎么到咱作房里来？”钉碗的道：“老爷作房里有千万个人吃饭，岂可不打破了几个碗，岂可没有几个碗钉？这叫作个‘一家损有余，一家补不足’。”老爷道：“你既寻碗钉便罢了，怎么在这里高声大气的？”钉碗的道：“小的哪里是高声，只有老爷是指日高升。小的哪里是大气，只老爷是个君子大器。”三宝老爷道：“原来这个人字义也不明白。”钉碗的道：“字义虽不明白，手艺却是高强。”老爷道：“你有些甚么手艺？”钉碗的道：“倒也不敢欺嘴说，小人碗也会钉，钵也会钉，锅也会钉，缸也会钉，就是老爷坐的轿，我也会钉，就是老爷你这个厂，我也会钉，就是老爷你这个锚，我也会钉。”三宝老爷平素是个火性的，倒被这个钉碗的吱吱嗜嗜，这一席话儿不至紧，说得他又恼又笑。况兼说个会钉锚，又扦到他的心坎儿上，过了半晌，说道：“你这个人说话也有些胡诌哩！钉碗、钉钵、钉锅、钉缸，这都罢了，就是钉轿，也罢了，只说是钉厂，一个厂怎么钉得？”钉碗的道：“除旧布新，也就是钉。君子不以辞害意可也。”老爷道：“一个锚怎么钉得？”钉碗的道：“造作有法，也就是钉。”老爷心里想道：“这莫非是个油嘴？岂有个钉碗的会造锚哩！”沉思半晌，还不曾开口，王尚书在左席晓得老爷的意思，说道：“君子先行其言，而后从之。这等小人之言，何足深信。”马尚书坐在右席，说道：“夫人既有大言，必有大用，岂可以言貌取人！莫非是这些匠人有福，铁锚数合当成。”故此马尚书说出这两句话来。这两句话儿不至紧，把个三宝老爷挑剔得如梦初醒，如醉方醒，猛然间心生一计，说道：“口说无凭，做出来便见。”钉碗的道：“是，做出来便见。”老爷叫声：“左右的，看茶来。”左右的捧上茶来。老爷伸手接着，还不曾到口，举起手来，二十五里只是一拽，把个茶瓯儿拽得一个粉碎，也不论个块数。老爷道：“你既是会钉碗，就把这个茶瓯儿钉起来，方才见你的本事。”钉碗的道：“钉这等一个茶瓯儿，有何难处！只是一件，天子不差饿兵，功懋懋赏。老爷要小人钉这个碗，须则是饮小人以酒，饱小人以肉，又饱小人以馒首。”老爷道：“你吃得多少哩？”钉碗的道：“须则是猪首一枚，馒首一百，顺家槽房里的原坛酒一坛。"老爷道："这个不要紧。"即时取酒，取猪首，馒首。堂上一呼，阶下百诺。取酒的先到，老爷道："有酒在此，你可饮去。"只见他一手捎将下去，一手拔开泥头，伸起个夺钱伍，不管他甜酸苦涩，只是一踏。这一踏不至紧，就踏干了半坛。左右的说道："你也等个肴来进酒哩。"钉碗的道："先进后进，其归一也。"须臾之间，取猪首的取了一枚猪首来，取馒首的取了一百馒首来。你看他三途并用，一会儿都过了作。老爷道："你今番好钉茶瓯儿了。"钉碗的道："承老爷尊赐过厚了些，待小人略节歇息一会儿，就起来钉着。"这一日，三宝老爷且是好个磨赖的性子，说道："也罢，你且去歇息一会儿就来。"

老爷也只说是歇息一会儿就来，哪晓得他倒是个陈抟的徒弟，尽有些好睡哩。一会儿也不起来，二会儿也不起来，三会儿也不起来。老爷等得性急，叫声："左右的，快叫他起来。"左右的就是叫更的一般，他只是一个不醒。老爷急将起来，叫声："左右的，连床抬将他来。"真个是连人连床抬将出来，放在三位老爷面前。好说他是个假情，他的鼾响如雷；好说他是真情，没有个人叫不醒的。把个三宝老爷只是急得暴跳，没奈何，叫声："左右的，拿起他的脚夹将起来。"左右的两个拿起他的脚，两个拿了棍夹起他的脚来，他只是一个不醒。只见把个索儿收了一收，把个榔头儿敲了几下，那荡头的长班平空的叫将起来。老爷道："叫什么？"长班道："敲得小的脚疼哩！"老爷道："敢是敲错了？待咱们来看着你敲。"老爷亲眼看着拿榔头的，却又敲了一敲，恰好是第二个长班叫起来，说道："敲得我的孤拐好疼哩！"老爷道："再敲！"及至再敲了一敲，第三个长班又叫将起来，说道："敲得我的孤拐好疼哩！"老爷道："既是这等，且放了他的夹棍，选粗板子过来。"叫声："板子。"只是拿板子的雨点儿一般来了。老爷叫声："打！"只见头一板子就打了捺头的腿，第二板子就打了捺脚的腿。老爷叫声："再打！"第三板子就打了行杖的自家腿肚子。老爷道："这是个寄杖的邪法儿。"王尚书道："既是邪术，把颗印印在他的腿上，再寄不去了。"三宝老爷就把个总督印信印在他的腿上，叫声："再打！"再打就寄在印上，打得个印吱吱地响。马尚书道："不消费这等的事罢，莫若待他自家醒过来，他决有个妙处。”三宝老爷也是没有了法，只得叫声：“各长班且住了。”住了许久，还不见他醒来。老爷道：“抬下去些。”果真的抬到丹墀里面。

看看金乌要西坠，玉兔要东升，三位总督商议散罢。只见他口儿里“吽”了一声，两只脚缩了一缩，两只手伸了一伸，把个腰儿拱了两拱，一骨碌爬将起来，就站在三位老爷公案之下。老爷道：“你这小人，贪其口腹，有误大事。”钉碗的道：“起迟了些，多钉几个碗罢。”老爷道：“老大的只有一个茶瓯儿在那里，说甚么多钉了几个。”钉碗的道：“把瓯儿来。”左右的拾起那个碎瓯儿与他，瓯儿原本是碎的，左右的恼他，又藏起了两块，要他钉不起来。哪晓得他钉碗全不是这等钻眼，全不是这等钉钉，抓了一把碎瓷片儿，左手倒在右手，右手倒在左手，口里吐了两口唾沫，倒来倒去，就倒出一个囫囵的瓯儿来。双手递与三宝老爷。老爷见之，心上有些欢喜，还不曾开口，钉碗的道：“再有甚么破家破伙，趁我手里钉了他，永无碰坏。”老爷叫声：“左右的，可有甚么破败家伙拿来与他钉着？”老爷开了口，那些左右的就不是破的也打破了，拿来与他钉着。一会儿盘儿、碗儿、瓯儿、盏儿、钵儿、盆儿就搬倒了一地。你看他拿出手段来，口里不住的吐唾沫，手里不住地倒过来，一手一个，一手一个，就是宣窑里烧，也没有这等的快捷。一会儿搬来，一会儿搬去。

三宝老爷心里想道：“此人非凡，一定在造锚上有个结果。”故意地问他道：“你说是会钉锚，你再钉个锚来我看着。”其人道：“老爷，你有坏了的锚拿来，与我钉着。老爷若没有坏了的锚，我便与你造个新的罢。”老爷道：“你若兴造得锚起来，咱们奏过朝廷，大大地赏你一个官，重重地赏你几担禄。”钉碗的道：“我也不要官，我也不要禄，我也不要后面的赏。”龙爷道：“你要怎么？”其人道：“我只是头难头难。”老爷道：“怎么个头难头难？”钉碗的道：“就在起手之时，要尽礼于我。”老爷道：“怎么尽礼于你？”钉碗的道：“要立一个台，要拜我为师。要与我一口剑，许我生杀自如。要凭我精造，不许催限。”老爷道：“筑一个台也可，拜你为师也可，与你一口剑也可，许你生杀自如也可，只是不许催限就难。”钉碗的道：“怎么不许催限就难？”老道：“却是个钦限，岂由得咱们？”

钉碗的道："钦限多少时候？"老爷道："钦限一百日。"钉碗的道："一百日也，还后面日子多哩！"老爷道："此时已过了四十多个日子。"钉碗的道："余有六十日还用不尽哩！"老爷道："既是六十日用不尽，这个就好了。"王尚书道："就此筑台，拜了他罢。"马尚书道："还须奏过了朝廷，才为稳便。"三宝老爷道："马老先儿言之有理，待咱明日早朝，见了万岁爷，奏过了此事，才来筑台拜他为师。"又叫钉碗的来问道："你叫作甚么名字？甚么乡贯？咱明日好表奏万岁爷的。"钉碗的道："小人是莱州府蓬莱县人氏，也没有个姓，也没有个名字。只因自幼儿会钳各色杂扇的钉角儿，人人叫我作个钉角儿。后来我的肩膊上挂了这个葫芦，人人又叫我作葫芦钉角。"三宝老爷道："今文从省，就叫作个胡钉角罢。"三位老爷一面起身，一面吩咐委官厚待那胡钉角，待明日奏过朝廷，拜他为师。

却不知这三位老爷明日奏过朝廷，有何旨意，又不知这个钉碗的拜了为师，有何德能，且听下回分解。

第18回　金銮殿大宴百官　三汊河亲排銮驾

歌曰：

云英英兮出山阜，倏为白衣忽苍狗。
月皎皎兮照清澄，波光乱击惊蛇走。
浮云飞尽或无踪，明月西沉还自有。
云来月去本无心，下有真人胡钉钮。
不生不灭不人间，且与天地共长久。
为送宝船下西洋，铁锚厂里先下手。

却说三位总督老爷各归本衙歇息。明日五鼓，万岁爷升殿，文武班齐。三宝太监出班奏道："奴婢奉万岁爷的旨意，前往铁锚厂监造铁锚，怎奈所造之锚异样长大，一时人力难成。昨有山东莱州府蓬莱县人氏姓胡名钉角，自称造锚有法，指日可成。奴婢未敢擅便，奏过万岁爷，乞赐他钦敕一道，宝剑一口，令其便宜从事，俟功成之后，另行请旨定夺。"奉圣旨是写敕与他，着剑与他。三宝老爷得了圣旨，领了敕、剑，即时搭桥，径往铁锚厂来。

原来两个尚书已自先到了厂里，三位老爷彼此相见，叙序坐下，即时吩咐左右的筑起台来。台成，吩咐备办金花一对，彩缎四端，浑猪二口，鲜羊二只，馒首二百，美酒二坛，即时请出胡钉角来，请他登台。三位老爷拜他为师，送上钦敕一道，宝剑一口，各色礼物。胡钉角受下敕、剑，把个花红礼物尽行散与众匠人。众匠人说道："钉碗的也行这一步时。"却说三位老爷进城去了，吩咐委官仔细答应。吩咐已周，胡钉角捧了敕，提了剑，坐在台上，叫声："众匠人过来。"众匠人看见他有了敕、剑，不敢不来。胡钉角说道："众匠人跪着。"众匠人不敢不跪，只得跪下。胡钉角说道："兵随印转，将逐符行。今日三位总督老爷筑了这个台，拜了我一拜；朝廷赐我一道敕，一口剑，我今日忝有一日之长了，你们众人俱要听吾调遣。"众匠人道："惟命。"胡钉角说道："我也不是甚么难事调遣，但只是我叫行，你众人就要行；我叫止，你众人就要止。我叫往东，你众人就要往东；我叫往西，你众人就要往西；我叫往南，你众人就要往南；我叫往北，你众人就要往北。如违，军法从事，此剑为证。"众人见没有甚么疑难处，齐齐答应一声："是！"好声"是"，奉承得胡钉角满心欢喜，走下台来，竟往厂门外跑，把个四围的山，把个四围的水，把个四围的地场，细细地看了一遍，转来要酒吃，要肉吃，要馒首吃。委官一一地答应他。歇息了一夜，明日早上起来，也不洗脸，也不梳头，也不要吃，吩咐众匠人要芦席五百领，对面洲上使用。即时芦席俱到。又步了一个丈尺，搭起篷来，四围俱不用门。即时搭起篷来。将完之时，他坐在里面，安了敕，按了剑，吩咐众匠人在外面封起来，席上又加席，一层又一层。他在里面坐着，百步之内并不许外人啰唣，又不许外人走动，也不许外人叫他，亦不许外人听他。如违，军令施行。众匠人因他有敕、有剑，谁敢执拗他，只得一一地依他吩咐。竟不知他在里面干的甚么勾当。就是三位总督老爷出来看见他的作用，也自由他。众匠人打的打，铸的铸，工夫各自忙。日月如梭，不觉地就是一七；光阴似箭，不觉地又是一七去了。二七之久，众匠人俱有些疑惑他，也有说道："他在里面生法的。"也有说道："他骗了三位老爷，金蝉脱壳的。"也有说道："他长睡着在里面的。"只有三位老爷料他是个有作用的，吩咐众匠人再不许近前惊动他。到了二七，只见他一拳一脚，把个芦席篷儿掀翻了，叫一声："众匠人们！"众匠人忙忙地走近前来，他吩咐：“拆了篷罡。”众匠人人多手多，即时把个篷拆了。只是篷中间有一领芦席盖在地上，他指定了说道：“这个中间，是我的敕、剑，都不许动我的。”众人依他吩咐，不敢动他的。他就把那一领芦席做个磨盘心，四周围端了七七四十九个圆圈儿，就像个磨盘的模样，吩咐众匠人一个圈儿上安一座炉。这一座炉却不是小可的，炉周围约有九丈九尺，炉高约有二丈四尺，每座炉上按乾、坎、艮、震、巽、离、坤、兑方位上留下一个小小的风门儿，却于兑位上筑起一个小小的台基儿，设了一个公座，择取次日午时举火起工。即时吩咐各铺行运铁，各匠人运炭，实于各炉之中，以满为度，也不论他千百担斗。到了次日午时，运铁的工完，运炭的炭毕。胡钉角请到三位老爷，献了猪羊，奠了茶酒，烧了纸马，举火动工。三位老爷回马，他便走到台基儿上去坐着，按住个八卦方位，口儿里嗫嗫嚅嚅，手儿里撮撮弄弄。只见那炉上的小门儿风儿又宣，火儿又紧，火趁着风威，风随着火力，无分昼夜，都是这等通明。本然只是一个芦洲子，安了这七七四十九座无大不大的炉，却就是火焰山也不过如此。

不觉地过了一七，不觉地又过了一七，到了二七之上，把那一个芦洲子方圆有三五十里，莫说是草枯石烂，就是土也通红的；莫说走路的下不得脚，就是鸟雀也是不敢飞的。胡钉角晓得里面的工程完备了，却下了台基儿，来见三位老爷。三宝老爷连声问道：“锚造得何如了？”胡钉角道：“已经完了。”老爷道：“完在哪里？”胡钉角道：“都在土里。”老爷道：“既在土里，快遣人去取来看着。”胡钉角道：“正在火性头上，还不好取哩！”老爷道：“几时才取得？”胡钉角道：“今夜亥时有雨，明日丑时才晴，辰时就有锚来复命。”说得个三宝老爷心里就是锚抓，等不得下雨，等不得天晴；又等不得今日天晚，又等不得来日天明。果真的亥时大雨，丑时放晴。辰牌时分，胡钉角请三位老爷看锚，走到洲上，那地土还是烧脚的。胡钉角走到磨盘心里，掀开那一领芦席来，只见一道敕，一口剑，还是好好地在那里，吓得三位老爷只是把个头摇。

却说胡钉角叫声：“人夫们看锹锄来！”一声“锹锄”，只见挖的挖，畚的畚，撇开土来，里面就是个铁锚的窖。三位老爷见之，一天欢喜。胡钉角说道：“禀上三位老爷，收回敕、剑去罢！这个铁锚够用了，尽你是多少号数船，每船上尽你放上几根，放到了，取到了，只是不可算数。”三宝老爷道：“怎么不可算数？”还不曾问得了，早已不见了胡钉角。

三位老爷吃了一惊。只见厂里把门报道：“张天师来拜。”三位老爷正在吃惊之处，听见个张天师来拜，即时转身迎候，依次相见。相见已毕，依次坐定。天师道：“连日造锚何如？”三宝老爷就开口，把个胡钉角的始末缘由，细细地说了一遍。天师道：“原来是他！”老爷道：“天师认得这个人么？”天师道：‘他不是个凡人，是上界左金童胡定教真人。”王尚书道：“怪得他背了葫芦，原来隐了一个‘胡’字。他又说道‘会钳各色杂扇的钉角儿’，原来藏得是个‘定教’两个字儿。”马尚书道：“他坐在篷里，二七一十四日，这是甚么勾当？”天师道：“他不是坐在篷里，他是学得穿山甲，着地里划成锚样儿。”三宝老爷说道：“多承天师指教了。”王尚书道：“他临行时说道：‘锚够用了，只是不宜算数。’快吩咐取锚的任意取去，每船上凭他任意要多少只，不许算数，如有违令，先斩后奏。”因是“先斩后奏”四个字，故此取锚的不曾敢算数，锚却用得有剩。

却说天师先别了三位，三位老爷进朝奏道：“铁锚已经造完，请旨定夺。”奉圣旨叙功，颁赏有差。一面宴赏百官，一面宣请国师下河看锚。碧峰长老晓得是胡定教真人造完铁锚，奉了圣旨，径往宝船上来看锚。只见它头角峥嵘，爪牙张大，真好锚也。有一阕《铁锚歌》为证：歌曰：

浑沌兮一丸未剖，阴阳老少无何有。
鹅毛兮点波红炉，亚父鸿门撞玉斗。
煅炼功成九转丹，炉锤万物为刍狗。
开成千丈黄金莲，结就如船白玉藕。
更谁兮头角峥嵘，嗟余兮身材窈窕。
艨艟巨舰兮江头，苍隼飞庐兮海口。
撼天关兮风浪掀，沉地府兮蛟龙走。
岂捕鼠之玳瑁兮，贾余勇而狮子吼。

噫嚱乎！

宝船兮百千万艘，征西兮功成唾手。

三宝兮卮酒为寿，我大明兮天地长久！

却说金碧峰长老看了铁锚，回到朝堂里面，奏知万岁爷，铁锚工程浩大，赏赐不可轻微。奉圣旨："知道了。"万岁爷即时升殿，文武百官班齐。万岁爷对着长老道："宝船、铁锚俱已齐备，不知国师几时下洋？"此时已是永乐五年正月十四日。长老道："明日上元日，就取上元吉兆，烧神福纸马开船。"万岁爷得了长老的日期，即时传下一道旨意，着文武百官散班。天师归朝天宫，长老归长干寺。

万岁爷坐在金殿上，即时传下几道旨意，一宣营缮局掌印太监，一宣织染局掌印太监，一宣印绶监掌印太监，一宣尚衣监掌印太监，一宣针工局掌印太监。即时五个太监一齐叩头，奏道："奉圣旨宣奴婢们不知有何使用？"万岁爷道："宣进你们不为别事，明日征进西洋，各官俱有各官的行头，各官俱有各官的服饰，就是天师有天师的行头，有天师的服饰；只是国师全然不曾打叠。我今日要八宝镶成的毗卢帽一顶，要鱼肚白的直身一件，要鹅黄色的偏衫一件，要四围龙锦绸的袈裟一件，要五指阔的玲珑玉带一条，要龙凤双环的暑袜一双，要二龙戏珠的僧鞋一双，要四条蛟龙盘旋的金牌一面。"又传下几道旨意：着光禄寺备办素斋筵宴，务在洁净，款待国师。另办筵宴，大宴征西官将。着尚宝寺备办金银花朵，红绿彩缎，听候征西官将簪花表里。传宣已毕，万岁爷不曾进宫，坐以待旦。及至金鸡三唱，曙色朦胧，早已坐在殿上。百官进朝，净鞭三下响，文武两班齐。万岁爷传下一道旨意，朝天宫宣天师；传下一道旨意，长干寺宣国师。天师、国师俱已进朝。万岁爷道："今日征进西洋，文武百官俱是峨大冠，拖长绅，前呼后拥，受朕爵禄，享朕富贵，料想他劳而不怨。只是有劳国师远涉，于朕心却是不安，却又无物可表恭敬。"叫声："内使们何在？"只见五监太监们慌忙地走近前来。奏道："万岁爷有何旨意？"万岁爷道："昨日吩咐的礼物，可曾齐备么？"五监太监道："已经齐备在这里。"

又问光禄寺："筵宴可曾齐备？"光禄寺奏道："荤素筵宴，俱已齐备。"又问尚宝寺："花红可曾齐备么？"尚宝寺奏道："花红已经齐备。"即时吩咐当值官，就在九间金殿上摆开筵宴。中一席素食筵宴，吃一看十，款待国师。左侧一席大荤筵宴，吃一看十，款待天师。右侧两席，俱是吃一看八，一席款待征西大元帅郑太监，一席款待征西副元帅王尚书。文华殿大开筵宴，款待征西官将；武英殿大开筵宴，款待在朝文武百官。这一日筵宴不是小可的，正是：

韶光开令序，淑气动芳年。
驻辇华林侧，高宴柏梁前。
紫庭文树满，丹墀衮绂连。
九夷簉瑶席，五服列琼筵。
娱宾歌湛露，广乐奏钧天。
清尊浮绿醑，雅曲韵朱弦。
大明君万国，书文混八埏。
金瓯保巩固，神圣历求贤。

却说筵宴已毕，取过八宝装成的毗卢帽，鱼肚白的直身，鹅黄色的偏衫，龙锦绸的袈裟，五指阔的玉带，龙凤双环的暑袜，二龙戏珠的僧鞋，用盘龙盒儿盛了，钦命阁老皇亲，双手递与长老。又取过四条蛟龙盘的金牌一面，万岁爷御笔写着"大明国师金碧峰"七个大字于其上，又用阁老皇亲，双手递与长老，三番两次，钦赐钦依，长老只是把个嘴儿一挑，吩咐徒孙云谷收下，把个手儿略节地举一举。文武百官站在两傍，都说道："好大意的和尚，全不像个捧钵盂化斋吃的。"万岁爷又取过金花银花各二十对，红绿彩缎各二十表里，用皇亲递与大元帅郑太监。又取过金花银花各二十对，红绿彩缎各二十表里，用皇亲递与副元帅王尚书。仍各御酒三杯，空头敕三百道，许先斩后奏，体朕亲行。大元帅、副元帅叩头谢恩，历阶而下。万岁爷又取过金花银花各十五对，红绿彩缎各十五表里，用尚宝寺递与左先锋张计。又取过金花银花各十五对，红绿彩缎各十五表里，用尚宝寺递与右先锋刘荫。仍各御酒三杯，簪花挂彩。左、右先锋叩头谢恩，历阶而下。万岁爷又取过金花银花各十对，红绿彩缎各十表里，用尚宝寺递与五营正总兵官。又取金花银花各十对，红绿彩缎各十表里，用尚宝寺递与四哨副总兵官。仍各御酒三杯，簪花挂彩。五营四哨叩头谢恩，历阶而下。万岁爷又传出几道旨意来，一应指挥官，各金花银花四对，彩缎四表里；一应千户官，各金花银花二对，彩缎二表里；一应百户官，各金花银花一对，彩缎一表里；一应管粮户部官，各金花银花二对，彩缎二表里；一应阴阳官、医官、通事、医士，各银花一对，彩缎一端。分赏已毕，各官叩头谢恩而下。万岁爷又传出一道旨意，着兵部官点齐十万雄兵，每名给赏夏绢四匹，冬布八匹，花银十两；舍人余丁，每名给赏夏绢八匹，冬布十二匹，花银十两；宝船水手，每名给赏红绿布十匹，花银八两。万岁爷又传出一道旨意，礼部官点齐神乐观道士、乐舞生，朝天宫道官道士，每名给赏夏青布四匹，冬青布四匹，花银五两。一切征西人役无不沾恩，一切沾恩人役无不忻喜。欢声动地，四路讴吟。真个是缥缈天门，晓日射黄金之殿；霏微春昼，声歌彻赤羽之旗。

却说九重金殿传出一道旨意，着征西大元帅统领将官，点齐军马，护送国师、天师先上宝船，圣驾即时亲送。圣旨已到，谁敢违延。三宝老爷即时会同王尚书，关会左右先锋、五营四哨一切将官，前往大教场里点齐军马。将台上扯起一面二十丈长的“帅”字旗来。杀猪宰羊，千张甲马，如仪祭赛。二位元帅领头，其余将官各挨班次五拜三叩头。礼生开读祭文，文曰：

维旗风翻鸟隼之文，日薄蛟龙之影。八阵兮婆娑，七星兮炳炳。花明兮越水春，枫落兮吴江冷。蠢彼西洋，师烦东井。跨龙门兮宁赊，吸鲸波兮誓靖。万国兮朝宗，百蛮兮系颈。凯歌兮食封，归了第兮朝请。

祭毕，三声炮响，万马齐奔，旗列五方，兵分九队，竟上宝船而去。人归队，马到营，二位元帅上了帅府宝船，国师上了碧峰禅寺的宝船，天师上了天师府的宝船。坐犹未定，蓝旗官报道：“远远望见銮驾来也。”只见：

王排御驾，帝整銮旌。王排御驾离金阙，帝整銮旌出凤城。逐队的千军万马，排班的三公九卿。作对成双的金瓜钺斧，行歌互答的玉笛鸾笙。金声错落，玉响琮琤。雪消千障巧，日出万山明。花径穿双飞之粉蝶，柳堤藏百啭之黄莺。旗闪处山摇地动，刀响处鬼哭神惊！头搭兮露挹好花潘岳里，眼前兮风搓细柳亚夫营。

圣驾已到三汊河，倒竖虎须，圆睁龙眼，只见千百号宝船摆列如星。每一号宝船上扯起一杆三丈长的鹅黄旗号，每一杆旗上写着“上国天兵，抚夷取宝”八个大字。万岁爷龙眼细观，只见另有四号宝船与众不同。第一号是个帅府，扯着一杆十丈长的“帅”字旗，船面前挂了几面粉牌，中间牌上写着“大明国统兵招讨大元帅”，左边牌上写着“回避”，右边牌上写着“肃静”。第二号也是个帅府，也扯着一杆十丈长的“帅”字旗。船面前挂了几面粉牌，中间牌上写着“大明国统兵招讨副元帅”，左边牌上写着“回避”，右边牌上写着“肃静”。第三号是个碧峰禅寺，也扯着十丈长的慧日旗，船面前挂了几面粉牌，中间牌上写着“大明国国师行台”，左边牌上写着“南无阿弥陀佛”，右边牌上写着“九天应元天尊”。第四号是个天师府，也扯着十丈长的七星旗，船面前挂了几面粉牌，中间牌上写着“大明国天师行台”，左边牌上写着“天下鬼神免见”，右边牌上写着“四海龙王免朝”。銮驾径排上帅府宝船之上，天师、国师出迎，大元帅、副元帅侍立两边，左右先锋、五营四哨，还有一切将官，挨班次站着。天师俯伏御前，稽首顿首，奏道：“江口开船，须是万岁爷亲自祭江才为稳便。”奉圣旨：“是。”即时摆下祭礼，翰院撰下祭文，就于帅府船上设坛祭赛。万岁爷亲自行礼，文武百官依次叩头。礼部官展读祭文，文曰：

维江之渎，维忠之族。

惟忠有君，惟朕为肃。
用殄鲸鲵，誓清海屋。
旌旗蔽空，舳舻相逐。
烁彼忠精，所在我福。

祭毕，文武百官保驾回朝。三宝老爷请过王尚书来，同时坐在帅府厅上，各将官依次参见，听候将令。三宝老爷道："咱们今日扬旌旆于辕门，捧九重之命令，洗甲兵于海峤，张万里之神威。任属巨肩，事非小可。你众将官听咱传示：每战船一只，捕盗十名，舵工十名，嘹手二十名，扳招十名，上斗十名，碇手二十名，甲长五十名，每甲长一名，管兵十名。每五船为一哨，每二哨为一营，每四营设一指挥官，统领指挥以上旧有职掌。座船、马船、粮船，执事照同。每战船器械，大发贡十门，大佛狼机四十座，碗口铳五十个，喷筒六百个，鸟嘴铳一百把，烟罐一千个，灰罐一千个，弩箭五千枝，药弩一百张，粗火药四千斤，鸟铳火药一千斤，弩药十瓶，大小铅弹三千斤，火箭五千枝，火砖五千块，火炮三百个，钩镰一百把，砍刀一百张，过船钉枪二百根，标枪一千枝，藤牌二百面，铁箭三千枝，大座旗一面，号带一条，大桅旗十顶，正五方旗五十顶，大铜锣四十面，小锣一百面，大更鼓十面，小鼓四十面，灯笼一百盏，火绳六千根，铁蒺藜五千个。什物器用各船同。每日行船，以四'帅'字号船为中军帐，以宝船三十二只为中官营，环绕帐外。以坐船三百号分前、后、左、右四营，环绕中军营外。以战船四十五号为前哨，出前营之前。以马船一百号实其后。以战船四十五号为左哨，列于左，人字一撇，撇开去如鸟舒左翼。以粮船六十号从前哨尾起，斜曳开到左哨头止。又以马船一百二十号副于中。以战船四十五号为右哨，列于右，人字一捺，捺开去如鸟舒右翼。以粮船六十号从前哨尾起，斜曳开到右哨头止。又以马船一百二十号实于中。以战船四十五号为后哨留后，分为二队如燕尾形。马船一百号当其前，以粮船六十号从左哨头起，斜曳收到后哨头止，如人有左肋。又以马船一百二十号实于中。以粮船六十号从右哨头起，斜曳收到后哨头止，如人有右肋。又以马船一百二十号实于中。昼行认旗帜，夜行认灯笼。务在前后相维，左右相挽，不致疏虞。敢有故纵违误军情，因而偾事者，即时枭首示众。”

传示已毕，三宝老爷差下马公公，过到国师船上，请问国师哪个时辰开船。国师道：“船已开了。”马公回报道：“船已开了。”老爷即时叫过亲随的少监来，问道：“宝船还是几时开了？”少监道：“适才老爷吩咐齐帮的时候，船就开了。”老爷道：“怎么不来禀我？”少监道：“开船之时，因为掉了一根棕缆，左捞右捞捞不上来，故此忙迫，不曾来禀。”老爷道犹未了，只见小内监使儿报道：“张天师过船相拜。”老爷迎着就问道：“今日开船，怎么咱们也不曾知道？”天师道：“老公公休怪，这是贫道撮弄的小术法儿。”老爷道：“怎么是个撮弄的术法哩？”天师道：“为因贫道船上有神乐观里的二百五十名道士、乐舞生，有朝天宫里的二百五十名道士、道童，他们都是怕下海的，故此贫道弄了一个手法，把船开了，令其不知，免得他们啼哭。”老爷道：“适才开船掉了一根棕缆，这个主何祸福？”天师道：“这个没有甚么祸福，不过是他有些气候，日后成精作怪而已。”道犹未了，外面的小内使儿又来报道：“王老爷过船相拜。”天师看见王尚书过来，即时告辞而去。王尚书和三宝老爷坐了一会儿，谈了一会儿，正在绸缪之处，只听得蓝旗官跪在门外禀道：“江上狂风骤起，白浪翻天，前船不动，左右两哨不行，宝船后船颠颠倒倒，甚在危急之处。”这把两位元帅老爷唬得魂不附体，魄已离身。王尚书道：“快去请教国师，看是甚么缘故。”老爷道：“且先去问声天师来。”王尚书道：“学生去问罢。”老爷道：“老先儿请回船，待咱们亲自过去。”

老爷径过天师宝船之上。天师正在玉皇阁上书写飞符，只见乐舞生报道：“元帅老爷过船相拜。”天师闻之，即迎到玉皇阁上，分宾主坐下。天师道：“大元帅不在中军驱兵调将，下顾贫道，有何见教？”老爷道：“无事不敢擅造，只因这如今风狂浪大，宝船不行，故此特来相拜。”天师道：“江上风波，此乃常事。”老爷道：“宝船不行，怎么说得个常事？”天师道：“贫道有处。”即时取了一条儿纸，写了两个字，叫声乐舞生来，吩咐他拿这个“免朝”二字，丢在船头之下，看是何如。乐舞生拿着“免朝”二字，丢下水。只见水里走出一个老者来，有头没耳，有眼没鼻，有口没须，一尺长的手，二寸长的指头儿，接着个“免朝”二字，轻轻地扯破了。乐舞生问他姓甚么，他说是姓江，问他的名字，不答而去。乐舞生回复道：“丢得‘免朝’二字下水去，只见一个姓江的老者接着，就扯破了。”天师道：“我还有个处。”即时取了一叶儿纸，又写了两个字，叫声乐舞生来，吩咐他拿这个“天将”二字丢在船头之下，看是何如。乐舞生拿着“天将”二字，丢下水。只见水里又走出一个老者来，头上不见肉，眼睛不见皮，须长三五尺，背在弹弓西，接着“天将”二字，也轻轻地撕碎了。乐舞生问他姓甚么，他说是姓夏，问他是甚么名字，不答而去。乐舞生回复道：“丢将‘天将’二字下水，只见一姓夏的老者接着，又撕碎了。”天师道：“我还有个处。”又取了一叶儿纸，写了两个字，另叫一个乐舞生来，吩咐他拿这个“天兵”二字，丢在船头之下，看是何如。乐舞生拿着“天兵”二字，丢下水。水里又走出一伙娃子来，背儿乌，肚儿白，眼儿光，嘴儿窄，手儿过于膝，屁眼上一把剪刀淬淬黑，他接着“天兵”二字，也轻轻地搓作个纸条儿。乐舞生问他姓甚么，他说是姓鄢，问他甚么名字，不答而去。乐舞生回复道：“丢将‘天兵’二字下水，只见一伙姓鄢的娃娃接着，搓作纸条儿。”天师道：“是个甚么波神水怪，敢这等无礼？”叫声：“徒弟皎修，拿过符章、宝剑来。”

却不知张天师取了符，取了剑，怎么样地设施，又不知那些精怪见了符，见了剑，怎么样地藏躲，且听下回分解。

第19回　白鳝精闹红江口　白龙精吵白龙江

诗曰：

北风卷尘沙，左右不相识。
飒飒吹万里，昏昏同一色。
船烦不敢进，人急未遑食。
草木春更悲，天景昼相匿。
兵气腾北荒，军声振西极。
坐觉威灵远，行看祲氛炽。
赖有天师张，符水申道力。

却说天师拿了符章、宝剑，即时写了一道符，就叫徒弟皎修拿了这道飞符，丢在船头之下，看他何如。徒弟拿了一道飞符丢下水去，只见水里走出一个老者，身子矮松松，背上背斗篷，一张大阔口，江上呷西风。他接了这道飞符，一口就吃了。问他姓甚么，他说是姓沙，问他叫甚么名字，也不答而去。徒弟回复道：“丢将下去，只见姓沙的老者一手接着，一口呷了。”天师道：“再写一道符去。”即时写了，又叫过徒弟来，吩咐他拿了这道灵官符，丢在船头之下，看是何如。徒弟拿了一道灵官符，丢了下水，只见水里走出一个白面书生，两眼铜铃，光头秃脑，嘴是天庭。他接着这道灵官符，轻轻地袖到袖儿里去了。问他是姓甚么，他说道姓白，问他甚么名字，他不答而去。徒弟回复道：“丢将灵官符下水，只见一个白面书生袖将去了。”天师道：“连灵官符也不灵了。”又写一道符，又叫几个徒弟过来，吩咐他拿了这道黑煞符，丢在船头之下，看是何如。徒弟拿了一道黑煞符，丢了下水。只见水里走出一个花子，摇头摆尾，一张寡嘴，近处打一瞧，原来是个大头鬼。他接了这道黑煞符，轻轻地抿了嘴。问他姓甚么，他说是姓口天吴，问他甚么名字，不答而去。徒弟回复道：“丢将黑煞符下水，只见一个姓口天吴的花子拿着抿了嘴。”三宝老爷见之，又恼又好笑，说道：“张老先儿，你的符只好吓杀人罢，原来鬼也吓不杀哩！”天师道：“不是那个吓杀。”老爷道：“取笑而已。”天师道：“笑便笑，这些妖精尽有老大的气候，待我再写一道符来。”即时又写了一道符，叫过徒弟来，吩咐他拿了这道雷公符，丢在船头之下，看是何如。徒弟拿了一道雷公符，丢了下水。只见水里走出一个老妈妈儿来，毛头毛脑，七撞八倒，腰儿长夭夭，脚儿矮熇熇。他接了这道雷公符，吹上一口气，把个符飞在半天之中去了。问他姓甚么，他说是姓朱，问他甚么名字，不答而去。徒弟回复道：“丢将雷公符下水，只见一个姓朱的老妈妈儿接了符，吹上一口气，吹在半天之中去了。”天师道：“三番四复，有这许多的精怪，连雷公也没奈何哩！”叫过外面听差的圆牌校尉来，他又写了一道急脚符，叫他丢在船头之下，看是何如。那校尉拿了这道急脚符，丢了下水，只见水里走出两个老者来，一个有须，一个有角，一个身上花辥辥，一个项下鳞索索。须臾之间，又走出一个长子来，一光光似油，一白白如玉，窈窕竹竿身，七弯又八曲。三个老者共接着一道急脚符，叫作是我急他未急，只当个不知。问他姓甚么，也当不知。问他叫作甚么名字，只见长子说道：“不消你左符右符，酒儿要几壶；左问右问，猪头羊肉要几顿。”那校尉回来，把这些事故说了一遍。天师道：“似此要求酒食，却怎么处置他。”三宝老爷道：“他都是些甚么精怪哩？”天师道：“因为不晓得他是些甚么精怪，故此不好处得。”老爷道：“去请国师来治化他罢！”天师道：“这就倒了我的架了，我还有个调遣。”

好个天师，即时披发仗剑，蹑罡步斗，捻诀念咒。一会儿烧了符，取出令牌来，敲了三响，喝声道：“一击天门开，二击地户裂，三击天神赴坛！”只见令牌响处，掉将一位天神下来。这一位天神也不是小可的，只见他：

天戴银盔金抹额，脸似张飞一样黑。
浑身披挂紫霞笼，脚踏风车云外客。

天师问道：“来者何神？”其神道：“小神是敕封正一威灵显化镇守红江口黑风大王。”天师道：“你这里是甚么地方？”大王道：“此处正是红江口。”天师道：“我奉大明国朱皇帝钦差抚夷取宝，宝船行至此间，风浪大作，舟不能行，特请大王赴坛。请问红江口作风浪的，是些甚么妖精？”大王道：“也不是一个哩！”天师道：“一总有多少？”大王道：“一总有十个。”天师道：“是哪十个？”大王道：“兵过红江口，铁船也难走。江猪吹白浪，海燕拂云鸟。虾精张大爪，鲨鱼量人斗。白鳍趁波涛，吞舟鱼展首。日里赤蛟争，夜有苍龙吼。苍龙吼，还有个猪婆龙在江边守；江边守，还有个白鳝成精天下少。”

原来姓江的是个江猪，姓鄢的是个海燕，姓夏的是个虾精，姓沙的是个鲨鱼，姓白的是个白鳍，姓吴的是个吞舟鱼，姓朱的是个猪婆龙，身上花的是条赤蛟，项上有鳞的是条苍龙，长子是条白鳝。天师谢了天神，骂道：“孽畜岂敢无礼！”即时亲自步出船头，披了发，仗了剑，问道：“水族之中何人作吵？”只见江水里面，大精小怪，成群结党，浮的浮，沉的沉，游的游，浪的浪，听见天师问他，他说道：“管山吃山，管水吃水。你的宝船在此经过，岂可是脱个白罢？”天师道：“不消多话了，我这里祭赛你一坛就是了。”众水怪道：“你既是祭赛，万事皆休。”天师回转玉皇阁，对着三宝爷说了。老爷转过帅府宝船，吩咐杀猪杀羊，备办香烛纸马。祭物齐备了，方才请到天师。天师带了徒弟，领了小道士，念的念，宣的宣，吹的吹，打的打，设醮一坛。祭祀已毕，那些水神方才欢喜而去。只是一个白鳝精威风凛凛，怪气腾腾，昂然在于宝船头下，不肯退去。天师道：“你另要一坛祭么？”见见他把个头儿摇两摇。天师道：“你要随着我们宝船去么？”只见他又把个头儿摇两摇。天师道：“左不是，右不是，还是些甚么意思？”猛然间计上心来，问他道：“你敢是要我们封赠你么？”只见他把个头儿点了两点。天师道：“我这里先与你一道敕，权封你为红江口白鳝大王，待等我们取宝回来，奏过当今圣上，立个庙宇，置个祠堂，叫你永受万年之香火。”只见白鳝精摇头摆尾而去了。这时风憩浪静，宝船自由自在，洋洋而行。

正行得有些意思，三宝老爷叫了一个小内使，过到天师玉皇阁问道：“这如今船进了海也不曾？”天师道：“才到了有名的白龙江。”小内使回复老爷说道：“才到了有名的白龙江。”道犹未了，只见蓝旗官报：“江上狂风大作，白浪掀天，大小宝船尽皆颠危之甚，莫说是行，就是站也站不住哩！”三宝老爷心里想道：“这分明是我的不是，叫起妖精作祸殃。”好个老爷，即时请出王尚书来，同去玉皇阁上拜见天师。行到天师船上，只见：

万里茫然烟水劳，狂风偏自撼征艘。
愁添舟楫颠危甚，怕看鱼龙出没高。
树叶飘飘归朔塞，家山渺渺极波涛。
多君宋玉悲秋泪，雁下芦花猿正号。

却说三宝老爷同了王尚书来见天师，天师正在玉皇阁上说：“这个风浪不妥。”只见乐舞生报道：“二位元帅老爷来拜。”天师倒身相迎，迎到玉皇阁上坐下。天师道：“有劳二位元帅龙步。”三宝老爷道：“特来相候。请问这个白龙江是甚么处所？这等的风狂浪大，宝船不得前行，好忧闷人也。”王尚书道：“这风浪又是个甚么妖精作吵么？”天师道：“贫道适来看见这个风浪，不知其由。是贫道袖占一课，课上带头、带角、带须、带鳞。依贫道愚见，多敢是个惫懒的蛟龙。”王尚书道：“事在危急，既是不知他的端的，怎么好处置他？不免再去请问国师来。”天师道：“言之有理。”

王尚书辞了天师，邀了三宝老爷，同到国师船上。国师已在千叶莲台上打坐。只见徒孙云谷报道：“二位元帅老爷相拜。”国师道：“为着风浪而来。快请他进来。”云谷忙步出来，请着二位老爷进去。二位元帅竟到千叶莲台之上，长老相见。相见已毕，分宾主坐定。长老道：“有劳二位仙车，未及迎候。”老爷道：“轻造了。”王尚书道：“无事不敢轻造，只因这个风狂浪大，宝船不行，特来请教。”长老道：“这是个白龙江有名的神道。”尚书道：“是个甚么有名的神道？”长者道：“倒也不曾详考他，不知天师晓得么？”尚书道：“适来天师袖占一课，课中带头、带角、带须、带鳞。”长老道：“似此课上就是龙哩！”尚书道：“因是不知他个端的，不好处置他，故此特来请教。”长老道：“此事有何难处！贫僧和二位同到悬镜台，挂起照妖镜来，就见明白。”果真三位老爷同到悬镜台上。长老吩咐放下镜来，早有个徒弟非幻、徒孙云谷两个人解开了索，放下那个宝镜来。那个宝镜也不是小可的，那个镜台有三丈多高，这个宝镜方圆就有三丈多大。正是：

月样团圆水样清，不因红粉爱多情。
从知物色了无隐，须得人心如此明。
试面缁尘私已克，摇光银烛旭初晴。
今朝妖怪难逃鉴，风浪何愁不太平。

却说悬镜台上挂起了照妖的宝镜，长老道：“请二位元帅亲自看来。”二位元帅看来，只见是一个老白龙，口里不住地在吃人哩！二位元帅道：“原来真是一个白龙。只是口里要吃人，有些不好处他。”长老道：“此事只凭天师裁处罢。”二位元帅好费心，也辞了长老，又到玉皇阁来。天师接着，说道：“国师怎么说来？”三宝老爷道：“国师也没有甚么话说，他只是悬镜台上挂起个照妖宝镜来，照得这个孽畜是一条白龙，口里不离地要吃人哩，故此相请天师做个处置。”天师道：“有些不好处置。”尚书道：“怎么不好处置？”天师道：“贫道只说是老龙已去，又是甚么新到的妖魔。若是那个老龙，他原是黄帝荆山铸鼎之时，骑他上天，他在天上贪毒，九天玄女拿着他，送与罗堕阁尊者。尊者养他在钵盂里，养了千百年，他贪毒的性子不灭，走下世来，就吃了张果老的驴，伤了周穆王的八骏。朱浮漫心怀不忿，学就个屠龙法，要下手他。他藏到巴蜀中橘儿里面。那两个着棋的想他做龙铺，他又走到葛陂中来，撞着费长房，打了一棒，忍着疼，奔到华阳洞。哪晓得吴绰的斧子又厉害些，受了老大的亏苦，头脑子虽不曾破，却失了项下这颗珠，再也上天不得。恨起来，在这个白龙江大肆贪毒。喉咙又深，食肠又大。”尚书道：“怎么叫作喉咙深，食肠大？”天师道：“他只是要人吃，一吃就要吃五百个，少一个也不算饱，也不心甘。”尚书道：“这等说起来，就是个难剃头的。”三宝老爷道：“天下事有经有权，我和你钦承皇命，征进西洋，还要深入虎穴，探得虎子，岂可就在家门前碍口饰羞，逡巡不进？”天师道：“若要风平浪静，宝船安稳，须得五百名生人祭赛了他，他才心满意足，放我们经过。”老爷道：“五百名也是难的，依我说，只不离他一个‘五’字，就是把五十个生人祭他也罢。”天师道：“这五十名生人从何处得来？”老爷道：“我有个处置。”天师道：“是甚么处？”老爷道：“这两日有许多的军士递病状到我处来，我把这个递病状的叫来，当面审一审，看得他果是病势危急，不可复生，选出五十名来，把他祭了江也罢。”

天师和三宝老爷说了这一席话，王尚书只是一个低头不语。正是：

眉头捺上双簧锁，心内平填万斛愁。

天师道：“司马大人为何不悦？”尚书道：“我思想起来，人命关天，事非小可，我们虽是职掌兵权，生杀所系，却是有罪者杀，无罪者生。这五十名军士跟随我们来下西洋，背井离乡，抛父母、弃妻子，也只指望功成之日，归来受赏，父母妻子还有个团圆之时。岂可今日方才出得门来，就将些无辜的人役祭江，于心何忍！”这王尚书说的话，都是个正正大大的道理。谁无个恻隐之心，把个三宝老爷撑了个嘴，把个天师张真人扫了一树桃。只是老爷门下有个马太监，倒也是个饥餐上将头，渴饮仇人血的。他说道：“成大事者不惜小费，小不忍则乱大谋。掌三军、封万户，岂可这等样儿的匹夫之勇，妇人之仁？咱爷的雄兵几十万，哪里少了这五十名害病的囚军。只请他下水便罢！”马太监这一席话，老爷和天师闻之，心上有些宽快。王尚书闻之，越加愁闷。天师道：“司马大人意下何如！”尚书道：“人皆有不忍人之心，况兼行一不义，杀一不辜，虽得天下不为也。五十个人的性命，平白地致他于死，天理人心何安！”天师又听了王尚书一番这等的慈悲说话，他只是一个不开口。三宝老爷说道：“作舍道傍，三年不成。这如今事在呼吸存亡之顷，哪顾得这些。”叫声：“小内使过来，吩咐传令各营，凡有害病的军人，许同伍合队者抬来相验。”小内使跑将出去，传了号令，说道：“各营中凡在害病军人，许同伍合队者抬来相验，果是病重，将来祭江。”可怜这一行害病的军人，听说病军祭江，哪一个不挨挨挤挤爬将起来。张也说道，张的病好了；李也说道，李的病好了。这都是个真害病的。还有一等老奸巨猾推假病的，猛然间听知要病军祭江，你看他一个一骨碌爬将起来。也有三五日不曾吃饭的，都爬起来三五碗的吃饭；也有七八日不曾梳洗的，都爬起来梳了头，洗了脸，裹了网巾儿，带了“勇”字大帽。这些军士为着哪一件来？岂不闻蝼蚁尚且贪生？岂可一个活活的汉子，就肯无辜一命丧长江？

却说三宝老爷坐在帅府之上，立等着这些病军相验，只见队长、伍长领着一干军人，跪在老爷跟前，齐来回话。老爷见了这些没病的军人，即时大怒，骂说道：“你这些狗娘养的，没有耳朵听着，也有鼻子闻着。咱这里要害病的军人相验，你怎么领着一干没病的军人到这里来搪抵咱们？”那些队长和伍长吓得个屁股震葫芦，都说道：“这一干军人，就是前日害病的。”老爷道：“害病的军人，岂可是这等精壮？”众军人说道：“小的们前日害病，这两日都好了。”老爷道：“你这些狗娘养的，都到咱们这里胡塞赖。咱们有个话儿对你讲，叫过管册籍的都公来。”只见管册籍的都公连忙地跑将来，跪着说道：“元帅老爷有何事呼唤？”老爷道：“你把前日各营里递来的病状，都拿来咱们看着。”都公道：“病状都在这里。”即时把个病状都放在老爷公案之上。老爷自家逐一地指名叫过，逐一地有人答应。答应的都是些精壮汉子，并没有个害病的军人。老爷道：“你们既不害病，怎么到咱们这里乱递病状？”众军人道：“自古说得好，昨日病，今日愈。小的们一则是托赖朝廷的洪福齐天，二则是生受老爷们恩深似海，故此旧病全安，苟延残喘。这都是实情，怎么敢有虚话？”原来人情却是好奉承的，三宝老爷看见这些军士奉承他两句，把个心肠就软了。王尚书看见三宝老爷心上有些不忍处，他就开口道：“有病的军人且犹不可，况兼这如今都是些没病的军人，岂可活活地推他下水。”老爷道：“事在两难，凭老先儿主裁罢。”王尚书道：“也难凭我学生一人之愚见，莫若去请教国师一番来，看他是个怎么处法。”

天师不行，只是两个元帅竟过碧峰宝船上去，直上千叶莲台之上。长老见了两个元帅过来，已知其意，笑一笑道：“阿弥陀佛！做元帅的都会活埋人也。”老爷道：“怎么说个活埋人？只是孽畜使风作浪，没奈何处。”长老道：“二位元帅可曾看过《三国志》么？”二位元帅道：“也曾略节看过来。”长老道：“既是看过《三国志》来，岂不闻诸葛亮祭泸水之事乎？”长老只是这一句话儿不至紧，正叫作“救人一命，胜造七级浮屠”，莫说是救了五十个军人的性命，这都是佛爷爷运用之妙，把个二位元帅说得满天欢喜，计上心来，抚掌大笑。三宝老爷又有些痨气，说道：“只怕算不得哩！”尚书道：“岂不闻梁武帝宗庙以面为牺牲，享帝享亲且可，何况一妖精乎？”老爷说道：“是，是，是！”

二位即时辞了长老，归来本船，叫过得力的圆牌校尉来，附耳低言，教他如此如此。那校尉依计而行。直至黄昏，左侧立了供案，献了生人。天师带了道士、道童，念经拜忏。二位元帅亲自行香。礼数已毕，把个供案生人一齐推将下水。方才下水，嗖地里一阵响风，刮得个风篷乱转，把捉不来。恰好地船艄上篷脚索打一拽，拽将两个军人下水去了。后面马船上流星地搭救，救了一个上来，还有一个不曾救得。蓝旗官报与老爷知道。老爷道：“五十个也要舍得，这一个军人好打紧哩！”原来那长老的计策高强，二位元帅的设施巧妙，圆牌校尉的手段伶俐。怎见得伶俐？那校尉领了二位元帅军令，即时选上些妙手，把个纸来糊在篾圈儿上，装作一个军人，却又裹的病军的网巾儿，戴的是病军的帽儿，里面穿的是病军的小衣服，外面穿的是病军的海青，脚下穿的是病军的鞋袜。且又一个人肚里安上些猪羊鹅鸭肠肚血脏。祭赛已毕，掀将下去。那白龙精看见是个人，吃的又是血，即时俯首而去，浪静波恬，宝船照直而走。

只是可怜那个军人掉在水里，不曾顾得起来。那个掉在水里的，把册籍来查一查，原来是南京水军右卫一个军士，姓李名海。掉在水里，一连沉了几个没头，吃了好几口水，随波逐浪，淌了有二三百里之遥。天色将晚，忽然一阵潮来，推到一个山脚下。那海口的山都是石头的，年深日久，浪洗沙淘，石头却都是空的。李海推到山脚下石岩之中，权且歇息一会儿，才醒转来。只见衣服又湿，天色又昏，只是喜得石头岩里暖烘烘的，倒不冷。把些湿衣服脱下来，拧干了水。及至明日早晨，衣服干了，仍旧穿起来。只是孤身独自，不知道哪是东西，哪是南北，这里还是哪个去处。又没有个舟船往来，又没有个人来搭救。起头一望，只见天连水，水连天，正是仰面叫天天不应，翻身入地地无门。昨日下午推到这里，今日又是日西，肚子里虽是水灌得饱，心里其实是凄惶。一会儿想起宝船来：“此时风平浪静，稳载而行，不知走到哪里了。我如今怎么再得到他的船上？”一会儿想起南京来：“京城地面花花世界，雨花台踏青儿，文定桥游船儿，我如今怎么得去踏个青、游个船？”一会儿想起家里来：“父母在堂，妻儿老小在房，我如今怎么得见我父母的面？怎么得见我妻子的面？”转思转想，越悲越伤。初然间还哝哝唧唧哭了两声，到其后不觉地放声大哭。放声大哭不至紧，早已惊动了山崖上一位老妈妈。这一位妈妈原是弥罗国王之女，两个哥，一个为王，一个封公。三个弟，一个封伯，一个封子，一个封男。平生好养的是个麻鹊儿。养一个麻鹊儿，过了五百年，能言能语，自去自来。忽一日飞到终南山上耍子，撞着后羿，一箭射死了他的。他就吃了一恼，竟过中国来告诉周天子。周天子下堂，替他唱个喏。后来秦始皇要谋他做正宫皇后，他又不肯从。走遍天下只见淮上漂母留他吃饭，冤家便多。韩信又来调戏他，是他狠着，掂一巴掌，把个韩信打疯了。从高祖提着他监禁了，直至三后七贵人来才得脱。他说道："南膳部洲难过日子，走到东胜神洲花果山上去住。"又着孙行者吵得慌。却才飞进海口，占了这个山头。这个山叫作个封姨山，他在这里住了，倒也有好多年，东钩西扯，养下了有四个孩儿。原来是一只老母猴，生下的四个小孩子，就是四个小猴儿。这一日老猴正在洞中打坐，只听得山岩之下有人啼泣，打动了慈悲念头，即时叫声："小的个，都在哪里？"只见那四个小猴儿听见老母猴叫唤，一拥而至，问说道："母亲呼唤孩儿有何吩咐？"老猴道："山岩下有人啼哭，莫非是个过洋的客人遭了风浪，打破了船只？你与我去看一看来。"那些小猴儿不敢违命，一直跑到倒挂岩上，跨着一块石磴，扯着一条葛藤，低着头，撑着眼，望着山岩之下打一瞧来。只听得人便是有个啼哭，不曾看见个人躲在那厢儿。

却不知是个甚么人在此山岩之下啼啼哭哭，却不知那些小猴儿寻着那个啼啼哭哭的怎么样儿搭救他，且听下回分解。

第 20 回　李海遭风遇猴精　三宝设坛祭海渎

诗曰：

遭风谁道不心酸，岩洞之中斗样宽。
曲颈坐时如鸟宿，屈腰睡处似鳅蟠。
拍天浪沸浑身湿，刮地风生彻骨寒。
喜有白猿修行满，平施恻隐度云端。

却说四个小猴承了母命，竟望山岩之下打一瞧，只听得有个哭泣之声，却不曾看见是个甚么样儿的客子。这些小猴儿着实吆喝一声，说道：“甚么人啼哭哩？”却说李海在个山岩之下啼哭，猛听得有人问他，他心里想道：“这等大海之滨，终不然有个‘茅屋鸡鸣隈海曲’，终不然有个‘渔翁夜傍江干宿’，怎么岩上有个人声？”心里一则犯疑，二则巴不得有个人来才有个解手，故此收拾了眼泪，闪到洞门外面，抬起头来望上瞧着。那些猴儿看见岩下委果是个生人，连忙地又问道：“君子，你是何方人氏，姓甚名谁？为哪一件事故撇在这个岩洞之中？你若是告诉明白，我这里救你的性命。”李海抬头一看，只见是一班小猴儿，叹上一声气，说道：“运去奴欺主，时乖鬼弄人。我今日遭此大难，谁想一伙猴子也来戏弄我哩！”

那山上的猴子听见他叹气，高声大叫：“汉子，你不消叹气哩！你但从实地说个来踪去迹，我这里搭救你上山来。”李海心里想道：“这些猴儿话语儿轻，喉咙儿清，想必也是有些气候的。我欲待不告诉，我也到底是个死；倒不如告诉这一段苦情，或者又有个生活处，未可知也。”这叫作是个“情知不是伴，事急且相随”，到如今碍口饰羞的事做不得了。没奈何，高声答应道：“我乃是南朝朱皇帝驾下钦差下海取宝的军士，本贯水军右卫先锋，姓李名海的便是。为因宝船行至白龙江下，风浪大作，宝船有颠覆之危。当有我朝国师高登悬镜台，挂起照妖镜，看见江水里面是一条白龙精，困厄一千余载，专一在此颠风作浪，破坏往来舟船，除是生人祭赛，才得平安。众官商议，不忍杀生害命。又是国师远效梁武帝宗庙牺牲，近仿诸葛亮泸水祭品，彼时陈设祝赞，是小人站在宝船艄上，却不知是个祭物不周，又不知是个孽龙贪毒，陡然间一口怪风吹转篷脚，推得小的下水，救援不及，以致漂流此间。你们若是救得我的残生，恩当重报！”那些小猴儿听知他这一席话，说得好不苦楚哩！即时转身报与母猴知道，把李海的话儿细说了一遍。

老猴听知，掐个爪儿算了一算，早知其事，满心欢喜，不觉地笑一个嘎嘎。小猴说道：“母亲为何如此大笑？敢又是个好馒头馅儿来也！”老猴道：“你还想着要吃人哩！你就不记得骷髅头砑了你嗓子的时候。”小猴道：“终不然因噎废食罢？”老猴道：“只你们有这些气淘哩！”小猴道：“不是淘气，只因母亲笑的不是。”老猴道：“我笑，不是要吃人。”小猴道：“既不吃人，笑些甚么？”老猴道：“我适来把个前定数算了一算，却算得此人有一条金带之福分，且我与他有一十八年前世的宿缘，故此发了一笑。”小猴道：“却怎么得他上来？”老猴道：“你到洞里取出那些葛藤来，拣选几根长大的，又要坚韧的，接续了放将下去，救他上山来，我自有个道理。常言道：‘救人一命，胜造七级浮屠。’你与我快去救来。”

那些小猴领了母亲尊命，不敢有违，随即取了藤，接了索，放下山来，高声叫道：“汉子，你休要害怕哩！我奉母亲之命，救你上山来。”李海接着这一根葛藤在手里，心里想道：“上去也是死，不上去也是死，拼着一个死，且上去走一遭来。"硬着个心，拼着个命，把个葛藤拴在腰里，叫声道："你上面拽着哩！"只见山上四个小猴儿拽了半日，拽上山来。李海心里想道："人将礼乐为先，树将花果为园。我今日到此，也不知是凶是吉，且把个礼来施他一施。"好个李海，解下丁葛藤，抖一抖衣袖，对着四个小猴儿一个人唱上一个喏。那四个小猴儿看见他一个人唱上一个喏，好不快活哩！即时领他到洞里相见老猴。李海跟着他轻移三两步，便是洞门前。李海提着个胆子，走进洞中，双膝跪下，把个眼儿悄悄地瞧着。原来是一个老猴婆，金睛凹脸，尖嘴索腮，浑身上一片白毛。那白毛长有五六寸。正是：

独自深山学六韬，依稀一片白皮毛。
枝头喜共猿奴戏，月下宁同狗党嚎。
冠沐已经轻楚客，拜封犹自重齐髦。
几回颠倒埋儿戏，为道胡孙醉浊醪。

李海也是没奈何，双膝跪着，口里说道："小人是南朝朱皇帝御前先锋，姓李名海，下海取宝，不幸遭风被难至此，望乞老爷救命，生死不忘。"那老猴走下座来，双手挽着李海，说道："请起，请起，你原来是南朝一个将军。李将军，实不相瞒你说，是我在这里打坐，听知你的啼哭之声，是我算你一算，虽然眼下一惊，日后有条金带之福分，且与我有些夙世姻缘，故此专命小儿接你上山来。你且权住在此，待等你的宝船取得宝来，必然在此经过，我还送你上了宝船，同回京去，岂不是好？"这个老猴话儿虽是说得好，其实像貌儿有些跷蹊，李海心上有些害怕。老猴早已知其中情，说道："李将军，你不要怕我。我在此中已经修行了有上千百余年，全是人身，你不信我，待我穿起衣服来你看着。"叫声："小的个，拿衣服来与我穿着。"只见四个小猴儿蜂拥而来，拿衫儿的递了衫儿，拿罗裙的递了罗裙，拿鬏髻的递了鬏髻，拿钗环的递了钗环，一会儿撮撮弄弄，恰好是一个妇人。正是个：

翠翘金凤绝尘埃，画就蛾眉对镜台。
携手问郎何处好？绛帷深处玉山颓！

却说老猴变成了一个妇人，又叫声：“小的个，都要穿起衣服来。”只见四个小猴儿跑出跑进，指东话西，一会儿就是四个齐整小厮。正是：

紫衣年少俊儿郎，十指纤纤玉笋长。
借问美人何所有？为言赢得内家装。

老猴是个妇人，小猴又是四个小厮，这会儿李海心事才定。老猴又且殷勤，叫声：“小的个，拿仙茶、仙酒、仙桃、仙果之类来，我与李将军压惊。”一时酒果俱到，两个对饮对酾，不觉天色已晚，老猴精就缠住李海，凤枕鸾衾，偎红倚翠。正是：

一线春风透海棠，满身香汗湿罗裳。
个中好趣惟心觉，体态惺忪意味长。
鱼水相投意味真，不交不漆自相亲。
一团春色融怀抱，谁解猴精变底人？

一个李海，一个猴精，日近日亲，情浓意密，问无不言，言无不尽。李海每日早晨睡在床上，只听得山顶上响声如雷，心上常是疑惑。这一日问着老猴说道：“你这山上可是有个雷公窖么？”老猴道：“哪里雷公有个窖之理。”李海道：“不是雷公窖，怎的三日两日，这等狠狠地响？”老猴道：“不是雷响。”李海道：“不是雷响，还是甚么响？”老猴道：“我这山上有一条千尺大蟒，他时常间下山来戏水。下山之时，鳞甲粗笨，尾巴拗挢，招动了山上的乱石，故此响声如雷。”李海道：“有这等的异事。”老猴道：“也不是甚么异事。我在这山上，住了有千几百余年，他在这山上，过了有千多年，何足为异。”李海道：“他与你无相妨碍么？”老猴道：“公修公得，婆修婆得，自是不相妨碍。”李海道：“我要看他看儿，可通得么？”老猴道：“看也通得，只要闪在洞里面，不可露出身子来。”李海谨记在心。

过了几日，山上又在雷响，李海谨守老猴的教诲，闪在洞门里偷眼瞧着，真个是好一条老蟒哩！身长百丈有余，鳞甲斗般的大，一张丧门血口，一对灯笼眼睛。李海看罢回来，问着老猴，说道：“怎么大蟒下山，面前又有一对灯笼照着？”老猴道：“不是灯笼，是两只眼睛。”李海道：“眼睛怎么这等发亮哩？”老猴道：“它项下有一颗夜明珠，珠光射目，越添其明，故此就像一对灯笼照着的。”李海心里想道：“夜明珠乃是无价之宝，若能够取得这颗珠，日后进上朝廷，也强似下西洋走一次。”又问老猴说道：“大蟒的珠，我要取它的，可通得么？”老猴听知，大笑了一声，说道：“螳臂当车，万无一济。这条大蟒身材长大，力量过人，假饶你千百个将军，近它不得；何况独自一人，如何近得它也。”李海口里答应着是，心里一边就在忖个计策。终是个南朝人物，心巧神聪，眉头一蹙，计上心来。问声道：“这大蟒几日下来戏水一次？”老猴道：“不论阴晴，三日下山一次。”李海又问道：“大蟒下山，还有几条路径？”老猴道：“它走了一千年，只是这一条路。”李海讨实了它的行藏，心中大喜，每日间自家运用，月深日久，计策坚勤，瞒着老猴，安排布置。

安排已定，布置已周，心里想道：“明日大蟒遭我手也。”又对老猴说道：“我夜来一梦甚凶，心怀疑虑。是我适来起一个数，原来这个凶梦应在大蟒身上，大蟒数合休囚了。”老猴闻之，吃了一惊，却自家掐着爪儿算他一算，说道：“咳！真个是大蟒数合尽也。李将军，你也晓得数？你既晓得，还是个甚么数哩？”李海道：“我是诸葛孔明马前神数。”老猴道：“你可曾和我起个数哩？”李海道：“也曾起个数来。”老猴道：“数上何如？”李海道：“你的数上千年不朽，万年不坏，积慈成圣，累妙成空，得了朝元正果的。”李海这几句话儿，把个老猴奉承得欢天喜地。老猴又问道：“我这四个小的，不知他日后何如？”李海道：“我也曾起个数来。”老猴道：“数上何如？”李海道：“他的数上，比你差不得几厘儿。”老猴道：“怎么只差几厘儿？”李海道：“有其父必有其子，就只好差得几厘儿。”

道犹未了，只听得山上又在响雷。老猴道："那话儿来了。"李海道："我和你去瞧一瞧来。"老猴道："不可造次。"李海道："数尽之物，畏之何为？"

两个携手而出。才出得洞门，恰好是那个终生自山而来。头先向下，不知怎么样儿，项下吃了些亏。终生性子又躁，抬起头来，尽着力气，望山下只是一溜，快便是去得快，哪晓得身子儿已是劈做了两半个。到得水次之时，三魂逐水，七魄归天。李海急忙地走近前去，把颗夜明珠即时捞在手里了。老猴见之，又惊又爱，心里想道："南朝人不是好相交的。我这如今事到头来不自由，不如做个君子成人之美罢。"猛然间把只手儿望西一指，说道："西边又有一条大蟒来也。"李海听知又有一条大蟒，吓得心神缭乱，抬起头来，望西上去瞧。老猴趁着这个空儿，就把李海的腿肚子一爪，划了一条大口子，一手抢过夜明珠来，就填在那个口子里，吐了一口唾沫，捶上了一个大拳头。及至李海回头之时，一个夜明珠好好的安在自家腿肚子里了。李海道："这是怎么说来？"老猴道："夜明珠乃是活的，须得个活血养它。你今日安在腿肚子里，一则是养活了它，二则是便于收藏，三则是免得外人争夺。"李海道："明日家去，怎么得它出来？"老猴道："割开皮肉，取它出来，献上明君，岂不享用个高官大爵？"李海闻言，心中大喜，说道："多谢指教了。"

老猴道："我且问你来。"李海道："问我甚么事？"老猴道："这个大蟒虽是合当数尽，怎么样儿身子就劈开了做两半个？"李海不敢瞒他，从直告诉他，说道："是我用了一个小计。"老猴道："还是个小计，若是大计，岂不粉骨碎尸。你且把个小计说来与我听着。"李海道："一言难尽。我和你同去看来就是。"李海携着老猴的手，照原路上打一看，原来路上埋的却都是些铁枪儿。老猴道："你这一副家伙，是哪里得来的？"李海从直说道："不是个铁枪，就是你这山上的苦竹，取将来断成数段，一根一根的削成签儿，日晒夜露，月深日久，以致如此。"老猴闻之，心里老大的有些个怕李海。李海也知其情，每事小心谨慎，毫厘不敢放肆，心里只在等待宝船转来，带他归朝。

却说宝船自从祭赛之后，风平浪静，照直望前而行。正是船头无浪，舵后生风，不觉地离了江，进了海。只见总兵官传出将令，尽将大小宝船，一切战船、座船、马船、粮船，俱要下篷落锚，一字儿摆着海口上。三宝老爷会了王尚书，会了国师，会了天师，商议已毕，站着船头上一望之时，只见：

今朝入南海，海阔不可临。
茫茫失方面，混混如凝阴。
云山相出没，天地互浮沉。
万里无涯际，云何测广深。
潮波自盈缩，安得会虚心。

时备办祭品，陈设已周，两位元帅排班行礼，中军官开读祭文。文曰：

维我大明，祥开戴玉，拓地轴以登皇；道契寝绳，掩天纮而践帝。玄云入户，纂灵瑞于丹陵；绿错升坛，荐祯图于华渚。六合照临之地，候月归琛；大舻覆载之间，占风纳赉。蠢兹遐荒绝壤，自谓负固凭深。祝禽疏三面之恩，毒虺肆九头之暴。爰命臣等，谬以散材；饬兹军容，忝专分阃。鲸舟吞沧溟之浪，鲨囊括鄯善之头。呼吸则海岳翻腾，喑哑则乾坤摇荡。横剑锋而电转，疑大火之西流；列旗影以云舒，似长虹之东下。俯儋耳而椎髻，誓洞胸而达腹。开远门揭候，坐收西极之狼封；紫薇殿受俘，重睹昆丘之虎绩。嗟尔海渎，祀典攸崇；赫兮天兵，用申诰告。

祭毕，连天三炮响，万马一齐奔。只见舟行无阻，日间看风看云，夜来观星观斗。行了几日，中军帐上有几个军士，整日家昤昤睡睡，只是要瞌。原来三宝老爷手下的小内使，也是这等昤昤睡睡要瞌。王尚书船上伏侍的军牌校尉，也是这等昤昤睡睡要瞌。传令前哨后哨、左队右队，各色军士人等，也都是这等昤昤睡睡要瞌。问及天师船上，天师船上那些道官、道童、乐舞生，也都是这等眙眙睡睡要瞌。问及国师船上，只有国师船上一个个眉舒目扬，一个个有精有神。细作的报与三宝老爷。老爷道："其中必有个缘故。"竟往碧峰寺来。

碧峰长老正在千叶莲台上打坐，只见徒孙云谷说道："元帅来拜。"国师即忙下座迎接，相见礼毕，分宾主坐下。长老道："自祭海之后，连日行船何如？"老爷道："一则朝廷洪福，二则国师法力，颇行得顺遂。只有一件来，是个好中不足。"长老道："怎么叫作个好中不足？"老爷道："船便是行得好，只是各船上的军人都要瞌睡，没精少神，却怎么处？"长老道："这个是一场大利害，事非小可哩！"老爷听知道一场大利害这句话，吓得他早有三分不快，说道："瞌睡怎么叫作个大利害？敢是个睡魔相侵么？咱有个祛倦鬼的文，将来咒他一咒何如？"长老道："只是瞌睡，打甚么紧哩！随后还有个大病来。"老爷听知还有个大病来，心下越加慌张了，说道："怎么还有个大病来？"长老道："这众人是不服水土，故此先是瞌睡病来；瞌睡不已，大病就起。"老爷道："众人上船已是许多时了，怎么到如今方才不服水土？"长老道："先前是江里，这如今是海里。自古道：'海咸河淡'，军人吃了这个咸水，故此脏腑不服，生出病来。"老爷道："既是不服水土，怎么国师船上的军人就服水土哩？"长老道："贫僧取水时，有个道理。"老爷道："求教这个道理何如？"长老道："贫僧有一挂数珠儿，取水之时，用它铺在水上，咸水自开，淡水自见，取来食用，各得其宜。"老爷道："怎么能够普济宝船就好了！"长老道："这个不难。贫僧这个数珠儿，按周天三百六十五度之数。我和你宝船下洋，共有一千五百余号。贫僧把这个数珠儿散开来，大约以四只船为率，每四只船共一颗珠儿，各教以取水之法，俟回朝之日付还贫僧。"老爷道："救人一命，胜造七级浮屠。国师阴功浩大，不尽言矣。"长老道："这是我出家人的本等，况兼又是钦差元帅严命，敢不奉承。"两家各自回船。各船军人自从得了长老的数珠儿，取水有法，食之有味，精神十倍，光彩异常，船行又顺，哪一个不替国师念一声佛，哪一个不称道国师无量功德。

却说长老正在莲台之上收神默坐，徒孙云谷报道："王老爷来拜。"

长老迎着，就问道：“有甚么事下顾贫僧？”王老爷说道：“连日宝船虽是行动，却被这海风颠荡得不稳便，怎么是好？特来请教国师。”长老道：“便是连日间飓飙不绝，宝船老大地受它亏苦。但不知三宝老爷意下何如？”王尚书道：“他在中军帐上，只是强着要走哩！”长老道：“若不害事，由他也罢。”王尚书道：“我学生连牵三日，亲眼看见日前出船来。只见：

天伐昏正中，渺渺无何路。
极岛游长川，严飙起夕雾。
海气蒸戎衣，搬金识高戍。
卷帘豁双眸，不辨山与树。
振衣行已遥，寒涛响孤鹜。
嗟哉炎海中，勒征何以故。

日昨出船来，只见：

冥冥不得意，无奈理方艨。
涛声裂山石，洪流莫敢东。
鱼龙负舟起，冯夷失故宫。
日月双蔽亏，寒雾飞蒙蒙。
谁是凌云客？布帆饱兹风。
而我愧大翼，末由乘之从。

今日出船来，又只见：

颠风来北方，傍午潮未退。
高云敛晴光，况乃日为晦。
飞廉歘纵横，涛翻六鳌背。
挂席奔浪中，辨方竟茫昧。

想像问篙师，猥以海怪对。

海渎祀典神，胡不恬波待。

学生连日所见如此，以学生之愚见，还求国师法力，止了这个飓飙，更为稳便。”长老道：“既是老总兵吩咐贫僧，贫僧自有个处置。只是相烦老总兵出下个将令，叫三百六十行中，选出那一班彩画匠来。”王尚书道：“要他何用？”长老道：“自有用他之处。”王尚书相别而去，即时传出将令，发下一班彩画匠来。众匠人见了国师，叩了头，禀了话。长老拿出一只僧鞋来，叫徒孙悬在宝船头下做个样儿，令画匠就在萍实中间，依样画了一只僧鞋在上。画匠看了僧鞋，仔细描画。只见僧鞋之中，还写得有四句诗在里面，画匠也不知其由，竟自画了。长老又令众匠人照本船式样，凡是宝船并一切杂色船只，俱在船头上画一只僧鞋。一边画鞋，一边风静；一边画鞋，一边浪息。众匠人画完了僧鞋，只见天清气朗，宝船序次前行。王尚书把这个话儿告诉三宝。三宝老爷道：“有这等通神的手段哩！”叫过匠人来问道：“那国师的鞋是甚么样的？”众画匠道：“就是平常的一只僧鞋，只是里面有四句诗写着。”老爷道：“你们可记得么？”众匠人道：“也有记得的。”原来众匠人之中，痴呆懵懂的虽多，伶俐聪明的也有，那记得的说道：“诗说：‘吾本来兹土，传法觉迷情。一花开五叶，结果自然成。’”三宝问王尚书道：“老先儿可解得这诗么？”王尚书道：“学生一时也不解其意，不如请天师来，问他怎么说。”即时请得张天师来，把这四句诗问他。天师倒也博古，说道：“这是达摩祖师东来的诗。”三宝老爷道：“可是真哩？”天师道：“怎么敢欺。”王尚书道：“既是达摩祖师的诗，一定就是达摩祖师的鞋了。”天师道：“敢是碧峰长老适才画的么？”王尚书道：“正是。”天师道：“这是达摩祖师的禅履，不消疑了。”王尚书道：“怎见得？”天师道：“达摩祖师在西天为二十八祖，入东土为初祖。自初祖至弘忍、慧能，共为六祖。经上说道：‘初祖一只履，九年冷坐无人识，五叶花开遍地香。二祖一只臂，看看三尺雪，令人毛发寒。三祖一罪身，觅之不可得，本自无瑕类。四祖一只虎，威雄镇十方，声光动寰宇。五祖一株松，不图汝景致，也要壮家风。六祖一只碓，踏破关捩子，方知有与无。’以此观之，这僧鞋却不是达摩的？”两个元帅说道：“还是天师通今博古。”天师道：“这个长老，其实是个有打点的。”道犹未了，只见蓝旗官报道：“国师将令，着各船落篷打锚，不许前进。”两个元帅，一个天师，都不解其意。未及开口，大小宝船，一切诸色船等，俱已落了篷，打了锚，照旧儿摆着。

却不知碧峰长老不放船行，前面还是甚么地面，且听下回分解。

第21回　软水洋换将硬水　吸铁岭借下天兵

诗曰：

莽莽云空远色愁，呜呜戍角上征楼。
吴宫怨思吹双管，楚客悲歌动五侯。
万里关河春草暮，一星烽火海云秋。
鸟飞天外斜阳尽，弱水无声噎不流。

却说碧峰长老传令，着前后五营四哨船只，尽行落篷下锚，不许前进。适逢得元帅、天师正在议论僧鞋之事，猛听得这个消息，两个元帅俱不解其意。只有天师说道："这莫非是软水洋来了？"三宝老爷一向担心的是这个软水洋，一说起"软水洋"三个字，就吓得他魂飞天外，魄散九霄，连声说道："来到此间，怎么是好？"王尚书道："全仗天师道力。"天师道："当原日碧峰长老见万岁爷，万岁爷问他软水洋的事，他说道：'也曾自有个过的。'事至于此，岂可自食其言。"王尚书道："相烦天师同往莲台之上走一遭何如？"天师道："但去不妨。"三位竟往莲台上去。只见云谷报知长老，长老早知其情，迎着就道："三公下顾贫僧，莫非软水洋的事么？"三宝老爷道："正是。当原日承国师亲许万岁爷，担当渡过此水，今日事在眉睫，特来相求。"长老道："不消三位费心，贫僧自有个道理。三位请回本船，姑待明日便可过去也。"三位只得回船。

天师心里道："好汉便让他做，且看他做个穿来。"

却说碧峰长老静坐莲台之上，吩咐徒弟、徒孙各自打坐去讫。待至三更时分，将色身撇下，金光一耸，离了宝船，竟撞入龙宫海藏，早已惊动了东海龙王。那个龙王看见了燃灯古佛，忙近前来，绕佛三匝，礼佛八拜，说道："不知佛爷前来，不曾远接，接待不周，望乞恕罪。"长老道："你是何神？"龙王道："弟子是东海小龙神敖广。"长老道："我今领了南朝朱皇帝驾下宝船一千五百余号，军马二十余万，前往西洋抚夷取宝。今日到了你这个软水洋，我特来问你，我的宝船怎样过去？"龙王道："宝船其实地难过哩！"长老道："怎地其实难过？"龙王道："若是佛爷爷，乃是三千古佛的班头，万代菩萨的领袖，过去何难之有？争奈你宝船上许多军马，都是凡夫，况兼宝船又甚重大，遇此软水，怎么过得？"长老道："据你所说，我的宝船就过去不成了？我这西洋也下不成了？"龙王道："恰象也有些难处。"长老道："我且问你，自盘古到如今，可也曾有人过此水么？"龙王道："盘古到今，岂无一个人曾经过得此水的！"长老道："怎么又过得？"龙王道："说起来话又有根。"长老道："是甚么根？"龙王道："当原先大唐朝，有个蜀郡成都人，姓袁，道号天罡先生，上察天文，下通地理，知道过去未来，晓得吉凶祸福，每日在十字街头卖卦营生。其日有一个秀才来占课，袁天罡起下课来，说道：'占课君子，你不是个凡人。'那秀才道：'我不是个凡人，还是甚么？'袁天罡道：'你是个水府龙神。'其神大惊，说道：'先生何以得知在下就是龙神？'袁天罡道：'不是我夸口说，我这课问无不知，知无不尽，算得天有几万丈高，算得黄河水有几百丈深。大则泄露天机，小则人间祸福，哪一件不知道？'其神说道：'你既是这等神课，你且算一算天曹该我几时行雨，行雨该有几千万点？你若算得我着，我就说你是个神仙。'袁天罡道：'空算也不见得妙，我和你赌了罢！'其神道：'赌些甚么？'袁天罡道：'我若算不着，我便不来卖卦；我若算得着，你便不要行雨。'其神道：'差池了一点也不算赢。'

袁天罡道：‘便是。’只见起下课来，袁天罡道：‘该你行雨快了。就在三日后，玉皇有旨，差你午牌时分起云，未牌时分下雨，雨有四十八万点。’其神道：‘三日后没有敕旨，才来和你讲话哩！’

“过了三日，果真玉皇传出一道旨意，着金河老龙午时起云，未时行雨，雨有四十八万点。火速毋违。原来这个占课的是金河老龙。金河老龙接了旨意，心下大惊，说道：‘袁天罡的手段这等神哩！我天曹的事故，都把他卖出铜钱来。我有个道理，雨便去行，只是少行几点，却便是我赢的。’只指望少行几点，去赢卖课的先生。哪晓得少行几点，违灭了敕旨，玉皇传令该斩，差唐太宗驾下左丞相魏徵监斩。那时节金河老龙慌了，只得反来拜求袁天罡先生。天罡道：‘你违了上帝敕旨，我是凡人，怎么见得上帝？怎么会救得你？’老龙大哭，拜伏地下，只是一个不起来。天罡道：‘你起来罢，我有一计，可以救得你的性命。’老龙闻之，即时磕了几个头，爬将起来，拱立而听。天罡道：‘我教你一个斩草寻根的法儿。明日斩你的是魏徵丞相，丞相是唐太宗爷的亲臣。你今夜三更时分前，到太宗爷寝殿托一个梦，将此情哀诉与他，烦他转达魏徵，方可救你的性命。’老龙道：‘太宗虽是天子，终是凡人，怎么止得天曹的事？’袁天罡道：‘太宗是个君，魏徵是个臣。君令臣共，何敢不听。’老龙唯唯而去。

“夜至三更，径到寝殿，托梦太宗，哀求他救命，细说苦情一番。又说是魏徵丞相的事理。原来唐太宗本是个不嗜杀人之君，就是魂梦里也会慈悲，听知老龙这一段苦情，便就说道：‘我救你一命。’老龙又哭哭啼啼说道：‘千万不要误了我的事。’太宗爷道：‘若是误了你之时，一命还你一命。’老龙又哭哭啼啼说道：‘只在明日午时三刻，挨过了这个时辰，小神就得了性命。’太宗爷道：‘知道了。’老龙拜谢而去。太宗惊醒回来，原来是南柯一梦。

“唐太宗心下吃了一惊，却又想道：‘虽是个梦里，我做天子的无戏言，只得救他性命。只是还有一件来，若是明白说了此事，又恐怕泄露天机。’猛然间心生一计，无任欢喜。早上起来设朝，百官朝罢，圣旨独留丞相魏徵同到文华殿对弈。唐太宗原是借此羁留丞相。魏徵丞相心里想道：

‘今日玉帝有旨，差我监斩金河老龙；圣上又有旨，着我文华殿对弈，两下里尽有些妨碍。’一则是不敢泄露了天机，二则是不敢违灭了当今圣上，终是阳间天子要紧，只得陪着唐王着棋。魏徵丞相着了一会儿棋，到了午牌时分，只见情思昏昏，精神困倦，不觉地伏在桌子上打一瞌睡。唐太宗心里想道：‘正好不要叫他醒来，捱过了这个午时三刻，龙王之命可救矣！’一会儿丞相醒将回来，看见太宗皇帝陪他坐着，就吓得浑身是汗，遍体生津，忙忙地俯伏金阶，奏道：‘臣该万死！臣该万死！非臣敢慢君王，故意地瞌睡，只因玉帝有旨，差臣南天门外监斩金河老龙，复旨才回，伏乞我王赦罪。’说了一个‘监斩金河老龙’，唐太宗只是口里叫屈。撇了魏徵丞相，竟转寝宫而来，闷闷得不快活。夜至三更，金河老龙直至宫里，拉住唐太宗，要他抵命。唐太宗惊惧，巴明不明，盼晓不晓。及至天亮，设聚两班文武，商议龙王索命之事。当有护国公秦叔宝、鄂国公尉迟敬德出班奏道：‘万岁爷但放心，今晚小臣二人把住宫门，看是甚么龙王敢进？’果真的到了晚上，两个国公把守宫门。龙王又来时，抬头一看，左边是个天蓬星站着，右边是个黑煞星站着，他哪里敢进。龙王没奈何，竟投阎君告下了一纸阴状。阴司拘到唐王。唐王如梦一般，竟赴阴司对理。金河老龙说道：‘你原说过了一命抵一命。’唐王没奈何，对了阎君，亲自许他削发出家，前往西天雷音宝刹，面佛求取真经，超度老龙，托生转世。唐太宗又遍游地府，只见尉迟公鞭扫六十四处烟尘，多少士卒一个个困苦阴曹，无钱使用，也都来哀告唐王。唐王无计可施，当得判官崔珏借办了东京城里相老儿寄庄的金银一库，仍许了众鬼魂，超度他一坛。唐太宗回转阳间，如梦初醒。次日早朝聚集满朝文武，当朝堂之上把个阴司地府的事情细说了一遍。即时传旨东京城里，找相老儿。寻来寻去，止寻得一个贫穷老汉，担水营生，叫相老儿。原来这个相老儿年高八十，子息俱无，恐怕身没之事无人烧化钱纸，每日食用之外，剩得几文钱，尽数儿买了金银纸马，烧化在井泉傍边。有此一段缘故，钦差校尉拿来进见太宗。太宗审实了他的情词，赏他银子，他不要银子；赏他金子，他不要金子；赏他大官，他不愿做官。唐太宗传旨，敕建一座相国寺，奉他万年的香火。至今相国寺尚存。却说唐王许下了老龙超度，果真地要削发出家，前往西天雷音古刹，面佛求经。百官上表奏道：‘天不可一日无日，国不可一日无君。既是前言要践，莫若张挂榜文，召集天下僧人，内中拣选个有德行的，代万岁取经，庶为两善。’唐太宗准奏，大张皇榜，召集天下僧人。果真的就有一个僧人，俗姓陈，金山寺长老拾得的，留养成人，法名光蕊，有德有行，竟往长安揭了皇榜，面见太宗。太宗大喜，封为御弟，赐名玄奘，带了三个徒弟：一个是齐天大圣，一个是淌来僧，一个是朱八戒。师徒们前往西天取经。当得齐天大圣将我海龙王奏过天庭，封奏掌教释伽牟尼佛。故此奉佛牒文，撤去软水，借来硬水，才能过去。这今早晚两潮，有些硬水，间或的过得此水。”长老道：“我便不用你们撤去软水，你待何如？”龙王道：“既是佛爷爷不要我们撤去软水，越加省力，小神敢不奉承。”长老别了龙王，金光一耸，早已又在宝船上来了。只见天色将明，外面已自是元帅、天师都过莲台之上来了。国师心里想道：“你们只晓得来看，哪晓得我和龙王磨了这一夜牙来。”心里这等讲，口里一边叫看茶。三宝老爷道：“不消吃茶罢，只求速些过去，就吃水也甜。”国师道：“不必催趱贫僧，你们只管传下将令，着大小船只尽行起锚，以水响为度。但听得船下水响，即忙地扯起篷来，望前径走，再无阻碍。”三位心上也不十分准信。只见将令已出，各船起锚。长老慢腾腾地走出船头上来，三位都跟将出来。长老慢慢地问声道：“各船上起的锚何如？”当有钦差校尉回报道：“各船上起锚已毕。只是船下水还不曾听见响。”长老道：“你们站开来。”歇了一会儿，方才伸出手来，又歇了一会儿，方才溜出个钵盂来。又歇了一会儿，方才口里喙出两三声来。喙了这等两三声不至紧，天有些云，海有些雾，长老拳了两只脚，驼了一个弹弓背，轻轻地走到船头下，把个钵盂舀起了这等一钵盂儿水。须臾之间，船下的水微微地有些响声，各船上一齐拽起篷来，照前便走，如履平地一般。船上还有一等不知事的，说道：“只说甚么软水洋，鹅毛也载不起，似这等重大的宝船也过了。”又有一等略知些事的，说道：“这个船行，都是我朱皇帝的洪福齐天，水神拥护如此。”这叫作是个耳闻是虚。只是三位老爷眼见的是实，眼见得国师取了一钵盂儿水，眼见得大小宝船望前而行，眼见得长老把个钵盂挂在天盘星上，那三位却才辞了长老而去。长老也曾送他，只是吩咐钦差校尉仔细照管行船，吩咐徒弟非幻、徒孙云谷，同到千叶莲台上打坐。

却说那三位同船，都有些疑虑。三宝老爷说道：“敢是个掩眼法儿。”王尚书道：“便是个法，却不是个掩眼法。”天师道：“这个法，我也猜详得他着，不过是个天将天兵虚空撮过的手段。”王尚书道：“他那一钵盂的水，是怎么？”天师道：“那是个例子。常言道：‘十法九例，无例不成法。’”三宝老爷道：“我有个处。”即时差下蓝旗官禀过了国师，明日钵盂里的水，三位老爷还要来面见发放。长老早知其意，传言回道：“俟发放之日，请同三位老爷当面过来。”长老只在莲台上运神定气，听候宝船过洋。却又这个软水洋有八百里之远，急切里走不过去，只是喜得风恬浪静，稳载而行。正是：

征西诸将坐扁舟，晚照风烟万里收。一望海天成四塞，又垂日月浸中流。波翻箫鼓龙知避，水放桃花地共浮。闻道软洋难觅路，也应稳载下西牛。

却说碧峰长老坐在千叶莲台之上，收神运气，俟候宝船过洋。且喜得连日风平浪静，扬帆鼓楫而行。行了几日，长老心里知道软水将过，吩咐徒孙云谷，传命钦差校尉，请过三位来。天师早已知道将过软水洋，会同两位元帅。三宝老爷道：“国师有请，不知甚么事因？”王尚书道：“不过是个发放钵盂的事因。”长老见了三位，便说道：“恭喜了！”三宝老爷道：“国师同喜。”长老道：“过了这个软水洋，是我和你下西洋第一个关隘。”老爷道：“多谢国师佛力。”长老道：“朝廷的洪福，贫僧何功？”道犹未了，只见钦差校尉报道：“船头之下，已是清水泛流。”长老闻知，即时起身而出，到于天盘星上，取下了那一钵盂之水，拿在手里，口儿又是这等哝了两三声。三宝老爷终是有些疯子样儿，看见长老拿了钵盂，他快着口问道：“国师，你这个钵盂里的水，敢是个例子么？”长老轻轻地说道：“阿弥陀佛！元帅在上，不要小觑了这个钵盂。这八百里软水，都在我这一个钵盂之中。”这一句话说得不大不小，莫说是两位元帅吃惊，就是天师也老大的荡了些主意。长老轻轻地又咴了两声，把个钵盂里的水放将下去，就是倒泻天河，穿沙激石。放了半日工夫，才放得干净。二位元帅见之，才害怕哩！天师却才是死心倒地，扯着长老，只是磕头。长老道：“天师请尊重！怎么行这等大礼？”天师道：“老师父佛力无边，伏乞师父指教一番。”长老道：“三位请坐下，容贫僧从直相禀。”

三位坐定。长老道：“这软水洋匹毛枝草，俱是载不起的。是贫僧出乎无奈，夜来潜入龙宫海藏之中，央唤龙王。龙王道：‘亘古至今，只是唐三藏西天取经，仗着齐天大圣，过了一遭。自后早晚两潮，有些硬水，却只容得一叶扁舟，怎么过得这等重大的宝船？果然要过去，也须是奉佛牒文，撤去软水，借来硬水，方才过得。’贫僧讨了他这一个口诀，才把钵儿舀起了软水，口儿里念动了真言，借些硬水，以此上才过得来。”天师又打了一个躬，唱了一个喏。王尚书道：“国师的钵盂挂在天盘星上，这是甚么佛法？”国师道：“八百里海水，终不然船上载得起，借着天盘星为因，其实地挂在天柱上。”三宝老爷道：“怎么这等一个钵盂，就盛得这许大的水？”长老道：“老元帅，你不记得水淹兜率宫，浪打灵霄殿的日子了？”天师道：“这就是我学生连烧了四十八道飞符的旧事。”大家反取笑了一场，这会分明取笑得有些意思。

猛然间蓝旗官报道：“前哨的战船险些儿一沉着底，喜的是回舵转篷，天风反旆，方才免了这一场沉溺之苦。”那个海路本等是险，这个报事的官却又凶，吓得三宝老爷一天忧闷，两泪双垂。王尚书道：“老元帅何事这等感伤哩？”老爷道：“咱原日挂印之时，也只图得为朝廷出力，为中国干功，倘得寸功，或者名垂不朽。哪晓得一路有这些风浪，有这些崎岖，担这些惊忧，受这些亏苦，终不然咱这一束老觔骨，肯断送在万里外障海之中！”王尚书道：“虽是路途险峻，赖有天师、国师，老元帅当自保重。”天师道：“凡事有国师在前，老元帅不必如此悲切。西来的路程，也只是这一个吸铁岭，过此俱是坦途。”三宝老爷得了这一段的劝解，歇了一会儿，问说道：“这便是吸铁岭么？”长老道：“便是。”老爷道：“这宝船是铁钉钉的，大小锚俱是铁铸的，刀枪剑戟都是铁打的，却怎么得过去？”长老道：“列位请回，过岭都在贫僧身上。”

即时送过了三位老爷，转到千叶莲台之上，写下了一道牒文，当时烧下。那道牒文，早有个值符使者奏事功曹，一直赍上灵霄宝殿玉帝位下亲投。却又有个左金童胡定教人接着，问说道：“这牒文是哪里来的？干甚么事的？”功曹道：“是南膳部洲朱皇帝驾下金碧峰下西洋，过吸铁岭，特来恳借天兵，搬运铁锚等件。”胡真人听知道“铁锚”二字，恰好又是个“买香囊吊泪，睹物伤情”。怎么叫作个“睹物伤情”？原来这个铁锚，都是他亲手自造。只见胡真人拿了这道牒文，竟自展开，奉上玉帝。玉帝看来，牒曰：

于维大明，三光协顺；暨我皇上，万国来王。帝道光华，宝箓启千年之景运；乾文璀璨，璇台符万寿之昌期。不忍国玺，陷彼西洋；爰命雄师，赫然东出。戈戟散飞蛇之电，鼓鼙掀震蛰之雷。鸣剑伊吾，扬帆海渎。胡吸铁之有岭，嗟破竹之无门。恭荐特牲，用申短牒。望彤舆而敬止，袚玉座以绥安。愿假天兵，快兹戎器。庶鲸鲵就戮，见西海之无波；果氛沴顿消，得太阳之普照。无任延结，须牒施行。

玉帝看了牒文，即时准奏，传下一道玉旨，钦差三十六天罡，统领天兵四队，往西洋大海吸铁岭下，搬运宝船上铁锚兵器等项，不得有违。

玉旨已出，谁不遵依？只见三十六天罡领了天兵四队，竟自驾起祥云，望西洋大海而来。见了古佛，领了佛旨，把些宝船上的铁锚兵器，无论大小，无论多寡，一会儿都搬到西洋海子口上去了，各自驾转云回。长老心里又想道：“铁锚兵器虽是搬运去了，这些大小船只，却都是铁钉钉的。我身上的金翅吠琉璃，也要得个好力士，才用得快捷。”好个碧峰长老，念上一声佛，佛法一时生，转身写了一个飞票，差了一个夏得海，竟投西海中龙宫海藏而去。只见西海龙王敖顺，接了佛爷爷这一个飞票，票说道：“票仰西海龙王，火速统领犀侯鳄伯一干水兽，前到宝船听候指使毋违。”

龙王领了飞票，即时点齐一干水兽，统率前来，见了佛爷爷，禀说道：“适承飞票呼召，不知有何指挥？”长老道：“敬烦列位，替我把这些船只抬过吸铁岭砂河，径往西洋海子口上。须在今夜，不得迟误鸡鸣。”龙王道：“抬便容易抬得，只是尽在今夜，似觉得限期太促了些。”长老道：“我还有你一个宝贝在这里。”龙王道：“正是，正是。若是佛爷爷拿出那个金翅吠琉璃来，照着前面后面，抬得便轻巧了。这五百里路，不消呼吸之间。”长老取出一个宝贝，交付龙王。龙王拿了这个宝贝，亲自领头。后面一干水兽抬了船只，一会子就是西洋海子口上。龙王交还了琉璃，说道：“佛爷爷，这铁砂河今日经过了，这个宝贝却有十年不生铁，却有十年走得船。”长老道：“要他千万年走船。”龙王拜辞，领着水兽而去。长老又坐在千叶莲台之上。

却说三宝老爷担惊受怕，巴不得天明，来看长老的手段。及至天已微明，船上人都嘈嘈杂杂，你也说道：“不见了锚。”我也说道：“不见了锚。”有个说道：“失了的。”有个说道：“走了的。”有个说道：“飞了的。”一会儿战船上军士起来，又啰啰唣唣，你也说道：“不见了枪。”我也说道：“不见了剑。”张也说道：“不见了戟。”李也说道：“不见了刀。”一嚷嚷到三宝老爷耳朵里来。老爷又吃了一惊，说道：“这些锚和这些军器，想都是吸铁石儿吃掉了。”飞星差人报知王爷船上。王爷早已知道了，又飞星差人报知天师。天师早已知道了，又差人报知碧峰长老。只见长老船上的锚，照旧在船头上。校尉还不曾起来，传送官回复三宝老爷道：“某船如此，某船如此。”老爷道：“快请王爷同天师来。”只见王尚书会了天师，天师也不解其意，一同见了老爷。老爷道：“同去问国师就见明白。”长老接了三位老爷，笑了一笑道：“列位都为不见了铁锚军器而来。”老爷道：“敢是吸铁石儿吃掉了？”长老道：“岂有此理！是贫僧受了元帅钧旨，费了一夜辛勤。我和你的船已自过了吸铁岭，这如今是西洋海子口上了。”老爷道：“吸铁岭有五百里之遥，如何一夜会过得？”长老把个牒文、飞票两项事，细说了一遍。三位老爷心下老大地吃惊，一齐地打躬，一齐地作揖，哪一位不钦敬。老爷又问道：“天兵搬的铁锚在哪里？”长老道：“在这西崖百步之内便是。”老爷传下将令，责令各船人夫、各船军士，前往崖上百步之内抬回锚来。这些人夫、军士跑上崖去，百步之内是有无限的锚，只是一个也抬不动。

却不知这个锚怎么样儿抬不动，又不知往后去这个锚怎么样儿抬得来，且听下回分解。

第22回　天妃宫夜助天灯　张西塘先排阵势

诗曰

将军远发凤凰城，日月回看帝座明。
岂是仙槎穷异域，将因驷牡急王城。
阳当九五飞龙出，甲拥三千跨海行。
底事岭呼为吸铁，顽贪当为圣人清。

却说各船上人夫，各船上军士，得了将令，径投西崖之上百步内抬锚。锚便是有无数的在那里，只是一个也抬不起来。即时报与元帅老爷。老爷道："这个锚抬不起来，也在国师身上。"长老道："喜得不是驴鞍儿。"叫声云谷近前来，吩咐他："取过甲马一百张，交与抬锚的，令他一个锚上贴一张甲马，抬了这一回，又将这一百张甲马，贴在那一百个锚上，抬将回来。周而复始，抬完了交付还我。"众人得了长老的甲马，一会儿尽数抬来，还了甲马。船上军人哪一个不念声碧峰老爷佛法无边，哪一个不念声碧峰老爷无量功德。王尚书道："只此一事，莫大之功。"

即时拽篷开船。长老吩咐道："目今已是西洋大海，前哨的务要小心，不得模糊，误事不便。"各船传示已毕。恰好行了这等一二日之间，只见海面宽阔，路径不明，且又是浮云蔽天，太阳不见。前面嘹哨的两眼昏花，也不知何为天，也不知何为水，也不知哪是东、哪是西，也不知哪是南、哪是北。正是：云暗不知天早晚，眼花难认路高低。前哨的传与中军，中军的禀了元帅。三宝老爷心上又慌了。王尚书道："老公公不消这等担烦担恼，纵有甚么不髂节处，还有国师担当。"道犹未了，只见乌天黑地，浪滚涛翻，正西上一阵狂风刮地而到。正是：

来无踪迹去无形，不辨渠从那处生。
费尽宝船多少力，颠南倒北乱蓬瀛。

这一阵风不至紧，把这些前后船只打开了不成队伍，连天师的船也不在帮，连国师的船也不在帮，只是两只军船还在一帮。三宝老爷就埋怨王尚书，说道："王老先儿，你只道是个国师，今番你去寻个国师来也。"尚书道："天有不测之风云，人有旦夕之祸福。怎怕得这许多哩！"两位元帅虽强在辩论，风却是狂，浪却又大，船却也有些不髂节处。三宝老爷道："怎么处哩？"王尚书道："付之天命而已！"老爷道："与其付之天命，不如拜天恳求他一番。"尚书道："这也说得有理。"二位元帅即时跪着，稽首顿首，说道："信士弟子郑某、王某，恭奉南膳部洲大明国朱皇帝钦差前往西洋，抚夷取宝，不料海洋之上风狂浪大，宝船将危，望乞天神俯垂护佑，回朝之日，永奉香灯。"祷告已毕，只见半空中划喇一声响，响声里掉下一个天神。天神手里拿着一笼红灯，明明白白听见那个天神喝道："甚么人作风哩？"又喝声道："甚么人作浪哩？"那天神却就有些妙处，喝声风，风就不见了风；喝声浪，浪就不见了浪。一会儿风平浪静，大小宝船渐渐地归帮。二位元帅又跪着说道："多谢神力扶持，再生之恩，报答不尽。伏望天神通一个名姓，待弟子等回朝之日，表奏朝廷，敕建祠宇，永受万年香火，以表弟子等区区之心。"只听得半空中那位尊神说道："吾神天妃宫主是也。奉玉帝敕旨，永护大明国宝船。汝等日间瞻视太阳所行，夜来观看红灯所在，永无疏失，福国庇民。"刚道了几句话儿，却又不见了这个红灯。须臾之间，太阳朗照，大小宝船齐来拢帮。天师、国师重聚。二位元帅叩头伸谢而起。这一节可见的朱皇帝万岁爷是个真命天子，宝船所在，百神护呵。正是：

天开景运，笃有道之曾孙；电绕神枢，受介福于王母。觥棱瑞蔼，间阖胪传；诞绍洪图，丕承骏命。至仁育物，待秋而万宝来；盛德在躬，居所而众星拱。当立网陈纪之始，为施仁发政之规。广文王有声之诗，载歌律吕；衍周公无逸之寿，虔祝华嵩。

却说行了数日，只见蓝旗官跪在中军帐下，禀道："落篷下锚。"三宝老爷只说道："又是甚么跷蹊险峻？"吃了一惊，也就不会答应。当有王公公在傍，问道："甚么事落篷下锚？"蓝旗官道："如今到了一个海口上，口上有许多的民船，岸上有一座石塔，塔下有许多的茅檐草舍，想必是个西洋国土了。故此禀过元帅爷，早早地落篷下锚罢。"老爷听知道到了西洋国土，却才放心，发放了蓝旗官，传下将令。收船之时，仍旧的前后左右四哨，仍旧的中军，即时请到王尚书、天师、国师，大家商议征进之策。尚书道："须先差人体访一番，才议征进。"天师道："老总兵之言有理。"老爷道："似此一掌之地，何用体访他？"长老道："贫僧适来问到土民了，此处只是个海口，叫作哈密西关，往来番船舣舶之所。进西南上去，有百里之遥，才是个大国。怎么不要人去探访？"老爷道："既是如此，差下五十名夜不收去访。"那五十名夜不收，钻天踏地，一会儿去，一会儿来，一齐复命。老爷道："这是个甚么国？"夜不收道："这个崖上，中间是一条小汊港儿，两岸上有百十家店房。那店房都是茅草盖的，房檐不过三尺之高，出入的低着头钻出钻入。路头上是一个石头砌的关，关门上写着'哈密西关'四个大字。从关门而入，望西南上行，还有百十余里路，却才有个城郭。是小的们走到那个城门之下，只见他叠石为城，城下开着一个门，城上是个楼，城楼上挂着一面黑葳葳的牌，牌上粉写'金莲宝象国'五个大字。是小的们要进城去，那把门的眼儿且是溜煞，就认着是远方来的，盘诘来历。小的们怕泄露军情，取罪不便，故此就跑将回来。”老爷道：“看起来这是个金莲宝象国了。”即时传令诸将：兵分水、陆二营，大张旗帜，昼则擂鼓摇旗，夜则高招挂起，朗唱更筹，务在缜密，比在南朝时倍加严谨，如违，军令施行。诸将得令，五营大都督移兵上岸，扎作一个大营，中军坐着是两位元帅，左先锋另下一营在左，右先锋另下一营在右，为犄角之势。四哨副都督仍旧在船上扎作一个水寨，分前后左右，中军坐着是国师、天师。

说两位元帅高升中军宝帐，只见：

蓝对白，黑对红，鹅黄对魏紫，绿柳对青葱。角声悲塞月，旗影卷秋风。宝剑横天外，飞枪出海中。干戈横碧落，矛盾贵重瞳。弩箭缠星舍，雕弓失塞鸿。绿巍巍荷叶擎秋露，红灼灼夭桃破故丛。一对对紫袍金带南山虎，一个个铁甲银盔北海龙。坐纛辉前，摆列着七十二层回子手；中军帐里，端坐下无天无地一元戎。

三宝老爷传下将令，说道：“哪一位将官统领上国天兵，先取金莲宝象国，建立这一阵头功？”道犹未了，帐下闪出一员大将，身长九尺，膀阔三停，黑面鬈髯，虎头环眼，威风凛凛，杀气腾腾，连声说道：“末将不才，愿领天兵，先取金莲宝象国，首报效朝廷。”元帅老爷起头看时，只见是个现任征西左先锋，挂大将军之印，姓张名计，别号西塘，定元人也。原任南京羽林左卫都指挥。他是个将门之子，世胄之家，业擅韬钤，才兼文武。三宝老爷见之，满心欢喜，说道：“兵贵精而不贵多，将在谋而不在勇。丑夷叵测，黠虏难驯，张先锋你此行务在小心，免致疏虞，有伤国体。”张计道：“元帅放心，不劳嘱咐。”三宝老爷递酒三杯，军政司点付京军五百。只见一声炮响，擂鼓三通，扯起一面行军旗号，各哨官各按各方，各竖各方旗帜，吹动了惊天声的喇叭，各军呐喊三声。正是：鼓角连天震，威风动地来。

竟奔金莲宝象国哈密西关而进。

却早有个巡关的小番叫作田田，吓得滚下关去，报与巡逻番总兵占的里。占的里正坐在牛皮帐下调遣小西飞，只见小番连声报道：“祸从天降，灾涌地来。”占的里道：“怎叫作‘祸从天降，灾涌地来’？”田田道：“小的职掌巡关，只见沿海一带有宝船千号，名将千员，大军百万，说是甚么南膳部洲大明国朱皇帝驾下，差来甚么抚夷取宝。早有一员大将，统领着一彪人马，杀进关来，逼城而近，好怕人也。”占的里也是个晓得世事的，闻着这一场的凶报，沉思了半晌，说道：“没有此理。他南朝和我西番，隔着一个软水洋八百里，又隔着一个吸铁岭五百里，饶他插翅也是难飞。”道犹未了，只见又有一个细作小番叫作区连儿，跪着报道：“是小番去打听来，打听得南来船上两个大元帅，坐着两号‘帅’字船，就是山么样儿长，就有山来样大，扯着两杆‘帅’字旗号，就有数百丈高，就有数百丈阔。一个元帅叫做个甚么三宝老爷，原是个出入禁闼，近侍龙颜，不当小可的。一个元帅叫作个甚么兵部王尚书，原是个职掌兵权，出生入死，又不是个小可的。”道犹未了，只见又有一个细作小番叫作奴文儿，忙忙地跪着报道：“是小番又去打听来，打听得南来船上还有一个道士，叫作甚么引化真人张天师。那天师虽不曾看见他的本领，只是宝船头上立着两面大长牌，左边一面写着：‘天下诸神免见’，右边一面写着：‘四海龙王免朝’。这个还不至紧，中间还有一面沉香木雕的鱼尾团牌，牌上写着一行朱砂大字，说道：‘值日神将关元帅坛前听令’。”道犹未了，又只见一个细作小番叫作海弟宁儿，忙忙地跑将来，跪着说道：“小番也去打听来，打听得南来船上还有一个和尚。那和尚头上光秃秃，项下毛簇簇，叫作个甚么金碧峰，比道士还厉害几十分哩！”占的里说道：“还厉害几十分，不过是会吃人罢！”海弟宁儿说道：“说甚么吃人的话，他有拆天补地之才，他有推山塞海之手，呼风唤雨，役鬼驱神，袖囤乾坤，怀揣日月。他前日出门之时，那南朝朱皇帝亲下龙床，拜他八拜，拜为护国国师。故此他的宝船上有三面大牌，中间牌上写着‘国师行台’，左边牌上写着‘南无阿弥陀佛’，右边牌上写着‘九天应元天尊’。”

这四递飞报，把个番总兵唬得魂离壳外，胆失胎中，说道：“无事不敢妄奏，有事不得不传。”连忙地戴了茭叶冠，披了竺花布，竟去面奏番王。只见番王听知外面总兵官奏事，即忙戴上三山金花玲珑冠，披上洁白银花手巾布，穿上玳瑁朝履，束上八宝方带，两旁列了美女三四十人，竟坐朝堂之上，宣进总兵官来。番王道：“奏事的是谁？”总兵官道：“小臣是巡逻番总兵占的里便是。”番王道：“有甚么军情？”占的里道：“小臣钦差巡逻哈密西关，只见沿海一带，平白地到了战船几千号，名将几千员，雄兵几百万，说道是南膳部洲朱皇帝驾下钦差两位大元帅，抚夷取宝。现有一员大将，领兵一支，擂破了花腔战鼓，斜拽了锦绣狼旗，声声讨战，喊杀连天。故此启奏驾前，伏乞大王定夺。”番王听奏，想了一会儿，说道：“总兵官差矣，若是南膳部洲，他和我西番相隔了八百里软水洋，五百里吸铁岭，他怎么得这些船只军马过来？”占的里奏道：“所有我国巡哨的小番，三回四转报说道，南朝船上两个元帅，本领高强，十分厉害。”番王道：“是个甚么元帅？”占的里奏道：“一个叫作甚么三宝老爷，他原是个出入禁闼，近侍君王的，不当小可。一个叫作甚么兵部王尚书，他原是个职掌兵权，出生入死，又不是个小可的。”番王道：“这也不为甚么高强，不为甚么厉害。”占的里道：“还有两个人，本领越加高强，厉害越加十倍。”番王道：“是两个甚么人？”占的里道：“一个道士，一个和尚。”番王闻知，大笑了一声，说道：“文官把笔安天下，武将持刀定太平。他既是个出家人，已超三界外，不在五行中，他有个甚么本领高强？他有个甚么十分厉害？”占的里奏道：“那个道士不是个等闲的道士，号为天师。世上只有天大，他还是天的师父，却大也不大？他宝船上有三面大长牌，左边一面写着‘天下诸神免见’，右边一面写着‘四海龙王免朝’，中间一面写着‘值日神将关元帅坛前听令’。那个和尚也不是个等闲和尚，临行之时，南朝天可汗亲下龙床，拜他八拜，拜为护国国师。这个国师有拆天补地之才，有推山塞海之手，呼风唤雨，驾雾腾云，袖囤乾坤，怀揣日月。”这一席话儿不至紧，把个番王唬得高山失脚，大海崩洲。高山失脚非为险，大海崩洲好一惊！

番王未及答应，只见守城的番官又来报道：“南朝将官吩咐手下军士，架起一个甚么湘阳大炮，准备打破城墙也。”番王愈加惊惧，计无所出。

当有左丞相孛镇龙说道:“写封降表,投降便罢。”右丞相田补龙也说道:“写封降表，投降便罢。”只有三太子补的力站在龙床之下，说道：“俺国是一十八国的班头,西方国王的领袖,终不然是这等袖手而降。就是国中百姓,也不好看哩！”番王道：“若不投降，哪里有南朝的雄兵？哪里有南朝的大将？”三太子道：“俺国的军马也不是单弱的，俺国的刺仪王父子兵也不是容易的。”番王道：“争奈刺仪王父子又在昆仑山去了。”三太子道：“俺国数不合休，刺仪王父子早晚就回也。”

道犹未了,只见传事的小番报道:“今有刺仪王姜老星忽刺领了姜尽牙、姜代牙,父子们自昆仑山回还,特来见驾。”这一个归来见驾不至紧,有分教:

晴空轰霹雳，聚几群猛虎豺狼；
平地滚风波，起无数毒龙蛇蟒。

番王听知道刺仪王父子见驾，喜不自胜，即时宣进朝来。三太子道:“俺国还是合该兴也。”番王道:“今有南膳部洲大明国朱皇帝驾下钦差两个元帅,统领战船千号,名将千员,雄兵百万,侵俺社稷。俺欲待写了降表,投降与他,却辱灭了国体。俺欲待擂鼓扬旗，与他争斗，争奈兵微将寡。卿意下何如？”三太子高声说道：“王爷差矣！君命臣死，臣不敢不死；父叫子亡，子不敢不亡。君命臣死，臣不死不忠；父叫子亡，子不亡不孝。俺这里堂堂大国，岂可轻易自损威风。”刺仪王道：“托大王的洪福，凭小臣的本事，只要大王与臣一支人马，前往哈密西关与他对阵，管教是鞭敲金镫响，人唱凯歌旋。”番王道：“内中有一个道士、一个和尚，本领高强，十分厉害。”三太子道：“父王好差，单只是长他人的志气，灭自己的威风。”

刺仪王道:“凭着小臣这一枝画杆方天戟,若不生擒了和尚,活捉了道士,若不攻上宝船，扫荡元帅，俺誓不回朝。”番王大喜，即时焚香祭天地，杀牛祭战鬼，点了番兵五千，付与刺仪王。临行时，递了三个裹篓叶的槟榔，赐了三杯咂瓮的佳酿，自送朝门之外。

好个刺仪王，领了五千番兵，一声牛角别力响，竟奔哈密西关而来。

只见南朝军马，早已扎成一个阵势在那里。南军看见番兵蜂拥而来，早有左哨千户黄全彦到于中军请令，说道：“番兵行列不齐，行走错乱，道路挤塞，言语喧哗，乘其未定而击之，此以逸待劳之计也。”张先锋说道：“不可。夷人狡诈，信义不明。中国堂堂，恃有此‘信义’二字，若复欺其不见而取之，何以使南人不复反也？”道犹未了，番兵直逼阵前，高声搦战。先锋传令回复道：“今日天晚，各自安营，明早整兵来战。”

到于明早，先下战书，两军对列于旷野之中，各成阵势。南军阵上，旌旗摆列，队伍森严。三通鼓罢，张先锋乘马而出，只见：

凤翅盔缨一撒，鱼鳞甲锁连环。镶金嵌玉带狮蛮，兽面吞头双结。大杆钢刀摇拽，龙驹战马往还。将来头骨任饥餐，一点寒心似铁。

张先锋在中，上手是左哨千户黄全彦，下手是右哨千户许以诚。两个千户押住阵脚，探子马跑出军前，请对阵主番将答话。只见番阵上门旗开处，两员番将分左右而出，各持兵器，立于两傍。次后将一对对分列在门旗影里，中央拥出一员主将。只见：

胡帽连檐带日看，扎袖貂裘挡雪寒。画杆方天戟，诈输人不识。金龙九口刀，慢说小儿曹。头大浑如斗，逢人开大口。

却说番将拥出中央，对南阵问道：“来将何人？”张先锋勒马近前，应声道：“吾乃南膳部洲大明国朱皇帝驾下，钦差抚夷取宝征西大将军左先锋西塘张计的便是。你是何人？”番将道：“俺是西牛贺洲金莲宝象国占巴的赖御前官封刺仪王姜老星忽刺的便是。”张先锋道：“我太祖高皇帝奉天承运，迅扫胡元，定鼎金陵，华夏一统，所有元顺帝白象驼玺入于西番，我们奉今万岁爷钦旨，宝船千号，名将千员，雄兵百万，二位元帅，一位天师，一位国师，远下西洋，一则安抚夷邦，二则探问玉玺，你们奉上通关牒文，献上玉玺，万事皆休。何故兴师动众，敢阻我们去路么？”

姜老星忽剌道："俺和你地分夷夏，天各一方，两不相干，焉得领兵犯我境界？你这都是生事四夷，非帝王远驭之术。岂不闻汉光武闭关谢西域乎！"张西塘道："谈甚么今，博甚么古？奉上通关牒文，献上玉玺，万事皆休。若是半声不肯，却教你受我的大杆雁翎刀一场亏苦也。"姜老星道："你休开这大口，说这大话，只说是偶然间从此经过，借几担粮食，求几担柴草，我这里便把三五担来赏你。若说甚么通关牒文，便要俺主御名签押，便是俺主降书降表一般。俺这国是西洋第一国，岂可无故投降于人？你说你的大杆雁翎刀，你还不认得俺的画杆方天戟。"张西塘道："你有画杆方天戟，你敢来和我比个手么？"姜老星道："呆者不来，来者不呆。岂怕个'比手'二字。"好番将，即时挺起画戟，直撞而来。张西塘举起雁翎刀，直奔而去。两马相交，两器并举，戟来刀去，刀往戟还，一上手就是五六十回，不分胜负。

只见南阵上鼓响三通，东南角上跑出一员大将来，全装擐甲，勒马相迎，高声叫道："番狗羯，敢如此无礼么？"抡起一张宣花铜斧，直取番将的六阳狗头。只见番阵上也跑出一个番将来，青年大胆，手舞双刀，叫声道："抢阵者何人？你岂不认得我姜二公子在这里么？"南将道："我黄全彦的眼睛大些，哪认得你甚么姜二公子！"两个人两骑马，两般武艺，抵手相交。

只见南阵上又是鼓响三通，西南角上又跑出一员大将来，全装擐甲，勒马相迎，高声叫道："番奴，敢无礼！"掣出一条丈八神枪，直取番官首级。只见番阵上又跑出一个番将来，人强马壮，手架铁鞭，叫声道："何人敢来抢阵？敢抢我姜三公子么？"南将道："你是甚么姜三公子，你且来认一认我许以诚来。"两个人两骑马，两般武艺，抵手相交。

这一阵三员南将，三个番将，混杀一场。果是一场好杀也！只见：

人人凶暴，个个粗顽。凶暴的是九里山横死强徒，粗顽的是三天门遭刑恶党。枪如急雨，刀似秋霜，刀林里猛然间风生虎啸。戟断残虹，戈横落日，戈戟中忽听得雾涌龙行。斜刺的不离喉管，竖砍的长依颈项，一冲一撞，浑如四鬼争环。这壁厢怒冲斗牛，那壁厢气满胸膛，一架一迎，俨似双龙戏宝。南阵上耀武扬威，依行逐队，单的单，对的对，居然孙子兵机。番伙里张牙弄爪，缩颈伸头，后的后，前的前，管甚么穰苴纪律。鼓声震地，炮响连天，阴阴沉沉，枉教他天空绝塞闻边雁。白日昏霾，黄云惨淡，闹闹嚷嚷，直杀得水尽孤村见夜灯。一任的乱军中没头神，催命鬼，提刀仗剑，杀人放火，江豚吹浪夜还风。两家的门旗下斜地煞，直天罡，关星步斗，吸雾吞云，石燕拂衣晴欲雨。正是：城边人倚夕阳楼，城上云凝万古愁。山色不知秦苑废，水声空傍汉宫流。

却说南阵上三员南将，番阵上三个番将，混杀了几百合，不分胜负。斜日渐西，两家子各自鸣金收阵。张先锋道：“莫说此人全没用，也有三分鬼画符。明日须则设个计策儿去拿他。”只见明日之间，两军对阵，姜老星出马。张西塘道：“为将之道，智力二字。有智斗智，有力斗力。昨日连战百十余回，量汝之力不足为也。汝既无力可施，必定有智足恃。我布下一个阵势，你可识得么？”

却不知张西塘布下的是个甚么阵势，又不知姜老星看见这个阵还认得是个甚么来回，且听下回分解。

第23回　小王良单战番将　姜老星九口飞刀

诗曰：

大将原从将种生，英雄勇略镇边城。
阵师颇牧机尤密，法授孙吴智更精。
色动风云驱虎旅，声先雷电拥天兵。
西洋一扫天山定，百万军中显姓名。

却说张西塘擂鼓摇旗，布成阵势，问声番将道："你可认得我的阵么？"姜老星道："俺夷人不认得甚么阵，全凭着画杆方天戟，杀得你血涌蓝关马不前。"张先锋道："既是如此，你敢杀进来么？"姜老星掣过方天戟，一直杀过阵来。三公子姜尽牙说道："杀过阵去，可曾预备着宝贝儿么？"姜老星一边厮杀，一边答应道："齐整，齐整！"须臾之间，南阵上皂旗一展，单摆开两声，只见黑雾障天，狂风大作，对面不见人，伸手不见掌。张先锋传下将令，活捉姜老星。姜老星左冲右突，不得脱身，却被南兵活活地捉将来了。捉了姜老星，天清气朗。姜老星把个斗大的头来摇了两摇，只见肩膊子上喀嚓一声响，响里掉出九口飞刀，一齐奔着南军的身上。这些南军看见个事势不谐，各人奔命，各自逃生，哪里又管个甚么姜老星忽刺。恰好的猫儿踏破油瓶盖，一场快活一场空。张先锋听知道走了番将，恨了几声，问众军道：“他的飞刀从何而来？”众军道：“只看见他斗大的头摆了两摆，却就肩膊子上喀嚓一声响，响里掉出这九口飞刀来，竟奔到小的们身上。”先锋道：“甚么还不曾伤人？”众军人道：“是小的们舍命而跑，跑得快些，故此不曾受他的亏苦。”张先锋道：“怪道临阵之时，他儿子说要预备宝贝，原来就是九口飞刀的宝贝。自今以后，我与他交战，只看见他头摇脖子动，许多鸟铳手、火箭手一齐奔他。他说道是个宝贝，我们偏要坏他的宝贝。”

道犹未了，只见姜老星又来讨战。张先锋勒马相迎，两军对阵，射住阵脚。张先锋道：“为人在世上，既叫作个总兵官，怎么又抱头鼠窜而走？”姜老星道：“今后只是将对将，兵对兵，枪对枪，剑对剑，再不和你打甚么阵势，你看我再走也不走？”张先锋道：“口说无凭，做出便见。”说得个番将怒从心上起，恶向胆边生，一条画杆方天戟，杀将过来。张先锋一把大杆雁翎刀，杀将过去。战到四十余合，不分胜败。姜老星心生一计，拨转马头，落坡而走，口里说道：“张先锋，我且让你这一阵罢。”放开马径跑。张先锋心里想道：“要追将下去，怕他九口飞刀；若不追将下去，又不得成功。”为人都是贪名逐利的心胜，顾不得甚么刀，竟自追将下去。这一追，好似三星月下追韩信，九里山前捉霸王。那番将听得后面马铃儿渐渐地响，料是追我者近也，把个头儿摇了一摇。喜的是张先锋眼儿溜煞，看见他的头摇，拨转马头便走。及至九口飞刀迸将出来，张先锋连人连马，不知走到了哪里，那里却又是鸟铳、火箭一齐而发。番官叹上一口气，叫一声天，竟自回去。几番讨战，几番诈败，几番飞刀，只是不奈张先锋何。却是张先锋也不及奈何得他哩。一连数日，讫无成功，张先锋道：“似此难赢，怎么下得番，取得宝？不免去见元帅，别选良将，别出奇兵，才是个道理。”张先锋回船，一面留下将令，不许诸将擅自离营厮杀，如违军令施行。

先锋才去，番将就来讨战，营里虚张旗鼓，并没有个将官出来。姜老星说道：“你们怕厮杀，不如安稳在南朝罢，却又到俺西番来寻个甚么死哩！”

他就来来往往，絮絮叨叨。营里却有一班招募的子弟兵，人人雄壮，个个英明，听不得他的琐碎，大家说道："似此番狗奴，敢说这等大话！自古道：'三拳不敌四手，四手不敌人多。'我和你拼命杀他一场。"说起一个"杀"字儿来，正叫作是出兵不由将，一拥而出。人多马众，将勇兵强，黄草坡前摇旗呐喊，把那姜老星忽剌一裹，裹在垓心里面。就是众虎攒羊，哪消个张牙露爪；飞虫触火，不过是损灭其身。倒是亏了这个姜老星，困在垓心里面，一匹马横冲四下，一杆戟混战八方。正在危急之时，只听得西南角上一彪人马杀将进来，当先一员番将口里说道："休得伤俺父亲，还有俺姜尽牙在这里。"道犹未了，东南角上一彪人马杀将进来，当先一员番将，口里说道："休得伤俺父亲，还有俺姜代牙在这里。"三员番将内外夹攻，方才救得个姜老星出去。

姜老星得了命，出了重围，放开马，望坡下只是一个跑。这些子弟兵却又不肯放他，你也指望拿了姜老星，你是头功，我也指望拿了姜老星，我是头功。哪晓得姜老星是个计就月中擒玉兔，谋成日里捉金乌。他算计着这些追俺的将次近身，就口里念动真言，宣动密咒，把个头儿略节地摇了一下，只见明晃晃九口飞刀望空而起。这些子弟兵看见九口飞刀望空而起，唬得心旌摇拽，意树昏迷。心旌摇拽随风荡，意树昏迷带雨沉。拨回马便走。一时间哪里走得这许多？及到了本营，原是十六个子弟兵赶将去，就只有七个子弟兵没伤，这九个也有砍了盔的，也有砍了甲的，也有伤了指头的，也有伤了膀子的，也有伤了耳朵的，也有伤了鼻子的，也有伤了枪杆的，也有伤了刀鞘的。这叫作是个有兴而去，没兴而回。

坐犹未定，只见姜老星又在阵前讨战，口里不干不净，就短道长。这十六个子弟兵你也说道去，我也说道去，身子儿却是你也懒丝丝，我也懒丝丝。早已激发了一个金吾前卫指挥王明，他听不过姜老星的闲言碎语，激得他就暴跳如雷。他一条枪，一匹马，竟奔阵外杀去。那姜老星嗖地来迎。两个人不通名姓，不叙闲话，只是厮杀。杀到五十合，姜老星力气不加，画戟乱戳。王明越加精神，越加细密，那一条枪像是个银龙护体，玉蟒遮身，实指望一枪戳透了番奴的肋。哪晓得姜老星不是个对头，拨马便走。王明促马相追。走的走得紧，追的追得紧；走的走得忙，追的追得忙。姜老星却又弄了一个术法，只见九口飞刀望空而起。王明不曾预备得，看见九口飞刀一齐奔他，他便勒住了马不走，只凭着这一杆枪，团团转转，就像一面藤牌。那九口飞刀，他就架一个七打八，只有末后一口刀独下得迟，他只说是飞刀尽了，不曾支持，却就吃了这一苦，把只左手伤了一下，虽不为害，终是护疼，举止不便。却说姜老星看见王明一杆枪架住了九口飞刀，吓得他魂飘天外，魄散九霄，声声说道：“南朝好将官也！饶我们通神会法，也没奈他何。”收了九口飞刀，回阵而去。

这两场厮杀不至紧，早有蓝旗官报上宝船上来。元帅说道：“故违军令，王法无私。”一时间，拿到了一班子弟并王明等，限即时枭首示众。刀尚未开，早已帐下闪出一个年小的将，跑将过来，未曾跪下，先自两眼泪抛，鹤唳猿啼，号天大哭，高叫道：“元帅老爷刀下留人！屈情上诉。”元帅道：“你是甚么人，敢在这里号啕大哭？”小将道：“小的是南京金吾前卫指挥王明之子王良。今有杀父之冤，不得不诉。”元帅道：“你父亲故违军令，理应枭首示众，何得为冤？”王良道：“将以当先为勇，军以克敌为功。方今元帅老爷提兵海外，不惮勤劳，却实指望万里封侯，立功异域。这金莲宝象国不过是一个番国，这姜老星忽剌不过是一个番将，这九口飞刀不过是一个妖术，他敢于如此倔强，阻我去路么？老元帅为九重之股肱，三军之司命，独不思悬重赏，募异材，破拘挛，殄兹凶顽，用彰天伐，而反执小令，守小信，长他人志气，灭自己威风！况且今日之功甚大，败之易，成之难；天之生才有数，杀之易，得之难。伏乞元帅天恩，赦宥诸臣死罪，容其立功异日，自赎前愆，小的不胜战栗待命之至。”三宝老爷道：“赏罚是公事，救父是私情。你话儿虽说得好，也难道以私害公？”王良道：“缇萦一女子且能上书，没身救父，况兼小的是个男儿，略通武艺，岂可坐视父兄之死而不救乎！小的情愿单枪出马，生擒番将，报父之仇，赎父之罪，伏乞元帅天恩。”三宝老爷道：“将功赎罪的话儿还说得通。”即时传下将令，违令将官免死，应袭王良出马立功。王良即时披挂，绰枪上马，你看他：

生长将门有种，孙吴妙算胸藏。青年武艺实高强，寇贼闻风胆丧。上阵能骑劣马，冲锋惯用长枪。千军万马怎拦当，梓潼帝君模样。

好个王良，浑身披挂，绰枪上马，竟奔前来。怒目圆睁，咬牙切齿，大喝一声："番将何在？"姜老星早已画戟相迎，说道："小将军是哪里来的？愿通姓名。"王良喝一声道："哇！番狗奴，你岂不认得我是南朝总兵大元帅麾下都指挥王明长公子应袭王良？"姜老星道："就说是王良便罢，说了这许多根脚怎的？"王良骂道："我和你南山之竹，节节是仇；东海之涛，声声是恨！为你这个番狗奴，险些儿丧了我父亲一命。"道犹未了，掣出那一杆嵌银枪，直取姜老星首级。好个姜老星，看见他的枪来，即时举起那杆方天戟，架住了他的枪。王良道："番狗奴，这一枪是你输了。"番官道："未曾举手交锋，怎见得是俺输？"王良道："你既不输，为何双手架住？"姜老星道："不是俺双手架住，适来看见你年方一十四五岁，口上乳腥尚臭，顶上胎发犹存，我欲待杀了你这个小畜生，肉不中吃，血不中饮。昨日汝父尚然受我一亏，量汝何足道哉！饶汝性命回去，报与总兵官知道，叫他早早退下宝船，招回人马，万事皆休。若说半个不字，俺即时攻上船来，把你这些大小官军，俱为刀下之鬼。"王应袭大怒，喝声道："哇！你这番狗奴，焉敢小觑于我。"掣过嵌银枪来，照着番官便戳。番官说道："俺本待将心托明月，谁知明月照沟渠。俺道昨日既伤其父，不可今日又伤其子，谁想你这个小冤家反要来讨死。"连忙地举起画戟，劈面相迎。两军摇旗擂鼓，呐喊连天，真好一场大杀也。你看他：

响咚咚阵皮鼓打，血淋淋旗磨朱砂。槟榔马上要活拿，就把人参半夏。暗里防风鬼箭，乌头桔梗飞抓。直杀得他父子染黄沙，只为地黄天子驾。

姜老星看见王良年纪虽小，枪法甚精，心里想道："除非是旧对子，才得这个小冤家下场。"即时拨转马头，诈败下阵而去。王良早已知其情，大喝一声道："哇！番狗奴，你今日却输阵与我了。"番官道："权且让你这一头功。”番官一边走马，一边转头，实指望王良赶他下去，中他九口飞刀。王良只是一个不赶，哪怕他飞刀飞不到他身上来。明日又战，番官又诈败，王良又是不赶。

如此者一连两三日，王良心里想道：“这番狗只是会飞刀，我若不卖一擨与他看着，他不晓得我的本领高强。”明日两军对敌，番官又诈败而走。王良高声叫道：“番狗奴，你这个诱敌之法，瞒不过我了。我哪怕你甚么飞刀，你且站着飞来我看。”番官即时勒转马来，说道：“你既不是怕飞刀，怎么不敢赶俺？”王良道：“赶你便中你之计，觉得我愚；不怕飞刀，是我的本领，见得我好。”番官道：“我飞来与你看着。”王良道：“你且飞来。”番官口里念动真言，宣动密咒，把个斗大的头来摇了两摇，只见九口飞刀望空而起，第四口竟奔到王良身上来。好王良，哪放个飞刀在心上，本是他的眼睛儿快，本领儿高，照着那口刀一枪撇去，一撇撇在二十五里之外，复手来一枪，就在番官身上。番官慌忙地收了刀，画戟相迎。一往一来，一冲一撞。

两个人正在酣战，不分胜负，只听得东南角上鼓声震地，喊杀连天。番官起头一望，早已是南朝一员大将来也：

自小精通武略，从来惯习兵书。状元御笔我先除，赫赫名传紫署。
丈八长枪谁抵？穿杨箭发无虚。降龙伏虎有神图，海外立功报主。

姜老星看见南朝添了一员大将，他情知好汉不敌两手，丢下了王良，拨转马便走。来将高声叫道：“好番将，你这一走，或百步而后止，或五十步而后止。”番将听知是个说书的，心上略安稳些，勒住马回头一看，只见门旗影里，军仗森严，四盖八麾，双旌坐纛，中间有一面牙旗，牙旗上写着一行大字，说道：“征西后营大都督武状元唐英。”番官心里想起：“既是个武状元，此人必定文武兼资，超群出众的豪杰，今番不可轻敌也。”再又勒住马看上一回，只见旌旗闪闪，中央坐着武状元：

戴一顶三叉四缝五瓣六楞，护胸遮头，拦枪抵箭，水磨凤翅烂银盔。披一领老君炉烧炼成的欺寒冰，餐瑞雪，九吞头，十八扎，柳叶砌成金锁甲。衬一件巧女妆，绣女描，前后獬豸，销金补子，左鸾右凤，双朝日月，剪绒碎锦紫襕袍。系一件茜珠英，攒八宝，嵌珍珠，拖玛瑙，纽扣纽门，倒搭银钩，玲珑剔透喷花带。悬两面照耀乾坤，光辉日月，走妖魔，亲凤侣，左吞头，右吞口，掩心前后镜青铜。围一条满天红，双折摆，左走兽，右飞禽，霜敲玉兔，电闪蟾蜍，两幅战裙双凤舞。左手下，带一张梢不长，靶不短，控金钩，填玉碗，上阵长推九个满，通梢挺直宝雕弓。插几枝剜人心，摘人胆，捻一捻，转千转，射去长行一里半，水银灌杆攒竹箭。右手下，带一根逢人伤，逢虎伤，老伤亡，少伤亡，水磨竹节嵌铜鞭。挎一口嵌七星，鲨鱼鞘，砍杀龙，砍杀虎，吹毛利刃丧门剑。正叫作十年前是一书生，仗钺登坛领重兵。葱岭射雕双碛暗，交河牧马阵云明。羽书火速连边塞，露布星驰入汉城。挂印封侯今日事，十年前是一书生。

番官见之，已自有了三分惧怕，高声叫道："来将何人？愿留名姓。"来将道："吾乃南膳部洲大明国朱皇帝驾下钦差，抚夷取宝征西后营大都督武状元浪子唐英。"姜老星忽刺心里想道："此人面如傅粉，唇似抹朱，清清秀秀的人品，却又打着武官的旗号，又说是武官的出身，莫非是个说客？待俺探他一探儿，看是怎么。"思想已定，却才开口问道："你既是个武状元，来此有何话说？"唐状元道："你是何人？"番官道："俺是西牛贺洲金莲宝象国占巴的赖御前官封刺仪王姜老星忽刺的便是。"唐状元道："你既是个刺仪王，是个天王之称，位居极品，岂不知机？"姜老星道："知彼知己，百战百胜，俺岂不知机？"唐状元道："我天兵西下经过你这小邦，我又不是占你的城池，我又不是灭你的社稷，不过是要你一张通关牒文，问你可有传国玉玺。如有玉玺，献将出来；如无玉玺，你便写下一张降表，亲到宝船见我元帅，我兵再往他国，别作道理。你焉敢执拗抗违，卖弄小术，连日统领兵卒，糜烂小民。你既知机，岂不知以小事大者，畏天者也，畏天者保其国。我这宝船上谋臣如雨，猛将如云，歼你这个小将，如折柳穿鱼；

灭你这个小国，如泰山压卵。只是你他日噬脐，悔之晚矣。你与我作速地退兵进城，送上通关牒文来，还不失知机之智。”姜老星听知这一席话儿，心里想道：“此人果是个说客。虽是一篇夸诞之词，其实的却有几分道理。但有一件事在中间不当稳便，当原日俺在国王面前夸口说道，要生擒和尚，活捉道士，今日岂可遇着这等一个说客，却自轻易回兵？莫若还与他交战一场，再作区处。”思想已定，喝声道：“你既是个状元，怎么把这个虚词来谎我？我不知机，只晓得厮杀。”道犹未了，一枝画杆方天戟早已刺到唐状元跟前。唐状元举枪架住，骂道：“你这狗番，我说你是个知彼知己的，原来是一个草木匹夫。我唐状元岂是个怕你的？若不生擒这贼，誓不回兵。”好一个唐状元，掣过那一条血滚银枪：

左五五右六六，上三下四相遮。扬前抵后没分差，雪片梨花雨打。武艺九边首选，文章四海名夸。孙吴伊吕属吾家，枪法岂在人下。

姜老星看见唐状元这一杆枪，就是泰山一般相似，心里想道：“此人枪法甚精，只在俺上，不在俺下，果是南朝一员名将也。”不敢怠慢，把个画杆方天戟越加用心，一来一往，一架一拦，大战百十余回，不分胜负。唐状元心里想道：“人不可貌相，水不可斗量。这番狗奴也有三分鬼画符，不免用个奇计胜他。”眉头一蹙，计上心来。正在大战之时，把根滚银枪虚晃了一晃，放开马下阵而跑。番官看见唐状元败阵下去，心里想道：“此人诈败而去，若是赶他，不免中他诡计；我若是不赶他，我便怯阵，不见得我的本领高强。还有一件，饶他诡计，不过是个回马枪、回马箭，在意提防他便是。”好番官，放心大胆赶下阵来。唐状元看见番官赶下阵来，心中暗喜，撇下了带血滚银枪，取过那一张通梢挺直宝雕弓，搭上那一枝水银灌杆攒竹箭。正是弓如满月，箭似流星，咯嚓一声响，早已射中了番将的心窝儿里面。好番将，卖弄他的手段，把马望左夹一夹，左手就绰住了这支箭。唐状元的箭是个百发百中的，他曾在金钱眼里翻筋斗，也曾把半风道士穿胸走，也曾把百步垂杨开大口，也曾把红心队里阴阳剖，何愁有个不中的。方才放马过来，欲待枭了番官的首级，只见番官把那一支箭捻着在手里看哩，唐英大惊失色，心里想道："岂有我的箭绰在他手里之理？"连忙地取下第二支箭，只听着声响，早已射将过来。番官把个马往右夹一夹，右手又绰住了这一支箭。唐状元大怒，说道："好番奴，敢两手绰住了我两支箭。"喝一声"看箭"，早已锁喉一箭飞来。原来这个番官又巧显他一个手段，卖弄他一个聪明，也不用左手，也不用右手，尽着那个斗大的头，张开那个狮子口，一口就绰住了那一支箭。这一支箭射成一个麋鹿衔花的故事，把个唐状元见之，又恼又好笑。

却说那个番官绰了三支箭，拿在手里，轻轻地拗做六枝。唐英见之，越加大怒，骂说道："番贱奴！敢折我宝贝。不斩此贼，誓不回船。"捻过枪来，直取番官首级。番官挺戟相迎，两家又战了三四十合，不分胜负。番官却又来费手，把个戟虚晃了一晃，竟败阵而走。唐状元心里想道："这番奴诈败假输，奉承我九口飞刀的术法，这吕太后的筵席好狠哩！只一件来，我不赶他下去，我反不如他了。"好个唐状元，放开马赶他下去。姜老星看见唐状元赶下来，心中暗算，连忙地口里念动真言，讽动密语，把个头儿摇了一摇，那九口飞刀望空而起。唐状元正然追下阵来，只听得半空中呼呼呼地响，料应是九口飞刀下来，即时取弓在手，搭箭当弦。却好的就是第一口刀，他照着那口刀，砰的一响，射落在地。番官看见唐状元射落了他的飞刀，心里想道："我这飞刀自祖宗以来，传流了七八十代，并没有个脱白的，今番却不济事了。连日之间，不曾伤得南朝一个将官。昨日被那小将军打了一枪，今日又被这状元射了一箭，你这飞刀虽有若无了。正是夷狄之有刀，不如诸夏之无也。"眉头一蹙，恨上心来。正待把戟分开，哪晓得唐状元猛空一箭。好番官，急忙里闪个空，高声叫道："似此暗箭伤人，不为高手。"唐状元道："就凭你说个高手来。"番官道："堂堂之阵，正正之旗，这才是个高手。"唐状元道："悉凭你说来便是。"番官道："若依俺说来，两家对面相迎，约去百步之远，勒住马，拽满弓，一递三箭。"唐状元道："就是对面相迎，就是百步之远，就勒住马，就拽满弓，你就射我三箭起。"番官道："还不是这等射。"唐英道："你还要怎么射哩？”番官道：“一不许枪拨，二不许刀拦，三不许剑遮，四不许弓打。正是生铁补锅，看各人的手段。”唐状元道：“你若是输了之时，却不要反悔。”番官道：“大丈夫一言既出，驷马难追。岂有反悔之理。”唐状元道：“我做个靶子，你射来。”番官道：“就俺做个靶子，你射来。”

这一番对面比射，却不知谁先谁后，又不知谁胜谁输，且听下回分解。

第24回　唐状元射杀老星　姜金定囤淹四将

诗曰：

君子雍容揖逊行，射将观德便多争。
一枝贯虱诸人羡，百步穿杨众口称。
后羿仰天乌殒落，薛仁交阵马飞腾。
边城今见胡尘静，多感将军手段精。

却说一个唐状元，一个姜老星，两家对阵，取弓在手，搭箭当弦。唐英道：“我做个靶子，你射来。”番将道：“俺做个靶子，你射来。”唐状元道：“恭敬不如从命，恕僭了。”取弓搭箭，对着番官哱鏧一箭过去。番官把个左眼瞪了一瞪，那支箭望左边地下去了。唐英道：“好跷蹊，我的箭焉得偏左？”急忙地射过第二箭去。那番官把个右眼眨了一眨，那支箭右边地下去了。唐状元道：“好古怪，怎么我的箭会偏右？”第三箭看得清，去得轻，多管是结果了番官也。哪晓得番官把两只眼齐瞪了一瞪，那支箭儿竟望马前地下去了。唐英心里想道：“这冤家不是头了。”眉头一蹙，计上心来。只见番官道：“今番该俺射你了。”唐英道：“且慢。”番官道：“你射了俺三箭，应该俺射你三箭，怎么说道且慢？”唐英道：

“我南朝人不进军门便罢，若进了军门，从三岁五岁就学个复箭法。”番官道：“怎么叫作个复箭法？”唐英道：“是你方才眼瞪左，箭落左；眼瞪右，箭落右；眼双瞪，箭落马前。这却不是个复箭之法？”番官道：“原来你也晓得些。”唐英道：“此等何足为奇。”番官道：“还有甚么奇的？”唐英道：“我南朝还有三支箭，莫说是你眼不曾见，就是你耳也不曾闻。”番官道：“好胡诌哩！有个甚么三支箭，眼不曾见，耳不曾闻？”唐英道：“我南朝这三箭，非是我夸口所说，头一箭射天，就射得天叫；第二箭射山，就射得山崩；第三箭射石头，就射得石头粉烂。”番官听知，大笑了一声，说道：“好胡诌！自古到今，哪里有个天会射得叫哩？”唐英道：“口说无凭，做出来便见。”番官道：“既是做出来便见，俺也不要你射山，俺也不要你射石头，你只把个天射得叫来与俺听着。若是射得天叫，俺即时下马投降，举国降书降表，送上宝船，不费你丝毫之力。若是射不得天叫，你却下马投降于我。军中却无戏言。”唐英道：“你不要走，待我射来与你看看。”番将道：“怎么我走？正要看你射天。只怕你射天天不叫，教你入地地无门。”原来军伍中随身有三绷箭，第一绷是狼牙枣子箭，第二绷是一寸二分阔的铲马箭，第三绷是响扑头箭。唐状元心聪计巧，叫一声：“我射的天叫，你看来。”此时正是西南风，他却把马勒在东北上，望空着力一射。扑头箭原是响的，迎着风越加声响，只听得半空中呼呼地好响哩。那姜老星到底是个番国里的人，有三分稚气，听得声响，只说真个射得天叫，抬起头来瞧着上面。哪晓得唐状元闹中夺趣，暗里偷情，急忙地取出第二绷一寸二分阔的铲马箭，照着番官锁喉一箭，把个斗大的头就是切葫芦的样子，一铲铲将下去。唐状元绰了这个番头，鞭敲金镫响，人唱凯歌还。早已有个蓝旗官报与宝船上总兵官知道。唐状元算下西洋第一功，喜酒彩旗，金花色缎，南船上欢声动地。却可怜小西番报上番王说道：“祸事临门，一来不小。”番王唬得魂不附体，问道：“怎么祸来不小？”小番道：“刺仪王出马，却被南朝一个甚么唐状元砍了头去，五千名番兵尽为齑粉。”左丞相孛镇龙笑了一笑，说道：“砍了姜老星，今番又多个大头鬼了。”番王道：“好丞相，国事通不知，只晓得鬼打钹。俺如今江山不稳，社稷不牢，早知有此灾祸，当初只是写一道降书降表，万事皆休。”却又是三太子在傍说道：“胜败兵家之常。伯王百战百胜，一败而失天下；汉王百战百败，一胜而得天下。岂可以此小挫，顿失大事？伏乞父王宽解。”番王道：“既如此，作急传下旨意，责令各总兵官，谁领兵前去与朕分忧？”道犹未了，只见班部中闪出一位青年小将，年方二十，约长八尺，眼横秋水，头戴金盔，身着皂袍，腰垂玉带，啼啼哭哭，跪伏金阶奏道：“俺王在上，末将不才，愿领一支番兵，前退南朝人马，活捉唐英，碎尸万段，以报父仇。”番王起头看来，乃姜老星忽剌二公子姜尽牙。番王素知他父子们本领高强，心中大喜，递酒三杯，少壮行色。临行又叮嘱道：“南人文武全才，智勇双备，你务必小心。”姜尽牙道：“不斩南将，誓不回朝。”

即时点齐军马，奔出关来，黄草坡前摆开阵势，高叫道：“你们巡船小校，探事儿郎，早早报与总兵官知道，教那甚么唐状元出来受死。”唐英知道，一马一枪，离船相敌。姜尽牙道：“来将何人？通名与俺。”唐英道：“你岂不知我唐状元的大名，如雷贯耳。你这黄口稚子，从何而来？”番将道：“俺是姜总兵二公子姜尽牙的便是。甘罗十二为丞相，岂不是稚子乎？”唐英道：“稚子乳臭，来此何干？”姜尽牙道：“杀父之仇，不得不报。”声犹未绝，一张金湛斧飞来，直奔唐英。好唐状元，掣枪急架，两下交锋三十余合，不分胜负，番将心生毒计，把个金湛斧晃了一晃，败阵而去。唐英仗了破竹之威，哪里把这个小伙儿放在心上，撇开马竟追下去。姜尽牙看见唐英追他下阵，心中暗喜，连忙地褪了头上金盔，抖乱了青丝细发，念动真言，宣动密语，喝声道：“疾风不到，等待何时！”只见西南上狂风大作，四面八方飞砂走石，乱打将来。起初只有石子儿大，次后就有鸡卵般粗，就把个唐状元披头散发，甲卸盔歪，竟投宝船而去。

坐犹未稳，小番将又来讨战。中军帐传出将令：“谁领兵出战？”只见班部中闪出一员大将，原来是征西副将军右先锋刘荫，挎刀上马；只见班部中又闪出一员大将，原来是征西中营大都督王堂，绰枪上马：

两员将将似金刚，两顶盔盔攒凤翅，两领甲甲挂龙鳞，两件袍袍腥血染，两条带带束玲珑，两张弓弓弯秋月，两绷箭箭插流星，两匹马翻江搅海，两般兵器取命摄魂。

那番将须则是小小的年纪，仗了些妖兵，倚着些邪术，哪怕甚么南朝的将军。正叫是初生兔儿不识虎。看见两个将官下来，他便举斧相迎，口里说道：“适来唐状元且大败而去，何惧于汝乎！”刘荫道：“这等一个小番，胡敢放开这大口，敢说这大话？”王堂道：“秤锤虽小压千斤，我和你也要提防他些。”刘荫道：“甚么提防？只是蛮杀他下去。”那一个小番胡，怎么当得这两个大将，一上手就是走。二将赶下去，他便褪下了金箍，抖散了头发，念动真言，讽动密咒，喝声“风”，就是风，果然的就是飞砂走石，劈面抓头。

却说这两个将军又比唐状元不同，偏不怕风，偏不怕砂灰，偏不怕石子儿，迎着风，顶着砂灰、石子儿，只是一个杀，把个姜尽牙直杀得没有个存身之地，只得望前而走。走了这等一会儿，风清气朗，两员大将却又一并砍杀将去。姜尽牙杀慌了，却又褪下金箍，抖散头发，念动真言，宣动密咒，喝声“风”，又是一阵风，飞砂走石，劈面抓头。这两个将军又迎着风，又顶着砂灰、石子儿厮杀，杀得个姜尽牙没有存身之地，又只得望前而走。三回四转，杀的杀得转精转神，只是金箍褪得烦琐了，头发抖得烦琐了，咒语念得烦琐了，神通都不灵验，口嘴都不准信。姜尽牙慌了，落草而走。

这两位将军尽力赶将前去，看看地赶上，约有一跃之地，王堂伸长了手，狠着还他一枪，实指望结果了小番胡。哪晓得斜刺里又有一个小番胡横刀跃马而出，举刀架住长枪，王堂道：“来者何人？”小番道：“俺乃姜总兵三公子姜代牙的便是。你南朝人好心歹哩！前日既伤俺父，今日又欲伤俺兄，这冤家不可结尽罢！”王堂道：“顺天者存，逆天者亡。我天兵西下，你何敢谋动干戈，挡吾去路！这是自作孽，不可活。”刘荫道：“哪听他的胡言，我和你只晓得杀。”一枪一刀，这个姜代牙也不挡手，连战了两回，拨转马便走。赶上去一枪，姜代牙把个旗儿望左闪，一枪戳一个空。

赶上去一刀，姜代牙把个旗儿望右闪，一刀砍一个空。刘荫道：“小番奴，你既是这等会撮空，你站着不走，我就说你是个好汉。”姜代牙道：“站着不走，有何难处！俺便站着，看你何如俺哩！”好个姜代牙，即时站着。刘荫对面站着偏左，王堂对面站着偏右，站成一个品字的模样，王堂先试一枪，姜代牙旗儿左闪，一枪戳一个空。刘荫再砍一刀，姜代牙旗儿右闪，一刀砍一个空。一枪空，百枪空；一刀空，百刀空。姜代牙心里想道：“似俺有如此撮空之法，哪怕他南朝雄兵百万，战将千员，其奈我何！”哪晓得螳螂捕蝉，黄雀在后。猛空里一个黑面阎罗王举起一把狼牙棒，照着顶阳骨上喀一声响，早已打得个脑盖天灵俱粉碎。福无双至，祸不单行。姜尽牙又在面前褪箍念咒，他跑着念就好，却又是站着念，早被这个黑面阎罗王举起那根狼牙棒，照着鼻梁骨上喀一声响，早已打得个乌珠凹骨尽分开。原来这个黑面阎罗王现任征西前哨副都督，姓张名柏，按上方黑煞神临凡。九尺之躯，千斤之力，面如涂漆，声若巨雷，铁作幞头，朱红抹额，乌牛角带，深皂罗袍。手中使的狼牙棒，本是铁梨木做的杆子，周围有八十四根狼牙钉，故此叫作狼牙棒，就有八十四斤多重。他正在勒马巡河，闻说番将费嘴，故此怒发雷霆，前来助阵，一棒一个，打发了两个番官过作。刘荫、王堂称羡不尽，一齐金镫响，都唱凯歌归。

却说小西番又报上番王说道：“祸事又来了，祸事又来了！”番王又吃了一惊，说道：“甚么祸事又来了？”小番道：“所有姜二公子姜尽牙、姜三公子姜代牙，却被南朝带来的黑面阎罗王一捶一个，俱已捶成肉泥了。”番王道：“好闷死人也。若是早写降书降表，怎至于此。”正是：闷似湘江水，涓涓不断流。番王叫声：“三太子在哪里？”三太子应声道：“有！”番王道：“今朝祸事临门，你与俺去解着。”三太子道：“为臣死忠，为子死孝。做孩儿的便行，何惧之有！”一边装束，一边上马。

只见一个小女子浑身挂孝，两泪如麻，跪着三太子的马前，奏道：“不劳太子大驾亲征，婢妾不才，情愿领兵出阵，上报国家大恩，下报父兄之仇。”番王道：“你是个甚么人？”女子道：“婢妾是刺仪王姜老星忽剌之女，二公子姜尽牙、三公子姜代牙之妹，叫作姜金定是也。妾父兄俱丧于南将之手，誓不共戴天，望乞我王怜察。”番王道：“你是个女子之身，三把梳头，两截穿衣，怎么会抡枪舞剑，上阵杀人？”姜金定说道：“木兰女代父征西，岂不是个女子？妾自幼跟随父兄，身亲戎马，武艺熟娴，韬略尽晓。更遇神师传授，通天达地，出幽入冥。”番王道：“也自要小心些。”姜金定道：“若不生擒僧人，活捉道士，若不拿住唐英、张柏，火烧宝船，誓不回朝。”即时领兵前去搦战。

早已有个蓝旗官报上宝船，说道：“西洋一夷女声声讨战，不提别人，坐名武状元唐英、前哨里张柏出马，定夺输赢。”三宝老爷听知夷女讨战，笑了一笑，说道：“这个番王是个朽木不可雕也。”王尚书道：“怎见得是个朽木不可雕也？”三宝老爷道：“有妇人焉，朽人而已。”尚书道：“倒不要取笑。只一个女子敢口口声声要战我南朝两员名将，也未可轻觑于他。”传下将令：“谁领兵战退西洋夷女。”道犹未了，班部中一连闪出四员大将来：第一名武状元唐英，第二名正千户张柏，第三名右先锋刘荫，第四名应袭王良。三宝老爷道：“割鸡焉用牛刀，一个女人哪里用得这四员名将？”王爷道：“他既坐名要此唐、张二将，只着此二将出马便罢。”军令已出，谁敢再违？唐状元单枪出马，远远望见门旗开处，端坐着一员女将：

面如满月，貌似莲花，身材洁白修长，语言清冷明朗。举动时威风出众，号令处法度森严。密拴细甲，岂同绣袄罗襦；紧带銮刀，不比金貂玉佩。上阵柳眉倒竖，交锋星眼圆睁。惯骑战马，凤头鞋宝镫斜登；善使钢刀，乌云髻金簪束定。包藏斩将搴旗志，撇下朝云暮雨情。

果好一员女将也。他看见南朝大将勒马而来，便问道：“来将留名！”唐英道：“你岂不闻我唐状元的大名，如雷贯耳？你这女将还是何人？”姜金定道：“吾乃姜总兵之女姜金定是也。”唐状元高声骂道：“你这泼贱婢，焉敢阵前指名厮战！”捻一捻手中枪，飞过去，直取姜金定。只见姜金定柳眉直竖，凤眼圆睁，斜撇着樱桃小口，恨一声说道：“杀父之仇，不共戴天。杀兄之仇，不共日月。我怎么与你甘休！”掣过那日月双刀，摆了一摆，竟奔唐状元身上而去。两家大杀一场，有一篇《花赋》为证：

山花子野露蔷薇，一丈莲蛾眉锦绉。玉簪金盏肯甘休，劈破粉团别走。水仙花旗展千番，凤仙花马前赌斗。只杀得地堂萱草隔江愁，金菊空房独守。

两家大战多时，不分胜负。姜金定要报父兄之仇，心生巧计，把个双刀空地里一撇，败阵而走。唐英喝道："好贱婢，哪里走！"把马一夹，追下阵去。那女将见唐英追下阵去，按住了双刀，怀袖取出一尺二寸长的黄旗来，望着地上一索，勒马在黄旗之下转了三转，竟往西走了。唐英笑了一笑道："此为惑军之计。偏你转得，我就转不得？"勒住马，也望着黄旗转了三转。转了三转不至紧，就把个唐状元捆缚得定定的：带马往东，东边是一座尖削的高山阻住；带马往南，南边是一座陡绝的悬崖阻住；带马往西，西边是一座突兀的层岚阻住；带马往北，北边是一座崄巇的峭壁阻住。四面八方，俱无去路。唐英心里想道："这桩事好古怪！怎么一行交战，一行撞到山窖里来了？这决是些妖邪术法。不免取过降魔伏鬼的鞭来赏他一鞭，看是何如。"却就尽着力奉承他一鞭。只见忽喇一声响，响里面有斗大的青石头掉将下来。唐英道："似此青石头，真个是山了。我总兵官又不知我在这里受窘。"正叫是里无粮草，外无救兵。心中惊惧，没奈何又是一鞭。

却说姜金定在于云头之上，看见这个唐英左一鞭，右一鞭，说道："似这等打坏了我的山，怎么好还我的祖师老爷去？"连忙讽动真言，宣动密咒，只见唐英一鞭打将去，那石头的线缝里面都爆出火来。唐英大惊，心里想道："四面俱是高山，又无出路，倘或烧将起来，倒不是个藤甲军的故事？"

这唐英吃惊还不至紧，早有蓝旗官报上宝船来，说道："武状元唐英与夷女姜金定交战多时，姜金定败阵，唐英赶下阵去，只见热烘烘一股黄气升空，唐状元不知下落。"此时姜金定呐喊摇旗，又来讨战。三宝老爷道："有此异事！刀便刀劈了，枪便枪刺了，捉便活捉了，怎么一个人不知下落？此必是个妖邪术法。快差哪员将官出阵，擒此妖妇，救取唐状元。"

道犹未了，班部中闪出狼牙棒张柏来，提棒出马，誓擒妖妇，救取唐状元。姜金定看见宝船上另是一员将官出来，即时勒马迎敌，问道：“来将留名！”张千户哪有个心肠和他通名道姓，只是一片狼牙钉凿翻他。姜金定一则是力气不加，二则是武艺不高，三则是要佯输诈败，好弄邪法，故此荡不得手。你看狼牙棒张千户大展神威，有一篇《花赋》为证：

一丈葱晒红日，十样锦剪春罗。金梅银杏奈他何，凤尾鸡冠笑我。红芍药红灼灼，佛见笑笑呵呵。菖蒲虎刺念弥陀，夜落金钱散伙。

只一交马，姜金定便自败阵而走。张柏自料双臂有千斤之力，坐下马有千里之能，这一根狼牙棒有百斤之重，假饶他强兵猛将，也须让我三分，何况一女子乎！实指望赶他下去，一狼牙棒结束了他的终生。哪晓得这一个妖妇袖儿里取出一杆一尺二寸长的白旗来，望地上一索，勒马在白旗之下转了三转，望北而去。张柏大骂道：“泼贱婢哪里走！”放开马赶去，只在白旗之下打一转。这一转却不是有心跟随他转，只为赶他下阵，却就转了这一转。猛听得忽喇一声响，把个千里马陷住了，不能前进。张千户起头一看，只见天连水，水连天，四面八方都是这等白茫茫的。张千户心里想道：“好古怪，一行厮杀，一行陷在水里，这却不是个水淹七军么？”把个张千户只是激得暴跳如雷。

南阵上早有个蓝旗官报上宝船上来，说道：“千户张柏与夷女交战多时，夷女败阵，张千户赶下阵去，只见白澄澄一股白气腾空，张千户不知下落。”此时姜金定呐喊摇旗，又来讨战。三宝老爷道：“这都是个术法，一个人错误，第二个人岂容再误。快差一员将官出阵，擒此夷女，救取两员大将来。”道犹未了，班部中闪出一员大将，回子鼻，铜铃眼，威风抖抖，杀气漫漫，全装擐甲，绰衣上马，竟奔阵前，要捉夷女姜金定，救取南朝两员大将。

姜金定对着马便问道：“来将何人？”大将应声道：“南膳部洲大明国朱皇帝驾下威武副将军片西右先锋刘荫的便是。你是何人？”夷女道：“我是刺仪王姜老星忽刺之女，姜尽牙、姜代牙之妹姜金定便是。”刘荫道：“汝何等尤物，敢播弄妖邪，陷我南朝大将？”姜金定道：“败兵之将各自逃生，他与我何干！”刘荫道：“胡讲，趁早把我南朝二将送上船来，万事皆休，若说半个‘不’字，教你碎尸万段，立地身亡。”姜金定大怒，掣过日月双刀，分顶就砍。刘先锋举起绣凤雁翎刀一杆，劈手相迎。砍的砍得快，迎的迎得凶，倒也一场好杀，有一篇《花赋》为证：

大将军芭蕉叶，西夷女洛阳花。绣球团儿挂着花木瓜，攀枝孩儿当耍。火石榴张的口，锦荔枝劈的牙。浓桃郁李漫交加，撇却荼蘼縻满架。

大战多时，姜金定败阵而走。刘先锋杀得性如烈火，况兼坐下一匹五明马急走如飞，不觉地跑下阵去。猛然间想起夷女邪术之事，好一个刘先锋，知己知彼，知进知退，勒住马折转回来。那姜金定念动真言，宣动密咒，取出一杆一尺二寸长的青旗，照着刘先锋的脑后一撇撇将来。嗖地里一阵狂风，乌天黑地，走石扬沙，就刮得刘先锋双目紧闭，不敢睁开。及至风平灰静，睁开眼一看时，只见四面八方都是些酸枣茨树，周周围围，重重叠叠，不知所出，刘先锋心里暗想道：“分明是这个妖妇的术法，我这等英雄好汉，岂有束手待毙之理？”举起那一杆绣凤雁翎刀，照着那酸枣茨蓬儿着地一扫。那茨蓬里五万的毒蛇排头而出，都要奔着这个先锋身上来。刘先锋道：“与其惹火烧身，不如静以待动。”没奈何，只得息怒停威，再作区处。却说应袭王良看见刘先锋不见回阵，早知其计，绰短枪，披细甲，放马前去，见了姜金定，高声骂道：“泼贱婢！你既没个堂堂六尺之躯，又没个三略六韬之妙，但凭着些旁门小术，敢淹禁我上国大将军，我教你剐骨碎尸，叠为齑粉。”姜金定道：“小将军不须怒发，且看你手段何如？”王良骂道：“泼贱婢！你岂不晓得我应袭王良百战百胜。”姜金定道：“口说无凭，做出来便见。”王良喝一声道：“照枪！”喝声未绝，一枪早已刺到姜金定面前。姜金定急忙里举起日月双刀，左遮右架。一个一杆枪，一个两口刀，枪来刀往，刀送枪迎，好一场杀。有一篇《花赋》为证：

滴滴金摇不落，月月红来的多。芙蕖香露湿干戈，铁线莲蓬踢破。挂金灯照不着，水晶葱白不过。绣球双滚快如梭，十姊妹中惟我。

两家大战二十多回，不分胜负。姜金定又是诡计而行，败阵下去。王良料他是计，不去赶他。姜金定看见王良不赶他，说道："今番是小将军输了。"王良道："你败阵而走，怎么算是我输？"姜金定道："你不赶我，便是怯阵，却不是你输么？"王良道："你今番一尺二寸的法儿行不得了。"姜金定道："一个一杆枪，一个两面刀，凭着手段厮杀，说甚么一尺二寸长的法儿。"王良道："你只在阵上厮杀，不许假意地丢身，便见你的手段。"姜金定道："你既是要当面硬杀，你看刀来。"扑通一声响，日月双刀早已飞在王良的面前。王良连忙地举枪相架，两个里又战了二十多合，不分胜负。姜金定把个双刀晃了一晃，却又败阵而走。王良勒住了马，又不去赶他。姜金定看见王良不赶，他诡计又行不得，却又跑马上阵来。王良骂道："泼贱婢输了两阵，有何面目又上阵来？"姜金定道："虽是我输，你却不敢赶我，终是怯阵，也算不得赢。"王良道："你既是本领高强，再和我对面硬杀几十合。"姜金定道："对战的本事，我已自看见了，莫若你先丢身败阵，待我赶来。"王良道："我便败阵，任你赶来。"

不知王良怎么败阵，姜金定怎么赶来，且听下回分解。

第25回　张天师计擒金定　姜金定水囤逃生

诗曰：

截海戈船飞浪中，金莲宝象即蛟宫。
水纹万叠飞难渡，鱼丽千峰阵自雄。
映日旌旗悬蜃气，震天鼙鼓吼鼍风。
饶他夷女多妖术，敢望扶桑一挂弓。

夷女姜金定诡计不行，说道："俺败阵而去，你不敢赶来；莫若你先败阵，待我赶来何如？"王良心里想道："趁着他教我败阵，不免将计就计，奉承他一枪。"应声道："我便败阵而走，待你赶来。"好个应袭王良，说声"走"，真个是状元归去马如飞。姜金定一马赶来，王良拖了一杆丈八神枪，只见姜金定看看地赶近身来，他扭转身子，嗖地里一枪，把个姜金定吓得魂不附体，魄不归身，一时间措手不及，只得把个衣袖儿一展。王良急地掣回枪来，早已把个衣袖儿扯作了两半个。衣袖儿扯作了两个半不至紧，中间掉出一面小红旗来，只听得忽喇一声响，如天崩地塌一般。亏了王良，连人带马就跌下一个十余丈的深坑底下，上面红光相照，火焰滔天。将欲往上而行，正叫是上天无路；将欲策马而走，却又是四壁无门。

好闷煞人也！

姜金定得了胜，又来讨战。二位元帅问道：“怎么夷女又来讨战？”蓝旗官说道：“右先锋刘荫出马，一道青烟烛天，不知下落。应袭王良出马，一道红烟烛天，不知下落。”王爷道：“似此说来，却不陷了我南朝四员将官了！”蓝旗官道：“是四员将官了，第一员是武状元唐英，第二员是狼牙棒张柏，第三员是铜铃眼刘荫，第四员是应袭王良。”三宝老爷道：“罢了，罢了！似此一国，左战右战，战不胜他；左杀右杀，杀不赢他。不如传下将令，席卷回京，还不失知难而退之智。”王尚书道：“老公公请宽怀抱，自古道：‘虎项金铃谁去解？解铃还得系铃人。’我们当初哪知得甚么西洋，哪知得甚么取宝，都是天师、国师二人所奏。今日我兵不利，夷女猖狂，不免还在天师、国师身上。”三宝老爷道：“目今夷女讨战，天师、国师怎么得及？”王爷道：“今日天晚，且抬免战牌出关，再作道理。”果然抬免战牌出去，夷女见之，竟回本国，报上番王。番王大喜，说道：“朕的江山社稷，全仗卿家父子兵，不料卿之父、兄俱丧于南军之手。今日江山牢固，社稷不移，此以贤卿贻我也。待事平之日，卿当与国同休，同享富贵。”姜金定奏道：“今日仰仗我王洪福，小臣本领，困住了南朝四将。明日出战之时，定要生擒长老，活捉天师，烧了宝船，杀了元帅，才称心也。”此时天色已晚，番王退朝，姜金定回去。正是：

玉漏银壶底事催，铁关金锁几时开？
谁家见月能闲坐，何处呼童不酒来？

却说姜金定执妖邪之术，指望全胜南军，盼不得天明，又来讨战。二位元帅正在议事，蓝旗官报道：“夷女讨战。”王爷请三宝老爷同过天师船上请计。马太监道：“俺们今日也去拜天师一拜。”王爷道：“既如此，请便同行。”三位竟到玉皇阁上，天师相见坐定。马太监起头一瞧，只见玉皇阁上面坐着上清、玉清、太清三位元君，左右两边列着都是些天神天将。这天神天将都是些三头六臂，青脸獠牙，朱须绛发。马公道：“二位总兵在上，天师在前，似此两边摆列着天神天将，当原日丑陋不堪如此，倒反以为神，不知何以为其正果？这如今的人生得眉清目秀，博带峨冠，聪俊如此，倒反不能为神，何以堕落轮劫？”王爷道：“老公公有所不知，当初古人是兽面人心，故此尽得为神，成其正果。这如今的人，都是人面兽心，故此不得为神，堕落轮劫。”马公道：“老总兵言之有理。”马公又起头看来，只见两边神案之下，斜曳着有几面大枷。马公心里想道：“譬如南京三法司，上、江两县，五城兵马，理刑衙门，才有这个枷锁刑具，怎么天师是个玄门中人，用这等的刑具？若是俺当初在内守备的时节，不免动他一本，是个擅用官刑。”仔细一看，只见枷面上还有许多洗不曾净的封皮，封皮上还有许多看得见的字迹，马公起身看时，原来是广西甚么急脚神，又是潮阳洞甚么大头鬼。马公又问道：“二位总兵在上，天师在前，似此两边供案之下，摆列着这几面大枷，还是哪里用的？”天师道：“老公公有所不知，天下有一等狂神恶鬼，扰害良民；有一等鬼怪妖精，为灾作祟。这都是贫道该管的，故此这左一边的枷，俱枷号的是急脚神、游手鬼、游食鬼、大头鬼、靛面鬼、杨梅鬼，一干神鬼；右一边枷，俱枷号的是鸡精、狗精、猪精、驴精、马精、骡子精、门闩精、扫帚精、扁担精、马子精，一干妖精。”马公道：“天师如此神威，俺们今日何幸得亲侍左右。”天师道：“承过奖了。”马公道：“假如这海外妖邪，俱服老天师管辖么？”天师道：“通天达地，出幽入冥，岂有海外不服管之理。”马公道：“连日金莲宝象国女将姜金定妖邪术法，陷我南朝四员大将，不知生死存亡，天师可也管得么？”天师道：“老公公岂不闻假不能以胜真，邪不能以胜正？既是女将姜金定有甚么妖邪术法，贫道不才，愿效犬马之力，生擒妖妇，救取四将，远报朝廷之德，近张元帅之威。”二位元帅道：“多谢了。”

天师即时出马，左右列着两杆飞龙旗：左边飞龙旗下，二十四个神乐观的乐舞生，细吹细打；右边飞龙旗下，二十名朝天宫的道士，执符捧水。中间一面坐纛，坐纛上写着“江西龙虎山引化真人张天师”十二个大字，门旗影影，一匹青鬃马，马上坐着一个天师，你看他：

如意冠玉簪翡翠，云鹤氅两袖扒裟。火溜珠履映桃花，环佩玎珰斜挂。背上雌雄宝剑，龙符虎牒交加。大红旗展半天霞，引化真人出马。

却说姜金定又来讨战，只见南阵上两面飞龙旗，两边列的是些道童、道士；中间一杆皂纛，皂纛之下坐着一个穿法衣的，恰像个道官样儿。姜金定笑了笑，说道：“南朝杀不过俺们，叫道士来解魇哩！不是解魇，就是打醮，祈祷保佑昨日四个将军。”道犹未了，只见天师传令，摇旗擂鼓，喊杀连天。姜金定吃了一惊，说道：“南朝有个甚么道士，此来莫非就是他了？”好个姜金定，即时摆开人马，抖擞精神，高叫道：“来的敢是牛鼻子道士么？”天师把个七星宝剑摆了一摆，把个青鬃马前了一前，果见是西洋一个女将，喝一声道：“小妖精，早早地下马受死，免污了我这宝刀。”姜金定道：“俺把你这个大胆的道士！俺闻你的大名如轰雷贯耳，俺慕你的大德如皓月当空。我只说你三个头，六个臂，七个手，八个脚，旋得天，泼得地，转得人，原来也只是这等一个纺车头、蚱蜢腿的道士么？这正是闻名不如面见，面见胜似闻名。你今日到此何干？莫非是自送其死？”天师大怒，把个七星宝剑就是一剑砍来。姜金定把个日月双刀急忙地架住。天师道：“你把些旁门小术，淹禁了我四员大将，是何道理？还敢架住我的宝剑么？”姜金定道：“两军对敌，一输一赢。俺赢了唱声凯歌，他输了落草而走，不知走在哪里，与我何干？”天师道：“好油嘴贱婢，还不早早地献上四将出来，免你剐骨熬油之罪。”姜金定道：“不消多讲话了。你说俺淹禁你四员大将，你如今算一算，算得你四员大将在何处，你便称得过一个真人；若是算不出来，不如早早下马，受我一条绳索。”

张天师闻言，心里想道：“今番倒被这个小妖精难住了我。”眉头一蹙，计上心来，说道：“站开，待我算来，说与你听着。”

好天师，连忙地掣起宝剑，对着日光晃了一晃，那宝剑喷出火来，又连忙地取出一道飞符，放在火焰上烧了，叫声：“朝天宫的道士，把个朱砂的香儿儿拿来。”怎么有个朱砂的香儿儿俟候？原来天师的令牌，都是些天神天将的名姓，若还敲在马鞍桥上，却不亵渎了圣贤？故此早先办下了这个香几儿，以尊圣贤。天师把个令牌放在香几儿上，击了三下，叫声道：“一击天门开，二击地户裂，三击天将赴坛。”道犹未了，只见云生西北，雾长东南，东南上万道金光，西北上千条瑞气，半空中云头里面掉将一位天将下来，长似金刚，面如重枣，丹凤眼，卧蚕眉，拿的是青龙偃月刀，骑的是赤兔胭脂马。天师道：“来者是哪一位天将？”天将道：“小神是汉末三分义勇武安王，现今职掌南天门的关元帅。不知天师呼唤小神，有何道令？”天师道：“今有西番出一妖妇，擅用旁门，困我四员大将。不知困在哪一方，你与我仔细看来。”关圣贤得了道令，一驾祥云，腾空而起，拨开云头，往下看来，只见南朝四将各在一方，好凶险也！圣贤即时转到马前，回复道：“南朝四员大将，被西洋妖妇将石囤、水囤、木囤、火囤四囤，囤在东、西、南、北四方上。天师若不救他，明日午时三刻，化成血水矣。”天师道：“就烦圣贤与我破了他的囤法罢。”圣贤驾起云来，飞向前去。正南上一拳，打破了火囤；正东上一脚，踢破了木囤；正北上一刀，挑破了水囤。正西上一鞭，只见这个囤是一座石山，任你一鞭，兀然不动。圣贤发起怒来，打一拳也不动，踢一脚也不动，挑一刀也不动。关圣贤仔细看来，原来是羊角山羊角道德真君的石井圈儿。这一个圈儿不至紧，有老大的行藏。是个甚么老大的行藏？原来未有天地，先有这块石头。自从盘古分天分地，这块石头才自发生，平白地响了一声，中间就爆出这个羊角道德真君出来。他出来时，头上就有两只羊角，人人叫他做羊角真君。后来修心炼性，有道有德，人人叫他做个羊角道德真君。这羊角道德真君坐在这个石头里面，长在这个石头里面，饥餐这个石头上的皮，渴饮这石头上的水。女娲借一块补了天，秦始皇得一块塞了海。这石圈儿有精有灵，能大能小，年深日久，羊角道德真君带在身上，做个宝贝。却是姜金定拜羊角道德真君为师，依着师弟之情，借他的来困住了武状元唐英。关圣贤仔细看来，才知其情。没奈何，放下了偃月刀，伸出了拿云手，把这一座山提将起来，才放得武状元唐英出去。关圣贤回了话，腾云去了。

天师高叫道：“小妖婢何在？”姜金定说道：“有理不在高声，何事这等的吆喝？”天师道：“小妖婢！你有多大的神通，敢把金、木、水、火四囤，囤住了我的将官。”姜金定道：“现在何处？”天师道：“你敢来瞒我哩！现在东、西、南、北四方上。”姜金定看见天师扦实了他，他把嘴儿咂了两咂，把个头儿摇了两摇，心里想道：“天师大德，名下无虚。”拨回马便走。天师高叫道：“小妖婢哪里走！饶你走上焰摩天，我脚下腾云追着你。”放开青鬃马，赶近前去，把个七星宝剑就是一剑。姜金定急忙地闪开，急忙地怀袖里取出那一杆一尺二寸长的白旗来，望地上一索，勒着马照白旗之下转三转，指望围住天师。哪晓得天师是个斩妖缚邪的都元帅，看见他取出白旗来，早已知道了他的诡计，把个指甲对着他指一指儿，那杆白旗劈箓一声响，化阵白烟而去。

姜金定看见囤法不行，只得掣过日月双刀来，强支持几下。天师的七星宝剑雨点般地下来，一来一往，一架一迎。一个是南朝得道的老天师，一个是西番保驾的姜金定；一个扶持大皇帝安天下，一个保守西番王做上邦。两家这一场杀也，好一场大杀。有几句俗语儿说得好，是个甚么俗语儿说得好？俗语说道：江南一块铜，一马两分鬃，一块铸成锣一面，一块铸成一口钟。钟响僧上殿，锣响将交锋。一般俱是铜，善恶不相同。这一阵杀，是天师要心服姜金定，不肯轻易下手于他。

姜金定自知不是天师的对子，放开马望正西上逃生。才走不过一箭之路，猛听得前面一支兵摇旗擂鼓，喊杀连天，当先一员大将喝声道：“泼妖妇哪里走！早早地下马萏枪。”姜金定抬头看时，原来是一个烂银盔、金锁甲、花玉带、剪绒裙、通文会武的武状元浪子唐英。姜金定吃了一惊，心里想道：“他是俺师父的石井圈儿圈着的，怎么轻易地得到此间？”姜金定情知是冤家路窄，更不打话，拨转马望正北上逃生。才走不过一箭之路，猛听得前面一支兵摇旗擂鼓，喊杀连天，当先一员大将喝声道：“泼贱妇哪里走！早早地下马，受我一顿狼牙钉。”姜金定抬头看时，原来是一个铁幞头、银抹额、皂罗袍、牛角带、骑乌锥马、使狼牙棒的千户张柏。姜金定又吃了一惊，心里想道：“这个人是俺水囤里的人，怎么轻易地得到此间？”姜金定情知是个仇人相见，分外眼红，更不打话，拨转马望正东上逃生。才走不过一箭之路，猛听得前面又有一支兵摇旗擂鼓，喊杀连天，当先一员大将喝声道：“泼妖妇哪里走？早早地下马，荡我一刀。”姜金定抬头看时，原来是个身长十尺、腰大十围、回子鼻、铜铃眼、骑一匹五明马，使一杆绣凤雁翎刀的威武副将军刘荫。姜金定又吃了一惊，心里想道：“这个人是俺木囤囤着的，怎么囤法都不灵，反惹他到来杀俺？”姜金定情知是个好汉不敌俩，好事不过三，更不打话，拨转马望正南上逃生。才不过一箭之路，猛听得前面又是一支兵摇旗擂鼓，喊杀连天，当先一员大将喝声道：“贱妖婢哪里走？早早地下马，受我一枪。”姜金定抬头看时，原来是个青年小将，束发冠、兜罗袖、练光拖、狮蛮带、聪聪俊俊、袅袅婷婷、骑一匹流金弧千里马、使一杆张飞丈八神枪的金吾前卫长公子应袭王良。姜金定一连看见这四员大将，吓得心惊胆战，骨悚毛酥，心里想道：“这些囤法想都是张天师破了我的，教我四顾无门，多应是死也！”

只见天师提了一口七星宝剑在于中央，四面是四员大将，四支天兵，一片只是鼓响，一片只是杀声，把个姜金定围得铁桶一般相似。好个姜金定，手里拿了一枝簪棒儿，望地上一刺；早已连人带马刺到地上不见了。张天师连忙地走向前来，把个七星宝剑一指定住了。姜金定却又走不脱，地下里一骨碌爆将出来。天师又是一剑。好个姜金定，手里丢下一段红罗，连人带马就站在红罗上，一朵红云腾空而起。天师即时撇过了青鬃马，跨上草龙，一直赶到云头里面，高叫道：“贱妖妇哪里走！你会腾云，偏我不会腾云么？”姜金定说道：“天师差矣！赶人不过百步。你在阵上，围得我四面八方铁桶似的，我欲待入地，你又要我入地无门。我只得上天，还幸得上天有路，你怎么又追赶我来？”天师道：“直待拿住了你碎尸万段，才报得你淹禁我四将之罪。”姜金定说道：“四将已自出去了，怎么又说是俺淹禁？”天师道：“是你放他出去的？是我老张打破了你的囤法，方才得出。”姜金定说道：“既往不咎，何必苦苦见罪。”天师道：“哪听你这个花猫巧嘴。”照头就是一剑砍去。姜金定只得举刀相架，两个人在云头里面战了多时。

姜金定却又心生巧计，一只手抡刀相架，一只手取出那家传的九口飞刀来，念动真言，宣动密咒，望空一撇，实指望取到天师首级。天师看见他明晃晃九口飞刀望空而起，反笑了一笑，说道：“你的飞刀焉能近我？”道犹未了，那九口飞刀看见天师，齐齐地望后一触。原来天师是个正一法门，百邪逃避，故此九口飞刀看见他，便自望后一触，早已四漫散了。天师骂道：“你这贱妖婢，敢在我跟前使甚么飞刀之计，我叫你飞蛾扑火，自损其身。”连忙地取出一道飞符，放在宝剑头上烧了。烧了之时，望空一撇，只见四面八方，天神天将一拥而来。姜金定又唬得心惊胆战，骨悚毛酥，欲待驾云而去，却又四壁无门；欲待不去，只怕过会儿上有天罗，下有地网，那时悔之晚矣！姜金定无心恋战，挨挨拶拶，只要寻个出路。张天师看见他挨挨拶拶，要寻出路，恐有疏虞，空费了这一番精力，连忙地取出一方九龙神帕，望空一撇，罩将下来。这个九龙神帕，原是太上老君受生的胎衣儿，斗方如寿帕之状，纹成九道飞龙。若是罩将下来，任你就是天神天将也不能逃，莫说是个凡夫俗子。故此天师将帕收取姜金定。姜金定眼儿又巧，看见天师丢下宝贝儿来，他就随着宝贝儿望下一响。天师只说是他在宝贝儿里面，哪晓得这个姜金定连人带马撇却云头，掉将下来，一掉掉在荒草坡下。

却说南朝四员大将看见天师跨上草龙，竟往云头之上追杀夷女，都说道：“我们暂归宝船，禀过元帅，另调兵马前来策应。”唐状元说道：“不可，不可！我们若不是天师神通，焉能脱此大难？岂可天师厮杀，我们私自回营？”众将道：“悉凭唐状元发遣。”唐英道：“依我学生之愚见，扎立军营，在此伺候。”众将道：“伺候便罢，何必扎营？”唐状元道：“列位先生有所不知，胜负兵家之常。果是天师得胜，那贱妖婢必定落将下来；倘或天师不胜，天师一定落将下来。我和你扎营在此，天师下来，便于救应；那贱婢下来，便于擒拿，岂不两利而俱存？”众将道：“状元高见，学生辈远拜下风。”

道犹未了，只听得霹箓一声响，掉将一个姜金定下来。你看那四员南将就如猛虎攒羊一般，一个人使一样兵器，各样兵器一齐杀将下来，把个姜金定杀作了一块肉泥，一堆肉酱。唐状元说道：“是我珠缨闪闪滚银枪杀的。”张千户道：“是我八十四斤重的狼牙棒打的。”刘先锋道：“是我绣凤雁翎刀砍的。”王应袭道：“是我张飞丈八神枪刺的。”一并跨下马来，争他的首级。只见都是些烂盔烂甲，旧衣旧裳，盖着的是一泓清水，约有几杓之多，何曾有个姜金定在那里？南朝四员大将，你也说道：“眼见鬼。”我也说道：“眼见鬼。”你也说道：“摸了一场空。”我也说道：“摸了一场空。”原来天师收了九龙神帕，也摸了一场空。

天师早知其意，即时谢了天神天将，跨下草龙，竟到荒草坡前，只见四员南将正在猜疑。天师道：“那妖婢吊将下来，到哪里去了？”四将道：“正掉在这个荒草坡前，是我们一齐攒着他，你一枪，我一刀，你一捶，我一棒，实指望结果了他的性命，取了他的首级，献上天师。及至下马之时，都是些烂盔烂甲，破衣破裳，排开来一看，却又盖着一泓清水，约有一杓之多。小将们正在这里猜详未定，忽然天师下来，有失迎接，望乞恕罪。”天师道：“说哪里话，只是便饶了这个贱婢子。这一泓水，他就是水囤去了。也罢，阎王法定三更死，并不留人到五更。想是这个贱婢子命不当绝，待等明日擒他未迟。吩咐军中，与我掌上得胜鼓，大家齐唱凯歌回。”

回上宝船，见了二位元帅。二位元帅听知天师得胜，又看见四员大将逐队而来，满心欢喜，各各相见。三宝老爷道：“这四员将官连日陷在何处？”天师道：“唐状元被他石囤，囤在正西方上。张狼牙被他水囤，囤在正北方上。刘先锋被他木囤，囤在正东方上。王应袭被他火囤，囤在正南方上。”三宝老爷道：“何以得脱？”天师道：“是贫道请下关元帅，打破了囤法，方才救得他们出来。”三宝老爷道：“这女将现在何处？”天师道：“是贫道要拿他，他走上天，贫道就赶他上天；他走下地，贫道又赶他下地；他适来又是水囤而去，想必是远走高飞去了。”王尚书道：“那女将方才又在这里讨战，口口声声说道，要与天师赌胜。又说他明日有个师父下山来，他神通广大，变化无穷。还有许多不逊之言。”天师道：“这泼妖妇果是无理，我贫道若不生擒妖妇，碎骨粉尸，誓不回船。”不知天师往后怎么样儿拿住这个妖妇，且听下回分解。

第26回　姜金定请下仙师　羊角仙计安前部

诗曰：

猖狂女将出西天，扰扰兵戈乱有年。
漫道萤光晴日下，敢撑螳臂帝车前。
堪嗤后羿穿天箭，更笑防风过轼肩。
一统车书应此日，钢刀溅血枉垂怜。

却说姜金定从水囤中得了性命，竟进朝门之内，朝见番王。番王道：“爱卿出马，功展何如？”姜金定道：“今日撞着对手了。”番王大惊，说道：“撞着哪一员大将来，是你的对手？”姜金定道：“不是个甚么将官。”番王听知不是个甚么将官，早已有八分焦躁了，说道：“既不是个将官，还是个甚么人？”姜金定道：“今日所遇者是南膳部洲大明国朱皇帝驾下一个引化真人张天师。”番王听知是个张天师，先前只有八分不快，今番却有十分吃恼了，说道：“卿父存日曾说，此人呼风唤雨，驾雾腾云，本领高强，十分厉害，谁想今日你遇着他。你今日和他对手，胜负如何？”姜金定奏道：“只是两家对手，臣也不惧怯于他。但他果然是书符讽咒，役鬼驱神。小臣正欲把个囤法去囤他，他的七星宝剑尽厉害，一剔就是两半边。小臣正欲把个飞刀去斩他，他的天神天将又众，一拥而来。不是小臣有五囤三出的本领，险些儿丧于道士之手了。”番王道：“似此何以处之？俺的江山有些不稳，社稷有些不牢。”

左丞相孛镇龙说道：“依臣愚见，写了降书降表，献上通关牒文，万事皆休。何必磨这等的牙，博这等的嘴。”右丞相田补龙说道：“左丞相言之有理。南阵上有个武状元，他前日高声说道：‘我天兵西下，既不取你的城池，又不夺你的世界，不过是要你一张通关牒文，问你传国玉玺。果有玉玺，献将出来；如无玉玺，献上通关牒文，万事皆休。’这武状元已自明白说了，何必执迷不悟，搬弄干戈，糜烂小民，坐空国计。况兼我国所恃者，刺仪王父子兵而已，今日他父子俱丧于南兵之手，料这一女将焉能成其大事？堂堂天朝，雄兵百万，战将千员，岂下于一女子？伏乞我王详察。”总兵官占的里又奏道：“左右丞相言之俱有大理。小臣职掌巡哨，甚晓得南兵的厉害，不但是雄兵百万、战将千员，只这一个天师，呼风唤雨，役鬼驱神，也是十分厉害。还有一个国师，怀揣日月，袖囤乾坤，更加佛法广大无边。若是女将军不肯罢兵，明日祸来非小，伏乞我王详察。”番王听知这一堂和解，心上也不愿兴兵。只是姜金定心怀父兄之恨，要假公济私，奏说道：“这都是些卖国之臣，违误我王大事。”番王道：“怎叫作是个卖国之臣？”姜金定说道：“我王国土，受之祖宗，传之万世，本是西番国土的班头，西番国王的领袖。今日若写了降书降表，不免拜南朝为君，我王为臣。君令臣共，他叫我王过东，我王不得往西；叫我王过北，我王不得往南。万一迁移我王到南朝而去，我王不得不去，那时节凌辱由他，杀斩由他。若依诸臣之见，是把我王万乘之尊，卖与南朝去了，我王下同韦布之贱。这不都是个卖国之臣！”

道犹未了，只见三太子自外而入，听知道要写降书降表，就放声大哭起来。番王道：“我儿何事这等悲伤？”三太子道：“父王何故把个金瓯玉碗，轻付于人？这社稷江山，终不然是一日挣得的。”番王道：“非干我事，左丞相说道该降，右丞相说道该降，又有占总兵说道南兵厉害。”三太子骂道：“这些卖国的狗奴，岂不闻主忧臣辱，主辱臣死？你们受我们的爵，享我们的禄，卖我们的国，误我们的事，是何道理？伏乞父王先斩此卖国之贼，容孩儿出马，若不取胜，誓不回朝！”姜金定奏道：“三太子言之有理。但只一件来，臣还有一妙计，不消三太子亲自出征。”番王道：“有何妙计，不消三太子出征？”姜金定道：“臣有一个师父，道号羊角道德真君。”番王道：“怎么叫作个羊角道德真君？”姜金定奏道：“这个师父没有爹，没有娘，原是一块石头。天地未分之先，顽然为石。后来盘古分天分地，这块石也自发圣，霹簗一声响，中间爆出一个人来。这个人出来时，头上却有一双羊角，那时节不曾有书契，不曾有姓名，人人叫他做个羊角真君。羊角真君生在这个石头里面，长在这个石头里面，饥餐这个石头上的皮，渴饮这个石头上的水。年深日久，道行精微，德超三界。传至唐虞、夏、商、周，有了文字，有了书契，人人叫他做个羊角道德真君。那块石头有灵有神，能大能小，羊角道德真君带在身上，做个宝贝。昨日小臣借他的来，囤住了武状元唐英便是。”番王道：“他这如今在哪里？”姜金定道：“他这今在西上五百里之外，有一座高山，其山有一所深洞，是他在这个洞里修真养性。人人就叫这个山羊角山，叫这个洞羊角洞。有诗为证：羊角棱层灵秀开，西山积翠起仙台。入关足蹑烟霞起，倚阙手招鸾鹤来。怪石摩空撑砥柱，飞泉泻涧走风雷。几能道德真君侣，一啸临凡未忍回。”

番王道：“只消他一个石囤，也自有八分赢手了。”姜金定道：“俺师父回天补日，吸雾吞云，惯使天曹飞剑，百步之内取人首级，如盘中取果，手到功成。骑一只八叉神鹿，上天下地，无所不能。还有一个水火花篮儿，中间有许多的宝贝，善可枭人首级，任是甚么天兵也不能亲近，岂止一个石囤而已！”番王道：“似此说来，却是个超凡入圣，有德有行的。”姜金定说道：“他号为道德真君，名下无虚。有诗为证：羊角住羊山，瘠瘦如角立。一鹿驾长风，世网安能絷。朝随白云出，暮采紫芝入。道灵未去来，德气自呼吸。月明响环珮，时有飞仙集。我欲从之游，共饮华池汁。”

番王道：“怎么得他下山来？”姜金定道：“须得我王草诏一道，小臣不惮劬劳，连夜捧诏上山去请他来，上扶我王锦绣江山，下救万民涂炭之苦。”番王准奏，即时草诏一道，付与姜金定。

姜金定接了诏书，掷下三尺红罗，一朵红云望空而起。须臾之顷，就到了羊角山。姜金定落下云去，收了红罗，牵了战马，手持信香，口称祖师大号，来到羊角洞口。只见一个把门的小道童儿，早已认得是个姜金定，迎着说道："姜道兄，你又来了。"姜金定说道："是俺又来看一看哩。"小道童说道："前日老爷传了你五囤三出的本领，驾得起千百丈的腾云，你今日又上山来，有何贵干？"姜金定道："有事求教师父，望师弟为我通报一声。你说道日前学艺的姜金定，在此面见祖师。"小道童即时传到洞门里，羊角道德真君叫来相见。见了姜金定，真君道："我前已传授了一干道术与你,因你是个女流之辈,不便久留。你今日又来见我,有何事故？"姜金定跪着禀道:"前日多蒙老爷赐弟子一班本领,保我金莲宝象国为上邦。谁想强中更有强中手，遇着强梁没奈何！"真君道："有个甚么强梁的遇着？"姜金定道："是南膳部洲大明国朱皇帝驾下，差出一个道士，名唤天师，差出一个和尚，名唤国师。率领些甚么宝船，带了些甚么兵将，来到弟子金莲宝象国，把弟子一个父亲、两个哥哥，俱送了残生性命。弟子传授法术之时，只指望扶持我国国王为上邦，哪晓得自家的父兄俱不能保。"真君道："你好拿出你的五囤三出千丈腾云的本领来。"姜金定说道："是我拿出五囤三出的本领来，却都被那个天师破了。故此俺国王修下了一封诏书，多多拜上祖师老爷，万望老祖下山走一走，一来扶持俺国王的锦绣江山，二来救拔俺弟子的一家性命。"真君道："我既超三界外，不在五行中，怎么又来管你凡间甚么闲争闲闹斗？"

姜金定哭哭啼啼，伏在地上说道："老爷不肯下山，俺一国君民尽为齑粉。自古道：'救人一命，胜造七级浮屠。'老祖只说是可怜见俺这一国君臣的性命罢！"羊角道德真君是个慈悲为本，方便为门的，看见了姜金定苦苦哀告，打动了他的不忍之心，说道："姜弟子，我许你下山来。只一件，我却不到你金莲宝象国见你番王。"姜金定道："老祖不到俺国中，弟子却到哪里来相会？"真君道："你只到哈密西关之内荒草坡前，你可带本国人马跟随，我拿一个，你绑一个，我拿两个，你绑一双。成功之后，俱算你的功成，我自回山而来。"姜金定连磕了几个头，归到金莲宝象国，报上番王。番王道：“姜金定不过一女将，尚肯舍身报国。左、右丞相并总兵，不合卖国欺君。”着镇抚司监候，候姜金定得胜回来，押赴市曹处决。姜金定领了本部兵马，径到荒草坡前，等待师父。

却说师父羊角道德真君，许了姜金定下山，去杀退南兵，心里想道：“兵凶战危，事非小可。况兼南朝来到西洋，隔了八百里软水洋，隔了五百里吸铁岭，这个道士，这个和尚，若不是个有本领的，焉能至此？我却有个道理，先得一个人做个先锋，探他一探，看他本领何如？次后，我便有个斟酌。只还有一件来，须得个形容古怪、相貌蹊跷的做个先锋，才吓得人动。”正在踌躇之时，只见阶下一个小道童儿身长三尺，发长齐眉，聪俊无双，举止端重，祖师心里想道：“这个小道童儿倒有些仙骨，不免这个先锋就安在他的身上罢。”好祖师，叫一声：“阶下走的甚么人？”道童答应道：“弟子是无底洞。”祖师道：“你怎么叫作个无底洞？”道童说道：“弟子自家也不知道。只是传闻道，弟子初生之时，不见父，不见母，却在龙牙门山洞里爆将出来，当得一个樵夫拾着。那樵夫低头一看，其洞极深无底，樵夫就叫我弟子作个无底洞。”真君道：“谁叫你到我这个山上来？”无底洞道：“只因樵夫早丧，弟子身无所归，故此投托门下。”真君道：“你在我的山上几年了？”无底洞道：“已经在此六年了。”真君道：“曾学些甚么本领么？”无底洞道：“弟子本领一分也不曾学得。”真君道：“你既一分本领也不曾学得，你在我山上所干哪一门？”无底洞道：“弟子在此山上挑了六年水，烧了六年火，浇了六年松树，这就是弟子所学的本领了。”真君道：“似此说来，这六年之间多亏你了。”无底洞道：“怎么说个亏弟子？只是自今以后，望师父教授些就是。”真君道：“我今日就教你。”无底洞道：“既蒙师父教诲，待弟子磕几个头。”真君道：“不消磕我的头，你到后面玉皇阁上，对了三清老爷叩上四个头来，我这里即时传授些本领与你。”

天下人学本领的心哪一个不胜？无底洞听知师父要传本领与自己，辞了师父，竟奔后面玉皇殿去，去到山后，果见三间大殿，殿门外有一座白玉石砌成的栏杆，栏杆外是一条金水河，滴溜溜的一泓清水。殿门是朱红漆的隔扇，隔扇上是金兽面的吞环。殿上都是碧瓦雕梁，两边都是挑檐象鼻。进得殿来，果见上面坐的是上清、玉清、太清三位祖师，两边坐的都是些三十六诸天、七十二尊者。中间供案上两道纱灯、两路净瓶，一座大香炉香烟不绝。下面供献着三杯仙酒、三枚青枣儿。无底洞因是师父许了传本领，已是欢喜，却又看见这个宝殿清幽，越加欢喜，跌倒身子，就磕了四个头，起来就走。却又想一想，说道："这供献的是我师父的仙酒，这仙酒饮一杯，与天同寿，发白转黑，齿落重生，永远不死。我每常伏侍师父之时，看见他饮这个酒，我闻得他一阵香，我喉咙里面就是猫抓的一般痒，巴不得饮上半杯儿。今日我来磕头，却遇着这个仙酒，岂不是天假良缘，难逢难遇？况兼此处幽静，又没有个人儿瞧着，何不偷吃了它，以得长生，也强似学甚么本领。"才要动手，心里又想道："倘或师父知道，却又枉了我六年挑水烧火的辛勤。"正在筹度，忽然间一阵风来，吹得那仙酒清香扑鼻而过。无底洞馋病发了，顾不得甚么师父不师父，一手取过一盅来，一口直干到底。却没有些甚么下酒的，取过一个青枣儿来，一口一骨碌。这一杯酒下去，好不快活也，正是：

一任光阴付转轮，平生嗜酒乐天真。
笑吞竹叶杯中月，香泻桃花瓮底春。
彭泽县中陶靖节，长安市上谪仙人。
羊角半山千日醉，直眠无底洞通神。

却说无底洞饮了这杯仙酒，越惹得喉咙痒了，忍不住地馋头儿，却把那两杯酒都断送了，把那两枚青枣儿都结果了。方才要转前山去见师父，怎奈两只脚不做主，扑的一声响，跌在地上，昏昏沉沉的，鼾响如雷。过了半日，酒才醒些，一会儿爬将起来，捶胸跌脚地说道："哎！师父叫我磕了头转去，教我本领，我怎么在此贪其口腹，误了大事？"恨上两声，争忙里就走。刚才地走了两三步，只觉浑身上下就如蚂蚁子钻一般，也说不尽的痒，抓了抓儿，越抓越痒。无底洞心里想道："似此痒痒酥酥，怎么去见师父？这玉栏杆外倒有一泓滴溜溜的清水，不如下去澡洗一番，再作道理。"脱了衣服，一个澡洗，洗得好不快活，哪里再有半点儿痒气罢。

无底洞心里想道："明日过夏时再来洗一洗。"跑上岸来，提起衣服，把只左手去穿，只见劈簌一声响，左边胳肢窝里撑出一只手来；把只右手去穿，只见劈簌一声响，右边胳肢窝里撑出一只手来。把个无底洞就唬得魂不附体，魄不归身，说道："敢是我不合偷饮供酒，三清老爷见罪，撑起我两只膀子来。似这等节外生枝，怎么去见师父？"道犹未了，只见左边肩窝儿里劈簌一声响，左边撑出一个头来；右边肩窝儿里劈簌一声响，右边撑出一个头来。左边的头，像朝着右边的头说话；右边的头，就像朝着左边的头说话。中间一个头，照左不是，照右不是。无底洞越加心慌意乱，安身不住，走到玉栏杆外清水里面去照一照，恰好全不是自家的模样了：三个头就有三张口，三个鼻子，三双耳朵，六只眼睛，六道眉毛，又有十二个獠牙生在口上。

无底洞跳上两脚，说道："哎，今番却主饿死也！平时间一个头，尚且没有帽儿戴；如今三个头，哪里去讨这许多的帽儿戴？平时间一副脸皮，尚且没有躲人处；这如今三副脸皮，哪里去躲得这许多的人？平时间一张口，尚且没有饭吃，这如今三张口，哪里去讨这许多的饭吃？平时间一口牙齿，尚且没有甚么龈得，如今十二个獠牙，哪里去讨这许多的龈？却不是主我饿死也！"再照一照，只见头发都是红的，无底洞说道："今番是个红孩儿了。"再照一照，只见三个头都是靛染的，无底洞说道："今番又是个蓝面鬼了。似此模样，三分像人，七分像鬼，怎么去见我的师父？怎么去见我的朋友？"心中烦恼，把三个头摇了一摇，只听得忽喇一声响，如天崩地塌一般，全然不由无底洞了。平白地往上一长，就长得身高三丈，三个头，四条臂膊。无底洞道："我这回是个甚么样人品？欲去不见师父，我这等身长、脚长、头多、手多，哪里去讨衣穿，哪里去讨饭吃？欲待去见师父，我这等身长、手长、头多、口多，又不像个人模样。只一件来，自古道得好：'丑媳妇免不得堂上见公姑。'我不免还去请教师父，叫他救我。"

转身来到前殿。三丈长的身子，哪里有这等可体衣裳，只得把些旧衣服遮了前面不便之处。三丈长的人，哪里有这等高大门扇，只得低着头俯伏而入。见了师父，满口叫道："师父，可怜见我弟子，舍福救我弟子罢！"羊角道德真君只作一个不知，喝声道："这是个甚么鬼王？敢进我的宝殿！"快快地叫过黄巾力士来："你与我把他打下阴山背去，教他永世不得翻身。"无底洞慌了，连声叫道："师父，我不是甚么鬼王，我不是甚么鬼王！"真君道："你不是鬼王，你是哪个？"无底洞说道："弟子是六年挑水、扫地、灌松树的无底洞。"真君道："你既是无底洞，怎么这等一个模样？"无底洞道："是弟子到玉皇阁下去磕头，不合偷吃了三清老爷面前三杯酒、三枚青枣儿。"真君道："你有酒吃，有枣儿吃，就做这等模样？"无底洞道："不是做模样。只因酒醉之后，浑身发痒，是弟子到金水河里，洗了一个浴，跑上岸来，左边胳肢窝里一声响，左边撑出一只手；右边胳肢窝里一声响，右边撑出一只手来。左边肩窝里一声响，左边撑出一个头来；右边肩窝里一声响，右边撑出一个头来。"真君道："三头四臂是了，怎么又有这等长哩？"无底洞道："弟子只把个头摇了一摇，只听得天崩地塌一般，也全然不由弟子的主张，一长就长到这个田地。如今做出这一场丑来，全仗师父救拔！"真君道："你这叫作自作孽，不可活。那个酒连我们也不敢惹它，你怎么去吃它？吃了它不至紧，永世不得人身，只好在阴司之中做个恶鬼。"无底洞听知永世不得人身，就放声大哭，说道："老祖，可怜见弟子在这个山上六年，也是伏侍老爷一场，望乞高抬神力，救拔残生。"羊角道德真君看见他哭得凄惨，却才把个真情对他诉说，说道："徒弟，你不要慌。"无底洞道："怎么叫弟子不要慌？"真君道："我如今要下山去，和南朝的道士、和尚提刀赌胜，缺少了一个前部先锋。"无底洞道："缺少先锋，与弟子不相干涉。"真君道："是我将你脱了凡胎，换了仙体，充为前路先锋，擒拿道士、和尚。"无底洞道："既是师父有这许多的情事，何不直对弟子说，免得弟子吃了这许多的惊疑。"真君道："此是超凡入圣，何必惊疑！"无底洞道："怎么三杯酒、三枚青枣儿，就会超凡入圣？"真君道："三杯仙酒，乃是三个仙体，你三个头便是；三枚青枣儿，是三股仙气，你两股气从旁而出，却就撑出两只手，你一股气从直而上，却就撑得这等三丈之身。”无底洞道：“我的四大，如今在哪里？”真君道：“有个时候，你亲自看见。”无底洞道：“师父，怎么救取我转来罢？”真君道：“你再到金水池里洗一浴来，我这里就有个法儿为你解救。”

无底洞听知为自己解救，心中大喜，连忙地跑到山后，只见金水河中水面上漂着一个死尸。无底洞又吃了一惊，近前去一看来，原来就是他的色身。他心里想道：“既是我的色身在此，何不下水去走一遭儿？一则是澡洒仙身，师父好来解救；二则是取上色身来还他一个葬埋道理。”跑将下去，哪里有个色身？洗了一会儿澡，复上桥来，三头还是一个头，四臂还是两只臂，无底洞还是一个无底洞。再去参见师父，师父道：“今番可好哩？”无底洞道：“我的还是我的，岂有不好之理！”真君道：“收拾下山去来。”无底洞道：“弟子今番现了本相，怎么又做得先锋？”真君道：“你到交战之时，大叫一声‘师父’，把个身子儿望上弓一弓，还是三头四臂，还是三丈之长。”无底洞道：“我若是三头四臂，三丈全身，我把南朝的人马，直杀得他只轮不返，片甲不回。”真君道：“你明日上阵之时，现了三头四臂，三丈全身，唬得南朝将官跌下马来，你切不可坏他，待姜金定去拿他，别有个道理。”无底洞道：“怎么不可坏他？”真君道：“你若坏他，便伤了我杀戒之心，枉了我千万年修炼。”无底洞道：“谨依师父严命，不敢有违。”羊角道德真君收拾一班宝贝，张满一口花篮，带领无底洞真人，排备下山厮杀。

不知此去胜负何如，且听下回分解。

第27回　二指挥双敌行者　张天师三战大仙

诗曰：

山人骑鹿云中行，手拾翠华餐玉英。
欲扪星辰辨南北，紫霄峰上坐吹笙。
野客寻真跨鹿行，洞天寥廓秋云晴。
布袍草履无相问，啸弄干戈夜战征。

却说羊角道德真君头戴着冲天如意巾，身穿着黑缘边蓝敞袖，腰系着水火双环带，脚穿着髂髂紫麻鞋，还有一口太阿宝剑，跨一只八叉仙鹿，带领无底洞真人，吩咐众弟子，撇了羊角洞，辞了羊角山，驾起一朵祥云，望空而起。顷刻之间，就是金莲宝象国。好个真君，按落云头，竟到荒草坡下。只见姜金定走近前来，俯伏在地说道："有劳师父远来，未曾迎接，接待不周，望乞恕罪。"真君道："姜徒弟，你过来听我说。"姜金定跪着说道："师父有何吩咐？"真君道："兵不厌诈，将贵知机。今日是个头阵，不可轻易造次。"姜金定道："须烦师父指教一番。"真君道："若是你先出马，南朝将官怕怯于你，不肯领兵前来。莫若先将无底洞出马，出其不意，攻其无备，闪他几员将官过来，先灭他一场威风，先扫他一个桃子。却待我来，多搬出几番本领，活捉僧人，生擒道士，与你成功。”姜金定道：“多谢师父指教，感谢不尽。”

羊角道德真君叫声：“无底洞何在？”无底洞应声道：“弟子在这里。”真君道：“你到沿海地面南军阵前，高声叫道：‘哪一个强将敢来出马，敢与我交锋？’看他那里是个甚么将官来，你便抖擞精神，与他交战。”无底洞说道：“弟子空着一双手，怎么与他交战？”真君道：“我自有兵器与你。”无底洞道：“愿借兵器来。”羊角道德真君转身到水火花篮之内，取出一个小小的葫芦来，拿在手里，说道：“你过来，我把这个兵器交与你。”无底洞看了，微微而笑，说道：“师父差矣！这个葫芦只好盛药，怎么教我拿去当枪当刀？”真君道：“你看来！”只说一声看，就把一个葫芦拿在手里，吹上一口仙气，喝声道：“变！”即时就变作丈八长的一杆柳叶神枪，递与无底洞。无底洞接了这一杆枪，飞星就走。真君道：“你转来，我还有事吩咐你。”无底洞道：“师父，你好扫人的兴。”真君道：“你谨记着，临阵之时，要叫‘师父’。”无底洞说道：“晓得，我做徒弟的不叫师父，敢叫别人？”即时拽枪出阵，高叫道：“南朝哪一员将官敢来和我厮杀？”一来一往，叫上叫下的。早有蓝旗官报上中军宝帐，说道：“番国里走出一个小道童来，身长三尺，发迹齐眉，手里拽着一杆长枪，声声叫道讨战讨战。”三宝老爷道：“料一小道童能有多大的本领？”传下将令，说道：“谁出阵擒此道童？”话犹未了，班部中闪出一员将官来，应声道：“末将不才，愿单鞭出马，擒此道童。”老爷道：“你姓甚名谁？现任何职？”来将道：“本姓沙，名彦章，原任南京锦衣卫镇抚司正千户之职。末将祖籍出自西域回回，极知西番的备细。”老爷道：“有甚么备细？”沙彦章道：“西洋地面多有草仙、木仙、花仙、果仙，又有一等雷师、雨师、风师、云师，又有一等山精、水精、石精，各样的妖术也不计其数。这个小道童一定是个甚么怪物。”三宝老爷道：“你出阵时，务必小心，不可疏略。”沙彦章应声道：“末将知道。”即时绰鞭上马。你看他：

上世功勋满钟鼎，后昆风骨总侯王。

金鞭响处无强敌，立地妖儿束手降。

却说沙彦章单鞭匹马，竟奔阵外。来到荒草坡前，果真见一个小小道童，身不满三尺，发迹齐眉，手执长枪，高声叫道：“来者何人？愿留名姓！”沙彦章说道：“吾乃南朝总兵官王爷麾下正千户沙彦章的便是。你是哪里黄毛小犬、山野的畜牲，敢在这里胡言乱语，惊动我大明人马？你从实说来，是哪一国差来打探我宝船细作，万事皆休，若还乱道，你看我手里吞云吸雾紫金鞭，教你目下就丧残生，那时悔之晚矣！”那小道童大笑了一声，说道：“我实告诉你罢，我非别国所差，我乃羊角山羊角洞羊角道德真君的徒弟，谨奉师父严命，来取你南朝将官的首级。你不如早早地下马受降，免受刀兵之苦。”沙彦章大怒，骂道：“这等一个小毛虫，敢开这等的大口，敢说这等的大话。”举鞭来照头一鞭。那无底洞原本就不是个抡枪舞剑的，却沙千户的鞭又来得凶，他措手不及，只苦了个头，挨了一鞭，打得个颈脖子只是一触，忍不过疼，叫上一声：“师父，救命哩！”哪晓得这一声“师父”，正叫得合了折，立地时间，就长出三个头、四个臂，就长成三丈多长，就长成朱砂染的头发，青靛涂的脸子，好不怕人也。沙千户反吃了一惊，收神不定，不觉地跌下马来。跌下马来不至紧，早被些番奴撮撮弄弄，撮弄去了。正是：龙游浅水遭虾戏，虎落平阳被犬欺。沙千户没奈何，只得隐忍，再图后功。羊角真君吆喝道：“只可拿人，不可伤人性命。”

却说无底洞又到南朝阵上，高声大叫地说道：“要生擒道士，要活捉和尚。”总兵老爷闻之，问道：“沙彦章出阵何如？”报事官回复道：“沙彦章中了小道童之计，已经被活捉去了。”总兵官大怒，说道：“这等一个三尺童子，输阵与他，怎叫作个过海，怎叫作个取番？”即时取过令箭一枝，折为两段，说道：“你们将官拿不住这个道童，取不得这个金莲宝象国，罪与此箭同！”众将官看见总兵老爷发怒生嗔，哪一个不战战兢兢，哪一个不披挂上马。早有一员将官，现任南京金吾前卫都指挥金天雷，身长三尺，膀阔二尺二寸，不戴盔，不戴甲，全凭手里一件兵器，重有一百五十斤，叫作个“神见哭任君镋”。总兵官未及吩咐，早又闪出一员将官，现任南京豹韬右卫都指挥黄栋良，身长一丈二尺，膀阔五尺，红札巾，绿袍袖，黄金软带，铁菱角包跟，使一条三丈八尺长的“鬼见愁疾雷锤”。总兵老爷看见这两员将官，虽则是一个长，一个矮，其实的：

一般勇猛，无二狰狞。都则是操练成的武艺高强，那些个拣选过的身材壮健。神见哭的任君镋，怕甚么甲伏鳞明；鬼见愁的疾雷锤，谁管他刀枪锋利。腾腾杀气，你你我我，同时赛过六丁神；凛凛英雄，阿阿侬侬，一地撇开三面鬼。旗开处，喝一声响，令似雷霆；马到时，撑两道眉，威如熊虎。长的长窈窕，撞着开路先锋，咱说甚么你的长；短的短婆娑，遇着土地老子，你说甚么咱的短。正是：重重戈戟寒冰雪，闪闪旌旗灿绮霞。九里山前元帅府，昆阳城外野人家。

总兵官老爷说道：“诸将出马敢有疏虞，军法从事！”这两员将官答应道一声“是”，早已跨上马奔出阵前。

只见还是那一个小道童，身长三尺，发迹齐眉，手里拽着一杆长枪，口里叫道：“南朝哪一员强将，敢来与俺厮杀？”金天雷一时怒发，从左角上雪片的任君镋划上前去。黄栋良从右角上雨点的疾雷锤打上前去。一个划将去，一个打将去。自古道：“好汉不敌俩。”莫说个无底洞会得支持，口里连声叫道：“师父救命哩！师父救命哩！”立地时节，就长出三个头，四个臂，就长成三丈多长，就长成朱砂染的头发，就长成靛染的脸子。金天雷叱喝道：“黄指挥，哪管他三头四臂，我和你只是划他娘！”黄栋良叫金指挥道：“哪管他甚么青脸獠牙，我和你只是打他娘！”一个划，一个打，打得个蓝面鬼没处安身。蓝面鬼走过左，左边划得凶；蓝面鬼走过右，右边打得凶。只当两个钟馗攒着一个小鬼。羊角道德真君看见，吃了一惊，心里想道：“南朝将勇兵强，不当小可，我今番差起了这个主意。”姜金定站在真君身旁，说道：“师父快救师弟哩！”好个真君，拿过水火花篮儿，取出一件宝贝，念动真言，宣动密咒，把个宝贝望空一撇，只见满天飞的都是些明晃晃的钢刀。那一天的飞刀掉下来，也不计其数。亏煞了南朝两员大将，一个任君镋，一个疾雷锤，把那飞刀就打做个：颠狂柳絮随风舞，轻薄桃花逐水流。羊角道德真君只是口里打啧啧，没奈何，收了飞刀，接了蓝面鬼。

南朝二将策马而回。只是两个马带了些伤，一个伤了后腿，一个伤了尾巴。蓝旗官报上中军宝帐，总兵老爷大喜，说道："威武不能屈，这才是个将官的道理。"道犹未了，那三尺长的小道童又来讨战，口里不知高、不知低地说道："要生擒道士，要活捉和尚。"总兵老爷说道："须得天师，才有个结束还他。"即时请到天师。天师道："这小道童儿是个甚么来历？"总兵老爷道："前日之时，多蒙天师道力退了妖婢姜金定。这如今又是姜金定请到甚么羊角山羊角洞羊角道德真君。这真君原是姜金定甚么师父，神通广大，变化无穷，先着这个小道童做个前部先锋，会弄三头四臂，青面獠牙，唬吓人取胜。先前千户沙彦章被他捉去，后来金指挥、黄指挥两人出马，已自有个赢手，又被羊角真君满天的飞刀遮头扑面，以此上二将不能取胜。如今小道童又来讨战，坐名要天师对阵，故此冒渎尊颜，请凭示下。"天师道："此等妖道，何足为奇，贫道家传自汉朝到于今日，历过多少朝令，见过多少法师，莫说顶冠束带的，就是三岁娃花儿，也晓得神通，也晓得变化。莫说受生为人的，就是鸡、豚、鹅、鸭，也会通神，也会变化。"总兵老爷道："似此说来，绝妙，绝妙！须烦天师一行。"天师道："贫道就行。"即时出马，左右列着两杆飞龙旗，左边是二十四名乐舞生细吹细打，右边是二十四名道士仗剑捧符。中间一面坐纛，坐纛上写着"江西龙虎山引化真人张天师"十二个大字。门旗隐隐，一个天师坐着一匹青鬃马。

却说那个小道童儿看见一簇人马，擂鼓摇旗，就要厮杀，也不管他是个甚么人，掣过那一杆火尖枪，劈胸就是一枪。天师一袖拂开了枪，一手举起七星宝剑，望空一掀，主意来取道童的首级。哪晓得羊角道德真君闪在半空中云头里面，把个宝剑接住了。天师看了半日，不见个七星宝剑下来。只见那个小道童现出三头四臂，三丈金身，朱红头发，青脸獠牙。三个头就是三张口，口口说道要捉天师。四只手就是四杆枪，枪枪来奔天师。

天师倒也好笑，没奈何，只得跨上草龙，腾空而起。腾空而起不至紧，却又劈头撞着羊角道德真君。真君高叫道："哪里走！"天师道："你是个甚么人，敢来拦我的去路？"真君看见天师来得凶，却不敢轻易，连忙地拿过水火花篮儿，取出一个宝贝来。这宝贝不是小可的，却是轩辕黄帝头上一个顶阳骨，团团圆圆，如镜子之状。他却是一股太阳真精，聚而不散，背后有五岳四渎，面上有社稷山川，明照万里，即如皓月当空。凭你是人、是鬼、是神仙，举起来一照，即时现出本形。凡是呼风唤雨，驾雾腾云，见之即止。凡是驱神遣将，五囤三推，见之即退。任是移星转斗擎天手，也要做个懵懂痴呆浑沌人。这宝贝名字叫个轩辕镜，羊角道德真君取出这个镜来一照，天师没奈何，也自现了本相，连人连草龙都掉将下来。下面又撞着姜金定日月双刀，蓝面鬼火枪三杆，天师看见倒也好笑，没奈何只得丢下一根束发玉簪儿来。那簪儿嗖地一声响，化成一条白龙，驮着天师下海而去。

却说羊角大仙得了头阵，满心欢喜，跨着八叉神鹿，仗着天曹宝剑，左边一个姜金定日月双刀，右边一个无底洞火枪三杆，成群结党，往往来来，高声叫道："你既是天师，怎么败阵而走？再有本领敢来战么？"天师道："这个妖畜如此无礼，唐突于我。"即时出马，也不用飞龙旗，也不用皂坐纛，也不用乐舞生，也不用甚么道士，单骑着一匹青鬃马，仗着一口七星宝剑，高声骂道："那骑鹿的草虫，那三头的恶鬼，亏了你们好厚脸皮！人生在天地之间，秉阳精而为男子。男正乎外，夫者妻之纲，岂可以区区男子，六尺身材，反被一个妖妇所惑，反为一个妇人指使？巾帼之辱，挞于市朝。何况于你男女混杂，昼夜不分，成一个甚么道理？纵有大功，难收此耻！"羊角仙人听知这一席话儿，心上老大的没趣，只是勉强答应道："你败兵之将，不足以言勇，反来摇唇鼓舌，惑乱我的神机。"道犹未了，姜金定在左壁厢抡动日月双刀，竟奔到天师的面上；右边蓝面鬼掣过三杆火枪，竟奔到天师的身上。天师急架相迎。前面羊角仙人又是劈头的宝剑。天师那一口七星宝剑：

一冲一撞，说甚么李天王降妖魔于旷洞之野；一架一迎，那数他揭帝神收魍魉于阴山之前。枪对枪，刀对刀，剑对剑，管教他难寻半点空闲；撇处撇，捺处捺，长处长，到底是不争分毫差错。一任他一二三，抖擞威神，恁般地喊声震动；但凭俺七八九，设施武艺，全不见战马咆哮。舞八方，俨然是个乾、坎、艮、震、巽、离、坤、兑之位；威生八面，竟然打破他休、伤、杜、绝、惊、开、生、死之门。风行雷令，就是须弥山即如芥子，何愁他铁叠金城；火速符飞，纵然大罗殿就在目前，岂惧你凶神恶煞。谁不道我龙虎山龙虎衙龙虎真人，统领着貔貅百万；却笑你小西洋羊角山羊角洞羊角草仙，牵连得麂獐一班。正是：走入边崖石径斜，无端魍魉竟揄揶。岂同三战刘先主，直是钟馗把鬼拿。

却说羊角仙人看见张天师来得不善，转身取过水火花篮儿，拿动宝贝。天师眼儿又快，早知其意，即时取出一道飞符，放在宝剑头上烧了，念了两句，喝了一声，早有四个天将站在面前。及至羊角真君又取出那个轩辕镜来，实指望天师照依前番落马。不晓得天师倒不曾落马，恰被黑脸獠牙的赵元帅照头一鞭，打得个落花有意随流水，流水无情恋落花。好个赵元帅，左一鞭，左边姜金定慌了，随着鞭梢儿一道火光，入地而去。右一鞭，右边无底洞三个头只剩得一个，四只臂只剩得一双，拽着枪没命而跑。

天师谢了天将，得胜回来。元帅老爷道："多蒙天师道力，杀退此贼，但此贼一日不擒，此国一日不服，设何计以擒之？"天师道："今日天晚，尚容明日贫道再作一个处置。"到了明日，不待天师出马，那个羊角仙人又领了姜金定、蓝面鬼阵前讨战。天师今番拿定了主意，方才出马。羊角仙人见了天师，一口宝剑斜撇而来。天师七星宝剑急忙架住，一上一下，一往一来。两个人正战在酣处，只见左肋下姜金定，斜刺里日月双刀滚将来。左边就有一个天师，一口七星宝剑单战姜金定。两家正战在酣处，右肋下三头四臂鬼，斜刺里三杆火尖枪刺将来。右边就有一个天师，一口七星宝剑单战三头四臂鬼。正战在酣处，羊角仙人高叫道："好道士，你会分身法，偏我不会使个分身么？"道犹未了，一个就是十个，十个就是一百个。天师高叫道：“好草仙！你会分身法，偏我不会使个分身么？”天师也是一个分十个，十个分百个。先是一百个羊角仙人，已是塞满了荒草坡前。今番又添了一百个张天师，就把个荒草坡围得密密层层，吆吆喝喝。一百个羊角仙人，一百口飞刀；一百个张天师，一百口七星宝剑，混杀做一坨儿，也不见个高低，也不分个胜负。

羊角仙人心里想道：“两家只斗个分身之法，何足为奇，少不得还要拿出宝贝儿来耍他一耍。”一手提着水火花篮，一手摸着宝贝。天师的神眼岂当等闲，先前就看见了，急忙地剑头上烧了飞符，喝声：“到！”羊角仙人拿出那个轩辕镜的宝贝儿来打一照，两家子都收了分身法。仙人即时跑向前来，指望把天师拿住。哪晓得左边猛空的扑地一声响，转头看时，只见左边站着一个三只眼、拿火砖的大汉，掣将水火花篮儿去了。未及开口，右边猛空的也扑的一响，转头看时，只见右边站着一个铁幞头、拿钢鞭的大汉，一手掣将轩辕宝贝儿去了。未及转身，那两个大汉驾起一朵祥云，腾空而起。羊角仙人也自腾空而去。两个要拿去，一个要抢来，三个人绞作一堆儿在半空之上。

却说去了羊角仙人，止剩得一个姜金定，一个蓝面鬼。这两个怎么是天师的对手？天师把个嘴儿拱一拱，那两个就是钉钉了的一般。天师对着左边喝一声道：“贱婢！你的日月双刀怎么不舞？”姜金定把个眼儿瞅两瞅，只是动不得，也没奈何。天师又对着右边喝一声道：“小鬼，你的火尖三杆枪怎么不戳？”蓝面鬼把个眼儿瞪两瞪，只是动不得，也没奈何。天师道：“相烦关元帅，与我拿他过来。”只见关元帅圆睁凤眼，倒竖蚕眉，怕他什么姜金定，怕他什么蓝面鬼，少不得一条索。天师辞了天将，解上两个贼头，献上中军帐元帅麾下。三宝老爷道：“你两个是甚么人？”一个道：“俺是金莲宝象国女将姜金定。”一个道：“俺是羊角大仙徒弟无底洞。”三宝老爷道：“你两个人少不得一死。只一件来，死于王事，不失为忠。”姜金定道：“既是女将们尽忠，元帅这里理合释放罢！”三宝老爷道：“怎么释放得你？自古道：在商为义士，在周为顽民。”三宝老爷又有些痨气，叫声：“左右的，每人赏他酒一瓶、肉一肩，与他一个醉饱而死。”姜金定头也不转。蓝面鬼一口一瓶酒，一口一肩肉。左右道：“你怎么吃得这等快哩？”蓝面鬼道：“你岂不晓得我是个无底洞？”左右道：“这一位怎么不吃？”蓝面鬼道：“他是个女将军，洞有底。”左右道：“既是有底，怎么会陷人哩？”蓝面鬼道：“正叫作个有底陷人坑。”

道犹未了，一枝令箭下来，着俘囚解到帐下。三宝老爷道：“押出辕门外枭首示众。”王尚书道：“且慢！”老爷道：“怎么且慢？”王爷道：“下战斩首，上战输心。今日枭首之时，也要他心服。”老爷道：“怎见得他心服？”王爷道：“要他各人供一纸状，看他心下何如。”老爷道：“王老先儿说的就是。”即时责令两个俘囚，各人供状一纸。老爷道：“你两人今日之死，各人心服不服？”两个人齐声答应道：“心服。”老爷道：“你两人既是心服，各人供上一纸状来。”姜金定道：“女将不知道状是怎么样供？”老爷叫声：“左右的，取出供状式样来与他看。”

姜金定看了供，说道：“供状人姜金定，系金莲宝象国总兵官姜老星忽剌之女，供为违抗天兵，自取罪戾事：中国有圣人，万邦来享。天兵西下，自不合鞠旅陈师，违抗不顺，以致战败受俘，理当枭首。逆天者亡，夫复何辞！所供是实。”

蓝面鬼供说道：“供状人无底洞，系羊角山羊角洞羊角道德真君徒弟，供为妖邪煽惑良民，自重罪恶事：王者四海一家，卧榻边岂容鼾睡。自不合猖妖惑众，抗拒天兵，以致人国兵伤财尽，是谁之过欤？妖言者斩，亲于其身为不善。罪何可逃？所供是实。”

三宝老爷看了供状，说道：“这两人果真心服。”王爷道：“得他心服，才是个王者顺天应人之师。”旗牌官押赴辕门外枭首，一个人一刀。只见姜金定一道黑烟，扑天而去；蓝面鬼一刀两段，白气腾地而去。旗牌官报上中军帐。三宝老爷道：“快问天师。”

不知天师有何高见，晓得他是个甚么脱壳金蝉，且听下回分解。

第28回　长老误中吸魂瓶　破瓶走透金长老

诗曰：

为问西洋事有无，狰狞女将敢模糊。
防风负固终成戮，猰貐强梁竟作俘。
可汗头颅悬太白，阏氏妖血溅氍毹。
任君惯脱金蝉壳，难免遗俘献帝都。

却说三宝老爷听知辕门外刀下不见了人，一时未解其意，请问天师。天师道："黑烟是火囤，白气是水囤。"三宝老爷不准信，说道："既是他会水、火二囤，怎么初然肯受缚而来？怎么末后肯定供状？"王尚书道："似此绑缚，怎么得脱？"天师道："二位元帅不信，即时就见分明。"道犹未了，蓝旗官报道："有妖道身骑着八叉神鹿，手持宝刀，带领姜金定、蓝面鬼，还有一支番兵番马，声声叫道要放火烧船，张天师不在心上，单要生擒金碧峰长老。"原来羊角仙人是个仙籍上有名的主儿，就是马元帅、赵元帅擅便，纵然争闹一场，水火篮、轩辕镜俱已付还他了，故此他又下来讨战。三宝老爷道："果真的，这些番狗死而不死，着实是不好处。"天师道："此时天晚，莫若抬将免战牌出去，俟明日天晓再作道理。"

却说羊角仙人看见了免战牌，高叫道：“你们有耳朵的听着，我们今晚且回，明日来单要你甚么金碧峰出马，其余的倒不来也罢。”三宝老爷听知他这等吆喝，心上老大的吃力。到了明日早上，请出王尚书来，大家计议。王爷道：“今日妖道再来，我和你说不得了。来说是非者，便是是非人。还只在国师身上才好。不然连我等的性命都是难逃。”道犹未了，妖道又来讨战，不要别人，坐名要金碧峰长老。王爷道：“说不得了，只得拜求国师。”老爷道：“见教的极是。”

相见国师，国师道：“连日胜负何如？”三宝老爷道：“这个金莲宝象国如何这等费手也？”长老道：“怎么费手？”老爷道：“前日有几员番将，武艺颇精，神通颇大，仗凭朝廷洪福，国师佛力，俱已丧于学生的帐下诸将之手，故此不曾敢来惊烦国师。近日出一女将名唤姜金定，虽是一个女流之辈，赛过了那七十二变的混世魔王，好厉害哩！好厉害哩！多亏了天师清净道德，败了他几阵。不料他到个甚么羊角山羊角洞，请下个甚么羊角道德真君来。那真君骑一只八叉神鹿，仗一口飞天宝剑，带领了一个小道童：三头四臂，一手就伸有三丈多长，朱砂染的头发，青靛涂的脸儿。连番厮杀来，诸将不能取胜。昨日天师三战妖道，虽不曾大败，却也不能大胜。今日妖道又来讨战，口口声声不要他将交锋，坐名要国师老爷出马，故此俺学生辈不识忌讳，特来相恳。”长老道：“善哉，善哉！贫僧是个出家人，慈悲为本，方便为门，怎么说个‘出马’二字。就是平常间，扫地也恐伤蝼蚁命，飞蛾可惜纸糊灯。”三宝老爷心里想道：“国师这个话，是个推托的意思。”王尚书心里想道：“国师推托，我们下西洋的事，就有些毛巴子样儿。”只有马太监在座，倒是个肯说话的，他说道：“既国师不肯出马，不如暂且宝船回京，奏过万岁爷再作道理。”长老道：“阿弥陀佛！怎么暂且回京？”马公道：“用兵之道，进退二者。今日既不能进前，莫若退后。若做个羝羊触藩，进退两无所据，那时悔之晚矣！”长老道：“阿弥陀佛！你们都不要慌，待贫僧出去看一看来，看这仙家是个甚么样子。”马公道：“看也没用处。”长老道：“自古说得好：‘三教元来是一家。’待贫僧看他看儿，不免把些善言劝解他归出去罢。”马公道：

“道士乃是玄门中人，不比释教慈悲方便。倘或他动了火性，饶你会说因果，就说得天花乱落如红雨，怎奈他一个不信，他尊口嗷然佯不知。不如依俺学生愚见，暂且回京的高。”长老道：“钦承王命，兵下西洋，岂可这等半途而废？待贫僧去劝解他一番，看是何如。”

长老站将起来，把个圆帽旋了一旋，把个染衣抖了一抖，一手托了紫金钵盂，一手拄着九环锡杖，念了一声“阿弥陀佛”，把个胡须抹了一抹，竟下宝船而去。王尚书走向前来，问说道：“国师哪里去？”长老道：“贫僧去劝解那个仙家，叫他转回山去罢。”王爷道：“你把自己的性命都不当个性命。虽说你佛门中曾有舍身喂虎、割肉饲鹰，那却是个朝元正果。你今日身无寸甲，手无寸铁，旁无一人，光光乍儿前临劲敌，岂不是个暴虎冯河。倘或有些差池，怎么是好？”长老道：“有个甚么差池？”王爷道：“国师忒看轻了。昨日天师带领着许多人马，况有令牌符水随身，况有天神天将救护，况有草龙腾空而起，偌大的本领，尚不能取胜于他。你今日赤手空拳，轻身而往，岂不是羊入虎口，自速其亡？依我学生愚见，还带一支人马，远壮军威；还带两员将官，随身拥护。国师，你心下如何？”长老低了头，半晌不开口，心里想道：“天师虽则是外面摆列得好看，内囊儿怎比得我的佛力。”过了半晌，说道：“贫僧也不用人马，贫僧也不用将官。”马公道：“国师可用一匹脚力？”长老道：“贫僧也不用脚力。”三宝老爷道：“你们只管琐琐碎碎，国师，你去罢！全仗佛爷无量力，俺们专听凯歌旋。”长老把个头儿点了一点，竟下宝船而去。长老去了，马公道：“国师此行不至紧，我们大小将官和这几十万人马的性命，都在他身上。”王爷道：“怎见得这些性命都在他身上？”马公道：“我们当初哪晓得甚么西洋，哪晓得甚么取宝，都是天师、国师所奏，故此才有今日。到了今日，正叫作满园果子，只看得他两个人红哩！昨日天师有偌大神通，也不能取胜。今日国师此去，又未知胜负何如。倘或得胜，就是我大明的齐天洪福；倘或不能取胜，有些差池，反惹他攻上船来，我等性命也是难保。”王爷道：“老公公之言深有理。只是这如今事出无奈，空抱杞人之忧。”

马公道：“俺学生还有一个处置。”王爷道：“是个甚么处置？”马公道："禀过元帅郑爷，差下五十名夜不收，前去打探军情。若是个国师得胜，报进营来，我们安排金鼓旗幡迎接。倘或不能取胜，多遣将军，多发军马，助他一阵。再若是国师微弱，被妖道所擒，叫他作速地报上船来，我们绞动缆车，拽起铁锚，扯满风篷，顺流而下，回到南京，再作一个道理。王老先儿，你意下何如？"王爷道："此计悉凭元帅郑爷裁处。"禀过三宝老爷，老爷说道："所言者是。"即时差下五十名夜不收，前去打探消息。怎么南朝的夜不收会到西洋打探军务消息？原来三宝太监是个回回出身，他知道西番的话语，他麾下有一支人马，专一读番书，专一讲番语，故此有这一班夜不收，善能打探消息。

却说这五十名夜不收离了宝船，望崖上奔着，国师老爷就早已看见了。原来西番俱是些沙漠地界，无山林丛杂，无冈岭绵亘，五十名夜不收走得尘土迷天，故此老爷就晓得了。老爷心里想道："这五十个人多应是元帅不放心，差下来打听我的消息。只是俺却也要提防他。怎么要提防他？我如今是个四大假相，前面羊角道士若是个妖邪草寇，便不打紧。若是哪一洞的神仙，或是哪一代的祖师，我少不得调动天兵，少不得现出我丈六长的真相，少不得这五十个人看破了我。看破了我不至紧，你也说道：'国师不是个和尚，是尊古佛。'我也说道：'国师不是个和尚，是尊古佛。'自古道：'真人不露相，露相不真人。'却就枉了我涌金门外托生的功果。又且前面有许多的国度，各国有许多的妖僧妖道，有许多的魑魅魍魉，张也挨我去，李也挨我去，我都去了，却教这些下西洋的将官功绩，从何得来？损人利己，岂是我出家人的勾当？故此我也要提防他一番。"好个国师，无量的妙用，把手望东一指，正东上吊将一位神将下来，朝着国师绕佛三匝，礼佛八拜，凤盔银铠，金带蓝袍，手里拿着一杆一千二百斤的降魔杵。国师起头看时，原来是个护法韦驮尊者。长老道："相烦尊神，把贫僧的四大色身重叠围护，不可泄露天机。"韦驮道："谨遵佛爷牒旨。"国师又把手望西一指，正西上祥云缭绕，瑞气盘旋，一朵白云落在草坡之下。长老起头一看，只见一位尊神：

头戴枪风一字巾，四明鹤氅越精神。

五花鸾带腰间系，珠履凌波海外人。

长老道：“尊仙高姓大号？”那仙家拜伏在地，说道：“在下不足是个白云道长。”长老道：“相烦尊仙，可将白云八百片遮住我南军耳目，不可泄露天机。”白云道长说道：“谨依佛旨。”须臾之间，乌云陡暗，黑雾漫天，坐营坐船的军士还不至紧，所有打听的五十名夜不收，嗫嗫嚅嚅，都说道：“好古怪！天有不测风云，人有旦夕祸福。适才明晃晃的青天白日，一会儿就是这等乌云蔽日，黑雾遮天。只怕还有大雨来，雨来却要了我们没脚手的，不免到这个山凹底下躲一躲儿。”

却说金碧峰长老一步步地望草地下来。羊角道德真君早已看见沿海岸走着一个僧家，头长耳大，面阔口方，一手托着一个钵盂，一手拖着一根禅杖，只身独自大摇大摆而来。羊角仙人心里想道：“来的就是南朝甚么金碧峰和尚了。只一件，若是甚么金碧峰，他是南朝朱皇帝亲下龙床，四跪八拜，拜为护国国师，他岂不领兵统卒？他岂不擂鼓摇旗？这还不是他。”一会儿又想道：“我这西洋却没有个和尚，想必就是他。也罢，是与不是，待我叫他一声，看是何如。”高叫道：“来者莫非是南朝金碧峰长老么？”原来三教中惟有佛门最善，长老低声答应道：“贫僧便是。”羊角仙人看见金碧峰这等鄙萎，心里想道：“过耳之言，深不足信。姜金定就说得南朝金碧峰海阔的神通，天大的名望，原来是这等一个懦夫。擒这等一个懦夫，如几上肉，笼中鸡，何难之有！”叫一声：“无底洞，你与我拿过那个和尚来。”

无底洞写供状的馊酸陈气才没处发泄，听知叫他拿过和尚来，他便怒从心上起，恶向胆边生，掣起那一杆火尖枪，飞过来直取金碧峰长老。长老看见他的飞枪戳到自家身上来，说道：“善哉，善哉！贫僧是个出家人，怎禁得这一枪哩！”那佛爷爷的妙用，把个指头儿略节地指一指，那无底洞两只脚就如钉钉了的一般，那无底洞一杆枪就像泥团儿塑的一般。无底洞分明要走，脚儿难抬；分明要厮杀，枪又不得起。只得口口声声吆喝道：“师父救弟子哩！”就叫出三丈长的金身来，就叫出三个头，四个臂来，就叫出朱砂染的头发、蓝靛涂的脸皮来。长老看了，笑一笑说道："好说道你是个人，你又不像个人；好说道你是个神，你又不像个神；好说道你是个鬼，你又不像个鬼。"全不在长老心上。

须臾之间，长老起眼一看，只见他顶阳骨上，有三尺火光而起。长老心里想道："此人不中相交的。"把只僧鞋在地上拂了一拂，佛爷爷衣袖里面走出一个小和尚来，不上一尺二寸来长，光着头，精着脚，一领小偏衫，数珠儿一大索，朝着长老打一个问讯，说道："佛爷着弟子哪壁厢使用？"长老道："你与我把前面的无名鬼退了。"其人虽小，本事高强，走向前去，喝声道："无名鬼！此时不退，等待何时？"无底洞反笑起来，说道："吃乳的娃娃就做和尚。"小和尚道："油嘴！你还不退，要费我的手么？"即时取出一尺二寸长的铁界尺来，照着无底洞的孤拐上扑通一界尺，打得个无底洞跌翻地上，四脚朝天。

羊角仙人看见打翻了无底洞，心上老大吃力，高叫道："好个出家人，恁地凶哩！焉敢就伤我徒弟。"连忙地催动八叉神鹿，走近长老身边，提起一口宝剑来，望空一撇，喝声道："中！"那口剑先从下而上，复从上而下，竟照着长老的顶阳骨砍将下来。长老把个指头略节一指，那口剑早已落在草地里。羊角仙人见了，大惊失色，心里想道："这和尚不中看，却中吃，比着昨日的道士老大不同。少不得也拿出那个宝贝儿来，会他一会。"即忙里提过水火篮来，一手拿着轩辕宝镜，望空一掷。这个轩辕宝镜宜真不宜假，长老丈六金身，哪怕他照。只是长老本心是个真人不露相，不肯把他照破了，连忙地把个手里钵盂也望空一掷。钵盂上去，就把个轩辕镜迎住了，不能不来。一个是佛门中天无二日，一个是玄门中国无二王，两家子敌一个相当。

长老收了钵盂，仙人收了宝镜。仙人心里想道："这个和尚本领高强，不枉了南朝朱皇帝拜他八拜，拜为国师。我只是寻常的家伙，耍他不过。兵行诡道，不免安排个巧计，教他吃我一亏，才见得我的本领，才不枉了姜金定请我下山。"心上经纶已定，方才开口高叫道："金碧峰，我闻你是南朝护国的国师。一人之师相，百官之领袖。巍巍乎惟你为大，惟你为师。

你享这等的大名，还有些甚么大本领么？”长老道：“阿弥陀佛！贫僧是个出家人，有个甚么大本领。”羊角仙人道：“盛名之下难久居，你今撞遇着我是个真对子，你也拿出些本领来才像。”长老道：“阿弥陀佛！但凭仙人吩咐就罢。贫僧有个甚么本领拿出来？”羊角仙人道：“也罢，我叫你一声金碧峰，你敢答应我么？”原来金碧峰长老是个佛爷爷临凡，佛力广无边，无可无不可。凭人叫他长，他就长，叫他短，他就短，全不用半点儿心机。却也凭你就是个八天王，也坏他不得。他说道：“阿弥陀佛！有问即对，岂有叫我名字我不答应之理？”羊角仙人道：“军中无戏言。”长老道：“贫僧是个出家人，一言一语，有个甚么戏言？”羊角仙人高叫一声道：“金碧峰长老哩！”长老应一声道：“有，贫僧在这里。”只见羊角仙人手里一个三寸长的瓶儿，把个长老捞将去了。

捞将金碧峰去了不至紧，早有那五十名夜不收打探军情的，报上中军宝帐。马公道：“快上宝船，绞动缆车，拽起铁锚，扯满风篷，顺流而下，竟转南京。事在呼吸，不可迟疑。自古道：‘三十六计，走为上策。’”王尚书道：“‘三十六计，走为上策’，岂我们堂堂大将之事？”三宝老爷道：“大丈夫马革裹尸，‘人生自古谁无死？留取丹心照汗青’。怎么说一个‘走’字？”道犹未了，只见非幻禅师早知其事，但未审是真是假，说：“即如是真，他自有个脱身之计。又或者是个疑上添疑，计中用计，亦未可知也。”三宝老爷道：“禅师言之有理。”这正叫作个知师者莫若弟子。即时取出一枝令箭，传示各营，敢有妄报军情者，即时枭首示众。

却说羊角道德真君拿了一个瓶儿，把个塞儿塞了瓶嘴，叫一声：“姜金定，你来。”姜金定连忙地跪下，说道：“师父有何吩咐？”真君道：“我今日与你干了这一个大功。”姜金定说道：“师父怎么就捞翻了他？”真君道：“他不合打翻了我的无底洞，故此我恼上心来，用此毒计。”姜金定道：“多谢师父的仙力，拿了这个僧人，其余的将官不在话下。”羊角真君道：“徒弟，你拿这个瓶儿去见番王，算你的十代功劳。”姜金定说道：“这个瓶儿有些淘气，弟子不敢拿。相烦师父进朝走一遭，同献功劳，也不枉师父下山来一次。”真君不肯去，姜金定决意要请去。羊角仙人看见他心坚意坚，便和他同去，跨着一只八叉神鹿，左手提着一口宝剑，右手拿着这个瓶儿。番王下榻相迎，说道："寡人有何德能，敢劳祖师鹤驾，未及远迎，望乞恕罪！"仙人道："小徒之请，不得不然。"番王请羊角仙人坐在龙床上面，自家下陪，说道："多谢祖师仙力，擒此僧家，寡人的社稷坚牢，江山巩固。自此以后，一时十二刻，俱是祖师之大赐。"羊角真君道："仰仗大王洪福，凭着小道本领，擒此僧家，实是难事。"番王道："拿的和尚在哪里？带过来与我看一看。"羊角真君手里拿着一个瓶儿，说道："和尚拿在这个里面。"番王道："怎么和尚拿在瓶里？"羊角真君道："这个瓶尽有些来历。"番王道："是个甚么来历？"羊角真君道："这是元始天尊炼丹的丹鼎，里面有万年的真火，百代的真精。"番王道："有多少年代哩？"羊角真君道："自从盘古不曾分天地之先，已经烧炼了万千多载。及至盘古分天地之后，又曾烧炼了千百多年。"番王道："怎么会吃人哩？"真君道："不是会吃人。天地间只有这一股真精真气，放之则弥六合，卷之不盈一掬。一真相契，翕受无遗。"番王道："怎么得那个人进来？"真君道："我这里先开了瓶口，方才叫那个人一声，那个人答应了一声'有'，大抵声出于丹田，声到气到，气到精到，故此就把那个人吸将来。"番王道："叫作个甚么名字？"羊角真君道："叫作个吸魂瓶儿。"番王道："死魂可也吸得么？"真君道："吸死魂就是个吃死食的。"番王道："祖师从何得来？"真君道："这是我道家第一个宝贝，惟有德者有之。"番王道："这和尚在里面，怎么结果他？"真君道："到了午时三刻，便就化作了血水，就是他的结果。"番王叫左右的快排筵宴，一则款待祖师，二则守过午时三刻。真君道："把这瓶儿挂在金殿上正中梁上，待等午时三刻，再取它下来。"番王大喜，设宴相待。正是：

一杯一杯复一杯，两人对酌山花开。
我醉欲眠卿且去，明朝有意抱瓶来。

番王与羊角真君献酬礼毕，不觉的就是午时三刻以来。真君叫道："快取梁上的瓶儿来与我。”当有番官番将双双两两，即时取过瓶来。真君接着，晃了一晃，说道：“里面金碧峰长老已经化成血水了，明日擒了元帅，烧了宝船，天下太平，黎民乐业，大王再整一席太平宴。”番王道：“太平宴是小事，只是难逢祖师之奇珍。”真君道：“此乃小事，何足为奇。”即忙把个瓶儿递将下去，文与文共，武与武连，看了一周，付还羊角真君。真君接到手里，再晃一晃，觉知道轻了些，仔细看来，只见瓶底上有一个针眼大小的窟窿。真君吃了一惊，说道：“哎，罢了！”番王看见羊角道德真君吃惊，把他也唬倒了，问道：“祖师为何着惊？”真君道：“贫道这个宝贝百发百中，饶他就是超凡入圣，上界天星，入在瓶中，过了午时三刻，未有不化成血水者。哪晓得这个和尚钻了我宝贝的底火。走了和尚不至紧，坏了我的宝贝，无药可医。”番王道：“一个和尚这等弄喧，寡人的龙床坐不稳了。”真君道：“大王放心宽解，容贫道暂且回山采些药草，补完了这个瓶儿，再来与大王出力。那时节尽数搬出我祖传的本领来，饶他活佛，吃我一亏。”竟跨着八叉神鹿，驾起祥云，望羊角山而去。无底洞赶向前，高叫道：“师父带得弟子归山去也罢！”真君道：“你暂且在这里，我不日又来。”姜金定说道：“全仗先锋，诚恐那和尚又来哩！”无底洞说道：“先锋好做，铁界方难熬。”大家笑了一会儿。

却说金碧峰长老回到宝船，非幻禅师只是鼓掌而笑。三宝老爷道：“国师怎么遭他的毒手？”长老道：“他是个吸魂瓶儿，叫一声应一声，就把个三魂七魄吸将去了。”老爷道：“怎么又得回来？”长老道：“是贫僧把根九环锡杖捣通了他的底眼，抽身而来。”老爷道：“他今番又来，何以处之？”王尚书道：“只是一个不答应他，任他叫得花如锦，奴家只是一个不开言。”长老道：“到底不是个结局。”马公道：“他的瓶底儿已经捣穿了，怕他来怎么？”长老道：“他肯甘心做个破家伙？一定要去泥补。”王尚书道：“就这个泥补里面，安个机窍。”长老道：“贫僧自有个安排。”

毕竟不知长老是个甚么安排，且听下回分解。

第29回　长老私行羊角洞　长老直上东天门

诗曰：

白云羊角石门开，人向蓬莱顶上来。
四面峰峦排剑戟，九重烟雾幻楼台。
水清潭底龙常宅，风静松梢鹤又回。
一觉长眠天未晓，吸魂瓶底只相催。

却说长老说道："贫僧自有个安排。"道犹未了，一道金光径到羊角山羊角洞口。收了金光，早有个本山的山神接住，看见是个佛爷爷，绕佛三匝，礼佛八拜，说道："不知佛爷爷降临，未曾远接，接待不周，望佛爷爷恕罪。"长老道："羊角道德真君可在这个洞里？"山神道："在这个洞里。"长老道："此时可在洞里么？"山神道："因为佛爷爷把他宝贝儿捣坏了，他方才进得门来，气冲冲吩咐徒弟有底洞，看守了那个水火花篮儿，叮嘱道：'花篮儿里面有许多的宝贝，不可轻易。我下山去采些药草回来，补炼吸魂瓶底。'因此下山去了，不在洞里。"长老道："羊角大仙今日下山，怎么样打扮？"山神道："他今日下山，挽的双丫髻，穿的白道袍，系着一条黄丝绦，麻窝子暑袜一般高。"长老道："手里拿着甚么？"山神道："手里提的另是一个小篮儿。”长老道：“你们且回避着。”山神回避了。好长老，摇身一变，就变作一个羊角真人一般无二，挽的双丫髻，穿的白道袍，束着一条黄丝绦，麻窝子暑袜一般高。手里提着一个小篮儿，摇摇摆摆，摆进洞去。适逢得那个有底洞的徒弟正在瞌盹，长老装作一个羊角道德真君，叫一声：“有底洞！”把个有底洞唬得好梦忙惊醒，颠狂不自由。长老又故意地骂上两声，说道：“着你看水火花篮儿，原来只在这里打盹！”有底洞说道：“方才把个眼皮儿睁一睁，哪晓得师父就来。”长老故意地说道：“我不曾下山去哩！”有底洞说道：“原来不曾下山去？却就折将回来。”长老故意地说道：“是我下山去，走了几步，忽然间想起来，那个碧峰和尚本领高强，他倘或到这里做个‘犬吠鸡鸣潜度关’，却不坑杀了我？不如带在身边，万无一失。”那有底洞正然要去瞌睡，巴不得个冤家离眼前，说道：“师父说得有理，不如你拿去罢，省得弟子担惊受怕的。”长老又故意地说道：“拿过篮儿来。”有底洞双手捧着个篮儿。长老取了个吸魂瓶，又故意地叮嘱道：“这一件宝贝是我拿去，篮儿里面别的宝贝还多哩！你再打盹，我回来和你讲话。”有底洞心里想道：“骑马不撞着亲家公，骑牛便就撞着亲家公。方才打得一个盹，惹得师父说了这许多唠叨。”

却说金碧峰长老得了仙家这一个宝贝，金光一道，早上了宝船。三宝老爷说道：“适来国师为甚么匆匆而去？”长老道：“也只为着个吸魂瓶儿。”老爷道：“怎么为着个吸魂瓶儿？”长老道：“贫僧料定了那个仙人去下山采药，是贫僧弄了一个术法，诓得他的瓶儿来了。”老爷道：“在哪里？”长老道：“在这里。”老爷道：“借与俺学生瞧一瞧。”长老即时把个瓶儿递与三宝老爷。老爷道：“原来这等一个瓶儿，只有三寸来长，三寸来围，就像白玉石碾成的一般。”马公道：“这等一个小瓶儿，如何装得一个老大的人在里面？”长老道：“此乃仙家妙用。可以大，大则包山吸海。可以小，小则针鼻子不能容。可以轻，轻则无一毛之力。可以重，重则这等一个宝船，也可以装载得宽兮绰兮。”马公道：“原来这等妙，借俺学生看一看。”各公公俱看了一看，说道：“可将此瓶传示众将，今后遇着这等一个瓶儿，叫你名字切不可答应。”长老道：“善哉，善哉！

传示各将官俱看一看。”这一看不至紧，中间就有一段古怪跷蹊的事出来。

是个甚么古怪跷蹊的事出来？瓶儿递与众将官，众将官看完了，仍复递与金碧峰长老。长老拿在手里一看，仰天一声大笑。三宝老爷道：“国师大笑，笑着哪一件来？”长老道：“这个吸魂瓶儿不是真的了。”三宝老爷吃了一惊，说道：“怎么不是真的？”长老道：“是哪一个抵换去了。”老爷道：“国师差矣。众将官俱是我帐下的人，正叫作南来一路雁，岂有个抵换之理！”长老道：“不是我这里人抵换，就是那羊角道德真君抵换去了。”马公道：“羊角真君过来，众将官岂不认得？”长老道：“那大仙的本领不小，他必然是变作我的南朝军士，混在帐前，撮撮弄弄，弄将去了。”马公道：“哪里变得这等儿厮像。”长老道：“我怎么变得像羊角大士？”王爷道：“查问传送官便知端的。”传送官说道：“只见船头上提铃的花幼儿，他说道：‘只怕明日我也上阵，错答应了他，不如借我看一看。’想必就是他了。”长老道：“就是他了。”三宝老爷道：“怎么来得这等快？怎么变得这等像？俺心上到底有些不准信。”

长老道：“你不准信？”把个手指头望西一指，只见西上吊将一位尊神下来，素巾素袍，素靴素带，看见佛爷爷绕佛三匝，礼佛八拜，说道：“佛爷爷呼唤有何使令？”长老道:“你是何神？”其神道:“小神是西方揭谛神。”长老道：“羊角山羊角洞在你西方么？”揭谛神道：“是在小神西方。”长老道：“洞里有个羊角大仙，你可晓得？”揭谛道：“小神晓得。”长老道：“他方才下山采药，可曾回来么？”揭谛道：“方才采药回来，为着老爷的事，闹了这一会。”长老道：“他怎么闹哩？”揭谛道：“他采了药转回洞中，叫声：‘有底洞拿过吸魂瓶儿来，待我来补着。’那有底洞道：‘师父拿去了，怎么又问我要？’仙人道：‘我下山采药交付与你的，你怎么就沉没了我的？’把个有底洞口里只是叫屈。仙人道：‘叫屈也枉然，我要我的宝贝。’有底洞说道：‘你先前是交付与我，我便与你看守着。然后你下山去，去不上盏热茶时候，翻身折回来。我又问你，怎么就来了？你说是我方才下山去，走了几步，猛然间想起来，那个碧峰和尚本领高强，倘或他走将来撮弄得我的去了，却不是坑杀了我。不如带在身边，万无一失。我便连忙地递与你。你怎么又来问我要，反赖我沉没了你的？’师徒两个你赖我，我赖你，赖了一会儿，羊角仙人袖占一课，早知其情，即时驾起祥云，来到老爷宝船之上。可可的老爷船上都在看宝贝，他就摇身一变，变作个船头上提铃的花幼儿。带的是花幼儿的绿扎巾，穿的是花幼儿的黄披挂，故意地说道：‘只怕我明日也上阵，错答应了他，不如借我也看一看。’他拿到手里来，就抵换去了。”长老道：“是了，你去罢。”揭谛神驾云而去。

长老一手拿了瓶儿，一手叫左右的取过无根水一钟来，用指甲水一弹，弹在那个瓶上，递与老爷。老爷看时，原来是张白纸剪成的。老爷道：“怪哉，怪哉！看此异事，传下将令，叫过花幼儿来。”传令的回复道：“花幼儿连日发了绞肠痧，不曾起来，递得有病状在军政司。”王尚书道：“这都是逼真的，再不须查究。只一件来。”马公道：“哪一件？”王爷道：“那仙人得了这个宝贝，只怕他明日又来。”长老道：“我还去会他的。”马公道：“好人不做倒做贼。”长老道：“都是羊角道士做贼。”马公道：“怎见得是羊角道士做贼？”长老道：“你岂不闻诛斩贼道？”道犹未了，一道金光，烛天而起。却说羊角仙人取了宝贝，转回洞来，好不快活也。叫声：“有底洞在哪里？”有底洞走向前去，说道：“弟子在这里。师父，你是真的，还是假的？”仙人笑了一笑，说道：“我是真的，终不然师父有个假的？”有底洞说道：“那个金碧峰长老和师父一般儿，哪晓得他是个假的。”仙人道：“你这是伤弓之鸟，见曲木以高飞。真的自真，假的自假。你也带些眼色走就好了。”有底洞道：“师父，你在哪里去来？”仙人道：“我去取宝贝来。”有底洞道：“可曾取得来么？”仙人道：“是天大的缘分。”有底洞道：“怎么是天大的缘分？”仙人道：“我去之时，他们正在看这个宝贝。是我变作了南朝一个提铃的花幼儿，接他的过来，复手就把个白纸剪的换了他的。”有底洞说道：“宝贝在哪里？”仙人袖里取出一个吸魂瓶，交付徒弟，说道：“这不是？”有底洞大喜，说道：“师父真好手段也！”仙人道：“我的药草共是七样，已经有了四样，还少三样，我不免还下山去走一遭。你今番却要仔细，再不可被他诓骗了。”有底洞说道：“今番弟子晓得了，师父来得迟，就是真的，师父来得早，就是假的。若是假的，我一把揪住了他，待等师父回来，与他算账。”仙人道：“言之有理。但我去后，你须关上洞门，免致疏失。”有底洞道：“是，是！”羊角仙人离了洞门，方才要下山去，心里想一想，说道：“我还少吩咐了他一件。”却又折回来，敲一敲洞门。有底洞听见是那个敲门。心中大喜，说道：“今番却是金碧峰来也，待我扯住了他，功劳不小。”连忙地开了洞门，也不管是张三，也不管是李四，一把扯住，大喝一声道：“哇！金碧峰，你今番遭我手也！”仙人道：“徒弟，我不是金碧峰，我却是师父。”有底洞道：“你还来胡说。我前番被你哄了，致使我师徒们大闹一场，我今日岂肯轻放于你？”仙人道：“我委实不是金碧峰。”有底洞说道：“你又来哄我。我与师父计议已定，大凡来得迟，就是师父；来得早，就不是师父。岂有我的师父这早晚就折回来也？”仙人道：“你放了我，我有话与你说。”有底洞道：“放是放不成，你有话只管说来，我听着。”仙人道：“我转来与你定下一个计策，好拿金碧峰。”有底洞心上还是半信半疑，说道：“是个甚么计策？”仙人道：“若不定下一个计策，这如今我分明是真的，你又说我是假的；过会儿他分明是假的，你又说他是真的。却不错误了乾坤，颠倒了日月？”有底洞道：“你定下个计策便是。”仙人道：“我和你做下一个哑号儿，大凡是我回来之时，先把头上巾点一点，次二把腰里的绦抖一抖，次三咳嗽三声，不论来迟来早，俱是这个哑号儿，就是你真师父。大凡没有这个哑号儿，就是假师父，你便扯住他，与他相闹。”有底洞心下才明了，放下手说道：“师父饶罪，弟子是个有眼不识泰山，冲撞了师父。”仙人道：“徒弟，我不怪你，这正是你的小心处。”羊角仙人定了这个哑号儿，放心大胆而去。

却说金碧峰到了羊角洞，收住金光。羊角山山神急忙地接住，绕佛三匝，礼佛八拜，说道：“接待不周，望佛爷爷恕罪。”长老道：“羊角仙人可在洞里么？”山神道：“方才又下山去了。”长老道：“他今番又有甚么事下山？”山神道：“他药草共是七味，还少三味，故此下山。”长老道：“他的宝贝在哪里？”山神道：“还在洞里。”长老道：“他今日下山之时，怎么样儿打扮？”山神道：“他今日打扮，与每日不同些。”长老道：“是个甚么不同？”山神道：“他今日头戴的逍遥折巾，身着的鸦青直裰，腰系的吕公丝绦，脚穿的方头云履。”长老道：“他手拿着甚么？”山神道：“他今日撇了小篮儿，拿的是鹅翎羽扇。”长老道：“你且回避着。”好个长老，摇身一变，就变作一个羊角仙人一般的模样，一般的打扮，摇摇摆摆，到羊角洞口叫一声：“徒弟开门。”

有底洞连忙地把个洞门开了，只见衣服、面貌都和师父一般，只是哑号儿不是师父传的。有底洞大笑了三声，说道：“金碧峰和尚，你好不羞哩！前番我是认不得你，被你骗了。今番我又认不得你么？我又被你骗么？”金碧峰长老被他数说得哑口无言，一道金光，烛天而起。有底洞看见长老走了，不胜之喜，嘎嘎地大笑了几声，说道：“我师父好计策也！”长老听知说“好计策”三个字，他便眉头一蹙，计上心来，收了金光，落下洞口。山神接住，说道：“佛爷爷还有甚么使令？”长老道：“他这洞外可有甚么邻居么？”山神道：“山凹之中有一家子姓皮，名字叫作个皮之和，他与羊角大仙相厚，朝夕往还。”长老道：“皮之和家里可有个甚么丫环、小厮么？”山神道：“皮之和有一个亲生女儿，叫作个皮大姐，年方六岁，他每日间到洞里去耍子。”长老道：“那皮大姐怎么样打扮？”山神道：“皮大姐头上小小的一个顶髻儿，上身青布褂儿，下身蓝布裙儿，脚下一双精精致致的花鞋儿。”长老心里想道：“皮大姐虽小，儿字倒多。”说道：“你且回避着。”

好长老，摇身一变，就变作个皮大姐，头上一个顶髻儿，上身青布褂儿，下身蓝布裙儿，脚下一双花鞋儿，轻轻地敲一敲洞门。有底洞说道：“今番是师父来也。”开了洞门，只见是皮大姐。有底洞说道：“皮大姐，你来耍子哩！”皮大姐说道：“妈叫我来看看你。”有底洞说道：“看我怎的？”皮大姐道：“妈听见你和哪个争闹哩？”有底洞说道：“你和妈说，是个南朝和尚骗我的宝贝哩！”皮大姐道：“骗得去了没有？”有底洞说道：“我师父出门之时，有个哑号儿，故此不曾骗得去。”皮大姐道：“是个甚么哑号儿？”有底洞说道：“大凡是我真师父回来，先把头上的巾点一点，次二把腰里的绦抖一抖，次三咳嗽三声。那和尚做得不像，故此不曾骗得去。”皮大姐道：“我家去哩。”有底洞说道：“有慢你，你明日再来，补你果子罢。”有底洞又关了洞门。

好长老，得了这个哑号儿，心中大喜，撇了皮大姐，又变作个羊角大仙，摇摇摆摆，到洞门口来叫一声：“徒弟开门。”有底洞听知是师父的喉咙，说道：“门也开得我不耐烦了，今番却是师父来也。”开了洞门，只见师父先把头上的巾点一点，次二把腰里的绦抖一抖，次三把个喉咙嗽三声。有底洞看见是个真师父，大笑一个不止。碧峰长老怕泄露了天机，不敢笑，故意地问道：“你笑甚么？”有底洞说道：“我笑那和尚假充你来骗我宝贝，是我识破了他，撞一鼻灰而去。”长老又故意地说道：“今番亏了你。”有底洞说道：“也不亏我。只是师父采的药草何如？”长老故意地说道：“药草俱全了，拿出宝贝来，我到后面山里去补。”有底洞双手递过宝贝来。长老又得了宝贝，无量生欢喜，竟往后山而去，一道金光烛天，早已到了中军宝帐，见了元帅，说了这一段情由，各自准备羊角仙人再来厮杀。

却说羊角仙人采完了药草，归到洞口，做了三般哑号儿。有底洞说道：“你拿了宝贝，又做甚么哑号儿？”羊角仙人大惊，细问一遍。有底洞把个前缘后故，细说了一遍。羊角仙人大怒，骂说道：“金碧峰，你出家人心肠忒狠，我若不拿住你，誓不回山！”叫一声：“有底洞看了洞门，待我去拿了和尚再来。”即时跨上八叉神鹿，一朵祥云，竟落金莲宝象国。番王接着问道：“前日的宝贝补完了么？”羊角仙人不好说被长老得了，只是含糊答应道：“完了。”姜金定接着问道：“师父宝贝补完了？”也说道：“补完了。”无底洞接着问道：“师父宝贝补完了？”也说道：“补完了。”番王道：“有劳仙长鹤驾远临。”叫左右的快摆斋来。羊角仙人道：“不劳斋，但着姜金定点兵出城，以便捆绑。”

却说姜金定即时点起番兵，无底洞取出那一副脸子，随着师父出了哈密西关，特来讨战。金碧峰长老说道：“那妖道又来讨战，少不得还是贫僧出去。”羊角仙人远远地高叫道：“好大胆的僧家！你三番两次偷我的宝贝，是何道理？”道犹未了，取出一口宝剑，念动真言，宣动密咒，望空一撇，喝声道：“中！”那口宝剑竟奔国师头上而来。长老慢腾腾地说道：“贫僧是个出家人，怎禁得这一剑？”袖儿里面把个指头望空一指，其剑斜刺里插着草地之上。羊角仙人大怒，说道：“好和尚，恁地欺人也！”把个八叉神鹿角上敲了一敲，那个鹿就急走如飞，手里拿着一面鱼鼓儿，迎风晃一晃，就变成做丈来多长碗来粗细的一根生铁棍，照着长老顶门上一棍劈将来。长老说道：“善哉，善哉！唬杀了贫僧。你这一棍来，不把贫僧打作了一块肉泥也！”叫一声：“韦驮天尊何在？”韦驮天尊一手接住了那一根铁棍，那一根铁棍轻轻地落在地下。把个羊角真人激得只是暴跳如雷，大叫一声道：“气杀人也！好和尚，你卖弄你有家私，若不擒你，誓不回兵！”即时叫无底洞接过水火花篮儿来，取出一件宝贝，就像一手小令字旗儿，高叫道：“和尚哪里走！”把个令字旗照着长老的顶阳骨上一招。这碧峰长老虽是三千古佛的班头，万万菩萨的领袖，然却是杭州城里涌金门外四大的凡胎，扑的一声响，把个长老跌在地下，斜靠着那根九环锡杖，一路白烟入海而去。羊角大仙说道：“好了，这个和尚却又干脱了身。明日再来，定要生擒他去，才消咱恨。”却说长老归了宝船，转到中军宝帐。三军老爷道：“国师为何不能取胜？”长老道：“多应他手里的令字旗儿是个引魂幡，招了一招，把贫僧的真魂招将去了。”老爷道：“却怎么又得回来？”长老道：“多亏了我佛门中一位菩萨，叫作护法伽蓝，扯转了我的真魂。”老爷道：“国师怎么又从宝船上转上来？”长老道：“是我把根九环锡杖指水，水囤而归，故此先上宝船，后登尊帐。”老爷道：“似此征进之难，何日是了！”长老道：“贫僧自有个道理。”老爷道：“还在几时？”长老道：“好歹不出三日之外。”长老许了三宝老爷三日之内，要取金莲宝象国，话便是如此说，心上却也费好些经纶。

回到千叶莲台之上，坐过了三更，把个色身撇下，现出丈六紫金身，浑身上万道金光，腾空而起。高张慧眼，只见羊角道德真君顶阳骨上一道白光，直冲东天门上。佛爷道：“原来此人不是甚么妖仙鬼仙，乃是中八洞嫡支亲派玉叶金茎。”佛爷爷寻思了一会儿，倒有两分费周折。怎么有两分费周折？若不下手此人，此人不肯甘休；若是下手了此人，仙门上又不好看相。猛然间得一良策，佛爷爷说道："罢，罢！自古道：'挖树寻根。'我不免到东天门上去走一遭，自有个妙处。"

金光耸处，早已到了东天门门外。就有两个走脚报信的在那里，左边跑过一个来。佛爷叫声道："行者！"那行者连忙地走近前来。只见他：披襟凉味临秋扇，满耳松声入夜琴。佛爷道："你叫作甚么名字？"行者道："弟子叫作清风行者。"道犹未了，右边又跑过一个来。佛爷叫声："道童！"那道童连忙地走近前来。只见他：轮影渐移金殿碧，镜光频浸玉楼春。佛爷道："你叫甚么名字？"道童道："弟子叫明月道童。"清风行者说道："佛爷爷何事降临？"佛爷道："我有一事特来请教天尊，敢烦你们和我通报。"行者说道："佛爷爷说哪里话，弟子即时通报。"道童说道："佛爷爷无事不来，弟子就去通报。"佛爷笑一笑道："清风明月无人管，也解殷勤送暖来。"一个行者、一个道童，即时请进佛爷爷，到于火云宫里。元始天尊接着，分宾主坐下。天尊道："近日闻得佛爷临凡，解释僧伽厄会。"佛爷道："因为临凡，这如今造下了许多孽障。"天尊道："善哉，善哉！佛爷爷有何孽障？"佛爷道："因为南膳部洲大明国朱皇帝钦命贫僧兵下西洋，抚夷取宝。才到金莲宝象国，遇着一个仙家，卖弄他的本领，夸耀他的高强，贫僧有些不好处得。"天尊道："佛爷爷佛力广无边，何难处之有？"佛爷道："不是不能处，只是不好处。"天尊道："怎么不好处？"佛爷道："欲待不下手他，他又不肯甘休；欲待要下手他，那些仙门上又不好看相。"天尊道："佛爷爷如此慈悲，善哉，善哉！今日下顾贫道，尊意何如？"佛爷道："是我昨日看见他顶阳骨一道白光，竟冲东天门上，必定是老祖师部下哪一位仙长。相烦老祖师查一查，查得是哪一位仙长，相烦老祖师善言劝解他几声，彼此有益。"天尊道："既蒙佛爷爷下顾，贫道即当细查。"吩咐行者烧起聚仙香，念动追仙咒，只见上八洞、中八洞、下八洞、蓬莱、阆苑、三岛、十洲哪一位仙长不曾查过，却并没有一个思凡。天尊道："本部既没有一个思凡，想是别一部的。"佛爷道："是我亲眼看见他的白气直冲东天门上，岂有别部之理？"天尊道："没有指实，故此难查。"佛爷道："他有许多宝贝，是贫僧取了他一件在这里，即此就是个指实了。"天尊道:"请拿出来我看。"佛爷拿着宝贝在手里,说道:"是这等一个瓶儿。"天尊看见,大惊失色,说道:"这是我火云宫宝元库的吸魂瓶儿。"佛爷道:"敢是哪一个妖仙闯进火云宫偷了去的?"天尊道:"我这库里岂有哪一个妖仙会偷得去?快叫徒弟来,把火云宫宝元库的宝贝查一查,看是何如。"

不知叫着哪一个徒弟,不知失了哪一件宝贝,且看下回分解。

第30回　羊角大仙归天曹　羊角大仙锦囊计

诗曰：

独骑雕翼抹沧溟，东有天门昼不扃。
晴瀑遥分千涧碧，阴崖俯眺万山青。
篆烟缥缈笼金殿，绛节崔巍倚玉屏。
借问天尊何事事，紫霄深处度黄庭。

却说元始天尊叫过徒弟来，开了火云宫的宝元库，查一查宝贝，看是何如。叫了几声，只见一位仙长走将过来，对着佛爷行一个礼，却又对着天尊行一个礼。佛爷道："此位仙长是谁？"天尊道："是贫道第二个徒弟，叫作个魏化真人。"真人道："师父唤呼，有何法旨？"天尊道："你与我开了火云宫宝元库，里面的宝贝看是何如。"魏化真人即时开了库，查了一番，唬得半日不敢走出库门来。天尊道："查得何如？"真人不敢隐瞒，只得直说，库里不见了四件宝贝。天尊道："是哪四件？"真人道："一不见斩妖剑，二不见轩辕镜，三不见吸魂瓶，四不见引魂幡。"天尊道："吸魂瓶是真了。"佛爷道："他还骑着一只八叉神鹿，也是个指实。"天尊道："快查后园中的神鹿，看是何如。"只见看园门的行童说道："是大师父拿去了。”天尊道：“原来就是这个孽畜思凡，快叫看库门的行童来问他，是哪个拿得宝贝去了。”只见看库门的行童说道：“是大师父拿去了。”只见天门外值符使者说道：“真人跨了一只八叉神鹿，提了一个水火花篮儿，离了天门，已经一时三刻了。”天尊对着佛爷爷说道：“万望佛爷爷恕罪，果是贫道部下的孽畜思凡，多有得罪处。”佛爷道：“还是哪位仙长？”天尊道：“是贫道的大徒弟，名唤紫气真人，他跨了八叉神鹿，离了天门，已经一时三刻。”佛爷道：“正着了‘洞中方七日，世上已千年’，他得了这一时三刻，好不维持哩！但只一件，还相烦天尊的法旨。”天尊道：“既蒙佛爷下顾，贫道敢有推却？贫道把一件宝贝送佛爷爷前去，其中自有个处分。”佛爷道：“是个甚么宝贝？”天尊即时吩咐一位尊者，取出一件宝贝，拿在手里，说道：“这个宝贝虽则是五寸来高，二寸来围，就像一个笔筒儿的模样，其实好大的肚皮，不拘甚么宝贝，但见了他晃一晃，却都要归到他处来。你明日与他交战之时，收尽了他的宝贝，他自然归本还原。这是个不战而屈人兵的阵势。”佛爷道：“叫作甚么名字？”天尊道：“叫作个聚宝筒儿。”天尊交与佛爷爷。

佛爷爷无量生欢喜，谢了天尊，金光万道，一竟归到千叶莲台，依旧是个长老。到了天明，二位元帅、一个天师，各员武将，哪一个不来请计，哪一个不来问安？徒孙云谷说道：“师父还在打坐，眼皮不曾撑开。”都说道：“国师好宽心也！”哪晓得他一夜无眠到五更，天宫地府都游遍。未及日高三丈，羊角大仙又来，喊杀连天，鼓声震地。长老爬起来，一手钵盂，一手禅杖，走上岸来，说道：“贫僧是个出家人，你怎么这等欺人也！”羊角大仙看见长老，高叫道：“你那和尚已知我的本领，何不早早投降？直待我宝剑分尸，那时悔之晚矣！”长老道：“善哉，善哉！说个甚么分尸，好怕人哩！”仙人高叫道：“我把你碎尸万段，你才晓得怕人哩！”长老道：“善哉，善哉！你这过头话儿少说些，只怕你今日也有些难为人哩！”羊角大仙听见长老说他今日有些难为人，就激得他怒从心上起，恶向胆边生，掣过宝剑来，望空一撇，那口剑竟奔长老头上来。长老把个指头儿指一指，那口剑就插在地上。羊角仙人大怒，骂道：“好大胆和尚，敢魇污我的宝贝么？”叫声：“无底洞，拿过水火花篮儿来。”即时取出轩辕镜，又望空一撇，那个镜竟奔长老身上来。长老把个钵盂仰一仰，那一面镜就掉在草里。羊角仙人看见两个宝贝都不灵验，心里慌了，说道：“敢是和尚添了些本领么？敢是我自家该倒运么？”没奈何，只得拿出那个引魂幡来，高叫道：“好和尚，不要走！”长老站着，说道：“善哉，善哉！我出家人走到哪里去？”羊角仙人把个鹿角上敲了一敲，那鹿走如飞，竟靠着长老相近。仙人把引魂幡到长老顶阳骨上一闪，长老把个禅杖点一点，唬得那只鹿倒走了几百步，那手幡倒反插在羊角仙人头上。

仙人收了这些宝贝，心中好恼，口里不住地念咒，手里不住地捻诀。只见长老说道：“你那仙长只顾下手别人，别人可也下手于你。”仙人道：“你有甚么宝贝也拿来出阵，看我怕不怕么？”长老道：“你可怕我的禅杖么？”仙人道：“任你打来就是，我怕它怎么？”长老把个禅杖一掷，掷将去，只见呼的一声响，一条千尺长的毒蟒把个羊角仙人紧紧地缠起来，就像绞弓弦的样子。好个羊角仙人，鹿角上敲一敲，连人带鹿一跃而起，高叫道：“好和尚，你说我怕禅杖不怕？”长老道：“善哉，善哉！禅杖是你不怕。你可怕我的钵盂么？”仙人道：“任你丢将来就是，我怕它怎么？”长老把个钵盂一掷，掷将去，只听呼的一声响，一片千百斤重的磨盘压在羊角仙人的头上，就像波斯献宝一般。好个羊角仙人，鹿角上敲一敲，连人带鹿走过一边去了，高叫道：“好和尚，你说我怕钵盂不怕？”长老道：“善哉，善哉！你是不怕钵盂。”仙人道：“你还有甚么宝贝，你都拿出来。”长老道：“没有甚么宝贝，只有你的瓶儿在这里。”仙人道：“你偷我的瓶儿做甚么行止？”长老道：“你管偷不偷，只说你怕不怕。”仙人道：“那是我自家的宝贝，我怕它怎么！”长老道：“你若是不怕它，我也叫你一声，你敢应么？”仙人道：“但凭你叫，我怎么不应？”长老道：“军中无戏言。”仙人道：“你前日不戏于我，我今日岂戏于你？”长老虽是个慈悲方寸，却有一般妙用绝胜于人。他把个吸魂瓶儿放在钵盂里面，方才高叫一声：“羊角道德真君哩！”真君随口答应一声：“有！”刚应得一声“有”，连人带鹿都在瓶儿里面去了。

长老心里想道:"虽是仙家,体面上不好伤损他,这早晚离午时三刻还远。不免也要他一要，见得我金碧峰不是等闲的主儿。"好长老，把个塞儿塞了瓶口,叫声:"羊角大仙哩！"大仙在瓶里应道:"我在这里。"长老道:"里面可好哩？"大仙在瓶里应道："里面也好。"长老道："你今番可怕哩？"大仙在瓶里应道："有甚么怕也！"长老道："你可要出来哩？"大仙在瓶里应道:"我要出来怎的也？"原来羊角大仙嘴硬,实指望瓶底上有个眼儿,只要一钻就是。哪晓得金碧峰是个心细的，晓得瓶底上有些旧病，把个瓶儿又座在钵盂里面。羊角大仙在里面撮撮弄弄，弄不通了。叫个钻之弥坚，上天无路。长老拿着瓶儿在手里，觉得里面有些费周折了，又叫一声道："羊角大仙可在里面哩？"大仙在瓶里应道："我在里面也。"长老故意地吓他一声道:"羊角大仙，你再一会儿好出来卖鹿脯哩！"大仙软了些口，说道："但凭你罢了！"

长老本是个慈悲方寸，又且仙家分上，故意地把个钵盂拿开了，单打的单一个滑瓶儿拿在手里。长老就觉得倒轻了些，叫一声："羊角大仙哩！"只见羊角大仙跨着一只八叉神鹿，手里拿着一杆一尺二寸长的黄旗儿，缠着长老转了转，口里狠着一声道："我在瓶外哩！你不看见我么？"长老早知其意，说道："善哉，善哉！我倒放松了你，你就来恩将仇报也！"连忙地把个九环锡杖点一点。只听忽喇喇一声响，将一个无大不大的石井圈儿在长老面前。长老道："阿弥陀佛！你就把个石囤儿来囤我哩！"大仙道："好和尚，你偷得我的宝贝，反来害我，我偏然不怕。我把这等一个小圈儿奉承你，你怎么怕得狠哩？"长老道："你说我怕，我不如和你结果了他罢！"好长老，举起个九环锡杖，轻轻地照着井圈儿敲了一敲，只见井圈儿浑身火爆，扑的一声响，响做了两半个。

羊角仙人大怒，骂说道："你这贼秃，敢这等无礼，损伤了我的宝贝！一不做，二不休，你来，我教你吃我这一剑！"掣过剑来，望空一撇，口儿里念着，手儿里捻着，实指望这一剑断送了这个和尚。哪晓得今日的和尚，又不是昨日的和尚，只见他把个偏衫的袖儿晃一晃，那一口剑竟飞到他的袖儿里面去了。羊角仙人见之，吃了一大惊，心里想道："这是个甚么法儿？"

我这口剑是我师父的斩妖剑，百发百中，纵不伤人罢，哪里有个跟人走的道理？”高叫道：“好和尚，你怎么把我的剑袖了去？”长老道：“善哉，善哉！非是我要袖它，却是它来袖我。”羊角仙人连忙地把个轩辕镜儿念念聒聒，着实的望空一撇，那个镜儿竟奔着长老身上来。长老又把个袖儿晃了一晃，那面镜也飞到袖儿里面去了。

羊角仙人看见去了斩妖剑，又去了轩辕镜，心上慌了，暗想道：“没有了这宝贝，怎么转得东天门？怎么得朝元？怎么得正果？”把个鹿角上左敲右敲，敲得只八叉神鹿飞上飞下，他骑在鹿背上就胜如骑在老虎背上。长老晓得他的意思，却又对他一声说道：“大仙，你水火花篮儿里面还有宝贝没有？”把个羊角大仙激得怒发如雷，高声骂说道：“好贼秃，你欺负我没有宝贝么？我今日和你做一场，不是你，便是我。”长老道：“善哉，善哉！我一个出家人有甚么做得！”羊角大仙骤鹿而走，走近长老身边，把那一手小令字旗儿照着长老的顶阳骨上一闪。长老把个袖儿晃一晃，那手旗儿又走到长老的袖儿里面去了。把一个羊角大仙就唬得魂不归身，哪晓得是个聚宝筒儿。心里想道：“原来这个和尚好大来历也。这些宝贝，除是我师父元始天尊才用得它，才收得它。似此之时，这和尚却不与我师父齐驱并驾？好怕人哩！”心里又想道：“我在金莲宝象国夸口一场，岂可就软弱于他？”只得赤手空拳，勉强支起一个虚心架子，高叫道：“好和尚，你把我的宝贝都骗了，你敢何如我么？”长老道：“善哉，善哉！我是个出家人。有甚么何如于你？”仙人道：“你再不要把那个‘善哉’二字来谎人。你即是善哉善哉，怎么把我的宝贝都骗了？”长老道：“不是我骗你的，我为你收了，劝你归山去罢！”仙人道：“我归山，我自归山，怎么把你挟制得我归山？”长老道：“说个甚么挟制。自古道：‘好放手时须放手，得饶人处且饶人。’你去罢。”羊角仙人当初说了大话，到如今收拾不来，故此只是一个不肯去，硬着嘴说道：“我不去，你敢叫人拿我么？”长老道：“拿你就不好看相。”仙人道：“你便拿我，其奈我何？”

长老心里想道：“不唬他一唬，他到底不肯认输。”好长老，把个脚下的僧鞋梭了几梭，只见偏衫袖儿里面走出一班小和尚来，大略只有一尺二寸来长，一个个光着头，一个个精着脚，一个个一领小偏衫，一个个手里一根铁界方，照着羊角仙人脚跟上打。一伙小和尚也不计其数，把个羊角仙人打慌了。仙人也没奈何，只得腾云而起。长老道：“你去了罢。”羊角仙人说道：“受了你这等的欺侮，岂肯甘休！我怎么就去？”长老道：“你师父叫你去罢。”羊角仙人道：“你这说谎的和尚，哪一个是我的师父？”长老道：“元始天尊不是你的师父？”仙人看见扦实了他，老大的没趣，只得强口说道：“就是我师父，他不在这里，也不奈我何！”长老道：“你师弟叫你去罢。”仙人道：“你这和尚又来说谎，哪一个是我师弟？”长老道：“魏化真人不是你的师弟？”仙人看见他露了相，越加慌张了，只是没奈何，仍旧强着口说道：“就是我师弟，他不在这里，不奈我何！”长老道：“你说不在这里，那前面的是哪个？”唬得个羊角仙人把头一起，开眼一瞧，果真的云里面是魏化真人。魏化真人说道：“师兄快转火云宫里去，师父在那里发激哩！”羊角大仙道：“我还有宝贝不曾得来。”魏化真人拿着个聚宝筒儿在手里，说道：“已历还你的宝贝。”平白地逼勒个羊角大仙，一天妙计难寻路，八面威风没处施。羊角大仙好难处哩！将欲不去，违了师命，不得朝元；将欲去了，便饶了和尚，辜负了姜金定。却还是朝元正果的心胜，只得把个鹿角上敲一敲，腾空而去，口里恨两声说道：“和尚机深，不中相交的。”一面腾云而去，一面差下一个急脚鬼，把三个锦囊计送与姜金定，教他依计而行，自有安身之策。

却说无底洞看见师父腾起云来，连忙地吆喝道：“师父带我去哩！”师父道：“你快来。”刚刚地腾起云去，早被一个一尺二寸长的小和尚一铁界尺，打翻了在地上。徒弟不得师父到手，师父也顾不得徒弟，这叫作夫妇本是同林鸟，大限来时各自飞。姜金定得了三个锦囊，看见事势不谐，化作一道火光而去。金碧峰一手一个钵盂，一手一根禅杖，就像一个化斋吃的和尚，慢腾腾地转到宝船上来，只见二位总兵元帅，一位天师，各各武将，各各谋臣，虽不见长老鞭敲金镫响，这些人也齐唱凯歌声。三宝老爷道：“多谢国师佛力，莫大之功。”长老道：“贫僧是个出家人，也只是劝解他一番，有个甚么功绩？”三宝老爷说道：“国师前日吃他的宝贝许多苦，怎么今日又收了他的宝贝？”长老却把个东天门元始天尊的始末，细说了一遍。众位都说道：“多亏了国师佛力。”长老道：“贫僧受了朝廷的敕旨，不得不然。”王尚书道：“原来这个羊角大仙就是紫气真人。”长老道：“便是。”王爷道：“却是个有名神道，故此猖狂。”马公道：“只怕他去了还来。”长老道：“朝元正果倒不要紧，寻非争闹倒要紧。”

道犹未了，只见一尺二寸长的和尚带着无底洞来回话。长老道：“跪的甚么人？”小和尚道：“弟子是阿难使者，带得无底洞来回佛爷爷的话。”长老道：“阿难回避了罢。无底洞，你站起来。”无底洞说道：“不敢。”长老道：“你是羊角仙人的徒弟么？”无底洞道：“小的是羊角仙人的徒弟。”长老道：“你怎么会三头四臂，三丈金身？”无底洞说道：“非干小的之事，都是师父教的。”长老道：“你原来是个甚么出身？”无底洞说道：“小的是个漏神出身。”长老道：“怎么叫作个漏神？”无底洞说道：“掠人之财，灭人之福，妒人之有，窃人之多，如世上的漏卮一般，故此叫作个漏神。”长老道：“你既是个漏神，怎么又来出家做徒弟？”无底洞说道：“只因这如今世上漏神出得多了，漏不到那里去，故此弟子改行从善，拜羊角大仙为师。”长老道：“改行从善，这是你的好处。我还问你，你羊角洞里还有个行童叫甚么名字？”无底洞说道：“那是小的的师兄，叫作个有底洞。”长老道：“他原是哪个出身？”无底洞说道：“他原是个看财童子出身。”长老道：“怎么叫作个看财童子？”无底洞说道：“不怕饿死饭不吃，不怕冻死衣不穿。看着这个铜钱，一毛不拔，故此叫作个看财童子，一名守钱奴儿。”长老道：“他做他的看财童子罢，怎么也来出家？”无底洞说道：“他枉看了这一世财，不得一毫受用，如今省悟过来了，故此出来出家，拜羊角大仙做师父。”长老道：“也好个如今省悟过来了。我还问你，姜金定哪里去了？”无底洞说道：“适来俺师父上天之时，又差下一个急脚鬼，送了三个锦囊计交与他。他得了锦囊计，他就化作一道火光，火囤去了。”长老道：“你也去罢。”无底洞道：“小的到哪里去？”长老道：“你还寻你师兄一同去修行罢。”

三宝老爷说道：“这个三头四臂的鬼王，他前日临阵之时，唬吓我们军兵，莫大之罪，军中有功者赏，有罪者斩。不斩，萧何法不行。怎么可放他去呢？”长老道：“贫僧是个出家人，慈悲为本，方便为门。今日只是上为朝廷，下为元帅，不得已方才拿住此人。况兼他是个改行从善的，又还有一个师兄在洞里，朝夕悬悬，怎么说个坏他。阿弥陀佛！看贫僧之面，饶了他罢！”马公道：“放了他去，他明日又同着姜金定撑出那一副鬼脸子来，那时节悔之晚矣！”长老道：“饶他还来，还在贫僧身上。”三宝老爷道：“看我国师金面，饶了你去。你只好去说法听经，再不可装那神头鬼脸。”无底洞拜谢佛爷而去。老爷道：“羊角仙人虽去，姜金定又得了甚么锦囊，这个金莲宝象国几时收服得？”长老道：“宽容一日，看他怎么样来。”道犹未了，蓝旗官报道：“姜金定又来讨战。”三宝老爷道：“果中学生之计。”长老道：“贫僧告便，但凭元帅调兵遣将就是。”元帅即时传下将令：“谁敢披挂出阵，杀退姜金定？”将令一出，班部中闪出一员将官来，铁幞头，红抹额，皂罗袍，牛角带，手里拿着一杆八十四斤重的狼牙棒，座下骑着一匹乌锥千里马，原来是征西前哨副都督张柏。披挂未了，班部中又闪出一员青年将官来，束发冠，兜罗袖，练光拖，狮蛮带，手里拿着一杆丈八神枪，座下骑着一匹流金弧千里马。原来是金吾前卫应袭王良。两员大将，两骑骏马，两样兵器，一齐杀出阵来。只见荒草坡前摆列着千百只有头、有角、有皮、有毛、有蹄、有尾、黑萎萎的水牛，成群逐队，竟奔荒草坡前。有一篇《牛赋》为证。赋曰：

嗟乎！物之大者，状若垂天之云。《礼》称三月在涤，《诗》云九十其犉。岐蹄者天，穿娄者人。或衣绣而入太庙，或鞹鼓而正三军。尔牛来思，其耳湿湿。鼷鼠既忌于见伤，风马亦知其不及，扣角伸宁戚之困，烧尾救田单之急。或为军事之占，或示农耕之候。异彼髦头，宁为鸡口。晋武以青麻彰德，何曾以铜钩被奏。至于伤勿改卜，用犊贵诚。或捩角而不售，或割肉而复生。幸刘宽之量远，羡鲁公之政行；多郭舒之宽恕，慕朱冲之不争。中尉则驾之者赤，桃根则献之者青。王恺既闻其八百，苟晞亦称其千里。虽有双筋，且无上齿。别有得于文山，放之桃林。木则馈粮，石则便金。

设以福衡，养之牢筴。愚公畜牸于齐山，百里载盐于秦国。禴祭乃东邻之杀，无妄见行人之得。袁宏见讽于羸牸，华元应嘲于有皮。遗布既因于王威，置刍亦见于罗威。复有职人掌刍，封人供藁。彦回靡恃于坠井，虚恺不烹而衰老。或偾于豚上，或置之树柯。詹何既识于白蹄，葛卢亦辨其三牺。肃慎占之而入贡，弦高用之而犒师。别有盆子主之以建业，光武骑之以起兵。或为梦于蒋琰，或见解于庖丁。观其豫章挈绢，蒲鞯挂书。白则识李冰之绶，青则驾老子之车。季知一挎而思过，江酒但饮而无刍。又有蹋石成花，涂泥求雨。或行诈而玉帛，或华长而杀御。既担矛而弃犊，亦结阵而却虎。至若置于盆寮，老在牢阑。角不失于三色，香独称于四膏。遇夔致问，喘月辞劳。称精鉴者薛公，习遗书者晋祖。既曰不能执鼠，又云难以逐兔。成牛弘之宽厚，显卢昌之仁恕。至于千足而富，夜鸣则庮。顾宪仲文，臧决狱而人服；时苗羊氏，并居官而犊留。又有程郑江竭，娄提谷量。望气知北夷之验，卜兆为司马之祥。若乃嘉彼柔谨，哀其觳觫。或蹊田而见犊，或洗耳而为辱。丙吉已劳于问喘，龚遂更惩于佩犊。周官分职，牛人乃主于牵傍；留宝诸贤，和峤亦勤于刺促。正是：春暖饥餐原上绿，山深渴饮涧边清。几番潦倒斜阳后，高卧南山看月明。

却说荒草坡前摆列着千百头野水牛，姜金定撮弄撮弄，弄得一头牛背上一个小娃子，一个小娃子手里一条丝鞭。姜金定骑在马上，念一念，喝声："走！"那些牛就望前走。喝一声："快！"那些牛就走得快。南朝两员将官陡然间看见，吃了一惊。王良道："这是个甚么出处？"张柏道："这不过是个田单火牛之计罢了。"王良道："我和你蛮杀他娘。"张柏道："为将之道，见可而进，知难而退。倘有疏虞，贻祸不小。"王良道："这决是那羊角道德真君的诡计，哪里真是个牛？"张柏道："假做的牛哪里有这等英勇活泛？"王良道："快擂起鼓来。"一声鼓响，两员将官左右双上。只见那些水牛单夺狼牙棒张柏。张柏虽是力大心雄，怎么奈得这一群千百头牛何，致使败阵而归。姜金定得胜而去，说道："多亏了师父，又助我这一阵也。"

却说两员将官归来，一个受伤，一个平过。元帅道："好古怪哩！两员官一齐出阵，偏牛就赶着这一个，这是个甚么缘故？"即忙去问国师。国师道："但问天师便知端的。"元帅又去请问天师。

不知天师有何高见，且听下回分解。

第31回　姜金定三施妙计　张天师净扫妖兵

诗曰：

仙人羊角碧霄中，紫气真人独长雄。
丹洞朱帘摇斗极，翠华玉辂驾洪濛。
凌虚惯掠钧天乐，舒啸长披阊阖风。
为惜门徒姜氏女，锦囊三计妙无穷。

却说元帅请问国师这个水牛出阵是甚么缘故，国师道："贫僧有所不知，但问天师便知端的。"元帅转身就来拜问天师。天师道："这水牛不为大害。"元帅道："怎见得不为大害？"天师道："是贫道袖占一课，占得是个风天小畜。所畜者小，何大害之有？"元帅道："昨日狼牙棒张千户、小将军王应袭两个出马，偏伤的是狼牙棒，这是个甚么缘故？"天师道："这是偶尔，有个甚么缘故？"元帅道："天师不弃，肯出一阵么？"天师道："万里远来，岂恁闲散。既承元帅严命，贫道即行。"好一个天师，说一声"行"，即时左右摆列着两杆飞龙旗，两边旗下摆列着神乐观乐舞生、朝天宫道士，中间摆列着一杆皂纛，皂纛之上写着一行金字。皂纛之下坐着一个天师，一口七星剑，一匹青鬃马，竟出阵来。只见荒草坡前，真个是摆列着千百头有头、有角、有皮、有毛、有蹄、有尾、黑萎萎的水牛，一头牛背上一个小娃娃，一个娃娃手里一条丝鞭。姜金定坐在马上，鬼弄鬼弄，喝声：“走！”牛就走；喝声：“快！”牛就快。天师见之，心里才要想个主意，只见姜金定口里连喝递喝，那些牛就连跑递跑，一直跑过阵来。天师看见这些牛只要奔他，连忙地把个七星剑望空一撇，那一口剑掉下来，只伤得一头牛，比不得伤了一员大将，众将惊溃败阵。这一头牛伤与不伤，其余的牛哪里得知，一性儿只是奔着皂纛之下。姜金定又喝得狠，这些牛又跑得狠，正叫作个冰前刮雪，火上烧油，把个张天师没奈何，只得撇了青鬃马，跨上草龙，腾空而起。天师心里想道：“这等一个阵头却就输着于他，何以复命元帅？”即时剑头上烧了一道飞符，飞符未尽，天上早已掉将一位天神下来。你看他：

铁作幞头连雾长，乌油袍袖峭寒生。喷花玉带腰间满，竹节钢鞭手内擎。坐着一只斑斓虎，还有四个鬼，左右相亲。

天师问道：“来者何神？”其神道：“小神是龙虎玄坛赵元帅，不知天师呼唤，有何道令？”天师道：“女将姜金定撮弄妖邪，装成牛阵，不知是真是假，相烦天神与我看来。”天神起眼一瞧，回复道：“牛是真的，牛背上娃子是假的。”天师道：“就烦天神与我破来。”赵元帅按落云头，喝一声：“孽畜，何敢无礼！”举起鞭就是一鞭。若是每常间赵元帅这一鞭，饶你是个人，打得你无情妻嫂笑苏秦；饶你是个鬼，打得你落花有意随流水；饶你是个怪，打得你鬼头欠下阎王债；饶你是个精，打得你扬花落地听无声。若是今日赵元帅这一鞭，打得就是个飞蛾扑火无头面，惹火烧身反受灾。怎么叫作惹火烧身反受灾？却说赵元帅狠着一鞭，那些牛哪里怕个鞭？一齐奔着赵元帅，就是个众犬攒羊的一个样子。赵元帅攒得没奈何，跨了斑斓猛虎，腾云而起，回复天师道：“小神告退。”天师道：“怎么连天神天将也不怕哩？”赵元帅说得好：“他是个牛，哪里晓得个甚么轻？甚么重？终不然我们也和它一般。”天师道：“多劳尊神，后会有请。”赵元帅飘然而去。

天师心里想道："牛有千斤之力，人有倒牛之方。岂可坐视其猖獗，就没有个赢手？"好天师，眉头一蹙，计上心来，即时回阵，参谒元帅。元帅道："今日天师功展何如？"天师却把个赵元帅的始末，说了一遍。元帅道："似此天神也不怕，我和你将如之何？不如还去拜求国师罢。"天师道："不要慌张，贫道还有一事奉禀元帅。"元帅道："但说不妨。"天师道："兵法有云：'知己知彼，百战百胜。'这个我和你还不知他的根脚，故此不得其妙。"元帅道："却怎么得他的根脚？"天师道："须烦元帅传下将令，差出五十名夜不收，潜过彼阵，细访一番，得他的根脚，贫道才有个设施。"元帅道："这个不难。"即时传下将令，差出五十名夜不收，前往金莲宝象国打探这水牛阵上的根脚，许星夜回报毋违。

夜不收去了一夜，直到次日天明时候，才到帐前回话。天师道："这牛可是真的么？"夜不收说道："牛是真的，只有牛背上的娃子，却是姜金定撮弄的，是假的。"天师道："这牛是哪里来的？"夜不收道："这牛是个道地耕牛。"天师道："既是道地耕牛，怎么有如许高大？"夜不收道："原种是人家的耕牛，其后走入沿海山上，自生自长，一传十，十传百，百传千，千传万，年深日久，种类既繁，形势又大。有一丈二三尺高，头上双角有合抱之围，身强力健，虽叫水牛，却叫作个野水牛。"天师道："怎么遣得它动？"夜不收道："都是羊角道德真君锦囊计，姜金定依计而行，故有此阵。"天师道："这牛连番攒住一个人，是个甚么术法使的？"夜不收说道："不干术法使的。原来这个野水牛本性见不得穿青的，若还见了一个穿青的，它毕竟要追赶他，它毕竟要抵触他；不是你，便是我，直至死而后已。"三宝老爷听了，大笑两声，说道："原来有此等缘故，昨日狼牙棒吃亏，狼牙棒是青。今日天师受亏，天师皂纛是青。赵元帅受亏，赵元帅又是青。哎！原来穿青的误皂。"马公在旁边说道："只闻得穿青的护皂，哪有个穿青的误皂？"三宝老爷道："为了穿青受了亏，却不是穿青的误皂？"

天师道："不消取笑，待贫道出去赢他来。"今番天师不用飞龙旗，不用皂纛，不用青鬃马，只是自家一个披发跣足，仗剑步罡，如真武之状，高叫道："泼贱婢，敢驾得畜牲装你的门面！"姜金定看见天师只身独自，他就起个不良之意，口里念念聒聒，喝一声："走！"那些牛就走。喝一声："快！"那些牛就快。连喝快，递喝快，那些牛连跑递跑，又奔着天师面前而来。天师拿定了主意，收定了元神，竟往海边上走。姜金定只说天师又要败阵，急忙地喝着牛来。天师到了海边上，跨上草龙，早已转在水牛后面，令牌一击，猛空里耀眼争光，一个大闪电，轰天划地，一个响雷公。那些水牛打急了，只得下水，就把些野水牛一并在海里面去了。水面上无万纸剪的小娃娃。天师令牌又击了两击，那雷公又在海水面上，扑冬扑冬地又响了几响。直响半日，天师收下令牌，却才住了。可怜这些野水牛活活地水葬功果。

却说姜金定看见雷公、电母，地覆天翻，才晓得不是对头，一道火光，入地而走。天师剑头上烧了飞符，早已有个天将赶向前去，活捉将来，一直解上中军宝帐。元帅老爷骂道："泼贱奴！敢如此倔强，费我们精力。"叫声旗牌官，推转辕门外枭首示众。旗牌官禀说道："前番是他刀下走了，今番须得天师与他一个紧箍子咒，小的们方才下手得他。"天师道："也不消紧箍子咒，只问他肯死不肯死就是。"马公道："天师差矣！天下人岂有个自家肯死之理？"天师道："王者之师，顺天应人，须得他肯死，才是个道理。"三宝老爷心上就明了，问说道："你那泼贱婢，可肯死么？"姜金定说道："国王之恩未报，杀父兄之仇未伸，怎么肯死？"天师道："我晓得你还有两个锦囊计不曾行得，故此不肯心死。"姜金定说道："是，是！"天师道："你再行了那两个锦囊计，心可死么？"姜金定说道："到了计穷力尽，心自是死的。"天师道："既然如此，且放他回去罢。"元帅说道："放他去罢。"姜金定得命而去。　马公道："这都是些匹夫之勇，妇人之仁，怎么下得海，收得番。"天师说道："老公公岂不闻七擒七纵之事乎？"马公道："七纵还不打紧的，七擒却也有些难处。"天师道："都在贫道身上。"道犹未了，蓝旗官报说道："姜金定又摆了有千百头水牛在荒草坡前，又来讨战。只是今番的水牛比前番不同些。"元帅道："怎见得不同些？”蓝旗官报说道：“前番的水牛小，今番的水牛大；前番的水牛矮，今番的水牛高；前番的水牛两只角，今番的水牛一只角，生在鼻梁中间；前番的水牛有毛，今番的水牛有鳞；前番的水牛走，今番的水牛飞；前番的水牛是旱路，今番的水牛上山如虎，入海如龙。却有些不同处。”马公道：“这就是旧时的水牛，闷在水里，改变了此。”天师道：“哪里有个再生之理。”马公道：“若不再生，怎么又来出阵？”天师道：“这不是水牛。”元帅道：“怎见得不是水牛？”天师道：“老大的不一样，这决不是个甚么野牛。”马公道：“不论家牛、野牛，都在天师身上。”天师道：“贫道即时收服它来。”元帅道：“多劳了！”天师道：“说哪里话。”

即时披发仗剑，步行而出。只见荒草坡前果真有千百头野物，姜金定坐在马上，又是这等撮撮弄弄。天师心里想道：“我虽是龙虎山中第一家的人品，却不曾到这个海外，却不能办这些野兽。”心里又想道：“也罢，全凭我这双霹雳雷公手，哪怕他头角峥嵘异样人。”心里想定了，却叫道：“那泼贱婢又弄个甚么喧来？”姜金定道：“这不是弄喧，这都是俺本国道地兵，天造地设的，怎么就服输于你？”天师道：“你叫它过来就是。”姜金定说道：“今番却不让你，你那时休悔！”天师道：“我祖代天师的人，说个甚么反悔字面？你只管叫它过来。”天师站定了。姜金定手里拿着一条丝带儿，掣一掣，叫一声：“长！”那丝带儿就长有三五丈长，猛地里一声鞭响，只见那一群牛平地如飞，竟攒着天师的金面。天师就还它一个雷公，哗喇一声响，那些牛竟回本阵而去。姜金定又是一鞭，一声响，那些牛又奔过阵来。天师又还它一个雷公，哗喇一声响，那些牛又奔回阵去。天师心里想道：“这还不是个结果。”竟望海边沿上走。那些牛又飞赶将来。天师跨上草龙，转在牛背后，猛地里一个雷公，哗喇一声响，那些牛竟奔下海而去。天师只道还是前番的故事，水面上又还它一个雷公，哗喇一声响，那些牛反在水里奔上岸来。岸上一个雷公，它就在水里；水里一个雷公，它就在岸上。天师看见没有个赢手，只得跨上草龙而去。姜金定高叫道：“天师，你今番服输于我也！”天师大怒，骂说道：“今后拿住你，若不碎尸万段，誓不为人！”姜金定说道：“你拿得我住，你不碎尸？”

张天师恨了两声，竟归中军宝帐。三宝老爷道：“今日出马何如？”天师道：“今番不是个牛，故此不好下手。”老爷道：“怎见得不是个牛？”天师道：“他真是个上山如虎，入海如龙。哪里有这等个牛来！”老爷道：“却怎么处它？”天老爷道：“既要打探，不可迟疑。”即时差了五十名夜不收。五十名夜不收即时回话。天师道：“这阵上可还是个牛么？”夜不收说道：“前番野水牛淹没已尽，今番却不是它了。”天师道：“是个甚么？”夜不收说道：“就是本国地方上所出的，形如水牛，约有千斤之重，浑身上不长牛毛，俱是鳞甲纹癞，蹄有三足合，快捷如飞。头有一角，生于鼻梁之上。”天师道：“似此说来，却不是个犀牛？”夜不收道：“便是犀牛。”天师道：“那妖妇怎么遣得它动？”夜不收说道：“又是羊角道德真君第二个锦囊计。姜金定只是依计而行。”天师道：“只是这个犀牛也不至紧。”三宝老爷道：“天师，你也曾认得它么？”天师道：“但不曾看见，书上却有它。”老爷道：“书上说它好么？”天师道：“其角最好。大抵此为徼外之兽，状如水牛，猪之头，人之腹，一头三角，一孔三毛。行江海中，其水自开，故此昔日桓温燃其角，立见水中之怪。其角有粟文者贵，有通天文者益贵。古诗有云：‘犀因望月纹生角，象被惊雷花入牙。’即此之谓也。”老爷道：“此今的只是一角，却是何如？”天师道：“或云一角为雄，又名兕。兕，野牛也。”老爷道：“天师既如此稔熟，怎么又要人去打探？”天师道：“耳闻不如目见。况兼为将之道，三军耳目所关，敢强不知以为知？倘若所言不当，惑乱军情，贻祸不小。”老爷道：“天师慎重如此，不枉了与天地同休。只有一件，这如今怎么赢它？”天师道：“贫道自有个赢它之法。”

道犹未了，蓝旗官又来报道：“牛阵摆圆，夷女讨战。”天师即时起身，转到玉皇阁上，收拾了一趟，也还是披发，也还是跣足，也还是仗剑，也还是步行。姜金定见了天师，便高声叫道：“好天师，你枉了那披发跣足，不如早早投降，免受刀兵之苦！”天师大怒，骂说道：“泼贱婢！敢开大言，敢说大话，你再叫你那些畜牲来。”姜金定一鞭，那些犀牛一拥而来。天师一雷，那些犀牛一拥而去。姜金定又一鞭，那些犀牛又一拥而来。天师趁着他的来势，照旧地佯输诈败，望海边上走。那些犀牛照旧地赶将来。

天师照旧地跨上草龙，却转在犀牛之后，一个雷响，一阵大风，一天都是朱头黄尾、百足扶身的蜈蚣虫，竟奔那些犀牛身上而去。那些犀牛见了蜈蚣虫，就似指头儿捺上了双簧锁，不是知音不得开，一个个都钻到犀牛的鼻头里面去了。犀牛被钻不过，望海里一跑，望岸上一跑，跑了几跑，把个终生送却潮头上，哪管得角上通天锦绣纹。张天师跨在草龙之上，只是好笑。姜金定还不解其意，还指望犀牛阵来取胜。直至半晌不见起来，心里却才有些慌张，翻身就走。天师高叫道："番奴哪里走！"剑头上一道飞符，早已把个姜金定又捉翻来了。

解上中军宝帐，三宝老爷说道："多谢天师道力，成此大功。"马公道："这蜈蚣可是真的么？"天师道："是真的。"马公道："哪里有这些真的？"天师道："这是安南国地方所出，其长有一尺六寸，其阔有三寸五分。其皮鞔鼓，其肉白如葫芦，交人制为肉脯，其味最佳。"马公道："既在安南国，怎么得它过来？"天师道："是贫道烧了飞符，遣下天神天将，着落当方土地之神驱它过来的。"老爷道："管甚么蜈蚣，叫旗牌官过来。"旗牌官即时跪着。老爷道："把这泼妖妇押出辕门外，即时枭首。"天师道："你今番却心死也？"姜金定道："心还不死。"天师道："我再放你去罢。"姜金定说道："再放我去，再拿我来，那时心却死也！"三宝老爷大怒，说道："这等一个小夷女，敢如此辗转，费我南军。"咬得牙齿只是辂叮辂叮响。张天师念动了紧箍子咒，旗牌官动手捆缚起来。姜金定还说道："我今日死也眼不闭！我就做鬼，也还要和你做一场！"一时间押赴辕门之外，一刀两段，段得一个美女头来。三宝老爷吩咐仔细看他的尸首，不要又学起前番走了人。旗牌官禀说道："今番再无差错，明明地捆着，明明地砍头，明明的两段，再无异法。"老爷道："既如此，把他的头挂在哈密西关之上，令其国人好看。把他尸骨放火烧了。"军令已出，谁敢有违？即时挂起他的头，放在哈密西关高竿之上。即时把他的尸骸放起火来烧化。只见火焰之中，端端正正坐着一个姜金定，只是没头，只是不会讲话。三宝老爷心上尽是有些狐疑。马公道："这贱婢到底死得有些心不服。"王爷道："倒该依天师说再放他去，再拿他来，他就心死。"老爷道："事至于此，悔之无及！任从他来。”天师道：“疑心生暗鬼，再不可讲他，各自散罢。”果真的各人散帐。

夜至三更，只见这里也吆喝，那里也吆喝，船上也吆喝，营里也吆喝。明日天早，二位元帅老爷坐了中军帐，问说道：“夜来为着甚么事各处里吆喝？”船上军人说道：“夜至三更，满船上都是火光，火光之中，有许多的妇人头进到船上来，滚出滚进，口里说道：‘冤枉鬼要些甚么咽作。’”营里军人说道：“夜半三更，满营里都是火光，火光之中有许多的妇人头进到营里来，滚上滚下，口里说道：‘冤枉鬼要些甚么咽作。’”老爷心里想道：“这事却有因，不好难为这些队伍。”只吩咐道：“今后不许吆喝，如违军令施行。”众军退去。马公说道：“偏军伍中有鬼，偏我们这里没有鬼，这都是妄言祸福，摇动军心，依律该斩。”王爷道：“怎么这等说，冤魂怨鬼，于理有之，只是各人谨慎些就是。”

到了第二夜，那些一个头的鬼，单在马公营里出的出，进的进，上的上，下的下，有数百之多。马公公拿起一口刀，砍过左，右边的又来了，砍向前，后边的头又来了。把个马公唬得魂飞魄散诸天外，一夜无眠到五更。巴不得到天明，竟到中军帐上赴诉二位元帅老爷。老爷大怒，说道：“敢有此等妖魔！”即时吩咐旗牌官取下姜金定的头来，把火烧了。一会儿取过头来，一会儿起火烧了。只见火焰之中，端端正正站着一个姜金定的头，只是没有身子，口口声声说道：“我死也不甘心，我夜间还要来寻你也！”二位元帅闻之，心上有些不悦，请教国师。国师道：“善哉，善哉！这个杀人的事，贫僧不敢闻命。”二位元帅又去请教天师，天师沉思了半晌不开言。王爷道：“天师不肯开言，还有些甚么见教？”天师道：“这个来踪去迹，都有些跷蹊，莫不然还是姜金定不曾死，撮弄得甚么鬼情？”王爷道：“两次焚烧之时，俱有怨魂结象，岂有不曾死之理？”三宝老爷道：“死之一字，再不消疑。只说这个单头鬼，把怎么处？”天师道：“不得其根，从何处下手？”老爷道：“今日之事，譬如医者，缓则治其本，急则治其标。”天师道：“贫道送过符来，各人贴在各人船上，且看他何如。”老爷道：“这个有理。”

天师送了符，用了印，各官接了，各官贴着；各营接了，各营贴着；各船接了，各船贴着。都说是天师的符水岂有不灵验，都说是甚么鬼再敢来侵欺。哪晓得夜至三更，仍旧是这些妇人的头滚出滚进，滚上滚下，莫说是众军士的船上，就是天师船上也有，就是国师的船上也有。莫说是众军人的营里，就是都督营里也有，就是先锋营里也有，就是元帅营里也有。把个天师的符，一口一张，百口百张，只当个耳过风相似。这一夜有五更天，就吃这个妇人头吵了四更半。

到了明日天早，你也说道鬼，我也说道鬼。国师老爷说道："怎么只要杀人，致使得这个怨鬼来吵人。"王爷道："分明是个心不死，以致作祟生灾。"马公道："莫说是西番人厉害，就是西番的鬼也厉害。"三宝老爷说道："这个闲话不要讲他，只说是这如今把个甚么法儿治就是。"天师道："我心上终又有些犯疑。"老爷道："但凭天师就是。"天师道："贫道自有个处置。"剑头上一道飞符，天上即时掉下一位天将。天师道："来者何神？"其神应声道："小神是龙虎玄坛赵元帅。适承天师呼唤，不知有何道令？"天师道："此中有一个妇人头，到我南军营里作吵，已经三日，不知是何妖术，相烦天将看来。"赵元帅腾云而起，即时回复道："这个妇人头，原是本国有这等一个妇人，面貌、身体俱与人无异，只是眼无瞳仁。到夜来撇了身体，其头会飞，飞到哪里，就要害人。专一要吃小娃娃的秽物，小娃娃受了他的妖气，命不能存。到了五更鼓，其头又飞将回来，合在身子上，又是个妇人。"天师道："这叫作个甚么名字？"赵元帅道："这叫作个尸致鱼。"天师道："岂有这等的异事！"赵元帅道："天师是汉朝真人，岂不闻汉武朝有个因墀国使者，说道南方有尸解之民，能使其头飞在南海，能使其左手飞在东海，能使其右手飞在西海，到晚来头还归头，手还归手，人还是一个人。虽迅雷烈风不能坏他，即此就是这尸致鱼。"天师道："他怎么飞到我这营里来？"赵元帅道："这又是羊角道德真君第三个锦囊计，姜金定依计而行。"天师道："原来姜金定不曾死。"赵元帅道："现在那里念咒烧符，今夜又要把这尸致鱼来相害。"原来姜金定有五囤三出之法，死而不死，那些冤魂结象都是假的。天师道：

“何以破之？”赵元帅道：“这个头只是不见了原身，不得相合，即时就死，破此何难！”天师道：“多劳了，天将请便罢。”赵元帅去了。把个三宝老爷吓得口里只是打啧啧，说道：“天师如此神见，果真还是姜金定撮弄的鬼情，这场是非还在天师身上。”天师道：“贫道谨领。只是今夜都不要吆喝，待贫道处置他。”

商议已定。夜至三更，果真的那些妇人头又来了。只见四下里唧唧哝哝，虽是不敢吆喝，天师早已知其情，即时剑头上烧了五道桃符，即时五个黄巾力士跪着面前听使。天师道：“叵耐此中有一班尸致鱼，飞头侵害我们军士，你们五个人按五方向坐，把他的原身都移过了他的，远则高山大海，近则隘巷幽岩，务令他不得相合，方才除去得这个妖魔之害。”五个黄巾力士得了道令，即时飞去，各按各人的方位，各移各人的尸骸。复命已毕。天师运起掌心上的雷来，哗喇喇一声响，半夜三更如天崩地塌一般相似。饶你就是个大胆姜维，也要吃了一吓，莫说是这些妇人头，岂有个不惧怯之理？一时间尽情飞去。尽情飞去不至紧，哪里去寻个身子来相合？天师早知其情，叫声：“黄巾力士何在？”即时五个力士跪在坛前。天师道：“你们五个人还按五方向坐，把那些妇人头穿作一索儿来见我。”到了明日天早，天师请过二位元帅、二位先锋、各哨副都督会集帐下，叫黄巾力士提过头来。只见一个力士提了一串，五个力士共提了五串，每串有百十多个，果真是妇人头，只是眼珠儿上没有瞳仁。中军帐外堆了几百个头，好怕人也！老爷道：“此中出这等一个怪物，好厉害哩！”王爷道：“多亏天师道力，谢不能尽。”马公道：“还有姜金定，相烦天师处置他一番。”天师道：“贫道自有分晓。”

不知天师是个甚么分晓，且看下回分解。

第32回　金莲宝象国服降　宾童龙国王纳款

诗曰：

洞门无锁月娟娟，流水桃花去杳然。
低眇湖峰烟数点，高攒蓬岛界三千。
云中鸡犬飞丹宅，天上龙蛇护法筵。
为问西洋多道力，笑收妖妇晚风前。

却说马公道："还有姜金定是个祸根，相烦天师一总结果了他也罢。"天师道："这都在贫道身上。"三宝老爷说道："且先把这些头安顿在哪里才好？"天师叫声："黄巾力士何在？"只见五个力士跪在面前。天师道："你们把那些头送到长流水里去罢。"五个力士齐齐地答应道一声："是！"即时把这五串头，一人一串，掷将出去，远远地送到大海中央。五个力士又来复命。天师道："还有一桩事相烦你五位。"众力士说道："悉遵道令，怎敢有违。"天师道："此中有一个女将姜金定，善能五囤三出，善驾三丈膝云。我今日要拿他，你们与我出这一力。"五个力士说道："但凭吩咐。"天师道："你们五个人伏在五方，随他囤在那方，那方力士即时活拿他来，各要用心，有功之日，明书上清。"

吩咐已毕，只见蓝旗官报说道：“所有姜金定单刀匹马，在于沿海边上追寻那些妇人头。”天师道：“这妖婢今日自送其死。”好天师，跨上青鬃马，驰骤而出。望见姜金定，喝声道：“泼贱婢哪里走！”姜金定未及回言，天师剑头上早烧了一道飞符，早已有个天将捺将姜金定过来，解上中军宝帐。三宝老爷说道：“这等一个小丫头，原来一肚子都是些金蝉脱壳。”天师道：“今番是个枯树盘根，动不得了。”王爷道：“还是个推车上岭，走不得了。”马公道：“还是个隔山取火，讨不得了。”姜金定自家说道：“我今日还是个倒浇蜡烛，由不得了。”三宝老爷骂道：“油嘴有这些讲的！叫旗牌官来，把他就捆在我这面前，一刀刀地细细剐来，一根根的骨头细细拆来，看他走到哪里去？”姜金定说道：“纵然万剐我，此心不死也难。”天师道：“你既然此心不死，再放你回去何如？”姜金定说道：“你若再放我去，再捉我来，我却心死。”天帅道：“只捉你一转，不见我的手段。昔日诸葛亮七纵七擒，才是个汉子。我今日也放你七转，你心下何如？”姜金定说道：“若能七纵七擒，我却死心塌地。”天师道：“元帅且放他，看走到哪里去？”老爷道：“现钟不打，又去炼铜。拿过来剐了罢！”天师道：“但放他去不妨，他走到哪里去？”老爷道：“既然天师高见，悉凭尊裁。”天师道：“姜金定，你去罢。”

姜金定方才去了不及半晌，只见一个红脸力士一手揪着头，一手拎着脚，一掷掷到中军帐上来。天师喝声道：“快走！”姜金定转身就走，走将去了。不及半晌，只见一个青脸力士一手揪着头，一手拎着脚，一掷掷到中军帐上来。天师又喝声道：“快走！”姜金定转身又走，走将去了。不及半晌，只见一个黑脸力士一手揪着头，一手拎着脚，一掷掷到中军帐上来。天师又喝声道：“快走！”姜金定爬起来又走，走将去了。不及半晌，只见一个白脸力士一手揪着头，一手拎着脚，一掷掷到中军帐上来。天师又喝声道：“快走！”姜金定爬起来又走，走将去了。不及半晌，只见一个黄脸力士一手揪着头，一手拎着脚，着实地一掷掷将来。这一掷不至紧，把个姜金定跌得两腿风麻筋力倦，浑身酸软骨头酥。天师又喝声道：“快走！”姜金定慢慢地爬将起来，说道：“我今番不走了。”天师道：“先说了七纵七擒，这才走得五转，怎见得我的手段？”姜金定说道：“今番我已心死了，管你甚么七纵不七纵。”天师道：“你既心死，可将去枭首罢。”姜金定说道：“我如今是个几上肉，任君剁，怕甚么枭首哩。”天师道：“我这里不杀你，你与我立一项功来，你心下何如？”姜金定道：“但凭吩咐就是。”天师道：“你回去报与你的国王，你可肯么？”姜金定说道：“既蒙不杀之恩，自当前去，夫复何辞！但不知天师意下何如？”天师道：“我这里别无他意，只要你国王一封降书，投于俺元帅；一封降表，奏上我南朝天王。倒换通关牒文，前往别国，专问有我南朝传国玉玺没有，有则作急献来，没有便罢。再次之，前日沙彦章失陷在你国，好好地送上来。此外再无他意。”姜金定说道：“诸事可依。只是甚么传国玉玺，俺们并不曾听见，这是没有的。”天师道：“没有的便罢，你快去快来回话。”

姜金定抱头鼠窜而去。见了国王，国王道：“姜将军，你连日之战何如？”姜金定说道：“非干小臣之罪，怎奈南朝来的将勇兵强，我们不是他的对子。况兼那个天师果真地驾雾腾云，驱神遣将，十分厉害。还有那个国师，怀揣日月，袖囤乾坤，斩将搴旗，不动声色。事至于此，臣力竭矣，无可奈何。”番王道：“只是多负了爱卿。”姜金定说道：“臣之父兄死在南朝，臣之师父败在南朝，臣之力量尽于今日。惟愿我王早赐一刀，臣死瞑目。”番王道：“怎么说个死字？俺的江山社稷，全赖爱卿扶持。”姜金定说道：“臣无力可施，怎么扶持得社稷？”番王道：“天下事，不武则文，不强则弱。为今之计，何以退解南兵？”姜金定说道：“还有左右丞相，小臣怎么擅专？”番王道：“是我不合监禁了左右丞相，今番却怎么转弯？”姜金定说道：“事势至此，不得不然。急宣丞相进朝，迟则不及。”番王即时传一道飞诏，急宣左右丞相进朝，所有总兵官一体释放，照旧供职。左右丞相见了番王，番王道：“是俺不听忠言，悔之无及。今日要降书降表送上南朝，又要倒换通关牒文前往别国，须在二位丞相身上。”左右丞相说道：“这才是个道理，只还有一件来。”番王道：“还有哪一件？”丞相道：“献上降书，须要粮草侑缄；献上降表，须要些宝贝进贡。”番王道：“这个不难，但有的都奉上去就是。”姜金定说道：“前日陷阵的千户沙彦章先要送去。”

番王道：“便先送去。”即时姜金定送过千户沙彦章，跪在中军帐下磕头谢罪。三宝老爷道：“辱国之夫，何颜相见！待你以不死，此后立功自赎。”道犹未了，蓝旗官报道：“金莲宝象国左右丞相见。”左丞相孛镇龙帐前相见，手里捧着一封金字降表，口里说道：“小臣国王多多拜上元帅，所有金字降表一封，相烦进上天朝朱皇帝驾下，外土产不腆之仪，共成拾扛，聊充进贡。另具草单奉览毕。”老爷吩咐中军官奉表章，吩咐内贮官收下土产，吩咐旗牌官接上草单来看。只见单上开载的都是些道地宝贝。计开：

宝母一枚，海镜一双，大火珠四枚，澄水珠十枚，辟寒犀二根，象牙簟二床，吉贝布十匹，奇南香一箱，白鹤香一箱，千步草一箱，鸡舌香一盘，海枣一盘，如何一盘。

三宝老爷看了草单，满心欢喜，问说道：“这些宝贝可都是你本国所出的么？”左丞相孛镇龙说道：“俱是本国土产。”老爷道：“这些宝贝你都识得么？”丞相道：“都是识得的。”老爷道：“宝母是个什么？”丞相道：“宝母就像一块美石，每月十五日晚上，置之海边上，诸宝毕集，故此叫作宝母。”老爷道：“海镜是个甚么？”丞相道：“海镜如中国蚌蛤一般相似，腹中有一个小小的红蟹子。假如海镜饥，则蟹子出外拾食，蟹子饱归到腹中，则海镜亦饱。其壳光可射日，故此叫作海镜。”老爷道：“大火珠是甚么？”丞相道：“这珠径寸之大，浑身上是火，日午当天，珠上可燎香亵纸，暮夜持之，前后照车千乘，故此叫作大火珠。”老爷道：“澄水珠是甚么？”丞相道：“此珠亦有径寸之大，光莹无瑕，投之清水中，杳无形影；投之浊水中，其水立地澄清，澄澈可爱，故此叫作个澄水珠。”老爷道：“辟寒犀是什么？”丞相道：“辟寒犀是本国所产的犀牛角。但此角色如金子之状，用金盘盛之，贮于殿上，暖气烘人可爱，故此叫作辟寒犀。”老爷道：“象牙簟是甚么？”丞相道：“象牙簟就是象牙抽成细丝，织之成簟，睡在上面，百病俱除，土名象牙簟。”老爷道：“吉贝布是甚么？”丞相道：“吉贝是柯树，其花成时，如鹅毛之细，抽其绪，纺之成布，染以五色，文采烨然，土名吉贝布。”老爷道：“奇南香是认得。白鹤香是甚么？”丞相道：“白鹤香是长成的一柯树，劈开来片片是香，烧在炉中之时，其烟直上，结成一对一对的白鹤冲天，故此叫作白鹤香。”老爷道：“千步草是甚么？”丞相道：“千步草也是生成的，其性本香，用之佩在身上，香闻千步之远，故此叫作千步草。”老爷道：“鸡舌香是甚么？”丞相道：“鸡舌是个树名，其树辛厉，禽兽俱不敢近。至四五月间开花，花熟之时，随水出香，盖酿花而成者。以口含之，毛发俱是香的，故此叫作鸡舌香。”老爷道：“海枣是甚么？”丞相道：“海枣之树，如中国棕榈之状，其树五年一度开花，五年一度结实。实如瓜大，味最鲜美，土名海枣。”老爷道：“如何是甚么？”丞相道：“如何亦是海枣之类，其形似枣，其大有五尺长，三尺围，其树九百年一结实。人生一世，不曾看见它开花如何，结实如何，故此叫作如何。”老爷道：“我大明朱皇帝驾下原有个传国玉玺，却被元顺帝白象驮之入于西洋，不知可在汝国么？”丞相道：“并不曾看见有甚么南朝玉玺，有则即当奉还，不敢隐匿，自取罪戾未便。”老爷道：“请坐辕门外，再当转敬。”

左丞相已出，右丞相田补龙相见帐下，手里捧着一封降书，说道：“俺国王多多拜上元帅，具有降书一封奉览。”三宝老爷吩咐旗牌官接过书来，拆开读之。书曰：

金莲宝象国国王占巴的赖谨再拜奉书于大明国统兵招讨大元帅麾下：窃闻天子者受天之命，为天之子，内主中国，外抚四夷。天之所覆，地之所载，日月所照，霜露所坠，莫不尊亲。某僻处西戎，罔瞻冠服，致干天怒，爰示旌旗。覆天载地，识生成之有自；沐霜栉雪，知收敛之无遗。幸具犬马之知，敢肆蝮蛇之毒。敬将书币，用展精忱，永作外藩，时输内贡，矢心惟一，誓无二三！伏乞高明，俯垂怜鉴，某不任战悚惶惧之至。年月日占巴的赖再顿首书。

元帅览书已毕，说道：“知道了。”右丞相说道：“俺国国王别具荒仪，奉犒元帅麾下列位军长，伏乞一并收下。"元帅道："是甚么物件？"右丞相道："具有小单奉览。"元帅吩咐旗牌官接上来看着，只见单上计开：

黄金一千两，白金一万两，活猪三百口，活羊五百牵，活鸡一千只，鲜鱼五十担，腌鱼一百担，稻米五百担，柴草一千担，椰子十担，西瓜、甘蔗各五十担，波罗蜜、蕉子各十担，黄瓜、葫芦各五十担，葱、蒜各十担，槟榔老叶十担，咂瓮酒二百尊。

元帅看了单说道："太多了些。"右丞相道："俺国国小民贫，毫无所出，此不足为敬，聊具军中一饷而已，伏乞笑留。"元帅道："多谢了。我且问你，这里有鸡，可有鹅、鸭么？"丞相道："小国不出鹅、鸭。就是鸡，至大者不过二斤，脚高寸半或二寸为止。但雄鸡则耳白冠红，腰矮尾窍，人拿在手里他亦啼，最是可爱。"老爷道："这果子、蔬菜可都是本国出的？"丞相道："是本国出的。果品还有梅子，味酸不敢献上。小菜还有冬瓜，还有芥菜，非其时不得献上。"老爷道："稻米可是本国出的？"丞相道："是本国出的。此米粒细而长，色多红少白。大小麦俱不出。"老爷道："这酒怎么叫作咂瓮酒？"丞相道："此酒初然以饭拌药，封于瓮中，俟其自熟，欲饮则以长节小竹筒长三四尺者，插于酒瓮中，宾客围坐，照人数入水，轮次咂饮。吸之至干，再入水而饮，直至无酒味而止。"

元帅道："你国中文字何如？"丞相道："椎鲁之徒，何文字之有！书写等闲，没有纸笔，用羊皮捶之使薄，用树皮熏之使黑，折成经折儿，以白粉写字为记。"元帅道："你国中岁月何如？"丞相道："我国中无闰月，以十二月为一年。昼夜各分五十刻，用打更鼓者记之。"元帅道："你国中刑罚何知？"丞相道："我国中刑罚，其罪轻者，用四个人拽伏于地，藤杖鞭之；其罪当死者，以绳系于树，用梭枪齐喉而割其首。若故杀劫杀者，以象踏之，或以鼻卷扑于地。犯奸者，男女各入一牛以赎罪。偷国王物者，以绳拘于荒塘，物充即出之。若争讼有难明之事，官不能决者，则令争讼二人骑水牛过鳄鱼潭，理屈者，鳄鱼出而食之；理直者，虽过十数次，鱼亦不食。”元帅道：“国中婚娶之礼何如？”丞相道：“俺国中婚事，男子先入女家，成其亲事，过到十日半月之后，男家父母及诸亲友用鼓迎之归家，饮酒作乐。”元帅道：“国中吊贺之礼何如？”丞相道：“百姓家不行吊贺，惟有国王当贺之口，用人胆汁沐浴，将领以下，俱献人胆为贺。第不用中国人胆。相传往年有用华人一胆者，是日一瓮之胆尽皆朽腐，王即病死，故后来切戒之。”元帅道：“国王在位何如？”丞相道：“俺国国王，大凡在位三十年者，即退位出家，令弟兄子侄权国。王往东山持斋受戒，茹素独居，呼天誓曰：‘我先在位不道，当为狼虎食之，或病死之。’若一年满不死，则再登王位，复理国事。国人称呼为昔黎马哈剌托，盖至尊至大之称也。”元帅道：“承教一番，三生有幸。”一边吩咐纪录司登礼物簿，一边吩咐军政司收下礼物，一边吩咐授餐司安排筵席，大宴左右丞相及南船上将士。是日里歌声动地，鼓乐喧天。正是：

将军出使拥楼船，江上旌旗拂紫烟。
万里横戈探虎穴，三杯洒酒舞龙泉。
莫道词人无胆气，应知尺伍有神仙。
火旗云马生光彩，露布飞传到御前。

宴罢之时，元帅传下将令，即将南朝带去的青瓷荷盘一百面，青瓷荷碗三十筒，苎丝共二十四，绫绢各二十四，回敬国王。又将烧绿珍珠二十挂，真金川扇二十柄，回敬二位丞相，尽欢而散。左右丞相回复番王，番王大喜。明日清早，左右丞相又来参谒元帅，说道：“番王多谢元帅活命之恩，再差小臣特来相请。敢请元帅进城，游玩西番景致。”元帅道：“多多拜上你的国王，军务在身，不得相见。只是年年进贡，岁岁称臣，足知相爱之至。”

左右丞相已去。元帅请过国师，请过天师，论功行赏，颁赏诸将有差。一连过了三日，国师道：“不可久住，恐费此国钱粮。”元帅即时传令，收营拔寨，尽归宝船，又令绞动缆车，拽起铁锚，扯满风篷，开船望西而进。

只见一人一骑飞报而来，蓝旗官问道：“来者何人？所报何事？”其人道：

“俺本金莲宝象国总兵官占的里便是。今有本国三太子怨父王降顺南朝，私自领兵逃去。国王惧怕前途有变，罪坐不明，故此先来禀过。”蓝旗官报上中军帐。元帅道：“天下之父归之，其子焉往？免坐其罪！”占的里策马而去。宝船仍旧分为中、左、右、前、后五营，左、右、前、后四哨。正行之时，只见沿海岸上一人一骑又是飞跑而来，高叫道：“宝船上听禀！”蓝旗官高声问道：“你是甚么人？有甚么事来禀？”其人高呼道：“俺本金莲宝象国巡逻健卒海弟宁是也。领俺国王钦旨，奉禀元帅得知，此去不远就有一个小国，叫作宾童国。俺国王已差总兵官占的里领兵前去通知，但遇宝船到彼之日，即便进上降书、降表，不必倒换通关牒文，不劳元帅费心费力，也见得俺国王内附之微诚！”蓝旗官报上中军宝帐。元帅吩咐蓝旗官回复他知道了。总兵官驰马而去。

宝船正行之时，天色已晚，中军传下将令，落篷下锚，权且安歇，明早看风再行。约至半夜，左哨上人马嘈嘈杂杂，就像有个喊杀之声。及至天明，元帅未及查问，只见左哨征西副都督黄全彦擐甲全装，宣花铜斧，解上一班偷船劫哨的贼来。元帅审问了一番，原来为首的就是金莲宝象国国王的三太子；为从的有三十多名，俱是些海贼。马公道：“这些贼既是情真罪当，推他出去一人一刀，了结他罢。”三宝老爷道：“三太子，你还愿死？你还愿生？”三太子说道：“事至于此，有死无二。”老爷道：“你见差矣！自古道：‘死有重于泰山，死有轻于鸿毛。’你今日之死，为着哪一件来？你若说道为臣死忠，我今日天兵西下，只受得你父王一纸降书，你社稷如故，你江山如故，这岂是为臣死忠？你若说道为子死孝，你父王安然为王，安然理国，既无戮辱，又无呵斥，这岂是为子死孝？你既不为忠，你又不为孝，此死何益？”原来是非之心人皆有之，三宝老爷这一席话，把个三太子说得哑口无言，满面惶愧。老爷早知其意，又说道：“我这里看你父王之面，怎么杀戮于你？”叫军政司取过麒麟胸背花补子员领一套来，赏与三太子遮羞而回。三太子说道：“既蒙不杀之恩，不胜感激，怎么又劳重赐，此何敢当！”老爷道：“你受了去，今后穿此员领之时，你顾名思义，只可习文，不可习武。”又叫军政司取过青布海青三十余件过来，赏与这些为从的："自今以后只许穿衣吃饭，不许海上为非。"这一干人磕头谢赏而去。王爷道："老公公，今日之举，恩威并至。王者制驭夷狄之道，无以逾此。"道犹未了，蓝旗官道："上面有一座山，颇多柴草。禀过元帅老爷，放军人上山樵采，以备前面不急之需。"元帅许他。樵采已毕，元帅问道："上面是个甚么山？"蓝旗官道："这个山与金莲宝象国山地相连，山陡而顶方。顶上有一股飞泉倒垂而下，如千丈瀑布之状。顶上还有一块石，如佛菩萨的头，石上有四句诗，说道：浪作弥陀石作身，因贪海上避红尘。有人问我西来事，默默无言总是真。诗后面又有一行字，写着'凌洋子书于灵山僧石'。以此观之，是个灵山。"元帅道："上面可有民居？"蓝旗官道："民居稀少，结网为业。"元帅道："上面可有土产？"蓝旗官道："上面有一样藤杖，粗大而纹疏者可爱。次有槟榔蒌叶，余无所出。"元帅吩咐樵采已毕，一齐开船。船行之际，每日顺风，一连行了五六日，元帅问道："前面又到哪一个国土了？"蓝旗官道："不见有个甚么国土。"元帅道："那报事的说，前面不远就有一个国，怎么还不见到哩？"蓝旗官道："行了这五六日，只在一个山脚底下，还不曾走得脱。"元帅道："这是个甚么山？有如许得长大哩！"又行了一日，才离了这个山，早已到了一个国。

未及收船之时，只见占的里领了一支军马远远迎住，禀道："小将领了国王之命先来宾童龙国报他说道：'南膳部洲大明国朱皇帝驾下钦差二位元帅、一位天师、一位国师前来抚夷取宝，所过之国，俱要降书、降表，通关牒文。倘有负固不服称南向者，诛其君、灭其国，毋赦。"现今宾童龙国国王已经亲赍降书、降表，迎接天兵，不劳元帅费心费力，谨此禀知。"道犹未了，只见宾童龙国国王骑着一匹红马，张着一柄红伞，前呼后拥，有百十余人，迤逦而来。蓝旗官引上宝船相见元帅。二位元帅待以宾礼。国王不胜之喜，先递上降表。元帅接下，交付中军官安奉。次递上降书，元帅接下。拆封而读，书曰：

宾童龙国国王的普哇拿牙再拜奉书于大明国统兵招讨大元帅麾下：侧闻天无二日，民无二王。明明天子，既以一人而抚万邦；渺渺夷封，敢不以万里而戴一主。矧兹蕞尔，敢肆猖狂。敬勒函章，用旌效顺。望云阙以翔魂，叩辕门而顿颡。仰祈朗鉴，俯赐矜怜。某无任战栗恐惧之至。

元帅看书已毕，说道：“书不尽言，足征国王盛德。”国王道：“多谢天兵远来，小国民穷财尽，无物可将，谨以土仪进上天朝大明皇帝。”元帅道：“领了降表足矣，不必进贡。”国王拿出一个珠红匣儿来，匣儿上面有把小金锁锁着，双手递与元帅。元帅接下，交付内贮官收讫。国王又递上一张草单，元帅展开看着，只见单上计开：

龙眼杯一副，凤尾扇二柄，珊瑚枕一对，奇南香带一条。

元帅道：“太厚了！”国王道：“礼物虽微，却有一段足取处。”毕竟不知是个什么足取处，且听下回分解。

第33回　宝船经过罗斛国　宝船计破谢文彬

诗曰：

翘首西洋去路赊，远人争睹迓皇华。
一朝荣捧相如璧，万里遥传博望槎。
玉节光摇惊海怪，绣衣分彩照红花。
还朝天子如相问，为说车书混一家。

却说宾童龙国国王说道："礼物虽微，其中幸有一段妙处。"元帅道："请教这一段妙处。"国王道："这龙眼杯原是骊龙的眼眶子，将来镶嵌成杯，斟满酒之时，就起一段乌云，俨如眼里的乌珠子一般，隐隐约约，最可人情。这凤尾扇本是丹山上去来的凤尾巴，缉之成扇，看时五色成纹，摇动清风满面，永无头疼眼热之疾。这珊瑚枕与众不同，用之枕头，夜梦灵验，随意祷告，吉凶祸福，问无不知。这奇南香带与众又是不同，带中间的小龙都是活的，如遇风雪，纷然有奋激之状。这却不是礼物虽微，幸有些妙处？"元帅极口称谢。

国王又叫声："小番再抬上土仪来。"元帅道："怎么又有土仪？"国王道："还有些不腆，奉充元帅麾下。"元帅道："人臣无境外之交，已蒙进贡厚礼足矣，我们岂复有所私交？”国王道：“苦无厚礼，不过是小国土产奇南香、各色花布而已。”元帅道：“足领盛情。我们自公礼之外，一丝一线不敢私受。”国王敬的意思虽坚，元帅却之至再至三，毕竟不受，反叫军政司取过带来的草兽胸背花补子员领一套，回敬国王。国王也不肯受。元帅道：“这是相答进贡厚礼，你既不受，我们连进贡的礼物也不受。”国王没奈何，只得受下。又将番官番吏颁赏有差，众人拜受而去。国王又叫：“小番兵抬上犒赏军士的粮草来。”元帅道：“也不消，昨日在金莲宝象国已领多了，此中再不受。”毕竟不曾受。国王感恩泣谢。王爷道：“老公公今日何为不受？”三宝老爷说道：“老总兵岂不闻厚往薄来之说乎？”王爷道：“深得柔远人之体。”

老爷一面陪着国王，一面吩咐筵席款待国王。饮酒中间，老爷问说道：“大国相去金莲宝象国有几日路程？”国王道：“旱路不过三日，水路要行七八日。”老爷道：“怎么水路反又远些？”国王道：“中间隔着一个山，名做个昆仑山。俺这里有个俗语说道：‘上怕七洲，下怕昆仑。针迷舵失，人船莫存。’”老爷道：“好险也！”国王道：“到了小国，就是佛国。”老爷道：“怎么小国就是佛国？”国王道：“小国原是舍卫城，祇陀太子施树，给孤长者施园，世尊乞食，俱是小国。且有目莲旧基址尚存，故此至今多设佛事，念经把素，弱懦而已。”元帅心里想道：“他只把个柔懦的话来讲，敢是个软交椅坐我，敢是个软索儿套我，待我卖弄一番与他看着。”适逢国王辞酒，元帅道：“军中无以为乐。”叫舞剑，左右的成双作对舞剑。叫舞刀，左右的成双作对舞刀。又叫舞枪，左右的成双作对舞枪。叫舞杷，左右的成双作对舞杷。叫滚鞭，左右的成双作对滚鞭。叫滚叉，左右的成双作对滚叉。叫白打，左右的成双作对白打。正是强兵门下无羸卒，养虎山中有大虫。国王看见这个南兵人物精健，武艺熟娴，口里只是叫：“不敢！不敢！”连辞酒力不胜，拜谢而去。且说道：“此去十日之后，可到一国，其国惯习水战，元帅须要提防他一番。”元帅道：“多承指教了。”

宝船开去，沿海而行，每日风顺，行了一向，日上看太阳所行，夜来观星观斗，不见星斗，又有红纱灯指路，因此上昼夜不曾下篷。大约去了有十昼夜多些，果是到了一国，停舟罢橹。三宝老爷走出船外一瞧，只见这一个处所，山形如白石，峭壁一望无涯，大约有千里之远。外山崎岖，内岭深邃，颇称奇绝。有诗为证，诗曰：

芙蓉寒隐雪中姿，紫气晴当马首垂。
虎啸石林无昼夜，云封岩洞有熊罴。
硖深仰面窥天细，路险行吟得句奇。
回首北辰应咫尺，天威独仗地灵知。

凝眸久视，隐隐有城廓楼台模样。老爷心里想道：“今番又有些费心思也！”即时传下将令，照前兵分水陆两营，五营大都督照旧移兵上岸，扎作一个大营。中军坐着是二位元帅。左右先锋照旧分营在两边，为犄角之势。四哨副都督仍旧扎住一个水寨，分前后左右。中军坐着是国师、天师。水陆两营昼则大张旗帜，擂鼓摇铃；夜则挂起高招，数筹定点。

早有一个巡哨小番报知番国国王。国王即时升殿，聚众文武百官。番王道：“巡哨的报甚么事？”小番道：“是小的职掌巡逻，只见沿海一带有宝船千号，每船上扯起一杆黄旗，每旗上写着‘上国天兵抚夷取宝’八个大字，中间有几号‘帅’字旗的船，一个船上有几面粉牌，一个牌上写着‘大明国统兵招讨大元帅’，一个牌上写着‘大明国统兵招讨副元帅’，一个牌上写着‘天师行台’，一个牌上写着‘国师行台’。好厉害！”番王道：“似此说来，是南膳部洲大明国朱皇帝驾下差来的。”道犹未了，又有一个小番报说道：“来的宝船千号，战将千员，雄兵百万，说道是甚么南膳部洲大明国朱皇帝驾下差来抚夷取宝。正元帅叫作个甚么三宝老爷，副元帅叫作个甚么王尚书。这两个人运筹帷幄之中，决胜千里之外，果然是一正一副。”道犹未了，又有一个小番报说道：“来的宝船上有一个道士，说是甚么引化真人，号为天师。有一个和尚，说是南朝朱皇帝亲下龙床拜他八拜，拜为国师。天师船上有两面大言牌，一面牌写着‘天下诸神免见’，一面牌写着‘四海龙王免朝’，中间又有一面牌写着‘值日神将关元帅坛前听令’。那国师又有好些古怪，是个和尚头，又是个道士嘴。”番王道：“怎么是个和尚头，又是个道士嘴？”小番道：“头上光光乍，却不是个和尚头？嘴上须蓬蓬，却不又是个道士嘴？”说道：“这国师有拆天补地之才，有推山塞海之手，怀揣日月，袖囤乾坤。天上地下，今来古往，就只是他一个，再也寻不出一双来。”番王道：“你也不消说这许多闲话，你只说是南朝朱皇帝驾下差来的，我自有处。”

左班闪出一个番官来，名字叫作刺麻儿，说道：“我国水兵天下无敌，怕甚么南朝元帅，怕甚么和尚道士！”道犹未了，右班闪出一个番官来，名字叫作个刺失儿，说道：“古语有云：‘来者不善，答之有余。’既是南朝无故加兵于我，我国岂可束手待毙！伏乞我王作速传令总兵官，令其练兵集众，水陆严守，免致疏虞。”番王道：“二卿之言俱不当。”刺麻儿说道：“怎么小臣之言俱不当？”番王道：“二卿有所不知，我国与南朝本和好之国。我父王存日，曾受他白马金鞍，曾受他蟒衣金缕。寡人嗣位之时，虽不曾得他的白马，却得他金缕龙衣。且莫说别的来，只说寡人的金章玉印是哪里来的？只说国中斗斛丈尺是哪里来的？还有一件，寡人的大行人出使琉球，遭风失事，他不利我的货财，他不贪我的宝贝，尚且船坏了得他补缉，食缺了得他周济，路迷了得他指示。南朝何等有恩于我，我今日敢恩将仇报，自绝于天朝！”刺失儿说道：“既是大王与他有旧，知恩报恩，也是个道理，但不知他的来意何如？”番王道：“来说是非者，便是是非人。你道不知他的来意，寡人就差你去打探一番。”刺失儿道：“既承明旨，小臣哪敢违？”即时起身就走。番王道：“且来，我还有话和你讲。”刺失儿道：“正走得好，又叫回来。”番王道：“我教你今番打探，不比每番。每番要私行细密，今番你去竟上他的宝船，见他的元帅，问他的来历。你就道我国王千推万推，没有一推；千顺万顺，只是一顺。”刺失儿说道：“小臣谨领。”番王道：“你快去快回。”

刺失儿只说得一声“是”，早已走出朝门外来了，竟上宝船相见元帅。左右的道：“元帅坐在岸上营里。”竟到营里相见元帅。三宝老爷道：“你是甚么人？”刺失儿说道：“小臣是本国右丞相刺失儿的便是。”老爷道：

“你这是个甚么国？”刺失儿道：“小国叫罗斛国。”老爷道：“你国王叫甚么名字？”刺失儿说道：“俺国王叫作个参烈昭昆牙。”老爷道：“你国王差你来有何高见？”刺失儿道：“俺国王说道：‘小国受天朝厚恩，不敢恩将仇报。千推万推，没有一推；千顺万顺，只是一顺。’但不知元帅的来意若何，故此特差小臣前来相问。草率不恭，望乞恕罪。”老爷道：“我们的来意其实无他，只因太祖高皇帝奉天承运，汛扫胡元，所有中朝历代传国玺，却被元顺帝白象驮之，入于西番。我等奉当今万岁爷诏旨，提兵远来，一则安抚夷邦，二则探问玉玺消息。如有玉玺，作速献来；如无玉玺，倒换通关牒文，又往他国。”刺失儿道：“元帅既无他意，愈见天恩。容小臣回朝奏过俺王，赍上降书降表，倒换通关牒文，还要奉些礼物进贡。”老爷道：“既承厚意，彼此有缘。”刺失儿回来奏知番王。番王大喜，即时撰下书表，备办礼物，先差下一名小番报上中军宝帐，说道：“小国国王亲赍书表礼物来献。”元帅心里想道：“来意未必其真，不可堕了他的诡计。”即时传示水陆各营，俱要弓上弦，刀出鞘，以戒不虞。传下未已，只见罗斛国东门外尘头起处，早有一支军马蜂拥而来。当先一员大将，只见他：

铧锹儿出队子，香罗带皂罗袍。锦缠头上月儿高，菩萨蛮红衲袄。啄木儿侥侥令，风帖儿步步娇。踏莎行过喜迁乔，斗黑麻霜天晓。

却说番阵上一员大将当先统领着一班番军番马，蜂拥而来。番将高叫道：“吾乃罗斛国王麾盖下官拜普刺佃因大元帅谢文彬的便是。你是哪里来的军马？无故侵凌我国封疆。你敢小觑于我国无大将军乎？你早早地收兵拔寨，投奔他国，我和你万事皆休！若有半个不字，我教你这些无名末将，一个一枪；我教你这些大小囚军，尽为齑粉。”道犹未了，只见南阵上三通鼓响，左角上闪出一员大将，身长九尺，膀阔三停，黑面卷髯，虎头环眼，原来是威武大将军左先锋张计。你看他骑一匹银鬃马，挎一口大杆豹头刀，高叫道：“你这番狗奴敢如此无礼！”一口刀直取番将。钢刀才起，南阵上三通鼓响，右角上又闪出一员大将，长浑身，大胳膊，回子鼻，铜铃眼，原来是威武副将军右先锋刘荫。你看他骑一匹五明马，使一杆绣凤雁翎刀，高叫道：“留这一功与我罢！”道犹未了，只见南阵上三通鼓响，前营里闪出一员大将，束发冠，兜罗袖，狮蛮带，练光拖，原来是征西前营大都督应袭王良。骑一匹流金弧千里马，使一杆丈八神枪，高叫道：“留这一功与我罢！”道犹未了，宝船上跑出一员大将，铁幞头，红抹额，皂罗袍，牛角带，原来是征西前哨副都督张柏。骑一匹乌锥马，使一杆狼牙棒，重八十四斤，高叫道：“这功还是我的！”道犹未了，早已一棒打将去，把番将谢文彬打作个杨花落地听无声，一路滚将出去。

一会儿，解上中军帐来。三宝老爷大怒，骂说道：“番王敢如此诡诈，阳顺阴逆。”传令诸将：“谁敢领兵前去攻破他的城池，抢进他的宫殿，捉将番王来，和这个番将一同枭首？”道犹未了，蓝旗官报道：“番王亲自赍到降书降表、通关牒文，还有许多的进贡礼物。”老爷道：“这决是个纪信诳楚之计，我和你不免将计就计。”即时叫过传箭官来，交与他一支令箭，轻轻地吩咐他几声，如此如此。只见番王亲自进营，一声梆响，早已把个番王捉将过来，把些番官番吏一个个地捆起来。番王心里想道：“怎么今日好意反成恶意？”口里只是叫：“不敢，不敢！”三宝老爷大怒，骂说道：“也枉了你做罗斛国王，原来你是个人面兽心，可恶！”番王道：“怎么我是个人面兽心？”老爷道：“你适来差个甚么右丞相说道：‘千顺万顺，只是一顺。’过会儿又差个甚么小番说道：‘撰下书来，备办礼物。’恰好都是些啜赚之法，啜赚得我这里不相准备，你却遣将调兵杀将过来，阳顺阴逆，却不是个人面兽心？”番王道：“俺国自父祖以来，屡蒙天朝厚赐，俺今日怎么敢恩将仇报，自绝于天朝？适闻元帅降临，正在撰下书来，备办礼物，却并不曾遣甚么将，调甚么兵。”老爷道：“你还说是没有？”叫声：“解上番将来！”只见立地时刻，四个勇士押着一个番将，解进营来。

番王见之，早已认得他了，心中大怒，骂说道：“你这个误国反贼，谁教你统兵前来，陷我以不信不义！”番将怒目直视，说道：“亏你也为一国之主，奴颜婢膝，受制于人，反道我陷你以不信不义。”番王道：“这贼臣误国，望乞元帅速斩其首，明正其罪，才见得区区效顺之心。”番将道：“主忧臣辱，主辱臣死。愿早赐一死足矣！”番王道：“你这贼臣之死，何足深惜！但俺心事不明，无由自表。”走向前去，照着番将的头，扑地里一个大巴掌。三宝老爷心里想道：“这番王还是真意。”适逢得王尚书又说道：“老公公在上，这番王果无异心。”老爷即时省悟，忙下席来，请上番王，宾主相见。番王道：“非二位元帅高台明镜，朗照四方，俺区区效顺之忱，几于不白。”老爷道：“事有可疑，非你国王之罪。”王尚书道：“谢文彬亦忠于国事。擅兵之罪，宜特赦之。”老爷吩咐放回番将去。番王看见二位元帅加礼于他，又且放回番将，不曾杀他，心下大喜，即将金叶降表一道，双手递与元帅。元帅受下，着中军官安奉。番王又将进贡礼物草单，双手递与元帅。元帅道：“但有降表足矣，这个礼物不消罢。”番王道：“礼物不周，望乞恕罪！”元帅只是不受。番王强之，至再至三，元帅方才受下。展单视之，单上计开：

白象一对，白狮子猫二十只，白鼠二十个，白龟二十个，罗斛香二箱，降真香二箱，沉、速香各二十箱，大风子油十瓶，蔷薇露二瓶，苏木二十扛。

老爷接了单，一边吩咐养牲所收养白象等类，一边吩咐内贮官收下罗斛香等类。老爷起头看来，只见白象的门牙长有八九尺，中间都镶嵌的是宝贝。只见白猫、白鼠之白，其洁如雪。白龟之白还不至紧，又有六只脚，最是可爱。其余的想应都也精细，心中大悦。却又吩咐军政司取过缎绢补子之类，回敬番王。番王拜谢而受。又将番官番将一一赏赐有差，众人拜谢而去。番王却又捧上降书来，元帅拆封读之，书曰：

罗斛国王参烈昭昆牙谨再拜奉书于大明国统兵招讨大元帅麾下：窃闻天无言而四时成，圣有作而万物睹。矧在天朝，皇恩似海。维兹我国，戴德如山。见戎事于金铮，望天颜之玉润。罔知帝力，敢自安于僻壤之民；各抒下情，愿达致夫仰天之祝。伏希电瞥，俯赐优容。某无任激切屏营之至。

年月日参烈昭昆牙谨再拜。

老爷看毕，说道："过辱伪谦，足占厚德。"番王道："具有不腆之仪，奉充军饷，伏乞鉴存！"老爷道："自贡献之外，毫不敢受。"番王递上礼单，老爷只是不接，至再至三，只是一个不接。一边铺设筵宴，款待番王。番王尽欢而饮，酒阑盘藉，落日西归。

番王告谢，刚刚地出得营门，只见谢文彬一人一骑飞跑而来。番王吃了一惊，连声问道："还是个甚么紧急军情哩！"谢文彬道："小将回退本国，本国城门上，已自是南来的一个大将守了城门，不容小将进去。是小将掣身回来，装作个打柴草的小军，哄门而入。只见朝里面也是一个南来的大将，守了宫门，不容百官进去。小将没奈何，只得在城墙上吊将下来，特来报与我王知道。"番王听知谢文彬这一场凶报，吓得他心旌摇拽拿难定，意树颠番没处栽。却又暗想道："似此把守了城门，又把守了宫门，俺的江山社稷，却不一旦成空了！"连忙地双膝跪下，告说道："这个把守城门，把守宫门，请问是何缘故？"三宝老爷即时请起，陪着笑脸儿说道："国王不须慌乱，是我学生一时之错。"番王道："怎见得元帅一时之错？"老爷道："适承下顾，是我学生错认做个纪信诳楚，故此先传军令，埋伏了四十名刀斧手在帐前，一声梆响，却就冒犯了国王。又差下了两员大将梆响之后，一声炮响，武状元唐英抢了城门，狼牙棒张柏抢了宫门。我这里虽是将计就计，却不是无因而至前。"番王道："都是俺的误国贼臣不是。"老爷道："也不须国王费心，请少待便是。"即时又传出两支令箭，一会儿武状元唐英交箭归营，一会儿狼牙棒张柏交箭归营。番王心里想道："南人用兵细密如此，老大地惊服。"即时辞谢而去。

元帅请过天师、国师，宽叙了一会儿，明日早上收营拔寨，宝船望前而进，仍旧的前后左右，成群逐队。正行之际，猛听得后面喊杀连天，蓝旗报道："后面有百十号战船出没水上，矫焉若龙。船头上站着一员大将，就是昨日谢文彬，高叫道：'前船休走，早早投降于我，万事皆休，若说半个不字，我教你人船两空，那时悔之无及！'"中军帐传下降令："各船上许落篷，不许下锚，五分前后左右，但遇贼船来处，便为前哨相迎，务在用心，不许疏虞取罪。”一会儿，那些贼般飞奔宝船相近，前后左右，百计攻击，不能取胜。原来宝船高人，易于下视，贼船梭小，怯于仰攻，故此贼船不能取胜。却又有一件，宝船高大，进退不便；贼船梭小，出入疾徐，各得其妙。况且贼船上都是生牛皮做的圆牌，任你鸟铳药箭，俱不能入。贼船上都是削尖的槟榔木为标枪，最长最厉害。贼船上药箭火器等项俱全，故此宝船也不能取胜于彼。一连缠了三日，不分胜负。洪公道：“似此纤芥之贼，胜之如此其难，怎么下得这许多番，取得个传国宝？”马公道：“这个贼船置之不问而已，哪里费这许多的心机。”王尚书道：“来不能御，却不能追，何示人以不武也！”老爷道：“诸将各不用心，姑恕今日。自今日以后，限三日之内成功，违者军法从事。”

军令一出，各将官吃忙。只见五营大都督商议已定，同去请教天师。天师道：“诸公意下何如？”众将官道：“因无妙计，特来请教天师。”天师沉吟了一会儿，说道：“昔日赤壁之事可乎？”众将官道：“赤壁之事，末将俱有成议。只是赤壁里面，还有一件吃紧的没奈何。”天师笑一笑，说道：“敢是个七星坛么？”众将官齐齐地打一躬，说道：“是。”天师道：“七星之坛，贫道一例包管。是谁做个黄盖痛伤嗟？”众将官道：“痛伤嗟今番在贼船上。”天师道：“是谁做个凤雏先进连环策？”众将官道：“连环策今番在我们船上。”天师道：“诸公高见。苦肉计原本在我，今反在彼；连环策原本在彼，今番反在我。”众将官道：“岂不闻颠之倒之，无不宜之。”大家取笑了一会儿。天师道：“今日怎么左右先锋不曾下顾？”唐状元道：“又在华容道上坐着。”天师大笑而散。

到了明日，天师坐在下皇阁上，吩咐了朝天宫的道宫，外面看贼船，分一个东西南北：东一、西二、南三、北四，以木鱼响声做号头。五营大都督各守一方，把些宝船分东西南北，各方连环各方。安排已定，这一日反不见个贼船来。众将官道：“时日有限，贼船似此不来，却不违误了元帅军令？”张狼牙道：“想是他逃窜去了。”唐状元说道：“他怎么擅自肯去？只在今日晚上，好歹有个消息来也。”连张天师也坐在玉皇阁上，眼盼盼地望了一日。

到了半夜三更，只见后营船上拿住一只贼船，船上有十二个贼人，解上中军帐来，都说道：“受刑不过，特来投生。”元帅道：“怎么叫作受刑不过，特来投生？”其人道：“是我本国将军谢文彬看见连不能取胜，心思一计，来烧你们的宝船。今日责令我们每人名下，要火药一百斤、干槟榔片一十担，一名不完，重责一百棍，割耳示众。是我十二个人不完，俱吃他一百藤棍，俱被他割了一只耳朵。”老爷道：“你到我这里做甚么？”其人道：“是我人计议已定，与其坐而待毙，不若投降而得生，故此特来投生。”老爷道：“这个话儿难以准信。”其人道：“元帅爷不肯准信，可验小的们的伤痕。”老爷道：“苦肉计岂不是伤痕？”其人道：“既元帅不信，小的们情愿监禁在这里，俟破贼之日释放未迟。”老爷道：“这个通得。”一面吩咐旗牌官监禁了这十二个来人，往后发落；一面传令各营，贼情如此如此，准备厮杀。天师听知这一段消息，大笑了三声，说道：“果真的苦肉计在贼船上。众将官好神见哩！”唐状元又把只贼船领回来，安排了一会儿。

明日未牌时分，贼船蜂拥而来，先从西上来起，一片的火铳、火炮、火箭、火弹。前营大都督应袭王良备御。只见天师船上木鱼连响了两下，嗖地里一阵东风，无大不大，把些火器一会儿都刮将回去了。贼船看见不利于西，却又转到南上来，一片的火铳、火炮、火箭、火弹。左营大都督黄栋良备御。只见天师船上木鱼儿连响了三下，嗖地里一阵北风，无大不大，把些火器一会儿都刮将回去了。贼船看见不利于南，却又转到东上来，一片的火铳、火炮、火箭、火弹。后营大都督唐英备御。只见天师船上木鱼儿狠地响了一下，嗖地里一阵西风，无大不大，把些火器一会儿都刮将回去。贼船看见不利于东，却又转到北上来，一片的火铳、火炮、火箭、火弹。右营大都督金天雷备御。只见天师船上木鱼儿连响了四下，嗖地里一阵南风，无大不大，把些火器一会儿又刮将回去。贼船四顾无门，看看的申牌时分，宝船上三声炮响。

毕竟不知这个炮响有个甚么军情，且听下回分解。

第34回　爪哇国负固不宾　咬海干恃强出阵

诗曰：

翠微残角共钟鸣，阵势真如不夜城。
郊垒忽惊荧惑堕，海门遥望烛龙行。
中天日避千峰色，列帐风传万柝声。
罗斛只今传五火，天光飞度蔡州营。

却说贼船四顾无门，自知不利，望海中间竟走，这宝船肯放他走？望前走，前营的宝船带了连环，一字儿摆着个长蛇阵；望右走，后营的宝船带了连环，一字儿摆着个长蛇阵；望左走，左营的宝船带了连环，一字儿摆着个长蛇阵。望后走，后营的宝船带了连环，一字儿摆着个长蛇阵。天师听知这一消息，又笑了三声，说道："果真的连环计在我船上，众将官好妙计哩！"却说宝船高大，连环将起来就是一座铁城相似，这些贼兵走到哪里去？天色又晚，宝船又围得紧，风又望岸上刮，岸上又是喊杀连声。贼船没奈何，只得傍岸儿慢慢地荡。只见宝船上三声炮响，后营里划出一只小船儿来，竟奔到贼船的帮里去。那小船上的人都是全装擐甲，拿枪的拿枪，拿刀的拿刀，舞棍的舞棍，舞杷的舞杷。贼船看定了它，等它来到百步之内，一齐火箭狠射将去，只见那些人浑身上是火。怎么浑身上是火？原来那船上的人却都是些假的，外面有盔甲，内囊子都是些火药、铅弹子，贼船上的火箭只可做它的引子。上风头起火，下风头是贼船，故此这等的一天大星火，一径飞上贼船上来。火又大，风又大，宝船上襄阳炮又大，把些贼船烧得就是曲突徙薪无恩泽，焦头烂额为上客。也有烧死了的，也有跳下水的，也有逃上岸的。

明日二位元帅高升宝帐，颁赏有差。请过天师、国师，特申谢敬。只见左右先锋解将夜来拿的番兵上帐记功。元帅道：“你们都是些甚么人？”番兵说道：“小的们都是谢文彬麾下的小卒。”元帅道：“谢文彬在哪里去了？”番兵道：“他下水去了。”元帅道：“可是淹死了么？”番兵道：“淹他不死。”元帅道：“怎么淹他不死？”番兵道：“他原是老爷南朝的甚么汀州人，为因贩盐下海，海上遭风，把他掀在水里。他本性善水，他就在水上漂了一七不曾死，竟漂到小的们罗斛国来。他兼通文武，善用机谋。我王爱他，官居美亚之职。他自逞其才，专能水战，每常带领小的们侵伐邻国，百战百胜。故此今日冒犯老爷，却是淹他不死。”元帅道：“今日之事，还是他自己的主意，还是你国王的主意？”番兵道：“不干国王之事，都是他的奶奶教他的。”元帅道：“夫为妻纲，怎么妻能教其夫？”番兵道：“小的本国风俗，原是如此。大凡有事，夫决于妻。妇人智量，果胜男子。”元帅道：“今日这个智量，却不见高。”番兵道：“他夫少妻多，多则杂而乱，故此不高。”元帅道：“怎么他的妻多？”番兵道：“小的本国风俗，有妇人与中国人通奸者，盛酒筵待之，且赠以金宝。即与其夫同饮食，同寝卧，其夫恬不为怪，反说道：‘我妻色美得中国人爱，藉以宠光矣。’谢文彬是中国人，故此他的妻多。”

元帅道：“你们怎么下水？”番兵道：“小的们不甚善水，故此从陆路奔归。”元帅道：“可有走过了的么？”番兵道：“并没有个走了的。”元帅道：“岂可就没有一个走了的？”番兵道：“小的们有些号头走不脱，只是不敢告诉老爷。”元帅道：“是个甚么号头？说来我听着。”番兵道：“号头在不便之处，故此不好说得。”元帅道：“怎么在不便之处？只管说来不妨。”

番兵道："小的国俗，大凡男子二十余岁，则将茎物周围之皮，用细刀儿挑开，嵌入锡珠数十颗，用药封护。俟疮口好日，方才出门。就如赖葡萄的形状。富贵者金银，贫贱者铜锡。行路有声，故此夜来一个个被擒，就都是这些号头不便之处。"

元帅道："谢文彬昨日责令你们要火药，可是真的？"番兵道："是真的。"元帅道："可齐备么？"番兵道："内中有不齐的，杖一百，割耳。"元帅道："我这里有几个割耳的，不知可是你们伙子里么？"番兵道："走回去的有，走上宝船的却无。"元帅叫取过那十二个人来。一会儿，取将十二个人跪在阶下。众番兵口里一片的吱吱嗜嗜，原来认得是同伙。元帅道："你众人可认得这十二个人么？"番兵道："这十二个人都是我们同伙，却不晓得他走上老爷的宝船来也。"元帅道："你们今日内违王命，外犯天兵，于罪当死。"众人道："三军行止，听令于将，非干小的们事，望乞老爷恕罪！"国师道："杀人的事，贫僧不敢耳闻。贫僧先告退罢。"元帅道："看我国师老爷的金面，饶了你们的狗命罢。"叫军政司："船头上每人赏他一瓶酒，教他回去，多多拜上国王。"众番兵一拥而去。国师道："元帅恩威兼济，畏爱并施。阿弥陀佛，好个元帅哩！"元帅道："今日亏了天师的风。"天师道："诸将多谋足智，就是诸葛赤壁之捷，不过如此。"大张筵宴，庆赏功劳。筵宴已毕，各自归营。

宝船望西而进，波憩浪静，舵后生风，顺行之际，约有十昼夜。忽一日，国师坐在千叶莲台之上，只见一阵信风所过，国师也吃一惊，竟到中军宝帐。二位元帅不胜之喜，说道："国师下顾，有何见谕？"国师道："宝船上今夜三更上下，当主一惊，故此特来先报。"三宝老爷自从下海，担了许多惧怕，心胆都有些碎裂，听知国师道要主一惊，他好不慌张也，连忙问道："当主何惊？"国师道："是我贫僧在打坐，猛然间一阵信风所过，贫僧放了风头，抓住风尾，嗅了一嗅，信风上当主一物：其形如吼，其大如斗，其丝万缕，其足善走。主在三更时分，从中军大桅上掉下来。虽主一惊，却风过处还有些喜信，敢也只是个虚惊。"老爷道："全仗佛力，逢凶化吉，不致大惊就好。"王爷道："慎之则吉。"众人都晓得国师是个不打诳话的，一个个提心吊胆，战战兢兢。

守至三更时分，果然地一个物件自天而下，大又大、亮又亮，慢腾腾地从帅字船中桅上掉将下来。众人近前一看，原来是南朝一个蜘蛛，却不止只是斗大。有诗为证：

来往巡檐不惮劬，经营何异缉吾庐。
晓风倒挂蜻蜓尾，暮雨双粘蛱蝶须。
屋角尽教长撩护，杖头不用苦驱除。
夜来露重春烟暝，缀得累累万斛珠。

三宝老爷听知是个蜘蛛，心上略定些，叫请过天师来，问这个蜘蛛怎么这等大。天师道：“天下之物，大以成大，小以成小。蜘蛛之大，风土不同，何必惊疑。”老爷道：“怎见得不必惊疑？”天师道：“是贫道袖占一课，课上惊中大喜。日后还有些喜事相临。”老爷道：“国师也说是风尾上带些喜信。”天师道：“智谋之士，所见略同。”元帅一边吩咐旗牌官收养这个蜘蛛，一边吩咐请过国师来。国师道：“虽主日后有喜，却这是个草虫，前面这一国，必主些草妖、草怪、草神、草仙、草寇之类。”

道犹未了，蓝旗官报道：“前面到了一国。”元帅传令，照前兵分水陆两营：五营大都督照旧移兵上岸，扎作一个大营。四哨副都督仍旧在船上，扎作一个水寨。两个先锋仍旧分营左右。各游击总兵仍旧水陆策应。安营未已，蓝旗官报道：“这一国已自先有军马在城外接应了。”元帅道：“叫夜不收来。”只见五十名夜不收一字儿跪着。元帅道：“你们上岸去仔细打探一番，回来重重有赏。”到了明日，夜不收回话。老爷道：“这是个甚么国？”夜不收道：“这是个爪哇国。”王爷道：“若是爪哇国，却也是个有名的国。”老爷道：“怎见得它有名？”王爷道：“这个国汉晋以前，不曾闻名，唐朝始通中国，叫作个诃陵，宋朝叫作阇婆，元朝才叫作爪哇，佛书却又叫作鬼子国。”老爷道：“怎么叫作鬼子国？”王爷道：“昔日有一个鬼子魔天，与一罔象，红头发，青面孔，相合于此地，生子百余，专一吸人血，啖人肉，把这一国的人吃得将次净尽。忽一日雷声大震，震破了一块石头，那石头里面，端端正正坐着一个汉子。众人看见，吃了一惊，都说道：‘是个活佛爷爷现世。’尊为国王。这国王果真有些作用，领了那吃不了的众人，驱逐罔象，才除了这一害。却又渐渐地生，渐渐地长，致有今日。故此佛书上叫作鬼子国。”夜不收道：“这如今土语还叫鬼国。”老爷道：“地方有多大哩？”夜不收道：“国有四处：第一处叫作杜板，番名赌班。此处有千余家，有两个头目为主，其间多有我南朝广东人及漳州人流落在此，居住成家。第二处叫作新村，原系沙滩之地，因中国人来此居住，遂成村落。有一头目，民甚殷富，各国番船到此货卖。从二村往南，船行半日，却到苏鲁马益港口。其港沙浅，止用小船。行二十多里，才是苏鲁马益，番名苏儿把牙，这是第三处。有千余家，有一个头目，其港口有一大洲，林木森茂。有长尾猢狲数万，中有一老雄为主，劫一老番妇随之。风俗，妇人求嗣者，备酒肉饼果等物，祷于老猴。老猴喜则先食其物，众小猴随而分食之。随有雌雄二猴前来交感为验。此妇归家，便即有孕，否则没有。且又能作祸，人多备食物祭之。自苏儿把牙小船八十里，到一个埠头，番名漳沽，登岸望西南，陆行半日，到满者白夷，这是第四处。有二三百家，有七八个头目。”老爷道：“国王位在哪一处？”夜不收道：“王无定在，往来四处之间。”老爷道：“国王叫作甚么名字？”夜不收道：“原有东、西二王，东王叫作孛人之达哈，西王叫作都马板。这如今都马板强盛，并吞了孛人之达哈，止是西王一人。”老爷道：“民风善恶何如？”夜不收道：“民俗最凶恶。大凡生子一岁，便以匕首佩之，名曰‘不剌头’。国中无老少，无贫富，无贵贱，俱有此刀。其刀俱是上等雪花镔铁打的，其柄或用金银，或用犀角，或用象牙，雕刻人形鬼脸之状，至极精巧。国中无日不杀人，最凶之国也。”老爷道：“这如今领兵拒我者是个甚么人？”夜不收道：“其人系赌班头目，名字叫作个鱼眼将军。”老爷道：“怎么叫作个鱼眼将军？”夜不收道：“他的眼睛儿溜煞，专利于水，站在岸上，直看见水底下的水精、水怪、鱼虾之类，不在话下，比着梁山泊浪里白条张顺还高十分。他混名又叫作个咬海干。”老爷道：“怎么又叫作个咬海干？”夜不收道：“因他手下有五百名水军，名唤入海咬，善能伏水，就在水底下七日七夜可能不死。他领着这五百名军士伏在水里，咬得牙齿一响，海水要干三分，故此混名号作咬海干。”老爷道：“他的本领何如？”夜不收道：“他在海里，出入波涛，如履平地。他在陆路上，骑一匹红鬃马，使一杆三股叉，还有三枝飞标，百步内取人首级，百发百中。有千合死战之能，有万夫不当之勇。”老爷道：“他怎么晓得我们来勒兵相待？”夜不收道：“就是罗斛国谢文彬败阵而逃，先前报一个军信。”老爷道：“我和你来了有十昼夜多工夫，他怎么得这等快？”夜不收道：“是咬海干在苏吉丹国回来，路上相遇，故此快捷。”老爷道：“谢文彬怎么道？”夜不收道：“谢文彬诳言我们宝船一千余号，战将一千余员，大兵百十余万，沿途上贪人财货，利人妻女，弱懦者十室九空，强硬者十存八九，故此他的国王说道：‘南兵不仁不义，不可轻放过。’又且昔日南朝有一个天使，前往三佛齐国，被他邀而杀之。近日南朝有一个天使，赍印赐与东国王，又是他杀其从者一百七十余人。他怕老爷们来，想也不是个好相识，故此传令四处头目抵死相迎，却厉害也。”老爷道：“谢文彬如今到哪里去了。”夜不收道：“谢文彬做了个鹬蚌相持之计，他自家做渔翁去了。”老爷道：“番兵现在何处？”夜不收道：“现在赌班第一处。”老爷道：“你们还散杂在他四处，但有机密事，即便来报。回朝之日，重重有赏。”这五十名夜不收一拥而去。

老爷请过王爷、天师、国师来，把个夜不收的话，细说了一遍。天师道：“兵难遥度，将贵知机，看他怎么来，我们怎么答应他去。若只是平手相交，在诸将效力。若有鬼怪妖魔，在贫道、国师两个身上。”老爷道：“但不知诸将何如？”即时信炮一个，大吹打一番，掌起号笛。号笛已毕，诸将一齐摆列帐前，禀道：“中军元帅老爷，有何吩咐？”老爷把夜不收说的始末缘由，细说了一遍。众将官道：“兵行至此，有进无退。元帅不必深虑。”老爷道：“非我深虑。但此国王敢于邀杀我天使，又敢邀杀我天使的从人，却又并吞东王，合二为一，此亦倔强之甚者。我和你倘有疏失，何以复命回朝？”

道犹未了，只见诸将中有一员游击将军高声应道："元帅太过了些。昔日郅支、楼兰，汉诸夷中大国也，邀杀汉使，陈汤、傅介子犹击斩之。今日爪哇蕞尔小蛮，敢望郅支、楼兰万一？我们雄兵百万，战将千员，其视陈、傅二子何如？岂肯任其横行猖獗，而莫之底止乎？仰仗朝廷爷洪福，二位元帅虎威，天师、国师神算，诸将士效劳，管教个金鞭起处蛮烟静，不斩楼兰誓不归。"二位元帅闻知这一席英勇的话儿，满心欢喜。三宝老爷抬头一看，只见其人身长八尺，膀阔三停，圆眼竖眉，声如雷吼。就是夫子车前子路，也须让却三分；任你梵王殿上金刚，他岂输于半着？问他现任何官，原来是神机营的坐营，现任征西游击将军之职，姓马名如龙。这个马游击原也是个回回出身，颇有些胆略，尽有些智量，故此说出几句话来，甚是中听。老爷道："千阵万阵，难买头阵。今日这一阵，就是马将军出去。"马将军道："大丈夫马革裹尸，正在今日，何惧于此？"应声就走，搭上一匹忽雷驳的千里马，挎着一口合扇快如风的双刀，三通战鼓，领了一支人马，竟上赌班平阔处所，摆下一个行阵。

早已有个巡哨的小番报上牛皮番帐，叫一声吹哩，只听得一声牛角喇叭响，只见一员番将领着一支番兵，蜂拥而来，直奔南军阵前。马将军勒住马，当先大喝一声道："来者何人？"这马将军本等眉眼儿生得有些不打当，声气儿又来得凶，番将倒也吃了一唬，半会儿答应道："俺是爪哇国镇国都招讨入海擒龙咬海干。"马将军起头看来，只见他：

番卜算的蛮令，胡捣练的蛮形。遮身苏幕踏莎行，恁地是解三醒。油葫芦吹得胜，油核桃敲得轻。晓角霜天咬海清，怎能勾四边静。

番将道："你是何人？"马将军道："我是南膳部洲大明国朱皇帝驾下征西游击大将军马如龙的便是。"番将抬头看来，只见他：

黑萎萎下山虎，活泼泼混江龙。金鞭敲响玉笼葱，锣鼓令儿热哄。饥餐的六么令，渴饮的满江红。直杀得他玉山颓倒风入松，唱凯声声慢送。

咬海干说道：“你既是南朝，我是西土，我和你各守一方，各居一国，你无故侵犯我的疆界，是何道理？”马将军道：“我无事不到你西洋夷地，一则是我大明皇帝新登大宝，传示你们夷邦；二则是探问我南朝的传国玉玺，有无消息；三则是你蕞尔小蛮，敢无故邀杀我南朝的天使，又一次敢无故邀杀我南朝的随行从者百七十人。我今日宝船千号，战将千员，雄兵百万，问罪吊民，势如破竹。你快快地回去，和你番王计议，献上玉玺，如无玉玺，填还我的人命，万事皆休！若说半个不字，我教你蝼蚁微命，断送在我这个合扇双刀之下。”咬海干听知大怒，叫一声道：“好气杀我也！”道犹未了，左手下闪出一员番将来，高叫道：“你说大话的好汉，敢来和我苏剌虎比个手么？”道犹未了，右手下闪出一员番将来，高叫道：“你说大话的好汉，敢和我苏剌龙比个手么？”两员番将，两骑番马，两般番兵器，直奔过南阵而来。南阵上马将军双刀匹马，急架相迎。一上一下，一往一来，三个人绞纽做一团，三匹马嘈踏做一堆，三般兵器混杀做一处。好个马将军，抖擞精神，施逞武艺，左来左战，右来右战，单来单战，双来双战，有三四十合，不分胜负。马将军眉头一蹙，计上心来，一边地舞刀厮杀，一边地偷空儿掣过铜锤来，看得真，去得快，照着苏剌龙的头扑的一声响，苏剌龙躲闪不及，早被这一锤打得三魂飞上天门外，七魄沉沦地府中。打死这个苏剌龙儿还不至紧，却把那个苏剌虎儿吓得意乱心慌，手酥脚软，枪法乱了，支架不住，只得拨回马便走。马将军看见他败阵而走，趁着他的势儿把马一夹，那忽雷驳千里马是甚么货儿，只走得一条线。就是苏剌虎拼命而走，哪晓得马将军就在背后照着一刀。那咬海干看见马将军的刀起，他急忙地飞跑将来，及至他的三股钢叉举起，这一刀已自把苏剌虎儿连肩带背地卸将下来。

咬海干看见伤了他两员番将，气满胸膛，咬牙啮齿，挺着那三股钢叉，单战南将。马将军合扇双刀，急迎急架，一上手就是二三十合，不分胜负。只见番阵上吹得牛角喇叭响，咬海干左手下闪出一员番将来，高叫着：“南朝的好汉，你过来，我哈剌密和你见个高低。”道犹未了，只见南阵上鼓响三通，马将军左手下也闪出一员南将来。马将军举刀高叫道："来将快回，待我单战他两个番狗奴。"道犹未了，只见番阵上又吹得牛角喇叭一声响，咬海干右手下闪出一员番将来，高叫道："南朝的好汉，你过来，我哈刺婆和你见个高低。"道犹未了，只见南阵上鼓响二通，马将军右手下也闪出一员南将来。马将军高叫道："来将快回，待我单战他两个番狗奴。"两员南将只得回还。

那两员番将尽着他的本领，凭着他的气力，咬海干本等是只虎，加了这两员番将，如虎生翼。好一个马将军，一人一骑，两口飞刀，单战他三员番将。直杀得盔顶上云气喷喷，甲缝里霞光闪闪，刀尖上雷声隐隐，箭壶内杀气腾腾。自古道："好汉难敌双手。"马将军以一敌三，自从辰牌时分杀起，直杀到这早晚，已是申末酉初，还不曾歇息，还不曾饮食。从军之难如此，有一曲《从军行》为证，行曰：

少年不晓事，服习随章句。
运掌矜封侯，曳襦谈关吏。
募牒昨夜下，睥睨无当世。
父母泣难留，况乃子与妇。
抽身鸣宝刀，持缨迈关路。
厉志取圣贤，定策轻五饵。
事业徒一心，时运值乖阻。
空名壮士籍，青幕竟谁顾。
龙豹填孤衷，落脱窘天步。
杀气连九边，白骨相撑拄。
归来见乡邑，哀哉泪如注。

马将军自朝至暮，一人一骑，单战三将，心里想道："将在谋而不在勇。只是这等歹杀，岂是个赢家？"心生一计，把个合扇双刀虚晃了一晃，咬海干就趁着个空里进来。马将军拨回马便走，咬海干便赶下阵来。马将军带住马又杀了两合，看见那两员番将去了，心里想道：“便饶了他走的。”拨转马又走，咬海干又赶来。马将军说道：“赶人不过百步，你忒赶过了些罢！”咬海干道：“你做好汉，一个杀三个，怎么只是走哩？”马将军口里讲话，手里却不讲话，轻轻地掣过那一柄铜锤来，嗖地里一声响，照着咬海干的头就是一锤。那咬海干也是个眼快的，看见个锤来，把马望左边一夹，那锤却落在右边下来，他把个右手轻轻地接将去了。接将去了还不至紧，他复手就是一锤。马将军却又熟滑，闪一个鹞子翻身的势，一手就顺带着他的三股钢叉过来。两军齐喝一声彩。一个得了锤，一个得了叉；一个失了叉，一个失了锤。两家子还拽一个直。天色已晚，各自收兵。南阵上二位元帅升帐记功，大喜。老爷道：“斩将夺叉，全是得胜。失锤事小，不足言也。”到了明日早上，蓝旗官报道：“昨日的番将咬海干又来讨战。”马将军听知，即时绰刀上马。适逢天师到中军帐来，看见马将军去得英勇，说道：“旗牌官快请马将军回来。”马将军问道：“天师有何见谕？”天师道：“将军且让这一阵才好。”马将军道：“自古说得好：‘公子临筵不醉便饱，壮士临阵不死即伤。’何让阵之有？”天师道：“将军差矣！为将之道，见可而进，知难而退。抚剑疾视，匹夫之勇。岂将军所宜有乎？”马将军却才省悟，问道：“天师是何高见？”天师道：“尊讳如龙，贫道看见那番将的旗号上，写着是‘入海擒龙咬海干’，此本不利于将军。况且今日是个游龙失水的日神，此尤不利于将军。我和你这如今涉海渡洋，提师万里，一呼一吸，不可不慎。况此一阵，三军之死生，朝廷之威望，皆系于此，贫道不得不直言。唐突之罪，望将军照察！”马如龙再拜而谢。元帅道：“另选一员将官出去就是。”

毕竟不知还是哪一员将官出去，且听下回分解。

第35回　大将军连声三捷　咬海干连败而逃

诗曰：

潮头日挂扶桑树，渤海惊涛起烟雾。
委输折木海风高，翻云掣地无朝暮。
碣石谁临望北溟？君侯千载开精灵。
气吞沆瀣三山碣，目撼朱崖万岛青。
君不见，
爰居近日东门翔，鲸鲵鼓鬣天吴忙？
看君早投佽飞剑，一啸长令波不扬。

元帅道："今番另选一员将官出去。"道犹未了，天师道："莫若请唐状元去罢。"唐状元听知天师推荐于他，他十分欢喜，即时披挂上马。你看他烂银盔，金锁甲，花玉带，剪绒裙，骑一匹照夜白的标致马，使一杆朱樱闪闪滚龙枪。鼓响三通，门旗一闪，推出一员将官来，喝声道："你是何人？"番将道："俺是爪哇国镇国都招讨入海擒龙咬海干。"唐状元起头一看，只是他兜凹眼，扫帚眉，高鼻子，卷毛须，骑一匹红鬃劣马，使一杆三股托天叉。唐状元心里想道："这番将却不是个善主儿，须要用心与他相处。”那番将问道：“来将何人？”唐状元道：“我是大明国朱皇帝驾下钦差征西后营大都督武状元浪子唐英。”咬海干起头一看，只见唐状元清眉秀目，杏脸桃腮，三绺髭髯，一堂笑色。心里想道：“这分明是个文官，只好去金门献上平胡表，怎么做得个武将？铁甲将军夜度关，不免把两句话儿耍他一耍。”问说道：“唐状元，你白马紫金鞍，骑出万人看，问道谁家子？读书人做官，你敢是弃文就武而来么？”唐状元听知大怒，骂说道：“你这番蛮狗，焉敢小觑于吾！”挺出那一杆滚龙枪，直取番将。番将的托天叉劈面相架。一个一枪，一个一叉，这正是棋逢敌手，各逞机谋。一个是南山猛虎，一个是东海巨鳌；一个是飞天的蜈蚣，一个是穿山的铁甲；一个是上山打虎敲牙将，一个是入海擒龙剥爪人。

两家子战了三四十合，不分胜负。咬海干心里想道：“那里看人，谁晓得唐英枪法如此精妙，须用一个计策，才得取胜于他。”好个咬海干，拨转马来，败阵而走。唐状元明知其计，骂说道：“你这番狗奴，你诈败佯输，闪我下阵，我唐状元何惧于汝！我偏要赶你下去，一任你甚么拖刀计、反身枪、回手箭、侧肩锤，我唐状元都受得你的起。”咬海干一边走，一边心里想道：“他说这等大话，我不免先晃他一晃，然后着实地才下手他。”咬海干扭转身子来，扑他一个飞抓抓将来。唐状元看见，笑了一笑，喝声道：“好抓！”把个马望后一差，那飞抓可可地就落在他马前，大约只争分数之远：不多半分，不少半分。唐状元道：“好抓也！”道犹未了，咬海干连忙地飞过来枝紫金标来。唐状元嗄嗄地大笑，说道：“好标哩！”那枝标其实来得准，竟奔唐状元的面门。唐状元要卖弄一个俏，把个头望右边一侧，一盔就打得那枝标往左边一跌。咬海干大惊失色，连忙地又飞过一枝标来。唐状元把个头望左边一侧，一盔又打得那枝标往右边一跌。咬海干愈加慌了，说道：“唐状元，你真有些手段哩！”唐状元又笑了一笑，说道：“我袖手而观，怎叫作手段。我还有个妙处，你没有看见。”咬海干说道：“我也没有了标，你也没有甚么妙处。”唐状元道：“一任你有，一任你无，我只是一个无惧为主。”道犹未了，咬海干又飞将一枝紫金标来。唐状元急忙地张开个大口，接了那一枝标，接出一个“飞雁投湖”的牌谱来。唐状元口里带着标，还说道："今番妙不妙？"咬海干慌了，拨马便走。唐状元放开马赶去，高叫道："番蛮狗往哪里走！"咬海干心里想道："似此状元，天下有一无二，不敢比手。"只说道："午后交兵，兵法所忌。今日天晚，各自收兵，等待明日天早，再决雌雄。"唐状元也自腹中饥饿，不如将计就计，说道："今日饶你的残生，你明日早早送上首级来。"咬海干舍命而跑。

唐状元鞭敲金镫响，人唱凯歌旋。二位元帅大喜，记功受赏，不在话下。老爷请问天师，怎么晓得今番唐状元得胜？天师道："那番将名鱼眼将军，状元讳英。鱼为鹰所食，此必胜之机也。"二位元帅叹服。王爷道："明日用哪一员将官出阵？烦天师指教。"天师道："明日番将不来，须是我们去诱他的战。"王爷道："明日赢家在哪家？"天师道："还赢在我家。"王爷道："还是唐状元出阵么？"天师道："若是唐状元出阵，他决不来，须得一个诱敌之法。"王爷道："用哪一员将官诱敌？"天师道："以贫道愚见，须烦右营金都督走一遭。"王爷说道："这个有理。番将看见他矮，看见他不披挂，他便易视于他。这个诱敌之法最妙。"老爷道："未审胜负若何？"天师道："必胜之机。但一件，临事而惧，好谋而成，不免再谨慎一番就是。"老爷道："怎么谨慎？"天师道："明日金都督出阵，左壁厢埋伏下唐状元一支兵，右壁厢埋伏下马游击一支兵。以炮响为号，信炮三声，两支兵一齐杀出，他见了这两员旧将，自然心虚，可不战而胜。此必胜之道也。"老爷道："足征高见。"到了明日，果真的番将不来。元帅传下一道将令，着征西右营大都督金天雷出阵讨战。又传出一道将令，着唐状元如此如此。又传出一道将令，着马游击如此如此。

却说金天雷骑了一匹紫叱拨的追风马，带了一根神见哭的任君镗，三通鼓后，拥出一支军马去。早已有个小番报上牛皮番帐。咬海干问道："可是昨日的唐状元么？"小番道："不是。"咬海干听知不是唐状元，早有三分喜色。问声道："是个甚么样人？"小番道："不认得他是个甚么人，只看见他三分不像人，七分不像鬼。"咬海干道："怎么三分不像人，七分不像鬼？"小番道："好说他是个善财童子，他又多了些头发。好说他是个土地菩萨，他又没有些髭髯。这却不是三分不像人，七分不像鬼？”咬海干听知这个话，他越加放心，即时叫一声：“快吹哩！”只听得牛角喇叭一声响，一员番将领着一支番兵，蜂拥而出。抬头一看，只见南阵上这个将军身不满三尺之长，却有二尺五寸阔的膀子，又不顶盔，又不穿甲，不过是些随身的便服而已。手里一杆兵器，又不在十八般武艺之内，老大的不闻名。他心里想道：“都似前日的马游击，昨日的唐状元，倒是有些费手。若只是这等一个将军，我何惧于彼？”高叫道：“来将何人？”金都督道：“你不认得我南朝大明朱皇帝驾下钦差西右营大都督金天雷？”咬海干道：“右营大都督，你和那个合着的？”金天雷大怒，骂说道：“番狗奴，焉敢言话戏我！”举起那一根神见哭的任君镗，劈面打将去，把个咬海干打得东倒西歪，安身不住。番阵上慌了，左边闪出一个哈刺密来，高叫道：“南朝好土地，怎么走到我们西番来也？”右边闪出一个哈刺婆来，高叫道：“南朝好土地，怎么走到我们西番来也？”金天雷也不言语，只是一任雪片的镗镗将去。三个番将尽力相迎。哈刺婆一时支架不住，顶阳骨上吃了一镗，即时间送却了残生命。哈刺密看见不好风头，抽身便走，脊梁心里吃了一镗，即时间送却了命残生。咬海干也拨马便走，金天雷赶下阵去。咬海干扭转身子，一个飞抓，那飞抓撞遇着任君镗，打得个铁碴子满天散作雪花飞。咬海干连忙地一枝紫金标，一镗一枝两段。咬海干连忙地又是一枝紫金标，一镗一枝两段。咬海干连忙地又是一枝紫金标，一镗一枝两段。咬海干一连折了三枝紫金标，没命地望下而跑。

金天雷得了全胜，一任他去，勒马而回。正是：

眼观旌旗捷，耳听好消息。

唐状元、马游击却又赶杀他一阵，各自收兵而回。见了元帅，记功受赏。元帅大喜。天师道：“贫道之言可验么？”元帅道：“其验如神，但不知天师何以能此神验？”天师道：“岂有他能，揆之一理而已。”元帅道：“怎么一理？”天师道：“金都督膂力绝伦，他的兵器有一百五十斤多重。又且他行兵之时，不按部曲，不系刁斗，令人接应不及，虽欲取胜，道无繇也。”元帅道：“似此取胜，可以长驱。”天师道：“一将之力有余，吾宁斗智不斗力，则不敢许。”元帅道：“天师格言。”道犹未了，蓝旗官报道：“咬海干领了无限的海鳅船，顺风而下，声声讨战。”老爷道：“既如此，即时传令。”即时传令水军大都督于老。大都督即时传令四哨。四哨即时会议请计。都督道：“且移出水寨来，看他是个甚么阵势。”四哨得令，即时把个水寨另移一湾，以便攻击。只见咬海干领了一班小船，飞上飞下，以示其威。于都督看了，说道：“破此何难！”即时传下将令，每哨点齐一百名弓弩手伺候，如遇贼船冲激，许各哨总兵官督率齐射，不得令，不许擅放火铳、鸟铳、火箭之类。张柏道：“杀此小贼，正宜乘风纵火，都督反禁止之，此何高见？”黄全彦说道：“都督一定有个妙用，我和你何必多疑。”

道犹未了，正东上一阵海鳅船一拥而来，正冲着后哨。后哨上吴成督率一百名弓弩手，一齐箭响。那海鳅船挡抵不住，反一拥而去。只见正南上又是一班海鳅船一拥而来，正冲着左哨，左哨黄全彦督率一百名弓弩手，一齐箭响。那海鳅船挡抵不住，反一拥而去。正北上又是一班海鳅船一拥而来，正冲着右哨。右哨许以诚督率一百名弓弩手，一齐箭响。那海鳅船挡抵不住，反一拥而去。正西上一班海鳅船一拥而来，正冲着前哨。前哨张柏看见是个咬海干站在船上，他心里想道：“连日我们诸将虽然得胜，却不曾拿住咬海干。待我今日拿了他，却不抢他一个头功？”高叫道：“来将何人？早留名姓！”咬海干说道：“厮杀了这两三日，你还不认俺是个入海擒龙咬海干？”张柏道：“你就是个咬海干了？”咬海干道：“俺就是。你是何人？”张柏道：“我乃狼牙棒张柏的便是。”咬海干道：“你的棒只好在岸上去使，怎么也到水面来歪事缠？”张柏道：“番狗奴，你敢欺我不会射么？”咬海干道：“口说无凭，做出来便见。”张柏道：“我射一个你看。”咬海干道：“你射来。”张柏拈弓搭箭，紧照着番将的面门，扑通的一箭去。好番官，袍袖一展，早已接了一支。张柏又是一箭，番官又接了一支。张柏心里想道：“这番奴一连接了我两支箭，今番还他一个辣手，他才晓得。”又是扑通的一响去。番官只说又是照旧的腔儿，还把个袍袖一展，哪晓得袍袖儿里止展得一支，早有一支中在他的额脑儿，其余的中在牛皮盔上，中在牛皮甲上，不曾伤人的还不算数。这一射，射得个咬海干忍疼不过，掀翻在船舱里面，滚上滚下。众番兵吓慌了，放开船望小河里只是一跑。原来狼牙棒张柏有张神弩，一发十矢齐中，故此咬海干吃了这一亏。于都督锣响收兵。

元帅大喜，记功受赏。元帅道：“番将虽然受此一亏，祸根还在，将何计以御之？”于都督道：“海鳅船一节，只在明日，末将有一计，可以破得他的。但番将之擒与否，末将不敢担当。”元帅道：“破了海鳅船，也是一着。”于都督转到水寨里面，叫过五十名夏得海来，吩咐他如此如此。又申一角公文到中军帐，关会如此如此。备办已毕，只等贼来动手。哪晓得一等就等了三日，不曾看见个动静。于都督心里想道：“敢是张狼牙射死了也。”去问天师，天师道：“不曾死。”于都督道：“怎见得不曾死？”天师道：“贼星未灭。”于都督知道天师不是打诳话的，愈加收拾。

只见三日之外，擂鼓摇旗，杀声动地，传报官报道：“咬海干领了一班海鳅，又来讨战。”于都督道：“果真不死。”即时传令四哨，各哨齐备火铳、火炮及鸟铳之类，如遇竹筒响后，许一齐放上去。各哨仍备佛狼机顶大者各五架，如遇喇叭响后，许一齐放去。传令已毕，只见那些海鳅船蜂拥而来，左冲右突，前杀后攻，也不分个东西南北，也不认个前后左右，混杀做一伙儿。虽有些火铳、火箭之类，我们的藤牌、团牌遮架得周周密密。又且我船高大，急忙地还不得上来。于都督站在中军台上，看见他锐气少挫，人心不齐，一声竹筒响，四哨上火铳、火炮、鸟铳雨点地过去，那些小的海鳅怎么上得这个大席面，只得扯转篷来，退后而走。及至海鳅转得身来，一声喇叭响，四船上佛狼机一齐打将去，打得那个石点心望外奔，就是狮子滚绣球，你教那些小的海鳅怎么禁当得起？只得望着小河里面舍死而跑。

进港未及一里远近，两边岸上鼓声震天，喊杀动地。咬海干抬头看来，只见南岸上勒马扬鞭，是个唐状元，高叫道：“番狗奴哪里走！早早投降，敢说半个不字，我教你吃我一枪！”只见北岸上勒马扬鞭，是个马游击，高叫道："番狗奴哪里走！早早投降，敢说半个不字，我教你吃我一刀！"咬海干慌了，心里想道："我今日出口去不得，退后归不得，做了个羝羊触藩，两无所据。只得且住着在这一段小河儿，看他怎么来，再作道理。"想犹未了，只听得了一声炮响连天，这一段小河儿水底下有无万的雷公，水面上是一天的烟火，可怜这些海鳅船尽为灰烬。这一阵也不亚赤壁之惨，只是大小不同。

于都督收兵回寨。元帅大喜，记功散赏。四哨总兵官并唐状元、马游击，各各有差。元帅道："今日水底下怎么有火？"于都督道："是末将差下五十名夏得海，预先安在里面，以炮响为号。夏得海再用火药触动其机，这叫作一念静中有动。"元帅道："有此妙计，怎么先一日不行？"于都督道："先一日不晓得他的路径，遽用火药，惊吓了他，他反得以提防于我，故此直至今日才下手他。这叫作审其实，捣其虚，出其不意，攻其无备。"元帅道："却又关会于我要两员大将，何也？"于都督道："火药尽头在彼处，则用两员大将截其归路，这叫作立之标，示之准，令其尺寸不逾。"众将官无不心服，都说道于都爷曲尽水战之妙。元帅道："今日海鳅船有多少号数哩？"于都督道："总只有二十只船，每船上有二十五名水兵。"元帅道："这五百名水兵俱已火葬了。"天师道："俱不曾死。"元帅道："船已无余，怎么水兵不死？"天师道："这五百名水军俱善能伏水，号为入海咬，他岂肯坐在船上受死。"元帅道："番将存亡何如？"天师道："番将愈加不在心上。"元帅道："怎么番将愈加不在心上？"天师道："那番将的名叫作鱼眼将军，他本等是水里的家数。"元帅道："火从水底下上来，他怎么下得水去？"天师道："火性上，药性直，虽自下而起，却燎上遗下，怎么下不得水？"

道犹未了，只见国师到来，问说道："二位总兵在上，连日交兵胜负若何？"三宝老爷道："连日小捷，只有番将未擒，祸根还在。"国师道："连日小胜，还不至紧。明日午时三刻，我们的大小宝船，俱该沉于海底。"只这一句话儿，把个二位元帅吓得魂飞魄散，志馁气消。众将官听知此话，将欲不信，国师不是个打诳语的；将欲深信，一人之命尚且关天，何况千万人之命。况且还有朝廷的洪福齐天，岂有个只轮不返之理。过了半会儿，老爷却问道：“国师是何高见？”国师道：“是贫僧在千叶莲台上打坐，却又有一阵信风所过，是贫僧不敢怠慢，扯住了他。从头彻尾嗅他一嗅，只见这信风上当主我们宝船一灾。其灾自下而上，钉钻之厄。”老爷道：“不知这一灾可有所解？”国师道：“今番信风也是忧中带喜，祸有福根。”

道犹未了，只见夜不收报上元帅机密军情事。元帅叫上帐来，问道：“你们报甚么事？”夜不收说道：“连日番将输阵而回，哭诉番王，番王道：‘胜负兵家之常，我这里不督过于尔。只是自今以后，还要用心破敌，与寡人分忧，寡人自必重赏于尔。’番将道：‘臣有一计，禀过了我王，方才施行。’番王道：“既有妙计，任尔所行。’番将道：‘小臣部下原有五百名水军，名字叫做入海咬，其性善能伏水，可以七日七夜不死。小臣一计，责令他们各备锥钻一副，伏于南船之下，以牛角喇叭响为号，一齐动手，锥通了他的船，其船一沉着底。’番王道：‘妙哉，妙哉！好个破釜沉船之计，快行就是。’因此上这两日咬海干不来讨战，专一在牛皮帐里，责令各军锥钻。有此一段军情，故此特来飞报。”老爷道：“他锥钻在几时完得？”夜不收道：“只在一二日之间。”老爷道：“原来那些水军果然不曾烧死。”夜不收道：“这些人平素以渔为业，以水为生。他前日连船失火，他们都躲在泥里，一直火过了，却才起来。”老爷道：“番将咬海干何如？”夜不收道：“别人倒还是个泥鳅，他就是个猪婆龙儿，只在泥里面讨饭吃。”老爷道：“似此说来，宝船一灾，果中了风信。”王爷道：“国师之言，夫岂偶然。”老爷道：“当此灾厄，何以解之？”马公道：“来说是非者，便是是非人。风信是国师说的，宝船一灾，也在国师身上。”国师道：“阿弥陀佛！贫僧有些不好处得。”老爷道：“怎么不好处得？”国师道：“下不得无情手，解不得眼前危；下得无情手来，又不像我出家人干的勾当，故此不好处得。”老爷道：“欲加于己，不得已而应之，非我们立心要害人也。”国师道：“岂不闻火烧藤甲军，诸葛武侯自知促寿？”老爷道：“今日之事，上为朝廷出力，下救千百万生灵，正是无量功德，怎么说个不好处得的话？”国师道：“阿弥陀佛！杀人的事，到底不是我出家人干的。”马公道：“此计莫非在天师身上罢？”天师道：“贫道亦无奇计，不敢违误军情。”王尚书道：“学生有一愚见，不知列位何如？”老爷道：“王老先儿一定有个高见，快请见教。”王爷道：“可将我们带来的铁匠，精选三百名来，学生有个处置。”

不知用这些个铁匠是个甚么处置，且听下回分解。

第36回　咬海干邻国借兵　王神姑途中相遇

诗曰：

为拥貔貅百万兵，崎岖海峤凿空行。
举头日与长安近，指掌图披左辅明。
万叠芙蓉青入幕，千行杨柳细成营。
蛮烟净扫归朝日，满眼山河带砺盟。

却说王爷道：“要救宝船这一场灾厄，可将南朝带来的铁匠，精选三百名来，学生做个处置罢。”元帅即时传令，点齐三百名铁匠，听候王爷发落。王爷叫过铁匠来，画一个图样与他，说几句话。铁匠各人散去，星夜打造，不敢有违。老爷道：“还有甚么见教？”王爷道：“到了明日再处。”到明日早上，王爷传下将令：叫过每船上捕盗二名来，交付他夜来铁匠新制的许多铁器，吩咐他要多少选锋，吩咐他用多少火药，用多少器械，俱听喇叭单摆开为号，以三次为度。吩咐已毕。这正是：安排吊线防鱼至，准备窝弓打大虫。

却说咬海干安排了这个沉船之计，也自谓周瑜妙算高天下，决不做个赔了夫人又折兵。你看他欢天喜地，高坐牛皮帐上，叫过那五百名入海咬来，吩咐他各备锥钻，预先埋伏宝船之下，只听吹的牛角响为号头。却又安排水陆两支兵马，点齐番兵一千名在船上，各执短刀，预备南船沉底，倘有漂泊的军将来，以便截杀。又点番兵三千名在岸上，各执番刀、番枪、番绳、番索，预备南船沉底，倘有逃窜上岸的，以便擒拿。安排已毕，自家全装披挂，手拿着一杆三股托天叉，叫一声开船，那些番兵番船一齐蜂拥而来。只见南船上鸦悄不鸣，风吹不动。咬海干心里想道："南船全然不曾警觉，这莫非是天助我成此一功？"连忙地叫一声："快吹哩！"只听得一声牛角喇叭响，那五百名入海咬一齐奔至南船之下。只见南船上喇叭吹上一声单摆开，南船上的人蜂拥而出；喇叭吹上第二声单摆开，南船上的火药雨点地望水底下飞；喇叭吹上第三声单摆开，只见水面上鲜红的腥血滚将起来。

咬海干实指望凿通了船底，成一大功。哪晓得画虎不成反类狗，一场快活一场空。只见水面上通红。他心里就明白了，即时拨转番船就走。只听得南船上鼓响三通，早已都是些火铳、火炮、鸟铳、飞铳之类，尽数地打将去。咬海干打慌了，弃船就岸而走。只听得南船上信炮一声，左壁厢闪出一员大将，身长八尺，膀阔三停，圆眼竖眉，声如雷吼，骑一匹忽雷驳的千里马，使两口合扇双飞的偃月刀，原来是游击大将军马如龙。高叫道："番狗奴哪里走！"两口飞刀直取番将。咬海干哪里敢来荡阵，抱头鼠窜，只是一跑。马游击吩咐左右不要赶他，把这些大小番兵一个个地捆将起来，解他到中军帐上去。咬海干正走之间，右壁厢又闪出一员大将来，束发冠，兜罗袖，狮蛮带，练光拖，骑一匹流金孤千里马，使一杆丈八长的紫金枪，原来是应袭公子王良。高叫道："番狗奴哪里走！"提起那杆枪来，直取番将。番将只是跑，哪里敢回转头来，哪里敢开个口。王应袭吩咐左右不要赶他，把这些大小番兵一个个地和我捆将起来，解上中军帐去。咬海干正在人困马乏之时，拦头站着一员大将，老虎头，双环眼，卷毛鬓，络腮胡，骑一匹银鬃抓雪马，使一张大杆豹头刀，原来是征西左先锋张计。高叫道："番狗奴，今番死在这里也！"把个咬海干吓得魂离魄散，一掀掀在马下，掀做一个倒栽葱。张先锋叫左右的捆起他来。左右的只捆得一个三股托天叉，早已走了一个番将。张先锋起头之时，只见一簇番兵拥了一个番将，一道沙烟而去。张先锋道："走了番将也罢，只把这些残卒收拾起来，去回元帅钧令。"只见二位元帅高坐中军，各官报功，各官纪录。三宝老爷说道："王老先的大功，算无遗策，果真的文武全才。"王爷道："此偶尔，何足为功。"老爷道："铁匠打的是个甚么兵器？"老爷道："名字叫作伏虎降龙八爪抓。"老爷道："怎么叫作伏虎降龙八爪抓？"老爷道："这个抓有八个爪，每一个爪有八个节，每一节有二寸长，能收能放，能屈能伸。抓着虎，虎遭殃；抓着龙，龙受害，故此叫作个伏虎降龙八爪抓。"老爷道："适来安在哪里？"王爷道："是我传令每只船上，周周围围安了八九七十二个，按地煞之数。"老爷道："那火药是甚么？"老爷道："那火药，即是我和你南朝水老鼠的模样，能在水底下左冲右突，周旋不舍。"老爷道："用他下去做甚么？"老爷道："抓虽设而彼不犯，没奈他何，全得个水老鼠儿下去，才惊得他动。"老爷道："假如他不动，则将如之何？"王爷道："他都是前日烧怕了的，正叫作伤弓之鸟，见曲木以高飞，岂有不动之理。"老爷道："怎么就死在水里？"王爷道："是我传令每船用二十名选锋，各挎一口风快的腰刀伺候着。大凡抓起一个来，就在刚出水之时还他一刀。"老爷道："不知于中也走了几个么？"王爷道："抓多人少，半个不遗。五百个水军尽葬江鱼之腹。"

道犹未了，只见马游击、王应袭、刘先锋三员大将，解上活捉的番兵来。老爷道："共有多少名数？"旗牌官道："共有三千名。"老爷道："于中岂可不走透了两名？"旗牌官道："原是三千名出了阵，这如今还是三千名解上中军来。"老爷道："却不是一网打尽。"王爷道："虽是解开三面，岂容漏网之鱼！"老爷道："只觉得太惨了些。"王爷道："这爪哇国王敢于无故邀杀我南朝天使，又敢于无故邀杀我从者百七十人，此桀骜之甚，目中无中国。我和你今日若不重示之以威，则亵天朝之闻望，动远人之觊觎。伏望元帅详察！"三宝老爷沉思了半会，说道："承教得极是。这些人却怎么处治于他？"王爷道："切其头，剥其皮，剐其肉，烹而食之。"老爷应声道："是。"即时传令旗牌官，将三千名番兵押赴辕门外尽行砍头，尽行剥皮，尽行剐肉。多支锅灶，尽行煮来。即时报完，即时报熟。三宝老爷吃了一双眼珠儿起，依次分食其肉。至今爪哇国传说南朝会吃人，就是这个缘故。这一日中军帐上大宴百官，中军内外大犒军士，鼓敲得胜，人唱凯歌。有诗为证，诗曰：

高台天际界华夷，指点穹庐万马嘶。
恶说和亲卑汉室，由来上策待明时。
欢呼牛酒频相向，歌舞龙荒了不疑。
译得胡儿新誓语，愿因世世托藩篱。

却说咬海干逃命而归，朝见番王。番王道："今日胜负若何？"咬海干道："今日小臣大败，折了五百名鱼眼军，又折了三千名步军。"番王大惊失色，说道："怎么就折了这些？不知往后去，还救转得几百名么？"咬海干道："再不要说个'救转'二字。"番王道："岂可尽行投降于他？"咬海干仰天大哭，捶胸顿脚，两泪双流。番王道："且不须啼哭，你说个缘故与我听着。"咬海干道："那五百名鱼眼军被他抓在水里，一人一刀，砍做两段，只今是一千个了。"番王道："若得他转世，倒还是对合子利钱。"咬海干说道："这三千名步军被他砍了头，剥了皮，剐了肉，一锅儿煮吃了。"番王听说一锅儿煮吃了三千步军，就吓得喉咙哽咽如砖砌，眼泪汪洋似线拖，一骨碌跌翻在胡床之下。番官番吏一齐上前，救醒回来。过了半日，还不会说话。

咬海干说道："我王保重，不消吃惊。小臣还有一条妙计，足可大破南军，洗雪今日之耻。"番王道："是个甚么妙计？"咬海干道："小臣前往各邻国去借取救兵，足破南朝人马。"番王道："到哪一个邻国去？"咬海干道："或是重迦罗国，或是吉地里闷国，或是苏吉丹国，或是渤淋国。不论哪一国，但借取得救兵，小臣即便回来。"番王道："都是些小国，怎么济事？除是渤淋国还略可些。"咬海干道："小臣就到渤淋国去罢。"番王道："多因我和你平日不曾施德于人，只怕人不肯相救。"咬海干道："小臣把个唇亡齿寒的话和他讲，他不得不来。"番王道："卿言虽当，务必小心。"

好个咬海干，即时收拾出门，一人一骑，一片三寸不烂舌，一杆三股托天叉，夜进晓行，饥餐渴饮，登山涉水，戴月披星。大约去了有三个多日子，走过一所深山，山脚下一面石碑，碑上一行大字，写着“两狼山第一关”。咬海干起头一看，只见：

一山峙千仞，蔽日且嵯峨。
紫盖阴云远，香炉烟气多。
石梁高鸟道，瀑水近天河。
欲知来处路，别自有仙歌。

咬海干心里想道：“这等一个重山复岭，若只是撞遇着强梁恶少，还不至紧；若有甚么鬼怪妖精，就费周折。”想犹未了，只见山凹里面一声鼍皮鼓响，两杆绣旗，绣旗开处，闪出一个山贼来，拦着去路，喝声道：“来者何人？快通名姓。”咬海干心里想道：“我带着一肚子气，前去借取救兵，又撞着这等一个不知事的乡里道官来拦我去路。也罢，不免拿他过来，还他一叉，权且叹一叹我这一口气。”起头一看，原来是个女将，喝声道：“杀不尽的泼贱婢，你是甚么人？焉敢拦吾去路。”那女将道：“俺是通天达地，有一无二，带管本山山寨头名寨主女将军。你是哪国来的？好好地送下买路钱，我这里好放你去。”咬海干道：“俺是爪哇国镇国都招讨入海擒龙咬海干的便是。你怎么敢要我的买路钱？”女将军道：“莫说你只是爪哇国都招讨，饶你就是爪哇国的国王，也要三千两黄金买路。”咬海干说道：“你可是当真么？”女将军道：“管山吃山，管水吃水，怎么不是真的？”咬海干说道：“你若是真的，我这里只有一杆三股托天叉，就教你吃我一苦。”举起叉来，照头就是一戳，那女将军心里想道：“我本是一员女将，在此纠集强徒落草为业，眼前虽好，日后却难。俺看此人一貌堂堂，双眸炯炯，俺若得这等一个汉子，带绾同心，枝头连理，岂不为美？虽然此人他说是个总兵都招讨，却不知他的本领何如？待我试他一试，就见明白。”喝声道：“你说甚么三股托天叉，你可认得俺的日月双飞剑？”急忙地双剑相还。

你一叉，我一剑，你叉来，我剑去，两家子混杀在山凹之中。那些小喽罗摇旗呐喊，大战二十余合，不分胜负。咬海干心里想道："枉了我们做个男子汉大丈夫，反不如这等一个女将，三绺梳头，两截穿衣，有此一等精熟武艺，身如舞女，剑似流星。"有歌为证，歌曰：

昔有佳人落草荒，一舞剑器动四方。
观者如山色沮丧，天地为之久低昂。
霍如羿射九日落，矫如群帝骖龙翔。
来如雷霆收震怒，罢如江海凝晴光。
绛唇朱袖今何在？令人千载传芬芳。

女将军心里想道："此人人物出众，叉法甚精，果是西洋名将。且待我困住他一番，再作道理。"好个女将军，把双剑晃了一晃，拨转马就走。咬海干心忙意急，高叫道："那落草的贱人哪里走！"一人一骑，一径追下山来。那女将扭转头来，看见他追赶得将近，口里念动真言，宣动密语，把个指头儿指天，即时间天昏；把个指头儿指地，即时间地黑。天昏地黑，日色无光。咬海干伸手不见掌，起头不见人，哪晓得个东西，哪辨得个南北，勒住了马，停住了叉，没奈何，只得束手听命而已。那女将军眼看得清，手来得重，喝一声："哪里走！"早已把个咬海干掀下马来，咬海干也只得凭他掀下马来。一会儿把个咬海干掀他在自家的马上，咬海干也只得凭他掀在马上。女将军活活地捉得一个总兵官来，咬海干只剩得一骑空马回来。正是：猿臂生擒金甲将，龙驹空带战鞍回。

那女将军到了山寨之中，把个咬海干又是扑咚地掀在地上。众喽罗一拥而来，把个咬海干一条索儿绑缚得定定儿的，解上牛皮宝帐。那女将看见解了总兵官来，连忙地走下帐前，亲手解开了他的绳索，请升皮帐之上，深深地拜上两三拜，说道："适来不知好歹，冒犯虎威，望乞将军恕罪！"自古道"礼无不答"，况兼咬海干既在矮檐下，怎敢不低头，也连忙地唱上两三个喏，说道："不才是个被虏之夫，敢劳女将军大礼？"女将军说道：

“将军请坐，敢问缘由。”咬海干道：“末将不才，委是爪哇国镇国都招讨入海擒龙咬海干。”女将道:“将军既是上国一个总兵官,为何独行到此？”咬海干道：“国家有难，不得不行。”女将道：“是个甚么难？”咬海干道：“为因南朝大明国朱皇帝驾下差遣两个大元帅，统领了宝船千号，战将千员，无故侵害俺国王的国土。”女将道：“将军既有大才，焉得不为国家出力？”咬海干说道：“非干末将不肯出力，争奈出一阵输一阵，出两阵输两阵，一连战了五七日，就一连输了五七阵。输了阵还不至紧，害了俺五百名鱼眼军，俱是一刀两段；又害了俺三千名步卒，俱是一锅煮下了几般羹。”女将道：“如此厉害哩！”咬海干道：“为因这个厉害，没有个分解，故此末将一人一骑，投往邻国，借取救兵。全仗唇齿之邦，救此燃眉之急。”女将道：“原来有此一段军情。贱妾何幸如之，得逢颜面。”

咬海干道：“女将军高姓大名？在此贵干？”女将道：“妾身姓王，不幸父母早丧。从小儿爱习武艺，流落军乡，曾遇异人传授我一班神术，飞腾变化，出幽入冥，无不通晓，故此人人号我做个王神姑。”咬海干道：“女将军既有这等神术，何故在此山凹之中招亡纳叛，落草为强？”王神姑道：“妾身虽在此处落草为强，却不是贱妾终身之计。”咬海干道：“女将军终身之计还要何如？”王神姑道：“须得一个天下英才，人物出众，武艺高强，才是我的终身之计。”咬海干道：“邂逅相遇，感蒙不杀之恩。请女将军上坐，容末将再拜稽首，辞谢而行。”女将道：“怎么说个行字？是我适来吩咐小喽罗下山去备办筵席，顷刻就完。请将军宽坐一会儿。”咬海干道：“荷蒙不杀，万感不尽，怎么又要俯赐筵席，这个决不敢领。”王神姑道：“贱妾还有一事相禀。”啐海干道：“请教尽个甚么事？”王神姑道：“将军英才出众，武艺高强，妾身属望在将军身上。将军倘不嫌弃妾身丑陋，得荐枕席之欢，妾愿足矣！不识将军心下何如？”咬海干心里想道：“本待借兵邻国，解脱灾危，怎么又撞遇着这等一个妇人，好歪事缠也。”这正叫作自家心里急，他人未知忙。沉思一会儿，不曾开口。

王神姑说道：“将军不必沉思，我和你两个量材求配，不叫作匹配不均；我和你两个觌面相逢，不叫作淫奔月下。若说是非媒不娶，岂不闻槐荫树老媒人之故事乎？”咬海干道：“非干这些闲话。只因国家有难，臣子不遑寝食之时，何敢贪恋女将军，在此耽搁？”王神姑道：“这如今我和你结为婚姻，凡事俱在贱妾身上。”咬海干道：“怎么凡事都在你身上？”王神姑道：“夫妻是我，邻国也是我，救兵也是我，却不是个都在我身上？”咬海干道：“怎么邻国也是你，救兵也是你？”主神姑道：“你还小觑于我，只说我是个剪径的强徒？我的本领，非我夸口所说，凭着我坐下的闪电追风马，凭着我手里的双飞日月刀，饶他就是西洋大海，我也要荡开他一条大路；饶他就是铁果银山，我也要戳透他一个通明。若只说甚么南朝宝船千号，战将千员，雄兵百万，哪里在我的心上。你就投奔邻国，借取救兵，未必那国就发下一员大将来；未必发来的大将，就有贱妾如此的本领。将军你细思一番，看是何如？”咬海干眼见他乌天黑地的术法，又听知他这一段英勇的话儿，心里想道：“似此女将军，果是退得南朝人马，断强如投奔他国；就是投奔他国，尚且未卜何如。不如将计就计。”说道：“既承女将军错爱，末将怎敢有违。但只还朝，不知国王心下怎么。”王神姑道：“不过与国王分得忧，就是好的，国王有何话说？”咬海干唯唯诺诺。王神姑即时杀牛宰马，大设一席筵宴，大小喽罗都来磕一个头。只见：

吹的是齐天乐，摆的是萃地铛。六么七煞贺新郎，水调歌头齐唱。我爱你销金帐，你爱我桂枝香。看看月上海春棠，恁要孩儿莽撞。

咬海干终是要救国家大难，哪里有个心肠贪恋着美少红妆，苦苦告辞。王神姑吩咐小喽罗放起火来，把个牛皮宝帐尽行烧了，把个山寨里所有的金银尽行散与众喽罗去了。一夫一妇，两人两骑，竟奔爪哇国而来。

却说爪哇国国王自从咬海干出门之后，度日维艰。一会儿一个报，报说道：“南兵围了新村，旗幡蔽日，鼓角喧天，声声叫道要拿住国王，要把国王煮来吃哩！”一会儿又一个报，报说道：“南兵围了苏鲁马益，旗幡蔽日，鼓角喧天，声声叫道要拿住国王，要把国王煮来吃哩！”国王吓得魂不附体，魄不归身。今日望，明日望，只指望咬海干借得救兵来，解此一难。哪晓得去了三日，到四日上，猛地里小番报道：“总兵官的红鬃劣马跑回来也！”番王道：“怎么只马来？”叫左右的再看。左右的回复道：“止是一骑马，背上挂了那一杆三股托天叉，空跑回来，并不曾见有个总兵官在那里。”番王听罢，一心欲折，两泪双流，说道：“这个总兵官一定是蛇咬了，一定是虎伤了。莫不是南兵截死了？莫不是邻国仇害了？总是天意亡我，致使我总兵官不见了。事至于此，无可奈何，只得挈家儿走下海去罢，免得受他的熬煎之苦。”左头目苏黎乞道：“我王不必如此惊恐，只消撰下一封降书降表，备办些进贡土物，亲自赍着去见他的元帅，诉一段苦情，说：‘前日的天使，是旧港国杀的，嫁祸于我；百七十从者，是东国王杀的，嫁祸于我。’人来投降，杀之不祥。彼必谅于我国。”国王道：“我亲自去见他，那不是羊走入汤，自送其死？”右头目苏黎益说道：“我王不肯亲往，容小臣二人代赍书表礼物，去见元帅，看他何如，再作区处。”

道犹未了，只见小番报说道：“总兵官领了一个总兵奶奶，一同见驾，未敢擅便，特在门外听宣。”番王听知道总兵官来了，如梦初醒，似醉初解，连声道：“宣进来，宣进来！”宣进兵官来，番王道：“你去借取救兵，为何空马先回？险些儿吓死我也！”咬海干道：“小臣奏过我王，赦臣死罪，臣方敢言。若不赦臣死罪，臣不敢言。”番王道：“赦卿死罪，从直说来。”咬海干把个王神姑的始末缘由，数说了一遍。番王道：“这王神姑如今何在？”咬海干道：“现在门外。”番王道：“带他进来，与俺相见。”宣进王神姑来。

王神姑朝着番王拜了二十四拜，连呼万岁三声。番王道：“贤卿既有大才，何故落草为寇？”王神姑道：“路逢剑客须逞剑，不是才人莫献诗。未得其人，故此权且落草。”番王道：“今日配与总兵官，可谓得人。只是寡人国中多难，卿家怎么为我分解？”王神姑道：“任有甚么天大的事，小臣一力担当。”番王道：“现有南朝的人马无故相加，累战累败，没奈他何。”王神姑道：“凭着小臣坐下一骑闪电追风马，凭着小臣手里一口双飞日月刀，凭着小臣满腔子出幽入冥的本领，把这些南朝的人马手到擒来，取之如拾芥，何难之有？”番王道：“前日谢文彬来说，这宝船上有一个道士，是个甚么江西龙虎山引化真人张天师，能呼风唤雨，役鬼驱神。宝船上还有一个僧家，叫作甚么金碧峰长老，能怀揣日月，袖囤乾坤。有此二人，故此才下得西洋，才旗开得胜，马到成功。卿不可小觑于彼。”王神姑道：“我王差矣！自古到今，文臣武将，拜相封侯，哪里有个道士？哪里有个和尚？料他出家之人，摇唇鼓舌，寡嘴降人，岂真有个甚么实在本领？小臣出阵，若不生擒和尚，活捉道士，火烧宝船，齑粉元帅，誓不回兵！”番王听知这一席强梁之话，满心欢喜，说道：“但得功成之日，同享富贵，与国同休。”亲自递酒三杯，以壮行色。王神姑领了三杯酒，同了咬海干同到教场之中，坐了牛皮番帐，点齐了番兵，齐奔苏鲁马益而来，高叫道：“南将何人？敢来出马？”

毕竟不知南朝是哪员名将出阵，胜负何如，且听下回分解。

第37回　王神姑生擒护卫　张狼牙馘斩神姑

诗曰：

客有新磨剑，玉锋堪截云。
西洋王神女，意气自生春。
朝嫌剑花净，暮嫌剑花冷。
能持剑向人，不解持照身。

却说王神姑带领了一支番兵，竟奔苏鲁马益而来。早已有个蓝旗官报上中军宝帐。三宝老爷道：“西番多有女将，亦是奇事。”王爷道：“未必个个出奇。”马公道：“若又是个姜金定，却不费尽了神思。”老爷道：“谁敢出马擒此夷女？”道犹未了，帐前闪出一员大将来。三宝老爷举目视之，只见其人：罗头神的头，千里眼的眼，李淳风的耳朵，显道人的文身；骑一匹虎刺五花吼，使一条画杆方天戟，原来是中军帐下亲兵头目左护卫，姓郑名堂。说道：“末将不才，愿擒夷女。”元帅老爷吩咐旗牌官拨出一支军马，跟随郑护卫出阵成功。郑堂一拥而去。只见番阵上绣旗开处，闪出一员女将来，只见：

直恁的蛮姑儿，有甚的念奴娇。倒不去风云际会遇秦楼，趁好姐姐年少。红绣鞋也跷跷，点绛唇也渺渺。二郎假扮跨青骀，水底鱼儿厮斗。

郑堂喝声道："来者何将？快通姓名。"女将道："吾乃爪哇国国王驾下总兵官咬海干长房夫人王神姑是也。"王神姑起头看来，只见南阵这员将军，是好一个将军：

斗马郎先一着，江神子后二毛。香罗带束皂罗袍，十八临潼献宝。破齐阵偏刀趁，斗黑麻越手高。直杀得三仙桥上恁腥臊，管泣颜回丧早。

王神姑道："来将何人？早通名姓。"南将道："吾乃南朝大明国征西元帅中军帐下亲兵头目左护卫郑堂是也。"王神姑道："你无故侵人国土，是何道理？"郑堂道："你国王无道，无故邀杀我南朝天使，又无故杀我从者百七十人。我们今日兴师问罪，岂是无名？"王神姑道："你说'兴师问罪'四个字，故把这等一个大题目降人么？"郑堂道："你咬海干连连战败而走，仅免一死。五百名鱼眼军一刀两段，三千名步卒一煮一锅。量你这等一个泼妇人有多大的本领，要甚么大题目降你。"王神姑道："你敢口出大言。哇！你看刀！"劈头就是一刀。郑堂道："你看我戟！"劈头就还他一戟。战不上三合，郑堂抖擞精神，威风十倍。王神姑心里想道："此人画戟颇精，不是容易，须要把个狠手与他。"即时念动真言，宣动密咒，只见王神姑头上一道黑烟冲天。那黑云里面有一位金甲天神，手执降魔钉杵，照着郑护卫的头上狠地还他一杵，把个郑护卫猛地里打下马来。番兵番将一齐上前，拿动番钩、番耙、番绳、番索，把个郑护卫掳翻去了。

却说郑护卫披挂上马之后，三宝老爷说道："郑堂勇有余而智不足，此行未必成功。"王爷道："再差一员将官出去，提防他一个不虞。"老爷道："有理。"即时传下将令，取到中军帐下亲军头目右护卫铁楞。须臾之间，一员大将立于帐下，鼻钩鹰嘴，须戳钢锤，脚走流星，形驮鹤立，骑一匹栗色卷毛骢，使一件八十二楞方面锏，说道："末将是中军帐下右护卫铁楞。

禀上元帅：适承呼召，指使何方？”元帅道：“适来郑堂出阵，有勇无谋，恐有疏失。特命你前去策应于他，务要小心，不可鲁莽！”铁楞应声而去，跑至阵前，郑堂早已败阵被擒去了。铁楞心里想道：“元帅神见，果有疏虞。我此行多应也有些不巧。”打起精神，狠着喝上一声道：“蛮泼狗！敢唐突我南将么？”王神姑起头一瞧，只见：

一枝花儿的脸，一剪梅儿的头。玉堆的蝴蝶舞轻腰，雁过沙头厮辏。刀起处银落索，刀落处金叶焦。风云会处四元朝，太师引时非小。

王神姑看见铁楞来意不善，更不通问名姓，一任地举刀厮杀。铁护卫心中吃怪，手底无情，那一方锏打得就是流星赶月，花蟒缠身。王神姑看见不是对头，连忙地口里念动真言，宣动密咒，立地时刻，头上一道黑云冲天。黑云之内早有一位金甲天神，手执降魔钉杵，照着铁护卫的头上狠地一杵，把个铁护卫打翻在马下。番兵番将一拥而来，举起番钩、番耙、番绳、番索，把个铁护卫又捞翻去了。

王神姑一连两胜，活捉南朝二将，洋洋得志，笑口微开，同着咬海干进见番王。番王道：“神姑功展何如？”王神姑道：“仗着我王齐天的洪福，凭着贱妾的本领高强，连赢两阵，生擒南朝两员大将。”番王闻言大喜，说道：“南朝两员大将在哪里？”王神姑道：“现在门外。”番王道：“带他进来。”即时间，一伙番兵拥着两员南将，蜂拥而入。南朝两将面见番王，立而不跪。番王大怒，说道：“尔乃败兵之将，焉得不跪于我？”二将高叫道：“上邦为父为祖，下邦为子为孙。吾乃上邦大将，怎肯屈膝于下邦之君！”番王道：“你今日见执于我，生杀惟我，焉敢出言无状？”二将高叫道：“大丈夫视死如归，要杀就杀，何惧之有！”番王大怒，即时叫过番兵，押赴宫门外斩取首级。说一声“斩取首级”，早已把两个南将推出去，一声“开刀”，一声“斩首”。王神姑说道：“臣启大王，杀此二将，未足为奇。待臣捉了道士，拿了和尚，一同取斩，一同献功，才见得全胜之道。”番王看见个王神姑立地取功，唯言是听，即时息怒回嗔，说道：“依卿所奏，权且寄监，俟大功成日，另行处斩。”

此时天色已晚，王神姑陪着咬海干，乘得胜之威，盼不到天明，要来厮杀。刚刚的东方发白，领了一支番兵，又来讨战。蓝旗官报上中军。三宝老爷道：“郑堂有勇无谋，理当取败。怎么铁楞也不仔细，同被牢笼？”即时传下将令：“谁敢领兵前去擒此夷女，洗雪前仇？”道犹未了，只见狼牙棒张柏应声而出，朝着帐上打了一个躬，说道：“末将不才，愿先出阵，擒此夷女。”王爷道：“须得张将军才有个赢手。”老爷道：“那女将善能役鬼驱神，你去不可造次。”张狼牙应声道：“理会得。”攀鞍上马而去。望见个番将，也不管他是男是女，也不管他姓张姓李，当先就狠着喝上一声道：“哇！你是甚么人？敢生擒我南将！”王神姑起头看来，只见这员南将有好些怕人也。怎么有好些怕人？他面如黑铁，须似乌锥；又带一个铁幞头，红抹额；又穿一领皂罗袍，牛角带；手里又不知是个甚么兵器，一杆的铁钉头儿呲牙露齿；骑的又不是个甚么好马，一块的柴炭坯儿七乌八黑。王神姑心上先有几分惧怯，却抖起精神，问说道：“哪来的黑贼？早早通名。”张狼牙喝一声道：“哇！你没眼睛有耳朵，岂不闻我张狼牙棒张爷的大名？”王神姑道：“好个张爷，只好自称罢！”说得张狼牙怒从心上起，恶向胆边生，双手举起那八十四斤重的狼牙钉，照着那神姑的顶阳骨上，分顶就是一钉。王神姑连忙地举起日月双刀来相架。张狼牙人又厉害，气力又大，兵器又重，两家子交手才只一合，不及两合，那王神姑杀得浑身是汗，力软筋酥，自知道战不过了，口儿里才哼两哼。张狼牙早知其意，照头就是一钉。王神姑还不曾哼得出嘴，张狼牙的钉先已打了头上。任你是个甚么天神，怎么就会晓得？怎么就会下来？恰好的把个王神姑打得满口金牙摇碧落，脑浆裂出片花飞。

张狼牙取了首级，竟上中军，见了元帅，把个首级一丢，丢在帐前。元帅道：“那是甚么？”张狼牙说道：“适来出马，仗着元帅虎威，立诛西洋女将。这就是女将的首级，特来献上记功。”元帅大喜，一面吩咐记录司录上军功，一面吩咐军政司将首级号令诸将，一面吩咐授飧所安排筵席。即时间筵席排完。元帅道：“张狼牙先饮一杯作庆。”张狼牙朝着元帅打一个躬，说道：“承元帅尊赐，末将不敢辞。告禀元帅，恕僭了！”刚刚地举起杯来，酒还不曾到口，蓝旗官报道：“禀元帅爷得知，军前又是张狼牙打死的女将，口口声声叫那黑贼出来比手。”激得那个张狼牙心如烈火，声若巨雷，喝声道：“哇！死者不能复生，岂有死魂会来讨战之理！此是妄言祸福，煽惑军情，乞元帅枭其首级，以安人心。”元帅道：“煽惑军心，军法处斩。”元帅吩咐一声斩，只见群刀手簇拥而来，就是满阵皂雕追紫燕，一群猛虎啖羊羔。蓝旗官高叫道：“冤枉杀人，元帅可怜见。”王爷道：“怎见得冤枉杀人？”蓝旗官道：“小的们职掌塘报，以探贼为主。有事不敢不报，无事不敢乱言。番阵上明明白白就是那员女将，一则是他自己通名道姓，二则是面貌一样无差，怎教我们隐而不报？”王爷道：“老元帅且宽他这一会儿，这其中事有可疑。”老爷道：“怎见得事有可疑？”王爷道：“番阵上纵不是那员女将，或者是他姐姐报仇，未可知也。或者是他妹妹报仇，未可知也。蓝旗官怎么敢妄言祸福，煽惑军情，自取罪戾？”张狼牙又激将起来，说道：“二位元帅宽坐片时，容末将再去出阵，不管他甚么姐姐，不管他甚么妹妹。元帅这里要死的，教他就吃我一钉；元帅这里要活的，教他就受我一索。”王爷道：“张将军果是天下英雄。”

张将军一手抓过狼牙钉，一手抓过乌锥马，飞阵而出。仔细看来，番阵上果真还是那一员女将。张将军大喝一声，说道：“哇！你这贱妖奴，怎敢军前戏弄于我！”双手举起那杆狼牙钉来，分顶就打。王神姑看见张狼牙打来，拨转马只是一跑。张将军怎肯放手于他，一匹马竟自追下阵去。王神姑听知张将军的马响，口里念动真言，宣动密语，只见他头上一道黑气冲天。喜得张将军的马快，早已粘着王神姑的背后。张将军看见他的头上黑气冲天，晓得是他弄巧，分顶就是一钉。这一钉打得王神姑的神不曾得上天去，天上的天神不曾得下地来。只是一阵黑气不得自伸，化作一阵大风，飞沙走石，拔木卷茅。飞沙走石，拔木卷茅不至紧，把个张狼牙的两只眼睛刮作了一只，一只眼睛刮作了半只，半只眼睛刮作了全然没有。怎么全然没有？两只眼都睁不开来，却不是个全然没有？张狼牙心里想道：“这分明是些妖术。”拿定了元神，勒住了马，带定了狼牙钉，住会儿睁开了两只眼，只见坐下的马一头儿撞在一棵大柳树上。张将军心里狠起来，就要把个狼牙钉还他一钉，心里又想一想，说道："树又大，兵器又重，我的力气又大，万一一钉钉在树上，倘遇妖妇赶来，我的狼牙钉却又抽扯不出，岂不送却了我的残生性命。却又一件来，若不下手于他，怎么得这棵树脱去。"又想了一想，说道："总莫若射他一箭，看是何如。"正拈弓在手，搭箭当弦，要射他一箭，恰好的嗖地里响一声，早已不见了这一棵大柳树。原来王神姑善能腾云驾雾，善能千变万化，他因为吃了狼牙棒，不曾遣得金甲天神，故此变作了这一棵柳树，实指望狼牙棒打来，他就招掉他几个钉齿。谁想张将军的心又灵，计又妙，不用棒打，只把箭来。这一箭不至紧，却不射着了王神姑的真身？王神姑怎么得脱？故此地嗖里响了一声，化作一道青烟而去。

张将军笑了一笑，说道："年成不好了，连杨树也会跑了。"

风平尘静，张狼牙仔细看来，只见王神姑就在前面。他就气满胸膛，怒从心起，喝一声道："贱泼妖哪里走！快快过来，我和你定一个输赢。我今番若不生擒于你，誓不回还！"一手扯出一支箭来，折为两段，对天说道："天！你在上，我张柏今日若不生擒妖妇，罪与此箭同科！"王神姑看见张狼牙心如烈火，暴跳如雷，暗笑了一笑，心里说道："此人是个一勇之夫，待我激他一激。"即时举起刀来，高叫道："那黑脸的贼，叫甚么天？你既是有些手段，你过来，我和你大战三百回；不战三百回的，不为男子汉。"张狼牙道："你若走了，便是你输。"王神姑道："走的不为好汉。"张狼牙喝上一声，破阵而出。王神姑未及交手，把个双刀虚晃了一晃，败下阵来。就把张狼牙激得暴跳如雷，叫声骂道："好贱婢！你那口是个甚么做的？怎的这等不准？你走到哪里去也！"放马追下阵去。王神姑看见张柏追下阵来，连忙地把个舌尖儿咬破，一口血水望西一喷，喝声道："此时不到，等待何时！"道犹未了，只见正西上一朵黑云，黑云所过，一阵怪风。怪风所过，一班狼虫虎豹，猛毒恶蛇，卷毛青狮，张牙白象，豹全螭嘴，犀角牛头，有一班豺狼狗彘，乌兔狐狸，貔貅大马，虮虱虻蝨，竟奔张狼牙。张狼牙低头一想，说道："人与鸟兽不同群。岂有这许多的恶兽助他出阵之理？莫非是些妖邪术法？我一生不信鬼神，岂可今日临阵自怯！”横着肠儿，竖着胆略，一匹乌锥马，一杆狼牙钉，左冲右撞，前挞后鞭，不管甚么好与歹，大凡绊着的就是一钉。尽着平生的膂力，大杀这一场。

张将军大杀这一场还不至紧，可怜部下这些官军一个个提心挈胆，一个个舍命挨生。你也说道：“你晦气，跟这等一个本官。他有乌锥马骑的，不怕死；我没有乌锥马骑的，也不怕死么？”我也说道：“我晦气，跟这等一个本官。他有狼牙钉的，不怕死；我没有狼牙钉的，也不怕死么？”一个说道：“我不去。”一个说道：“你不去，轻则割耳，重则四十钢鞭，你怕不怕？”一个说道：“我去。”一个说道：“你去，狼虫虎豹、猛毒恶蛇，你怕不怕？”一个说道：“倒不如狼虫虎豹，一口一个，倒得干净。”一个说道：“只是一个狼虫虎豹会你，倒也干净；只怕有两个狼虫虎豹都要会你，反还不得干净。”大家商议了一会儿，没奈何，只得跟定了本官，东西南北，尽力而施。张狼牙杀得气起，猛地里喝上一声，划喇喇就如平地一声雷。只见天清气朗，雾散云收，满地飞的都是些纸人纸马，哪里有个狼虫虎豹，猛毒恶蛇？原来这些大虫怪物，都是王神姑撮弄来的。撮弄来的邪术止有一时三刻之功，又且张狼牙按上方黑煞神临凡，诸邪不敢侵害，故此喝上一声，诸怪即时现了本相。张狼牙看见这些怪物现了本相，胆子益发大了，喝一声：“泼贱婢哪里去了？我若还不生擒于你，万剑剐尸，我誓不回还！”王神姑骑在马上，反笑了一笑，说道：“张将军，你千恨万恨，都是枉然。你莫若早早下马投降于我，万事皆休！你若不信，现有两员南将活活的在我这里做样子。”张狼牙见了王神姑，恨不得一口凉水吞他到肚子里来，喝一声道：“泼贱婢还敢诳口。你再寻些狼虫虎豹、猛毒恶蛇来罢。”抡起狼牙钉，一马如飞，竟取王神姑的首级。王神姑又笑一笑，说道：“惧怕于汝，不为好汉！”手中日月双刀急架相迎。张将军抖起神威，施逞武艺，拿定了主意，要捉王神姑。王神姑自知力量不加，拨回马又走。张狼牙兜住了马，心里想道：“他又来赚我下阵。我今番不赶他，看是何如？”张狼牙才带转了马，王神姑又来骤马相追，高叫道：“黑脸贼哪里走，何不下马投降于我？直待我一绳一索，相牵于你。”激得个张柏性急如火，声吼如雷，骂道：“泼贱婢当场不展，背后兴兵，恨煞我也。”刚刚的恨上一声，早已一钉钉在王神姑的顶阳骨上，打得扑咚一声响。仔细看来，哪里是个王神姑，原来是一个上拄天、下拄地，无长不长，无大不大一个天神。一时间天昏地黑，雾障云迷，对面不相识，闻声不见人。那天神就会说话，说道：“张柏哪里走！早早地留下首级在此，免受他灾。”张狼牙的心偏雄，胆偏大，想一想说道：“打人先下手。我若不下手于他，他必然下手于我，我岂肯反受他亏。”连忙地两只手举起那根狼牙棒，照着那位天神的腰眼骨上，尽着两膀子的神力，喝声：“着！”狠的是一钉。这一钉不至紧，假饶真是一个天神，也打得他一天霁色，万顷茫然，莫说都是王神姑撮弄的邪术，怎么熬得张狼牙这一棒？恰好打得云收雾卷，红日当天。

原来那一位天神，是撮弄得那个佛寺里泥塑的金刚菩萨。这些术法，却都被张狼牙打破了。张狼牙的胆子就有斗来多大，骂说道：“好贱婢，快快地出来，受我一死。”只见王神姑远远而来，跨着一匹马，摆着两口刀，高叫道：“黑脸贼，我今番不拿住你，不为好汉！”张狼牙高叫道：“泼贱婢，我今番不拿你，不为好汉！”劈面就是一钉。王神姑心里想道：“我这些术法，通不奈他何了。不如另起三间，要他一要。”好个王神姑，口里念动真言，宣动密语，把个指头望南一指，正南上一员女将，自称王神姑，骑一匹闪电追风马，使一杆双飞日月刀，大叫一声：“黑脸贼，早早下马受死！”张狼牙看见，心里想道：“原来是胞胎双生下来的，怎么模样儿这等厮像？”方才举起狼牙棒来，只见正东上一员女将，自称王神姑，骑一匹闪电追风马，使一杆双飞日月刀，大叫一声：“黑脸贼，早早下马受死！”张狼牙看见，心里想道：“好一场怪事！似我南京城里一胞养一个常事，一胞养两个是双生，一胞养三个就要去察府县。原来这三姊妹都是一般。”即时抖起精神，去斗三员女将。只见正北上又是一员女将，自称王神姑，骑一匹闪电追风马，使一杆双飞日月刀，大叫一声：“黑脸贼，早早下马受死！”张狼牙看见，心上早已明白了七八分，晓得这些女将却都是王神姑撮弄之法。好个张狼牙，威风凛凛，杀气腾腾，转战转添精彩。只见正西上又是一员女将，自称王神姑，骑一匹闪电追风马，使一杆双飞日月刀，大叫一声：“黑脸贼，早早下马受死！”张狼牙看见，心上却有十分明白，拿定了主意，单展他的神威。

五员女将，五口双刀，围定了张狼牙。张狼牙举起一杆狼牙钉，单战五员女将，心里想道：“似我这等一条好汉，何惧怕于五个婆娘。莫说还有四个是假的。假饶五个都是真的，也不在我张柏的心上。”一杆狼牙钉遮前挡后，左架右拦，大战多时，张狼牙又杀得性起，猛地里喝一声。这一声喝，如天崩地塌一般。天崩地塌不至紧，把这些王神姑都吓得不见。张柏起头看来，满地上只见是些纸剪的人儿。原来那四个王神姑，果真是些邪妖鬼术，仅可一时三刻功德。张狼牙大战多时，却不过了一时刻，故此喝声响处，邪术自消，只剩得一个王神姑，一骑马，自由自在，望本阵而走。张狼牙带定了马，轻轻地斜拽而去，照着王神姑的后脑顶门针上，着实还他一钉。王神姑躲闪不及，一钉钉下马来。

张狼牙割了首级，奏凯而归，竟上中军，拜见元帅。元帅道：“连战功展何如？”张柏道：“末将出马，遇着妖妇王神姑。这王神姑有十分的本领，其实的厉害。”元帅道：“怎见得他有十分的本领？十分的厉害？”张柏把个王神姑的始末缘由，细述了一遍。元帅道：“既如此，首级现在何处？”张柏道：“现在帐前。”元帅道：“献上来验过，方才传示各营。”张柏连忙地献上首级。元帅亲自验实。验犹未了，蓝旗官报道：“国师特来拜谒元帅。”二位元帅不敢怠慢，以礼相迎，以礼相见，以礼叙坐。国师道：“连日厮杀，胜负何如？”三宝老爷愁了个眉，噘了个嘴，说道：“国师在上，我和你离了南朝已经许时，功不成，宝不见，何日才得回朝？”国师道：“元帅不必忧心，自有前定之数。且只说连日厮杀何如。”王爷道：“前日仰仗国师佛力，大破番将咬海干。以后休息了十日半月，谁想近时咬海干有个甚么妻室，叫作个王神姑，晓得甚么腾云驾雾，又能用术行邪。初战一阵，被他妖术所迷，活捉了两员南将。连日幸得张千户泼天大战，昼夜不分，使尽了千斤的勇力，用尽了一世的机谋，方才斩取得他的首级，在此记功。”

国师道："阿弥善哉！那是甚么？"王爷道："就是张千户斩取得妖妇的首级。"国师道："枉了张千户这等不分昼夜的辛勤。"王爷道："请教国师，怎见得枉了辛勤？"国师道："那首级不是真的，却不是枉了这等几日辛勤？"

毕竟不知怎么这个首级不是真的，且听下回分解。

第38回　张天师活捉神姑　王神姑七十二变

诗曰：

净业初中日，浮生大小年。
无人本无我，非后亦非前。
箫鼓旁喧地，龙蛇直映天。
法门摧栋宇，觉海破舟船。
书镇秦王殉，经文宋国传。
声华周百亿，风烈破三千。
出没青园寺，桑沧紫陌田。
不须高慧眼，自有一灯燃。

却说国师看了首级，说道：“阿弥陀佛！这个首级不是真的。”王爷道：“怎见得不是真的？”国师道：“要见他一个真假，有何难处！”叫过徒孙云谷来：“将我的钵盂取上一杯儿的无根水，拿来与我。”云谷不敢怠慢，接了钵盂，取了无根水，递与国师。国师接过水来，把个指甲挑了一指甲水，弹在王神姑的首级上，只见那颗首级哪里是个活人生成的？原来是棵杨木雕成的。就是这二位元帅和那一干大小将官，吓得抖衣而战，话不出声。张千户大惊，说道："我一生再也不信鬼神，知道今日撞着这等一桩蜡事。分分明明是我打他下马来，分分明明是我割他头来，还打得他血流满地，沾污了我的皂罗袍。"王爷道："你把个皂罗袍的血来看着。"只见张千户掀起袍来，哪里是血，原来都是阴沟里面烂臭的淤泥。张千户才死心塌地，说道："果真有些蜡事。"三宝老爷说道："国师怎么就认得？"国师道："阿弥陀佛！贫僧也只是这等猜闲哩！"老爷道："一定有个妙处。"云谷道："我师祖是慧眼所观，与众不同。"老爷道："怎么是个慧眼？"云谷道："三教之内，各有不同。彼此玄门中有个神课，八个金钱，回文纤锦，袖占一课，便知天地阴阳，吉凶祸福。儒门中有个马前神课，天干地支，遇物起数，便知过去未来，吉凶祸福。我佛门中就只有这双慧眼。这慧眼一看，莫说只是我和你，南朝两京十三省，就是万国九洲，都看见。莫说是万国九洲，就是三千大千万千世界，都是看见。何况这些小妖魔之事，岂有难知之理！"道犹未了，蓝旗官报说："王神姑又来讨战。"二位元帅深加叹服，说道："国师神见。"张千户说道："天下有这等一个妖妇，死而不死，把个甚么法儿去奈何他？"洪公道："来说是非者，便是是非人。这个妖妇就在国师身上，求个妙计。"国师道："阿弥陀佛！天下事退步自然宽。以贫僧愚见，且抬着免战牌出去，挨几日再作道理。"三宝老爷道："挨了几日之后，还求国师一个妙计，才得安宁。"国师道："到了几日之后，贫僧自有个道理。"国师一面归到莲台之上，元帅一面吩吩抬着免战牌出去。

王神姑看见免战牌，只得收拾回去，同着咬海干拜见番王。番王喜不自胜，说道："得此神通，何愁南朝人！寡人江山巩固，社稷坚牢，皆赖贤夫妇二卿之力。"咬海干说道："此乃我王洪福齐天，非小臣夫妇之力。"番王即时吩咐安排筵宴，款待咬海干夫妇二人。番王道："几时才得南朝人马宁静？"王神姑道："南朝连日败阵，抬将免战牌出来。宽容数日，小臣自有设施，不愁不杀尽他也。"番王愈加欢喜，一连筵宴数日。王神姑带了些酒兴，拜辞番王，说道："今既数日矣，臣请出兵，和南朝大决胜负。若不生擒道士，活捉和尚，火烧宝船，绳绑元帅，誓不回朝！"拜辞已毕，一人一骑，统领着一哨番兵，杀奔南阵而来。

南阵上早有个蓝旗官报上中军宝帐。三宝老爷说道：“前日多蒙国师允诺，今日少不得还去求计国师。”国师道：“贫僧想了这数日，这个妇人乃是有些妖邪术法。张天师善能遣将驱神，不如去求天师，出马擒此妖妇，手到功成，何必别求妙计。”老爷道：“国师所见甚明。”即时辞了国师，拜见天师。天师道：“元帅下顾，有何议论？”元帅道：“今奉圣旨兵下西洋，到此一国，叫作爪哇国。”天师说：“前日大败咬海干，王元帅之功，贫道已得知其事。”元帅道：“谁料咬海干出一个甚么妻室，叫作王神姑，本领高强，十分厉害。初然一阵，被他妖术所迷，活捉我南朝两员大将。以后得张狼牙施逞雄威，大战累日，刚才一刀斩了他的头，一会儿他又活了，又来讨战。后来又是一狼牙钉打翻了他，割了他的头，一会儿他又活了，又来讨战。今日讨战不要他人，坐名只要天师老爷出马。故此我学生不识忌讳，冒犯尊颜。未审天师意下何如？”天师闻言，微微而笑，说道：“元帅不必挂心，似此死而复生，都是些妖邪术法，只好瞒过元帅，煽惑军心，焉能在小道马前卖弄得去？容贫道出马，擒此妖妇，以成其功。”元帅大喜，即时转过中军帐上，点齐精兵一支，护持天师，以为羽翼。

天师即时下了玉皇阁，收拾出马。左右列着两杆飞龙旗。左边二十四名神乐观乐舞生，细吹细打；右边二十四名朝天宫道士，伏剑捧符。中间一面皂纛，皂纛之上写着“江西龙虎山引化真人张天师”十二个大字。一连三个信炮，一齐呐喊三声，门旗开处．隐隐约约现出一个天师，骑着一匹青鬃马，仗着一口七星宝剑。王神姑起眼一瞧，只见南阵上一员大将，神清目秀，美貌长须；戴九梁巾，披云鹤氅。他心里想一想，说道：“久闻得南朝有个道士，莫非就是他了？”再起眼一瞧，只见南阵上有一面皂纛，皂纛之上明明地写着“江西龙虎山引化真人张天师”十二个大字。他心里又想道：“原来果真是那个张天师做道士的。他既是来者不善，我答者有余。不如先与他一个下马威，吓他一吓。”即时喝一声道：“哇！来者何人？”张天师不慌不忙，答应道：“吾乃南朝大明国朱皇帝驾下官封引化真人张天师。你是何方女子？姓甚名谁？专一在此阵上鼓弄妖邪，戏弄我南朝大将，是何道理！”王神姑道：“俺本爪哇国总兵官咬海干长房夫人王神姑是也。

连日你南朝大将，饶他有十尺之躯，饶他有千斤之力，尚然输阵而走，何况你一个尖头削顶的道士，有何武艺高强，敢出阵来厮杀！”张天师大怒，骂说道：“你这个泼贱婢，传得些妖邪小术，只好瞒得过那不晓事的，煽惑军情。焉敢在我面前诗云子曰。”举起那七星宝剑劈面相加。王神姑说道：“你有宝剑，我岂没有双刀？终不然你是个胳膊上好推车，脊梁上好走马，甚么好汉！”把马一夹，刀来相架。两马相交，两股兵器齐举。天师心里想道：“若只是厮杀，却不是我的所长。须索是拿出宝贝儿来，方才捞得他倒。”一面厮杀，一面出神。出得好一个神，把个九龙神帕望上一丢。这神帕原是玄门中有名的宝贝，罩将下来，任你甚么天神天将，也等闲脱不得一个白。莫说是凡胎俗骨，焉能做个漏网之鱼。姜金定曾经吃了一亏。今日却是这个王神姑被他一罩，连人带马，跌在荒草坡前。

天师传令，把个王神姑绳穿索捆，捆上中军帐来。蓝旗官报道：“禀元帅老爷得知，今日张天师活捉的王神姑到于帐下。”元帅们听知这一场报，一个个欢从额角眉尖出，喜向腮边脸上生。连忙地吩咐中军官，掌起金鼓，竖起旗幡，迎接天师。天师已到，元帅道：“若非天师道力神威，焉能擒此妖归？”天师道：“一者朝廷洪福，二者元帅虎威，贫道何德何能，而有此捷！”一面吩咐军政司摆酒。天师道：“酒倒不必赐，且把那妖妇解上来，听元帅老爷发落。”王爷道：“天师见教的极是。”三通鼓响，一簇群刀手把个王神姑一拥而来。二位元帅道：“这个妖妇情真罪当，死有余辜，推出辕门外斩首回报，毋违。”这正是帐上一声斩，帐下万声欢。你看大鹏鸟从天飞下，白额虎就地撮来，饶你有仪、秦口舌难分辩，饶你有孔、孟诗书不济忙。即时间把个王神姑砍下一颗头，鲜血淋淋，献将上来。老爷叫旗牌官即将首级挂于通衢，号令其国。张狼牙接着他的头，说道：“你今番也在这里了。再似前番死而不死，我便说你是个好汉！”

道犹未了，旗牌官慌慌张张报说道：“禀元帅老爷得知，适来小的提了王神姑的头前去号令，紧行不过三五十步，早已撞遇着一个王神姑，一人一骑，一手抢个头去了。这如今王神姑又在阵前讨战。”王爷道：“又是个甚么王神姑讨战哩？”旗牌官道：“就是那一个王神姑。”原来砍的王神姑的头都是假的。洪公道：“怪不得张狼牙说他死而不死。果真的有些蹊事。”天师也大惊失色，说道：“今日可怪！”老爷道：“怎见可怪？”天师道：“自来邪不能胜正，妖不能胜德。岂有个旁门小术，反在贫道阵前弄出喧去。”老爷道：“失之东隅，收之桑榆，未为不可。”天师道：“今番贫道寻一个对头与他，看他再走到哪里去也！”老爷道：“怎么寻个对头与他？”天师道：“贫道转到玉皇阁上，建立坛场，召请诸位天神天将，四面八方安排布置，终不然这个妖妇会走上去罢？”

果真的天师转到玉皇阁上，建立一坛：前朱雀，后玄武，左青龙，右白虎，当中一面七星皂旗，右边一个小道童执着羽扇，左边一个小道童捧着令牌。天师披着发，仗着剑，捻着诀，念着咒，蹑着罡，步着斗，俯伏玄坛。祷告已毕，时至三更。天师烧了几道飞符，取过令牌来，敲了三敲，喝声道：“一击天门开，二击地户裂，三击天神天将赴坛。”令牌响处，只见四面八方祥云霭霭，瑞气腾腾。只见无限的天神天将降临玄坛。天师逐一细查，原来是三十三天罡，七十二地煞，二十八宿，九曜星君，马、赵、温、关四大元帅。齐齐地朝着天师打一躬，说道：“适承天师道令，呼唤小神一干，不知天师何方使令，伏乞开言。”天师道：“劳烦列位神祇，贫道有一言相告。”众神道：“悉凭天师道令。”天师道：“等因承奉大明国朱皇帝圣旨，钦差领兵来下西洋，抚夷取宝，已经数载，事每依心。不料今日来到爪哇国，本国出一女将，善行妖术，变化多端，一死十生，千空百脱，擒之不得，杀之不能。似此迁延，讫无归日。故此劳烦列位天神天将，护持贫道，擒此妖妇。明日归朝，特申虔谢，不敢私移功德。”众神道：“既承天师吩咐，明日天师只请出马，小神一干自当效力。”天师道：“王神姑善能变化，变一个，须烦诸神捉一个；变十个，须烦诸神捉十个；变百个，须烦诸神捉百个。急如星火，不得有违。”众神得令，驾云而去。

及至明日平旦之时，王神姑又来讨战。天师出阵。王神姑心里想道：“天师昨日挨了一日，不出阵来，今日必定要和我赌一赌手段。其实的怎么奈得我何！”把个日月双刀一摆，高叫道：“那牛鼻子，你又来也！”天师大怒，举起个七星宝剑，指定王神姑大骂道：“我教你杀不尽的贱婢吃我一亏，你焉敢阵前戏弄于我！”王神姑道：“八仙过海，各显神通。你何不也戏弄于我，还我一个席儿？”天师道：“泼贱奴，你不要走！”急忙地取出九龙神帕来，望空一撇。王神姑是个伤弓之鸟，漏网之鱼，早已看见。天师的宝贝出在手外，他即时张开口来，呵呵一口热气，只见一朵红云接天而起。高叫道：“偏你会腾云，偏我不会腾云哩！”即时撇了青鬃马，跨上草龙，一直赶上天去。赶来赶去，赶了半会，天师落下阵来，只见半空中呼呼风响，四马攒蹄，绑了一个人掉将下来。天师仔细定睛近前一看，原来就是杀不尽的妖婢王神姑。天师大喜说道：“这不知是哪一位天神之力？”天师正然收拾回马，只见正东上一声响亮，掉下一个四马攒蹄的王神姑来。天师道：“好奇怪哩，怎么掉下两个王神姑来？”道犹未了，正南上一声响亮，又掉下一个四马攒蹄的王神姑来。正西上一声响亮，也掉下一个四马攒蹄的王神姑来。正北上一声响亮，掉下一个四马攒蹄的王神姑来。四面八方，一片地掉下四马攒蹄的王神姑来。天师见了，大惊失色，说道：“怎么有这许多的王神姑？却又都是一般模样。”吩咐牵钩手数一数来，看是多少。牵钩手回复道：“数也不多，只得七十二个。”天师道：“你们仔仔细细，尽行解上中军帐来。”

蓝旗官先报道：“张天师一阵活捉了七十二个王神姑来。这如今尽行解上中军，老爷验实。”这一报不至紧，把个中军帐上吓得人人胆战，个个心惊。二位元帅高升宝座。牵钩手把个神姑两个一对，押上帐来。元帅老爷起头一看，原来真个是三十六对，好怕人也。元帅道：“怎么一个人就有七十二个？”王爷道：“这都是那杀不尽的妖妇撮弄撮弄，撮出这许多来。”老爷道：“虽然撮弄，少不得有一个真的。”王爷道：“这个说得是，少不得有一个真的在里面。”老爷道：“你们七十二个之中，是真的上前来讲话，其余假的俱不许上前。”众人一齐答应道：“元帅差矣！人禀天地，命属阴阳。父精母血，成其为人。怎么有个假的？”老爷道：“似此说来，你七十二个俱是真的？”众人道：“俱是真的。”老爷道：“俱是真的，还是一伙合成的，还是一胞生下的？”众人道：“我们原是一胞胎生下来的。”老爷道：“怎么一胞胎生下你们七十二个，面貌都相同，年纪都相若，恰好就都是女子，恰好就都是会厮杀的，会在一坨儿？”众人说道：“元帅有所不知，天地间贞元会合，五百年一聚，五百年生出一代好人。彼此你中国五百年生出七十二个贤人；我西洋不读书，不知道理，五百年就生出我们七十二个女将。彼此你中国七十二贤人，聚在一人门下；我西洋七十二女将，出在一个胞胎。彼此俱是一理，元帅老爷岂可不知？”元帅道：“你昨日厮杀，却只是一个？”众人道：“可知只是一个。自古说得好：‘一个虚，百个虚，一个实，百个实。’既晓得我们一个，就晓得我们七十二个。”王爷道：“哪管他这些闲话，叫旗牌官押出辕门之外，一个一刀，管他甚么真的假的。”天师道：“不可。依贫道愚见，请国师出来，高张慧眼，真的是真，假的是假，就分别得出来，庶无玉石俱焚之惨。”老爷道：“也罢，去请国师出来。”吩咐牵钩手把这些王神姑权押在帐外，令到施行。即时差官去请国师，国师正在打坐。云谷道：“且慢，多拜上元帅老爷，待我师祖下座来，即当相拜。”差官回了话，元帅道：“把这些王神姑俱押在帐外，少待一时就是。”

却说七十二个王神姑押在帐外，这些大小军士，你也唧唧哝哝，我也唧唧哝哝，有的说道：“都是假的。”有的说道：“都是真的。”内中有一个军士是藩阳卫的长官，姓“伍余元卜”的卜字。其人眼似铜铃，心如悬镜，能通货物好歹，善知价值高低，因此上人人都号他是个“卜识货”。他说道：“列位都有所不知，这七十二个王神姑，连牵就有七十一个是假的，止得一个是真的。”众人说道：“止得一个是真的，还是哪一个是真的？”卜识货把手一指，说道：“那第十六个是真的。”众人说道：“怎见他是真的？”卜识货道：“你们不信，待我试一试，你们看着。”卜识货把个三股叉，照着那第十六个王神姑的腿肚子上一戳。那王神姑扑地一跳，跳起来，放声大哭，说道：“疼杀我也！列位长官们，兔死狐悲，物伤其类。俺得罪于元帅台下，怎么列位私自用刑于我？”

内中又有一个军士是龙骧卫的长官，姓“甄曲家封”的家字。其人一生质直，百行端庄，一句就是一句，两句就是成双，因此上人人都号他是个“家老实”。他说道：“七十二个王神姑，内中止有一个真的，这倒说得是。

只一件，却不是第十六个。”众人道：“你说是哪一个？”家老实把手一指，说道：“那第三十二个是真的。”众人道：“怎见得他是真的？”家老实说道：“你们不信，我也试一试，你们看着。”家老实把个方天戟，照着那第三十二个王神姑的腿肚子上一戳，那王神姑也扑地一跳，跳将起来，放声大哭，说道：“疼杀我也！列位长官们，当权若不行方便，如入宝山空手归。俺今日不幸在此，就没有一个慈悲的，反加害于我！”只见满腿上鲜血淋漓，流一个不止。家老实说道：“这个血流漂杵，才是真的。”众人说道：“还是家老实说得更真哩！”

内中又有一个军士，是三宝老爷朝夕不离亲随的队伍。原是个回回出身，本家开一个古董铺儿，专一买卖古董货物，砗磲玛瑙问无不知；宝贝金珠价无不识。众人说道：“你把个头儿摇两摇，有何话说？”回回道：“卜识货识得不真，家老实说得是假。”众人道：“你怎么说？”回回道：“这七十二个王神姑，现今就有七十二副活心肠在肚子里，怎么叫作是假的。”众人道：“怎见得有七十二副活心肠在肚子里？”回回道：“你们不信，待我拎出来与你们看着。”众人道：“你拎来。”回回道：“你们都站开些，不要吆喝。”众人只说是。回回把个手到他的肚子里拎将出来，哪晓得个奸回回，口里唊也唊，先唊说道：

宝鸭香销烛影低，被翻波浪枕边攲。
一团春色融怀抱，口不能言心自知。

次二又唊也唊说道：

脸脂腮粉暗交加，浓露于今识岁华。
春透锦江红浪涌，流莺飞上小桃花。

次三又唊也唊说道：

葡萄软软垫酥胸，但觉形销骨节熔。

此乐不知何处是？起来携手向东风。

唻了这三首情诗儿不至紧，只见那七十二个王神姑，一个个一骨碌爬将起来，舒开笑口，展起花容，大嗄嗄，小嗄嗄，都说道："长官，长官！遇饮酒时须饮酒，得高歌处且高歌。你们南朝带得来的还有好情词儿，再舍福唱一个与我听着，我们一时三刻死也甘心。"回回说道："你看他称人心花心动，兀的不是副活心肠也！"只因这一副活心肠，引得这些大小军士吆吆喝喝，闹闹哄哄。你说道："王神姑身死心不死。"我说道："王神姑死也做个鬼风流。"

这一场吆喝，却早已惊动了帐上三宝老爷。原来二位元帅正才对着天师、国师议论这桩异事，却只听得帐外军士笑的笑，叫的叫，跳的跳，嚷做了一驮儿。老爷吩咐旗牌官拿过那些喧嚷的军士来。众军士只得把个前缘后故，细说了一遍。老爷道："押过那七十二个王神姑来，问他还是哪个说的是。"那七十二个众人一齐捆绑在帐下，老爷问他道："卜识货说的可是？"众人道："不是。"老爷道："他混名叫作个识货，怎么又说的不是？"众人道："他原是柴炭行的经纪，只识得粗货，不惯皮肉行的事情，故此不识货。"老爷又问道："家老实说的可是？"众人说道："也不是。"老爷道："他混名叫作个老实，怎么也说的不是？"众人说道："老实头儿鼻子偏虚，故此叫作个假老实。"老爷又问道："回回说的可是？"众人说道："这个说的是。"老爷道："终不然你们是个宝。"众人道："我们是个宝。"老爷道："是个甚么宝？"众人道："是个献世宝。"老爷道："你们不像个献世宝。"众人说道："若不是个献世宝，怎么一齐儿四马攒蹄地捆在帐下？"国师高张慧眼，说道："你这个宝，却费过天师许多事了。"天师心里想道："国师说我费了许多事，其中必定拿住了一个真的。"答应道："偶尔成耳，何费事之有！"国师又说道："费了天师许多心了。"天师心里又想道："国师又说我费了许多心，其中必定是成个功劳了。"又答应道："分所当然，何费心之有。"国师有要没紧的又说道："天师，你事便费了这一场，你心便费了这如许。莫怪贫僧所言，却是王神姑一只腿也不曾拿得来。”这两句话儿不至紧，把个二位元帅吓得哑口无言，把个天师吓得浑身是汗。三宝老爷说道：“国师，怎见得王神姑一只腿也不曾拿得来。”国师道：“口说无凭，我取出来你看着。”

毕竟不知国师取出一个甚么来，且听下回分解。

第39回　张天师连迷妖术　王神姑误挂数珠

诗曰：

三贤异七圣，青眼慕青莲。
乞饭从香积，裁衣学水田。
上人飞锡杖，檀越施金钱。
趺坐檐前日，焚香竹下烟。
寒空法云地，秋色净居天。
身逐因缘法，心过次第禅。
妖魔空费力，慧目界三千。

却说国师说道：“口说无凭，取出来你看便见。”老爷道：“怎么取来便见？”国师叫过非幻禅师，取出钵盂，讨些无根的水来。即时间水到，国师把个指甲儿盛了一指甲儿水，照着那七十二个王神姑弹了一弹。只见七十二个王神姑扑地里一声响，扑地里化作满天飞。天师心里想道：“莫不是国师还有些兴道灭僧的旧气，故意儿断送了我的功劳。”国师早已就知其情，又把一指甲水，照着天上飞的一弹。只见轻轻地飞将下来，漫头扑面，却就是那七十二个王神姑。二位元帅吩咐旗牌官起来一看，只见都是些甲马替身。二位元帅心下才明白，只有天师心下十分不准信，横眉直眼填胸怒，目瞪痴呆不作声。国师道："天师，你不准信，即刻子那妖妇又要过来讨战。"

道犹未了，蓝旗官报道："番将王神姑又来讨战。"元帅道："这等一个妇人，千变万化，就费了这许多的气力，下西洋的怎么是了！"国师道："元帅宽心，此妇不足为虑。"众将官心里不服，都说道："这和尚又来说个空头大话。只好天师有许大的法力，只好天神天将有许大的神通，尚然拿他不住，怎么说得个不足为虑。"元帅道："天师费了这许多心事，又成一空。须得国师设一妙计，不知国师肯么？"国师道："要擒西洋女将，除非还是张天师去得。"天师道："贫道请下了这许多天神天将，尚然擒他不住，怎么贫道又去得？"国师道："天师不必多谦，贫僧相赠一件宝贝，就可擒拿得他。"天师道："既蒙国师见教，贫道何敢推辞，明日情愿出马。"国师道："天师，你明日出阵，也不消大小官兵，也不消旗幡执事，也不消令牌、草龙，只用贫僧相赠的宝贝，手到擒来，如探囊取物。"天师心上大喜，暗想道："佛力广无边，一定有个妙用在那里。"说道："弟子既承尊教，今日先请出宝贝来罢。"国师道："我就交付与你。"口便说道"我就交付与你"，手却不慌不忙，慢腾腾地到那左边偏衫袖上，取过那一挂念珠来，数一数，只有一百单八颗。原日海龙王送来之时，却有三百六十颗，佛门中止用一百单八，故此只有一百单八颗。举起来递与天师。天师接了，心里想道："这和尚有好些不足之处。既是许下我一件宝贝擒取妖妇,怎么又只与我一挂数珠儿？终不然对着那个妖妇去念佛也！"没奈何，只得直言相告，说道："国师见赐这挂数珠，还是何处所用？"国师道："这就是擒拿王神姑的宝贝儿。"天师道："这个宝贝只有恁长，只有恁大，怎么拿得王神姑泼妇住哩！"国师微微地笑了笑，说道："你真是个痴人，你只管放心前去，不必犹疑。"三宝老爷又说道："天师只管放心，国师自有个妙用。"彼此分别。

只是天师回到玉皇阁，费了好一番寻思。怎么费了好一番寻思？欲待仍旧地带了官兵执事，带了符水草龙，却又违拗了国师体面，不好看相。

欲待果真地不带官兵执事，不带了符水草龙，却又恐怕有些差错，于自家身上不安详。寻思了半夜，看看天色已明，王神姑又来讨战。天师只得遵依国师的指教，一人一骑，单刀出马。临行之时，国师却也在中军帐上，问天师道：“贫僧与你的宝贝，带在哪里？”天师道：“带在左边臂膊上。”国师道：“阿弥善哉！你怎么挂它在臂膊之上？你也承受它不起。你也难为你的子孙。”天师心里想道：“拿了几颗数珠儿，真才就当个宝贝。”没奈何，只得上前去问一声道：“这宝贝还是带在哪里才好？”国师道：“须带在颈项上，方才消受得它起。”天师连忙地取出来，带在颈项之上。天师已然出阵，国师又叫回来，叮嘱他说道：“天师此去，但见了王神姑，不可与他讲话，竟自把个宝贝儿望空一撇，便就擒拿了他。”天师道：“虽是擒他，却不合出阵之时，又叫我转了一转。”国师道：“转了一转，也只是费些周折。擒拿的事，一准无移。”天师竟行而去。

王神姑看见天师单人独骑前来，他心上就有些犯疑，暗想道：“他每日领兵带将，今日只身独自而来，想必是有个甚么宝贝儿来拿我也。”他一心只在提防天师，不想天师却又倒运，看见个王神姑眼睁睁地再不动手。王神姑道：“你这牛鼻子道士，又来做甚么？敢是自送其死么？”天师道：“我今番特来擒你的真身。再若饶你，誓不回兵！”王神姑心里一想：“此人若没宝贝，焉敢说此大话。自古道：‘先下手为强，后下手遭殃。’”好个王神姑，把个双飞日月刀虚晃了一晃，竟拨转马就走。天师却才想起来，说道：“国师吩咐我不可与他讲话，不想我惯了这张嘴，多讲了几句话，把个王神姑惊走了。这如今没奈何，只得赶他下去。”王神姑看见天师赶下阵来，你看他不慌不忙，口里念了几声，把个指头儿照着地上指了一指。指一指不至紧，那块地上就变成了三丈四尺阔的一条大涧，他自家的马一跃而过。天师大怒，骂说道：“泼贱婢，偏你的马就是马，难道我骑的就是驴儿！”把个青鬃马猛地里加一鞭，实指望小秦王三跳涧。哪晓得是个触藩羝羊，进退两难，连人连马，都失在涧底下去了。那条涧却好又是个淤成的稀烂涅泥，那个马陷得住住的，方才扬起前蹄来，后面两个蹄子又陷下去了；方才跳起后蹄来，前面两个蹄子又陷下去了。天师大惊，说道：

“此事怎么是好？陷在这里不至紧，倘撞遇着那个妖婢一箭射来，吾命也难保。”正然吃惊，猛听得划喇喇一声响，原来又不是条涧，却又是天连水，水连天，一望汪洋，茫然万顷。天师愈加吃惊，心里想道：“福无双至，祸不单行。明明地陷在一条沟涧之中，却又落在海里，想应是个海笑么？”天师细看了一番，水面虽是宽阔，却也不深。不深不至紧，左傍却还有些边岸。天师跨下马来，牵着马沿岸而走。走一步，抱怨一声，说道：“都是这个和尚害了我也。若有个令牌、符水，却不遣下个天将，也得救助于我。”走两步，抱怨两声，说道：“这都是这个和尚害了我也。若有个草龙，却不骑上天去，这如今到了好处。”一面走，一面抱怨。正行之际，远远地望见一座高山，心里想道：“巴着一个山，权且躲一会儿，再作道理。”及至去到那个山身边，原来是个一刀削成的山，四壁陡绝，饶你要上去，没有个路径。天师站了一会儿，只见山顶上有一个樵夫，一手一条尖担，一手一把镰刀，口里高歌自得。歌说道：

巧厌多忙拙厌闲，善嫌懦弱恶嫌顽。
富遭嫉妒贫遭辱，勤曰贪婪俭曰悭。
触目不分皆笑蠢，见机而作又言奸。
不知那件投人好，自古为人处世难。

天师听了，心里想道：“这个原来是个避世君子，歌这一首叹世情的诗儿，尽有些意思。这莫非是我命不该绝，就有这等一个救命王菩萨来也。”天师高叫道：“山上走的君子救人哩！山上走的君子救人哩！”那人只做个不听见的，一面口里歌，一面脚下走。天师又想道：“放过了这个，前面怎么又能够有个人来搭救于我？”尽着气力，高声大叫道：“山上君子救人哩！”只见那樵夫听见了，连忙地放了尖担，歇下镰刀，弓着背，低着头，望下面瞧一瞧，问说道：“那海里走的是甚么人？”天师道：“吾乃南朝大明国朱皇帝驾下官封引化真人张天师的便是。”那樵夫又问道：“你可是下西洋取宝的张天师么？”天师道：“不敢，便是。请问君子，今日为何海水连天？”那樵夫道：“天师，你还不得知，今日是个海笑之日。”天师道：“海笑不至紧，我大明国的宝船也不见在那里。”那樵夫道：“你这行道士好痴哩！你把个海笑只当耍子。今日海笑，连我的爪洼国一国的城池，一国的百姓，俱已沉没于海，何况你那几只宝船。”天师听了一忧，又还一喜。何为一忧？眼见的这高山不能上去，救此残生，这不是一忧？何为又还一喜？若在宝船之节，此时俱为海中之鱼鳖，这却不又是一喜？却又高叫道：“君子救人一命，胜造七级浮屠，救我上山，恩当重报！”樵夫道：“这个山大约有四十多丈高，四面壁陡，绝无路可寻，怎么能够救你上来？”天师又看了一看，问说道：“君子，你那尖担上是甚么东西？”樵夫道：“尖担上都是些葛藤。”天师道：“没奈何，你把那葛藤接起来，救我上山罢！救我上山，决不忘恩负义。”

那樵夫倒也有些意思，连忙地取出葛藤，细细地接起头来，一丈一丈，放了三十九丈八尺五寸，止差得一尺五寸多长，却接不着个天师。天师道：“君子，你放下尺来多长，就接着我了。”樵夫道：“你这行道士不知世事，我手里只有一尺多长，都要放将下来与你，我却不是个两手摸空？我两手摸空还不至紧，却反不送了你的性命？”天师道：“救人要紧，快不要说出这等一个不利市的话来。”樵夫看了一会儿，反问天师道：“你腰里系的是个甚么？”天师道：“我系的是一条黄丝绦儿。”樵夫道：“你把那个绦儿解下来，接着在葛藤上，却不就够了？”天师道：“有理，有理！”连忙地把自己的绦儿解将下来，接在樵夫的葛藤上。接上见接，一连打了四五个死纥繨。这也不是接樵夫的葛藤，这正叫作是接自家的救命索哩！那樵夫问道：“接的可曾完么？”天师道：“接完了。”那樵夫道：“我今番拽你上山来，你把个眼儿闭了吧，却不要害怕哩！”天师道：“我性命要紧，怎么说个害怕哩？只望你快拽就足矣！”

那樵夫初然间连拽几拽，一丈十丈，尽着气力拽了二十余丈，到了半中间，齐骨拙住了不动手，把个天师挂着在半山中间，不上不下。天师道：“君子，相烦你高抬贵手，再拽上一番。”樵夫道：“我肚子里饿了，扯拽不来。”天师道：“半途而废，可惜了前功！”樵夫道：“啐！为人在天地之间，三父八母，有个同居继父，有个不同居继父。我和你邂逅相逢，你认得我甚么前公？还喜得不曾拽上你来，若还拽你上山之时，你跑到我家里，认起我的房下做个后母。一个前公，一个后母，我夫妇二个却不都被你冒认得去了罢。”天师心里想道：“龙游浅水遭虾戏，虎落平阳被犬欺。这个樵夫明明的把个语话来相左。”没奈何只得赔个小心，说道：“君子，你见差了！我前面的功程俱废了，不是前公、后母的前公。”樵夫道：“你这个道士，原来肚里读得有书哩！”天师道：“三教同流，岂有个不读书的。”那樵夫道：“你既读书，我这里考你一考。”天师道：“但凭你说来。”那樵夫道：“也只眼前光景而已。你就把你挂在藤上，打一个古人名来。”天师想了一会儿，说道：“是我一时想不起来，望君子指教一番罢。”那樵夫笑了一笑，说道：“你这等一个斯文之家，挂在藤上，却不是个古人名字，叫作滕文公。”天师道：“有理，有理！”那樵夫道：“我还有一句书来考你一考。”天师道：“君子，你索性拽我上山去再考罢。”樵夫道：“但考得好，我就拽你上山来。”天师道：“既如此，就愿闻。”樵夫道：“且慢考你书，我先把个枣儿你吃着，你张开口来，待我丢下来与你。”天师心里想道：“王质观棋，也只是一个枣儿。洞中方七日，世上几千年。我今日不幸中之幸，也未可知。”连忙地张开个大嘴来。那樵夫把个枣儿一丢，丢下来可可地中着天师的嘴。天师把个嘴儿答一答，原来是个烂臭的涅泥团儿，连忙地低着头，张开嘴，望下一吐。把个樵夫在山上笑一个不止，说道：“你这行道士，你既读书，这就是两句书，你可猜得着么？”天师心上二十分不快，说道：“哪里有这等两句臭书。”樵夫又笑一笑道：“你方才张开嘴来接我的枣子，是个‘滕文公张嘴上’。你方才张开嘴来望下去吐，是个‘滕文公张嘴下’。这却不是两句书。”天师道：“既承尊教，你索性拽我上山去罢！”那樵夫道：“你两番猜不着我的书谜儿，我不拽你上山来了。”天师道：“救人须救彻，杀人须见血。怎么这等样儿？”那樵夫道：“宁可折本，不可饿损。我且家去吃了饭来，再拽你罢。”那樵夫说了这几句话，扬长去了。

天师又叫了几声，樵夫只是一个不理。天师说道：“倒被这个樵夫闪得我在半山腰里，上不上，下不下，上天无路，入地无门。”抬起头来望着上面，只见陡绝的高山，又不得上去。低着头来望下面，只海面上的潮头有四五丈高，风狂浪大，又不敢下来。一旦解下了藤，离地有二十多丈之远，跌将下去，却不跌坏了，怎么是好？低着头再看了一会儿，只见那匹青鬃马，已自淹死了在水里，满口都是些白沫，四只脚仰着，朝天滚在浪里，一浪掀将过来，一浪掀将过去。天师心里想道：“虽说是那樵夫坑我，却又得樵夫救我。不然，此时我和青鬃马一般相似了。”没奈何，只得挂着在藤上。正然挂得没奈何，只见五万的土黄蜂一阵来，一阵去，你来一针，我去一针。天师道：“这正是黄蜂尾上针。叵耐这小虫儿也如此无礼。”一只手拽着藤，一只手扑上扑下。幸喜得一阵大风，乌天黑地而来，把些黄蜂一过儿吹将去了。黄蜂便吹了不至紧，又把个天师吹得就是个打秋千的一般。这边晃到那边去，那边晃到这边来。正叫作：

颠狂柳絮随风舞，轻薄桃花逐水流。

风过后才然平稳些，恰好的藤上又走下两个小老鼠儿来，一个白白如雪，一个黑黑如铁。白的藤上磨一磨牙，黑的藤上刮一刮齿。天师骂声道：“你敢咬断了我的藤，我明日遣下天神天将来，把你这些畜类，打作一锅儿熬了你。”只见那两只小老鼠恰像省得人讲话的，你也咬一口，我也咬一口，把个葛藤二股中咬断了一股。天师道：“屋漏更遭连夜雨，行船又被打头风。我已自不幸挂在藤上，谁想这个鼠耗又来相侵。我寻思起来，与其咬断了藤跌将下去，莫若自己解开纥繨跳将下去，还有个分晓。”转过头来照下一看，天师心里连声叫苦也，连声叫苦也。怎么连声叫苦？原来山脚下水面上有三条大龙，一齐张开口来，一齐的毒气奔烟而出。两旁又有四条大蛇，也是一齐张开口来，也是一齐的毒气奔烟而出。把个天师心里只是叫苦，却又无如之奈何，只得自宽自解，吟诗一律。诗曰：

藤摧堕海命难逃，蛇鼠龙攻手要牢。

自己弥陀期早悟，三途苦趣莫教遭。
肥甘酒肉砒中蜜，恩爱夫妻笑里刀。
奉劝世人须猛省，毋令今日又明朝。

看看的日已平西，天师道："这樵夫多应是不来了，要我吊在这里，怎么有个结果？"正在愁苦处，只听得銮铃马响，鼍皮鼓敲，天师道："今番却有个过路的君子来也。既有马声，想必是个慈悲方寸，我的解手却在这一番了。"道犹未了，只听见马蹄响处，有个人声问说道："山上吊的是甚么人？"天师仔细听来，却是王神姑的声口，心里想道："我先前骑了青鬃马，挎了七星刀，尚然被他要了。何况如今吊在藤上，岂能奈何于他？吾命休矣！不如闭着双眼，凭他怎么处罢了。"王神姑又问道："山上吊的是个甚么人？"天师也只当一个不听见。王神姑又说道："吊的甚么人？你说个来历，我且救你上山来。"天师也只当一个不听见。王神姑又说道："你再不开言，我把这条葛藤割断哩！"天师也只当一个不听见。王神姑把个双飞日月刀放在藤上磨一磨，说道："我今番割断哩！"天师也只当一个不听见。王神姑果真的把个葛藤割上几刀，大约三股中去了两股半，那个藤吊得咭咭响。天师心里想道："割断了藤，不过只是一个死。他虽有些妖术，不过一个女流之辈。我虽暂时困屈，到底是个堂堂六尺，历代天师，岂可折节于他。"正叫作跌死事极小，失节事极大。紧紧地闭了双眼，也只当一个不听见。

王神姑看见天师左不听，右不听，无计可施，心里想道："这天师名下无虚，至死不变。强哉！矫哉！我岂敢加害于他。不免现出了这一段机关，看他何如，再做后段。"口里念念聒聒，念了一会儿，说道："你这吊着的人，我本待救你上山来，你再也不开口。我如今去了，看你几时上山来。"说一声去，只听得銮铃马儿渐渐地响得远，鼍皮鼓儿渐渐地敲得轻。天师原来本是闭了眼的，听知他去了，把个眼皮睁开来。原来一天凶险皆成梦，万斛忧愁总属虚。哪里有个山，哪里有个海，哪里有个藤，只是自己一条黄丝绦儿，自己吊在一棵槐树上。天师心上好恼又好笑，说道："怎么就胡说了这一场？我自己便罢，怎么青鬃马也会胡说？明明白白地淹在水里。"只见起眼一瞧，青鬃马自由自在在荒草坡前。天师连忙地解下绦来，牵过马来，飞身上马，竟奔宝船而归。

正行之际，早有一个人一骑马，一口飞刀拦住马头，高叫道："哪里走？你这牛鼻子，早早下马投降，免受刀兵之苦！"天师起头一瞧，只见是个王神姑。正是仇人相见，分外眼红，大叫一声道："泼贱奴，你奈何得我够了。这如今我和你狭路上相逢，不你便我。"把青鬃马一夹，把七星剑一撇，直取王神姑。王神姑大怒，骂说道："你这行牛鼻子好无礼。中生好度人难度，宁度中生不度人。我方才放了你，你如今就变脸无情。"连忙地举刀相架，你一剑，我一刀，你一上，我一下，你一来，我一往，两家子大战了五六回。天师虽然受了一日闷气，他那一股义勇英风，哪里放个王神姑在心上！王神姑看见天师十分英勇，剑法又精，心里想道："此人道学兼全，文武俱足，不是等闲之辈，我这里怎么奈得他何？况兼天色已晚，不是厮战之时，莫若再把那话儿来会他一会。"口里念了几声，指头儿照着地上一指。指了一指不至紧，那块地上依旧地变成了三丈四尺阔的一条深涧，依旧地把个天师连人带马，一骨碌掀翻在深涧里面。天师大笑了三声。怎么又大笑了三声？天师说道："我这如今是个唱曲儿的，唱到二犯江儿水了。"道犹未了，只见座下青鬃马口里就讲起话来，大叫道："张天师，你不如趁早些下马投降于我，我还有个好处到你。你若还说半个不字，我教你这个淤泥之中直沉到底，永世不得翻身！"天师大怒，说道："势败奴欺主，时衰鬼弄人。哪里有个马弄人之理！"也顾不得甚么青鬃马，举起七星宝剑来，照着马头上扑地一声响，就是一剑。原来哪里是马讲话，而是王神姑闪在马头上装成的圈套，恰好的这一剑掀在王神姑的头上。本是沟又深，天又黑，王神姑胆子又大，略不提防，可可的就吃了一亏，左边额角上去了一块大皮，血流满面，不会开言。天师也在黑处，只说是砍了马，及至王神姑苏醒之时，口里骂道："我把你这个牛鼻子，教你就捞了我这一刀。"天师心里才明白，晓得伤了王神姑，懊悔道："何不再还他几刀，断送这个祸根，岂不为美。"

却说王神姑心怀深恨，将欲下手天师，晓得天师是天上的星宿，下手不得。将欲彼此开交，这一刀的酸气又不得出，终是要出气的心多，狠狠说道："一不做，二不休。这个牛鼻子，我也不奈你何！我且把你的巾帽衣裳剥了你的，再作道理。"天师连人带马，陷在淤泥之中，凭他鬼弄。果真的一撇，撇过一顶九梁巾去了。天师道："你恁地无礼，我明日拿住你之时，碎尸万段，剐骨熬油。我教你那时悔之晚矣！"王神姑道："你还口硬哩！我且把你的衣服剥了去，看你何如。"果真地一掀，掀起那领云鹤氅来。彼时已自黄昏将尽，月色微明。掀起了这件云鹤氅来不至紧，只见天师颈膊上霞光万道，瑞气千条。王神姑看见，吃了一惊，心里想道："怪不得这个牛鼻子嘴硬，原来有这等一件宝贝在身上。却一件来，他既是有这等一件宝贝，怎么这一日再不动手于我？事有可疑，不免拿他过来，或好或歹，教他举手无门。"好个王神姑，一面想定了，一面双手就过来，把个天师颈膊子低下一捞，一捞捞将过去。原来是一挂数珠儿，数一数只得一百零八颗。拿在手里，只见数珠儿毫光紫气，爱杀人也。王神姑心里又想道："这定是件宝贝，是个战胜攻取的家伙。待我且挂将起来，却不落得一个赢家常在手？"他看见天师挂在颈脖子底下，他也把个数珠儿挂在颈脖子底下。哪晓那一挂数珠儿是个活的，划喇一声响，一个个就长得斗来大，把个主神姑压倒在地上，七孔流血，满口只叫道："天师，你来救我也！"

毕竟不知这个数珠儿怎么会长，又不知天师可曾救他，且听下回分解。

第40回　金碧峰轻恕神姑　王神姑求援火母

诗曰：

灿烂金舆侧，玲珑玉殿隈。
昆池明月满，合浦夜光回。
彩逐灵蛇转，形随舞凤来。
谁知百零八，压倒泼裙钗。

却说王神姑带了这一挂数珠儿，那珠儿即时间就长得有斗来大，把个王神姑压倒在地上，七孔流血，满口叫道：“天师，你来救我也！”天师起头看来，哪里有个深涧，哪里有个淤泥，明明白白在草坡之中。原来先前的高山大海，两次深涧，樵夫、葛藤、龙、蛇、蜂、鼠，俱是王神姑撮弄来的，今番却被佛爷爷的宝贝拿住了。天师心里才明白，懊恨一个不了。怎么一个懊恨不了？早知道这个宝贝有这等妙用，不枉受了他一日的闷气。王神姑又叫道：“天师，你来救我也！”天师道：“我救你，我还不得工夫哩！我欲待杀了你，可惜死无对证。我欲待捆起你，怎奈手无绳索。我欲待先报中军，又怕你挣挫去了。”一个天师看了一个王神姑，恰正是个贼见笑。

原来国师老爷早得了一阵信风，说道：“哎！谁想今日天师反受其亏。”

叫十声："揭谛神哪里？"只见金头揭谛神、银头揭谛神、波罗揭谛神、摩诃揭谛神一齐到来，绕佛三匝，礼佛八拜，说道："佛爷爷呼唤小神，不知哪厢使用？"佛爷道："现在爪哇国女将王神姑带了我的宝贝，跌在荒草坡前。你们前去擒住他的真身，不许他私自脱换，亦不许你们损坏其身。"四个揭谛神得令而去。佛爷爷心里想道："揭谛神只好拘住他的真身，却不能够解上中军来。张天师一人一骑，却也不能够解他上中军来。不免我自家去见元帅一遭。"竟上中军，见了元帅，劈头就说一句："恭喜！恭喜！"二位元帅眉头不展，脸带忧容，说道："这如今灯残烛尽，天师还不见回来，不知国师有甚么恭喜见教？"国师道："天师尽一日之力，擒了女将，成了大功。因此上特来恭喜。"老爷道："天师既是擒了女将，怎么此时还不见回来？"国师道："天师只是一人一骑，没奈他何，元帅这里还要发出几十名军士，前去助他一臂之力，才然捆缚得他来。"元帅道："夜晚间兵微将寡，恐有疏虞。"即时传下将令，点齐一百名护卫亲军，仰各队长依次而行，前去接应天师。

这一百名亲军带了高照，竟投荒草坡前而去。只见一个王神姑跌翻在地上，一个张天师手里拿着一跟绦丝儿，说长又不长，说短又不短，左捆左不是，右捆右不是。正在两难之处，只见一百名亲军一拥而至。天师大喜，说道："你们从何而来？"都说道："国师老爷禀过元帅，差我们前来与天师助力。"天师道："国师神见，真我师也！你们快把这个妖婢捆将起来。"王神姑说道："天师老爷可怜见，轻捆些罢！"天师骂说道："泼贱奴，说甚么轻捆些？我今日拿你回去，若不碎尸万段，剐骨熬油，我誓不为人！"

王神姑两泪双流，没奈何，只得凭着这一百名军士细捆细收，一径解上中军宝帐。国师老爷除了他的数珠儿，数一数还是一百单八颗。国师道："天师，你怎么今日成功之难？敢是我的宝贝有些不灵验么？"天师朝着国师一连唱了几个喏，一连打了几个躬，说道："多承见爱！怎奈我自家有些不是处，故此成功之难。"国师道："怎么有些不是处？"天师却把个前缘后故，细说了一遍。国师道："既如此，多亏了天师。"二位元帅看见个王神姑和前番七十二个都是一般模样，说道："前日七十二个都是假的，今日这一个可真么？”国师却把个数珠儿和揭谛神的前来后往，细说了一遍。二位元帅说道：“既如此，又多亏了国师。”天师道：“这个妖婢无端诡计，百样奸心，望乞元帅速正其罪，细剥他的皮，细剐他的肉，细拆他的骨头，细熬他的油，尚然消不得我胸中之恨！”洪公道：“天师怎么恨得这等狠哩！”天师道：“此恨为公，非为私也。”元帅道：“天师不必吃恼，我这里自有个公处。”即时叫过刀斧手来：“你即将女将王神姑押出辕门之外，先斩其首，末后剥皮、剐肉、拆骨、熬油，依次而行。”刀斧手一齐答应上一声“是”，把个王神姑就吓得浑身出汗，两腿筋酥，放声大哭，吆喝道：“列位老爷饶命哩！就只砍头，饶了剥皮、剐骨、熬油也罢。就只剥皮，饶了剐骨、熬油也罢。就只剐骨，饶了熬油也罢。”刀斧手喝声道：“哇！你既是砍了头便罢，却又乞这些饶做甚么？”王神姑哭哭啼啼道：“得饶人处且饶人。”

只这一句话儿不至紧，早已打动了国师老爷的慈悲方寸。国师道：“禀过元帅，看贫僧薄面，饶了他罢。”元帅道：“这妖妇立心不良，我今日若放于他，他明日又来反噬于我。这正是养虎自贻患，这个不敢奉命。”国师道：“善哉，善哉！只一个女人有个甚么立心不良？有个甚么反噬于我？以贫僧观之，擒此女人如探囊取物，手到功成。饶他再没有反背之处，贫僧自有个道理。”天师看见国师苦苦地讨饶，诚恐轻放了这个妖妇，连忙地走近前去，说道：“擒此妖妇，万分之难，放此妖妇，一时之易。虽是国师老爷慈悲为本，也有个不当慈悲处。虽是国师老爷方便为门，也有个不当方便处。譬如天地以生物为心，却也不废肃杀收藏之令。这妖妇是一段假意虚情，暂不可听。”国师道：“蝼蚁尚然贪生，为人岂不惜命！他今日虽然冒犯天师，却不曾加以无礼，这也是他一段好处。天师怎么苦苦记怀？”王神姑又在那边吆喝道：“饶命哩，饶命哩！”国师道：“元帅在上，没奈何看贫僧薄面，饶了他罢！”元帅道：“既蒙国师见教，敢不遵依。”即时传令，吩咐刀斧手放他起来。

国师叫过王神姑，跪在帐前，问他道：“你是本国女将么？”

王神姑道：“小的是本国女将。”国师道：“我元帅承奉南朝大明国朱皇帝钦差宝船千号，战将千员，雄兵百万，来下西洋，抚夷取宝，到一国探问一国，有无我天朝的传国玉玺。如无玉玺，不过取得一封降表降书，一张通关牒文，我元帅又不占人城池，又不灭人社稷。你这蕞尔小国，有多大的军马，敢倔强无礼？你这蠢尔女将，有多大的神通，敢卖弄妖邪？今日拿住你，是贫僧再三央说元帅饶你回城，你可知道么？”王神姑磕了几个头，说道：“谢元帅不斩之恩！谢国师救命之德！小的回到本国，见了番王，即时献上降书降表，即时换上通关牒文，再不敢倔强无礼，抗拒天兵，自取罪戾不便！”国师道：“万一放你回去，背却今日之言，那一次拿住你，碎尸万段、剐骨熬油的事，却都是有你的。”王神姑说道：“小的知道了。”国师老爷吩咐军政司把他的披挂鞍马，一应交还与他，还与他酒肴，示之以恩，放他回去。王神姑得命，好似踹碎玉笼飞彩凤，透开金锁走蛟龙，出了辕门，照着本国抱头鼠窜而去。却说王神姑已去，马公道：“夷人反覆不常，况兼一女流之辈，他哪里晓得个‘信行’二字。方才还是不该放他，放他还有后患。”国师道：“人非草木，岂可今日饶了他的性命，他明日又有个反背之理！”马公道：“莫说明日，这如今去叫他回来，他就有个推托。”国师道：“阿弥善哉！若是这如今去叫他回来，他就有些推托，贫僧誓不为人！”马公道：“国师既不准信，禀过元帅，或差下一员将，或差下一员官，或差下一名番兵，赶向前去叫他一声，你看他回来不回来，便见明白。”国师道：“这如今夜半三更，教他到哪里去叫？”马公道：“叫人也没有，怎么夜战成功？”国师道：“既如此，禀过元帅，差下一名番兵去，叫他回来罢。”元帅传下将令，即差蓝旗官追转番将王神姑，许即时回话。

蓝旗官得了将令，连忙地追向前去。高叫道：“王神姑且慢去！我奉国师老爷法旨，叫你回来，还有话吩咐于你。”王神姑正行之际，猛听得后面有人指名叫他，吃了一惊，带住马听了一听，只听得吆喝道：“我奉国师老爷法旨，叫你回来，还有话吩咐于你。”他心里想道：“叫我回去，没有别话，这一定是有个小人之言，说我反复，故此叫我回去，看我今日推却不推却，可见后日反复不反复。我若不去之时，便中了小人之计。我偏做个堂上一呼，阶下百诺，庶几他不疑我，我明日得以成功。”连忙地问道：“果是国师老爷的法旨么？”蓝旗官道：“军中无戏言，岂有假传之理。”王神姑即时勒马回来，拜于帐下，禀说道：“小的已蒙国师老爷开天地之恩，宏父母之德，放转回城。适才又蒙法旨呼唤，不知有何吩咐？”国师道：“我适才思想起来，你是西番一女流之辈，我是上国一个国师。你明日回去吊领人马，反复不常，有谁与你对证？故此叫你回来，当众人面前做下一个证明功德，才是道理。”王神姑道：“我要供下一纸状词，我又不通文墨。我要发下一个誓愿，却又口说无凭。不如将披挂鞍马之类，但凭老爷留下一件，做个当头罢。”国师道：“不是留下当头的话，只要见你一点真心。”王神姑道：“若要见我一点真心，不如当天发下一个誓愿罢！”国师道：“你就发下一个誓愿罢。”王神姑转身对着天磕了几个头，说道：“小的是西洋爪哇国女将军，今日败阵被擒，荷蒙国师老爷赦而不杀。言定归国之后，称臣纳贡，不致反旆相攻。如有反复，教我上阵不得好死，万马踏我为泥。”国师听知此誓，说道：“阿弥善哉！发这等一个誓愿够了。”王神姑又磕了几个头而去。马公道：“这个女人好机深谋重哩！”

国师道：“他一叫便来，你还说他的不是。”马公道：“这才是他的机深处。”国师道：“发下了这等一个誓愿，还有个甚么机深处？”马公道：“近时的人都有二十四个养家咒，你那里信得他的。”国师道：“倘若信不得，贫僧必然万马踏他为泥。”国师回到本船，叫过咒神来，记了王神姑的咒语。

二位元帅每日专听爪哇国的降表降书。哪晓得王神姑回到本国，见了咬海干，咬海干道：“你怎么被张天师所擒？既然擒去，怎么又得回来？”王神姑故意说道：“我是虚情假意，探实他的军情。”见了番王，番王道：“你怎么被张天师所擒？既然擒去，怎么又得回来？”王神姑也故意地答应道：“我是虚情假意，探实他的军情。”番王道：“你既是探实了他的军情，你何不大展神威，擒此僧道，与朕威镇诸邦，有何不可？”王神姑道：“南朝的僧家金碧峰本领其实厉害，一时难以擒拿。”番王道：“既是难擒，却怎么样处置？”王神姑道：“小臣还有一个师父住在甲龙山飞龙洞，修行了有千百多年，道行非常，成其正果。不食人间五谷，饥餐铁丸，渴饮铜汁。身高三尺，颈项就长一尺有余。头有斗大，手似铁钳。因他颈项子长，人人叫他作个鹅颈祖师。他头顶风扇，脚踏火车，左手提的是火枪、火箭，右手提的是火鸦、火蛇。因他是一团火性，人又叫他是个火母禅师。”番王道：“他既是修行之人，怎么又肯来与你厮杀？”王神姑道：“是个两截的人。”番王道：“怎么是个两截的人？”王神姑道：“我师父在修真养性之时，扫地恐伤蝼蚁命；他若是火性暴烈之时，即时撞倒斗牛宫。”番王道：“怎么得他火性暴烈？”王神姑道：“大王岂不闻激石乃有火，不激原无烟？”番王道：“此去多少路程？只怕一时不及。”王神姑道：“小臣不惮辛苦，快去快来，还赶得及。”番王道：“既然如此，有功之日，重重加赏。”

王神姑辞了番王，别了咬海干，驾起一步滕云。那滕云一日一夜，可行千里，不消三日三夜，已到了甲龙山飞龙洞。王神姑落下云头，来到洞口，见一个小道童儿坐在门前。王神姑走向前去，打一个稽首，说道：“师兄请了。”那道童还一个礼，看一看说道：“你是爪哇国的王师兄也。”王神姑道：“便是。”道童说道：“来此何干？”王神姑说道：“有事拜谒师父。”道童儿说道：“师父却不在家了。”王神姑道：“到哪里去了？”道童儿说道：“在大罗天上火堆宫里打火醮去了。”王神姑说道：“去了几日？”道童儿说道：“才去了三七二十一日。”王神姑说道：“火醮要打几时？”道童儿说道：“要七七四十九日。”王神姑道：“我有些紧事，怎么等得他来也！”道童说道：“天上的事由不得人。”王神姑道：“我如今不得见师父，天下的事也由不得人。”王神姑要得师父紧，只得守着。

一日三，三日九，直守得过了四七二十八日，只见一朵红云自空而下。王神姑早已知道是师父来了，双脚跪在洞门之外。火母落下云来，看见个旧日徒弟，可惊可喜，说道：“王弟子，你从哪里来的？”王神姑一劈头就把两句狠话儿打动师父，一边做个要哭的声音，一边说道：“弟子今年运蹇时乖，遭了一年的厄难，受了一年的困苦，这如今还不得脱身。没奈何，只得远来拜求师父。”火母道：“是个甚么人？敢这等窘辱于你！”王神姑又哭又说道：“是个南朝大明国朱皇帝驾下甚么元帅，统领了宝船千号，战将千员，雄兵百万，下俺西洋，抚甚么夷，取甚么宝，经今在俺爪哇国搅扰了大半多年。”火母道：“你怎么让着于他？”王神姑道：“先是总兵官咬海干出战，被他砍了五百名鱼眼军，又被他煮吃了三千名步卒。”火母道：“天下有这等的道理！纵有不是，不该把个人来煮吃。你与他交战何如？”王神姑道：“弟子与他交战，本待不输。争奈他有个僧家，本领厉害，弟子那七十二张甲马替身，俱被他所破。又把弟子的真身拿上中军，若不是师父所传的五囤三出，弟子也不得回来见师父。”火母道：“你没有告诉他，你是我的徒弟？”王神姑就扯一个谎，说道：“益发不好说得。”火母道：“怎么不好说得？”王神姑道：“不说师父倒还好，因为说了师父，他愈加又计较我们。”火母道：“他要怎么样计较于你？”王神姑道：“他也要把我们来煮吃哩！”火母大怒，说道：“天下哪里有这等一个僧家！你不看经面也看佛面，怎么要把我的徒弟来煮吃哩！徒弟，你先去，我随后就来，定要与你伸这一口气，定要与你报这一场仇，教他认得我的本领哩！”

王神姑万千之喜，归到本国。国王道：“怎么去了这些日子？”王神姑道：“因为师父在大罗天上火堆宫里打火醮去了，故此耽迟了这些日子。”番王道：“师父何如？”王神姑道：“师父即时就到，小臣带领本部兵马先去伺候。”番王道：“凯旋之日，一总酬功。”王神姑辞了番王，领了本部军马，见了咬海干，问说道：“南兵连日何如？”咬海干道：“他连日等我们降书降表。况兼天气酷热，前行不便，故此不曾来十分催攒。你师父在哪里？”王神姑道：“即到荒草坡前。”道犹未了，火母已是落下火云，先在那里等着徒弟。王神姑双膝跪下，说道：“不知师父早临，有失迎候。”火母道：“徒弟，我此来，一非为名，二非为利，只为你是我的徒弟，我特来捉此僧家，与你伸这一口怨气。只一件来，你决不可泄露我的天机。你先出马，看南阵上哪个将领来，待我好作道理。”

王神姑出阵，早已有个五十名夜不收打探了实信，报与中军，说道：“王神姑回去，拜请了他一个甚么师父，住在甚么甲龙山飞龙洞，修行了有千百多年，饥餐铁丸，渴饮铜汁。身长三尺，颈脖子就有一尺多长，混名叫作鹅颈祖师。他头顶风扇，脚踏火车；左手提着火枪、火箭，右手提着火鸦、火蛇，故此又叫作火母禅师。这如今现在阵前，声声要捉僧家，口口要拿道士。”三宝老爷道：“这都是佛门中慈悲为本，方便为门。”王爷道：“谁想这等一个女人，这等反复！”马公道：“去请国师出马，万马踏他为泥。”老爷道：“这如今说不得那个话，快请天师来出马，万一天师推托，就着去请国师。”道犹未了，只见帐下诸将一齐禀道：“养军千日，用在一朝。末将们不才，愿先出马，擒此妖贼。万一不能成功，再请天师、国师未为晚也。”元帅道：“非我不遣诸将，只因此来的妖贼，都是些妖邪术法，小鬼旁门，非兵家之正脉，故此不敢相劳。连天师的正一法门且不能奈何于彼，连国师的佛力也不能奈何于彼。诸将当悉体此意！毋谓我为轻忽也。”诸将齐声道：“怎么敢说元帅老爷轻忽？只说马革裹尸，大丈夫之事。末将们不才，愿出一阵，看是何如。”王爷道：“既是诸将坚意要战，许先出一阵，止许先锋及五营都督，四哨官防御宝船，不可擅动。仍要小心，不可轻视！”

诸将得令，一拥而出。左右行锋分为两翼，五营大都督看营。前后左右按东南西北四方上，各自扎住一个行阵。一声信炮，三通鼓响，南阵上拥出六员将官。只见番阵上站着一员番将，身长三尺有余，脸如锅底，手似铁钳。南阵上三通鼓响，正东上闪出一员大将，束发冠，兜罗袖，狮蛮带，练光拖，骑一匹流金弧千里马，使一杆丈八截天枪，原来是前营大都督应袭王良，高叫道：“站的敢是王神姑的师父么？”那番将答应道一声“是”，把那一张血光的口张开来，火光就迸出来有三五尺。王良道：“你敢就是火母么？”他又答应一声“是”，又把那一张血光的口张开来，火光又迸出来有三五尺。王良道：“我闻你的大名如雷贯耳，原来是这等一个长颈鬼头。你出阵来怎么？你敢欺我南阵上无人么？”抡起那一杆丈八的神枪，照着火母身上直戳将去。火母也不作声，火母也不动手，只是戳一枪，一道火光望外一爆。王良左一枪，右一枪，杀得只见他浑身上火起，并不曾见他开口，并不曾见他动手。

王良未了，只见正西上闪出一员大将来，烂银盔，金锁甲，花玉带，剪绒裙，骑一匹照夜白银鬃马，使一杆朱缨闪闪滚龙枪，原来是后营大都督武状元唐英，高叫道："王应袭你过来，待我奉承他几箭。"一连射了一壶箭不中。中在头上，头上就是火出来；中在眼上，眼上就是火出来；中在鼻上，鼻上就是火出来；中在口上，口里就是火出来；中在面上，面上就是火出来；中在手上，手上就是火出来；中在脚上，脚上就是火出来。并不曾见他开口，并不曾见他动手。

唐英还要射，只见正南上闪出一员大将来，红扎巾，绿袍袖，黄金软带，铁菱角包跟，骑一匹金叱拨纯红的马，使一条三丈八尺长的鬼见愁疾雷锤，原来是左营大都督黄栋良，高叫道："唐状元你过来，等我奉承他几锤。"一连上手就是七八十锤，就打出七八十个火团儿来，并不曾见他开口，并不曾见他动手。

黄栋良还要打，只见正北上闪出一员大将来，身长三尺，膀阔二尺五寸，不戴盔，不穿甲，骑一匹紫叱拨腾云的马，使一件重一百五十斤的神见哭任君镋，原来是右营大都督金天雷，高叫道："黄都督你过来，待我也奉承他几镋。"一上手就是七八十镋，也只是打出七八十个火球来。金天雷说道："好奇也，我这一百镋还是打钟哩？还是炼铜哩？"道犹未了，只见火母嗖地里一道火光，把个金天雷一把扯住。金天雷慌了，说道："师父，师父，你放了我再去扯别人罢！"火母说道："我现钟不打，又去炼钢？"

金天雷还不曾开口，只见左右两个先锋：一个身长九尺，膀阔三停；一个身长十尺，腰大十围。一个黑面卷髯，虎头环眼；一个回子鼻，铜铃眼。一个一匹马，一个一口刀。一个是左先锋张计，一个是右先锋刘荫。一个高叫道："金都督你过来，仔细我的刀。"一个高叫道："你两个不见了开路神，没有这个几多长数的。"一个左一刀，一个右一刀。一会儿，左一刀的不见了刀口，右一刀的不见了刀尖。不见了刀口的吓得哑口无言，不见了刀尖的吓出一身尖头汗来。火母方才张开口来，大笑三声，说道："多劳你们了！我昨日在途路上，感冒了些风寒暑湿，多得你们这一场休养，我的感冒好一半。"六员大将都只是睁开眼来看他一看。火母又说道："你们不要看我，你们转去，叫你那牛鼻子道士来，叫你那葫芦头和尚来。"

毕竟不知他单请天师、国师有何道术，且听下回分解。

第41回　天师连阵胜火母　火母用计借火龙

诗曰：

甲龙山上飞蛮沙，甲龙山下人怨嗟。
天津流水波赤血，白骨相撑如乱麻。
我亦东奔向瀛海，红云四塞道路赊。
东方日出啼早鸦，城门人开扫落花。
梧桐杨柳拂金井，来醉飞龙火母家。

却说六员大将回阵而来，元帅道："今日胜负何如？"左先锋张计禀说道："其人浑身是火，任是刀砍，任是枪戳，任是箭射，任是锤擂，只见火光迸裂，并不曾见他叫疼，并不曾见他回手。"元帅道："敢是个寄杖之法么？"张先锋道："饶他寄杖，那里寄得这许多的刀枪？"元帅道："他是个甚么样儿的人？"张先锋道："其人止有三尺长的女身，却就有一尺多长的颈脖子。远望就像一只雁鹅，近看就是一个小鬼。"元帅道："怎么这等厉害？"张先锋道："闻说他饥餐铁丸，渴饮铜汁，因此上却就有些不好相交处。"元帅道："西番多有异人，似此一个番将，何以处之？"张先锋道："他坐名要天师，他坐名要国师，今番却少不得惊烦这二位也。"

元帅道："只得去请天师。"

请到天师，天师道："驱神遣将，斩妖缚邪，这是贫道的本等，怎敢辞劳？"即时出马，左右摆着飞龙旗，飞龙旗下摆着乐舞生、道士，中央竖着皂纛，皂纛之上写着"江西龙虎山引化真人张天师"十二个大字。皂纛之下，隐隐坐着一个天师，提着七星宝剑，跨着青鬃骏马。一声炮响，擂鼓三通，天师坐在马上，单请番将相见。只见番阵上站着一人，三尺长的身材，一尺多长的颈脖子；面如锅底，手似铁钳，黑萎萎的一个矮子。只是红口、红眼、红鼻头、红耳朵、红头发，恰好似个烟里火。天师高叫道："来者何人？早通名姓。"番将道："俺甲龙山火龙洞丙丁大罗刹火母元君的便是。你是何人？"天师道："我乃南朝大明国朱皇帝驾下官封引化真人张天师的便是。"火母道："你昨日活活地捉住我的徒弟，怎么就要煮他来吃哩？"天师道："因不曾煮得他，至今犹有余恨！"火母道："你今日出阵，也要煮吃于我么？"天师道："你自家惹火烧身，哪个要来煮你？"火母道："遇矮人说矮话，怎么敢说我惹火烧身？"照头就是一箭。那一箭不至紧，一道烟火直喷到天师的面上来。天师连忙把个七星宝剑照箭一撇，箭便撇得到，那一道烟火却撇不倒，缠绕在天师的身上，险些儿把个胡子都做了乌焦巴弓。天师心里想道："他浑身是火，以火成功，火克金，我的七星剑怎么是个赢手？土克水，水克火，须得一个水，才是他的对头。"低头一想，计上心来，把个青鬃马带到坎位上站着，手里捻定了一个"壬癸诀"，口里念动了一股"雪山咒"，说道："你那小鬼头，再敢飞过一支箭来。"火母道："你还烧不怕哩！"扑地里就是一箭来。天师收定了神，捻定了诀，把个口儿轻轻地啐一声，把个剑头儿轻轻地指一下，那支箭斜曳里插在地上，连火连烟自消自灭。火母大怒，说道："好牛鼻子道士，敢拦我的马头么？"飞星又是一箭。天师仍旧地啐一啐，指一指，那支箭仍旧地插在地上，那些烟火仍旧地自消自灭。火母心里想道："这道士尽通得哩！今番要不把箭去会他，看他怕不怕。"高叫一声道："天师照箭哩！"口里说的是箭，其实的是一杆火枪。天师的眼又是快的，看见个势头不善，就晓得不是支箭，着实一啐，着实一指，那杆枪只当得一支箭掉在地上，也不见响，烟消火灭，也不见烧人。火母看见火枪不灵验，心里老大的吃力，怒从心上起，恶向胆边生，一边三杆枪飞过来，如流星赶月之状，那一天的烟火，好不吓人也！天师越加心雄胆壮，口儿里连啐几啐，剑头儿连指几指，那三杆枪也只当得一杆掉在地上，也不见十分响，烟飞火散，也不见十分烧人。火母心里想道："我这箭一箭射过须弥山，我这枪一枪戳透昆仑顶，怎么今日一发不在家里？敢是我的运限行得低，敢是今日的神有些不利？也罢，识时务者呼为俊杰。我今日权且收拾，待明日再来下手于他。"高叫道："今日天晚，且待明日我和你再决输赢。"

到了明日，天师出马，高叫道："那矮鬼头，你昨日把火箭、火枪射了我，今日也该轮我来射你了。"火母道："我何惧于你！你前日六员大将，六般兵器，射的射，戳的戳，打的打，捶的捶，只当替我休养一番。莫说我这等一个牛鼻子道士，任你是甚么来，我只是还你一个不动手。"大师看见他口说大话，更加打起精神来，口里着实念，手里着实捻。一手托着一个净水碗，一手提着一口七星宝剑。一会儿，净水碗里走下一个小鬼来，也是三尺多长的女身，也有一尺多长的颈脖子，一手拿着一张弹弓，一手捻着一把弹子。天师喝声道："照！"只见小鬼扯起弹弓来，就是一弹子过去。那一弹子不至紧，径中在火母的头上，扑地一响，扑地爆出几个火星儿来。火母只当不知道。天师又喝声："照！"那小鬼又是一弹子。这一弹子却又中得巧，正中在火母的眼上，只见眼里又爆出几个火星儿来，火母也只当不知道。天师连忙地左喝声："照！"右喝声："照！"那小鬼连忙地也左一弹子，右一弹子，打得个火母只是扑咚扑咚地一片响，火星儿也一片地爆出来。只是火母还当一个不知。

天师心里想道："这个矮鬼头只当一个不知道，敢是弹子小了些。"口里又念也念，手里又捻也捻。一会儿，那个小鬼一手挎着一张弓，一手提着一壶箭。天师喝声："照！"那小鬼拽开弓来，就是一箭。一箭就中在火母身上。只看见些火星儿爆出来，哪看见他有些怕怯？天师又喝声："照！"那小鬼又是一箭。一箭又中在他身上，又只是些火星儿爆出来，他哪里有些怕怯？天师连喝："照！"递喝："照！"小鬼拽满了弓，搭定了箭，连射递射，那一壶箭连中递中，连出火递出火，他也只当不知。

天师心里想道：“箭也小了些。”口里又念几念，手里又捻几捻。一会儿，那个小鬼手里换了一杆枪。天师喝声：“照！”那小鬼嗖地里就过去一枪。天师又一声：“照！”小鬼又一枪。天师一连的喝声道：“照！照！照！”小鬼也一连地飞过去，都是些枪、枪、枪。前番的弹子，前番的箭，倒还有些火星出来，今番的枪，连火星儿也没有了，更莫说他有个惧怕。天师心上老大吃惊，想一想说道：“我祖代天师之家，见了多少天神天将，拿了多少鬼怪妖魔，并不曾看见这等一个矮鬼。这都是我自家走了雷，无法可治！”

只见火母张开口来，叫一声“牛鼻子道士”，那口里就有三五尺长的火光飞爆而出。天师道：“你叫甚么？”火母道：“你弹弓也打了，箭也射了，枪也戳了，你的事了了。今番却也轮流到我么？”天师又想道：“若是轮流于他，我这里好难支架也！莫若退他，到明日再作道理。”高叫道：“矮鬼，你听着，昨日是你，今日是我，明日才轮流到你。”火母道：“既是明日才轮流到我，今日且散罢。”天师将计就计，说道：“今日且散罢。”两家子散了。

到了明日，天师晓得这个火母有些厉害，老大地提防于他，仍旧地站着坎位上，仍旧的“壬癸诀”，仍旧的“雪山咒”。火母一头子跑出阵来，就叫道：“你那牛鼻子道士，昨日好狠手也！今日也轮流于我，我叫你上天无路，入地无门，你才晓得我的本领哩！”天师笑了一笑，说道：“入地便不敢奉承。上天是我的家里，岂可无路？”火母道：“你还嘴硬哩！”扑地一响，就是一箭。天师依旧地啐，仍旧地指，一箭又过了。扑地的一枪，天师又一啐，又一指，一枪又过了。火母心里想道：“他今番不提防于我，却好下手于他。”猛地里一块火老鸦飞将过去，把个天师的九梁巾儿一抓，抓将过来。天师心上只在提防他的箭，提防他的枪，哪晓得有个飞鸦，会抓得他的巾子动哩。只见抓了巾去，天师老大吃力。喜得到底是个天师，早先都有个预备，接过净水碗来，把个竹枝儿蘸了些水，望空一洒，恰好地一个雪白的鹞鹰腾空而起，赶在半天，抢过一顶九梁巾来。火母看见个鹞鹰来抢巾子，他就放出许多的火鸦，一个十，十个百，百个千，千个万。五万的火鸦不至紧，那一天的火，四面八方，通红直上，就像天做了一个火罩，罩住天下的人，天师拿定了主意只当不知。那火却也烧不到天师的身上，只是两边的乐舞生和那些道士，一个个诚惶诚恐，稽首顿首。天师口里又念，手里又捻，只见那个鹞鹰飞上飞下，和那些火鸦相斗，恰如红炉上一点雪，好不爱人也！天师想道："鹞鹰虽是爱人，终是寡不足以敌众，必须怎么结绝了他的火鸦才好。"即时间，运起掌心的雷，"啐"一声，把个掌心雷一放。只听轰天裂地，划喇喇一声响，就把那些千百万的火鸦打得：

无形无影一场空，火灭烟消没点红。
有意桃花随水去，无情流水枉归东。

火母看见个火鸦之计不行，却又心生一计，嗖地里一条火蛇绕身而出，也是一传十，十传百，百传千，千传万。即时间，无万的火蛇塞满了地上，就是放野火的景象一般。一条自东来，一条自西而来，一条自南而来，一条自北而来，都奔着天师脚下。天师念念聒聒，接过净水碗来，把个净水洒了一洒，一会儿，一条八尺长的雪白的蜈蚣飞将下地，竟赶着那些火蛇。自古道"蛇怕见蜈蚣"，一会儿，把些蛇赶得东逃西窜，上跌下趴。火母看见个势头又不好了，连忙地张开那一个血光口，狠着一喷，那火焰就有几十丈长；又一喷，又是几十丈长。他又碾动了火车，连走几走，口里连喷几喷，那火焰连长几长，烛天烛地。本是一地的火蛇，却又添了这一片的火焰，天连火，火连天，也不论个上下四方，也不论个东西南北，都只是一片的火光。天师却也吃了些慌，把个净水碗尽数地望天上一浇，只见一天的大雨倾盆倒钵而来，午牌时分下起，直下到申末酉初才略小些。

原来天师的净水碗，不亚于长老的钵盂，俱有吞江吸海之量，故此一碗水倒了，就下了这半日的大雨，还流不住哩。莫说是火焰早已熄灭了，莫说是火蛇早已不见了，连火母也淋得没处安身，抽身竟回本国，叫上一声：“徒弟在哪里？”王神姑连忙地答应道：“弟子在这里。”起头一看，吃了一惊，说道：“师父，你是个积年的火马，如何变作个冒雨的寒鸡？”火母道：“依你说起来，火马就不把水去泼人罢！”王神姑道：“水便是水，只是忒多了些。”火母道：“原来这个牛鼻子道士，却有好大的本钱哩！”王神姑道：“师父吃他的亏。”火母道：“也不曾吃他的亏。”王神姑道：“你不吃他的亏，怎么晓得他的本钱大哩？”火母道：“你胡说。只说是今日输阵而来，连你国王也有些不好听相。”王神姑道：“师父，你另设一个计较罢。”火母道：“徒弟，你把个牛皮帐子帐起我来，四外俱不许人声嘈杂。你也要在百步之外伺候。大凡帐子角上、帐子脚下，有些烟起，你就来掀开帐子见我。”吩咐已毕，火母坐在帐子里面。王神姑伺候在帐子外面，鸦鹊不鸣，风吹不动。

却说张天师归到中军，二位元帅说道：“连日多亏天师道力，胜此妖怪。”天师道：“莫说个胜字，只是扯得平过就是好了。”二位元帅道：“这妖怪怎么得他降服？”天师道：“多了他只是一个不怕射，不怕戳，不怕打，故此就无法可治。”元帅道：“须烦天师广施道力，成其大功，归朝之日，自有天恩。”天师道：“好歹只看明日这一阵，不是他便是我。我决不肯轻放于他！”

天师磨牙切齿，要赢火母。哪晓得一上手，就有三日不见个矮鬼头的面。天师说道：“这个矮鬼头三日不见，多应又去请动甚么师父来也。”道犹未了，只见蓝旗官报道：“祸事来了！”天师喝声道：“哇！甚么祸事来了？”蓝旗官道：“宝船上的祸事。”天师道：“怎么是个宝船上的祸事？”蓝旗官道：“每船的坐桅上，都是一条红通通的大蛇，盘绕在上面。头上有一双红角，项下有一道红鳞，背上有一路红鬐枪，后面有一条红尾巴。”天师道：“似此说来，是一条火龙了。怎么有个火龙会缠在桅上？不消说，这一定是那个矮鬼头弄的玄虚。你们去报元帅知道。”元帅叫问国师，国师道：“只问天师就知道了。”

天师吩咐众军人把个箭去射。只见一箭射上去，一条火喷将出来，连箭杆都烧乌了。元帅吩咐道：“住了，不许射。”天师又叫众人把个枪去戳。

只见一枪上去，一条火喷下来，连船篷都险些儿烧了。天师也叫："快住了，不要戳它。"元帅道："这个火龙如此凶恶，怕船上有些差池，怎么是好？"天师吩咐每船桅下置一口大缸，每口缸里注一缸满水，每缸水里俱有一条三五尺长的蜈蚣，隐隐约约如奋击之状。天师却又传下将令，昼则鸣锣击鼓，夜则多置灯笼，宽待他几日，看是何如。"一连宽待了六七日，并不曾见他动静。天师道："我晓得了。他原是个撮弄成的。没有真气，故此不知利害。"好个天师，即时间剑头上烧了一道飞符，早已有个天将掉下来了，原来就是个龙虎玄坛赵元帅。天师大喜，说道："我宝船上有一等怪物装成火龙，缠绕在桅上，相烦天将与我打它一鞭。"赵元帅得了法旨，飞身而上，照着那些火龙一个一鞭，打得它一会儿露了本相。你说本相是些甚么？原来都是些划根树皮捏合成的。天师谢了天将，回复了元帅。元帅道："此一功尤见奇绝，但不知此后又有些甚么怪来？"天师道："一来趁早，二来趁饱。趁此一个机会，待贫道出阵，擒此妖魔。"即时出去，两边乐舞生和那些道士，中间皂纛之下马走如飞。

原来火母神君坐在牛皮帐里撮撮弄弄，实指望这些火龙之火燃烧了宝船，哪晓得赵元帅这一鞭！这一鞭不至紧，打得个牛皮番帐满地滚烟。王神姑走向前去，掀起帐来，只见火母神君口里连声叫："苦也！苦也！"王神姑道："师父怎么这等叫苦？"火母道："我好一个火龙之计，却被那牛鼻子道士请下赵元帅来，一个一鞭，打得我的都露了本相。"王神姑道："师父却怎么处？"火母道："我当初也差来了。"只见张天师飞马而来，要捉火母。火母吃了一惊，连忙地取出一件宝贝来，望空一撇。天师早已看见他的手动，晓得是个甚么不良之物，即时跨上草龙腾空面起。只可怜这一班乐舞生和那些道士，受他一亏。是个甚么宝贝，就受他一亏？原来是个九天玄女自小儿烘衣服的烘篮儿。九天玄女和那混世魔王大战于磨竭山上，七日七夜不分胜负。魔王千变万化，玄女没奈他何，拿了这个篮儿把个魔王一罩，罩住了。此时节火母神君还在玄女家里做个煽鼎的火头，因见它有灵有神，能大能小，就被他偷将来了。年深日久，灵验无空。念动了真言，一下子放它开去，遮天遮地，凭你是个甚么天神天将，都要捞翻过来。宣动密语，一下子放他合来，重于九鼎，凭你是个甚么天神天将，都也不得放过。没有名字，火母神君就安他做个九天玄女罩。天师跨上草龙，腾空而起。这些乐舞生和那些道士，都是个凡胎俗骨，故此受他一亏。

火母只说天师也罩在里面，叫声：“徒弟在哪里？”王神姑说道：“我在这里。师父呼唤，有何指挥？”火母道：“天师今番罩住了在九天玄女的罩里。我越发替你做个卖疥疮药的，一扫光罢。”王神姑道：“师父怎么叫作个一扫光？”火母道：“我有六般宝贝，放下海去，海水焦枯。我如今趁天师不在，我去把个海来煎干了它，致使他的宝船不能回去。凡有走上岸的，你和咬海干各领一支人马，杀的杀，拿的拿，教他只轮不返，片甲不还，却不是个卖疥疮药的一扫光？”

早有五十名夜不收打探得这一段情由，禀知元帅。元帅还不曾看见天师，只说是天师果真在罩里，连忙地求救国师。国师道：“元帅放心，贫僧自有主张。”元帅升帐。国师即时遣下金头揭谛、银头揭谛、波罗揭谛、摩诃揭谤，守住了九天玄女罩，不许毁坏诸人。又即时发下一道牒文，通知四海龙王。当有龙树王菩萨接住了燃灯古佛的牒文，即时关会四海龙王，放开水宫雪殿，取出一应冷龙千百条，各头把守水面，提防火母煎海情由。又即时差下护法伽蓝韦驮天尊，今夜三更时分，云头伺候发落。

却说火母夜至三更，吩咐王神姑领一支人马，守住旱寨，不许南兵救应水寨；吩咐咬海干领一支人马，守住水寨，不许南兵跑入旱寨。自家驾起一道红云，来至海上，连忙地把个火箭、火枪、火轮、火马、火蛇、火鸦望半空中一撇，实指望掉下海来，即时要煎干了海水。等了一会儿，只见个海水：

贝阙寒流彻，冰轮秋浪清。
图云锦色净，写月练花明。

火母吃了一惊，心里想道：“每常间我的宝贝丢下水去，水就滚将起来。今日越是宝贝下去，越是澄清，这却有些古怪哩！”哪晓得半空中有个护法伽蓝韦驮天尊，轻轻地接将宝贝去了。况兼海水面上，又有冷龙千百条把守得定定儿的，故此越加宝贝下去，越加海水澄清。火母大怒，说道："不得于此，则得于彼。也罢，且去杀了天师，杀了那一干道士，权且消我这一口气。"及至回来，莫说是天师不在，连那一干道士也不在了；莫说是一干道士不在，连那个九天玄女罩也不在了。把个火母气了半夜。等至天明，那些火箭、火枪、火轮、火马、火蛇、火鸦，依旧在牛皮帐里。火母见之，愈加性起，即时头顶风扇，脚踏火车，竟奔南阵而来，声声讨战，说道："我晓得牛鼻子道士坐在罩里，还不得我的罩来。这都是个葫芦头的和尚偷盗我的宝贝，叫他一步一拜，送来还我，万事皆休！若说半个不字，我一口火吹上船来，教你千号宝船尽为灰烬！"二位元帅听见他说要"一口火吹上船来"，心下有些吃紧，来见国师。天师道："这是贫道身上的事，夜来多亏国师起了他的罩，救了这一干道士，已自不可胜当，今日怎么又再烦国师。待贫道家出马去，和他决一个雌雄解。"国师道："天师，你也且慢。自古道：'柔能胜刚，弱能胜强。'火母因为火性不除，故此不能结成正果。你怎么也是这等火性也！"天师道："既承吩咐，贫道敢不遵依。只是怎么得这个妖怪退阵？"国师道："他因失了那一件讨饭的家伙，故此吃力。这如今差下一员将官，送得九天玄女罩还他便了。"元帅即时传令："诸将中谁敢送将九天玄女罩出阵去，还火母老妖？"道犹未了，帐下闪出一员将官，面如黑铁，声似巨钟，应声道："末将不才，愿将这宝贝送还火母。"元帅起头看来，原来是个狼牙棒张柏。天师道："张将军委是去得。"

张柏接了宝贝，揣在怀里，离了中军，跨鞍上马，竟出阵前，口里不作声，手里舞着狼牙棒。火母哪里晓得是送宝贝的，心里想道："可恨这个葫芦头倒不送宝贝来还我，倒反差下个将官来和我厮杀。待我吓他一吓，他才认得我哩！"即时间把个火箭、火枪、火蛇、火鸦四件宝贝一齐地掀将起来，只见半空中黑烟万道，平地里红焰千层。满耳朵都是呼呼地响，满眼睛都是通通的红。天上地下都烧成了一块，哪里有个东西南北，哪里有个上下高低。张狼牙浑身是火。自古道："水火无情。"哪里认你是一员大将。

喜得张狼牙还是胆大心雄，勒转马一辔头，径跑到中军帐下。虽然是不曾受伤，却也苦了些眉毛胡子。元帅道：“这宝贝还是国师自家送去。”把个宝贝交还国师。国师笑一笑，说道：“亏了贫僧取他的起来，教你们送一送也还不会，还要我自家去走一遭。”把个宝贝也揣在怀里。张狼牙道：“国师老爷，你把个宝贝拿在手里好。”国师道：“怎么拿在手里好？”张狼牙道：“拿在手里他好看见，他便不放出火来。”国师道：“揣在怀里何如？”张狼牙说道：“末将适才揣在怀里，受他一苦。”国师笑一笑，说道：“各有不同。”一手钵盂，一手禅杖，大摇大摆而去。火母神君看见一个长老步行而来，心里想道：“这莫非就是南朝金碧峰长老么？”又想道：“金碧峰是个护国国师，岂可步行而出？”心上有些猜疑，叫声：“徒弟在哪里？”王神姑应声道：“弟子在这里。”火母道：“那步行的可是南朝金碧峰长老么？”

毕竟不知这步行的是金碧峰不是金碧峰，且听下回分解。

第42回　金碧峰神运钵盂　金钵盂困住火母

诗曰：

峦天北望接妖氛，谈笑临戎见使君。
徼外旧题司马檄，日南新驻伏波军。
釜鱼生计须臾得，草木风声远近闻。
不独全师能奏凯，还看盟府勒高勋。

火母问道："前面步行的可是南朝金碧峰长老么？"王神姑仔细看了一看，说道："正是金碧峰。"火母道："这个葫芦头有些厉害，我也不可轻易于他。"即时收起那三昧中间的一股真火，喷将出来。通天彻地，万里齐明。国师道："这妖怪把个真火来会贫僧，贫僧也不可轻易于他。"也收起那丹鼎之中一股真气，微开佛口，吹了一吹，只见那一天的火，不过半会儿，都不见了。火母看见，心上吃了一惊，说道："这个葫芦头，果真是个出众的。我这三昧真火，等闲人还认不得，他就认得，他就把个真气相迎。料应是个僧家，神通不小。待我叫他一声，看是何如。"高叫道："来者何人？莫非是南朝金碧峰长老么？"国师轻轻地应声道："贫僧便是。"火母道："你是释门，我是玄教。我和你各行其志，各事其事，你夜来怎么私自掀起我的九天玄女罩了？”国师把手儿起一起，打个问讯，说道：“这是贫僧不是了。”火母道：“你掀我的宝贝，明明是欺我玄门。”国师道：“善哉，善哉！‘救人一命，胜造七级浮屠’。我只救取那一干道士，怎么说个欺你玄门的话？”火母道：“你既不是欺我玄门，你把个宝贝还我不还我？”国师道：“阿弥善哉！我佛门中人，自来不妄取一物，岂有要你宝贝的道理。”火母道：“既是还我宝贝，这如今宝贝在哪里？”国师轻轻地取出宝贝来，拿在手里，说道：“宝贝在这里奉还。只是相烦老母回见国王，劝解他一番，教他收拾兵戈，递上一封降书降表，倒换一张通关牒文，免得终日厮杀，糜烂民肉，花费钱粮，岂不为美！”火母未及开口，国师就把个九天玄女罩望空一丢，丢在半空中。火母一见了自家宝贝，连忙地把手一招，招将下来，接在手里。

火母得了他的宝贝，来取国师的首级，说一声：“不要走！”就把个九天玄女罩一撇，撇在半天之上。火母也把个国师当作天师，一下罩住他在地上。哪晓得佛爷爷的妙用有好些不同处，你看他不慌不忙，把个偏衫的袖口张开来，照上一迎，那个九天玄女罩，一竟落在他的偏衫的袖儿里去了。火母反又说是佛门中欺负他，他就怒从心上起，恶向胆边生，把个火箭、火枪、火蛇、火鸦四件宝贝，一齐地掀将起来，也指望烧狼牙棒张柏一般的模样。虽则是黑烟万道，红焰千层；虽则是上天下地，火烧一片，这只好烧着凡夫俗子，怎奈何得佛爷爷。国师老爷不慌不忙，张开口来，一口唾沫，朝着正北上一喷。只见四面八方阴云密布，大雨倾盆，把那一天的火都浇得灰飞烟灭。火母看见不奈国师何，心中大怒，即时撇过那把降魔剑来，照着国师的脸上就劈一剑。国师道：“善哉，善哉！我出家人怎禁得这一剑哩！”不慌不忙，把个手里的钵盂望空中一撇，撇上去，即时一个筋斗翻将下来。火母却又心大意大，不甚提防，早已把个火母捞翻在底下。火母见在钵盂底下不得出来，心上慌了，高叫道：“金碧峰饶我罢！”叫了一会儿没人答应，又叫道：“金碧峰老爷，你是个出家人，慈悲为本，方便为门，饶了我这一次罢！”国师老爷听知，心下十分不忍，说道：“这拘禁人的事，本不是我出家人干的。只是我见此人还有一百日灾难未满，不如趁这一个机会，要他坐一坐，才好灭他的火性，才好收他的野心。”国师竟自转过中军帐来。火母罩在钵盂之下，左吆喝，右吆喝，左吆喝也不得出来，右吆喝也不得出来，把一双手左支右支，左支也不得出来，右支也不得出来。把两个肩头左扛右扛，左扛也不得出来，右扛也不得出来。

却说王神姑不见了个师父，四下里去找，再也找不着。只听见一个声音，却像他师父一般，听一会儿像有，听一会儿又像没有。仔细听了一大会儿，却听见说道：“金碧峰老爷饶我罢！”王神姑道：“分明是我的师父讨饶，却不见在哪里？”没奈何，把个草地下里排头儿寻一遍，只看见一个黄铜打的盆儿盖着在地下里，里面恰像有个人哼也哼地在哭哩。王神姑走近前来听上一听，只见果真有个人在里头，一会儿哼哼地哭，一会儿又不哭，一会儿骨弄地响，一会又不响。王神姑说道：“终不然我的师父坐在这个里面？”只说得“师父”两个字出声，那里面一听听见了，连忙地吆道：“徒弟哩，徒弟哩！”王神姑连忙地答应道：“我在这里，我在这里！”火母道：“你快来救我。”王神姑道：“你怎么在这个里面？”火母道：“吃了那金碧峰和尚的亏哩！”王神姑道：“这是个甚么东西，会罩住你在里面？”火母道：“我在里面黑洞洞的，不看见是个甚么。你外面亮处看一看。”王神姑仔仔细细打一看，原来是个黄铜打成的小小钵盂儿，说道：“师父不打紧哩！”火母道：“怎么晓得不打紧哩？”王神姑道：“是个和尚家化饭吃的钵盂哩！”火母道：“若只是个钵盂，果真地不打甚么紧。”王神姑道：“你在里面发起性来，把个头一顶，就顶它过一边，你却不就走出来也？”火母果真地把个头来顶一顶，一顶，只当不知；又一顶，也只当不知；再一顶，也只当不知。连顶递顶，越发只当不知。

火母道：“徒弟，我头上就像座泰山一般，顶不动哩！”王神姑道：“师父不干顶不动事，想是你的颈脖子软哩。”火母道：“怎么我的颈脖子软哩？”王神姑道：“我看见来。”火母道：“你看见甚么来？”王神姑道：“我看见你的颈脖子长便有一尺多，却四季是个软叮当的。”火母道：“你只叫我顶，你也动下手么。”王神姑道：“你是个师父，我做徒弟的等闲不敢动手哩！”火母说道：“我在里面要性命，教你还在那里科牙磕齿的。”

王神姑道：“你要怎么样儿？”火母道：“你把个钵盂抬起来就是。”王神姑道：“晓得了。”即时把只手去抬，一些儿也抬不动。把两只手一抬，也抬不动。王神姑狠起来，尽着平生的气力，两只手一抬，也抬不动。王神姑说道：“师父，我两手用尽了气力，却抬不动哩！”火母道：“你多叫些人来。”王神姑道：“晓得了。”即时间叫过些番兵番将，一个抬，抬不动；两个抬，抬不动；三个抬，抬不动；四个抬，抬不动。王神姑道：“抬不动哩！”火母道：“可多着些人抬。”王神姑道：“已自是四个人，也抬不动哩！”火母道：“四个人抬不动，你添做八个人就抬得动。”王神姑道：“只是这等一个小钵盂儿，有处安人，却没有处安手。”火母道：“你们外面着力地抬，我在里面着力地顶，内外夹攻，看它还是怎么。”王神姑道：“师父言之有理。你在里面顶着，我们在外面抬着。”只见里面顶的顶得浑身是汗，外面抬的抬得遍体生津，那个钵盂却不曾动一动儿。火母道：“你外面没有抬么？怎么再顶不动哩？”王神姑道：“你里面没有顶么？怎么再抬不动哩？”火母道：“既是抬不动，我还有一个妙计。”王神姑道：“是个怎么妙计？”火母道：“你去多叫些番兵来。多带些锹锄来，穿一个地洞儿，我却不就出来罢？”王神姑道：“师父，还穿个龙门，还穿个狗洞？”火母道：“穿个狗洞才好。”王神姑道：“怎么狗洞好？”火母道：“你岂不闻临难母狗免？”王神姑道：“晓得了。”即时叫过些番兵来，带了锹锄，没有锹锄的，就是枪，就是刀，就是槟榔木削成的标子，一声响，你来挖一趟，我来挖一趟。一会儿，你也丢了去，我也丢了去。火母在里面守得急性，叫声：“徒弟，你外面还没有穿洞哩？”王神姑道：“穿不通也。”火母道：“怎么穿不通？”王神姑道：“这个钵盂，有好些古怪？”火母道：“怎么古怪？”王神姑道：“自钵盂三尺之外，一挖一个窟，自钵盂三尺之内，一挖一肚气。”火母道：“怎么一挖一肚气？”王神姑道：“自钵盂三尺之内，就是一块铁板，千挖万挖，没有些纥繨；千穿万穿，没有些相干。这却不是一肚子气？”火母道：“终不然你就闷杀我在里面罢。”王神姑道：“终不然我做徒弟的进来替你罢。”火母道：“我原日为着哪个来的？”王神姑道：“我如今也无不为师父。”火母道：“你既是为我，也哪里去求个神，到哪里去问个卜，也到哪里去修个福，也到哪里去许个愿。”王神姑道：“我做徒的没有到哪里去处，但凭师父叫我到哪里去罢。”

火母道：“打虎不过亲兄弟，上阵无如父子兵。你既是肯去，你不如去请下我的师父来罢。”王神姑道：“终不然师父还有个师父？”火母道：“木本水源，岂可就没有个师父？”王神姑道：“那师父是甚么人？”火母道：“说起我的师父来，话儿又长哩。”王神姑道：“但说来我听着。”火母道：“当初不曾有天地，不曾有日月，不曾有阴阳，先有我这一位师父。我这一位师父生下盘古来，却才分天地，分日月，分阴阳，故此他的职分老大的，就是掌教释伽佛，也要和他唱个喏；就是玉皇大天尊，也要和他打一躬。”王神姑道：“他叫作甚么名字？”火母道：“当初还没有文字，没有名姓。因他生下盘古来，却就叫他做个老母。因他住在骊山上，却又叫作骊山老母，又叫作治世天尊。”王神姑道：“他如今住在哪里？”火母道：“他如今还住在骊山。”王神姑道：“从这里到骊山去，有多少路程？”火母道：“从此去到骊山，大约有一百二十游巡之路。”王神姑道：“一游巡是几里？”火母道：“一游巡是一千二百里。”王神姑道：“算起来却不有十四万里路还多些？”火母道：“是有这些路。”王神姑道：“弟子一驾滕云，一日只打得一千里。这十四万里路，却不过了半年？去半年，来半年，共是一周年，师父在里面会守得哩？”火母道：“徒弟，我已经算在心里，还有一个捷径的法儿。”王神姑道：“是个甚么捷径的法儿？”火母道：“你先到甲龙山飞龙洞，进到我打坐的内殿上。那殿上供养的，就是骊山老祖师的神主牌儿。供案上就有一卷超凡脱体的真经，你可跪着祖师的面前，取过经来，朗诵七遍，把经化了，面朝着西，口里叫着祖师大号，拜二十四拜，取过无根水一钟，连经连水，一骨碌吞他到肚子里去。吞了经后，可以权借仙体，驾起祥云，不消一日工夫，就到得骊山之上。这却不是个捷径的法儿？”王神姑道：“既有此法，弟子敢惮劬劳？即时就去。”火母道：“你可怜见我埋在地下，只是不曾死了。”王神姑道：“师父，你且宽心，我弟子有此捷法，不日就回。师父，我去哩！”

好个王神姑，说得一声“去”，早已驾起滕云，早已到了飞龙洞，早已吞了真经，早已借了仙体，早已到了骊山。只见这个山无高不高，无大不大。借问山下居民，都说道这是有名的万里骊山。大约穿心有万里之远，直上有千里之高，中国四夷有一无二。有一篇《山赋》为证，赋曰：

天孙日观，终南太乙。蓬莱九气，昆仑五色。天台赤城，龙门积石。访至道于崆峒，识神人于姑射。江郎之一子还家，林虑之双童不食。节彼南山，始于一拳。度悬之祭，配林是先。故梁为晋望，而岷实江源。耸香炉之秀出，抗射的之高悬。至若触石吐云，含泽布气。鸣陈仓之宝鸡，翔淳于之白雉。既含情于度木，亦游心于覆篑。登宛委而得书，出器车而表瑞。黄帝之游具茨，夏王之登会稽。尔其探禹穴，纪秦功。或形标九子，或礼视三公。著屐尝闻于灵运，朽壤曾询于伯宗。又若汶为天井，岐为地乳。维应桐柏，毕连鸟鼠。嘉无恤之临代，美仲尼之小鲁。或形类冠帻，或状同桴鼓。感叱驭之忠臣，识捣衣之玉女。悬圃尝留于穆满，疏属曾拘于贰负。则有石帆孤出，砥柱分流。巨灵之擘太华，共工之触不周。秦望则金简玉书，灵秘之所潜隐；罗浮则璇房琼室，神仙之所嬉游。又闻嬴政曾驱，愚公欲徙。觌修羊于华阴，见王乔于缑氏。指阙远属于牛头，积甲摇齐于熊耳。至有群玉册府，昆仑下都，洞童濬霍，员峤方壶。触百神者帝台，迎四皓者高车。及夫瞻挂鹤之悠扬，望盘龙之宛转，闻苏门之清啸，访酉阳之逸典。咏于言之饮宿，纪云亭之封禅。亦有兰岩唤鹤，金华叱羊。五台三袭，夕阴朝阳；桂阳话石，吴宫采香。凛冽而风门击吹，晶荧而火井扬光。尔其戴石为砠，多草为岵。摘天柱之仙桃，采华容之云母。寻谢敷之紫石，访桓温之白苎。骇娲官之台榭，识仇池之楼橹。亦有乌龙白骑，紫盖青泥；羊肠鸟翮，马鞍牛脾；猿山耸拔，雁塞逶迤；仙翁种玉，烈女磨笄；言听蔡诞，约信安期。见祝融之降崇，闻鸑鷟之鸣岐。复闻马援壶头，羊公岘首。挹少宝之石膏，饮洞庭之美酒。又若望朝霞于赤岸，祝黄石于谷城。虽阳岐之能买，岂北邙之可平。陈音以之而立号，张嵊因之而得名。云气或成于宫阙，风雨曾避于崤陵。与夫少宝登仙之台，句曲华阳之洞。燕然勒铭，祁连作冢。或功伐攸彰，或灵仙所重。卓哉骊山，称雄禹贡。宁若过之而身热，经之而头痛。徒为患于蛮貊，而无资于财用。

王神姑看不尽的景致，贪看一会儿，猛然间想起来："我为着师父救命而来，岂是杜甫游春的故事？"即时手持一炷信香，口念祖师尊号，三步一拜，拜上山去。日出的时候拜起，拜到日西，还不曾看见一些下落。日西的时候又拜起，拜到明日个天亮，还不曾看见些动静。一连拜了两日两夜，还饶着是个仙体。你说这个山高也不高？直到第三日天早，却才看见一所红门儿。王神姑心里想道："这却是个仙家的气象了。"起头一看，只见门上直竖着一个小小的牌匾儿，匾上写着"碧云洞"三个字。王神姑却晓得是个天上无双府，山中第一家，跌倒个头只是拜。脚儿跪着，口儿叫着，头儿磕着，一上手就磕了有千百个头。

只听见一个小娃子走得响，口里说道："是哪里一阵生人的气哩？"王神姑听见有个人讲话，不胜之喜，抬起头来一瞧，只见是一个穿青的小道童儿。王神姑站起来，朝着他行一个礼，说道："弟子借问一声。"道童道："借问甚么？"王神姑说道："宝山可是个万里骊山么？"道童说道："我这个山天下有一无二便是骊山。"王神姑道："洞里可是个治世的祖师么？"道童道："自从盘古以后，哪里又有两个治世祖师？此中便是。你问我的祖师怎么？"王神姑道："弟子是甲龙山飞龙洞火母元君差下来的。"道童道："来此何干？"王神姑道："特请你们祖师下山去走一走。"道童道："他有个甚么事，请我祖师下山去走一走？"王神姑道："他如今受了覆盆之难，特请祖师去救拔一番。"道童道："他是我祖师甚么人？敢请我祖师去救。"王神姑道："他是你祖师位下班头，掌教的第一位大徒弟。"道童道："你这话讲差了。我祖师只有两位徒弟，大的叫作金莲道长，小的叫作白莲道长。并不曾晓得有个甚么徒弟叫作火母，住在甚么甲龙山飞龙洞。你这个话却不讲差了？"王神姑道："弟子甲龙山来到宝山，有十四五万里的路，岂有个错来之理！"道童道："你虽不错来，我祖师位下却没有这等的徒弟。"王神姑道："有。"道童道："没有。"

道犹未了，只见又走出一个穿红的道童来，王神姑连忙地朝着他行个礼。

那道童还个礼，说道：“尊处何来？”王神姑道：“弟子是甲龙山飞龙洞火母元君差下来的。”穿青的道童说道：“此一位尊处说火母是我们祖师的大徒弟。凭你说，可有这个徒弟么？”穿红的道：“我和你哪里晓得他。”穿青的道：“岂可就不晓得些儿？”穿红的道：“我和你来到这里，不过七八百年，哪晓得他的前缘后故。”王神姑道：“这如今只求二位进去通报一声就是。”穿青的道：“我们不晓得你的来历，你怎么和他调牙嚼齿，惹他站在这里。倘或他的身上有些不洁净处，明日祖师晓得，却归罪于谁？”穿青的道童恼起来，把个两只手叉住王神姑，连说道：“你去罢，你去罢！不要在这里歪事缠。”王神姑不肯去。穿红的道：“我们这里有个规矩，彼此是我的祖师的班辈，往来具一个柬帖。下一辈的往来，具一个柬帖。再下一辈的，不敢具帖，当面口禀。你今日又不是具帖，又不是口禀，叫我们怎么通报？你不如再去问个详细来。”王神姑心里想道：“饶我借了一个仙体，还来了这几日，教我再去，却到几时再来？却不坑死我师父也！”一会儿心上恼将起来，不觉地放声大哭。

这一哭不至紧，早已惊动了里面祖师。祖师叫过金莲道长来，吩咐他到洞门外看是个甚么人哭。金莲道长走出洞门外来，问了王神姑一个详细，回复祖师。祖师把个头来点了两点。金莲道长禀说道：“火母原是师父几时的徒弟？”祖师道：“是我原日炉锤天地的时候，他在我这里扇炉，叫作个火童儿。为因他偷吃了我一粒仙丹，是我责罚于他，他便逃走了。后来有个道长看见他在甲龙山火龙洞里修真炼性，不知今日怎么样儿惹下这等一个空头祸来。”金莲道长道：“弟子复他话，打发他回去罢。”祖师道：“不可。他这许远的路来寻我，也指望我和他做一个主张。况兼他原日也在我门下有千百年之久，他如今虽不成甚么大仙，却也是个超凡入圣，有了中八洞的体段，怎么就着一个和尚的钵盂盖住了？待我算了一算，看他何如。”算了一算，连师祖也吃了一吓。金莲道长说道：“师父为何惊骇？”祖师道：“原来这个和尚是三千诸佛的班头，万代禅师的领袖，燃灯古佛转世。他怎么惹着这等一个大对头也？”金莲道长道：“既是这等一个对头，师父也不要管他的闲事。”祖师道：“也是他寻我一次，待我吩咐他几句言话儿，解了他的冤业罢。”金莲道长道：“既如此，弟子叫他进来。”祖师道：“叫他进来，他是个凡人，又恐他身上不洁净。不如我自家出去，吩咐他几声罢。”好个祖师，说了一声“自家出去”，果真的：

瑶草迷行径，丹台近赤城。
山川遥在望，鸡犬不闻声。
谷静桃花落，桥横涧水鸣。
移来只鹤影，只听紫云笙。

王神姑看见个祖师老爷来到洞门口，连忙地跪下去，磕上几个头。祖师道：“你是何方人氏？姓甚名谁？”王神姑道：“弟子是西牛贺洲爪哇国总兵官咬海干的妻室王神姑是也。”祖师道：“那火母怎么差下？”王神姑道：“弟子曾受业于火母门下，火母是弟子一个师父，故此差下弟子来。”祖师道：“你师父怎么和南朝的和尚争斗哩？”王神姑道：“南朝一个和尚叫作甚么金碧峰，领了百万雄兵，特来抄没爪哇国。是我师父不忍这一国人民无故遭难，就和他比手。不想他一个小小的钵盂儿，就把我师父罩着。我师父命在须臾，无计可施，特差弟子拜求老祖师下山去走一次。一则是救度我师父性命，二则是超拔我一国生灵，望祖师老爷大发慈悲，广施方便，也是祖师老爷的无量功德。”祖师老爷道：“你那远来的弟子站起来，我吩咐你几句话儿回去罢。”

不知还是吩咐他几句甚么话儿，且听下回分解。

第43回　火母求骊山老母　老母求太华陈抟

诗曰：

骊山一老母，头戴莲花巾。
霓衣不湿雨，特异阳台云。
足下远游履，凌波生素尘。
倦游向南岳，应见魏夫人。

老母说道：“你那远来的弟子，我吩咐你几句话儿回去罢。”王神姑道：“愿闻祖师老爷吩咐。”老母道：“你回去对着你的师父说：你既是一个出家人，已超三界外，不在五行中，倒不在山中修心炼性，反去管人间甚么闲事。自古圣人道得好：‘天作孽，犹可违；自作孽，不可活。’这是他自取其罪，与别人不相干的。”王神姑道：“可怜见俺师父命在须臾，望乞祖师老爷救他一救。”老母道：“是我适才与他算一算来，他命里有一百日之灾，灾星过限，他自然脱离钵盂。况兼那个僧人我也算他算来，他也不是个等闲的僧人，决不害他的性命。”王神姑看见祖师是个不肯下山去的意思，心里想道：“遣将不如激将。待我把几句话儿来激他一激，看他何如。”说道：“祖师老爷不肯下山去不至紧，却就中了那和尚的机谋。”老母道：“怎么就中了那和尚的机谋？”王神姑道：“是我师父罩在那钵盂底下，央浼那个和尚放他，那和尚不肯。我师父说：‘你不放我，我明日请下我受业的祖师来，一总和你算帐。’和尚说：‘你受业祖师是哪个？’我师父说：‘实不相瞒，骊山上治世的祖师是我师父。’那和尚听见说了祖师，他反嗄嗄地大笑三声，说道：‘你那个治世祖师也还要让我释门为首。饶你请下他来，我就和他比一个手。你看他敢来不敢来？他决然不敢来惹我也！’这如今祖师老爷不下山去，却不中了他的机谋？”老母听知此言，心中大怒，说道：“有了吾党，才有天地世界。有天地世界，才有他释门。他怎么敢把言话来欺我也！王氏弟子，你先行，我随后就到。若不生擒和尚，誓不回山！”这正是一言而兴邦，一言而丧邦。只因这几句言话之间，就把个治世的祖师都激动了。王神姑不胜之喜，磕了几个头，驾起一朵祥云，下山而去。

老母即时叫过金莲道长、白莲道长，又带过独角金精兽，又带过一干仙兵仙将，离了洞府，驾起祥云，竟奔爪哇国，要与燃灯古佛赌胜。看看地来了一半路程，祖师坐在云里，只见一阵冷风劈面而过。祖师道：“这如今还是夏月天，怎么这等一阵冷风也？”金莲道长禀道：“非干冷风之事。此处是个寒冰岭积雪崖，冷气侵人，就像个冷风刮面。”神师道：“且住。”说声“且住”，即时按落云头，住下寒冰岭积雪崖。祖师起眼一看，只见个寒冰岭上：

天入鸿蒙银笋出，山摇鳞甲玉龙高。
台前暖日今何在？冷气侵人快似刀。

又只见积雪崖下：

凹处平来凸处高，凭谁堆积恁坚牢。
横拖粉笔侵双鬓，暗领寒锋削布袍。

祖师老爷站了一会儿，说道：“好透心凉也！”金莲道长是个会讲话的，趁着这个机会，说道："适来师父火性，弟子不敢饶舌。这如今师父透心凉，弟子有一句话儿相禀。"祖师道："你有句甚么话来禀我？"金莲道长道："师父此行，听了那王弟子的诳言，不免要伤你三教中体面。"祖师道："徒弟，你所言有理。但只一件来，火童是我的徒弟，不可不救。况兼我已当面许下了王弟子，他虽诳话，我岂可自食其言？这如今只得往前而去。"金莲道长道："依弟子所见，且把这些天兵屯在这里，只是我师徒们亲自前去，看那钵盂是个甚么神通。若是好掀，我们先掀起它来；若是不好掀，还请他自己掀起，庶几两家子体面俱不失了。倘若他有言话，再作道理还不为迟。"祖师道："你所言亦是，且把这一干神将俱寄在这里，待我有旨来方许前进，无旨不许擅动。"只带了一个独角金精兽，两个大小徒弟，一齐驾祥云，径落下爪哇国。

此时已是三更时分，老母在云头里面就叫上一声："火童儿在哪里？"火母在钵盂底下听见是师父的声气，满心欢喜，连忙答应道："弟子在这里。"老母落下来一看，只见一个小小黄铜钵盂盖在地上。老母道："这是个甚么东西？这等厉害！"金莲道长道："待弟子掀起它来。"老母道："你掀。"金莲道长看得容易，把只手抓着就要掀。哪晓得这个钵盂有好些古怪处，一掀只当没有；两只手又一掀，又只当没有；添了白莲道长，两个人四只手着实一掀，又只当没有。火母在里面吆喝道："你们外面掀着，我在里面顶着。两下里一齐出力，便就掀得起来。"外面答应一声"是"。外面两个，里面一个，三个人一齐着力，又是一掀，又只当没有。老母道："这是佛门中的宝贝，岂可轻视！"金莲道长道："钵盂不过是佛门中的宝贝，师父乃是玄门中的祖师，何不大显神通，掀它起来，以救火童之难？"老母道："徒弟，你所言有理。"连忙地走近前来，把个两只手插在泥里，抠着口子儿，口里又念上一会儿，喝声道："大力鬼王，你可助我一臂之力！"那大力鬼王两臂有十万八千斤气力，听见祖师呼唤，敢不奉承，随着老母尽力一掀，哪晓得那个钵盂也只当没有。

老母心中大怒，叫声："独角兽何在？"这独角兽原是须弥山上一只獬，其形似羊，却有十丈多高，有三丈多长，一双眼金晃晃的就是一对红纱灯笼，一只角生在额头上，就像一股托天叉，专一要吃虎、豹、狮、象、白泽、麒麟，若只是獐、麂、兔、鹿，都只当得他一餐点心。曾一日发起威来，把个须弥山就戳崩了一半。治世老母生下了盘古，分天、分地、分人，诚恐它吃光了世界，特自走到须弥山上，收它下来。它跟了祖师，年深日久，收了狼子野心，拆了皮袋架子，就像一个不长不矮的汉子，就成了一个朝元正果。只是那个角还在，只不像当初的长。那气力还在，只是不像当初鲁莽。祖师叫他作独角金精兽。跟定了祖师，有急事，它就来挡头阵；有患难，它就来相扶持。故此祖师大怒，叫声："独角兽何在？"独角兽答应一声："有！"祖师道："你与我把这个钵盂掀将起来。"独角兽道："老爷何须发怒生嗔，凭着小神的气力，饶它须弥山，我也要戳翻它一半，何况这些小钵盂！"连忙地走近前来，喝声道："哇！你是个甚么神通？敢如此撒赖！"照着钵盂上掂一巴掌，只指望一巴掌打翻了它。哪晓得个钵盂这一下直打得金光万道，火焰千条，把独角金精兽的手就是火烧了，就是汤烫了，动也动不得。这叫作蜻蜓撼石柱，越撼越坚牢。

弄了这一夜，恰好大天亮了。王神姑走将来，磕头如捣蒜，口口称谢。老母道："我只为着你的师父，故此不远而来。哪晓得这个钵盂这等厉害！"王神姑道："是俺番王设一个计较，说道：'多取些杉条，搭起一个鹰架，安上一个天秤，多用绳索，多用官兵，秤它起来。'不知祖师意下何如？"老母道："我们是个仙家，哪晓得你这尘世上的事故，悉凭你行就是。"王神姑果真地取了杉条儿，找了鹰架，安了天秤。只是拿了绳索，没去用处，拿了撬棍，没去使处。怎么没去用处，没去使处？你想一想，只是一个滑钵盂，到哪里去用绳索，到哪里去使撬棍？空费了这许多杉条儿。只见火母在里面吆喝道："趁着这些杉条儿，我有一个妙计。"王神姑道："你是个甚么妙计？"火母道："我本是个火神。你外面把杉条儿打碎了，用凡火烧进；我里面把三昧真火放出来烧出，里外夹攻。这钵盂名虽紫金，其实是个铜的，却不一下子烧化了？"王神姑一心要救师父，就依师父所言，也不请教老母，径自把个杉条儿打碎，又用上些琉璜焰硝引火之物，引起外面的火来，烧将进去。火母在里面把自己的十万八千毫毛孔窍，尽数放出三昧真火，烧将出来，只指望烧化了钵盂。哪晓得烧了一会儿，火母在里面吆喝起来。王神姑说道：“师父，你吆喝甚么？敢烧化了钵盂么？”火母道：“钵盂还不曾化，只是我的四大，渐渐地要化了。”王神姑道：“怎么处？”火母道：“你快把火熄了罢！”王神姑连忙地把这些杉条儿的火散开了。火母又在里头吆喝。王神姑道：“你又吆喝甚么？”火母道：“这钵盂烧发了火性，我里面一刻也难安身。你还求我师父救我哩！”王神姑又朝着老母只是磕头。

老母没奈何，一驾祥云而起，竟到东海之中水晶宫里，叫过龙神来，告诉他说道：“只因燃灯古佛把个钵盂罩住了我的徒弟，我徒孙孟浪，把个火来烧化钵盂。这如今钵盂不曾烧得化，到反烧得里面安身不住。是我特来问你借四条冷龙，退去钵盂的火性，救我徒弟之命。”龙王沉吟了一会儿，心里想道：“放出冷龙，治世佛爷见怪；不放出冷龙，治世祖师见怪。事在两难，不好处得。”老母早知其意，大喝一声道：“咗！你若说半个不字，我教你这水晶宫里都住不成，我就打落你到阴山背后，教你永世不得翻身！”龙王没奈何，只得开了冷宫，放出四条冷龙，奉承了治世老母。

老母一驾祥云，来到钵盂之处，吩咐冷龙如此如此。四条冷龙衔头衔尾，把个钵盂围得定定的，围了这等两三个时辰，却才退了钵盂的那些火性。老母道：“徒弟，你里面坐得住么？”火母道：“多谢师父，坐得住了。只是还有一件。”老母道：“哪一件？”火母道：“师父，你就趁着这个冷龙，不要放它回去。师父，你先借下一阵狂风骤雨，大个子雷公，助了冷龙之势，却教冷龙发起威来，把个钵盂一爪抓起来，抓到半空里面，弟子却不走将出来？”老母道：“也是。”即吩咐了冷龙，即时借下乌云骤雨，即时借下雷公。那四条冷龙不晓得佛爷爷的妙用，借了雷公的势儿，趁了一天的威风，你看他张牙弄爪，各显神通，都要来把个钵盂抓起。哪晓得半空中现出一位护法韦驮天尊来，喝声道：“孽畜，焉敢无礼！你敢把佛爷爷的宝贝坏了罢？”那四条冷龙见了个降魔蓝杵，吓得个战战战兢，就是四条曲鳝一般，各自下海去了。老母看见个冷龙去了，也只得收了风头，住了雨势，歇了雷公，好没趣也，却怒上心来，气冲顶出，叫一声：“金碧峰，你不是把个钵盂奈何我的徒弟，你明明地夸张你的佛门，欺灭我玄教。”却吩咐火童：“你耐烦在里头再坐一会儿，料然我救得你出来。”道犹未了，一驾祥云，当有金莲道长拦住云头，问说道：“师父何往？”老母道：“我转寒冰岭上，取动天兵天将来，一定要与他见个好歹。”金莲道长道：“师父差矣！你又不曾见金碧峰的面，金碧峰又不曾见你的面，怎么叫作欺灭我们玄教？依弟子愚见，先把一道信风报知金碧峰，看他怎么处置。若是他见了祖师，掀了钵盂，放了火童，两家子一团和气。若是不肯放手之时，再去取兵，和他赌胜，也还不迟。”老母道：“就依你讲，再看如何。”即时传出一道信风，报知金碧峰长老。

却说金碧峰坐在千叶莲台之上，只见一道信风所过，早知其意。长老道：“一个治世的祖师，反受了凡夫所激。我本待不把个钵盂揭起来，又恐怕伤了老母杀戒之心。不如竟自前去，取他一个和罢。”此时已是初更天气。好个金碧峰，把他四大色身离了宝船，一道祥光，早已站在钵盂身畔。只见骊山老母现出了丈八真身，左边站着一个金莲道长，右边站着一个白莲道长，后面站着一个独角金精神兽。长老心里想道：“他既是现了真身，我怎么好把个假相和他厮见。”即时间，一手掀掉了圆帽，一手把个顶心上摸两摸，只见万道金光一迸而出，现出了丈六紫金身。左有阿难，右有释伽，后有护法韦驮天尊。一个祖师，一个古佛，两家相见，两家叙一个礼。祖师道：“小徒火童儿得罪在佛爷爷台下，望乞推念三教分上，饶他这一次罢！”佛爷道：“阿弥陀佛！是贫僧得罪令徒，万望祖师恕罪！”祖师道：“小徒是个火性的，故此不知进退。”佛爷道：“只因令徒把个九天玄女罩罩住了张天师，是贫僧揭了他的罩，他就嗔恨贫僧。贫僧没奈何，亲自送上个罩与他，赔他一个小心，他就把个罩来罩着贫僧。贫僧却才收了他的罩，把个钵盂盖了他。却不知道事至于此，惊烦祖师。”祖师道：“总望佛爷爷慈悲方寸，揭起了钵盂罢！”佛爷道：“既承尊谕，敢有推辞？只是令徒出来，还望祖师吩咐几声，叫他劝解番王，早早献上玉玺，免致争战，彼此无益。”祖师道：“这个一定奉承。”佛爷爷走近前去，把个钵盂儿弹一弹。祖师心里想道：“我们费了这许多力气，还不曾掀得起来，且看他还是怎么？"只见佛爷爷不慌不忙，弹了一弹，把个指头儿一拨，那个钵盂儿轻轻地仰在佛爷爷的手上。那火母是个闷久了的人，一肚子气正没去出处，揭开了钵盂，他又只说是师父救出他来，不晓得是个佛爷爷郊天大赦。他一骨碌跳将起来，就张开那一个血光的口，就吹出那十丈长的火来，高叫道："贼秃奴！你把个钵盂奈何得我够了！"佛爷爷因是祖师在面前，不好回他话，又不好乘得头，只得转身而去。他又赶上前来，喝声道："哪里走！"劈头就是一剑砍将来。佛爷爷扭转身子来，不慌不忙，一手拂开了剑，一手掀起钵盂来，一声响，一下子又把个火母罩在底下。佛爷爷一驾祥云，径归宝船而去。祖师连叫道："佛爷爷你来，我赔你个不是罢！"佛爷爷只作不听见的，一径去了。老母心上有些吃力。金莲道长道："师父休要吃恼，这都是火童儿的不是。"老母道："虽然是他不是，其实的连我面上没有光辉。"金莲道长道："这如今没奈何得。解铃须用系铃人，不免还去求金碧峰揭了钵盂罢！"老母未及答应，白莲道长抢着说道："师兄，你全然没些志气。"金莲道长道："怎见得我全然没些志气？"白莲道长道："再去求他，把我'玄门'两字放在哪里？你有志气，说出这等的话来！"金莲道长道："你有志气的怎么处就是？"白莲道长道："依我愚见，决不输这口气与他，千方百计，偏要揭起他的来。"老母道："你这个话，其实讲的是。只一件来，这如今没有个良策。"白莲道长道："依弟子愚见，我也顾不得个甚么百姓黎民。四大部洲有个水母，不免借过水母来，着他大显神通，连这个国的地土俱撞崩了，看他钵盂安在哪里。安不得钵盂，却不救了火童之难？"老母道："水母在南膳部洲泗州地界。徒弟，就烦你去走一遭来。"白莲道长道："水母是个有罪的神祇，须烦师父亲自去走一遭才好。"老母道："徒弟，你说的是。"

一驾祥云，竟到南膳部洲凤阳府泗州地界上。泗州大圣相见了祖师。祖师道："水母在哪里？"大圣道："他是个有罪之神，锁在龟山脚下。"祖师竟到龟山，只见龟山西南上，上有峭壁，下有深渊，山脚下有一条铁索头儿。祖师晓得这个便是，伸起手来，把个铁索望上连拽几拽。忽然山凹里面走出一个牧童来，高叫道："不要拽哩。"原来牧童是个凡体，故此不认得，只说是个甚么人错拽了这条铁索。祖师心里想道：“他既是吆喝于我，我且问他十声。”问说道：“大哥，怎么不要拽哩？”牧童道：“那里面是我泗州大圣锁着一个精怪在那里。”祖师反做个不知道的，说道：“你怎么晓得是个精怪？”牧童道：“我家有一位尊长，尝说龟山脚下铁索头儿锁得一个精怪。唐朝永泰年间，有个现作本州的李太爷，不信鬼神，吩咐一百头水牛拽起索来，拽了三日，只见铁索梢上，一个不黑不白、没头没脑、十丈多长一个大东西，呼地一响，反跳下去。连这一百头水牛都带得淹死了。”祖师道：“这是个甚么处所？”牧童道：“这个山叫龟山，这个寺叫作上龟山寺，这个桥叫作洪泽桥，这个井叫作圣母井。”祖师道：“有何为证？”牧童道：“有宋朝周知微一首诗为证。”祖师道：“怎么说？”牧童道：“诗云：潮回暗浪雪山倾，远浦渔舟钓月明。桥对寺门松径小，槛当泉眼石波清。迢迢绿树江天晓，霭霭红霞海日晴。遥望四山云接水，碧峰千点数帆轻。”

祖师心里想道：“这个果是水母也。”借过一片浮云来，遮住了牧童的俗眼，捻一个诀，喝上一声，说道：“孽畜在哪里？”只见水里头扑地一声响，跳将一个青萎萎的神道出来，有十丈多高，神头鬼脸，撑眉露眼。祖师道：“你可认得我骊山治世祖师么？”水母看见是个祖师，吓得战战兢兢地说道：“祖师老爷呼唤，有何使令？”祖师道：“我劳你到西洋海里去走一遭。”水母道：“小的是个带罪之神，怎么私离得此地？”祖师道：“我已有个头行牌，关会了玉帝，玉帝无不钦依。”水母道：“我琵琶骨上的铁索不得离身。”祖师道：“暂且请它下来，限一七之后再锁。”道犹未了，一条铁索已自落在石头上。祖师一驾祥云，竟转西洋大海。水母跟定了祖师。你看它恁般施展？它原是个水里的大虫，专一要兴妖作怪，只因大圣收服了它，一向困住在深潭里面，叫作是老骥伏枥，志在千里。今日一旦承祖师的号令，它就顷刻间施逞手段，卖弄威风，把个九江八河、五湖四海的水，一涨涨起来，白浪滔天，红潮浸日。

却说国师老爷坐在千叶莲台之上，一阵信风所过，早已知道祖师遣动水母的情由，连忙地差下值日奏事功曹，赍上一道牒文，前往灵山胜地雷音宝刹掌教释伽牟尼佛位下投递。牟尼佛看见了牒文，即时发出阿难山一座，落下爪哇国，听候佛爷爷指挥。

却说爪哇国水势漫天，南军各寨屯扎不住，一齐移上宝船。二位元帅亲进莲台，说道：“似此大水，何以处之？”国师道：“怎见得大水？”三宝老爷说道：“国师，你还有所不知，只是这一会儿：海发蛮夷涨，山添雨雪流。大风吹地紧，高浪蹴天浮。鱼鳖为人得，蛟龙不自谋。轻帆归去便，吾道付沧州。

国师道：“水虽大，幸喜得海口上那一座山还高，其实地抵挡得住。元师但自宽心，高坐中军帐上。”二位元帅心里想道：“海口上并不曾看见个山，国师怎么说出这一句话来？”欲待抢白他，又恐他见怪，没奈何，只得败兴而转。转到中军船上，恰好地蓝旗官报道：“海口上立地时刻长出一座山来，高有千百丈，长有千百里，任是海水滔天，一点也不能透入。”二位元帅虽不晓得个来历，也想得是国师的妙用，就念了千万声“阿弥陀佛”。

却说骊山老母看见个海水不奈佛爷爷何，心中烦恼。白莲道长又来进上一策，说道：“我和你玄门中还有一位仙长，足可揭得钵盂。”老母道：“是哪一位仙长？”白莲道长说道：“发梦颠撞倒了少华山那一位仙长，何愁一个钵盂？”老母道：“那是陈抟老祖的事，他怎么肯来？”白莲道长道：“师父亲自去请他，他怎么不来？倘或他坚执不来，师父把几句言话儿骗他一骗，岂有骗他不动？”老母道：“徒弟，你所言有理，须是我自家去，也还要你同去走一遭。”

一驾祥云，师徒两个竟到南膳部洲雍州之域。先到一个山上，白莲道长道：“师父，这个山好像我们的山，只是大小不同些。”老母道：“徒弟，你也尽好眼色。这个山原是我们的山嘴儿飞将来的，故此也叫作骊山。”白莲道长道：“师父，你怎么晓得？”老母道：“我曾在这个山上度化一个徒弟，名唤达观子。至今这个山上有我一所祠堂。因我氅衣拄杖，人人也叫我作个骊山老母。你若不信，我和你去看一看来。”白莲道长道：“钵盂的事紧，且去寻着陈抟老祖来。”老母道：“也是。”即时踏动云头，来到一所大山。只见这个山，一山如画，四壁削成，上面有许多的景致仙迹。

毕竟不知这个山是个甚么山，且听下回分解。

第44回　老母求国师讲和　元帅用奇计取胜

诗曰：

西岳崚嶒竦处尊，中峰罗列似儿孙。
安得仙人九节杖，柱到玉女洗头盆。
车箱入地无归路，箭括通天有一门。
稍待秋风凉冷后，高寻白帝问真源。

白莲道长道：“这是个甚么山？”老母道：“这就是个西岳华山。”白莲道长道：“怎么叫作华山？”老母道：“因是西方太阴用事，万物生华，故此叫作个华山。”白莲道长道：“陈抟老祖还在哪里？”老母道：“就在这里，我和你且行几步。”走过芙蓉峰、明月峰、玉女峰、苍龙岭、黑龙潭、白莲池、日月崖、仙掌石、得月洞、总仙洞，白莲道长道：“怎么还不见个老祖？”老母道：“前面就是。”转一弯，抹一角，进了一个小小的庵堂。白莲道长道：“这是哪里？”老母道：“这叫作希夷庵。”庵里不见，又转到一个香喷喷的石洞里面。白莲道长道：“这是哪里？”老母道：“这是陈希夷睡洞。”只见陈抟老祖睡在一张石床上，鼻子里头一片的鼾响。老母叫声道：“希夷先生好睡哩！”希夷先生过了半晌，才转个身，才叹口气，才撑开眼来。却只见是个治世老母，连忙地爬起来，整衣肃冠，两家相见。希夷道：“不知老祖师大驾降临，有失迎候。”老母道：“轻造仙山，特因小徒受些厄难。”希夷道：“是哪一位令徒？有甚么厄难？”祖师道：“是我起首的小徒，叫作火童儿。在于西洋爪哇国，初被佛爷爷一个钵盂盖着在地上，特请老祖师高抬贵手，揭起钵盂来，救他一命。”希夷道：“贫道已超三界外，怎么又好去混扰凡间。”老母道：“祖师是个不肯去的意思。”希夷道：“非不肯去，只因有些不便处。”老母道：“祖师，你莫怪我说，当初哪里有这等的世界，哪里有这等的名山？亏了我治世之功。你今日既不肯去，我把天下的山都收了，看你睡在哪里。”陈希夷看见个老母发性，只得勉强依从，说道：“老祖师不须急性，贫道就去。”老母道：“既如此，请行。”希夷道：“请先行，贫道就到。”白莲道长道：“请同行罢。”希夷道：“此一位是谁？”老母道：“也是小徒。也只为了他的师兄，同行到此。”希夷道：“既如此，同行罢。”

两个祖师，一个徒弟，齐驾祥云，竟到西洋爪哇国。陈抟老祖把个钵盂看了一看，说道：“量此些小的钵盂，有何难处？”老母说道：“这个钵盂虽小，其实难揭。”陈抟老祖把个手去摩一摩，只见钵盂上有千千条瑞气，有万万道祥光。陈抟心里想道：“这个钵盂果真是个宝贝。我也不管揭得起，揭不起，尽我的心塞个责就是。”连忙地伸起手来，左一揭，揭不动；右一揭，揭不开。陈抟老祖也不作辞，驾祥云而去。骊山老母看见个陈抟老祖不辞而去，心上愈加吃力，高叫一声道：“燃灯佛金碧峰，你今日把这等一个钵盂和我赌胜，我若不能奈何于你，誓不回山！”一驾祥云，竟到寒冰岭积雪崖，取过三千诸圣，四位天仙，一干天兵天将，誓与金碧峰赌胜。

却说碧峰长老坐在千叶莲台之上，一阵信风所过，已知其意，心里想道：“骊山老母动杀戒之心，他明日来时，岂不惊了我们宝船上耳目。”即时一道牒文，关会雷音寺掌教释迦牟尼佛，借取佛兵一支。又一道牒文，关会东天门火云宫元始大天尊，借取仙兵一支。关会已毕，天色渐明。二位元帅亲自来见国师，说道：“伙母又请下一位师父，口称是个甚么治世无当老母，又来挑战，坐名要国师老爷出马，故此特来报知。”国师心里想道：“你们只晓得他来讨战，却还不晓得我和他赌过多少胜了。”慢慢地说道：“元帅不必费心，贫僧自有个区处。”

好国师，一行说有处，一行就走。走下船来，起头一看，只见正西上一朵祥云，拥护着骊山老母，现了丈八真身，左有金莲道长，右有白莲道长，后有独角金精兽，手执七星皇旗。国师也连忙地现出丈六的紫金身，左有阿难，右有释伽，后有护法韦驮天尊，手执降魔蓝杵。老母道：“燃灯佛金碧峰，你抵死地卖弄钵盂，今番看吾手段也！”国师道：“阿弥陀佛！说个甚么手段？”道犹未了，半空中划喇一声响，早已现出一座削壁的高山，悬着半空中，渐渐地往下来坐，连天也不知怎么高，连四面八方也不知怎么大，连日月三光也不知怎么形影，连四大部洲也不知怎么着落，黑雾双垂，阴云四合。国师也吃了一惊，说道：“这三座山虽然不曾落地，却也离地不远，倘或再往下一坐，却不坑坏了我万国九州的军民百姓？”佛爷爷是个慈悲方寸，连忙地问道：“哪一位神祇和我劈开这个山来？”只见一位神将，身高三丈八尺，手执开天大斧，脚踏九扇风车，朝着佛爷爷打个问讯，说道：“小将是灵山位下四大部洲都元帅句龙神是也。领了牟尼佛爷的慈旨，特来听宣。”只见左手下又有一位神将，身长三丈四尺，左手一座黄金宝塔，右手一杆火尖神枪，朝着佛爷爷打个问讯，说道：“小神托塔李天王是也。领了牟尼佛爷慈旨，特来听宣。”只见右手下又有一位神将，身长三丈六尺，三个头，六只手，六只眼，六股兵器，朝着佛爷爷打个问讯，说道：“小神是哪吒三太子是也。领了牟尼佛爷慈旨，特来听宣。”佛爷道：“这三座山是骊山老母掉下来的。既有三位神将在此，你与我劈开来。”三位神将齐齐地答应一声“是”，一拥而去。

这三位神将一则是仗了佛爷爷的佛力，二则要施展他平日的神威，分头儿一人一座山，只指望劈破莲蓬寻子路，双龙出海笑颜回。哪晓得这三座山就却是生铁铸成的，却又是吸铁石儿长成的。怎见得是铁铸成的？句龙神的斧子都砍缺了；李天王塔顶都磨穿了，火枪都戳卷了；三太子的六般兵器都使尽了，并不曾看见有半点班痕，并不曾看见有半毫凹凸。这却不是个生铁铸成的！怎见得是吸铁石儿长成的？句龙神的斧子拔不出；李天王的宝塔移不动，火枪取不来；三太子的六般兵器撇不开，一件件像生了根一般。这却不是个吸铁石儿长成的！三位神将不得成功，回见佛爷爷，说道：“这三座山好厉害哩！”

佛爷爷辞别了三位神将，又说道：“哪一位神仙为我劈开这个山来？”道犹未了，只见一阵信风吹下八位神仙来，齐齐地朝着佛爷爷行一个礼，第一位汉钟离，第二位吕洞宾，第三位李铁拐，第四位风僧寿，第五位蓝彩和，第六位玄壶子，第七位曹国舅，第八位韩湘子。佛爷爷道：“这三座山是骊山老母掉下来的。既有列位大仙在此，何不与我劈开它来？”八位神仙齐齐地答应一声“是”，一拥而去。这八仙各人用一番仙力，各人设一番仙术，各人搬出一班仙家宝贝，只指望一战成功。哪晓得劳而无用。内中有一位神仙高叫道：“列位都不济事，不如各人散了罢。待我来设出一个妙计，撞倒这三座高山。”众人起头一看，原来是个吕纯阳洞宾先生。他说了这一句大话，即时间取下背上的葫芦，把海里的水灌满了，一直站着山头上浇将下来，就像五六月的淫雨一般，倾盆倒钵，昼夜不停。好个吕纯阳，却又借将海里的水，望上长起来，若是等闲的山，一撞便倒。老母这个山其实的有些厉害哩！任你这等的大雨，山顶上的石子儿也不能冲动了半个；任你这等的大水，山脚下的柴儿草儿也不能冲动了半毫。吕纯阳也没奈何，只得回复了佛爷爷。

佛爷爷心下十分吃恼，猛然间左手下闪出一个阿难来，朝着佛爷爷打个问讯，说道：“若要奈何这个山，还是佛门中才得它倒。”佛爷道：“佛门中只有我大，我也不能够破得这个山，终不然还有大似我的？”阿难道：“佛爷岂不知弥勒佛、释迦佛赌胜的事？”佛爷道：“是哪一次赌胜的事？”阿难道：“是那一次释迦佛偷了弥勒佛的铁树花，要掌管世界，弥勒佛就把个世界上的中生好人，都装在乾坤叉袋里面。这乾坤叉袋，却不是个赢手！”佛爷道：“只怕这个叉袋也不济事。”阿难道：“世界上万国九洲，其中的好人该多少哩？装在叉袋里面还不够一个角儿，何况此三座恶山。”佛爷道：“也说得是。”一耸金光，竟到三十三天之外雁摩天上弥勒宫中，见了弥勒佛，把个下西洋的事故，借叉装的缘由，都细说了一遍。弥勒佛不敢怠慢，取出乾坤叉袋来，把叉袋里的好人都抖在偏衫袖子里，却把个空叉袋递与佛爷爷。这一抖叉袋不至紧，方才偏衫袖子里面走出些好人来，到如今世界上才有好人，只是少些。不然却都是些乱臣贼子，不忠不孝，愈加不成个世界。

却说燃灯佛接了叉袋，一耸金光，转到西洋爪哇国，递与阿难。阿难驾起祥云，把个乾坤叉袋望下一撇，扑地一声响，早已不见了三座高山，晴天朗朗，红日当空。阿难收起了叉袋来，只见叉袋是个空的，没有甚么山。怎么没有了山？原来这三座山就是骊山老母法身变的，他恐怕装在叉袋里不得出来，故此扑地一声响，山就不见了。佛爷起头一看，只见正西上一驾祥云，端坐着一个骊山老母，带领了许多天神天将，半空中高叫道："燃灯佛金碧峰，我今日教你认得我来！"道犹未了，手里的金枪望空一撇，撇将下来。一变十，十变百，百变千，千变万，就有万道金枪往佛爷顶阳骨上齐戳将下来。佛爷见了金枪，连忙地现出千叶莲花，千朵的莲花，瓣瓣托住了老母的万道金枪。按此一回佛爷受金枪之难。佛爷即时传出一阵难香，惊动了灵霄宝殿玉皇大帝。玉皇大帝叫过千里眼、顺风耳来，吩咐他打听下方何人，现受何难。二位菩萨竟出南天门外打听一番，早知其意，回复道："是燃灯古佛与骊山治世的老母赌胜，佛爷爷受了金枪之难，故此一阵难香上闻。"玉皇大帝吃了一惊，说道："佛受金枪之难，吾当解释。"即时一驾祥云，先到补陀落伽山，会了紫竹林中观世音菩萨，同往西洋，见了佛爷爷。佛爷道："贫僧因奉大明国朱皇帝钦差来此西洋，抚夷取宝，不料骊山老母无故把万道枪加害于我，不知是何道理？"二位说道："佛爷宽心，不须发怒，大家讲和了罢。"二位去见骊山老母。老母道："燃灯佛自逞其能，把个钵盂盖了我徒弟一百多日，不肯掀开，此何道理？"二位道："你先收了金枪，容我二人去劝佛爷爷掀起钵盂，救你徒弟。"老母道："既承二位尊命，敢不依从。"即时收了金枪。二位又见佛爷爷，说道："老母收了金枪，望佛爷爷掀起钵盂，放了火童，免得伤了释、道二家的体面。"佛爷道："非干贫僧执拗，只是这个老母轻易动了杀戒之心，不像有这些年纪的。”二位道：“自是老母理缺，佛爷爷于人何所不容。”佛爷道：“既承二位大教，容贫僧现了四大假相，揭了钵盂，放了他的徒弟就是。”一个玉皇大帝，一个观世音菩萨，解释了释、道二家之争，一驾祥云而去。佛爷爷收了千叶莲花，现了四大假相。老母也自落下云头来。

却说宝船上二位元帅、一位天师、一干将官，只见国师出马，一会儿天昏地黑，一会儿天清气爽，一会儿天上掉下山来，一会儿海里涌起水来。又不见个国师在哪里，又不见个番兵番将在哪里，宝船上好忧闷也！不觉地过了一七，猛然间一个国师站在地上，后面站着一个云谷徒孙，对面站着一个骊山老母，众人无限欢喜。老母道：“我已收了金枪，佛爷爷你须把个钵盂揭起。”佛爷道：“既和气讲理，我怎么不揭起钵盂。”道犹未了，只见佛爷的偏衫袖儿动了一动，即时跳出一个一尺二寸长的小和尚来，朝着佛爷爷打个问讯，说道：“呼唤弟子何方使用？”佛爷道：“你把那地上的钵盂揭起来与我。”小和尚得了号令，不慌不忙走近前去，把个钵盂的底轻轻地敲了一敲，那个钵盂一个筋斗，就翻在他的手上，一手接着，双手递与国师。骊山老母吃了一惊，心里想道：“我费了许多心事，差了许多诸天诸圣，都不能够掀动半分，谁想这等一个小小的和尚，倒反不费些力掀将起来，可见得佛力广无边。”老大的心里叹服。连火母今番出来，不敢乱开半个口了。老母道：“你拜谢了佛爷爷，赔个不是。”佛爷道：“哪里要赔不是。你只劝解国王，教他早早地献上我的传国玉玺来，万事全美。”老母道：“我带得我的徒弟回去，哪管他甚么闲事。”一驾祥云而起。王神姑看见个师父离了钵盂，师公口里哝哝唧唧，只说他是个赢家；看见国师老爷只身独自，又且嘿嘿无言，只说是个输家。骤马而来，要见师父，不想师父跟着老母去了。他心里想道：“师父虽然去了，量这等一个和尚，岂可不奈他何！”放开马，就要生擒和尚。国师却又将计就计，竟望宝船上跑。王神姑径自赶到宝船边来。原来国师是个古佛临凡，不比等闲之辈，故此王神姑饶他勒马加鞭，赶他不上。他早已见了元帅，定了计策，一声信炮，左角上闪出左先锋张计，右角上闪出右先锋刘荫，前营里闪出应袭王良，后营里闪出武状元唐英，左营里闪出疾雷锤黄栋良，行营里闪出任君镗金天雷，前哨闪出狼牙棒张柏，后哨闪出黑都司吴成，左哨闪出宣花斧黄全彦，右哨闪出长枪许以诚，一齐围住了王神姑，一片吆喝道："泼贱婢！今番哪里走！"你一剑，我一刀；你一枪，我一棒；你一镜，我一锤。王神姑打做个冒雨寒鸡，獐头鹿耳。分明要念咒，喉咙里又哝不出声气来；分明要出去，顶阳骨上又没些烟火。扑地一声响，掀在马下。也不知道是哪个下手的，一会儿浑身鲜血，满面通红。你也要抢功，我也要抢功。你也要抓王神姑，抓不起来；我也要抓王神姑，抓不起来。人又多，马又众，正叫作人头簇簇，马首相挨。可怜一个王神姑，就在马脚底下踏作了一块肉泥。众将官看见踏作了一块肉泥，却才住了手。一声锣响，各自收兵，没有甚么回复元帅，只得抬过了这一块肉泥来，做个证明功德。元帅问国师："这个肉泥可是真的？"国师道："他原日有誓在先，今日怎么假得？"元帅道："终不然一个誓愿这等准信。"国师道："彼时节贫僧就叫过咒神来，记了他咒语。"元帅道："今日临阵之时，怎么就有个咒神在这里？"国师道："适才又是贫僧叫过咒神来，还了他这个愿信。"元帅嗄嗄地大笑起来，说道："怪不得你进门之时，口儿里哝也哝的。"国师道："放得去，须还收得来，不然养虎贻患之罪，贫僧怎么当得起哩！"元帅道："这个泼贱婢，多谢国师佛力，再得除了咬海干就好。总求一个妙计，国师何如？"国师道："这个不在贫僧，贫僧告辞了。"长揖而去。

此时天色已晚，好个三宝老爷，眉头一蹙，计上心来。即时叫过五十名夜不收，耳根头告诉他如此如此。叫过左先锋张计，耳根头告诉他如此如此。叫过右先锋刘荫，耳根头告诉他如此如此。叫过左哨黄全彦，耳根头告诉他如此如此。叫过右哨许以诚，耳根头告诉他如此如此。道犹未了，蓝旗官报道："王神姑又来了。"三宝老爷吃了一惊，说道："在哪里？"蓝旗官道："适才又在营外，一人一骑，掠阵而去。"老爷道："你可看得真哩？"蓝旗官道："小的看得真，一字不差。"老爷道："既在营外掠阵而去，快差左右先锋领兵追他下去，再差左右两哨领兵，一并追他下去。"吩咐已毕，叹一口气，说道："有些蜡事，怎么处他？"王爷道："一个人踏作了一块肉泥，怎么又有个再活之理！"老爷道："虽没有这个理，却有这个事。你教我怎么处治于他？”马公道：“当初都是国师老爷放他回去，少不得还在国师身上。”一会儿，请过天师、国师来，告诉他这一番的蜡事。天师道：“贫道适来袖占一课，占得是个贼星入墓，怎么又有个再活的事？”老爷道：“既不再活，怎么又在这里掠阵而去？”你争我争，国师只是一个不开口。老爷道：“请教国师，还是何如？”国师道：“这个事贫僧有所不知。”马公道：“当初是国师老爷放了他，如今还求老爷做个长处。”国师道：“元帅已经调兵遣将，自有成功，不必多虑。”马公道：“似此说来，老爷的咒神也不灵了。”国师道：“到底是个灵的。”马公道：“既是咒神会灵，王神姑不宜又活。”国师只是低了头，闭了眼，再不作声。

却说左右先锋、左右两哨得了将令，各领一支军马，追赶王神姑。只见王神姑先是一人一骑，次后遇着咬海干，两人两骑，更不打话，只是往前直跑。赶到一个处所，地名革儿，拿住一个头目，叫作个那剌打，原系我南朝广东人。见了二位先锋，带领了一村人，也有唐人，也有土人，磕头如捣蒜，都说道：“小的们再无二心，悉凭先锋老爷使令。”张先锋说道：“也没有甚么使令，只要你们纳贡称臣，不反背我天朝就是。”众人一齐说道：“从今以后，年年纳贡，岁岁称臣，再不敢反背天朝。”张先锋领了一支军马，扎了一个行营，守住这个革儿地方。

右先锋同了两哨副都督，跟定了王神姑、咬海干，又到一个处所，地名苏儿把牙，拿住两个头目，叫作苏班麻、苏剌麻。两个头目见了天兵，带领着一干西番胡人，磕头礼拜，都说道：“不干小的们事，望乞老爷饶生！”刘先锋说道：“我这里饶你们的残生，只是你们都要纳贡称臣，不可反背我们中国。”众人一齐说道：“从今以后，年年纳贡，岁岁称臣，誓不敢反背中国。”刘先锋领了一支军马，扎了一个行营，把守了这个苏儿把牙地方。

左右两哨跟定了王神姑、咬海干，又到一个处所，地名满者白夷。这正是番王居止的去所。王神姑看见追兵来得紧，就同了咬海干竟进到番王殿上，拜见番王。番王还不曾开口，外面两员副都督也自赶进殿来。番王慌了，闪进宫里而去。王神姑撇下咬海干，也一竟走进宫里面去。长枪许副都也一竟走进宫里面去。番王慌了，走上百尺高楼第九层顶上。王神姑也走到百尺高楼第九层顶上。长枪许副都也赶到百尺高楼第九层顶上。王神姑高叫道：“我王不要慌张，小臣在此保驾！”番王道：“南兵来得紧，怎么处？”王神姑道：“小臣会腾云驾雾，怕他怎么！”番王道：“多谢爱卿之力，异日犬马不忘。”道犹未了，一条索把个番王捆将起来。番王道：“怎么反捆起我来？”王神姑道：“捆得紧才好腾云。”捆到殿上，只见咬海干也是一条索捆在那里。此时正是鸡叫的时候，虽有些灯火，人多口多，也看不真了。咬海干说道：“女将军，我和你一夜夫妻百夜恩，你怎么下得这等个毒手？”王神姑说道：“不是下甚么毒手，捆起来大家好腾云的。”番王道：“既是腾云，我和你去罢！”王神姑一手一个，一掀两掀，都掀在马上。又说道：“你们都闭了眼，这如今连马都在腾云哩！”却又催上一鞭，马走如飞，哄得那两个紧紧地闭了四只眼，心里想道：“这等腾云，不知天亮腾到哪里也？”及至天亮，王神姑一手掀翻他们下来，喝声道：“齐开眼来，已自腾你到了九梁星里，只怕你们没法坐处。”两个人睁开了眼，只见是个中军宝帐，上面坐着两位元帅、一位僧家、一位道家。番王看见，就心如刀割，肺似猫抓，放声大哭，骂说道：“卖国贼！你今番误我也。”元帅道：“你骂哪个？”番王道：“骂那卖国的王神姑。”元帅吩咐解了他两个的绳索，叫刽子手过来，把一根铁索锁在他的琵琶骨上。一个人琵琶骨上一刀，一个人锁上一根铁索，跪着在阶下。元帅道：“哪个是都马板？”番王道：“我是都马板。”元帅道：“你是个甚么番王，敢无故邀杀我天使，敢无故邀杀我从者百七十人，又敢无故并吞东王，合二为一。”叫刀斧手来：“把这番王细细剥他的皮，剐了他的肉，拆了他的骨头，叫他做鬼也认得我南朝大将。”

不知果真地是剥皮、剐肉、拆骨头也还是不曾，且听下回分解。

第45回　元帅重治爪哇国　元帅厚遇浡淋王

诗曰：

北风吹落羽书前，酋首高从大纛悬。
瀚海此时堪洗甲，泸江当日亦投鞭。
鬼方何用三年克，镐宴齐歌六月旋。
自昔武侯擒纵后，功名复为使君传。

却说元帅吩咐把番王剥皮、剐肉、拆骨头。国师道："阿弥陀佛！看贫僧的薄面，饶了他罢。"元帅道："既是国师吩咐，不得不遵。也罢，捉翻他打上四十大藤棍，问他今番敢也不敢。"道犹未了，只见左右先锋、左右两哨副都督解上许多的人来。

第一宗是左护卫郑堂、右护卫铁楞。元帅道："临阵失机，军法从事。"国师道："这是王神姑的妖术所迷，理当轻恕。"元帅道："虽然妖术所迷，也不免辱国之罪，各人重责二十棍。"各人领了二十，谢罪而去。

第二宗是那剌打等一干头目，共有十三名。元帅道："这些头目都是助桀为虐的，一人剐他一千刀。"即时间，刀斧手把十三名头目一个剐上一千刀。剐一刀，叫番王看一看。番王跪在那壁厢，到狠似过寒山的。

第三宗是左头目苏黎乞、右头目苏黎益。元帅道："这两个头目曾经劝解番王，早上降书降表，番王不从，却是知事的。"叫军政司每人簪他一枝花，挂他一段红。两个头目不肯簪花，不肯挂红。元帅道："你敢嫌我的赏赐轻么？"两个头目说道："小的怎么敢嫌轻？只是主忧臣辱，理不当受。"元帅道："还是知事。"叫军政司各人赏他一副纱帽、圆领、角带、皂靴，以表他夷狄之有臣。

第四宗是番王宫殿里左右近侍、后妃、媵妾，共有五百名。元帅道："家人犯法，罪坐家主。与他们不相干，放他们回去，不得加害。"那五百口男男妇妇齐齐地磕上一个头，一拥而去。国师道："且慢去。"蓝旗官即时拦住，叫："你们且慢去。"却又一齐转来，一齐跪着。元帅道："国师叫转来，有甚么话儿吩咐？"国师道："这五百口人都是假的。"元帅吃了一惊，说道："终不然又有王神姑的故事？"国师道："王神姑还是撮弄的邪术，这些人却原不是人。"元帅道："是个甚么？"国师道："你看就是。"即时叫过徒孙云谷，取过钵盂水来，轻轻地吸了一口，照着这五百个人头面上一噀。只见五百个人就变了四百九十九个猴子，止有一个老妈妈儿，却是番王的母亲，倒还不曾变。国师道："这一个却是人。"天师剑头上烧了一道飞符，早已有个天将把这些猴子一个一刀，四百九十九个，就砍作了九百九十八个。又是一场大蜡事。元帅叫过那个妈妈儿来，赏他一对青布，教他觅路而回。

第五宗到了咬海干。元帅道："这畜牲是个祸之根，罪之首，也剐他一千刀。"番王道："望元帅老爷饶他一命，姑容小的们这一次罢，小的即时回国献上降书降表，倒换通关牒文，贡上礼物，再加土仪，以赎前罪，万望元帅老爷宽恩！"元帅道："我堂堂天朝，明明天子，希罕你甚么降书降表。我天兵西下，拉朽摧枯，希罕你甚么通关牒文。我中国有圣人，万方作贡，希罕你甚么礼物土仪。你这釜底游鱼，幸宽一时之死足矣，何敢多言！"

第六宗就该到王神姑身上。元帅道："取过金花二对、银花二对、彩缎二表里，赏与王神姑。"大小各官心上都有些不服，都想道："元帅一日精灵，这一会儿就糊涂来了，怎么一个王神姑反受赏？”只见王神姑受了金花、银花、彩缎表里，拜谢而去。番王高叫道：“泼贱婢，你把我卖得好哩！我教你天网恢恢，疏而不漏。”咬海干高叫道：“王神姑，我和你也做夫妻一场，你怎么就闪我到这个田地！成也萧何，败也萧何。”马公道：“元帅差矣！这等一个泼妇人，费了我们多少的事，今日反要赏他。前日国师已误，元帅今日岂容再误。”元帅问王爷：“这个还是该赏不该赏？”王爷道：“不该赏。”又问天师道：“这个该赏不该赏？”天师道：“于理本不该赏。只怕赏的不是王神姑。”又问国师道：“这个该赏不该赏？”国师只是闭了眼，还你一个不开言。元帅吩咐叫过王神姑来。王神姑摇摇摆摆而来，众人恨不得吃了他的肉。元帅道：“你把那副披挂除了。”即时除下了那副披挂，哪里是个王神姑。原来三宝老爷叫过夜不收来，耳根头告诉他如此如此，正是教他假扮个王神姑。扮成了王神姑，却才赚得咬海干住。有咬海干做了一对，人再不疑。却才一村到一村，都是这个啜赚之法。左右先锋、左右两哨，老爷耳根头告诉他如此如此，都是教他故意地追赶王神姑。到一村捉一村头目，一直赶到殿上，捉住番王，却才住手，都是这个前后相牵之法。马公公看见王神姑是个夜不收假扮的，却才心上明白，说道：“好妙计！我说一个王神姑反又受赏。”天师道：“我说只怕赏的不是王神姑。”国师也睁开眼来，说道：“亏你们好猜也。一个王神姑已自踏作了一块肉泥，怎么又会转世？”哪一个不说道：“此计妙哉！”哪一个不说道：“真好元帅，运筹帷幄之中，决胜千里之外。”三宝老爷说道：“众人之功，亦不可诬。”叫军政司过来，论功颁赏有差。大设一席筵宴，着都马板传酒。酒罢，吩咐开船。道犹未了，只见两人两骑飞奔而来，高叫道：“宝船慢开哩！”塘报道：“来者何人？快通名姓。”来将道：“我们爪哇国国王亲随护卫官左右头目苏黎乞、苏黎益是也。”塘报道：“来此何干？”二头目道：“特赍降书降表、土仪礼物，赎取国王。相烦长官通报一声。”塘报官通报元帅。元帅吩咐道：“不受书表，不受礼物，左右头目不许相见。”左右头目跑在沙滩之上，再三哀告。王爷道：“既是来意殷勤，且叫他上船来，看是怎么。”老爷却才许他上船。递上降表，老爷不受。递上降书，老爷不受。递上礼物单，老爷不受。王爷接过单来看一看，只见单上计开：

温凉床一张，金花帐一副，龙鳞席一床，凤毛褥一副，玉髓香二箱，琼膏乳二瓶，频伽鸟一架，红鹦鹉四架，白鹦鹉四架，白鹿脯四瓮，白猿脂四瓮，极椰二匣（状如枇杷，内有肉块，味最甘美），蚕吉補十盘，虾蝶酒十坛（虾蝶树名，其中出酒），桄榔酒十坛，柳花酒十坛。

老爷道："礼物也不受。"左右头目再三哀告。老爷道："非干我们不受，只因你这国王恶极罪大，不容于死。我这如今扭械了他，送到我天朝，明正其罪，教他死而无怨。"王爷道："国王之罪虽重，左右头目之情可哀。元帅做个活处罢！"老爷道："难以活处。这等的恶人，当即时枭首。但杀之似涉于专，故此械送他到京师。那时节生杀凭在咱万岁爷处。"王爷道："械送到底是个威劫，不如得一段心服，才是个长策。"老爷道："若论心服，就要他亲自到我天朝谢罪，书表礼物，悉凭在他。"左右头目道："小的们情愿护送国王亲自朝贡，不致疏慢。"王爷道："有何所凭？"左右头目道："小的们供下一纸服状在元帅处，倘有虚情，甘当受罪！"王爷道："这个也通得。"左右头目即时见了番王，细说前事。番王道："我情愿供招，又敢再违拗？"一会儿，供上一纸服状来。元帅读之，说道：

供状人爪哇国国王都马板，同左头目苏黎乞、右头目苏黎益，供为朝贡事：某僻处一隅，罔识天高地厚；懵生半百，不知日照月临。一不合无故邀杀南朝天使一人；二不合无故邀杀南朝从者百七十人；三不合恃强吞灭东国国王，并二为一；四不合天兵压境，负固不宾，提师抗拒。有此罪恶，积累如山。荷蒙元帅宽恩，开示愚顽生路。自今以往，舍旧从新；献岁以来，改恶为善。单于之颈，愿系阙门；可汗之头，不难太白。敢有疏慢，立受天诛。所供是实。

元帅接了供状，叫过番王来，说道：“你今番却不知死么？”番王道：“小的知死。”元帅道：“饶你一命，你年年纳贡，岁岁称臣，还不在话下。你须即时收拾，亲自朝贡天朝，我朱皇帝赦你死罪，你才得生。你自今以后，敢有半点差池，我教你碎尸万段，剐骨熬油，你才认得我元帅哩！”番王吓得只是抖战，连声答应道：“小的晓得了，小的晓得了。”又叫过左右头目来，吩咐他道：“你们既做个头目，须要教你番王为善，自古到今，有中国才有夷狄。中国为君为父，夷狄为臣为子。冠虽敝不置于足，履虽鲜不加于首。你自今以后，敢有故违，我拿你这些番狗奴，如泰山压累卵，你晓得么？”左右头目就磕上一千个头，说道：“晓得了。”又叫过咬海干来，吩咐他道：“你这番狗奴，只晓得持叉仗剑，扰乱四邻。你今日也把我天朝大将当个甚么人看承？敢如此倔强无礼！你这个祸根苗，就剐一万刀也还是少的。叫刀斧手来，拿他到船头上去，一刀两段，祭了海神，我们开船。”番王和左右头目自家讨饶且不及，谁敢与他乞饶？只得抱头鼠窜而去。咬海干拿到船头上，一刀两段，尸首丢在海里去了。

宝船齐开，一路前行，经过一个地方，叫作重迦罗。这个重迦罗也当不得一国，只当得个村落。四面高山，离奇耸绝。其中有一个石洞，前后三门，石洞中间可容二三万人，颇称奇绝。有一个年高有德的老者，头上一个头发髻儿，身上穿一件单布长衫，下身围一条稍布手巾，接着宝船，送上：

羚羊十只，鹦鹉一对，木绵百斤，椰子百个，秫酒十尊，海盐十担。

老爷见他风俗淳厚，人物驯良，又且来意殷勤，吩咐军政司收下他的礼物。却又取出一顶摺巾、一件海青、一副鞋袜，回敬于他。老者拜谢而去。

宝船又行，一行数日，经过许多处所；一处叫作孙陀罗，一处叫作琵琶拖，一处叫作丹里，一处叫作圆峤，一处叫作彭里。这些处所看见宝船经过，走出无万的番人来。一个个蓬头跣足，丑陋不可言。都来献上礼物，却是些豹皮、熊皮、鹿皮、羚羊角、玳瑁、烧珠、五色绢、印花布等项。老爷道：“你这礼物都从何处得来的？”众人道：“实不相瞒天使老爷说，小的们不幸生于夷狄之国，无田地可耕种，朝不聊生，只得掳掠些来往商货，权且度日。今日幸见天使，如拨云雾而睹青天，故此聊备些薄礼，少伸进贡，伏乞天使老爷海涵。”元帅道：“智士不饮盗泉之水，君子不受嗟来之食。你这不义之物，我怎么受你的？只你们这一念归附之诚，却也是好处。我这里总受你一匹布。古语有云：‘阳春布德泽，万物生光辉。’你们今日朝不聊生，还是我们德泽之未布。”众人惊服，号泣而去。宝船又行，一行数日，却又经过一个小国，名字叫作吉里地闷国。夜不收道：“此国田肥谷盛，气候朝热暮寒。男女断发，穿短衫，夜卧不盖其体。凡遇番船往来停泊于此，多系妇人上船交易，被其淫污者十死八九。”老爷道：“如此恶俗，叫过酋长来，杖五条。”吩咐他道：“男女有别，人之大伦。你做个酋长，怎么纵容妇女上船交易，淫污人？我这里杖你五条，你今后要晓得人之大伦有五，不可纵他为非。”酋长磕了几个头，说道：“小的今番晓得了。”这都是三宝老爷用夏变夷处。

宝船又行，一行又是数日，却到了一国，这个国是大国。宝船收入沟口，其水味淡。老爷甚喜，吩咐石匠立一座石碑，刻“淡沟”二字于其上。至今名字叫作淡沟。夜不收回复说道：“这一个国水多地少，除了国王，止是将领在岸上有房屋。其余的庶民俱在水簰上盖屋而居，任其移徙，不劳财力。”老爷道：“叫作甚么国？”夜不收道：“番名浡淋国，华言旧港国。”老爷道：“土地肥瘠何如？”夜不收道：“田土甚肥，倍于他壤。欲语有云：‘一季种谷，三季收金。’这是说米谷丰盛，生出金子来。”老爷道：“民风善恶何如？”夜不收道：“国人都是南朝广东潮州人，惯习水战，侵掠为生。”道犹未了，只见港里闪出一只小船来。船头上坐着一员番将：

脸玄明粉的白，手肉苁蓉的红。倒拖巴戟麦门冬，虎骨威灵三弄。怕甚白豆蔻狠，怯甚赤豆蔻凶。杀得他天门不见夜防风，藿乱淫羊何用。

塘报官远远地吆喝道：“小船不得近前，先通名姓。”番将道：“小的原籍广东潮州府人，姓施名进卿，全家移徙在这里。今日幸遇天兵，特来迎接，并没有半点异心。敢烦长官和我通报。"塘报官道："你小船稍远些，待我和你通报。"施进卿道："我这里止是一主一仆，并无外人。长官，你不必多虑。"塘报官传言，蓝旗官报进中军帐上，元帅吩咐叫他上船来。施进卿见了元帅，行了礼，说道："小的原籍是广东潮州府人，姓施名进卿，洪武年间，遭遇海贼剽掠，全家徙移在这里。回首神京，不胜瞻仰！今日幸遇天兵下降，三生有幸，特来奉迎。"老爷道："你敢是个阳顺阴逆么？"施进卿道："小的只身独自，内无片甲，外无寸兵，纵欲阴逆，其道无由。"老爷道："你虽不是阳顺阴逆，也决定是个公报私仇。"施进卿吃了一惊，连忙地磕一个头，说道："老爷神见！"老爷道："是个甚么事？"施进卿道："只因小的有一个同乡人，姓陈名祖义，为因私通外国事发之后，逃在这里来。年深日久，充为头目，豪横不可言。专一劫掠客商财物，国王也禁他不得。有此一段情由，故此先来报上。"王爷道："这还是个公恶，比公报私仇的还不同些。"老爷道："这个国叫作甚么国？"施进卿道："华言旧港国，番名浡淋国。"老爷道："国王叫甚么名字？"'施进卿道："叫作麻那者巫里。"老爷道："前日朝廷赐予他一颗印，你可知道么？"施行卿道："小的知道。洪武爷朝里，国王怛麻沙那三次进贡，三次得我们南朝大统历，得我们南朝文字币帛。"老爷道："是了，你且回避。陈祖义即时就来，我这里有处。"施进卿去了。老爷叫过左护卫郑堂来，传出虎头牌一面，前往浡淋国招安，敢有半个抗违，大兵攻之，掘地三尺。

郑堂领了这面牌，径到浡淋国，传示国王及诸将领。国王同各将领接着这面虎头牌，牌上说道：

大明国朱皇帝驾下钦差统兵招讨大元帅郑，为抚夷取宝事：照得天朝历代帝王传国玉玺，从秦汉以来，递相授受，历年千百，未之有改，却被元顺帝白象驮入西番。盛德既膺天眷，宗器岂容久虚。为此，我今上皇帝钦差我等统领宝船千号，战将千员，雄兵百万，前下西洋，安抚夷荒，鞫问玉玺等因。奉此牌，仰各国国王及诸将领，如遇宝船到日，许从实呈禀玉玺有无消息，此外别无事端。不许各国因缘为奸，另生议论，致起争端。敢有抗违，动干天宪，一体征剿不恕，须至牌者。

国王读了虎头牌，说道："我父子受朱皇帝大恩，久不能报。今日天使降临，快差一员将领前去迎接。我随后写下降书降表，备办进贡礼物，亲自拜见元帅，留住他在这里久住些时候，款待他一番，才是个道理。"道犹未了，早有一个将领，伟貌长身，全装擐甲，应声道："末将不才，愿先去迎接天使。"国王起头看来，只见是个南朝人，姓陈名祖义，现任左标沙胡大头目之职。国王道："美不美，乡中水，亲不亲，故乡人。正好你去。"

陈祖义辞了番王，驾一叶小舟，同郑护卫前来迎接。见了元帅，行了礼。元帅道："你是甚么人？"陈祖义道："末将不才，原籍广东人民，姓陈名祖义，现任浡淋国国王位下左标沙胡大头目之职。"他看见元帅颜色有些不善，又奉承两句，说道："元帅不必见疑，适才本国国王还有些二三其志，是末将细细地劝解他一番，他才不开口，故此末将先来迎接，正所以坚我国王之心。"元帅道："左右在哪里？你和我把这个坚心的捆将起来。"陈祖义慌了，高叫道："人来投降，杀之不祥。怎么反捆起小的来？"元帅道："你在我中国私通外国，依律当斩。你在这外国劫夺营生，强盗得财，依律当斩。你有两个头也还是该死，莫说只是一个头。"陈祖义说道："元帅，你屈了我这一片好心肠也。"元帅道："你来接我，还是个公报私仇，有个甚么好心肠哩？"吓得陈祖义哑口无言，心里想道："我南朝有这等一个通神的元帅，把我心肝尖儿上的事都扦实了。"元帅吩咐带过一边，待等国王相见之后，取来枭首。道犹未了，蓝旗官报道："浡淋国国王见。"元帅吩咐请进来。相见已毕，国王递上降表一封。元帅受下，吩咐中军官安奉。又递上降书一封，元帅受下，拆封读之。书曰：

浡淋国国王麻那者巫里谨再拜，奉书于大明国钦差统兵招讨大元帅麾下：侧闻中夏外夷，分悬冠履。内尊外攘，筹属褰帷。矧我浡淋，每沾眷注。

大统有历，文币生荣，在先皇已衔恩于九地；印篆授辉，舆马增重，在卑末益借庇于二天。捧日月之光，寒移雪海；沐灵雨之泽，春入花门。幸接台光，不胜雀跃！用伸尺素，伏乞海涵！某无任激切惶惧之至。年月日，某再拜谨书。

元帅读完了书，说道：“书中之言，足证贤王不背本国。”

王又递上一张进贡的草单来。元帅受下，开来一看，只见草单上计开：

神鹿一对（大如巨猪，高三尺许，前半截甚黑，后半截白花，毛纯短可爱，止食草木，不食荤腥），鹤顶鸟一对（大如鸭，毛黑颈长嘴尖，其脑骨厚寸余，外红色，内娇黄可爱，堪作腰带），火鸡一对（顶有软红冠，如红绢二片，浑身如羊毛，青色，其爪甚利，伤人致死，好食火炭，故名，虽棍棒不能致死），琉璃瓶一对，珊瑚树一对，昆仑奴一对（能踏曲为乐），血结二匣（治伤妙药），蔷薇水二坛，金银香二箱（其色如银匠钑花银器黑胶相似，中有一白块，好者白多，低者黑多，气味甚冽，能触人鼻），腽肭脐五十（其形如狐，走如飞，取其肾以浸油，名腽肭脐香）。

元帅看了草单，说道：“多谢厚礼。本不当受，但蒙国王真心实意，不敢不恭。”一面吩咐内贮官照单收拾礼物，一面吩咐安摆筵宴。国王又递上一个礼单，说道：“外有不腆之仪，奉充军饷。”元帅道：“公礼之外，一毫不受。”国王再四再三哀告不已。元帅接过草单来看，见单上有白米一百担，受此白米足矣。吩咐军政司收了他一百担米。白米之外，一毫不曾受。即时筵宴齐备。大宴国王，国王不用一毫肴品。元帅道：“贤王怎么不用肴馔，有何高见？”国王道：“卑末不火食。大凡火食，则本国大荒。”元帅道：“岂有此理！”国王道：“元帅既不准信，还有一件事，也是个大禁。”元帅道：“还有个甚么大禁？”国王道：“卑末又不水浴。大凡水浴，则本国大潦。”元帅道：“既如此，贤王终不然不食、不浴？”国王道：“食的止是沙糊，浴的止是蔷薇露。”天师在座上把头点了两点。元帅吩咐军政司取出带来的袍笏、鞍马各一副，回敬国王。国王拜谢。元帅吩咐带过陈祖义来。国王看见锁械了陈祖义，心上吃了一惊，又不敢动问。

不知元帅取过陈祖义来，怎么处置他，且听下回分解。

第46回　元帅亲进女儿国　南军误饮子母水

诗曰：

征南大将出皇朝，巡海而西去路遥。
旗鼓坦行无狗盗，蛮烟尽扫有童谣。
剑挥白雪除妖兽，箭射青空下皂雕。
怪底孽余陈祖义，敢撑蛇臂漫相招。

却说元帅吩咐带过陈祖义来，国王心下吃了一惊，不知是个甚么事故。元帅道："这陈祖义原在我中朝，私通外国，事露而逃。今日在你浡淋国劫夺为生，贻祸不小，恶极罪大。贤王，你可知道么？"国王道："卑末失之于初，这如今有好些不奈他何处。"元帅道："我这里明正其罪，与你国中除了这一害罢。"叫刀斧手来，把陈祖义押出辕门外，枭首示众。陈祖义吆喝道："可怜见小的没有甚么罪哩！"元帅只是不听。一会儿开刀，一会儿献上首级。国王欠身道："多谢元帅虎威，除此一害。只是卑末国中还有一害，敢求元帅何如？"元帅道："是个甚么害？"国王道："卑末国中有一土穴，每一年一次，奔出生牛数万头来，撞遇它一戳两段；吃了它，十死八九，甚是为害国中。望乞元帅为我做个处置。"元帅道："此事须得天师。”天师即时取出飞符一道，递与国王，说道：“你拿我的符去，到明日子时三刻，用火烧在土穴之上，其牛自息。”国王拜谢。元帅又叫过施进卿来，取一副冠带赏他，着他替陈祖义为头目。吩咐他道：“殷鉴不远，你在这里务要用心，做个好人哩！”国王、施进卿一齐辞谢而去。

宝船前行，王爷道：“施进卿告诉之时，元帅还不曾看见陈祖义的面，怎晓得他就来？”元帅道：“这等假公济私的人，巴不得寻着我们，做个名目，故此我牌上说道‘此外虽无异情’，他越加放心大胆，这却不是他就来的机括？”众人道：“元帅神见。”元帅道：“咱这个不打紧，只不知昨日天师看见番王不火食、不水浴，他低着头点了两点，这是怎么？”即时去问天师。天师道：“贫道点头，是我算他一算。”元帅道：“算得他是个甚么？”天师道：“算得他是个龙精。”元帅道：“龙性畏火，故此见火则旱。龙性又喜水，故此见水则涝。”道犹未了，只见蓝旗官报道：“浡淋国国王差人送上柴草、蔬菜之类，现有十只小船在这里伺候。”元帅道：“各事收他一半，其余的还他。”蓝旗官又道：“本国新升头目施进卿，差人送上猪、羊、鸡、鸭、酒、米之类，现有四只小船在这里伺候。”元帅道：“一毫不可受他的。”蓝旗官传上来人口说道：“施进卿的礼物，都是国人情愿献上的，为因得了天师的飞符，今日子时三刻，烧在穴上，纸灰尚未冷，只见穴上一声响，早已撑出无限的竹木来，把个穴口堆塞得死死的。国人欢呼，故此各率所有，借施进卿的名字送上来，以表他各人的诚意。”元帅道：“既如此，各受一品，见意就是。”小船各自回去。行了数日，此时正是三月天，回首京师，正在游赏之处。有诗为证：

仙子宜春令去游，风光犹胜小梁州。
黄莺儿唱今朝事，香柳娘牵旧日愁。
三棒鼓催花下酒，一江风送渡头舟。
嗟予沉醉东风里，笑剔银灯上小楼。

蓝旗官报道：“前面又是一个处所，想是一国。”中军传下将令，落篷下锚稍船。稍船已毕，仍旧水陆两营。元帅吩咐夜不收上岸打探。打探了一番，齐来回话。老爷道：“这是个甚么关？”夜不收道：“这个关有好些异样处。”老爷道：“怎见得异样？”夜不收道：“这去处的人，一个个生得眉儿清，目儿秀，汪汪秋水，淡淡春山。”老爷道：“这是各处风土不同。”夜不收道：“这去处的人，一个个生得鬓儿黑，脸儿白，轻匀腻粉，细挽油云。”老爷道：“这是各人打扮不同。”夜不收道：“这去处的人，一个个光着嘴没有须，朱唇劈破，皓齿森疏。”老爷道：“这是各人生相不同。”夜不收道：“这去处的人，一个个小便时蹲着撒，涧边泉一线，堤上草双垂。”老爷沉思了半会儿，说道：“终不然都是个女人家？”夜不收道：“小的也不认得是女人不是女人，只见：汗湿红妆花带露，云堆绿鬓柳拖烟。恍如天上飞琼侣，疑是蟾宫谪降仙。”

王爷道：“似此讲来，是个女儿国。”老爷道：“女儿国就都是女人，没有男子哩。”王爷道：“没有男子。”老爷道：“既都是女人，可有个部落么？”夜不收道：“照旧有国王，照旧有文官，照旧有武将，照旧有百姓。”老爷道：“既如此，也要他一纸降表，才是个道理。”马公道：“男女授受不亲，我和你径过去罢！”老爷道：“无敌于天下者，天使也。岂可轻自径过去，把后来人做个口实，说道：‘当时某人下西洋，连个女人国也不曾征服得。’”王爷道：“虽不可径自过去，也不可造次征他。须得一个舌辩之士，晓谕他一番，令其递上降书降表，倒换通关牒文，庶为两便。”老爷想了一想，说道：“咱学生去走一遭如何？”王爷道：“老元帅亲自前去，虽然是好，只一件来，主帅离营，恐有疏失。”老爷道：“不入虎穴，焉得虎子！身先士卒，古之名将皆然。又且一切军务，有王老先儿你在这里。”王爷道：“既是元帅要行，学生不敢十分阻挡。”好个三宝老爷，沉思了一会儿，收拾了一趟。王爷道：“元帅此行，有个甚么良策？”老爷道：“兵不厌诈。咱进关之时，扮作一个番将，见女王之时，却才露出本行。”王爷道：“怎么进关时，要假做番将？怎么相见时，反露本行？”老爷道：“进关时，恐怕他阻当，下情不得上陈，故此要假扮番将。相见时，咱自有言话到他。他见我是个南朝大将，敢不遵奉？故此反露本行。”

王爷道："妙计，妙计！"

老爷头上挽个头发丫髻，上身穿的短布衫儿，下身围着花布手巾，脚下精着两个膝儿骨，一人一骑，行了数里，只见果真的有一座关。关上有几个敲鼍皮鼓的，关下有几个拖槟榔枪的，都生得面如傅粉，唇似抹朱，尽有一段娇娆处。老爷心里想道："世间有此等异事！一国女人终生不知匹配，这个苦和我阉割的一般。"想犹未了，只见一个拖槟榔枪的吆喝道："来者何人？"原来三宝老爷是个回回出身，晓得八十三种蛮纥繨的声口，即时间调转个番舌头，说出几句番话，说道："我是白头国差来的，有事要见你昔仪马哈剌。我有六年不曾到你这个国来，你快与我通报一声。"小番只说是真的，即时通报。原来女人国也有个总兵官。总兵官叫作个王莲英，听了这小番一报，说道："白头国果是六年不相通问。"吩咐看关的放他进来。老爷进了关，见了总兵王莲英，仍旧假说了几句番话。王莲英仍旧说道："我和你六年不相通问。"老爷心里想道："还是我大明皇帝洪福齐天，咱信口说个谎，也说得针穿纸过的。"总兵官领了老爷，同到国王朝门外。总兵官先时朝里去，禀说道："今有白头国差下一员将官，手里拿着二封国书，要见我王，有事面奏，小臣未敢擅便，谨此奏闻。"女王道："既是白头国差来的，你着他进来。"那总兵官翻身走到朝门之外，恰好不见了那个番官。怎么不见了那个番官？官便有一个，却不是起先的西番打扮，头上戴一顶嵌金三山帽，身上穿一领簇锦蟒龙袍，腰里系一条玲珑白玉带，脚下穿一双文武皂朝靴。总兵官左看右看，吃了一惊。老爷道："你不要吃惊，适才相浼的就是我哩！"总兵官道："你是甚么人？"老爷道："我实告诉你罢，我不是白头国差来的番官。"总兵官道："既不是白头国，你是哪里差来的？"老爷道："我是南膳部洲大明国朱皇帝驾下钦差统兵招讨大元帅，姓郑名和，领了宝船千号，战将千员，雄兵百万，来下西洋，抚夷取宝。今日经过你的大国，我不忍提兵遣将，残害你的国中。故此亲自面见你的番王，取一封降书降表，倒换通关牒文，前往他国，庶几两便。"总兵官道："原来你这个人老大得不忠厚。你一来就说你是南朝人，我便好对国王说你是南朝人，你何故又假说你是西番人？我已自对国王说你是西番人，这如今怎么又好再奏？”老爷道：“你如今不得不再奏。”总兵官道：“怎么不得不再奏？”老爷道：“你这如今番官在哪里？却不得个欺君之罪。莫若再奏，倒还是些实情。”总兵官想一想：“宁可再奏，怎敢欺君。”连忙地进朝去，复奏道：“我王赦臣死罪，臣有事奏闻。”女王道：“卿有何罪？有事直奏不妨。”总兵官道：“适才所奏的番官，原来是个假意装成的。”女王道：“他本是个甚么人？”总兵官道：“他本是甚么南膳部洲大明国朱皇帝驾下钦差统兵大元帅，姓郑名和，领了宝船千号，战将千员，雄兵百万，来下西洋，取甚么宝。这如今到了我国，要甚么降书降表，通关牒文。望乞我王赦臣先前妄奏之罪！”女王听了这一席话，笑添额角，喜上眉峰，说道：“这是来将虚词，于卿何罪？他既是上邦天使，请他进来。”

总兵官请到老爷。老爷径自进去，见了女王。女王大喜，心里想道：“我职掌一国之山河，受用不尽。只是孤枕无眠，这些不足。今日何幸，天假良缘，得见南朝这等一个元帅。我若与他做一日夫妻，就死在九泉之下，此心无怨！”连忙问道：“先生仙乡何处？高姓大名？现居何职？”老爷道：“学生是南朝大明国人氏，姓郑名和，现居征西大元帅之职。”女王道：“先生既是上邦元帅，何事得到寡人这个西番？”老爷道：“钦奉咱万岁爷的差遣，领了宝船千号，战将千员，雄兵百万，来你西洋，探问传国玉玺。”女王道：“小国离了南朝有几万里之遥，又且隔了软水洋、吸铁岭，先生怎么能够到此？”老爷道：“咱宝船上有一个道士，能驱神遣将，斩妖缚邪。又有一个僧家，能袖囤乾坤，怀揣日月。故此过软水洋、渡吸铁岭，如履平地。”女王道：“小国俱是些女流之辈，不事诗书，怎么敢劳先生大驾？”老爷道：“因为你这一国都是些女身，恐怕不习战斗，故此不曾遣将，不曾调兵，只是我学生只身独自，但求一封降书降表，一张通关牒文，便就罢了。此外再无他意。”女王道：“姑容明日一一奉上，不敢有违。”老爷看见他满口应承，不胜之喜，起身告辞。

女王看见老爷人物清秀，语言俊朗，举止端详，惹动了他那一点淫心，恨不得一碗凉水，一口一骨碌吞到肚子里去，连忙留住老爷，说道：“有缘千里来相会，无缘对面不相逢。今日幸遇先生，聊备一杯薄酌，少叙衷情，幸勿推却。”一会儿筵席齐备，一会儿酒过数巡。两边侍立的都是些番嫔番嫱，两边鼓舞的都是些番腔番调。老爷坐了一会儿，心里想道：“这些女人似有些知觉，怎么不结媾邻国的男人？不免问他一声，看是怎么？”问说道：“国王在上，大国都是女身，原是个甚么出处？”女王道：“这如今也不得知当初是个甚么出处。只是我们西洋各国的男人，再沾不得身。若有一毫苟且，男女两个即时都生毒疮，三日内肉烂身死。故此我女人国一清如水。”老爷道：“饮不得酒了，告辞罢。”女王举起杯来，劝了一杯，又劝一杯。老爷道：“学生无量，饮不得。”女王道：“饮个成双作对的杯，怎么推却？”老爷是个至诚的，哪晓得他的意思，老老实实地就饮了两大杯。女王又举起一对大金杯来，形如女鞋儿的式样，满斟了两杯酒，奉到老爷。老爷道：“饮不得了。”女王道：“这是个同偕酒，我陪你一杯。”老爷不解其意，老老实实地又饮了他一鞋杯。女王又举起一对金宝镶成的莲花杯来，满斟了两杯酒，奉到老爷。老爷道：“委实饮不得了。”女王道：“这是个并头莲酒，我陪你一杯。”老爷还不解其意，老老实实地又饮了一莲杯。女王又举起一对八宝镶嵌的彩鸾杯来，满斟了两杯酒，奉到老爷。老爷道：“今番却饮不得了。”女王道：“这又是个颠鸾杯，我还陪你。”老爷因他先前说了沾不得身的话，故此再不疑惑，只是老实就饮，又饮了他一鸾杯。女王又举起一对八宝镶嵌的金凤杯来，满斟了两杯酒，奉到老爷。老爷委是饮不得，坚执不肯接他的杯。女王道：“这是个倒凤杯，我陪你只饮这一杯罢，再不奉了。”老爷不好却得，又饮了一凤杯。老爷却一园春色，两朵桃花，其实的醉了。

那女王就趁着他醉，做个慢橹摇船捉醉鱼。吩咐左右拿蜡烛的拿蜡烛，拿香炉的拿香炉，把个老爷推的推，捺的捺，径送到五弯六曲番宫之中，七腥八膻胡床之上。老爷心里才明白，才晓得这一日的殷勤，原来是个淫欲之事，心里虽明，却也作做无法可治，只得凭他怎么样儿。女王叫散了左右，亲自到床上扶起老爷，说道：“先生，你岂不闻洞房花烛夜，胜如金榜题名时？先生，你是天朝的文章魁首，我是西洋的士女班头，一双两好，你何为不从？”老爷道：“你说你女人国一清如水，沾不得人身哩！”女王道：“那是我西洋各国的人，若是你南朝的人物，正好做夫妻。”老爷道：“自古到今，岂可就没有一个我南朝人来？”女王道：“并没有一个人来。纵有一个两个，我这里分俵不匀，你抓一把，我抓一把，你扯一块，我扯一块，碎碎地分做香片儿，挂在香袋里面，能够得做夫妻么？”老爷道：“既如此，明日不扯在我身上来也？”女王道：“正是难得你的人多才好哩。你做元帅的配了我国王。你船上的将官，配我国中的百官。你船上的兵卒，配我国中的百姓庶民。一个雄的配个雌的，一个公的配个母的，再有甚么不匀么？”老爷心里想道：“这是韭菜包点心，好长限哩！把我的钦差放在那里么？”那女王原先是个邪的，再讲上了这半日的邪话，邪火越动了，也顾不得怎么礼义廉耻，一把把个老爷搂得定定的。老爷倒吃了一慌，说道：“你还错认了我，我是一个宦官。”女王不省得宦官是个甚么，只说老爷是谦词，说宦官官小，连忙说道：“我和你做夫妻，论个甚么官大官小。”也不由老爷分说，一把抱住老爷。老爷把个脸儿朝着里首，只做一个不得知。把老爷的三山帽儿去了，也只做不知。又把老爷的鞋脱了，也只作不知。又把老爷的上身衣服脱了，也只作不知。又把老爷小衣服褪了，也只作不知。又把个被来盖着老爷，也只作不知。你看他欢天喜地除了首饰，去了衣裳，趴到胡床之上，掀起个被角儿瞧一瞧，只见老爷的肌肤白如雪，润如玉。女王心下好不快活也。想一想，说道：“我今日得这等一个标致的丈夫，也是我前世烧得香好哩！”惹动了那一点淫心，一把搂着老爷，叫上一声“亲亲”，做上一个蜜蜜甜甜的嘴，恨不得一时间就偎红倚翠，云雨阳台。即只是不得老爷动手。他自己就把个手来摸上一摸，只是庭前难觅擎天柱，门外番成乳鸭池。那女王吃了一惊，一骨碌爬将起来，说道：“郑元帅，你是个阳人？你是个阴人？”老爷道：“我们是个体阳而用阴的。”女王道：“怎叫作体阳用阴？”老爷道：“我原初是个男子汉大丈夫，这不是个体阳？到后面阉割了，没有那话，做不得那话，这却不是个用阴？”女王听着没有那话，做不得那话，高叫一声道：“气杀我也。”心里想道：“陪了这些羞脸，弄出这场丑来。也罢，断送了他，免得出丑。”叫左右来：

“押出这个南官到朝门外去，枭了他的首级！”老爷道：“我南朝战将千员，雄兵百万，你杀了我，你即时祸事临门。”女王也怕，一面押出老爷去，一面叫寄监。老爷叫作：盘根错节偏坚志，为国忘家不惮劳。只得依从了他，再作区处。女王一面差人去打探南船上消息。

却说南船上王爷升帐，聚集大小将官，说道：“元帅老爷一去了两日，杳无音信。帐下诸将，谁敢领兵前去打探一番？”道犹未了，只见右先锋刘荫拱着一个回子鼻，睁着一双铜铃眼，说道：“末将不才，愿领兵前去打探。”王爷道：“点齐五十名先锋，跟着刘先锋前去。”刘先锋拖一杆雁翎刀，骑一匹五明马，飞身而去。正行之间，远远望见一座大桥：

隐隐长虹驾碧天，不云不雨弄晴烟。
两边细列相如柱，把笔含情又几年。

及至行到桥上，果是好一座大桥。两边栏杆上，都是细磨的耍孩儿。刘先锋勒住了马，看了一会儿。众军士也看了一会儿，却又桥底下有一泓清水：

一带萦回一色新，碧琉璃滑净无尘。
个中清澈无穷趣，孺子应歌用濯人。

刘先锋望桥下看一看，众军士也望桥下看一看。刚刚看得一看，众军士一齐吆喝起来。你也吆喝道：“肚里痛。”我也吆喝道：“绞肠痧。”吆喝了一会儿，众军士一声响，都跌翻在桥上，你又滚上，我又滚下。众人滚了一会儿还不至紧，连刘先锋也肚里疼起来，也滚下马来，挣扎了一会儿，说道：“我晓得了，这是西番瘴气，故此厉害。这桥下的水好，一则是清，二则是长流的。”内中有个军士说道：“水又怕有毒。”刘先锋说道：“你各人取出柳瓢来，有毒就看见。”众人说道：“是。”一齐儿步打步地捱下桥去。各人吃了一瓢水，却又捱上桥来，也论不得个尊卑，也叙不得个首从，大家坐在地上。坐了一会儿，只指望肚子里止了疼，前去打探消息。哪晓得坐一会儿，肚子大一会儿；坐一刻，肚子大一刻。初然间还是个砂锅儿，渐渐地就有巴斗来大，纵要走也走不动了。

正在没奈何处，只听得鼓响叮通，人声嘈杂。刘先锋连一干军士，都只说是女人国有个甚么将官来了，走上桥来，恰好是自家的军士。原来王爷是个细密，先前差下了刘先锋，即时又差下张狼牙棒，前后接应。故此走上桥来，恰好是自家军士。张狼牙看见这等一个模样，吃了一惊。刘先锋却把个前缘后故，细说了一遍。张狼牙看见不是头势，只得搀的搀，架的架，大家顾弄得转来。王爷听见，说道："这是他自不小心，种了毒在肚子里。"叫过夜不收来，吩咐他去把桥上桥下的事故，细问土民一番，限即时回话。

夜不收去了好一会儿不来。张狼牙急性起来，一人一骑，跑走如飞，早已撞遇着一个挑野菜的女百姓。他伸起手来一抓，回马就到中军帐下。那女百姓看见个王爷，吓得抖衣而战。王爷说道："你不要惊恐，我这里有事问你。你那路头上的大桥，叫作甚么桥？"女百姓道："叫作影身桥。"王爷道："怎么叫作影身桥？"女百姓道："我这国中都是女身，不能生长。每年到八月十五日，上自天子，下至庶人，都到这个桥上来照。依尊卑大小，站在桥上，照着桥下的影儿，就都有娠。故此叫作影身桥。"王爷道："那桥底下的河，叫作甚么河？"女百姓道："叫作子母河。"王爷道："甚么叫作子母河？"女百姓道："我这国中凡有娠孕的，子不得离母，就到这桥下来，吃一瓢水，不出旬日之间，子母两分。故此叫作子母河。"刘先锋听见这等的话，吃了一惊，心里想道："我今番却是个将男作女了。"众军士听见这等的话，也都吃了一惊，都说道："我们今番不怕我铁铸的辭辭了。"王爷又问那女百姓，说道："这水可有毒么？"女百姓道："并没有毒，只是会催生。"王爷道："可曾有人错吃了的？"女百姓道："似孕非孕，就错吃了它。"王爷道："错吃了它，把甚么去解？"女百姓道："此去百里之外，有一座山，叫作骷髅山。山上有一个洞，叫作顶阳洞。洞里有一口井，叫作圣母泉。错吃了水的，吃下圣母泉，就解了。"王爷道：

“这圣母泉可容易取得么？”女百姓道：“是我本国之人，无有取不得的。只怕你远方人氏，还有些难。”王爷道：“怎么有些难？”女百姓道：“这如今洞里有三个宫主娘娘住在里面，第一个是金头宫主，第二个是银头宫主，第三个是铜头宫主。你们又是远方，又是男子，只怕他不肯放你进去，故此有些难。”女百姓受了重赏而去。王爷传下将令：“那一员将官敢领兵前去，取将圣母泉来？”道犹未了，只见马公公说道：“郑元帅尚且亲入虎穴，咱学生不才，愿领一支人马前去，取将圣母泉来。”王爷道：“既然老公公愿去，众军人有幸。须还得一员将官护卫着老公公前去。哪一员将官肯去？”道犹未了，只见武状元唐英说道：“马公公前去，末将不才，愿领兵护卫。”王爷道：“那洞里有三个宫主，须再得一员将官通同护卫，才为稳便。”

不知是哪一员将官肯去，且听下回分解。

第47回　马太监征顶阳洞　唐状元配黄凤仙

诗曰：

王母丁年跨鹤去，山鸡昼鸣宫中树。
圣泉泱泱出宫流，宫使年年修玉楼。
番兵去尽无射猎，日西麋鹿登城头。
天马西下水子母，愿借勺馀解救苦。

却说王爷道：“那洞里有三个宫主，须再得一员将官同去护卫，才为稳便。”道犹未了，只见游击都司胡应风说道：“末将不才，并不曾有寸功报主。今日马公公前去，末将愿领兵协同唐状元护卫。”即时间，两员将官、一位公公前去骷髅山顶阳洞。虽说有百里之遥。其实女人国脚步儿狭窄，只当得中国的三五十里，一会儿就到了。到了不至紧，早已有个巡洞的女兵报进洞里去。宫主问道：“来是男身，还是女身？”女兵道：“摇旗擂鼓，耀武扬威，都是个男身。”宫主道：“不知是哪里人？”女兵道：“不像我们西洋的人物。”宫主道：“敢是南朝来的？”女兵道：“人物出众，盔甲鲜明，想是南朝来的。”宫主道：“为首的是几个？”女兵道：“是三个。”宫主道：“你看得真么？”女兵道：“看得真。”三个宫主嗄嗄地大笑起来，说道：“若只是一个，一赢两饮，少不得碾酸。就是两个，也还有一个落空，不免要听些梆响。可可的我们是三个女身，来的就是三个汉子，这却不是天缘凑巧？”连忙地披挂起来，一齐上马。金头宫主居中，紧迎着马太监。银头宫主居左，迎着唐状元。铜头宫主居右，迎着胡都司。

马太监自不曾上过阵，看见金头宫主人又来得凶，马又来得快，劈头一刀，他就措手不及，恰好地被他掳翻去了。唐状元看见去了马太监，心上吃慌，丢了银头宫主，来攒金头宫主。哪晓得银头宫主闪在脑背后，把个九股红锦的套索儿，一下子套倒个唐状元。三个南将同来，一上手倒去了两个，止剩得胡都司一人一骑。好个胡都司，抖擞精神，单战铜头宫主。铜头宫主武艺且是熟娴，都司心生一计，拨转马就走，铜头宫主赶下阵来。胡都司想道：“他今番遭我手也。”带住马往后一抓，实指望这一抓，一天雷电旌旗闪，万里云霄日月高。哪晓得是个海底寻针针不见，水中捉月月难捞。原来铜头宫主是个能征惯战的，看见抓来，他连忙地使个镫里藏身，躲过去了，那一抓却不空空地抓在马鞍鞒上！他又将计就计，带转马望洞里飞跑。胡都司只说是抓住了宫主，放心大胆追下阵去。铜头宫主听得胡都司的鸾铃，看看近着，扑地里兜转马来，一头拳正撞着胡都司的脸。胡都司吃了一惊，连忙地挺上一枪，不想这一枪又被他一掣，掣到二十五里之外，连胡都司早已被他夹在马上，进洞而去。

只听见金头宫主洞里鼓乐喧天，歌声彻地。原来他抢了马太监，不胜之喜，安排筵宴，叫过些歌姬舞女来，浅斟低唱，逸兴颠狂，把个马太监劝到小半酣，他自家已是大半醉。你看他两只手搂住了马太监，做上一个嘴，叫上一声“嫡嫡亲亲的心肝肉”，就要软肉衬香腮，云雨会巫峡。那马太监嗄嗄地大笑起来。宫主道：“你笑怎么？”马公公道：“我笑你错上了坟哩！”宫主道：“怎叫作错上了坟？”马公公道：“我虽然是个男子汉，却没有男子汉的本钱。”宫主道：“你怎么又没有本钱？”马公公道：“我已经割了的，故此没有本钱。”宫主心上还有些不准信，把只手去摸一摸，果真是个猜枚的吊谎，两手都脱空。金头宫主吃了一慌，问说道：“那两员将官可有本钱？”马公公心里想道：“这个妇人不是好相交的，待我骗他一骗。”说道：“若讲起他两个来，我就要哭哩！”宫主道：“怎么你就要哭？”马公公道：“都是阎罗王注得不匀，他两个忒有余，我一个忒不足。”宫主道：“怎么有余不足？”马公公道：“我没有半毫本钱，他两个一个人有两三副本钱。”宫主听说道有两三副本钱，心里就是猫抓一般，一下子撇了马公公，竟白跑到银头宫主洞里去。

只见银头宫主对着唐状元，一人一杯，正在吃个合巹之酒。他起眼一瞧，果是唐状元唇红齿白，不比马太监的橘皮脸儿。他心里又想道：“这人像个有两三副本钱的。”高叫一声道：“你们好快活也！”银头宫主道：“你们又不快活哩？”金头宫主道：“我的对子已经阉割过了，没有本钱，哪里去讨个快活？”银头宫主就狠将起来。说道：“你只好怨你的命罢！你告诉哪个？”金头宫主越发狠起来，说道：“你这个恶人，岂不记得当初的誓愿：有官同做，有马同骑？今日之下，你有孤老，叫我就怨命罢！”银头宫主道：“你不怨命，我把孤老分开一半来与你罢！”金头宫主说道：“你还讲个分开一半的话。家有长子，国有大臣，先尽了我，剩下的才到你。”道犹未了，一只手把个唐状元就抢将过去。银头宫主道：“我到口的衣食，你劈口夺下我的。砍了头，也只有碗口大的疤罢了。”两只手把个唐状元又抢将过去。抢得金头宫主性如烈火，胆似斗粗，就照着银头宫主的脸上狠地一拳。银头宫主急了，就狠地还他一剑。这一剑不至紧，早已把个金头宫主连肩带背的卸将下来。铜头宫主听见两个姐姐争风，说道：“一人一个就够了，怎么又要吃个双分哩？”自家跑过第二个洞里来，只指望劝解他们一番。哪晓得大姐姐已是连肩带背的砍翻在地上。他便怒从心上起，恶向胆边生，骂说道：“好贱人！你就只认孤老，就不认得个姊妹么？”也是一刀，即也就送了二姐姐的残生性命。这口刀是个戒手刀，若不长大，若不厉害，怎么会送了人的残生性命？原来二姐姐正扯着唐状元上床，通身上下脱得赤条条的，没有寸担，故此一时躲闪不及，却就一命还应填一命，冤冤相报不争差。

铜头宫主杀了二姐姐，掀起被来，看见个唐状元浑身上白白净净，嫩如玉，细如脂，双眉斗巧，十指夸纤，好标致也。早已惹动了他那一点淫欲之心，拽下了二姐姐的尸首，叫声左右的拖出去。他就捱上唐状元的床，搂住唐状元的腰，亲着唐状元的嘴，叫一声“乖乖”。唐状元心里也罢了。只见宫主腰眼骨上扑地一声响，一股鲜血冒将出来。唐状元只说是红官人到任，安排叫他起来净一净。落后仔细看时，只见腰眼骨上一个大窟窿。唐状元吃了一惊，一骨碌爬将起来，披了衣服，出了洞门，却只见马太监手里提着一口钢刀，笑嘻嘻的说道：“唐状元，你看好刀哩！”唐状元故意地看了一看，说道：“原来是口刀，我只说是劈风月的斧子。”只见胡都司跑将来，说道：“原来是口刀，我只说是个劈风月的斧子，险些儿掉落了陷人坑。”唐状元问道：“这是哪个杀的？”马公公道：“是咱看见他姊妹们争风厮杀，趁着这个机会，结果了他。”唐状元道：“你怎么晓得到这个洞里来？”马公公道：“是咱看见他女郎儿打扫尸首，咱问他一声，他告诉咱这等一段缘故，咱就闯将进来。”胡都司说道：“闲话少叙罢，营里等着圣母泉哩！”三个人取了泉，跨上马，喜孜孜鞭敲金镫响，笑吟吟齐唱凯歌声。见了王爷，王爷万分之喜。把圣母泉送与刘先锋，给散五十名军士。圣母泉果是有灵，不出三日之内，旧病痊愈。王爷道：“刘先锋的病体幸而痊可，只是郑元帅还不见个信音。这如今帐下哪一员将官领一支军马，前去打听一遭？”道犹未了，帐下闪出一员将官，戴一顶二十四气的太岁盔，穿一领密鱼鳞的油浑甲，系一条玲珑剔透的花金带，使一杆单边锋快的抹云枪，骑一匹凤苑天花的奔电赤，朝着帐上打一个恭，说道：“末将不才，愿领兵前去，少效微劳。”王爷抬头视之，原来是征西游击将军黄彪。王爷道：“此处虽是个女人国，其实的女柄男权。黄将军，你不可看得他容易。”黄彪打一个恭，说道：“谨依遵命，不敢有违。”辞了元帅，跨上征鞍，领了军马，径投女人国而去。行到白云关下，早有个女总兵领了一支女兵女卒，骑一匹胭脂马，挎一口绣鸾刀，你看他：

脸不搽钟乳粉，鬓不让何首乌。不披鳖甲不玄胡，赛过常山贝母。细辛的杜仲女，羌活的何仙姑。金铃琥珀漫相呼，单斗车前子路。

女总兵抬起头来，只见南阵上的将军，也不是个等闲的：

地下的大腹子，天上的镇南星。威风震泽泻猪苓，神曲将军厮称。小瓜蒌谁桔梗，浮瞿麦敢川荆。神枪皂角挂三棱，栀子连翘得胜。

女总兵心上也有半分儿惧怯，提起胆来高叫道：“来将何人？早通名姓。”黄将军道：“俺南朝大明国朱皇帝驾下钦差征西游击大将军黄彪是也。你是何人？敢来和我比手？”女总兵道：“俺西牛贺洲女人国国王驾下护国总兵官王莲英是也。你还不晓得我老娘的手段，你敢在这里诳嘴么？”说得个黄将军一时怒发，劈头就是一枪。王莲英也尽惯熟，复手就是一刀。一往一来，一上一下，大战二十余合，不分胜负。王莲英心生诡计，拨转马跑回阵去。黄将军杀得怒发冲冠，大喝一声道：“杀不尽的贱人，哪里走！”刚刚的赶上三五十步，王莲英手里取出一个小小的铁桶儿，念了几句，只见铁桶里一道黑气冲天，那黑气落将下来，就缠在黄将军的身上，左缠右缠，哪里是个黑气，原来是个蚕口里抽出来的细丝，把个黄将军就像缠弓弦的一般缠将起来。饶你就是勇赛关、张，也只好束手听命。一伙女兵抬着黄将军去了。

南阵上的军士报上王爷。王爷道：“帐下哪一员将官领兵再去？”道犹未了，闪出狼牙棒张柏来，钢须乱戳，虎眼圆睁，应声道：“末将愿领兵再去。”王爷道：“务在小心，免致疏失。”张柏道：“末将敢不小心！”带过乌锥马来，飞身而上，跑出阵去，迎着王莲英，只是一荡狼牙棒，连捣几捣。王莲英看见张将军就像烟熏的太岁，火燎的金刚，好不怕人也。又见他的狼牙棒重又重，快又快，雨点的一般下来。他自家晓得支架不住，连忙地拨转马，连忙地取出铁桶儿来，连忙地念动咒语，连忙地缠着张狼牙。张狼牙大怒，脱又不得脱，急又急不得，高叫道：“泼贱人！你怎么这等歪事缠我？”又是一伙女兵把个张狼牙抬将去了。

王莲英一连拿了南朝两员大将，心下要留一员做个佳偶，却又想一想说道：“南朝的人物第一标致，若只是这两官却不怎的。一个脸如锅底，一个面似姜黄，都不中我的意，不如且送上国王，表我的功绩，看后面何如，再作道理。”送上国王，国王也不中意，吩咐寄监。

王莲英再来讨战，蓝旗官报上中军。王爷道：“似这等一个女人国，一日输一阵，两日输两阵；一阵输一员将，两阵输两员将，却怎么还征得大国？却怎么还取得国宝？好恼人也！”唐状元看见王爷吃恼，打一个恭，说道：“末将愿领兵出阵，擒此女总兵。”王爷道：“已经输了两阵，全在这一阵成功，你却不可造次。”唐状元道：“仰仗元帅虎威，一战必克。”道犹未了，擂鼓三通，一声信炮，唐状元绰枪上马，直奔王莲英。王莲英看见个唐状元清眉秀目，杏脸桃腮，三绺髭须，一堂笑色，心里想道：“这个将军才是我的对子。”问说道：“来将高姓大名？愿求见教！”唐状元道：“你这三绺梳头，两截穿衣，不识时务的泼贱货，哪里认得我武状元浪子唐英。”王莲英听见说“状元”二字，愈加满心欢喜，想道：“五百名中第一先，花如罗绮柳如烟。绿袍着处君恩重，黄榜开时御墨鲜。世上只有状元是个第一等的人，我今日拿住了他，尽晚上和他鸾交凤友。到了明日早上起来，我就是状元奶奶，好快活也！”心里只在想着快活，也不晓得手里的刀怎么在舞，也不晓得座下的马怎么在跑。猛然间收转神来，只见唐状元的枪漫头劈面，雨点般凶。好个王莲英，连忙地下阵而走。唐状元心里想道：“这个女人又不曾厮杀，怎么会败阵而走？莫非是个诈败佯输，赚我下去。只一件来，我若是不敢赶他，便羞了我状元二字。”狠着一鞭，赶将下去。眼见王莲英手动，眼见王莲英手里出烟，唐状元晓得是个术法，照着黑烟头上戳他一枪，试他是个甚么出处。哪晓得那个烟都是扯不断的，反把个枪带将上去。唐状元去了枪，连忙地补上一箭。箭还不曾离弦，弓还不曾拽满，两只手恰好是缠做了一只，一个人恰好是缠做个半个。怎么一个人缠做了半个？原来有手动不得，有脚走不得，有本领使不得，这却不是半个？又是一伙女兵抬将去了。

王莲英得了唐状元，心中大喜，吩咐女兵：“径送到我自己府中来。”众女兵抬进了府门，放在堂下。王莲英亲自下来，解了绳索，请升上座，拜了两三拜，说道：“适来不知进退，冒犯了将军虎威，望乞恕罪！”唐状元道：“杀便杀，砍便砍，有个甚么冒犯不冒犯！”王莲英道：“状元差矣！二世人身万结难。死者不能复生，你何轻生如此？”唐状元道：“杀身成仁，舍生取义。你这贱人晓得甚么！”王莲英又赔个笑脸，说道：“有缘千里来相会，千里姻缘似线牵。贱妾不才，愿奉将军枕席，将军意下何如？”唐状元道：“休要胡说！吾乃天朝上将，怎么和你蛮邦夷女私婚？”王莲英道：“状元，你休小觑我夷邦。你若是和我结为姻眷，头顶的是画栋雕梁，脚踏的是金阶玉砌；思衣而有绫绢千箱，思食而有珍馐百味；堂上一呼，阶下百诺。不但只止于此，你若是有心对我，朝中还有甚么人？你就做得女儿国的皇帝，我就做得正宫皇后娘娘。”唐状元听知他说道甚么穿衣吃饭，已是有九分不快；却又听见他说到朝中还有甚么人，他心里就有十分吃恼，想道：“这个女人是个无父无君之贼。青竹蛇儿口，黄蜂尾上针。两般犹未毒，最毒妇人心。”站起来照面啐上他一口吐沫，喝一声：“哇！你这大胆的泼贱奴，敢胡言乱道如此！鸟兽与我不同群，你快杀我！你不杀我，我便杀你！”这一席唐突，把个王莲英羞得满脸通红，浑身是汗。自己不好转得弯，叫左右的推出去枭取首级，把个唐状元即时推在阶下。

早又有一女将，原日也曾中过状元，只因御酒三杯，掉了金钟儿在地上。女王大怒，说他慢君，把探花王莲英升做状元，把他贬做司狱司一个大狱官，姓黄名凤仙。黄凤仙虽是女流之辈，文武兼全，才识俱足。他看见唐状元人物齐整，语言秀爽，心里想道：“此人器宇不凡，终有大位。俺不免设一小计，救他出来，这段姻缘在我身上，也不见得。”连忙地跪着禀道：“来将理虽当斩，但南朝船上有个道士，名唤引化真人；有个和尚，名唤护国国师。我们却不知他的本领，不知日后的输赢。依小将愚见，留下此人，同前番两个一齐监候。倘或南船上大胜，有此一干人是个解手。若是南船上大输，拿了道士、和尚，一齐处斩，未为迟也。”黄凤仙这一席话，有头有尾，有收有放，怕甚么人不听？王莲英即时依允，说道：“你带去监候着，只是不可轻放于他。”黄凤仙说道：“人情似铁非为铁，官法如炉即是炉。怎么敢轻放于他。”迳自领了唐状元，送在司狱司监里。

唐状元见了张狼牙、黄游击，各人诉说了一番，都说道：“那妖精不知是个甚么东西，沾在身上如胶似漆一般，吃他这许多亏苦。”唐状元又问道：“郑元帅在哪里？”张狼牙道：“说在甚么南监里。”道犹未了，黄凤仙进监来陪话。三位叙一番话，奉一杯茶。唐状元道：“适蒙救命之恩，谢不能尽；又蒙茶惠，此何敢当？”黄凤仙道：“说哪里话。就是我总兵官，也原是好意。只因语话不投，故此恩将仇报。”张狼牙道：“也未必他是真心。”黄凤仙道：“男有室，女有家，人之大欲，岂有个不真心的？”张狼牙道：“假如尊处偏不愿有家哩？”黄凤仙道：“非媒不嫁耳，哪有个不愿有家之心？”张狼牙的口快，就说道：“既是尊处愿有家，我学生做个媒也可得否？”黄凤仙道：“只要量材求配。”张狼牙道：“尊处也曾中状元，就配我唐状元这个，岂不是量材求配？”黄凤仙道：“只怕唐状元嫌弃我是个夷女，羞与为婚。”唐状元低了头不讲话。黄凤仙道：“唐状元，你不要嫌弃贱妾。若是贱妾配合于你，我总兵官之法，立地可破。”唐状元心里想道：“若是依从于他，是个私婚夷妇之罪。若不依从于他，他又说道会破总兵官术法。也罢，元帅在此不远，莫若请出他来，凭他尊裁，有何不可？”却说道：“既承尊爱，非不遵依，你只请出我郑元帅来，我自有处。”黄凤仙即时开了南监，取过郑元帅来。三位将官草率相见，大家告诉一番。元帅道：“这如今都陷在这里，怎么是个了日？”张狼牙道：“可恨那总兵官的妖邪术法，不知怎破。”元帅道：“哪里去寻主破头阵来？”张狼牙说道：“此一位狱官，姓黄，双名凤仙，他晓得那个破阵之法。只是他要配合唐状元，方才肯说。”元帅道：“既如此，公私两利，有何不可？我这里主婚。”张狼牙道：“有了元帅主婚，愈加妙了。唐状元，你可拿出聘礼来。”唐状元道：“我腰里有条玉带，解下来权为聘礼。”即时间两家相见，两家结纳。元帅道：“你二人还转私衙里去，恐怕监里别有耳目。”二人应声：“是。”黄凤仙领了唐状元，归到私衙里面。此时已是三更天气，两个归到洞房：

水月精神冰雪肤，连城美璧夜光珠。
玉颜偏是书中有，国色应言世上无。
翡翠衾深春窈窕，芙蓉褥隐绣模糊。

何当唤起王摩诘，写作和鸣鸾凤图。

到了明日早上，唐状元依旧进监。黄凤仙正然梳洗。只见总兵官一个飞票：“仰狱官黄凤仙火速赴府毋违。”黄凤仙接了飞票，吓得魂不附体，只恐怕泄露了昨夜的机关。这正是：为人莫作亏心事，半夜敲门心不惊。黄凤仙跑到总兵官府里，跪在丹墀里也还战战兢兢。只见总兵官说道：“恨小非君子，无毒不丈夫。你与我备办下三百担干柴，灌上些硫磺焰硝引火之物，到东门外搭起一个柴篷来，把南朝三个将官和前日那一个太监一齐捆缚了，丢在篷上烧化了他，才泄得我心中之恨。你用心前去，不可有违。”黄凤仙道：“敢不钦遵！”出了总兵官府，来到监中，把个干柴烈火的事说了一遍。一个元帅，三位将官，都吃了一惊，都说道：“事至于此，都在黄凤仙身上。”黄凤仙说道：“但有吩咐，我无不奉承。只是仓卒之间，你们众人商议一个良策。”唐状元道：“捆缚之时，都用个活扣儿，我们好一扯一个脱。”黄凤仙道：“就是个活扣儿。”张狼牙道：“扯脱了扣儿，走到哪里去？”唐状元道：“黄夫人，你就当先开路。”黄凤仙道：“就是开路。”张狼牙道：“赤手空拳，走也没用。须得副鞍马，须得副披挂，须得副兵器。”唐状元道：“这些事都是一套的，只用一个计较。”张狼牙道：“甚么计较？”唐状元道：“黄夫人，你见总兵官，只说我南朝人不怕死，只是不肯遗下这些披挂、鞍马、兵器在这里。若是一齐烧了，他便死心塌地。若是留下了他的，他就做个魍魉之鬼，吵得你昼夜不宁。总兵官问你怎么烧，你就说道各人的物件，摆在各人面前，省得他明日死后，又来鬼吵。”黄凤仙道：“此计大妙。”即时去见总兵，报道：“柴篷俱已齐备，请元帅钧令，取出南朝将官来，以便行事。”总兵官发下军令：“取过南朝郑太监、黄游击、张将军、唐状元一干将帅，严加捆绑，押赴东门外，不得疏虞，取罪未便。”

毕竟不知押赴东门怎么结果，且听下回分解。

第48回　天师擒住王莲英　女王差下长公主

诗曰：

西洋哪识绮罗香，未拟良媒自主张。
为爱风流高格调，最堪尘世俭梳妆。
敢将十指夸纤巧，不把双眉斗画长。
此日状元遭厄难，殷勤全仗硬担当。

总兵官军令已出，黄凤仙把个南人不怕死的话，南人不肯遗下披挂、兵器、鞍马的话，魍魉鬼作吵的话，细细地说了一遍。总兵官大惊，说道：“喜得你来禀我，不然我一家大小不得安宁。凡事悉依你处就是。”黄凤仙大喜，心里想道：“果中我唐状元之计。”三通鼓响，黄凤仙押出南朝四员将帅，径出东门，出在东门之处柴篷左侧。张狼牙把个眼瞧一瞧，果然是四副披挂，四副兵器，四副鞍马。他忍不住心头大怒，大喝一声，把个浑身的绳索，逐寸逐分地断了。那三员将帅都寻着活扣儿，一扯一个空。各人得了各人的披挂，各人拿了各人的兵器，各人跨上各人的鞍马，一拥而来，齐奔宝船之上。

却说总兵官王莲英听知道这一场凶报，咬牙切齿，怒目圆睁，骂说道：“好贱婢！你有多大的本领，焉敢卖国求荣！”即时点起精兵一支，取出披挂，跨鞍上马，开了东门，一径赶将来，高叫道：“卖国求荣的泼贱婢哪里走？”唐状元听见有人吆喝，说道：“黄夫人，倘或有人赶来，我和你怎么处？”黄凤仙道：“一手不敌两掌，我和你四个人，倒反怕他一个人么？”唐状元道：“只因他的术法有些不好处得。”黄凤仙道：“他的术法在我手里，你过会儿看我破来。”道犹未了，王莲英一人一骑，当头一支女兵随后，径直赶近身来。唐状元叫黄游击护卫元帅先走。他这三个勒转马来，一字儿摆着：黄凤仙在中，唐状元在左，张狼牙在右。只见王莲英摆开阵来，高叫道：“狗烂肉，我费心拿的人把你受用，你还把我的江山都卖了来。”黄凤仙道：“你还不羞哩！你把你父母生来两块皮，哀求了一日还没有人要，还说是你拿的人我受用。”起手就是一刀。王莲英急忙地还一刀，你一刀，我一刀，两个番将，两骑番马，两张番刀，砍作一砣儿。王莲英恨不得一口凉水把个黄凤仙一口吞在肚子里，抖擞精神，越战越英勇。唐状元又恐怕黄凤仙不得胜，一骑马，一杆枪，斜曳而来。王莲英看见唐状元帮杀，心上越发碾酸，提起口刀，单战唐状元。战了三五合，王莲英又拨转马走。唐状元要在黄凤仙面前卖弄手段，竟赶他下去。黄凤仙晓得总兵的毛病，也只得跟他下去。可可地王莲英捧出铁桶来，飞出黑烟来。看看地黑烟又要往下落，只见黄凤仙袖儿里面飞出一个乌鸦，那乌鸦一飞，飞在天上，一个鹞子翻身，却又落将下来，紧紧地落在王莲英的头上，那一股黑烟都不见了。王莲英看见破了术法，没兴而去。

这三位回马不用鞭，径到宝船上。唐状元道：“你总兵官那一股黑烟，是个甚么术法？”黄凤仙道：“叫作蜘蛛罗网法。铁桶儿里面是个蜘蛛，掀开了桶盖，那蜘蛛就飞上去。飞上去复飞下来，抽出的丝就把个人捆缚得定定。故此叫作蜘蛛罗网法。”唐状元道：“黄夫人，你袖儿里飞出来的是个甚么法？”黄凤仙道：“是个乌鸦法。蜘蛛看见了乌鸦，自身难保，还肯吐丝哩！故此就破得他的。”唐状元道：“妙计，妙计！”到了宝船上，拜见元帅。元帅甚喜，颁赏有差。相见大小将官，大小将官甚喜，哪个不说道：“天姿国色，盖世无双。”哪个不说道：“唐状元是个才子，黄凤仙是个佳人。才子佳人信有之。”唐状元道：“今日无事，休息一番。”黄凤仙道：“我那王总兵昨日败阵而去，不知怎么气满胸膛。一会儿就好来厮杀也。”道犹未了，蓝旗官报道：“王总兵在阵前讨战，坐名要黄凤仙。”元帅道：“选下精兵一支，跟着黄凤仙出马。”马公公道：“新降的妇将，未知他心腹何如，恐有里应外合之变。”元帅道：“黄凤仙忠良谨厚，不必过疑。又且疑人莫用，用人莫疑。”马公公道：“元帅之言，见得最大。”即时差下黄凤仙出阵。

黄凤仙出在阵前，看见个王莲英，自古道：“恩人相见，分外眼清；仇人相见，分外眼红。”王莲英高叫道：“你那败坏我夷邦风俗，辱国的贱人，早早下马受我一刀，免得费我手脚。”黄凤仙大笑，说道：“我把你这个贱婢，你死在头上，还不省得。”拍马舞刀，直取王莲英的首级。王莲英大怒，说道：“你是何等的人？敢来犯我上辈！”急架相迎。两家子杀在一处。黄凤仙心生巧计，兜转马走回来。王莲英杀得气起，竟自赶下来。黄凤仙扭转身子，扑地一响。王莲英眼快，看见是支箭飞过来，连忙地撇一刀。撇一刀不至紧，把支箭撇做了两段，每一段中间就爆出十支小箭来，都射着王莲英的身上。早有一支中了他的左腿，一时间忍不过疼，败阵而去。原来这个箭总是一支大箭，箭里面藏着二十支小箭，不用弓，不用弦，只在袖儿里递将出去。对敌的看见箭来，少不得把个兵器来隔。隔断了那支大箭，却不爆出那些小箭来？又多又快，少不得伤人。名字叫作个子母箭。这是黄凤仙遇着神师所授，百发百中，故此王莲英受了他这一亏。

黄凤仙借了这些赢势儿，赶他下去。王莲英又古怪，径跑到海边上。黄凤仙也赶到海边上。一赶赶急了他，王莲英连人带马，一骨碌跳进海里去了。黄凤仙骂道：“泼贱人，我晓得你死在头上，只是便饶了你得个囫囵尸骸。”掌起得胜鼓，径回宝船。元帅大喜，赏赐甚厚。黄凤仙领了赏赐回来，唐状元道：“只怕你总兵官是个诈死。”黄凤仙道：“诈死除非是个水囤之法。我平生不曾看见他有这个法儿。”

到了明日，蓝旗官报道：“昨日女将王莲英又来讨战。”唐状元道：“我说是个诈死。”连元帅也吃了一惊，说道：“可看得真么？”蓝旗官道：

“一则形象无差，二则他自家称名道姓，岂有个不真的？”马公公道：“夷人心术不端，即此一事，就看得他破了。”王爷道：“假捏军功，依律该斩。”元帅叫过黄凤仙来，吩咐道：“你昨日这一功，却有些不实哩！”黄凤仙道：“非末将敢欺元帅冒认大功，委果是他跳下海去，众军士所共见的。”元帅道：“你是夷人，不知我朝法度。假捏军功，依律处斩，你可晓得么？”黄凤仙道：“晓得了。容末将再去阵前，将功赎罪罢。”元帅道：“这个也通。”唐状元看见元帅说个“也通”两个字，他就晓得元帅心上还有些疑惑，朝着上打一恭，说道：“末将愿同黄凤仙出阵，一则监军，二则助他一臂之力。”元帅依允。

两个人即时披挂上马。王莲英迎着就叫道：“烂狗肉，你可晓得我的厉害么？”黄凤仙道：“饶你厉害，我要活捉你来。”二人大战，战到二十余合，不分胜负。王莲英手里又在撮撮弄弄，撮弄出一个小小的葫芦，不过三寸来长，正在朝着太阳来晃也晃。唐状元先前就看见了，带过马来，照着他的葫芦就是一枪。一枪不至紧，戳得个葫芦有千万道的金光一并而出。唐状元的两只眼，如同两道闪电一般，一只眼一道闪电，又还开得个眼？不觉地扑一声响，掉下马来。王莲英伸起刀就要动手，吓得个黄凤仙魂不附体，连忙地架住，救起了唐状元。王莲英又寻着黄凤仙，单单厮杀。杀了一回，也拿出个葫芦，朝着太阳晃一晃，就爆出十万道金光来。黄凤仙看见笑了一笑，说道：“这是我老娘多年不用的，你敢抄这旧文章来哄我么？”轻轻地张开口，对着西北上吹一口气，早已不见了那个万道金光。王莲英看见一法不中，二法不成，连忙地飞过一口剑来，砍着黄凤仙的顶阳骨上。黄凤仙又笑了一笑，把个手指头儿一指，那口剑轻轻地插在地上。王莲英看见不能取胜，心上有些慌张。只见黄凤仙手里又拿了箭来，王莲英越加慌了，说道：“今日天色已晚，你不要把那个暗箭伤人。明日来，我和你明日决一个胜负。”黄凤仙道：“你今番晓得我老娘厉害么？”各自散阵。黄凤仙同着唐状元得胜归来，元帅大喜，又行赏赐。

明日两家又是这等对阵。王莲英说道：“贱人，今日若不斩你首级，誓不回兵！”黄凤仙道：“我今日不斩你的驴头，也不住手。”两个人一行说着话，一行就翻过脸来，提刀大战。双战了二三十合，王莲英诈败佯输，走下阵去。黄凤仙明知其计，偏不怕他，偏要赶他下去。原来王莲英是个拖刀之计，两马相近，扭转身子来，劈头就是一口绣鸾刀。黄凤仙的马跑发了收不住，那一刀可可地照着他的顶阳骨上下来。唐状元看见，吓得浑身抖战，急忙地架起枪来，大喝一声道："畜生哪里走！"原来圣天子有百神相助，大将军有八面威风。唐状元这一声喝，喝得个黄凤仙的马倒退了三五步，那一刀紧紧地掉在他的马面前。王莲英收起了刀，叫作个单丝不线，孤掌难鸣。一个怎禁得他两个？没奈何又走到海边上，又跳在海里去了。唐状元道："这是个脱身之法，我和你把军马扎住在这里，看他几时上来。"一日守到日西，杳无踪迹，方才收兵罢战，报与元帅得知。元帅重赏。

到了明日上，蓝旗官又来报道："番将讨战。"元帅心上有些吃恼，说道："西洋地面，专一出这等一个女人，倒有些费嘴。"洪公公道："这女人都是些邪术，何不去请天师来作一区处？"去问天师，天师道："还是国师。"又问国师，国师道："要贫僧擒此女人，先要选下一员好汉，听贫僧的号令。"元帅道："要个甚么好汉？"国师道："要个不怕天地、不怕鬼神、水里水去、火里火去，这等一个好汉才去得。"元帅道："帐下诸将哪个去得？"道犹未了，只狼牙棒张柏大叫道："末将不才，其实去得。"元帅道："怎见得你去得？"张柏道："末将不怕天地、不怕鬼神、水里水去、火里火去，故此去得。"国师道："这个女总兵善能入水，他每番诈败佯输，跳到海里去。你明日和他交手之时，他在前面跳下海，你在后面也要跳下海。又要在海里面和他大杀一场，且要拿得他上来，才算你去得。"张狼牙想一想说道："跳下海去不至紧，却不淹死了我？我做个魍魉之鬼，怎么能够再来斩将立功？怎么能够再生还大明国？这个事成不得。"心里不肯去，口里不作声。国师早已知其意，笑一笑说道："你这个人有勇无谋，成不得甚么大事。再有哪个好汉去得？"道犹未了，黄凤仙跪着禀道："末将不才，勉强去得。"国师道："那女将下海，你也要下海，须是不怕死，才去得哩！"黄凤仙道："既然有心为国，一死何辞？"国师看见他英雄慷慨，心里老大地服他，即时间袖儿里取出一件宝贝来，交与黄凤仙。黄凤仙接在手里一看，只见是个滴溜圆圆眼大的一颗珠儿。黄凤仙道："国师老爷在上，敢问这个宝贝叫作甚么名字？"国师道："叫作个碧水分鱼。"黄凤仙道："甚么叫作个碧水分鱼？"国师道："拿它在手里，跳下水时，水分两开，中间让出一条大路。凡是蛟龙鱼鳖，无所不见，故此叫作个碧水分鱼。我南朝算命的先生，都写它做个招牌，正取它这一段好处。"黄凤仙道："我那个女总兵还会驾雾腾云哩！"国师道："我别有调度，你只管放心前去。"黄凤仙拜谢国师，拿了宝贝儿去。张狼牙说道："我的胆子略小了些些儿，哪里晓得有这等的宝贝。"这叫作是个当场不展，背后兴兵。国师又请过天师来相见，请他驾起草龙，专等海里的妖精腾云上来，擒拿着他，不可轻放。

安排已毕，到了明日早晨，王莲英又来讨战。黄凤仙单刀出马，两个人杀作一砣儿。杀了一会儿，王莲英还是昨日的旧谱子，照着个海边上只是一跑。黄凤仙大笑了三声，说道："你今番再走到哪里去也！"王莲英连人带马跳下海里去了。黄凤仙道："泼贱人，你会下海，偏我不会下海么？"连人带马，也跑下海去。王莲英心里想道："这个贱人，今日自送其死。"勒转马来，两家子在海里面，又大战了二十多合。王莲英看见海里水每每地分开去，不淹着个黄凤仙，黄凤仙在水里越战越精爽，他心里就晓得有些不停当，念动真言，宣动密语，连人带马，一驾黑云，腾空而起。黄凤仙大怒，说道："你会腾云，偏我不会腾云哩！"也是一驾黑云，腾空而起。王莲英在头里，张天师看见他起来，一个九龙神帕扑地一声响，罩将下来。黄凤仙听见扑地一声响，怕有个甚么疏失，急忙地落下云来，先在地上。只见王莲英一罩罩着，掉将下来。刚刚地掉将下来，黄凤仙就走近前去，照头一刀，砍下一颗首级。天师落下了草龙来，黄凤仙已是提着个鲜血淋漓的一颗首级。黄凤仙道："不知天师在上，小将僭了。"天师收了宝贝，说道："斩将搴旗，怎么论得一僭字。"见了元帅，献上首级。元帅大喜，重颁赏赐，大设筵宴。元帅道："今番女人国再没有这等一个对头了。"众将官道："眼见旌旗捷，耳听好消息。"

哪晓得那个女王，听知道总兵官砍了头，倒吓得兢兢战战，吩咐女学士撰下降书降表，吩咐女尚书备办进贡礼物，吩咐女百姓安排香炉花瓶，迎接天使。猛然间，东宫里闪出一个红莲宫主来，朝着女王行了一个礼，说道：“父王有何事烦恼？何不说与孩儿得知。”女王却把个南朝宝船，黄凤仙投降，总兵官被杀各项的事情，细说了一遍。红莲宫主道：“些小之事，何足挂怀！”女王道：“你怎么看得这等容易？”宫主道：“不是孩儿夸口所说，仗着父王的洪福，凭着孩儿的本领，拿过黄凤仙来，砍他万段，抓过他宝船来，碎为齑粉，此有何难？”女王道：“他船上还有一个道士，官封引化真人，能呼风唤雨，役鬼驱神。他船上还有一个僧家，拜为护国国师，能怀揣日月，袖囤乾坤。你还在那里做梦哩！”宫主道：“不要说个做梦，我把那个道士，杀得他九梁星里不见了冠儿；我把那个僧家，杀得他南无阿弥不见了圆帽。”女王道：“你生长闺门，深居庭院，怎晓得个厮杀的事？”宫主道：“孩儿不省，自幼儿幽闲无事，精通六韬三略；长大时曾遇天仙，传授我一干兵法。正是幼而学，壮而行，今番却是该我施展的日子。”女王道：“孩儿，你若武艺不精，不可自送其死。”宫主道：“蝼蚁尚且贪生，岂可孩儿不忖量，自送一个死？”女王道：“既如此，全仗你这一功。”

红莲宫主辞了父王，点齐一支兵马，竟出白云关而来。蓝旗官报上中军。元帅道：“怎么又有一个甚么女将？”蓝旗官道：“他自称红莲宫主，口出不逊之言。”王爷道：“既是口出不逊之言，一定是有些本领。”老爷道：“叫过黄凤仙来，问他一个端的，就见明白。”问到黄凤仙，他说道：“有便有一个红莲宫主，并不曾晓得他有甚么本领。”元帅道：“帐下哪一员将官领兵出阵？”道犹未了，左先锋张计应声道：“末将不才，愿领兵出阵，擒此夷女。”元帅道：“这又是一个新来的女将，你不可易视于他，恐失威望。”张先锋道：“谨依将令，不敢疏虞。”提起一张大杆豹头刀，骑一匹银鬃抓雪马，领了一支铁甲夜寒兵，飞阵而去。摆一摆虎头，睁一睁环眼，只见番阵上站着一个女将军：

巧样佳人鬓挽云，金装掼甲越精神。
眉分柳叶一弯翠，脸带桃花两朵春。
勒马自知心上事，迎风谁是意中人？
西洋绝域偏孤零，云雨巫山认未真。

张先峰高叫道：“来者何人？敢拦我的去路？”那女将道：“吾乃西洋女儿国国王位下东宫侍御红莲宫主是也。你是何人？”张先锋道：“我乃南朝大明国朱皇帝驾下钦差征西前部左先锋张计是也。”宫主道：“你既是南朝大明国钦差官，也该晓得三分道理，怎么苦苦地上门欺负人？”张先锋道：“你这蕞尔小国，偏敢抗拒天兵，怎么说个欺负二字？”宫主道：“怎见得是个抗拒？”张先锋道：“你不抗拒，怎不早早地递上降书降表，倒换通关牒文，献上传国玉玺？”红莲宫主大怒，说道：“你无故侵犯我的国土，还讲甚么降书降表！”道犹未了，照头就是一刀。张先锋就还他一刀。自古道：“容情不举手，举手不容情。”一往一来，一上一下，大战三五十合，不分胜负。红莲宫主心生巧计，故意地把个刀虚晃几晃，败阵而走。张先锋看见他的刀法错乱，只说他是真，放心大胆，赶他下去。只见官主怀里取出一件东西来，口里说道：“佛爷爷！佛爷爷！你便把个宝贝儿与我，不知它灵也不灵？”连忙地举起来，望空一撇。那宝贝就现出万道金光，千层瑞气，呼一声响，正照着张先锋的头上落将下来，把个张先锋打得东歪西倒，支架不住，滚在地上。番阵上一声梆响，一群女将拥走了一个张先锋。到了明日，红莲宫主又来讨战。元帅道：“陷了左先锋，老大的没趣。”只见右先锋刘荫朝着元帅打个恭，说道：“末将不才，愿领兵出阵，报复左先锋之仇。”元帅道：“这女将军都是些术法，你们出阵的最要提防他。”右先锋道：“末将知道。”拽起一杆雁翎刀，跨着匹五明马，领了一支新选锋，飞跑出阵，喝声道：“泼贱婢，你可认得我刘爷么？”抡起那一口刀，就像舞流星的一般，呼呼地只听见响。红莲宫主挡不得手，不上两三回，撇一下刀，败阵而走。刘先锋道：“这又是个赚法，我只是一个不赶他，看他把我怎么。”红莲宫主一径而去了，渐渐地去得远，渐渐地进了关。刘先锋道："我也且回船再来。"停鞭缓辔，迤逦而行。哪晓得红莲宫主悄悄地在后面赶将来，拿起个宝贝，吹了一口，手里一撇。那一吹不至紧，就像轰天划地的一个响雷公，那一撇不至紧，早已万道金光，千条瑞气。一个响雷公就落在刘先锋的头上，任你就是个孔夫子，也迅雷风烈必变，番阵上一声梆响，又拥走了一个刘先锋。

到了明日，红莲宫主又来讨战。元帅还不曾开口，只见狼牙棒张柏高叫道："蛙虫小辈，何足道哉！饶他就是爪哇国的王神姑，也不过如此！"把个铁幞头往下捺一捺，把个牛角带往上搊一搊，把个狼牙棒手里摆一摆，说道："元帅少坐片时，容末将擒此妖婢。"攀鞍上马，跑出阵前，劈头就扯开喉咙来，大喝一声："哇！"就像半天中一声霹雳。喝声未绝，雨点般的狼牙钉捣将去。那张千户人又黑，马又乌，力又大，势又凶，狼牙钉又重，捣得个红莲宫主上天无路，入地无门，一个倒栽葱，翻在马鞍鞒下。只听见他口里叫道："菩萨！菩萨！你这个可灵验么？"张狼牙只说是捣得他慌了，口里叫"菩萨"，哪晓得他手里还在鬼弄。张狼牙看见他滚在地上，提起刀来取他的首级。只见豁喇一声响，爆出万道金光，千条紫雾，一座泰山压在张狼牙头上。番阵上一声梆响，又拥走了一个张狼牙。解上女王，女王道："权且寄监。"红莲宫主怕他监里作吵，吩咐道："杀了罢。"刚刚地拿出力来，张狼牙照像前番火烧的故事，尽着气力吆喝一声。吆喝这一声不至紧，浑身上的绳索，又是逐寸逐分地断了。掣过狼牙钉来，左冲右突，前滚后掀，恰像个搜山的罗刹，哪一个敢近他的身边。抓住了乌锥马，只是一走如飞。见了元帅，把这些厮杀的事说了一遍。元帅道："你还鲁莽了些。"张狼牙道："那时节若得两个帮手，也不遭他的毒害。"元帅道："今番多差几员大将去。"

到了明日，红莲宫主又来。南阵上三通鼓响，拥出两员大将：左边是征西游击大将军黄彪，右边是征西前营大都督公子王良。高叫道："你是甚么样的泼贱婢？有多大的本领，敢生擒我上邦的大将么？"两员将，两骑马，两般兵器，杀得天花乱落如红雨，海水翻腾作雪飞。只见红莲宫主白白嫩嫩，面如出水荷花；袅袅婷婷，身似风中细柳。坐在那马上，虽然有一种风情，肚子里包藏的都是些杀人的肝胆。他看见南阵上来得凶，晓得不是个好相识，哪里敢交手？拨转马只是望本阵而逃。这两个将军杀得性起，也不记得他有甚么妖术，跑着马赶向前去，一心只是要拿住他。

毕竟不知这一赶还是输，还是赢，且听下回分解。

第49回　天师大战女宫主　国师亲见观世音

诗曰：

阴风猎猎满旌竿，白草飕飕剑戟攒。
九姓羌浑随汉节，六州番落从戎鞍。
霜中入塞雕弓响，月下翻营玉帐寒。
底事戎衣着红粉，敢夸大将独登坛。

却说黄游击、王应袭碾着红莲宫主，只指望活捉他。哪晓得他扭转身子来，一声响，就有万道金光，千条紫气，一个人照头一下。也不知是个山崩将下来，也不知地塌将下来。番阵上一声梆响，早已断送了两个将军。红莲宫主得胜而去，不胜之喜。蓝旗官报上中军，元帅大怒，说道：“无端泼妇，敢生擒我四将，成个甚么体面！”王爷道：“斩妖缚邪，天师还是专门的。”元帅去请天师，天师即时出马。红莲宫主看见南阵上擂鼓三通，一声信炮，跑出一支军马来。前后左右，旌旗闪闪，杀气腾腾，中间一杆皂纛，皂纛之下坐着一员将官，眉清目秀，美貌修髯，头上戴着一顶九梁冠，身上披着一领云鹤氅，提一口七星宝剑，跨一匹青鬃骏骑，心里想道：“来者莫非就是甚么引化真人张天师？待我叫他一声，看他怎么？”高叫道：

“来者莫非是个道士么？”天师喝声道：“哇！我乃大明国朱皇帝驾下官封引化真人张天师，你敢说甚么道士？”宫主道：“我把你这个诛斩贼，你又没有三个头，你又没有四个臂，何敢领兵侵犯我国？”照头就是一刀。好天师，就还他一剑。你一刀，我一剑，战到三五合，天师剑头上喷出一道火来。宫主道：“天师，你手段不加，空激得剑头上出火。”道犹未了，剑头上烧了一道飞符。天师口里喝上一声：“到！”只见正南上掉下一个天神，脸如赤炭，发似朱砂，浑身上下恰如火燎的一样，睁眉怒眼，手执金鞭，朝着天师打个恭，说道：“天师呼唤小神，何方使令？”天师起眼一看，原来是个赤胆忠良王元帅。天师道：“这女儿国出一个甚么红莲宫主，无限的妖邪，拿了我南朝四员大将，阻我的去路。相烦天神替我擒他过来，才可以过得这一国。”王元帅得了道令，一驾祥云，腾空而起，落下云来，把个红莲宫主照头一鞭。打得红莲宫主万道金光，千条紫焰，反把王灵官一双眼如烟熏一般，如火燎一般，如针刺一般。王元帅不得他到手，驾云而去。

天师道：“有此泼妇。”连忙地一连烧了几道飞符，天上一连掉下了一干天将。天师抬头一瞧，原来是庞、刘、苟、毕四位元帅，齐齐地打一恭，说道：“天师呼唤小神们，哪里使用！”天师道：“相烦四位天神，擒此夷女。”四员得了道令，落下云来，擒拿宫主。只见宫主身上迸出万道金光，四边厢都是些腾腾紫雾，那宫主就脚踏着金光而起。金光一丈，宫主高一丈；金光十丈，宫主高十丈；金光百丈，宫主高百丈；金光千丈，宫主高千丈；金光万丈，宫主高万丈；一高就高在半天之上。四位天神回复道：“此女人已成仙体，小神们未易擒拿。”四位天神驾云而起。天师道：“这等一个女人，会成甚么仙体？却也是个异闻。”

道犹未了，那宫主的宝贝望空一撇，万道金光，千条紫雾，豁喇喇地响将来。天师也没奈何，跨上草龙而起，转到中军，浑身是汗，气喘作一堆。元帅大惊，说道：“天师为何这等模样？”天师却把个始末缘由告诉了一遍。元帅道：“天师尚然如此，何况这些将官！”马公公道：“似此难征，不如收拾转去罢！”王爷道：“兵至于此，有进无退，怎么说个转去的话？

纵有甚么妖邪，还有国师在那里，偏你会愁些。”元帅只得去请国师。国师道：“贫僧也只好去劝解他一番。”

到了明日，蓝旗官报红莲宫主讨战。国师戴一顶旧旧的毗卢帽，着一件旧旧的烂袈裟，一手钵盂，一手锡杖，一个儿逐步地摇也摇，摇近前去。红莲宫主晓得南朝的长老有偌大的神通，他也不敢怠慢，问说道：“来者莫非是金碧峰长老？长老，你既是一个出家人，岂不知佛门中三规五戒？怎么今日跟随着这些造孽中生，堕落这多孽障？”国师道：“宫主在上，非是贫僧出家人肯堕孽障。只因我万岁爷要跟寻玉玺，故此奉命而来。”宫主道：“玉玺不在小国，你何故苦苦加兵？”国师道：“既是玉玺不在，须得一封降书降表，倒换一张通关牒文，日后才好回话。”宫主就有些不快活，说道：“长老差矣！小国自来不曾通往你大国，怎么逼勒我要降书降表？你莫怪我说，有我在一日，你这些船难过一日。”国师道：“阿弥善哉！我这宝船上有战将千员，雄兵百万，岂可就不得过去。”红莲宫主说道：“你也把这大话来谎我。我连日出阵，我连日生擒你大将，只走得一个黑脸贼。虽然走了这一次，终久是个瓮里鳖，船里针，走到哪里去？”国师道：“阿弥陀佛！我南朝的大将，倒也有些难拿哩！”红莲宫主大怒，喝声道：“哇！莫说是你大将难拿，就要拿你这个和尚，何难之有！”国师道：“也有些难处！”红莲宫主把马一夹，提起刀来，就要照头一下。国师不慌不忙，把个九环锡杖到地上一画。只见宫主的马，望后就退走了几十丈之远，打死也不上前去。

宫主心里想道：“这和尚是有些本领，连我的马也怕他。”却又取出那九斤四两重的铜锤来，照国师头上一锤。这一锤正中在老爷的顶阳骨上，早已打得金光直上，紫雾斜飞。那金光直上，就结成一朵千叶的宝莲，把个铜锤托起在半天云里，动也不动。宫主道：“好厉害也！”连忙地取出一口丧门剑来，望空一撇，直取国师的首级。国师不慌不忙，把个手指头儿一指，那口剑就化作一个红红绿绿的蝴蝶儿，迎风飞了。宫主道：“这和尚好厉害，连我的兵器都去了，我岂肯与他甘休！”取过一壶百发百中的九支箭来，一齐照着国师的身上，豁喇喇一响，都中在国师身上。国师把个袈裟儿抖一抖，那九支箭都掉将下来。宫主道：“那些烂袈裟有个射不穿之理，好厉害！”连忙地取出宝贝来，望空一撇，只见金光万道，紫雾千条。国师慢慢地把个钵盂也一撇，只指望收他的宝贝来。原来他的宝贝也厉害，就把个钵盂托在半天之上。国师收下钵盂来，宫主收下宝贝去。国师心里想道：“这是个甚么宝贝？却不晓得它的根苗，怎么好处？”一声念佛，计上心来：“且把个四大色身闪一闪，闪他家去坐下，待我细细地查他一番，看是怎么？”想犹未了，那宫主又把个宝贝飞来。国师闪一个空，应声而倒，三魂渺渺归阴府，七魄茫茫入九泉。那宫主看见个打死了国师，欢天喜地，只是不敢过来取他首级，跃马而归。归见国王，告诉道：“杀败了南朝道士还不至紧，今日又打死了南朝僧家，得了全胜。不日之间，扫尽了那些宝船，拿尽了那些将帅，我国家苞桑磐石，永保无虞。”女王道：“多亏了孩儿这一番保国之功。”安排筵宴，大赏三军。一连就是三五日。

却说国师闪了宫主回去，慢慢地又收拾起四大色身，归到宝船之上，见了元帅，告诉元帅这一段利害。元帅道：“怎么处他？”国师道：“容贫僧去查他一查，再作区处。”元帅道：“他明日又来讨战，教那个挡他？”国师道：“是我闪了他一闪，他一连有三五日不来。”元帅道：“既如此，就是有缘。”国师老爷归到千叶莲台之上，叫过非幻禅师来，问他道：“你如今五囤之中，还是哪一囤快些？”非幻道：“还是水囤快些。”老爷道：“你今夜囤进女儿国红莲宫主的宫里，看他身上是个甚么宝贝？看他宝贝放在哪里？得下手处，就下手一番；不得下手，你径自回来。”非幻道：“徒弟就去。”非幻禅师盘着双膝，坐在禅床上。老爷吩咐取过一碗净水来，放在禅床之下。非幻禅师早已过了白云关，进了女儿国，满宫殿里面要了一周，却来到红莲宫主的宫里。只见红莲宫主怀里金光紫气，五色成文，却不看见是个甚么。非幻心里想道：“这个宝贝，除非到晚上睡时，才得他的到手。”到了日西，到了黄昏时候，到了一更多天，红莲宫主净了手，烧了香，脱下了衣服，去上眠床。非幻伺伺候候，只见胸脯前一个紫锦袋儿。非幻道：“这个袋儿却是它了。”只见他又不取下来，带着在眠床之上，怎么好？又想道：“除非是他睡着了，才下手得他。”看看的到了三更上下，仔细听上一听，那宫主睡得着，只听见一片呼呼的鼾响。非幻道："正是这时候了。"轻轻地伸起手来，把个袋儿摸一摸，只见那红莲宫主扑地一声响。现出三个头，六个臂，脸如泼血，发似朱砂，一根降魔杵拿定在手里，摆也摆的。吓得非幻禅师魂不附体，一个筋斗翻将过来。原来那锦袋儿里面，却是个佛门中头一件的宝贝，常有护法诸天守着，故此惊动了他，就有三头六臂，狠将起来。非幻禅师吃了一吓，归到千叶莲台之上，见了国师。国师道："是个甚么宝贝儿？"非幻禅师却把个锦袋儿的始末缘故，细说了一遍。国师道："似此说来，是我佛门中宝贝。"

即时间入了定，吩咐徒弟：闭上了门，掌上了灯，丢下四大假相，一道金光，竟到灵山会上，见了释迦牟尼佛，说道："西洋女儿国出一宫主，本领厉害，敢是甚么精怪，偷了我佛门中宝贝？烦你查一查。"牟尼佛看见燃灯老祖，不敢怠慢，细查了一番，佛门中宝贝一件不少。老祖又离了灵山，一道金光，径到了东天门火云宫里，见了三清祖师，说道："西洋女儿国出一宫主，本领厉害，敢是甚么精怪，偷了祖师门下甚么宝贝？相烦查一查。"三清祖师看见是个燃灯老祖，不敢怠慢，细查了一番，玄门中的宝贝一件不少。老祖又离了火云宫，一道金光，径到南天门灵霄殿上，见了玉皇大天尊，说道："西洋女儿国出一宫主，本领厉害，敢是甚么妖精，偷了天曹中甚么宝贝？相烦查一查。"玉皇看见是个燃灯老祖，不敢怠慢，细查了一番，天曹中一件宝贝不少。佛爷道："除了这三处，有个甚么宝贝？不如再转去亲自看一看。"

一道金光，转到千叶莲台之上。恰好地元帅差人相请。见了元帅，元帅道："这女将数日不曾来，今日又来讨战，口出不讳之言。"国师道："他甚么不讳？敢说是打死了贫僧么？"元帅道："果有此话。"国师笑了一笑，起身而去。去到路上想了一想，叫声："揭谛神何在？"只见正西上掉下一个金头揭谛神来，跪着说道："佛爷呼唤小神，何处使用？"佛爷叫他起来，轻轻地说道："如此如此，不可泄露天机。"金头揭谛神应声而去。国师老爷慢慢地大摇大摆，还是那个毗卢帽，还是那个袈裟，还是那个钵盂，还是那个锡杖。红莲宫主远远地望见了，吃了一惊，说道："原来这个和尚还不曾死哩！咳，一向错认了他。”也等不得他到身边，劈头就是一响，一个宝贝落将下来，把个国师又打翻了，跌在地上。宫主道：“前番放了他，故此他还不死。今番绑他回去也。”一声梆响，一群女兵拥将国师去了。宫主道：“这个和尚光头光脑，有些弄嘴，不要留他。”吩咐刀斧手即时处斩。一会儿，把个国师斩了。一会儿，把个国师的首级悬挂起来，挂在城楼之上，号令诸色人等。女王说道：“孩儿成此大功。”宫主道：“都是父王洪福，孩儿才有此大功。”哪晓得打的是个揭谛神，绑的也是个揭谛神，斩的也是个揭谛神，老爷的真性，已自先在红莲宫主的宫里。宫主满心欢喜，转回本营，径进佛堂里面。原来这个宫主好善，另有一所佛堂，堂上供养的是南无救苦救难观世音菩萨。宫主进了佛堂，烧了一枝香，拜了四拜，说道：“多谢菩萨的宝贝，今日才能够斩得和尚，明日才退得南朝的兵马。”又拜了两拜，却解下了紫锦袋儿，放在菩萨的桌子上，取出宝贝来抹了两抹，又烧了一炷香，又拜两拜，却才收拾起来，带在胸脯骨上，转进卧房之中去了。国师张开个慧眼，看得真真的。你说这个宝贝岂是等闲的？原来是观世音菩萨的杨柳净瓶儿。国师道：“有此宝贝，怎么不厉害！”

连忙地走出宫来，一道金光，竟到南海补陀落伽山上潮音洞里，见了观世音，问说道：“菩萨，你们不见了宝贝，也不寻哩！”菩萨道：“没有甚么宝贝不见。”佛爷道：“你的净瓶儿往哪里去了？”菩萨看见是个燃灯古佛，不敢隐瞒，说道：“净瓶儿有些缘故，不是不见了。”佛爷道：“是甚么缘故？”菩萨道：“因是西洋女儿国国王生下一个头胎宫主，他心心是佛，口口是经，甚是敬奉于我。我的意思要转度他到中华佛国，故此把个净瓶儿与他，以防夷人侵侮，岂是不见了宝贝儿？”佛爷道：“多谢你转度他到我中华佛国。这如今我中华佛国已经受了他许多的亏苦！”菩萨是个救苦救难的，听见说是受了许多亏苦，他就放下脸来，说道：“原来这个弟子不中度化的。”佛爷道：“不但只是受他的亏苦，他阻住了我们去路，你教我们几时得回朝也。”菩萨道：“佛爷饶罪，容弟子明日差下龙女，去取回来。”

佛爷谢了菩萨，径转莲台去见元帅。元帅吃了一惊，说道：“国师老爷，你是人么？你是鬼么？你是天上掉下来么？你是地下长出来么？”国师道：“阿弥陀佛！元帅，你怎么讲这等话？”元帅道：“你昨日已自败阵在宫主处，怎么今日又会生还？”国师道：“昨日砍头的另是一个，不是贫僧。”两个元帅，大小将官，都不准信。元帅道：“国师老爷，你在哪里去来？”国师道：“是贫僧去女儿国，看那四员大将来。”元帅道：“他们受人监禁，你怎么看得他来？”国师道：“你不信，贫僧一会儿取他回来。”元帅道：“也难讲就取得回来。”国师转上莲台，叫过非幻禅师来，吩咐道：“你再去女儿国司狱司监里，取出我们四员大将回来。出门之时，你把个净水滴他三点，要他得知。”非幻禅师依命而去，去到司狱司，见了四员大将。四将都吃一惊，都说道：“老禅师，你在哪里来？”非幻道：“我承师父的佛旨，特来取你们回船。”都说道：“我们监在牢狱之中，怎么容易得脱？”非幻道：“你们都跟着我走，只要紧紧地闭了眼，不许擅自睁开，直等我喉咙里咳嗽地响，你们才方睁开眼来。”四员大将一齐闭着眼，跟定了个禅师。禅师领在头里，口里念念聒聒，把个净水碗里的水滴了他三点。一会儿咳嗽一声，四员将官一齐睁开眼来，一齐站着在元帅的帐上。元帅大惊，说道：“国师有此神术，何愁那一个甚么宫主！”国师道：“元帅，你今番准信贫僧么？”元帅道：“岂有个不准信之理！”国师道：“贫僧一会儿又要请过宫主来。”元帅道：“国师早肯见爱，免得受了这些熬煎。”道犹未了，蓝旗官报道：“红莲宫主在阵前讨战，激得只是暴跳如雷。”怎么暴跳如雷？原来非幻禅师滴了三点净水，那监里就平地水深三尺。那狱官吃了好一惊，及至水退之后，又不见了南朝四员大将。报上宫主。宫主叫取过那僧家的头来看一看，只见桶儿里面又不是一个人头，是个光光的葫芦头。红莲宫主大怒，取过一支令箭，折为两段，对天发下誓愿，说是若不生擒和尚，活捉南将，与此箭同罪。故此跑出阵来，激得只是暴跳。

国师慢慢地摇将出去。红莲宫主恨不得一口一骨碌吞了他到肚子里，高叫道：“好和尚，焉敢如此戏弄于我！我今日若不拿住了你，砍你作两段，誓不为人！”国师道：“阿弥善哉！怎么就砍作两段？”宫主恨了一声，更不拿动兵器，一只手就把个宝贝儿望空一撇。国师又骗他骗儿，把个钵盂也望空一撇。过了半会儿，国师接了钵盂，宫主眼盼盼地哪里去寻个宝贝。哪晓得善才、龙女在半空中接着他的，归到潮音洞去了。他只说是国师接了他的，把个马狠着一鞭，一手飞过一口刀来，一手掣过一柄锤，这叫作是双敲不怕能单吊。哪晓得国师的妙用，一着争差百着空，国师轻轻地把个钵盂摆一摆，一下子就盖着红莲宫主在地上。

国师转来，不瞅不睬。元帅看见，反吃了一惊，心里想道：“入门休问荣枯事，观着容颜便得知。今日国师的脸嘴，像个输了阵来的，却又不好问得。”国师却又半日半日不开言。只有马公公的口快，说道：“今日国师眉头不展，脸带忧容，为着甚么？”国师道：“贫僧为着红莲宫主坐在钵盂底下，好闷人也！”这个钵盂盖着火母，是个有名神道，老爷只是这等略略地提破些。二位元帅，大小将官，哪一个不欢喜，哪一个口里不打啧啧。元帅道：“虽然是好，却又不得钵盂起来。”国师道：“三日之后，它自然起来。”元帅道：“既是红莲宫主被擒，这女儿国再没有第二个。哪一员将官领兵前去，取下降书降表来？”国师道：“不必我们将官，三日之后，还要红莲宫主自家去取得来。”洪公公道：“国师老爷，你不记得王神姑之事乎？若还再有一个火童，再有一个老母，这西洋就要下到头白哩！”国师道：“今番贫僧另有一个调度。”众人也还有些不准信。

过了三日，去问国师。国师道：“教小徒去掀起来罢！”叫过非幻禅师来，递一条两指阔的帖儿与他，吩咐道：“你先把这个帖儿放在钵盂上转三转，却才掀起它来。”非幻道：“假如他手里还有兵器，却怎么处？”国师摇一摇头，说道：“兵器是没有。你只叫他快取降书降表来，迟了就有罪。”国师说便说得这等容易，连非幻禅师心上也有些疑虑，连众人心上却有些疑虑。国师又说声道：“你快去快来。”非幻禅师应声而去，照依师父口里的话语，拿着帖儿转了三转，伸手掀起钵盂来。那红莲宫主正是闷得不得过的时候，一下子开了钵盂，就是鳌鱼脱却金钩钓，摆尾摇头任所为。你看他两只脚平白地跳将起来，刚跳得一下，流水的口里吆喝道：“饶命罢！饶命罢！”非幻禅师喝声道：“哇！快去取过降书降表来，迟了半刻工夫，就砍你做万段。”宫主连声答应道：“晓得了。”自家一个儿嘴歪鼻倒而归。

走在路上，心里想道："我乘兴而来，怎么今日没兴而返？不免说个谎，瞒过了父王，再作道理。"走进宫门，女王接着道："我儿连日在哪里去来？"宫主扯起谎来，说道："我连日大战大捷。"刚唻得"大战大捷"之一句，口里流水地吆喝道："饶命罢！饶命罢！"女王不知道甚么缘故，吃了一慌，问道："这做甚么？"他又不作声，过了一会儿，女王又问道："你今番拿住了哪个？"宫主又扯个谎，说道："拿住了和尚。"刚唻得"拿住了和尚"这一句，口里又流水吆喝道："饶命罢！饶命罢！"女王大惊道："这孩儿不知是神收了？不知是鬼迷了？口里只是发呓语，自家又不作声。"过了一会儿，女王又问道："今番还要厮杀么？"宫主又诳嘴说道："还去厮杀。"刚唻了"还去厮杀"这一句，口里流水地又吆喝道："饶命罢！饶命罢！"女王沉思了半晌，不晓得他是个甚么缘故。

宫主转进自家宫里佛堂之上，指望去央浼菩萨。哪晓得供养的圣像都不见了，铺设的香炉、花瓶、经卷之类，也都不见了。宫主看见失了菩萨，如鸟失巢，如婴儿失母，跌在地上，号天大哭。哭了一会儿，听见天上一个人说道："不要哭！不要哭！你如今万事足。明年八月，中天堂里飧福。"宫主听了这话，又哭了一会儿。女王晓得，跑进来问说道："孩儿，你不要哭，你有甚么事，不如从直告诉我罢。"宫主看见事已不谐，却把个宝贝的事，钵盂的事，细说了一遍。逐句儿有头有绪，并不曾吆喝。女王道："你方才吆喝着'饶命罢'，那是个甚么缘故？"宫主道："为人莫作亏心事，半夜敲门心不惊。我只因吊谎，就有此显应。"女王道："显应可有个甚形影来？"宫主道："刚开口唻将一句，就有一个蓝面鬼手里拿着一根降魔杵，照头就打将来。不说谎，他就不来，你说谎，他就来。"这正是暗室亏心，神目如电；人间私语，天闻若雷；世上人说谎的，多只因不曾看见这个蓝面鬼。女王道："这如今怎么处？"宫主道："孩儿今番不敢说谎了。"女王道："你便直说来罢。"宫主道："这如今要降书降表，进贡礼物，他才退兵。"

不知这女王可肯降书降表，可肯进贡礼物，且听下回分解。

第50回　女儿国力尽投降　满剌伽诚心接待

诗曰：

西洋女儿十六七，颜如红花眼似漆。
兰香满路马如飞，窄袖短鞭娇滴滴。
春风淡荡挽春心，金戈铁甲草堂深。
绣裳不暖锦鸳梦，紫云红雾天沉沉。
芳华谁识去如水，月战星征倦梳洗。
夜来法雨润天街，困杀杨花飞不起。

却说宫主道：“如今要降书降表，进贡礼物，他才退兵。”女王道：“事至于此，怎敢有违。”即时备办。备办已毕，女王道：“孩儿，你去么？”宫主道：“我不去罢。”刚唻得“我不去”一句，口里流水，又吆喝道：“饶命罢！饶命罢！”女王道：“又是那话儿来了。”宫主道：“正然开口，他就打将来。”女王道：“你还去哩！”宫主道：“我去，我去。”女王领着宫主，同来宝船之上，拜见元帅。元帅道：“中国居内以制外，夷狄居外以事内。自古到今，都是如此。你这等一个女人，焉敢如此无礼么？”女王磕两个头，说道：“都是俺孩儿不知进退，冒犯天威，望乞恕罪！”

双手递上一封降表。元帅接着，吩咐中军官安好。又递上一封降书，元帅拆封读之，书曰：

女儿国国王茶罗沙里谨再拜致书于大明国钦差征西统兵招讨大元帅麾下：侧闻明王大一统，率土无二臣。矧兹巾帼之微，僻处海隅之陋。职惟贞顺，分敢倔强。缘以总兵官王莲英，杪忽蜂腰，虚见辱于齐斧；复以女孩儿红莲宫主，突梯鼠首，滥欲寄于旄头。致冒天诛，平填蚁穴。兹用投戈顿颡，面缚乞身；伏乞借色霁威，海恩纳细。某无任战栗恐惧之至。某年某月某日再拜谨书。

元帅读罢，说道：“好女学士，书颇成文。”女王又跪着，递上一个进贡的草单。元帅道：“你这女人国比他国不同，你但晓得有我天朝，不敢违拗便罢，一毫进贡不受。我堂堂天朝，岂少这些宝贝？”女王禀告再三，元帅再三不受。女王又递上一张礼单，犒赏军士。元帅道：“进贡的礼物尚且不受，何况于此！”反叫军政司回敬他女冠、女带、女袍、女笏、女鞋之类。吩咐他道：“夷狄奉承中国，礼所当然，不为屈己。你今番再不可抗拒我天兵。”女王磕头礼谢。元帅又道：“红莲宫主，你亲为不善，积恶不悛，于律该斩。”叫刀斧手过来，押出这个宫主到辕门外去，枭首示众。一群刀斧手蜂拥而来，把个红莲宫主即时押出辕门外。宫主满口吆喝道：“饶命罢！”女王又磕头道：“饶了小孩儿罢！”元帅不许。只有国师是个慈悲方寸，就听不过这趟讨饶，说道：“元帅在上，看贫僧薄面，饶了他罢！”元帅道：“这个女人太过分了，难以恕饶！”国师道：“饶他罢！他明年八月中秋之日，就到我南朝。”元帅道：“这个也难准信。”国师道：“你不准信，你可把坐龙金印印一颗放在他背上，回朝之时，便见明白。”元帅虽不准信，却不敢违拗，国师果真地印一颗印文放在他的背上，饶了他的死，磕头而去。

元帅吩咐颁赏，吩咐排筵，择日开船。锚尚未起，只见前哨官报道：“前面去不得了。”元帅道：“怎么去不得？”前哨道：“是我们前去打听，去此不过百里多远，就不是我和你这等的世界。”元帅道：“是个甚么世界？”前哨道：“也没有天地，也没有日月，也没有东西，也没有南北，只是白茫茫一片的水。那水又有些古怪，旋成三五里的一个大涡，如天崩地塌一般地响，不知是个甚么出处。”王爷道：“那里委系不是人世上。”元帅道：“王老先儿，你怎么晓得？”王爷道：“这都载在书上。”元帅道：“既是载在书上，是个甚么去处？”王爷道：“是个海眼泄水之处，名字叫尾闾。”元帅道：“似此去不得，却怎么处？”洪公公道：“就在这里转去罢！”王爷道：“不是去不得，宝船往东来了些，这如今转身往西走就去得。”元帅道：“假如又错走了，却怎么好？”王爷道：“日上不要走，只到晚上走就好哩！”元帅道:“饶是日上还走错了路头,怎么又说个晚上？”王爷道：“晚上照着天灯而行，万无一失。”元帅道：“这个有理。”

到了晚上，果真的有灯，果真地行船。每到日上就歇，每到晚上就行，船行无事。元帅相见国师，元帅问道：“前日爪哇国一个女将，昨日女人国一个女将，同是一般放他回去，怎么那一个反去请了师父来？这一个就取了降书降表？”国师道：“那一个不曾提防得他，这一个是贫僧提防得他紧，故此不同。”元帅道：“怎么提防？”国师道：“这个红莲宫主，是贫僧着发一个韦驮天尊跟着他走，他说一个谎，就打他一杵；他说一个不来，也就打他一杵，故此他不敢不来。”元帅又问道：“国师，你说那宫主明年八月中秋之日到我南朝，这是怎么说？”国师道：“这个女人生来好善，供养一个观世音菩萨，前日赢阵的宝贝，就是菩萨与他的净瓶儿。是贫僧央浼菩萨，菩萨收了他的去。菩萨又说道：‘辜负了他这一片好心。’却度化他到我中华佛国，限定了是明年八月中秋之日。故此贫僧与他讨饶。”元帅道：“有此奇事，多亏国师。”

道犹未了，蓝旗官报道:“前哨副都督张爷拿住百十号小船，千数强盗。”元帅叫过张柏来，问道：“这些船，这些人，都是哪里来的？”张柏道：“船是贼船，人是强盗，专一在这个地方上掳掠为生。他把我们宝船也当是番船，一拥而来。是末将都拿了他，特来禀知元帅。”元帅道：“这是甚么地方？”张柏道：“末将借问土民，土民说是龙牙山。因这两山相对如龙牙之状，故得此名。”元帅道：“这都是个要害之地，须要与他肃清一番。”张柏道：

“禀过元帅，把这些强盗一人一刀，令远人怕惧，今后不敢为非。”元帅道：“张将军，你有所不知，与其劫之以威，不若怀之以德。你解上那些人来，我这里有处。”即时间，张狼牙解上强贼来，有千百多个。元帅道：“你们都是哪里人？”人多口多，也有说是本处人的，也有说是东西竺人的，也有说是彭坑人的，也有说是麻逸冻人的。元帅道：“你们都在这里做甚么？”众人道：“不敢相瞒天爷爷说，在这里掳掠是真。”元帅道：“你们把这掳掠做场生业么？”众人道：“也不敢把做生业。”元帅道：“你说这掳掠还是好，还是不好？”众人道：“还是不好。”元帅道：“既是晓得不好，怎么又把它营生？”众人道：“小的们生长蛮夷地面，无田可耕，难以度日，故此不得已而为之。”元帅道：“你们该甚么罪？”众人道：“小的们该死罪。”元帅道：“强盗得财者斩。你们今日都该砍头。”众人道：“总望天爷爷超生。”元帅道：“我这里饶你死，只是你们今后不可为此。”众人道：“既蒙天爷爷饶命，今后再不敢胡为。”

元帅吩咐军政司取过好酒十坛，走到龙牙门上流头，泼在水面上。吩咐这些强贼到龙牙门下流头水面上去饮。一会儿军政司依令而行。众人依令而饮，饮酒已毕，众人又来磕头。元帅道：“这酒浇到水上可清么？”众人道：“其实清。”元帅道：“你们饮了可饱么？”众人道：“其实不曾饱。”元帅道：“你们可晓得？”众人道：“还不晓得。”元帅道：“我叫你们自今以后，只可清饥，不可浊饱。”众人感谢，号泣而去。元帅赏赐张柏，又吩咐道：“这些人目下必不为非，但不能持之久远。你带几个石工去，到龙牙门山上觅块方正石头，凿成一道石碑，勒四句在上面，使后人见之，改行从善。”张狼牙带了石匠，凿成石碑，请元帅赐句。元帅递一个柬儿与他，张狼牙展开读之，原来只有十六个字，说道：

维天之西，维海之湄。
墨二子兮，道不拾遗。

一会儿报完，王爷道：“元帅与人为善之心，天地同大。”元帅吩咐开船。蓝旗官道：“开不得船。”元帅道：“怎么开不得船？”蓝旗官道：“海中波浪大作，涛声汹涌，且在这里停泊几日。”元帅请同王爷、天师、国师、大小将官出船一望，果只见天波岛树，渺无涯际，好凶险也。有宋务光一律《海上作》为证，诗曰：

旷哉潮汐地，大矣乾坤力。
浩浩去无际，茫茫深不测。
崩腾歙众流，泱漭环中国。
鳞介错殊品，氛霞饶诡色。
天波混莫分，岛树遥相识。
汉主探灵怪，秦皇恣游陟。
搜奇大壑东，竦望成山北。
方术徒相误，蓬莱安可得。
吾君略仙道，至化孚淳默。
惊浪按穷溟，飞航通绝域。
马韩底厥贡，龙伯修其职，
粤我遘休明，匪躬期正直。
敢输鹰隼鸷，以问豺狼忒。
海路行已殚，辅轩未遑息。
劳君玄月暮，旅涕沧浪极。
魏阙渺云端，驰心负归翼。

元帅道：“宝船停泊在此，着游击将军到附近处，看是些甚么地方？”各游击得令而去。

过了几日，只见征西游击大将军黄彪领了十数个番人，到帐下磕头。断发披布，略似人形而已。磕了头，献上些椰子酒、木绵布、蕉心簟、槟榔、胡椒。元帅道：“你是哪里人？”番人道：“小的地名叫作东西竺。海洋中间两山对立，一个东，一个西，就像天竺山形，故此叫作东西竺。”元帅道：

“你地方上出些甚么？”番人道：“田土硗薄，不宜耕种。这些土仪就是地方上出的。”元帅道：“你们干办甚么事业？”番人道：“煮海为盐，捕鱼度日而已。”元帅吩咐受下他的礼物，每人赏他熟米一担。众番人谢赏而去。

番人才去，只见征西游击大将军胡应凤领了十数个番人，到帐下磕头。稚髻单裙，呲牙咧齿。磕了头，献上些黄熟香、沉香片、脑香、降香、五色绢、碎花布、铜器、铁器、鼓板之类。元帅道：“你是哪里人？”番人道：“小的地名彭坑，住在海洋南岸，周围都是石头，崎岖险峻，外高而内低。原有一个姓彭的做头目，故此叫作彭坑。”元帅道：“你地方上出些甚么？”番人道：“田地肥盛，五谷丰登。小的们都是农业。”元帅道：“风俗何如？”番人道：“风俗尚怪，刻香木为人，杀人取血祭之。求福禳灾，无不立应。”元帅道：“天地以生物为心，故此一个人命关三十三天，杀人的事怎么做得？我这里受你的礼物，你们只是自今以后，不可杀人。”番人道：“只为祸福有些吓人。”元帅道：“这个不打紧，我央浼天师与你一道符去。”即时求请天师。天师立书一道，用了印，敕了符，赏与众人，吩咐他贴在木头人上，他就只是降福，再不生灾，不用人祭。番人磕头而去。至今彭坑的菩萨灵验。相传后来有一个不省事的，用人血祭他，祭了后一家人死无噍类。自是再没人敢祭。

彭坑人去后，又有征西游击大将军马如龙领了两干番人，帐下磕头。头一干番人，头上椎髻，上身穿短衫，下身围一段花布。磕了头，献上些鹤顶、沉香、速香、降香、黄蜡、蜂蜜、砂糖、青花布、白花布、青花瓷器、白花瓷器。元帅道：“你是哪里人？”番人道：“小的地名叫作龙牙迦释，住在海洋东岸。父老相传，说是当原日有个释迦佛留下一个牙齿，如龙牙之状，故此地名龙牙迦释。”元帅道：“你地方上出些甚么？”番人道：“小的地方上气候常热，田禾勤熟。又且煮海为盐，酿秫为酒。”元帅道：“风俗何如？”番人道：“风俗淳厚，敬的是亲戚尊长，假如一日不见，则携酒肴问安。”元帅大喜，说道：“夷狄中有此风俗，可谓厚矣！”吩咐受他的礼物，赏赐他巾帽、衣裳、鞋袜之类。番人磕头而去。第二干番人，头上也椎髻，上身穿长衫，下身围一段花布。磕了头，献上些玳瑁、黄蜡、槟榔、花布、铜鼎、铁块、蔗酒。元帅道：“你是哪里人？”番人道：“小的地名麻逸冻。父老相传，说是当原日麻衣先生到这里卖卜，番人不晓得甚么，卦卖不得，衣不供身，食不供口，冻得慌，故此地名叫作麻逸冻。”元帅道：“你地方上出些甚么？”番人道：“田地膏腴，五谷倍收于他国。又且煮海为盐，酿蔗为酒。”元帅道：“风俗何如？”番人道：“俗尚节义，夫死妇人削发剺面，七日不食，与死夫同寝，多有同死者。七日不死，亲戚劝化饮食。俟丈夫焚化之日，又多有赴火死者。万一不死，终身不嫁。”元帅听了这一篇，嘎嘎地大笑了三声，说道：“夷人有此节义，奇哉！奇哉！”吩咐受下他的礼物，赏赐他巾帽、衣服、鞋袜。又取过女冠、女衫、女裾之类，给与他地方上节妇。又赏他一面纸牌，牌上写着“节义之乡”四个大字，教他镌刻在石上，立在冲繁市中。又叫回龙牙伽释的番人来。两下头目一齐簪花、挂红，吹打鼓乐，送他回去，见得天朝嘉奖之意。两干番人拜舞而去。元帅又吩咐赏赉三员游击，又吩咐马游击倍加赏赉。三员游击谢赏，众将官无不心服。王爷道：“这劝惩之道，一毫不差，用夏变夷，天生成这一员元帅。”是日安排筵宴，大享士卒。

到了晚上，风恬浪静，开船而行。行了二三日，望见一个处所，五个大山，奇峰并秀。蓝旗官报道：“前面又是一国。”元帅道：“既有二国，着先锋领兵前去打探一番，看是怎么。”王爷道：“元帅在上，学生有一事告禀。”元帅道：“愿闻。”

王爷道：“无故加人以兵，未有不骇愕者。以学生愚见，须先着一员游击官，传下虎头牌去，昭示各国，令其自服。倘有不服者，发兵围之，则我有辞于彼，彼亦心屈。不识元帅以为何如？”元帅道：“此见甚高。”即时差下征西游击大将军马如龙，传下虎头牌，先去昭示。马游击领了虎头牌，带了三五个夜不收前路而去。

果到了一国。只见这个国东南是海，西北是岸，中有五座大山，国有城池。马游击进了城，夜不收借问土人。土人道：“我这里土名满剌伽，地方窄小，也不叫作国。”马游击又行了一会儿，只见城里有一个大溪，溪上架一座大木桥，桥上有一二十个木亭子，一伙番人都在那里做买卖。马游击径去拜见番王。只见番王住的房屋，都是些楼阁重重，上面又不铺板，只用椰子木劈成片条儿，稀稀地摆着，黄藤缚着，就像个羊棚一般。一层又一层，直到上面。大凡客来，连床就榻，盘膝而坐。饮食卧起，俱在上面。就是厨灶厕屋，也在上面。马游击站在楼下，早有一个小番报上番王。番王道："问他是哪里来的？来此何干？"马游击递上一面虎头牌。番王读之，牌上说道：

大明国朱皇帝驾下钦差统兵招讨大元帅郑为抚夷取宝事：照得天朝历代帝王传国玉玺，自古到今，递相受授，百千万年，未之有改。窃被元顺帝驮入西番。我大明皇帝盛德既膺天眷，宗器岂容久虚？为此钦差我等统兵前来，安抚夷荒，探问玉玺消息等。因奉此牌，仰各国国王及诸将领，如遇宝船到日，许从实呈揭玉玺有无，此外别无事端，不许恃顽争斗。敢有故违，一体征剿不贷。须至牌者。

番王读了牌，连忙地请上马游击，宾主相见，说道："我三年前曾具些薄礼进贡，将军你可知道么？"马游击道："为因受你厚礼，我大明皇帝钦差我等前来，赍若五花官诏、双台银印、乌纱帽、大红袍、犀角带、皂朝靴，敕封你为王。又有一道御制牌，又敕封你国叫作满剌伽国，你做满剌伽国王。"番王闻之，有万千之喜，连忙地叫过小番来，备办牛、羊、鸡、鸭、熟黄米、茭蕈酒、野荔枝、波罗蜜、芭蕉子、小菜、葱、姜、蒜、芥之类，权作下程之礼，迎接宝船。

宝船一到，马游击先回了话。小番进上下程。元帅道："这都是王爷所赐。"王爷道："朝廷洪福，元帅虎威，我学生何力！"道犹未了，只见一个番王头上缠一幅白布，身上穿一件细花布，就像个道袍儿，脚下穿一双皮鞋，鞜鞜靸靸，抬着轿，跟着小番，径上宝船，参见元帅。宾主相待，元帅道："我等钦奉大明皇帝差遣，赍着诏书、银印，敕封上国做满剌伽国，敕封大王做满剌伽王。"番王道："多蒙圣恩，不胜感戴！复辱元帅虎帐，何以克当！"元帅道："大王请回，明日午时，备办接诏。"番王道："容卑末自来罢。"元帅道："天威咫尺，敢不亲赍。"番王唯唯诺诺而去。

到了明日，大开城门，满城挂彩，满城香花，伺候迎接。二位元帅抬了八人轿，前呼后拥，如在中国的仪仗一般。更有五百名护卫亲兵，弓上弦，刀出鞘。左头目郑堂押左班，右头目铁楞押右班。人人精勇，个个雄威。那满城的小番，哪个不张开双眼，哪个不吐出舌头，都说道：“这却是一干天神天将。哪里世上有这等的人么？”番王迎接，叩头谢恩，安奉了诏书，领受了银印，冠带如仪。大排筵宴，二位元帅尽欢而归。明日番王冠带乘轿，参见元帅，双手递上一封谢表。元帅接着，吩咐中军官安奉。番王又双手递上一封谢书。元帅拆封读之，书曰：

满剌伽国国王西利八儿速剌谨再拜奉书于大明国征西统兵招讨大元帅麾下：窃以封疆阻阔，瞻止无阶；道义流闻，瞻言有素。使旃及国，彩鹢临城；逮以诏书，申之印篆。俾黑子之地，列夷封之尊；进椎髻之夫，与冠裳之盛。虽天王之眷存即厚，而元帅之左右实深。永为国土之珍，愧乏琼瑶之报。肃此鸣谢，幸尔宽恩。冀顺节宣，深绥福履。某无任激切屏营之至。某年某月某日某谨再拜。

元帅读罢了书，国王又递上一张进贡的礼单。元帅接过单来，只见单上计开：

珍珠十颗（径寸），叆叇十枚（状如眼镜，观书可以助明，价值百金），黄速香十箱，花锡一百担（本国有一大溪，溪中淘沙煎之成锡，铸成斗样，名曰斗锡，每块重一斤八两，每十块用藤缚为小把，四十块为大把，通市交易），黑熊二对，黑猿二对，白鹿十只，白麂十只，红猴二对，火鸡二十只（其色紫赤，其子壳厚，重一钱有余，或斑或白，可为饮盏，能食火吐气，故名，与浡淋国不同），波罗蜜二匣（果名，实生，干，形如冬瓜，皮似栗子多刺，刺内有肉层迭，味最佳），做打麻二坛（树脂结成者，夜点有光，涂之船上，水不能入），茭蔁簟十床（茭蔁，草名，叶如刀茅，织之成簟），茭蔁酒十坛（茭蔁子如荔枝，酿之成酒）。

元帅看完了单，吩咐内贮官收拾。番王又递上一张礼单，都是些牛、羊、柴、米、蔬、果之类。元帅道：“尽行受下，要见他的来意。”大排筵宴，国王尽欢而饮。

正在绸缪之处，旗牌官报道：“抬礼物来的番卒，活活地咬吃了我南朝一名水兵，止剩得一个头在。”元帅着一惊，说道：“焉有此事？”番王即时离了席面，跪着讨饶，说道：“卑末不知，伏乞恕罪！”王爷道：“大王请起，这都是个怪物，岂有番卒吃人之理！”番王起来，再三赔个不是。王爷吩咐旗牌官：“你出去只作不知，不要说来禀我。”一会儿，叫进抬礼物的来领赏。一干番卒蜂拥而来。王爷吩咐来人，都要一字儿摆着中军帐下。摆列已毕，王爷请国师慧眼观一观。国师不敢怠慢，抱个禅杖一指，只见番卒中间，跳出两只老虎：一只色黄，一只色赤，俱有花纹，只是比中国的略矮小些。你看它张牙露爪，一个跳，一个叫：

张牙露爪下荒山，汗血淋漓尚未干。
小小身材心胆壮，斑斑毛尾肚量宽。
未曾行处山先动，不作威风草自寒。
倘若进前三两步，管教群兽骨头酸。

两只虎不至紧，把一席的宾主都吃了一慌。元帅道：“这个畜生有些惫懒，还得国师收了它罢。”国师道：“请天师收它。”天师不敢怠慢，剑头上烧了一道飞符，即时天上就掉下一个黑脸的天将来。众人抬头一看，只见是个龙虎玄坛赵元帅，朝着天师打一恭，说道：“天师呼唤小神，哪里使用？”天师道：“此中有两只小虎，恐怕惊了我们座客，相烦天将擒下它来。”赵元帅睁开圆眼，喝声道：“孽畜哪里走！”一个一鞭，打得这两只老虎滚作一团儿。赵元帅又提将起来，一手扯开了它的皮，一手撕碎了它的肉，递到席上来，说道：“诸公下酒。”

不知下酒不曾，且听下回分解。

“一带一路”丛书
郑和系列

三宝太监西洋记通俗演义（下）

（明）罗懋登 著

南京市地方志编纂委员会办公室 编

南京出版传媒集团
南京出版社

第51回　张先锋计擒苏干　苏门答首服南兵

赞曰：

猛兽野心，反噬非久；出柙遗害，咎归典守。
上林清风，啬夫缄口；破樊脱槛，率圹以走。
斗生弃野，猛虎饲之；匪虎饲之，惟神赐之。
为鬼为魅，又曷使之；妖不胜德，正直耻之。

却说番王看见国师一杖就指出两只虎，天师一道飞符就掉下一个天神，心上好怕人，吓得只是抖战，又敢把来下酒？元帅道："来人中焉得有虎？大是怪事。"国王道："列位有所不知，这是我本国西山上生长的。"元帅道："怎么又是一个人？"国王道："他在山里坐着是只虎，他到地上来走着就变做一个人。"

洪公公口又快，接着说道："这个虎我们本国极多。"马公公道："在哪里？"洪公公道："你还说在哪里！满南京城里，倒少了座山虎？倒少了市虎？"马公公道："名色虽是如此，也还不十分这等狠么。"洪公公道："那吃人不见血的，只怕还狠些。"

国王道："小国海边上还有一等龟龙，约有三四尺高，两个獠牙，四只脚，满身鳞甲，甲缝里又生出刺来，不时出没；大凡国人遇着它的，便遭它一口，甚是为害。”元帅道：“也求天师。”天师道：“军中无以进酒，请以斩龙为令可乎？”二位元帅道：“此令极佳。”天师道：“请列位同出船外，见条龙，奉列位一杯酒。”众位道：“领命。”

天师书了一道符，用了印，咒了神，丢下水去。只见一会儿，一条龙口里衔着一道符，伸着个头在水面上，如引颈受刀之状。天师指一指，那条龙分为两段，一股鲜红的血水冒将上来。天师道：“列位请酒。”众位各领一杯。一会儿，又一条龙口里衔着一道符，伸着个头在水面中。天师指他一指，即时两段，一股鲜红血水冒将上来。天师道：“列位又该一杯酒。”众位又饮一杯。一会儿，又一条龙口里衔着一道符，伸着个头在水面上。天师指一指，即时两段，一股鲜血冒将上来。天师道：“列位又该一杯酒。”众位又饮一杯。国王道：“海里的龙多，卑末的量少，请别出一令罢。”天师道：“既是酒量不加，贫道不敢相强，只请看斩龙罢。”一会儿，一条龙衔着道符上来。一会儿，一指两段。一会儿，一条龙衔着道符上来。一会儿，一指两段。站着就有百十条过手。

国师老爷看得不过意，说道：“天师在上，看贫僧薄面皮，饶他两条罢。”天师道：“但凭国师老爷尊意。”国师把个钵盂摆一摆，就摆上三五条龙在里面。国师道：“列位请登席，贫僧也劝一杯。”众位道：“领命。”国师道：“照着贫僧的钵盂有一条龙，列位奉一杯酒。”众位道：“就是。”只见国师一手托定了钵盂，一手一条龙，一条飞上天，说道：“列位请酒。”众位领了一杯酒。国师又一手一条龙，一条飞上天，说道：“列位请酒。”众位又饮一杯。国师又一手一条龙，一条飞上天。说道：“列位请酒。”众位又饮一杯。番王领了二杯，不敢多饮，国师道：“贫僧也不多劝了。”把个钵盂望上一拱，还有十数多条，一齐飞天上去了。

番王辞谢而去。到了朝门，见了许多的头目，都问道：“南朝人物何如？”番王道：“再不要提起他来！”众人道：“怎么不要提起他来？”番王道：“且莫讲他人物出众、本领高强，只讲他眼见的两三件儿：他把天神天将，只当个小郎，堂上一呼，阶下百诺。把我们西山黑虎只当个猫儿，呼之即来，杀之即死；把我们海里的龟龙，只当个曲蟮，要它死它不敢生，要它生不敢死。”吓得那些人都摇一摇头，摆一摆脑，都说道：“本然中朝是个佛国，我们明日同他的宝船，去朝贡他一番，也不枉了为人在世上。”

番王进了宫门，见了许多的妃子，都问道：“南朝人物如何？”番王又把个天将、黑虎、龟龙三件事，说了一遍。妃子道：“本然中朝佛国，岂是偶然。我们明日同他的宝船，亲自去朝贡一番，也是为人在世上。”番王道：“你们言之有理。”过了两日，番王又来参见元帅，禀说道：“卑末愿同元帅的宝船，亲自去朝贡你大明皇帝，你心下何如？”元帅道：“此举甚好。只是我们还要进西洋里面去，一时不得回朝。”番王道：“卑末等候就是。”元帅要行，番王又道：“进西洋里面，还有许多的路程，还有许多的凶险。这如今船上的现在宝贝、现在货物，岂可复置之危地。依卑末愚见，莫若权且屯塌在小国，后日再来取齐回京。”王爷道：“此言似亦有理。”元帅即时传令，仰征西中营大都督王堂统领本营兵卒，就于满剌伽国竖立棑栅城垣。仍旧有四门，仍旧有钟楼，仍旧有鼓楼。里面又立一重棑栅小城，盖造库藏仓廒。一应宝货钱粮，顿放在内。昼则番直提防，夜则提铃巡警。

安顿早毕，宝船前行。行了四昼夜，游击将军马如龙传送虎头牌，传到一个国，叫做哑鲁国，地方褊小，民以耕渔为业。国王看见虎头牌，不胜之喜，说道：“二十年前我们曾来进贡，荷蒙天恩，感激无尽！今日何幸，又得见大元帅军容！”宝船一到，马游击回话，国王带领两员头目，亲自迎接，参见元帅，递上降表。元帅接着，吩咐中军官安奉。又递上一封降书。元帅拆封读之，书曰：

哑鲁国国王麻黑若赖谨再拜奉书于大明国钦差征西统兵招讨大元帅麾下：侧闻天下之义，当混为一。仁人之兵，所存者神。有伐用彰，无远弗届。蠢兹哑鲁，蕞尔遐荒。已幸当年，肃聆文教；讵期今日，载见武功。六师传雷电之威，八面寒穹庐之胆。敬伸短牍，用表微忱，未敢自专，伏候进止。

元帅看书已毕，番王又递上一张进贡草单。元帅道：“国小民贫，此不必受。”又递上一张犒赏士卒的礼单，元帅道：“公礼且不受，何况私礼乎！一例不受。”各人赏赐他一番，使之归国。

船行一日，经过一个九州山，异香扑鼻，一阵一阵的随风飘荡，清味爱人。马游击带领些兵番上山去采香，就得了六株长香，径有八九尺，长有六七丈，黑花细纹，嫩如脂腻。进上元帅，元帅大喜，重赏马游击。

又行了一日，马游击又领了一个番王，迎接元帅。元帅道：“你是哪一国？”番王道：“小国叫做阿鲁国。适来看见元帅老爷的头行牌，才晓得宝船从此经过。故此特来迎接。”元帅与他相见，他也递上一封降表。元帅接着，吩咐中军官安奉。又递上一封降书，元帅拆封读之，书曰：

阿鲁国国王速剌苏剌麻谨再拜奉书于大明国钦差征西统兵招讨大元帅麾下：侧闻天讨有罪，兵义者王。夷必宾华，理屈斯罚。维兹阿鲁国，敢外钧陶！仰中国之圣人，夙有依归之愿；瞻元戎之大纛，钦承节制之尊。敬以丹诚，寓之湘简；获依巨庇，不尽颙延。

元帅甚喜。番王又有进贡，元帅不受，又有礼物，愈加不受，反厚赏赐与他，番王感谢而去。元帅道：“这虎头牌的功绩，都是王老先儿的。”王爷道：“但愿前去都是如此，舟行无阻，彼此有功。”

又行了四五日夜，马游击回话说道：“前面是我朝敕封的苏门答剌国。只是这如今国王有难，正在危急之时，听知道元帅提兵而来，不胜之喜。”二位元帅道：“是个甚么事故？”马游击道：“此国先前的国王，名字叫做行勒，和孤儿国花面王厮杀，中药箭身死。子幼不能复仇，其妻出下一道榜文，招贤纳士，说道：‘有能为我报复夫仇，得全国土，情愿以身事之，以国与之。’只见三日之后，有一个撒网的渔翁揭了招贤榜文，高叫道：‘我能为国报仇，全复国土！’国王之妻给与他鞍马、披挂、兵器等项，又与他一枝军马。果然的鞭敲金镫响，人唱凯歌声，一刀就杀了个花面王。国王的妻不负前约，就与他配合，尊敬他做个老王。家宝地赋，悉凭他掌管。

后来年深日久，前面国王的儿子，名字叫做宰奴里阿必丁，长大成人，心里有些不忿得这个渔翁，尝背后说道：‘此我父之仇。’一日，带了些部曲，把个渔父也是一刀，复了自家的位，管了自家的国，尊母为老，母老不管事。渔翁的儿子，名字叫做苏干剌，如今统了军马，赍了粮食，在这个国中，要为父王报仇，每日间厮杀不了。”元帅道：“两家胜负何如？”马游击道：“敌兵常胜，本国的兵常输。”元帅道：“济弱扶危，在此一举！差左右先锋前去接应他，宝船不日就到。”

左右先锋得了将令，各领一枝人马，乘小舸而去，去到苏门答剌国，只见两家子正在厮杀。左先锋道：“此时日尚未西，我和你借着他的因头儿，就杀他一阵。”右先锋道：“言之有理。他们正在人困马乏之时，怎禁得加这一楔。”三通鼓响，呐喊一声，南阵上拥出两员大将，左一边将官，老虎头、双环眼、卷毛鬓、络腮胡，骑一匹银鬃马，使一杆豹头刀，高叫道：“哪个是苏干剌？早早下马受降！”右一边将官，长丈身、大胳膊、回子鼻、铜铃眼，骑一匹五明马，使一杆鹰翎刀，高叫道：“哪个是苏干剌？早早下马受降！”苏干剌心里吃了一惊，想道：“这两员将官又不是本国，又不是我西洋，是哪里来的生主儿！怎么就叫我的名字？”连宰奴里阿必丁一时也不觉得，问左右道：“这两员大将是哪里来的？和我助阵哩！”左右道：“就是南朝元帅差来的。”国王道：“何如此神速？盖天助我也！”越加打起精神来厮杀。自古道：“寡不敌众，弱不敌强。”三个人杀一个，够甚么杀？况南朝两员先锋，俱有万夫不当之勇，怎叫苏干剌不败？这一阵就一败涂地，弃甲丢兵，直退到三五十里之外，方才收拾些残兵败卒，归了旧营。

国王得左右先锋之力，大胜这一阵，感谢不尽。即时安排筵宴，酬劳二位先锋。张先锋道：“出其不意，攻其无备。还昼夜赶去。”刘先锋道：“兵法又云，‘穷寇莫追。’这是怎么说？”张先锋道：“苏干剌不为穷寇。他每日得胜，其气甚骄，虽有此败，彼必然说道：‘这是偶然耳！’岂又防备我们追他？正是出其不意，攻其无备。”刘先锋道：“既如此，愿闻尊教。”张先锋道：“只是路径儿还不熟些。”国王道：“小国路径极是好认。怎么好认？西北两边都是海，东南两边都是山。适才苏干剌的窠巢，却在正南上。正南上前去，又有两条路：一条靠溪，溪涧屈曲，难以走马；一条靠山，山路抄直，到了罗诃岭，两边都是陡岸，止容一人一骑。”张先锋道：“此狭处有多少路程？”国王道：“有三五里之远。”张先锋对着刘先锋细细的说道：“如此如此。”刘先锋先去。国王道：“没有饮得酒。”刘先锋道：“明日再来领受。”张先锋又叫过一个年长的队长来，对他细细的说道：“如此如此。”到了一更之后，衔枚勒马，逐阵而行。行了半夜，才到牛皮帐边。一声炮响，呐喊连天。张先锋领了头，后面都是些雄兵健卒。马壮人强，一齐杀进牛皮帐里去，吓得个苏干剌上天无路，入地无门，没奈何，懵着头望前跑。跑了一会，苏干剌说道：“找溪边的大路而走，好上船去。”起头一望，只见溪边上有许多灯火，原来是张先锋差下的队长，埋伏在那里，虚张灯火，吓他不敢走那条路。左右说道：“溪边先有追兵，去不得哩！”苏干剌就奔山路而行。

行到罗诃岭下，苏干剌勒住了马，左右说道：“事在危急存亡之顷，还勒住个马，有何高见？”苏干剌道：“这个岭两边都是陡崖，中间止容得一人一骑，万一有变，吾即死也！”左右道：“将军今日何故自怯？宰奴儿敢有这等的大胆！当那两个生主儿，岂可就晓得这个路径？走一步，得一步，只管走哩！”道犹未了，后面喊杀连天，鼓声震地。

苏干剌没奈何，抱着个头只是走，刚刚的过了大半，心里道：“到了这里，想也没事。”哪晓得一声炮响，前面的火铳、火炮、火箭、火枪，雨点一般打来。又有一样襄阳大炮，就是震天雷、搜地虎，也不过如此。当头一员大将，横刀立马，高叫道：“苏干剌哪里走？早早下马投降，免得受我刀兵之苦。”原来刘先锋已自拦住了路口，火器一切齐备，再走到那里去罢？将欲退后，后面又是一员大将，横刀立马，高叫道：“苏干剌哪里走？早早下马投降，免受我刀兵之苦。”这正是张先锋的兵马追赶将来。前不得，后不得，正在两难之处，一声梆响，两崖上一齐的铁钩、铁抓飞将下来，把个苏干剌任是威风无处使，假饶双翅不能飞，活活的捉将过来。

到了天亮，国王接着元帅，说道：“多劳二位先锋夜来大战。”道犹未了，先锋已自解上苏干剌来。元帅吩咐国王，把苏干剌监候在这里，俟宝船回日，再行定夺。国王唯唯奉承，递上降表。元帅接着，吩咐中军官安奉。又递上降书，元帅拆封读之，书曰：

苏门答剌国国王宰奴阿里必丁谨再拜奉书于大明国钦差征西统兵招讨大元帅麾下：窃闻大国，天之所设；天子，天之所生。德风翔乎河源，武节蟾乎月崛。率宁人之有指，先元戎之启行。用广威光，克严讨罚。维兹小国，夙荷洪恩。彩币兼全，焕斗文之璀璨；银章紫诰，俨天语之叮咛。顾惟何人，幸叨宠渥！矧于戎幕，复荷生全。拜赐俯偻，流汗交并，仰瞻行在，统誓指挥。

降书已毕，又献上进贡草单。元帅展开来一看，只见单上计开：

金麦三十斛，银米三十斛，水珠一双（行军乏水，置土中，水自出），螺子黛十颗（宝也，每颗价千金），琉璃瓶十对，象牙十枝（长八九尺），乌卵一双（其大如瓮），鵕鹋一双（形高七尺，能解人语），活褥蛇十条 （状类鼠，色正青，能入穴取鼠无遗），名马十匹（马与龙交，所生者俱龙种也），胡羊五十只（尾大如扇，春月剖腹，取其膏数十斤，以药线缝合之，羊如故，不割即死），竹鸡二百只（略煮即烂，味美），五色番锦百端，红丝千斤，驼毛褥五十床，花簟五十床，锦襆百幅，金饰寿带五十条，钿带五十条，连环臂鞲五十副，蔷薇水五十瓶（用洒之衣，香气经岁不散），栋香、白龙脑、白砂糖、白越诺、乳香、无名异、腽肭脐、龙涎香（龙斗则涎出，国人计取之，香极奇）、乳香各数十石，寻枝瓜（极大，十人方可共啖一枚）、扁桃（其形扁，如石子，味佳）、千年枣、石榴（重六七斤一个）、臭果（其长八九寸，开之甚臭，内有大酥白肉十四五片，甜美可食）、酸子（大如梨，其味香冽）、葡萄（大如鸡子，味极美）、美菜（异种所生，长六七尺）。以上果品各百担。

元帅吩咐内贮官收拾进贡礼物。国王又献上礼物，犒赏三军。元帅接单视之，自蔬果柴米之外，一毫不受。国王款待元帅。元帅赴宴，只见国王宫殿甚是齐整。怎见得宫殿齐整？玛瑙做柱科，绿甘做四壁，水晶做瓦，碌石做砖，活石做灰。虽是帷幕之类，都是百花烂锦，五色辉煌。两边列着左右丞相、太尉太保，门下又摆着骁勇兵卒、壮健军丁。

二位元帅尽欢而饮，住了数日。

又有各国来降：

邻国有故临国，人黑如漆，善战斗，好为寇盗，国王闻宝船到苏门答剌，进上：

骇鸡犀一对（即通天犀，用以盛米喂鸡，鸡啄之，至辄惊去），龙脑香二箱（状类云母，色如冰雪，香可闻十里）。

有默伽国，其先是个旷野之地，因为大食国有个祖师叫做蒲罗哞，徙居其地，娶妻生一子，名字叫做司麻烟。生下地来，呱呱的哭了两三日，就把只脚照地上一顿。一顿不至紧，就涌出一股清泉来，日日长流，流成一个大井。井又有些灵验，甚么灵验？但凡飘洋的舟船遇着大风，把这个井水略洒几点，其风即止。国王闻中国宝船在苏门答剌，进上：

金刚指环一对，摩勒金环一对。

有孤儿国，即花面王国，地方不广，人民止千余家。田少不出稻米，多以渔为业，风俗淳厚。男子俱从小时有墨刺面为花兽之状，猱头，赤着身子，止用单布围腰。妇女围花布，披手巾，椎髻脑后。却不盗不骄，颇知礼义。国王闻中国有宝船在苏门答剌，进上：

稍割牛一头（角长四尺，十日一割，不割则死；人饮其血，寿五百岁，牛寿如之），龙脑香一箱。

其属国有勿斯里国，其地多旱，经八九十年，才见天雨一次。国中有一江神，最灵验。怎么灵验？每二三年，有一老者，头鬓尽白，从江中间挺然独立，国中人都来拜问他吉凶祸福。老者笑，则年岁丰稔，百事称意。老者愁，则年岁饥疫，百事不如意。国中有一个塔，又灵验。怎见得灵验？塔顶有一面神镜，无论远近，但有刀兵之祸，先前照见。国王闻中国有宝船在苏门答剌，进上：

火蚕绵一百斤（絮衣一袭，止用一两，稍过度，则炎蒸之气，人不可当）。

有勿斯离国，国最小，民以捕鱼为业。有天生树，其果名曰“蒲芦”，采食之，次年复生，名曰“麻茶泽”；三年再生，名曰“没石子”。国人多以为食。国王闻中国有宝船在苏门答剌，进上：

奄摩勒十盘（其味香酸，佳甚），波罗蜜五盘（大如斗，味佳）。

有吉慈尼国，其地极寒，春雪不消。产雪蛆，状如瓠子，其味甚美。人有热疾者，啖之即愈，如神。国王闻中国有宝船在苏门答剌，进上：

龙涎香五十斤。

有麻离板国，其国地小富足。贵人用金线挑花的锦帕缠头，贫民亦用花帕。妇人耳坠手镯，有中国风。国王闻中国有宝船在苏门答剌，进上：

兜罗锦十匹（阔四五尺，厚五分，背面毳绒，番名蓦黑蓦勒），杂花番锦十匹，细布五十匹（长者五六丈，阔四尺多，中五六样，贵贱不同）。

有黎伐国，其国亦小，国民仅二三千家，自推一人做头目。曾附苏门答剌进贡中国。闻宝船在此，进上：

白砂糖五担，吉贝一箱，宾铁十担。

有白达国，国虽小，多出珍宝。人食酥酪饼肉，多以白布缠头。最犷悍，号强兵，四邻不敢侵犯。国王闻中国有宝船在苏门答剌，进上：

金钱二千，银钱五千（俱无孔，面凿弥勒佛于其上，背凿国王之名），五色玉各五端（青黄赤白黑俱有），夜光璧五片（可照二十余丈），白光琉璃鞍一副（放在暗室中，可照十余丈）。

二位元帅见了这些小国都来进贡，万千之喜！国王殷勤留住。元帅分遣左右先锋，前往西洋，经略各国。约有十日多些，右先锋刘荫领了南浡里国国王，亲来迎接，献上降表，又献上降书，书曰：

南浡里国国王卜失陀纳谨再拜奉书于大明国征西统兵招讨大元帅麾下：侧闻天启圣明，神资良弼，必有惩讨，以致升平。卜僻处夷荒，敢行悖乱？顿颡雷霆之下，潜身化育之中。氛沴尽消，仰太阳之普照；鲸鲵不作，见大海之无波。瞻恋之深，千百斯福。忭跃之至，倍万恒情！降书已毕，又献上：

狻猊一只（生七日未开目取之，则易调习，稍长则难矣）。

元帅受之，不胜之喜。赏宴国王，极其欢洽。酒犹未散，只见左先锋张计有一干亲随左右，披头散发，忙忙的禀元帅道：“祸事临门，怎生是好？”

不知是个甚么祸事临门，且听下回分解。

第52回　先锋出阵掉了魂　王明取得隐身草

诗曰：

上将秉神略，至兵无猛威。
三军当严冬，一抚胜重衣。
霜剑夺众景，夜星失长辉。
苍鹰独立时，恶鸟不敢飞。
武牢锁天关，河桥纽地机。
大军奚以安？守此称者稀。
贫士少颜色，贵门多轻肥。
试登山岳高，方见草木微。
山岳恩既广，草木心皆归。

却说先锋的左右，忙忙的报道：“祸事临门，此来不小。”二位元帅吃了一惊，问道：“怎么祸事临门，此来不小？”左右的跑慌了，说不出口来，只是把个胸脯前捶了几下。元帅道：“你将军吃了苦么？”左右的点两下头。元帅道：“是个甚么国？”左右的还说不出来，把个头发打散着，摆了几下。元帅道：“敢是散发国么？”左右的又点两下头。王爷道：“你们且去坐定了，再来回话。”左右的定了神，息了喘，却来回话。元帅道：“是个甚么国？”左右的道：“叫做甚么撒发国。”元帅道：“你将军怎么吃了苦？”左右道：“俺将军活活的被番官捉将去了！”元帅道：“怎么失机？”左右道：“非俺将军失机，只是撞的对头不巧。”元帅道：“怎么不巧？”左右道：“撒发国出下一个番官，叫做甚么圆眼帖木儿，并不曾交马，并不曾举刀，只是手里敲个甚么东西，恰像铜铃儿的声气，响了三下，俺将军就是一个倒栽葱，掀下马来，被他活活的捉了去。”王爷道：“这又是个邪术。”三宝老爷道：“撒发国离此多少路程？”左右道：“去了有七八日，才得到那里。”王爷道：“也不论他路程多远，就要整兵前去，不可迟疑。”开了宝船，也行了七八日，果是一个国。那个国，边海处有一个关，叫做凤磐关。关里有一座城池，城里城外都是些居民百姓，浑身黑炭，头发血红。老爷道：“这也不是人类，怎么走到这里来？”王爷道：“这如今只得将错就错，说得个不来的话？”元帅道：“人不是个人，鬼不是个鬼，战又不是个战，你教怎么样儿处他？”王爷道：“虽然如此，也要杀他一阵，看是何如。”元帅传令，着诸将领兵出马。一连三日，一连输了三员大将。先一日，征西游击将军黄怀德出马，只听得番将马上敲了三下，黄将军落马被擒。第二日，右先锋刘荫出马，也又听得番将马上敲了三下，刘先锋落马被擒。第三日，狼牙棒张柏出马，也又听得番将马上敲的响，张狼牙晓得他的毛病，刚刚的敲得一下，已自跑马而回，饶他跑得快，也掉了一顶盔。

元帅十分忧闷。王爷道：“这桩事少不得去求国师。”老爷道：“且求天师，看他怎么。”王爷道：“连输了几阵，事在眉毛上，还着要国师出来。”

二位元帅专请国师，国师道：“善哉，善哉！这是推不掉的事体。”心里想道：“夜来仰观乾象，却是獍头大扫星出现，这宝船上又该添出一个好汉来，成功受赏，才应得这个星去。却不知道是哪个？”沉思了一会，不曾开口。二位元帅只说国师是这等养神息气，哪晓得他心上老大的费寻思，却又催促国师妙计。

国师道：“元帅请出一枝令箭来，借贫僧一用。”元帅不敢怠慢，即时取过一枝令箭来，奉与国师。国师接了，叫过蓝旗官，把个令箭交与他，叫他传示军营里面，有能识得百鸟声音的，带箭来回话。

去了不多一会，只见一个军士手里拿着一枝令箭，帐下磕头。国师道："你姓甚么？名字叫做甚么？现是哪一卫的军？"那军士说道："小的姓王，名字叫做王明。原是南京龙滩左卫巡逻的小军。"国师道："你现在哪个部下？"王明道："现在前营大都督王应袭部下。"

国师抬起头来看一看，只见王明生得燕项虎须，身长九尺，面如满月，眼似流星。国师心下想道："此人果好一个汉子。"高张慧眼，果真此人是个獍头大扫星下界，心上有老大的欢喜。过了一会，又问道："你可认得百鸟的声音么？"王明道："小的认得。不是小的在列位老爷面前夸口，自古到今，识鸟音的，只有两个。"元帅道："是哪两个？"王明道："古时节孔夫子门下公冶长一个；这如今元帅麾下，小的一个。"

元帅道："怎么公冶长也识鸟音？"王明道："公冶长善识鸟音，他有一场识鸟音的事故。是个甚么事故？一日，公冶长和南宫适两姨夫，坐着闲磕牙儿说话，只听得一个鸟儿嘴里吱吱喳喳，公冶长说道：'姨夫，你坐着，我去取过羊来，下些羊肉面，你吃了去。'果真的，一会儿拖了一只肥羊，一会儿下出羊肉面，两姨夫自由自在吃了一餐。姨夫道：'公姐夫，你这羊是哪里来的？'公冶长道：'是方才那个鸟儿叫我拖来的。'姨夫道：'怎么是鸟儿叫你拖来的？'公冶长道：'那个鸟儿口里吱吱喳喳，叫说是：'公冶长，公冶长，南山脚下一只羊，你吃肉，我吃肠。这却不是鸟儿叫我拖来的？'姨夫道：'有此奇事。原来你善识鸟音。'两家子又讲了一会儿话才去。只是那个鸟儿不曾讨得肠吃，怀恨在心。有一日，又来叫道：'公冶长，公冶长，北山脚下一只羊，你吃肉，我吃肠。'公冶长前日甜惯了的嘴，连忙的跑到北山之下，左看右看，哪里有个羊，只见一个人被人杀死了在那里。公冶长转过身来，地方上人说是公冶长杀死人命，告到官司，把公冶长坐了三年多牢。故此孔夫子说道：'公冶长虽在缧绁之中，飞其罪。'孔夫子说个'飞'字，说是鸟儿要他，是天上飞下来的罪。这公冶长的事故，却不是识鸟音的？"

元帅道：“你比公冶长何如？”王明道：“小的识鸟音，只在公冶长之上，不在公冶长之下。”元帅道：“怎见得你在他上？”王明道：“小的一生吃肉，并不曾受罪。到如今只是谈他公冶，却不做个‘宗政哭羊’。”王爷道：“你说便说得好，只是字义上有些不明。”王明道：“字义虽不明，声音却辨得。”国师道：“口说无凭，做出来便见。你既是善识鸟音，我这里要凤凰生下来的两个卵，又要一个雄，一个雌。你若是认得真，取得快，我这里重重的赏你。”王明心里想道：“凤凰是个百鸟之王，已自是个难寻的，怎么又要寻它的卵？凤凰的卵已自是个难寻的，怎么又要一个雄，一个雌？”心里想，便是难，口里只得说着易，说道：“凤凰是小的认得。只是凤凰的卵，怕一时难寻些，望老爷宽限几日。”国师道：“我要这卵在紧急之处，怎么宽限得些？”王明道：“只怕这个国不出凤凰。”国师道：“你不看见那个关叫做凤磐关？既是不出凤凰，焉得有此名字？”王明道：“只怕一时间寻不出来，误了老爷的大事。”国师道：“还有一件，若是凤凰的卵寻不出来，就是老鹳窝里的也罢。”

王明心里想道：“若只是老鹳的卵还不打紧。”应一声“是”，连忙的拜辞而去，掂开臂膊，迈开大步。掂臂似蛟龙出水，迈步似猛虎归山。

相行数里，远远望见一座高山，走近前去，只见山脚下有一石碑，碑上刻着“凤凰山”三个大字。王明就喜之不尽，心里想道：“朝廷洪福，国师妙用。这山叫做凤凰山，必定是出凤凰的。”抬头一望，果好一座山，有诗为证：“凤去空山岁月深，偶来春色趁登临。孤根天造分南北，绝壁潮生自古今。便欲振衣凌蜃阁，将困搔首借鳌簪。他乡愁见天连水，不尽苍茫故国心。”

王明看了一会，只见山顶上有一棵树，生得就有些古怪。怎么古怪？围有三五尺，高有几十丈，身子挺挺的直上，就像一杆枪。顶上婆娑的许多枝叶，就像一把雨盖当空。也不偏，也不歪，端端正正就有一个窝巢做在上面。王明又看一会，说道：“这棵树生得这等奇异，这个窝巢做得这等方正，想必是个凤凰窠子。若是凤凰窠，无宝不成窝。又不但只是有卵，还该有个宝贝。我晓得此行不当小可，一则是国师的口灵，二则是我王明的时运来了。待我爬上去看一看来，就打作不是，也再作道理。”连忙的找起罩甲，脱下了趿鞋，搂定了树干，尽着平生的膂力，一竟爬上树去。爬到树梢上，窠巢便是一个，却没有个甚么鸟雀在那里，不知是凤凰窠也不是。却又没有个卵在那里，空费了这一番心。

王明扒了这一会，扒得手酸脚软，权且坐在树枝上歇息一番。这一番歇息不至紧，只见那个窠里有些甚么闪闪的亮一般，看来又不见在那里。王明心说：“敢是一个宝贝儿发亮么？待我把个窠儿拆了它的，看是何如。”左一理，右一理；左拆一根，右拆一根；左丢一根下去，右丢一根下去。理来理去，理出一根灯草来，只有二尺少些长，却是亮净得可爱。王明拿在手里看一看，转看转爱人，把个手去扯一扯，转扯转结实。王明说道：“倒像我南京的牛筋草，倒好把来拴头盔上的缨子。”又放在头上去拴一拴。王明只说是根草，拿在手里颠之倒之。

哪晓得树下，一个樵夫在那里砍柴，猛然间抬起头来看一看，只见树上坐着一个人，一会儿看见，一会儿又不看见。樵夫低头一想，说道：“这棵树光溜溜的，怎么一个人上去得？既是个人在上面，怎么一会儿看见，一会儿又不看见？我晓得了，凤凰山原是神仙出没之所。今日是我的缘分满了，这决是哪一位真人下界，有此机会，肯放过他？”那樵夫放下镰刀，低着头只是拜。拜了四拜，磕了四个头，口里叫道：“树上是哪一位大仙，望乞指教弟子一个明白。”

王明看见一个樵夫磕头礼拜，只说是个疯子。落后听见他说道是哪一位大仙，却才晓得樵夫错认了我是个神仙，手里拿着个灯心草儿，指他指说道：“我不是甚么仙人。”那樵夫就不看见个王明，又吆喝道：“大仙，你怎么就不见了？敢是弟子缘分薄么？”王明放下了灯心草儿。那樵夫又磕个头，说道：“大仙，你又出来了，还是弟子有缘。”

王明也低下头想一想，说道：“我拿起草来，他就吆喝我不见了：放下了草，他就吆喝我又出来了。却不是这根草有些作怪，待我再试他一试，看是怎么？”却又拿起草来，那樵夫又不看见；放下了草，樵夫又看见。王明心里明白，晓得这根草是个宝贝，却没有个名字，心里又想道：“这本是一根草，却能藏隐我的身子，不如就叫做隐身草罢。”道犹未了，树下的樵夫又叫说道：“你是哪一位大仙？指教弟子一个明白罢。”王明心生巧计，就认做个神仙，冲他一下，高叫道：“你那中生吆喝甚么？”樵夫道：“我不认得你是哪一位神仙。”王明道：“你有所不知，我是兜罗天上大乐天仙。今日有些小事，才得到你的名山。”樵夫道：“你做神仙的人，又有甚么事哩？”王明越加将计就计，说道：“我为因要取两个凤凰蛋，献上玉皇，前赴蟠桃大宴，故此来此山中。”樵夫却又有些凑巧，说道：“我这个山叫做凤凰山，我这个山上就是凤凰的窟窦。若说凤凰的蛋，要一就有十，要十就有百，要百就有千，要千就有万！何难之有！”

王明大喜，说道：“今日之行，一举两得。”扑冬一声响，一跳跳将下来。那樵夫只说真是一个神仙，连忙的磕头，连忙的礼拜。王明道：“你起来罢。你今日撞遇着我，也是你的缘分。”樵夫听知说他有缘，喜之不尽，说道：“大仙老爷在上，弟子去取过凤凰蛋来奉献，聊表微忱。”王明道：“既如此，我和你同行。”樵夫领路，王明跟定了他。

原来这个凤凰不在树上，又不在草里。王明走了一会，不见个着落，问道：“那中生你不要吊谎哩？”樵夫道：“弟子今日幸遇大仙，怎么又敢吊个谎，招大仙的怪？”王明道：“还在哪里？”樵夫道：“就在这里。这又叫做个月穴峰，这个梧桐树下就是。”王明道：“你去取来。”樵夫满口应承，伸起两只手，去到个大石头的缝儿里面，左掏右掏，掏了半日，掏出一个来。又掏了半日，又掏出一个来。

王明接着看一看，只见那两个蛋，五色花纹，霞光闪闪，爱杀人也！心里想道：“凤凰蛋便有了，只是这个人磕了这许多的头，费了这许多的力，得了他这一双蛋，怎么白白的打发他去？”低头一想，计上心来，说道：“那中生你过来，我和你讲话。”樵夫又跪着，说道：“大仙有何吩咐？”王明道：“你今日缘分是有了，只是福分还少些。”樵夫道：“怎见得弟子的福分还少些？”王明道：“我今日为了这凤凰蛋，来得仓卒，不曾带得我仙家的宝贝、果品之类在身旁。没有甚么谢你，故此说你福分还少些。”

樵夫低头一想：“千难万难，遇着一个神仙，怎么就叫我空空的回去？”

起眼一瞧，只见满山上有的是七大八小的乱石头，他就尽着平生的蛮气力，掮起一块，倒有八九十斤多重的青萎萎的石头，放在王明的面前，说道："大仙，我也不要你甚么谢礼，我闻得你做神仙的，专一会点石为金。你只把这块石头点做一块金子，送了我罢。再不然，就点做七八成的淡金子也罢。"

王明心上倒吃了一惊，莫说是这等一块大石头，就是一厘一毫也是难的，此事怎么是好？也只因他福至心灵，随口就扯出一个谎来，说道："那中生，你还有所不知，当原先的神仙都肯干这等的勾当，近日的神仙都收了心，不干这等的勾当。"樵夫道："怎么近日的神仙又不同些？"王明道："不是不同，只因洞宾老祖在岳阳楼上吃酒，少下了许多酒钱，看见地上一块青石头，他就到葫芦里面取出绿豆大的一粒金丹，点在青石之上。一会儿，点成一块黄澄澄的金子，还了酒钱，却是三醉岳阳人不识，朗然飞过洞庭湖。飞在湖中间，洞庭君主邀他吃茶。君主问道：'适来祖师的金子，日后可变么？'老祖道：'五百年后还是一块石头。'君主道：'祖师呀祖师，你只图眼前的富贵，岂不误了五百年以后众生？'洞宾老祖听了误了众生的话，就吃了一惊，说道：'多承指教。'就在洞庭湖上，凭了洞庭君主做个证明功德，发了一个大大的誓愿，说道：'今后再不点石为金。'君主道：'老祖不要学近日的神仙养家咒哩！'老祖道：'近日的神仙是我的孙儿，再有哪个点石为金，教他即时坠落尘缘，永世不得迁转。'因是洞宾老祖发了大誓愿，故此以后的神仙都不干这等个勾当。"

樵夫道："大仙，你不点石为金，也须念弟子是相逢一次。"王明又扯个谎，说道："你明日还到这里来，我却带下一粒长生不老丹来送你罢！"樵夫只说是真，心里想道："金子是个死宝，假饶他点成了送我，我若是分浅缘悭，到日后也还消受不起。莫若还是一粒仙丹，吃在肚里，转老还童，发白转黑，千年不死，万年无休，岂不美哉！"满心欢喜，说道："既蒙慨赐金丹，愈加是好。只是大仙不要失信于弟子。"王明又故意的说道："大丈夫一言既出，驷马难追。莫说我们上界天仙，岂可失信于你。你岂不知黄石公圯桥之故事乎？只是你要早些来，不要要我牢等你。"樵夫哪晓得他是个脱身之法，欢天喜地，口里唱着山歌儿，一径回去。

王明脱了樵夫，得了宝贝，取了凤凰蛋，愈加不胜之喜，心里只在想，说道：“拿了这蛋回复国师，国师怎么重赏，我怎么受用。拿了这个隐身草去斩将立功，功成之日，怎么做官，怎么维持，怎么封父母，怎么荫妻子。”满心都是快活。哪里晓得天是多早晚，日影是多少高；哪晓得脚是怎么动，路是怎么行。起一下头来，只见日色无光，阴云四起。王明慌了，站着看一会儿。天又晚得来了，四下里又没个安宿路头，只得往前再挨两步。挨了几步，却看见远远的有一头店房，王明说道：“喜得还有个宿处在这里。”不免趱行几步。

又行了一会，睁开眼来，原来哪里是个店房，两脚牌房，前厅后堂，周围侧屋？恰是一所庙宇。庙门前挂着一面牌，牌上横写着“义勇武安王”五个大字。庙堂上坐着一个丹凤眼、卧蚕眉、面如重枣、须似长杨的关圣贤。王明道：“关老爷，你好显应也，就是西洋夷狄，也晓得祀奉你也。真个是眼观十万里，日赴九千坛。我今日不免在老爷的庙里借宿一宵罢。”连忙的双膝跪下，磕上几个头，说道：“小人是南朝大明国朱皇帝钦差征西大元帅麾下一个小军，名字叫做王明。为因国师差遣来此山中取凤凰的蛋，不觉得天色已晚，前去无门，只得到老爷庙里来借一夜宿。恐有番兵番将夜来到此，小人独力难撑，望乞老爷大显威灵，保护一二。”祷告已毕，把块大石板撑了庙门，跌倒个身子，就睡在庙里。

睡了之后，一更无事，二更悄然。三更时候，王明正在睡梦中间，只见关圣贤喝声道：“是哪个在这里秽污我的庙堂？”周仓回复道：“是个set头大扫星在这里。”关爷道：“他为何到此？”周仓道：“他为了取凤凰蛋，才到得此。”关爷道：“他身上是个甚么东西发亮哩？”周仓道：“是个隐身草。”关爷道：“既是有此宝贝，西洋的事，功大半在他身上。只是他出身微贱，膂力不加，刀法不熟。周仓，你过来。”周仓道：“有！老爷有何吩咐？”关爷道：“你把那两臂之力，借与他去。你把我的刀法，传与他去。”周仓应声道：“理会得。”即时牵起王明来，把他两边膀子上，一边捶了他三拳，喝声道：“照刀！”把个关老爷的刀递在他手里，扶着他的手抡了几回。抡到末后，照头一刀，把个王明砍得往地下一跌，恰好在神案上一毂碌往地下里一跌。跌醒之时，原来是南柯一梦。睁开眼来，已自东方发白。

王明说道："怎么说个�京头大扫星？这个梦尽有些古怪。"爬起来看一看，只见关老爷左边架上有一张钢铁打的刀，就依着原日的青龙偃月刀之样，刀上又凿着"八十四斤重"五个字。王明说道："关老爷把力气借我，我且把这个刀试一试。"走近前去，一手就绰将起来。王明道："这等一张刀，不是神力，怎么拿得起来？既是拿得动，把梦里的刀法演一演儿。"扭转身子，上三下四，左五右六，撒花盖顶，枯树盘根，绕腰穿顶，使了一会，就比梦里的舞得半点不差。王明晓得是关老爷超度他，连忙的放下刀来，双膝跪下，说道："小人蒙圣贤老爷错爱，借我力气，教我刀法。往后倘得前进，子子孙孙，永侍香火。"收了隐身草，拿了凤凰蛋，径奔宝船上来，见了元帅。元帅道："你怎么去了两日？"王明道："为因一时寻不见，故此稽迟。"元帅道："可曾取得凤凰蛋来？"王明道："取得来了。"元帅道："你去交付国师！"国师吩咐军政司收了，说道："取这一国的功劳，都在这个卵上。"马太监说道："既是功劳在这一个卵上，也是王明离乡背井，抛父母，别妻子，下西洋一场。"叫军政司与他记在功劳簿上。

军政司不敢怠慢，展开功劳簿来，墨磨得浓，笔醮得饱，写了南京龙江左卫巡逻军士王明，写到个"卵"字上不好写得，跑去禀明元帅，说道："小的军政司职掌纪录功劳，比如某将取某国，或取某关，或斩某人首级，小的一一记簿。今日王明只取得两个卵，小的不好下笔，故此来禀过元帅老爷。"老爷道："这厮没用，就写着某日取凤凰卵两个就是。"军政司得了元帅军令，才来下笔。

王明又走向前一把扯住，说道："且慢些落笔。"也来禀明元帅，说道："小的王明多蒙列位老爷抬爱，这个功劳不消记簿罢！"老爷道："怎么不消记簿？"王明道："久后得了一官半职，回京之时，不好讲话。"老爷道："怎么不好讲话？"王明道："南京人的口不好，假如小的们在街上走，他就在廊底下骂，说道：'好日的货，你下西洋一个卵功。'就传到小人的子子孙孙，人还骂道：'好日的货，你祖宗下西洋，倒有一个卵功。’那知事的，还晓得是个取凤凰的卵；那不知事的，听得人说是一个卵功，只说是没有些功。这个官却不是冒认得的？以此不好讲话，故此不消记簿也罢。”王爷笑一笑，说道：“你这蠢侪！岂不闻二卵弃干城之将，留名青史，竹简腾辉，怎么有个不好记簿的？”王明不敢违拗。军政司记了簿书。国师叫声王明道：“你记簿的事还小。你过来，我问你。”王明道：“国师老爷有何吩咐？”国师道：“这个卵在哪里取来的？”王明道：“凤凰是个羽虫之长，百鸟之灵，王者之瑞，出在月穴山上；非梧桐不栖，非竹叶不食。小的在月穴山上梧桐之下，青石缝里取将来的。”国师道：“你怎么晓得？”王明只说国师也是寻常的僧家，他就扯个谎，说道：“初然没处寻去，后来听见两个麻鹊儿嘴里喳喳的说道：‘凤哥哥，凤哥哥，你的石头缝里好做窝。两个卵，笑呵呵。’小的得了这个消息，却才找到那里，取得卵来。”国师道：“你还撞遇个甚么人没有？”王明道：“只是小人只身独自，并不曾撞遇着甚么人。”国师道：“你还看见个甚么窠巢没有？”王明道：“小的晓得凤凰不在树上，故此不曾去找寻别的窠巢。”国师道：“你还取得有甚么宝贝没有？”王明道：“路远心忙，哪里又有闲工夫去寻宝贝。”国师把头点了两点。

毕竟不知点了两点头，有个甚么缘故，且听下回分解。

第53回　王明计进番总府　王明计取番天书

诗曰：

何处名僧到水西，乘舟弄月宿泾溪。
平明别我上山去，手携金策踏云梯。
腾身转觉三天近，举足回看万国低。
谑浪肯居支遁下，风流还与远公齐。
笑杀王明无远见，迷邦怀宝不堪提。

却说国师老爷点两点头，心里想道："中生好度人难度，宁度中生莫度人。王明这厮上山不打紧，骗了樵夫，得了宝贝，见了关圣贤，借了力气，学了刀法，他只是说谎，不肯承招。不免再问他几声，看他怎么？"又问道："王明，你昨夜在哪里安歇来？"王明道："不觉的天色昏黑，就在草地上权歇一宵。"国师道："你睡着草里做的好梦么？"王明看见国师问得有些古怪，半会儿不敢开言。国师又赶他一句，说道："你今日早上舞的好刀么？"

王明只见扦实了他，连忙的跪着磕上两个头，才不敢说谎，把昨日一日的实事，昨夜一夜的实事，细说了一遍。国师道："你的草在哪里？"王明双手递上来。国师看了一看，说道："你好意收了，这是你防身的宝贝。我告诉你罢，你成家立业，显祖荣宗，封妻荫子，改换门闾，一条金带，都在这根草上。”王明听见国师许他一条金带，他心中暗喜，说道：“若只是条蒙金带，是副千户，吃三石八斗米；正千户，吃四石二斗米。若还是条光金带，就是指挥佥事，吃五石八斗米；转一个指挥同知，就吃六石二斗米。若是天地可怜见，挣了一条起花金带在腰里，就是指挥使，就吃八石四斗米。若还该我的时运到了，指挥有功，就升一个游击；游击有功，就升一个参将；参将有功，就升一个副总兵；副总兵有功，就升一个挂印的正总兵。到了正总兵，上去就易了。若是福分双全，一转就是都督；都督一转，就做伯；伯一转，就做侯；侯一转，就做国公。做了国公，摆开头踏来，撑起大伞来，抬起四人轿来，好不维持也！”心下正在欢喜。

国师老爷又叫军政司取过酒来，赏王明三杯酒。还不曾到手，只见蓝旗官报道：“番将讨战。”国师道：“王明，你敢去出阵立功么？”王明道：“小的去得，只有一件不敢去。”国师道：“怎么去得，又有一件不敢去？”王明道：“小人的本领是去得，只因没有披挂，这一件不敢去。”国师请元帅给与他披挂。元帅道：“披挂是将官的威风，怎么少得？”连忙的取一副披挂与他。王明顶盔擐甲，披简悬鞭。自古道：“人是衣装，佛是金装。”王明装束起来，出一马，就是九里山前楚霸王，喝一声，就是灞陵桥上张翼德，哪个不说道好一员将官！

国师道：“王明，你还饮过了那三杯酒。”王明举起杯来，想了一想，说道：“小人去不得了。”元帅道：“军中无戏言，怎么一会说去得，一会又说去不得？”王明道：“元帅在上，岂不闻单丝不线，独木不林？小的一个人怎么去得？”元帅道：“我这里少不得与你一枝人马，放三个大炮，呐喊三声，助你的威风，要你像个指挥把总行事。”王明道：“二位元帅老爷固是抬爱小的，只是这一干军士，都是小人的班辈，他岂肯听小人调遣？万一威令不行，乱了军法，连小人的性命也难保了，反不失了元帅的大机！”老爷心里想道：“此人虽是一名小军，倒有几分机见，不可小觑于他。”说道：“王明，我这里欲待筑坛拜你为将，没有工夫，欲待实授你一个官衔，犹恐人心不服。”连忙的把一口宝剑响一声，抽出鞘来。真好一口剑：

昆吾铁冶飞炎烟，红光紫气俱赫然。良工锻炼凡几年，铸得宝剑名龙泉。龙泉颜色如霜雪，良工咨嗟叹奇绝。琉璃玉匣吐莲花，错镂金环生明月。

老爷提起剑来，说道：“这口剑是万岁爷亲赐我先斩后奏的。我如今权时交付与你，倘有一名军士不听你调遣者，一剑就撇下他的脑盖骨来。”自古道：朝中天子三宣，阃外将军一令。但得一朝权在手，等闲便把令来行。

王明得了宝剑，领了一枝人马，一声信炮，呐喊三声，一直杀将前去。番官看见南阵上拥出一彪人马，门旗下坐着一员将官，就高叫道：“来将留名！”王明心里倒好笑：“只是这‘来将留名’四个字，就羞杀我也，怎么好？”自古道：“时来风送滕王阁，运去金钟撒碎声。”王明一会儿福至心灵，应声道：“吾乃大明国征西统兵招讨大元帅郑爷麾盖下大将王明。”说了这一声不至紧，连众人都服了他，都说道：“莫错认了王克新，尽好拆拽哩！都督也是大将，元帅也是大将，都司、参将也是大将，这如今长官也是大将，王克新却不是好拆拽哩！”王明高叫道：“你是何人？”番将道：“吾乃撒发国国王驾下总兵官圆眼帖木儿的便是。”王明道：“生擒我南朝三员大将可是你么？”帖木儿道：“然也，就是。”王明大怒，骂说道：“番狗奴！敢如此无礼！”举起刀来，分顶就砍。帖木儿手里一张大斧，急架相迎。两家大战，杀做一堆，砍做一处。

南阵上军士哪一个不说道：“王克新果好一段本领。”哪一个不说道：“王克新不是国师荐他，却不埋没了英雄豪杰！”帖木儿也看见王克新刀法厉害，无心恋战，虚晃了一斧子，竟败阵而走，王明连忙赶下阵去。左右都说道：“此人专用妖邪术法，我们不要赶他。赶他不至紧，怕吃了他亏。”王明一者是个初生兔儿不识虎，二者个乘胜长驱不用鞭。不听左右劝解，一任的赶他下去。可可的帖木儿又拿出一个甚么宝贝来，敲了三下。王明顶阳骨上一会儿就走了真魂，翻下马来。番阵上一声梆响，一伙番兵番卒蜂拥而来。王明看见不是头势，拿出隐身草，就不见了王明。帖木儿说道：“可怪，可怪！一行看见掉下人来，怎么一行就没去寻处？”

南朝军士看见王明落马，看见番兵番卒蜂拥而来，只说是拿得王明去了，都来报上元帅。元帅道：“原就不该赶他。”洪公公道：“王明倒不至紧，只是去了元帅的宝剑。”王爷道：“王明还有些妙处，决然拿不住他。”众军士道：“小的们看得仔细，分明是拿了他去。”道犹未了，王明走上帐前，说道：“你众人还不曾看得十分仔细，你众人还不曾看得十分分明。”这两句话儿虽是说得轻，就把这些军士吓得魂不附体，魄不归身。

王爷道：“我说王明还有些妙处。”元帅道：“你果是落下马来么？”王明道：“非干小的武艺不精，不能取胜，只因他手里拿着一个甚么宝贝，敲了一响，小的顶阳骨上就走了真魂，就掉下马来。”元帅道：“既是掉下马来，怎么又不曾捉得去？”王明道：“不敢相瞒二位元帅老爷，小的身上也有一个宝贝，故此他捉小的不住。”元帅道：“你的宝贝也敲一下，也掉下他的魂，也教他落下马来，却不是好。”王明道：“各人的不同。小的宝贝只可防得自身，不能勾要他人落马。”元帅道：“可恨这一班邪术，把我三员将官坑陷得在他国中，不知吉凶祸福，还是怎么？”王明道：“小的明日还要出阵，和他厮杀。”元帅道：“你只听见他敲得响，你就早早的抽身而回。”王明道：“禀过元帅，小的明日要他拿得去，才好就中取事，只是众军人败阵而回，元帅老爷不要吃他惊吓。”元帅道：“你也须要小心，不可误事。”王明道：“不是小的夸口所说，料他粘一粘小的也不能够。”

到了明日，圆眼帖木儿又来吆喝，王明道：“一客不犯二主。”飞身上马而去。一声炮响，南朝人马一字儿排开。帖木儿看见门旗下还是昨日的王明，心中大怒？骂说道：“我把你这个贼，你是何邪术，敢来煽惑军心？”王明道：“你那番狗奴，一团邪术，还敢开大口说别人。”帖木儿更不答话，取出那个宝贝就敲。王明勒住了马，凭他敲。敲了三下，王明又是冲下马来。番兵来拿，又不见了个王明在哪里。帖木儿说道：“这个贼多半不是人，是个甚么精灵鬼怪。”竟自领兵回去。王明说道：“这等一个宝贝，敲三下，拿住我一个将官；敲三十下，却不拿住我十员将官？敲三百下，却不拿住我百员将官？宝船上去了一百员将官，哪里还有来？趁我十年运，有病早来医。我也趁着这个宝贝，跟他进城，看他是个甚么动静。好下手时须下手，得欺人处且欺人。”

却说圆眼帖木儿回到教场里，坐着牛皮帐中，吩咐大小番官说道："南朝今番出一个鬼将，叫做王明，再也拿他不住。你们大小官员却要谨守城池，盘诘奸细，怕他摸进城来，或有不测。你们另拨五十名军士，到我府中看守我的宝贝。"众人说道："晓得了。"吩咐已毕，帖木儿回进府中。

帖木儿也只好这等仔细。哪晓得王明就跟定了在他身边，一句句听得明明白白，说道："有了五十名军士，就是我的路头。"只见那五十名番兵都到总兵官府里来，进头门，王明也跟进头门；进二门，王明也跟进二门；进第三门，王明也跟进第三门。到了宝藏库前，却有一个番官坐在那里查瞧花名手本，把两扇库门关着一扇，掩着一扇，只捱得一个人进去。点一个，放一个；点两个，放两个。你捱我，我捱你，鱼贯而人，没有一个空儿进得身子。王明站着在侧边，眼睁睁没奈何！一会儿，就点到四十八名上，王明心里想道："再点了这两名，却不枉费了这一番心！"可可的天假良缘，人逢其巧。第四十九名番军是个儿子替老子，年貌不同，番官和他剥嘴，不肯放他进去。捱了一会，却不是个空缺，王明早已闪将进去。进到里面，四下里搜寻一番，不见个甚么宝贝。只见那五十名番兵走将进来，周周围围看着一池子清水。

王明心上有些不明，到了定更时分，却假装一个番兵的声嗓，叹一口气说道："这等一池的水，怎么要个人来看它？内中就有个口快的说道："这一池的水，终不然要你看它？"老爷的宝贝在里头。"王明却晓得是个宝贝在水里。虽然晓得是个宝贝，怎奈这五十名番兵眼也不眨，盹也不打，怎么下得手哩！低头一想，计上心来。又假装一个番兵的声嗓，说道："一夜筵赶不得一夜眠，我们坐得这一夜过哩！"内中又有一个说道："宝贝儿要紧，怕你坐不过么？"王明又故意的说道："我们众人也好呆哩！五十名军士分做两班，二十五名看上半夜，二十五名看下半夜，岂不省些辛苦，两利俱存。"内中就有一班要睡的番兵，都说道："言之有理。我们分做两班，那一班不要睡的，坐在池边；那一班要睡的，就走到东边房檐底下去，放倒头就是一觉。"

王明说道："中了我的机关。"看一看，只见二十五名都在南柯梦里，他就平添中夜恨，顿起杀人心，把那二十五名睡着的番兵，一个一刀，就像砍瓜切菜一样。王明道：“杀得我好快活也！”却又来杀那二十五个坐的，只见那叫更的说道：“噫！这如今已是二更半了，你们睡的，好起来替我们也。”王明就充一个睡的，朦朦胧胧说道：“我们起来了，你们睡去罢。”那些人只说是这二十五名军士起来了，都一个个的走到了西边房檐底下去，放倒头也是一觉。王明道：“斩草不除根，不如不动手。”看一看，只见这二十五名也是南柯梦里，王明也是一个一刀，又结果了这二十五个。却不干净了五十名看宝贝的番兵。

王明自由自在，掀过一池水来看着，只见水底下有一个池窖，池窖里面却有两件宝贝。哪两件宝贝？原来一件有三寸围圆的一个钟儿，一件有一尺围圆的一个磬儿。王明拿起来，到灯光底下一看，只见一件宝贝上有一行字：钟儿上凿着“吸魂钟”三个字，磬儿上凿着“追魂磬”三个字。王明看了，吃了一惊，说道：“原来这两件宝贝取了人的真魂，怎叫我南朝将官不受他生擒活捉！也罢，我明日拿他的宝贝，也还他一个席儿。”心里又想道：“这西番的人最是奸巧。这两件宝贝果是真的，便就好哩。万一是个假的，又没奈他何，反惹得元帅见怪。也罢，哪里去寻个人来试验一试验。”起眼又不见个人，渐渐的东方发白。王明走出库门外来，只见库门外又有一班外巡在哪里。王明拿出宝贝来，敲了三敲，那一班外巡一个一毂碌都跌翻在地上。王明说道：“这个是真的了。”竟归宝船上来。

元帅道：“王明，你昨日出马，今日方回，这一夜在哪里安身哩？”王明道：“元帅爷在上，是小的走进撒发国总兵官府里面，找寻他的宝贝来。”元帅道：“可曾找寻着他的没有？”王明道：“是小的找寻着了。”元帅道：“是个甚么宝贝？”王明道：“原来他有两件宝贝，一个叫做吸魂钟，一个叫做追魂磬。敲了三下，就把人的真魂取将去了。怕你是甚么泼天关的本领，摇地府的神通，也要掉下马来。”元帅道：“怪不得那三员大将都吃了他亏。”马公公又说道：“既是这等宝贝，不得赢他，不如回转南京去罢，后来再作道理。”

王明道：“宝贝虽是厉害，却被小的骗得他的来了？”二位元帅大喜，说道："妙哉！妙哉！有此宝贝，又何愁于他！你拿出来，我们看一看。"王明拿出宝贝来。元帅老爷接着，都看了一看，都说道："这等一件东西，怎么这等厉害？"又问王明："这两件宝贝，怎么敲哩？"王明道："眼看着哪个，就敲着哪个。"马公公道："王明，你敲一个我们看。"王明也是弄鼻子的，就看着马公公敲了三下。马公公是个忠厚的，哪里晓得把他试验，不知不觉的掀了一跤。又好吃恼，又不好认真，爬将起来，说道："二位元帅在上，好厉害宝贝哩！"元帅道："王明，也是你费了这一场心机。你明日拿出阵去，擒下番将，见你的功劳。"

那番将看见杀了他五十名军士，偷了他的宝贝，恼了一日，不曾出门。到了第二日，恨得牙齿咯叮咯叮的响，跑出阵来，高叫道："王明，你这个贼！你杀了我五十名军士还自可，你怎么偷我的宝贝！你好好的顶在头上，送来还我。你若说半个'不'字，我教你这些大小官军，一个个都死在我这海里。"王明禀过元帅，竟自出马。又叮嘱左右道："你们多带些钩耙绳索来。"

却说帖木儿看见王明，正是仇人相见，分外眼红，高叫道："你这个贼！你怎么杀了我五十名军士？你怎么又偷了我的宝贝？你敢来生擒我么？"王明再不开口，衣袖里就溜出一个吸魂钟来，敲上一下。一下还不曾响，帖木儿手里把个扇子摇一摇，就把王明身边的宝贝，一阵响风都招过去了。王明看见去了宝贝，只气得眼睁睁的，不晓得怎么个缘故？帖木儿得了自家宝贝，连敲三下，把王明又掀将下来，叫声："小卒绑了他！"却又不见了形影。帖木儿虽然不曾拿得王明，却得了宝贝，跃马而去。王明心里想道："番官又不曾拿得，宝贝又去了，怎么好回复元帅老爷？也罢，一不做，二不休！我不如跟他进城，看他招宝贝的又是个甚么？待我趁机会儿结果了他，岂不为美！"连忙的一手拿了隐身草，一手提了一口刀，跟定了番官回去。却说番官到了府门，下了马，卸了盔甲，敲了三下云板，竟进内房里面。王明早已跟到内房里面。只见四个丫头，一个夫人远远的迎接，接着问道："连日厮杀，胜负何如？"帖木儿说道："夫人，不好告诉你的。"夫人道："胜败兵家之常，怎么不好告诉我的？"帖木儿道：

"南朝出一个甚么王明来，那个贼，尽有些厉害。"王明站在背后，只好笑哩！心里想说："这个番官真惫懒，千贼万贼的骂人哩！"夫人道："怎么一个王明厉害？"帖木儿道："若论他本领，还不打紧些，只是一行掉下马来，一行就寻他不着。"夫人道："既是寻他不着，得放手时须放手罢。"帖木儿道："他却又不放我。"夫人道："怎么不放你？"帖木儿道："他前日个晚上，摸进了我的宝藏库来，杀了我五十名军士，偷了我的宝贝，并不曾有人看见。若不是我的宝贝儿多，今日我的性命，却不送在此人之手？"夫人道："偷了你甚么宝贝？"帖木儿道："偷了我吸魂钟、追魂磬两件宝贝。"夫人道："你今日又是个甚么宝贝招他回来？"帖木儿道："是个宝母儿。"夫人道："怎叫做个宝母儿。"帖木儿道："凡是宝贝见了他，一招就来，故此叫做个宝母儿。"夫人道："是个甚么样子？"帖木儿道："就是一把扇儿。"王明站在背后，心里想说："原来是一把扇儿。这个不打紧，也好偷他的。"夫人道："我每常看见你这把扇儿，也只说是个寻常之扇，哪晓得有这许多的妙用。只是还有一件来。是哪一件？这等的宝贝不可造次，万一有失，连那两件宝贝也不能保，他日悔之，噬脐无及。"帖木儿道："我也还不惧他。我还有一卷天书，还有些妙处，念动了那些真言，宣动了那些密咒，凭你宝贝在那里，都要招将你的来！莫说只是我西牛贺洲，假饶就是东胜神洲、南赡部洲、北俱芦洲，一霎时就都归了我的手。"王明站在背后，吃了一惊，心里洗："这番官好厉害也！原来还有个甚么天书。却不晓得他的大书放在哪里？就有隐身草，没处会他的来。"只见夫人道："相公，那天书放在哪里？"帖木儿道："放在小花园之内书房里面。"夫人道："那里却谨慎，这三件宝贝也送到那里去罢。"帖木儿叫过小童们来，把这三件宝贝送到后面书房里去。夫人道："相公差矣！这等几件宝贝岂可假手于人？我陪你自家送将进去罢。"帖木儿道："多谢夫人厚爱。"

一个前，一个后，竟往后面书房里跑。王明十分之喜，心里想说是："多得夫人领路。"悄悄的跟定了他。只见左一弯，右一角；左一穿，右一抹，直到后面，却是一个小小的书房儿。夫人道："天书在哪里？"帖木儿道："就在这个朱红匣儿里面。"夫人道："你开来看他一看，怕有甚么疏虞。"

帖木儿开了锁，取出来看了一回。

王明也站在侧边，看了一回，只是不认得是甚么字。帖木儿拿起天书，放上那三件宝贝。夫人道："天书怎么又不放在里面？"帖木儿道："王明那个贼，我恨入骨髓。我明日不用这三件宝贝，单把这个天书去拿他。故此不放在里面。"夫人道："天书只好招宝贝，终不然也会拿人哩。"帖木儿道："夫人，你还有所不知，这天书我念动真言，讽动密咒，把一条捆妖绳望空一撇，莫说只是一个王明，就是十个王明，也走不脱半个。"

王明也在背后，心里想说："你这伤公道的，明日厮杀，今日苦苦的算计于我！你哪里晓得我也算计你哩？"

帖木儿把个宝贝袖着。夫人安排酒来，对歌对酌，酒至半酣，卸了衣服，丢在一边。吃一会酒，耍一路拳；吃一会酒，又舞一会刀；吃一会酒，又使一会枪。

王明看见他衣服丢在一边，早已到袖儿里面捞将来了，竟到宝船。元帅道："你今日又跌下马来，宝贝往哪里去了？"王明道："小人出马，指望拿住个番官。哪晓得吸魂钟儿还不曾敲得一下，那番官又有个甚么宝母扇儿，拿在手里招一招，就把那两件宝贝都招去了！"元帅道："可惜去了那两件宝贝！"王明道："小人不得已，却又跟他进城，指望偷他的扇来。哪晓得他还有一本天书，念动他的真言，宣动他的密咒，那三件宝贝，一霎眼却就在面前。"二位元帅又吃一惊，说道："此等的一部书，怎么得到他的手？"王明道："元帅老爷宽怀，小的自有处置。"

毕竟不知是个甚么处置，且听下回分解。

第54回　王明砍番阵总兵　天师战金毛道长

诗曰：

五月涛声走白沙，沙边石气尽云霞。
峰阴寒积何年雪？瘴雨香生石树花。
独立南荒成绝域，每凭北斗问京华。
王明不尽英雄胆，万古争传汉使槎。

却说二位元帅道：“王明，你有个甚么处置？”王明跪着禀说道：“不瞒二位元帅老爷，这个天书小的已是偷得他的来了。”三宝老爷是个内官性儿，一听见说道偷得来了，扑起巴掌来，哈哈的大笑，叫声：“王明我儿，你就是取西洋的头一功了！这如今在哪里？拿来我众人看看。”王明双手递上个天书。

二位元帅，你也看，我也看，看便看了一会，只是不认得上面是个甚么字迹，是个甚么书句？老爷道：“这个书不认得，怎么是好？”王爷道：“去请天师或是国师，毕竟有个认得的。”道犹未了，可可的国师走过船来。老爷迎着，就讲天书这一段缘故。国师道：“在哪里？见教贫僧一看。”老爷又双手递上去。

国师从头彻尾看了一遍，说道："阿弥善哉！王明，你好不当家哩！"老爷道："怎么王明好不当家哩？"国师道："拿了这书，好不当人子，你要它何用？你怎么干这等不公不法的事！依贫僧所言，快些儿送还他去罢！"王明道："老爷在上，小的挨虎穴、闯龙门，万死一生，才能够取得他这一本书来，小的又岂肯轻轻的送还他去？"国师道："书上都是些伤公道的话儿。"王明故意的说道："小的夜来也听得那番官在念哩，也不见甚么苦苦的伤公道。"国师道："你不信，待贫僧念来你听着。"展开书来，从头儿念了一遍。

念犹未了，只见半空中呼一阵响风来，把那吸魂的钟、追魂的磬、宝母儿扇三件宝贝，一齐的刮将来，一齐的吊在中军帐下。就喜得二位元帅，杏脸桃腮。大小将官，哪个不喝声彩？马公公道："王明我儿，你是取西洋的头一功。咱要你在咱门下做一个干儿子，你意下何如？"王明道："好便好，只是老公公的尊姓，姓得有些不秀气，不敢奉承。"马公公道："你怕人骂你做马日的么？假如那个骂驴日的不过，假如那个骂骡子日的不过。"侯公公道："你在咱们下做个干儿子罢。"王明道："老公公的尊姓，声音有些不好，不敢奉敢。"侯公公道："你怕人骂你做山猴子日的么？"洪公公道："你在咱门下做个干儿子罢。"王明道："不敢奉承。"洪公公道："你怎么不肯？又是咱的姓，姓得有些不好么？"王明道："非干姓事。只是公公无子，教我一个单丝不线，孤掌难鸣。"王公公道："王明，咱和你同是一姓，你在咱门下做个干儿子罢。"王明道："也不敢奉承。"王公公道："你怎么又不肯？敢又是咱没有儿子？有七个儿子，咱有七个儿，数到你是第八。"王明道："干儿子好做，只是王八难当！"

道犹未了，只见圆眼帖木儿不见了天书，又招了他三件宝贝，却怒从心上起，恶向胆边生。披挂整齐，攀鞍上马，高叫道："王明，你这个贼！你敢偷我的天书，你敢招我的宝贝！"王明道："便是我，你敢怎么样儿于我？"帖木儿更不打话，一手掀开了顶上的番盔，一手掀散了头上的卷毛头发，口儿里念上两声，一口吐沫望西一喷，喝一声："疾！"又喝声："快！"只见正西上狂风大作，走石飞沙。那石子儿，沙子儿，都望我南阵上刮将来。

乱刮将来还不至紧，番阵上又走出二三百只惫懒象来。那些象身如火炭，口似血盆，鼻似卷帘，牙如钢剑，好厉害也！有赋为证。赋曰：

南方之美者，南山之犀象焉。周澄上言；可洗之而疗疾；苍舒有智，亦秤之而刻船。则有束刃于鼻，系燧于尾。虽质大于牛，而目不逾稀。初一乳而三年，卒焚身而以齿。若乃放于荆山之阳，养之皋泽之中，虽禀精于瑶光，终见制于越台。至若出伊水之长洲，生干陀之异域。胆随月转，鼻为口役；遇狮子而必奔，顾脱牙而尚惜；见皮而泣，争鼻而食；临刑既闻于泣血，丧雌亦至于涟洏。出九真于日南，耕苍梧及会稽。入彼梦思，既见灾于能茂；俾之率舞，亦归功于贺齐。

那一群象趁着这一阵风，竟奔过南阵上来，把我南阵上的人马，一鼻子卷一个，两鼻子卷一双！

王明看见不是料，一口衔了隐身草，两只手揹着一张刀，照着个象只是砍。千砍万砍，那象只当不知。王明看见砍它不动，没奈何，又拿起刀来，把他的门牙乱打。这一打却打得有些功劳。怎么有些功劳？原来象的牙长根浅，禁不得十分锤敲，一会儿把些牙齿都敲得吊将下来。象本性是个爱惜门牙的，却又敲得它疼，它就满地上乱跑乱卷。幸喜得天上转了一阵东风，王明叫众军士上风头放起火炮、火铳、火箭之类。风又大，火又大，那些象哪里又敢向前来？倒往本阵上跑。这一跑不至紧，把自己的番兵都踩倒了一大半！帖木儿羸羸然如丧家之狗，干干的如漏网之鱼，大败去了。

王明吩咐众军士拾起那些象牙来，竟到宝船之上。元帅见他有功，心中大喜，说道：“番官今日又是甚么宝贝来？”王明道：“番官真乃厉害，没有宝贝，赤手空拳，就呼出一阵无大不大的风来，又赶出一群二三百只的象来，那些象尽是惫懒，把我南阵的人马，一鼻子卷一个，两鼻子卷一双，看看的卷了我人马一大半。”元帅道：“你怎么处它？”王明道：“是小的没奈何，拿起刀来砍它，却又砍它不透。又没奈何，把它的牙齿来敲，才敲了它许多牙齿。上风头又是火炮、火铳、火箭之类，各样的生法，却才赢得它来。”元帅道：“可拾得有象牙来么？”王明道：“有。”即时献上象牙。侯公公走向前去数了一数，说道：“亏了王明，打坏了八十多只象哩！”元帅道：“怎么就晓得是八十多只？”侯公公道：“这象牙是一百六十根。一只象两根牙，却不打坏了八十多只。”元帅道：“也有一象四根牙的，也有全然没齿的。”侯公公道：“那没齿的全不象了。学生的数，也只是大略而已。”道犹未了，蓝旗官报道：“番总兵又来讨战。”

原来番官大败而归，先前说硬了话，不好去见番王，竟自归到府院里面，低头不语，默默无言。番王又着人来相请，番官愈加不是个心事。夫人道：“相公，你做将官的人，何故这等吃恼？”番官道：“谁想南朝出下王明这一个贼，就是我的冤家。前日的宝贝被他骗了，今日的象阵被他破了，你教我何计可施？”夫人道：“相公差矣！你胸中有的是真材实料，何惧于他。你何不拿出那迷魂阵、定身法来，怕他甚么王明拿他不住！”

这正是一言而兴邦，一言而丧邦。这两句言话儿不至紧，把个帖木儿就提得醒醒的，满心欢喜，顿起精神，即时点齐人马，杀出凤磐关来，高叫道：“王明这贼！我今番不拿住你碎尸万段，誓不回兵！”

王明听知蓝旗官报道“番官讨战”，即时跪着禀元帅道：“小的今番不用旗鼓，不用人马，只身独自，要去砍下番将的头来，献上中军宝帐。”元帅应声道：“好！此去立马成功！”王明起身去上马。侯公公又把他肩膀上拍一下，说道：“好！你就是征西洋的第一功。”这两句话，就不知长了王明多少威风！两列将官你也说道你有一条金带在腰里，倒不如一个小军；我也说道我有一条金带在腰里，倒不如一个小军。

王明跑出阵去，心生一计，说道：“打人先下手，后下手遭殃！我与他比甚么手，排甚么阵！不如闪在他背后，取了他的首级，万事皆休！”一手拿着隐身草，一手提着一口刀，悄悄的跑到帖木儿的背后。

帖木儿在那里气满胸膛，高声大叫，左也王明贼，右也王明贼；左也若不拿住王明，誓不回阵！右也若不拿住王明碎尸万段，誓不为人！哪晓得王明已自站在他背后，双手举起刀来，尽着力气，还他一刀。可怜明枪易躲，暗箭难防！这一刀就把个圆眼帖木儿，立地时刻劈做了四架。把些番兵番卒吓得一个个獐头鹿耳，鼠窜狼嘶！都说道："又不曾看见个人在哪里提刀来，又不曾看见个刀在哪里砍下来，怎么就会劈做了四块？"道犹未了，只见你头上一刀，我头上一刀。一行走路，一行就砍了头；一行说话，一行就削了嘴。可怜这一班番兵番卒，叫苦连天，都说："是天杀我也！天杀我也！"抱着头的，缩着颈的，各自逃生。也有奔到皇城里去的，王明也跟进皇城里去。也有奔到午门里去的，王明也跟进午门里去。

王明进了午门之内，就提起那一片杀人心来，就要把个番王来唵哆。番王哪里晓得其中的就里，只管问道："总兵官怎么会做四块？"那些番兵番卒，又不晓得个下落，一个说道："自己杀的。"一个说道："天杀的。"番王道："都胡说！岂有个天就杀人的？岂有个人就肯自杀的？"王明眼睁睁的要下手，只是不得一些空隙。

只见殿东首闪出一个道士来：

庞眉皓发鬓如丝，遣兴相忘一局棋。
松柏满林春不老，高风千载付君知。

那道士朝着金阶五拜三叩头，扬尘舞蹈。番王道："阶下见朝的是谁？"道士道："小臣乃亲王驾下护国军师金毛道长的便是。"番王道："道长有何事见朝？"道长道："现今朝堂之上，有一个南朝刺客在这里，要伤我王，故此冒死来奏。"番王大笑三声，说道："先生差矣！既有刺客在我朝堂之上，我岂不看见？我一个不看见也罢，这等满朝的文武，岂可都不看见？"道长道："此人只是贫道看见。"番王道："先生须要着他出来，与寡人看见才好。"道长道："要我王看见不难。"这几句话不至紧，把个王明吓得毛骨竦然，心里想道："怎么这个道士认得我哩？敢是这个草今日不灵么？我不如趁早些走了罢！"又想一想："千难万难，来到这里，且看他怎么样儿？只怕他是骗我，也未可知。"

只见那道士站将起来，站着金阶之上，怀里取出一个红罗袋儿来，袋里取出一个小小的镜儿来。番王道："先生，那是个甚么镜儿？"道长道：

“世上有三面镜儿出名：第一面叫做轩辕镜，第二面叫做炼魔镜，第三面叫做照妖镜。”番王道：“要它何用？”道长道：“取它出来，就照见南朝刺客是个甚么样子，是个甚么人。”番王道：“好！好！好！”叫声：“站阶的力士在哪里？”两个力士走近前来，答应一声“有”，双手接着个镜儿，放在丹墀里面。文武百官仔细定睛，果是南朝一个军士，头戴碗子盔，身披黄罩甲，腰系皮挺带，脚穿绑腿翰趿鞋，左手一根草，右手一张刀。王明终是个小军，尽着他的一宠性儿，偏说是照妖镜，他偏然不怕照，偏然不肯走！偏百官都认得他是个南人，他偏藏了隐身草，偏认做自家是个南人。一声梆响，一干番兵一齐拥将上来，绳穿索绑，把个王明拿住了，来见番王，他直挺挺站着。番王道：“你为何不跪？”王明道：“砍头就砍头，割颈就割颈，甚么人跪你！”番王大怒，骂说道：“我把你这个大胆的贼，你累累的犯我边疆，杀我军卒，偷我宝贝，害我总兵官。你今日焉敢又来擅入我朝堂。我想着拿你，就是攒冰凌取水，压沙子要油一般，谁想你自送其死！你这却不是自作孽，不可活。叫过刀斧手来，枭了他的首级。”

王明想一想：“一个人的头既割了，怎么又会长出来？不免要做一个脱身之法。”他那里一边拿出刀来，我这里一边慢慢地说道：“杀便杀了我，还有许多杀不尽的在那里，他明日一总儿和你算账哩！”番王听见说道：“还有许多杀不尽的在哪里？”连忙的叫放他转来，说道：“你一身做事一身当，杀了你就是，甚么又还有杀不尽的在哪里？”王明又慢慢的说道：“我为人还有几分忠厚，我船上还有一干没脊骨的，还有好些的话来和你讲哩。”番王道：“有些甚么没脊骨的？”王明故意的道：“我有一班同年、同月、同日、同时、同乡、同里、同师、同门、同手段、同术法，同一样会杀人、同一样捉不住，共是七七四十九名。你今日只杀得我一个，我那四十八个岂肯与你甘休！”番王道：“你这个人还是有几分忠厚。你既是这等忠厚，你索性说穿了头罢。”王明又故意的道：“我把那四十八个的真名真姓都说来与你，你今后好提防他们。”番王道：“我取纸笔来，你写罢。”王明分明是要骗他写字，好解绳索，偏故意的说道：“我只口说罢。”番王道：“你说得快，我这里哪里记得这些？”王明又骗他一骗，说道：“狗奴！

没有些见识，你叫四十八个人过来。一个人记一个名字，却就记得了。”番王只说是真情，说道：“这个人果是有几分忠厚。你还把个笔砚儿来写着罢。”即时间取过文房四宝来，放在丹墀里。王明心里想道：“是腔了。”你想自古以来，可有个绑着写字的？连忙的放开了王明的手。一个番官磨墨，一个番官拂纸，一个番官奉笔。王明伸出手来，又把个左手去接笔。番官道：“原来你是个左撇子。”王明道：“我是左右手。”一边左手抹笔，一边右手取出隐身草来。一下子取出隐身草来，只是一溜烟，再哪里去寻个王明。番王叹了两口气，说道：“南朝人说老实，还不老实。”番官道：“喜得是老实还会走，若是不老实还会飞哩！”

金毛道长奏道：“我王不必忧心，贫道看此等人如同蜻蜓蝼蚁，草芥粪土，何足挂齿！贫道不才，愿借番兵一枝，出阵前去，若不生擒王明，剐骨万段，誓不为人！”番王道：“先生此言，只好说得中听，权时解朕之忧。你不要小觑了王明，一行拿住他，一行就不见他。就是通天达地的游神，出幽入冥的活鬼，也不过如此。他曾斩死了我五十名军士，他曾陷害了我一员总兵官。这等一个人，岂是容易拿得的？”道长道：“且莫说这一个王明，就连他那些宝船上一干的性命，都要提在我手里。”番王道：“先生这句话又讲差了。总兵官曾奏过寡人来，说他船上有一个道士，官封引化真人，能呼风唤雨，役鬼驱神。又有一个僧家，官封护国国师，能怀揣日月，袖藏乾坤。你看得他们忒容易了些。”金毛道长道：“我王好差，专一长他人志气，灭自己威风。贫道出马，若不生擒道士，活捉和尚，贫道情愿把自己的六阳首级，献上我王面前。”番王看见他威风凛凛，锐气凌凌，心上倒也有老大的惧怯他，连忙的赔他一个情，说道：“全仗真人大展奇才，救寡人社稷！奏凯回来，奉酎鹤驾不浅。”即又递酒三杯，壮他行色。

金毛道长竟到教场里面，点齐了一枝番兵，竟往风磐关来。心里想道：“适才我王说是南朝道士会呼风唤雨，驾雾腾云，我也是个道士，我岂可不会腾云？既要如此，似这等一班头踏，怎么腾云？似这等一个脚力，怎么腾云？”

想了一会，就有个道理，即时拿起个斩妖剑来，照着正东上搅了几搅，口里念了几声，喝声：“照！”只见正东之上走出一个三丈四尺的神道，光头光脑，蓝面蓝嘴，朝着道长行个礼，说道："法师呼唤小神，有些甚么事故？"道长道："你是何神？"其神道："小神按甲乙寅卯木，是个青龙神。"道长道："你既是青龙神，你据着东方青陵九气旗，与我打着头踏。"应了一声："是！"

又拿起了斩妖剑来，照着正南上搅了几搅，口里念了几声，喝声："照！"只见正南上走出一个三丈四尺长的神道，红头红脑，尖面尖嘴，朝着道长行个礼，说道："法师呼唤小神，有何使令？"道长道："你是何神？"其神道："小神按丙丁巳午火，是个朱雀神。"道长道："你既是朱雀神，你据着南方丹陵三气旗，与我打着头踏。"应了一声："是！"

又拿起个斩妖剑来，照着正西上搅了几搅，口里念了几声，喝声："照！"只见正西上走出一个三丈四尺长的神道，毛头毛脑，白面白嘴，朝着道长行个礼，说道："法师呼唤小神，何方使令？"道长道："你是何神？"其神道："小神按庚辛申酉金，是个白虎神。"道长道："你既是白虎神，你据着西方皎陵五炁旗，与我打着头踏。"应了一声："是！"

又拿起个斩妖剑来，照着正北上搅了几搅，口里念了几声，喝声："照！"只见正北上走出一个三丈四尺长的神道，长头长脑，皂脸皂嘴，朝着道长行个礼，说道："法师呼唤小神，何方使令？"道长道："你是何神？"其神道："小神按壬癸子丑水，是个玄武神。"道长道："你既是玄武神，你据着北方玄陵七炁旗，与我打着头踏。应了一声："是！"

又拿个斩妖剑，照着山上搅了几搅，口里念了几声，只见山上跑出两个三丈八尺长的狐狸精来，毛手毛脚，凹嘴凹鼻，见了法师，双膝跪着。道长道："孽畜，你过来一个，掮着一面豹尾旗。孽畜，你可知道么？兵法曰：'无天于上，无地于下。将在军，君命有所不受。'只此旗之谓，你可知道么？"两个狐狸精磕个头，应声："是！"

又把个斩妖剑望海里搅了几搅，口里念了几声，只见水底下走出一个三丈八尺长的一个碧水鱼来，红鳞红甲，大头大尾，见了法师，双膝跪着。道长道："鱼儿，你过来，我骑你出阵，你可晓得么？上天上地，驾雾腾云，都在你身上。"碧水鱼磕个头，应声："是！"

一个金毛道长领了一枝人马，前面有许多凶神恶煞，摆了头踏，坐一个碧水神鱼做了脚力。这个道士也是少有，一路里摆出凤磐关。

却说王明得了总兵官的首级，献上中军。元帅大喜，重赏王明。元帅问道：“你杀了总兵官，怎么又跟进城去？”王明道：“是我闪进番王的殿上，要唵哆番王的首级。”元帅道：“可曾取得他的首级么？”王明道：“一桩事儿做得好好的，就吃亏了一个甚么金毛道长看破了。若不是小人本领多端，险些儿就矮了一尺。”元帅道：“怎么就矮了一尺？”王明道：“连盔带头只有一尺，砍了头，却不矮了一尺。”元帅道：“既如此，叫军政司取过一瓶酒来，与你压惊。”

道犹未了，只见蓝旗官报道：“番王又差下一个道士，领了一枝人马，前面尽是些凶神恶鬼打头踏，座下又有一个长长大大的神鱼做脚力。自称金毛道长，坐名要战天师、国师。”王明道：“小人还愿出马，擒此妖道。”元帅道：“骄兵者败，欺敌者亡。你不可去。他既坐名要战天师、国师，且待他两个出一阵，看是何如？”王公公道：“来的是个道士，天师是个真人，两个道士出马，岂不为美！不如去请天师。”请到天师，无不奉命。

即时三道鼓响，呐喊三声，拥出一枝人马去。金毛道长起眼一瞧，原来南阵上两边列着都是些道士、道童。中间一杆皂纛，皂纛之上，写着“江西龙虎山引化真人张天师”十二个大字。皂纛之下，坐着一个清清秀秀的将官：九梁中云鹤氅，七星剑，青鬃马。心里想道：“来者就是我国王说的腾云驾雾、役鬼驱神的主儿。且待我叫他一声，看他怎么答应？”高叫道：“来者莫非南朝天师乎？”天师道：“吾乃南朝大明国朱皇帝驾下官封引化真人张天师的便是。你是何人？”金毛道长笑了笑，道：“天师，你不要小觑于我，我乃撒发国国王御前官封护国真人金毛道长的便是。”天师道：“天下的真人惟有我家，是自汉以来祖代传流的。麒麟殿上无双士，龙虎山中第一家！你这金毛道长却不闻名。”金毛道长大怒，骂说道：“我把你这个生事扰民的贼，焉敢无故侵犯我的国土，纵容无名的末将，陷害我的总兵官。今番教你吃我苦也！”照头就是一剑来。天师看一看，想一想，说道：“若论青龙、白虎、朱雀、玄武，此人就是正一玄门。若论他那两个狐狸精，一个碧水鱼，此人是个妖道拆拽来的。怎敢这等无礼？我祖代天师的人，肯放松了他？”起手就还他一剑。你一剑，我一剑，你一来，我一往，你一上，我一下，杀做一堆，砍做一处。天师心说道：“我们出家人怎么在刀头上讨胜，何不坐地成功？”连忙收过剑来，照着日光摆了三摆，剑头上呼一声响，爆出一块火来，烧了一道飞符。金毛道长还不晓得天师的妙用，说道：“天师，你剑头上出火，不知你心下怎么样儿火烧哩！”天师道：“你可晓得，除却心头火，点起佛前灯。”道犹未了，只见剑头上跳出一个青脸獠牙的鬼来。

毕竟不知这个鬼是甚么鬼，且听下回分解。

第55回　金碧峰劝化道长　金碧峰遍查天宫

诗曰：

将军辟辕门，耿介当风立。
请将欲言事，逡巡不敢入。
剑气射云天，鼓声振原隰。
黄尘塞路起，走马追兵急。
弯弓从此去，飞箭如雨集。
截围一百种，斩首五千级。
番马流血死，番人抱鞍泣。
古来养甲兵，万里当时袭。
乘此庙堂算，坐使干戈戢。
伫看献凯归，天师何翕习。

却说天师剑头上跳出一个青萎萎的毛头鬼来，天师起手一指，那毛头鬼飕地里一声响，把个青龙神一扯两半边。一会儿一道飞符，一会儿一个红通通的毛头鬼，把个朱雀神一扯两半边。一会儿一道飞符，一会儿一个白漫漫的毛头鬼，把个白虎神一扯两半边。一会儿一道飞符，一会儿一个黑剌剌的毛头鬼，把个玄武神一扯两半边。金毛道长慌了，左一剑，右一剑；左一剑也杀鬼不退，右一剑也不奈鬼何！一会儿去了四个打头踏的正神。天师心里道："只剩得个狐狸精，却就好处。"飕地里一声响，就飞过一张七星剑去，把两个狐狸精就砍做了四个。怎么就砍做了四个？一个两段，却不是四个？金毛道长愈加慌了，取出一个宝贝来，望空一撇，撇将起去；复身下来，照天师头上一下。天师看见他来得不善，闪在一边，劈脸就还他一个掌心雷，也照着他的头上一下。两家子同时锣响，同时收兵。到了明日，金毛道长又来。天师道："棋差一着便为输，今番再不可与他衍文。"望见金毛道长来，就是一个雷。金毛道长措手不及，只得转身而去。一连三日，一连三个雷公。天师又想："此人尽有些本领哩！这等的雷公再打他不着，只是虚延岁月，却不是个结果。"眉头一蹙，计上心来。

明日，金毛道长又来，天师早早的烧下了四道飞符，遣下了四位天将。金毛道长睁开眼来，看见四面八方都是些天神天将，他不晓得是天师的道令，说道："这些神将敢是看见我来，递个甚么脚色手本么？待我叫他一声，看是何如。"叫声道："四圣莫非是马、赵、温、关么？"四位天神大怒，说道："我这马、赵、温、关四个字，有好些难称哩！除非是玉皇大帝，才敢这等称呼！这厮是哪个？也敢叫我马、赵、温、关四个字？"马元帅就一砖，赵元帅就一鞭，温元帅就一棒，关元帅就一刀。把个金毛道长吓了一吓，说道："怎么今日天神天将都变过脸来？"连忙的取出宝贝来，望空一撇，撇在半空里面，一个天将照头一下子。恰好四大元帅张开眼仔细一瞧，都说道："原来是那话儿！"马元帅收了砖，赵元帅收了鞭，温元帅收了棒，关元帅收了刀，叫一声："天师，小神们顾不得你了。"一驾祥云而去。张天师看见四位天神不奈他何，心里着实吃力，眼瞪瞪的不得个好妙计，正在踌躇之间，哪晓得金毛道长一下宝贝打将来，张天师也措手不及，只得撇了青鬃马，跨上草龙而归。

元帅道："连日多劳天师。"天师道："劳而无功，不胜汗颜之至！"元帅道："西洋地面，原来如此难征难服！"天师道："多了，他都是甚么妖魔鬼怪？没名没姓，手里都拿个甚么宝贝；没头没绪，急忙的不好下手他。”侯公公道：“此后怎么处治他？”天师道：“且去请教国师，看他怎处？”一位元帅去请国师，告诉他，自到撒发国以来，就吃苦了他甚么总兵官，幸而王明一刀劈了他做四块。不期今日又出个甚么道士，自称金毛道长，又拿了一个甚么宝贝，一撇撇在半天里，一会儿掉将下来，就会打人。这都是个没头绪的事，教人怎么好处他？国师道：“西洋夷虏之地，不比我们中国是这等一个样儿。”元帅道：“天师尊意要请国师出马，不知国师意下何如？”国师道：“善哉！善哉！贫僧是个出家人，佛门中弟子，怎么说得个出马杀人的话。”元帅道：“国师不肯见爱，这桩事儿就有些毛巴子样哩！”国师道：“且待贫僧去劝一番，看是何如。”元帅道：“但凭国师尊意，劝解得一个和，也是好的。”

你看国师把圆帽旋一旋，把解染衣抖一抖，把僧鞋泼一泼，把胡须抹一抹，一手钵盂，一手禅杖，大摇大摆而去。金毛道长看见说道：“我西洋地面没有和尚，来者莫非就是南朝金碧峰？待我叫他一声，看他怎么？”大叫一声道：“来者莫非就是南朝金碧峰长老么？”道长这一声，就如轰雷灌耳。国师却低低的答应一声，说道：“贫僧便是。”金毛道长又高叫道：“金碧峰，我只说你是个活天神、生地鬼；横推八马，倒拽九牛。原来你也只是一个人，我也是一个人，你怎么敢领兵来下西洋，侵我的疆界？你今番认得我么？你不要走，教你好好的吃我一刀。”照头就是一刀。国师道：“善哉！善哉！贫僧一个光葫芦头，怎禁得这一刀，却不分做了两个瓢哩！”口便是这等说，心里又想：“把个禅杖去招架他，又恐怕犯了杀戒，又恐怕动了嗔心；不把禅杖去招架他，又禁不得这一刀。”只得把个禅杖望草地下一划，这一划不至紧，就吓得那个碧水神鱼倒退了三五十步，那一刀却不失了一个空？金毛道长道：“我这脚力，怎么看见他来，反倒退了几步？我晓得了，敢是他的禅杖上有个甚么响声，惊吓了他。”却又把个碧水鱼来夹两夹，又是一剑来。国师又把个禅杖一划，那个鱼又倒退了三五十步。金毛道长大怒，说道：“好和尚，你敢唬吓我的脚力么？”连忙的念动真言，宣动咒语，喝声未绝，只见正北上狂风大作，走石飞沙。那石子儿雨点相似，初然间还是个麻鹊儿卵，过会子就是鸡卵，就是鸭卵，就是鹅卵，就是天鹅卵，雨点的打到国师身上来。国师看见，笑了一笑，说道："这个石头儿好来得厉害，若是个凡夫俗子，却不打做了一块肉泥。"不慌不忙，除了圆帽，露出个光头来。过了一时三刻，四面八方堆了无数的乱石头儿。

那道长只说是打死了金碧峰，看了一会，恰好老爷的头皮儿也不曾红一红。金毛道长吃了大惊，说道："这个和尚果真有些本事，比那道士老大的不同。"连忙的手里烧了一道符，口里念了一会咒，喝声未绝，只见正西上闪出无万的天神、地鬼、土庶、星宗、石魍、山魈、花神、木魅一干的魍魉，又骑着无万的龙、蛇、虎、豹、犀、象、狮、彪一干的孽畜，一齐的攒着国师身上来。

国师看见，笑了一笑，说道："只夸口所说自认仙家，原来尽是一干邪术，这成个甚么勾当？"不慌不忙，取出一粒黄豆来，放在口里，咬做个查查儿，望正南上一喷。南方火德星君看见佛爷爷号令，不敢怠慢，即时发下火鸦、火马、火龙、火蛇、火枪、火箭一拥而来，把那一干魍魉，一干孽畜，一个个烧得披衣落角，露出本相来。是个甚么本相？原来魍魉都是些纸的，孽畜都是些草的。金毛道长看见破了术法，心中大怒，说道："好和尚，你破了我的法，我就饶你罢？"连忙的念念有词，一口法水，望正东上一喷。顷刻间，乌云四塞，黑雾漫天，伸手不见掌，起眼不见人。老爷看见，又笑了一笑，说道："你这个掩日法，只好去降外央儿，怎么来吓我当家的？"不慌不忙，袖儿里面取出铜钱大的一块红纸来，望西边一吹，用手一指，喝声道："浮云不散，等待何时？"即时间，浮云尽扫，一轮红日斜西。

金毛道长看见自家术法节节不通，大惊失色，将欲收兵回阵，又在番王面前说大了话；将欲不收兵回阵，急忙里又没个甚么大赢手。心里正在寻思，老爷早知其意，说道："午后不交兵，你且回去，明日再来罢。"金毛道长趁着这个空儿，说道："今日饶你，明日再来，叫你认得我哩！"

明日又来，只望见国师，更不打话，连忙的念动真言，宣动密咒，把个宝剑望海里头一搅。即时间，海水上流，平白地就有几百丈水，一浪掀一浪，一潮赶一潮。老爷看着，又笑了一笑，说道："偏你会倒海，偏我就不会移山？"不慌不忙，一道信香，竟到灵山会上掌教释伽牟尼佛处，借过阿难山一座来，镇在海边上。自古道：土克水，水来土掩。何况又是佛门中一座名山，愁个甚么水再会上流哩？

国师心里想道：“这个道士铺设了他许多的手段，卖弄了他许大的神通。贫僧岂可只是这等袖手旁观！怎么得这一国过去。”又想一想说道：“我出家人，第一难做，狠起心去算他，就动了嗔嫌；伸起手去拿他，就犯了五戒。”没奈何，叫一声：“韦驮何在？”韦驮应声：“有！”老爷道：“这个金毛道长，不知他真假何如？你可闪在半天之上，把个降魔杵落将下来，他若果是一个甚么祖师真人，他自有神通，自然招架得你的杵住。他若是一个甚么妖邪鬼怪，见了你这个降魔杵打下来，不怕他不现出本相，不怕他不远走高飞！”韦驮道：“若是个凡夫肉体，却不打做了一堆肉泥？又伤了佛爷爷杀戒之心。”老爷道：“此人有老大的神通，决不是个凡夫肉体，你放心去来。”韦驮天尊得了佛旨，一驾祥云而起。拨开云头，往下一看，只见那个道士顶阳骨上一道金光，直冲着北天门。韦驮想道：“这个真人不是凡夫肉体，也还不是鬼怪妖魔。却一件来，佛爷有令，不敢有违。”即时提起那十万八千斤的降魔杵来，照着金毛道长顶阳骨上，狠着实一递打将下来。金毛道长的眼有神，早已就看见了，心里说道：“韦驮天尊今日也变了脸哩！”连忙的怀里取出一件宝贝来，一撇撇上半天里去。韦驮的降魔杵望下来，金毛道长的宝贝望上去，一上一下，狭路上相逢，只听见撞得轰天划地一声响。这一响不至紧，金光万道，紫雾千条，连韦驮天尊站在云里也晃了七八十晃，还晃不住哩！韦驮回了佛爷爷的话：“那根忤还像老君炉里旋烧出来的，挨也挨不得。”老爷心上也吃一惊。此时天色已晚，明日又来。老爷心里想道：“这个道士除非是借下天兵，才擒得他住。”不慌不忙，除了圆帽，顶阳骨上露出一道金光，直透南天门里。

玉皇大帝接了信香，即时聚神鼓响，会集大小天神，左辅右弼，左天蓬，右黑煞，左班三十六天罡，右班七十二地煞，还有二十八宿，九曜星君，还有马、赵、温、关、邓、辛、张、陶、庞、刘、苟、毕，还有风雷电雨，森罗万象，还有诸天诸圣，清净弥摩，一齐都到。玉帝吩咐道：“今有燃灯佛爷领了大明国宝船人马征取西洋，现今阻住撒发国，才有一道信香来借天兵一枝，要擒住甚么金毛道长。你们哪一个挂领兵元帅印？”道犹未了，班部中闪出一位天神，身长三丈四尺，一手黄金塔，一手火尖枪，躬身俯伏，奏道：“小神不才，愿挂领兵元帅的印。”玉帝看见是个托塔李天王，吩咐交印与他。又问道：“哪一个挂先锋印么？”道犹未已，班部中闪出一位天神来，身高三丈六尺，三个头六个臂，面如蓝靛，发似朱砂，一只手里一般兵器，躬身伏奏道：“小神不才，愿挂先锋印。”玉帝看见是个哪吒三太子，心中大喜，说道：“上阵无如父子兵。今日必然拿住妖道，快交印与他。”

一个正印，一个先锋，一枝天兵，出了南天门。金光闪闪，紫雾腾腾，到了半空中，神风大作，搅海翻江。金毛道长看见四面八方都是天神天将，天兵天卒，密密层层，老大的慌张，心里想道：“这个和尚尽认得我天上好两个人哩！”又想道：“若不是这一行宝贝，今番却就妆了村！”连忙的取出宝贝来，望空一撇。那个宝贝金光万道，紫雾千条，一变十，十变百，百变千，千变万，轰天划地的打将来。打得个李天王也顾不得塔，哪吒三太子也不见了三个头，一干天兵天卒，走得无影无踪！枉费了这一日的功劳，全然不曾得用，各自散了。

到了晚上，老爷说道：“只一个道士，怎么这等厉害？不如我自家出去看他看来。”怎么要自家去看？原来人有三等好看：若是仙家，顶阳骨上有一道白气升空；若是妖怪，顶阳骨上有一道黑气升空；若只是凡夫身体，顶阳骨上只有三尺火光。故此老爷要自家去看一看。老爷撇了色身，现了真体。一道金光，耸在半天之上，高张慧眼，只见这个金毛道长顶阳骨上有一道白气，正冲着北天门。那白气之内，却又照出一道金光；那金光之内，却又现出一个真体。怎么样的真体？原来有三丈四尺多高，圆眼紫髯，身穿皂袍，腰系玉带，发似广胶一般粘住在一处。戴一顶小小的束发金冠。

老爷道：“此人不是凡夫，不消说了。却又不是妖魔，却又不是甚么仙家，却又不是甚么祖师，仔细看着，还是哪一位护法的天神？这等一个天神，怎么千难万难，拿他不住？我想当年间，大鹏金翅鸟发下了一个狠誓，说道：‘要吃尽了中生的脑盖骨。’这等凶神也不曾出得我的扣子，怎么今日反不奈一个小神何？"

到了明日，金毛道长又来，国师老爷又去。金毛道长也不管甚么三七念一，就把宝贝掀在半空中，照着老爷的顶阳骨上打将下来。老爷看见说道："阿弥陀佛！善哉！善哉！"只念得一声佛，头顶上就现出一朵千叶莲花来。那千叶莲花笔聿的直上，照着宝贝，就托在半天云里。那莲花瓣儿看看的要收拾起来，金毛道长恐怕收了他的宝贝，划喇一声响，收回去了。金毛道长说道："这和尚是有些来历，怎么一个光头，就长出一朵千叶莲花来？不如再奉承他一下。"那宝贝一声响，又望着老爷的顶阳骨上打将下来。老爷又看见，又说道："阿弥陀佛！善哉！善哉！"又只念得一声佛，袖儿里就跑出一个白盈盈的象来。那象一长，就长在半天云里，便撑着个宝贝。撑了一会，象鼻儿渐渐的卷起宝贝来。金毛道长生怕收了他的宝贝，划喇一声响，却又收回去了。金毛道长说道："这个和尚越发古怪，怎么袖儿里就走出一只象来？不如再奉承他一下，看是何如？"那宝贝一声响，又望着老爷的顶阳骨上打将下来。老爷又看见，又说道："阿弥陀佛！善哉！善哉！"又只念得这一声佛，脚底下就走出一个青萎萎的狮子来。那狮子一长，也长在半天云里，便撑着个宝贝，撑了一会，狮子又渐渐的长将起来。金毛道长怕带了他的宝贝去，划喇一声响，却又收回去了。老爷道："只是这等搬斗，却也不是个长法。况兼此人不知止足。不如也是闪他一个空，闪他家去坐两日？待我自由自在，细细的查他一番。"怎么闪他一个空？原来把个色身以生作死，闪他一个空快活。果然的金毛道长不知止足，那宝贝一声响，又望着老爷的顶阳骨上打将下来。老爷照水一指，水囤而去。

金毛道长只说是打坏了老爷，不胜之喜，鞭敲金镫响，人唱凯歌声，回见番王，铺展他这一段大功。番王安摆素宴，款待道长。一连两三日，还不出门。

哪晓得国师水囤而归，见了元帅，把前项的宝贝细说了一遍。元帅道："多劳国师。怎么得他停帖？"国师道："元帅可标下几条封条，把贫僧的佛堂封起来，许明日辰时三刻开封。贫僧还有个处治。"元帅一面奉承。

老爷走进佛堂里面入定坐下，外面贴了封皮。一道金光，竟到灵山会上，见了释伽牟尼佛，说道："撒发国出下一个真人，自称金毛道长，约长三丈四尺，圆眼紫髯，身穿皂罗袍，腰横玉带，头戴束发小金冠。不知佛门中走了哪一位护法天神？"牟尼佛唯唯诺诺，细查了一番，佛门中并不曾走了一个甚么护法天神。一道金光，竟到东天门火云宫里，见三清老祖，说道："撒发国出下一个真人，自称金毛道长，约长三丈四尺，圆眼紫髯，身穿皂袍，腰横玉带，头戴束发小金冠。不知玄门中走了哪一位护法天神？"三清老祖唯唯诺诺，细查了一番，玄门并不曾走了一个甚么护法天神。一道金光，竟到南天门灵霄殿上，见了玉皇大天尊，说道："撒发国出下一个真人，自称金毛道长，约长三丈四尺，圆眼紫髯，身穿皂袍，腰横玉带，头戴束发小金冠。不知天门中走了哪一个护法天神？"玉皇大帝唯唯诺诺，细查了一番，天门中并不曾走了一个甚么护法天神。这三处中间，怎见得就都没有走了一个？原来佛爷认定了身材、面貌、服饰，彼此身材相同的，面貌不相同；面貌相同的，身材不相同；身材、面貌相同的，却又有服饰不相同；服饰相同的，却又有身材、面貌不相同。故此三处中间，都晓得没有走了一个。

佛爷想道："敢是一个甚么恶鬼么？"一道金光，竟到幽冥地府森罗殿上，见了十帝阎君，说道："撒发国出下一个真人，自称金毛道长，约长三丈四尺，圆眼紫髯，身穿皂袍，腰横玉带，头戴束发小金冠。不知是你地府中走了一个甚么恶鬼？"十帝阎君唯唯诺诺，细查了一番，地府中并不曾有个甚么恶鬼临凡。佛爷道："敢是甚么水神么？"一道金光，竟到四海龙宫海藏里面，见了四海龙王敖家一干兄弟，说道："撒发国出下一个真人，自称金毛道长，约有三丈四尺，圆眼紫髯，身穿皂袍，腰横玉带，头戴束发小金冠。不知是你海藏中走了一个甚么水神？"四海龙王唯唯诺诺，细查了一番，海藏中并不曾有个甚么水神思凡。龙王道："依了佛爷爷的话语，还像个天神，不是我们地下里的。"佛爷道："还是个甚么天神？"想了一想，一道金光，竟到大罗天上八景宫中，见了三官大帝，说道："撒发国出下一个真人，自称金毛道长，约长三丈四尺，圆眼紫髯，身穿皂袍，腰横玉带，头戴束发小金冠。不知是你大罗天上走了一个甚么天神？"三官大帝唯唯诺诺，细查了一番，大罗天上并没有个甚么天神思凡。

佛爷道："岂可一个天神，就没处查他！"只见三官老爷供桌下面，一个小小神祇说道："既是天神，愁寻他不着？"佛爷道："那供桌之下，说话的是个甚么神祇？"三官大帝说道："是小神护法的神奶儿。"佛爷道："叫他出来我看着。"神奶儿听见叫他，不敢怠慢，爬将出来，绕佛三匝，礼佛八拜。佛爷看见神奶儿，初然间只是核桃儿大，次二就长得有桃子大，次三就长得有癞葡萄大，再长一长，就有黄瓜大，再长一长，就有菜瓜大，再长一长，就只有菜瓜大，不满一尺之大。佛爷道："你这些小神祇，怎么也来饶舌？"神奶儿道："佛爷在上，不是小神夸口所说，小神终不然生下地来就是这等矮小。只因水府老爷收拾得这等矮小。若论当原先的时节，夜来不敢长伸脚，恐怕蹬翻忉利天！"佛爷道："原来你也有几分厉害哩！"神奶儿道："小神出身还有许多的话。"佛爷道："是个甚么话说？"神奶儿道："小神的父是天上一条龙，小神的母是山下一只虎，相交却生下小神来。故此小神这如今还是龙的头，虎的身子，龙的须，虎的爪。三分像龙，其实又不像龙；七分像虎，其实又不像虎。父亲看见小神有三分像他，和小神取个名字，叫做混江郎。母亲看见小神有七分像他，和小神取个名字，叫做下山子。父母两下里相争起来，把小神丢在一条无深不深的沟涧里面，一个归天去了，一个归山去了。小神坐在深涧里，身上又寒，肚里又饥，自小儿就不学好，专一的拦住路上要吃人，把个来往经商老少客旅，就吃得他一不了，二不休。渐渐儿路绝人稀，骷髅骨堆里有山般大，又有个甚么人敢来么？没得吃，把地下的走兽也吃个干净。又把天上的飞禽，也吃将起来。过一个，吃一个；过两个，吃一双。连天上飞的鹞鹰，身上没有肉，也要拔它几根毛。故此这个涧，就号做鹰愁涧，又号做骷髅潭。这叫做是个老虎不吃人，坏了名色在那里。有些甚么咬嚼罢？忽一日，有一个老者来此经过，须鬓雪白，皓齿童颜，分明是个好老者。小神饿得慌，哪里管他甚么好？扯着他就要吃。原来那老者有个五囤三出之法，一下子土囤去了。"

毕竟不知这个老者是个甚么人，且听下回分解。

第56回　护法神奶儿扬威　和合二仙童发圣

诗曰：

濯缨歌咏绝纤尘，渭水泱泱认未真。
万古乾坤盈尺地，一竿风月满怀春。
寒波不动鱼纶旧，秋雪宁添鹤发新。
自是飞熊惊梦底，磐彝奠鼎识周臣。

却说那老者土囤而去，到了明日，老者又来。小神还不认得他，还要吃他。那老者就狠是一声喝，早已喝下一位马元帅来，把块金砖丢在鹰愁涧里。你说这老者是哪个？原来渭河里钓鱼、飞熊入梦、八十岁遇文王、开周家八百年天下的万神之祖姜子牙是也。那一块金砖即时间煎干了涧水，小神没处安身，只得随着姜子牙走上天去。去了一向，他又不封小神一个官爵，小神不得已，却又走下天曹来，还寻我的旧窠巢，依然是水。这一水不至紧，却就遇着水府老爷，收了小神，做个护法尊神，名字叫做神奶儿。

佛爷道："你说道既是天神，不愁寻他不着。你晓得有些下落么？"神奶儿道："依小神所见，只在北天门上去查，就见明白。"佛爷已经看见他的白气径冲北天门上，可可的神奶儿又说北天门上去查。

佛爷心里有了主意，一道金光，径转北天门上。只见北天门上主将离了天门，其余的副将都是懒懒散散的，佛爷就不曾开口。佛爷心里想道：“挖树寻根。”一道金光，又转到南天门上灵霄宝殿，相见玉皇大天尊，说道：“贫僧查遍了天宫地府，并不曾查着金毛道长，都说道还是天神，以此贫僧又来相烦。敢烦天尊，把东西南北四门上把门的天将，查点一番。”玉皇大天尊不敢怠慢，即时查点四门天将，独是北门上的四个天将来得迟。

佛爷仔细一看，只见着底下跪着一个，恰是身长三丈四尺，圆眼紫须；恰是身穿皂袍，腰横玉带，头戴金冠。佛爷看得真，说道：“那班后面跪着的，却不是下界的金毛道长么？”这正叫是“做贼的胆下虚”，他只听见佛爷叫声“金毛道长”，就一朵祥云，一齐儿竟转北天门上去了。

佛爷竟赶到北天门上，问说道：“走回来是甚么天神？”当有值年、值月、值日、值时四位功曹回奏道：“走回来的是玄帝位下把守北天门的水火四神。”佛爷道：“那穿皂袍的是哪个？”功曹奏道：“是玄帝位下捧剑的治世无当大元帅。”佛爷道：“擒此小神，何足为虑！”一道金光，径射进北天门里。

无当大元帅倒有些慌张。众人都说道：“我和你如今骑在老虎背上。怎么骑在老虎背上？不顺佛门，本然有罪。就是顺了佛门，也是有罪。不如兴起玄门，灭了佛教，也得闻名天上。”计议已定，各显神通，只一声响，把个北天门就撞倒了大半。佛爷道：“阿弥善哉！好四圣，却就动了杀戒之心。只有一件，我在这里拿他，觉得是个上门欺负人。明日玄帝回来，不好借问。不如还到撒发国去拿他。”收转金光，早已到了宝船之上。去时节已自黄昏戌时，回来时才交子时一刻，天堂地府都走了一周。这正叫做“洞中方七日，世上几千年”。这都是佛爷爷的妙用。

到了辰时三刻，金毛道长又来。佛爷想一想，说道：“我是个佛，他是个神，若是威逼住他，却损了我佛门中德行。也罢，不如把我丈六紫金身现将出来，看他归顺何如？若不归顺，又作道理。”正往前行，金毛道长就高声叫道：“和尚，你不曾死么？你虽不曾死，却也烂了一身皮。你可晓得我厉害么？何不早早的退了宝船，万事皆休；若说半个‘不’字，我教你只在眼目下，就要丧了残生。”国师老爷慢慢的说道：“阿弥善哉！

仙家，我岂不知你的根脚，你也须趁早些返本还原，求归正果。若只是这等迷了真心，只怕你堕落尘凡，空到玄门中走这一次。”金毛道长大怒，骂说道：“贼秃奴，焉敢在我面前诗云子曰。”连忙的取出宝贝来，照国师顶阳骨上就是一下。这一下就打得佛爷爷金光万丈，现出丈六紫金身，左有阿难，右有释迦，前有揭谛，后有韦驮。金毛道长看见是个古佛现身，心上慌了，即时传一道信香，上冲北阙。只见半空中雷声霹雳，紫电辉煌，一时间掉下一位神祇，身长三十六丈，浑身上鳞甲峻嶒，高叫道：“佛菩萨不得无礼！你岂不认得我丹陵圣火大元帅么？”道犹未了，一时间又掉下一位神祇，身长一十二丈，浑身上九宫八卦，高叫道：“佛菩萨不得欺人！你岂不认得我皎陵圣水大元帅么？”三个天神各显神通，把个佛爷爷围在中央，围得定定的。佛爷看见他们动了杀戒之心，只得收转金光。只见后面又掉下一位天神来，身长三十四丈，面如黑漆，眼似明星，怒发冲冠，咬牙切齿，高叫道：“佛爷，你不认得我黑脸兜须大元帅？你莫走，且待我换了世界罢！”怎么一个世界会换得？原来玄天上帝的七星旗有好些厉害：磨一磨，神将落马；磨两磨，佛爷爷也要坠云；磨三磨，连乾坤日月都要化成黄水。国师老爷是个慈悲方寸，听见说道“要换世界”，他就生怕坑陷了四大部洲的众生，一道金光而起。金毛道长又是一宝贝打将来。国师就落下金光来，主意落到宝船上，不知不觉就落在西洋大海中去了。圣火大元帅一直子就赶到海里来，口口声声说道：“煎干了海罢！”海里面大小水神都吃他一吓，闹吵了一场，早已惊动了水官老爷供桌底下的护法神奶儿，只见水里划喇一声响，就如天崩地塌一般。佛爷道：“莫不是哪里倒了半边天么？不然怎么这等响哩！”起眼一瞧，原来是个神奶儿在那西洋大海现出原身来。现出浑身来，就把个西洋海塞一个满；现出脊梁骨来，就比个凤凰山差不多高。佛爷看见，心上也吃一惊，说道：“怪得他开大口，讲大话，原来有这等大哩！”自古道：“云从龙，风从虎。”他原是龙虎所生，只见他现了本身，立地时刻，海里面狂风大作，白浪翻天，好一阵大风也：

无形无影亦无面，冷冷飕飕天地变。
钻窗透户损雕梁，揭瓦掀砖抛格扇。
卷帘放出燕飞双，入树吹残花落片。
沙迷彭泽柳当门，浪滚河阳红满县。
大树倒栽葱，小树针穿线。
九江八河彻底浑，五湖四海琼珠溅。
南山鸟断北山飞，东湖水向西湖漩。
稍子拍手叫皇天，商人许下猪羊献。
渔翁不敢开船头，活鱼煮酒生难咽。
下方刮倒水晶宫，上方刮倒灵霄殿。
二郎不见灌州城，王母难赴蟠桃宴。
镇天真武不见了龟和蛇，龙虎天师不见了雷及电。
老君推倒了炼丹炉，梓童失却了文昌院。
一刮刮到了补陀岩，直见观音菩萨在磨面。
鹦哥儿哭着紫竹林，龙女儿愁着黄金钏。
一刮刮到了地狱门，直看见阎王菩萨在劝善。
宿娼饮酒的打阴山，吃斋把素的一匹绢。
一刮刮到了南天门，直看见玉皇大帝在进膳。
三十六天罡永无踪，七十二地煞寻不见。

正是：

汉将曾分铜柱标，唐臣早定天山箭。
从来日月也藏神，大抵乾坤都是颤。

风过处，神奶儿张牙露爪，弄火撮烟，手里提着一件兵器，是一个杓的流星锤。原来是银锭笋做成的，上秤称不起，曾经找起鹰架来，称上天车，约有八万四千二百六十五斤四两三钱重。他喊一声，就像雷公菩萨一叫。

那流星锤雨点一般打将去，那捧剑的无当大元帅高叫道：“你是何神，敢来擦阵。”神奶儿道：“吾乃水官大帝位下护法神奶儿是也！奉佛爷牒文，特来擒汝。”原来这水火四圣都晓得水官大帝的神奶儿有些厉害，未敢擅便，急忙里背上闪出一位圣火大元帅来。原是真武老爷面前的赤练花蛇，后来受封为将。长有三十六丈，浑身上鳞甲崚嶒，高叫道：“哥怕甚么神奶儿？吾神在此。”道犹未了，背后又闪出一位圣水大元帅来。原来是真武老爷面前的花脚乌龟，后来受封为将。长有一十二丈，浑身上九宫八卦，高叫道：“哥怕甚么神奶儿？吾神在此。”一边是一个斗三个，一边是三个斗一个，直杀得天昏地惨，日色无光，鬼哭神号，水族都吓得抖抖的战，一个个越杀越精神。

三个倒差不多儿要败下去，只见斜曳里又闪出一位黑脸兜须大元帅来，身长三十四丈，面如黑漆，眼似流星，扛着一面七星旗，高叫道：“你们杀得好哩！我也不管你三七念一，我只是磨旗换了世界就罢。”道犹未了，拿起个七星旗就要磨着。佛爷道：“我做了一世的佛，到今日反把个德行来坏。”微开善口，说道：“阿弥陀佛！神奶儿，你回去罢。”神奶儿领了佛旨，不敢怠慢，只得收拾回来。回便回来，心上有老大的不服，扭转头去，大喝声道：“你们一伙乌龟，不是我怕你，只因佛爷爷有旨，不敢有违。你今番再来也！”佛爷道：“这桩事不好处得，不如再去央浼玉皇大天尊。”

一道金光，直到灵霄玉殿。天尊道：“佛爷爷一连下顾了三次，遭番不得久谈。”佛爷道：“为因撒发国那个金毛道长，原来是玄天上帝的捧剑天神。这如今水火四圣结成一帮，适才神奶儿也擒不住。相烦天尊，和贫僧做个处置罢！”天尊道：“是我适来查究他们，原来偷了玄天上帝三件宝贝，一时擒他不住。”

佛爷爷即时起身，只见玉阶底下有两个小小的仙童，一般样儿长，一般样儿大，一般样儿头发披肩，一般样儿嘻嘻的笑。佛爷道：“这两个仙童叫做甚么名字？”天尊道：“一个姓千名和，一个姓万名合。”佛爷道：“他两人怎么这等笑得好？”天尊道：“他两人是这等笑惯了的。”佛爷道：

“言笑各有其时，怎么笑得惯哩？”天尊道：“你两个过来，参见佛爷爷。”两位仙童看见是个佛爷爷，不敢怠慢，双双的走近前来，绕佛三匝，礼拜八拜。一边拜，一边还抿着个嘴儿笑不住哩！

佛爷道：“你两人这等好笑，你告诉我一个缘故。”两个仙童双双的跪着，说道：“小童兄弟二人，自小儿走江湖上做些买卖，一本十利。别人折本，我兄弟二人转钱。一转十，十转百，百转千，千转万。但凭着意思买些甚么，就是转钱的。是我兄弟二人商议道：‘今番偏要做个折本生意，看是何如。’却一遭子，六月三伏天买了一船帽套，走到那个地头，可可的邹衍系狱，六月降霜，一个人要一个帽套。六月间哪有第二家卖帽套的，拿定了班卖，却不是一本十利。又一遭子，腊月数九天买了一船青阳扇儿，走到那个地头，可可儿弥勒爷治世，腊月回阳，就热了一个多月，一个人要一把扇子。腊月间哪有第二家卖扇子的，也拿定了班卖，却也是一本十利。又一遭子，在船上遇着一朋友，他的船来，我的船去。是我叫他问道：‘你来处有个甚么货卖得快哩？’船走得忙，他答应不及，只是伸起一只手来，做个样儿。原来伸起手来的意思，却是取笑我们，说是世上只有手快。我弟兄二人错认了，说一只手是五个指头，敢是五倍子快。连忙的买了一船五倍子，到那地头。可可的朝廷有布缕之征，排家排户都要青布解京，正缺五倍子。我们拿定了班，却又是一本十利。又有一遭子，我兄弟二人骑在马上，我们的马去，又有一伙骑马的来。只听见那边马上的人说道：“糙茱茱！糙茱茱！”原来那些人是取笑我们兄弟二人做小伙儿。我兄弟二人又错认了，只说是这里茱茱卖得快。后来买得一船茱茱，来到了地头。只见加之以师旅，因之以饥馑，绝没有粮食卖。我们拿定了班，却又是一本十利。不瞒佛爷爷说，每番是这等做买卖，每番是这等转钱，每番是这等笑。却笑惯了，望乞佛爷爷恕罪！”

佛爷道：“你两个人倒是个手到功成的。可有些神通么？”二仙道：“不瞒佛爷爷讲，我两个也有些神通。”佛爷道：“假如玄天上帝门下的水火四圣，你可斗得过么？”二仙道：“不放他在心上。”佛爷道：“他有多大的神通，你不可小觑于他。”二仙道：“他莫过是偷了玄帝三个宝，便就放胆维持。

不敢欺嘴说，我兄弟二人一手招他一个，两手招他一双，三手就招三个。招回了他的宝贝，教他花子死了蛇，没甚么弄得。”佛爷爷把个头点了一点，说道：“踏破铁鞋无觅处，得来全不费工夫。原来这一场功劳，却在这两个仙童身上。”又叮嘱道：“明日早来。”玉皇大天尊说道：“佛爷放心，明日就着他早来。”一道金光，竟转到宝船之上。

到了明日，金毛道长抖抖威风，看见国师，就高叫道：“那和尚，你还不晓得我的本领厉害么？”国师道：“阿弥善哉！你也少说些罢。”金毛道长把个宝贝照上就是一撇，撇在半天里，实指望掉下来，就打碎了国师的顶阳骨。哪晓得和、合二圣笑倒了，在云里起手一招，把个宝贝招在手里，一驾祥云，落将下来，递与佛爷爷。佛爷爷接过手来看一看，吃了一惊，说道：“原来是这个宝贝。诸神焉得不回避！”是个甚么宝贝？却是玄天上帝镇天的金印。印到如同亲临，故此诸神都要回避。却说金毛道长看见头一个宝贝不下来，连忙的把第二个宝贝又是一掀，掀在半天里，实指望掉将下来，要打碎了国师的顶阳骨。哪晓得和、合二圣笑倒了，在云里起手一招，把个宝贝招在手里，一驾祥云，落将下来，递与佛爷爷。佛爷爷接过手来看一看，又吃了一惊，说道：“原来又是这个宝贝。怎么叫诸神做他的对头？”这又是个甚么宝贝？却又是玄天上帝斩妖缚邪的神剑。此剑一挥，百神退位，故此诸神做不得他的对头。金毛道长看见去了两件宝贝，连忙的一道信香所过，早已掉下那个黑脸兜须的大元帅来，高叫道：“去了那宝贝，何足为虑！只待我换了他的世界，我就罢。”道犹未了，就要磨旗。刚刚的拿着个七星旗还不曾磨动，恰好的和、合二圣就在半天云里把手招。这一招，招早了些，旗倒不曾招得上去，却被磨旗的看见了，说道：“哎！我说是怎么宝贝儿会不下来，原来是你两个小𤞑精躲在云里招我的。”一驾祥云，竟自赶上去，就要拿他。和、合二圣看见不是对头，抽身就走。这二圣年纪儿小，人物儿㓟巧，驾得云快。磨旗的有一把年纪，人儿又生得痴夯，驾得云慢。

快的去了，慢的只得转回来。叫做：桑树上射箭，谷树上出脓。不奈和、合二圣何，只得寻思国师老爷，高叫道：“好和尚，你又请下和、合二圣来招我的宝贝。我也不替你理论，只是换了你的世界，看你怎么！"佛爷爷慈悲方寸，生怕坑陷了大千世界的众生，只得收转金光，回到宝船来了。

二位元帅道："国师连日多劳了。"国师道："说甚么多劳。只是这个金毛道长不好处治他。"元帅道："怎么不好处治他？"国师道："他原身是玄天上帝面前一个捧剑的治世无当大元帅，因为玄帝思凡，他就偷了他的宝贝下来作吵。"元帅道："是个甚么宝贝？"国师道："一者是颗金印，二者是把神剑，三者是杆七星旗。"元帅道："这都是玄天上帝常用之物，怎叫做宝贝？"国师道："元帅有所不知，那颗印是镇北天门的把本儿，印到如同玄帝亲临，诸神都要回避。天上有几颗这等的印？却不是个宝贝儿！"元帅道："这个也还可处。"国师道："那把剑是个斩妖缚邪的神剑。此剑一挥，百神退位三舍。天上有几把这等的剑？却不是个宝贝儿！"元帅道："这个也还可处。"国师道："那七星旗越发不好说得。磨一磨，大凡神将都要落马；磨两磨，饶你是佛爷爷也要坠云；若磨三磨，连天地、日月、山川、社稷，都要化成黄水。重新又要生出一个盘古来，分天、分地、分阴、分阳，才有世界。"只这几句话，就吓得二位元帅一个也不开口，就吓得众将官一个个伸出舌头来。

元帅道："若是这等厉害，这个撒发国终久是走不过去的。"国师道："也难说走不过去。这如今就是上梯子的法儿，十层梯子上了九层，也只有一层不曾上得。"元帅道："怎么只有一层不曾上得？"国师道："三件宝贝已经得了他两件，只剩得一件在他处。却不是只有一层梯子不曾上得？"元帅道："剩的那一件不是七星旗么？"国师道："就是七星旗。"元帅道："若是七星旗，却还是九层梯子不曾上得，只上得一层罢了。"国师道："不是贫僧打谎语，贫僧有一个计较在这里。"元帅道："只是一杆七星旗，何不叫黄凤仙去偷了他的罢。"国师道："元帅，你看得世事这等轻哩！这一杆旗不打紧，有许多的天兵天卒守护着它，等闲就让你偷了？"元帅道："偷不得它，却没有甚么良策。"国师道："还求元帅的封条，把贫僧的佛堂门封起来，却要到一七之后，才许人开。只一件来，若是开早了一日，你们的阳寿都有些损折。"元帅道："国师一言之下，谁敢有违！"

国师上了千叶莲台之上，元帅外面贴了封条。非幻、云谷各人打坐，都不晓得国师是个甚么主意。却说国师入了定，出了性，叫声："揭谛神何在？"只见金头揭谛、银头揭谛、波罗揭谛、摩诃揭谛四位揭谛，一齐儿跪着，说道："佛爷爷呼唤小神，那壁厢使用？"佛爷道："我今要往南朝应天府去，你四将为我看守了这四大色身。倘有疏失，取罪不轻！"四神道："既蒙佛旨，敢不遵依！"佛爷吩咐已毕，一道金光，竟转南膳部洲金陵应天府地面落下，在雨花台步入长干寺。

秦淮河上长干寺，松柏萧萧云日鲜；故堞尚存铜雀瓦，断碑犹载晋朝年。石坛幡影风吹动，辇路砖花雨滴穿；惟有长廊旧时月，几回缺后几回圆。

佛爷爷进了长干寺，早有个都城隍接着，绕佛三匝，礼佛八拜。佛爷道："怎么朱皇帝万岁爷不在南京城里坐着？"城隍道："万岁爷迁都北平城里，号为北京。"佛爷心里想道："万岁爷是真武临凡，到底是欢喜北上。"又问道："南京城里自从万岁爷迁都以后，可曾出几个好人么？"城隍道："这一二年里出了一个仙家。"佛爷道："那仙家叫甚么名字？"城隍道："那仙家的名叫做张守成，道号张三峰，混名叫做张蹦蹋。"佛爷道："这如今仙家在哪里？"城隍道："在扬州府琼花观里。"佛爷道："你怎晓得他在那里？"城隍道："他昨日在琼花观里题诗，说道：'瑶枝琼树属仙家，未识人间有此花！清致不沾凡雨露，高标长带古烟霞。历年既久何曾老，举世无双莫浪夸；几欲载回天上去，拟从博望惜灵槎。'以此题诗，便晓得他在扬州城里。"佛爷道："你去请他来见我。"都城隍不敢怠慢，一驾祥云，到了扬州府琼花观里，请过张三峰来。张三峰听见佛爷爷在长干寺里，一拥而来。整顿道袍，绕佛三匝，礼佛八拜。佛爷一双慧眼，看见此人已得了地仙之分。却问他道："仙长高姓大名？原籍何处？"张守成道："弟子是句容县的板籍良民，姓张名守成。"佛爷道："你是自幼儿出家，还是半路上出家？"张守成道："弟子是半路上出家。"佛爷爷道："怎么样儿半路上出家？"张守成道："弟子自幼儿习读经书，有心科举。

后因五谷不熟，不如草稗，却到我本县去纳一个前程。是个甚么前程？是个办事的农民。渐渐的当该，渐渐的承行。当该、承行不至紧，就看见公门中有许多不公不法的事，是弟子发下心愿，弃职而去，去到朝天宫西山道院出家。这却不是半路上出家的？”佛爷道：“你既是个出家人，为何身体这等污秽，不求洁净？”张守成道：“臭皮袋子苦丢不开。”佛爷道：“你丢不开皮袋子，怎么去朝元正果？”张守成道：“我仙家有五等不知。”

是哪五等？且听下回分解。

第57回　金碧峰转南京城　张三峰见万岁爷

诗曰：

以汝真高士，相从意气温。
规中调气化，动处见天根。
宇宙为传舍，乾坤是易门。
丹砂授祖气，同上谒轩辕。

张守成道：“我仙家有五等。哪五等？原来是天、地、人、神、鬼。惟有天仙最难，彼此道高行全，得了正果，上方注了仙籍，却又要下方人王帝主，金书玉篆敕封过，他方才成得天仙，方才赴得蟠桃大宴。若纵然得道，没有人王敕封，终久上不得天，只是个地仙而已。”佛爷心里想说：“此人只说天仙、地仙，不说人仙、神仙、鬼仙，可见他只是个地仙。却待我来度他一度。”说道：“张大仙，我如今要邀你同往北京，参见万岁爷人王帝主，讨过金书玉篆的敕封来，送你到天仙会上去，你意下何如？”张守成道：“若得佛爷爷慈悲方便，真乃千载奇逢，万年胜遇。”连忙的拜了四拜，权谢佛爷爷。佛爷爷道：“我和你起身罢。”道犹未了，一道金光，一个佛爷，一个大仙，径到北京城黄金台旧基上。有一篇《金台赋》

为证。赋曰：

春秋之世，战国之燕，爰自召公，启土于前，传世至今，已多历年。慕唐虞之高风，思揖让于政权；援子之以倒持，流齐宣之三涎。昭王嗣世，发愤求贤。筑崇台于此地，致千金于其巅。以招夫卓荦奇特之士，与之共国而雪冤。于是始至郭隗，终延邹剧。或盈粮景从于青齐之陬，或闻命星驰于赵魏之邑。智者献其谋，勇者效其力。储积殷富，士卒乐怿。结援四国，报仇强敌。谈笑取胜，长驱逐北。宝器转于临淄，遗种还于莒墨，汶涅植于蓟丘，故鼎返于历郅。内以摅先世之宿愤，外以褫强齐之战魄。使堂堂大燕之势，重九鼎而安磐石。乃知士为国之金宝，金乃世之常物。将士重于圭璋，视金轻于沙砾。惟昭王之贤称重，千载犹一日。是宜当时见之而歆羡，后世闻之而叹息。居者被其耿光，过者想其遗迹。因酌古而寓情，惜台平而事熄。

此时已自有了二更天气。佛爷道："张大仙，你这北京城里五府六部、六科十三道，大小衙门，你可认得哪一位么？"张守成道："相识满天下，知己能几人！"佛爷道："张大仙，还是有相识的？还是有知心的？"张守成道："相识的不消讲他，只说知心的倒有一位。"佛爷道："是哪一位？"张守成道："是礼部的胡尚书老爷。"佛爷道："你怎么与他知心？"张守成道："是他少年时节，弟子曾将金丹一粒度化他来。"佛爷道："既是这等，正用着他。"张守成道："佛爷有何事用他？何不见教？"佛爷道："是贫僧领了万岁爷钦旨，征取西洋，兵至撒发国，遇着一个金毛道长，神通广大，变化无穷。手里拿着一杆旗，只要磨动来变换世界。"张守成道："岂不是七星旗么？"佛爷道："张大仙，你也晓得这个旗的厉害？"张守成道："弟子曾闻师父们说道：'玄帝爷有一杆七星旗，磨一磨，任你甚么天将，都要落马；磨两磨，饶你是佛爷爷，也要坠云；磨三磨，连天地、日月、山川、社稷，都要变成黄水，改换世界。'故此弟子知道他的厉害。"佛爷道："正是这个冤家。"

张守成道："金毛道长是个甚么人？敢弄动玄天上帝的旗么？"佛爷道："因是玄天上帝临凡，故此水火四将弄出这个谊来。"张守成道："当今万岁爷，按北极镇天真武玄天仁威上帝，何不到这里寻个赢手？"佛爷看见张守成说的话，正合他的意思，满心欢喜，说道："知音说与知音听，不是知音不与弹。我正是为着这些，才相烦大仙到此。"张守成道："但凭佛爷爷吩咐，弟子无不奉行。"佛爷道："也没别的缘故，只要你去见了万岁爷，取他的真性，前去收服四将。"张守成道："弟子自去见万岁爷就是。佛爷怎么又说道用着礼部尚书老爷？"佛爷道："张大仙差矣！你岂不闻古人说得好：'不因渔父引，怎得见波涛？'"张守成心上明白了，把个头连点几点，说道："晓得了，晓得了！"

好个张蹦蹋，驾云而起，竟落到礼部门前来。此时正是二更将尽，三鼓初传。张守成睁开两只眼瞧一瞧儿，只见礼部大门里共有二十四名巡更的更夫，睡的睡，坐的坐，吆喝的吆喝，走的走。张守成穿的是一领蓑衣，背的是一个斗篷，走到大门外，铺着蓑衣，枕着斗篷，鼾鼾的就是一觉。那鼾又不是小可的，其响如雷。自古道："卧榻边岂容鼾睡。"一个礼部衙门前岂当要子？打更的都说道："是哪个这等鼾响？却不怕惊动了里面爷爷。"你说道："是我。"我说道："是你。"你说道："不是你。"我说道："不是我。"大家胡厮赖一场。内中有个知事的说道："都不要吵，我们逐名的查点一过，就晓得是个甚么人。"一查一点，全全的二十四名，哪里有个打鼾的！仔细听一听，原来是大门外一个人打鼾。

连忙的开了大门，只见是个道士。一包臭烧酒吐得满身。身上又都是些烂疮烂疥，那一股恶气越发挡不得鼻头。众人都说道："这等一个道士，吃了这等一包酒，睡到这等一个衙门前来。你也不想，礼部祠祭司，连天下的僧道都管得着哩！"内中有个说道："明日禀了爷，发到城上，教他吃顿苦楚，问他一个罪名，递解他还乡。"内中又有个说道："哥，公门渡口好修行。况且自古道：'天子门下避醉人。'这个道士也不知他是哪个府州县道，抛父弃母，背井离乡，沦到这里。若是拿他到官，问罪递解，岂不伤了我们的天理。不如饶他罢休！"内中又有个说道："杀人须见血，救人须救彻。咱们愚见，不如齐手抬起他来，抬到御道上，等他酒醒之时，自家去了罢。若只睡在这里，到底明日不当稳便。”众人都说道：“说得有理。”内中就走出一个人去，架起他来。一个架不起，添了两个；两个也架不起，添了三个；三个也架不起，三个添到九个；九个也架不起，九个添到十二个；十二个也架不起，十二个添到二十四个。

二十四个都架不起，众人一齐的恼起来，都说道：“好意抬举他，他越发撒起赖儿来。”内中一个说道：“抽过门拴来，着实的溜他两下，看他撒赖儿。”内中就有一个果真的抽出门拴来，照头就打。张蹦蹋心里倒好笑，想说：“是这等一门拴，倒不断送了我这个臭皮袋子。”轻轻的把个指头儿指着门拴弹一弹。这一弹不至紧，一门拴就打着那个抽门拴的仇人身上。那个有仇的人眼也是见不得，怎么禁得溜他一门拴？他却不晓得是张大仙的妙用，只说是哪个人故意的溜他，公报私仇。复手把个门拴一掣，就掣将过来，扑冬的丢到二十五里远去了。这个抽门拴的原出于无意，不曾提防，可可的吃他一掌，就打出一个泰山压顶来。这个手里也晓得几下，就还一个神仙躲影，溜过他的这个，说道：“你怎么打起我来？”那个说道：“我打你？你倒劈头子溜我一门拴。”一则是两个人有些宿气，二则是黑地里分不得甚么高低，那个一拳，打个喜雀争巢；这个一拳，打个乌鸦扑食。那个一拳，打个满面花；这个一拳，打个萃地锦。那个一拳，打个金鸡独立；这个一拳，打个伏虎侧身。那个一拳，打个高四平；这个一拳，打个中四平。那个一拳，打个井栏四平；这个一拳，打个碓臼四平。那个一拳，打个虎抱头；这个一拳，打个龙献爪。那个一拳，打个顺鸾肘；这个一拳，打个拗鸾肘。那个一拳，打个当头抱；这个一拳，打个侧身挨。那个一拳，打个闪弱生强；这个一拳，打个截长补短。那个一拳，打个一条鞭；这个一拳，打个七星剑。那个一拳，打个鬼蹴脚；这个一拳，打个炮连珠。那个一拳，打个下插上；这个一拳，打个上惊下。那个一拳，打个探脚虚；这个一拳，打个探马快。那个一拳，打个满天星；这个一拳，打个抓地虎。那个一拳，打个火焰攒心；这个一拳，打个撒花盖顶。到其后，你闪我一个空，我闪你一个空；你揪我一揪，我蹴你一蹴。揪做一堆，蹴在一处。众人只说是打道士，都说道："不当人子。"哪晓得道士鼾鼾安稳睡，自家人打自家人。吵了一夜，吵到五更三点，宅子里三声梆响，开了中门。

尚书胡爷出到堂上，正要"侵晓入金门，侍宴龙楼下"，只听见人声嘈杂，喧嚷一天。尚书老爷吩咐拿过那些喧嚷的来。拿将过来，原来是二十四名巡夜的更夫。老爷道："你们巡更的更夫，怎敢在我这门前喧嚷？"众更夫却把个道士的事，细诉了一遍。老爷道："既是个酗酒无徒的，让他过去就是。"众人道："因是支架他不起，故此小的们才喧嚷，冒犯了老爷。"胡爷道："再着几个人架起他去。"又添了七八个跟轿的，又架不起去。老爷道："既是架他不起去，着更夫看着他。待我早朝回来，审问他一个来历。"自古道："大臣不管帘下事，丙吉不问杀人人。"一竟就出门来要去。

张三峰心里想道："放过了这位老爷，怎么能够见得万岁。"你看他一毂碌爬将起来，把个脸皮儿抹一抹，把个身子儿抖两抖。众更夫都说道："原来一个标标致致、香香喷喷的道士。好奇怪也！"那张三峰才拿出个仙家的体格来。甚么体格？大凡做仙家的，睡如弓，立如松，行如风，声如钟。他就三步两步，走到尚书老爷面前，高叫道："胡老爷，小道张守成在这里叩首哩！"老爷一时还想不起，他又叫道："小道是张三峰，混名张躐蹋，曾经奉上一粒丸药，孝顺老爷来。"这道士把一席的话，撮拢来做一句说了，胡爷就兜很上心来，说道："原来是张三峰高士。"为甚么这老爷认得他，就叫他一声高士？当原日老爷未进黉门之先，得了一个半身不遂，百药无功，吃了老大的惊吓。后来之时，遇着这个张三峰。张三峰认得老爷是个天上星宿，不敢差池，奉上一粒金丹，一服而愈。老爷道："多亏你妙剂，无物可酬。"张三峰说道："目今不用酬谢。直到相公明日做了当朝宰辅，紫阁名公，那时节叫一声我张三峰，我贫道就荣于华衮。"老爷彼时节就说道："贫贱之交不可忘，怎么说个只叫你一声？"老爷是个盛德君子，久不忘平生之言，故此说出个张三峰来，他就肯认他，就叫他声高士。张三峰说道："自从老爷荣任以来，已经三二十载，贫道不曾敢来浑扰。今日特地来到京师，磕老爷一个头。"老爷道："我如今要去早朝，高士，你且坐在厢房里面，待我回来请教。”张三峰道：“实不相瞒老爷说，贫道正要去见万岁爷。老爷肯替贫道先奏一声么？”老爷道：“我就去奏！”老爷一边行着，一边吩咐看马来，张三峰骑着，老爷走进朝去。只见：

百灵侍轩后，万国会涂山。
岂如今睿哲，迈古独光前。
声教溢四海，朝宗引百川。
锵洋鸣玉佩，灼烁耀金蝉，
淑景辉雕辇，高旌揭翠烟。
庭实起王会，广乐盛钧天。
既欣东户日，复味《南风》篇。
愿奉光华庆，从兹万亿年！

老爷进了朝，百官表奏已毕。老爷独自奏道：“臣启万岁，朝门外有一位大罗天仙，口称愿见圣驾。小臣未敢擅便，特请圣旨定夺施行。”万岁爷一则是重胡爷平素为人，言不妄发；二则说是大罗天仙，也是难见的。龙颜大悦，即时传出一道旨意，宣他进朝。

张三峰听见宣他进朝，整顿衣衫，来见万岁。万岁爷看见他鹤发童颜，自有一种仙风道骨，飘飘然有超世之表，昂昂然有出尘之姿。圣心欢喜。张三峰照依五拜三叩头，连呼三声万岁。万岁爷金口玉言，叫上一声道：“大罗天仙。”张三峰在下面连忙的叩头谢恩。为甚的就叩头谢恩？书上说得好：“王言如丝，其出如纶。王言如纶，其出如綍。”万岁爷金口玉言，叫了他一声大罗天仙，就是敕封了他做大罗天仙，张三峰就实受了大罗天仙之职，故此叩头谢恩。这都是佛爷爷的妙用。张三峰无任之喜！

万岁爷道：“仙家何不深藏名刹，炼性修真？今日来到金銮，有何仙旨？”张三峰道：“贫道得闻万岁爷‘视民如伤，望道而未之见’，故此特来恭叩天庭。”万岁爷听见他说出这两句书来，心里想道：“这道士原来是个三教弟子。”心上愈加欢喜，说道：“朕深居九重，民隐未悉，不知闾之下，有多少啼饥号寒的，焉得不‘视之如伤’。”张三峰道：“尧仁如天，舜德好生，万世之下，谁不钦诵！今日万岁言念及此，社稷苍生之福。即尧舜再生，不过如此。”万岁爷道：“人生在天地之间，怎么能够脱离得这些苦难，就是好的。”张三峰道：“乐因乐果，苦因苦果。这些人都是些苦因苦果。”万岁爷道：“假如你出家人何如？”张三峰道：“贫道这些出家人，都是些乐因乐果。”万岁爷道：“你说你们出家人的乐来，与朕听着。”张三峰道：“贫道出家人，心不溷浊，迹不彰显。朝暮间，黄粱一盂，苜蓿一盘，既适且安。有时而披鹤氅衣，诵《黄庭经》。蜗篆鸟迹，心旷神怡。有时而凝坐，存心太和，出入杳冥。有时而为九衢十二陌之游，水边林下，逍遥徜徉。或触景，或自况，或写怀，或偶成。出其真素，以摅幽怀。与风月为侣，不亦乐乎！”

万岁爷道：“你说他们众人苦的与朕听着。”张三峰道：“农蚕的，二月卖新丝，五月粜新谷，这不是苦？读书的，三更灯火五更鸡，铁砚磨穿没了期，这不是苦？百工的，费尽工夫作淫巧，算来全不济饥寒，这不是苦？商旅的，戴月披星起，涉水登山过，这不是苦？为官的，四鼓冬冬起着衣，午门朝见尚嫌迟，这不是苦？就是万岁爷，为国而晚眠，念书而早起，岂不是苦？”万岁爷道：“这些话儿也都说得是，却怎么就能够免得这苦？”张三峰道：“为人要知止知足。有一曲《满江红》的词儿说得好：

胶扰劳生，待足后，何时是足？据见定，随家丰俭，便堪龟缩。得意浓时休进步，须知世事多翻覆。谩教人白了少年头，徒碌碌。

谁不爱黄金屋？谁不羡千钟粟？奈五行不是，这般题目。枉费心神空计转，儿孙自有儿孙福。不须采药访蓬莱，但寡欲。

又有一曲《水调歌头》说得好，说道：

富贵有余乐，贫贱不堪忧。哪知天路幽险，倚伏互相酬。请看东门黄犬，更听华亭清唳，千古恨难收。何似鸱夷子，散发弄扁舟。

鸱夷子，成霸业，有余谋。致身千乘卿相，归把钓鱼钩。春昼五湖烟浪，秋夜一天明月，此外尽悠悠。永弃人间事，吾道付沧洲。

似此知止的便不耻；似此知足的便不厚。”万岁爷道：“这个知足的事，也是难的。”张三峰道：“若不知足，就是万岁爷，也难免着一旦无常。”万岁爷道：“也难道就一旦无常？”张三峰道：“万岁爷今日转进宫中之时，有膳进不得，有衮龙穿不得，也就是一个小无常。”万岁爷听见他说出这两句话来，龙颜大怒，着锦衣卫校尉把这个道士打将出去。龙袍一展，圣驾转宫。此时张三峰已是得了万岁的真性，掣身回来，取出一个小小的药葫芦儿，付与佛爷爷。佛爷爷得了，不胜之喜，一道金光，竟到西洋撒发国宝船之上。

却说宝船上看见国师老爷封了门，入了定，这些内相都心上有些疑惑，都说道：“这国师敌不过道士，没有面目见人，故此封了门，包羞忍耻去了。”有个说道：“虽则是包羞忍耻，却不饿坏了人么？”又有个说道：“女人家禁得三日饿，男子汉禁得一七饿，哪里就会饿坏了他？”内中只有马公公口又快，气又歹，就认是真说道：“国师若有些甚么不测，我和你转南朝的事就都假了。不如趁着这个时候，请出他来，做个长处还好。”侯公公道：“既是如此，我和你抢门而进，有何不可？”这正叫做内官性儿一窝蜂，一声撞门，果真的蜂拥而去，把个佛堂上的封条先揭了，又把个禅堂上的封条后揭了。四个公公刚跨得一只脚进去，只见里面站着四个七长八大的汉子，都是一样的三个头，都一样的六只臂，都一样的青脸獠牙，朱砂头发，都一样的口似血盆，牙似削拐，齐声喝道：“是甚么人敢进这里来？”这一喝不至紧，把四个公公一个一筋斗，跌翻在禅堂里面，三魂渺渺归阴府，七魄茫茫赴九泉！

亏了非幻禅师看见四个公公跌翻在地上，连忙的走近前来，飞上一道还魂符，送上一口受生丹，却才醒了一个又一个，醒了一个又一个，都说道：“怎么就错走了路头，走到阴司鬼国里面来了？那神头鬼脸的好怕人也！”非幻禅师说道：“列位公公为何到此？”马公公却把个猜疑的事，细说了一遍。禅师道："列位差矣！俺师父自从见了万岁爷之后，显了多少神通。俺师父自从宝船离京之后，经了多少凶险。饶他就是王神姑七十二变，也脱不得俺师父的手。莫说只是这等一个道士，岂可不奈他何！就封上门含羞忍耻去了？"众公公道："是我们一时之错。"非幻道："你们请出去罢。"众公公离了禅堂，走到佛堂门外。马公公说道："禅师老爷，你千万指引咱们一条阳路，咱们还要到阳间过得几年哩！切不可指我到阴路上行，就坏了你出家人的阴骘。"非幻说道："阿弥陀佛！人不欺心终得命，不消半晌便还魂。列位公公，只管放心前去。"

道犹未了，只见迎面一个人喝声道："哇！"这一声喝不至紧，就把四个公公吓得魂飞天外，魄散云中，只说又是那个三头六臂，青脸獠牙的鬼打将来。看了一会，原来是征西右营大都督金天雷。四个公公认真了，却才放下心来。马公公道："金将军，你来此何干？"金天雷说道："奉元师军令，特来问候国师。"马公公道："怎么今日就来问候国师？"金天雷说道："国师封门，今朝已经七日，圆满了。"马公公道："咱们只在禅堂里面跌得一跌，就是七日哩。"金天雷道："老公公，你岂不闻洞中方七日，世上几千年之事乎？"马公公道："咱们才在禅堂里面出来，并不曾看见个国师的模样。"非幻道："你们说是不曾看见家师，这如今唻也唻念经的是哪个？"金天雷是个莽撞将军，一径跑到禅堂里面，只见逼真的是个国师老爷坐在那里念经。

金天雷看见国师老爷的金面，又不敢进去，又不好回来，只得双膝跪下，禀道："末将金天雷奉元帅钧令，特来问候国师老爷。"国师道："连日军务何如？"金天雷道："连日金毛道长百般讨战，元帅专候国师，未敢擅便。"国师道："金将军，你去拜上元帅，作速点齐五十名钩索手，今日要立马成功。"金天雷道："既承国师老爷吩咐，莫说只是五十名，就是五百名，五千名，五万名，都是有的。"国师道："也不须许多。你先回去，贫僧即时就来。"金天雷回话，恰好的金毛道长又来讨战。国师旋一旋圆帽，抖一抖染衣，摇摇摆摆走出阵去。那金毛道长一见了国师，就高叫道："好僧家，你还不退兵？你还不知道我的厉害么？"国师道："阿弥陀佛！说个甚么厉害不厉害，各人收拾些罢。”金毛道长大怒，说道：“你又把个大言牌来捱我么？我也不和你闲讲，只是磨旗。”道犹未了，一手拿起个旗来就磨。

毕竟不知这个旗磨得何如，且听下回分解。

第58回　国师收金毛道长　国师度碧水神鱼

诗曰：

千叶莲台上，昼门为掩关。
偶同静者来，正值高云闲。
寂尔方丈内，莹然虚白间。
千灯智慧心，片玉清羸颜。
黛色落深井，涛声寒阴山。
金毛称道长，立地绝人寰。

却说金毛道长一手拿过旗来，说声“磨”，起手就磨。佛爷爷更不多话，轻轻的捧出个紫金药葫芦来，旋开了顶盖，一道金光，直射北天门上。金毛道长才在动手，猛听得半天之上一个人叫道：“哪个敢擅自磨旗哩？”金毛道长起头一看，你说是哪个？原来是个“披发仗龙泉，扫荡人间妖孽；化身坐金阙，护持天下生灵”，北极镇天真武玄天仁威上帝。这正叫做国有王，家有主。金毛道长见了真武爷，岂再敢胡乱？只得据了旗，飞身而起。金光射处，早已现出一个黑脸兜须大元帅来，一会儿又现出一个丹陵胜火大元帅来，一会儿又现出一个皎陵圣水大元帅来。真武爷道：“你们四将怎敢擅离天门，下方作乱？”四将道：“小将们有罪，总乞仁慈！”真武爷喝了一声，即时化出四朵白云，一个神将站在一朵白云之上。真武爷念动真言，宣动密咒，只见那四朵白云，就变成了四座冰山，把四位神圣收拾得连声叫苦。

真武爷说道：“你有甚么本领？假充甚么护国军师，假称甚么金毛道长！你们众人怎么又敢助他为虐？怎么又敢欺侮佛爷？”叫声：“阴山鬼判在哪里？”阴山鬼判答应一声：“有！”真武爷道：“我这水火四圣，不遵玉皇爷爷圣意，擅离天门，下方作乱。你与我把他都打到阴山之地，教他永世不得翻身。”阴山鬼判举起手来就行不善。

佛爷爷早知其事，一道金光，径到北天门上，见了真武爷，说道：“看贫僧薄面，饶了这四位大圣罢。”真武爷道：“这厮都不守我令旨，擅离天门，擅自吵乱下方世界，情理难容！”佛爷道：“差了。是贫僧相请你来，你若贬他到阴山之地，却不坏了我佛门中德行。”真武爷听知道坏了佛门中德行，即时依允。四座冰山，仍旧是四朵白云；四朵白云，仍旧是水火四圣。怎么真武爷听知坏了佛门中德行，即时依允？原来真武爷由玄门中出身，归佛门中正果，你不看他道号南无无量寿佛，因归佛门，故此怕坏了佛门中德行，即时依允。水火四圣磕头再拜，各归方位。

佛爷爷又拿起个紫金药葫芦来，收了真武爷的真性，一道金光，又转到南赡部洲北京城上。张守成看见佛爷来，不敢怠慢，绕佛三匝，礼佛八拜。佛爷道：“万岁爷龙体如何？”张守成道：“自从真性转北天门，龙体渐觉违和。”佛爷道：“你快捧这个紫金葫芦儿去。”

张守成双手捧着，戴着斗篷，披着蓑衣，径落到长安街上，摇摇摆摆，疯又不像疯，醉又不像醉。早有一个番儿手说道：“这戴斗篷的道士，却不是那个张躐蹋么？”这一声张躐蹋不至紧，就哄动了九门民快，五城兵番，漫街塞巷的人，都拥住了个张躐蹋。一拥拥到演象所，张躐蹋说道：“你们都拥着我做甚么？”众人齐声道：“你还敢说道做甚么？你是个钦犯。礼部大堂老爷出得有榜文在外面，拿住你的官给赏银百两。”张躐蹋道：“怎么我是个钦犯？我有何罪，出下榜文拿我？”众人道：“自从你这个躐蹋道士惊动了当今万岁爷，万岁爷龙颜不展，减膳撤乐，连累礼部尚书老爷，费尽了多少心机，耽尽了多少惊恐，正没处拿你。你还敢在这里大摇大摆，开大口，说大话，欺负人不晓得你么？”张躐蹋道：“你们不消啰唣，只拿我去见礼部老爷就是。”众人拥他到礼部堂上。礼部堂上带他到朝门外，听候旨意发落。朝里传出一道旨意来，着道士锦衣卫监候。张躐蹋说道：“不消监候，只消贫道看了万岁爷的龙脉，即时病愈，万寿无疆。”

传奏官传进宫闱里面，却又有一道旨意，着朝文武百官，谁肯保举张道士看脉？又是礼部尚书老爷出班保奏。保奏既毕，尚书老爷说道：“龙脉还是怎么样看？”张躐蹋道：“贫道是个方外人，万岁爷是个当今帝主，谁敢把个手去看脉。你叫过一个宫内老公公来，教他拿了一根大红丝线，却要百丈之长，里面那一头放在万岁爷的脉上，外面这一头递与贫道。不是贫道夸嘴，可以包看包愈，万寿无疆。”尚书老爷依他所言，逐一奏过。即时准了，连忙唤了一个老公公，递出一根大红丝线来。张躐蹋接在万岁爷的脉上抚摩。九重官里，龙颜大喜，百病消除。怎么这个道士竟医得病愈？原来紫金葫芦儿里面的真性，借着这根大红线儿，透到了心窝内。号脉只是个衍文，故此传流到今，都说道：“太医院号脉是红线脉。”这正叫做以讹传讹。世上的俗说如此。这佛爷爷的运用妙不妙？张三峰的过付高不高？

却说万岁爷尧眉转采，舜目重明。顷刻里净鞭三下响，文武两班齐。万岁爷升殿，只见：

秋风阊阖九门开，天上鸣鞘步辇来。
万乐管弦流紫府，千官簪佩集钧台。
华胥云雾凝仙杖，南极星辰入寿怀。
既醉太平均五福，明良赓载咏康哉。

万岁爷升殿，两班文武诚欢诚忭，稽首顿首，不胜之喜。圣旨一道，宣上礼部尚书老爷，钦赏彩帛金花，特进宫保。尚书老爷叩头谢恩。又有圣旨一道，宣道士张守成。都说道：“这道士今番时来运来，受用不尽。”哪晓得这个道士先前去了，满朝内外哪里去寻个张守成？就是满城内外也没处去寻个张守成。圣旨一道，敕封大罗天仙。仍着两京十三省大小衙门，如遇张三峰到处，许指实奏闻，以便宣召。张守成只作不知，跳在半天之上，回复了佛爷爷的话，归到名山洞府。

佛爷爷一道金光，又来到西洋撒发国宝船之上，见了元帅。元帅说道：“昨日承国师尊命，五十名铁甲军拿住那个金毛道长。哪晓得那个道长又是一个王神姑。”国师道：“怎么又是一个王神姑？”元帅道：“只得一副披挂，皂罗袍，白玉带，束发冠，哪里有个道长皮儿罢。却又不是一个王神姑？”国师老爷却把个先转南朝取真武爷的真性，收服了这个金毛道长，后转南朝送真武爷的真性，敕封了张三峰各件的事故，细说了一遍。这一说不至紧，把二位元帅吃了老大的一惊，都说道：“有这等的事？国师老爷有这等的神通？”马公公道：“终不然南京移在北京去了。却不知北京城里，比南京还是何如？”洪公公道：“北京城里，不知司礼监做得何如？”侯公公道：“北京城里，不知我们内相府做得何如？”王公公道：“北京城里，不知可有南京的烧鹅、烧鸭、烧鸡、烧蹄子么？可有南京的坛酒、细酒、璧清酒、三白酒、靠柜酒么？”

三宝老爷道：“你们有这些闲讲，只说这个金毛道长，怎么不见了形影？”国师道：“比如得道的神仙尸解一般。”元帅道：“既如此，这道长再不来了。”国师道：“贫僧费尽了这许多心事，怎么他又会来？”元帅道：“既如此，差哪一员将官进城去取下降书降表，倒换通关牒文，再往前去罢。”国师道：“且拿过那碧水神鱼来，我这里问它。”左右的解上碧水神鱼来。国师道：“你是个甚么鱼？”神鱼道：“小的是个碧水神鱼。”国师道：“你原是个甚么出身？”神鱼道：“小的原是一条曲鳝修行了有千百多年，成了一条龙。成龙之后，却又错行了雨，玉皇大帝见责，贬小的做个碧水神鱼。”国师道：“你当初为龙，怎么今日又为鱼？”神鱼道：“连小的自己也不知道。就像鲁牛哀得疾，七日化为虎。形体变易，爪牙施张，其兄将人槿而食之。当其为人，不知将为虎；当其为虎，不知将为人。”国师道：“你这千百年修行，分明也到好处，哪晓一旦成空。”神鱼道：“小的正是习上千日不足，习下一日有余。”国师道：“你还归海去罢！”神鱼道：“小的幸遇佛爷爷，望乞佛爷爷超度。”国师道：“你拿出手来，我与你一个字儿去罢。”碧水神鱼伸起手来，接了佛爷爷一个字，叩头而去。元帅道：“国师在上，怎么得这个国王的降书降表？”国师道：“既没有了金毛道长，但凭元帅高裁。”

元帅即时传下将令，着前后左右四营大都督，各领兵一枝，攻拔四门，务在旦夕，不得有违。又传一道将令，着左右先锋各领兵一枝，左右策应。将令已出，各将官领兵前去。未久之时，蓝旗官报道：“左营大都督黄栋梁败阵而归，鬼见愁的疾雷锤都不济事。”道犹未了，又有一个报道：“右营大都督金天雷败阵而归，神见鬼的任君镋也不怎么。”道犹未了，又一个报道：“前营大都督应袭王良败阵而归，喜得流金马瓜千里马还跑得快些。”道犹未了，又一个报道：“后营大都督武状元唐英败阵而归，险些儿烂银盔都丢掉了。”道犹未了，四营大都督败阵而门，若不是个左右先锋先后策应，就一败涂地，无了无休。二位元帅方才捉了金毛道长，讨一个喜；闻着这一场凶报，又添了一忧。

老爷道：“敢是金毛道长不曾死么？”王爷道：“国师之言，岂有虚诳。只问这些败兵之将，便晓得是个甚么缘由。”道犹未了，四营大都督一齐回话。元帅道：“怎么你四个将官一齐败阵？”四将道：“非干末将们不才败阵，争奈四门上四个将官，都是个天神天将，统领的都是些天兵天卒，末将们不是他的对头，故此败阵。”元帅道：“是个甚么天神天将？”四将道：“东门上一员大将，自称青毛道长；南门上一员大将，自称红毛道长；西门上一员大将，自称白毛道长；北门上一员大将，自称黑毛道长。都有三十多丈长，只是面貌、服饰不同。一个喷火，一个就弄烟，一个呼风，一个就唤雨。任你有万夫不当之勇，没去用处，故此末将们大败而回。”元帅道：“还请国师来，看他怎么处治。”王爷道：“连日难为国师，不如去请天师来罢。”即时请到天师。

天师不敢怠慢，收拾出马。那四员番将看见天师，正是仇人相见，分外眼红，一齐吆喝道：“你做天师的人，怎么枉刀杀人？”天师不知其情，剑头上烧了一道飞符，遣下一员天将。天将还不曾看见来在那里，东门上青毛道长狠一声呼，只见青天白日一个响雷：

万壑千峰起暮云，乾坤倒影铸氤氲。
飘飘人世间钧乐，霹雳天门谒帝君。

雷响还不曾收声，北门上黑毛道长狠一声呼，只见阴云四塞，黑雾漫天：

山川迷旧迹，雷电发先机。
冉冉谷中起，迟迟雨后归。
挂林初作阵，披石忽成衣。
岂是无心出，从龙愿不违。

浓云深处，南门上红毛道长狠是一声呼，只见划喇一声，爆出万万丈的火光：

赫赫炎炎只自猜，祝融飞下读书台。
圆渊千里传焦石，武库双旌失旧钗。

火光万道，正在炎威猛烈之处，西门上白毛道长狠是一声呼，只见翻天覆地的雨倒将下来：

阴云特地锁重城，寒雨通宵又彻明。
茅屋人家烟火冷，梨花院落梦魂惊。

雷又响，火又烧，云又黑，雨又大，四下子一齐来。

天师倒也好笑，只得撇却青鬃马，跨上草龙而起，归到宝船上，见了元帅。

元帅道："天师出马，功展何如？"天师道："叵耐四个道长又是有些跷蹊。"马公公："这些道长，敢是金毛道长的师弟么？不是师弟，怎么同着'毛道长'三个字？"洪公公道："喜得还是个毛道长，若是个胡子道长，还有些蹊跷哩！"侯公公道："只是上胡子道长还可得，若是下胡子道长，还有些蹊跷哩！"王公公道："怎见得下胡子道长，又还有些蹊跷？"侯公公道："你不记有个口号儿？"王公公道："甚么口号儿？"侯公公道："一个娇娇，两腿跷跷，三更四点，蜡烛倒浇。这却不是下胡子道长，又跷蹊哩！"元帅道："既是这些道长跷蹊，还去请教国师罢。"天师道："不消国师，贫道还有个处治。"

到了明日，天师预先蹑罡步斗，咒剑书符，收定了元神，轮回了神将，却才出马。四位道长看见个天师，就一拥而到。天师道："你们站着，各显神通，不许仍前这等撮烟弄火。"四将道："我们就站着在这里，你待何如？"天师起眼一瞧，只见前面站着一个大将，自称红毛道长，身长三丈四尺，红头、红脸、红盔、红甲、红袍、红袖。后面站着一个大将，自称黑毛道长，身长三丈四尺，黑头、黑脸、黑盔、黑甲、黑袍、黑袖。左边站着一个大将，自称青毛道长，身长三丈四尺，青头、青脸、青盔、青甲、青袍、青袖。右边站着一个大将，自称白毛道长，身长三丈四尺，白头、白脸、白盔、白甲、白袍、白袖。

天师拿出手段来，照着前面的道长分顶一剑劈下来。这一劈就劈做两个红毛道长，都是一般样儿长，一般样儿红头、红脸、红盔、红甲、红袍、红袖。天师掣过剑来，拦腰又一剑。这一剑就拦做四个红毛道长，都是一般样儿长，一般样儿红头、红脸、红盔、红甲、红袍、红袖。

天师喝声道："哇！你把这分身法来谎我么？"道犹未了，后面的黑毛道长高叫道："你这牛鼻子道士，晓得甚么分身法哩！"天师转过手来，也是劈头一剑。这一剑却劈得巧，一劈劈做两半个，一边一只眼，一半鼻子，一半口，一只手，一只脚。眼会看，鼻子会动，口会叫，手会抡枪，脚会跑路。天师掣过剑来，也是拦腰一剑。那一剑又拦得巧，拦得上一段，两边头，两边胳膊，两边手，都悬在半天之上；下一段两边腰眼骨，两边脚孤拐，都跑在草地之下。头也会摇，胳膊也会动，手也会舞，腰眼骨也会摆，脚也会走。

天师喝声道：“哇！你这妖邪术法，敢在我天师面前卖弄也！”道犹未了，左边的青毛道长高叫道：“你这牛鼻子道士，何不早早的投降，免得受我一刀之苦！”天师恼起来，扫脚就是一剑。这一剑扫得又有些巧处，扫出一道青烟从地而起，起在半天云里。烟头上坐着一个青毛道长，青头、青脸、青盔、青甲、青袍、青袖，笑嘻嘻的叫道：“好牛鼻子道士，好狠剑也！”天师也不答应他，又是扫脚一剑。这一剑，青烟就高一丈。又一剑，又高一丈。一直高在天顶上去了，那里又有下手他好。天师道：“你也只是这等的本领么？”青毛道长道：“我怎么没有本领？”天师道：“你既是有些本领，怎么跑出一溜烟来？”

道犹未了，右边白毛道长高叫道：“你这牛鼻子道士，说甚么人跑出一溜烟来？”天师道：“你可吃得我这一剑起么？劈头就是一剑。这一剑去得凶，分顶就是两道白气冲天。两道白气上，就顶着两个白毛道长。天师又是一剑，就是四道白气冲天，四道白气上，就站着四个白毛道长。天师又是一剑，就是八道白气冲天，八道白气上，就站着八个白毛道长。天师看见他来得凶，跨上草龙，径赶到云头上。只见四面八方都是些道长，也有长的，也有矮的，也有囫囵的，也有半边的，也有两架的，也有四架的，蜂涌而来。天师左一剑，右边又涌来；右一剑，左边又涌将来；前一剑，后边又涌将来；后一剑，前边又涌将来。正叫做：寡不敌众，一不敌两。天师没奈何，只得腾空而起，归了宝船。

到了明日，天师心里想道：“这些毛道长分明是个邪门小术，怎么不奈他何！我今番不免拿出个宝贝来耍他一耍，看是何如？”天师出马，四个道长又是一拥而来。天师更不打话，袖儿里撇出九龙神帕来，漫天一撇。天师心里想道：“任你是个甚么毛不毛，道长不道长，想也难脱我这个地网天罗。”把个九龙神帕收将回来，原来这些毛道长有好些弄嘴。怎么好些弄嘴？一个在帕上，一个在帕下，一个在帕前，一个在帕后，一收收将回来。这正叫做：夜静水寒鱼不饵，满船空载月明归。哪里有个甚么道长？

天师道："看这些毛道长不出，尽有些本领哩！"没奈何，只得拜求国师。

国师道："一个金毛道长费了许多事，怎么又有四个道长？待贫僧看他看儿，看是个甚么出处。"即时高张慧眼，看了一回，只见四个道长顶阳骨上俱有一道白气。国师道："这又是个甚么天神天将，真费力也！"立地时刻叫过王明来，吩咐他拿了虎头牌在手里，摸进城去，且看国王何如。

王明得令，一手拿了隐身草，一手拿了虎头牌，进了城门，又进了朝门，一直走到番王殿上。番王正在坐朝，两边番文番武，番官番吏，都在那里叩头礼拜。王明心里想道："今番到好唵哆番王，取他首级，争奈不曾带得刀来。"想了一会，心里说道："也罢，我有个道理。"就要取出张刀，张开个大口，放出声气来，嘎嘎的大笑三声，哭了三声，把两只手左一掏，掏不着个刀，右一摸，摸不着个刀。心里又说道："人人都说是笑里藏刀，我笑了三声，偏不见个刀在哪里。"这是自己心里说话还不至紧，只见个虎头牌也就讲起话来，说道："王明哥，王明哥，你满口里都是些苦味，怎么取得个刀出来？"王明说道："怪哉！怪哉！一个虎头牌也会讲话。也罢，我问你，怎么我口里苦，就取不出个刀来？"虎头说道："你就不曾看过胡三省《通鉴》？《通鉴》上说道：'口蜜腹剑。'你口里没有蜜，怎么肚里会有个刀？"王明道："这个也讲得有理。只有一件，你不过是个画成的老虎头，怎么须会摇，口会讲话？"虎头说道："王明哥，你是个笑里藏刀，我是个毛里开口。"说得好笑，又笑了三声。

这一会儿笑了又说，说了又笑。自家倒不觉得，却把个番王番官都吃了好一吓，都说道："哪里这等笑得好？哪里这等说得好？"番王心上就疑起来，说道："这个笑的说的，只怕是南朝那个王明么？"众人听见"王明"两个字，你也把只手去摩一摩头，我也把只手去抹一抹脑。你说道，还好哩，你的头在哩！我说道，还好哩，我的脑在哩！王明说道："一不做，二不休，今番要卖弄一个手段把他看看。"道犹未了，一手放下了隐身草，只见真是一个王明，直挺挺的站在堂上。番王起眼看见是个王明，吓得魂不附体，一毂碌爬起来，望后宫里面只是一跑。一边跑着，一边口里叫值殿将军拿住王明。值殿将军又说得好，说道："你的头说是头，生怕王明砍哩！我们的头便不是头，便不怕王明砍么？”一声吆喝，一拥而去。一座殿上，只剩得一个王明。

王明说道：“老虎不吃人，只是坏了名色。这些人都不来相见，怎么转去回复国师？也罢，不如与他讲个和罢。”叫声道：“国王，你出来，我有话和你讲哩！”番王在里面答应道：“我不出来，你会杀人哩！”王明道：“我刀也没有，怎么会杀人？”番王道：“我晓得杀人不用刀哩！”王明道：“大丈夫一言既出，驷马难追。我说了不杀人，怎么又干这个勾当？”番王道：“你既是真不杀人，先叫我们的文武百官出来，我随后就出来也。”王明又叫到文武百官。那满朝的文武百官，都怕的是王明，都说道：“你南朝人说老实还不老实，前日走的有个样在那里。”王明说道：“我今番是真老实哩！”百官道：“你手里拿着一个老虎，要吃人哩！还是说老实。”王明道：“你错认了，我拿的不是老虎，是个虎头牌。”众官道：“虎头牌是做甚么的？”王明道：“是我元帅的头行牌，上面写着是下西洋的缘故。”众官道：“既是写着下西洋的缘故，你可念来，我们听着。我们就好出来。”王明道：“既如此，我念来，你们听着。”念说道：

大明国朱皇帝驾下钦差征西统兵招讨大元帅某为抚夷取宝事：照得天朝历代帝王传国玉玺，历千百年，递相授受，奈被元顺帝白象驮入西番。我大明皇帝盛德既膺天眷，宗器岂容久虚？为此钦差我等统领宝船千号，战将千员，雄兵百万，来下西洋，安抚夷邦，探问玉玺等。因奉此牌，仰各国国王及诸将领知悉：如遇宝船到日，许从实呈揭玉玺有无消息，此外别无事端。不许各国因缘为奸，另生议论，致起争端。敢有故违，一体征剿不贷！须至牌者。

众官道：“你们战将千员，敢是连着那道士、和尚数么？”王明道：“出家人怎么算做个战将。”众官道：“你可算在里面么？”王明道：“我们不过是个小卒，只可算在雄兵百万里面。”众官听知王明这几句话，吓得魂不附体，心里想道：“这等的道士、僧家，还不算做个将官，不知那战将千员，还是怎么狠哩！这等一个王明，只算做雄兵百万，却不就有一百万个王明，又不知如何狠哩！我们撒发国怎么做得他的对头。”却一齐跑出来，一齐磕上几个头，都说道：“王将军饶命罢！这一阵子争斗，非干我们之事，都是总兵官和金毛道长的主意。”王明道：“以前的事俱罢了。只如今四门上四个道长，又是哪里来的？”众官说道：“并不干本国之事，俱不知道他是哪里来的。”

毕竟不知道这四个道长是哪里来的？且听下回分解。

第59回　国师收服撒发国　元帅兵执锡兰王

诗曰：

剑客不夸貌，玉人知此心。
但营纤毫义，肯计千万金。
勇发看鸷击，愤来听虎吟。
平生志报国，料敌无幽深。

王明道:“你们岂可不知道他们是哪里来的？”众官道:“现有国王在上，我们众人怎么敢来吊谎。”王明道：“你叫国王出来。”国王看见王明是个慷慨丈夫，又听见虎头牌上行移，都说的是些正大道理，却才放了心，出朝相见。王明道：“我们宝船千号，战将千员，雄兵百万，来下西洋，也只为安抚外邦，探问玉玺有无消息，你们怎敢这等倔强无礼？”国王道:“非干我们之事。第一来，是总兵官不是；第二来，是金毛道长不是。故此得罪将军，望乞恕罪罢！”王明道：“既往不咎。只这如今又有甚么四个道长，却都是哪里来的？”国王道:“这四个道长有些蹊跷。”王明道:“怎么蹊跷？”国王道：“自从金毛道长去后，却就添出四个人来，自称道长，把守城门，连我国中百姓都是吃他亏的。”王明道：“怎么吃他的亏？”国王道：“四个道长，一个撮火，一个就弄烟，一个煽风，一个就刮雨。城里住的，不得到城外面去；城外住的，却又不得进城里面来。这却不是吃他的亏苦。”王明道：“你们不要吊谎哩！”国王道：“敢有半个字儿涉虚，教我举国君臣尽为齑粉。”王明道：“既如此，待我去瞧他来。”好个王明，一手拿起隐身草来，却就不见了他在哪里。国王又有些着慌，说道：“你们仔细些，只怕他又摸进我们宫里面去。”众人道：“宫里面倒还可得，且看我们的头何在！”

王明也不答应，只是要笑。慢腾腾地走出朝来，到了城门上。王明心里想道：“千难万难，难得走到这里。不如走上城去，唵哆他一个头来，却不又是一个功绩？”王明也只说是容易，走上城门，恰好是个东门。东门上是个青毛道长，恰好青毛道长又在瞌睡。王明看见青毛道长呼呼的瞌睡，他就喜之不胜，心里说道：“瞌困就撞着个枕头，却不是天使我成其大功！只是一件，没有带得刀来，怎么是好！”恰好的起眼一看，刀架上插着一张白茫茫的快刀。王明说道：“今番却做出个借刀杀人的事来了。”也顾不得这些，一手绰过刀来，就要行事。哪晓得那口刀呼的一声响。响了这一声不至紧，早已惊醒了个青毛道长，喝声道：“是哪个生人在这里弄我的刀哩？”喝声“长”，那口刀就长有三五十丈。三五十丈长还由自可，王明粘在刀头上不得下来。青毛道长又喝声“长”，又长有三五百丈，恰像个白虹贯日的一般样儿。王明槊在刀头上，越发不得脱哩！举头红日近，回首白云低。今番却死在这个刀尖上也？心里又说道：“也罢，人生自古谁无死。我今日死在这里，也死得有个名节。不如紧紧的闭着两只眼，免得心上耽惊。”一闭闭上了眼，虚晃晃的晃上晃下，晃东晃西，只说是不知死在哪里。　一会儿，猛听见那里哝也哝的念经哩！分分明明听见念说道：“揭谛，揭谛，波罗揭谛，波罗生揭谛，菩提萨婆诃。”王明说道：“这分明是我国师老爷的声嗓，却也古怪。”连忙的开了两只眼来看一看，哪里见个甚么道长，哪里见个甚么刀，原来挂着在千叶莲台的抓风攒上。王明说道：“见鬼，见鬼，魇杀人也！”扑通一声响，跳将下来。

国师道：“外面甚么响哩？”王明不敢怠慢，径自走到佛堂上，双膝跪下，却把个番王殿上始末缘由，青毛道长来踪去迹，逐一的细说了一遍。国师道："倒是这几个道长不僧不俗，不好处他。"王明是个伶俐乖巧的人，却便就乘机架上一个谎，说道："国师老爷在上，这几个道长，不但只是我和你吃他的亏，越是撒发国，还要吃他的大亏。"老爷道："怎么撒发国越发吃他的大亏？"王明道："这四个道长杀得性起，这如今发下了誓愿，说道：'若不奈南朝何，就要杀尽了撒发国一国的人民，不拘男妇老少，寸草不存！"王明这一席话，却是信口说的。哪里晓得福至心灵，天凑其巧。怎么叫做福至心灵，天凑其巧？原来国师老爷连日高张慧眼，看见撒发国君民人等，无论男妇老幼，俱有三年大难，正在替他们害愁。恰好的王明说个谎，说道："四个道长要杀尽了他的国中，不留寸草。"这却不正对着老爷的慈悲方寸？故此叫做福至心灵，天凑其巧。国师老爷说道："这撒发国君民有难无处解释怎么是好？"王明又凑上一句，说道："老爷慈悲为本，方便为门，和他解释一番，就是大幸！"老爷道："也罢，连这四个道长，一齐请他坐一坐罢。"王明道："既如此，公私两利，彼此双全。阿弥陀佛！无量功德。"王明这几句话，又说得老爷满心欢喜。

老爷即时吩咐非幻禅师，到军政司取过前日的凤凰蛋来。非幻禅师不敢怠慢，即时叫过军政司，即时奉上一双凤凰蛋。老爷道："只用一个。"拿着这一个在手里，口儿里念上几声，手儿里捻上几下，把个九环锡杖照着地平板上扑地的响一声，闭了眼，入了定。一会儿转过来，说道："王明，你去请元帅开船罢！"王明心里想道："一个撒发国，费了两年多工夫，不曾得他的降书降表，不曾得他的进贡礼物，怎么就开船？"心里虽然这等想，面上却不敢有违，报上元帅。

元帅也不十分准信，竟来请问国师。国师道："元帅在上，实不相瞒。这个撒发国君民人等，俱有三年大难，是贫僧把他们都收在凤凰蛋里。"元帅道："怎么一个凤凰蛋，就收得一国的君民人等？"国师道："元帅岂不闻乾坤叉袋之事乎？一个叉袋放了四大部洲众生弟子人等，只满得一个小小角儿。何况这等一个大蛋，止收得这等一个小国，何难之有！"元帅道："几时放他出来？"国师道："三年之后放他出来。"元帅道："三年之后，不知我们的宝船走到哪里，却怎么放他出来？”国师道：“心到就手到，不管在哪里。”元帅道：“假如迟早些何如？”国师道：“早一日，死一日；迟一日，受一日福；迟一年，受一年福。”元帅道：“迟十年，受十年福；迟百千万年，却不受百千万年福？”国师道：“各人福分不同，也难到十年之上。”

元帅道：“那四个道长何如？”国师道：“贫僧也主意连他们都坐一坐，退下他些火性，添上他些真元。不想他的分浅缘悭，又不在里面。”元帅道：“既然他不在里面，只怕他又来拦阻。”国师道：“连国中的君民人等都没有了，他怎么又好来拦阻。”元帅道：“君厚臣死。不见了个国王，他四个人肯就是这等甘休罢了？”国师道：“这四个人都是些荡来僧，不是本国的文官武弁，他有个甚么君辱臣死？”元帅道：“国师老爷怎么晓得？”国师道：“是贫僧差王明进去打探来，故此晓得。”元帅道：“他既是个荡来僧，却不又荡到前面去，终久不是个好相识。”国师道：“贫僧也曾料度他来，故此请元帅发令开船。开船之后，容贫僧到灵霄殿上去查他一查，看是怎么，却好处他。”元帅道：“既是如此，敢不奉命。”即时转过中军帐上，传令开船。

只见五十名夜不收禀说道：“国师老爷大显神通，把个撒发国尽行抄没了。”元帅故意的说道：“岂可就没一个人剩下来。”夜不收道：“连鸡犬都没有了。”南朝五员大将回来，一齐禀说道：“国师老爷大显神通，把个撒发国的君民人等，尽行抄没了。”元帅也故意的说道：“国师是个出家人，慈悲方便，岂可抄没人国。”众官道：“元帅不准信之时，乞亲自进城踏看。满城之中，连鸡犬都不见了。”元帅心里想道：“佛力无边，今果然也。”又故意的说道：“既是国师抄没了他的国土，我和你只得开船罢！稍待迟延，恐生他变。”众官唯唯而退。即时开船。

到了三更时分，却说国师老爷撇了色身，一道金光，径上南天门灵霄殿上，见了玉皇大帝。玉皇大帝看见佛爷爷，致恭致敬。佛爷爷告诉道：“贫僧领兵来下西洋，怎奈一个撒发国，从古到今典籍所不载之国。”玉皇道：“国小易于处分，这是好的。”佛爷爷道：“国虽小却有许多的兜搭。”玉皇道：“怎见得兜搭？”佛爷爷道：“先前出下一个金毛道长，十分厉害，是贫僧请到镇天真武回来，却才收服他去。其后又添出四个道长，一个叫做青毛道长，一个叫做红毛道长，一个叫做黑毛道长，一个叫做白毛道长，又是十分厉害，战他不过。他昨日又要杀尽了撒发国一国君民人等。贫僧不忍于他，把他一国的中生，都收在极乐天宫里面，免得受他熬煎。”

玉皇道：“那四个道长何如？”佛爷爷道：“贫僧初意也要请他坐一坐儿，归他一个正果。哪晓得他分浅缘悭，早又不在里面。”玉皇大帝笑了一笑，说道：“佛爷爷，你说这四个道长是哪个？”佛爷爷道：“正为不晓得他是哪个，特来相拜。”玉皇道：“佛爷爷，你有所不知，这四个道长就是金毛道长打头踏的四个人。”佛爷道：“那打头踏的是青龙、朱雀、玄武、白虎四个神道。”玉皇道：“却不是他怎的！”佛爷爷道：“既是他们四个神道，敢这等无礼！”玉皇道：“他们因你的天师枉刀杀他，到我这里告状。是我依律批判，许他取命填还，故此才敢大胆猖獗。”佛爷爷道：“他起先不合助桀为虐，怎么说天师枉刀杀他？”玉帝道：“今番凭佛爷爷收了他罢，我这里再不顾他。”

佛爷爷谢了玉皇大帝，一道金光，转到宝船之上。宝船正值顺风，布帆无恙，望西洋而进。国师老爷坐在佛堂上，叫过武状元唐英来，说道：“贫僧有一事相烦，状元可肯么？”唐状元道：“国师之命，谁敢有违！”国师道：“昨日四个道长，原来就是金毛道长打头踏的青龙、白虎、朱雀、玄武。”唐状元道：“他这如今怎么？”国师道：“只因他到玉皇大帝位下，告说道天师枉刀杀人，玉帝依律批判，说道准取命填还。故此就走到下方来，无端猖獗。”唐状元道：“这如今国师有何佛旨？”国师道：“贫僧料他不肯甘休，一定还到前面的国中生灾作耗，故此有事相烦。”唐状元道：“凭国师吩咐下来就是。”国师道：“黄凤仙颇精囮法，贫僧意下要相烦他先去打探一番，看前面还有甚么国？这四个神祇又是甚么出身？打探一个详细，回贫僧的话，贫僧还有个处治。”

唐状元道：“谨依国师尊命。”即时转过本营，请出黄凤仙来，把国师的话告诉他一遍。黄凤仙道：“敢不遵依。”即时吩咐取过一张新床来，取过一副新帐幔来，取过一盆净水来，取过七七四十九盏灯来。铺了床，安了帐幔，一盆水放在床底下。中间水里面放了一个灯盏，四周围画了九宫八卦，九宫八卦上摆着四十八灯盏。收拾已毕，自己坐床上，叫唐状元封了门。此时已是戌时三刻，直到子时三刻，才许开门。唐状元不敢怠慢，封锁周密，重重层层。

却说黄凤仙水囤而出，一处到一处，一事见一事，分分明明，仔仔细细。到了子时三刻，唐状元开了门，问道："夫人可曾回来？"黄凤仙道："回来了。"唐状元道："你可曾到过哪个国来？"黄凤仙道："到了好几个国。"唐状元道："可曾看见甚么人来？"黄凤仙道："看见好几个人来。"唐状元道："你先说一说么。"黄凤仙道："所言私，私言之。所言公，公言之。不曾复命国师老爷，怎么先对你说？"唐状元倒吃他几句话儿，撑得住住的。

晓日东升，即时回话。国师道："黄凤仙，你可曾到哪个国来？"黄凤仙道："小的从此前去，先到一个帽山。帽山下，有好珊瑚树。帽山前去，到一个翠蓝山。山下居民都是些巢居穴处，不分男女，身上都没有寸纱，只是编缉些树叶儿遮着前后。"国师道："黄凤仙，你可晓得他们这段缘故么？"黄凤仙道："小的只是看见，却不晓得是个甚么缘故。"国师道："当原先释伽佛在那里经过，脱了袈裟，下水里去洗澡。却就是那土人不是，把佛爷的袈裟偷将去了。佛爷没奈何，发下了个誓愿，说道：'这的中生都是人面兽心，今后再不许他穿衣服。如有穿衣服者，即时烂其皮肉。'因此上传到如今，男妇都穿不得衣服。"

黄凤仙道："前去有一个鹦哥嘴山，又前去有一个佛堂山。又前去却到一个国，叫做锡兰国。"国师道："这是一个小小的国儿。"黄凤仙道："是个小国儿。"国师道："虽是个小国，却有许多古迹，你可晓得么？"黄凤仙道："别罗里有一座佛寺，寺里有释伽佛的原身，侧着睡在那里，万万年不朽。那些龛堂都是沉香木头雕刻成的，又且镶嵌许多宝石，制极精巧。又且有两个佛牙齿，又且有许多活舍利子。这可就是个古迹么？"国师道："这是释伽佛涅槃之处。别罗里还有一个脚迹在石上，是释伽佛踏的，约有二尺长，五寸深，中间有一泓清水，四季不干。大凡过往的人，蘸些来洗眼，一生不害眼；蘸些来洗面，一生不糟面。北十里有一座山，叫做梭笃山。山下有两个右脚迹在石上，是人祖阿呐圣人踏的，约有八九尺长，二尺深，中间也有一泓清水。国人用以占候年岁，每年正月望日来看，假如其水清浅，则其年多旱；其水混浊，则其年多涝。试无不验，国人敬之如神。这两处岂不是个古迹么？”黄凤仙道：“小的不曾细看，故此不知。”国师道：“可曾看见甚么异人么？”

黄凤仙道：“地方偏小，容不得甚么异人。前去又到一个国，叫做溜山国。”国师道：“你可晓得这个国，怎么叫做溜山国？”黄凤仙道：“小的愚顽，却也不解其意。”国师道：“山在海中，天生的三个石门，如城关之样。其中水名溜，故此叫做溜山。且溜山有八大处：第一叫做沙溜，第二叫人不知溜，第三叫做处来溜，第四叫做麻里奇溜，第五叫做加半年溜，第六叫做加加溜，第七叫做安都里溜，第八叫做官呜溜。八溜外，还有一个半滓馏，约有三千余里，正是西洋弱水三千，这是第三层弱水。”黄凤仙道：“国师老爷这等精细，正是眼观十万里，脚转八千轮。”

国师道：“前面又是哪里？”黄凤仙道：“前去又到一个国，叫做大葛兰国。前去又到一个国，叫做小葛兰国。前去又到一个国，叫做阿板国。”国师道：“这三个国也是个小国。”黄凤仙道：“前去又到一个国，这个国却有些古怪。”国师道：“是个大国，还是个小国？”黄凤仙道：“是个西洋顶大的国。”国师道：“既是大国，叫做古俚国。若只是个小国，就叫做狼奴儿国了。”黄凤仙道：“古俚国是真的。”国师道：“这古俚国可有几个异样的人么？”黄凤仙道：“委是有四个全真在那里。”国师道：“这如今在那里干甚么事？”黄凤仙道：“他前日初来之时，一个穿青，一个穿红，一个穿白，一个穿黑，齐齐的要见国王。国王与他相见，问他从哪里而来，他说道：‘从上八洞而来。’问他有甚么事下顾，他说道：‘要化一万两金子，十万两银子。’问他有何所用，他说道：‘要盖佛殿一座，要铸佛像一尊。’问他何所祗求，他说道：‘你国中不日有大灾大难，造下这佛殿，铸下这佛像，给你做个镇国大毗卢。’问他甚么大灾大难，他说道：‘主有刀兵之变，君民人等十死八九，剩下一个或半个，还要带箭带枪。’问他在几时，他说道：‘只在目下，不出百日之外。’问他佛殿怎么就盖得起，佛像怎么就铸得成。他说道：‘只要你拿出金子、银子来，发了心，出了手，我们师兄师弟，保管你举国平安。’问他还是暗消了这个灾难，还是明消了这个灾难。他说道：‘凭他甚么刀兵来，只凭我们师兄师弟，要杀得他只枪不见，片甲无踪。’恰好的国王这几时正有些心惊肉颤，深信他的言语，即时拜他为师，供养他在纳儿寺里。每日间练兵选将，舞剑弄枪。这四个全真，却不是个异样的？”国师道：“这些畜牲，又在古俚国作吵哩！贫僧还有个处分。”即时去拜元帅，告诉他黄凤仙这一段的来踪去迹。元帅道：“似此作吵，将如之何？”国师道：“四个神将都在贫僧身上。只是前面五个小国，古俚一个大国，调兵遣将，都在元帅尊裁。”元帅道：“既是四个神将在国师身上，其余的事咱学生有处。”国师拜辞而去。

三宝老爷请出王尚书来，计议一番。王爷道：“西方僻夷，强梗冥顽，不知王化久矣。今天故以兵加之，彼必不服。况我等初到此处，路径未熟，不如遣几个得力的将军，游说他一番。倘彼倔强，再作道理。”三宝老爷说道：“王老先儿言之有理。”即时传令，叫过四个公公来。又叫过四哨四个副都督来。吩咐每个公公充做正使，传送虎头牌；每个副都督统领二十五名铁甲军，充做跟随小郎，各披暗甲，各挎快刀。如遇国王诚心归附，便以礼相待。中间有等奸细，即便擒拿，以张天讨。四个公公、四个副都督得了将令，各人领下铁甲军，各人驾上海鳅船，各人分头而去。众官已去，老爷又传将令，叫过王明来。吩咐他只身独自领一封书，径觅着古俚国，见了国王，投递与他，令他知道个祸福，以便趋避。王明道：“古俚国却有四个道长在那里，只怕国王不听。”老爷道：“四个道长在国师身上，你们不消挂心。”王明唯唯诺诺，驾了海鳅船，一径而去。却说宝船行了数日，到帽山山下，得珊瑚树高四五尺者十二枝。又行了三日，到翠蓝山。只见山脚之下，赤身裸体的一阵又一阵，每阵约有三五十个。国师老爷看见，说道：“阿弥陀佛！佛是金装，人是衣装。怎么一个人都穿不得衣服？莫若也学众人，下身围条花布手巾罢！”佛爷爷开了这句口不至紧，以后这些赤身裸体的都围着一条手巾，传到如今。这也是燃灯佛一场功德。宝船又行了七八日，到鹦哥嘴山。只见满山下，都有些没枝没叶的精光树，光树上都是些五色鹦哥，青的青、红的红、白的白、黑的黑、黄的黄，毛色儿爱杀人也。三宝老爷说道：“这一夥鹦哥倒好些毛片，怎么都站着在那光树上？”王爷笑一笑，说道：“要上光棍的串子，全靠这些毛片儿。”须臾之间，一夥鹦哥儿吱吱喳喳嚷做一起，闹做一团。

国师沉吟了一会，点一点头。三宝老爷说道：“国师为甚么事，沉吟了这一会，又点一点头？”国师道：“这些鹦哥儿叫得有些不吉。”老爷道：“鹊噪非为吉，鸦鸣岂是凶。人间凶吉事，不在鸟音中。我和你提师海外，誓在立功，怎么说得个不吉的话？”国师慢慢的说道：“不是贫僧要说个不吉的话，是这些鹦哥儿嘴里说道眼下一凶。”老爷道：“怎么说道眼下一凶？”国师道：“那鹦哥儿叫说道：‘金碧峰，金碧峰，一战成功。战成功，战成功，眼下一凶。眼下凶，眼下凶，蝎子蜈蚣。’这鹦哥儿却不是明明的说道眼下一凶。”老爷道：“这一凶，却不知在哪里？”国师道：“多在锡兰国。”老爷道：“只怕还是古俚国。”国师道：“有‘眼下’二字，还不是古俚国。”道犹未了，宝船又到佛堂山。国师道：“难得到这个山上。二位元帅请先行，贫僧在这里念几日经，做一场功果，然后就来。”老爷道：“既是国师在这里看经念佛，咱们也在这里相陪。”住了船，扎了寨，一连念了七日经，设孤施食，咒火放灯。莫说各色经卷，就只是阿弥陀佛把来装载，也够一千船哩！七日之后，做了圆满。国师把根禅杖放在佛堂中间，笔笔直竖着。二位元帅不知其情，连天师也不解其意。元帅道：“念经已毕，请开船罢。”国师道：“明日早开。”

走了两三日，蓝旗官报道：“前面就是锡兰国，相去不过三五十里之遥，先有一个铁甲军在这里报事。”元帅吩咐铁甲军进来，问说道：“你是哪一个公公名下的？”军人道：“小的是马公公名下的。”元帅道：“这前面是个甚么国？”军人道：“是个锡兰国。”元帅道：“马公公在哪里？”军人道：“马公公现在锡兰国。”元帅道：“你来报甚么事？”军人道：“小的奉马公公差遣，特来报元帅得知，这个锡兰国王立心奸险，行事乖张。

初然接着公公们，看见虎头牌，不胜之喜，诚心诚意归附天朝。公公们住了一日，闻说道有个甚么番总兵在那里归来，就教国王以不善，意欲谋害我师。这两日，国王意思却便有始无终。公公们料度宝船不日就到，未敢擅便，特来禀知元帅，请元帅上裁。”元帅道：“番总兵现在那里做甚么？”军人道：“番总兵现在统领兵卒，把守泼皮关。”元帅道：“关在哪里？”军人道：“就是我和你进去的路上。”元帅道：“可有城池么？”军人道：“没有城池，就是这个泼皮关是其要害。”元帅吩咐军人先去，归见公公，叫他昼夜伺候，以炮响为号，准备厮杀。违者军法从事，军人去了。

元帅又叫过五名夜不收来，教他假扮为番人，每人带着连珠炮十管，闪入关内，昼夜伺候，以关外炮响为号，许放炮呐喊，违者军法从事。夜不收去了。三宝老爷请出王爷来，问说道：“锡兰国反复不常，意欲谋害我师。咱学生意思说道：与其病后能服药，莫若病前能自防。宝船到了他国中，他得以为备。莫如就在今夜收住了宝船，遣两员上将，领几百精兵，兼程而进，乘其不备而攻拔之，不知可否？”王爷道：“兵法有云：‘兵之情贵速。’老公公兼程而进，是也。兵法又云：‘攻其所不戒。’老公公乘其不备而攻拔之，是已。老公公动与孙子相符，何患甚么西洋不服？”王爷说得好，三宝老爷大喜。即时叫过游击将军胡应凤、游击将军黄怀德，两员游击，一齐来到帐前。元帅吩咐道：“此去三十里之外，有一个国，叫做锡兰国。正东上有一个关，叫做泼皮关。关上有一个把关的官，是个番总兵，颇有些厉害。你两个各领精兵五百，分为二队，一前一后，前尾相应。衔枚卷甲，兼道而行，到关先放一个号炮，关里面炮响，许并力攻关。进关之后，乘胜直捣王居，务要生擒国王，不可疏虞误事。如违，治以军法。”二位游击应声而去。

元帅又叫过游击将军黄彪来，吩咐道：“前面是个锡兰国。正北上是个哈牛关。关上把守的是个番总兵，也有些厉害。你可领精兵五百，尽今夜衔枚卷甲，兼道而行。以东关上炮响为号，许放炮呐喊，悉力攻关，进关之后，直捣王居，务要生擒国王，不可迟违误事。如违，治以军法。”黄彪应声而去。元帅又叫过游击将军马如龙来，吩咐道：“前面是个锡兰国。正南上是民房错杂，没有甚么关隘。你可领精兵五百，尽今夜衔枚卷甲，兼道而行。以东关上炮响为号，许放炮呐喊，一拥而进，直捣王居，务要生擒国王，不可迟违误事。如违，治以军法。”马如龙应声而去。王爷道：“正西上差哪一员将官去？”元帅道：“正西上靠海，不消遣将去罢。”

毕竟不知这些将官前去功展何如？且听下回分解。

第60回　兵过溜山大葛兰　兵过柯枝小葛兰

诗曰：

汉使乘槎出海滨，紫泥颁处动星辰。
风雷威息鱼龙夜，雨露恩深草木春。
去国元戎金哑苦，还家义士锦袍新。
远人重译来朝日，共着衣裳作舜民。

却说胡游击、黄游击二位将军，领了元帅军令，各带五百名精兵，衔枚卷甲，兼道而行。行到泼皮关，已自夜半，关外面一声炮响。这一响还不至紧，关里面连珠炮就炮响连天，杀声震地。番总兵正在睡梦之中，一惊惊醒过来，说道："关外都是南兵还自可得，怎么关里面都是南兵？内外夹攻，背腹受敌，教我怎么抵当得住？"没奈何，只得杂在番兵之内，各自逃生去了。走了番总兵，余兵皆散。夜不收开了关，进了二位游击，一直杀进国王宫殿里去，正北上一声炮响，杀进一彪军马去，当头一员大将，是征西游击大将军黄彪。正南上一声炮响，杀进一彪军马去，当头一员大将，是征西游击大将军胡应凤。二路军马，自外而入。狼牙棒张柏领了五十名铁甲军，自内而出，把个番王只当笼中之禽，槛内之兽，活活的捉将出来。

到了明日，宝船收到码头上。这码头地名叫做别罗里，却远远的望见水面上有许多的泡沫浮沉。元帅道：“水中必有缘故。”道犹未了，左手下闪出一员水军都督解应彪来，顺手就是八枝赛犀飞，飞下水去，须臾之间，血水望上一冒一冒，冒出八个尸首来。元帅说道：“水底头还有奸细。”解都督又是八枝赛犀飞，飞下水去。须臾之间，又冒出三四个尸首上来。元帅道：“水底头人已自惊散了，许诸将各人用计擒拿。”一声将令，一个将官，一样计较。十个将官，十样计较。百个将官，百样计较。

一会儿，就拿了一百多个番兵出水，也有死的，也有活的，死的枭首，活的解上帐来。元帅道：“你们都是哪里来的？”番兵道：“小的们都是本国的水军。”元帅道：“谁叫你伏在水里？”番兵道：“是俺总兵官的号令，小的们不敢有违。”元帅道：“是哪个总兵官？”番兵道：“就是把守东门的。”元帅道：“你们伏在水里，怎么安得身？”番兵道：“小的们自小儿善水，伏在水底头，可以七日不食，七日不死。”元帅道：“你总兵官教你们伏在水里做甚么？”番兵道：“总兵官叫小的们伏在水里，用锥钻凿通老爷的宝船。”元帅道：“你们一总有多少人？”番兵道：“小的们一总有二百五十个人。”元帅道：“众人都哪里去了？”番兵道：“因见老爷们兵器下来得凶，各自奔到海中间去了。”元帅大怒，说道：“这等的番王，敢如此诡诈！”

道犹未了，马公公同了这一干将官，解上番王来，听元帅处治。元帅正在怒头上，骂说道：“番狗奴，你敢如此诡诈！你不听见我的头行牌上说道：‘从实呈揭玉玺有无消息，此外别无事端。’我以诚心待你，你反敢以诡诈欺我。叫刀斧手过来，枭了他的首级。”番王只是吓得抖衣而战。口里乾乾鞨鞨继继说不出话来，情愿受死。却又是国师老爷替他方便，走近前来，说道：“阿弥陀佛！看贫僧的薄面，饶了他罢。”元帅再三不肯，国师再三讨饶，元帅终是奉承国师，就饶了番王这一死。番王连忙的磕头礼拜，他这礼拜又有些不同，两手直舒于前，两腿直伸于后，胸腹皆着地而拜。

元帅道：“你叫做甚么名字？”番王道：“小的叫做亚烈若奈儿。”元帅道：“你那把守东门的总兵官，叫做甚么名字？”番王道：“叫作乃奈涂。”

元帅道："他原是哪里人？"番王道："原是琐里人氏，到小的国中来讨官做，小的见他有些勇略，故此升他做个总兵官。不想昨日为他所误。"元帅道："他如今到哪里去了？"番王道："昨日在把守泼皮关，今日关门失守，不知他的生死存亡。"元帅道："这不过是个纤芥之事，何足介意！"吩咐左右："这番王既是饶了他的死，岂可空放回他。讨一条铁索来，穿了他的琵琶骨眼，带他到前面去。明日回朝之时，献上我万岁爷，请旨定夺。"番王唯唯受锁，谁敢开言？元帅正欲择吉开船，到了明日，只见正西上一彪番兵番卒，骑了三五十只高而且大的象，蜂拥而来。元帅传令："谁敢出马，擒此番奴？"道犹未了，帐下闪出一员大将来，长身伟貌，声响若雷，打一个恭，禀说道："末将不才，愿擒此番贼。"元帅起头视之，原来是征西游击将军刘天爵。王爷道："刘将军英勇过人，正好他去。"老爷道："多了他是个象战，也不可轻视于他。"刘天爵道："末将自有斟酌，不敢差池。"王爷递他一杯酒，与他壮行。三通鼓响，刘将军领兵出阵，高叫道："番狗奴，敢如此无礼！你可认得我刘爷么？"番总兵道："你是南朝，我是西洋，你和我甚么相干？你何故灭人之国，执人之君？偏你会欺负人，偏我们怕人么？"举起番刀，照头就砍。刘将军一枪长有丈八，急架相迎。战不上三合，番总兵哪里荡得手。刘将军咬牙切齿，立意要活捉番官。争奈他牛角喇叭一声响，一群三五十只高象，齐拥将来。那象本身是高，本身是大，经了那番官的鞭策，只晓得向前，哪肯退后。若只是打不在话下，饶你戳上一枪，抽出枪来，就没有了枪眼；饶你砍上一刀，收回刀来，就没有了刀口。刘将军看见事势不谐，只得收兵而退。

元帅道："今日功展何如？"刘将军道："一则象势高大，二则不怕刀枪，故此不曾得功。容末将明日收服他，献上元帅。"元帅道："你有了破敌之策没有？"刘将军道："有策。"王爷道："老公公有何高见？"老爷道："咱学生只一个字，就是破敌之策。王老先儿，你有何高见？"王爷道："我学生只两个字，就是破敌之策。不知刘将军你有几个字，才是破敌之策？"刘将军道："末将有三个字，才是破敌之策。"王爷道："我和你都不许说破，各人写下各人的字，封印了放在这里，到明日破敌之后，拆开来看，中者赏，不中者罚。”刘将军道：“可许相同么？”王爷道：“只要破得敌，取得胜，哪管他同与不同！”三宝老爷说道：“言之有理。”即时叫过左右，取过文房四宝来，各人写了，各人封号了，收在元帅印箱里面。

到了明日，刘将军出阵，兵分三队：前面两队，都是火炮、火铳、火箭之类；后一队，一人手里一条赛星飞。怎么叫做赛星飞？原来是个一条鞭的样子，约有八尺多长，中有八节，能收能放，可卷可舒，中间都是火药，都是铅弹子，随手一伸，其火自出，疾如流星，故此叫做赛星飞。番总兵只说还是昨日的样子，乘兴而出，一声牛角喇叭响，一群大象蜂拥而来。刘将军吩咐左右，说道：“今日之事，有进无退。进而捷者，一队必重赏；退而衄者，一队必尽诛。俱以喇叭响为号。”一声喇叭响，头一队火炮、火铳、火箭一齐连放。象还不退。又是一声喇叭响，第二队火炮、火铳、火箭又是一齐连放。象还不退。又是一声喇叭响，第三队赛星飞一齐连发，星流烟飞，雷击电走，霹雳之声，不绝山谷。都是震动的，任你是个甚么象，还敢向前来？一齐奔回本阵，满身上都是箭，都是火伤，死的死，爬的爬。刘将军借着这个势儿，挺枪当头。后面三队军马，一齐奔力。

一会儿，那些番兵番卒杀的杀了去，捉的捉将来，止剩得一个总兵官，藏躲不及，刘将军走向前去，狠是一枪。这一枪不至紧，从背上戳起，就戳通了到胸脯前直出。鞭敲金镫响，人唱凯歌旋。见了元帅，献上首级。

元帅大喜，吩咐左右：“印箱里面取出昨日的字来，当面拆开。”只见三宝老爷一个字，是个“火”字；王爷两个字，是“赤壁”两个字；刘将军三个字，是“赛星飞”三个字。彼此都大笑了一场，都说道：“智谋之士，所见略同。”三宝老爷道：“前日解都督一个赛犀飞，今日刘将军一个赛星飞，怎么有这两样好兵器？”王爷道：“解都督的是个袖箭的样儿，利于水，故此叫做赛犀飞。刘将军的是个流星样儿，利于火，故此叫做赛星飞。水火不同，成功则一。”老爷道：“俱该受赏。”即时颁赏，上下将官兵卒，俱各有差。刘将军禀道：“这些首级，怎么发放？”元帅道：“俱要把个绳儿穿起来。各人的首级，还是各人看守。”

明日开船，行了七八日，却到溜山国。早有个铁甲军上船报事。元帅道：

“这里是个甚么国？”军人道：“这里是个溜山国。”老爷道：“是哪个公公在这里？”军人道：“是洪公公在这里。”元帅道：“是哪个副都督在这里？”军人道：“是后哨吴爷在这里。”元帅道：“叫你来报甚么事？”军人道：“小的领了洪公公差遣，报元帅老爷得知。这个溜山国王看见虎头牌，不胜之喜，写下了降书降表，备办了进贡礼物，专一等候元帅宝船，亲自来叩头礼拜。只是这几日中间，有两个头目心上有些不服，煽惑番王教他不善。故此洪公公差小的先来迎接，禀知这一段情由，望元帅老爷也要在意，提防他一二。”

元帅道：“我自有个道理。”即时吩咐左右，带过锡兰王来。琵琶骨上一条铁索，坐着一个囚笼。囚笼上竖一面白牌，白牌上写说道：“各国国王敢有负固不宾者，罪与此同。”又吩咐刘游击队里原斩来的首级，逐一点过，挂将起来，首级外竖一面白牌，白牌上写说道：“各国头目敢有倔强无礼者，罪与此同。”只消这两面白牌，这叫做先声足以夺人之气。探听的小番们，看见这个番王坐在囚笼里面，看见这些首级挂在竿子上面，看见两面白牌上写着两行大字，逐一的报上番王。番王叫过左右头目来，说道：“你教我负固不宾，你就作与我进囚笼里去。”左右听见小番这一报，也说道：“我们的头也是要紧的，怎么又敢倔强？”即时同着洪公公，迎到宝船之上，进上降表。元帅吩咐中军官安奉。又奉上降书，元帅拆封读之，书曰：

溜山国国王八儿向打剌谨再拜致书于大明国钦差征西统兵招讨大元帅麾下：窃惟麾下，提貔虎以震天威，深入山川之阻；取鲸鲵而摅国愤，永贻宗社之休。岂惟蹇蹇以匪躬，每见多多而益善。某等遐陬路阻，窥管见迷。仰斧钺之辉煌，识师干之布列。愿言庆忭，倍异等伦。伏冀包涵，不胜铭刻。

书毕，又献上礼物进贡。元帅接过单来，展开来一看，只见单上计开：

银钱一万个，海贝二十石（其国堆积如山，候肉烂时，淘洗洁净，转卖于他国），红鸦呼十枚（宝石也，其色微红，故名），青鸦呼十枚（宝石也，其色微青，故名），青叶蓝十枚（蓝宝色面，有青柳叶纹），昔剌泥十枚，窟没蓝十枚（俱宝石，番名如此），降真香十石，龙涎香五石（其香最佳，价与银同），椰子杯一百副（以椰子壳镟作酒钟，镶以金银花梨做脚，用番漆涂口，极标致），丝嵌手巾一百条（细密最胜他处），织金手帕一百方（其制绝精，富家男子以之缠头，每幅价值五两），鲛鱼干一百石（一名溜鱼，成块，淡干味佳）。

元帅受其礼物，吩咐内贮官收下，回敬国王以冠带、袍笏之类。叫过左右头目来，吩咐他道：“你做头目的，只晓得教国王以不善。你可晓得天命有德，天讨有罪，顺之则吉，逆之则凶？你可曾看见锡兰王坐在囚笼里面么？你可曾看见锡兰国的总兵官挂起头来么？”左右头目只是磕头礼拜，哀求说道：“总望元帅老爷饶命罢！”元帅道：“你们之恶尚未形，我这里也不深究你，不坐罪于你。只是你自今以后，要晓得有我天朝在南，年年进贡，岁岁称臣，才是个道理。”左右头目又磕上几个头，说道：“小的们知道了，再不敢为非。”元帅吩咐军政司赏他酒肴之类。国王谢了赏，两个头目也谢了赏，俱各自回国去了。

宝船又开行两三日，到了大葛兰国。侯公公同着左哨黄全彦，领了大葛兰国国王利思多，磕头迎接。侯公公道：“这个国王甚通大义，接着虎头牌，听见说‘此外别无事端’这一句，他就有万千之喜，对着牌，他就拜上八拜。尽有个天威不违颜咫尺之意。只是小国民顽，都不习诗书，不知文字。故此没有降书降表，也没有通关牒文，只是尽着他的土产进贡天朝。”元帅道：“即是他有分诚意，不可不恭，一一受他的就是。”只见摆下礼物，苦无奇异的：

金钱一百文，彩缎五十匹，花布二百匹，青白花瓷十石，胡椒十担，椰子二十担，溜鱼五千斤，槟榔五千斤。

元帅受了他的礼物，赏赐他巾服、袍笏，教他升降揖逊，礼乐雍容。国王感谢而去。

宝船又行，行了三五日，却又到了小葛兰国。只见五名铁甲军上船回话。元帅道：“你们禀甚么军情？”军人道：“小的们奉王公公差遣，特来这里迎接老爷。”老爷道：“王公公在哪里？”军人道：“王公公到了这个国中，国王不敢违拗，诚心诚意，归附天朝。昨日又有报事的小番传说道：‘元帅老爷囚了锡兰王，斩了总兵官的首级。’愈加心惊胆裂，唯唯奉承。王公公晓得他心无外慕，故此差小的们五个人在这里伺候元帅老爷船到。公公起身到前面去了。有此一段军情，特来禀上。”元帅道：“这叫做甚么国？”军人道：“这叫做小葛兰国。”元帅道：“国王在哪里？”元帅道：“国王就在船头上。”元帅道：“可有降书降表么？”军人道：“这个国中国小人顽，不习诗书，不通文字，故此没有降书降表，只有些土产礼物进贡天朝。”元帅道：“昨日大葛兰国也没有降书降表，只因他有一念之诚，故此受他礼物，反赏赐与他。既是这个国王也是诚心诚意，叫他进来。”

国王看见船头上囚着一个锡兰王，竿子上高挂了那些首级，吓得魂不附体，魄不归身。见了元帅，只是磕头，磕了又磕；只是礼拜，拜了又拜。元帅道：“起来罢。”过了半晌，却才爬将起来。元帅道：“你这是个甚么国？”国王唻了一会，说道：“小国叫做小葛兰国。”元帅道：“你叫甚么名字？”国王又唻了一会，说道：“小人叫做利多理多里。”元帅道：“你们怎么不习诗书，不通文字？”国王又唻了一会，说道：“小人愚顽，故此不曾学得，故此不曾有降书降表，望乞元帅恕罪！”元帅道：“只你们有归附之诚，胜似降书降表。”国王道：“小人还有些土产礼物进贡天朝，伏乞元帅海纳。”元帅吩咐内贮官收下：

金钱一百文，银钱五百文，黄牛十只（每只重四五百斤），青羊二十只（其毛青，足高三尺），胡椒十石，苏木五十担，干槟榔五十石，波罗密五百斤，麝香一百斤。

元帅收了他的礼物，却又取出中国的衣冠、袍笏、靴带之类，回敬番王。又教他升降揖逊，进退周旋，国王感谢不尽。宝船又开行了两日，却又到了一个国，东边靠着大山，西边滨着大海，南北俱有六路可通。泊了宝船，只见王公公同着右哨许以诚上船迎接。元帅道：“这是个甚么国？”王公公道：“这叫做柯枝国。”元帅道：“国王是哪里人氏？”公公道：“国王是锁里人氏。头上缠一段黄白布，上身不穿衣服，下身围着一条花手巾，再加一匹颜色苎丝，名字叫做‘压腰’。”元帅道：“国王叫甚么名字？”公公道：“国王叫做可亦里。”元帅道：“国中百姓何如？”公公道：“国中有五等人：第一等是南昆人，与国王相似，其中剃了头发，挂绿在头上的，最为贵族；第二等是回回人；第三等叫做哲地，这却是有金银财宝的主儿；第四等叫做革令，专一替人做保，买卖货物；第五等叫做木瓜，木瓜是个最低贱之称，这一等人穴居巢树，男女裸体，只是细编树叶或草头遮其前后，路上撞着南昆人或哲地人，即时蹲踞路旁，待他过去，却才起来。这就是五等人。”元帅道：“国中风俗何如？”公公道：“国王崇奉佛教，尊敬象和牛。盖造殿屋，铸佛像坐其中。佛座下周围砌成水沟，旁穿一井。每日清早上撞钟擂鼓，汲井水于佛顶浇之。浇之再三，罗拜而去。又有一等人，名字叫做浊肌，就是奉佛的道人，也有妻小，不剃头，不梳头。头发织的成毡，分做十数绺，或七八绺，披在脑背后。却将黄牛粪烧成灰，搽在身上。身上不穿寸纱，只是腰里系着一根大黄藤，口里吹着海螺响，后面跟着老婆，只有一块布遮着那些丑物，沿门抄化过来。这些风俗最是丑的。”元帅道：“国中气候何如？”公公道：“时候常热，就像我南朝的夏月天道。五六月间，日夜大雨，街市成河，俗语说道：‘半年下雨半年晴。’就是这里。”元帅道：“国王顺逆何如？”公公道：“国王看见虎头牌的来意，半句不违。只是中间有三个南昆人，有四个哲地人，都有谋害我师之意，国王晓得，骂说道：‘这厮造逆，不是加福于我，止是加祸于我，要我和锡兰王去对坐也！’即时传令，拿下了这七个人，绑缚在这里，听元帅发落。”元帅道：“国王在哪里？”公公道：“就在门外。”元帅吩咐着他进来。国王拜见元帅，元帅以宾待之。递上降表，元帅叫中军官安奉。递上降书，元帅拆封读之，书曰：

柯枝国国王可亦里谨再拜致书于大明国钦差征西统兵招讨大元帅麾下：窃闻天命有德，天讨有罪；顺之者吉，悖之者凶。某等僻处海洋，罔知顺逆，荷蒙旌钺，籍以彰明；剪覆凶渠，抚存疑贰。威首行而德洽，诛才及而恩加。和气远周，迈七旬之干羽；仁风溥畅，宁六月之车徒。获奉升平，不胜感戴；忭跃之至，倍万恒情。

元帅大喜。国王又进上礼物，元帅道："彼既以诚待我，不得不以诚相还。"吩咐内贮官收下：

佛画塔图一幅，菩提树叶十张，金佛像一尊，金钱一百文，银钱一千五百文（银钱十五文金钱之一），珍珠四颗（俱重四分半，以分数论价，每四分重，彼处值银一百两），珊瑚树四枝（哲地人亦论秤轻重，彼处人亦能雇倩匠人，剪断车镟成珠，洗磨光净秤，分两而卖），胡椒一百石，龙涎香五百斤，各色花布五百匹，蓬蓬奈一十石（肉红味甘，夷人干之以附远）。

元帅受了他的礼物，吩咐内贮官收下。却又取出南朝带去的冠带、袍笏之类，回敬国王。国王不胜之喜，拜谢而去。宝船又开行了数日，元帅道："这几个小国，幸而无事。只前面那个古俚国，却不知王明在那里怎么？"

毕竟不知王明功展何如，且听下回分解。

第61回　王明致书古俚王　古俚王宾服元帅

诗曰：

汉家大使乘輶轩，击筑高歌出帝前。
烽烟广照三千里，伐鼓拟金度海垣。
野骑车来猎边土，天王号令更神武。
大将今数霍嫖姚，儒生持节称谋主。
黍谷卢龙瀚海傍，霞标六月飞清霜。
锦袍十道秋风满，碣石高悬关路长。

却说王明领了元帅将令，驾上海鳅船，来了二十多日，才找到古俚国。只见四个全真，镇日间在那里提兵遣将，防备刀兵。王明心里想道：“这等四个毛道长，又在这里来弄喧。我如今倒有些不好处得。怎么不好处得？我奉元帅的国书，欲待不投递之时，违了元帅军令，欲待投递之时，却又瞒不过这四个全真，他肯放松了我半毫罢？”好个王明，眉头一蹙，计上心来。到了明日，把头上的头发挑将下来，挽做个髽头，把身上的衣服定将过来，充做个道袍。手里拿着一面招牌，上一段写着“拆字通神”四个大字，下一段写着“治乱兴衰，吉凶祸福”两行小字。翩然走到闹市之中，大摇大摆。一会儿拿出隐身草来，不看见他在那里。一会儿收起隐身草去，又看见他在街市上摇也摇的。只为这一个隐身草，却就惹动了那些番回回，都说道："这决是个活菩萨临凡！你看他一会儿现身，一会儿不见了。"走了一日不开口，走了两日不开口，走到第三日，晓得那些番子信他得很，却才开口说道："贫道从上八洞而来，经过贵地。你们众生是哪个有缘的，来问我一个字，我告诉你一个'治乱兴衰，吉凶祸福'，也不枉了我贫道在这里经过一遭。"

那些番回回正不得他开口，听见他说道"你有缘的来问我一个字"，一干番子一拥而来。内中就有一个走向前来，打个问讯。王明故意说道："你这弟子问甚么事？先写下一个字来。"那番子写下一个"回"字。他本是个回回人家，故此写下一个"回"字。王明又问道："哪里用的？"番子说道："问六甲。"王明说道："既是问六甲，只合生女。"那番子说道："怎见得只合生女？"王明说道："你岂不闻回也其心，三月不为人？你先前不曾做下得人，怎么会生子？却不是只合生女么！"番子大喜，说道："这个活菩萨，三教俱通。"

道犹未了，又有一个番子走向前来，打个问讯。王明说道："写下一个字来。"那番子写下一个"耳"字。他因是耳朵有些发热，故此写下一个"耳"字。王明问道："哪里用的？"番子说道："也是问六甲。"王明说道："你这个问六甲主生子，且生得多。"番子道："怎见得主生子，且生得多？"王明说道："你岂不闻耳小生八九子？这却不是主生子，且生得多！"这个番子也大欢喜，说道："好个活神仙！"

道犹未了，又有一个番子走向前来，打个问讯。王明说道："写下一个字来。"那番子写下一个"母"字。他因是外母家里有些产业，要去争他的，故此就写下一个"母"字。王明说道："哪里用的？"番子道："问求财。"王明说道："若问求财，一倍十倍，大吉大吉。"番子道："怎见得大吉？"王明说道："你岂不闻临财母苟得？这却不是一倍十倍，大吉大吉？"哄得个番子越发欢喜，说道："好个活神仙也！"

道犹未了，又有一个番子走向前来，打个问讯。王明道："写下一个字来。”那番子写下一个“治”字。他因是王明招牌上有个“治乱兴衰”的“治”字，故此就写下一个“治”字。王明说道：“哪里用的？”番子道：“问婚姻。”王明道：“若问婚姻，可主成就。”番子道：“怎见得可主成就？”王明说道：“你岂不闻公冶长可妻也？这却不是婚姻成就么？”这个番子因是说得他好，他就欢天喜地，说道：“好个活神仙！我们难逢难遇，在这里也要随喜一随喜，”他即时递上十个金钱，说道：“弟子这些须薄意，奉敬老爷。”王明心里想说道：“我扯这一番寡话，原只为了耸动国王，终不然图人的财帛。若是得了人的财帛，就有些不灵神。”却故意的说道：“多谢布施。只是贫道没用钱处，不敢受罢。”那番子坚意要他受。王明说道：“你再要我受，我就去了。”刚说得一个“去”字出声，一手拿出隐身草来，早已不见了个王明在那里！一干番子都埋怨这个拿钱的，说道：“分明一个好活菩萨，正好问他几桩吉凶祸福，你偏然拿出甚么钱来，恼了他去。”中间有个说道：“若是有缘，他明日还来。”中间又有个说道：“他只在这里经过，哪里常来。”

你一嘴，我一舌，闹闹吵吵，早已惊动了那纳儿寺里四个全真。四个人商议，说道：“街市上有个髡头，只怕是那一位天神体访我们的行事。我和你不免去见他一见儿，看他是个甚么？”白毛道长说道：“我和你去见他，失了我们的体统，只好着人去请他来。”商议已定，差下一个得力的家丁，走到闹市上，伺候两三日，才请到那个髡头。王明心里想道：“我今日做了髡头，就趁着这个机关，却要把几句言话儿打动他的本性。”大摇大摆而去，见了四个全真。四个全真看见这个髡头不僧不俗，倒也老大的犯疑，问他说道：“你从何处而来？”髡头说道：“贫道从上八洞王母宴上而来。”全真道：“王母宴上可曾少了哪位神将么？”髡头就扦他一句，说道：“只有玉帝查点五方神将，少了几个，发怒生嗔来。”四个全真听见了这一句话，扦实了他的本心，诚惶诚恐，战战兢兢，都不开口，只心里想道：“这个髡头真是一位上界天仙也！”

王明心里明白，又吊他一句，说道：“四位老师父从几时到这里来的？”那四个全真就扯起谎来，说道：“来此才三五个日子。”髡头又说道：“蒙列位师父呼唤，有何见教？”全真道：“相烦拆字起数。”髡头道：“既如此，请写下一个字来。”青毛道长伸手就写个“青”字。髡头道：“何处用？”青毛道长说道：“问刀兵。”髡头道：“列位师父，不要怪贫道所说，此数大凶。”道长道：“怎见得大凶？”髡头道：“‘青’字头上是四画，就应在四位师父身上。‘青’字下面却是个‘月’字，月乃太阴之象。阳明为泰，天地交而万物通，上下交而其志同。君子道长，小人道消。阴晦为否，天地不交，万物不通，上下不交，天下无邦。君子道消，小人道长，又且‘青’字左边添一撇，是个灾眚的‘眚’字，主目下有灾。‘青’字下面添一横两点，是‘责’字，主日后天曹有谴责。若问刀兵，此数多凶少吉。”王明扮着个髡头，说了这一席的话，就把四个道长丢在水磢盂里，骨竦毛酥。四个道长扯着髡头，倒地就是四拜。王明心里想道：“古人说得好：得趣便抽身，莫待是非来入耳，从前恩爱反为仇。”更不打话，一手拿出隐身草来，就不见了个髡头，一溜烟而去。四个道长好不惊慌。

这个惊慌还不至紧，早已有个小番把个髡头拆字通神的事故，一一的告诉番主，且说道：“纳儿寺里的四个道长也拜他做师父，他受了拜，化一阵清风而去。”番王听见这一席话，就说动了他的火，说道：“怎么得这个髡头和我相见，问他一个兴衰治乱，我就放心哩。”即时吩咐左右：“有哪个替我寻得那个髡头来，没官的与他一个官，有官的加他一级职。金银缎帛，不在其内。”自古道：“厚赏之下，必有勇夫。”左右的听见有官赏，又有金银缎帛赏，你也去寻，我也去找。王明心里也在想国王，拿着个隐身草，一会儿在东街，又一会儿在西巷。东街人看见，说道：“好了，我的官星来了。”西巷人看见，说道：“好了，我的官星现了。”可可的落在一个值殿将军手里。怎么就落在一个值殿将军手里？值殿将军有些力气，众人抢他不赢，着他一肩，就到殿上。

番王看见是个髡头，满心欢喜，连忙的走下来，唱上两个喏，说道：“不知大仙下顾，有失迎候。”髡头道：“贫道从上八洞王母宴上而来，经过贵地，故此叫几个有缘的来，我和他拆一个字，告诉他一段吉凶祸福，令他晓得趋避之方。即如指拨生人上路，扶持瞎子过桥，也不枉了我贫道到贵地一次。”番王道：“千难万难，难得大仙下降。弟子也有些心事，要请教一番。”髡头道：“既如此，也请写下一个字来。”番王伸手就写个“王”字。因他是个番王，故此就写个“王”字。髡头说道：“哪里用的？”番王道：“问我国家的盛衰兴废。”髡头道：“你国中本无个甚么事，目下当主大贵人临门。”只是一件，多了一干小人在中间作吵，这是你的好中不足。且看你自己的主意如何？”番王道：“怎见得主大贵人临门？”髡头道：“贫道据字所拆，半点不差。你写着是个‘王’字，上一画是个天位乎上，下一画是个地位乎下，中一画是个人位乎中。这却是个三才正位，中间添上一竖，叫做‘王’字。却不是王者一个人，就能兼天、兼地、兼人。却因这一竖来，才成得个‘王’字。这一竖，岂不是主大贵人临门。”番王道：“怎见得有一干小人作吵？”髡头道：“‘王’字侧添一点，不是个玉字？王字是个人，玉字是个物。人而变成个物，又好来，岂不是一干小人作吵？”番王道：“怎见得有一点？”髡头道：“多了。国王，你腰上有一点黑痣。”番王自家还不准信，脱下衣服来，果然腰里有一点黑痣。王明只因有那四个道长，故此胡诌。哪晓得福至心灵，偏诌得这等中节哩！

番王看见说穿了他的痣，万千之喜，只说道：“好个活神仙也！”连忙的又唱上两个喏，说道：“大仙在上，怎么教弟子一个趋吉避凶之方？”王明却将计就计，说道：“国王，你既是晓得要趋吉避凶，贫道就好告诉你了。”番王道：“弟子愿闻，伏乞大仙指教。”髡头道：“你只依贫道所言，凡有远方使客到来，一味只是奉承，不可违拗，便是趋吉避凶。”番王道：“弟子国中有四个道长，可以趋吉避凶么？”髡头道：“那四个道长，就是你腰下的黑痣哩！”番王过了半晌，却从直说出来，说道：“不瞒大仙所说，弟子也是西洋一个大国，平素不曾受人的刀兵，只因纳儿寺里这四个道长，化我金子铸佛像，化我银子盖佛殿。是我问他有何缘故，他说道：‘小国不出百日之外，有一场大灾大难。’盖了这个寺，造了这个佛，叫做镇国大毗卢，就可以替我解释得这一场灾难。弟子虽然依他的话言，留他住在这里，其实心下不曾十分准信。只见近日果有一场凶报，传说道甚么大明国差下几个元帅、一个道士、一个和尚，有几千只船，有几千员将，有几百万兵，来下西洋。一路上执人之君，灭人之国。近日囚着锡兰王，抄了锡兰国，不日就到小国来。这四个道长的话，却不是真？今日又幸遇大仙，故此特来请教。”髡头道：“依贫道所言，当主大喜。你不准信之时，门外就有一个喜信在那里。”番王哪里肯信？王明就弄松起来，拿出隐身草，掩了旁人的眼目，把个“勇”字毡帽带在头上，把个破道袍掀阔来，就披着土黄臂甲。一手元帅国书，一手一张防身短剑，直挺挺的站在朝门外，口里叫道：“送喜信的来见国王。”

国王正在不见了髡头，懊悔一个不了，只见把门的番卒报说道：“朝门外有个送喜信的，说道要见我王。”番王说道：“世上有这样的活神仙，真可喜也！快叫他进来。”哪晓得先前的髡头就是今番送喜信的王明；今番送喜信的王明，就是先前的髡头。王明见了国王，递上元帅的国书，轻轻的说道：“元帅多多拜上国王，我们宝船在大国经过，不敢惊烦，故此先上尺书，聊表通问之意。”番王看见了一封书，已自是不胜之喜；却又加王明说上这几句温存话儿，愈加欢喜。一面叫左右头目，陪着南朝的天使奉茶；一面拆封读之，书曰：

大明国钦差征西统兵招讨大元帅郑某谨致书于古俚国国王位下：昔我太祖高皇帝驱逐胡元，混一区宇，日所出入之邦，皆为外臣。今皇帝念西洋等诸国，僻在一隅，声教未及，故特遣官遍视，索爱猷之遗玺，取归命之表章。帝命有严，予不敢悖。受命以来，波涛不兴，舟航顺流。貔虎之师，桓桓烈烈，遂用化服诸邦。及王之都门，不欲以兵力相加。谨先遣书谕旨，惟我圣天子天所建立，顺之者昌，逆之者亡。王宜自择，勿贻后悔！

番王读毕，说道：“这一封书，果真是个喜信也。”对王明说道：“我这里仓卒之际，不敢具书。你与我多多拜上元帅，但遇宝船到日，我这里降书降表，通关牒文，一切准备，并不敢劳元帅金神。”王明又捣他一句，说道：“俺元帅既蒙国王厚意，感谢不尽。只是国王纳儿寺里有四个全真，他还要调兵遣将，不肯甘休。”番王道：“那四个人不过是个化缘的道长，怎管得我们军国重情。”

道犹未了，只见忙忙的走上几个番兵番卒来，口里叫说是：“报……报……报……与我王知道，四个全真，一齐潦倒。”国王道：“你们报甚么军情的？”番兵道：“纳儿寺里四个全真，一齐的皮里走了肉。”番王道：“你从头彻尾说与我听。”番兵道：“四个全真一向无恙，只因前日有个甚么髡头拆字通神，四个人请他来拆一个字，拆得他日下有灾，日后多谴斥。若问刀兵，凶多吉少。四个人一齐纳闷。闷了这等两日，只见本寺里方丈后面，平白地长出一棵树来。一会儿长，一会儿大，一会儿分枝分叶，一会儿散影铺阴。四个全真心上本然是恼，看见这棵树却又吃了一惊，站在树下，站了一会，不晓得怎么样的，就一齐儿挂在树枝上，只剩得是个空壳。”番王道：“有此蜡事，可怪！可怪！前日那髡头说道，四个全真是我腰下一个痣，待我也看一看痣来。看是怎么？”解开衣服，哪里有个痣？番王道：“好活神仙！只是去得快了些，不曾问得他一个端的。”左右头目说道：“这四个躯壳，把怎么处他？”番王道：“一日卖得三个假，三日卖不得一个真。那空壳挂在树上，且自由他。待等南朝元帅兵来，只说是我们缢死他的，也见得一念归附之诚。”

道犹未了，探事的小番报说道：“南朝有宝船千号，战将千员，雄兵百万，势大如山，收在我们海口上，好怕人也！”番王即时上船迎接。王明先已到了船上，见了元帅，把个装髡头的事，细细告诉一番。又把个毛道长的事，细细告诉一番。元帅道：“你怎么有这等的好本事？”王明道：“仗着朝廷洪福，元帅虎威，信口诌将出来，尽诌得有好些像哩。”元帅道：“只难得那四个毛道长就死。”王明道：“只怕其中有个缘故。”道犹未了，番王参见元帅。见了二位元帅，见了国师，见了天师，各各礼毕。元帅请他坐下，待以宾礼，问他道：“大国叫甚么国？”国王道：“小国不足，叫做古俚国。”元帅道：“大王叫甚么名字？”国王道：“卑末不足，叫做沙米的。”元帅道：“我大明国皇帝念你们僻处四夷，声教未及，特差我等前来紫诰一通，银印一颗，金币十袋，是用封汝为王。汝诸头目，各升品级，各赐冠带。我昨日致书于汝，只大约说个来意，不曾道及圣恩，盖不敢贪天功为己功也。汝国王可晓得么？”国王道：“卑末荷蒙圣恩，威戴不胜！未及远迎，伏乞恕罪！”元帅道：“远迎倒不敢劳，只问贵国中那四个道长，原是哪里来的？”国王道：“原是游方来的，卑末一时被他所惑。”元帅道：“幸喜终其天年，免得我们这一番争斗。”国王分明要扯个谎，说道：“是我们缢死他的。”看见天师、国师都是通神役鬼的主子，又不敢说将出来，倒是不曾说出来的好。

国师早已接着说道：“元帅在上，你可晓得这四个道长的归宿么？”元帅道：“因为不晓得，故此在这里动问国王。”国师道：“你看着就是。”元帅道：“看甚么？”国师道：“贫道借他纳儿寺里的树来，你们看着。”元帅道：“他这国中也有个寺哩？”国师道：“礼拜寺有三五十处。”

说个“有寺”两个字，道犹未了，眼前就是一棵树，树上分枝分叶，榾柮蓬松，蓬松里面挂着四个道长。元帅看见还不至紧，把个番王吓得抖抖的颤，心里想说道：“这和尚好厉害！怎么一棵树都会移得来？”过了一会，元帅道：“多谢国师指教，请他回去罢。”国师念了一声“阿弥陀佛”。一棵树只听得一声响，哪里是个树，原来是国师的九环锡杖。今番却连元帅也吃了一吓，问说道：“一棵树怎么是根禅杖哩？”国师道：“贫僧曾许下元帅说，这四个道长在贫僧身上，故此今日践这一句言话。”元帅心里才明白，才晓得是前日那根禅杖，才晓得是国师佛力，满口称谢。国师道：“贫僧还自可得，多得王明。”元帅道：“已经登了记录簿上，王明古俚国第一功。”侯公公道：“四个道长怎么只是个空壳？”国师道：“玉帝收回真性去了，只落得一个躯壳在这里，恰像前日的金毛道长一般。”侯公公道：“国师神异，可喜，可喜！”番王看见国师这般神异，安身不住，起身告辞。元帅道：“择日接诏，不可有违。”番王唯唯而去。

到了明日，番王同着各色头目，迎接诏书。两个元帅亲自进去。国王及诸将领谢恩已毕，大开筵宴。饮至半酣，吩咐衕衕行酒，以葫芦笳为乐器，以红铜丝为弦。弹番弦，唱番歌，相酬相和，音韵堪听。番王择日进上降表，元帅吩咐中军官安奉。递上降书，元帅拆封读之，书曰：

古俚国国王沙米的谨再拜致书于大明国钦差征西统兵招讨大元帅麾下：窃惟惟德动天，惟天眷德；王道荡平若砥，物情煦育望春。颁正朔于四夷，光布神明之政；混车书而一统，载扬慈惠之风。某以弱质，僻处方隅，重荷眷存，承兹宠渥。瞻天颜于咫尺，被法语之叮咛。四序用康，岛屿动圣明之想；五兵不试，边陲无金革之声。总属大陶，不胜战栗。愿言稽颡，无任瞻依。

元帅收了降书。国王又献上进贡礼物，元帅吩咐内贮官收下：

五色玉各四片，马价珠一枚（青色，每一枚价与名马价相值，故名），金厢带一条（赤金五十两，番匠抽如发细，缕之成片，镶嵌各色宝石成带），草上飞一只（兽名，形大如犬，浑身似玳瑁斑猫之样，性最纯善，惟狮象等恶兽见之，即伏于地下，此乃兽中之王也），黑驴一头（日行千里，善斗虎，一蹄而虎毙），胡锦百端（最精，纹成五彩），花蕊布五百匹（以花蕊织成者），芸辉十厢（香草也，色白如玉，入土不朽，唐元载碎之以涂壁，号芸辉堂）。

元帅受了番王礼物，吩咐军政司安排筵宴，大宴番王，尽欢而别。番王道：“故老相传，小国去中国十万余里，何幸得接二位元帅台光！今日之别，足称消魂！”元帅道：“不觉去中国十万余里之外。”王爷道：“十万里之外，不可不勒碑纪程。”老爷道：“王老先生言之有理。”即时吩咐左右，盖造一所碑亭，竖立一道石碣。不日报完，左右来请字，老爷道：“请王爷见教罢。”王爷道：“还是老公公。”老爷道：“还是王老先生罢。”王爷挥笔书之，说道：“此去中国，十万余程。民物咸若，熙皞同情。永示万世，地平天成。”

左右领去，刻成碑铭。番王道：“此存以甘棠之故事。”元帅道：“有中国才有夷狄，中国居内以制外，夷狄居外以事内。汝等享地平天成之福，不可忘我中国。”国王感戴，挥泪而别。元帅吩咐开船，大小宝船俱望西洋进发。行了十数多日，国师坐在千叶莲台之上，一阵信风所过，国师拿住他的风头，又拿住他的风尾，细细嗅了一番。前面这一个国，又是费嘴费舌的，又是损兵折将的。国师来见元帅，告诉这一段信风的情由，元帅道："再费周折，不胜其劳，怎么是好？"国师道："宝船前去，虽是向西，宁可照着天清气明上走。但凡黑雾浓烟，都是妖气所结，不可不提防。"元帅即时传令："各船今后行船之际，在意提防，天清气明方上，任其所行。若是黑烟浓雾，务在拨转机轴，不可违误，军法所在。"军令已出，谁敢有违？

却又行了几日，蓝旗官报说道："前面望见一个地方，看看相近，敢又是一个国到了。"二位元帅步出船头来，凝眸一望，早到了一个地方，又是一样的世界。只见岛水潆洄，岛树秀密。树上有一等的鸟儿，生得毛羽稀奇，相呼厮唤。可惜不辨它的声音，其实可爱。再近前去，又有一伙小番，也有在岸上打柴的，也有在水里摸鱼的，望见这些船来，仓仓皇皇，抱头而走。王爷道："快把人上岸，拿住那些砍柴的，问他一个端的，看是个甚么国。"

毕竟不知是个甚么国？有些甚么将领？且听下回分解。

第62回　大明兵进金眼国　陈堂三战西海蛟

诗曰：

汉使翩翩驻四牡，黄云望断秦杨柳。
万马边声接戍楼，三军夜月传刁斗。
壮君此去真英雄，军士材官入彀中。
赐橐何须夸陆贾，请缨早已识终童。

却说王爷吩咐左右上岸，内中就有一等下得海的，一跃而起，把个砍柴的捉将来，见了元帅。元帅问道：“你这叫做甚么国？”樵者道：“小的这里叫做金眼国。”王爷道：“自太古到今，并不曾看见一个金眼国。就是前此至人，也不曾到得这个地方上，我和你可谓极穷到底矣！”王爷又问：“你金眼国有多大哩？”樵者道：“周围有数千里之远。气候常热，黍稷两熟。又且煮海为盐，捕鱼为食，故此人多勇健好战。”元帅道：“可有城池么？樵者道：“城池虽不十分高深，其实坚固。滨海就是一个关，叫做接天关。把关就是一个总兵官，叫做西海蛟，十分厉害。”元帅道：“可有番船往来么？”樵者道：“也有番船往来。只是艺善者，获其大利；若是强梗者，就吃了他的亏苦。”元帅吩咐起去，又叫军政司赏他酒食，樵者踊跃而去。

元帅吩咐五营大都督移兵上岸，掘堑开濠，扎成行寨，四旁密布鹿角，昼夜守以军卒。安营已毕，元帅升帐议事。王爷上前，元帅道："造化低，又来到这等一个国，怎么是好？"王爷道："元帅差矣！昔日班仲升一个假司马，随行的只是三十六个人，仗节出关，就能碎鄯善之头，系月氏之颈，一连三十六国，质子称臣，朝廷永无西顾之忧，此何等的功烈！我和你今日宝船千号，战将百员，雄兵十万，倒不能立功异域，勒名鼎钟，致令白头牖下，死儿女之手乎？"元帅道："鄯善、月氏，都与我同类。这如今西洋各国，动手就是天仙、地仙，或是妖邪鬼怪，先与我不同类，你叫我怎么处他？"王爷道："也怕不得这些。事至于此，有进无退，自古说得好，不遇盘根错节，无以别利器。吾尽吾心，吾竭吾力。至于成败利钝，虽武侯不能必之于前，我等岂能必之于后。"元帅道："承教，极有高见！只是事在目前，先求一计。"王爷道："依学生愚见，西洋僻处海隅，晓得甚么夷夏之分，骤然加以刀兵，岂有不惊骇者。不如把虎头牌传示一遍，看他怎么样儿来，我这里却怎么样儿答应。这才是个先礼后兵之道。"元帅道："承教，极是。"即时吩咐传示虎头牌。左右道："差哪一员将官前去传示？"元帅道："黄凤仙尽熟囤法，差他前去罢。"王爷道："女将先入，何示人以不武也。"元帅道："还是王明罢。只是他劳苦太甚了些。"王爷道："劳而有功，虽劳而不怨，何妨太甚？"即时差到王明。

王明得令，不敢怠慢，拿了虎头牌，竟进番王殿上。番王正在坐殿，文武班齐，恰好正在讲这南船入岛的事故。也有说道来意不善的；也有说道若无恶意的；也有说道待之以礼的；也有说道应之以兵的。纷纷议论不一，连番王也没有个主张。只见值殿的禀说道："南船上差来一个小卒，手里拿着一面虎头牌，口里说道要见我王。"番王叫着他来见。

王明见了番王，递上虎头牌，长揖不拜。殿上左右喝道："你是个甚么人，敢不下拜？"王明道："王人虽微，位在诸侯之上。吾乃天朝之人，礼当长揖，何拜之有！"番王只作个不听见的。看过虎头牌，先说若无恶意的，就指着牌上"此外别无事端"一句，说道："果无恶意。"先说来意不善的，就指着牌上“一体征剿不贷”一句，说道：“还是来意不善。”又是一个一样的议论。

只见总兵官西海蛟出班奏道：“小臣钦承王命，把守接天关。昨日南兵入界，小臣曾经差下探马探得详细。”番王道：“既是探得详细，还是何如？”西海蛟道：“来船约有千号。一只船上扯着一面黄旗，黄旗上写着‘上国征西’四个大字。船上刀枪密密，剑戟林林，精兵如云，猛将似雨。总兵元帅，一个是甚么司礼监掌印太监，姓郑；一个是甚么兵部尚书，姓王。内中还有一个道士，官封引化真人，能呼风唤雨，驾雾腾云。还有一和尚，是朱皇帝亲下龙床，拜他八拜，拜为护国国师，能怀揣日月，袖囤乾坤。从下我们西洋来，已曾经过一二十个番国。大则执人之君，灭人之国；小则逼勒降书降表，索取进贡礼物。今日来到我们国中，他岂肯轻放于我？”番王道：“他既是不肯轻放于我，我们却怎么处他？”西海蛟说道：“我国素称强盛，雄视西洋。今日事至于此，岂可束手待毙，贻笑于四邻！小臣情愿领兵出战，效死决一雌雄。一则分主上之深忧，二则存我千百年之国土。伏望我王鉴察。”

番王还不曾开口，班部中闪出一个老臣，愁眉逼眼，咧嘴呲牙，挪也挪的，挪向前来，奏说道：“不可！不可！”番王起头视之，原来是左丞相肖哒哈。番王道：“左丞相，你说甚么不可？”肖哒哈说道：“小臣奏道：厮杀不可。”番王道：“怎见得不可？”肖哒哈道：“南兵深入我国，不遽加我以兵，又先示我以牌，此先礼后兵之计。我们若是一径和他厮杀，他说我们不知礼义，就识破了我外国无人。依老臣愚见，也还他一个先礼后兵之计。”番王道：“怎么还他一个先礼后兵之计？”肖哒哈道：“厚待他的来使。即差一个能言、能语、通事的小番，回复他道：‘我金眼国与你中国相隔遥远，一向不相侵犯。今日无故加兵于我，岂不曲在你南朝？倘能拨兵回朝，则敝国当以金帛牛酒犒师。此外若是过求一毫，不能听命。若说你大国有征伐之师，我小国却有御备之固。惟主将图之。’先尽我这一番礼，他若是肯从，彼此大幸；他若不从，其曲在彼，其直在我。兵出有名，战无不胜。这却不是还他一个先礼后兵之计？”番王道：“此计大高！”

即时吩咐从厚款待来使。

即时差下一个小番，回复元帅，说道："只愿犒师，不愿降表。"元帅道："只愿犒师，不愿降表，是何高见？"王爷道："番王本心要战，因为我们先加他以礼，他却故意说出这两句话来。一则是见得他国中有人；二则是慢我军心，他还得以就中取事。"元帅道："既是他们有此见，何以处之！"王爷道："昨日夜不收说是把守接天关的西海蛟，身长丈余，头大如斗，勇猛不可胜当。番王倚靠他做个万里长城，在这里诸将中，只怕还没有他的对手哩！"

道犹未了，帐下一人历阶而上，身长八尺有余，双肩山耸，面如重枣，一部虎须，戴一顶太岁盔，披一副油浑甲，穿一领团花织就锦征袍，束一条玲珑剔透黄金带，手拖着一条丈八蛇矛，一手搊着一条黄金花带，高叫道："元帅何小觑于人也！喑哑叱咤，千人自废，从古到今，只有一个楚霸王勇猛不可胜当，怎么后来又死于韩信之手？岂可一个些小西海蛟，末将们就不是他的对手！"王爷起眼看来，原来是个水军大都督陈堂。王爷心里想道："此人既出大言，必有大用。用人之际，焉敢小觑于人。"连忙的赔个笑脸，说道："学生失言了。陈将军英勇著闻，兼资文武，此去必然成功，勿以学生之言介意。"三宝老爷道："陈将军自去调拨罢，务在成功，不可造次。"陈堂拂衣而起。临行，王爷又叮咛他道："陈将军，你要晓得，我军深入重地，利在速战。你须要在接天关下结寨安营，引诱得敌人出来，与他交战，这叫做反客为主之法，才获全胜。"陈都督得了将令，自去调拨。

即时领了马步精兵三千，前去接天关扎下寨，安了营。早有巡逻的小番报上关去。关上又有一等巡逻的番官报上番王。番王心上有些惧怯，即忙宣进西海蛟来，商议退兵之策。西海蛟未及开口，先有番王第三个太子，长身黑脸，眍眼兜腮。自小儿有些膂力，长大来习学些拳棒。渐渐的武事熟娴，又兼有些谋略。能使一口合扇刀，能飞三枝流火箭。上阵厮杀之时，俨然像个游龙盘绕之状，故此名字叫做盘龙三太子，西洋各国倒是有些惧怯于他，叫上一声，闻名抖战；走一下过，见影奔逃。年方一十八岁，正是血气方刚之时。就跪着禀道："南兵远来，得胜骄纵，眼底无人，自谓我国唾手可得。其实兵骄者败，欺敌者亡。他先有败亡之机，望父王一切军务，俱付西总兵裁处，自有妙计。孩儿虽然不才，愿协力同去，万望父王宽心！”番王道：“若是西总兵肯一力担当，阃以外将军制之，寡人岂敢中挠？”西海蛟说道：“养军千日，用在一朝。君令臣共理也，怎么说个肯不肯的话？又且南兵远来，久战疲敝，诚不足惧！但凭小臣胸中的本领，但凭小臣手里的兵器，若不把这些蛮子们杀得片甲不归，誓不回朝！伏望我王鉴察！”

番王看见三太子一段英勇，已自有三分之喜，却又听见西海蛟一席玄谈，这个喜就有十分了，说道：“天生下你两个人来，扶助我的社稷，吾复何忧？但须早奏捷音，慰我悬望。”即时取过一副镶金的鞍马铠甲来，赐与西海蛟，解下自己身上的金佩来，赐与三太子。二人拜谢，饮酒三杯，各绰兵器上马。三太子对西海蛟说道：“‘兵之情贵速，兵之机贵密。’我和你两枝兵，不可连成一路。”西海蛟道：“怎么不可连成一路？”三太子道：“若只是连成一路，南兵得以悉力抵敌，胜败未可知也。”西海蛟道：“不成一路，却待怎么？”三太子道：“我和你本是两枝兵，还分做两路。你领一枝军马先去，遇着南兵，便要与他厮杀。我领一枝军马随后策应你们，等待南兵和你们厮杀之时，我抄出其后。你抗其吭，我扼其背，南兵腹背受敌，其势一定抵挡不来，怕他不输？”这一段就见三太子有些谋略。西海蛟道：“妙计，妙计！学生先行，恕僭了。”西海蛟先行，三太子随后。各自下关，各自下寨。待到明日天早，南阵上三通鼓响，拥出一员大将来，身长八尺有余，两肩山耸，面如重枣，一部虎须，果然好一个水军大都督陈堂。陈都督起头一看，只见番阵上吹得海螺一声响，打得鼍鼓三声，早已闪出一员番将来，身高一丈，头大如斗，金睛红发，相貌狰狞，坐下一匹黄彪马，手里拿着一样兵器，上半节有三尺围圆，下半节有斗来粗细，长有二丈来长，重有三百斤，原来是一根铁梨木粗粗糙糙的方梁，名字就叫做方天梁。陈堂看见他生得有些古怪，劈头就喝上他一声：“哇！你是甚么人，敢下关抵敌？”番将张开口来吆喝一声。这一声尽像个雷公霹雳，说道：“吾乃西洋金眼国亲王驾下总兵官西海蛟是也。你是何人？”陈都督道：“你没有耳朵，也有鼻子，岂不闻我是大明国征西水军大都督陈爷？”西海蛟说道：

"你是大明国，我是金眼国。我与你素不相干，焉敢领兵侵犯我的疆界！"陈都督道："我无事不到你国来。因我大明国太祖高皇帝驱逐胡元，爱猷过海，却被他白象驮了我们的传国玉玺，以至西洋。我等特来取这个玉玺，兼取你们的降表降书，正令你们归我王化，不终于披发左衽。你可晓得么？"西海蛟大怒，骂道："你休得在这里胡讲！你若要我的降表降书，须则是海枯石烂。你且看我手里拿着是个甚么东西？相烦你就问他一声，问他肯不肯么？"陈都督也自怒从心上起，恶向胆边生，骂说道："番狗奴！你有个甚么武艺？你是个甚么兵器？敢在我跟前来夸口。"掣过丈八蛇矛来，照头就是一戳。西海蛟急忙举起方天梁，急架相迎。一来一往，一上一下，杀做一堆，砍做一处。

西海蛟兵器虽重，重的就呆，到底使得不活套。陈都督蛇矛虽小，小的就乖，终久使得灵变。你看陈都督人又精神，蛇矛又神出鬼没，雨点一般相似。一上手就杀到百十余合。两家子却敌一个住，不分胜负。陈都督心里想道："这番狗奴尽有些本领，急忙里不得赢他。莫若卖个破绽，要他一要。"心里筹度已定，手里把个丈八蛇矛，虚晃了一晃，拍马望本阵而逃。西海蛟只说是真，放开马赶将下来。赶得看看将近，陈都督掣过一枝神标，扭转身子，照直标将过去。原来西海蛟又有些灵性，也在提防陈都督的暗箭暗枪。只看见是枝标，他急忙里取出水磨鞭来，一声响，把枝标早已打落在地上。陈都督看见，吃了一惊，说道："这贼奴这等眼快手疾，好生怕人！"连忙的取出那两枝标来，一齐放将去。那两枝标就齐奔着西海蛟的顶阳骨上。西海蛟看见两枝标，不慌不忙，扭转身子来，一手举鞭，一手举梁，卖弄他平生的本领。只一声响，两枝标又齐齐的落在地上。陈都督就吓得面如土色，说道："我这神标，不知取了多少上将之头。假饶他是个能者，也只好招架得我一枝，再没有个三枝落空之理！哪晓得反被这厮把我的都打落在地上。"一时怒发如雷，举起丈八神矛来，直取番将。番将又是方天梁往来厮杀。

两家子正杀在酣处，一声海螺响，陈都督背后撞出一员番将来，长身黑脸，眍眼兜腮，骑着一匹番鬃马，使着两口合扇刀，高叫道："南朝蛮子，走到哪里去！你可认得我盘龙三太子么？”陈都督看见又添一员番将，越发抖擞精神，左来左杀，右来右杀，便杀得好。自古道：“好汉不敌两。”况兼西海蛟、三太子又都不是个服主儿。陈都督心里想道：“这一阵只怕有些假哩！怎么假哩！莫说要赢他，只怕扯个平过也是难的。”心上倒也有些儿吃慌。

正在慌处，只听得一声炮响，三太子背后又撞出一员南将来，面如黑铁，须似钢锥，骑一匹乌锥马，使一杆狼牙棒，高叫道：“番狗奴！你们既是要充好汉，怎么两个夹攻一个么？你是好汉的，过来尝一尝我的狼牙棒么！你可认得我张爷么？”三太子转过头来，只见这等一个异样的黑人，骑一匹异样的黑马，使一件异样的兵器，心上不敢怠慢，勒转马来，舞刀相架。张柏只是一片狼牙钉钉将去。三太子也只是一片合扇刀刀将来。张柏心里想道：“天色已晚，哪里就会赢得他，莫若使个蛮力，要他吃我一吓。”舞起那个钉来，只照着他的合扇刀上打，打得叮叮当当的响，就像大中桥上卖糖的镗锣儿响一般。盘龙三太子果是吃吓，心里想道：“他的兵器好厉害也！喜得打在刀上，若是打在我身上，却不打坏了我么？此人不可与他争锋。莫若借着这个天晚，各自收兵，到了明日，再作道理。”三太子道：“今日天色已晚，饶你去罢。你明日再来，领我的刀也！”张柏道：“你也只有这等的本事。明日再敢来么？”陈都督收兵回营，参见元帅。元帅道：“今日功展何如？”陈都督道：“番将武艺高强，急切里不得胜他。若不是张某来，险些儿还要输阵。”元帅道：“怎么还要输阵？”陈都督却把个厮杀的事故，细说一遍。元帅道：“既如此，再着张柏出阵，协力攻战。你二人凡事小心在意，再看明日这一阵何如。”

到了明早，红日东升，蓝旗官报道：“西海蛟又在阵前讨战。”张柏道：“末将先行，都督留后罢。”陈都督道：“先声足以夺人之气。若是张将军你先行，他只说是我学生害了惧怯，今后他却易视于我了。还是我学生先行。”陈都督出马，高叫道：“你这说大话的番狗奴，怎么要人来帮杀哩？”西海蛟说道：“你这不知死的贼，你还要出来，直待我一方天梁打你做个肉饼，你才甘休。”陈都督道：“嘴险到甚么？”方天梁就是照头一戳。那丈八神枪，恰像流星赶月一般。西海蛟抡动方天梁，也只了得个平过。上手又是三五十合。两家子正杀在兴头上，张狼牙就急性起来，一匹乌锥马，一杆狼牙钉，直钉着西海蛟。西海蛟杀在好处，哪里又顾得旁边有个人算计他来。自古道得好："螳螂捕蝉，黄雀在后。"谁知道盘龙三太子，看见张狼牙暗算他的西海蛟，他就连忙的取出一枝火箭来，紧照着张狼牙的背上，扑地响中上一箭。这一箭可可的落在甲上。西海蛟倒不曾钉得着。水火无情，自己甲上发起火来。陈都督看见，心里说道："这个狼牙钉，又在惹火烧身哩！"三太子心里也说道："张狼牙这一烧，不死也是一块火炭哩！"张狼牙自己慌起来，狠是一声喝。这一声喝，就像半空中响一声雷。你说是一声假雷，逼真的黑风从地而起，大雨自天而降：

雨逞风威偏泼倒，风随雨势越颠狂。
风风雨雨相追逐，任是天公没主张。

风又大，雨又大，刮的刮，淋的淋，连两边的将军，两边的兵卒，都存身不住。莫说只是铠甲上那星星之火，只当不曾听见，各自收兵。张狼牙无恙。这也莫非是天心辅助我南朝也，莫非张狼牙气数不该断绝。三太子说道："张狼牙肚子里有个雷公。"西海蛟道："怎见他肚子里有个雷公？"三太子道："若不是肚里有雷，怎么开口雷就响？"西海蛟说道："贤太子你有所不知，前日哨探的小番告诉我说道，南朝有一个道士，官封引化真人，能呼风唤雨，役鬼驱神。这个莫非就是他的徒弟，故此也会呼风唤雨。"三太子道："似此呼风唤雨，倒也有些难赢他。"西海蛟说道："事到如今，只好向前，不可退后，怎么怕得他成，到了明日再处。"

到了明日，张狼牙当先出阵，高叫道："甚么三太子的番狗奴，你只会背地里放暗箭。你今日明打明的出来，我和你杀三百合来，你看一看。"三太子听见指名要他，他就番心作恶，抖胆行凶，跨上番鬃马，使着合扇刀，径自奔出阵来，也叫道："你昨日还烧不死哩！今日又来领刀么？"张狼牙道："你今日再放出一枝火箭来么？我就放出个轰天划地的雷公，却照头还你一下。我就放出个翻江搅海的风，却连你这金眼国都翻过来。我就放出个倾盆倒钵的雨，却连你这金眼国都淹将起来。那时节问你敢也不敢。”三太子因是眼见他昨日的手段，故此不敢回言，也不敢放箭。张狼牙看见他有些气馁，抡起狼牙棒来，劈头就打。三太子也打起精神来，举刀相架。你一来，我一往，你一上，我一下，砍做一堆，绞做一处。

大约有了百余合，陈都督站在阵后说道：“昨日张将军助我的兴，我今日岂可袖手旁观。况兼前后夹攻，贼势必败。”算计已定，即时把马一夹，一杆枪斜拽里径奔着三太子的身上。陈都督指望斜拽里一枪，出其不戒，攻其无备，一战成功。哪晓得好事多磨，西海蛟又在番阵上看见。看见还不至紧，他就勒转个马头，竟抄在陈都督的背后，照着后脑上就是一方天梁。这一方天梁后脑上倒不曾打得着，把个战马后胯上打翻了，打做两截，后一截落在地上，前一截吊在天上。陈都督坐在马上，吃他照前一闪，手里挺着枪，却不照前一伸。这一伸又伸得巧，伸在三太子的马头上，又把个番鬃马戳通了面门。三太子又吃他一闪，两家子却闪下马来，就在平地上一个一杆枪，一个合扇刀，急忙里杀了两三合。西海蛟怕三太子有失，救转三太子去了。张狼牙怕陈都督有失，救陈都督回来。各自收兵。

陈都督同了张狼牙参见元帅。元帅道：“连日出阵，胜负何如？”陈都督道：“昨日张柏吃三太子一火箭，甲上发起火来。今日小将吃西海蛟一方天梁，把个马打做两截。幸赖天子威灵，主帅洪福，昨日天降大风大雨，才解了火灾。今日无意中一枪，伸在三太子马头上，互相闪失，才讨得个平开。不然，末将们都做了泉下之鬼，怎能够再见元帅尊颜？”元帅道：“这等的泼赖番人，怎么得赢得他一阵？”张狼牙说道：“元帅宽心，明日小将单丁只马，一定要活捉这两个番人。若是捉他不来，誓不相见！”元帅道：“张将军，你休要这等急性，且看两个番将明日怎么出来。”

却说那两个番将先前在番王面前说大了话，恐怕番王见怪，一连杀了三日，苦不曾有个甚么大功劳，心下生出一个计较来，叫两个小番前去飞报番王，说道：“断杀三日，先一日不分胜负，第二日，三太子一枝火箭，烧死南朝一员副都督。第三日，西海蛟一方天梁，打死南朝一员大都督。

这如今一个太子，一个总兵官，一路凯歌而回。”番王大喜，差官迎接。接着入关，大排筵宴贺功。番王道：“连日大捷，多得总兵官之力。”西海蛟说道：“多得贤太子之力。”三太子道：“还是总兵官功绩居多。”番王道：“南船还在，几时退得？”西海蛟道：“不出三日之外，一定要枭他的元帅，捉他的将官。若不成功，誓不回朝见王！”

毕竟不知西海蛟后来胜负何如？且听下回分解。

第63回　金天雷杀西海蛟　三太子烧大明船

诗曰：

天低芳草誓师坛，西海蛟多战地宽。
鼓角迥临霜野曙，旌旗高对雪峰寒。
五营向水红尘起，一剑当风白日看。
从此大明征绝域，任谁番部怯金鞍。

却说三宝老爷请上王爷同升宝帐，文武百官会集帐前。老爷道：“番将无知，累来讨战。连日中间，虽不曾大败，却不能取胜于他，怎么是好？你诸将中有谁勇略过人，跑出阵前擒此二将？成功之日，官上加官，职上加职。”老爷问了这几句，诸将都面面相觑，半日半日不作声。马公公笑一笑，说道：“朝廷养军千日，用在一朝。难道这等一个番将，我军中就没有一个英雄豪杰敢去敌他？”自古道：“激石乃有火，不激原无烟。”倒是马公公这几句话儿，一下子就激出一个将官来，历阶而上，高叫道：“元帅何视诸将之薄也！末将不才，愿借一枝军马，前去擒住番狗奴，献于麾下。元帅心下何如？”众人举目视之，只见其人身长三尺，膀阔二尺五寸；不戴盔，不穿甲，就像一段冬瓜滚上帐来。原来是征西右营大都督金天雷。

元帅问说道："金将军，你有何良策足破敌兵？"金天雷答应道："凭着末将这一柄神见哭的任君镋，怕他甚么番狗奴。"元帅闭着两只眼，把个头儿摇几摇，说道："那西海蛟身长一丈，膀阔三停，你这三尺长的人，抵不得他半节腿。况兼他英勇过人，又有盘龙三太子辅助。这两日饶是陈堂、张柏，尚不能取胜，你怎么是他的对头？"这一席话儿，把个金天雷激得只是暴跳，高叫道："呸，元帅差矣！岂不闻蟊蚊咥牛，巨象畏鼠？人有技能，岂在大小！昔日王莽篡汉，光武中兴，王莽名下有一个大将，名字叫做巨无霸，身长丈二，腰阔十围，就是金刚一般的汉子。况兼又有一面聚兽铜牌，拿起个牌来晃一晃，虎、豹、豺、狼蜂拥而来。哪一阵不赢，哪一阵不胜。昆阳城里该多少的英雄豪杰，都不能当其锋。后来出下一员小将，姓郅名恽，表字君章，身躯不满三尺，只当得土地老子一个孙儿。大破巨无霸于昆阳之西，反令王邑、王寻等死无葬身之地。今日西海蛟的英勇，未必好似巨无霸。末将虽是这等一个矮小人儿，本领高强，却不把个郅君章搁在心上。元帅今日统领十万雄兵，出在十万余里之外，若但以形貌取人，只怕诸将之心，都有些冷冷儿的样子。"元帅一时不曾开口，金天雷又跳将起来，枪架子上取过一枝枪来，抡上一会。哪里是杆枪？只当得个灯心拐棒儿样子。撇掉了枪，刀架子上取过一口刀来，舞上一会。哪里是口刀？只当个半边河瓢儿样子。撇掉了刀，壁上取过几张硬弓来，一拽一张折，两拽折一双。撇掉了弓，拿起自家神见哭的任君镋，使将起来。耳朵里只听见一片响，眼里头哪里看见有个人。饶你是个流星赶月，没有这等圆；饶你是个飞雁盘雏，没有这等快。王爷看见金天雷英雄绝伦，即时站起来叫说道："且住！且住！"

道犹未了，天师、国师一齐到来。相见礼毕，分宾主坐下。元帅道："二位老师下顾，有何见教？"国师道："贫僧特来恭喜。"元帅道："连日战不胜，攻不取，有何恭喜，敢劳国师？"国师道："不是恭喜连日，却是恭喜今日。"元帅道："今日弓未上弦，刀未出鞘，怎见得恭喜？"国师道："金将军出阵，手到功成，故此特来恭喜。"天师道："今日的功劳，应在金将军身上，委是可喜。"王爷道："学生也料今日之功，成在金将军手里。”金天雷正在负屈，不得自伸，听见国师说他恭喜，天师也说道可喜，王爷也说他功成。这一夸奖，就把个金天雷奖得喜上眉峰，平添胆略，高叫道：“末将此行，若不枭西海蛟之头悬于高竿，和千古郅君章做个知己，誓不为人！”元帅道：“万代瞻仰，在此一举。你务在小心，不可造次。”金天雷禀道：“二位元帅在上，天师、国师在前，兵法有云：‘将在军，君命有所不受。’今日之事委托末将，中间行止疾徐，俱凭末将，元帅幸勿见罪！”元帅道：“只在到头一着，其余的悉凭尊裁。”金天雷拜辞而去。元帅又叫过军政司来，取只羊樽酒送到右营里金爷处，劝他满饮一杯，教他早枭番将之头，以慰众位老爷悬望。

金天雷拜受已毕，心里想道：“为将不在大小，看各人的本领何如。交锋不在恶杀，看各人的志量何如。我今日说了这几句大话，好不一战成功？只是这个功却也不是容易成的，须则是拿出个智量来才是赢手。我今日是个甚么智量？兵法有云：‘先为不可胜，以待敌之可胜。’这如今贼势方张，我且退缩他两日，致使他志骄气盈，方才一鼓擒他，岂不为美！”筹策已定，一连坐了三日，并不曾出兵。每日间只听见蓝旗官报道：“番将西海蛟又来讨战。”金天雷只作不知，内中也有说道：“金将军平素性急，怎么这几日如此宁奈？”也有说道：“金将军开大了口，说大了话，收拾不来，故此忍着。”

西海蛟说道：“只讲南船上雄兵百万，战将千员，原来都是些假话。只这两三日，并没有个将官敢来出阵。可笑！可笑！”到了第三日上，三通鼓响，南阵上拥出一个将军，长不满三尺，没甲没盔，坐在马上，就是一段冬瓜。西海蛟看见，就笑一个不止。金天雷心里想道：“你笑我么？我还一个好笑哩！”西海蛟说道：“果真的南朝没有了人，把这等一个小孩子叫他来做将军！只消我一指头，就打他做两截。只一件来，打死他也不见我的手段。我且问他一声看。”叫声道：“来者何人？你莫非是那个庙里急脚地里鬼？怎敢来寻我金刚么？”金天雷大怒，说道：“臊狗奴，吾乃大明国朱皇帝驾下征西右营大都督。你这犬羊异类，敢来欺灭我么？你纵有血肉千斤，只好去挡刀抵箭，终不然你有甚么用处？”西海蛟又笑了一笑，说道："这矮贼人儿虽小，嘴其实尖。蚊虫遭扇打，只为嘴伤人。我如今先把你这个贼鬼嘴割将下来，且看你怎么？"道犹未了，一柄方天梁，照头照脑就是几下。金天雷却又古怪，不拿出任君镋来，只掣过一杆枪，抡下抡下。西海蛟来得松，他又抡上前去；西海蛟来得紧，他又抡退后来。抡上抡下，抡了一日。盘龙三太子看见，急性不过，拿起合扇刀，劈面砍将过来。金天雷看见他砍得狠，拖着一杆枪，望本阵而跑。三太子埋怨西海蛟道："拿这等一个娃子，和他厮杀杀了一日，还不曾赢他，你倒不害羞哩！"西海蛟道："杀此小贼，何足为强！待我明日，一方天梁筑他做块肉泥就是。"

到了明日，金天雷又来出阵。西海蛟说道："你这娃子，何不去抚养成人罢？只管来自送其死！"金天雷大怒，骂说道："你这臊狗奴？焉敢小觑于吾。"骂便是骂，手里又不是任君镋，又是一口刀。举起刀来，直砍上西海蛟的面上去。西海蛟哪里睬他，随意提起个方天梁来，左一支，右一架。金天雷的刀，只在方天梁上刮当刮当的响。三太子斜曳里又插将来。西海蛟说道："贤太子请回罢，只这等一个小孩子，要我们两个人杀他，不可使闻于邻国。"三太子说道："此言有理，我且回朝，但有别的甚么将官出来，你且再来请我。"这只是三太子的命不该绝，还有几日禄米未完，故此走了，他回朝去了。这两个人又是这等混了一日，不分胜负。金天雷回营，参见元帅，元帅道："金将军，你一连出阵两日，并不曾成功，你若是战他不下，莫若差几员名将，并力攻他，或者还有个好处。不然，长了他的英气，大了他的胆略，往后去急忙里难得赢他。"金天雷说道："末将正要骄他的志，盈他的气，不患不成功。"王爷大笑起来，说道："正合我学生之见。"元帅心下明白，却又怕走漏了消息，故意的说道："你这些人都是巧言令色，不能赢人，反有这许多闲话。左右的着他出去，闭上了营门。"这都是兵不厌诈处。

到了明日，西海蛟又来。金天雷又去，又是一杆枪，舞上舞下。西海蛟到了三日，心上有些吃恼，尽着那些蛮气力，都拿将出来，狠着是一方天梁。金天雷明是要卖上破绽他看，迎着他一枪，一枪就折做两截。金天雷折了枪，带转马来，连人连马，一跳跳起来，就跳在圈儿外面。又支起一口刀，舞上舞下。西海蛟尽着蛮气力，又狠着是一方天梁。金天雷又卖个破绽他看，迎着他一刀。一刀又折做两段。金天雷断了刀，带转马来，连人连马，又是一跳跳起来，跳在圈儿外面，却才掣过那一百五十斤重的任君镋来，手里舞得就是游龙出洞，飞雁投湖。西海蛟猛空里看见，吃了一惊，心里想道：“今番却错上了坟也！这等的一个毛人，倒用着这许大的兵器，怎么敢小觑于他。”自古道：“天君泰然，百体从令。”西海蛟心上吃了慌，手里就有些作怪，分明是抖擞精神，和金天雷厮杀，不知怎么样儿，一梁打将一下来，金天雷这里就是一镋挑将上去，可可的方天梁撞在任君镋上。那镋就是锋刺一般。这莫非是西海蛟该是命短，金天雷该是成功？只听得叮当一声响，把个方天梁就铲做了两段。西海蛟已自是心上吃慌的人，又断了这个方天梁，花子死了蛇——没有甚么弄的了。怕他甚么人不着吓罢，吓得只是魂不附体，魄不归身，坐在马上头轻脚重的。金天雷又巧，把个任君镋照他脑背后幌他一幌。他连忙的扭转头来，把个半段方天梁还去一架。刚才扭转头来，那边下壳子上已是一镋，把个斗大的头，扑的一声响铲将下来。番兵们去了头目，哪敢向前，只是四下里逃生奔命。金天雷一片镋，不知断了多少人的头，直杀得不见了人，却才拿了斗大的头来见元帅。

二位元帅大喜。天师、国师都来贺功，国师道：“贫僧的恭喜可是真么？”老爷道：“多谢国师指教。但不知国师是何高见？”国师道：“贫僧没有甚么高见，只说西海蛟怎么是个金天雷的对手，你把这个名字去想就是。”老爷道：“国师之言有理。西方也属金，海在下，天在上。海里的蛟，怎么敢敌天上的雷，只是一死而已。国师之言，何等有理！但不知天师也说道今日的功劳，应金将军身上，是何高见。”天师道：“贫道以数观之，得个金木相刑之数。金将军是金角木蛟，西海蛟却不是木？故此贫道晓得功劳在他身上。”老爷道：“天师之言有理。但不知王老先生你也说是今日之功，成在金将军手里，先生是何高见？”王爷道：“学生以理揆之，怎么的理？西海蛟连日得胜，已自是志骄气盈，眼底没有人了。再加上金将军人物矮小，不起堆垛，他必然藐视于他，欺他是个矮子。自古道：‘兵骄者败，欺敌者亡。’以此理揆之，学生就知道今日之功，成在金将军手里。”老爷道：“三公之见，妙哉！妙哉！王老先生是一个理，天师老先生是一个数，国师老爷兼理兼数。诸公不言，言必有中。”即时吩咐纪录司纪功；吩咐军政司摆宴，大宴庆功。正是：

三十羽林将，出身常事边。
春风吹浅草，猎骑何翩翩。
插羽面相顾，鸣弓上新弦。
射麋入深谷，饮马投荒泉。
马上共饮酒，野中聊割鲜。
相看拚醉饮，从此勒燕然。

筵宴已毕，元帅又吩咐取过银牌彩缎来，赏赐金天雷。手下将佐，各各有差。又吩咐取过西海蛟斗大的头来，竖一条高竿于接天关外，把他的头悬在高竿之上，号令诸番，迟降者以此头为例。

却说金眼国国王听见西海蛟砍了首级，不觉放声大哭，哭得好不痛苦也，说道：“西海蛟乃是我国中的擎天白玉柱，跨海紫金梁。今日一旦丧于南人之手，再有何人能扶助我的江山，能撑持我的社稷？”说了又哭，哭了又说。

说犹未了，只见把关的番兵飞跑而来，报说道：“南朝人到我们的关外竖一根高竿，高竿之上悬挂着西总兵的首级。首级上插着一面红旗，红旗上写着‘迟降者以此为例’七个大字，号令关中，出言无状。”国王又听知这一场报，越发哭哭啼啼，哭一个不了，啼一个不休。盘龙三太子说道：“西总兵为国亡身，今被悬竿之惨。孩儿无以报他，情愿统领一枝人马，开关截战，枭取那个矮狗奴之头，也把他来悬在关上，才了得个冤报冤之事。”国王道：“孩儿差矣！我兵新丧主帅，人无战心。况兼他那里出阵之时，未必就是那矮子，怎么就能够冤报冤么？”三太子道：“既不能冤报冤来，我且领枝人马冲下关去，夺回西总兵之头，葬之以礼。这也不失以德报德之道。"国王道："孩儿也未可造次。南人诡计极多，他既是要号令我国中，岂可不设兵守御。或者以此为饵，四路里埋伏军马，未可知也。难道就是以德报德？"三太子道："既不能冤报冤，又不能德报德，教孩儿这一点心怎么能够表白？"国王道："我也想来，这如今没有别法，只得备办三牲礼物，到关上对着他的头祭他一番，聊表我们一念之诚罢了。"三太子说道："父王之言有理。"即时备下三牲，陈设供案，遥对着西总兵的头大祭一番。奠三杯酒，焚几炷香，读一篇祝文。文曰：

维某年某月，金眼国国王莫古末伊失谨以庶羞之仪，致祭于总兵官西海蛟而言曰：呜呼！维我有国，维将军赫。衽兹戈兵，奋彼羽翮。有锋斯摧，无梗不馘。余方寄之干城，而胡罹藁竿之厄。虽然将军之头可断，将军之心不可割；将军之头可悬，将军之志不可摘。呜呼！生抱豹韬，死裹马革。悠悠彼苍，将军何忒！呜呼哀哉！伏惟尚飨。

祭毕，一个国王，一个三太子，抱头而哭。哭声未绝，只见祭桌上一只鹅平白地跳将起来，叫了一会，却说道："太子哥，太子哥，前行还主折人多，赔了一壶酒，还要赔着一只鹅。"国王、太子都吃了一惊。国王道："这莫非是西总兵有灵，来告诉我们的祸福？我儿，只怕前向凶多吉少。不如趁着此时，献上一封降书降表，也免得举国生民涂炭。你意下何如？"这几句话儿，分明说得有理，哪晓得三太子是血气方刚之人，知进而不知退，即时大怒，说道："父王差矣！岂可因这些小妖谶，误我军国大事。"道犹未了，一手扯过鹅来，一手提起剑来，把个鹅一挥两段，高叫道："凡我臣子有不尽心报国者，罪与此鹅同！"太子这一发怒之时，左右们无不凛凛。国王心下十分不悦。当有一个驸马将军，名字叫做哈里虎，看见国王不悦，跪上前去，禀说道："胜败兵家之常，虽然折了西总兵，幸有三太子在这里。三太子英雄盖世，韬略无双。莫说一个西总兵，就当得十个西总兵。莫说一个南将，就当得百个南将。既是太子尽心为国，小臣辈何敢贪生！凡有差遣，愿效犬马之报。"

国王听见驸马将军这一席劝解，心上才有些欢喜，说道："非我志馁，肯服输于人，只怕画虎不成反类狗也，故此莫若早些回头罢！"三太子说道："父王宽心！不是孩儿空口所言，孩儿有个退兵良策，哪怕他百万南兵，也不在孩儿心上。"番王道："是个甚么良策？你说来我听。"三太子道："南朝既斩了西总兵，料定了我国中再没有个能者，防备之心渐渐的懈怠；况且他的宝船停泊在我内港，水路曲折，他岂能尽知。我若还是陆路上厮杀，胜败尚未可必。孩儿今夜拨出海鳅船五百只，顺风直下，装载火箭、火枪、火药之类，趁他在睡梦中间，放起火来，烧他几百号，且惊他一惊。这叫做'攻其无备，出其不意'，孙武子最上兵法，岂不为美！却又再调驸马哈里虎，领一队人马，陆路上截杀他一番，教他背腹受敌，支持不来，活捉他的将官，生擒了他的主帅。到家之时，割下他的头，也挂在竿子上，却不替西总兵报了这个仇。岂不双美！父王，你说此计何如？"番王说道："此计也还通得。"哈里虎道："太子妙算，真有鬼神不测之机。我王社稷安于泰山，何虑南朝人马。"番王道："既如此，你们依计而行。只是不可轻易，不要贻我以后忧就是了。"

盘龙三太子别了番王，自行其计。坐上牛皮番帐，点齐五百只海鳅船，精选一千余人会水的兵卒，另选四员水军头目做个副将。一更上了海鳅船，军士都坐在舱底上，寂寂无声。恰好的这一夜月白风清，波恬浪静，海鳅船五百只，顺着那一股流水放将出来，看看的将近宝船，大约还有一二里之远，三太子传下将令，把这些大小海鳅船，一齐湾住，着两只巡哨的小鳅，轻轻的前去打探。一会儿，打探的回来说道："南船上人人都在做梦，个个都在打呼，只有一只船上有些灯亮。"这灯亮不知是谁？原来是官封引化真人张天师。天师怎么还有灯在？却说天师坐在朝天宫里，心里似梦非梦，眼儿欲开未开。

只见一个穿红的走到面前来，打一个恭。天师睁天眼来，问说道："你是哪个？"其人也不作声，也不见在哪里去了。天师醒过来，心上有些疑惑，说道："今日值日天神却是龙虎玄坛赵元帅。怎么有个穿红的过我面前？"道犹未了，国师差下一个人，送了一幅小启儿。天师拆开读之，上面只有十个字，那十个字说道：“夜半一场灾，天师仔细猜。”

天师看见这十个字，心上老大的明白，说道：“‘灾’字是个川下火。我适来看见穿红的走下过，却不也是个火料。想是今夜有个甚么火灾？国师只来告诉我，是教我准备的意思。他不曾去告诉元帅，我也不消去告诉元帅。”

即时间叫上一声：“值日神将何在？”只见一个龙虎玄坛赵元帅，就在阶下打恭，天师道：“今日是你值日么？”赵元帅道：“是小神值日。”天师道：“我们宝船上，今夜该主些甚么灾悔？”赵元帅道：“今夜子时三刻，荧惑流光，直射武曲。多般有些火灾。”天师道：“有我贫道在这里，怎么做得这个勾当？”赵元帅道：“但凭天师吩咐，小神敢不竭力。”天师道：“你与我叫过风伯、雨师来，我自有个话儿吩咐他。”赵元帅应声而去。

一会儿，四个神道一字儿跪着磕头，禀说道：“适承天师老爷呼唤，有何使令？”天师道：“你们都是甚么神祇？”其神道：“小神们都是司风的风伯。”天师道：“怎么有四个？”其神道：“一个是三月鸟风，一个是五月麦风，一个是七八月檐风，一个是十二月酒风。”天师笑起来，问说道：“那三个叫做信风，我已知道了。这个怎么叫做酒风？”其神道：“十二月天冷，饮酒挡寒，多饮了几盏，就有些发风，故此叫做十二月酒风。”天师道：“这个发酒风的，算不得个人数。也罢，你们今夜都在这里伺候，有功之日，明书上请。”道犹未了，又有四个神道一字儿跪着磕个头，禀说道：“适承天师老爷呼唤，不知有何使令？”天师道：“你们是甚么神祇？”其神道：“小神们是行雨的雨师。”天师道：“怎么也是四个？”其神道：“小神按东西南北四方，故此也是四个。”天师道：“你们既是个雨师，怎么这等衣冠不正，言语侏儺？”雨师道：“天师在上，还有所不知。这如今世变江河，愈趋愈下，假饶孔夫子也有些衣冠不正，也有些言语侏儺。”天师道：“怎见得？”雨师道：“褒裘长短，这岂不是衣冠不正？夫子之言不可闻，这岂不是语言侏儺？”天师道：“这都是解释之辞。也罢，你们今夜在这里伺候，有功之日，明书上请。”风伯、雨师一齐禀道：“小神们今夜在这里伺候，天师有何令旨？”天师道：“今夜子时三刻，我们船上主有火灾。听令牌响为号，令牌一响，你们即时要来：风刮开去，雨要淋下来。不许迟延误事，违者治以罪。”风伯、雨师应声而起。

毕意不知这夜半之时，有个甚么火灾？风伯、雨师有个甚么显应？且听下回分解。

第64回　王良鞭打三太子　水寨生擒哈秘赤

诗曰：

阴风猎猎满旌竿，白草飕飕剑戟攒。
九姓羌胡随汉节，六州番落从戎鞍。
霜中入塞雕弓响，月下翻营玉帐寒。
今日路旁谁不指？穰苴门户惯登坛。

却说三太子听见南船上人人都在做梦，个个都在打呼，心上大喜，说道：“此天意所在，令吾成此大功也！”吩咐放开船去。番兵们得令，一拥而开。看看至近，一声牛角喇叭响，一齐火箭，一齐火枪，一齐火药，都照着南船上放去。只见放去的火便红，南船再不见烧着。三太子心上有些疑惑，说道：“怎么南朝来的船，不是木料造成？既是木料造成，有个不惹火的？”吩咐把些火具，尽数放将出来，果然是火势连天，照得海面上通红，如同白日。三太子道：“今番多管是烧着他了。”

哪晓得天师坐在朝元阁上，披发仗剑，踏罡步斗。初然间火小时还不至紧，到后来火势连天，通明上下，他就狠起来，敲一下令牌，喝声道：“风伯何在？”果然的一阵狂风刮将开去，把些火反烧到海鳅船上。天师又敲下令牌，喝声道："雨师何在？"果然的一阵骤雨淋将下来，把些火都扑死了。三太子看见这个风、这个雨，急得只是顿足捶胸，说道："哎哎！这个风，敢是南朝带来的风么？我西洋海上，哪里去寻这等乖乖的风？这个雨，敢是南朝带来的雨么？我西洋海上，哪里去寻这等乖乖的雨？"没奈何，只得收拾海鳅船回去。回去打一查，却原来火烧坏了七只，浪打坏了八只。三太子反吃一惊，说道："反把自家的船倒烧得七打八哩。"这叫做：周瑜妙算高天下，赔了夫人又折兵。

却说宝船上夜半三更，都在睡梦之中，只听得一片吆喝，一阵火起，都吃了一吓。五营大都督在岸上传起更来，准备着步战，四哨副都督在船上传起更来，准备着水战。一会儿火发，一会儿狠起来。一会儿烧天烧地，照海通红。都也吓得心惊胆颤，无计可施，也只说是宝船有些堆保。哪晓得猛空里一阵狂风，又一阵骤雨，把个火轻轻的扑死了，全不见半星。满船上军人哪个不说道："屋下有天。"哪个不说道："船上有天。"到了明日一早上，二位元帅升帐，会集大小将官。天师、国师都来相见。老爷迎着，说道："夜来吃惊，二位老师可曾知道？"国师道："贫僧从昨日早上吃惊起，惊到如今。"天师道："贫道吃了一夜惊，到如今才住了。"老爷道："怎么二位老师都先吃惊起？"国师却把昨日里送帖儿的话，告诉一遍。天师却把夜来书符遣将的事，告诉一遍。二位无帅大惊，请上天师、国师，一连唱上两个喏，说道："多谢二位老师作主。不然，连老夫都成灰烬之末。"国师道："一言之微，何足称谢？"天师道："职分当为，不敢劳谢。"元帅道："似此番奴，将来还有不测之变。"国师道："紧防备着他就是。"元帅道："承教有理。"即时传令五营大都督，旱寨里早晚间着意提防；传令四哨副都督，水寨里早晚间着意提防；又传令着两员水军头目：左巡哨百户刘英、右巡哨百户张盖，领哨船五十只，先行便宜哨探，凡遇紧急军务，许星飞驰报，毋违；又传令着南京江淮卫把总梁臣，济川卫把总姚天锡，各领战船一百五十只，各领水兵一百五十名，进口二十里之地，安扎水寨，为犄角之势，以防三太子水攻；又传令着右先锋刘荫、应袭王良，领精兵三千，攻打接天关，限期取胜；又传令着狼牙棒张柏，领精兵三千，前后策应。诸将得令，各自分头去讫。

却说三太子乘兴而来，没兴而返。哈里虎接着，说道：“贤太子一场大功，怎么遭在这个风雨手里？”三太子说道：“正是我们自己倒罢了，只是父王有些不快。”哈里虎道：“既是国王不快，我和你说起就是。”去见国王，国王道：“夜来功展何如？”三太子道：“孩儿之计非不善，争奈那金长老、张真人神通广大，致令半途而废。”番王道：“寡人心上老大的耽烦耽恼。怎么耽烦耽恼？南兵本等强梁无对，况兼深入我的藩篱，怎么得他退去。若再加那个长老、真人撮弄术法，到底是个毛巴子。”哈里虎奏道：“大王休忧！太子武艺不在南将之下，夜来一阵，虽不曾烧得南船，其实南船上的人都已心惊胆颤。小臣不才，愿与太子同心戮力，杀退此贼，保全社稷。伏乞大王宽心！”国王起身，以手摩其背，说道：“贤卿乃我国家亲臣，好与吾儿协力同心，共扶社稷。子子孙孙，同享富贵勿替。”哈里虎说道：“王臣蹇蹇，匪躬之故，小臣怎敢偷安？”

道犹未了，报事的小番报说道：“南船上差下了两员大将，统领着无万的雄兵，把个接天关围得铁桶相似。有此军情，特来报上。”三太子听知道接天关被围，翻身而起，哈里虎说道：“不劳贤太子亲征，容末将提兵下关去罢。”三太子道：“单丝不线，孤掌不鸣，我和你两个同去。”国王放心不下，再三叮嘱，说道：“凡事小心，不可轻敌。”

道犹未了，又有一个报事的小番报说道：“接天关东水门外，有无数的战船，百般攻打，水门上没人把守，恐有疏失，特来报知。”国王听见这一报，吓得抖衣而战，肝胆俱碎，说道：“南兵水陆并进，却怎么处治？”三太子道：“父王一国之主，不可遇事惊慌。你一个惊慌不至紧，恐惊动了国中百姓，人心摇动，士无斗志，将以国与敌乎？”国王道：“非是寡人惊慌，怎奈敌兵压境，须得个备御之方。”三太子道：“孩儿自有良策。”国王道：“是个甚么良策？”三太子道：“譬如医者，缓则治其本，急则治其标。这如今水门上的南兵，势分而迟，缓之可也；关下的南兵，势合而锐，缓之则有失。”国王道：“兵势固是如此，吾儿怎么处分？”三太子道：“孩儿自有处分。水门上可令水军酋长哈秘赤、副总管沙漠咖两个人，各领海船一百只，把守水门，坚壁不出。南兵师老自毙，此以逸待劳之策也。南兵纵然生出翅来，飞不进我们的水关里面。”国王道：“关外何如？”三太子道：“关外南兵，须则是孩儿和驸马亲自与他决战。仗父王的洪福，凭孩儿的本领，或是生擒他两员，或是杀死他两员。那时节乘得胜之威，席卷长驱，势如破竹。虽水门上诸将，可一鼓而擒也。”道犹未了，一手抽出一根令箭来，一撇两段，说道：“孩儿此行，若输了半分锐气，誓不为人，罪与此箭同科！”番王看见三太子英风凛凛，杀气腾腾，又且调兵遣将，条条井井，心上大悦，说道：“孩儿，你自去罢，凡事小心就是。”哈秘赤、沙漠咖各领了水兵船只，把守水门，坚壁不出。

盘龙三太子同哈驸马开了关门，把些番兵一字儿摆开，飞马出阵。只见南阵上三通鼓响，拥出一个右先锋来，长丈身，大胳膊，回子鼻，铜铃眼，骑一匹五明千里马，使一杆绣凤雁翎刀。这等一个将军，三太子看见，心上也要喝几声彩，高叫道：“来者何人？”右先锋说道：“吾乃大明国钦差征西右先锋威武大将军刘荫的便是。你是何人？”三太子嗄嗄的大笑，说道：“吾乃金眼国国王驾下嫡嫡亲亲的盘龙三太子是也。你在我国中一个多月，岂不曾闻着我的大名么？”刘先锋大怒，骂说道：“小番奴！焉敢戏弄于我。你是个甚么三太子？敢在我大人长者之前，摇唇鼓舌，笑而无礼！”举起刀来，就是杨柳花飞，一路滚将过去。三太子不慌不忙，摇动了合扇双刀，紧来紧架，慢来慢架。两个人一冲一撞，一高一低，正然杀做在好处。只见南阵上三通鼓响，斜曳里闪出一员大将来，骑一匹流金孤马，使一杆丈八长枪，原来是应袭公子王良，高叫道：“小狗奴！你敢在这里无礼么？”一枪就到。三太子提起刀来，好生一招。又是三个人一来一往，一上一下。

原来刘先锋、王应袭俱有万夫不当之勇，况兼又是两个人成了双，作了对，有照管，有互换，放心大胆，拿定要捉那个番官。盘龙三太子虽是有些武艺，有些胆略，到底是一不敌两，心上始终有些惧怯，杀来杀去，不觉的闪了一个空。刘先锋趁着这个空，一刀就进，三太子还是溜煞，急忙里扑将过来。饶他扑将过来，早已一刀劈开了个马膊子。王应袭看见劈开了三太子的马，三太子换马，他就跑向前去一鞭，这一鞭正中着三太子左膊上，打得个三太子昏天黑地，不辨东西；那一面唐猊铠甲，粉碎如泥。还喜得是三重细甲，不曾打得十分的穿。三太子一则是坏了马，二则是带了伤，拨转马望本阵而逃。刘先锋和王应袭就是金鹰搏兔，螳螂捕蝉，哪里就肯甘休，一直赶到关下。三太子吃了这一番好赶，也在慌处，心里想道："到了关边，且待我拿出火箭来，奉承他几箭。"一手摸箭，箭摸一个空；一手摸弓，弓摸一个空。原来换马之时，俱已掉将去了。左一个空，右一个空，把个三太子急得只是暴跳如雷。怎么就急得暴跳如雷？欲待跑进关去，又折了威风；欲待回来厮杀，却又跑得气喘，终是不得赢人。

正在急得暴跳，恰好关里面一声牛角喇叭响，闪出驸马将军哈里虎来。三太子心慌意乱，没有了主张，哈里虎却是醒醒白白的，晓得势头不善，高叫道："贤太子快进关来！"三太子还不动，哈里虎说道："你真待要做个针儿把线引么？"三太子却才明白，把马一夹，跑进关里面，紧紧的闭上关门。王应袭说道："那个番奴早来了一脚，迟些儿，我们抢了这个关哩！"刘先锋道："但得小胜，便自足矣！明日再来，未为晚也。"到了明日，刘先锋说道："为将之道，斗智不斗力，今番须要把个智去胜他。"王应袭说道："但凭先锋见教就是。"刘先锋说道："我学生先去出阵，你且扮做个小卒，杂在队伍之中。直待杀到兴头上，你却暗地里补上他一箭，教他照管不及，应弦而倒。"王应袭大喜，说道："先生之计，正中之奇。妙哉！妙哉！请先行罢。"刘先锋挽刀上马，领了一枝精兵，三通鼓响，列成阵势，只待三太子出来，施其妙计。

原来三太子跑进关里面，哈里虎道："你今日怎么不拿出箭来也？"三太子说道："因为砍坏了马，换马之时，仓皇急迫，不知怎么把个弓箭掉将去了。"哈里虎说道："我有一计，不知太子意下何如？"三太子道："有何妙计？请教一番。"哈里虎说道："贤太子，你的火箭百发百中。但只是对面拈弓，那人得以躲闪。以我的愚见，兵不厌诈，明日出阵之时，我学生出身厮杀，贤太子扮做个小番，就站在我学生马头之下，便中就放他一箭。一个人只消一箭，却不一箭成功？贤太子，你意下何如？"三太子大喜，说道："有此妙计，天使我们成功。"到了明日，把关的小番来报说道："南将又来打关。"哈里虎飞身上马，开了关门，一拥而下，把些番卒也一字摆开。刘先锋喝声道："哇！你是甚么人，敢来出阵？"哈里虎说道："吾乃金眼国国王驾下驸马大将军哈里虎的便是。你焉敢小觑于人！你说我这个八面金楞简打不死你么？"刘先锋说道："好大毛人，敢开大口、讲大话。你回去问昨日的番狗奴讨一个信，再来也未迟哩！"哈里虎说道："口说无凭，做出来便见。"道犹未了，拿着那个八面金楞简，舞将起来，就如白蟒缠身，乌龙献爪。刘先锋看见这个番将也有些厉害，抖擞精神，举刀相杀，杀做一块，砍做一堆。王应袭心里想道："杀人先下手，先下手为强，后下手遭殃。此时不射，更待何时！"悄悄的拈起弓来，搭满了箭，看得真，去得准，扑通的一箭。这一箭不至紧，早早正中在哈里虎的左眼上，把个左眼珠儿一穿，穿得铁紧。却说三太子杂在哈里虎的马头之下，看见南阵上射了哈里虎一箭，连忙取出弓来，搭上火箭，正照着那个放箭的还他一箭，可可的中在王应袭的束发冠上。王应袭的头顶上，即时间腾腾火焰，烧将起来。

却说哈里虎被射了眼珠儿，一手拔出个箭头，连眼珠儿都带将出来。哈里虎说道："两只眼本是多一只，去了他也罢。"提起来，照着草地上一掼，不知掼在哪里去了。王应袭的头上火烧起来。刘先锋连声高叫道："王公子，王公子，火烧了头，火烧了头！"王应袭一时间也无计可施，把马一夹，跑在百步之外，就是一条长流河。王应袭就在马上，翻一个筋斗，一翻翻在长流河里。自古道："火来水救。"一个人翻在水里，尚有火会烧人么？两家子一个带了箭伤，一个带了火伤，各自收兵回阵。

却说三太子回到关上，眉头不展，脸带忧容。哈里虎说道："我学生眇了一目，尚不忧烦。贤太子，你为何眉头不展，脸带忧容？"太子道："只因卑末不才，致令驸马坏了一只眼，又致令我父王添了一场愁。"哈里虎说道："我学生之目，何足挂齿！只是父王之忧，须要与他一个宽解。"三太子道："这忧愁怎么与他宽解得？"哈里虎说道："也有一个道理。"三太子道："是个甚么道理？"哈里虎道："胜败兵家之常。我和你须要反败为胜。怎么反败为胜？南兵今日射出了我的眼珠儿，似觉得胜，旱寨里不免洋洋得志，一场大欢喜。这个喜信传到水寨里，水寨里面岂复提防。这如今，我和你守着这关，传出将令去，着水军酋长哈秘赤，副总管沙漠咖，各领战船，各带水兵，开了水门，一齐杀将出去。攻其无备，出其不意，岂有个不赢之理？这不是反败为胜么？”三太子说道：“妙哉！妙哉！”即时传令水军酋长如此如此。

到了明日，哈秘赤、沙漠咖领了水兵，驾了战船，一声牛角喇叭响，大开水门，一拥而出，把个战船一字儿摆开，如长蛇之状。哈秘赤站在船头上，高叫道：“南朝那个蛮子，敢来挡我的手么？”他只说南船上不作准备。哪晓得早有个巡哨百户刘英，又有个巡哨百户张盖，两下里飞报回来，报说道：“番船出关，一字儿摆着。番官声声讨战，出言无状。”姚、梁两个把总，不敢怠慢，即时传下将令，摆开船只，点齐水兵。梁臣道：“今日之事，番兵惯习水战，不可易视于他。”姚天锡道：“以我学生观之，番兵未必惯习水战。”梁臣道：“怎见得他不是惯习？”姚天锡道：“他把个战船一字儿摆开，首尾相远，不能相救，以此观之，见得他不是个惯习。”梁臣道：“长蛇之阵，自古有之，焉得说他的不好。只是我和你要个破他之法。怎么个破他之法？他的船分得有个头尾，我和你也要分开来。你领你的船，你领你的兵，攻他的头。我领我的船，我领我的兵，攻他的尾。教他头不能顾尾，尾不能顾头。却传令两个巡哨百户，领一枝精兵，冲断他的腰。一条蛇三下里被伤，岂有再活之理！这却不是个破敌之法么？”姚天锡道：“将军高见。这番狗奴在吾目中矣！”即时传令两个巡哨官，即时传令开船。一个连天炮，三通画鼓，南船上一齐出去。梁臣领了一百五十只战船，五百名水兵，直杀到他的头上。姚天锡领了一百五十只战船，五百名水兵，一直截住他的尾巴处。更不打话，一任的厮杀。你杀我这里一枪，我杀你那里一枪。你砍我这里一刀，我砍你那里一刀。你挺我这里一棍，我挺你那里一棍。你飞我这里一锤，我飞你那里一锤。两家的船，不动如山；两家的兵卒，飞跑如马。

杀得正在兴头上，只见巡哨的百户刘英，原是个多谋足智之人，坐在哨船上，猛可里心生一计。即时放开这二十五只哨船，泊在空阔去处，叫过船上那一班会水的军人，一叫就叫出二百五十多名来。吩咐他一人名下要芦柴两束，或是乱茅两束。一会儿，一齐交卸。又吩咐他一人两束芦柴，或是两束乱茅，都要暗暗的安在番船舵上。一会儿，一齐安上。安上了这些草把儿，连水军也不省得做甚么，那些番船哪里晓得舵上安了东西？

刘英吩咐放起号炮来。一声炮响，闪出二十五只战船，就拦腰一划。这一划不是刀，又不是枪，又不是耙，又不是棍，都是些火箭、火铳、火炮之类。响声未绝，又是一声炮响，早又闪出二十五只战船来，拦腰又是一划。这一划又都是些火箭、火铳、火炮之类。梁把总看见中间火起，即时传令，也是火箭、火铳、火炮，一齐冲去。姚把总看见头上火起，即时传令，也是火箭、火铳、火炮一齐冲去。三四下里，都是南船。南船来往如飞。

那番船禁不过这许多火器攻打，也要走动，把个舵东一推，东不动；把个舵西一推，西也不动。舵工一荡子跌起脚来，口里连叫道："苦也！苦也！"哈秘赤看见个番船不动，急了起来，一刀一个舵工，两刀就是两个舵工。到了三个舵工身上，吆喝道："可怜见，枉刀杀人哩！"哈秘赤说道："怎么枉刀杀人？"舵工道："争奈这各船上的舵，平白地都推不动，非干小人之事。"哈秘赤自己走过去推一推，果然不动。哎上一声，说道："这必是那个和尚、道士下了魇符，魇住我的船只。"哪里晓得都是刘百户把个草把塞住了舵眼，故此推不动，捱不移。转身出来，正要挺枪厮杀，只见南船渐渐的挨将近去。

百户刘英也驾一只小船近去，离番船大约还有一丈多远。刘百户拖一杆枪，狠地起来，双脚一跳，竟跳到番船之上。哈秘赤看见不是个对头，走下船舱里面，意思要躲。早被刘百户一枪，戳中了左腿，跌翻在船板上。姚、梁两个把总看见刘百户抢了头功，两下里都拥到番船上，把个哈秘赤活活的捉将来了。沙漠咖看见哈秘赤被擒，却就荡了主意。怎么荡了主意？欲待厮杀，势力不加；欲待回船，舵又推不动。慌了张，一毂碌跳到水里去。姚把总走向前，喝声道："番狗奴哪里走！"举起刀来，一挥两段。可怜沙漠咖死在钢刀之下，上一截还在船上，下一截掉在水里，远葬鲨鱼之腹。两个番将一个生擒，一个砍死。其余的番兵怎么再抵挡得住，捉的捉住，杀的杀死。只有些惯水的熟番窜下水去，望岸上而跑。这一阵活捉一个将官，杀死一个将官，获到三百只海鳅船。其余杀死的不可胜计，生擒的也不可胜计。这一阵算做一场大功。

却说张百户拦腰一划，又去水门上巡哨番船，怕有里面策应。巡哨回来，听见刘百户成了大功，叹了两口气，说道：“我和刘某都是一般的官，一般的巡哨。他今日建了如此大功，我无尺寸劳绩，怎么去见二位元帅老爷？”即时统领了那二百五十名军士，埋伏草坡底下，但有水里走上岸的残兵败卒，一手一个，两手一双，逐个的拿将来，解上帅府。

却说梁把总解上哈秘赤来，姚把总提了沙漠咖头来，刘百户解上许多活捉的番兵来，张百户解上许多残兵败卒来，各各献功。二位元帅大喜，叙功行赏，以刘百户塞舵眼功纪在第一，其余的颁赏有差。赏赐已毕，元帅吩咐推下哈秘赤去枭首上来。一会儿推人下去，一会儿献上头来。元帅吩咐把这两个番将的首级，又竖起两根竿子来，又挂在两根竿子上，关外悬起头，号令关上说道：“凡有愚顽抗拒者，罪与此同。”号令已毕，元帅又吩咐把这些番兵尽行枭首。

王爷道：“学生有一言相禀。”老爷道：“有何见教？愿闻。”王爷道：“番兵蠢若犬羊，杀之诚不足惜！但不降而战者，番王及三太子及哈里虎诸色人等。这些人上有所命，下不敢不从。杀之似觉无辜，其情可悯！不如放他回去，传语番王，教他早早归服。这却是体天地好生之仁也，足以表我中国莫大之量。老公公以为何如？”老爷听见这一席好话，把个头连点几点，说道：“王老先生之言是也！”即时叫过刀斧手来，解脱了这些番兵的绳索，叫他一个个的跪到帐下来，吩咐他说道，你等抗拒天兵，王法、军法俱不可赦。本当斩了你们的头，割了你们的颈，传示你们的国中。但念你们都是天地间生灵，我心有所不忍，故此今日特地饶了你们死罪，放你们回去。你们回去之时，传语番王，教他早来归顺。所说的传国玉玺，有则早早的献将出来，也见得他的功绩；没有也当早早的回上一封表章，岂可愚迷不省？若再愚迷不省，我明日攻破他的城池，教你寸草不留！那时悔之晚矣。又且你们家中各有父母，各有妻子，各人归去，各务各人的生理，不可仍前助纣为恶。我今番捉住你们，再没有个空放之理。你们可晓得么？”

这些番兵一则是得了性命，二则是元帅的语言恳切。你看他一个个的两泪双流，磕上二三十个头，都说道：“我等被掳之夫，自知必死。今日得蒙天星爷爷饶我们的性命，从今以后，天星爷爷是我们的再生父母，我们是天星爷爷留下的子子孙孙。我们今日回去之时，一定要把天星老爷的善言，一句句对我国王陈说。他若是早早来归，两家俱好，他若不听我们的言语，定要提兵遣将，和天星老爷撑对，我们宁可各人寻个自尽，再不敢反戈相向。只是无以报天星爷爷的活命之恩！”道犹未了，一齐儿又是哭将起来。元帅道：“你们不消哭罢，各人起去。”元帅又吩咐军政司人各赏他一餐酒食，与他压惊。各番兵一拥而去。

毕竟不知这些番兵传语国王不曾？又不知国王果真肯来归顺不曾？且听下回分解。

第65回　三太子带箭回营　唐状元单枪出阵

诗曰：

闻道西夷事战征，江山草木望中清。
城头鼓角何时寂？野外旌旗逐队明。
号令旦严驱豹虎，声威夜到泣鲵鲸。
须知功绩非容易，元帅胸中富甲兵。

却说三太子和哈驸马把关门闭上，同见国王。国王道：“今日水军头目出阵，未知胜负何如？”三太子道：“哈、沙两个将军原是谙练水战之人，手到功成，不消父王忧虑。”哈里虎道：“贤太子有知人之明，哈、沙二位将军有料敌之智。今日的功成不小，我王眼观旌旗捷，耳听好消息就是。”道犹未了，报事的小番慌慌张张走到面前来。哈里虎接着，说道：“你们来报水军的捷么？”三太子道：“船上拿住南朝那个将官么？”小番道：“若论捷音，却在南军船上。若论拿着将官，都在我们船上。”国王道：“似此说来，倒不是我们杀输了？”小番道：“不好说得。哈秘赤是一索，沙漠咖是一刀。三千名水兵只一空，五百只海鳅船得一看。”

番王听见，吃了一惊，说道：“谙练水战之人，就谙练到这个地位，有料敌之智的人，就料敌到这个地位！”只消这两句话，把个三太子和哈驸马都撑得哑口无言，老大的没趣。小番道：“今日一败涂地，非干二位将军之事。若论将军和他厮杀，未必便输于他。争奈我们的海鳅船再撑不动，就像钉钉住了一般。南船在水面上来往如飞，我们的船分明要和他抵敌，只是一个撑不动，就无法可施。可怜哈将军先吃一枪，其后来活活的被他捉将去了。沙将军奔下海里，就被一刀一挥两段。其余的水军，杀的杀死在船上，捉的捉将去了。又有一班打从水里奔上岸来的，却又一个将军拦在路上，一个个的捆着而去，不曾剩着半个儿。”国王道：“似此说来，我们的兵卒死无噍类了！”小番道：“却是没有半个脱空。”番王道：“那五百只海鳅船如今在哪里？”小番道：“却是南人驾将去了。”番王顿几下脚，捶几下胸，说道：“谁想今日人财两空。”

道犹未了，只见一伙番兵披头散发，跪在阶下。番王认得是昨日的水军，连忙问道：“你们可是水军么？”众人道：“小的们是水军。”番王道：“你们既是水军，昨日都死在南人之手，怎么今日又得生还？”众人道：“小的们都是生擒过去的，擒到他船上，见了元帅，元帅吩咐尽行处斩，以警后来。有个姓王的老爷说道：小的们都是无辜百姓，超豁小的们残生，又赏赐小的们酒食，教小的们多多拜上我王，说道：‘早早归降，免得军民涂炭。若只是执迷不省，往后城池一破，寸草不留，那时悔之晚矣！’”番王听见这一席好话，过了半晌，不曾开言，心上就有个归顺之意。

三太子站在番王身边，喝声道：“胡说！你这一干杀不尽的狗奴！昨日既不能奋勇争先，今日又不能身死国难，逃得一条狗命回来，罪该万死！还敢在这里摇唇鼓舌，替南人作说客耶！”番王道：“他们都说的是些直话，你怎么又归怨于他？”三太子道：“父王有所不知，这都是南人诡计。这一干人受他的贿赂而归，正叫做楚歌吹散八千兵之法。”番王道：“怎见得是个楚歌吹散八千兵？”三太子道：“南朝和我国中血战了这几阵，恨我们深入骨髓，岂肯相容？却又心生巧计，把一干杀不尽的狗奴做了麋子，甜言蜜语儿哄他，好酒好肴儿醮他，使他回来之时，都传说道南朝的元帅如此好哩。却不是使得我国人离心，士无斗志！这岂不是楚歌吹散八千兵之法么？"番王道："虽是如此，却也无计奈何。"三太子道："一不做，二不休，孩儿今番狠是下手他也。怎么狠是下手他？孩儿合同哈驸马领一枝精兵，日上和他陆战，夜来捣他水营，教他日夜里疲劳。安身不住，只得退去。"

番王道："我闻得南兵从下西洋来，战无不胜，攻无不取，一连取服了一二十国，才到我们的国中。只因你不归顺他不至紧，折将损兵，此时懊悔已自无及了，你怎么还要去赢他？"三太子道："既是不和他厮杀，依父王之见还是何如？"番王道："我夜来反复思之，只有降他为便。"三太子道："只是这等唾手降他，岂不见笑于邻国？况兼他仇恨于我，岂肯放松了我们？父王，你还一时思想不及哩！"番王听见这一席话头，却又沉思了一会。怎么又要沉思一会？若说是见笑于邻国，心上也罢。只说是不放松了于他，他心上就有些惧怯，却就转口说道："既是孩儿坚执要去，我为父的也不好苦苦相阻。只是凡事都要小心，谨慎而行，不可轻易于他。切莫把南船上那一干人，当个等闲易敌之辈。"三太子应声道："父王之教是也。"即时同着哈驸马拜辞而起。

走出门外，三太子哈哈的大笑了三五声。哈驸马道："贤太子，你笑些甚么哩？"三太子道："我笑我父王枉做一国之主，把南船上这几个毛兵毛将，看得天上有、地下无，大惊小怪，朝夕不宁！我今番出阵，不是我夸口所言，若不生擒他几个，杀死他几个，我誓不为世上奇男子，人间烈丈夫。将军，你可助吾一臂主力，万死不敢相忘。"哈里虎说道："不才忝在戚畹，与国家休戚相关，愿效犬马之劳，万死无恨！"三太子大喜，即时高坐牛皮番帐，挑选两个水军头目，着他把守水门，教他牢牢的关上，任是杀，只一个不开门。水军头目领了将令而去，自家点了番兵一枝，开了接天关门，一直杀将下来。

这一杀下来，英风凛凛，杀气腾腾，只说道南朝将官不是他的对手。哪晓得冤家路窄，刚一下关之时，早已撞着一个征西游击将军刘天爵，领着一枝兵，横着一匹马，挺着一杆枪，看见三太子下来，喝声道："来者何人？早通名姓。"三太子狠声道："你这个蛮奴，岂可不认得我是三太子？”一双合扇刀飞舞而来。刘游击把马望东一带，露一个空。三太子来得凶，早已一马跑向前去，扑一个空。刘游击却挺起枪，斜曳里一戳。三太子大怒，骂说道：“蛮奴敢如此诡诈，闪我一个空。”刘游击心里想道：“此人匹夫之勇，不可与他争锋。且待我要他一要，教他进不得战，退不得宁。”三太子不晓得刘游击安排巧计，牢笼着他，一任的舞刀厮杀。杀得狠，让他一个空，杀得慢，又挺他一枪。一来一往，一冲一撞，不觉日已西斜。三太子急得只是暴跳，眉头一蹙，计上心来，说道：“天色已晚，岂可放松了他？”悄悄的取出张弓，搭上火箭，照头一箭过来。刘游击看见，笑了一笑，说道：“你这个番狗奴，我晓得你只是这一箭。你这个箭，敢在我面前卖弄么？”举起枪来，往东一拨，就拨在东边地上。把东边地上的草，烧一个精光。三太子说道：“你是甚么人，敢拨我的箭！”照头又是一箭过来。刘游击说道：“今番西边地上的草，合该烧着也。”举起枪来，往西一拨，就拨在西边地上。把西边地上的草，烧一个精光。三太子看见两箭落空，心上有些吃力，连忙的飞过第三箭来。刘游击也激得怒从心上起，一枪把枝箭打个倒栽葱，栽到三太子自家怀里去。三太子险些儿自烧自，只得手快，早撇过一边，才落得个干净。三太子不得手，没兴而返。

到了明日，又下关来，说道：“昨日的箭分明去得好，只是发迟了些，故此天晚未得成功。今日不管他是个甚么人，劈头就还他一箭。”恰好的又撞着征西游击大将军黄怀德。他果真的不管甚么高与低，劈头就是一箭。黄游击晓得他的箭有些厉害，连忙的扭转身子来闪他一空。闪他一空还不至紧，即时还他一箭。三太子只在算计射别人，却不曾算计别人射自己。哪里晓得这一箭，正中着他的左边肩头！你想一个肩头带了一枝箭，疼不疼？连这半边的身都是酸麻的。三太子没奈何，负痛而去。一连坐在牛皮帐里，坐了两三日不曾出关。

南船上这些将官，一日三会，每会都在说那个三太子有几枝火箭厉害，这两日肩上疼痛不曾出来。迟两日再来之时，着实要提防他。计议已定，各各提防。这也莫非南朝气数该赢？也莫非是三太子气数该败？果真的过了两三日，大开关门，当头拥出一员番将，凹头凸脑，血眼黄须，骑一匹卷毛狮子一般的马，使一口鬼头刀。三声鼍皮鼓，一声吆喝，横冲直撞而来。恰好的遇着征西游击大将军马如龙。

马如龙起头一看，原来不是个三太子，既不是个三太子，不免问他一声，看是哪个，喝声道：“来者何人？早通名姓。”哈里虎说道：“吾乃金眼国国王驾下附马将军哈里虎是也。你是何人？”马如龙道：“你这番狗奴，岂不认得我马爷是游击大将军么？你那甚么三太子哪里去了？”哈里虎说道：“士各有志，人各有能。你既是个游击将军，就我和你比个手罢，又管甚么三太子不三太子的？”马游击道：“你那三太子还有三分鬼画符，你这无名末将，也敢来和我比手哩！”哈里虎大怒，骂说道：“蛮贼，焉敢小觑于我！”举起刀来，劈头劈脸，就是雪片一般相似。马游击看见他来者不善，我这里答者有余，也是雪片的刀还他。你一刀，我一刀，正砍到个兴头上，南阵上三通鼓响，早已闪出一个游击都司胡应凤来。胡都司手里拿着一根三十六节的简公鞭，骤马而到，一团英勇，横冲直撞。马游击心里想道：“好汉不敌两，今番这个番奴要吃苦也。”道犹未了，南阵上三通鼓响，左壁厢又闪出一个中军左护卫郑堂来，一骑马，一杆方天戟，直奔着哈里虎，高叫道：“番狗奴哪里走！”道犹未了，南阵上三通鼓响，右壁厢闪出一个中军右护卫铁楞来，一骑马，一柄开山斧，直奔着哈里虎，高叫道：“番狗哪里走！”

四面八方都是南朝将官，把个哈里虎围住在垓心里面，一个个摩拳擦掌，要拿这个番官。哪晓得哈里虎吓得没处安身，一声牛角喇叭响，番阵上一连飞出三枝箭来，一枝箭正中着左护卫郑堂的盔，只见盔上一溜烟，把个缨毛都烧着；一枝箭正中着右护卫铁楞的甲，只见甲上一溜烟，把个扎袖儿都烧着;一枝箭正中着游击都司胡应凤的背,把个掩心镜儿都烧掉了。番阵上怎么有这等三枝厉害的箭？原来是三太子的诡计，教哈里虎当先出阵，使人一个不疑。三太子毛头毛脑杂在小番之中，暗地里放出这等三枝火箭来。南阵上却不曾提防于他，故此三个将官都着了他的手。

马游击看见三下里带伤，即时传令救火：盔上发火的除盔，甲上发火的卸甲，背上发火的解披挂。救灭了火，各自收拾回营。

元帅大怒，骂说道："亏你们还要做游击将军，孟孟浪浪中箭输阵而归，当以失机论，于律该斩。"军中无戏言，说个"斩"字不至紧，把两个游击、两个护卫就吓得头有斗大，默默无言。只有王爷说道："今日之事，三太子诡计。这些将官误中了他的诡计，其情可原，望元帅饶他这一次罢！"老爷道："怎么饶得他？自古道：'敌善射，则不可轻用其将。敌负勇，则不可轻用其卒。'故兵家设机于虚实之间，是以决胜。他们虚实也不辨，做个甚么将军！"王爷道："若论做将官的道理，他哪里晓得么？为将之道，一弛一张，或柔或刚，伸缩无迹，动静无方。他哪里知道？只说我和你，这如今去国有十万余里之外，杀之易，得之难。使功不如使过罢！"王爷说了这一席好话，三宝老爷还不放口，心上还有些记怀。

只见武状元唐英历阶而上，打一个恭，说道："末将唐英特来恳求二位元帅，姑恕他们这一遭罢！到了明日，容末将夫妇二人出马，擒此番贼，献于麾下，以赎前愆。"老爷道："那两个番贼，倒也不是容易擒得的。"唐英道："纵然擒他不住，也要挫折他一半锐气。"老爷道："赢他一阵，也洗了今日之羞，就算得过了。"唐英道："若不赢他，愿与今日诸将同罪。"老爷道："军中无戏言。唐状元，你须要斟酌。"唐英道："二位元帅在上，末将们怎敢戏言。"亏了唐状元这一番硬保，老爷却才开口道："恕他们这一遭。"又叮咛道："今后失机，再不姑恕。"各将谢罪而去。

到了明日，唐状元出马，同着黄凤仙。唐状元道："我昨日在元帅面前说硬了话，不知今日胜负何如？"黄凤仙道："'将在谋而不在勇，兵贵精而不贵多。'这两句话须要记在心上。"唐状元道："今日之谋却待怎么？"黄凤仙道："那三太子只是那几枝火箭有些厉害，莫若你与他厮杀，待我囤将过去，掏将他的过来，却不是好？"唐状元道："此计虽好，只是不见我们的手段。"黄凤仙道："你要怎么样儿才见手段？"唐状元道："明要他射过来，明要他射不着。他偏然射不着我，我偏然要射着他。这等样儿才见我们的手段！"黄凤仙道："此言有理。只是却要仔细一番。"唐状元道："谨记在心。他若还是哈驸马出阵，我和你把一个厮杀，把一个提防三太子火箭放来。他若是三太子自家出阵，我和你一面厮杀，一面提防他手里暗箭放来。”

计议已定，唐状元单枪出马，高叫道：“你那甚么三太子在哪里躲着？怎么不出来？”一连叫了两三回。只见关门开得一响，早已闪出一个番将下来。又是那个凹头凸脑、血眼黄须的哈里虎。唐状元道：“你这番狗奴，权且寄下了头，回去叫你那个甚么三太子来。”哈里虎大怒，说道：“三太子是你叫的。”一口鬼头刀，飞舞而来。唐状元号旗一展，喇叭吹上一长声，各兵即时转身，摆成三路。竹筒吹上第一声，第一路一齐鸟铳。这一齐鸟铳不至紧，烟只是飞，火只是爆，声气只是一片响，就像万马奔潮一般。哈里虎舞不上前，只得抽身而退。南阵上竹筒吹上第二声，第二路一齐火箭。这一齐火箭不至紧，风又顺，火又狠，粘着的就是一蓬烟。走得慢些儿，头都要焦，额都要烂。哈里虎没奈何，望关上只是一跑。南阵上竹筒吹上第三声，第三路一齐火炮。这一齐火炮却又不比前番的两般火器，你看他乌天黑地的烟，烧天烧地的火，轰天划动的声气，把些番兵都打得没个影儿。莫说是哈里虎再敢舞刀相向，只见他走进关里，紧闭上关门，任你是个甚么火炮打将去，他只是一个不开关。唐状元领了得胜之兵，鞭敲金镫响，人唱凯歌声，回复元帅，元帅大喜，纪功颁赏，却才免了前日那四个将军失机之罪。

却说哈里虎跑进关来，埋怨三太子，说道：“你今日怎么不放火箭？”三太子道：“自家身上火紧，怎么射得别人哩？”哈里虎说道：“你正好撇他开去。”三太子道：“撇不开去，反不惹火烧身？”哈里虎说道：“你既是这等怕火烧，怎得个赢手？”三太子道：“到了明日，待我自家当先出阵，劈头劈脑就射他家娘。”

到了明日，唐状元同着黄凤仙又来关下，摆成阵势。黄凤仙道：“今日决是三太子自家来也。”唐状元道：“怎见得？”黄凤仙道：“三太子为人是个一匹之夫，勇有余而智不足。他看见哈驸马输阵而归，他不知怎么样儿在那里跳叫，巴不得今日天明好来厮杀。以此观之，却见得是他自家出来。”唐状元道：“夫人之言有理。只一件来，今日饶他是自家出来，也要烧他一火，挫折他的锐气，教他不敢小视于我。”

道犹未了，关门一开，早已跑下一个三太子出来。唐状元看见他来，也不管三七念一，一声竹筒响，就是一齐鸟铳飞将过去。三太子一时躲闪不来，心上已自有些慌张。一会儿，又是一声竹筒响，又是一齐火箭飞将过去。三太子分明要放出箭来，先一个安身不住，怎么射得别人？没奈何，只得扭转身子，刚不曾扭得身子转，又是一声竹筒响，又是一齐火炮飞将过去。这火炮也和他作耍哩！挡着他的，一打一个对穿。三太子无计可施，急得只是暴跳。饶他暴跳，也躲在关里面去了，闭上关门，生怕有些疏失。

唐状元道："下不得无情意，杀不得有情人。"吩咐左右架起襄阳大炮来，照着关门上扑冬扑冬的，只听见一片响，一会儿，把个关打得粉碎。火又烧、烟又熏，三太子吓得只是尊口嗷然。番王看见，连声叫道："苦也！苦也！破了关，教我们到哪里去躲也？"哈里虎说道："怎么说得个'躲'字？"连忙叫过些小番，搬砖运水，火来水浇，砖来砖塞。一会儿，把个关门死死的堆塞起来，火也渐渐的浇灭了。

这一阵虽不曾进得关，却也打破了关门，番王吃了老大一吓，三太子老大受挫磨。番王道："我儿，鲁班虽巧，量力而行。你既杀不过他，不如早早的投降罢了！"三太子道："非是孩儿杀他不过。只因他火铳、火箭、火炮一齐的进将来，屈死了孩儿的英才，都不曾得展。"哈里虎说道："依我愚见，明日出马之时，两家子明明白白见个高低，他却就杀不过我们了。"三太子道："此言有理。待我先和他讲明白了，然后动手不迟。"到了明日，唐状元又同着黄凤仙领了一枝得胜之兵，先到关下，摆成了阵势。黄凤仙道："今日再烧他一火何如？"唐状元道："今日再烧他就没理了。我和你今日相见之时，却要拿出真正的本事来，要他一个心服。"道犹未了，只见关门关路焕然一新。关门开处，早已闪出一个三太子，后面跟着一个哈驸马，一拥而来。看见唐状元全装掼甲，表表威仪，他心上就有些害怕，高叫道："你们既是南朝大将，我也和你见个高低，今番再不可吹动那个竹筒哩！"唐状元道："见个甚么高低？"三太子道："一十八般武艺，般般的比较一番就是。"唐状元道："凭你比较。哪一般起？"三太子道："就比较弓马起罢。"唐状元心里想道："这个番奴立心不善，却就要拿出那三枝火箭来会我了。也罢，将计就计，我个就在这火箭上还他一个辣手，他才认得我也。"说道："就凭你比较弓马起罢。"三太子道："先讲过了，两个里俱不许放暗箭。"唐状元道："大丈夫顶天立地，要杀那个人，就杀他一刀，要饶那个人，就饶他一次，放暗箭是个鼠窃狗偷之辈，何足道哉！"三太子道："还要讲过，我和你先前之时，各射三箭；末后之时，合射三箭。"唐状元道："怎么叫做各射？怎么叫做合射？"三太子道："一迟一先。你射我三箭，我射你三箭，这叫做各射。你那里射过来，我这里射过去，同搭箭，同开弦，这叫做合射箭。"状元道："赏罚何如？"三太子道："两家平过，各自收兵，明日再战，若是那家先输的，纳款投降。你说是也不是？"唐状元道："言之有理。请先！"三太子道："请先！"唐状元道："恕僭了。"拈弓搭箭，应弦就是一箭。三太子也不慌不忙，拿起个合扇刀来，照着一撇，撇过一边。唐状元又一箭，三太子又一撇，又撇过一边。唐状元看见三箭成空，心里也有些服他，说道："请射了。"三太子应声"是"，拿出手段来，狠是一箭。唐状元心里想道："他是口刀撇我的箭，我也把口刀来撇他的箭，不见得我高。"故意的放着刀，袖着手。初然间一箭来，唐状元把个头往左一偏，一箭就在右边过了。三太子又一箭来，唐状元把个头往右一偏，一箭就在左边过了。三太子又一箭来，唐状元把头一低，一箭就在头上过了。三太子看见唐状元卖弄手段，心里说道："饶你卖弄，停会儿少不得吃我一亏。"唐状元也道："这两会各人平过，再看合射何如？"

毕竟不知合射之时胜负如何，且听下回分解。

第66回　三太子举刀自刎　哈里虎溺水身亡

诗曰：

三千甲士尽貔貅，笑拥牙旗策胜谋。
海上初分鱼鸟阵，军中还取犬羊头。
村原昼永天风静，巢穴烟消海日流。
从是天山三箭后，为言功属状元收。

却说唐状元道：“分射的箭各得平过，且看合射何如？”三太子道：“请出箭来。”唐状元道：“请出。”三太子一箭过来，唐状元一箭过去，两枝箭在半中间一撞，扑的一响，一溜烟爆出一块火来；唐状元只作不知。三太子又一箭来，唐状元又一箭去，又是半中间一撞，又是一响，一溜烟一块火。三太子又一箭来，唐状元又一箭去，又是半中间一撞，又是一响，一溜烟一块火。怎么一溜烟一块火？原来三太子立心不善，合射之时，恰就拿出个火箭来，思量要下手唐状元哩。唐状元心里又灵，却又拿出个箚头箭来。箚头箭头是大的，故此一箭挺住他一箭，挺出他的火来。三太子看见三枝火箭，箭箭落空，心上有些惧怯。唐状元只作不知，不说破他，只说道：“分射已是平过，合射又是平，将怎么再见个输赢？”三太子道：

“我和你再射一回何如？”唐状元道：“你这个箭射不得我，有一个女将和你对射一回罢！”

三太子听见叫个女将和他对射，心上好笑又好恼。怎么好笑又好恼？天地间只有个文官把笔安天下，武将持刀定太平，怎么有个女将会射哩？这不是好笑！自古以来，交锋厮杀，兵对兵，将对将，怎么唐状元叫个女将和我对射，忒小视于我，却不可恼！心上吃恼，半日半日不曾开言。

黄凤仙高叫道：“番狗奴！你不答应，你欺负我是个女流之辈么？你可晓得女娲炼石补天，木兰代父守戍，这都不是女流之辈干的勾当么？”三太子受黄凤仙这几句话吓倒了，说道：“也罢，我和你对射一回。”黄凤仙道：“怎么射？”三太子道：“也是先前分射三箭，落后合射三箭。”黄凤仙道：“你先射来。”三太子道：“饶你先射起。”黄凤仙道：“谢饶了。”牵开弓来，就是一箭。三太子也学得唐状元，放下了刀，袖着手，把个头往左一闪，一枝箭过右边去了。黄凤仙又是一箭，三太子把个头往右一闪，一枝箭过左边去了。黄凤仙又是一箭，三太子把个头一低，一枝箭过上面去了。黄凤仙心里想道：“番官也只是这等的本领。”故意的喝上一声彩，说道：“好！好！今番该你射过来也。”

三太子拽满了弓，搭准了箭，狠着是一箭射来，黄凤仙道：“待我卖个獬来，你们瞧一瞧着。”怎么的獬？喝声“左”，那枝箭果真是左，刚刚的插在左边鬓上。黄凤仙道：“你可认得这个獬么？”三太子道：“不认得。”黄凤仙道：“番狗奴！这叫做左插花，你就不认得么？”道犹未了，三太子又是一箭射来。黄凤仙喝声“右”，那枝箭果真是右，刚刚的插在右边鬓上。黄凤仙道：“你可认得这个獬么？”三太子道：“不认得。”黄凤仙道：“番狗！这叫做右插花，你就不认得么？”三太子心里想道：“这等一个女将，这等大卖弄。待我作准射他一箭，不要它过左，不要它过右，看他何如？”拿准了箭，认定了中间，狠着是一箭过来。三太子吃了老大的气力，费了老大的心机，只说是三箭要把天山定，哪晓得黄凤仙不慌不忙，喝声“中”，张开个口来，那枝箭可可的中在口里，咬着箭，还说道：“你可晓得这个獬么？”三太子道：“不晓得。”黄凤仙道：“番狗奴！这叫做飞雁投湖，你就不晓得么？”三太子吃了好一吓，说道：“世上有这等一个女将。原来南朝人是有些难相处哩！”

道犹未了，黄凤仙道：“分射已毕，再请合射，看是何如？”三太子道：“请合射。”黄凤仙道：“面对面儿的射，不见得高。我和你不如背靠着背儿射，不知你心下何如？”三太子低头一想：“说是两家合射，假饶面对面还怕有个差错，怎么说个背靠背儿的话？这个成不得。”故意的扯个谎说道：“我西洋风俗，相见之时，以面为敬，以背为慢。还只是面对面射罢！”黄凤仙也扯个谎，还他说道：“我中国风俗，临阵之时，以面为弱，以背为强。”三太子道：“风俗各有不同，却怎么处？”黄凤仙道：“各随各俗，箭中了就算赢家。”三太道：“假如射了你的背，却不算暗箭哩。”黄凤仙道：“但凭你射来就是。”三太子道：“请先射来。”黄凤仙道：“今番该你先射了。”三太子道：“多承尊让。”

道犹未了，扑通的响，一箭过来。黄凤仙背对着三太子，还他一箭过去。一箭来，一箭去，可可的射一相当，箭头对箭头，落在地上。两边大小军人，齐齐的喝上一声彩。喝声未绝，三太子又是一箭过来，黄凤仙背着又是一箭过去。一箭来，一箭去，又可可的射一个相当，箭头对箭头，落在地上。两边大小军人，又齐齐的喝上一声彩。喝声未绝。三太子又是一箭过来，黄凤仙背着又是一箭过去。又可可的射一个相当。一枝箭射一个相当，却又有一枝箭射中在三太子甲上。怎么一枝箭对一枝箭，又有一枝箭射中甲上？原来黄凤仙的箭不用眼看，得心应手，有百步穿杨之巧。射到第三回上，他就连发了两枝。一枝是寻常的箭，故此头对头的，射一个相当。这一枝却是钢铁纤成的，就像个袖箭一般，故此飞身中在三太子的甲上，却又中在肩胛上，引发了前日的箭疮。

三太子脚轻头重，一个筋斗翻下马来。南军一拥而去，都要活活的捉住他。亏了哈里虎一张鬼头刀，左三右四，前五后六，一荡子拦住南兵，把个三太子救上关门而去。黄凤仙喝声道：“哇！今日且寄下你这两颗驴头，明日再来取也。”唐状元同着黄凤仙得胜回营，不胜万千之喜，见了元帅。元帅满口称扬，吩咐一面纪录司纪功，一面军政司设宴庆贺，一面取过银牌、彩缎，颁赏有差。

却说哈里虎救得三太子上关，调治几日，心心念念切齿之根。番王日夜里耽忧，却又不敢开言，怕气坏了孩儿。调治几日，好了箭疮，番王道：“孩儿，今番只是投降为上，免得受这等刀箭之苦。”三太子道：“父王在上，有所不知。孩儿这如今是个骑虎之势，不得自由了。”番王道：“怎叫做骑虎之势，不得自由？”三太子道：“孩儿和他杀了一月有余，恨入骨髓，不是他杀孩儿，定是孩儿杀他，却不是个骑虎之势？”番王道：“只怕他杀得你，你反杀不得他，怎么是好？”三太子心上十分不悦，说道：“父王好差，只管拦头说个不利市的话。也罢，就是他杀了孩儿，孩儿也顾不得了，毕竟要和他大杀一场，方才心死。”番王看见三太子说硬了话，又且埋怨于他，一任是不好开口，闷闷而去。这也是三太子命合刀下亡，兆头先就不好了。 却说三太子看见父王起身去了，叹上两口气，说道：“为子死孝，为臣死忠。我分明要做个好人，偏我父王不肯把个好人我做哩！”哈里虎道：“这如今不在说父王肯不肯，只在说个破敌之策是怎么样儿？”三太子道：“我如今已自筹之久矣。只有一个夜战，拿定要赢他。”哈里虎道：“怎么拿定要赢他？”三太子道：“我受箭而归，南船疑我十死八九。就是日上，他料我不能厮杀，莫说是夜晚间，他岂提防于我，况且今夜这等大风，他愈加不提防于我。我和你领了水兵，驾了海鳅船，劫他的水寨。只是这等劫他，还不是高？每船上多带些荻芦柴草之类，堆塞他的船上，放起火来，教他上天无路，入地无门。这个计较，你说可拿定赢他么？”哈里虎道：“前番反受了他的亏，不知今番却是怎么？”三太子道：“似此迟疑，再无了日。我如今也不管他或输或赢，都在今夜一决。”哈里虎怕败了他的兴，只得转过口来，说道：“用兵之道，只许向前，不要退后，只许说赢，不许说输。”三太子听见这几句话儿，却才有些喜色，说道：“好话！好话！得胜之时，我和你子子孙孙同享富贵。”道犹未了，即时同到教场之中，坐在牛皮帐上，选出平素精练的水兵三千多个。内中选出武艺熟娴，深通谋略，堪充头目的，得八个。点过海船三百号，各船满载荻芦柴草引火之物，分作六处。三太子和哈驸马各领五十只当先，八个头目各领二十五只押后。分为两队，如鸟有两翼，如鱼有两个划水，前后策应，不许疏虞。分拨已定，只待天晚，便宜行事。却说二位元帅正然坐在帐中，谈论军情重务，猛然一阵旋风，从西北上旋起，直旋到中军帐下才止。老爷道：“这一阵怪风头来，又主损折人马。”王爷道：“这不为怪风，是个信风，一定有个事故，特来相报。”老爷道：“去请过国师来，问他是个甚么吉凶。”王爷道：“国师哪里管你这些，只请问天师便知端的。”

即时传令，请过天师来。相见礼毕，分宾主坐下。老爷却把个旋风的事故，告诉他一遍。天师不敢怠慢，袖占一课，说道：“这个风不为小可，主今夜三更时分，贼兵来劫水寨，有好一场惊慌哩！”老爷道：“怎见得？”天师道：“西方属金，性主杀，北方属水，色尚玄。以此推之，便知夜半之时，贼兵来劫水寨。”老爷道：“何以处之？”天师道：“祸福无常，避之则吉。”既有贼兵劫寨，不过吩咐各将官预先做一个准备就是。”老爷道：“多谢天师指教，若不是这等神算先知，几乎又中了这个番狗奴的奸计！”

送过了天师，即时传令诸将，会集帐前，商议退兵之策，一个将官陈上一个计策。王爷道：“俱说得有理，只要总起来便为得算。”老爷道：“怎么总起来？”王爷道：“千金之裘，非一狐之力；万全之策，非一善之长。今日临大敌，遇大变，怎么不要总一个大主张？”老爷道：“今日之事，悉凭王爷主张就是。”王爷道：“依学生之见，水军大都督陈堂领战船五十只，水军五百名，各带神枪、神箭、鸟铳一干夜战兵器，停泊在水寨左侧，以待贼兵。中军炮响为号。水军副都督解应彪统领战船五十只，水兵五百名，各带神枪、神箭、鸟铳一干夜战兵器，停泊在水寨右侧，以待贼兵。中军炮响为号。参将周元泰统领哨船五十只，水军五百名，各带硫磺、焰硝引火之物，埋伏在海口上东一边空阔去所，以待贼兵回来进口之时，拦住杀它一阵，听候喇叭天鹅声为号。都司吴成统领哨船五十只，水军五百名，各带硫磺、焰硝引火之物，埋伏在海口上西一边空阔去所，以待贼兵回来进口之时，拦住杀它一阵，听候喇叭天鹅声为号。游击将军刘天爵统领哨船二十只，水兵二百名，各带风火子母炮，往来冲突放炮，以张我兵威势。游击将军黄怀德统领小哨船十只，水兵一百名，各带号笛一管，往来巡哨，觇视敌兵来否、远近，号笛报知中军。马如龙、胡应凤、黄彪、沙彦章各领步兵五百名，埋伏海口里面两边岸上空阔去所，防备番兵逃走上岸，两路截杀。以铳响三声为号。”各将听令已毕，各自归营，准备行事。

老爷道：“调度精密多得王先生。只是还有一件，有些不利于我兵。”王爷道：“是哪一件不利于我兵？”老爷道：“今夜这等的大东风，是个拢岸风，不利于我西岸。番奴若是仍前放火，他是上风，我们是下风，我们就有些不便提防。”王爷道：“这个风不妨碍。我们左右两翼，却又在贼兵之上。放火烧他，那时节他自治且不暇，怎么又能够来烧我们？”老爷道：“这还不是个万全之策。我烧得他，他烧得我，彼此有损无益。必须还得一个妙计才好。”王爷道：“再没有个甚么妙计，除非是把个风来调转一下哩！”老爷道：“调转得个风又要何如？”王爷道：“这个也不难，请天师来，就调得个风转。”老爷道：“言之有理。”即时请过天师来，告诉他：“这个东风不便。”天师笑了一笑，说道：“昔日赤壁鏖兵之时，万事俱备，只欠东风。今日二位元帅又欠了西风。”王爷道：“华夷不同地，故此一东一西，全仗天师道力斡旋一番。”天师道：“贫道一力担当。”元帅道：“须烦天师作速些才好。”天师道：“再不消二位元帅费心。但只是交了夜半之时，就有西风起来。”二位元帅谢了天师，各自归营听候。

却说游击将军黄怀德领了将令，回到本寨里面，点齐了小哨船十只，水军一百名，先前出迅打探敌兵，一边放船，一边心里想道：“元帅吩咐于我打探敌兵，我若是打探得不真，却不违误军情！我若只是这等明明白白放开船去，惊动了敌人的耳目，怎么打探得真？又且泄漏了我们军情，他反得以为备。”眉头一蹙，计上心来，说道：“也罢，海上有一等白天鹅，就有我们这个船大。我不免把这个船，就扮做个天鹅样子，令他不知不觉，我便打探得他真，他又不得提防于我，岂不为美！”筹算已定，即时吩咐左右取出白布来，把个小哨船去了桅竿，下了篷脚，浑身上下细细的幔了一周。前面取巧儿，做个鹅头；后面取巧儿，做个鹅尾巴。自由自在，放在水面上闲游。布幔里面，都坐的是些军士，撑起耳朵，张开眼睛，仔仔细细在那里打听，只等三太子的贼船出来。

却说三太子同了哈驸马，到了一更天气，叫起八个头目，点齐三千个水兵，放开三百只海船，大开水关，一拥而出。只见乌天黑地，船头上一声响。三太子问道：“船头上是甚么响？”水兵报说道：“关门上掉下一个白须老者，吊在船头上，掉得一声响。”三太子心上有些吃惊，叫道：“快拿他过来，我问他一个端的。这厮敢是南船上一个奸细么？”拿过老者来，三太子问说道：“你是甚么人？这等夜静更深，到我船上有甚么事？”那老者应声道：“愚老是西总兵门下一个记室，特奉西总兵差遣，差遣我赍一瓶酒，一只鹅，特来你这船上奉献太子，聊壮军容。”三太子大怒，骂说道：“这厮分明是个奸细，敢借我西总兵为名。我西总兵今已魂飞魄散，岂有鹅、酒夜来壮我行色之理。”掣过那两张合扇刀来，照头就是一下子。一刀下去不至紧，早已砍在船头上，哪里有个老者！只见船头上左一边是一瓶酒，右一边是一只鹅。三太子又说道：“这个鹅、酒都是些妖邪术法，惑乱我的军心。”提起刀来，酒上一刀，一刀下去，就迸出一团火来，望天上一爆；鹅上一刀，一刀下去，就跳起一只鹅来，望海里一飞。

三太子心上有些不悦，一边吩咐放船，一边请过哈驸马来，把个老者、鹅、酒之事，对他细说一遍。哈驸马说道：“贤太子，你可记得前日祭赛西总兵之时，白鹅跳起来讲话？”三太子记将起来，说道：“似此观之，今夜有些不利。”哈驸马说道：“为将之道，见可而进，知难而退，既晓得有些不利，莫若趁早抽兵而回罢。”三太子道：“我昨日曾对父王讲过了，输赢都在此一决。若要我抽兵而回，却有些难。”哈里虎道：“既不抽兵而回，只怕前面有些差错，反为不美。”三太子道：“怕有差错，不如先差下一只小船，前去哨探一番。哨探得果有准备，我这里就鸣锣击鼓，明杀一阵。哨探得他若无准备，我这里还是依计而行，不怕他不遭在我的手里。”哈里虎说道：“这个有理。”即时传令，差下二十名小番，驾着一只小船，悄悄的到南船身边哨探虚实。

一会儿，小番回报，说道：“南船上鸦悄不鸣，草偃不动，没有一些准备。只是海面上有几十只天鹅，游来游去，就像个晓得进退的意思一般。”

三太子道：“只要南船上不曾准备，就是我们功劳该成，管它甚么鹅不鹅！”哈里虎道：“那个鹅，只怕就是先前船头上的鹅么？”三太子道：“行军之际，见喜不喜，见怪不怪。你只在说些邪话哩！假饶西总兵有灵，我明日成功之后，再去祭赛他一坛。他有父母，我替他奉养；他有妻子，我替他抚育；子孙成人，我替他荫袭。他再有些说话罢？”一任放船开去。哈驸马一会儿心惊肉颤，晓得有些不利，只是三太子缠着要行，不由他谏止。这也莫非是南朝当兴也，莫非是三太子该败。

三百只番船，将次一二里之时，海面上烟雾蒙蒙，急忙里看不真。开岸风又紧，急切里不得靠着水寨。只见水面上那一二十只天鹅，又是这等游来游去，恰像有些意思的一般。番船正在靠着水寨，正要动手，他又走近前来，一冲一撞。三太子恼起来，叫声：“弹弓在哪里？”接过弹弓，复手就是一弹子。一弹子打得个天鹅背上一下，扑通的响，只见天鹅肚里齐齐的号笛一吹。怎么天鹅肚里有个号笛会吹？原来这个天鹅，却就是游击将军黄怀德打探军情的小鳅船儿。他看见番船将近，故此趁着他的弹子势头，就吹一声号笛。这号笛一吹不至紧，中军寨里一声炮响连天。

响声未绝，南船上一片的火光，如同白日。火光里面，左壁厢闪出五十只战船，五百名水军，神枪、神箭、鸟铳，一任的飞注如雨，截住厮杀。船头上站着一个大将军，原来是水军大都督陈堂，全装擐甲，手执长枪，高叫道：“番狗奴！你可晓得中了我的妙计么？不如早早的跪着受降，也免得这一枪之苦。”道犹未了，又是中军寨里一声炮响连天。响声里面，右壁厢又闪出五十只战船，五百名水军，神枪、神箭、鸟铳，一任的飞注如雨，截住厮杀。船头上站着一个大将军，是水军副都督解应彪，全装擐甲，手执长戈，高叫道：“番狗奴！你可晓得中了我的妙计么？不如早早的跪着受降，也免得这戈兵之苦。”三太子看见势头来得不好，不敢厮杀，即时传令，收转番船，望海口里面而跑。后面陈都督、解都督两路的得胜战船，追将过去，势大如山，再有哪个抵挡得住？番船一竟奔进海口子里面。

刚刚的巴着海口，只见南船上一声喇叭，吹做天鹅声。海口子东一边，早已闪出五十只战船，五百名水军，一齐的火箭、火炮飞将过去。又都把些硫磺、焰硝引火的诸物，一齐的堆将过去。番船上燃烧起来，再救得住罢！南船上站着一员大将，原来是参将周元泰，全装摜甲，手执长刀，高叫道："拿住三太子的赏金子一千两。"道犹未了，又是一声喇叭，吹做天鹅声。海口子西一边，早已闪出五十只战船，五百名水军，一齐的火箭、火铳飞将过去。又把些硫磺、焰硝引火之物，一齐的堆将过去。番船上愈加燃烧一个不住。南船上站着一员大将，原来是都司吴成，全装摜甲，手执开山大斧，高叫道："三太子在哪里？拿住三太子的，赏银子一万两！"前后左右都是些南船，围得番船铁桶般相似。番船上又是发火燃烧。中间又是游击将军，刘天爵把些哨船杂进到里面，放起子母炮来，喊杀的又多，炮又响，火又狠。况兼天师在朝元阁上祭风，风又大。番船上十个中间，烧死了三四个；跳在海里，又淹死了有三四个；止剩得一两个，也没处藏躲。

三太子叫道："会水的不如走上崖罢。"刚说得这一句"走上崖罢"，只见三声铳响联单，两边崖上又是喊杀连天，又是火明如昼。火光里面，四路军马，四个将军：一个是游击大将军马如龙，骑一匹马，拿一口偃月刀；一个是游击大将军胡应凤，骑一匹马，拿一根三十六节简公鞭。这两个在一边，一上一下，一往一来。又一个是游击大将军黄彪。骑一匹马，拿一杆方天戟；一个是千户沙彦章，骑一匹马，拿一根吞云饱雾紫金鞭。这两个又在一边，也是一上一下，一往一来。海口里面两边崖上，闪出这四路军马、四个大将军，那个再敢上岸去？太子起头一望，烧得可怜。海面上通红，海水都是热的。

只身独自，四顾无门。将欲厮杀，有手段没处去使；将欲上崖，崖上军马又是不相应；将欲下海，枉死不甘；将欲投降，不服这口气。正在思量左右为难的时候，只见上流头流下一只小小的船儿，也没有篷，也没有桅，也没有篙桨，也没有锚缆，也没有人。三太子看见，心里一想道："这等一个寡船儿，莫非是大船后面吊了的脚船儿？也罢，昔日项羽不渡乌江，致有自刎之惨！我莫若躲在他里面，随其波而逐其流，留得五湖明月在，不愁无处下金钩。"一把抓过个小船来，一翻身飞将上去。刚刚的跳下船，舱里面只见两三下里，枪的枪、刀的刀、钩的钩、耙的耙，雪片一般，奔到他身上。三太子晓得这个船是南军扮成来捉他的，仰天大叫一声，说道：“苦也！可怜我的西总兵，前日祭赛之时，那只鹅活将起来说道：‘太子哥，太子哥，前行还主折人多，赔了一壶酒，还要赔着一只鹅。’今日出门之时，果有一壶酒，一只鹅。这海上又是这等一群天鹅，好灵验也！”说了这一荡，又叫上一声，说道：“父王！父王！我做孩儿的，今番顾不得你了。待我来生之时，再做你的儿子，再尽个为子之道罢！”道犹未了，一手掣过一口刀，一手就掉下一个头来。

众人提了他的首级，报上陈都督。原来这个船是陈都督的妙计，故此提得头报上陈都督。陈都督亲自检验。这一阵好狠也，三百只番船、三千名番兵、八个头目、一个三太子，都成灰烬之末。细查一番，只是不见了个哈驸马。

毕竟不知这个哈驸马躲在哪里，且听下回分解。

第67回　金眼王敦请三仙　三大仙各显仙术

诗曰：

一将功成破百夷，旄头星落大荒西。
千年丰草凄寒寨，万里长风息鼓鼙。
虎阵背开清海曲，龙旗面掣黑云低。
只今谩数嫖姚事，大树犹闻铁马嘶。

此时已是四更左侧，陈都督提来三太子的首级，各将提了各人取的番兵首级，也有水军头目的首级，一齐献上元帅。元帅道："天师之算，诸将之功。"纪功颁赏，各各有差。元帅道："三太子的头到在这里，只是怎么不见哈驸马的头哩？"众官道："黑夜中间，一时分别不得，不知逃走到哪里去了？"到了天明，只见游击大将军黄彪提了一颗首级，掷于帐下。

未及开口，众将官都站在帐前，都认得是哈驸马的首级。元帅道："可真是他的么？"黄游击道："果是他的。"元帅道："你在哪里得他的来？"黄游击道："是末将今早之时，巡哨海口子两边崖上。只见水关上一伙番兵，拥着一员番将。番兵请那番将上船，那番将坚执不肯上船。是末将近前去问他一个端的，原来那员番将就是驸马哈里虎，那些番兵都是城里面走出来的救兵。怎么哈里虎站在那里？只因夜来火烧之际，他无计可施，窜在水中间，慢慢的走到港里面芦苇丛里。到了今日天明，救兵都到，都请他上船进关而去。他不肯去，说道：‘我夜来亲承国王钧令，保护三太子前来，也只指望一战成功，君臣有益。哪晓得皇天不祚我国，致使我们一败涂地，一只船也不见，一个人影儿也不归。哎，好凄惨也！今日连三太子都死于南人之手，不得生还。三太子既死，我岂可独生。罢了！罢了！这个水就是我的对头了。’一下子望水里一跳。众人一把扯住了他，他说道：‘你们不要扯我，只是回去之时，多多的拜上国王爷爷。我枉受了朝廷的高爵厚禄。食人之禄，不能分人之忧；乘人之马，不能济人之难。深负国恩，死而无怨。惶愧！惶愧！’一下子望水里又是一跳。众人一把又扯住了他。他又说道：‘你们再不要扯住我。我无移的是死，只你们回去见了国王爷爷，劝他务要起倾国之兵，替我二人报仇，不可降他，致令我们死不瞑目。’一下子望水里又是一跳。众人一把又扯住了他。他又说道：“你们怎么又扯住我？我终不然有个再生之理？只你们回去之时，拜上国王爷爷，若要报仇，空手不得前去。吸葛剌国界上有个红罗山，山上有三个异样的好人：一个叫做金角大仙，一个叫做银角大仙，一个叫做鹿皮大仙。三个人都是一样的法术通玄，变化莫测，人人都晓得他是个世上活神仙。若得这三个人肯来扶助社稷……’道犹未了，一下子望水里一跳。众人因他话语未终，故此不曾提防得他，他却就跳在水里去了，三魂归水府，七魄返泉宫。末将因见他有这段忠义处，故此不曾威逼于他，尽他自尽了，却才取过他的首级，来见元帅。”元帅道：“三太子为子死孝，哈里虎为臣死忠。夷狄之国，有此忠孝之士，我们堂堂中国，倒反不如他。故此孔夫子说道：‘夷狄之有君，不似诸夏之无也。’”即时吩咐旗牌官，把这两颗头依礼合葬，俱葬以大夫之礼。安葬已毕，又竖一道石碑，放在他的坟前。碑上打着一行大字，说道：“西洋金眼国忠孝之墓。”碑之阴面，王爷又题了四句诗，镌刻在上面。说道：“太子见危能授命，为臣驸马致其身。世间好事惟忠孝，一报君恩一报亲。”

却说金眼国一班救兵，看见哈驸马溺水身亡，一直奔到朝堂之上，大哭起来。番王吃了好一惊，说道："你们哭些甚么？"众军道："夜来一阵，我们军人船只俱化做了一堆火灰。"番王道："三太子何如？"众军道："三太子也在灰里面。"番王听见这句话儿，身子往后一仰，就跌在胡床之上，三魂渺渺，七魄茫茫，不省得一些人事。文武将官一齐的走上前去，扶将起来。过了半晌，方才苏醒，却问道："哈里虎在哪里？"众官道："哈驸马已自走到水关上来了。听见三太子身死，他就不忍独生，溺水而死。"番王听见哈里虎身死，如失左右手一般，放声大哭。哭了一会，却才说道："哀哉驸马！痛哉吾儿！你两个人一个死忠一个死孝，倒做得好人去了，止丢得我一个老身在这里，生无益于当时，死无闻于后世。不如也寻个自尽罢！"道犹未了，一手掣过一把刀来，就要自杀。左右头目连忙抱住他的头，夺下他的刀，劝说道："人死不可复生，兵败可以再胜。我王为一国之主，一国的黎民生命所关。只宜善保龙体，理会国家大事，岂可下同匹夫匹妇，自经于沟渎而莫之知也！"番王咬牙切齿，说道："我与南朝冤深万丈，怨结千重。斩吾大将，杀吾爱子，损吾娇客，残吾生灵。此恨悠悠，当入骨髓。我又何颜自立于天地之间！"众军道："国王爷爷，你须自宽自解。哈驸马多多拜上我王，说道他两个身死之后，要爷爷起倾国之兵，为他复仇，不可唾手投降，致令他两个死不瞑目！"番王道："疾风知劲草，世乱识忠臣。我非不知复仇，争奈我今日有事之秋，满朝朱紫贵，就没有半个儿和我分忧的。"众军道："这个倒不消责备列位老爷。哈驸马临死之时也曾说来，说道：'若要复仇，空手不得前去。吸葛剌国界上有一座红罗山，山上有三个活神仙：一个叫做金角大仙，一个叫做银角大仙，一个叫做鹿皮大仙。须要去请下这三位大仙，方才是个赢手。'"

番王听知这两句好话，如醉初醒，似梦初觉，说道："既然有此高人，可作速差下一员官去宣他进朝。"

只见左边执班头目萧哒哈说道："不可！不可！"番王大怒，说道："当原日南兵一到之时，就是你叫：'不要！不可！'致使到今不利，怎么今日你又来说'不可'？"萧哒哈说道："我王息怒，听微臣诉来。自古用兵之家，知彼知己，百战百胜。臣观南朝那一班将官，足智多谋，沉酣韬略。

更兼那两个异人，神通广大，道术精微。太子虽然武艺高强，不是他的对手，哈驸马愈加不在话下，故此一败涂地，身死国亡。这如今满朝文武，都不是个畅晓兵机之人，只要靠着甚么神仙和他厮杀，岂有个做神仙的肯来厮杀，肯来帮人为不善？这又是画虎不成反类狗也！故此老臣说道：‘不可！不可！’”番王大怒，叫刀斧手过来：“这个老贼是私通外国之人，推他下去，砍了他的头！”满朝文武百官看见番王发怒，要杀左执班，没奈何都来保救，都说道：“太子、驸马新亡之后，不可又杀大臣，恐于国家军务有些不利。”番王生怕不利于军务，只得转怒停嗔，说道：“把他权寄在监里，待功成之日，处斩未迟。”军令已出，谁敢有违，即时把个萧哒哈寄在监里。

监禁官回封已毕。番王道：“满朝的官，岂可就没有个肯去的？”各官又都是面面相觑，不做个声。只有右边执班头目萧哒嘌说道：“此莫非王事，悉凭我王差着哪个就是。”萧哒嘌这句话儿，分明要在番王面前讨个好。哪晓得番王就是热粘皮，说道：“既是差着就是，我这里差着你罢。”萧哒嘌看见了番王差着了自己，他索性做个好汉，说道：“小臣忝居辅弼，受国厚恩，今日不幸当国家板荡之时，小臣焉敢袖手坐视。既蒙差遣，小臣就行。”番王道：“你快去宣取他来，寡人自有重用。”萧哒嘌道：“那三位神仙，不是凡人等辈，以礼聘他，尤恐他不肯轻身就来，怎么宣召得他动哩？”番王道：“既是不可宣召，却怎么请他？”萧哒嘌说道：“我王须要修下国书一封，道达平素的殷勤敬慕之意。又须要备办下些礼仪币帛，以表三聘之诚。小臣赍了书，捧了币帛，到他山中再三敦请他一番，方才可以请得他下来。”番王道：“老卿之言，深为有理。不然，险些儿反得罪于这些神仙，做成一个画饼充饥了。”即时修书一道，土仪币帛各色，成文交与萧哒嘌。萧哒嘌拜辞而行。临行之时，又叮嘱番王道：“关门要紧，须则多备些擂木炮石，紧守着他，不可再与南兵厮杀。水门要紧，须则多摆些海鳅船只守住着他，不可轻自开放。”番王道：“这个寡人自有斟酌，你只管放心前行。”

萧哒嘌辞了番王之后，带着从者，早行夜住，饥餐渴饮，不觉的行了半月有余，却才到得一个山下。萧哒嘌心里想道：“来了这些日期，才能够看见这个山，这个山敢就是他么？欲待说是，又恐不是；欲待说不是，又恐错过了这个山头。”正在迟疑之际，只见一个小小的娃娃，赶着一群绵羊，漫山遍岭而来；那娃娃低着头，自由自在手里敲着两根简板，口里唱说道：“自小看羊度几春，相逢谁是不平人。浮云世事多翻覆，一笑何须认假真。”

萧哒嚷听见这四句诗，心上老大的惊异，说道：“这等一个娃娃，唱出这等的四句诗来，这岂是个尘凡之辈。且待我近前去问他一声，便知端的。”好个萧哒嚷，走近前去，叫一声道：“小哥哥，见礼了。”那娃娃原是个低着头在那里走的，猛空里叫上一声，他反吃了一吓，随口喝上一声：“畜生哪里走！”这分明是骂萧哒嚷“畜生哪里走”，那些羊只说是喝它们“畜生哪里走”，一个个都站着，即时间都变做了一块块白石头，只见一山的白石头。萧哒嚷心里想道：“昔日初平叱石为羊，今日这个娃娃化羊为石，这却不就是个神仙？”扯着他倒头便拜。娃娃道：“你这个人有些傻气么？拜我做甚么？”萧哒嚷说道：“大仙，弟子不敢烦渎，只是借问这个山，敢是个红罗山么？”娃娃说道：“我们不晓得，我们在这里：天为罗帐地为毡，日月星辰伴我眠。青衫白苎浑闲事，哪晓得甚么红罗歪事缠。”

萧哒嚷又说道：“大仙既是不晓得这个山，可晓得山上有三个神仙：一个金角大仙，一个银角大仙，一个鹿皮大仙，都在这里么？”那娃娃道：“我们不晓得，我们只晓得一鞭一马一人骑，两字双关总不提。纵是同行我师在，春风几度浴乎沂。”道犹未了，早已不见了这个娃娃。萧哒嚷仔细打一看时，连一山的白石头都不见了。萧哒嚷心上却明白得来。怎么明白得来？这娃娃虽说是不晓得红罗山，“青衫白苎”，却不是红罗之对？虽说是不晓得三位神仙，“同行我师”，却不是三人的字眼？这一定是了，再不可错过。即时叫过从者，径直走上山去。到了山上，起头一望，果然不是个等闲之山。只见：

云锁岩巅，雾萦山麓。望着颤巍巍几条鸟道，险若登山；傍那碧澄澄万丈龙潭，下临无地。偏生松柏，不长荆榛。时看野鹿衔芝，那有山禽啄果。

数椽茅屋，门虽设而常关；一对丹炉，火不燃而自热。十洲三岛，休夸胜地不常；阆苑蓬莱，果是盛筵难再。分明仙子修真地，岂比寻常百姓家。

萧哒嚷观之不足，玩之有余，心里想道：“此真神仙境界，说甚么蓬莱、阆苑、三岛、十洲。”再行几里，远远的望见一座石门。萧哒嚷心上越发欢喜，说道：“有了石门，不愁仙洞。”却又趱行几里，到了石门之下，只见石门下有两个娃子。一个把块石头枕着头，眠在绿莎茵上；一个一手牵着一只鹤，两手就牵着一双，教他这等样儿舞，那等样儿舞，自由自在耍子哩。萧哒嚷初到他的仙山，不敢造次，站了一会。这两个娃子只作不知。又站了一会，萧哒嚷起近前去，叫声道：“仙童哥，仙山可是个红罗山么？”那两个娃子眠的眠，耍的耍，不来答应。又过了一会，萧哒嚷又叫道：“仙童哥，你这仙洞里面可有三位老爷么？”那两个娃子还是这等眠的眠，耍的耍，不来答应。又过了一会，萧哒嚷又叫声道：“二位仙童哥，你可是洞里老爷的高徒么？”那两个娃子又是这等眠的眠，耍的耍，不来答应。萧哒嚷连问了两三次，两个娃子没一个做声，心上老大吃恼，却又不好开言。只有跟随的一个老儿，年纪虽老，胆壮心雄，他看见那两个娃子左不答应，右不答应，他就怒从心上起，喝声道：“哇！你是甚么天聋么？你是甚么地哑么？有问则对，怎么一个人以礼问你，你通然不理会着？”天下的事，善化不足，恶化有余，转是这个老者发作他一顿，偏然就好。只见那个睡着的娃子，一毂碌爬将起来，说道：“你们是哪里来的？为甚么事问着山？为甚么事问着老爷？为甚么事问着徒弟？为甚么事大惊小怪？唬吓那个不断？”萧哒嚷巴不得他开口，连忙的走向前去，尽一个礼，赔一个小心，说道：“实不相瞒仙童哥所说，在下不足是金眼国国王驾下右执班大头目萧哒嚷的便是。特奉我王差遣，赍下一封国书，更兼土仪表里，轻造仙山，相拜你三位仙长。未敢擅便，故此借问这等两次三番。”仙童道：“我师父是个隐居避世之人，怎么又与人相见。”萧哒嚷道：“只念我学生不远千里而来，不胜登山涉水之苦。今日幸到仙山，岂可空手回去。万望仙童哥和我通报一声，见不见凭任令师罢。”仙童道：“既如此，请站一会儿。

待我进去禀知师父，看他何如。”

好仙童，连忙的走进洞里面，禀说道：“门外有一员官长，自称金眼国国王驾下右执班大头目，带了几个从者，赍了一封国书，更兼有好些土仪表里，来见三位老师父。未敢擅便，叫徒弟先来禀知一声。”金角大仙说道：“我们避世离群之人，哪里又与他厮见？你去辞了他罢。”仙童说道：“徒弟已经辞他来。他说道：‘只念他不远千里而来，不胜登山涉水之苦。今日幸到这里，岂可空白回去？’故此央浼徒弟特来相禀。”银角大仙说道：“君子不为已甚。既是他来意殷勤，不免请他进来相见罢。”

仙童听知二师父说“请他进来相见罢”，就一路的飞拳飞脚，跑将出来，连声叫道：“请进！请进！”萧哒嘌不胜之喜，撩衣裳就走。那随行的老者肚里还有些烟，一边跑路，一边说道：“仙童哥，仙童哥！”仙童说道：“你又叫我做甚么？”老者道：“你那个师弟，你还劝他再读几年书来。”仙童道：“怎么再读几年书来？”老者道：“他肚子里不曾读得有书，要教甚么鹤？”仙童道：“你还有所不知，我那师弟倒是个积年教学的人。”老者说道：“既是积年教‘鹤’的人，怎么这等娃子气？”萧哒嘌听见，说道：“讲甚么闲谈，且管走路。”一直走到洞里，见了三位大仙，萧哒嘌不敢怠慢，扯着就一连磕了二三十个头。三仙说道：“尊客远来，不消行这个大礼，请坐。”萧哒嘌不敢坐，即时奉上国书。三仙拆封读之，书曰：

金眼国国王莫古未伊失谨再拜奉书于金角、银角、鹿皮三位仙翁位下：寡人夙仰仙风，宜以身授命之日久矣。奈尘缘未断，国事劻勷。近者不幸，更被南兵侵扰，变起门庭，祸延骨肉。先生慈悲度世，闻之谅为恻然。礼当躬来请谒，敌兵压境，身与士卒，厉兵秣马，晷刻不遑，是用斋沐逾时，特遣右执班萧哒嘌赍不腆之仪，仰望仙坛，恭伸哀恳。愿怜辙鱼之穷，勉策鹤轩而至。拥篲国门，翘首不尽！

三仙读书已毕，说道：“重厚致书，已领眷注。这个礼物请先生收回，不敢受。”萧哒嘌说道：“不腆之仪，仰祈海纳。”金角大仙说道：“这个礼物再不必讲他。只还有一件，贫道兄弟们，都是个懒散废弃之人，逃名山野，苟毕余生，哪里晓得甚么用兵作战之机，治国安民之术？你国王此举，误矣！误矣！"萧哒嘌连忙的磕上两个头，说道："三位仙翁玄风妙术，遐迩传闻。今幸鹤驭，临莅于兹，是上天哀我下国，借以福星照之。故此远来相浼，幸勿见拒，万万！"银角大仙说道："萧右丞，你岂不知道仁者大事小，智者小事大。你国中既是被兵，审己量力，择而行之，怎么直要贫道兄弟们去和他厮杀？"萧哒嘌说道："南兵势大如山，虐焰似火。若是三位大仙不肯俯赐扶持，我一国军民，只在早晚间皆成灰烬。倘可以讲和，不知几时与他和了！怎么肯送了个太子残生，驸马微命？今日只是没奈何，特为相浼。"鹿皮大仙说道："既是你国中有这等大难，我贫道兄弟们久乐山林，其实的不堪奉承驱使。你莫若再到别处去访问一个高士，哀浼他扶持一番，岂不美也！"萧哒嘌说道："当今之时，若论高士，再无有能出三位仙长之右者。"道犹未了，双膝跪着，又说道："若是三位仙长坚意不行，我无颜再见我的国王，情愿死在仙境之上罢了。"你看他两泪双流，牵扯不断。哭了一会又说，说了一会又哭。说得恳切，哭得哀恸。三位大仙都一时心动，齐齐的走上前来，扶起萧哒嘌，说道："萧右丞真是个忠臣义士，举世无双。我们本是不管闲事，只不奈你这个忠义何！也罢，和你走一次罢。"萧哒嘌却又奉上土仪礼物。金角大仙说道："既是你们来意至诚，不敢不受。"吩咐仙童们即时收下。萧哒嘌请行。大仙道："丞相请先行一步。贫道兄弟们不久就来也。"萧哒嘌拜谢先行。回到本国，见了番王，把三位大仙的始末，都说了一遍，番王大喜。

却说三位大仙吩咐了洞中大小徒弟，又各将自己所用的物件，细细的收拾安排，各跨了各人的脚力。还是个甚么脚力？金角大仙骑一只金丝犬，银角大仙骑一只玉面狸，鹿皮大仙骑一只双飞福禄。各显神通，不上顷刻之间，一阵清风，早已到了金眼国的地界上，落下云头，竟进接天关里。

萧哒嘌望见是三位大仙，即时飞报番王。番王先遣一班文武出关远接，次二亲自下阶迎接。接上金銮宝殿，两家相见。相见已毕，分宾主坐下。坐定致茶，茶罢叙话。番王道："寡人承先世基业，惭无厚德，可以守邦。

不幸敌国无故见侵。今得三位仙长俨然降临，非独寡人之幸，实一国军民之幸也！”三位大仙躬身答礼，说道：“贫道兄弟们无甚大才，过蒙上位厚聘。愿尽展胸所学，以敌南朝，以报知遇。”番王大喜，即时安排筵宴，与三位大仙接风。酒至数巡，彼此情洽。番王叫过些行院来，踏番歌，唱番曲。千妖百媚，对舞双飞，劝三位大仙饮酒。三位大仙说道：“这个女乐请撤了罢。”番王看见三仙不喜女乐，又叫过一班文官来，雍容揖逊，各劝几行。又叫过一班武将来，抡枪耍刀，跌脚飞拳，各逞各人武艺，劝三位大仙饮酒，又饮几行。

金角大仙说道:“贵国中文官可以把笔,武将可以持刀,怎么连败于南兵，把太子、驸马的命都送了？敢是南朝的战将多么？”番王道：“南朝战将虽多，敝国中也有能战之士。所不及他的去所，只因他那里有个道士，是个甚么龙虎山姓张，官封引化真人，能驱神遣将，唤雨呼风。这个还自可得，还有一个和尚，叫做甚么金碧峰长老。这个人越发不是等闲之辈，能拆天补地，搅海翻江，袖囤乾坤，怀揣日月。南兵来下西洋，一连取了一二十个国，都仗着此二人之力。敝国做不得他的对头，故此远来恳求三位仙长。”金角大仙微微的笑了一笑，说道：“今番上位只管放心了，贫道们不下山，便自罢休。今日既到了大国中，一定要与他大做一场，决不教他恁的施展。”番王道：“多谢，多谢！”银角大仙说道：“上位，你只知道他们的手段，不曾看见我们的设施。我们试一试儿你看着。”番王道：“不敢！不敢！”鹿皮大仙说道：“师兄之言，深为有理。请试一试儿何如。”

毕竟不知这一试还是个甚么设施？且听下回分解。

第68回　元帅收服金眼国　元帅兵阻红罗山

诗曰：

山门云拥金涂丽，谷口花飞宝篆香。
万里指挥龙一顾，九霄来往鹤双翔。
星岩丹髓真能觅，石室玄文定有藏。
愿救余生豁金眼，带来五福锡时康。

却说鹿皮大仙说道：“二位师兄之言，深为有理。请当面试一试儿，看是怎么？”道犹未了，金角大仙离了筵席，站将起来，说道：“我们借你的丹墀里试一试手段，你却不可吃惊。”番王道：“正愿请教。”金角大仙走到丹墀里面，一个筋头，翻将过来。却就除了头上的九龙冠，脱了身上的七星袍，一手掣过一口刀，照着颈项底下猛空里一磨，把自家一个头磨将下来。左手提着刀，右手提着头，望空一撇，撇在半天之上。只见那颗头在半天之上悠悠荡荡，从从容容，就像一个鸟雀儿回翔审视的样子，这个身子站在丹墀里，动也不动。一会儿，一个头掉将下来，可可的斗在颈颡脖子上，半点不差！金角大仙把身子一抖，一个筋斗，依旧是戴了九龙冠，穿了七星袍。走上殿来，问说道：“王上，你看贫道这等一个样子，可拿得南朝那个金碧峰么？可拿得南朝那个张真人么？”番王连声叫道：“不敢！不敢！真好神仙也！从此后寡人贴席安眠，不怕南人矣！”道犹未了，只见银角大仙离了席面，走到丹墀里，跳上一个飞脚，一下子就掉了个抢风一字巾，脱了个二十四气皂罗袍，取出一件兵器来。只有三寸来阔，却有二尺来长，弯不弯，直不直，如乙字之样。拿起来照头上一撇，一撇撇在半空里面，喝声道：“变！”只见那件兵器一变十，十变百，即时间就变做一百口飞刀，飞的唰唰地响。一口口都插到他自己身上，自己一个身子就像一座刀山的样儿。一会儿，把个身子一抖，一口口的又掉下地上来，身子上没有半点伤痕。再喝声道：“变！”那一百口刀还变做那件兵器。银角大仙却又跳上一个飞脚，依旧的戴了抢风一字巾，依旧的穿了二十四气皂罗袍。走上殿来，问说道：“贫道的小术，可拿得南朝那个金碧峰么？可拿得南朝那个张真人么？”番王不胜之喜，说道：“够了！够了！但不知先生这件兵器，可有个名字没有？若有个名字，还求见教一番。”银角大仙说道：“这个兵器千变万化，不可端倪。凭你的意思，要变甚么，就变做个甚么。所变之物，无不如意，故此它名字就叫做如意钩。”番王道：“原来天地间有如此宝贝，寡人不是幸遇三位大仙，却不虚生了这一世？”

道犹未了，鹿皮大仙离了筵席，走到丹墀里面，也不除下巾来，也不脱下衣服，慢腾腾地到袖儿里面取出一个小小的葫芦来，拿起个葫芦，放到嘴上吹上一口气，只见葫芦里面突出一把三寸来长的小伞来：铜骨子、金皮纸、铁伞柄。鹿皮大仙接在手里撑一撑，喝声：“变！”一会儿，就有一丈来长，七尺来大，拿起来望空一撇，撇在虚空里面，没头没脑，遮天遮地，连天也不知在哪里！连日光也不知在哪里！唰唰地一声响，掉将下来，就把两班文武并大小守护的番兵，一收都收在伞里面去了。番王看见，吃了一大惊，说道：“足见先生的道术了，望乞放出这些众人来，恐有疏失，反为不便。”鹿皮大仙说道：“王上休要吃惊，贫道即当送过这些人来还你。”道犹未了，把个伞望空又是一撇，撇在半空里面，一声响，那些文武百官、大小番兵，一个个慢慢的掉将下来。番王看见好一慌，连忙叫道：“先生！先生！却不跌坏了这些官僚军士么？”鹿皮大仙还要在这里卖弄，偏不慌不忙，取出一条白绫手帕来，吹上一口气，即时间变做无数的白云，堆打堆的，只见那些文武百官、大小番兵，都站在白云上面。鹿皮大仙把手一招，一阵香风吹过，一个个落到地上来，并没有半个损坏。番王大惊，又问说道："先生，这个宝贝诚希世之奇珍，可也有个名字么？"鹿皮大仙说道："有个名字。"番王道："请教一番是何如？"鹿皮大仙道："这个宝贝也说不尽的神通，只说收之不盈一掬，放之则遮天盖地，故此名字就叫做遮天盖。"番王说道："妙哉！妙哉！"依旧请三位大仙上席开怀畅饮，直至夜半才散。

到了明日早上，三位大仙收拾上关，共议退兵之策。只见关外早有个探事的塘报，报到宝船上来，说道："接天关外新添了三个道士，都是甚么红罗山上请来的。一个叫做金角大仙，一个叫做银角大仙，一个叫做鹿皮大仙。三个大仙一齐的说道，要与我南朝比试手段，要与我南朝见个输赢。"二位元帅心上就有些不宽快，说道："我只道杀了三太子，死了哈里虎，这个金眼国可唾手而得，哪晓得又出下这等一班道士来！这一班道士不至紧，一定又有些跷蹊术法，古怪机谋。前面空费了许多心事，这如今又得从头儿厮杀起。这等一个国，征服他这等样儿难，如之奈何！如之奈何！"马公公的口又快，又说道："前日撒发国出一个道士，还受了那许多辛苦。今日出了三个道士，不知淘气又当何如？不如转去也罢！路也来得远，国也取得多，这如今不叫做半途而废了。"元帅道："不入虎穴，焉得虎子？我与金眼国杀到这个田地，岂可就罢了不成。你从今以后，再不可讲这等的话儿。你说的不至紧，军心摇动，贻祸不小。"马公公好没趣，缄口无言。

只见帐下闪出一员大将，高叫道："元帅宽怀！量这个毛道士做的甚么勾当，末将不才，情愿挺身出战，擒来献功。"二位元帅起头一看，只见这一员大将，生得虎躯七尺，脸似烟煤，眼似曙星，声若巨雷，穿一领绿锦袍，披一领雁翎甲，手里一把月牙铲，原来是南京豹韬左卫都指挥现任游击将军雷应春是也。平生性气刚强，就是刀锯在前，鼎镬在后，他也视之坦然，只当没有。元帅道："雷将军虽然枭勇，只怕独力难成，须再得几个英勇将军相帮前去，才是个万全。"道犹未了，帐下一连闪出两个将军来：一个是束发冠，兜罗袖，应袭公子王良；一个是铁幞头，红抹额，狼牙棒张柏。两个将军应声道："某等不才，愿与雷将军协同出阵，誓把那山野妖道拿将过来，献于麾下。"二位元帅大喜，每人赐酒三杯，以壮行色。

三位将军各绰各人的兵器，各跨各人的马，各领各人的兵，一拥而去。到了荒草坡前，只见接天关下，万数的番兵一字儿摆着。当头三位仙长：金角大仙居中，银角大仙居左，鹿皮大仙居右。前一路仙风凛凛，后一路杀气腾腾。雷将军说道："这三个道士当头，一定是有些术法的。我和你这如今懵着个头，直撞而进，这也是个出其不意，攻其无备。若且少待迟延，他那里弄动了术法，我和你便不好处他。"张狼牙说道："是。"王应袭说道："是。"只说得这两声"是"，只见三个人三骑马，三般兵器，恁的杀将去。

只见杀到关下，番阵上一阵香风，憩甘甘扑人的鼻子。三位大仙起了三朵白云，渐渐的高，又渐渐的高；渐渐儿不见了人，渐渐儿连白云也不见了。雷将军心上吃惊，说道："好一场蜡事！怎么三个道士都腾云去了？"王应袭说道："这其中一定是个骗法，骗我们进关，不得脱身。"张狼牙说道："眼见得是腾云去了。若只是这等怕起来，总不如南京城里第一安稳，何苦又到这里来。"雷将军也莫非是福至心灵，立地时刻，就安上一个主意，说道："从下西洋以来，诸公俱已立功树绩，只有学生淹淹药饵，未见寸长。今日之时，也不管他计不计，骗不骗，我只是杀进关去。倘或成功，是天与我的；倘或不成功，马革裹尸，死而无怨！"王应袭说道："将以克敌为功。雷将军肯进关去，末将愿随。"张狼牙道："偏你们进得，偏我进不得！打伙儿杀进去就是！"三个人计议已定，一齐杀上关。关里面本是没有个能征惯战的大将，专靠着这三个大仙。三个大仙已自腾云去了，国中无主，不问军民人等，只是抱头鼠窜，哪个又敢来抵挡？尽着南朝三个将军，一直杀到番王殿上。

却说元帅坐在中军，听得蓝旗官报说道："南兵杀进接天关里面去了。"二位元帅诚恐孤军有失，即时传下将令，着游击将军马如龙，领一枝兵，从南门上杀进。又传一道将令，着游击将军胡应凤，领一枝兵，从北门上杀进。又传下两道将令，着左营大都督黄栋良，右营大都督金天雷，领两枝兵，再从接天关杀进去，前后策应。又传下两道将令，着水军大都督陈堂、副都督解应彪，各领战船五十只，水军五百名，从水关门上杀进。

只是这等一个金眼国，怎么当得这四面八方的军马嘈杂，把个番王吓得哑口无言，抖衣而战，躲在后宫里面，再也不敢出来。雷将军进了番王殿上，拿住些文武百官，叫他领出番王来，一个个面对面，口对口儿，只是一个不吭气。雷将军激得怒从心上起，恶向胆边生，抓过一个来，就是一刀；抓过两个来，就是两刀。番官们没奈何，却才闪出一个右执班大头目萧哒嘌来，说道：“将军息怒片时，容小臣们一会儿就送出国王来，投降纳款。”雷将军一时怒发，急忙回不过来，咬牙切齿，喝声道：“哇！你是甚么人？敢在这里诳言。你倒好个慢军之计哩！”萧哒嘌无计可施，只是磕头劝解。雷将军怒头上，恨不得一把抓着番王。两家子正在难处，只见元帅传下将令来，着诸将退兵一舍，许番王改过自新；不许诸将妄杀一人，不许诸将掳掠人口财物，违者军法重治。雷将军得了军令，不敢有违，只得撤兵而退。

却说萧哒嘌请出番王来，计议退兵之策，番王道：“悔不用左丞相之言，致有噬脐之悔。”萧哒嘌：“左丞相现在监里，何不取他出来，便有个分晓。”番王即时传令，取出左丞相来。番王道：“昔日不听尊言，今日汗颜相见。”萧哒哈道：“主忧臣辱，皆老臣之罪。”番王道：“今日事至于此，老卿教寡人何以处之？”萧哒哈道：“中国制夷狄，夷狄事中国，这本是理之当然，况兼今日计穷力尽。无路可行，只有一个投降才是。”番王道：“投降还是怎么的样儿？”萧哒哈说道：“古人有肉袒负荆，面缚衔璧，今日是也。越外再修降书一封，降表一封，土仪礼物进贡天王，却就是这等一个样子。”番王道：“既如此，作速备办将来。”

备办已毕，番王同着萧哒哈，萧哒嘌一干众人，竟到宝船之上，见了元帅，肉袒负荆。元帅道：“似你这等负固不宾，就该重处于你。只念你臣子忠孝分上，姑恕你这一遭，请起来罢。”起来行一个相见之礼。礼毕，番王递上降表，元帅吩咐中军官安奉。番王递上降书，元帅拆封读之，书曰：

金眼国国王莫古未伊失谨再拜奉书于大明国钦差统兵招讨大元帅麾下：侧闻天命有德，天讨有罪；圣人中天地而为华夷之主，首民物而为纪法之宗。

同此有生，罔不率俾其藐西洋之丑类，陋金眼之遐陬。未识王猷，致扬威武。连连执讯，矫矫献俘。稚子无知，穷九攻九却之计；将臣贾勇，触七纵七擒之威。且粉骨碎尸，宁获宽恩茂德。活我喘息，保我社稷，求我子孙及我黎民，春育海涵，天高地厚。从今之日，至死之年，从子之孙；至万之亿，条支若木，愿顺指挥，奇干善劳，毕修职责。某无任激切惶恐之至。

元帅览书已毕，番王又递上一张进贡礼单。元帅道："穷年之力，岂为这些小礼物。只要你知道一个华夷之分就是。自古到今，有中国才有夷狄。中国为君为父，夷狄为臣为子，岂有个臣子敢背君父？中国为首为冠，夷狄为足为履，岂有一个足敢加于首？岂有一个履敢加于冠？"番王领着两个头目，磕头如捣蒜，满口说道："晓得！晓得！"元帅道："似你这等倔强无礼，我就该灭你之国，绝你之祀，戮你之首，迁你之子孙。我只因你国中有子能死孝，有臣能死忠，我故此轻贷于你，你敢看得我们容易么？"番王领着两个头目，又磕上一荡头，说道："从今以后，再不敢倔强。"

元帅道："你昨日还到红罗山去请下三个大仙来，你这是甚么主意？你要把那些大仙来降视我们么？你说自盘古到今，只有我中国代代相承，可有个神仙在哪个国中代代厮守么？这是哪个的主意哩？"番王看见二位元帅怒发雷霆，生怕取罪不便，不敢隐瞒，又磕了几个头，说道："到红罗山去请大仙，是死鬼哈里虎说的，是右执班萧哒嚷去的。"元帅道："今日之降，是哪个主意？"番王道："这是左执班萧哒哈主意。"元帅道："赏罚不明，无以令三军，无以示四夷，无以昭万世。"即时叫军政司取过银花、彩缎，把左执班挂起红来；叫刀斧手把右执班推出帐外，砍下头来。军政司挂了红，元帅又吩咐一班鼓乐起送左执班萧哒哈归衙。当头悬着一面白牌，白牌上写着"顺天者存，与此同赏"八个大字。萧哒哈说不尽荣耀，满朝父老百姓都不胜的叹息，道："早听萧爷之言，不到这个田地。"刀斧手献上头来，元帅吩咐一班军鼓手把这个头号令各门，号令各街各市。当头也悬着一面白牌，牌上写着"逆天者亡，与此同罪"八个大字。满朝的父老百姓们，哪个不说道："这老儿自取其罪，本是多了后来这一着哩！"

赏罚已毕，番王同着左执班又来拜辞。元帅道：“你今后再敢如此，我堂堂中国雄兵万万，战将千千，莫说你只在十万里之外，就是百万里之外，千万里之外，取你头如探囊取物，灭你国如拉朽摧枯！你可晓得么？”番王道：“晓得！晓得！”左执班说道：“再不敢哩！再不敢哩！”辞了番王番官，元帅吩咐纪功颁赏，大设筵宴，诸将庆功。诸将都说道：“二位元帅不但只是赏罚彰明，德之所施者博，威之所至者广，柔远人之道，无以逾此。”元帅道：“这个金眼国侥幸过了，只是那三个道士驾了三朵白云而起，不知是个甚么出处？只怕还在前面，只怕还有些儿淘气哩！”王爷道：“邪不能胜正。哪里有个邪术做得甚么乾坤？纵然做得乾坤，终不然就怕他么？”道犹未了，元帅传令开船。船行了数日，远远的望见一座山，山顶上紫雾腾腾，瑞烟霭霭。有诗为证。诗曰：

瑶台无尘雾气清，紫云妙盖浮烟轻。
朝拥华轩骋丹曜，慕驱素魄摇金英。
义轩素魄岁年久，琼宇珠楼何不有。
天公吹笛醉倚床，玉女投壶笑垂手。
万里银河共明灭，夹岸榆花纷似雪。
红云冉冉日更长，天上人间永乖别。
层崖有书不可通，层崖有路谁能穷？
海外未传青鸟使，山中今见碧霞容。
复道重岩闭丹穴，石赛天门飞玉屑。
文石高擎云母盘，彩虹倒挂苍龙节。
别有古殿幽潭深，玄林奇石同沉沉。
已见飘霜夏不歇，还看飞雨冬常阴。
夏霜冬雨两奇绝，石榻金炉秘丹诀。
采芝种玉有夙缘，此事谁从世人说？
世人贱身贵立勋，摇精盗智徒纷纭。
就中林卧观无始，古来惟有榔梅君。

元帅看了一会，说道：“原日那三个道士说是住在甚么红罗山上，那山有些异云怪气，敢只怕就是红罗山哩！”吩咐舟师把船撇开去，到海中间些走，不可近它。这叫做是避之则吉。元帅只好是这等小心。哪晓得天下事不如意者十常八九，可与人言无二三。好好的一阵海风，把千百号宝船，齐齐的打拢在山下来了。元帅道：“快着塘报官上岸去，看是个甚么国？有个甚么鬼怪妖邪？好做处置。”元帅军令，谁敢有违。一会儿上崖，一会儿复命，说道：“上面只是一个空山，没有甚么国，也没有甚么鬼怪妖邪。”王爷道：“前日说那三个道士住在甚么吸葛剌国界上的红罗山。既没有个国，这山还不是红罗山。”老爷道：“既没有个甚么国，且一任的开船去。”即时吩咐开船。刚刚的开到海中间，又是一阵海风，把这些大小宝船，齐齐的刮到山脚之下。元帅道：“有些蜡事！偏要开船。”吩咐又开，又开到海中间，又是一阵海风，把这些大小宝船，齐齐的刮到山脚之下。

元帅道：“事不过三，这个船不须开了。”即时传令五营大都督移兵上崖；四哨副都督扎住水寨；各游击将军分兵上崖，往来巡绰，以备早寨不虞。

吩咐已毕，元帅道：“水陆安营已定，凭他甚么道士，凭他怎么样来。”王爷道：“知己知彼，百战百胜。我和你这如今不晓得山上是个甚么动静，虽然水陆安营，徒劳无补也。”老爷道：“既然如此，快差塘报官上山去打探一番。”王爷道：“诚恐山上是那三个道士，拿住了他们，却不漏泄了军情，反为不美！”老爷道：“莫若差王明去罢。”王爷道：“王明是不能免的。依我学生愚见，事不厌细，差王明往山南里上去，再差黄凤仙往山北里上去，两下里仔细探访一番，未有不得其实者。”老爷道：“老先生所言就是。”即时差下王明往山南里上去，打探山上有些甚么民居，或是岩洞，或是荒芜，限尽日回报。王明领命去讫。又差下黄凤仙往山北里上去，体探山上有些甚么房舍，或是祠庙，或有神仙，或有甚么妖魔鬼怪，限尽日回报。黄凤仙领命去讫。

却说王明领了元帅军令，往山南里找路上去。一手隐身草，一手戒手刀，找着个一条小路儿，七个弯、八个曲，走了半日。半日大约有二三十里之遥，却才看见一座石门儿。石门上横写着一行大字，说道：“红罗山第一福地。”王明看了一会，心里想道：“人人都说道‘门门有路，路路有门’，原来这等一个深山里面，果真的有路、有门。”一手拿起草来，防着有人看见一手拿起刀来，防着有人谋害。照直一跑，跑到里面，又是一个小小的石门儿，石门上又是横写着“白云洞”三个字。王明说道：“这分明是个神仙洞府。争奈这个门儿关着，没处问人，却不晓得里面是个甚么动静，怎么是好？不免敲他敲儿，看是怎么。”一手拾起一块石头儿，敲了两三敲。敲了两三敲，只当没有，又敲了两三敲，又只当没有。王明说道：“原来是个空洞儿，没有神仙在里面。既是没有神仙，我只站在这里做甚么，不如趁早些找下山来，回复元帅，也是一差。”又是一手拿起根草，一手拿着口刀，自由自在走出石门来。刚走到门上，王明口里说道：“王子去求仙，丹成入九天，洞中方七日，……”旁边一个人应声道：“献世几千年。”王明吃了一惊，心里想说：“怎么这里有个人声气哩？敢是个甚么仙童么？”抬起头来，四下里瞧一瞧，并不曾看见个人影儿在那里？王明口里又念道：“洞中方七日……”那边又有个人应声道：“献世几千年。”王明心里有些慌张，喝声道：“哇！你是个鬼么？怎么接我的下韵？”那人叫声道：“王克新你有运时，不撞到这个山颗里面。”王明听见叫他的名字，放下根草来，问说道：“你是哪个？怎么苦不现身？”只见那个人扑地一声响，跳出一个身子来，原来是唐状元的金紫夫人黄凤仙是也！王明道：“夫人为何到此？”黄凤仙道：“承元帅军令，教我往山北里找路上山，探问山上事实，特来到此。”王明道：“你怎么不叫我，只接我下面句诗？”黄凤仙道：“你手里有隐身草，故此不曾看见你是哪个，不好叫你的。”王明道：“我怎么不看见你来？”黄凤仙道：“我也因是这山上的路径儿生疏，不敢明走，是土囤而来，身子囤着，故此你又不看见我来。”王明道：“你上山来曾看见些甚么人么？”黄凤仙道：“不曾看见个人，只看见一个物件。”

毕竟不知是个甚么物件？且听下回分解。

第69回　黄凤仙扮观世音　黄凤仙战三大仙

诗曰：

石门一望路迢迢，崒嵂峰高耸碧霄。
泉挂珠帘当路口，烟拖练带束山腰。
香炉捧出仙人掌，辇路行来织女桥。
午夜月明天似水，鹤归松顶听吹箫。

王明问道："上山可曾看见个甚么人哩？"黄凤仙道："不曾看见个人，只看见一个物件。"王明道："是个甚么物件？"黄凤仙道："是我才在石门之下，看见一只金丝犬，有头有尾，有花有纹。他在那里闲游闲走，我看见它，它不曾看见我。是我捻个诀试它一试儿，它一跃而起，起在半天之上，不见下落。这就是我看见的物件。"王明道："前日金角大仙骑的是只金丝犬。这等看起来，果真是他的洞府无疑了。"黄凤仙道："石门上明明的写着'红罗山'，这个不消疑了。只是你在门里来，可曾打探得有些甚么事迹没有？"王明道："洞门关着，不得开，故此不曾打探得一些事迹。"黄凤仙道："你敲开他门，有何不可？"王明道："也曾敲来，只是敲不开哩！"黄凤仙道："你用个甚么东西敲？"王明道："是个石块儿。"

黄凤仙道：“那石块儿可曾下锅煮来？”王明道：“这等一个荒山上，又到哪里去煮来？”黄凤仙道：“原来不曾煮过，是个生敲，生敲他怎么肯开？”王明道：“怎么生敲就不开？”黄凤仙道：“你不闻‘生敲月下门’？”王明道：“好个‘僧敲月下门’。我们回去罢。”黄凤仙道：“元帅军令，我见或是民居，或是庙宇，或是神仙，或是鬼怪，打探一个的实来报。这等一个模糊，怎么就回得话哩？”王明道：“不见他的面，晓得他是个甚么人？”黄凤仙道：“依我愚人之见，这三个人不是甚么仙家正派。”王明道：“怎见得？”黄凤仙道：“人内不足者外有余，内有余者外不足。怎么是个内有余者外不足？怎么内不足者外有余？洞开重门，正如我心，少有邪曲，人皆见之，这却不是个内有余者外不足？小人闲居为不善，无所不至，见君子而后厌然，掩其不善而著其善，这却不是个内不足者外有余？这三个人紧闭了重门，正是销沮闭藏之貌，岂是一个正派的仙家？”王明道：“夫人之言有理。只是不曾眼见得他，不好回话。”黄凤仙道：“我还有一个道理。”王明道：“是个甚么道理？”黄凤仙道：“我和你寻一个深岩，待我坐在岩里，充做个观世音。你把个头发拢起来，把个红臂甲儿穿起来，充做个红孩儿。他若是没有个嫡门正派，他自来祷告于我。听他祷告，便知端的。”王明道：“此计大妙，只是怎么令他晓得？”黄凤仙道：“你带着那个隐身草，只在这门里门外晃着，但只是有人来之时，你就拿出草来，一下子不见了个形。走一会，却又收起草去，令他看见些形。走一会，又拿出草来，直走到岩边前，却又收起草去，走进洞里来，这却不令他晓得了。”王明道：“妙哉！妙哉！”两个人依计而行。

不出百步之外，就有一个深岩：

窈窕萦纡锁翠崖，幽深虚敞绝纤埃。

黄凤仙端端正正坐在里面。王明带着草，刚刚的走到岩上，早已惊动了个鹿皮大仙。怎么就惊动了他？原来王明穿了个红臂甲。世上只有个红第一抢眼。鹿皮正在打听宝船转来，一眼就瞧着，故此先惊动了他。王明眼又快，看见有个人，即忙的就拿出草来，鹿皮大仙转眼又不见了那个穿红的，心上狐疑，三步两步，跑到岩边来。只见深岩之中，坐着一个观音大士，左侧站着一个红孩儿。

鹿皮大仙跑进来，唱上一个喏，说道："果然语不虚传，人人都说道这是个潮音洞。今日果然有个大士在这里现身。"道犹未了，翻身而去。去到洞里面，见了那两个师兄，把观世音的事，细说一遍，金角大仙说道："我们正在出兵之时，正要问一个祸福。"银角大仙道："如今就行，迟了就是来意不诚。"

果真的三个大仙，齐齐的来到石岩之下，礼拜已毕，说道："弟子兄弟三人，原系凡胎，后遇异人，传授我一班仙术，又得了一班宝贝。前日蒙金眼国国王聘召，以退南兵，不料本洞之中有一个千岁的猢狲，见弟子们不在洞里，欺弟子们的道童，谋占未遂，放起火来，把弟子们的窠巢，一班大小徒弟，尽为煨烬之末！弟子们正然出兵，只见一阵信风所至，弟子们无计可施，只得抽身而回，未有寸功，虚负国王之请。今日又是天缘凑巧，这些南船都在这个山下经过，是弟子们三阵海风，刮住了他的船。这如今准备着擒他的将领，碎他的船只。一则报金眼国王之仇，二则全西洋大方之体面。弟子们这个地方，原是西洋印度之地，释伽佛得道之所，善不过的，怎么容得这等一干杀生害命的人在这里作吵么？伏望大士大慈大悲，救我一方生灵，保佑弟子们一战成功，不劳余力！功成之日，替大士修饰仙岩，庄严宝相。弟子们不胜虔恳之至！"祷告已毕，又齐齐的磕了二三十个头，出门而去。

三个大仙去了，黄凤仙道："你看好大仙哩！"王明道："亏了夫人妙计，尽得其情。不但只是尽得其情，他还拜做你的徒弟哩！"黄凤仙笑了一笑，说道："他们拜做我的徒弟还不至紧，你还做了我的红孩儿哩！"王明道："多了一个'红'字。"两人取笑一场，径下山来。

回到宝船之上，已经二更多天气。见了元帅，把个假扮观音大士的事，三位大仙祷告的情词，逐一的细说了一遍。元帅大喜，说道："这也叫做'使于四方，不辱君命，可谓士矣'！"吩咐重赏纪功。王爷道："那千岁的猢狲，就是金眼国的灾星，就是我们的福星！天下事有这等凑巧的！”老爷道：“前事罢了，只说他明日要来擒我们的将领，碎我们的船只，却把怎么抵敌他去？”王爷道：“邪不能胜正。还要苦求天师、国师一番。”老爷道：“有理。”

即时请到天师、国师。相见礼毕，三宝老爷把这三个大仙的始末，告诉一番。天师道：“他们既是凡胎，终久不为厉害也。先与他厮杀几场，看他是个甚么仙术，看他是个甚么宝贝。其后来，容贫道再作区处。”国师道：“若只是搬斗术法，摩弄宝贝，还自可得。只怕他水里撮出风来，岸上喷出火来，就有些不便。这个却都在贫僧身上。”老爷道：“多谢扶持！”各自散去。

到了明日，果然三个大仙一拥而来，一字儿摆着：金角大仙骑着一只金丝犬，居中；银角大仙骑着一个玉面狸，居左；鹿皮大仙骑着一个双飞福禄，居右。后面都是些毛头毛脑的番兵，也不计其数。三个大仙高叫道：“南朝的好汉，你出阵来。我前日在金眼轻恕于你，你今再走到哪里去？”道犹未了，南朝也是三员大将统领了三路雄兵：第一员是游击大将军雷应春，一匹马，一张月牙铲，居中；第二员是狼牙棒张柏，一匹马，一把狼牙棒，居左；第三员应袭公子王良，一匹马，一杆丈八神枪，居右。南阵上三通鼓响，呐喊一声，天摇地动的一般。金角大仙看见，大笑了三声，说道：“汝等都是些蝼蚁微命，敢来冲我的泰山。我若略略的举起手来，教你们都成齑粉。”道犹未了，把座下的金丝犬着一鞭。只见那畜生口里吐出一道青烟来，金星喷喷，尾巴头彪出一道火来，赤焰腾腾。南阵上看见，心里都是有些吃惊，一时不敢向前去。只有张狼牙心雄胆壮，怒发如雷，骂说道：“无端贼道，敢出这等大言。你既是泰山，怎么又借个狗势？我若惧怕于你，誓不为大丈夫！”狠上一声，提起那杆狼牙钉，横筑直筑，筑上前去。分明筑得有些意思，哪晓得那个乌锥马吃了金丝犬的火爆一烧，扑的一声响跌在沙场之上。这一跌不至紧，把个张狼牙颠将下来。张狼牙正在怒头上，顾不得甚么马不马，挺出个身子一跳，跳将起来。丢了个马，两只脚步行，两只手抡着狼牙棒，直钉到金丝犬头上，金丝犬吃了两钉。又钉到金角大仙的面上，金角大仙笑一笑，说道："这将军倒也是个不怕死的。我且教你受些磨折，你才认得我哩！"道犹未了，一口法水喷将出来。这一喷之时，莫说张狼牙，就是跟随的军士，一个个的都跌翻在地上，再有哪个晓得些人事呢？张狼牙心里其实明白，争奈脚底下无力，走不动哩！只见一伙毛头毛脑的番兵，捆捆缚缚，弄到山上去了。雷游击、王应袭看见那个道士术法高强，势头来得不好，未敢擅便，收兵回来，见了元帅，把道士的术法诉说一番。元帅道："怕他许多不成。你们抖擞精神，和他杀上几阵，不得赢他，再作区处。"两个将军应声而退。

却说金角大仙捞翻了张狼牙，撮进洞里。三个大仙仔细看一看时，尽好怕人也！怎么怕人？张狼牙本等是生得面如锅底，须似钢锥。却又被法水所迷，昏昏沉沉，不省人事，像个呆子一般，睡在地下。银角大仙说道："师兄，这个人好个软绵团儿。"金角大仙道："你只晓得软绵团儿，你哪里晓得此人性极刚强，万死不折。只为我的法水所迷，故此动弹不得。待我叫他醒来，你看看。"道犹未了，又是一口法水。张狼牙恰像个睡梦里面醒将过来。及至睁开两只眼，只见是三个道士坐在上面，一干毛头毛脑的番兵站在两旁。张狼牙欲待挣扎起来，浑身上下都是些绳穿索捆，肚子里急不过，大叫一声："好大胆的道士也，你敢绑着我在这里么？快拿刀来杀了我就罢，少待迟延，我就崩断了这些绳索，教你寸草不留。"

张狼牙这一场狠叫，金角大仙也有些惧怯。却又笑了一笑儿，说道："你不要这等急性。我还有个安乐窝，请你去坐一坐，尝些安乐的滋味，你才认得我来！"张狼牙又恼起来，骂说道："哪个认得你这等一个毛道士，尖嘴刮鼻，假充太乙，做醮念经，过如主乞。"金角大仙说道："这厮死在头上还不省得，还在噀嘴哩！左右的把他送到新潮音洞里去，待明日多拿几个，一起开刀。"果真的一伙番兵把个张狼牙送在洞里。只见到了里面，阴云惨惨，黑雾蒙蒙，无明无夜，不见些天日。一会儿，那一伙番兵各自散了。张狼牙心上一想，猛然间怒从心上起，恶向胆边生，就尽着平生的蛮力气，狠是手脚一蹬，毛发一竖，吆喝一声，身上的绳索，就是刀斩斧断的一般，齐齐的断了。张狼牙好似鳌鱼脱却金钩钓，摆尾摇头任儿游，一径跑下山来了。

跑到宝船之上，拜见元帅，把前后的事故细说一遍。元帅道："是个甚么洞？"张狼牙道："外面像是一个神座儿，转到里面就不见天地，不见日月星三光，离地狱门也只隔得一张纸的样子。"王明道："那洞外面可有个甚么台基儿么？"张狼牙道："像是个新砌的台基儿。"王明道："敢就是我们昨日弄喧的去所哩！"张柏道："是了！是了！他们口口声声说道新潮音洞里。"王明道："若只是送在那里，还好处得。"元帅道："怎么好处得？"王明道："只消小的跑进去就取将来，却不好处得？"元帅道："将计就计，在你们做个将官的身上。"王明道："我们都晓得哩！"

到了明日，那三个大仙领了一干番兵，又是一拥而来，又是一字儿摆开，高叫道："南朝再有哪个好汉敢来与我交锋么？"道犹未了，南阵上鼓响三通，呐一声喊，早已闪出一员大将，一骑马，一把月牙铲，飞舞而来，原来是游击将军雷应春。未及临阵之时，又是三通鼓响，喊上一声，早已又闪出一员大将来，一骑马，一杆丈八神枪，飞舞而来，原来是应袭公子王良。未及临阵之时，又是三通鼓响，喊上一声，早已又闪出一员大将来，一骑马，一杆滚龙枪，飞奔而来，原来是武状元唐英。未及临阵之时，又是三通鼓响，喊上一声，早已闪出一员女将，一骑马，一张两面刀，飞舞而来，原来是金紫夫人黄凤仙。四员大将四骑马，四样兵器，各逞其能，一齐吆喝道："你这些妖道们，快来受死！"金角大仙道："这叫我来受死么？只怕你们死在头上。你不信之时，你看昨日那个黑脸鬼，有个样子了。"黄凤仙说道："昨日他们为你邪术所误，你今日再敢来张开个毛嘴，喷出个臊水来么？"金角大仙说道："我就喷出来，你待如何？"黄凤仙道："你喷出来试一试儿看着。"金角大仙果然就是一口水来，也指望昨日的样子，挡着他骨软筋酥。哪晓得黄凤仙不慌不忙，取出一幅了事布儿，名字叫做月月红。拿起来马前一卷，那口水只当得洋子江里撒泡尿，不曾看见！金角大仙看见这口法水不灵，连忙的把个金丝犬加一鞭。那畜生好不施设哩，口里就喷出一道青烟，尾巴头就撒出一路红火，急走如飞，竟奔到黄凤仙脸上。黄凤仙不慌不忙，取出一根扎头绳儿，名字叫做锦缠头，拿起来照前一晃，即时把个金丝犬缠住了四只蹄爪儿，扑的一声响，跌一个毂碌。那畜生跌一跌不至紧，却早已把个金角大仙跌将下来，卖了个破绽。黄凤仙的两面刀其快如飞，照道他的颈脖子上，已自擂了一刀。金角大仙好苦也，一段是头，一段是身子，喜得这个大仙到底有三分鬼画符，黄凤仙去捞他的头，只见那两眼珠子撑上两撑，一张口呷上两呷，一个头猛空里一飞，飞上在半天之上，悠悠荡荡，从从容容，如飞鸟盘旋之状。黄凤仙又去捞他的身子，那身子也作怪哩，一跳跳将起来，跳在山岗头上。一会儿，一个头掉将下来，斗着个颈脖子上，半点不差，黄凤仙骂说道："好毛道士！你要卖弄么？"

道犹未了，银角大仙驰骤而来，手里拿着个如意钩，照头一掼。黄凤仙挡他一刀，两下里撞得咭玎咭玎一声响。黄凤仙道："你还要来，你的头可断得这一会么？"银角大仙道："胡讲！甚么人敢断我的头来？"一边讲话，一边撇起个如意钩，撇在半空云里，喝声道："变！"那个钩果真的一变十，十变百，即时间变做了一百口飞刀，唰唰的响，飞将下来。黄凤仙看见，说道："你还自称为大仙哩！你哪里真是个大仙？所行之事，都是些妖邪术法，敢到我老娘的眼前吊甚么喉！"不慌不忙，脚底下解下两只脚带来，名字叫做夜夜双。拿起来上三下四，左五右六，舞得就像个雪花盖顶一般，连人连马，那里再看见些踪影儿罢？那一百口飞刀，撞着的只是一响，一会儿都掉在地上，还是一个如意钩。

银角大仙看见解了他的术法，心上尽有些吃惊，说道："这等一个女将，尽有些学问，不可小觑于他。"却又掣过个如意钩来，望空一撇，撇在半天之上，喝声道："变！"那个钩一变，就变做一扇大磨盘，悬在半天云里，左磨右磨，磨来磨去，一下子掉将下来，竟压到黄凤仙的顶门骨上。黄凤仙看见，骂说道："好妖道，偏你有这许多的变化，偏我就不会变化么？"不慌不忙，头上取下一幅乌绫帕儿，名字叫做个劈头抓。拿起来望地上一甩，也喝声道："变！"这个"变"，却不是小可的，变就变做一座峭壁高山，拄天拄地的拦在阵前。你想一扇磨盘会打得个山透哩？轻轻的掉在山上，只当得个对江过告诉风罢了！银角大仙没奈何，只得收回个如意钩去，意思还要变几变儿，却不奈这个山拄在面前何，兼且落日西沉，昏鸦逐队，天昏地黑，不辨东西。假饶你会变，也是个腊梨变花枝，变不出个甚么好的来，只得各自收兵而散。

回到洞里，银角大仙大怒，说道：“枉了我们六尺之躯，反不奈一个女人何？”金角大仙说道：“你的如意钩千变万化，怎么不奈他何？”银角大仙说道：“都是你输了头阵与他，故此到底不利市。”金角大仙说道：“你们脚本等不齐，只埋怨我的头不齐哩。”鹿皮大仙说道：“当场不战，背后兴兵，这都是枉然的。到明日之时，二位师兄都请坐下，待贫弟去拿他过来，监他到安乐窝里，泄了二位师兄之忿罢！”银角大仙道：“师弟哩！过头饭儿难吃，过头话儿难讲也。难道你就拿得他来？”鹿皮大仙道：“贫弟若拿他不来，我就把这个六阳首级送了师兄罢！”银角大仙说道：“既如此，但是师弟拿得那个女将来，贫兄就把这个六阳首级送了师弟罢！都凭着大师兄做个证明功德。”

到了明日，南阵上这些将军先去摆下了阵势，只在牢等那三个大仙。鹿皮大仙骑了只双飞福禄，飞舞而来，威风凛凛，怒气冲冲，高叫道：“南朝那个泼妇，你还敢出来么？”黄凤仙喝声道：“我儿哩！你叫我老娘做甚么？”鹿皮大仙说道：“你这泼贱婢，你哪里识得我仙家的妙用。我饶了你这一刀之苦，你不如早早的下马受降么！”黄凤仙大怒，骂道：“这诛斩不尽的贼道！你不过是番国里一个妖人，怎比得我们天朝的上将。你敢开大口，说大话。我今日与你定个雌雄，拼个死活，你才认得我老娘来！”道犹未了，把手一招，南阵上飞出三员大将来：一个雷游击，一骑马，一把月牙铲；一个王应袭，一骑马，一杆丈八神枪；一个唐状元，一骑马，一杆滚龙枪。况兼黄凤仙一口两面刀，一个人当两个，四面八方，一齐杀向前去。圈圈转就杀做一个走马灯儿的样子，把个鹿皮大仙裹在中间。

鹿皮大仙也没有了主意，怎么没有了主意？欲待厮杀，这些人势头来得凶，施展个手段不出，欲待吹葫芦，急忙里吹不及，故此就没有了主意。因是荡了主意，急忙的把个双飞福禄加上一鞭，那福禄尽解得人的意思，一跃而起。刚起得一丈来高，黄凤仙手里取出一个锦缠头来，照着它一掼。那锦缠头原是个粘惹不得的，粘着就要剥番皮，惹着就要烂块肉。饶你是甚么摇天撼地的好汉，不得个干净脱身。莫说只是那个福禄，虽然通灵，到底是个畜生班辈。一个锦缠头一掼，早已跌翻下来。黄凤仙一肚子的怒气正没处去伸，抓过个福禄，就擂他一刀。一刀擂下一个头来，原来就是山上一野鹿，假充做个福禄，哪里是真的？黄凤仙越发识破了这个鹿皮大仙，高叫道："你们都要抖擞精神，生擒这个妖道。要晓得他纯是些邪术，只看这个野鹿便见明白。"众人听知黄凤仙这一篇之词，委果是雄了一个心，壮了一个胆，一片的擂鼓，一片的吆喝，摇旗的摇旗，吹哨的吹哨，好不英勇也！这正是先声足以夺人之气，怕他甚么鹿皮大仙！鹿皮大仙起在云里，无计可施。刚要取出葫芦来，黄凤仙早就看见了，高叫道："那贼道又在那里要弄喧，要吹甚么葫芦哩！"即时吩咐，鸟铳、过天星雨点一般的打上去。原来鹿皮大仙不是真仙，只是些术法儿做得玄妙，却又怕人瞧破他。因为黄凤仙瞧破了，故此葫芦就吹不起，又且鸟铳、流星一干火药逼得慌，愈加吹不出。左不是，右不是，不觉得又是红日西沉，天昏地黑，只得各自散阵。

黄凤仙连日两阵，两阵俱赢。回兵之时，元帅大喜，说道："着意栽花花不发，无心插柳柳成荫。谁想女儿国得这等一个女将，今日得他这等大功劳。"即时吩咐纪录司纪黄凤仙之功。黄凤仙道："三位将军之功，末将不敢冒认。"元帅道："既如此，连那三个将军一齐纪功。"那三位将军又说道："妖道尚在，末将们不敢言功。"元帅越发大喜，说道："克敌之功，让功之美，这四个将军俱得之矣！"即时吩咐安排筵宴，诸将庆功。到了明日，天尚未明，南阵上照旧是雷游击、王应袭、唐状元、黄凤仙，各领了各人军马，摆成阵势。唐状元道："今日又不知是哪一个贼道出来？"黄凤仙道："一定还是鹿皮大仙。"唐状元道："怎见得？"黄凤仙道："他昨日一筹不曾展得，他岂肯服输？一定今日还是他来。"道犹未了，山岗上一个道士骑着一匹白马，飞一般奔下来，高叫道："我夜来吃了你的苦，教你今日也吃我一场苦也！"道犹未了，一手拿出一个葫芦来，信口一吹。

毕竟不知这一吹还是些甚么术法？还有些甚么厉害？还是赢还是输？且听下回分解。

第70回　凤仙斩金角大仙　国师点大仙本相

诗曰：

为爱仙人间世英，几从仙籍识仙名。
金章未得元来面，石室甘颐太古情。
黄鹤几番寻故侣，白云随处订新盟。
鹿皮俄见飞仙影，底事随风羽翰轻。

却说鹿皮大仙跑下山来，摸着葫芦就吹。吹上一口气，即时间突出一把伞来，喝声道：“变！”一会儿，一把伞就变有一丈多高，七尺来阔，罩在半空之中，天日都不见影，划喇一声响，落将下来，实指望把南朝这些将官，这些军马，一过儿都捞翻上去。哪晓得黄凤仙又有些妙处。怎么妙处？起眼一瞧，瞧着是把伞，他不慌不忙，说道：“我儿流，你敢把这个伞来撑我老娘哩！”轻轻的伸起只手，头上取下一根簪儿，名字叫做搜地虎。照地上一摔，也喝声道：“变！”一会儿，就成一个文笔峰，约有万丈之高，拄天拄地，把个伞就撑得定定的。鹿皮大仙看见个伞不得下来，却又扭转身子，把衣服一抖。即时间，就变做一只无大不大的山鹿。原来那件衣服，却是一张鹿皮，故此抖一抖，就是一只山鹿。变成了鹿之时，只见呼的一声响，一跳跳到黄凤仙的头上来。黄凤仙看见他来得狠，一手就收起那个搜地虎，照着他一捌。这一捌又不曾捌得鹿倒，恰好的那把伞又掉将下来，黄凤仙也只得土囤而行。可怜这一伙南兵摸头不着，无处逃生，一伞就收有百十多个在里面。

鹿皮大仙不胜之喜，提着个伞，望山上径跑。唐状元高叫道："那妖道哪里去？"赶向前去，狠是一枪。王应袭高叫道："番狗哪里去？"赶向前去，狠是一标。雷游击高叫道："贼奴哪里走？"赶向前去，狠是一铲。

鹿皮大仙只作不知，向山上径跑。跑进洞里面，连声叫道："师兄！师兄！你都来也。"金角大仙说道："你今日这等喜孜孜，想是得胜而回。"银角大仙道："师弟，你拿出那个女将来，我把这个六阳首级还你。"鹿皮大仙道："师兄，军中无戏言。你的六阳首级，坐得只怕有些不稳当哩！"银角大仙说道："大丈夫一言既出，驷马难追。你既是拿得女将来，我怎么又和你反悔！"金角大仙说道："口说无凭，拿出来便见。你且拿出来再处。"鹿皮大仙欢天喜地取出个伞来，喝声道："变！"那把伞一会儿就变得有一丈来多长，尺来多阔。又喝声道："开！"把个伞一会儿腾空而起，渐渐的张开。那两位师兄抬头一看，只见南朝那一干军士，一阵风刮下十数多个来；又一阵风，又刮下十数多个来。刮来刮去，吊来吊去，共有百十多个，只是不见黄凤仙。

银角大仙说道："挡刀的倒有这些，只是那个女将却不曾看见在哪里。"鹿皮大仙说道："分明收在伞里，怎么不见下来？想必是他有些怕死，躲在伞肚里不肯下来。"一会儿，一阵风呼的一声响，没有个甚么人下来。一会儿，又一阵风呼的一声响，又没有个甚么人下来。鹿皮大仙说道："这个贼婢是有些作怪，待我取下伞来，看他再躲到哪里去！"把手一招，那个伞一毂碌掉将下来，细细的查点一番，哪里有个女将在里面！银角大仙说道："师弟哩，今番只怕你的六阳首级有些不稳当哩！"

鹿皮大仙看见赌输了，就撒起赖来，说道："我分明拿住了他，想是二师兄放得他去了，故意的要我认输。"银角大仙说道："谁见我放他去了？"鹿皮大仙说道："先前同着这一干的军士，都在遮天盖里，有则俱有，无则俱无，岂有有军士，又没有女将之理？"银角大仙说道："那女将变化如神，出没似鬼，你哪里拿得他住哩！"鹿皮大仙说道："偏你就晓得他变化如神，出没似鬼，却不是你放了他？"银角大仙说道："没有。"一个赖说道："放了。"一个说道："没有。"师兄师弟争做一团儿。金角大仙说道："你们两个都不消争的。三师弟没有拿住得女将，不算做全赢，二师弟的六阳首级不须取下。拿住了许多军马，又不算做全输，三师弟的六阳首级也不须取下。彼此都取一个和罢。"鹿皮大仙自知理亏，唯唯就是。只有银角大仙说道："师弟不当如此欺我。"金角大仙说道："你也不消这等多怪少饶，待我明日出阵，擒住那个妇人，解了二位师弟之忿罢！"

到了明日，南兵又在山脚之下摆成了阵势。金角大仙骑了一只金丝犬，飞奔而来。黄凤仙看见金角大仙，正是仇人相见，分外眼红，照头就还他一锦缠头。那金角大仙一时躲闪不及，一粘粘着锦缠头上，一毂碌跌下金丝犬来。黄凤仙只说跌他下来，却好就中取事。哪晓得金角大仙手里拿着一杆三股托天叉，步碾而来，抡得就是个鸟飞兔走。一只金丝犬又古怪，张开一嘴的狗牙，露出四只狗爪，奔向前来，就像个虎窜狼奔。黄凤仙反吃它一吓，即时取下了一对夜夜双来，左来右架，右来左支；人来人架，犬来犬支。架了一会，支了一会。金角大仙呼的一声响，就是一口法水喷将过来。黄凤仙没奈何得，取出月月红来，马前一展，那口法水也又落空。法水未了，金丝犬齁的一声响，一跳跳到头上来。黄凤仙复手一刀。这一刀不至紧，早已把个尾巴上的毛劈下来一大堆。金丝犬护疼，迎风一摆，起在半天云里去了。

金角大仙看见自己不奈人何，金丝犬又不得力，一手掣过一口刀，颈脖子着实一磨，磨下一个头，满天飞，好耍子，不过悠悠扬扬，盘盘旋旋。过了一会，那个头一片的法水喷将下来。黄凤仙连忙的取出个月月红，遮天遮地的晃着。这一阵法水来得凶，饶是个月月红晃着，十个中间，还有一两个挡着他的。挡着他的，就骨软筋酥，眠在地上，如醉如痴，一时间扛抬不及。

不觉的金乌西坠，玉兔东升。南阵上还有好些昏迷着的，都吃那些毛头毛脑的番兵一亏，捞进洞里。金角大仙一个头，又斗在个身子上，跨了金丝犬，走进洞门，不胜之喜，说道："今日这一场杀，虽不曾拿住那个妇人，却也挫了他许多锐气，拿了他许多军士，算做是我全赢。"一边吩咐办下酒席，自己赏功。一边吩咐把这两日拿住的南兵，都送到安乐窝里，和前日那个黑脸鬼，打伙儿受些快活。吩咐已毕，布置停当，金角大仙畅饮三杯。银角大仙说道："明日出阵之时，我两个都来帮你，包你就拿住那个妇人。"金角大仙一团的英气，哪里肯服些输，说道："我今番拿不住那妇人，誓不回山！"举起一杯酒来，照地一奠："若不全胜，誓不回山！与此酒同。大小山神都来鉴察！"这也莫非是金角大仙数合该尽，黄凤仙的功合该成。

到了明日，临阵之时，更不打话，一手一口刀，一手磨下一个头。那个头仍旧是满天飞，仍旧是满口法水，仍旧是挡着的骨软筋酥。黄凤仙抖擞精神，支支架架。这一日到晚，点水不漏下来。金角大仙没奈黄凤仙何，黄凤仙却也没奈金角大仙何。天晚之时，各自收兵回阵。到了明日，又是现成腔调：一边是一个光头，满天上喷下水来；一边是一幅月月红，遮天遮地的晃着。

一连缠了三日，不见输赢。黄凤仙心上有些吃恼。唐状元道："夫人连日出阵，每有英勇，怎么今日恼将起来？"黄凤仙道："非干我吃恼。只是这等样儿迁延岁月，不得成功，何日是了！"唐状元道："依我愚见，那贼道只是些妖邪术法，不如还去求教天师或国师，才有个结果。若只是吃恼，也徒然无补。"黄凤仙道："状元之言有理。我和你两个同去。"

道犹未了，只见天师、国师和元帅都在元帅帐上，谈论军务。唐状元直入，行一个礼。天师笑一笑儿，说道："唐状元此来为夫人求计。"唐状元道："非为夫人，远为朝廷，近为元帅。"天师道："状元恕罪，前言戏之耳。"唐状元却把个金角大仙的始末缘由，细说了一遍。天师道："邪不能胜正，伪不能胜真。只求国师老爷一言足矣！贫道其实未能。"国师道："贫僧只晓得看经念佛，这杀人的事哪里得知。"唐状元道："这不是杀人的事。只是金角大仙头在一处就会飞，身子在一处又不动，一会儿，头又斗在身子上半点不差。这却都不是些术法？只求二位老爷指教一番，教他的头斗不上他的身子，就完结了他的账。"国师道："这个不难。既是他的身子在一边，你明日把本《金刚经》放在他的颈脖子上，他就安斗不成。"唐状元道："承教了！功成之日，再来拜谢老爷。"躬身而出，走到外面，把《金刚经》的事告诉黄凤仙。黄凤仙道："焉有此理！一本《金刚经》哪里会显甚么神通？"唐状元道："国师自来不打诳语，不可不信。"黄凤仙道："既是如此，明日且试一遭。倘不灵应，再来不迟。"唐状元道："你明日和他争斗之时，待我们悄悄的放上一本经，两不相照，他一时却就提防不来。"黄凤仙大喜，说道："远仗朝廷洪福，近赖元帅虎威。此计一成，胜于十万之师远矣！"计议已定。

到了明日之时，金角大仙一拥而来，撇下了金丝犬，除下了金角头，一会儿就在天上，一会儿就喷出水来。黄凤仙道："你这贼道，今番才认得我老娘的手段哩！"金角大仙道："你这几日，还有几个毛将官来相护。今日之间，只身独自而来，那些毛将官也害怕了。你这等一个蠢妇人，岂识得我仙家的妙用？"金角大仙只说是仙家的妙用，哪晓得唐状元站在一边还有个妙用。道犹未了，只见金角大仙飞起了头，一任的法水喷将下来，黄凤仙一任的月月红照将上来。两家子正在好处，金角大仙哪里又顾个文身。

却说唐状元拿了一本《金刚经》，找着他文身，只见他颈颡脖子上一股白气冲出来。唐状元也不管他气不气，白不白，连忙的把那《金刚经》放在上面。放了这《金刚经》不至紧，一会儿就不见了文身，就变成一个土堆在那里。一会儿土堆又长起来，一尺就一丈，一丈就十丈，就变成一个大山在那里。唐状元心里想道："我夫人还不准信，原来佛力广无边。国师之教不当要子！"道犹未了，一骑马径出阵前，手里拿着那杆滚龙枪，照东一指。一声锣响，南阵上将转兵回。

金角大仙看见黄凤仙跑下阵，只说他心中惧怕，连忙的跌下头来，却寻身子斗着，哪里有个身子？没奈何，头只在半天之上，旋旋转转，慌慌张张，左找右找，左找不见，右找不见。找了一会，不见个身子，叫将起来。左叫右叫，左叫不见，右叫不见。叫了一会，又不见个身子，越发激得没奈何，哭将起来。左哭右哭，左哭不见，右哭不见。没奈何，哭了一会又叫，叫了一会又哭。

唐状元叫声道："夫人，好去捞着他的头来哩！"黄凤仙带转了马，取出个锦缠头来，照上一撇。虽然打不着身子，眼睛珠儿却在头上，好不快捷，一起又起在半天之上，哪里捞得他住？黄凤仙叫声道："贼道，你今番没有了文身，还做得甚么好汉！"金角大仙说道："你藏了我的文身，你叫我怎么结果？"黄凤仙道："你今番再骂人么？"金角大仙说道："我如今有口没喉咙，再骂得哪个？"黄凤仙道："你今番再杀人么？"金角大仙说道："我如今眼看得，手动不得，再杀得哪个？"黄凤仙道："你今番再计算人么？"金角大仙道："我如今有口没心，再算计得哪个？"黄凤仙道："你今番挪移人么？"金角大仙道："我如今晓得，脚走不得，再挪移得哪个？"黄凤仙道："你番再强似人么？"金角大仙说道："我如今有上梢没下梢，再强似得哪个？"

道犹未了，只见一个金丝犬三跳两跳，跳将来，呲开一张嘴，就讲起话来，说道："主人公，主人公！你怎么弄得这等一个湿东松？"金角大仙说道："我如今是这等有上梢来没下梢，怎么是好？"金丝犬说道："主人公，你若是不嫌弃时，我的文身情愿让与你罢！"金角大仙想了一会，连说道："做不得，做不得！"金丝犬说道："怎么做不得？"金角大仙道："我在玄门之中走这一遭，已自像个奴群狗党。再真个披了你的皮，却把甚么嘴脸看见三净老儿？"

道犹未了，黄凤仙一手一张两面刀，呼的一声响，一刀金角大仙，一刀金丝犬。杀翻了这两个对头。你看黄凤仙，喜孜孜，鞭敲金镫响；笑盈盈，人唱凯歌声，骤马而归。进了营门之内，把两个尸首摆列着在阶前，上帐去见元帅。

元帅道："阶前是哪个的尸首？"黄凤仙道："一个是金角大仙，一个是金丝犬。"元帅道："那有头有尾、有手有脚的是哪个？那有头没尾、没手没脚的是哪个？"黄凤仙道："有头没尾、没手没脚的是金角大仙。那有头有尾、有手有脚的是金丝犬。"二位元帅嗄上一声，说道："原来这个诛斩贼道，狗也不如。”

道犹未了，旗牌官报说道：“天师、国师来拜。”相见礼毕，刚坐下，天师问道：“这个头是哪个的？”元帅道：“今日黄凤仙力战成功，这个头就是金角大仙的。”天师叹上一声，说道：“这畜生自称金角大仙，今日做到这个田地，是我玄门之玷！”国师道：“阿弥陀佛！这个孽畜哪是你玄门中人？”天师道：“怎见得不是贫道玄门中人？”国师道：“你还不信来，我取过他的文身来你瞧着。”天师道：“国师肯见教时，贫道大幸。”国师道：“请过唐状元来。”

即时唐状元帐前相见，国师道：“你拿的《金刚经》放在哪里？”唐状元道：“承国师老爷佛旨，已曾放在金角大仙的颈脖子上。”国师道：“其后何如？”唐状元道：“放了《金刚经》之后，那个文身即时变成一个土堆。一会儿，又变成一个山岭，故此金角大仙再没去寻处。”国师道：“你还去取转经来。”唐状元道：“已经是个高山峻岭，怎么又得出来？”国师道：“这个不妨碍，你拿出手来。”唐状元伸出只手。国师拿起九环锡杖，写个“土”字，放在他手掌心里，吩咐道：“你仔细拿着这个字，一直走到山岭之前，放开手掌来，你就望本营里跑。”

唐状元遵命而行。走到山岭之前，刚刚的放开个手掌心来，只听得划喇一声响，狠似天崩地塌一般。唐状元领了国师严命，不敢有违，一径望本营里跑。未及看见元帅，只见阶下已自横担着一只野牛，毛撑撑的。及至回复元帅，只见九环锡杖杖头上横担着一本《金刚经》。唐状元吓得毛悚骨酥，不得作声。天师道：“那野牛是哪里来的？”国师道：“这野牛就是金角大仙的身子。头也不是人的。”天师道：“见教一番如何？”国师道：“这个不难。”即时吩咐取过一碗无根水来。取过水来，照着那个头一喷。只一声响，就变出一个牛头来，两只长角金晃晃的。国师道：“这却不是个金角大仙！这等一个畜生，混入玄门中，何足为玄门之玷！”天师满口称谢。二位元帅说道：“这个牛精自称金角大仙，果真的有双牛角。”只因这个故事传到如今，都骂人做牛鼻子道士，却是有个来历。却说元帅请问国师：“这两个尸首怎么处？”国师道：“都宜以礼埋之，但金丝犬坟上竖一块石碑，镌着‘义犬’两个字。要见得人之不可不如狗。”后人感此，做一篇《病狗赋》，录之为证。赋曰：

狗病狗病由何苦？狗病只因护家主。昼夜不眠防贼来，贼闻狗声不登户。护得主人金与银，护得主人命与身。一朝老来狗生病，却将卖与屠狗人。狗见卖与屠人宰，声叫人主全不睬。回头又顾主人门，还有恋主心肠在。呜呼！狗带皮毛人带血，狗行仁义人行杀。狗皮里面有人心，人有兽心安可察？呜呼！世上人情不如狗，人情不似狗情久。人见人贫渐渐疏，狗见人贫常相守。有钱莫交无义人，有饭且养看家狗。

元帅纪功颁赏，不在话下。

却说银角大仙听知金角大仙战败而死，吓得如醉如痴，不省人事。鹿皮大仙再三劝解，说道：“死者不可复生，生者岂可寻死？我和你不如丢了这山头，再到别处寻一个洞天福地，安闲自在去罢。”银角大仙说道：“今日也说南船上有个金和尚、张道士，明日也说南船上有个金和尚、张道士，把这两个人看作生铁拐、活洞宾，不敢惹他。到今经半月有余，不曾看见他两个放得半个屁。倒反被这等一个泼妇人，连赢我们这些阵数，费了我们多少精神？用了我们多少计策？今日算到这个田地，我岂肯甘休罢了！况且杀兄之仇，不共日月！我明日定要与他决一个高低。”鹿皮大仙说道：“我们这如今又不是前番的谱子？怎么不是前番的谱子？前番他初见我们之时，还只说我是个上界真仙，纵有些小疑惑，终久不能自决。这如今捞翻了师兄，已自看得针穿纸过的。我和你又把旧谱子来行，只怕就有差错。”银角大仙道：“这个话说得有理。只是我也曾经打虑过来。我如今有了个鬼神不测之机，翻天覆地之妙。”鹿皮大仙说道：“师兄，你试说出来，我听一听看。”银角大仙说道：“隔墙须有耳，窗外岂无人？我这个神机妙算再不说出来，你明日只看着就是。”鹿皮大仙说道：“惟愿得：‘眼观旌旗捷，耳听好消息。’”

到了明日，刚交到五鼓时候，银角大仙披衣而起，站在山头上，手里拿着个如意钩，望海里一撇。这个钩千变万化，无不如意。银角大仙意思要它变做个水怪，翻江搅海，打坏他的宝船。果真的变做一个千百千丈的大鳌鱼，就在海中间搅起万丈波涛，拍天雪浪。一霎时，只见：

日月昏螟，雷霆震怒。惨惨黯黯，数重云雾罩定乾坤；凛凛冽冽，一阵猛风撼开山岳。雪山万丈，打着天，拍着太阳；银烛千条，泻平地，顿成沧海。镇日间淅淅索索，划划喇喇，任是你宝船千号，少不得东倒西歪；满眼里倾倾动动，倥倥偬偬，凭着他过海八仙，也不免手慌脚乱。巉巉崖崖，崎崎岖岖，有眼难开，吓得个水神们缩颈坐时如凤宿；哔哔剥剥，叮叮当当，有足难走，打得个水族们攒身聚处似泥蟠。云雾障天，举目不知天早晚；波涛浴日，要行难辨路高低。神光万丈，闪闪烁烁，灿灿烂烂，恍疑五夜里掣电争明；杀气千重，昏昏沉沉，阴阴深深，恰似三月间奇花乱吐。拂拂霏霏，不让三更骤雨；轰轰划划，难逃九夏鸣雷。不知是阳侯神、灵胥神、冯夷神、海若神、天吾神、壬癸神，和谁斗战？只应是泾川君、洞庭君、南海君、北海君、宫亭君、丹阳君，各显威灵。正是：西风作恶实堪哀，万丈潮头劈面来。高似禹门三级浪，险如平地一声雷。

却说四哨副都督看见这等万丈的波涛，滔天的雪浪，都吃一大惊，都说道："只怕是天意有些甚么差池？"一齐儿来见元帅，元帅道："这一定又是那两个杀不尽的道士使风作浪，唬吓我们。"吩咐快去请国师来。国师道："厚承呼唤，有甚么指挥？"元帅道："前日初到之时，承尊命说是海里的风，船上的火，都在老爷身上。今日不幸，果是海里生风作浪，望乞国师老爷不食前言。"国师道："贫僧受命而来，何曾敢打半句诳语？今日之事，相烦二位元帅到贫僧千叶莲台之上，去看一会来，便见明白。"

二位元帅不敢怠慢，一径跟着国师，同到莲台顶上。起眼一瞧，只见离船有十丈之远，十丈之外，雪浪滔天，银山吞日；十丈之内，水光万顷，波涛不兴。二位元帅问说道："怎么外面那样凶险，里面这等平静？"国师道："实不相瞒，贫僧看见那个妖道来使风作浪，是贫僧一道牒文，差下四个龙王，在十丈之外护持我们宝船，故此外面凶险，里面就平静。”二位元帅连声称谢，说道：“若不是佛爷爷神力扶持，却不远葬海鱼之腹！”国师道：“若不是预先设法，这些宝船几乎不保，还守得到元帅来呼唤贫僧么？”元帅道：“这风浪到几时才宁静？”国师道：“妖邪之术，小者三刻，大者三十刻。这个妖道尽成了气候，今日风浪是寅时初刻起的，要到巳时初刻，才得宁静。”交了巳时，果真的风憩浪静。四哨副都督并一切水军都督，都来问安。二位元帅说道：“快叫军政司备办一席筵宴，与大小将官压惊。”国师道：“阿弥陀佛！这还是些小惊，还有一个大惊在后面。且慢安排筵席。”

不知是个甚么大惊在后面？且听下回分解？

第71回　国师收银角大仙　天师擒鹿皮大仙

诗曰：

边事勤劳不自知，勉然舆病强撑持。
愿擒元恶酬明主，不斩降人表义师。

木石含愁移塞处，山川生色献功时。华夷一统清明日，谁把中华俗变夷？

却说二位元帅吩咐安排筵宴，诸将压惊。国师道：“且慢！且慢！这还是些小惊，还有一个大惊在后面。”二位元帅听知还有一个大惊，心上尽有慌张的样子，问说道：“还有个甚么大惊？不知可保全得么？”国师道：“阿弥陀佛！贫僧有言在先，都在贫僧身上。”元帅道：“可要些甚么预备着么？”国师道：“不消甚么预备。你只是交到黄昏戌时，就见明白。”

却说银角大仙丢下了如意钩，过了三十刻，看见风浪不能成功，乘兴而来，没兴而返。没奈何，只得收转钩去，恹恹纳闷。鹿皮大仙说道：“师兄又枉费了这一番心事，不如依我做兄弟的说罢。”银角大仙说道：“一不做，二不休，我到黄昏前后，还有个妙计，直教他前后左右支架不来，他才认得我哩！”鹿皮大仙说道：“只怕一番清话又成空。”银角大仙说道：“各人做事各人当，你不消管他就是。”到了黄昏时候，站在山头上，手里拿着那把如意钩，把个头点三点，又摇三摇，把个手招三招，把个脚踹三踹，却掀起个如意钩，望半天里一撇。一撇撇在半天之上，哗啦一片响。这一响不至紧，早已惊动了南船上大小将官，元帅连忙的去问国师。国师请过二位元帅，坐到莲台之上观看；又叫元帅传令各将官，各人按扎本营，不许惊慌喧嚷。传令未毕，只听见扑冬的一声响，早已掉下一个血红的火老鸦来，恰好掉在“帅”字船桅杆上。远看之时，哪里是个老鸦？只当是一块火团儿，照得上下通红，烟飞焰烈。二位元帅心上就吓一个死，生怕做成个赤壁鏖兵的故事。

只见国师叫上一声：“金头揭谛何在？”叫声未绝，猛空中就走出一个七长八大的天神来，手里拿出一道金箍头，走向前去，照着那个火鸦，轻轻的一箍，箍得那个火鸦哑一声叫，精光的一个老鸦。有诗为证：

白头不叹老年光，乱噪惊飞绕树傍。
影拂黑衣飞远塞，光翻金背闪斜阳。
报凶厌听因何切？返哺应知孝不忘。
几度五更惊好梦，数声啼月下回廊。

光一个老鸦，却没有了身上的火，船上就不妨碍。二位元帅才然放心，说道：“多谢国师老爷神力扶持，真个狠是一场惊恐也！”

道犹未了，只听得扑冬的又是一声响：“帅”字船的桅杆上早已走下一个血红的火老鼠来，恰好是又走进到中军帐上去。远看之时，哪里是个老鼠？只当得一块火秧儿，照得上下通红，烟飞焰烈。二位元帅心上又吓一个死，生怕做成个博望烧屯的故事。

只见国师又叫上一声：“银头揭谛何在？”叫声未绝，猛空中又走出一个七长八大的天神来，手里拿着一道银箍头，走向前去，照着那个火老鼠轻轻的一箍，箍得那个火鼠呀一声叫，精光一个老鼠。有诗为证：

土房土屋土门楼，日里藏身夜出游。

脚小步轻乖似鬼，眼尖嘴快滑如油。
巧穿板窦偷仓粟，惯入巾箱破越绸。
有日相逢猫长者，连皮带骨一时休。

光一个老鼠，却也没有身上的火，船上也不妨碍。二位元帅依然放心，说道：“多谢国师老爷神力扶持。真个又狠是一场惊恐也！”国师道：“只怕还有一场。”元帅道：“怎么是好？”道犹未了，只听得又是扑冬的一声响，水里头走了一条血红的火蛇来，恰好是认得“帅”字船，钻进箬篷里面。远看之时，哪里是条蛇？只当得一条火绳，照得上下通红，一会儿箬篷里烟飞火爆。二位元帅心上又吓一个死，生怕做成个火烧新野的故事。

只见国师又叫上一声：“波罗揭谛何在？”叫声未绝，猛空里又走出一个七长八大的天神来，手里拿着一道金刚箍，走向前去，轻轻的照着那条火蛇一箍，箍得那条火蛇嗤一溜烟，精光的一条大蛇。有诗为证：

鳞虫三百六居一，大泽深山得自宜。
吞吐阴阳诚有道，修藏造化岂无机。
甲鳞渐渐方披处，头角森森欲露时。
待得春雷一声早，翻身变作巨龙飞。

光只是一条大蛇，却也没有了身上的火，箬篷儿又不妨碍。二位元帅依然放心，说道：“多谢佛爷爷之力。过了这一吓，想是平安了。”国师道：“只怕还有一吓。”二位元帅道：“事不过三。怎么三变之后，还有个甚么吓来？”

道犹未了，只听得扑冬的一声响，水里头又走上一个火龟来，恰好是也认得“帅”字船，径钻进船舱里面。远看之时，哪里是个龟？只当得一个火盆，照得上下通红，船舱里面烟飞火爆。二位元帅心上又吓一个死，生怕做成个城门失火来。只见好个国师，又叫上一声：“波罗僧揭谛何在？”叫声未了，猛空里走出一个七长八大的天神来，手里拿着一个金刚钻，走向前去，照着那个火龟轻轻的一钻，钻得个火龟一交跌，精光一个灵龟。

有诗为证：

妙在天心蕴洛奇，文明斯世应昌期。
九畴全贝阴阳数，五总能含造化机。
气合幽明增有象，卜传吉凶亦无私。
诚哉是个钟灵物，宝在当是岂得知。

光只是一个灵龟，也却没有了身上的火，船舱里又得稳便。二位元帅又且放心，说道："多谢佛力无边。过了这四场惊吓。想是平安么？"国师道："此后却平安了。"

只说得"平安"两个字，那马公公就插出一张嘴来，说道："国师老爷，适来天神手里拿的是甚么东西？"国师道："是个金刚钻。"马公公又问道："船上爬的是个甚么东西？"国师道："是个龟。"马公公道："原来天神也钻龟哩！"国师闭上一双眼，不做半个声。洪公公又插上一句，说道："这个天神敢是南京回光寺里的菩萨？近朱者赤，近墨者黑。"元帅道："只你们这等口多。这如今还不知道那四个火怪藏在哪里，还有好些不便处。"国师道："都不在了，没有个甚么不便。"元帅道："怎么就都不在了？"国师道："至诚无息，久假必归。故此鬼怪妖邪只一现了本相，即时就消沮闭藏。"元帅道："今番可安排筵宴么？"国师道："还有一惊，只是不这等狠。"元帅道："怎么还有一惊？"国师道："过了这一惊，再无别事，便可安排筵宴了。"元帅道："这一惊还在几时？"国师道："在明日半夜子时。今番只是贫僧支持他，再不经由二位元帅。"二位元帅满口称谢。

却说银角大仙费了一夜心机，半筹不展，心上又在纳闷。鹿皮大仙说道："师兄，今番你的如意钩，怎么也不灵验哩？"银角大仙说道："昨夜之时，一变，变做个火鸦。火鸦之计不行，又一变，变做个火鼠。火鼠之计不行，又一变，变做个火蛇。火蛇之计不行，又一变，变做个火龟。火龟之计又不行，这再叫做不变。这再是变得不如意，不知怎么，就是个擀面杖儿吹火，节节不通风。”鹿皮大仙说道：“师兄，师兄！他船上的张道士、金和尚都是甚么人？你怎么弄松得他倒？”银角大仙就变过脸来，说道：“你只讲长他人志气，全不顾自己的威风。我今夜有个破釜沉船之计，若还再不得赢，我也誓不回山！”咬牙切齿，恨满胸膛，巴不得一把就抓过得南船来。到了半夜子时，一个儿站着山岗头上，取出如意钩来，叹上一口气，说道：“如意哥！如意哥！不奈他何奈我何！你今番前去，须索是当个百万雄兵，千员猛将，起眼成功，抬头喝彩，才不枉了我和你相呼厮唤这一生。”

道犹未了，那如意钩果然的解得人的意思，迎着风哇的一声响。银角大仙大喜，说：“你晓得我的心事就好了。”拿起它来照上一撇，撇到半天之上，喝声道：“变！”即时间变做一扇比天大的磨盘，回回旋旋，乘风而下。银角大仙又叮嘱道：“你快去快来。”这磨盘竟落到南船上来。”

国师早已看见了，说道：“阿弥陀佛！这等一扇大磨盘掉将下来，我这些大小宝船，却不打得直沉到底？我这些大小兵将，却不打成一块肉泥？”不慌不忙，拿起个铁如意，禅床角上一敲，叫声：“韦驮天尊何在？”叫声未绝，早已掉将一个朱脸獠牙的神将下来，叉着手说道：“蒙佛爷爷慈旨，有何使令？”国师道：“所有银角大仙卖弄术法，把个如意钩变做一扇大磨盘，来打我的宝船，害我的元帅。你去接过他的来。”韦驮得了佛旨，不敢有违，一驾祥云，腾空而起。刚起之时，正撞着那扇磨盘齁齁的响，落到南船上来。韦驮天尊一则是佛爷爷慈旨，二则是各显神通，伸手一接，把个磨盘就接将过来，喝声道：“孽畜，敢在我跟前调喉哩！”那扇磨盘，一会儿还是一个如意钩，落下云来，交在国师老爷手里。老爷道：“你且回天，后会有旨，再来相烦。”韦驮天尊各自方便。

到了明日，二位元帅都到莲台上问候国师。国师道：“阿弥陀佛！今日贺喜二位元帅。”二位元帅说道：“连日耽惊受怕，不是国师老爷佛力无边，不知是个甚么结果！何敢又言贺喜？”国师道：“二位元帅，一个一个大难星过宫，幸保安全，故当贺喜。”二位元帅说道：“是个怎么样儿的难星？伏乞国师见教。”国师道：“口说无凭，我拿出来你们看看。”即时到袖儿里取出一个物件来：一尺来长，二寸来阔，直又不直，弯又不弯，神光闪闪，杀气腾腾。二位元帅看见，老大的眼生，问说道："这是个宝贝，就是难星？"国师道："这叫做个如意钩，千变万化，不可测度；随意所变，无不如意。他昨日变做一扇大磨盘，约有千万斤之重，竟照着我们船上掉下来。若是我们宝船挡着它，打得直沉到底；若是我们大小军士挡着它，打做一块肉泥。这却不是个难星？"元帅道："老爷怎么收住它的？"国师道："是贫僧吩咐韦驮天尊接着它的来，故此才收在贫僧处。"二位元帅满口称谢，说道："若非国师神通广大，老夫俱碎为齑粉矣！"马公公道："既然有此宝贝，借咱学生们看一看何如？"国师就递与马公公，一个传一个看一回，一个传一个看一回，都说道："终不然这一件些小物事，就会变做千万斤之重。"国师道："你们有些不准信么？贫僧撇起他来，你们看着何如？"马公公道："国师之言，谁不准信？只说这等一件物事，能大能小，能去能来，变化无穷，能解人意，却是个稀世奇珍，等闲怎么得见？"国师道："要见不难。"接过如意钩来，照上一撇，撇在半天之上，喝声道："变！"即时变做一扇大磨盘，无大不大，果有千万斤之重。悬在半空中。盘盘旋旋，腾腾转转，齁齁的响。哪一个不说道："好活宝贝！"哪一个不说道："果好灵通！"

却说银角大仙昨日不胜忿忿之气，放出如意钩来，实指望打碎这些宝船，陷害这些元帅兵卒，一场全胜。哪晓得弄做个"鲍老送灯台，一去永不来"。自从半夜子时起，直等到朝饭辰时，并不曾看见打坏了哪个船！并不曾看见打坏了哪个人！不打坏船，不打坏人，还不至紧，连如意钩都不见踪影，好恼人也！恼得直条条的睡在石门之下，心里只要寻个自尽。

正在恼头上，猛然间听见一声响，像是自家的宝贝。你看他一毂碌爬起来，开眼一张，果然是自家的宝贝！悠悠扬扬，悬在半天之上，齁齁的响。这正叫做物见主，必定取。把手一招，那扇磨盘飞一般掉到他的手里，又是一个如意钩。银角大仙不胜之喜，拿起来又要去。鹿皮大仙看见，说道："师兄，你怎么这等知进而不知退？直要做到水穷山尽才好！"银角大仙说道："你坐你的罢！你只来阻我的兴头。兵法有云：'出其不意。'这如今哪晓得我收了宝贝。我即时间撇起来，他只说还是先前，不作准备，却不捞翻他一个来。只消捞翻他一个，其余的就好处得。"鹿皮大仙说道："若还只是个磨盘，他昨日怎么接得你的住？你今日怎么捞翻得他来？”银角大仙说道：“既如此，我又另变做一个灵性些的，单要拿那金和尚来开钻眼。”道犹未了，拿起如意钩来，嘱咐几句，叫它见样变样，单拿和尚。一撇撇在半天云里，只见云里有一群白鹰在那里飞舞。这个如意，果真的见样变样，就变做一个白鹰，成双作对，又舞又飞。

却说国师先前把个如意钩变做磨盘，本是试一试儿众人看看，哪晓得银角大仙收回去了，哪个不抱怨？说道：“都是马公公要看，这如今再看一个么？都是马公公要试，这如今再试一个么？”国师道：“你们都不要埋怨，不过一饭之顷，这宝贝又来。”国师这番的话，人都准信，只有这两句话，人却有些不准信。怎么不准信？都说道：“伤弓之鸟，漏网之鱼，岂有再来之理？”过了半晌多些，都把两只眼睛望着天上，并不见有个磨盘到，只有几个白鹰飞的飞，舞的舞。这的原不相干。只见国师把个眼儿一开，即时就闭了，一手把个钵盂仰着戴在头上，替下个圆帽来。众人都只是白着一双眼看他，全不解其意。一会儿，一个白鹰呼的一声响，掉在老爷的钵盂里来。老爷取下钵盂，拿出白鹰来看，哪里是个白鹰？原来就是先前的如意钩。这只因银角大仙叫他见样变样，故此变作个白鹰；叫他单拿和尚，故此掉在老爷钵盂之中。

二位元帅看见，又得了个如意钩，万千之喜。国师道：“这个钩，请二位元帅收下罢。”元帅道：“不敢收！”国师道：“马公公，你再看么。”马公公道：“再不敢看！”国师道：“贫僧再试一试儿么。”众人一齐道：“再不敢试！”国师吩咐徒孙云谷收着。

三宝老爷说道：“这个贼道去了宝贝，没有了命根，明日多点将官，多带军马，准备要捞翻着他。”王爷道：“我学生有一个小计，不劳只枪匹马，就要拿得这个贼道过来。”老爷道：“既是王老先生有这等妙计，悉听指挥。”王爷即时叫唐状元来，耳边厢吩咐他如此如此。又叫过王明来，耳边厢吩咐他如此如此。二将听令而去。

到了明日，唐状元同着黄凤仙，解上银角大仙一个人到帐前；王明解上前日南兵陷在红罗山安乐窝的共有一百五十余人，也到帐前。三宝老爷好一吃惊，说道：“这个贼道费了多少钱粮，亏了多少军马，尚且不奈他何！怎么今日唾手可得？这还是哪个拿住他来？”黄凤仙答应道：“是末将承王爷号令，拿住他来。”老爷道：“王爷是怎么的号令？”黄凤仙道：“王爷料定他事急求神，叫小的依前假扮做观世音，叫王明依前假扮做红孩儿的，同到潮音洞里。小的们依计而行。果然银角大仙走到洞来，磕头如捣蒜，哀浼观世音大舍慈悲，救他性命。他正在磕头祷告之时，是小的和王明两个走下来，一绳一索，捞翻他过来。”老爷道：“王爷明见万里之外，一言之下，果真的贤于十万之师。这一百五十个人他原在那里，怎么今日也取得回来？”王明道：“这一干人都被那个贼道法术所迷，都放在潮音洞后土窨里面，是小的借着黄将军的赢势儿，一糙子都取回他来。”老爷道：“可有损伤么？”王明道：“一个还是一个，并没有损伤。”老爷道：“这是王明之功，却也不小。”王明道：“小的何功？都是黄将军携带。”黄凤仙道：“这都是王爷号令，末将何功？”王爷道：“这都是朝廷洪福，诸将士效力，老夫何功？”老爷道：“只这一场功，都是这等谦让推逊，雍容可喜，可喜！”叫请国师、天师，同来处分这个贼道。

国师、天师都到。元帅道：“今日侥幸，拿缉了这个银角大仙，请二位老师怎么处分他？”天师道：“前日金角大仙是只牛，这决也是个甚么畜生。请问国师老爷，就有个处置。”国师道：“牛羊何择？前日是个牛，今日一定是个羊。”天师道：“还请老爷指教一个明白才好。”国师道：“你要看它看儿。”叫取无根水来。一口无根水，果真的是一只雪白的肥羊，两只角的色道越发白，稀罕甚么银子？天师道：“有此孽畜，酿成这等大祸。”二位元帅说道：“原来金角、银角之号，各从其实，人不自察。请问二位老师，这个尸首放在哪里？”国师道：“丢了它罢。”天师道：“只怕它还有甚么变化，贻害后人。”一手提起那口七星剑来，骂说道：“畜生！你冒领人皮，假充仙长，上犯天条，下犯王法，碎你的尸，剐你的皮，尚有余罪！”提起刀来，横一下，直一下，劈做三四块；烧了一道飞符，一蓬火，把个银角大仙一时火葬已毕。

天师怒气冲冲，正在恼头子上，只见蓝旗官报道：“鹿皮大仙张开一把大伞，丈来多长，七尺多阔，呼呼的一片响，起在半天云里。他自己坐在伞上，悠悠扬扬，望西而去。"天师喝声道："无端孽畜，还敢哪里走哩！"拿起个剑来，摆了三摆，剑头上喷出一道火，烧了一道符。即时间，云生西北，雾长东南。正南上一声霹雳响，响声里面掉下一个天神，面如傅粉，三眼圆睁，一手一块金砖，一手一杆火枪。走近天师之前，躬身叉手，说道："承天师呼唤，有何使令？"天师道："你是何神？"天神道："小神值日天神华光祖师马元帅是也。"天师道："鹿皮大仙卖弄妖术，坐着一把伞，望西而去。你与我去拿住他，剥他的皮来！"天师道令，谁敢有违？马元帅轮动风车，腾空而起，赶上鹿皮大仙，照着他的后脑骨上，就溜上一金砖。天下事，终久是邪不能胜正，假不能胜真。一金砖，把个鹿皮大仙打得倒翻一个筋斗。好狠马元帅，一手抓过来，一手就掀翻他的皮，回车一响，就交付个皮与天师。天神轮动风车而去。

天师看了皮，说道："原来是一张鹿皮。"二位元帅道："这正是名称其实，披着鹿皮，就道号鹿皮大仙。请教天师，把这个鹿皮怎么处治？"天师道："也还他一盆火就是。"刚说得的"火"字出口，只见鹿皮大仙那点灵性还在，半天之上叫声道："天师老爷可怜见，我兄弟们虽是异类，却修行了千百多年，才成得这些气候。事到今日，委是不该冒犯列位老爷。只是一件，我两个师兄，他任性而行，死而无悔。若论我一个，我其实安分守己，累次谏止两个师兄。就只说今日，我已自抱头鼠窜而去，列位老爷又追转我来。去者不追，列位老爷不也过甚了？列位老爷，念我前此修行之难，今日悔悟之速，还把那番皮还我罢！"

鹿皮大仙虽然剥了皮，这一段言话，却也连皮带骨的，说得有理。别的老爷都不理他。只有国师老爷慈悲方寸，听见他说的可怜，说道："阿弥陀佛！你这孽畜，苦苦的要这皮袋子做甚么？"鹿皮灵性说道："若没有了这个皮袋子，又要托生一遭，却不多费了些事。"国师道："罢了！把这个皮袋子还你也难，再要你托生去也难。依我所说，你就做个红罗山鹿皮山神罢！"鹿皮灵性说道："这也通得。只是没有个凭据。"国师道："天师大人，你与他个凭据罢。"天师不敢怠慢，取过一条纸来，写着"红罗山鹿皮山神照”八个大字。用凭火化，交付与他。鹿皮灵性连声叫道：“谢不尽！谢不尽！”国师道：“却有一件，你在这山上只许你降福，不许你降祸。凡有舟船经过者，只许顺风不许逆风！”鹿皮神说道：“再不敢！”国师道：“你若敢时，我就牒你到阴山背后，教你永世不得翻身。”鹿皮神说道：“再不敢！”后来，红罗山上山神甚是显应，凡来往舟船及土人疾疫旱涝，有祷必应。番人从百里之外来者，络绎不绝。立有祠宇，匾曰“鹿皮神祠”。这都是国师老爷度化玄功，燃灯佛转世功德。

二位元帅叹服不尽。国师道：“过了这三个妖仙。宝船又好行哩。”元帅道：“已经吩咐开船。”行得半日，船上纪功颁赏尚且未完，蓝旗官报道：“前面一个国，离海沿上还远些。”

毕竟不知这个国还是甚么国？还有些甚么阻滞？且听下回分解。

第72回　吸葛刺富而有礼　木骨都险而难服

诗曰：

纷纷狐鼠渭翻泾，甲士从今彻底清。
义纛高悬山鬼哭，天威直奋岛夷惊。
风行海外称神武，日照山中仰大明。
若论征西功第一，封侯端不让班生。

却说元帅吩咐开船，行了半日，蓝旗官报道：“前面到了一个国，离海沿上还有许多路程，不知是个甚么国？”王爷道：“前日说，那三个妖仙住在甚么吸葛刺国界上，这一定就是这个国。”三宝老爷道：“快差夜不收去打探一番，看是个甚么动静。”

夜不收承命而去。去了一日有余，才来复命，老爷道：“是个甚么国？”夜不收道：“是个吸葛刺国，即西印度之地。释伽佛爷得道之所。”老爷道：“地方何如？”夜不收道：“地方广阔，物穰人稀。国有城池、街市。城里有一应大小衙门。衙门有品级，有印信。”老爷道：“人物何如？”夜不收道：“男子多黑，白者百中一二。妇人齐整，不施脂粉，自然嫩白。男子尽皆削发，白布缠头，上身穿白布长衫，从头上套下去，圆领长衣都是如此，下身围各色阔布手巾，脚穿金线羊皮鞋。妇人髻堆脑后，四腕都是金镯头，手指头、脚趾头都是浑金戒指。另有一种名字，叫做印度。这个人物又有好处：男女不同饮食；妇人夫死不再嫁、男人妻死不重娶者，孤寡无倚者，原是哪一村人，还是哪一村人家轮流供养，不容他到别村乞食。这又是一等人物。”老爷道：“风俗何如？”夜不收道：“风俗淳厚。冠婚丧祭，皆依回回教门。”老爷道：“离这里还有多少路程？”夜不收道：“还有三五十里之遥。”老爷道：“既是有许远的路程，止令四哨副都督排列水寨，严设提防。”着游击大将军雷应春领精兵三十名，传将虎头牌，前去开示吸葛刺国。着游击大将军黄彪，领精兵五百名，从后接应。又着游击大将军刘天爵，领精兵二百名，往来巡绰，防备不虞。诸将奉令而去。

却说雷应春领了精兵三十名，赍着虎头牌，径往吸葛刺国。自从港口起程，去了十五六里之远，到一个所在，有城有池，有街有市，聚番货，通番商。雷应春问道：“国王宫殿住在哪里？”土人说道：“我这里只是个市镇，地名叫做锁纳儿江。”雷应春说道：“国王宫殿还在哪里？”土人说道：“还在前面哩。”雷应春领了这些精兵，又往前去。大约又走了有二十多里路，又到了一个去所，也是这等有城池，有街市，闹闹热热。雷应春心里想道：“今番却是它了。”走到城门之下，那些把守城门的小番不肯放人进去，问说道：“你们是哪里来的？”雷应春道：“我们是南朝大明国朱皇帝驾下钦差来的。”把门的道：“你到这里去做甚么？”雷游击道：“要来与你国王相见。”把门的道：“你那南朝大明国，可是我们西洋的地方么？”雷游击说道：“我南朝大明国，是天堂上国，岂可下同你这西洋？”把门的道：“岂可我西洋之外，又别有个南朝大明国？”雷游击道：“你可晓得天上有个日头么？”把门的道：“天上有个日头，是我晓得的。”雷游击道：“你既晓得天上有个日头，就该晓得世界上有我南朝大明国。”把门的道：“我西洋有百十多国，哪里只是你南朝大明国？”雷游击道：“你可晓得天上有几个日头么？”把门的道：“天上只有一个日头，哪里又有几个。”雷游击道：“你既晓得天上只有一个日头，就该晓得世界上只有我南朝一个大明国。”把门的道：“只一个的话儿，也难说些。”

雷游击道："你岂不闻天无二日，民无二王？"把门的道："既是天无二日，把我吸葛剌国国王放在哪里？"雷游击道："蠢人！你怎么这等不知道？譬如一家之中，有一个为父的，有一班为子的。我南朝大明国，就是一个父亲。你西洋百十多国，就是一班为子。"把门的道："岂可你大明国，就是我国王的父亲么？"雷游击道："是你国王的父亲。"

原来吸葛剌这一国的人虽不读书,却是好礼,听知说道是他国王的父亲，他就不想是个比方，只说是个真的，更不打话，一径跑到城楼上，报与总兵官知道，说道："本国国王有个父亲，是甚么南朝大明国朱皇帝。这如今差下一个将军在这里，要与国王相见。"总兵官叫做何其礼，又悟差了，说道："怪知得人人都说是国王早失父王，原来在南朝大明国。今日却不是天缘凑巧！"欢天喜地，一直跑到殿上，报上国王。说道："小臣奏上我王，外面有个将军，口称甚么大明国朱皇帝，是我王父亲，差他特来相见。小臣未敢擅便，先此奏闻。"国王沉思了半晌，说道："怎么南朝大明国朱皇帝是我父亲？奏事的好不明白。"

道犹未了，右边闪出一个纠劾官，名字叫做虎里麻，出班奏道："总兵官奏事不明白，不免慢君之罪，于律该斩。"番王道："姑免死罪，权且寄监，另着一个伶俐的，去问一个端的来。"道犹未了，左班闪出一个左丞相，名字叫做柯之利，出班奏道："总兵官说话有因，不得深罪。"番王道："怎么说话有因，不得深罪？"柯之利奏道："自盘古到今，有中国，有夷狄。中国居内，夷狄居外；中国为君为父，夷狄为臣为子。说南朝的一定就是中国，说朱皇帝的一定就是中国之君。只因中国有君有父之尊，故此传事的传急了些，就说是我王父亲。这却不是说话有因，不得深罪？"番王道："准左丞相所奏。"即差左丞相领着总兵官，前去朝门外问了一个端的，再来复奏。左丞相得令，即时同了总兵官，到朝门之外，探问端的。

见了雷游击，雷游击说道："我们是南朝大明国朱皇帝驾下，钦差抚夷取宝，别无事端。现有一面虎头牌在这里可证。"左丞道："我这个小国，并没有你的宝贝。"雷游击道："既是没有宝贝，止取一张降表降书、通关牒文就是。”左丞道：“可还有些别意么？”雷游击道：“此外别无事端。你不看这个牌上的来文？”左丞看了来文，便知端的，说道：“你且站着，待我奏过国王，再来相请。左丞进了朝，见了国王，把虎头牌奉上去看，又把牌上的来文，一句句儿说与国王知道。国王道：“小国事大国，这是理之当然。快差一员总兵官，同他的将官先去回话。你说我国王多多拜上，宽容一日，就奉上降书降表、通关牒文，还有进贡礼物。”传示已毕，雷游击同了番总兵，回复元帅。元帅大喜。

到了明日，番王差了左丞相柯之利，径到宝船上拜见元帅，先递了一封降表，元帅吩咐中军官安奉。又递上一封降书，元帅拆封读之，书曰：

吸葛刺国国王谟罕失般陀里谨再拜致书于大明国钦差征西统兵招讨大元帅麾下：侧闻天启昌期，笃生明圣；神开景运，誓殄妖氛。矧兹天讨之辰，能遣鬼诛之罪。某众轻蚁斗勇，劣怒螳歼。鲁缟当强弩之初，孤豚偾肥牛之下。事同拾芥，力易摧枯。杪忽蜂腰，虚见辱于齐斧；突梯鼠首，滥欲寄于旄头。揣分自安，不降何待？洗心效顺，稽颡来归。伏乞优容，不胜战栗！

元帅读书毕，左丞相递上进贡礼物，元帅吩咐内贮官收下。元帅接单视之，只见单上计开：

方美玉一块（径五寸，光可照发；厚生于水，为龙所宝，若投于水，必有虹霓出现，名为龙玉），圆美玉一块（径五寸，光可照发，生于岩谷中，为虎所宝，若以虎毛拂之，即时紫光迸绕，百兽慑伏，名为虎玉），波罗婆步障一副（波罗婆，如罗锦之状，五色成文，鲜洁细巧绝伦，步障约有数十里之远），琉璃瓶一对（最明净，价值千金），珊瑚树二十枝（色红润），玛瑙石十块（中有人物鸟兽形，价最贵），珍珠一斗（身圆色白，中有圆眼，大者价最贵），宝石一担（各色不同），水晶石一百块（俗名水玉，性乃坚刀割不动，色如白水，清明而莹，无纤毫瑕玷疤痕最佳）红锦百匹，花罗百匹，绒毯百床，卑伯一百匹（番布名，又名毕布，阔二尺余，长五七丈，白细如粉笺纸一般），满者提一百匹（布名，姜黄色，阔四尺余，长五丈有余，最紧密壮实），沙纳巴一百匹（布名，即布罗是也，阔五尺余，长三丈余，如生罗一样），忻白勒搭黎一百匹（布名，即布罗是也，阔三丈余，长六丈余，布眼稀匀可佳，番人用之缠头），纱塌儿一百匹（布名，即兜罗是也，阔五尺五六寸，长二丈余，两面皆起绒头，厚四五分），名马十匹（价值千金），橐驼十只，花福禄十只。

元帅看毕，说道：“礼物太多了些，何以克当！”左丞相道：“不腆之仪，相烦转献天王皇帝。尚容择取吉日，专请元帅降临敝国，再致谢悃。”元帅道：“我们就要开船，多谢你的国王罢。”左丞相道：“小臣领了国王旨意，多多拜上元帅，万勿见拒。小臣专在这里伺候。”元帅道：“我这里也有些薄礼回敬，相烦你赍之而去。”左丞相道：“不敢，总祈元帅降临之日，我国国王面领罢。”

到了明日，只见国王差下右丞相俞加清，统领人马千数，赍着衣服等礼，迎接二位元帅。二位元帅带了左右护卫官，亲兵二百名，前往彼国。到了锁纳儿江，国王又差下总兵官，统领人马千数，赍了缎绢礼物、象马之类，迎接二位元帅。到了朝门外，只见两边摆列着马队千数，都是一样的大汉，都是一样的明盔、明甲、明刀、明枪、弓箭之类，甚是齐整。国王亲自出朝门外，五拜三叩头，迎接二位元帅。进了朝门，只见左右两边都是长廊，长廊之下摆列的又是象队百数，都是一样大的。象奴儿拿的都是一样的钢鞭，吹的都是一样的铁笛，俨然有个可畏之威。又进了重门，只见左右丹墀里面，都摆列的是孔雀翎的扇，孔雀翎的伞，各有百数，制极精巧可爱。到了殿前，只见长殿九间，上面是个平顶，中间柱子都是铜铸的，两边花草鸟兽都是浑金的，地下都是龙凤花砖铺砌的。殿上左右两边：左边摆列着拿金柱杖的番兵数百名，右边摆列着拿银拄杖的番兵数百名。吹上一声铁笛响，早已闪出二十个拿银柱杖的来，膝行在地上，前面导引，五步一呼。到了殿中间，又是一声铁笛响，早已闪出二十个拿金拄杖的来，膝行在地上，前面导引，也是五步一呼，直到殿上。殿上都铺堆的是红绒毡毯，色色鲜妍。

番王相见，跪拜有礼。礼毕，排上几个嵌八宝的座位，请二位元帅上座。元帅请番王下陪。番王看见二位元帅待以宾礼，不胜之喜，吩咐大开筵宴，款待二位元帅。燔炙牛羊，百般海品，无不具备。奉进元帅，都是各色番酒，其味最佳。番王自家点酒不饮，恐乱性失礼，止把蔷薇露和蜜代酒。

大宴三日，二位元帅看见番王富而有礼，心里也尽叹服。宴罢，番王奉上三宝老爷金盔、金系缨、金甲、金瓶、金罂、金盘、金盏各五副，金刀、金鞘、金弓、金箭、金弹弓、金牌子、金牌、金孩儿各五副。老爷受下。奉上王爷银盔、银甲、银系缨、银瓶、银罂、银盘、银盏各十副，银刀、银鞘、银弓、银箭、银弹弓、银弹子、银牌、银孩儿各十副，王爷收下；左在丞相陪宴。将官宴罢。各馈以金铃、银铃、苎丝、缎绢、长衣等件；总兵官陪宴。南兵宴罢，各赏银钱一百文，嵌丝手巾十条。二位元帅看见他每事从厚，愈加欢喜，一一回敬，都是中国带去的礼物。番王及各番官一一受下。二位元帅回船，番王亲自送到船上。于路象、马番兵前后护送，不计其数。到了船上，番王又送上熟米百担，姜、葱、瓜、果各二三十担，椰子酒、米酒、树子酒、菱蔁酒、麦烧酒各五十坛，鸡、鹅、鸭、猪、羊之类各百数，以大小为多寡。波罗蜜大如斗，甘甜甚美，庵摩罗香酸味佳，又糖霜蜜饯之类各百十，以贵贱为多寡。其蔬菜果品之类，不计其数。元帅道："这些礼物太多了，于理不当受。"番王道："苦无所长，都是些土物，奉充军庖。"元帅看见他富而有礼，逐色逐件都受了他的。仍旧安排筵宴，款待番王，也是三日。三日之后，番王归国。

元帅传令开船，老爷道："从下西洋来，止看见这个吸葛剌国富而有礼。"王爷道："前去都是这等的国，就有些意思。"老爷道："信步行将去，从天吩咐来。"不觉的开船之后，已经走了十数多日。蓝旗官报道："前面又是一个国。"元帅道："怎见得前面又是一个国？"蓝旗官道："远远望见海沿之上堆石为城，城里面隐隐的垒石为屋。"老爷道："既然是有个国，一面差夜不收前去打探，一面收船。四营大都督移兵上岸，安营下寨。四哨副都督屯扎水寨。左右先锋犄角旱寨。各游击将军巡视旱寨，防备不虞。各水军都督巡视水寨，提防不虞。"吩咐已毕，布列已周。

夜不收回复元帅，说道：“上面是一个国，叫做木骨都束国。南去五十里，也是一个国，叫做竹步国。北去五十里，也是一个国，叫做卜剌哇国。三个国彼此相连。中有木骨都束国稍大些，那两个国又都小些。”元帅道：“地土何如？”夜不收道：“三个国都是堆石为城，垒石为屋。都是土石，黄赤少收，草木都不生长。数年间不下一次雨。穿井极深，用车绞起水来，把羊皮做成叉袋，裹之而归。卜剌哇国有盐池，百姓煎盐为业。”元帅道：“人物何如？”夜不收道：“都是男子卷发四垂，腰围稍布。妇人头发盘在脑背后，黄漆光顶，两耳上挂络索数枚，项下带一个银圈，圈上缨络直垂到胸前，出门则用单布兜遮身，青纱遮面，脚穿皮鞋。”元帅道：“风俗何如？”夜不收道：“竹步国、卜剌哇国，风俗俱淳；只有木骨都束国，风俗嚣顽，操兵习射。”元帅道：“既是风俗不同，我这里都要招示他一番。”着游击将军刘天爵传一面虎头牌，招示木骨都束国。着都司吴成传一面虎头牌，招示竹步国。着参将周元泰传一面虎头牌，招示卜剌哇国。

元帅军令，谁敢有违？一会儿传去，一会儿回话。周参将回复道：“末将传将虎头牌，前去招示卜剌哇国，国王和左右头目都说道：‘敝国国小民贫，不知道有甚么宝贝。若要降书降表，情愿附搭在木骨都束国而来。’”元帅道：“这是句实话。风俗果是淳厚的。”道犹未了，吴都司回复道：“末将传将虎头牌，去招示竹步国，国王和左右头目都说道：“敝国国小民贫，不知道有甚么宝贝。若要降书降表，情愿附搭在木骨都束国而来。’”元帅道：“也是句实话。风俗也还是淳厚。”道犹未了，刘游击回复元帅道：“末将传示虎头牌去招示木骨都束国，国王和左右头目说道：‘敝国国小民贫，并不曾有中朝的宝贝。若要降书降表，国王连日有些采薪之忧，宽容三五日，病体稍安，即当奉上。’”元帅道：“这是个托词，把病来推。风俗还是嚣顽。”

刘游击道：“国王推病，负固不宾，罪在不赦！依末将愚见，就点起四万精兵，把他四门围住。一壁厢架起云梯，一壁厢支起襄阳大炮，昼夜攻打，怕他甚么铁城不破？若是诸将有辞，末将就愿身先士卒，少效犬马之劳。”元帅道：“游击之言，虽然有理，但自从兵下西洋以来，已经取了这些国，也有一等易取的，也有一等难攻的，却都是他心悦诚服，并不曾勉强人半分。今日来到了这个田地，岂可又来威逼于人。诸葛孔明还要七擒七纵，我们怎敢全仗威力把持。他既然说是宽容三五日，就宽容他三五日。他日后之时，死而无怨。”王爷道：“老公公以德服人，这是好的。只有一件，知己知彼，才能百战百胜。这如今木骨都束国，不知是个甚么将官？不知有个甚么邪术？也须要去体探一番。”元帅道：“体探的事说得极是，快差精细的夜不收去打探一番，限快去快来，不可违误。”一会儿夜不收去，一会儿夜不收来。回复道：“竹步国、卜剌哇国这两个国，并不曾有个将官，并不曾有个妖邪术法。只是木骨都束国，有个总兵官，叫做云幕咩，第一善射，有百步穿杨之巧。又有一个飞龙寺，寺里有个住持，叫做陀罗尊者，能成妖作怪，捏鬼装神。国王有事，全仗着这两个人，故此昨日推病。”元帅道：“这个夜不收探事得实，讨分赏赐与他。”夜不收领了赏去。元帅传令四营四哨，各各小心巡警，毋致疏虞取罪。却说木骨都束国国王看了虎头牌，推病辞了刘游击，即时坐殿，会集满国中头目、把总、巡绰、大小番官，共议退兵之策。有一等老成的说道：“只一封降书降表，所费几何？反要和他争竞。”有一等知事的说道：“南船上雄兵百万，战将千员，从下西洋以来，征服了许多大国，何况于我们些小之国，敢和他争竞？”这两端话，分明是说得好。争奈一个总兵官，叫做云幕晫，吸了一包酒，高叫道：“你这两个人都说错了话，误国欺君，罪当论死！”番王道：“你怎么说？”云幕晫说道：“我国与南朝相隔有几十万里之远，今日无故加我以兵，明欺我国懦弱。我国虽弱，控弦之士不下数千。彼行而劳，我坐而逸，以逸待劳，此必胜之策也。岂可束手待毙乎？王上若以小臣之言为不然，请问国师，便见明白。”怎么木骨都束国也有个国师？原来国中有个飞龙寺，寺里有个住持，叫做陀罗尊者，能飞腾变化，鬼出神归。番王拜他做个护国真人，故此也号为国师。番王听知道请问国师，他心里就有了主意。即时差下小番，赍了旨意，到飞龙寺里，请到国师。国师一来，相见礼毕，番王却把个虎头牌的事，和他细说一遍。陀罗尊者道：“这是个甚么大事？就这等大惊小怪哩！凭着总兵官的巧射，就一战成功。”番王道：“既如此，总兵官你莫吝此行。"总兵官道："为国忘家，臣子之职。小臣即时就行。"

总兵官应声而出，出到朝门之外，心里想道："自古到今，兵不厌诈。我如今虽是善射，却不知南船上的手段何如，我不免乔装假扮，前去打探一番，却好便宜行事。"心思已定，曳步而来。

来到宝船上中军帐下，蓝旗官问道："你是何人？"云幕哖就扯个谎，说道："小的是木骨都束国一个小军，奉国王差遣，特来元帅老爷帐下问安。"

蓝旗官报上中军帐。元帅道："其中必有个缘故。"一面吩咐叫他进来厮见。一面传令各营各哨，盛陈兵器，以戒不虞。传令已毕，小番进来厮见。元帅道："你是甚么人？"小番道："小的是木骨都束国一个小军，因为本国国王连日卧病，不能纳款，特差小的前来，素手问一个安。"元帅道："你叫甚么名字？"小番道："小的叫做云幕哖。"元帅道："你国中都习学些甚么武艺？"云幕哖道："小的国中的人，自小儿都持弓审矢，习射为生。"元帅道："射得何如？"云幕道："射颇精妙，有百步穿杨之巧。"元帅道："你射得何如？"云幕哖道："小的近朱者赤，也掏摸得些。"元帅道："你既是能射之时，到我们军营里比试一番如何？"云幕哖道："小的不敢比试，只得借观老爷军容之盛，于愿足矣！"元帅心里想道："夜不收曾说来，正在这里将计就计，要他认得我们！"

即时差下旗牌官送云幕哖到军营里面，遍游一番。游到后营里面，只见满架上各样兵器，内中有张弓。云幕哖就在弓上生发，伸手就取过一张来，一扯一个满。他心上又看得容易，问说道："南朝都是这一样的弓么？"唐状元便知其意，说道："我南朝便只是这一样的弓。"云幕哖道："这一样的弓，莫不太软了些？"唐状元道："还嫌它硬了。"云幕哖道："再软些却怎么射得？"唐状元道："我那里射不主皮，但主于中，不主于贯革，恐怕射伤了人。"云幕哖心上好疑惑，天下的射只愁不中，怎么中了又怕伤人？问说道："既是怕射伤了人，总不如不射之为愈。"

唐状元又把个大话哄他，说道："你有所不知，我那里用兵，只是要人心服。箭箭要射中他，箭箭却不伤他。射得他心悦诚服，却才住手。"云幕哖道："这个事却是罕有。"唐状元道："你这里怎么射？"云幕哖道："我这里一箭射一个对穿。”唐状元道：“只是射个对穿，何难之有！”云幕哱道：“射不伤人，也不见得甚么难处。”唐状元道：“我与你比试一番，看是何如？”云幕哱只说是中了他的诡计，心中大悦，一手挽弓，一手搭箭，恨不得一箭穿杨，卖弄他一个手段。哪晓得唐状元又在将计就计，卖弄与他，叫声：“小校们，竖起靶子来。”即时间竖起个靶子。唐状元道：“你先射。”云幕哱道：“各射一会过罢。”唐状元道：“各射一会通得，只是俱要不伤。”云幕哱道：“这个却难！且射下来再看。”唐状元道：“也罢，请先。”云幕哱一连就是九箭，箭箭上靶子，却箭箭射过去了。唐状元道：“待我来射一个你看着。”一连九箭，箭箭中，却箭箭不穿，粘着靶子就住。就是鬼运神偷，不得这等奇妙。云幕哱心上有些狐疑，却又指着个枪问说道：“假如你的枪可伤人么？”唐状元道：“都是一样，枪也不伤人。”

毕竟不知怎么枪也不伤人？且听下回分解。

第73回　陀罗尊者先试法　碧峰长老慢逞能

诗曰：

报国精忠众所知，传家韬略最稀奇。
穰苴奋武能威敌，充国移师竟慑夷。
兵出有名应折首，凯旋无处不开颐。
上功幕府承天宠，肘后黄金斗可期。

却说云幕哞问说道：“假如你的枪可伤人么？”唐状元道：“都是一般，枪也不伤人。”云幕哞道：“请教一番何如？”唐状元道：“你站起来，我要枪枪杀到你身上，只是不伤你就是。”云幕哞道：“怎见得枪枪杀到我身上？”唐状元道：“我自有个记号儿。”云幕哞道：“你若是就中取事，断送我一枪何如？”唐状元嗄嗄的大笑了三声，说道：“我中国的人信义为本，一句话重似一千两金子。若只是这等反复不常，倒和夷人一样去了，怎么又叫做个中国？”唐状元是个会说话的，只消这几句言语，打动得个云幕哞有好些自愧，却说道：“即是不伤人，我只管站起来，任凭你杀就是。”唐状元叫声：“小校们，取过一个活人心来。”即时间取到一个活人心。唐状元把个心戳在枪头上，照着云幕哞上三下四，前五后六，左七右八抡了一会，舞了一回，收了枪，问说道："可杀着你么？"云幕哞道："是杀着我来。"唐状元道："可伤着你么？"云幕哞道："是不曾伤着于我。"唐状元道：你只晓得不曾伤着于你，你还不晓得多少下数。你脱下你的衣服来数一数儿，看是多少枪数。"云幕哞不敢怠慢，脱下那件长衫儿来，数上一数，只见有一枪就有一个红点儿。怎么一枪一个红点儿？原来枪头上是个活人心，心是一包血，故此有一枪就有一个红点儿。总共一数，得七七四十九个点子。唐状元道："你说我的枪高不高？"云幕哞说道："枪是高，只是杀人不见血，不像个信义为本的人行事。"唐状元道："我只是比试个手段如此，若真个杀人不见血，岂是我缙绅家之所行乎！"

云幕哞自恃他的箭天下无双，看见唐状元的箭射不伤人，却又高似他的箭，还由自可；一杆枪又杀不伤人，这却又高似一齐人的，他心上有些惊慌，告辞要去。

唐状元左右要卖弄着他，又请过前营里王应袭来，告诉他要个杀个不见伤的手段。王应袭束发冠，兜罗袖，狮蛮带，练光拖，手里拿着一杆丈八长枪，就像一条活蛇，也照着个云幕哞钻风带雨，出穴寻巢。只听见一片的响，哪里看见是杆枪，抡了一会，舞了一回，收了枪。唐状元问云幕哞道："可杀着你么？"云幕哞道："下下杀着我哩。"唐状元道："可伤着你么？"云幕哞道："却不曾伤着于我。"唐状元道："高不高？"云幕哞道："高！高！"

唐状元又请过左营里黄都督来，也告诉他要个杀人不见伤的手段。黄都督身长丈二，膀阔三停，手里拿着一条三丈八尺长的疾雷锤，就像一个活戏球，照着个云幕哞，圆似枯树盘根，疾如流星赶月。抡了一会，舞了一回，收了疾雷锤。唐状元问说道："可曾打着你么？"云幕哞道："下下打着我哩！"唐状元道："可曾伤着你么？"云幕哞道："并不曾伤着于我。"唐状元道："高不高？"云幕哞道："高！高！"

唐状元又请过右营里金都督来，也告诉他要个杀人不见伤的手段。金都督却又生得古怪，身长三尺，膀阔二尺五寸，不戴盔，不穿甲，手里拿着一件一百五十斤重的任君镗，就像一块生铁片儿，照着个云幕哞，风吹草偃，鹊噪鸦飞。抡了一会，舞了一回，收了个任君镜。唐状元道："可曾打着你么？"云幕哰道："下下打着我哩！"唐状元道："可曾伤着你么？"云幕哰道："却不曾伤着于我。"唐状元道："高不高？"云幕哰连声道："高！高！高！"

唐状元还要请四哨里四个副都督来，卖弄一个与他看看。云幕哰看见这些武艺高强，安身不住，务死的要去。唐状元只得放他去，吩咐他道："你回去多多拜上你的国王，一纸降表降书，所费不多，免得别生事端。他日进退无门，悔之不及。"云幕哰连声道："晓得了！晓得了！"这一场卖弄，虽是元帅指麾，却也亏了唐状元搬斗。正叫做是：先声足以夺人之气。

却说云幕哰转在路上，心里费好一番寻思。怎么费好一番寻思？将欲把南朝武艺高强的话告诉国王，他先前出门之时说大了话，不好回复。将欲隐瞒了假说些大话，却又南朝这些将官杀人不见伤的手段，禁得他几下杀哩！没奈何，只得转到飞龙寺里，求见陀罗尊者。尊者道："你去南船上来，是个怎么样子？"云幕哰道："一发不好说得。"尊者道："怎么不好说得？"云幕哰却把个南人武艺高强，杀人不见伤的话，细说了一遍。

尊者道："你意下何如？"云幕哰道："末将不是对手，不敢惹他。"尊者道："怎见得不是他的对手？"云幕哰道："其余且不讲他。"只说一个矮矬子，不满三尺之长，手里舞一张铁铲，就有百四五十斤重。舞的就是雪花盖顶。下下打在我身上，却没有半下儿伤了我。你说这个手段，还是高不高？我怎么是他的对手！"尊者道："你是靠木使漆的，故此不奈他何？若是我们的飞腾变化，他也奈得我何！"云幕哰道："我适来在他宝船之上，看见有两只异样的船，每只船上有三四面白牌。这一个中间白牌上写着'国师行台'四个大字，左边牌上写着'南无阿弥陀佛'六个大字，右边牌上写着'雷声普化天尊'六个大字。这个还自可。那一个中间白牌上写着'天师行台'四个大字，左边牌上写着'天下诸神免见'六个大字，右边牌上写着'四海龙王免朝'六个大字，下面又有一个小小牌儿，'值日神将赵元帅坛前听令'十一个大字。你说这两个人是两个甚么人？想必一个是僧家，一个是道家。你也不可轻易看了他。"

尊者道："他若是僧家，我和他同教；他若是道家，我和他对职。我怎么惧怯于他！"云幕哞道："不是说老师惧怯于他，只是万一有些差池，于国家体面上不好。"尊者道："怎么于国家体面上不好？"云幕哞道："国家全靠老师，如泰山之稳。今日临事之时，老师不审个来历，孟孟浪浪，尝试漫为。倘或全胜，彼此有光；万一有些差池，把国王放在哪里去？"尊者道："我若出身之时，怎么得到个差池的田地？"云幕哞道："这个话儿，也有些难讲哩。世上只有个天大，他还是天之师，他的大还是怎么大？天下诸神该多少尊数，他还叫'诸神免见'，他却不是诸神上一辈的人？四海龙王该多少远哩，他还叫'龙王免朝'，龙王却不是他晚一辈的人？马、赵、温、关十二元帅，只有玉皇大帝称呼得他，他还写着'坛前听令'，他却不是玉帝一辈的人？这等一个人，你要看得他容易？"云幕哞这一席话，虽说得无心，尊者听之却有意，不免费了一番猜详。先前相见之时，倒有十分锐气，到如今听了这一席话，早已消灭了七八分。沉思了一会，说道："总兵之言有理。我也不免乔装假扮，去打探他一番。"云幕哞道："你去打探之时，不消寻这些将官，只到那两个挂牌的船上就是。"尊者道："总兵之言，深合吾意。"云幕哞道："私场演，当场展，请教老师怎么假扮而去？"尊者道："我假一个抟虎之戏，前去打探一番。"云幕哞道："这个计较好，便宜变化，令人不测。最妙！最妙！"

道犹未了，陀罗尊者牵着一只老虎来，竟到宝船上去。一边走着，一边想着，说道："欺善怕恶，不是好人。我就寻着那个道士。"一落头，竟跑到天师行台船上。听事官看见他是和尚，手里又牵着一只老虎，倒吃了一惊，连忙的喝一声道："哇！你是个甚么人？敢牵着老虎到我船上来？"尊者道："长官，你不要吃惊，我是个本地人，撮抟戏儿化饭吃的。"听事官又喝声道："胡说！化饭的人，怎么牵着老虎走哩？"尊者道："老虎是我化饭的行头。"听事官又喝声道："哇！你这个人买干鱼放生，死活也不知。我这老爷船上，可是你化饭吃的！"尊者道："天下有君子，有小人。无君子不养小人，怎么说个不是我化饭吃的？"听事官道："快走，走迟了些，连你孤拐打折你的。"尊者道："嗳也！饭不曾化得吃，却又送了一双孤拐么？”

你嚷我嚷，早已惊动了朝元阁上，眼皮儿连跳了三跳。天师心里想道：“眼皮儿这一跳，主有奸细临门。”正在踌躇费想，只听见船头上闹闹吵吵，闹做一块，吵做一驮。天师即时叫出个道童儿来问：“外面是哪个这等喧嚷？”听事官生怕连累于他，连忙的跪着朝元阁外，禀说道：“非干小的们喧嚷。只因船头上走来一个和尚，手里牵着一只老虎，口称是个撮抟戏儿化饭吃的。小的们怕他是个甚么奸细，赶他去，不许他在这里撮弄，他偏然不肯去，偏然要在这里撮弄，故此两下里争闹几声。望乞爷爷恕罪！”天师听知有个撮抟戏的，就晓得是那话儿来也。心里想道：“不免将计就计，使得他知道，也免得明日争斗之苦。”问道：“撮抟戏儿的这如今在哪里？”听事官道：“现在船头上。”天师道：“你领他进我这里来。我正然心上有些不快，不免叫他进来，取笑一番。也叫做：因过竹院逢僧话，又得浮生半日闲。”

听事官不解其意，心里想道：“倒是便饶了这个狗娘养的，只当替他通报一遭。”却又是天师道令，不敢有违，只得领他进去。陀罗尊者也不解其意，心里想道：“今番却中我的机关也。”一手一只老虎，一手捏着个空拳头，竟自跑到朝元阁下。见了天师，天师问道：“你是哪里人？”尊者道：“小的是本地方人。”天师道：“你干的甚么勾当？”尊者道：“撮抟戏化饭吃营生。”天师道：“既是化饭吃，怎么牵个老虎？”尊者道：“小的这里是这等一个风俗，把这老虎就做个抟戏头儿。”天师道：“这个老虎是哪里来的？”尊者道：“是小的自小儿养的。”天师故意儿先吩咐听事官：“备办赏赐，赏这个撮抟戏的，却才叫他撮弄来我看着。”

你看尊者解下那个老虎来，喝声道：“你坐着那地平板上。”那老虎依然坐着地平板上。老虎坐着，尊者却才脱剥了上身衣服，脱出一精膊子来，喝一声：“照！”就照着那个老虎嘴上一拳。那老虎却也是个掼熟的，就还他一爪。左一拳，右还一爪；右一拳，左还一爪。左一脚，右还一蹄；右一脚，左还一蹄。这是个两平交开场的家所。一会儿，尊者狠起来，口里连喝道：“哪里走！哪里走！”两只手左一拳，右一拳，雨点的一般。

两只脚左一踢，右一踢，擂鼓的一般。把个老虎打得连跌递跌，跌上几跤，跌得半日不会翻身。尊者又喝声道："畜生！你有本事，你敢再来么？"喝声未绝，那老虎一毂碌爬将起来，把个头摆几摆，把个尾巴竖几竖，把个腰眼骨拱几拱，一会儿发起性来，做出那个咆哮之声。扑地一声响，就在尊者头上跳到面前来；又一声响，就在尊者头上跳到背后去；又一声响，又在尊者头上跳到左壁厢来；又一声响，又在尊者头上跳到右壁厢去。跳了几跳，叫了几叫，挑过个屁股来，照着尊者的光头上着实一掼，把个尊者掼翻了，跌在地上，也跌得半晌不会翻身。老虎也像个人的意思，把嘴儿来闻一闻，把个爪儿来搭一搭，把个尾巴儿来挑一挑。过了半晌，尊者歇醒了，也一毂碌爬将起来。这却是一递一赢，才叫做正解。

尊者爬将起来，趁着个恼势儿，喝声道："哪里走！"照嘴一拳。那老虎也叫上一声，照头一爪。尊者跳起来，狠是一双关，把老虎打一跌。老虎跳起来，狠是一头拳，把尊者打一跌。尊者打老虎一跌，老虎打尊者一跌。跌上一二十跤，跌一个不耐烦之时，尊者却伸起只手来一杵，杵在老虎口里，直到喉咙管子上。老虎就不敢动口，却才服输，照旧坐在地平板上，尊者取出手来，这是互相输赢，又是一解。

天师故意的说道："舞得好！"叫听事官取过一肩生肉来，赏与老虎。老虎抓过来，一口一揌，一口一毂碌。又叫听事官取酒饭过来，赏这和尚。和尚接过来，酒饭并行。一霎时，风卷残云，杯盘狼藉。

天师心里想道："我今番就借他的解数，奉承他几下，看他何如？"筹度已定，却说道："你这撮抟戏儿的，委是撮得好。你再撮一会，我再重重的赏你。"陀罗尊者全不解其意，只说是真，意思间，舞一会儿，也要下手天师些儿，连声答应道："是，是。"应声未绝，一手牵过个老虎来，喝声："照！"就是一拳。老虎叫上一声，就是一爪。一个一拳，一个一爪，打个平过。开了戏场，却又是尊者狠起来，连喝声道："哪里走！哪里走！"左一拳，右一脚，雨点一般。

天师趁他打得正在兴头上，悄悄的把指头一捻，那个老虎就翻过脸来，一屁股把个尊者打得着实一跌。这一跌就有百十多斤重，一个光葫芦头，跌得血皮蹭蹋，当真的死过去了。天师只作不知。歇了半晌，却才醒些，心里想道：“这亡八今番敢这等下，老实打我一跌。怎么我的术法有些不灵验么？”又过了半晌，一毂碌爬将起来，一肚子泄酸气狠，着实伸起手来一杵，杵到老虎口里。天师又是悄悄的把个指头儿一捻。刚伸得个手到老虎口里，还不曾摸着喉咙，却就吃它一口，把只手咬得鲜血长流，忍疼不过，连忙的取出手来。天师又悄悄的把个指头儿一捻，那温老虎猛然间发起威来，跳又跳，叫又叫，张牙弄爪，地覆天翻，一跳就跳在朝元阁上，再有哪个敢惹他？尊者却就吃了一肚子糨糊，不见些清白，只说是这畜生怎么这等作变，却不晓得是天师就汤下面，奉承他这一番。连天师的左右道士、道童，都不晓得天师的妙用，都只说老爷今日没些鞯鞑，惹这样的无奈之徒，做出这样的勾当。

天师却自由自在，只作不知，又问他道；“你这老虎，你说是自小儿养的，可是真么？”尊者道：“是自小儿养的。”天师道：“平素何如？”尊者道：“平素撮弄他化饭吃，已经度了小的半生。”天师道：“今日怎么就翻过脸来？”尊者道：“小的也不省得。敢是船上跳得板动，他却吃了惊慌，故此就翻过脸来。”天师故意的说道：“这个也是真情。这如今走在我船上，却贻害于我。”尊者道：“这个不妨碍。它过一会儿，自然下来。”尊者口便是这等说，心里巴不得贻害于天师，他才快活。天师心里又想道：“只是这等暗算他，他还不省悟。不如明明白白做一个他看，他才认得我来。”立了主意，却叫和尚过来，说道：“你可要这老虎下来么？”尊者道：“要它下来。”天师道：“我替你叫它下来，你心下何如？”尊者道：“若叫得它下来，感谢老爷不浅。”

天师正要卖弄一个与他看，叫声道童取过一条纸儿来。道童递上纸去。天师拿起个朱笔来，写了一道符，又叫道童烧在香炉里面。烟还未绝，只见那个老虎口里衔着那一道朱符，跑下来，双膝跪着在天师的朝元阁外。天师道：“孽畜！你今番敢如此无礼么？”那老虎俨然有知，把个头照着地平板上连磕递磕。陀罗尊者只说还是旧时一般，伸起只手去牵它。那老虎又是一片的叫起来，一跳跳起来，依旧跳在朝元阁上。天师叫声道：“孽畜！快下来！”那老虎依然跪在朝元阁下。尊者把只手去牵它，它又是一叫叫起来，一跳跳起来，跳在朝元阁上。天师越发要卖弄一个与他看，叫声：“和尚，你这老虎原脚子有些不正气，我和你除了这一害罢！”

尊者看见事势不谐，做不得甚么圈套，只得说个实话，说道：“我这几个国中风俗，都是这等撮弄老虎，做抟戏化饭吃。老虎却都是买的。既是老爷认得它脚子不正，不如替小的除了它罢。”天师道：“我说不是你自小儿养的。”天师叫声：“孽畜！快下来！”那老虎依然走下来，跪在朝元阁外。

天师却慢慢的取出个七星剑来，丢下一道飞符，剑头上爆出一块火来，化了飞符。顷刻之间，云生西北，雾障东南，霹雳一声响，响声里面掉下一位柱天柱地的天神。天师道：“你是何神？”天神道：“小神是值日天神龙虎玄坛赵元帅是也。蒙天师呼唤，有何指使？”天师道：“因有一个和尚，带了一只老虎，撮抟戏化饭吃。这如今老虎发起威来，行凶背主，罪不容逃，你去除了它罢！”赵元帅道：“不消小神自去，只消小神的随身神虎去就够了。”天师道：“这也罢。”道犹未了，赵元帅身下跳出一只大老虎来，这才是天上有，地下无，是个真正的老虎。只消对着它喊上一声。那只虎哪里是个老虎？原来是个哈吧狗儿：一身黄毛，一个黄尾巴，一个白嘴儿，四个白爪儿，现了本相，吓得跌上一跤，滚上滚下，做个不会说话，连尿都滚出来。

天师谢了天神，叫过和尚来，说道：“你看一看，你带来的好个老虎也。”尊者道：“小的实在不知，只说它是个真老虎。”天师道：“你把这个老虎来化饭吃，这如今老虎反化成一只狗。正叫做：画虎不成反类狗也。”尊者只是磕头。天师还只作不知，叫听事官重重的赏赐这个和尚，着发他去罢。

尊者得了赏赐，老大的吃惊，一路回来，一路想着：“这牛鼻子道士当真的有些本领，但不知那个和尚何如？不免转回寺里去，过了这一夜，到了明日之早，再去打探那个和尚一番。如果那和尚再加是这等厉害，不如趁早抽身；如果那和尚是个搭头，我还出来支持一二。”

到了明日，果真的又到宝船上来。只身独自，也没有了老虎，也没有挎戏，也不惊动天师，竟找上国师行台的船上。起头一看，只见船便是一只船，却有个山门，有个金刚殿，有个大雄宝殿，却又有个千叶莲台，四处里的佛像，绘塑庄严，都还不在话下。尊者心里想道：“我也号为国师，他也只是个国师。他在船上还是这等维持，若在他本国的地土上，不知还是怎么样儿。阿弥陀佛！我却不枉为了这一世人。”

道犹未了，只见山门下走出一个长者来。好个尊者，连忙的走近前去，打个问讯，说道：“师父，告稽首了。”那长老也连忙的还个问讯，说道：“老师是哪里来的？”尊者道：“贫僧就是本处地方上人。”长老道：“甚么释名？敢先请教？”尊者道：“贫僧不足，叫做个陀罗尊者。”长老道：“来此何干？”尊者道：“特求布施些斋粮。敢问长老尊名？”长老道：“贫僧贱名叫做云谷。”尊者道：“国师老爷是哪个？”云谷道：“是贫僧师祖。尊者怎么得知家师祖的名字？”尊者道：“适来看见粉牌上写着‘国师行台’，故此得知。”云谷道：“你怎么不到地方上化缘，寻到船上来？”尊者就扯个谎，说道：“地方上事熟、人顽，化不出甚么来。老师父宝船上南朝来的，想必好善，故此斗胆上来。”云谷道：“既如此，待我禀过师祖来，即当奉承。”

尊者站在山门外，云谷跑进去，一直跑到千叶莲台上，禀说道：“启师祖得知，山门外有一个僧家，名字叫做陀罗尊者，就是本国地方上人，特来船上化缘。”国师听知道本国地方上僧家化缘，心上就有些疑惑，叫云谷：“你领他进来见我见儿，我自有个布施到他。”云谷得了师祖的慈旨，怎敢有违？即时跑出门外来，领这尊者进去。尊者心里想道：“我正要见他见儿，他恰好就来请我，却不是有些夙缘？”

道犹未了，已自到了千叶莲台之上，见了国师，行一个相见之礼。国师高张慧眼，就晓得这个尊者来意不良，问说道：“你是本国地方上的僧家，叫做陀罗尊者可是么？”尊者道：“便是。”国师道：“你到我们船上来化缘，可是么？”尊者道：“便是。”国师先前听见夜不收说道，有个陀罗尊者，能通神做鬼。及至相见之时，又看见他颜色不善，言语不正，心上越发明白。却就有个妙用到他，说道：“阿弥陀佛！也是你到我船上来一番，本当厚布施些，争奈我们来路远，日子长，却没有些甚么好物件。正是前日吸葛剌国国王布施得有几个银钱，我如今把一个布施你罢。”道犹未了，一手摸出一个银钱来，递与尊者。

不知这个银钱是个甚么妙用？且听下回分解。

第74回　陀罗尊者求师父　铙钹长老下云山

诗曰：

楼船金鼓宿都蛮，鱼丽群舟夜上滩。
月绕旌旗千障静，风传铃柝九溪寒。
荒夷未必先声服，神武由来不杀难。
想见虞廷新气象，两阶干羽五云端。

却说国师老爷一手摸出一个银钱来，递与尊者，说道：“我这个银钱布施于你，若是你真心化缘，你拿我这个银钱，一生受用不尽；你若是假意化缘，我这个银钱，却不轻放于你。”陀罗尊者接过钱来，心里想道：“这个和尚也有些伤简哩！只这等一个银钱，怎么有这些说话？我便是假意化缘，谅他不为大害。”接了银钱，打个问讯，说道：“多谢布施了。”扭转身子来，一蓬风，早已到了飞龙寺，坐在方丈里面。只见总兵官云幕哞来了，进门就问：“连日打探的事体何如？”尊者道：“还是那个牛鼻子道士，有些厉害。若论那个和尚，站着一千，只当得五百双，哪里放他在心上。”云幕哞道：“怎么就不放他在心上？”尊者道：“我看他满面慈悲，一团方便。他看见我去化缘之时，只说我们真正是个化缘的，拿出一个银钱来送我，又说上许多的唠叨。似这等的和尚，放他在心上，我怎么又做得个护国真人？”云幕�道：“他说些甚么唠叨来？”尊者道：“他说是我若真心化缘，这个银钱，一生受用他不尽；我若假意化缘，这个银钱，半刻儿不肯轻放于我。跳起来只是一个银钱，怎说得不肯轻放于我的话？”云幕哰道：“那银钱在哪里？”尊者道：“在我钵盂里的。”云幕哰道：“你借来我看一看儿。”尊者一手取过钵盂，一手拿着银钱，递与云幕哰手里。云幕哰接过来，左看右看，看之不尽，说道：“你不可轻看了这个银钱。你看它光芒闪闪，瑞气氤氲，这一定是个甚么宝贝。”尊者道：“饶它是个甚么宝贝，落在我手里，也得凭我来发遣它。”

道犹未了，只见那个银钱划喇一声响，一跳跳起来，竟套在尊者的颈颡脖子上，就像一块白玉石做成的一道枷。套在颈颡脖之上还不至紧，一会儿重有三五百斤，怎么带得起？压得尊者扑冬的一跤，跌翻在地下，要起来起不得，要转身转不得。没奈何，只得满口吆喝道：“佛爷爷救命哩！佛爷爷救命哩！”云幕哰站在一边，吓得魂不附体，口里也在念佛，心里想道：“原来南朝人，事事俱能如此。喜得我还是个知进知退，不曾触犯于他。”尊者道：“总兵官，你救我救儿。”云幕哰道：“我怎么救得你哩？你只是自家虔诚忏悔一番就是了。”尊者果真发起虔心忏悔，说道：“佛爷爷，弟子今后再不敢装神做鬼，妄生是非。乞求赦除已往之愆，解脱这个枷纽之罪罣。”尊者自家口里忏悔，云幕哰也又站在一边替他忏悔。一连忏悔了五七遍，只见那个玉石枷又是划喇一声响，早已掉将下来，依然还是一个银钱。

尊者看见，心里又好笑，嘎嘎的大笑了三声，说道：“天下有这等的异事！”刚说得“异事”两个字，还不曾住口，只见那个银钱又是划喇一声响，又是一道枷枷在尊者的颈颡脖子上，又是重有三五百斤。起来起不得，转身转不得，又是跌在地上，吆喝了半边天。云幕哰道：“国师，本然是你的不是。为人在世上乐然后笑，你有要没紧的笑些甚么？这如今还只自家忏悔就是。”尊者没奈何，只得口口声声忏悔自家罪恶。云幕哰也又替他忏悔一番。这一遭忏悔比不得先前，也论不得遍数，一直有两个多时辰。

尊者念得没了气，只在喘息之间，却才听见划喇一声响，还是一个银钱，掉在地上。

云幕哱又没鞳鞑起来，走近前去，看着个银钱，把个头来点上两点，心里想道："你也只是这等一个银钱，怎么有这许大的神通？"又点两点头。这个云幕哱，莫非是个摇头不语？哪晓得那银钱就是个明人，点头即知，一声响，早已一个玉石枷枷在云幕哱的颈颡脖子上。云幕哱慌了事，满口吆喝道："佛爷爷！与弟子何干，加罪在弟子身上？望乞恕饶这一遭罢！"连吆喝，递吆喝，这个枷再不见松。只见越加重得来，渐渐的站不住的样子。没奈何，叫声道："国师，国师！你也替我忏悔一忏悔。"叫一声不见答应，叫两声不见答应。叫上三五声，只见方丈里走出一个阇黎来，看见是个总兵官带着一个枷在这里，连忙问道："总兵老爷，你为何在这里？带着的是个甚么东西？"云幕哱道："我这个事，一言难尽。你只替我叫过住持来。"阇黎道："却不见个住持在这里。"云幕哱道："方才在这里，怎么就不见他？"阇黎道："老爷，你岂可不知，这如今人都是些趋炎附势的，他看见你带了这个东西，生怕要贻累到他身上，却不先自溜了边。"云幕哱道："既如此，且不要讲他。你去取过香烛纸马之类来。"阇黎道："要它何用？"云幕哱道："这个枷是我孽障所致。你去取过香烛纸马，到佛爷爷位下，和我忏悔一番，我自然得脱。"

阇黎看见他是个总兵官，不敢怠慢。即时会集大小和尚，即时取过香烛纸马，一边职事，一边乐器，细细的和他忏悔一周。忏悔已毕，轻轻的一声响，又是一个银钱，掉在地上。众和尚都来请问这个缘故，云幕哱道："你们有所不知，不消问他。只寻出你的住持来，我与他讲话。"内中有一个和尚，口快嘴快，说道："住持老爷不在禅堂上打坐么？"云幕哱谢了众和尚，拿了个银钱，一径走到禅堂上，只见陀罗尊者合掌，闭着眼，公然在那里打座哩！云幕哱叫声道："好国师，你便打得好坐，叫我替你带枷。"尊者撑开个眼来，说道："是你自取之也，与我何干！我如今只是修心炼性，再不管人间的是与非。"云幕哱道："这个银钱放在哪里？"尊者道："昨日那位老禅师已经说过了，我若真心化缘，一生受用它不尽；我若假意化缘，半刻儿它不轻放于我。我如今甚么要紧，不去受用它，反去受它的气恼？你把银钱来，交付与我就是。”云幕哞没奈何，只得交付了银钱，回到朝里。

只见满朝大小番官，都会集在那里。番王接着就问道：“你们连日出去，打探事体何如？”云幕哞先把自家打探的始末，细说了一遍。落后又把陀罗尊者打探的始末，细说了一遍。番王道：“有这等异事？这银钱如今在哪里？”云幕哞道：“如今在国师身上。”番王道：“你还去请过国师来才好。”云幕哞道：“他如今修心炼性，不管人间是与非。”番王道：“他要我推了病，他却修心炼性！明日南船上归罪于我，我如之何？”云幕哞道：“果是那个银钱难得脱哩！”番王道：“我这如今是个羝羊触藩，进退两难，国师怎么去得手？”云幕哞道：“若要国师，除非还是我自己到南船上，鬼推一番，得他收了银钱去才好。”番王道：“都在你身上，再莫推辞。”云幕哞没奈何，只得找到国师行台的船上，来求见金碧峰老爷。老爷听知道是个番总兵求见，却先晓得是那银钱的事发了。叫他进来，问他道：“你是个甚么人？”云幕哞道：“小的叫做个云幕哞。”老爷道：“你到这里做甚么？”云幕哞道：“小的奉国王差遣，特来问候老爷。”老爷道：“也不是自来问候于我，决有个缘故。”

云幕哞就使出一个就里奸诈来，说道：“实不相瞒，只为昨日化缘的和尚，是小的本国的护国真人。蒙老爷赏他一个银钱，那银钱却有些发圣。真人埋怨道：‘只因国王卧病，有慢老爷，致使贻害于彼。’国王道：‘我并不知怎么叫做贻害。’因而彼此失和。故此国王特差小的，禀过老爷。望乞大发慈悲，赦除罪过！收回了银钱，照旧君臣和睦，庶几便于投降。”

原来老爷是个慈悲方寸，来者不拒，去者不追。听知道他们君臣失和，心肠就软将来了，说道：“阿弥陀佛！有个甚么失和？我收他回来就是。”道犹未了，扑的一声响，一个银钱，早已掉在老爷面前。老爷道：“可是这个银钱么？”云幕哞近前去看一看，看得真，却说道：“正是它了。”老爷叫云谷拾起来，穿到串上去。哪里是个银钱，原来就是一个莹白的数珠儿，就是向日借与天师拿王神姑的。云幕哞看见又是个数珠儿，越发晓得这个变化不测，心上着实害怕。磕上两个头，谢了老爷，回到飞龙寺里。

只见陀罗尊者正在那里打坐，还不曾晓得收去了银钱。云幕哰要他要儿，问说道：“主上特着我来相请，望真人千万莫吝此行。”尊者道：“我说了不管人间是与非，你又来歪事缠做甚的？”云幕哰道：“不是我们歪事缠，只因主上取出你的银钱去了，故此特来相请。”尊者还不准信，说道：“我只是个不管是和非。”云幕哰道：“委果是银钱去了，我怎么又来吊谎？”尊者却把手摩一摩，摩得不见个银钱，却才睁开个眼来看一看，看不见个银钱。你看他解脱了这场冤孽，就是开笼放鹊，脱缆行船，一毂碌跳将起来，高叫道：“我陀罗尊者，岂可就是这等失志于他！他今日也缠不着我了。”一团大话，满面英风，哪里晓得是个云幕哰替他摆脱的？

竟到国王殿上，相见国王。国王道：“连日不见国师，如失左右手。”尊者道：“我连日间为国勤劳，有失侍卫。”番王道：“这桩事却怎么处？”尊者道：“据总兵官所言，南朝那些将官，天上有，地下无。据贫僧所见，南朝那个和尚、道士，地下有，天上无。”番王道：“这是怎么说？”尊者道：“没有甚么说。总来我们不是他的对头。”番王道：“早知如此，前日初到之时，就该递上一封降书降表，万事皆休。捱到如今，进退两无所据。”

尊者道：“主上不必忧心，我如今有了一个杀退南兵之策？”番王道：“是个甚么良策？”尊者道：“贫僧有一个师父，住在齐云山碧天洞，独超三界，不累五行。非贫僧夸口所言，我这师父能驾雾腾云，又能通天达地；能降魔伏怪，又能出幽入冥；也能驱天神，遣天将，也能骂菩萨，打阎罗；又能使一件兵器，使得有些古怪。你说是个甚么兵器？就是随身的两扇铙钹，一雌一雄。凭他撇起哪一扇来，一变十，十变百，百变千，千变万。莫说只是一万，若是他使起神通来，就连天上地下，万国九州，尽都是些铙钹塞满了。只怕他不肯下山来。他若是肯下山来之时，砍那和尚的头，只当切瓜；断那道士的颈，只当撩葱。凭他甚么雄兵百万，战将千员，撞着他的就要去个头，粘着他的就要丢个脑盖骨。有一千，杀一千；有一万，杀一万；有十万，损十万；就有一百万，也要送了这一百万。且莫说一百万，假饶他天兵百万，神将千员，也只好叫上一声苦罢了。”番王道：“叫甚么名字？”尊者道：“因他这一对铙钹，人人号他做个铙钹长老。又因他铙钹会飞，人人又号他个飞钹禅师。”番王道：“他住的齐云山在哪里？”尊者道：“在西天极乐国界上。”番王道：“有多少路程？”尊者道：“有十万里之远。”番王道：“水远山遥，怎么走得到哩？”尊者道：“但凭贫僧的本领么，不愁他水远山遥。”番王道：“怎么的礼物去请他？”尊者道：“不须礼物，只要一封国书足矣！”番王道：“还要几个官员同去么？”尊者道：“只消总兵官一个，再加两三个小番便够了。”番王道：“事在燃眉，不可迟误。”即时修下国书一封，交付总兵官云幕哞。又差下了三个小番，跟随陀罗尊者一同前去。

尊者带了这些人，辞了番王，即时起马，行了一日，约有百里之外，云幕哞道：“此去有多少路程？”尊者道：“实不相瞒，大约有十万里之远。”云幕哞道：“十万里却不走上几时得你师父下来，救得国家这个燃眉之急？”尊者道：“你不消愁得，我心上有个主意。”云幕哞道：“是个甚么主意？”尊者道：“我师父原日传授我一件宝贝，名字叫做风火二轮。火轮一起，满空中烈火烧天；风轮一起，满脚下顺风相送。”云幕哞道：“今日只用风轮便自够了，不消火轮罢。”尊者道：“也要它烧起来，路上恶神恶鬼，却才回避我们。”云幕哞道：“此言有理。但凭国师就是。”尊者不慌不忙，袖儿里取出那件宝贝来。团团圆圆，就像铙钹儿的样子，两面一合相连。碾一下就开，开便是两扇；收一下就合，合便是一扇。尊者拿在手里碾一下开，喝声道：“变！”只见那两扇铙钹儿，就变成一合车轮。上面车箱、车柜、车帷，色色齐备，就是一辆骡车，尊者叫过总兵官和那三个小番，一同坐在车上。尊者拿出个如意来，照着左边轮上一敲，喝声道：“火！此时不发，更待何时！”喝声未绝，只见烟飞焰烈，红通通的一块火，从脚跟底下烧将上来。尊者又拿起个如意来，照着右边轮上一敲，喝声道：“风！此时不到，更待何时！”喝声未绝，只见云腾雾障，呼呼的响，一阵风从脚跟底下发将起来。一面火烧得红，一面风吹得紧，就像坐在个火车上，火趁风威，风随火势，只听得呼呼的响，好不厉害哩！尊者一个便不在心上，总兵官和这个小番耽了许多惊，受了许多怕。幸喜得一会儿到了一个山头上。尊者喝声道：“住！”只见风平火熄，依旧是一辆骡车。又喝声道：“变！”

只见车埋轮转，依旧是一合铙钹儿。尊者收起个宝贝。

总兵官抬头一望，只见层峦岌岩，虚壑谷含谷牙，高与天齐，下临无际，果好一个名山也！问说道：“这山叫甚么名字？”尊者道：“这山叫做齐云山。”云幕哰道：“名字叫做齐云山，名下无虚。”有诗为证。诗曰：

齐云标福地，缥缈似蓬壶。
阊阖天门迥，勾陈复道纡。
鸾旗迎辇辂，龙盖拥香炉。
石壁苔为篆，帘泉水作珠。
真人来五老，帝女下三姑。
礼殿凌霄汉，斋坛镇斗枢。
云端双阙峻，洞口一松孤。
庭舞千年鹤，池生九节蒲。
丹房余上药，玉笥秘灵符。
别岫堦前出，飞梁树杪迂。
愿言依胜托，长日览真图。

云幕哰道：“山便是个齐云山，令师不知还在哪里？”尊者道：“家师不远。前面的碧天洞，就是家师。”大家行了一会，果然到了碧天洞门口，只见：

洞门无锁月娟娟，流水桃花去杳然。
低渺湖峰烟数点，高攒蓬岛界三千。
云中鸡犬飞丹宅，天上龟蛇护法筵。
奇胜纷纷吟不尽，一声猿啸晚风前。

到了洞门口，尊者道：“你们且站在门外，待我先进去通报一声，却来相请你们厮见。”云幕哰道：“国师请行，末将们在此伺候。”尊者曳开步来，望洞里直跑。见了飞钹禅师，行了礼。禅师道："徒弟，你从哪里来？"尊者道："小徒住在西洋之中木骨都束国飞龙寺里，做一个住持。蒙国王十分敬重，拜我为护国真人。仗老师父的佛力，一向风调雨顺，国泰民安，没有一些事故。近日平白地到了宝船千号，战将千员，雄兵百万，口称是南朝大明国朱皇帝驾下钦差来的。"禅师道："差来做甚么勾当？"尊者道："差来抚夷取宝。本国没有他的宝，他又逼勒着要甚么降书降表。国王心下不肯，他那船上就起出个不良之意，统领人马，要抄没他这一国人民。总兵官要与他厮杀一场，争奈那船上人马强横，势大如山，做不得他的对手。小徒要与他对敌一场，争奈他船上有一个道士，号为甚么引化真人；又有一个和尚，叫做甚么金碧峰，两家子都会术法，都会变化，徒弟们一筹不展。"禅师道："你国王就递上一封降书降表，便自解了这个灾难也罢。"

尊者就扯个谎，打动师父的慈悲，说道："这个降书降表，初然间是国王不肯；到其后之间递上去，他又不接。尽着他的蛮势，一味只是要抄没这一国的人民。不分贵贱，不分首从，不分大小，指日间尽为齑粉矣！"禅师听得"抄没"两个字，就有几分慈悲，说道："阿弥陀佛！怎么一个国，就要抄没了？你如今到我这里来，有何话说？"尊者道："是我国王久闻老师父大名，今日不幸遭了这个天翻地覆的变故，特来求救于老师。现有一封国书，现差下有一个总兵官，还有三个跟随的小厮，都在洞门外。徒弟未敢擅便，先来禀知老师。"禅师道："既有来人来书，可叫他进来。"尊者即时叫进总兵官，跟随的三个，一齐见了禅师，各行了一个礼，递上国书。禅师拆书读之，书曰：

西洋国木骨都束国国王麻里思谨再拜奉书于飞钹禅师仙仗下：仙风宣畅，遐迩被闻；更得盛徒尊者，朝夕左右，益深仰止之渴。顷缘敝国不幸，变坠自天。举国黎元，指日尽为齑粉，殊为恻焉！恳乞老师大舍慈悲，俯垂救拔。倘全蚁命，无量功果！临楮不任激切屏营之至！

禅师看了书，说道：“我们久沉岩洞，哪晓得你人间的甚么是与非。多多拜上你的国王，再求别一个去罢。”尊者道：“本国国王也曾说来，本不当惊烦师父。只说是人命关天，蝼蚁也晓得贪生怕死。莫说是这个一国之中，岂没有个善男子？岂没有个信女人？玉古俱焚，泼天大变。况且这如今天上地下，只有师父一个人。除了师父以后，再没有个人做得他的对手。故此不远而来，求救于师父。望师父只念人命分上，不惜一行，也是师父的无量功德。”飞钹禅师吃陀罗尊者这一席言话，抑扬褒贬，就说动了心，说道：“也罢。既是你国王来意殷勤，我为他救了这一场苦难罢！”尊者道：“师父请行。”禅师道：“你们先行，我随后就到。”尊者拜辞师父，说道：“再三不用亲嘱咐。”禅师道：“想应木骨国中人。”

尊者出了洞门，驾起风火轮来，顷刻之间，又到了木骨都束国。国王接着，说道：“好来得快也！”尊者道：“我驾起着风火两轮，一去一来，共是三日，拿了主上一封书，请动了我的师父。这正叫做：风火连三日，官书抵万金。”国王道：“你师父可肯下顾么？”尊者道：“贫僧再三央浼我师父，我师父许了就来，即时就好到也。”

道犹未了，把门官报道：“有一个远方来的禅师在门外，口里说道：‘要来见朝。’”尊者道：“是我师父来了。”国王道：“你快去迎接他进来。”陀罗尊者接住师父，引进朝来。番王请上金殿，连忙的下拜磕头，说道：“寡人有何德能，敢劳活佛下降？”飞钹禅师道：“小徒蒙主上洪恩，未能补报。今日有难，贫僧当得前来效劳。况且又承尊使御札，何以克当！”番王道：“敝国不幸，祸从天降。没奈何，故此远来惊动。”禅师道：“自古以来，兵对兵，将对将。你们总兵官到哪里去了？”番王道：“总兵官也曾去打探来，争奈南船上的将勇兵强，杀人不见伤。”禅师道：“怎么杀人不见伤？”番王道：“不论刀枪剑戟，杀在人身上，并不曾见半点伤痕。”禅师道：“趁他杀不伤人，正好和他厮杀。”番王道：“他明日要卖弄他的手段，见得这等高强。终不然是不会杀人，只会杀得狠些！”禅师道：“小徒也有三分本领，怎么不拿出来？”尊者道：“我做徒弟的也曾去打探一番，做出一个画虎不成反类狗，故此也不奈他何！”禅师道：“怎么就会画虎不成反类狗？”尊者道：“徒弟昨日已曾禀过师父来，那船上有个道士，号为天师，又有个和尚，号为国师。他两个人有十分的本领，却就狠似两个老虎，故此徒弟狗也不如。”只这两句话说得低了些，就激得个禅师一时发怒，暴跳如雷，喝声道：“哇！胡说！甚么人是老虎？甚么人是狗？”番王看见禅师发怒，连忙的赔上个小心，说道：“佛爷爷恕罪！佛爷爷恕罪！”禅师道：“不干我发怒生嗔，只我的徒弟看得别人这等的大，看得自己这等小。不是贫僧夸口所言，贫僧看那船上的兵将，如同蝼蚁一般，看那两个道士和尚，如同草芥一般，哪里在我心上！贫僧今日相见之初，无以自通，待贫僧取过南船上十个人头来，献与主上，权当一个贽见之礼。”番王大喜，说道：“禅师有些神通，寡人社稷之福也！”道犹未了，禅师取出一扇铙钹来，望空一撇，口里喝声道：“变！”一会儿，一就变十。只见十扇铙钹，旋旋转转，飞舞在半空之中，齁齁的响，竟照着南船上吊下来。

却不知这一下来还是喜还是凶？且听下回分解。

第75回　番禅师飞钹取头　唐状元中箭取和

诗曰：

天马西驰析羽旌，疮痍多带血腥腥。
三年已苦边云黑，六月犹闻汗马声。
遍地渔歌传海峤，中天月色净江亭。
那堪飞钹禅师出，不尽愁乌绕树鸣。

却说那十扇飞钹，齁齁的响，竟落到南船上来。南船上军士正在军政司关粮，左出右入，鱼贯而行。只听见天上一片的响，响将下来。哪里晓得有个甚么利害，却不曾提防。一霎那，就刮倒十个人的头。十个人摸头不见脑，哪里晓得是甚么东西？哪里晓得甚么南北？只是一个人不见了一个头。那十个飞钹，一个盛了一个头，仍旧是起在半天之上，齁齁的响。番王正在大排素宴，款待飞钹禅师。禅师听见半空中响声已到，连忙的取出这一扇飞钹，轻轻把个指头儿一弹。刚弹得有些响，那十扇飞钹连头连钹，扑冬的掉将下来。禅师起身，说道：“主上权且收这十个头，当作贽见之礼。”番王看见这十个人头，好不快活也，心里想道：“一遭十个头，十遭百个头，百遭千个头，千遭万个头。哪怕他雄兵百万，禁得几遭一万个头？”心里不胜之喜，口里连声道："多谢！多谢！老爷如此神通，何惧南朝兵马？"一面吩咐收过头去，一面陪宴禅师。

此时天色已晚，不觉得漏尽更残。禅师意欲就榻，番王道："请禅师就与寡人同榻罢。"尊者道："不如飞龙寺里，倒还稳便。"禅师道："我自有处。"道犹未了，一手丢下一扇飞钹来，两手丢下两扇飞钹来。师徒们一个站在一扇飞钹上，呼一声响，早已无影无踪去了。番王道："明日再到飞龙寺里去请罢。"

到了明日，果然是在飞龙寺里。番王亲自去请，禅师道："主上，你不必忧心，且待贫僧亲自去看一看来。"即时丢下两扇飞钹，师徒两个，一跃而起，起在半天里面，一下子掉在宝船头边。只见一个天师直挺挺的站在船头上，等他下来。怎么天师就在船头上等他下来？原来昨日去了十个人的头，南船上都吓得魂不附体，报上中军帐来，说道："军政司正在关粮，只听得一声响，恰好就不见了十个人的头。"元帅道："有此蜡事。这又是甚么妖魔鬼怪？"差夜不收打探一番。

夜不收探了的实，回复道："木骨都束国前日化缘的僧家，是个护国真人。因为计穷力拙，又到个甚么齐云山碧天洞，请下一个甚么钹禅师来。这禅师不同小可，随身有个雌雄两扇飞钹，一变十，十变百，百变千，千变万。空手而去，见血而归。昨日初见番王，无以自表，到我们船上取过十个头去，以为贽见之礼。故此我们船上不见了十个头。"元帅道："番王连日推病，原来有此一段情由。快去请教天师、国师，看是怎么处治？"天师听知有此妖僧，即时就要出马。国师道："西洋地面妖僧草道极多，虽不是个甚么嫡门正派，其实的厉害，不可胜当。天师，你须要提防于他。"天师道："承国师教导极是。"转身到朝元阁上收拾了一番，左边摆列着朝天宫道士，右边摆列着神乐观乐舞生，故此直挺挺站在船头上，等他下来。飞钹禅师看见船头上是个道士，问尊者道："那站的可就是那个天师么？"尊者道："正是他了。"禅师道："相逢不饮空回去，洞口桃花也笑人。"取过一扇雄钹来，照空一撇，喝声道："快！"那扇雄钹齁齁的一声响，一直掉将下来，竟奔到天师的脑盖骨上。哪晓得天师的脑盖骨有些古怪，那扇飞钹只在头上左磨右磨，磨千磨万，只一个不敢下来。天师看见雄钹飞舞而来，连忙举起七星剑，撇了船头，跨上青鬃马，一竟赶上前去。禅师道：“这是甚么天师？也是有些手段哩！”连忙的又取出一扇雌钹来，照空一撇，喝声道：“变！”那扇雌钹一会儿一变十，十变百，百变千，千变万，满空中齁齁响，掉将下来，如锋铓一般的样子，把个天师连那些道士，连那些乐舞生，都围得密密层层，人都移不得步，马也抬不得头。

飞钹禅师心里想道：“饶他天师有些本领，跟随的这些道士、道童儿，若要出吾之手，除非是再去托生。”哪晓得这些道士、道童儿也有些古怪，那上千上万的飞钹掉将下来，止离得三两分儿，只是一个掀不翻他的颈额脖子。急得个飞钹禅师心头火烈，眉上峰攒。没奈何，连叫上两声“苦”！收回了那些飞钹，倒弄得做个有兴而来，没兴而返。

天师带了这些道士、道童儿，转到船上，见了元帅。元帅道：“多亏了天师。怎么躲得那个飞钹之苦？”天师道：“是我头上带了三清的牒印，玉帝的敕命，致使诸神护呵，故此那扇飞钹不得下来。”元帅道：“连道士、道童儿怎么也能脱得？”天师道：“也是我先前每人头上安上了一道灵符，诸神护定，故此都不得下来。”元帅道：“天师，你既是这等安排布置，怎么不烧符遣将，杀他一场？”天师道：“贫道也要烧道符，遣个将。争奈那些飞钹碍手碍脚，不得方便。待他明日再来之时，贫道自有个套数，要他认得贫道！”

国师道：“阿弥陀佛！说甚么认得认不得。到明日之时，待贫僧出去，与他讲一个和罢。”天师道：“诸人可和，只有这个妖僧，与他和不得。”国师道：“怎么就与他和不得？”天师道：“他是个甚么正一禅师？敢来取我船上十个人头，献上番王，做个贽见之礼。倒好个禅师，倒好个大贽见之礼！”国师道：“这十个人的尸首，还在哪里？”元帅道：“尸首过了两日，尚且心窝儿还是热的，敢是屈死了他，不忿死么？”国师道：“善哉！善哉！得还有热气，待贫僧取回头来，交个活的还元帅。天师与他和了罢。”天师道：“若有十个活人还了元帅，这便与他和罢。”国师道：“军中无戏言，贫僧怎么敢打诳语！”

即时间，拿起九环锡杖，就在面前画了十个滴溜圆的圆圈儿，一个圈儿里面搁一锡杖，轻轻的叫声："来！"只见一阵香风，一个圈儿里面一个头，元帅吃了一惊，天师也好一吓，都道："国师老爷佛力无边，果有些奇妙。"国师道："叫人拿过这些头去，还交付那些人。原是哪一个的头，还安在哪一个的身子上，不可错了。"一会儿搬将去，一会儿安上头。国师吩咐云谷拿得钵盂，取上些无根水，一个与他一口。果然一个人吃了一口，依然还是一个原来的人。内中只有两个人装出两个丑来。怎么有两个人装出两个丑？一个人错安了头，安得面在背上，后鬓对着胸脯前，这却不是一个丑？一个人刚来安上一个头，肚子里一溜烟飞出一个心来。没有了心，只是空肚子，这却不又是一个丑？云谷走得来笑一个死。国师道："你笑甚么？"云谷却把那两个丑告诉一番。国师道："快叫他来我看看。"

一会儿，叫过那两个人来。国师看了一看，点两点头。元帅道："老爷为何不开言，只是点头？"国师道："我初然只说是安反了头，原来是他自取的。"元帅道："怎见得是他自取的？"国师道："反了头的，只因他平素为人有些背前面后，故此今日再生也是背前面后。"元帅道："那飞了心的，面却是正的，怎么也叫做自取哩？"国师道："面是他的，心却飞了。这个人只因他平素为人有些面是心非，故此今日再生，也还是面是心飞。"元帅道："老爷慈悲为本，方便为门，伏乞超度他两个人这一遭罢。"老爷道："这两个人可讲得话么？"两个人一齐答应道："讲得话。"老爷道："还要你各人自家招认，改过前非，我却好来超度你哩！"两个人一个说道："我自今以后，再不敢背前面后。"国师道："你自家不背前面后，那个捉着你背前面后，还了原罢。"刚说得"还了原"三个字，果然的原来还是原来好好的一个汉子，磕头礼拜而去。一个刚说道："我自今以后，再不面是心非。"国师道："你自家不面是心非，那个捉着你面是心非，还了原罢。"也刚说得"还了原"三个字，果然的原来还是原来的好好的一个汉子，磕头礼拜而去。元帅道："国师无量功德，无处无之。"国师道："天师，你与他和了罢。"天师初然间应承了和，只说是头不接上，人不得活。这如今看见接了头，活了人，他却反不得齿，只是心上还是不肯，说道："既是国师老爷要和，学生怎么敢拗？只怕他还不肯和。"国师道：

“也罢，你明日再去一探，看他那里何如？”

到了明日，天师出马，只见飞钹禅师已自出城门下，带着个徒弟，摇也摇的摇将来。刚出得城门外，天师拿起九龙神帕，望空一撇，那宝贝和你耍子哩，一会子遮天遮地下来。天师心里想道：“今番捞着这个贼秃也！”哪晓得那贼秃是有些意思，一手一扇飞钹，遮在头上，做个斗篷；一手一扇飞钹，踹在脚下，做个风车，一耸而起，恰好就在九龙神帕的背上去了。天师看见走了那个贼秃，心上吃恼，连忙的收将神帕回来，恰好的捞翻了陀罗尊者在里面。天师道：“未得其龙，先截其角。捞翻了这个徒弟，也断了贼秃一只手。”正都在绳穿索捆之时，不作准备，哪晓得贼秃复手一扇飞钹飞过来，也翻一个道士去了。仰着一扇铙钹，盛着一个道士，就像一个瓢盛了一瓢水，且是好不稳当也。天师道：“贼秃，你输了个徒弟与我也。”禅师道：“你输了个道士与我也。”天师说：“那和尚输了。”和尚说：“天师输了。”天师说自家赢了，和尚也说自家赢了。天师终是去了个道士，心上有些不服。

只见后营里闪出一个武状元唐英来，跃马扬鞭，高叫道：“你们两家都好厮赖哩！凭我来解一个交也罢。”那飞钹禅师看见唐状元生得青年美貌，目秀眉清，倒也尽可人的意思，高叫道：“你是甚么人，敢来解叫？”唐状元道：“我是个后营大都督武状元浪子唐英。”禅师道：“你既是个唐状元，就凭你解一个交也罢。”天师道：“我祖代天师的人，和你有甚么交解得！”唐状元道：“一个不要说长，一个不要说短。但凭我连中三箭，你们两家子就要开交。若是内中一箭不中之时，但凭你两家子厮杀去就是。”

飞钹禅师道：“我且问你，交是怎么解？”唐状元道：“我这边还你徒弟，你那边还我道士，彼此不失和气就是。”禅师道：“解交之后何如？”唐状元晓得天师舍不得道士，权且解这一交，到了后面又有个道理，高叫道：“自古说得好：今朝有酒今朝醉，明日愁来明日当。到了后面再处。”飞钹禅师道：“唐状元说得有理。到了后去，我岂是个怕的？再作道理。”唐状元道：“你两家子都要推出人来。我这里三通鼓响，彼此都要交割清。”

禅师道：“就是推出人来。只一件，你既要连中三箭，把何为题？”

唐状元道："不消多讲，就把你城墙上的竿子为题。"禅师道："那竿子在城墙，约有二十丈多高，你也须要仔细。"唐状元道："哪怕它多高，我只是射中竿子，还不为高，还要射中那竿子顶上的喜鹊儿。"禅师道："唐状元，你不要错认了，那喜鹊是个定风旗儿，木头刻的，只有一拳之大，岂可就容易连中三箭。"唐状元道："我有三支箭。第一箭要射得天叫，第二箭要射得日月双翻，第三箭要射得星飞乱落如红雨。你哪里晓得我的射来！"禅师道："既如此，请射。"唐状元道："鼓响之后，都要交人。"两家子齐齐的应上一声："是！"道犹未了，唐状元拈弓搭箭，扑通的一声响，一枝箭恰好的射在木头喜鹊的头上。鼓响一通，两家子齐齐的喝上一声彩。喝声未绝，唐状元又是扑通的一声响，一枝箭。这一箭又中得有些巧妙。怎见得有些巧妙？第二箭，竟顶着头一箭的梢上，把头一箭一摧，摧过喜鹊头儿那边去了，喜鹊头儿上止挂得第二枝箭。鼓响二通，两家子又齐齐的喝上一声彩。喝声未绝，唐状元又是一箭。这一箭又中得有些奇巧。怎见得有些奇巧？第三箭，竟顶着第二箭的梢上，把第二箭一摧，又摧过喜鹊头儿那边去了，喜鹊头儿上又止挂的是第三枝箭。鼓响三通，两家子又齐齐的喝上一声彩。唐状元高叫道："飞钹禅师，你可晓得我这个架数么？"禅师道："却一时不晓得。"唐状元道："我这三箭，叫做是：长江后浪催前浪，世上新人攛旧人。"禅师道："多谢指教了！"唐状元道："你两家可曾交割了人么？"禅师道："已经交割了。"道士还归天师，尊者还归和尚，各自收兵回阵。天师道："多谢状元策应。"唐状元道："且救得道士回来，到明日凭天师老大人再处。"天师道："我明日又有个处法。"

到了明日，飞钹禅师领了尊者，又出城来。天师不胜忿忿之气，跨上青鬃宝马，更不打话，拿了七星宝剑，摆了两摆。剑头上摆出一块大火，火头上烧了一道飞符，喝上一声："到！"只见云生西北，雾长东南，半空中划喇一声响，响声里面掉下一位天神来，躬身叉手，禀说道："适承天师呼唤，有何使令？"天师道："你是何神？"天神道："小神是值日天神华光正一马元帅。"天师道："有妖僧在这里卖弄两扇飞钹，你与我除了他罢。"马元帅得了道令，一驾祥云而起，照着飞钹禅师的顶阳骨上，就送上他一金砖。那禅师尽有些家数，不慌不忙，说道：“好狠砖头也！却不断送了我的硗硗。”一手一扇飞钹，晃两晃儿，收将回去，把个金砖一下子收在飞钹里面去了。去了金砖，连马元帅也无了主意，也只得取个和，说道：“你这贼秃敢下手我的金砖也！”飞钹禅师道：“我不下手你，你却下手我。”马元帅道：“我说过了，不下手你就是，你且把个砖来还我。”禅师道：“你莫非是吊谎么？”马元帅道：“是个好人，且不吊谎。莫说我是个天神，岂有吊谎之理！”禅师道：“既是你们做天神的不吊谎，贫僧敢不奉承？”一手掀开个飞钹，一手送上块金砖。马元帅不好反得齿，只得回复了天师，腾云而去。

天师道：“岂可为了马元帅一个，就饶了他。”又是一道飞符，又是划喇一声响，又是掉下一位天神。天师道：“你是何神？”天神道：“小神是龙虎玄坛赵元帅是也。适承天师呼唤，有何指挥？”天师道：“此间有一个妖僧卖弄他的飞钹，你去除了他罢。”赵元帅应声：“是！”天师道：“你却要提防着他，他尽有些本领哩！”赵元帅道：“小神晓得。小神适来路上撞遇着马元帅，他细细的告诉小神一番，说道被他收住了金砖，只得与他和解。小神这根鞭，他敢收罢？”道犹未了，一路火光而起，照着个飞钹禅师，只是一片的响。那根鞭打下去，就像雨点一般相似。赵元帅只指望这一顿鞭，打翻了那个妖和尚。哪晓得和尚神通广大，变化无穷，一鞭下去，就是一扇飞钹相承，两鞭下去，就是一双飞钹相承，鞭鞭下去，扇扇飞钹相承。一片鞭打得只是一片响，恰正是老和尚摇铃，扑当扑当。打了一会，弄松了一回。赵元帅也没奈何，只得回复了天师，驾云而去。

天师道：“天上地下，哪里有这等一个和尚，连天神都不奈他何哩！一个天神还不至紧，一连就捱过了两个天神。我晓得事不过三，请下第三个天神来，料他也难抵敌。”即时间一道飞符，一声划喇喇响，掉下一位天神。天师道：“你是何神？”天神道：“小神是雷坛掌教温元帅是也。承天师呼唤，有何使令？”天师道：“此间有个妖僧在这里卖弄飞钹，适来马、赵二位元帅不奈他何，没兴而去。我特来请你，你须要大显神通，功成唾手，方才不辱灭了我们天师的体面，却也见得你们天神队里个赛个儿。你可晓得么？”温元帅道：“小神晓得。马、赵二元帅人硬货不硬，一个一块砖，抛砖只好引玉，怎么收得个妖精？一个一条鞭，执鞭贱者之事，怎么降得个鬼怪？小神这一根降魔杵，上天下地，出幽入冥，哪一个不闻名罢！怕他甚么妖僧？怕他甚么番和尚？”天师听知得温元帅这一席英雄言语，满心欢喜，说道：“好！好！好！这才像个天神的腔子。”

温元帅听得天师这两声好，奖得分外精神，一驾云头，照着个飞钹禅师，一片的降魔杵，连筑递筑，也不论他的头面，也不管他的肩背，只指望筑耳洹墙。哪晓得和尚有好些坐朝乱道。怎么有好些乱道？丢下一扇雌钹来，喝声道：“变！”即时间一变十，十变百，百变千，千变万，上万的飞钹，你说多也不多？一扇扇儿，都堆在温元帅的杵上，把个杵堆得住住的，要东不得东，要西不得西，要上不得上，要下不得下，怎么又能够打翻和尚的头，降得和尚倒？温元帅空受了一肚闷气，没处发泄，只得回复了天师，驾云而去。

天师叹上两口气，说道：“怪哉！怪哉！一连三个天神，不奈一个和尚何！我今番还有一个处。是个甚么处？关元帅正直无私，那和尚妖邪乱道。自古道：‘邪不能胜正。’且莫惮烦难，请下关元帅来，一定要收服了他才罢。”即时间一道飞符，一声划喇，一个关元帅掉下来，丹凤眼、卧蚕眉，龙须冉冉，杀气腾腾，躬身叉手，喝声喏道：“天师呼唤小神，何方使令？”天师道：“多劳关元帅远来。天下有这等一场不平的事。”关元师道：“请教天师，是个甚么不平之事？待小神来削平他何如？”天师道：“正要仗赖元帅削平他一番。”关元帅道：“请教甚么事？”天师道：“我们宝船从下西洋，已经五六年矣。经过有二十多国，没有个不宾之礼。每有鬼怪妖魔，全得列位天神摧枯拉朽。现今行到这个国，叫做甚么木骨都束国，国王请下一个野和尚来，叫做甚么飞钹禅师，卖弄他的手段，施逞他的妖邪，拿两扇铙钹在手里，飞腾变化，取人的首级如同切菜一般。抗拒我们的宝贝，纵肆国王的罪恶，这可是个不平之事么？”关元帅道：“党恶逆天，不平之甚！”天师道：“还有一件不平，尤狠哩！怎么不平尤狠哩？适来请到马元帅，那一锭金砖被他两扇铙钹儿收住了，马元帅只得取和而去。又请到赵元帅，那一条鞭打一下，一扇飞钹承将来；打两下，一双飞钹承将来；下下打，扇扇飞钹承将来。赵元帅没奈何，空手而去。又请到温元帅，那根杵，本是厉害，争奈他一扇雌钹，一变十，十变百，百变千，千变万，千万的飞钹堆在那根杵上，任君有计莫能施，连温元帅一鼻子灰，悄悄去了。这等三个天神不奈这等一个妖和尚何，这一件不平可还狠些？”

关元帅原是个义勇之人，听见这等一个不平的事，他就怒从心上起，恶向胆边生，喝一声：“哇！”骂一声：“贼秃奴，敢如此无礼！”天师道：“万夫之勇不足，一夫之智有余。关元帅，你还在智不在勇。”关元帅道：“小神知道。”一驾云头而起，叫声：“周仓何在？”周仓应声道：“有！”关元帅道：“你去叫过木骨都束国的当方土地来。”周仓应声道：“是！”即时间叫过一个矮老子来见关爷。关爷道：“你做个土地之神，怎么容留这等一个妖和尚，在这里抗拒天兵，你得何罪？”土地道：“非干小神之事。本处还有个番城隍菩萨该管地方，小神只在这里当土地，全没些权。”关爷道：“既如此，你就去叫过那个番城隍来，我这里有话和他说。”

关爷号令，谁敢有违？一会儿去，一会儿来。一个土地领着一个番城隍来见关爷。关爷道：“你做个城隍之神，怎么容留这等一个妖和尚，在这里抗拒天兵？你得何罪？”城隍道：“非干小城隍之事，他原是本国国王修下国书，请他来的。国王旨意，小神不敢拗他。况兼这个和尚本领高强，小神抵挡他不住。且莫说小神，就是列位天神，尚然不奈他何，只得将就他去。”关元帅道：“你可晓得他那两扇铙钹，是个甚么神通？”城隍道：“他那一扇雄钹，只是会飞会杀人，虽会变化，只是一个。那扇雌钹，又会飞，又会杀人，又会变化，可以变十，变百，变千，变万，就变一个无数，遮天遮地。就都是他神通广大，小神只晓得这些大略而已。”关元帅道：“你可曾看见他的铙钹么？”城隍道：“两扇铙钹，都已曾看见来。”关元帅道：“上面有些甚形影？城隍道：“却有个形影。雄钹里面，画的是一个大头，不像人、不像鬼，只是有眼睛、有鼻子、有耳朵、有一张大嘴。雌钹里面，画的有无数的头，都是一段有眼、有鼻、有口、有耳。两扇铙钹就只是这些形影，别没有个甚么。”关元帅道：“就是这个嘴上的病。”

毕竟不知怎么就是嘴上的病？且听下回分解。

第76回　关元帅禅师叙旧　金碧峰禅师斗变

诗曰：

古往今来历战场，再推义勇武安王。
天教面赤心犹赤，人道须长义更长。
夜静青龙刀偃月，秋高赤兔马飞霜。
禅师若不施奸计，险把妖身溅血亡。

却说关爷道："就是这个嘴上的病，就在这里讨个分晓。"城隍菩萨不解其意："那和尚是一口长素，没有甚么嘴上的病。"关爷好恼又好笑，说道："不是嘴上的病，我且说一个你听着。这如今万岁爷珍馐百味，独不是嘴上的病么？朝中文武百官尔俸尔禄，独不是嘴上病么？士子呵断齑划粥，这不是嘴上病么？农夫呵五月新谷，这不是嘴上病么？工人呵饩廪称事，这不是嘴上病么？商人呵饥餐渴饮，这不是嘴上病么？富翁呵日食万钱，这不是嘴上病么？贫穷呵三旬九食，这不是嘴上病么？箪食豆羹，得之则生，这不是嘴上病么？箪食豆羹，不得则死，这不是个嘴上病么？还有一等餍酒肉而后欢天喜地的，这不是嘴上病么？还有一等阇黎饭后撞钟，嘴塌鼻歪的，这不是嘴上病么？比方我如今在中国，春秋祭祀，这不是嘴上病么？比方你如今在这木骨都束国，要求人祭祀，这不是嘴上病么？”城隍菩萨连声道：“不敢！不敢！小神并不敢要求祭祀。”关爷道：“也不管你这许多闲事，你只去取过一片猪肉来就是。”城隍道：“却没有猪肉。”关爷即时叫过土地老儿来，吩咐道：“你去取过一片猪肉来。”土地道：“没有猪肉。要豆腐，小神倒有。”关爷道：“怎么要豆腐你就有？”土地道：“小神这个地方上的人，都有些眼浅，看见城隍菩萨位尊禄厚，都就敬他；看见小神位卑禄薄，却都就轻慢小神。大凡猪首三牲，都是城隍的；豆腐就是小神的。故此要豆腐，小神就有。”关爷爷就翻过脸来，叫声道：“城隍，你还说不要求人的祭祀，怎么你就要猪首？土地老儿只是豆腐？”城隍菩萨看见关爷爷翻过脸来，吓得只是抖抖的战，正叫做“城隍诚恐”，连忙的磕上两个头，说道：“小神有罪，伏望关爷爷宽容。”关爷道：“也罢，我饶你这一次。你去将功赎罪何如？”城隍道：“但凭关爷爷吩咐，小神汤火不辞，去干场功来就是。”关爷道：“你取过一片猪肉，悄悄的走到那个和尚身边，看他飞钹在那里，把他里面画的鬼头嘴上，猪肉一涂。雄钹上涂一下，雌钹上张张嘴都要涂一涂，不在乎多，只要涂得到。涂了之时，它却有一声响，你就轻轻的说道：‘嘴上病。’他自然会住。”城隍道：“怎得个空隙儿去下手？”关爷道：“我和他讲话之时，他便不着意提防，你可就中取事。”城隍道：“小神理会得，爷爷请行罢。”

关爷又一驾云起，喝声道：“贼秃奴！你是哪一个教门？一边口里念佛，一边手里杀人。”飞钹禅师看见关爷爷以礼问他，他却也以礼答应，说道：“非贫僧敢杀人。只是这一国军民困苦，贫僧特来救拔他们。”刚说道这两句话还不曾了，那两扇飞钹已自是猪肉涂污了个鬼嘴，一声响，城隍道：“嘴上病。”恰好的就住了声。城隍菩萨溜过一边，关爷爷即时怒发雷霆，威倾神鬼，凤眼圆睁，蚕眉直竖，喝上一声：“哪里走！”一张偃月刀照头就是一下。那飞钹禅师还把当先前三位天神，不慌不忙，掀起一扇雌钹来，喝声道：“变！”哪晓得那扇雌钹就是吊了魂的，掀也掀不起，变也变不成！禅师看见这扇雌钹变不来，连忙又掀那扇雄钹，哪晓得那扇雄钹就像吃醉了酒的，游游荡荡、慢慢当当，狠飞也不过三尺之远。两扇飞钹都不济事，关爷的刀又是来得凶。禅师没奈何，只得转身而走。关爷赶向前去，还不杀他，调转个刀把，照着背心窝里一点，点翻他在地上，叫声周仓捉将过来。那周仓又是个甚么主儿，一手捉将过来，早已捉掉了三分魂，不见了七分魄。关爷道："提去交与天师。"

好个飞钹禅师，看见势头不善，就扯出一个谎来，连声叫道："关爷爷！关爷爷！我是你一个大恩人，你就不认得我了？"关爷是个义重如山的人，听知说是个大恩人，心上倒吃了一惊，问说道："你是哪个？怎么是我的大恩人？"禅师道："关爷爷，你就忘怀了过五关、诛六将之事乎？"关爷一时想不起来，问说道："你是哪一关上的人？"禅师道："我是汜水关镇国寺里的长老，你就忘怀了么？"关爷道："终不然你是那普静长老。"禅师道："普静长老便是贫僧。我曾救了你那一场火难，岂可今日你就反害于我么？"关爷道："你既是普静长老，经今多少年代，你怎么还在这里？"禅师也是个利嘴，反问说道："我和你同时经今多少年代，你怎么也还在这里？"关爷道："我聪明正直为神，故此还在。"禅师道："我也是聪明正直为人，故此也还在。"关爷道："你怎么不在中国，走到这个夷狄之邦来？"禅师道："关爷爷！你岂不闻言忠信，行笃敬，虽蛮貊之邦行矣。贫僧只要修真炼性，管他甚么夷狄之邦。"

关爷被他这几句话打动了心，只说是真，说道："今日之事，却怎么处？拿将你去，你又是一个恩人；不拿将你去，天师道令，怎敢有违？"禅师道："昔日华容道上，怎么不怕军师的军令？"关爷爷又吃他这一句，撞得哑口无言。只是周仓说道："终是私恩，怎么废得公义？还是拿他去。"禅师晓得关爷恩义极重，决不下手他。他就把句话来打发周仓，狠声说道："周仓，当原日华容道上，你怎么不去拿下曹公？你将军何厚于曹公而何薄于我普静？曹公不过只是三日一小宴，五日一大宴；上马一锭金，下马一锭银，却只是些口福财帛而已。我贫僧救了你那一场火灾，保全了甘、糜二夫人。自此之后，功成名立，全了自家君臣之义；二夫人永侍玄德公，全了主公夫妇之德；古城聚会，又全了三兄弟之情。这如今万世之下，哪一个不说道过五关、斩六将掀天揭地的好大丈夫。若不是贫僧之时，只好过得两个关，我这等三个关上，却有些难处，不免做了煨烬之末。就到如今为个神，也有些乌焦巴弓。贫僧这个恩，比曹公的恩，还是哪一个的大么？曹公可以饶得，我贫僧可以饶得么？饶了曹公，还要军师面前去受死。这如今饶了贫僧，可以自由么。况兼贫僧还与关爷爷有个桑梓之情。美不美，乡中水；亲不亲，故乡人。关爷爷，你还是放我不放我？"只这一席长篇，把个关爷爷说得心肠都是碎的，生怕负了他当日的大恩，连声道："知恩不报非君子。你去罢！我决不拿你。"飞钹得了这一句话，一跃而走。正叫做是：将军不下马，各自奔前程。关爷爷回复了天师，说道："那个和尚自今以后，不为害，饶了他罢。"一驾云头，转回天上去了。天师道："怎么关元帅说出这两句话来？"细问左右，却才晓得这一段情由。天师道："'偏听成奸，独任成乱。'古语不虚。"恨一声："贼秃奴，这等一张利嘴！若不是天色已晚，我还有个妙计，到底要拿住他。"国师道："这和尚都是贫僧释门中的弟子。待贫僧明日出去，劝解他一番罢。"

却说飞钹禅师凭了那一张利嘴，哄脱了关元帅，不胜之喜，转到飞龙寺里。尊者道："师父的飞钹，怎么今日不灵验？"禅师道："正是不知有个甚缘故？"尊者道："拿来看一看何如？"禅师一手拿出一扇飞钹来，仔细一看，只见飞钹里面画的鬼嘴，那些鬼嘴上一概涂得有油。禅师道："原来是哪个把些猪油魇污了我的飞钹，故此飞不起，变不来。可恶！可恶！"尊者道："这是哪个？"禅师道："不是别人，今日只是城隍菩萨在我身边站着，想就是他，快去请过城隍菩萨来。"哪里去请个城隍？原来城隍菩萨怕飞钹禅师计较，他已自放起火，烧了殿宇，脱身去了。禅师也不奈他何，只得含忍着。他取出两扇飞钹，重新炼一番魔，重新收一番煞。收拾得停停当当，又带着尊者，走出城来。

一出城来，只见船头上走下一个和尚，只身独自，一手一个钵盂，一手一根禅仗。飞钹禅师说道："来者莫非就是那甚么国师么？"尊者道："正是他哩。"禅师晓得是个国师，生怕他先动手，连忙的撇起那扇雌钹来，喝声："变！"一会儿，上千上万的飞钹，齁齁的响，照着国师的头上掉下来。国师道："阿弥善哉！原来这个僧家，苦没有甚么本领。"禅师高叫道："你且顾着你的光葫芦头哩！怎见得我没有本领？”国师道：“你既是有些本领，怎么只是这等一味单方？”禅师道：“你管甚么单方不单方！”国师道：“贫僧也还你一个单方就是。”不慌不忙把个紫金钵盂一下子掀起去，也是这等一变十，十变百，百变千，千变万。上万的钵盂，飞在半天之上，玎玎当当，一片的响。禅师上千上万的飞钹，国师上千上万的钵盂，一扇飞钹，还他一个钵盂，两下里上下翻腾，相对一个平住。

二位元帅看见，说道：“国师妙用，若是差分些儿，怎么当得那千万个的飞钹？”马公公心里想道：“虽然妙用，却不收服他，只和他比斗，终不是个了日。”心里急得慌，不觉的高叫道：“国师老爷，你何不大显神通，收了他的飞钹罢！”国师道：“阿弥陀佛！这有何难？”伸起个指头儿一指，口里说声：“来！”只见那上万的钵盂归做一千，一千归做一百，一百归做一十，一十归做一个，还是好好的一个钵盂，托在手里。口里又说声：“来！”只见那半空中上千上万的飞钹，也听国师老爷的号令，一个一筋斗翻将下来，就像个昏鸦归队，宿鸟投林，一扇一扇儿都掉到老爷的钵盂里面，绳穿索牵也不得这等齐整。到了末后之时，也还只是一扇铙钹。马公公道：“好了，今番那妖和尚，啄木鸟儿断了嘴，也自甘休。”哪晓得那和尚尽有些套数，看见国师老爷收了他的铙钹，连忙取出那一扇来敲上一声。敲上一声不至紧，钵盂里面这一扇一声响，早已飞将去了。原来两扇飞钹，一雄一雌，雄起雌落，雌起雄落，相呼厮唤，半步不离。故此这里敲得响，那里就来。

却说飞钹禅师取了他的宝贝，他却又挑过江儿水，把扇雄钹一掀掀起来。那扇雄钹却不变化，只是狠要捞翻了人的头。一会儿，起在半天之上；一会儿，竟照着老爷的头上掉将下来。老爷初意只说他飞钹掀起之时，还是怎么变化，不防它一竟下来，倒也吃它一逼，措手不及，只得把个身子一抖，身上抖出千瓣莲花，枝枝叶叶，柱天柱地。那扇雄钹荡了莲花，只听见珰玎一声响，早已奔回了禅师。禅师其实的不肯忿输，连忙的又掀起那扇雌钹来。那扇雌钹匍匍的响，一会儿，又是这等上千上万的蜂拥而来。只见国师老爷又把个千叶莲花抖一抖，抖得莲花之上，明明白白坐着一个千手观音，一扇飞钹托在一只手里，有一万个飞钹，就有一万只手托得定定儿的。禅师看见这雌钹又不能成功，只得取出那扇雄钹来敲一下响，收回了这扇雌钹。

搬斗了这许久工夫，不觉的天色昏沉，东方月上，各自收拾归去。国师归到船上来。马公公道：“老爷何不大显神通，拿住他呢？”国师道：“阿弥陀佛！彼此都是佛门中弟子，怎么就好下手得他？”马公公道：“老爷既不肯下手他，怎么得个结果？”国师道：“再宽容他两日，自然心服。”马公公道：“他若是不心服，却待何如？”国师道：“到明日贫僧再处。”

却说飞钹禅师归到飞龙寺里，番王亲自迎接，说道：“连日多劳佛爷爷费心。寡人何德何能，何以相报。”飞钹禅师看见番王酬谢他，越发羞惭无地，说道：“劳而无功，十分惭愧。”番王道：“欲速则不达，从容些才是。”尊者道：“只多了那个僧家，有些费嘴。”禅师道：“不怕他费嘴，管保明日成功。”番王道：“多谢佛爷爷，容日犬马相报。”禅师道：“我另有一番神术，明日要取他的钵盂来。”尊者道：“只怕他明日不拿出钵盂来。”禅师道：“他是个有德有行的，不肯下手。只要我已心悦诚服，他才住手。明日一定还是那个钵盂来。”到了明日，一边国师老爷，跟着一个徒孙云谷；一边一个飞钹禅师，跟着一个徒弟尊者。禅师依旧还是那扇雌钹，一变变上一万，满空中罗罗唣唣。国师依旧也是那个钵盂，也一变变上一万，上下翻腾，一个抵敌一个。两下里正在闹吵之时，飞钹禅师取出一个朱红漆的药葫芦儿，去了塞子，只见葫芦里面一道紫雾冲天，紫雾之中，透出一个天上有、地下无的飞禽来，自歌自舞，就像个百鸟之王的样子。一会儿，满空中有无万的奇禽异鸟，一个个朝着他飞舞一番，就像个人来朝拜一般的样子，朝了一会，拜了一回，那百鸟之王把个嘴儿挑一挑，那些奇禽异鸟一个个鹞子翻身，把老爷的钵盂，一个鸟儿衔了一个，有一万个钵盂，就有一万个鸟儿衔着。衔着之时还不至紧，竟望飞钹禅师而去。那个百鸟之王自由自在，也在转身，也在要去。

国师叫声云谷，问道：“那个鸟王是甚么样子？”云谷道：“倒也眼生，着实生得有些古怪。”国师道：“怎么古怪？”云谷道：“鸡冠燕喙，鱼尾龙胼，鹤颡鸳臆，鸿前麟后。这等一个形状，却不眼生？”国师道：“似此之时，原来是一只凤凰。一只凤凰却不是百鸟之王？故此有这些奇禽异鸟前来朝拜。”云谷道：“舜时来仪，文王时鸣于岐山，可就是它么？”国师道：“正是它。凤凰灵鸟，见则天下大安宁。”有诗为证。诗曰：

凤凰集南岳，徘徊孤竹根。
此心存不厌，奋翅腾紫氛。
岂不常辛苦，羞与雀同群。
何时当来仪？要须圣明君。

云谷道：“既是个灵鸟，怎么又挑嘴儿，叫百鸟衔我的钵盂？”国师道：“这又是那僧家撮弄的法术哩！”云谷道：“既是术法衔去了我们的钵盂，怎么处他？”国师道：“你去取过向日的凤凰蛋来。”云谷道：“已经用过去了。”国师道：“止用过一个，还有一个在那里，你去取将来。”一会儿，取过蛋来。国师拿在手里，朝着日光儿晃了一晃。只见那个百鸟之王，一个转身，竟自飞进蛋壳儿里面去了。这也是个：天下之父归之，其子焉往？百鸟之王既来投宿，又有哪个鸟儿敢往别处飞？一个鸟儿衔着一个钵盂，都交还了国师老爷。老爷接过来，依旧只是一个紫金钵盂。

却说飞钹禅师看见凤凰之计不行，急得个光头暴跳，双眼血彪，叫声道：“苦也！我岂可就不奈你这个贼秃何么？”一手又取过一个黑漆漆的药葫芦儿来，拿在手里，左念右念，左咒右咒。磕了一会头，捻了一会诀。今番当真是狠哩！拿起葫芦来，把个塞子打一磨，早已吐出一道青烟，腾空而起：

浮空覆杂影，合树密花藤。
乍如落霞发，颇类巫云横。
映光飞百仞，从风散九层。
欲持翡翠色，时出鲸鱼灯。

再把个塞子抽开来，早已一声响，一阵黑风掀天揭地而起：

萧条起关塞，摇扬下蓬瀛。
拂林花乱影，响谷鸟分声。
披云罗影散，泛水织纹生。
劳歌大风曲，威加四海清。

风过处，早已飞出一个异样的大鸟来，约有十丈之长，两翅遮天，九个头，一个身子，人的头，鸟的身子，虎的毛，龙的爪，趁着那些风势儿，一毂碌落将下来，把老爷的圆帽一爪抓将去了。抓去了老爷的圆帽，老爷顶上露出那一道金光，照天照地。金光里面现出一个佛爷爷，一手钵盂，一手禅杖，辟爪就抢转那个圆帽来。那神鸟也不敢争，只是漫天飞舞，做出那一等凶恶之状。

老爷却叫声云谷，问说道：“今番那神鸟，是个甚么样子？”

云谷道：“那个异鸟异样的，大约有十丈多长，人的头，共有七个鸟的身子。只是一个虎的毛，龙的爪，两翅遮天，好不厉害也！”国师道：“似此之时，也还不算做厉害。”云谷道：“叫做个甚么名字？”国师道：“叫做个海刀。”云谷道：“怎么叫做海刀？”国师道：“因它是个恶种，入海刀龙，过山吃虎，故此就叫做个海刀。”云谷道：“师公也还拿出那个凤凰蛋来收服它么？”国师道：“那个恶种，岂可放得它到这个善窝里来。”云谷道：“它这等猖獗自恣，怎么处？”国师道：“恶人自有恶人磨。”

道犹未了，好个佛爷爷，有许多的妙用，立地时刻，一道牒文，竟到灵山会上，知会掌教释迦老爷，借下大力王菩萨。释迦老爷不敢违拗，即时差下大力王菩萨，前往燃灯佛爷听调。大力王菩萨自从归了释门，并不曾得半点空儿施展他平日的手段，猛然听见燃灯佛爷取他有用，他就是个冯妇攘臂下车来，一心要吃老虎肉。你看他张开那两扇迎风翅，九万云程，一霎时早已到了西洋大海之中，参见国师老爷，禀说道：“佛爷爷呼唤，何方使令？”国师道：“因有一个妖僧，卖弄一个海刀，在这里扬威逞势。

你与我收服他来。”大力王菩萨得了佛旨，乘风而起。你看他遮天遮地，一个大东西，也是鸟的头，也是鸟的嘴，也是鸟的身子，也是鸟的毛片，也是鸟的翅膀，也是鸟的尾巴，只是一个大不过哩！云谷道：“师公！这是个甚么神衹？一时就变做这等一个大神鸟？”国师道：“这原本是个大鹏金翅鸟，因他发下了誓愿，要吃尽了世上的众生，故此佛爷收回他去，救拔众生。收了他去，又怕他不服，却又封他一个官爵，叫做大力王菩萨。他在佛门中做神道，就叫做大力王菩萨。他离了佛门中到海上来，依旧是个大鹏金翅鸟。”云谷道：“他怎么就晓得师公在这里，就来助阵？”国师道：“是我适才一道牒文，到灵山会上借下他来。”云谷道：“师公好妙用也。”道犹未了，大鹏金翅鸟发起威来，遮天遮地，日月无光，云山四塞。国师道：“大力王，你不可十分施展，恐怕四大部洲沉了做海。”怎么四大部洲沉了做海？也只是形容他的大不过。有诗为证。诗曰：

腾云驾雾过天西，玉爪金毛不染泥。
万里下来嫌地窄，九霄上去恨天低。
声雄每碎群鸦胆，嘴快曾掀百鸟皮。
豪气三千飧日月，凡禽敢与一群栖？

大鹏金翅鸟发起威来，遮天遮地。国师道：“你只可将就些罢。”大鹏金翅鸟应声道：“晓得了，我自然将就哩！”口便说着将就，其实的老虎不吃人，日前坏了名，将将就就，飞下起来。那海刀先望着他，吊了魂了，哪里敢来挡阵？一时间躲闪不及，早已吃了一亏。怎么吃了一亏？大鹏金翅鸟又大又凶，只一个海刀虽说大，大不过他，虽说狠，狠不过他。一爪抓下去，皮不知道在哪里，肉不知道在哪里，骨头不知道在哪里，头不知道在哪里，尾巴不知道在哪里。一亏你说狠不狠？云谷看见这个金翅鸟有些神通，连声叫道：“大力王，你可把那僧家一下子结果了罢。”国师道：“不可！不可！我等同是佛门中弟子，怎么今日下得这等无情手来。大力王，你自回去罢。”佛爷爷旨意不敢不遵，大鹏金翅鸟只得乘风而去，依旧到佛门中，做大力王菩萨。国师便领了云谷，也自回了船。二位元帅接着，再三伸谢。只有马公公说道：“今日好个机会，只消那个金翅鸟一伙儿结果了那个僧家，岂不为美！”国师又说道：“我等同是佛门中弟子，怎么今日中间下得这等的无情手也。”元帅道：“国师老爷承教得极是。只是我和你来得日子久，前面还有许多的国，怎么是好，几时是了？”国师道：“说不得这个话。紧行慢行，前面只有许多路程，再宽容他几日，他自然计穷力尽，怕他不服降么？”二位元帅看见国师老爷只是宽容他的主意，也不好强他，谢了国师，各自散了。

二位元帅同坐在中军帐上，再三筹度，再不得个良策。坐到五更时候，王爷闭了眼，打个盹，神思昏昏，似梦非梦。只见帐下一个老者，峨冠博带，一手一片猪肉，一手一扇铙钹，渐渐的走近前来。王爷道：“你是甚么人？”老者道：“小神是本处城隍之神也。”王爷道：“手里是甚么东西？”老者道：“小神以此得罪，元帅老爷以此得功。”道犹未了，帐外一声响。王爷睁开个眼来，原来是南柯一梦。王爷也不作声，仔细猜详一会，心上却就明白了。

毕竟不知怎么样儿就明白了，且听下回分解。

第77回　王尚书计收禅师　木骨国拜进降表

诗曰：

青绫衲衫暖衬甲，红线绿巾光绕胁。
秃襟小袖雕鹘盘，大刀长剑龙蛇插。
两军鼓噪屋瓦动，红尘白羽纷相戛。
将军恩重此身轻，笑里锋芒如一掐。
书生只肯坐帷幄，谈笑毫端弄生杀。
叫呼繁鼓催上竿，猛士应怜小儿掲。
试问黄河夜偷渡，掠面惊沙寒霎霎。
何如大舰日高眠，一枕清风过苍霅。

却说王爷得了一梦，猜详了一会，心上却说明白了。怎么心上就明白？王爷想道："前日天师请下关元帅来，关元帅责令城隍菩萨把块猪肉涂了他飞钹上的鬼嘴，故此飞钹飞不起来，变不过去。我今日明明的梦见是个城隍菩萨，手里拿的是片猪肉。这却不是叫我也把个荤腥魇他的飞钹，却又说道：'小神以此得罪，元帅以此成功。'却不是明白告诉我了。这就是城隍有灵，我们该过这个西洋木骨都束国了。"心上虽这等明白，事却有些不同。城隍原是个神道，我们是个人，怎么也过去涂得他的鬼嘴？却又沉思了一会，眉头一蹙，计上心来。

到了明日早上，飞钹禅师又来斗法。天师又要出去，国师又要出去。王爷道："俱不敢劳出去。"天师道："事在九分九厘上，怎么元帅阻人兴头？"王爷道："做元帅的人，巴不得一战成功，威加万国，岂可阻人的兴头。只是这个僧家，也只有这些本领。"天师道："他那两扇飞钹好不厉害！不可说他只有这些本领。"王爷道："横来竖去，不过只是这两扇飞钹。连日间这等搬斗，苦无大益，反长了他的恶。不如冷他两日，他只说我们怕他，他却志骄气盈，不作准备。我们却请天师、国师一同而去，再加几员将官，内外夹攻，此必胜之策也。"众人都不晓得王爷别有设施，只说是真话。王爷却本等说得有理，都说道："悉凭王老先生尊裁就是。"果真的，南船上一连三日，不见动静。飞钹禅师一连吵了三日，只是一个不理他。却说王爷辞了天师、国师，独自坐在帐上，悄悄的传出一道将令，着落四营大都督，四哨副都督，每营每哨各要草人儿一千二百五十个，四尺多高，一尺五多大。头上都要"勇"字扎巾，身上都要土黄罩甲，内外衣服，脚下鞋袜，限尽日五下鼓来交，且不许漏泄军情，违者即时处斩。又悄悄的传出一道将令，着落各游击名下，要地羊一百只，限次日五下鼓报完，且不许漏泄军情，违者即时处斩。四营四哨得了将令，连忙备办马草，扎做个人儿，涂着脸，戴起巾，穿着衣服，披了罩甲，加上鞋袜之类，不消半日工夫，已经肃肃齐齐的，只等到五下鼓，交进中军帐。王爷亲自验实，仍旧各人领回，约以令箭来取。

各游击得了将令，要地羊一百只，一时间哪里去寻？雷游击说道："我有一个妙计，一日之间，可以全得。"马游击道："是个甚么妙计？"雷游击道："带着夜不收，假扮做个地方上人，开一爿羊肉店，高悬重价，不论山羊、绵羊、地羊，俱是一两一只。自古道：'价高招远客。'番子们图我这一两银子，蜂拥而来，却不一日之间，可以全得。"马游击道："好便好，只叫个'悬羊头，吊狗肉'，到底不高。"黄游击道："我也有个妙计，不消半日之间，可以全得这一百只。"马游击道："你又是个甚么妙计？"

黄游击道："我有一个收魂诀，先捻起诀来，把那城里城外的番子，害得他头疼心痛，有病无医。我却走将去，假降一个邪神，说道这是一阵地羊瘟，都要牵只地羊还愿，还一只好一个。却不一日之间，可以全得这一百只。"马游击道："好便好，要个道场在哪里？"黄游击道："就在东门外霞吧寺里，包你就塞满一寺。"马游击道："好也不好，一寺狗其余皆苟，到底是个假降邪神，不高。"胡游击道："悬羊头的又不好，一寺狗的又不好，这不是个'作舍道旁，三年不成？'你把元帅的军令，放在哪里？"马游击道："我还有个妙的。"胡游击道："你是个甚么妙的？"马游击道："这是军务重情，许你在这个地方上惊慌搅乱？我们这几个游击，分一半到竹步国去，分一半到卜剌哇国去，多带些人马，多带些弓箭，多带些飞抓，都去游山打猎一遭，不论獐、麂、兔、鹿、犬、羊之类，一概捞翻过来。射猎是我们本分内事，番子就不起疑。却又把些野兽一概收来，番子越加不觉。密而有成，我的妙计才是妙的。"

胡游击道："此计是高，我们快去。"黄游击道："也不见得十分高。"马游击道："怎么不见得十分高？"黄游击道："你岂不闻'狡兔死，走狗烹'之说！"马游击道："到那一步，且自由他，只讲今日的军令。"胡游击道："且来讪甚么嘴？明日要地羊交，我们快去快来，不得一半。"好一伙游击，一声响，一半到竹步国，一半到卜剌哇国。不消半日工夫，得了一二百只地羊，除了獐、麂、兔、鹿，都还不在话下。到次日五更时候，都去中军帐上报完。王爷又密传一道将令，取过地羊的生血来，尽数注在酒坛里面，明日五更时分，抬到岸上新营里听用。又过一日，一枝令箭，取到那一万个草人儿，齐齐的摆在岸上。另扎一个新营，四周围重重密布，只有头上不许遮盖。元帅号令，谁敢不遵？依时、依候、依令而行。王爷却请到天师出马。天师也不解其意，带了几个道童，到了新营门口，看见上万的官军摆成阵势，即忙来见王爷，说道："启元帅得知，那僧家两扇飞钹好不厉害，这些官军只怕不是他的对手，反受其灾。"王爷故意的说道："人多成王，怕他甚么？我这里一人赏他一瓯酒，壮他的胆志一番。"即时传令，取过酒来，每人各灌上一瓯。王爷又传下将令，都要满饮。内中有不饮的，许浇在他的头上。一会儿，赏遍了酒。王爷回营，天师叫道：“你们众人都要仔细。”

道犹未了，飞钹禅师带了尊者，早已走出城门来。抬头一望，看见有无万的官军摆成阵势，当头骑马的又是天师，他心上就狠起来，说道：“杀人先下手，迟了便遭殃。”一连把两扇飞钹掀翻起来。那一扇雄钹竟奔天师。那一扇雌钹一变十，十变百，百变千，千变万，上万的飞钹，竟奔那上万的官军。那扇雄钹舞了一会，不得天师到手，也翻在官军阵里来。禅师心里想道：“今番却切了那上万的头来，却是一场老大的功绩。”哪晓得那些飞钹，有一扇就砍翻了一个头，只是一扇扇的掉在地上，再不起去。禅师没奈何，连忙的念咒，咒也不灵；连忙的捻诀，捻诀也不灵；那些飞钹只是一个不起去。禅师不得这些飞钹起去，就是讨饭的掉了碗。天师一匹青鬃马，一口七星剑，劈头劈脑砍得去，又且狠。禅师抵敌不住，只得抽身转去，进了城门。

天师也带马回转来，坐在马上，只看见那些官军直挺挺的站着，身也不动，心上老大的犯疑，却自走进营里面，下马一瞧，原来那些军，哪里是个军？外面都有些皮面，肚里却是一个草包！再到上瞧，那些飞钹，哪里有半个影儿罢？天师心里想道：“今日的事，就有好些见鬼。分明一个军，却不是个军，是个草包！分明上万的飞钹，都不见个飞钹，是场空。好笑！好笑！好笑！不免去见王爷，问个端的。”

刚刚走上中军帐，只见阶下跪着精赤的两个和尚，公案上一对铙钹儿，却像那禅师的飞钹样子。王爷喜孜孜近前迎接，说道：“多劳天师大驾。”天师道：“贫道今日懵然无知，敢劳王老先生见教一二。”王爷道：“天师问哪一桩事？”天师道：“那上阵的官军，怎么都是草做的？”王爷道：“是学生一个拙计，束草为军，假以赏酒为名，都淋上一碗狗血，魔污那些飞钹，故此今日成功。”天师道：“这公案上敢就是那扇飞钹么？”王爷道：“是也。那些飞钹受了魔污，却都飞不起来，现了本相。学生先差下了周参将在一边伺候，天师正然追赶那僧家之时，这边已自拾将回来了，故此放在公案上。”天师道：“那阶下跪着是两个甚么僧家？”王爷道：“左边就是飞钹禅师，右边就是陀罗尊者。”

天师先前听说道草军，听说道飞钹，都还不至紧，及至听说道阶下就是禅师，就是尊者，心上好一吃惊，想说道："王爷终不然叫个鹞鹰叼得他来？"越发不敢开口动问。王爷道："天师老大人，你不要吃惊。是我学生先前差下了王明、黄凤仙，坐在飞龙寺里，料然他输阵而归，一个人只一条索，轻轻的牵将来，不曾费丝毫之力。"天师道："好王爷。果然是：

今代麒麟阁，何人第一功？
开府当朝杰，论兵迈古风。
清海无传箭，天山早挂弓。
胡人愁逐北，苑马又从东。
勋业青冥上，交情气概中。"

王爷道："过承褒奖，愧何敢当！"

道犹未了，蓝旗官报道："木骨都束国国王同着竹步国国王，又同着卜剌哇国国王，三个番王一齐在帐外投递降书降表，进贡礼物。"元帅吩咐把这两个僧家带过一边，叫三个番王进来见礼。三个番王见了二位元帅，不胜战栗之至，磕头礼拜。元帅道："请起来，不要行这个礼。"过了一会，三个番王辞色定了些。元帅请他们坐下，说道："我天兵西下，原是抚夷取宝。何为抚夷？安抚你们夷邦，各沾我天朝王化。何为取宝？我天朝原有一个传国玉玺，陷在西洋。倘在你们哪一国，取它回去。自此之外，别无事端。我先有个虎头牌传示你们，你们怎敢这等执违，稽迟我的岁月？"三个番王一齐赔礼。那两个番王说道："非干小国之事，只因木骨国王。"木骨国王说道："非干小国之事，只因那两个僧家再三勉强。"元帅道："那两个僧家已自擒拿在这里，罪有所归。轻恕你们罢！只是自今以后，要晓得我天朝如天之有日，岂可违背！"三个番王又一齐的赔礼，说道："自今以后，再不敢违背。"递上一封降表，元帅吩咐中军官收下。又递上一封降书，元帅拆封读之，书曰：木骨都束国国王麻里思，同竹步国国王失里的、卜剌哇国国王力是麻同再拜，奉书于大明国钦差征西统兵招讨大元帅麾下：侧闻惟天有日，惟民有王。上下之分既明，事使之义斯定。远人未服，王旅徂征。迎敌鼓行，靡待前茅之仆；擒囚归报，遂成独柳之诛。华夷由此以知威，天地为之而卷祲。某等三生有幸，寸朽不遗；是用稽颡以来，不敢蹈怒螳之故智。仰祈海纳，俯罄汗私，不任激切屏营之至。

书毕，又献上进贡礼物。元帅吩咐内贮官收下。接过礼单，三国共是一单。单上计开：

玉佛一尊（色如截肪，照之皆见筋力脉络，如生佛然），玉圭一对，玉枕一对，猫睛石二对，祖母绿二对，马哈兽一对（状如麝獐），花福禄一对（状如花驴），狮子二对，金钱豹一对，犀牛角十根，象牙五十根，龙涎香十箱，金钱二千文，银钱五千文（俱有国王名号私记），香稻米五十担（其稻最香，每颗长可二寸，香菜十品。

元帅看了礼单，说道："多谢厚意。"即时取过冠带、袍笏之类，各回敬一套，三个番王拜受而去。

一面纪功，王爷第一功。一面筵宴，大赏三军。一面请过天师、国师来："怎么发落这两个僧家？"国师道："看贫僧薄面，饶他两个罢！"元帅道："虽是饶他，也要说他知道。"国师道："此言有理。"

即时叫过那两个僧家来，带了圆帽，穿了染衣、僧袜、僧鞋，一切齐备。国师道："你两个人今日自作孽，不可活，元帅要依律处斩。我说你们都是我佛门中弟子，饶你们罢。"禅师道："千载奇逢，得这等方便，感谢不浅。"国师道："你原是哪里人？"禅师又把个哄关爷的谎扯起来，说道："实不相瞒，弟子是汉末三分时人，在汉明帝的镇国寺里出家。"国师道："既在中国出家，怎么又在这个西洋地面修炼？"禅师道："弟子为因镇国寺附近汜水关，关云长辞曹归汉，来到关上，把关官吏埋伏火烧之计，是弟子漏泄于云长，以致关云长斩关而去。弟子怕有后祸，衣钵云游，不觉的游到极乐国界上齐云山碧天洞，是弟子爱它清净秀洁，故此住下在那里。"国师道："你从中国游到极乐国，也游遍了好些名山。"禅师道："三十六洞天，一一都游到。”国师道：“你不要吊谎。”禅师道：“怎么敢吊谎？”

国师道：“你既是不吊谎，数来我听着。”禅师道：“佛爷爷请坐下，徒弟子数来。第一是霍僮山，名为霍林之天，在福州府长溪县。第二是东岳泰山，名为壶玄太空之天，在兖州府泰安县。第三是南岳衡山，名为朱陵太虚之天，在湖南衡州府衡山县。第四是西岳华山，名为太极总仙之天，在华州华阴县。第五是北岳常山，名为太乙总玄之天，在定州常山县。第六是中岳嵩山，名为上帝司真之天，在洛京王屋县。第七是峨眉山，名为虚灵太妙之天，在嘉州峨眉县。第八是庐山，名为仙灵咏之天，在江州浔阳县。第九是四明山，名为赤水之天，在明州。第十是阳明山，名为极玄之天，在会稽县。第十一是太白山，名为真德之天，在长安。第十二是西山，名为天宝极真之天，在洪州南昌县。第十三是小沩山，名为好生玄尚之天，在潭州澧陵县。第十四是灊山洞，名为潜真高咏之天，在灊山县。第十五是鬼谷山，名为太玄司真之天，在信州贵溪县。第十六是武夷山，名为升真元化之天，在建宁府崇安县。第十七是玉笥山，名为太玄秀发极乐之天，在临江新喻县。第十八是华盖山，名为容成大玉之天，在温州永嘉县。第十九是盖竹山，名为长耀宝光之天，在台州黄岩县。第二十是都峤山，名为玄实之天，在容州普宁县。第二十一是白石山，名为琼秀长真之天，在容州。第二十二是勾漏山，名为玉阙宝圭之天，在容州北流县。第二十三是九嶷山，名为朝真太虚之天，在道州延康县。第二十四是洞阳山，名为洞阳隐观之天，在潭州长沙县。第二十五是幕阜山，名为洞真太玄之天，在鄂州平江县。第二十六是大西山，名为大西玄妙之天，在辰州。第二十七是金庭山，名为金庭崇妙之天，在越州剡县。第二十八是麻姑山，名为丹霞之天，在建昌府南城县。第二十九是九仙都山，名为仙都祈仙之天，在处州缙云县。第三十是青田山，名为青田大鹤之天，在处州青田县。第三十一是钟山，名为朱日太生之天，在升州上元县。第三十二是良常山，名为良常方会之天，在润州句容县。第三十三是茅山，名为华阳之天，在句容县。第三十四是天目山，名为太极玄盖之天，在临安府余杭县。第三十五是桃源山，名为马娘光妙之天，在鼎州武陵县。第三十六是金华山，名为金华洞元之天，在婺州金华县。”

国师道：“原来你这行僧家是个至诚的，果是游遍名山，有些道行。”禅师道：“不但洞天福地，就是色界十二天，无色界十四天，欲界六天，无欲界六天，弟子都也走过来。”国师道：“这是真的？”马公公道：“难道是真！你既是走过来，也数一数儿，只当见教咱们一番。”禅师道：“弟子就数来：越卫天、蒙翳天、和阳天、恭华天、宗飘天、皇笳堂耀天、端静天、恭梦天、极瑶天、元载天、孔升天、皇崖天，这是色界十二天。极风天、孝芒天、翁重天、江由天、阮乐天、云暂天、霄度天、元洞天、妙成天、禁上天、常融天、玉隆天、梵度天、贾奕天，这是无色界十四天。黄会天、玉完天、何童天、平育天、文举天、摩夷天，这是欲界六天。四天王天、忉利天、须焰摩天、兜率子天、乐变化天、他化自在天，这是无欲界六天。佛爷爷在上，弟子饶舌子。可说得是么？”

国师道：“句句说得是，再不消说。这如今你还到哪里去？”禅师道：“弟子还归碧天洞里去。”国师道：“你自去罢。”禅师道：“弟子还有一事，禀告佛爷爷：弟子来时是双飞钹，弟子去时没双飞钹，却就行不动了。望乞佛爷爷把飞钹还与弟子去罢。”国师道：“这个使不得。你有这个飞钹，久后必定为非。”禅师道：“自今以后，再不敢为非。”国师道：“再不消说这个飞钹，我自有用它之处。你都站开，待我出去。”国师连移几步，出到船头上，叫声云谷：“拿过那两扇飞钹来。”你看国师老爷大显神通，一手拿着钵盂，一手接着飞钹，照着钵盂里面吹上一口气，把个三昧真火放将出来，即时间钵盂里面火焰腾腾，红光闪闪。好老爷，不慌不忙，却把扇飞钹放下火里去，只听得划划喇喇，如迅雷奋激之状。响了一会，火粘了飞钹，飞钹粘了火，渐渐的熔成一家。老爷不慌不忙，又把扇飞钹放下火里去，又是这等划划喇喇，像个雷公声音。响了一会，火又粘着它，它又粘着火，渐渐的也熔成一家。老爷却拿起个钵盂来摇两摇，晃两晃，那钵盂里面就是九转金丹，霞光万丈，紫雾千条。老爷口里念说道：“乾、坤二象，相生相克。”道犹未了，把个钵盂里面的金丹，照着船头下泻，泻将下去，就像个建瓴泻水，溜溜儿一线之长。只有许大的钵盂，只是两扇的飞钹，能有多少铜铁？泻来泻去，左泻右泻，泻一个不了，泻一个无休。大约之间，泻了两个多时辰。你说泻出个甚么来？泻出像个系马桩儿金晃晃的一根铜柱。泻到临了，老爷收起钵盂，连打三个问讯，叫上三声“阿弥陀佛”，那根铜柱连长了三丈多长。铜柱上面，一个宝盖。铜柱身上，四面八方，每方面上都有“南无阿弥陀佛”六个大字。假饶匠人镌刻，也不能够这等精细。

这根铜柱不至紧，永远镇守在那海口上，传流万万世，老爷功德就在万万世，直与天地同休！哪一只番人不念道：“这是大明国国师抚夷取宝留下的遗迹。”哪一个番国不传说：“木骨都束国有大明国国师抚夷取宝留下一根铜柱。”

飞钹禅师说道：“佛爷爷在上，弟子的飞钹，多谢佛爷爷到得了圆满。只是丢下弟子在这里，怎得个返本还原？”国师起眼一瞧，不见有些甚么，只见船头上有根锁锚的棕缆。国师道：“也罢，那僧家，你自家到缆上取过一根棕来。”禅师听见国师开口，就是捧了一道赦书，连忙的走到缆上去取根棕。哪晓得那根棕缆用了这几年，磨上磨下，磨得精光，倒有根棕皮罢。没奈何，把个指甲去挑，挑得一节儿，不过一寸多长。递上国师，国师拿在手里，念上一声“阿弥陀佛”，双手一掣，一寸棕早就长做一丈。国师道：“那僧家，你骑在上面罢。”那禅师不胜之喜，磕了几个头，一骑骑将上去。国师又念声“阿弥陀佛”，吹上一口气。这一口气不至紧，那根棕哪里是根棕，有头有角，有鳞有翼，九色成纹，一跃而起，原来是条龙！一边驾雾，一边腾云，冉冉儿望西去了。

尊者道：“佛爷爷在上，弟子的师父多谢佛爷爷超度去了，丢下了弟子在这里，进退无门。伏乞佛爷爷一视同仁，一发超度了罢。”国师老爷高张慧眼，说道：“朽木不可雕也！你原是个鬼精，在佛爷爷莲座下偷饭吃的，怎么也要超度？”尊者道：“千载难逢，望求佛爷爷设法超度罢。”国师道：“一个超度，怎么设得法哩？也罢，也是你相逢我一遭。我有这根铜柱在这里镇守，你就做个铜柱大王，协同镇守罢。”尊者磕个头，刚爬起来，国师老爷照头上呵一口气，呵得个尊者一跳跳起来，就有一丈多长，浑身上下将军打扮：头上一顶盔，身上一领甲，脚下一双扎踙鞋。尊者道：“佛爷爷，这却不是弟子的本行了。”国师道：“装神像神，装鬼像鬼。你既是叫做大王，就要像个大王的样子。偏是光着头，捧着瓢，倒反好些。”尊者得了这一番点化，心上却就明白，连声叩谢而去。二位元帅道：“他两个人都是一样僧家，怎么国师老爷两样超度？”国师道：“各有一个道理。”

毕竟不知是个甚么道理？且听下回分解。

第78回　宝船经过剌撒国　宝船经过祖法国

诗曰：

优钵昙华岂有花，问师此曲唱谁家？
已从子美织桃竹，更向安期觅枣瓜。
宴坐林间时有虎，高眠粥后不闻鸦。
此来超度知多少？焰转燃灯鬼载车。

却说二位元帅道：“两个都是僧家，国师怎么两样超度？”国师道：“各有个道理。”元帅道：“是个甚么道理？”国师道：“佛还他一个佛，鬼还他一个鬼。骑驴觅驴，以马喻马。月色一天，笑的谁怜？哭的谁打？”元帅道：“这都是国师功德。还有一件要见教，那两扇飞钹，怎么泻出一根铜柱来？”国师道：“那两扇飞钹，似铜非铜，似铁非铁。收的都是天地之精，日月之华，故此能飞能变，能多能少。天地间惟精不朽，惟真不穷。有了这一般真精，莫说只是一根铜柱，就是擎天白玉柱，跨海紫金梁，何难之有！”正叫做：

碧玉盏盛红玛瑙，井花水养石菖蒲。

须知一法无穷尽，为问禅师嘿会无。

道犹未了，蓝旗官报：“前面又到了一个国，不知是个甚么国，禀元帅老爷，即可差下夜不收前去打探明白，以便进止。”王爷道：“兵贵神速，今番不消打探得。”即时传令四营大都督，各领本营军马，围住他四门。各营里安上云梯，架起襄阳大炮，许先放三炮，以壮军威。再传令各游击将军，各领本部军马各营策应。再传令四哨副都督，扎住水寨，昼夜严加巡警，以防不虞。元帅军令，谁敢不遵？四营大都督移兵上岸。可可的这个国叠石为城，城有四门，守城番将看见军马临门，连忙闭上城门。一门上一个都督，一道云梯。一道云梯上九个襄阳大炮。各门上一个号头，连放三个大炮。这三个炮还顺了人情，不曾打他的城门，只照着城墙上放，把城墙上的石头，打得火星迸裂。那三声响，岂当等闲，川谷响应，地动山摇。四门上共放了十二个大炮，连番王的营殿都晃了两三晃。满城中官民人等，只说是掉下了天，翻转了地，吓得魂飞魄散，胆战心惊。番王道：“我的头可还在么？”番官道：“我的肝胆都不见了。”一会儿，把门官报说道：“天上掉下一块祸来。”番王道：“掉下一块火来，可曾烧着哪里么？”把门官道：“祸福之祸。”番王道：“火夫发了火，何不叫水夫去救哩？”把门官道：“不是这等说。”番王道：“是怎么说？”把门官道：“不知是哪里来的山一般大的船，也不计其数，只是塞满了海口。船上的旌旗蔽日，鼓角喧天。一会儿，飞出四大堆军马，把我们四个城门围得铁桶相似。一个门上放上甚么三声响器，惊天动地，好生怕人也！”番王道：“原来是那个军马放的军器响么？”左班头目罗婆婆说道：“这声响是中国的炮响，这些船敢是中国来的？”右班头目罗娑娑说道：“是也！是也！几年前番船上传说道，中国有宝船千号，来下西洋，抚夷取宝。”番王道：“既是你们晓得些来历，不知可厉害么？”罗婆婆道：“中国是个圣人之邦，日月出入之地。莫不宾贡他，怎么有个厉害？”番王道：“人言不足深信，快去祷告尉仇大王。”怎么快去祷告尉仇大王？原来这个国凡事信神，尉仇大王是本国福神的名字，凡事祷告他，问无不知，知无不验。故此番王要去祷告尉仇大王。罗婆婆道："王上之言有理。我两个小臣愿陪。"一个番王，两个头目，一班小番，同到大王庙里，摆下了供献礼物。番王亲自祷告一番。左头目撞钟，右头目击鼓。一会儿，降下一个小童儿，呼呼的叫上一会，跳上一会，抡一路棒，走一路拳。番王烧会纸马，问说道："今日特请大王，不为别事，只因弟子国中，现今被了大难。弟子是有眼无珠，不知是个甚么来历，不知是个甚么军兵。或是凶？或是吉？仔细推详，明白指教。"

小童儿叫声道："金生丽。"左头目就省得，说道："大王要水吃，快取水来。"小番们一时水到。小童儿一上手，就吃干了十数个羊皮袋。怎么吃水吃干了羊皮袋？原来这个国，动辄三五年不下点雨，井水都是羊皮做成袋儿挑将来。故此吃得水多，就干了十数个羊皮袋。

吃过水，小童儿又叫声道："周发商。"左头目又省得，说道："大王要汤吃，快看汤来。"小番们一时汤到。小童儿一上手，就吃干了十数锅。

吃过了汤，小童儿叫声道："虚堂习。"左头目说道："下面是个'听'字，我王，大王叫你听着哩！"番王连忙走向前，唱个喏，说道："望大王仔细参详，这些军马，还是哪里来的？"小童儿说道："五常四，左达承。"左头目说道："一句中间是个'大'字，一句下面是个'明'字，恰好是大明国来的。"番王道："大明国是甚么样的人？"小童儿道："鸟官人，龙师火。"左头目说道："下面是'皇帝'两个字。原来是大明国的皇帝。"番王道："皇帝姓甚么？"小童儿说道："包左石，夜光称。"左头目说道："总是个'朱'字。原来是大明国朱皇帝差下来的。"

番王道："不知战船多少，军马有多少？"小童儿说道："家给兵，方赖及。"左头目说道："是个'千'字、'万'字。——原来战船上千，军马上万。"番王道："这些战船、这些军马都到这里做什么？"小童儿说道："逐物意，尺璧非。"左头目道："这是个'移'字、'宝'字。却不知怎么解"只见把门官说道："是了，那些船上，一只船，一号旗，旗上都写着'抚夷取宝'四个大字。"番王道："抚夷取宝，还是凶；还是吉？"小童儿连说道："永绥邵，俗释纷，并皆佳，嵇琴阮。"左头目说道："是个‘吉’字、‘利’字、‘妙’字、‘啸’了。原来是大吉大利，妙哉妙哉，好啸好啸。我王且自宽心了。”番王道：“既是大吉大利，怎么相见他？”小童儿说道：“笺牒简，稽颡再。”左头目说道：“是个‘要’字、‘拜’字。是要拜他拜儿。”番王道：“怎么款待他？”小童儿说道：“饱饫烹，弦歌酒。”左头目说道：“是个‘宰’字、‘宴’字。是要宰猪宰羊，安排筵宴。”小童儿说道：“坚持雅操，存以甘棠。”左头目说道：“一个下句是‘好’字，一个下句是‘去’字。说是大王好去了。”

番王道:“多谢大王指教,尚容事平之日,重重的伸谢。”小童儿又说道:“布射辽丸，如松之盛。”左头目解了一日，到这两句解不得了。倒是番王心上又灵变起来,说道:“‘射’字去了‘身’字,却不剩下一个‘寸’字,‘松’字去了个‘公’字，却不剩下个‘木’字。大王说，我们是个寸木村子。”右头目说道：“大王，你背了一日《千字文》，你到不村。”小童儿说道：“你解了一日《千字文》，你到不村。”番王道：“两家都不要争，依我说来，村神莫对村人说，说起村人村杀神。”道犹未了，掌朝的刺者跑将来，报说道：“船上差着一员将官，拿了一个大老虎头，径在朝门外，要见我王，有话来讲。”番王即时转朝，两家相见。番王道：“尊处贵姓大名？现任何职？”将官道：“在下姓马，名如龙，现任征西游击将军之职。”番王道：“宝船上有几位将军？”马游击道：“有两位元帅，一位天师，一位国师。有一个左先锋。一个右先锋。有四营大都督，有四哨副都督。有游击大将军，有游击副将军。有水军大都督，有水军副都督。合而言之，战将千员，统领着雄兵百万。”番王听知道这一席话,心上好一惊慌,过了半晌,问说道:“辱临敝国，有何见谕？”马游击道：“我元帅奉大明国朱皇帝差遣，来下你们西洋，抚夷取宝，此外别无事端。我元帅恐怕你们不信，现有一面虎头牌在这里，请看着就明白。”番王接过虎头牌，叫过左右头目，文武番官，逐句儿念，逐字儿解。番王却才放心，心里想道：“好个灵验的尉仇大王！果真的是个大明国，果真的是个朱皇帝，果真的是个抚夷取宝。欲知未来，先观已往。前一段这等灵验，后一段一定也是个大吉大利。我一任只是宰猪宰羊，安排筵宴，投降于他就是了。”心下立定了主意，却回复道：“相烦将军先回去拜上元帅老爷，敝国国小民穷，并没有你大明国的传国玉玺。降书降表，这是礼之当然，不敢劳烦齿颊。请元帅传令收回这四门上的军马，宽容一日，备完了书表，办齐了礼物，卑末亲自到宝船上磕头谢罪，还要请上元帅大驾光降敝国一番。言不尽意，伏乞照察！”马游击看见这个番王彬彬有礼，晓得他不是脱白，却请问道：“大国叫做甚么？大王甚么御名？左右头目甚么贵表？甚么官爵？”番王道：“敝国叫做剌撒国，卑末叫做罕圣牟。左头目叫做罗婆婆，右头目叫做罗娑娑。左右头目，即同南人左右丞相之职。”马游击道：“承教了。”辞谢番王，归见元帅，把番王的言话，细说一遍。元帅道：“彼以礼待我，岂可不以礼往。”即时撤回四门军马。

到了明日，番王领了左右头目，亲自到船上拜见二位元帅，递上金叶表文一道，安奉已毕。递上降书，元帅拆封读之，书曰：

剌撒国国王罕圣牟同左头目罗婆婆、右头目罗娑娑谨再拜奉书于大明国钦差征西统兵招讨大元帅麾下：窃谓天之生人，德有大小，位有尊卑，地有远近，礼有隆杀；因分自守，旧典足循。恭惟大明国皇帝躬神睿之姿，抚休明之运；百蛮奔走，万国讴歌。矧以元帅，纵横文武，辱临敝国，出入圣神；声教塞于天渊，威灵震于戎狄。某蚊虻渺质，幸对台颜；葑菲有词，伏祈海纳。

书毕，递上进贡礼物。接过单来，只见单上计开：

鲸睛一双（鲸鱼眼睛，世所称明目珠，即此），鲂须二根（鲂鱼之须，明莹可为簪珥，价贵），千里骆驼一对，龙涎香四箱，乳香八箱，山水瓷碗四对（中有山水，注水于中，隐隐山青水绿之状），人物瓷碗四对（中有人物，注水于中，隐隐有揖逊之状），花草瓷碗四对（中有花草，注水于中，隐隐有摇动之状），翎毛瓷碗四对（中有翎毛，注水于中，隐隐有飞奋之状）。

番王自进贡之外，又献上许多金银、缎绢、米谷、胡椒、檀香、牛羊、鸡鸭之类，各有多寡不同。元帅一切不受。番王再三禀告，元帅道：“既承厚意，米受十担，牛羊各受一只，鸡鸭各受十只。”其余的毫不肯受。一面回敬冠带、袍笏、靴袜之类，自番王以下，各头目俱有，只是多寡不同。一面安排筵宴，大宴番王，尽欢而别。番王心里想道：“好灵验尉仇大王，原来宰猪宰羊，反在南船上。”心上不胜之喜，说道：“敝国连山旷土，草木不生，田瘠不收五谷，惟有麦少熟。数年间不下一次雨，贫苦不能言。这些驼牛羊马，都是海鱼干喂养的，故此亵慢元帅，反承元帅厚惠，何以拜当！”元帅道：“一诚贤于万倍，再不消说个‘亵慢’二字。”饮毕，番王辞谢而去。

元帅传令开船，记功颁常有差。三宝老爷说道：“都是这个剌撒国，就有些意思。”王爷道：“不免挟兵之以威，老爷不如此，不得他心服。”王爷道：“到底是个力不赡也，非心服也。”道犹未了，帐下闪出王明来，禀说道：“小的王明有一事，禀上二位元帅。”元帅道：“有甚么事来禀？”王明道：“前去再有哪个国，小的有个术法，要他心服，不劳二位元帅费心。”王爷道：“你有甚么术法，可以得他心服？”王明道：“小的自幼时有个戏法儿，做得极妙，或是托梦于人，或是灯花报喜，或是喜鹊传言。大则装神做鬼，小则栽树开花，怪则蛇蟒鹏鹗，顺则凤麟鸿雁，无所不能，无不精妙。小的禀过元帅，先行几日，见机而作。凭他甚么国王，预先与他一个喜兆，怕他不心悦诚服么？”王爷道：“你怎么先走得去？”王明道：“近日小的土囤又精，顷刻之间，可以千里。”王爷道：“你是哪里学来的？”王明道：“实不相瞒，是黄凤仙所传的。”王爷道：“好，你用心前去，功成之日，重重有赏，归朝之时，子孙受用不尽。”

王明应声而去，做起法来，好不去得快也！起眼就是一个国。这个国是个甚么国？叠石为城，城门上高挂着一面牌，牌上写着“祖法儿国”四个大字。国王有宫殿，砌罗股石为之。高有五七层，如宝塔之状。民居高可三四层，大则宴宾礼士，小则厨厕卧室，皆在其上。

王明进了城，端详了一会，心里想道：“我在元帅面前夸口而来，来到这里，须得一个好计较，才悚动得个番王。”眉头一蹙，计上心来：“也罢，且先拿出隐身草，沿街沿巷，细访一番，就中却有个道理。”一手隐身草，一手撩衣，穿长街，抹短巷。只见满国中人物长大，体貌丰富，语言朴实。王明道：“倒好个地方。”又只见家家户户门前，都晒得是海鱼干儿。王明调转个舌头，装成番子的话语，问说道：“晒这干做甚么？”番子道：“吃不尽的，晒来喂养牛马驼羊。”王明心里道：“是了，和昨日剌撒国一般。”

又行了一会，只见男子卷发，白布缠头，身上穿长衫，脚下穿鞝鞋。女人出来，把块布兜着头，兜着脸，不叫人瞧看。王明偏仔细看看儿，只见女人头上有戴三个角儿的，有戴五个角儿的，甚至有戴十个角儿的。王明心说道：“这却也是个异事。”又装成个番话来，问说道：“女人头上这些角儿不太多了？”番子说道：“不多。有三个丈夫的，戴三个角。有五个丈夫的，就戴五个角。既是有十个丈夫的，少不得戴十个角，终不然替别人戴哩？”王明故意的说道：“我是剌撒国一个商客，自小儿在这里走一遭，却不曾看见哩！”番子道：“你小时节忘怀了。我国中男子多，女人少，故此兄弟伙里，大家合着一个老婆。若没兄弟，就与人结拜做兄弟，不然哪里去讨个婆娘。”王明心里想道：“新闻！新闻！这是夷狄之道，不可为训。”

又行了一会，只见街市上异样的香，阵似阵儿，扑鼻而过。王明说道：“这香也有个缘故。”又装出个番子来，问说道：“街市上这个香是哪里来的？”番子说道：“明日礼拜寺里香会。”王明又问道：“寺里香会，街市上可有香会么？”番子道：“明日国王亲自出来香会，满国中无论老少，哪一个不去拈香，哪一个不去礼拜。今日哪一家不熏衣服。禁得这等家家户户烧香，怕他街市上不香哩！”王明心说道：“好了，就在礼拜寺里，是我的出场。”一手隐身草，竟找到礼拜寺里，拣个幽僻处所安了身。

到了明日早上，只听见筚篥、唢呐一片响。王明说道：“这决是国王来也。”一会儿，果真的前前后后摆列的，都是象驼、马队、牌手，簇拥着一顶大轿。到了寺门前，国王下来。头上缠的细白番布，身上穿的是青花细袖绢，外面罩的是金丝大红袍，脚穿的是乌靴衬袜。大开寺门，番王直进殿上，烧香礼拜。王明一手隐身草，即时闪在殿上，撮撮弄弄。一会儿，香炉里的香，烧得氤氤氲氲，结而不散。结了一会，结出一个善菩萨来。是个甚么善菩萨?原来是个南无救苦救难大慈大悲观世音菩萨。左边一个龙女，右边一个鹦哥。龙女儿指手指脚，鹦哥儿跳上跳下。番王看见不胜之喜，连忙的走到香炉底下来，再三叩头，再三礼拜，祷告道：“弟子无德无能，怎么敢劳大菩萨结烟现化？”龙女儿又指一指，鹦哥儿又跳一跳。番王又祷告道：“既蒙菩萨现化，若是弟子国中有个甚么事故，或吉或凶，当趋当避，总望菩萨明彰报应，弟子感谢无涯。”龙女儿又指一指，鹦哥儿又跳一跳。

番王道：“弟子有耳不闻，有眼不见，万望菩萨明彰报应哩！”祷告了再三，菩萨却才自家开口，叫声道：“亚里，你听我道来。”番王听见叫他名字，连声道：“有！有！”菩萨道：“目今有个大明国朱皇帝驾下钦差两位元帅，统领宝船千号，战将千员，雄兵百万，来此西洋抚夷取宝。只在十日之内，到你国中经过，你切不可怠慢。你可知道么？”番王道：“弟子不曾知道。只是既承菩萨指教，弟子怎敢怠慢于他。”菩萨又说道：“你须先备下一封降表，再备下一封降书。又须备办下进贡礼物，又须出郭远迎，又须安排筵宴、犒赏等项。你须一一的依我所言，一有差池，祸来不小！”番王又叩头礼拜，说道：“弟子决不敢差池。只是转祸为福，全仗菩萨慈悲。”道犹未了，只见那一股烟，一丈就长十丈，十丈就长百丈，百丈就长千丈，千丈就长万丈，直长到九天之上，无影无踪。番王又望空磕头，礼拜了一会，却才转进朝去。

王明想道：“今日这个术法，何等的明白伶俐，怕他甚么番回回，再敢倔强无礼？”依旧是土囤而回，到了船上，报与元帅，把个前缘后故，细说一番。元帅问：“是个甚么国？”王明道：“是个祖法儿国。”元帅道：“到了那里再处。”却说祖法国国王转到朝里，叫过左右头目，说道：“今日行香可是异事么？”左右头目一齐道：“有其诚，则有其神。菩萨现化，只因我王平素诚敬所致，我王不可看得容易！”番王道：“我怎么看得容易？”即时吩咐备下降表一封，降书一封，备下各色礼物，务在丰洁。先差下左右头目，驾一只海楼船，前路迎接。自家又出到海口上，离城三十里之外，日夜伺候。

迎接的接了五六日，伺候的候了五六日，果是有千号宝船，旌旗蔽日，鼓角喧天。左右头目接着，参见元帅，道达国王这一段迎接的诚意。又过几日，却望见祖法国三十里之外，又是国王亲自迎接，拜见元帅。元帅待以宾客之礼。国王大喜，心里想道："若不是观世音菩萨知会我，险些儿失礼于他。若是失礼于他，你看他山一般的船，虎一般的将，云一般的军马，加罪于我，就是泰山压累卵，只好叫苦罢了。"到了城边，番王先进城去，取出书表礼物投递。元帅接了表章，安奉已毕。接上书来，拆封读之，书曰：

祖法儿国国王亚里谨再拜奉书于大明国钦差征西统兵招讨大元帅麾下：敝国僻处海隅，渺焉蝼蚁；在唐为大夏，在汉为火罗。虽有君长之称，素无兵革之利。顷缘元帅，载秉节旄，远辱宠临，用瞻威斧。天高地厚，觉宇宙之无穷；日照月临，识太平之有象。釜鱼假息，敢所望乎？窟兔待擒，是所分也。临楮不胜虔恳之至。

书毕，番王进上礼物，递上草单。只见单上计开：

玉佛一尊，佛袈裟一袭（释迦牟尼佛所遗者，长一丈二尺，置之火，终日不焚），金钱豹十只，福禄十只（周身俱白，中有细青花如画者），驼鸡十只（即驼鸟，高七尺，色黑，足类骆驼，背有肉鞍，夷人乘之，鼓翅而行，日三百里，能啖铁，一曰驼鸟），汗血马二十匹（本国颇黎山有穴，穴中产神驹，皆汗血），良马十匹（头有肉角数寸，能解人语，知音律，又能舞，与鼓节相应），龙涎香十箱，乳香十箱（其香乃树枝也，枝叶似榆而尖，土人砍树取香），倘伽一千文（王所铸金钱，每文重二钱，径寸五分，一面有纹，一面有人形之纹）。

元帅看见番王有礼，再三伸谢。番王又献上金银、缎绢、檀香、胡椒、米谷、瓷器、牛羊、鸡鸭等项，犒赏船上三军。元帅道："这个番王富而有礼，各受少许，犒赏众军士，也见得是番王的诚敬。”元帅从厚款待番王及王左右，取过袍笏、冠带、靴袜之类，通上彻下，回敬一周。番王择日请上元帅。

二位元帅、天师、国师，还有四个公公，借着番王的请期，先到礼拜寺里行一炷香。礼拜已毕，只见寺里四壁莹洁，最是可人。马公公道：“我们来路十万里之外，离家数年之久，到此名山宝刹，能无一言以纪绩乎？”王爷道：“马公公承教极是。”叫左右的取过文房四宝来，奉上元帅题起。三宝老爷道：“咱学生自幼儿有些逃学，不曾攻书。今日面墙，悔之无及！”王爷道：“老公公休得谦逊，愿求一律。”三宝老爷道：“既承尊命，敢复推辞。也罢，我写首旧诗，只当塞个白罢。”援笔遂书一律，诗曰：

层台耸灵鹫，高殿迩阳乌。
暂同游阆苑，还类入仙都。
三休开碧落，万户洞金铺。
摄心罄前礼，访道把中虚。
遥瞻尽地轴，长望极天隅。
白云起梁栋，丹霞映棋栌。

书罢，老爷道：“传旧而已，诸公休笑。”王爷道：“佳句！佳句！”

马公公道：“第二就到王老先生。”王爷道：“恕僭了。”援笔遂书一律，诗曰：

桑落谈心快，楼船趁晓开。
忽看天接水，已听浪如雷。
不少孤臣泪，谁多报主才？
夷氛应扫净，早晚凯歌回。

王爷道：“殊不成诗，叙事而已。”马公公道：“今番该到天师大人。”天师道：“还是国师。”国师道：“不须谦逊，贫僧随后也有一偈。”张天师援笔遂书一律，诗曰：

我本乘槎客，来从下濑船。
殊方王化溥，入夜客星悬。
日月空双眼，山河望一拳。
何当怜水怪，犀在莫教燃。

天师道：“诗便是八句，嫫母傅粉，不知其丑也。”马公公道：“今番该到国师老爷。”国师道：“轮着贫僧，也要作一偈。”

毕竟不知是个甚么偈？且听下回分解。

第79回　宝船经过忽鲁谟　宝船兵阻银眼国

诗曰：

大罗山上谪仙人，道德文章冠缙绅。
日月声名昭凤阁，风雷号令肃龙门。
经纶世教三才备，黼黻皇猷万象新。
纪绩岂同章句客，之乎也者乱其真。

国师道：“轮着贫僧，也有一偈。”援笔遂书，偈曰：中国有圣人，西方岂无佛！世界本团圆，众生自唐突。苦海果茫茫，慈航此时出。愿得桑田头，都成安乐窟。”王爷道：“足见佛爷爷慈悲方便。今番该轮到马公公了。”马公公说道：“咱学生也有一首旧诗，聊以适兴，诸公休笑也。”遂援笔书之，诗曰：

海边楼阁梵王家，一水横桥一路斜。
密竹弄风敲璧玉，怪松擎日起龙蛇。
岩猿绕槛偷秋果，石鼎临窗煮露芽。
中有高僧倦迎送，白头无事老烟霞。

王爷道：“好个‘白头无事老烟霞’！我们碌碌，怎么能够？”马公公道：“誊录而已。”

王爷道：“今番该到洪公公了。”洪公公道：“咱学生愧不能诗，勉强塞责，诸公见谅何如？”王爷道：“愿闻大教。”洪公公写诗一律，诗曰：

乘槎十万里，萍水问禅林。
地僻春犹住，亭幽草自深。
鸟呼经底字，江纳磬中音。
唱凯归来日，明良会一心。

王爷道：“独出新裁，足征旧养。今番到侯公公了。”侯公公道：“恕僭了！”援笔遂书一律，诗曰：

闲来无事不从容，睡觉东窗日已红。
万物静观皆自得，四时佳兴打人钟。

写毕，说道：“诸公休得见哂，咱学生只是押韵而已。”王爷道：“虽是押韵，临了那一句，却不是‘打人钟’。”侯公公道：“不是‘打人钟’，是个甚么？”王爷道：“是个‘与人同’。”侯公公道：“老先儿，你好差了，现钟不打，倒去炼铜。”

王爷道：“今番该到王公公了。”王公公道：“咱学生只是个口号儿，聊记岁月而已。”王爷道：“有来就是好的，哪管甚么口号儿。”王公公援笔遂书一律，诗曰：

上士由山水，中人坐竹水。
王生自有水，平子本留水。

写犹未了，王爷不觉嘎嘎的大笑三声，说道：“老公公，四个‘水’

字都来，倒是点水不漏。”王公公道：“王老先生休得见笑。圣人之心有七窍，才会题诗。咱学生只好两三窍儿，故此点水不漏，题得不十分见好。”王爷道：“若有两三窍，也还漏出些水来。点水不漏，只怕还是一窍不通。”王公公道：“教我难漏出些水来，又说是个教书先儿漏皮秀哩！”

道犹未了，番王迎接进朝筵宴。大宴三日，尽欢而别。元帅吩咐开船。

王明又请先去，老爷道：“王克新之功第一，纪录司明白纪来。”王明听知道纪功第一，越发有了兴头，一毂碌土囤而去，抬起头来，恰好的又是一个国。

这个国叫做忽鲁谟斯国。王明站起来，一手隐身草，穿街转巷，走一走儿。只见国王叠石为宫，殿高有六七层；平民叠石为屋，高可三五层。厨厕卧室待宾之所，俱在上面，无贵无贱是一样。再走一会，只见撞遇着几个番子。这番子比别的不同，人物修长丰伟，面貌白净，衣冠济楚，颇有些我们中国的气象。再走一会，又看见几个女人。女人却编发四垂，黄漆其顶，两耳挂络索金钱数枚，项下挂宝石、珍珠、珊瑚、细缨络，臂腕脚腿都是金银镯头，两眼两唇，把青石磨水妆点花纹以为美饰，尽好齐整。

再走一会，只见街市上也有行医的，悬一面招牌，说道：“业擅岐黄。”也有卖卜的，悬一面招牌，说道：“卦命通玄。”也有百般技艺，也有百工商贾。再走一会，王明走得肚里有些饿，口里又有些渴，心里想道：“哪里得个碗头酒儿搭一搭倒是好的。”瞻前顾后，并不曾看见个卖酒的招牌。好王明，调转个番舌头，装成个番话语，问走路的说道：“哪里有酒卖哩？”走路的番子说道：“我这国中禁酒，私自造酒，官法弃市。”王明连声叫道：“苦也！苦也！”

又走一会，只见十字街口上人头簇簇，个挨个儿，闹闹吵吵，搅做一团。王明想道：“这些人挤着做甚么？一定是有些缘故。且等我也去挤一挤儿，看是怎么？”一手隐身草，两脚走如飞，挤向前去。原来上千上万的人，围着一个撮抟戏儿的在那里。是个甚么抟戏儿？一个老者，手里牵着一个黑猴头，倒有三尺高。两边摆着两路抟戏架子，架子上都是些鬼脸儿，都是些披挂，都是些枪刀，都是些棍棒。那老者点着鼓儿，敲着锣儿。

那猴儿戴一样脸子，穿一样披挂，舞一样兵器。逐样的戴过，逐样的穿过，逐样的舞过。这个还不至紧，到临了之时，凭你是个甚么人，把个帕子蒙着那个猴头的两只眼，蒙得死死的，却凭你是个甚么人，不作声，不作气，照着猴头上打它一下，打了一下，竟自躲到那千万人的中间，平心静气站定了那里，却才解开帕子，放出猴头来。牵猴的老者喝声道："是哪个打你头来？"猴头就照上照下，有个要寻的意思。老者道："你去寻他来。"那猴头一爬就爬起来，把这上千上万的人寻一遍，恰好就寻着那个打他的，再不差了半星。试一次，一次不差。试十次，十次不差。就是百次、千次、万次，都是不差。这一段最有些意思。

王明看了，心上倒好喜欢哩！心里也要去试他试儿。却有正务在身，不得工夫，心里就要在这猴头上做个出场。又怕他是个畜牲，人不肯准信。

沉吟了一会，拿起隐身草来又走，走到前面，可可的一个空阔所在。又是这等人头簇簇，马头相挨，闹闹吵吵，闹做一块，吵做一坨。王明说道："这里又围着这等上千上万的人，终不然又是个甚么撮抟戏儿的？"好王明，好耐烦，放下个隐身草，挤上前去，只见人丛里面，又是一个撮抟戏儿的。今番又是个甚么抟戏？这个抟戏，名字叫做弄高竿的，共有七个人：一个人牵只白羝羊，这六个人掮着六根杉木竿子。第一根，只有一丈长。第二根，只有二丈长。第三根，却就有三丈长。第四根，就有四丈长。第五根，就有五丈长。第六根，就有六丈长。一字儿摆在地上。初然间，一个鸣锣，一个击鼓，这五个人歌的歌，舞的舞。歌的有个排儿名，舞的有个架数。歌的歌完，舞的舞罢，却一下锣，一下鼓，齐齐的住了。

这便是个开场，还不至紧。到其后之时，一声锣，一声鼓，第一个人竖起第一根竿子。又是一声锣，一声鼓，牵羊的却牵过那白羝羊来。又是一声锣，一声鼓，那牵羊的口里念念聒聒，手里支支舞舞。又是一声锣，一声鼓，那只羊也照着那个人口儿哼也哼，爪儿动也动。一会儿，锣儿催得紧，鼓儿送得忙，那只羊一毂碌竟走到竿子杪上去了。先只把前面两只蹄子踏着竿子头上，把后面两只蹄子悬在竿子底下。牵羊的站着下面拍一掌，喝声道："燕双飞！"那只羊在上头，就把那后面两只蹄子笔聿直伸起来，舞了几舞，做个燕双飞。下面拍一掌，喝声道：“莺百啭！”上面就把个文身悬下来，沿着竿子四周围打一荡磨，磨转做个莺百啭。下面拍一掌，喝声道：“左插花！”上面就缩了右脚，单伸着左脚舞儿舞儿，做个左插花。下面拍一掌，喝声道：“右插花！”上面就缩了左脚，单伸着右脚舞几舞儿，做个右插花。下面拍一掌，喝声道：“倒栽葱！”上面平白地就掀起两只蹄子来，头朝下，尾巴朝上，做个倒栽葱。下面拍一掌，喝声道：“擎天柱！”上面就换着后两只蹄子，站在竿子上，把前两只蹄子双双的朝着天，做个擎天柱。下面拍一掌，喝声道：“金鸡独立！”上面就缩了三只蹄子，止伸着一只蹄子，直挺挺的站在竿子上，做个金鸡独立。下面拍一掌，喝声道：“枯树盘根！”上面就收了四只蹄子，低了头，倒了尾巴，眠在竿子头，上盘做一坨儿，做个枯树盘根。下面拍一掌，喝声道：“仰天笑！”上面就一毂碌翻转身子来，把脊梁骨粘着竿子上，把四只蹄子对着天，口里咩咩叫，做个仰天笑。下面拍一掌，喝声道：“一窝弓！”上面又一毂碌爬将起来，把四只蹄子站在竿子上，把脊梁骨弹弓一般的弓起来，做个一窝弓。下面拍一掌，喝声道：“雪花盖顶！”上面就平空的跳将起去，离着竿子头上有二三尺之远，旋旋转转，旋一个不了，转一个不休，做个雪花盖顶。下面又是拍一掌，喝声道：“平地一声雷！”上面就扑通的一声响，一下子就吊到竿子头上来。下面一声锣，一声鼓，应一个恰好，做个平地一声雷。这一段有许多的功夫，有许多的架数，原却只是一只羊，晓得人喝，又依着人的口语做出架数来，做得尽有些意思。

王明心里想道：“看这些番蛮不打紧，倒也是个弄鼻子的头儿。”王明看了这一会，却又要走，只见又是一声锣，一声鼓，又是第二个人竖起第二根竿子。这第二根竿子就是二丈多长，牵羊的照旧是念念聒聒，支支舞舞。那只羊照旧是一毂碌爬将上去。牵羊的站在下面，照旧是拍掌喝解数。那只羊在上面，照旧是依着喝声做架数。那羝羊却不在二丈高的竿子上。底下又是一声锣，一声鼓，又是第三个人竖起第三根竿子。这第三根竿子，却就有三丈长。牵羊的照旧是念念聒聒，支支舞舞。那只羊照旧是爬将上去。牵羊的站在下面，照旧是拍掌喝架数。那只羝羊在上面，照旧是依着喝声做架数。周了这些架数，白羝羊却不在三丈高的竿子上？底下又是一声锣，一声鼓，又是第四个人，竖起第四根竿子。第四根竿子就有四丈长，牵羊的照旧是念念聒聒，支支舞舞。那只羊照旧一毂碌爬将上去，牵羊的站在下面，照旧是喝架数。那羝羊在上面，照旧是依着喝声做架数。周了这些架数，白羝羊却不在四丈高的竿子上？底下又是一声锣，一声鼓，又是第五个人竖起第五根竿子。这第五根竿子，就有五丈长。牵羊的却不是先前那样拍掌喝架数，只喝声道："再竖起来！"喝声未绝，底下又是一声锣，一声鼓，第六个人竖起第六根竿子。这第六根竿子就有六丈长。牵羊的照旧是念念聒聒，支支舞舞，念了一会，喝声道："一路功名到白头！"只见那只白羝羊就一毂碌爬到第五根竿子上，刚到了第五根竿子上，脚不停蹄，又是一毂碌就爬到第六根竿子上。到了第六根竿子上，坐还不稳，站还不定，底下又是一声锣，一声鼓，牵羊的喝声道："噫，那竿子头上的，官高必险，势大必倾，你及早回头罢！"那白羝羊就是知进知退的灵虫儿，只听见一声响，早已掉将下来，睡在地上。掉下羊来，那第六根竿子一齐放下，倒又是一声锣，一声鼓，牵羊的喝声道："羊哥哥，刀锯在前，你前面可曾伤？"那只羊摇一摇头，伸着前两只蹄子把人看。牵羊的看了，说道："前面是没有伤。只是你前无所援，好收拾了罢。"那只羊把前两蹄子轻轻的收了。牵羊的又说道："鼎镬在后，你后面可曾伤么？"那只羊又摇一摇头，伸着后面两只蹄子把人看。牵着的看了，说道："后面是没有伤。只是你后无所倚，好收拾了罢。"那只羊把后两只蹄子轻轻的又收了。收了之时，又收一下锣，收一下鼓，正要散场。

王明心里想道："他们散场，我们却好上场。"也拿起隐身草来，撮弄了一会，把第三根竿子一声响，一下子竖起来，竖有三丈之长。那些看抟戏的都不曾看见王明，只说是那根竿子自家竖着，都说道："竿子跳起来，一定有个缘故，且看他看儿。"看了一会，那根竿子猛然间又是一声响，响声里面就变做棵千叶莲花，一瓣莲花上坐着一个小小的佛菩萨。一会儿，异香喷鼻，细乐喧天，把些看抟戏儿的吓得浑身是汗，遍体生津，磕头的磕头，礼拜的礼拜，都说道："佛爷爷现世，不知主何吉祥？"连那些撮抟戏儿的，吓得抖衣而战，魂不守宫，也来磕头，也来礼拜，也说道："佛爷现世，却不干弟子之事。弟子们觅食度日，并不曾亵渎圣贤，望乞恕罪！"王明站在一边，倒也好笑，心说道："只须哄得人动就是好的。"哪里晓得，不但只是哄得人动，连番王都惊动了！

却说番王坐在宫里，只闻得那里异香喷鼻，又且鼓乐喧天，连忙的差下巡捕小番，外面缉访。巡捕得了王令，怎敢有违，径直找到街坊上，细挨细访。却看见这个千叶莲花，千尊佛像，也说是个喜信，飞星跑转宫里，报上番王。

番王即时升殿，会集文武百官，说道："这场异事，不知主何祸福？"当有个总兵官叫做失麻，出班奏道："这个事原自有因。"番王道："甚么因？"失麻道："因为撮抟戏儿的做起，故此就做出这场事来。"番王道："撮甚么抟戏？"失麻道："是个弄高竿儿的。"番王道："弄高竿儿的倒是个节节高，怎么有这场异事？敢是亵渎圣贤，佛爷爷见罪么？"左头目思里，出班奏道："佛爷爷是个慈悲方寸，他怎么等闲见罪？这还是我王洪福，一定是有些甚么喜事来，故此佛爷爷发现。"番王道："这也难凭是个喜事。只是事佛之道，也不敢不谨。我且亲自去，请他到礼拜寺里来安奉。"

番王也是一念之诚，即时步行到街坊上来，只见果真的一棵千叶莲花，一瓣莲花上坐着一尊佛。番王诚惶诚恐，稽首顿首，礼拜皈依，再三祷告。祷告已毕，叫过大小番官计议，怎么样儿请得这棵莲花动？正在计议，未得其便。

王明站在一边，心说道："今番就好收拾，再到寺里去现化他一番。"王明撮撮弄弄，划喇一声响，响声里就不见了莲花，就不见了个佛菩萨，光光的只一根竿子。番王道："佛爷爷，你若鉴弟子之诚，你却先到寺里。"番王转身到寺里，果然大堂上坐着一尊古佛，脚底下踏着还是千叶莲花。番王不胜之喜，安排香供，又加礼拜一番。王明坐在上面，说道："我虽是假弄一尊佛菩萨在这里，却怎么得个言话儿，使番王得知？"正在愁烦，只见番王吩咐左右道："天色已晚，我就在这里斋戒沐浴，奉祀佛爷爷。你们都要各自精洁。"王明心说道："瞌困撞着枕头，正是货哩。"到了晚上，番王沐浴。王明又撮一个神通，洗澡盆里即时长出一枝莲花，莲花上就坐着一尊古佛。番王吃了一惊，说道："佛爷爷，你怎么这等现化？望恕弟子亵渎之罪！"及至番王用斋，王明又撮上一个神通，斋菜盘里就长出一枝莲花，莲花上又坐着一尊古佛。番王吃一惊，说道："佛爷爷，有何祸福？望乞明彰报应！若只是这等现化，弟子就不胜战栗之至！"

到了晚上，番王发烛。王明撮个神通，烛上就长出一枝莲花，莲花上坐着一尊古佛。番王吓得行坐不安，神思不爽，叫左右的安排宿歇罢。番王独宿一房。各番官各照官爵，各宿一房。夜静更深，王明又撮上一个术法。未及鸡鸣，番王披衣而起，到佛爷爷面前来进香礼拜。灯烛交辉，香炉内香烟缭绕。起眼一瞧，上面哪里有个佛爷爷！番王又吃一惊，说道："怪哉！怪哉！"一齐叫番官来。大小番官起来一瞧，哪里有个佛爷爷！番官们都吃一惊，都说道："好异事！好异事！"

左头目说道："我王不要吃惊。小臣夜来得了一梦，梦见佛爷爷走下座来，告咱道：'不日之间，有个大明国朱皇帝驾下钦差两个元帅，宝船千号，战将千员，雄兵百万，来此西洋抚夷取宝，顺之者吉，逆之者凶。'末后又叮嘱道：'你可省得么？'小臣当在梦魂里，连忙答应道：'省得！省得！'"道犹未了，番王道："寡人夜来也是这等一个梦。"

道犹未了，左头目道："小臣夜来也是这等一个梦。"道犹未了，众小番官说道："小臣们夜来也都是这等一个梦。"道犹未了，众小番官说道："小臣们夜来也都是这等一个梦。"番王道："佛爷爷明白现化了这许多遭数，托出梦来，又是这许多人数。事在不疑，一定是有个军马临门。不消讲得，只要安排接应就是。"左头目道："只不知怎么接应？"番王道："寡人还听得有两句，说是：先前远远的迎接，落后厚厚的进贡。"左头目道："佛爷慈旨，怎敢有违？依命而行就是。"番王道："还在速行，迟则有罪。"一面差下文番官二十员，带领民快二百名，驾海梭船十只，水路上往东迎接，一面差小总兵官二十员，带领精兵二百名，骏马二百多匹，旱路上往东迎接。一面着落左右头目，督率大小牙侩，会集番商，贸易番货，以备进贡。一面吩咐厨官，预备水陆奇品，各色杂剧，以备筵宴。一面收拾宫殿，铺茵列褥，座席器皿，海上仙香，以备款待。无一事不预备，无一事不齐整。

王明直到临了，恰才动身，土囤而归。归到船上，见了元帅。元帅道：“今番是个甚么国？”王明道：“是忽鲁谟斯国。”元帅道：“你怎么弄松他来？”王明却把个弄高竿儿、千叶莲花、千尊古佛、礼拜寺，通前彻后，细说一遍。元帅道：“你这都是哪里学来的？”王明道：“是自小儿家传的。”元帅道：“奇哉！奇哉！他道如今怎么接待？”王明又把个番王接待的诚敬，一件件的细说了一遍。元帅道：“这两国都算是你的功劳。”王明道：“小的怎敢指望算做功劳，只说强似剌撒国威逼于他。”

道犹未了，文番官驾的海梭船接着，参见元帅。元帅道：“你们先行，我们宝船随后就到。”宝船到岸，总兵官等接着。精兵二百名，骏马二百匹，刀枪弓箭之类，无不齐备。元帅道：“这也是个武备之国。多亏了王克新这一番纂造之力。”王明道：“朝廷洪福，元帅虎威，小的何力之有！”

道犹未了，番王亲自接着，前后簇拥，仪从甚盛。左一班文番官，右一班武番官，拜见元帅。番王举止有度，言笑不苟。元帅深服他，待之甚厚。番王先归，左头目留后，问宝船上要些甚么。元帅吩咐传上虎头牌去，开示明白，免得番王犯疑。番王看了虎头牌，晓得宝船上苦无深求，即时备下降书降表，安排进贡礼物。书表已备，礼物已周，先请二位元帅筵宴，大宴三日。元帅告辞回船。番王却进上降表，元帅受下。番王又进上降书，元帅拆封读之，书曰：

忽鲁谟斯国国王沙哈牟谨再拜奉书于大明国钦差征西统兵招讨大元帅麾下：恭惟大明国皇帝陛下，德迈前王，仁敷中宇。虎旗犀甲，韬兵武库之中；桂海冰天，献赆丹墀之下。邦有休符之应，民跻寿域之康。凡属含生，每添爱戴，顷缘分阃，益切招徕。何幸绝壤超荒，共睹霓旌之盛；敢谓凭深负固，苟逃斧钺之诛。用展葵忱，仰祈电察。某不胜激切屏营之至。

书毕，元帅说道：“谦谦君子，拜领何当？”番王又吩咐左右抬过礼物来。元帅道：“但领书表足矣，不劳礼物。”番工道：“不腆之仪，敢烦转敬天朝皇帝，随后还要专官赍礼朝贺。”元帅看见这个番王雍容礼乐，义不容辞，说道：“既承宠锡，不敢不恭。就烦尊从一一送到船上去罢。只借草单来看一看儿。”只见单上计开：

狮子一对，麒麟一对，草上飞一对（大如猫犬，浑身上玳瑁斑，两耳尖黑，性极纯，若狮象等项恶兽见之，即伏于地，乃兽中之王），名马十匹，福禄一对（似驴而花纹可爱），马哈兽一对（角长过身），斗羊十只（前半截毛拖地，后半截如剪净者，角上带牌，人家畜之以斗，故名），驼鸡十只，碧玉枕一对（高五寸，长二尺许），碧玉盘一对（大如斗），玉壶一对，玉盘盏十副，玉插瓶十副，玉八仙一对（高二尺许，极精），玉美人一百（制极精巧，眉目肌理，无不具备），玉狮子一对，玉麒麟一对，玉螭虎十对，红鸦呼三双（珠名），青鸦呼三双，黄鸦呼三双，忽剌石十对，担把碧二十对，祖母剌二对，猫睛二对，大颗珍珠五十枚（大如圆眼，重一钱二三分），珊瑚树十枝（多枝大梗），金珀、珠珀、神珀、蜡珀、水晶器皿（各色不同）、花毯、番丝手巾、十样锦，毯罗、毯纱、撒哈剌（俱多不载数）。

元帅看毕，说道：“礼太多了，足征厚意，感谢不尽。”番王道：“甚不成仪，惶恐惶恐。”元帅辞谢回船，取过礼物，转敬番王。番王再三伸谢，又差头目来请。元帅已自发令开船，彼此不胜缱绻之情。

开船之后，王明又来请先去。天师道：“不可！不可！”元帅道：“怎么不可？”天师道：“夜来贫道剑头上发火，前行主有一凶，故此贫道晓得不可。”元帅道：“既是天师早有凶兆，便不可行。”王明道：“小的前去，见可而进，知难而退就是。”元帅道：“只是一个不可去。少有差失，亏损国威，事非小可，不得不慎。”

毕竟不知前去是个甚么国？主有甚么凶？且听下回分解。

第80回　番王宠任百里雁　王爷计擒百里雁

诗曰：

将军昔着从事衫，铁马冲突驰两衔。
披坚执锐略西极，昆仑月窟东崭岩。
君门羽林万猛士，恶若哮虎子所监。
五年起家列霜戟，今日过海扬风帆。

却说宝船千号，挂帆饱风，行了数日。蓝旗官报道：“前面望见城池，又是一国。”元帅请过天师、国师，商议进止。天师道：“前日开船之时，贫道剑头上出火，此国当主一凶。”国师道：“贫僧适来也看见前面这个国，一道白气腾空而起，想应还有个妖僧、妖道在这里，须则是着实仔细一番。”马公公道：“既是这等烦恼，不如不过去也罢。”元帅道：“为山九仞，岂可功亏一篑？”即时传令水陆安营，不可造次。

船到之后，果是水陆两营，四营大都督岸上扎一个大营，两个先锋分为左右两翼，各游击前后左右策应，提防不测，四哨副都督扎住水寨，水军都督等官往来巡哨，以戒不虞。安排已毕，元帅叫过夜不收，吩咐他打探该国动静，各赏银五十两。这正叫做：重赏之下，必有勇夫。夜不收一拥而去。

去了一日，却来回话。元帅道：“是个甚么国？”夜不收道：“是个银眼国。”元帅道：“怎么叫做银眼国？”夜不收道：“这一国的君民人等，两只眼都是白的，没有乌珠，眼白似银，故此叫银眼国。”元帅道：“似此说来，却不是个有眼无珠？”夜不收道：“若不是有眼无珠，怎么不来迎接二位元帅？”元帅道：“可看见么？”夜不收道：“白眼上就有些瞳人，一样是这等看见。”元帅道：“前日那金眼国，眼可像金子么？”夜不收道：“虽不像金子，到底是黄的。”

元帅道：“银眼国山川何如？可有城郭？”夜不收道：“国中有一座大山，叫做宝林山。山有四面，就出四件宝贝：一面出红盐，番子们把铁锤去凿，就像凿石头一般，凿下一块来，就有三五百斤重。要用之时，逐些儿擂一下碎。盐性坚，番子们把来刻成器皿，刻成盘碟，食物就不用盐；一面出红土，就是银铢，大者就是朱砂；一面出白玉，就是石灰，用了粉饰墙壁，任是风雨，不能损坏；一面出黄土，就是姜黄，染练颜色，无所不宜。国王额设四员官，四面看守。各处番船都来收买，各处去卖，这却不是四件宝贝？”

元帅道：“前日忽鲁谟斯国也是这等一个山，也出这等四件物事。”夜不收道：“忽鲁谟斯国的山小，周围不过二三十里。这个山大，周围有数百里之遥。”

元帅道：“可有城池？”夜不收道：“叠石为城。四围都是支河，直通海口。正东上就是一个关，叫做通海关，尽有些厉害。”

元帅道：“有些甚么将官？”夜不收道：“有一个总兵官，叫做甚么百里雁，用的两口飞刀。舞起那两口飞刀来，就像两只翅膀，一飞可过百里，故名就叫做个百里雁。”元帅道：“这却就是个费嘴的。”夜不收道：“还有四员副将又是费嘴。怎么又是费嘴？一个叫做甚么通天大圣，一个叫做甚么冲天大圣，这两个都是会飞。一个叫做甚么撼山力士，一个叫做甚么搜山力士，这两个着实有气力，俱有万夫不当之勇。”元帅道：“怎么这一国就有这些狠的？”夜不收道：“还有一个狠的在那里。还是那一个狠在哪里？就是百里雁嫡嫡亲亲的老婆，叫做百夫人。惯使九口飞刀，骑在马上使得就是风卷残云，只听见个响声罢了，挡着他的就有些皮开肉绽。两只三寸长的小金莲，又着实会走，急走如飞，一日可以走得千百里路。”元帅道：“会走也是闲的。”夜不收道：“他不空走，手里带着一根九股红套索儿，约有三丈多长。索上又有九九八十一个乾鞯，一个乾鞯上一个金钩，他急走之时，带起那根索来，走得那根索笔聿直，就像担着一杆三丈多长的硬枪，凡有撞着他的金钩，一挂一个，两挂一双。你说是狠也不狠？”元帅道：“黄凤仙可做得对手么？”夜不收道：“只怕难些。怎么难些？那百夫人又有一个甚么晃心铃儿，拿在手里晃几晃，不论你是甚么奇男子，烈丈夫，心肝都是碎的，骑马的就要撞下马来，步行的就要撞倒头来。这等一个狠婆娘，又加这等一副狠家伙，怎么黄凤仙做得他的对头！”

王公公素来口快，说道：“这百夫人敢是我们南京城里西营里的老婆出身么？”元帅道：“怎见得？”王公公道：“若不是西营里老婆出身，怎么得这等一副狠家伙哩！”元帅道：“你前口吟诗之时，一窍不通，今日说话，偏有这些唠叨。我们这如今正在这里计较这些人狠哩！”

夜不收道：“二位元帅老爷在上，还有一个狠的在后面。”元帅道：“怎么又有一个狠的在后面？”夜不收道：“还有一个道士，叫做甚么引蟾仙师。骑一只青牛，吹一管没孔的铁笛。神通广大，变化无穷。番王拜他为御兄，要他扶持他的江山社稷。这却不是个狠的在后面么？”元帅道：“怪得天师说道：‘剑头上出火，前行还主有一凶。’国师说道：‘一道白气冲天，主有个甚么妖僧、妖道。’”王爷道：“兵至于此，有进无退，怕不得这些。”

道犹未了，蓝旗官报道：“番国有一个总兵官，自称为百里雁，跨了一匹马，提着两口刀，带着一枝军马，出在通海关外下寨安营，声声讨战。诸将未敢擅便，特来禀知元帅。”元帅道：“前三日不许出兵，后三日我这里自有令箭相传，不许乱动，违者军令施行。”诸将得令，一连三日不曾出兵。

百里雁先一日，还在自家关外，不敢前来讨战。南兵悄静，他说道：“人人都讲这船上雄兵百万，战将千员。来到了我们的国中，一个也不见了，可见得我们的手段盖世无双的了。”第二日，一骑马，一枝兵，一径走到南兵营外，横穿直走，如入无人之境。又不见南兵动静，他说道：“敢是个诱敌之计么？若是退兵，这厮造化就抵将来了。我百老爷可是个怕人的！”

到了第三日，一骑马，一枝兵，又来到营外横穿直走，高叫道：“中朝的蛮子，你既是有本领走得这里来，怎么没本领出来杀一阵？”叫上叫下，叫了一周，营里只是一个不答应。不答应不至紧，急得个金天雷只是暴跳，恨上几声，说道：“元帅好没来由，不容厮杀，明日怎么了也？”

到了明日，元帅传下一枝令箭，着前营里大都督出阵，只许败阵，不许杀赢。元帅军令，谁敢有违？只见百里雁又是这等横穿直走，到南兵营外来。刚到得前营门上，一声炮响，拥出一枝军也，当头一员大将，束发冠，兜罗袖，狮蛮带，练光拖，清清秀秀，标标致致一个小将军。原来是应袭公子王良。百里雁喝声道：“哇！你这厮全没些年纪，何苦到这里来自送其死！” 王应袭也喝声道：“哇！你是甚么人？敢开这大口，说这大话？”百里雁道：“有名的银眼国总兵官百里雁。你来这几日，还不认得我么？”王应袭道：“我王公子的眼也大些，哪里看见你这一个番狗！”百里雁听见骂了他一声“番狗”，就怒气冲天，喊声震地，手里两口飞刀双抡起来，抡得只听见耳朵边呼呼的响，只看见眼面前雪片的白，连人连马都不看见些形影儿。王应袭一杆丈八神枪，也舞得像一片花飞，也不看见自家的身子。只是元帅有令，许输不许赢，王应袭再不敢追向前去。那里狠得来，这里只指望后触，左一触，右一触，一直触进营里面来了。

百里雁大胜而归，拜见番王。番王道：“连日何如？”百里雁道：“小将连日出去四阵，前三日并不曾看见个人影儿，只是今日经小将辱骂不过，走出一个小小的将官来。人倒生得标致，手段儿也通得，只是挡不得小将的手，转杀转走，一直走进他自家营里面去了。”番王道：“你何不擒住他？”百里雁道：“小将可怜他年轻貌俊，故此不曾下手他。”百里雁拜辞而出。

只见引蟾仙师进朝，番王把个百里雁出阵的事，细说一遍。仙师道：“百总兵死了。”番王吃了一惊，说道：“仙师差矣！百总兵方才在这里朝见寡人，英风凛凛，杀气腾腾，指日成功，你怎么说出这等一句不利市的话来？”仙师从从容容说道：“王上宽怀。不是贫道诳说，百总兵自夸其能，说道南来的军将都不敢出来，岂有不敢出来之理？贫道打听得真，南来的宝船千号，雄兵百万，有二位元帅运筹帷幄之中，决胜千里之外。还有一个道家，号为天师。还有一个僧家，号为国师。这两个人会拆天补地，倒海翻山。百总兵还错认了定盘星，怎么不死？只是日子不曾到。”

番王虽是敬重这个仙师，却这一席话说得太直了些，番王心上就有些不悦。仙师看见番王不悦，即时告辞。番王道：“御兄辞去，莫非见怪么？”仙师道：“贫道久欲他往，只因我王有这一场灾难，故此在这里留连。既是百总兵指日成功，就不用贫道了，何不告辞？”番王看见仙师见怪，连忙的转过脸来，赔个小心，说道：“御兄恕罪！再乞宽住几日。”仙师道：“贫道之行，必不可止。只有一件，我留下这个木鱼儿，放在这里。我王若平安无事，便自罢了；若有紧急灾难之时，你便焚起香来，把这木鱼儿敲上三下，贫道还来相救，以表贫道受我王一生恩爱。”道犹未了，一道白气冲天，早已不见了个引蟾仙师。番王去了引蟾仙师，懊悔一个不了，即忙宣进百总兵来，把仙师这一番话，这一场去，细说了一遍。百总兵咬着牙齿，恨上一声，骂说道：“好了，这个贼道不是先去之时，叫他吃我一刀。”番王道：“总兵官，你也不要吃恼，只要用心厮杀，却不要中了南人之计。中了南人之计，就中了仙师之口。”百总兵说道：“我王宽心，包你高枕无事，不出三日之内，我把那些南朝蛮子一扫无遗。”道犹未了，洋洋然而出。

到了明日，又出来讨战。南船上元帅传下令箭，着后营大都督出阵，也只许输不许赢，不许擅用火器，违者军法处斩。唐状元得令出马。百里雁两口飞刀蜂拥而来。唐状元慢也慢儿，叫声：“百总兵，不要这等卤莽。”百里雁听见叫他声“总兵”，尽有些欢喜，回声道：“你是何人？倒认得我哩。”唐状元道：“我是南朝武状元唐英。”百里雁道：“怪得你是个状元，故此有礼。你叫我做甚么？”唐状元道：“兵对兵，将对将。我和你去了这些军马，对杀一个何如？”百里雁道：“这个通得。”即时传令，散了军马。唐状元也自散了南兵。一边一人一骑，一边一杆枪，一边两口刀。舞刀的舞得通神，舞枪的舞得筑鬼。百里雁心里说道：“这厮倒好杆枪，若不是我的手段高强，却也奈他不何哩！”唐状元心道：“这番狗奴尽有些本领，却不在我之上。只不奈元帅要输何！”故意的卖个破绽与他。百里雁赶个破处，一刀砍进来。唐状元拖枪而走。百里雁又赢了一阵。

又过了一日，番王看见不曾捉得南将，也怕是计，说道：“百总兵，你不可自恃其勇，明日叫四个副将和你同去何如？”百里雁生怕分了他的功，说道：“只小将一个还多了半个，又要甚么副将，不消了！不消了！”

到了明日出来。南朝元帅传下令箭，着左营里大都督出阵，仍旧只许输不许赢。黄栋良得令出马，更不打话。一骑金叱拨，一条三丈八尺长的疾雷锤。两家子吆喝一半天，杀做一桶粥。百里庵双刀如雨，黄都督锤快如风。黄都督心里想道：“元帅虽不要我赢，我却也要鏖他一日，叫他才认得我们。”自从清早上辰牌时分杀起，直缠到下昼来申牌时分，还不分胜负。百里雁杀得性起，狠是吆喝一声，一双刀狠是抢上前来。黄都督说道：“得放手时须放手。”拨转马，望营里只是一跑。百里雁狠上一声，说道：“不是走得快，怎么躲得我这一刀？也罢，权且寄个头在你处，明日还要你自己送来。”

到了明日，元帅令箭下来，着右营里大都督出阵，仍旧只许输不许赢，违者处斩。金天雷说道：“好笑！元帅日日只要人输，何不只在南京城里坐罢。”一肚子烟，拖了那一百五十斤重的铁镋，跨上那匹紫叱拨，来往如飞。百里雁看见金天雷人物矮小，坐在马上就像一段冬瓜，嘎嘎的大笑三声。金都督说道：“番狗奴，你敢笑哪个？”百里雁还带着笑脸儿，说道：“我笑你这个矮冬瓜。你南朝既没有大将，惹这个空头祸做甚。你都到我这里来寻死么？”金都督正是对矮人莫说矬话，听见骂他矮瓜，他好不吃力，也喝声道：“哇！胡说！”喝声未绝，手里那件兵器风一般响，舞得去重又重，快又快，马又是高。百里雁倒也吃惊，说道：“这等一个矮子，舞这等一件兵器，尽有些厉害哩！”用心在意，只要拿住金天雷。金都督又只算计百里雁，就只见元帅军令，没奈何得。两家子也是清早上杀起，杀到下午时候来。百里雁千方百计不得个金天雷倒，金都督又不好奈何得个百里雁。到了日西，金都督心里想道：“不做无量身不贵，火不烧山地不肥。且待我捞他一镗，只是不要伤他。”卖一个破绽，百里雁就砍进来一刀。金都督就即忙的补他一镗。这一镗不至紧，镗本是重，又去得凶，把他一口飞刀镗做两节。百里雁一天英气，只看见断了口刀，就急得火爆连天。英雄无用武之地。金都督只是吓他吓儿，早已拨转马来走了。百里雁狠上两声，骂道：“矮鬼头，偏你会走么？不走就是好汉。你明日再来么？”咬牙切齿而去。

番王道：“仙师之言有理，南人还是有计是真。明日叫四员副将帮你出阵，才是个万全之策。”百里雁断了刀，心上就有些怯，说道：“就依我王号令，明日叫四个副将同去上阵。”到了明日，一个百里雁，一骑马，又换了两口飞刀，走在阵前。后面又跟随了四员副将：一个是通天大圣，一个冲天大圣，一个是撼山力士，一个是搜山力士。就像个老虎生了两只翅膀，益发会飞。跑出跑进，骂上骂下。南营里又是元帅军令，不许出兵。百里雁高叫道：“那矮冬瓜，你今日怎么不出来厮杀哩？我把你这个矮贼，不砍你做八段，誓不为人！”南营里静悄悄的，只是没人答应。百里雁骂到日西，没乾豁而去。

却说王爷传令，夜半之时，亲自游营。各营里一齐答应。王爷一骑马当头，六员游击六骑马跟着后面。各人身披重甲，手持利刀，从四营里走起，一直走到山脚下。原来那个宝林山，去城只有三五十里之远，在银眼国后面，就是银眼国的主山。东一边是银眼国，西一边是海。海里上来就是山，山上下去就是海。没有走路，却只是一个套套儿，最好湾船。

王爷细看了一番，叫亲随的左右取过笔砚来，亲自到石板上写着一行大字，说道：“雁飞不到处，人被利名牵。”众游击也还不解其意，只说是王爷私行有感。王爷也不作声，转到船上，已经天色大明。王爷传令把宝船移到海套子里面去，水寨尽起。又传令岸上各营，移到银眼国西门外宝林山路上，十里一营，直摆到山脚下才住，要连牵如一字之形。元帅军令，谁敢有违？水寨、旱营一齐移动。一日之间，屯扎已毕，布置已周。 王爷亲自出来，从山脚下，看到银眼国西门上。又从银眼国西门上宝林山脚下，只见十里一营，五十里就是五处大营。分派左右：先锋第一，左营第二，右营第三，前营第四，后营第五。王爷传令：要一个石头敌楼，要四方堆起，底下要四个门，上面要六层，就要六丈高。每一营分为左右，就夹住敌楼左右。左一边靠着山，军营直搭住山下；右一边靠着海，军营直搭住海边。各游击又分摆在这五处营里，任是番将番兵来，只是一个坚执不战。不出数日之间，敌楼完备。王爷传下一面匾来，写着“衡阳关”三个大字，悬在第四个敌楼上。众人都不解其意，说道：“王爷这等做起敌楼，挂起牌匾，像是要在这里过老的一般。”王爷又传下号令，五十里路上，俱要滴溜圆的石头，漫起街来：漫一尺，就要沙土面上盖一尺；漫一寸，就要沙土面上盖一寸。众人都不晓得王爷是个甚么意思，劳民动众，费钞费贯，都不免有些埋怨。只是军令所在，不敢有违。过了几日，又来报完。王爷却叫过各营里官，密密的吩咐他一番。又叫过各游击官，密密的吩咐他一番。又叫过水军各都督，密密的吩咐他一番。一个个摩拳擦掌，要拿百里雁。

却说百里雁带了四员副将，一直杀出西门外来，各营里只是不出。每日间来辱骂一遭，每日间空手而去。百里雁哪里把个南军放在心上，一出一入，如履无人之地。及至堆起了五个敌楼，还不晓得犯疑，说道：“南人无计可施，堆起石头来好藏躲的。蠢蛮既是怕人，还不扯满了篷，各自去了罢。”撼山力士说道：“甚么石头楼？且待我来撼倒他一座。”好个撼山力士，一声喝，就像个响雷公，两手一推，尽着那些番力，就像个地龙一颤，果真的名下无虚，把座敌楼推塌了一角。那一角的石头都是一声响，卸将下来。搜山力士道：“哥，偏你撼得山倒，偏我就搜山不来。”一手一个抓，就像个不求人的模样，拿起来照着第二层楼上七抓八抓。也是有些古怪，把个石头敌楼抓翻了一角。百里雁不胜之喜，凯歌而回。

明日又来，只见昨日推倒的敌楼，一夜工夫，收拾得齐齐整整。撼山力士说道：“兄弟，我你再来推倒他的。”百里雁说道：“推他做甚么？自古道：‘挽弓当挽硬，用箭要用长。射人先射马，擒贼须擒王。’我和你一直杀进去，擒了他那个甚么元帅，却不了结了他那一股账。”四员副将齐齐的答应一声“是”。

道犹未了，一个百里雁，四员副将，一枝番兵，也有三五百个，鼍皮鼓一声响，早已杀进敌楼下来。第一个敌楼下，先前倒有些军马，看见杀得来，一个个的都躲到营里面去了。第二个敌楼下，也是这等躲开去。第三个敌楼，也是这等躲开去。百里雁转过头来，叫那四员副将说道：“我们擒斩南人，势如破竹。我们真好汉也！”望见第四个敌楼，只见楼上悬着一面大匾，匾上写着“衡阳关”三个大字。百里雁说道：“这个楼悬得有匾，这决就是那个甚么元帅在这里了。‘不入虎穴，焉得虎子。’我们就要推翻他这座楼也！”道犹未了，早已在楼下照面，又悬着一面大匾，匾上写着“百里雁死此楼下”。百里雁看见说他死此楼下，就怒发雷霆，喝一声：“哇！哪个蛮子敢这等大胆，写我的名字在这里！”

道犹未了，一声梆响，四面八方，都是火箭、火铳、火蛇、火龙，百般的火药，又是许多襄阳大炮。这一番只看见乌天黑地的烟，烧天炼地的火，轰天划地的响声。可怜一个百里雁，两个大圣，两个力士，三五百个番兵，围着在火中间，四顾无门，束手待毙：要往前去，前面还有一层敌楼，一片的喊杀连天，金鼓动地；要退后面来，后面又是一层敌楼，一片的喊杀连天，金鼓动地；要往山上去，山上又是两员游击将军，统领两枝军马，连声呐喊，擂鼓摇旗；要往海里走，海岸上又是两员水军都督，统领了两枝水军，连声呐喊，摆鼓摇旗。

百里雁无计可施，仰天大笑，笑了三声，通天大圣说道：“总兵老爷，今日遭此大难之时，何为大笑？”百里雁说道：“我笑你两个大圣，怎么不去通天？怎么不去冲天？两个力士怎么不去撼山？怎么不去搜山？”两个大圣说道：“我两个到如今，叫做上天无路。”两个力士说道：“我两个到如今，叫做入地无门。”通天大圣说道：“总兵老爷，你这如今怎么也不飞去？”百里雁说道：“我这如今，叫做有翅不能飞。”四员副将，齐齐的大笑三声。百里雁说道：“你们今番笑些甚么？”四员副将说道：“我们笑总兵老爷有翅不能飞。”道犹未了，只见浑身上是火，满面是烟。

毕竟不知这些番将番兵性命何如？且听下回分解。

第81回　百夫人为夫报仇　王克新计取铃索

诗曰：

才子却嫌天上桂，世危番作阵前功。
廉颇解武文无说，谢朓能文武不通。
双美尽输唐督将，二南章句六钧弓。

却说四员副将上天无路，入地无门，百里雁有翅不能飞，大家取笑了一会。笑声未绝，浑身是火，满面是烟，一个总兵官，四员副将，三五百名番兵，都做了一堆灰烬之末。这一阵比火烧藤甲军只会狠些。到明日拨开灰来，也有烧化了的，也有不曾烧化了的；也有剩得一个头的，也有剩得一个脑盖骨的；也有剩得一只手的，也有剩得一只脚的；也有剩得一块皮的，也有剩得一根骨的。

国师看见，说道："阿弥陀佛！暴露尸骸，此心何安！二位元帅在上，看贫僧薄面，把这些残余骸骨收做一堆，再加上些土，殓一殓，也是一场功德。"国师开口，谁敢有违？元帅即时传令，连灰连骨都埋在山脚底下，共埋做一个大堆堆。前竖一道碑石，碑上刻着"南无阿弥陀佛"六个大字。国师又念上几卷《受生经》，超度他们一会。

大小将官都来上帐上，和王爷庆功。王爷道：“诸将士用力，学生何功！”三宝老爷说道：“王爷今日正是运筹帷幄之中，决胜千里之外。初然传令，一连三日不许出战，连咱学生心上有老大的疑惑。”王爷道：“初然间番将甚锐，况兼有许多技能，未易争锋。兵法有云：‘攻坚则劫。’三日不出军，正所谓坚其坚者。”老爷道：“落后之时，只许输不许赢，这是怎么说？”王爷道：“我强，而反示之以弱。兵法有云：‘兵骄者灭。’许输不许赢，正所谓骄其气。”老爷道：“移兵山下，却又筑起许多敌楼来，都说道劳民动众，咱学生心上也又不明。”王爷道：“通海关外，旷荡无垠，地势在敌；宝林山下，道里有限，地势就在我。兵法有云：‘善战者，其势险，其节难。’我所以移过营来，又竖起五个敌楼，正所谓‘势如雕弩，节若发机’。”老爷道：“不许擅用火药，是甚么意思？”王爷道：“令其不知，猝然无备。正所谓‘出其不意，攻其所不备’。”老爷道：“敌楼上悬着‘衡阳关’三字匾，这是甚么意思？”王爷道：“番将名字叫做百里雁。衡阳雁断，为之兆也。”老爷道：“又悬着个‘百里雁死此楼下’的牌，这是甚么意思？”王爷道：“即是庞涓死此树下，先夺其气也。”老爷道：“用圆石子儿漫街道，却又掩上沙土，这是甚么意思？”王爷这句话不肯说破，只说道：“这个倒没有甚么意思。”

王爷这一番调度，这一场大功，哪个不说道：“王爷妙算高天下，富有胸中百万兵。”三宝老爷吩咐安排筵宴。王爷道：“百里雁虽死，还有个百夫人着实厉害。强敌在前，怎么敢受筵宴？”

道犹未了，蓝旗官报道：“番王大开了西门，一片鼍皮鼓响，一片喊杀声喧，当头一员女将，骑了一匹炭一般的红马，手里使着九口飞刀，领了一枝番兵，高叫道：‘杀夫之仇，不共戴天！是哪个蛮子，敢来和我百夫人比手么？’此时人马已自杀到第一层敌楼之下来了。”

怎么就有个百夫人杀到敌楼之下而来？原来番王听见百里雁死于南人之火，大哭一场，说道：“悔不听仙师之言，致有今日之祸。”掣过戒手刀来，就要自刎。左右头目，满朝大小番官，一齐上前劝解，方才住了手。说道：“百总兵之死，是我误了他。快差人报与他家里知道，教他全家不消伤感，照旧受我爵禄。所有麾下番兵，一应百夫人掌管。一切军务，先斩后奏。诸人不得中制。钦此钦遵。”

番王只说是抚慰他家里一番，安生者之心，报死者之德。哪晓得百夫人原是个眉粗眼大，奶突胸高，一双手会使九口飞刀，又有个甚么红锦套索，一双脚会走千百里远路，金钩倒挂着人，腰里又有一件甚么幌心铃儿。素常是个不良之妇。却又听见丈夫死于非命，他就肝胆碎裂，两泪齐抛，那一股怨气冲天，双脚只是平跳，双手只捶胸。正在有冤没伸处，恰好番王传下旨意，着他掌管番兵。他就借着这个因头，顿起杀人心，领了一枝军马，竟出西门外来，故此就杀到第一层敌楼之下。王爷道：“喜得还不曾肆筵设席，险些儿弄做个开宴出红妆。”即时传令，着左右先锋严守敌楼，不许疏失，亦不许轻自出阵，直待日西，敌兵退去之时，许追杀他一阵，可一战成功。左右先锋得令，不敢违误，坚守敌楼左右两翼，坚壁不出。只见百夫人领了一枝军马，往来驰骤，直到敌楼之下，高叫道：“杀夫之仇，不共戴天！是哪个蛮子，敢来荡我的手也？”口里一边骂，手里一边舞着那九口飞刀，舞得果真的奇妙：上三下四，左五右六，前七后八，就像一个飞鸟有九只翅膀，平地上会飞。这还是初然间舞的下数；到了末后之时，舞到雪花盖顶，枯树盘根，就只耳根头听得一片声响，眼面前看见一片雪白，说甚么刀山，好不厉害也！左右先锋说道：“这个番婆倒是难和他比手，王爷怎么这等神见，就传令不许轻自出战。”自清早起缠到日西，敌楼不得过去，左右两营坚壁不出，冲突不通。口也骂得牙齿软，手也舞得筋力倦，只得收拾回去。正叫做：乘兴而来，弄得没兴而返。

刚转到城下，找着西门，只听见一声炮响，霹雳如雷，响声里面，喊杀连天，鼓声震地，后面有两员大将高叫道：“甚么番婆？有甚么本领？敢来厮杀！快快的下马荡刀。”把个百夫人激得怒气填胸、咬牙切齿，更不回话，只是斜转身子，抡动那九口飞刀，杀将转来。这边两员大将，一个是左先锋威武大将军张计，一匹银鬃马，一口豹头刀；一个是右先锋威武副将军刘荫，一匹五明马，一口雁翎刀。两骑马，两口刀，杀向前去。你一上，我一下，你一往，我一来，杀做一坨，扭做一块。正在酣战之时，只见南阵上左肋下一声炮响，喊杀连天，早已闪出一枝军马，当头一员大将，全装掼甲，一骑马，一杆丈八蛇矛，高叫道："吾乃征西游击大将军刘天爵是也。奉王爷军令，特来擒拿番婆。"喊声未绝，一杆枪翻天覆地的杀进阵去。左右先锋看见添一个刘游击，越发杀得有些兴头，百夫人也还支持得过。

一边三员大将，一边一员女将，正杀在好处，只见南阵上右肋下一声炮响，喊杀连天，早已闪出一枝军马，当头一员大将，全装擐甲，一骑马，一张开山大斧，高叫道："吾乃都司吴成，奉王爷军令，特来擒拿番婆。"叫声未绝，一张大斧遮天盖地的砍进阵去。自古道："好汉不敌两。"莫说是四员大将，单战一个婆娘，怕他甚么狠戾？只是百夫人手里那九口飞刀有些厉害，一时近他身不得。故虽支架这一场，心里却也渐渐的有些惧怯。正在惧怯之时，只见南阵上一人一骑，手里拿着一面"令"字旗，飞一般跑过去，高叫道："吾乃中军帐下左护卫铁楞是也。奉王爷军令，南阵上有能拿住百夫人者，官给赏银一千两；斩首者，官给赏银五百两。其余的番子，一颗头赏银十两。"

厚赏之下，必有勇夫。四员大将想着那一千两银子，哪一个不想着百夫人？这些军马想着十两银子，哪一个不掀翻番子的头来，百夫人看见事势不谐，心里想道："我且抽身回去。不然之时，一千两银子，卖了个女身；五百两银子，卖了一颗首级。"一声牛角响，收转军马回去。自家一骑马压后，两脚蹬着镫，两手舞着刀，进得西门来，已自折了一半军马，心上正在烦恼。哪晓得西门里面一声炮响，喊杀连天，圈里早已闪出一枝军马，当头一员大将，全装掼甲，面如黑铁，须似钢锥，一匹乌锥马，一杆八十四斤的狼牙棒，高叫道："吾乃狼牙棒张柏，奉王爷军令，在这里等候多时。把你这泼贱番婆，只我一棒打你做块肉饼。何不早早的下马投降？"百夫人喝声道："你是甚么人，敢闪在城门圈里？你可认得我的飞刀么？"即时抡动那九口飞刀，果然抡得是个雪花盖顶。张狼牙也不管他甚么雪花不雪花，尽着他的力气，凭着那杆狼牙钉，一任的筑向前去。百夫人虽然厉害，后面又是四员大将一拥而来，没奈何，只得把九口刀漫天漫面的蓦进城里去了。

这一阵百夫人虽不曾受伤，原有三百多个番兵出阵，止得三五十个回去。番王大怒，骂说道：“泼贱妇人，你既不善战，何故强要出阵，亏折我的军马？”百夫人即时扯个谎，说道：“非干贱妾不善战之罪，只缘这些军马原是我丈夫掌管，今日之间都不听贱妾调度，故此取败，都是自送其死。”番王又在用人之际，不敢十分难为百夫人，恐生他变，只得从容说道：“虽不干你事，只是一杀三百，十日杀三千，我这国中能有几千军马？我也不得不虑。”百夫人道：“贱妾今番不用军马，只是匹马单刀，要杀退南朝这些船只。若不成功，誓不回朝拜见我王。”番王道：“既是不用军马，功绩愈高。”到了明日，果真的只是百夫人一匹马九口刀，竟出西门来。蓝旗官报上元帅，王爷道：“今日不许轻敌，去不许追。”老爷道：“昨日一阵已褫泼妇之胆，今日乘胜而歼之，有何不可？”王爷道：“不可一例而论。”老爷心上还有些狐疑。

却说第一层敌楼上，原是左右先锋；左右两边游击，原是刘天爵、吴成，前后策应。新添张柏。及至百夫人讨战，先锋不敢违令。百夫人看见没人出来，百般辱骂。两边游击却有些忿忿之气，却又不敢开言。骂到日西，百夫人也骂得气叹，意思要去，临了又狠是骂上两声，骂甚么蛮猪蛮狗，蛮东蛮西。别人还自可，张狼牙又是个火性的，这一场骂，就是火上加油，激得只是气冲牛斗，咬牙切齿，恨不得一把抓过百夫人来筑他几钉。也不记得元帅的军令还是怎么，一骑马，一杆狼牙钉，飞一般跑出阵去，接着百夫人，只是一片钉响。百夫人一则是日西气叹之时；二则是猛空里走近前去，出其不意，吃他一惊；三则是张狼牙生得黑漆漆的，相貌又恶，手里兵器又重，那件兵器又只是筑过将去，不分部曲，没有次第。百夫人也不好支架，只是舞起那九口飞刀，护定了身子。飞刀到底是个片薄的，狼牙钉却是个粗夯的，一刀荡着一钉，就筑一个缺，左筑右筑，把九口飞刀口口上筑得是缺。百夫人就忙里偷闲，险中生巧，双手撇开九口飞刀，一个筋斗翻下马来。张狼牙看见筑缺了九口飞刀，人又翻下马来，再有这等一场大功，把马一夹，竟近百夫人身边去，要砍下他的头来。

两个先锋和两个游击看见百夫人翻下马来，也都来抢功。一齐炮响，四下里四个将军一齐都到，都只说斩得首级，赏银五百两，此功非小。哪晓得百夫人撇了刀，丢了马，两只小金莲走在地上，其快如飞。手里带着那根三丈多长，九九八十一个金钩的红锦套索儿。脚走得快，索带得伸，荡着它的就是一个乾鞛。八十一把金钩，倒就挂伤了一二十个军士。带伤的都在头上，或是挂了眼，或是挂了鼻子，或是挂了嘴，或是挂了耳朵，或是挂了头发，或是挂了两鬓，或是挂了脑盖骨。还有一等不带伤的，或是挂掉了盔，或是挂掉了缨，或是挂掉了扎巾，或是挂掉了甲，或是挂掉了枪，或是挂掉了耙。还有一个将军，是哪个将军？原来就是张狼牙，挂掉了一顶铁幞头，挂掉了一副红抹额，挂碎了两块皂罗袍。张狼牙原在对阵，马又走得快，故此被伤。两个先锋，两个游击，原是离得远，马却到得迟，故此不曾带伤。

百夫人全胜了一阵，归去朝见番王。一根索上，取下许多的盔甲扎巾之类，又有许多连皮带骨的伤痕。番王大喜，重重的赏赐，说道：“全仗夫人之力。明日成功，同享富贵。”却说张狼牙输阵而归，自家受气还不至紧，违了元帅军令，岂当等闲？只得自家先自捆绑起来，解到中军帐上请罪。两个先锋、两个游击，也都是小衣小帽，跪在帐前。王爷道：“违误军情，于律当斩。”张柏说道：“是，小将情愿承刀。”王爷道：“先锋、游击，都只分得首从，不得为无罪。”两个先锋、两个游击齐齐的说道：“非干末将们之事，望元帅老爷宽恩！”三宝老爷说道：“依法都该重治。只是念在十万里之外，又是用人之际，比在本朝不同，姑容他们将功赎罪罢！”王爷道：“依老元帅劝解，故容你们这一次。今后违误，法无轻贷！”众将拜谢起来。

老爷道：“同一个番将，同一样日西追杀，昨日还有军马，今日又没有军马。怎么昨日胜，今日败？王老先生，你怎么晓得昨日该出，今日不该出？”王爷道：“昨日百夫人初见之时，无所戒备。兵法有云：‘攻其无备。’我是以晓得该出，出则胜。今日百夫人当丧败之后，百计提防。兵法有云：‘穷寇勿追。’我是以晓得不该出，出则败。”老爷道：“昔日小范老子胸中有百万甲兵，王老先生还多千万。”王爷道：“承过奖了。”

老爷道："凡事预则立，何况行阵。王老先生在上，明日那个百夫人来着，哪个出阵？"王爷道："今日输他一阵，诸将再不可出阵。可着黄凤仙去，和他比一个手。"即时传下令箭，叫过黄凤仙来，王爷吩咐他明日出阵，又吩咐他："九口飞刀，昨日已是看见了；三丈多长的红锦套索，今日已自看见。只是他有个甚么幌心铃儿，那东西却有些作怪。"黄凤仙道："承元帅、老爷差遣，末将也有几般器械，料然不输于他。"唐状元道："某愿同出马。"王爷道："这个不消同出罢。"黄凤仙拜辞而去。老爷道："黄凤仙成功么？"王爷道："其气盈，只怕还不得成功。"老爷道："何不就着唐状元帮他出去？"王爷道："后面还有用他处。"老爷道："黄凤仙可败阵么？"王爷道："虽不大赢，亦不大败。明日可验。"

到了明日，百夫人又来南阵上，却挑过了江儿水，不是昨日这些将官。是甚么将官？原来是个朱颜绿鬓，杏脸桃腮，三绰梳头，两截穿衣的女将。百夫人看见，倒也好笑。怎么好笑？他说道："世上只有我一个做女将，怎么这船上也有个女将？却不好笑？只一件来，任他甚么女将，怎么到得我的手段。我且问他一声，便就晓得他的动静。"问说道："来将何人？"黄凤仙道："我是征西后营大都督唐状元的金紫夫人，你不认得我么？你是何人？"百夫人道："我是银眼国女总兵百夫人是也。你船上的人无故杀我的丈夫，我特来报仇。你们夫对妻，妻对夫，何苦到这里来自寻死路！"黄凤仙道："甚么人敢说甚么死路？"举起双刀来，漫头扑面而舞。舞了一会，百夫人道："你且住，待我也舞来，你看着。"举起个九口飞刀，也是这等缠身裹足而舞。舞了一会，黄凤仙道："你且住，棋逢敌手，一着争先。我和你比个手，看是何如？"百夫人心里道："这妇人尽有些本领，怎敢轻视于他。"抖擞精神，把个九口飞刀，在心在意的砍过来。黄凤仙把个两面刀，也在心在意的架将去。九口的也不见多，两口的也不见少。百夫人也不见个赢，黄凤仙也不见个输，两家扯一个平过。百夫人道："天色已晚，明日再来。"

到了清早，百夫人又来，黄凤仙也应时出去。照旧是刀，照旧是各舞一会，照旧是斗砍一会。黄凤仙寸寸节节，要寻思百夫人。百夫人又在算计黄凤仙，晓得这个飞刀不奈他何，卖一个破绽。黄凤仙趁空儿砍将进去。百夫人借着个势儿，一筋斗翻下马来，两只脚快走如飞，手里带起那一条三丈多长、九九八十一个金钩的红锦套索，实指望一钩钩住黄凤仙。哪晓得黄凤仙又是个积年，看见他撇下马来，就晓得他的诡计，更不赶上进去砍他，只是带着马顺着他一跑，手里撒下一把黄豆出来，只见八十一个金钩上，都钩得是些人头。百夫人大喜，转头看时，黄凤仙土囮而去，哪里看见个黄凤仙？心里想道：“昨日走了那个黑汉，今日却捞翻了这个婆娘，此功不小。”

归见番王，拿起那条索来见功，番王道：“那钩上都是些甚么？”百夫人道：“都是些人头。”番王道：“是个甚么将官，就着你捞翻了这些人头过来？”百夫人道：“实不相瞒，前日那个黑将官是个男子汉，吃我一亏，捞了他的幞头抹额。今日这个将官是个女将官，吃我一亏，捞得他的头来了。”番王道：“哪一个头是女将官的？”百夫人起眼一瞧，有好些女人的头哩！只是还认得不真，一个个的取将下来。初然一个、两个，还是人头；三个四个，就是猪头；五个、六个，就是羊头；七个、八个，就是牛头；九个、十个，就是狗头；一十、二十，还是葫芦；三十、四十，就是甜瓜；五十、六十，就是苦瓜；七十、八十，就是冬瓜。

番王看见不是南人之头，心中大怒，骂道：“泼贱婢，欺君卖国，不如趁早些杀了罢！”叫声左右开刀。百夫人高叫道：“屈杀忠良，天地鬼神照察！”番王道：“你欺君卖国，怎么是屈杀忠良？”百夫人道：“小妇人杀夫之仇，报之不尽，怎么敢卖国欺君？”番王道：“你既是不卖国欺君，怎么头是假的？”百夫人道：“小妇人临阵之时，只晓得带起索来，套着头来就是，哪晓得头有假的，这还是南朝女将戏弄了小妇人。姑容明日小妇人出阵，枭取那女将之头，前来赎罪罢。”番王心里还有些不肯，左右头目再三劝解。番王道：“姑恕这一次，再去无功，军法从事。”

到了明日，百夫人带着这些宿气，跑出阵来。黄凤仙笑嘻嘻的跑出阵去。百夫人高叫道：“贱人，你昨日怎敢戏弄我？”黄凤仙道：“怎叫做戏弄？你来者不善，我答者有余。”百夫人道：“我今番教你吃我一刀！”也照旧九口飞刀，舞上舞下。黄凤仙也照旧是两口刀，舞来舞去。百夫人舞了一会，猛空里把九口飞刀望上一撇，一个筋斗翻下马来。黄凤仙只说还是那条三丈多长、八十一个金钩的红锦套索，连忙的带转马来。哪晓得百夫人撇过了飞刀，手里换出个甚么铜铃儿，摇上两摇，摆上两摆，弄得个黄凤仙即时间满心碎裂，肝转肠移，心肝头上就是猫抓，马上坐不住，一个倒栽葱跌下马来。怎么一个摇铃，就把人跌下马来？原来这个铃是百夫人的护身宝贝，名字叫做幌心铃儿，只消暗地里摇两摇，凭你是甚么奇男子，烈夫人，心肝都碎。骑在马上的，要跌下马来；站在地上的，要跌倒头来。故此黄凤仙就中了他毒手，一个倒栽葱栽下马来。百夫人只说这是篮里鱼、阱中虎，走近前套上一索，只指望套将去，哪里又想摸了个空。怎么又摸个空？原来黄凤仙有五行五囤，跌下马来，看见中他的毒手，套索近前，早已土囤而去。百夫人走了黄凤仙，不胜忿忿之气，归见番王。番王道："怎么今日又不曾成功？"百夫人道："小妇人已自摇动了幌心铃，那女将已自跌下了马，只是拿他不住。"番王道："岂有个跌下马，就拿他不住之理！"百夫人道："我王不信，乞明日亲自上城观看一遭。"番王道："你有心卖国，我哪里看得你这些！"百夫人道："小妇人怎敢卖国！我王一看就见明白。"番王道："你有两件器，一件宝贝，岂可不奈他何！也罢，我且看你明日。"这叫做：物必腐而后虫生，人必疑而后谗入。番王心上只是疑惑百夫人，这莫非是王爷又该成此一功？

怎么又该成此一功？原来，番王这些疑虑，早已有个夜不收打探得详细，报上王爷。王爷道："好了，今番百夫人得死了。"三宝老爷道："怎见得他死了？"王爷道："口说无凭，到了明日这时候就见。"

道犹未了，一面叫过王明来，吩咐道："你即时闪进城去，捞出百夫人那条红锦套索儿，那个幌心铃儿。两件中间捞得一件来，赏银一千两；都捞得来，赏银二千两。限五鼓时候就要交付。"王爷号令严肃，谁敢有违？王明诺诺而去。又叫过左右先锋、四营大都督来，吩咐道："明日黎明时候，五个敌楼上，都要结起大红花彩，各色绣球缨络，各要鲜明，各楼上安排细乐吹打，军马休息，不许喧嚷嘈杂，以炮响为号。"各将官应声而去。又叫过各游击将军来，吩咐道："各官统领各部军马，各备钩耙套索，在第三层敌楼里伺候，以敌楼上梆响为号。"各游击应声而去。又叫过各旗牌官来，吩咐道："你各人带领各色兵番，把第三层敌楼以里的砖街，扫净沙土，各石缝里细细密密，安上铁菱角。黄昏时领出铁菱角去，限五鼓报完，违者枭首示众。"各旗牌官磕头而去。又传出一枝令箭，叫唐状元、黄凤仙五鼓时候帐前听令。王爷吩咐已毕，正是：

计就月中擒玉兔，谋成日里捉金乌。

到了五鼓，王明跪在帐前，交付一条三丈多长、九九八十一个金钩的红套索儿，一个不大不小、不铜不铁的幌心铃儿。王爷道："你怎么两件都捞得来？"王明道："两件东西都在一张桌子上，故此一下子捞了他的来。"王爷道："这两件东西都有些通灵变化，倒没个甚么响声？"王明道："不敢欺，是我预备了去。"王爷道："是个甚么预备？"王明道："是我预备下南京带来的狗皮荷包儿，包着它。狗为地魇，任是甚么通灵变化，受了这个地魇，再不作声。"王爷道："百夫人可知道么？"王明道："知道怎肯被我捞来？他一觉睡得只是鼾鼾的响，哪里晓得。"王爷道："怎么这等睡得死哩？"王明道："说起个睡得死的话来又长了。"

毕竟不知是个甚么话，且听下回分解。

第82回　百夫人堕地身死　引仙师念旧来援

诗曰：

独卧南窗一梦赊，悠然枕上是天涯。
十洲三岛山无险，阆苑蓬莱路不差。
诗句精神池畔草，文章风骨笔头花。
少年忠孝心如火，几谒金门几到家。

却说王爷道："虽是话长，你也大略些说与我听着。"王明道："昨日小的承了老爷军令，不敢有违，即时一根隐身草，闪进城去。进城之后，找到百夫人宅上，街衢屈曲，经过一头茂盛的林丛，只见一个大虫飞到面上来，一口就咬住个鼻子，咬得小的昏昏沉沉，就要瞌困。小的心里却明白，想说道：'元帅老爷军令在身，怎么敢在这里瞌困？'连忙的口里说道：'你是个甚么虫咬着我？我有元帅的印信批文在这里，你可怕么？'那虫倒是个灵虫儿，就会说话，答应道：'你既是个奉公差的，我饶了你罢。'小的又多了个嘴，问它道：'你是甚么虫儿？'灵虫儿说道：'我的事也一言难尽。'小的说道：'你也说来。'灵虫儿说道：'维我之来，嘿嘿冥冥，非虺非螯，无状无声。不寝而梦，不醉而醒；不疾而疲，不叹而呻。

若浮云而未坠，若负重而莫胜。入人之首，倏焉如兀；欲仰又俯，求昂反屈；若南郭子俯几而坐，北宫子丧亡而出。入人之目，若炫五色；注睫欲逃，回瞬成黑。如昌黎之昏花，步兵之眼白。入人之手，如挛如维。将掉臂而徒倚，欲抚掌而离披；坠何郎之笔，落司马之杯。入人之足，如纠如缠；欲举武如超乘，比寸步于升天。李白安能脱靴于内陛？谢安何以曳履于东山。至若青缃浩牍，玉简陈编，诵不能句，读未终篇。惟我一至，令人茫然。如右军之坦腹，靖节之高眠；又若汪洋奥义，佶屈微言，凝思伫想，欲采其玄。自我一至，忽然汗漫。如尹文之坐玄，达摩之逃禅。凡此之类，倦态不一，实我之故，伊谁之失！'是小的说道：'依你所言，你却不是个瞌睡虫儿么？'虫儿道：'是也，是也。'他又问小的是个甚么人，小的道：'我是个枕头。'虫儿道：'你怎么是个枕头？'小的道：'你撞着我，却不是个瞌睡撞着枕头。'那虫儿笑起来，一把扯住小的说道：'我正要个枕头。'小的心上用得它，就将计就计，许下它一个枕头，带着它找到百夫人宅上。蓦进百夫人房里，只见百夫人正在那里欲睡未成。是小的对虫儿说：'这不是一个娇娇刮刮、白白净净一个好枕头也。'那瞌睡虫儿也晓得有些意思，一溜烟就溜在他的鼻子里面去了。百夫人害了个瞌睡，鼾鼾的一片响，哪里会醒！是小的乘其方便，捞将他这两件东西来了。"王爷即时取过二千两银子，赏赐王明。

王明驮了这一百二三十斤银子，走出帐外来，劈头撞见个旗牌官，都来报事。又撞见个唐状元、黄凤仙，也来报事。唐状元问王明从哪里来，王明却把个取百夫人两件宝贝、王爷赏赐银子各样事，细说一遍。唐状元道："王爷叫我们五鼓听令，若是干功，也会有赏。"夫妻一对，即时走上帐前，拜见王爷。王爷即时把那条红锦套索、幌心铃儿，交与黄凤仙，又吩咐他几声，说道："如此如此。"又叫过唐状元来，吩咐他几声，说道："如此如此。"

到了天色黎明，番王领了左右头目，大小番官，一齐坐在西门楼上，看百夫人出阵，功展何如。守到天明，哪里见个百夫人出来？只见城下远远的两个人，两骑马，来得从从容容，走到城门之下。只见左边马上是个男子，乌纱帽、大红袍、黄金带、皂朝靴，衣冠济楚，文质彬彬；右边马上是个女人，金丝冠儿、大红袍儿、官绿裙儿、红绣鞋儿，眉弯柳绿，脸带桃红。两个人齐齐的抬起头来，看一看城上。番王一向心上疑百夫人在阵上卖国，今日之时却又不见个百夫人出来，却又看见城下两骑马两样的来人，心上越发犯疑，叫左头目问城下道："你们是甚么人？"唐状元受了王爷妙计，答应道："我是大明国一个征西大都督武状元浪子唐英，蒙你百夫人新订良缘，做我偏房次室，约了今早成亲，故此特来迎接。"黄凤仙受了王爷吩咐，高叫道："我就是唐状元的金紫夫人。连日和你百夫人叙话，蒙他许下嫁我丈夫，佳期约在今早，故此特来迎接。列位若不准信之时，现有他的三丈多长、八十一个金钩的红锦套索，摇得响的一个幌心铃儿，昨日已经交付在我处，约定今早只是成亲，再不厮杀。"唐状元又说道："列位若不准信之时，你看我们满营中都是花红挂彩，都是鼓乐齐鸣。"道犹未了，城外一声炮响，各营里鼓乐喧天。

番王听知这两席话，满心准信，高叫道："泼贱婢，敢这等苟求快活！我已三五日前看破他了，都是你们众人和他遮盖！今日噬脐，悔之何及！"叫左右快去捉他过来。一会儿左右们捉将百夫人来了。原来百夫人吃了瞌睡虫儿的亏，一觉睡到日高三丈，还是这等魂梦昏昏，到了番王面前，只得双膝跪下。番王大怒，骂说："好贱婢，好个唐状元的偏房次室，偏你要受快活，偏我的国把你卖么？"叫左右的："拿刀来！等我亲自剐他一百刀，看你去做偏房次室不做！"百夫人越发不晓得风在哪里起？雨在哪里落？连声叫道："好屈也！好屈也！"番王又叫拿刀来。百夫人道："钢刀虽快，不斩无罪之人。怎么平白地只要杀我？"

番王怒气填胸，只是不得个刀到手。左右头目却把个唐状元说的前缘后故，细细的与他说一遍。百夫人情屈难伸，放声大哭，说道："天下有这等的冤枉事情！我丈夫死肉未寒，我怎么许他偏房次室？假饶我要嫁人，银眼国岂可少了我的丈夫？况兼甚唐状元，我不曾看见他的面；甚么大明国，我不知道在哪个东西南北？我怎么有这段情由？"番王怒气不息，骂说道："泼贱婢，你还嘴强！你既是不曾得看见他，怎么红锦套索、幌心铃儿两件宝贝，都先交在他处？却又睡到这等日高三丈，还不睁开眼来？"

百夫人被说得哑口无言，委是睡在床上不曾早起来；起来之时，止摸着九口飞刀，不见了红锦套索、幌心铃儿。正叫做屈天屈地，有口难分。哪里晓得是王爷妙计，两着双关。百夫人只得长声啼哭，哭一声百里雁，喊一声天，喊一声冤，叫一声屈，哭得凄凄惨惨江天冷，任是猿闻也断肠。左右头目哭得心酸，说道：“这个中间决有些甚么冤枉。”没奈何，再三禀告番王：“饶他一命罢。”

番王看见百夫人哭得厉害，况兼又是左右头目再三劝解，意思也罢。百夫人又哭又说道：“只是饶我死，我心事终是不明，放我出城去杀一阵，把那冤枉人的贼精，不是他，就是我！我死在沙场上心事就明。只是我死之后，不可令百氏无后！家有弱嗣，望二位老爷善为抚养。我夫妻两个死在九泉之下，感恩不浅。”左右头目说道：“你怎么说出这许多的闲话？你只出城去杀一阵来，就见你的心事，胜败非所论也。”番王道：“甚么心事？只好去洞房花烛夜罢了！”左右头目都说道：“决没有此情。小臣两个情愿把两家人口，做个当头，放他出城而去。倘有成亲之事，小臣两家人口，愿受其罪。”番王道：“既如此，你两家各供上一纸状来，我才肯放他去。”左右头目各自供一纸，如虚甘同受罪，番王应允。百夫人挽刀上马，大开城门，放他出去。

百夫人骑在马上，这一肚子冤枉，再没处发泄，咬牙切齿，恨上两声。只见城门外果真一个顶冠束带的少年，自称唐状元，和他拱手。他正然怒发雷霆，又只见昨日那厮杀的女将，也是挽角穿袍，笑吟吟的叫声道：“二娘子，你来也。”百夫人却才晓得是这两个人坑陷他！恨上两声，骂上两声，恨不得一刀就了结一个。把马一夹，那马走如飞。把九口飞刀尽着平生的气力，飞舞而起，一直杀上前来。前两骑马转身就走。前面两骑马走得紧，后面一骑马赶得紧。走的走，赶的赶，不觉的一霎时就赶过了一层敌楼，一霎时又赶过了第二层敌楼。看看的赶上，早已又到了第三层敌楼。

百夫人狠起来，飞一刀上前去，一刀砍下一边马腿来。百夫人有了兴头，又夹起马赶向前去，前面就不见了那两个人。那骑马不知又是甚么缘故，一毂碌跌翻在地上，把个百夫人一跌跌将下来。百夫人正在怒发冲冠，势如破竹，走发了性子，撇开马就是两只金莲，步路而走，还指望照旧是这等其快如飞。哪晓得走不过三五丈之远，也是一毂碌一个倒栽葱，跌翻在地上。一声梆子响，两边游击将军，一片的钩耙绳索，一会儿解到中军帐上，一会儿砍下一个头来。唐状元领了头，到西门外竖起根竿子，悬着这个头，高叫道："银眼国国王及大小官员人等知悉，早早的开门纳降，迟者与此同罪！"唐状元号令已毕，回复王爷。

老爷道："怎么王老先生昨日就晓得今日百夫人会死？"王爷却把个王明取过红锦套索、幌心铃儿，各营搭彩，各敌楼上细乐，各游击钩耙，各旗牌官扫沙安铁菱角，唐状元夫妻冠带，事事细说一遍。老爷满心欢喜，说道："今日之功，奇哉！奇哉！王明是个抽车之计，唐状元是个反间之计，搭彩鼓乐都是些插科打诨，铁菱角、钩耙绳索才是下手功夫。却还有一件，原来要滴溜圆的石子儿漫街，已自就算定了是今日之用。长虑却顾有如此。"王爷道："我因百夫人一日会跑千里远路，故此把个圆石子儿漫街。圆石子儿分外光滑，怎么起得步去？漫街之计，特令人不知。昨日却扫开沙来，安上铁菱角，任他踹在石子儿上，石子儿滑他一跤；任他踹在铁菱角上，铁菱角凿他一跤。故此百夫人赶将来，马就马倒，人就人倒。这也只当是个地网天罗，死死儿关住他的。"

道犹未了，一面传令诸将帐前颁赏。唐状元夫妇各赏银五十两，各游击各赏银七十两，各营各都督各赏银三十两，各旗牌官各赏银二十两。簪花挂彩，不在话下。

三宝老爷道："今番却好安排筵席么？"王爷道："夜不收曾说是还有一个甚么引蟾仙师，只怕他又来费嘴。"老爷道："只在今日就见定夺。怎么今日就见定夺？若是没有那个仙师，今日一定开门纳城；若是果有那个仙师，今日一定关上城门，之乎也者。"差人看来，果是关上城门，城中不见有些甚么动静。老爷道："这番狗敢这等倔强无礼，明日拿住之时，剐了做一万块。"

却说番王看见西门外竖起竿子，挂起百夫人的头来，却才晓得百夫人是个真心实意，屈死了忠良。连忙的把两张供状交还了左右头目，汗颜归朝。

左右头目说道：“事至于此，不如开门纳款，还得个干净。迟则祸来不小，欲解无由。”番王道：“起初不曾投降，得到如今却是迟的。前日仙师，临行之时，留下一个木鱼儿在这里，说道：‘你国中若有大难，你就敲我的木鱼儿，我自然下来救你。’今日如此大难，不免求仙师一番。”左右头目说道：“仙师曾说百里雁何如？”番王道：“曾说他会死。”头目道：“木从绳则直，人从谏则圣。前日仙师之言，主上不听。今日百夫人之言，主上不听。你莫怪小臣们所说，有眼不识忠良，有耳不听忠谏，国破家亡，想在目下。”番王道：“你两个人这等埋怨，你各人自去罢！我自有处。”左右头目果真的收拾去了。

番王道：“我只要求我的仙师，要你们做甚么？”即时谨焚真香，对天祷告。祷告已毕，拿出木鱼儿来轻轻的敲了三下。响声未绝，一朵祥云冉冉的下来，云里面坐着一个引蟾仙师。按下云头，进到殿上。番王扯着磕头就是拜，仙师即忙还礼，说道：“主上，你今日怎么行这个大礼？”番王道：“御兄在上，寡人今日国中被此大难，控诉无门。望乞御兄广开方便，和我救拔一番。”仙师道：“百里雁何如？”番王道：“果中御兄之言，已经死了。”仙师道：“敌人连输连走，正所以长他的骄，满他的气，他公然不知。骄矜自满，骄兵必败，欺敌必亡，焉得不死。百夫人何如？”番王道：“百夫人倒尽忠而死。”仙师道：“他那三件宝贝，这如今都在哪里？”番王道：“飞刀随阵丧失，套索、铃儿，都是未死之先，送了中朝。”仙师道：“也没个送中朝之理，想是被他们设计取将去了。左右头目在哪里？”番王也是个狡狯的，就里一个小小的谎儿，说道：“左右头目不堪提起。”仙师道：“怎么不堪提起？”番王道：“他两个每每主张我去投降，我说还有御兄在上，不曾禀告得，怎么擅自投降？他两个就使起性子来，说道：‘今日也御兄，明日也御兄，当此大难之时，御兄在哪里？你既是求教御兄，我们不如各人去罢，且看你御兄，明日做出甚么乾坤来！’故此他两个拂袖而去，再三留他不住。”

番王这一席话，分明要激发个仙师。果真的激石乃有火，激水可在山。仙师就激将起来，说道：“这两个人好没来历，何故小视于我？他说我不如，我偏然要做个大乾坤来他们看着。”到了明日，衣袖里取出个经折儿，掀了一掀，掀出一个画成的独角青牛。仙师喷上一口水，那只牛就扑地一声响，竟自走将下来。仙师穿起衣服，跨将上去，手里一管没孔的铁笛，竟望西门上出去。番王道：“御兄，你不用些军马么？”仙师道：“要他去抵枪？要他何用！”番王道：“你不用甚么兵器么？”仙师道：“要它去绊手？要它何用！”番王道：“你却怎么去厮杀！”仙师道：“这青牛就是我的军马，这铁笛就是我的兵器。”

道犹未了，径自出了西门，来到一层敌楼下。各营里不曾得令，不敢出兵。仙师跨着个牛，直前而走三五十里之远，只当得缘绳走索的，缘一遭绳，走一遭索。一会儿走到第五层敌楼之下，看见宝林山石崖上一行大字，着眼一瞧，只见是“雁飞不到处，人被利名牵”十个大字。仙师沉吟了一会。怎么看见个字有个沉吟？原来引蟾仙师是天上一个乾鞳星，乾鞳星头上就是个利名星，凭着你是甚么乾鞳的，利名星一牵就走。他沉吟之时，看见百里雁死在这里，是“雁飞不到处”一句，已经准验了。若是“人被利名牵”这一句，再若准验之时，却不这场功劳是个假的，故此费了这一会沉吟。弄做个没兴走，拨转牛来，照着西门上又是这等急走如飞。一会儿又在西门上各敌楼下，还不见些动静。走了一会，又望山脚下一去；过了一会，又望西门上一来。一日工夫，就走了三五转。元帅只是个不传令，各营里只是个不出兵。一个仙师，一只青牛，跑进城里去了。

却说二位元帅看见有个仙师又来出阵，也不传令诸将，一竟请到天师。天师道：“容明日出马，看是何如？”明日之时，天师整衣出马，只见西门上走出一位仙师：

头戴鹿胎皮，身披鹤氅衣。
青牛丹井立，铁笛醮坛归。

倒也好一位仙师，洋洋的满面风光。天师道：“来者是哪一位仙翁？愿通名姓。”仙师把个青牛夹一夹，走向前来；把个铁笛儿摆一摆，像个要吹之状，从从容容，却说道：

“仙翁无定数，时入一壶藏。
夜夜桂露湿，村村桃水香。
醉中抛浩劫，宿处有神光。
药裹丹山凤，棋函白玉郎。
弄河移砥石，吞日傍扶桑。
龙竹裁轻菜，鲛丝熨短裳。
树栽嗤汉帝，桥板笑秦皇。
径欲随关令，龙沙万里强。”

天师听罢，说道：“这是李义甫赠玄微先生的五言排律。以此观之，仙翁莫非是玄微先生么？”仙师道：“是也，又名引蟾仙师。既承下问，愿闻道长大名？”天师道：“吾乃大明国江西龙虎山引化真人张天师是也。”仙师道：“既是一个天师，岂不知天时？岂不知地利？何故提兵深入我西洋之中，灭人之国，绝人之嗣，利人之有，费人之财，是何理也？”天师道：“仙翁差矣！我二位元帅奉大明国朱皇帝圣旨，钦差抚夷取宝，果有我中朝元宝，理宜取回。如无，即有一纸降书，何至灭国绝嗣之惨。”

仙师道：“既不灭国绝嗣，怎么杀了我国中一个百里雁，又一个百夫人，兵卒们不下五七百，这些人命都有何辜？一旦置之于死？”天师道：“这是他们不知天命，负固不宾，自取其罪。”仙师就恼起来，说道：“你说哪个不知天命？哪个自取其罪？”天师道：“像你这等助人为恶，就是不知天命，就是自取其罪。”仙师把牛一夹，就是一铁笛掀过来。天师也把马一夹，就一宝剑掀过去。你一笛，我一剑；你一上，我一下。仙师也打不着天师，天师也打不着仙师。弄松了一会，各人散伙。仙师道：“你明日再来，看我的本领。”天师道：“贫道一定来相陪。”

到了明日，仙师相见，更不打话，坐在青牛背上，拿起根铁笛来一撇，撇在半天之上，喝声道：“变！”那根铁笛即时间变，一十、一百、一千、一万，满天都是铁笛。又喝声："长！"那上万的铁笛一齐长起来，长有千百丈之高，拄天拄地。又喝声："粗！"那上万的铁笛一齐的粗起来，粗有三五丈之围，无大不大。又喝声："来！"那上万的铁笛一声响，又是一根铁笛，掉将下来，拿在手里。天师道："这等的术法，有何所难！我也做一个看着。"拿着一口七星宝剑，喝声道："起！"那口宝剑自然腾空而起。喝声道："变！"那口宝剑就是变，即时间上十、上百、上千、上万，满空中都是些宝剑。喝声："长！"那上万的宝剑就是长，即时间就长有千百丈之高，撑天撑地。喝声道："粗！"那上万的宝剑也就是粗，即时间粗有三五丈之围，遮天遮地。喝声道："来！"那上万的宝剑一阵火光，一齐的掉将下来，还是一口宝剑，归在天师手里。

仙师道："我要自己变化，一个变十个，一个变百个，百个变千个，千个变万个。你意下何如？"天师道："这个不消了。分身之法，且莫说是贫道，就是贫道跟随的小道童儿都是会的。"仙师心上有些不快活，说道："你何视人之小也！既是你的小道童儿都会，你就叫他出来做一个我看。"天师笑一会儿，说道："此何难哉！"叫出一个小道童儿来，年方十一二岁，头发儿齐眉，穿领毛青直裰，着一双红厢道鞋。天师吩咐道："你做个分身法来。"那小道童儿且是惯熟，把个头发儿抹一抹，把个直裰儿抖一抖，口儿里念一会，手儿里捻一回，自己喝声："变！"即时间一变十、十变百、百变千、千变万，虽然万数之多，一样的头发，一样的直裰，一样的道鞋。天师喝声道："长！"那万数的道童儿就是长，就有十丈之长。天师又喝声道："粗！"那万数的道童儿就是粗，约有五七尺围之粗。

天师看着仙师，问声道："可好么？"仙师道："也好。""好"字未了，仙师手里的铁笛吹上一声，只见一阵风突然而起：

可闻不可见，能重复能轻。
镜前飘落粉，琴上响余声。

一阵风渐渐的大，渐渐的狂将起来，翻天覆地，平地上却站不住人。

仙师的意思要刮倒那些道童儿，哪晓得上千上万的道童儿，就是钉住了的一般，动也不动。过一时三刻，风儿渐渐的萎，天师却才丢下一道飞符，即时一朵祥云从地而起：

若烟非烟，若云非云。
郁郁纷纷，萧索轮囷。

那上千上万的小道童儿，都站在云头腾空而起。天师道：“今番可好么？”仙师道：“好便好，只是起得慢些。”天师道：“你还要怎么快哩？”仙师道：“你欺我不会快么？”牛背上铁笛又是一吹，那条牛早已起在半天云里。天师跨上草龙，也自跟到半天云里。仙师拿着铁笛，照着道童儿横一撇，要做个笔锋横扫五千军。天师伸起手接着，还是一个道童儿，分明是个粒粟直藏千百界。仙师看见天师不是个巧主儿，落下云来，竟回本国而去。

天师轻轻的放了道童儿，拜见二位元帅，元帅道：“这仙师好一管厉害铁笛也！”天师道：“那个铁笛又没有孔，又吹得响，又能呼风，又能变化，倒是个利嘴的。”三宝老爷道：“不如也叫王明去捞他的过来罢。”天师道：“这也通得。”老爷即时叫过王明来，吩咐道：“现今引蟾仙师那管铁笛，你去捞他的过来。捞得之时，也照王爷旧例，赏银一千两银子。”

王明应声而去。心里想道：“前日王爷赏我一千两银子，只当吹灰。今日老爷许我一千两银子，不知财气何如？且走进城去，再作道理。”进了城门，转东弯，抹西角，找到仙师的宫中，摸进仙师的居里。只见引蟾仙师端端正正在那里，桌子上一枝烛，一炉香，一部《道德经》。王明抬头瞧一瞧，仙师张着两只眼睛坐在那里，却又不见个铁笛儿在哪里，就是看见个铁笛儿，却也下手不得的。王明沉思了一会，无计可施。

毕竟不知是个甚么计较，才捞得他的铁笛来？且听下回分解。

第83回　王克新两番铁笛　地里鬼八拜王明

诗曰：

无事闲来坐运机，立时行走立时宜。
藏身一草偏行急，举目双旌岂返迟。
画鼓无心声战斗，红尘不动马驱驰。
任君门户重重锁，几度归营酒满卮。

却说王明沉思了一会，无计可施，只得又闪到门外，心里想道：“前日那二千两银子，多亏了那个瞌睡虫儿。今夜少不得去寻他来，才有个赢手。”一径反走出门来，找着前日的树林之下，左走右走，不见有个甚么虫儿。过了一会，只听见嗡一声响，一个苍蝇飞到面上，打一撞。王明只在想着瞌睡虫儿，认不得是个苍蝇，问说道：“哥，你是哪个？”那苍蝇又巧说道：“你寻哪个？”王明心是急的，顾不得是不是，说道：“我寻个瞌睡虫儿。”苍蝇道：“你寻它做甚么？”王明道：“我有场好事照顾它。”苍蝇听见说是有场好事照顾它，它就冒认着说道：“我就是瞌睡虫儿，你怎么不认得？”王明道：“你却不是昨日的。”苍蝇又诡他诡儿，说道：“我虽不是昨日的，昨日的却就是我们一班。”王明道：“昨日的说了一篇文，你可有得说哩！”

苍蝇道：“怎么没有得说，我也说一篇你听着。”王明道：“你就是说来。”苍蝇道：“嗟我之为人也，逐气寻香，无处不到。顷刻而集，谁相告报？在物虽微，为害至要。若乃炎风之燠，夏日之长，寻头扑面，入袖穿裳，或集眉端，或沿眼眶；目欲瞑而或警，臂已痹而犹攘；或头垂而腕脱，每立寐而颠狂。又如峻宇高堂，法宾上客。或集器皿，或屯几格，或醉醇醪，因之沉溺；或投热羹，遂丧其魂。尤忌赤头，号为景迹。引类呼朋，摇头鼓翼。至于腯豕肥牲，嘉肴美味，稍或怠于防闲，已辄遗其种类。养息蕃滋，淋漓败坏。亲朋索尔无欢，臧获因之得罪。余悉难名，凡此为最。”

这一篇分明是个《苍蝇赋》，原来王明不学书，文理苦不深，听见说得好，只说真是昨日的一般。苍蝇说道：“我说了这一篇，你今番却认得么？”王明大喜，连声道：“认得！认得！我和你同去，有好事照顾你。”带着它闪进仙师的宫中，又进到房里。

此时已是个深黄昏，只见仙师坐那里，眉眼不开，意思要打盹。王明指着仙师，说道：“这不是场好事也。”苍蝇看见仙师生得白白净净，只说是块大哉肥牲，狠是嗡一声，一头拳撞着他的脸。仙师吃它这一撞，转撞醒了，骂说道：“这屎苍蝇，是哪里来的？”叫声：“徒弟，赶开这个屎苍蝇，等我好睡。”王明站在一边，心里只是连声叫：苦也！苦也！说道：“原来是屎苍蝇，错认它做个瞌睡虫儿，致使仙师睡不着，弄巧反成拙，说不得还要出去寻个真的来。”

今番出去分外仔细，东也叫声瞌睡虫儿，西也叫声瞌睡虫儿。忽然撞着一个大饿蚊虫，正没处寻个人咬，肚里饿得慌，听见王明寻瞌睡虫儿，它只说是有甚么好处寻瞌睡虫儿，意思就要充它，问说道：“是哪个叫我也？”王明道：“我昨日照顾你，你今日就不认得我？”蚊虫真是个利嘴，就扯起谎来，说道：“昨日是我家兄。”王明只是要得紧，说道：“昨日是令兄？你却不也是个瞌睡虫儿？”蚊虫就假充一下，说道：“我怎么不是？你有个甚么好处照顾我么？”王明道：“有场好事，只要你是个真的。”蚊虫利嘴，假的就说做真的，说道：“好大面皮，又有个甚么假的！”王明道：“昨日令兄有一篇文，今日一个假的也有一篇文。你既是真的，你念出文来，我听着。”蚊虫说道：“我也念一篇文，你听着：

我之为人也，方天明之当天，潜退避于幽深。翅敛缉兮凝痴，口箝结兮吞喑。虽智者之莫觉，亦安能眇视而追寻。及斜阳之西薄，天冉冉以就昏，遂拉类而鼓势，巧排闼而寻门。或投抵于间隙，潜深透乎重阍，窥灯光之晰晰，仍倚壁而逡巡。伺其人之梦觉，为吾道之屈伸。方其犹觉也，则阒静无语，坐帷立裳。心摇摇而图食，意欲举而畏擒。及其既梦也，则洋洋而得志，飞高下以纷纭。亲肌肤而利嘴，吮膏血于吻唇。既饱而起，饥而复集。已贪婪之无厌，挥之则去，止之复来，何耻畏之足云。声喧愿兮连雷，刺深入兮刺针。梦既就而屡觉，心欲忍而莫禁。既冥击之莫得，徒束手兮嗔心。”

这一篇分明是个《蚊虫赋》，王明听见说甚么“排闼寻门”，又说甚么“犹觉既梦”，只说是个瞌睡里面的事，今番却是真的。连忙说道：“你是个真的！跟我来，我有场好处照顾于你。”带着它走到仙师房里。

此时已是更尽多天，仙师朦朦胧胧，伏在桌子上打个盹。王明指着说道：“这不是一场好处照顾你也。”蚊虫看见仙师生得细皮薄面，正是它的货，轻些上前。却好的它肚里饿得慌，哪里又顾得轻不轻，撞上前吮着一嘴，就是行针的医生，狠是一针。蚊虫这一针比先前屎苍蝇那一嗡还狠十倍，你教仙师再又睡得着哩！光溜溜的两只眼睛，叫声：“徒弟，你都在哪里，不来收拾，致使这等的饿蚊虫来咬我哩！”王明听见说是个饿蚊虫，却又连声叫：“苦也！苦也！冤家怎么又寻了一个蚊虫。今日这一千两银子，这等难也。”沉思了一会，将欲出去再寻那瞌睡虫儿，时日有限，再错寻了一个，却不误了工夫！将欲站在这里，引蟾仙师眼睁睁的，却又不见个铁笛儿在哪里，倒是费嘴。

又过了一会，却才拿出主意来，说道：“求人不如求己。钝铁磨成针，只要工夫深。挨了守这一夜，哪里不是。”好个王明，一直守到鸡叫。怎么直到鸡叫？却说那仙师伏在桌子上，倒尽在要睡，一初逢着个屎苍蝇一嚷，落后又着蚊虫一针，反弄得清醒白醒的坐起来。故此一直坐到下鼓，却才精神倦怠，心事不加，着实要睡。把个衣服一掀两掀，掀翻了睡到床上。原来那管铁笛带在胸脯前，时刻不离的，只因要睡得忙，掀得衣服快，却就连衣服卷着，搁在床头边。王明眼看得真，只是不敢动手。过了一会，还不敢动手。又过了一会，一总有半个多时辰，仙师鼻子里只是鼾响，口里只是哼唧，王明心里想道：“今番却睡沉了。”王明却又小心，生怕有甚么不测处，照旧到他耳朵边做个屎苍蝇的声嗓，嗡狠是一声，仙师也不晓得。王明又不放心，拿起隐身草，当做蚊虫，到他脸皮上吮一针，仙师也又不得知。王明道：“今番是好动手了。只一件，又怕那管铁笛有个甚么响声。也罢，丹桂不须零碎折，请君连月掇将来。”

好个王明，连仙师卷铁笛的道衣，一缴过儿都捞翻他的来，回来交付老爷，已自天色微明：

茅屋鸡鸣曙色微，半轮斜月已沉西。
吾伊盈耳穷经处，满目英英济济齐。

老爷接了铁笛，满心欢喜，一边叫军政司收下，一边叫取过一千两银子来赏王明。王明领了这一千两银子，好恼又好笑，怎么好恼又好笑？都学夜来的屎苍蝇、饿蚊虫两个误事，却不好恼。得了这一千两银子，盲子见钱眼开，却不好笑。王明便好笑，引蟾仙师也好笑。

却说仙师到了天明，一觉眼醒，正要起到备办厮杀，床头边摸一个空，摸铁笛摸一个不见！仙师慌了事，连忙的叫徒弟来，告诉他不见了衣服，不见了铁笛。徒弟倒说得好，说道：“师父，你没有走甚么邪路么？只怕掉在斜路上去了。”天师恼头上喝声道：“唗！哪里一个出家人戴顶冠儿，走甚么斜路哩！”徒弟说道：“那金厚金薄的笑话儿，岂不是个戴冠儿的走斜路么？”

道犹未了，只见日高三丈，番王不见仙师出去，亲自进来问候。进到床面前，叫声：“御兄，你今日怎么这等贪睡也？”仙师越发没趣，却又遮盖不来，只得直言告诉，说道：“夜来五鼓上床，并没有个甚么动静。

不知怎么样儿，天明不见了衣服，不得起来。”番王道：“我朝里另做得有新衣服，取来御兄穿。”即时取过衣服。仙师又说道：“衣服倒不至紧，还不见了件东西。”番王道：“是件甚么东西？”仙师道：“不见了我的铁笛。”番王道：“可还有第二管么？”仙师道：“天上地下，有一无二，哪里又有第二管哩！”番王道：“快差精巧铁匠们旋打一管吧？”仙师道：“仙胎圣骨，怎么旋打得成？”番王道：“这却不是花子死了蛇，没得弄了。”仙师道：“还是猜枚的吊马，两手都脱空。”番王道：“只一管铁笛，怎么两手都脱空？”仙师道：“夫之不幸，妾之不幸！这却不是两手都脱空？”

番王听见这句话，却才想到自家身上，老大的吃力，说道：“哪里去追寻它来？”眉头一蹙，计上心来，即时出下一道榜文，满国中张挂：

因有仙师铁笛一管，自不小心，夜深失落。知风报信者，赏银五百两。收留首官者，赏银一千两，敕封一品官。

满国中大小番子嘈嘈杂杂，哪里去追寻？榜文张挂了一日，到第二日清早上，一个官揭下了：“小臣姓葛名燕平，百夫人之弟，现任副平章之职。”番王道：“可拿将铁笛在这里么？”葛燕平道：“没有铁笛在这里。”番王道：“既没铁笛在这里，怎么敢擅揭我的榜文？”葛燕平道：“虽没有个现铁笛，却晓得铁笛的着落，又有个跟寻之方。”番王道：“方可灵验？”葛燕平道：“百发百中，只要王上那一千两银子。”番王道：“银子现在，你先说个着落来。”

葛燕平道：“小臣打探得南船上有一根草，叫做隐身草，拿起来只是他看见别人，别人却不看见他。又善能排金门，入紫阁，不数甚么钱神。前日小臣的女兄，不见了那两件宝贝，负屈含冤，都缘是个王明捞将去了。今日这个铁笛，一定又是他。这却不是个着落？”番王道：“这个着落也是猜详，未得其实。且说跟寻之方何如？”葛燕平道：“本国宝林山下有一个猎户，名字叫做沙唧莫，诨名叫做地里鬼，专一架鹰走犬，打猎为生。一日打着一只老猿，拿住要杀它，老猿就讲起话来，说道：‘你不要错认了我，我是你一个大恩人。’地里鬼说道：‘你是个老猿，有个甚么恩到我？’

老猿道：‘我已经修行了千百多年，神完气足，骨换胎移，你怎么拿得我住？只因上帝有旨，说你执业虽然不好，中间却有一点不嗜杀之心，着本山土地化你个好人。本山土地又着我送件宝贝与你，拿了这件宝贝，十年之内，官封一品，白银一千，一场富贵，报你那一点不嗜杀之心。’地里鬼听见这一场富贵，连忙的放了手，反跪着它，磕上两个头，赔个情儿，说道：‘唐突之罪，望恕饶！’老猿到自己头顶上扯下一根毫来，碧澄澄的颜色，就像个翠羽一般，约有三寸多长，递与地里鬼。又说道：“我一生修行，只修得两根毫。这是第二根毫，将来与你，名字叫做隐身毫，拿在手里，只你看见人，人再不看见你。你去且安守十年贫困，十年之内，必主大发。’地里鬼道：‘假如不发何如？’老猿说道：‘十年之内如不发者，天之命也。君子俟命，岂可再来架鹰打猎么？’道犹未了，早已不见了个老猿。地里鬼大喜，拿着根毫，果真的人都看不见他。他恪守令旨，再不打猎，只是安贫。”番王道：“这事至今几年？”葛燕平道：“至今已自八年。王上榜文说道：‘赏银一千两，敕封一品官。’这却不是应在他身上？叫他去跟寻，这却不是个跟寻之方？”番王道：“既如此，就在你身上去请他进来。”

葛燕平即时请到地里鬼，见了朝。番王道：“本国仙师一管铁笛，南船上王明有根隐身草，被他捞将去了。葛平章荐你有根隐身毫，要你去捞的来。捞来铁笛之时，官封一品，赏银一千两。”地里鬼看见印合了他当年老猿的话语，不胜之喜。拿了隐身毫，竟出朝来。一边走路，一边想着，说道：“我有这根毫，只是人看不见我，我到南船上怎晓得个铁笛在哪里？怎取得出来？还有一计，不如去见仙师，讨些口诀才好行事。”果真的拜见仙师，叙了闲话，地里鬼说道：“仙师老大人，铁笛儿可有个甚么号头么？”仙师道：“我的铁笛是个无价之宝，凭你放它在哪里，上面有一道黑烟。但有黑烟，就晓得是它。”地里鬼说道：“可有个甚么名字么？”仙师道：“名字便没有。只是对着黑烟之下，叫声‘帝都地’，它就一溜烟直冲而起，不论在九地之下，不论在九天之上，都是到手的。”地里鬼得了口诀，拜辞而去。走到南船上，此时已有未末申初。满船上走一遍，却是隐身毫在手里，没有看见他，尽他自由自在，逐节挨寻。只见军政司船上有一道黑烟，直在船梢上些。地里鬼要叫它声儿，这声气却是隐不得的，怕人听见。一直守到黄昏前后，船上还不曾起更也。好个地里鬼，悄悄的走到黑烟之下，叫上一声“帝都地”，果真的一声响，一管铁笛冲将出来，地里鬼拿着铁笛，只当拿着一个一品官，拿着一千两银子，好不快活也。一蓬风竟直走转朝里，把个铁笛交付国王。国王即时封官一品，即时递上一千两银子。地里鬼一朝富贵而起。

引蟾仙师得了铁笛，仍旧是骑了牛，一鞭而出马，叫道：“南朝好蛮贼哩！怎么把我的宝贝儿偷将去了？快快的双手送将出来，少待迟延，我教你吃我一刀之苦！”手里拿出口刀，晃上几下，一只牛走上走下。蓝旗官报上元帅。老爷道：“昨日不来，今日又来，其中有个缘故。”王爷道：“怎见得？”老爷道：“昨日不来，因为失了宝贝。今日又来，一定是有了宝贝。”王爷道：“但看军政司就见明白。”查到军政司，果真的不见了铁笛。王爷道：“元帅高见。”即时传令，各营俱各按兵不动。仙师走了一会，叫了一趟，没有理他，无兴而去。王爷又叫过王明来，吩咐道：“你昨日捞来的铁笛，不知怎么今日又被他捞将去了！”王明道：“只是小的有这个隐身草，行走无踪，会捞别人的。哪里又有这等一个人，会捞我们的？”老爷道：“正是有这等不明白的事。”王明道：“没有甚么讲的，小的再去捞他的来就是。”老爷道：“今番不比前番，他那里一定有个甚么异样好人了。”王明道：“小的还有别法，不当只是一根隐身草。”

道犹未了，竟自出去，走到银眼国城门之下。原来仙师的贪心不足，又叫地里鬼过来，打探别的宝贝，也走到城门之下。一个一根隐身草，一个一根隐身毫。你不见我，我不见你。偏是冤家路儿窄，可可的两下里撞一个头拳，一个人一骨碌跌翻在地上。王明吃了一惊，说道：“只有人看不见我，我怎么这会儿也看不见人？”地里鬼也吃一惊，说道：“只人看不见我，怎么这里有个看不见的人？”王明拾起草，拿在手里。地里鬼终是生疏，爬起来，毫还丢在地上，没有了毫，即就露了本相。

王明看见是个番子，心上就明，走向前去，一把挝过来，擂上几个大拳头，骂说道：“番狗奴！我昨日船上不见了铁笛，原来就是你的鬼。”地里鬼无言可答，看见王明来得凶，生怕去了这根毫，狠是一脱挣，挣了手，望地上一刺。王明骂说道："你只好做个地里鬼罢！"这一句是王明信口骂他，地里鬼错认了，只说是叫他名字，拾起了毫，反来赔个小心，说道："王明哥，小弟有所不解，怎么老哥也晓得小弟的贱号？"王明晓得是番子错认了话，不免就鬼推他一番，却好下手。他连忙答应道："我自从到你国中，就晓得有个地里鬼，只是不曾相会。"地里鬼越发欢喜，说道："前日国王为因铁笛之事，把老哥的事细细的告诉小弟，只是小弟失亲。"

王明就透他透儿，说道："你手里是个甚么？"地里鬼说道："是个隐身毫。"地里鬼也问道："你手里是个甚么？"王明道："是个隐身草。"地里鬼道："奇哉！都是我看得见人，人看不见我。"王明道："你这宝贝是几时得的？"地里鬼道："我得了七八年，前日才得了这些利落。"王明又问他一个详细。地里鬼又告诉一个详细。

王明得了他的详细，却来诡他，说道："你国中怎么这等好，只得一管铁笛，怎么就官封一品，银子一千？若是我们南船上，只好一两银赏赐，就是大事。"地里鬼也是个鬼，就要游说王明，说道："王明哥，你一根隐身草，我一根隐身毫，天生一对弟兄，小弟有一事相告。老哥不如和小弟同到小弟国中去罢。"王明正要鬼他这一句话，又故意的说道："好倒好，只怕你的国王不肯重用我哩！"地里鬼道："我国王求贤若渴，岂有不重用之理。"王明却来下手他，说道："既如此，我和你同到船上，我有几样好宝贝，待我取将来献上你的国王，却不是个进见之礼？"

地里鬼虽乖，却就识不得王明是个计，说道："这个意思甚好，我和你同去。"王明哄着他站在船头下，又叮嘱道："我是个官身，只怕上船去有甚么差遣。我又只得去答应一番，来得迟些，你必须在这里守我。"地里鬼只图王明过去，一任之见，不曾经思，说道："好兄弟，生死之交，莫说只在这里等候，你就走到晚上才来，我也等你。"王明又稳他稳儿，说道："你不怕人看见么？若是你的毫不济，我把我的草与你。"地里鬼又好胜，说道："我的毫怎么不济？怎么要你的草？你只管去就是。"

王明曳开步，转到船上，把个地里鬼隐身毫偷铁笛的事，细细的禀知元帅。元帅道："既是此人有根隐身毫，只怕明日不奈他何！不如今日先着哪个拿住他罢。"王明道："不消又添出这一番事。待我取过铁笛回来，一齐拿他，同见元帅就是。"元帅道："只怕他私自去了，却不枉费了这一番心，又多添一个害？"王明道："其人虽是个番子，着实信实。拿来之时，还望二位元帅厚待他些，不然是小的卖了他，小的之罪，不自重乎！"元帅道："就是。"

道犹未了，王明一手隐身草，一手戒手刀，走到银眼国国王堂上，只见仙师正在对国王讲话，讲今日南兵怎么不出，讲明日怎么杀退南兵。讲得正有兴头，王明仔细一瞧，只见一管铁笛带着腰里，一头系在带儿上，坐在椅子上，衣服却不拱起来，一头就露出些了。王明就在那露出了些的去处，捞将他的来，转到船头下，放下了草，叫声："地里哥。"地里鬼也放下了毫，见了王明，说道："哥，你来得好快也。"

王明更不打话，一手挽着地里鬼，望船上直跑。地里鬼力气不加，只得跟着王明跑，口里叫说道："你怎么扯我到你船上来？"王明道："你怎么要我到你国中去？"地里鬼道："到你船上，你们元帅肯容我么？"王明道："到你国中，你们番王肯容我么？"地里鬼道："我曾和你讲来，我国王求贤若渴，岂有不容之理！"王明道："你还没有看见我们元帅，天高地厚，于人何所不容！"地里鬼道："你还让我去罢。"王明拿出铁笛来，说道："铁笛已经在这里，你还到哪里去哩？"地里鬼道："怎么你又捞翻他来？"王明道："你昨日怎么捞得去？"道犹未了，已自进了中军帐上，拜见元帅，交上铁笛。元帅吩咐军政司收下。地里鬼叩头，元帅道："这是哪个？"王明道："就是银眼国地里鬼。"元帅道："依你昨日到我船上偷出铁笛，不能容你。只是你今日结拜了王明，返邪归正，就是你开了自新之路。你可在我面前，拜了王明为哥，王明叫你为弟，元帅我和你两个作个证凭。"两个结拜已毕，元帅又吩咐道："你尽心报国，不可二生。擒你这样鬼头，如发蒙振槁耳。"地里鬼诺诺连声，说道："既承重用，敢不尽心。"元帅又叫军政司款待酒食。王明陪饮，兄弟交欢，地里鬼欢喜不尽，说道："不意今日拨开云雾而见青天。"这一段都是二位元帅曲尽人情，招来远人的机括。

却说三宝老爷道：“且喜铁笛又来了，地里鬼又来了，止剩得一个仙师，不如多着军马围住他何如？”王爷道：“仙师是个古怪的，那条牛也有些古怪。此人非国师必不可服。”老爷道：“既如此，作速请国师，不可捱延岁月。”即时请到天师、国师。二位元帅把前缘后故，细说一遍。却说：“这如今只是一个仙师，一条青牛，都是厉害的，故此特来相浼国师做个处置，免得虚延岁月，所费不赀。”国师道：“贫僧看见这个国中一道白气冲天，一定有个甚么妖僧妖道，果中贫僧之言。”天师道：“开船之时，贫道剑头上出火，贫道也就说来，前行还主一凶，果真的费了这些事。”国师道：“仙师是个道家，请天师去罢。”天师道：“贫道已经和他比过手来，他那一管没孔的铁笛变化无穷，他那一只青牛飞腾顷刻，贫道一时也不奈他何！”国师道：“原来那管铁笛是个没孔的。”元帅道：“是个没孔的。”国师道：“是王明捞将来了？”元帅道：“是王明捞将来了。”国师道：“借来我一看。”元帅即时吩咐军政司取过铁笛来，奉上国师老爷观看。国师接过来，左看右看，看之不尽，点两点头，说道：“这管笛儿我认得了。”

毕竟不知认得这管笛是个甚么，且听下回分解。

第84回　引蟾仙师露本相　阿丹小国抗天兵

诗曰：

作曲是佳人，制名由巧匠。
鹍弦时莫并，凤管还相向。
随歌唱更发，逐舞声弥亮。
婉转度云笼，逶迤出蕙帐。
长随画堂里，承恩无所让。

却说国师老爷接着笛儿在手里，点两点头，说道：“我认得了。”元帅道：“认得是哪里来的？”国师道：“且从容告诉你。待等仙师出来，贫僧亲眼见他见儿，一总才实。”道犹未了，蓝旗官报道：“引蟾仙师骑了一匹青牛，挎了两口双刀，声声叫道，是哪个又偷了我的铁笛，是哪个又串拐了我的地里鬼。在那里恨上恨下，咬牙切齿，好不厉害也！”国师道：“待贫僧出去看他看儿。”国师站在船头上看了一会，说道：“这畜生在这里这等维持，全然迷失了真性！”众人只说国师老爷骂那仙师坐下的青牛，哪晓得说的就是那个仙师。国师说道：“你们都站着，我去就来。”

国师轻移几步，只见白云惨惨的围住了国师，一会儿就不看见在哪里去了。去到了敌楼之下，把个圆帽旋一旋，除将下来，头顶上就透出一道金光。金光里面就现出了佛爷爷的丈六紫金身，左有阿难，右有释伽，前有青狮白象，后有韦驮天尊。佛爷喝声道：“畜生！你在这里做甚么？”引蟾仙师听见说“畜生”两个字，心下就虚，抬起头来，猛空的是个佛爷爷在上，心里吃好一大惊，想说道：“怪得这些宝船来下西洋，抚夷取宝，原来是我佛爷爷在上面。”未及开口答应，佛爷爷又叫声：“利名星何在？”只见一声响，掉下一个牧童来，一手一条鞭，喝声：“哪里走！”恰好的青牛背上，驮的也是一条牛，只是颜色是个纯白的。一个牧童骑着一只白牛，腾空而起，止剩得一条青牛在这里，没发落处。

国师收了金光，云收雾卷，又在船头上。二位元帅说道：“敢问国师老爷，这是一段甚么缘故？”国师道：“这个话尽长哩！”天师道：“难得国师这等妙用，也要请教一番。”国师道：“当原先佛母怀了佛爷爷在身上，未及生育之时，归宁母家。过婆罗山上，行了几里，只见一个牧童骑着一只白牛，吹着一管铁笛。佛母听见他吹得腔调不凡，心上有些骇异。渐渐的牧童儿骑着白牛，抹身而过，佛母接过他的铁笛来一看，原来是个没孔的笛儿。佛母说道：‘娃娃，你这个笛儿又是铁的，又是没孔的，怎么吹得这等响哩？’牧童道：‘我母母，你有所不知，短笛横牛背，各人传授不同。’佛母道：“假如我们也吹得响么？’牧童笑一笑儿，说道：‘我母母，你吹得响时，你就是个治世老母，我就把这管铁笛和这只白牛，都送了你罢。’佛母拿起来吹上一声，声音响亮；吹上几声，几声按律。牧童跳下牛来，磕两个头，连铁笛连白牛，都送与佛母，牧童腾空而去。佛母得了白牛不至紧，生下佛爷爷来没有乳，就把这个白牛乳养大了佛爷爷。故此传到至今，世上吃斋的吃乳饼，就是这个缘故。”元帅道：“似此之时，这条白牛的功德不小。”国师道：“白牛岂是等闲！按天上的乾轕星。那牧童儿又是个等闲的！按天上的利名星。只有利名星牵得乾轕星动。后来白牛归了佛道，这如今睡在佛爷爷莲台之下。牧童脱了凡骨，快活天堂之上。只有牧童儿牵得这个白牛动。”元帅道：“适来牧童儿骑着白牛上天去，可就是这两个么？”国师道：“引蟾仙师就是莲台之下的白牛，思凡住世，托为仙师。那管铁笛，就是佛母吹得响的铁笛。故此贫僧一见铁笛，就晓得他的来历；一见仙师，就认得他是只白牛。”元帅道：“牧童儿是哪里来的？”国师道：“是贫僧叫他下来，收服这个白牛上去。”元帅道：“铁笛何不还他去呢？”国师道：“牧童儿手里拿的鞭，就是那管铁笛。”元帅道：“他怎么得去？”国师道：“是贫僧与他去的。”天师道：“佛爷妙用，功德无量。”老爷道：“早知灯是火，饭熟已多时。不去拜请国师，空费了这许多手脚。”

王爷道：“我学生初到山下，意思要捉住百里雁。我写在石板上，说道：‘雁飞不到处，人被利名牵。’怎么今日牧童果是个利名牵，仙师又是牧童收去？偶尔中耳如此。”当有地里鬼听见王爷讲话，跪上前来，说道：“前日仙师看见王爷题这两句诗，心中闷闷不快，原来也是这等一个缘故。”天师道：“即此一事，可见得天下的事，都非是偶然。”

老爷道：“还有那条青牛，不知是个甚么出处？”国师道：“叫来我问它。”即时叫过青牛来。国师道：“你是个牛么？”青牛道：“小的是戴嵩画的青牛，修行这几百年，才略有些意思，就被那位仙师老爷骑将来，左要变化，右要飞腾，吃许多亏苦。哪里晓得他是条白牛！”天师道：“你可脱化么？”青牛道：“还是个牛，不曾脱化。”国师道：“你牛有一牛轮回，到了双泯，自然脱化。”青牛道：“千载难逢，望乞佛爷爷指教！”国师道：初然是个未牧，未经童儿牧养之时，浑身上是玄色：

生狞头角怒咆哮，奔走溪山路转遥。
一片黑云横谷口，谁知步步犯嘉苗。

第二就是初调，初穿鼻之时，鼻上才有些白色：

我有芒绳蓦鼻穿，一回奔竞痛加鞭。
从来劣性难调治，犹得山童尽力牵。

第三是受制，为童儿所制，头是白的：

渐调渐伏息奔驰，渡水穿云步步随。
手把芒绳无少缓，牧童终日自忘疲。

第四是回首晓得，转头之时，连颈脖子都是白色：

日久功深始转头，颠狂心力渐调柔。
山童求肯全相许，犹把芒绳日系留。

第五是驯伏，性渐顺习之时，和童儿相亲相伴，半身俱变白色：

绿杨荫下古溪边，放去收来得自然。
日暮碧云芳草地，牧童归去不须牵。

第六是无碍，到了无拘无束的田地，浑身都白得来，只是后臀上一条黑色：

露地安眠意自如，不劳鞭策永无拘。
山童稳坐青松下，一曲升平乐有余。

第七到任运，任意运动，无不适宜，浑身都变得是白，只有一个尾子还是本色：

柳岸春波夕照中，淡烟芳草绿茸茸。
饥餐渴饮随时过，石上山童睡正浓。

第八到相忘，牛与童儿，两下相忘，是不识不知的境界，浑身都是白色，脱化了旧时皮袋子。

白牛常在白云中，人自无心牛亦同。
月透白云云影白，白云明月任西东。

第九是独照，不知生之所在，止剩得一个童儿：

牛儿无处牧童闲，一片孤云碧嶂间。
拍手高歌明月下，归来犹有一重关。

第十是双泯，牛不见人，人不见牛，彼此浑化，了无渣滓：

人牛不见了无踪，明月光寒万里空。
若问其中端的意？野花芳草自丛丛。

说了十牛。国师又问道："你可晓得么？"青牛道："晓得了。""晓得"两个字，还不曾说得了，只见青牛身子，猛空间是白。国师道："你是晓得已自到了相忘的田地。"道犹未了，一声响，一只白牛就变做一个白衣童子，朝着老爷礼拜皈依。国师道："再进一步就是了。"一阵清风，就不见了那个童儿。只见天上一轮月，月白风清，悠悠荡荡。天师道："佛力无边，广度众生。这个青牛何幸！得遇老爷超凡入圣。"国师道："阿弥陀佛！因风吹火，用力不多。那牧童即是人，牛即是心。双泯即人心俱浑化，而证于本然之道。阿弥陀佛！心孰不有？有则当修。道孰不具？具则当证。牛且可驯，心岂不可修。心既可修，道岂不可证。不修心，不证道，即牛之不若。阿弥陀佛！"

道犹未了，蓝旗官报道："诸将统领军马，攻破了四门，拿住国王及大小番官番吏，都在帐前，请元帅钧旨定夺。"元帅道："无道之君，上逆天命，下虐生民。叫刀斧手过来，一概都砍了他的头，把这满城番子都血洗了。”三宝老爷怒发雷霆，双眉直竖。王爷也不好劝得。只有国师慈悲为本，说道：“元帅在上，看贫僧薄面，饶了他们罢！”国师比别人不同，凡事多得他的佛力，元帅不好执拗，只得吩咐且住。

国师又叫过那一干人来，吩咐道：“怪不得你们负固不服，本等你们是个白眼无珠，不识好歹。也罢，自今以后，也不许在这里立国，也不许你们在这里为王，也不许你们众人在这里做甚么番官番吏。”番王道：“我们若不自为一国，我们这个银眼，却入不得那些番子的邦。”国师道：“不立国，自然都是乌眼珠儿，自然入得邦。”佛爷的言语，就是金口玉言。后来银眼国果真的白眼睛却都变做了乌珠儿，故此银眼国不见经传。

元帅发放那番王番官番吏回去。元帅又查他国中，原有两个左右头目，是个知天命的，叫他来受赏。却都远去了，无踪迹可查。一面收营拔寨，一面传令开船。叙功颁赏，各各有差。船行无事，行了二十多日，蓝旗官来报道：“前面又是一个国。”元帅道：“先收船，收船之后，却差游击将军传上虎头牌去。”元帅有令，各自收船。刚收得船住，只见一个番官头上缠着一幅布，身上穿着一件细布长衫，脚下着的是双靴，走上船来，自称为总兵官，要见元帅。蓝旗官禀明，放他进来参见元帅，行跪拜之礼，元帅道：“你这国叫做甚么国？”番官道：“小国叫做阿丹国。”元帅道：“你国王叫做甚么名字？”番官道：“叫做昌吉刺。”元帅道：“大小官员有多少哩？”番官道：“文武两班，共有五百多员。”元帅道：“军马有多少？”番官道：“马步兵有八千之多。”元帅道：“可有城池么？”番官道：“枕山襟海，城小而坚。”元帅道：“你国王还是好文？还是好武？”番官道：“树德怀仁，务农讲武。”元帅道：“你此来奉国王之命吗？”番官道：“人臣无外境之交，岂有不奉王命者！”元帅道：“国王此来，是个甚么意思？”番官道：“也不过是个送往迎来之常道，苦无他意。”元帅道：“你叫甚么名字？”番官道：“我叫做来摩阿。”元帅道：“你回去拜上你的国王，我们是大明国朱皇帝驾下钦差，来这里抚夷取宝。如有我中朝元宝，取将回去；如无，只用一纸降表，此外别无事端。我有一面虎头牌，是个头行来历，你带去你国王看着，就见明白。倘蒙礼让相先，明日再会。即拒以兵戈，亦不出三日之外。”来摩阿唯唯而去。

老爷道：“番官此来何意？”王爷道：“来意不善。”老爷道：“怎见得？”王爷道：“既有好意，国王亲自会来。国王不来，便以礼来。岂有单差一个官！况兼应对之间，尽觉得便利，其来意可知矣。”老爷道：“只有八千兵，怕他做甚么。”王爷道：“再差夜不收去打探一番何如？”老爷道：“蕞尔之国，针穿纸过的，要这等细作做甚么。”王爷道：“先差几员游击，假扮番子摸进城去，里应外合何如？”老爷道：“割鸡焉用牛刀，哪要这等的秘谋奇计。”王爷道：“老公公意下何如？”老爷道：“今日安排筵宴，合家欢乐一番，到明日再处。”王爷道：“这也通得。”到了日西，旗牌官报道：“阿丹国四门紧闭，满城上一片旌旗，不知是何主意？”老爷道：“各人固守城门，你怎禁得他么？只是明日之时不能投降，再作道理。”蓝旗官散班已毕。

二位元帅即时赴宴，请到天师、国师，各随荤素，各有铺设。四个公公各宴各船，各将官各宴各营。酒行数巡，老爷道：“军中无以为乐，叫帐下勇士们来舞剑为寿。”即时勇士们齐到，分班逐队，舞一会剑，奉一回酒。舞剑已毕，老爷吩咐军中有善歌者，各营公举举歌为寿。即时善歌放举到，也是这等分班逐队举一回歌，奉一回酒。老爷道：“军中有能楚歌么？”王爷道：“怎叫做楚歌？”老爷道：“昔日汉王围着项羽在垓下，项羽夜闻楚歌，拔剑起舞，这不是个楚歌？”道犹未了，班中走出一个军士来，磕了头，禀说道：“小的是和阳卫的军家，住在乌江渡口桥里左侧，自小儿传得有个楚歌，不知可中老爷听么？”老爷道：“只要喉嗓儿好就是，歌之文字与你无干。”那军士遂高歌一绝，歌曰：

泰山兮土一丘，沧海兮一叶舟。鲈鱼正美好归也，空戴儒冠学楚囚。

歌罢，老爷道：“这正是楚歌思归之意，盈然在耳，列位请酒。”酒尚未干，三宝老爷一时肚腹疼痛，如霍乱吐泻之状，告辞众位，说道：“王老先生作主相陪，二位老师宽坐一会。咱学生陡然间有些贱恙，禀过列位就寝少许，即时奉陪。"国师道："贫僧告退罢。"天师道："贫道告退罢。"老爷道："二位老师若不见爱，咱学生就不敢进去。"天师道："此时已二鼓矣，夜尽更深，不劳赐坐罢。"老爷道："咱学生今夜有个通宵之兴，王老先生在这里作主，舞的自舞，舞的奉酒；歌的自歌，歌的奉酒。舞罢继之以歌，歌罢继之以舞。循还相生，周而复始。我明日重重有赏。我暂时告退，少得安息，即就出来。若出来之时，有一名不在者，军法从事。"两边歌舞的毛发悚然。又说道："二位老师若不久坐，是重咱学生之罪。王老先生若不久坐，就是扫咱学生之兴。"好三宝老爷，把个言话都收煞得定定儿的，却才起身。

起身后来，酒未一巡，老爷差人出来，禀说道："公公多拜上列位老爷，宽坐一会，宽饮一杯，疼痛少止些，即来奉陪。"顷刻间，酒未一巡，老爷又传令出来，说道："歌的要歌，舞的要舞，敢有违误，即时枭首。"顷刻之间，酒未一巡，老爷差人出来，禀王爷道："公公多多拜上王爷，相陪二位老爷，宽坐一会，饮一杯。疼痛少可些，即来奉陪。"顷刻之间，酒未一巡，老爷又差人出来，禀说道："公公在里面肚腹疼痛，霍乱吐泻，听见列位老爷肯久坐，听见列位老爷肯饮酒，即时间就病减一半；若说道不肯久坐，不肯饮酒，即时就添出十分病来。"王爷回复道："你去拜上公公，有我在这里作主，相陪二位老爷。公公放心调理，我们直饮到天亮就是。"王爷又差人去问候三宝老爷，回来说道："老爷贵恙觉得好些，即刻就要出来。"

老爷虽不在外面，一会儿差人留坐劝酒，一会儿传令责备歌者、舞者。国师、天师也不好告辞，王爷也只得勉强作主。歌者、舞者吓得只是抖战，生怕有些不到处，自取罪戾，岂敢有个懈怠之时，只是这等留坐劝酒，只是这等再歌再舞，不觉就是五更，不觉就已天亮。天师道："元帅老爷说是有个通宵之兴，果真是天亮了。"王爷道："老爷昨夜不该要个甚么楚歌。一个楚歌不至紧，肚子里楚歌了一夜。"道犹未了，蓝旗官禀说道："元帅有命，请列位老爷进城赴宴，赔夜来疏慢之罪。"王爷还不敢信，问道："元帅这如今还在哪里？"蓝旗官道："元帅老爷昨夜三更时分，已自进了阿丹城。

这如今大排筵宴，在阿丹国国王朝堂之上，相请三位老爷。”王爷道：“元帅神机妙算，人所不及。”

即时都进到阿丹国国王堂上相见。老爷道：“夜来失陪，专此谢罪。”天师、国师都说道：“元帅有鬼神不测之机，唾手功成，可贺！”王爷道：“我学生还不得知，只说老元帅不该唱甚么楚歌，致使肚子里楚歌一夜。”老爷道：“咱原是个意思，阿丹国有精兵八千，咱要唱个楚歌，用个楚歌吹散八千兵之兆。”王爷道：“今果然也，可谓奇哉！”老爷道：“仗赖余庇，仅免罪戾耳。”马公公这一干人不知道个详细，赶着来问。老爷道：“是个掩袭之计。”马公公道：“愿闻其详。”老爷道：“因国王先差下一个番官通问于我，我就借着这个因头，也差下一个将官通问于彼。这是个往还之礼，他又何疑？我却就中使上一个计较，差参将周元泰假扮做办事官、外面顶冠束带，里面披细甲，藏利刀，进朝里通问番王。又差都司吴成扮做个跟随小军，站在朝门上伺候；四门里藏下四个游击，教场里藏下两个水军都督、两个游击将军，约炮响为号。周参将相见番王，叙话已毕，临行之时，一手抓过番王来。两边文武番官上前相救。周参将一手取出刀来，喝声道：‘哇，番王之命悬于我手，你们顺我则吉，逆我则凶！’这一声喝，就是个号头。朝门上吴都司就是一声炮响。四门上四个游击，早已杀了四处把门官，大开城门。我们军马一拥而进。教场里两个都督，两个游击，一齐砍门而入，把四个番总兵官，一个只一条索。及至咱学生进城之时，已经百事停妥，只待咱学生发落。咱学生未敢擅便，请王老先生同来。”马公公道：“夜半蔡州城，不能如此之周悉。”王爷道：“连我学生也瞒了！我说里应外合，老元帅还哄我割鸡焉用牛刀。”老爷道：“恕罪了！兵机贵密，不得不然。”王爷道：“怎么敢说个‘罪’字？才见得老元帅之高。”

老爷吩咐请番王来相见。相见之时，王爷待以宾礼，番王甚喜。王爷又吩咐他几句，说道：“王国僻处西洋，不知夷夏之分。自古到今，有中国才有夷狄。夷狄事中国如子事父，天分然也。我们领了钦差，来此抚夷取宝，别无事端。你昨日差下一个甚么总兵官，你既不能以礼自处，那总兵官语言恣肆，又不能以礼处人，故此我们元帅教道你这一番。还是我们元帅体恤你们，幸免涂炭之苦。你可知道么？”番王道：“卑末知道，已经禀知元帅来，望乞宽容两三日，修下书表，备办礼物。再有二三，愿以颈血洗元帅之刀，万死无怨。”二位元帅俱各依允，厚待番王，放了四员番将，大宴一场，各自收兵归营。坐犹未稳，只见军政司跪下，禀说道：“离京日久，赏赐浩繁，目今库藏里面缺少了钱粮。”老爷道：“可支消得清白么？”军政司道：“监守自盗，律有明条，岂可支消，敢不清白之理。”老爷道：“还余下多少？”军政司道：“昨日稽查，止剩下得一千二百多两。”老爷道：“有上千还可作用。”王爷道：“我们多少船只？多少军马？自古道：‘军马未动，粮草先行。’这一千两银子，够哪个食用？厚赏之下，必有勇夫。没有赏赐，叫哪个肯用力？这一千两银子，够哪里赏赐？”老爷道：“粮草还有哩！”王爷道：“前程还远，万一缺少，从何而来。”老爷初然还不觉得，听见王爷说了这些利害，心上就吃了些慌，说道：“王老先生言之有理。只一件，在此穷途中，无所措办，万一有缺，怎么前行？怎么捱延岁月？不如转南京罢。”王爷道：“我们离南京已经五载，即今转去，也得周年。这一千两银子，可足周年之用么？”侯公公道：“怪不得钱粮缺少，遭凡有些礼物，只做清官，毫厘不受。这如今却也腿肚子里转筋了。”

老爷道：“既往不咎。只是为今之计，要个长处。”王爷道：“老公公不必焦心，学生有个挪移之法。”老爷道：“怎么挪移得？”王爷道：“天地生财，止有此数，不在官，则在民。普天下的银子，也只在官、民两处。何况我船上的银子，这库藏里面的钱粮，不过是赏赐所用，却不还在船上么？”老爷道：“好去取回他的来？”王爷道：“怎么取回他的？只是老公公这里传下一面转牌，晓谕各船大小将校知悉，凭他肯多少的献出多少来，俟归朝之日，奏闻朝廷，见一还二，有十两，还二十两；有一百两，还二百两；有一千两，还二千两。这却不是个挪移之法？”老爷道：“妙哉！妙哉！”即时写下转牌，传示各船大小将士知悉。

传到后营船上，唐状元接着牌，对着黄凤仙说道：“我们收拾起来，不知有多少银子？”黄凤仙道：“三五百两像是有了。”唐状元道：“倒不如王明那狗头，前番两三日之间，得了三千多两。”黄凤仙道：“没事讲起银子来，岂为国忘家之道？”唐状元道：“不是我讲银子。只因元帅一曲转牌，传示各船大小将校，借办钱粮。这如今凡有多少银子，尽多少献出去，等到回朝之日，奏闻朝廷，一两还二两。”黄凤仙道：“有这话来？”唐状元道：“现有转牌在这里。”黄凤仙接过牌来，果真是牌上说道：

征西大元帅郑为公务事：照得宝船，离京日久，赏赐浩繁，以致钱钞匮乏。为此传谕各船大小将校，凡一切前赏赐银两，除花费外，现在若干，据实转呈帅府登簿，充办军用，凯旋之日，奏闻朝廷，见一还二。不愿银两者，许计银两多寡，给官大小。转移之术，公私两利。各官务宜悉体，从实具呈，毋得隐瞒遗漏，亦不许因而别生事端，取罪不便。须至牌者。

看牌已毕，黄凤仙道：“只要银两有何难哉？待我亲自去见元帅，愿送银两公用，不愿取还。”唐状元不知他的意思，说道：“夫人差矣！我和你狠有，不过三五百两，毡上毫何补于用？”黄凤仙也不说破，只说道：“一个三五百，十个三五千，百个三五万，积少成多，岂不为美！”唐状元只说是真，同了黄凤仙到中军帐外。只见帐外竖着一面牌，牌上写着：“借办银两者，抱此牌进。”黄凤仙即时抱牌而进。元帅道：“黄将军借办银两么？”黄凤仙道：“是小将因见元帅转牌，知得军中缺乏银两，故此特到帐前来输纳。”元帅知道输纳银两，不胜之喜，即时叫政司取过文簿来，把黄凤仙的银两数目登簿。老爷道：“借办官银，是黄将军破簿，也算一个头功。”取过簿来，王爷道：“你是多少银两？拿过来对过，好登录文簿。”

毕竟不知黄凤仙果是多少银两，且听下回分解。

第85回　黄凤仙卖弄仙术　阿丹国贡献方物

诗曰：

思妇屏辉掩，游人烛影长。
玉壶初下箭，桐井共安床。
色带长河色，光浮满月光。
灵山有珍瓮，仙阙荐君王。

却说王爷道：“你有多少银子拿来对明，好登录文簿。”黄凤仙道：“还不曾带得银子来。”王爷大怒，叫左右的推出黄凤仙去，枭首示众。黄凤仙道：“好意借办银两，怎么就枭首示众？”王爷道：“你既没有银子，怎么叫做借办银两？引例当欺侮朝廷论，于律处斩。”黄凤仙道：“先登了文簿，落后对上银子，凭要多少就是。”王爷道：“你说凭要多少，故把这等大话来降我们。我这里要银一百万。”黄凤仙信口所说：“就一百万。”把唐状元站在一边，吓得只是小鹿儿心头撞，想是这妇人花心风发了，莫说一百万，一千在哪里？一百两还差不多儿。王爷道：“军中无戏言，说了一百万，就是九十九万还成不得。”黄凤仙道：“元帅在上，小将怎么敢说个诳言，自取罪戾！倘若元帅不信之时，小将情愿立下一纸军令状，交在元帅台下，如少一两，甘当斩首示众。”三宝老爷道：“既有军令状，就便自罢了。”王爷道：“你拿军令状来。”

黄凤仙一手笔，一手纸，两手就是一张军令状，书了名，押个字，后面又写着“同夫武状元唐英”。唐状元道：“你写着我，我岂敢来画字？”黄凤仙道：“只要你画个字，你就不肯么？”唐状元道：“画字何难？你这一百万两银子，从何而得？”黄凤仙道：“没有银子，不过只是个死罢了。”唐状元道：“你便自送其死，终不然教我和你同死么？”黄凤仙道：“你是个状元，岂不闻生则同衾，死则共穴？”唐状元道：“你既读书，岂不闻得夫妻本是同林鸟，大限来时各自飞？”黄凤仙好恼又好笑，说道：“咳，季子不礼于嫂，买臣见弃于妻。人只说是妇人家见识浅，原来世情看冷暖，人面逐高低，都是顶冠束带的做出来。”王爷道：“罢了，不消他画字。只你这银子，还是几时有得来？”黄凤仙道：“元帅在上，救兵如救火。就在眼前，怎么说个‘几时’的话？只不知这是什么时候？”王爷叫问阴阳官，阴阳官回复道：“已是巳时三刻。”黄凤仙道：“既巳时三刻，小将在午时六刻，献上这一百万银子来。”唐状元只是缄口无言，连众将官也都不晓得他是个甚么出处。王爷看见他语言慷慨，全无惧怯之心，也老大的犯猜，说道：“你既是一时三刻有得银子来，你且自去着，止留下军令状在这里。”黄凤仙道：“小将就在元帅当面取将来，怎么又到哪里去哩？”王爷道：“你自去取来罢，怎么要在我面前？”黄凤仙道：“还要元帅吩咐一个军士相助一力。”王爷道：“助你去抬来么？”黄凤仙道：“不是抬来，要他取过黄土两担，绵纸一张，旗枪二把，明灯一盏，其余的不消了。”

元帅传令，一时取齐。黄凤仙就在元帅船头上，把那两担黄土堆成一座土山；一张绵纸画成一座城门；把个城门纸贴在山脚下，用两根旗枪插在两边，城门上做一个小窝儿，分定了东西南北，点上一盏灯。王爷看他这等弄松，却也一时不解其意。黄凤仙道：“元帅在上，银子在小将身上，这盏灯却在元帅身上。”王爷道：“怎么在我身上？”黄凤仙道：“灯有个方向，第一不可移动，灯要常明；第二不可阴灭。移动阴灭，非徒无益，而反有害。”王爷道：“何为无益？何为有害？”黄凤仙道：“移动了就无益，阴灭了就有害。先禀过元帅，无此二者，罪在小将；有此二者，罪在元帅。”王爷道：“你倒好，银子还不知道在哪里，先要罪在元帅。”黄凤仙道：“非敢累及元帅，只是两件事是要紧的。”元帅道：“依你数说就是，你只管去取银子来。”

好个黄凤仙，不慌不忙，走到土山之下城门之前，一手撩起衣服来，一手推着门，叫声：“开！”只见那扇门呀一声响，齐齐的两扇同开。黄凤仙走将进去。进去之后，只见一阵风，两扇城门可可的双双掩上。王爷道：“这个法儿倒也妙。”马公公道：“元帅，你不得知这个法儿是个掩眼法儿，他走到那里去也。正叫做：船里不走针，瓮里不走鳖。只好在这些船上罢。你不信之时，且待我吹阴了他的灯，你看他在哪里出来。”王爷道：“这个使不得！他先前讲过来，吹灭了就有害。我做元帅的，岂可害他！”马公公道：“既不吹灭他的，且待我移动他的，看他何如？”王爷道：“他说移动了就无益。”马公公道：“若只是无益，尚可再去。”果真把个灯移动了些，原向的是东南上，这如今移动了向着正东。王爷道：“移了灯不至紧，取不得银子来，反致怨于我，倒没意思。”

道犹未了，阴阳报午时六刻。马公公道：“黄凤仙此时好来也。”刚说得一个“来”字，果然一阵风来，那两扇城门果然又是这等呀一声响，齐齐的两扇同开，开了门，黄凤仙走出来，手里拿着一个贴儿，口里说道：“是哪个动了我的灯？”王爷道：“是移动了灯，你怎么说哩？”黄凤仙道：“因动了灯，故此不曾取得银子来。”马公公道：“没有银子依着军令状而行。”黄凤仙道：“我先前已经禀过了，移动了灯，便徒劳无益。这个罪在元帅身上。”王爷道：“这是马公公移动了你的灯。取不得银子，不该罪你。你只说个缘故，我们听着。怎么移动了灯，就取不得银子？”黄凤仙道：“小将进了那门，就要依着灯光所向而行。想是灯对了正东上，故此小将一走就走到了满剌伽国排栅小城的库藏里面。小将初然不知觉，只见金银财宝积堆甚多，却要动手，原来都是元帅封号。小将心上才明白，宁可素手空回，不敢轻动。小将又怕转来之时，元帅们不肯信心，即时生一个计较，取过一块石灰团儿，写着‘黄凤仙’三个大字，放在库门里面。小将心里又想，这三个字虽是证凭，却还在回船之日。眼下元帅若不准信，不依军令状而行，却又生出一个计较，不如去见王都督，讨张印信禀帖，这才是个万全。元帅不信之时，现有禀帖存证。”二位元帅接过禀帖来，果是王都督的亲笔，果是王都督的印信。王爷道：“奇哉！奇哉！须再烦你走一遭，今后再不移动你的灯。”黄凤仙道：“为国亡身，万死不避，小将再去就是。”重新贴过一张画成的城门，重新换过一盏明灯，自家放定了方向，又叮嘱王爷道：“这盏灯是小的命，小的也是为朝廷出力，伏乞元帅老爷严加照管。”王爷道：“你放心前去，今番再不许诸人移动。”黄凤仙又走到土山之下，城门之前，推了一下门，叫声道：“开！”只见两扇门呀一声响，齐齐的双开。黄凤仙进去了，叫声道：“闭！”两扇门呀一声响，齐齐的闭着。王爷道：“今番却有些好意思来也。”马公公道：“黄凤仙强不知为知，适来的禀帖，还不知是怎么样的鬼推哩！”道犹未了，一阵风来，刮得两扇门一齐开着。黄凤仙一毂碌钻将出来，一手一个娃娃，左边娃娃穿一身黄，右边娃娃穿一身白。

王爷道：“今番走的却是路么？”黄凤仙道：“灯不曾移动，小的走的就是路。”王爷道：“走的是路，可曾取得银子来么？”黄凤仙道：“取得来了。”王爷道：“你两手两个娃娃，银子在哪里？”黄凤仙道：“银子在元帅舱里。这两个娃娃，原是要到我们中国去看世界的。”王爷道：“怪不得马公公说你是个鬼推。这等看起来，真是个鬼推。我们坐在这里，哪里看见有一厘银星儿罢！”黄凤仙道：“口说无凭，只去拉开锁伏板就看见。”

王爷去看，果真的满满一舱！这一舱银子不至紧，把二位元帅、四个公公、大小将官都吃好一吓，都说道：“黄凤仙真是个神人也！一舱何止只是一百万锭！”王爷取起一锭来看一看，且又都是细丝攒顶。

老爷道：“有此大功，当受大赏。”一面缴回军令状，一面登录文簿，一面簪花，一面递酒。王爷亲递三杯。饮到第三杯之时，黄凤仙道：“银子可够用么？”王爷道：“够了。”黄凤仙道：“若不够之时，把这两个娃娃去卖，也值好几两银子。”王爷道：“这娃娃说要到我们中国去看世界，怎么好卖他？况兼卖他，能值几何？”黄凤仙叫声：“娃娃，我元帅老爷许了带你到我中国去，你一个吃我一杯酒。”一个斟上一杯酒与他，一个一口一毂碌吞将下去。黄凤仙喝声道：“哇！吃了我的酒，坐着元帅官舱里去。”两个娃娃自由自在，走到官舱里去了。

马公公道：“这娃娃是哪里来的？”黄凤仙道：“是鬼推来的。”马公公道：“哪个说你鬼推哩！只这两个娃娃，你带将他来，岂可不知他的来历。”黄凤仙道：“委是不知，敢强不知为知？”连上了这两句话，马公公满脸羞惭。黄凤仙拜辞而去。三宝老爷说道：“黄凤仙虽有大功，意得志满，还人的话。我和你且去问着那两个娃娃，看他是个甚么来历？若有拐带逼勒情由，也是他一桩过恶。”

道犹未了，拉开官舱板来，哪里是两个甚么娃娃？原来穿黄的是个七尺多高的金娃娃，的实是金的；穿白的是个七尺多高的银娃娃，的实是银的。老爷倒自吃一惊，说道：“黄凤仙真心为国，有这许多银子，不可胜当，怎么还有这两个金娃娃、银娃娃？怪知道他说，是要到我们中国去看世界。回朝之日，把去进贡朝廷，也是他一功。”老爷喜之不尽，又传下金花两朵、银花两朵、金鸳鸯一对，红绿苎丝四表里，加赏黄凤仙。却说黄凤仙受了王爷赏赐，已自荣耀不可当，又加三宝老爷加厚传赏，越发精彩倍加，欣喜拜谢来使。唐状元道：“金银花朵还犹自可，这等金鸳鸯着实是你。”黄凤仙道：“哪里去觅个笼儿来，笼着这对鸳鸯。”唐状元道：“他做甚么？”黄凤仙道：“大限来时，怕他各自分飞。”唐状元又吃他还这句话，好没意思，只得赔个笑脸儿，说道：“夫人何事这等记怀？我不怪你也罢，你反见怪了我。”黄凤仙道：“你有何事怪我？”唐状元道：“我和你共枕同衾，你有这等一个好法儿，怎么不传教于我？”黄凤仙道：“你要我传教么？”唐状元道：“非为财宝，传得也好抟笑一番。”黄凤仙道：“这个不难，我就教你去走一遭来。”唐状元道：“你却不可要我。”黄凤仙道：“这是个出生入死之门，怎么要得？”道犹未了，好个黄凤仙，就在船舱板上画一个城门，船舱头上放一盏灯，取过一条纸来，画上一道符，递在唐状元手里，教他拿着符，自己叫门。又叮嘱他道：“你进门之后，逢火亮处，照直只管走。走到金银财宝去处，你却就住，扭转身子就回来。”唐状元道：“晓得了，只你也要看灯。”黄凤仙道：“这是我的本行，反要你来叮嘱。”

唐状元一手拿着一道符，一手敲着门，叫声道："开！"只见那扇门也照旧是这等呀一声响，双双的开了。唐状元挺身而进，进到里面，果是有一路火光，唐状元遵着老婆的教，照着火光路上一直跑。跑了一会，猛空里满脚下都撞得是金子、银子，堆积如山。仔细看来，只是一片白，也不认得是个甚么去处。这非义之财，唐状元不苟，就轮起脚来，照着火光路上又走。走了一会，只见前面黑通通的没有了路。唐状元吃一慌，起眼瞧瞧，一座高城，一个城门。城门上一个吞头，张牙露齿，好不怕人也！

唐状元手里紧紧的捻着那道符，心里想道："这个门莫非就是我方才进来的么？敢是背面，故此不曾看见这个吞头。且待我叫他一声，看是何如？"唐状元刚叫得一声："开门哩！"城头上扑通的一声响，掉下一个鬼来，青脸獠牙，蓝头血发，喝声道："你是甚么人，敢在这里叫门？"唐状元只得说个实话，说道："我是大明国征西大都督武状元浪子唐英。"鬼说道："你既是大明国的状元，饶你去罢！"唐状元又问声道："哥，你这是哪里？"鬼说道："你好大胆子，我这里是酆都上国，等闲可是叫门的！"唐状元听见"酆都"两个字，晓得是个鬼国，吓得遍体酥麻。没奈何，不得个出路，又只得问说道："哥，我这如今往哪个路上去哩？"鬼说道："前行没有了路，你只好折转身子来就是路了。"唐状元心上却才明白，说道："我夫人叮嘱道：'到了金银财宝去处，就要住，就要扭转身子来。'原来是我自家不是，忘怀了转头，故此走到这个田地。"即时扭转身子来，口里只说得一声："哥，多谢指教了。"照着火光，一阵顺风随身而回。前面就是一合门，呀一声响，双双的开了。唐状元走出门来，恰好就是船舱里面，恰好就是黄凤仙站在面前。

唐状元吓得把做再生之人，慌慌张张交还了那道符。黄凤仙道："状元，你为何这等惊慌？"唐状元却把酆都鬼国的事，告诉一番。黄凤仙道："这是你自家不是，不曾及早回头。"唐状元道："好怕人也！险些儿送了我的残生。"黄凤仙道："你何故这等大惊小怪？我们只当要子。"唐状元道："你再去走转来。"黄凤仙道："此有何难？"即时抹掉了先前的画，再又画上一座城门，再又点上一盏灯。黄凤仙叫声："开门！"门就开了。黄凤仙走将进去，唐状元也要随后走将进去，原来黄凤仙是个做法的，叫开门就开门，要进去就进去。唐状元没有那道符，进不得这个门了。进不得门不至紧，却在船舱板上撞了一头拳，把个船舱头上的灯早已打阴了。阴了灯，没有指路的亮黄凤仙走不得多少路，眼面前就是无万的金银。黄凤仙看了一看，却拿不得它的来，说道：“呆子也！要我站在这里，进退无门，怎么是好？”道犹未了，隔壁走过一干番子来，都吆喝道：“一个贼在这里，快拿哩！快拿哩！”黄凤仙来得忙，看见有一个花瓷器瓶儿在地上，一筋斗就刺到瓶儿里面去了。早已有个番子眼快，看见走在瓶里，就吆喝道：“在这里，在这里！”又一个大番子坐在那一厢，吩咐道：“拿过来我看。”黄凤仙仔细一打听，原来就是这个阿丹国国王和一班文武查盘库藏，恰好的黄凤仙撞在这个网里。黄凤仙也就拿出个主意来，说道：“我满挨着坐在这里，凭他怎么样儿来。”

却说阿丹国国王带了一班文武查盘库藏，收拾金银，奉献元帅，进贡天朝，拿着一个贼，却又走在瓶儿里面。国王道：“此事怪哉！一个人怎么进得进瓶儿里面去！”叫左右的，拿起来看，里面可有人么？左右的看了一会，回复道：“里面没有人。”番王道：“这个贼还是走了。我说道瓶儿里面怎么进得去？怎么安得住？”番王又问：“先前看见的是哪个总兵官？”去摩阿答应道：“是小臣看见。”番王道：“怎么又不在瓶里？”去摩阿道：“小臣分明看见，岂有个不在之理！待小臣亲自看来。”拿起瓶来，果真是不看见。

去摩阿还是个有见识的，叫上一声：“瓶里的大哥。”只见瓶里面就答应道：“噫，哪个叫我哩？”去摩阿道：“是我叫你。”瓶里说道：“你是哪个？”去摩阿道：“我是阿丹国的去摩阿。”瓶里说道：“你叫我做甚么？”去摩阿道：“我问你可在里面么？”瓶里说道：“我在这里。”去摩阿回复番王，有人在瓶里。番王亲自问上一声：“瓶里可有人么？”瓶里应声道：“有。”番王带进朝去，凭你哪个问声：“可在里面？”应声：“在。”问声：“可有？”里面应声：“有。”都说道：“这是个甚么缘故？莫非是个鬼怪妖魔？”瓶里说道：“我不是鬼，我不是怪，我不是妖魔。”番王道：“你是个甚么？”

黄凤仙就在瓶里扯起谎来，说道："我七百年前是个金母，大凡世界上的金子，都是我肚里出来的。我七百年后是个银母，大凡世界上的银子，都是我肚里出来的。"番王道："怎么金子又变成银子么？"瓶里说道："行多了月经，红铜去了血，却不是银子。"番王道："你今日到我库里做甚么？"瓶里说道："我闻得你把金银献上大明国元帅，这是场好事，我特来看一看儿。"番王道："你怎么又走瓶里面去了？"瓶里说道："你献上元帅，我替你做个今恐无凭。"番王道："你叫做甚么名字？"瓶里说道："我叫做不语先生。"番王道："何所取义，叫做个不语先生？"瓶里说道："我本是个人，却又坐在瓶里。人不能语，我岂不是个不语先生？"番王听见这几句话，讲得有些意思，心上倒快活，说道："你这如今可肯出来？"瓶里说道："我不出来。"番王道："你愿在那里？"瓶里说道："我愿跟着金银同献上元帅。"番王道："也好，也好。看是一个瓶，问话会答应，也算做一个宝贝。"叫左右的即忙收拾书表，一应礼物，连这个瓶同去拜见元帅。左右道："各色俱已齐备。"番王即行来到中军帐下，蓝旗官报上元帅。却说二位元帅分外传赏，厚待黄凤仙，并不曾看见他来面谢，却托故叫他来，看是何如，只见黄凤仙又不曾来。唐状元来参见，老爷道："你那黄凤仙为了这几百万银子，连我们元帅就都欺灭起来。"唐状元道："三军之命，系于元帅，怎敢说个'欺灭'二字？"老爷道："既不是欺灭我们，怎么我们做元帅的，倒格外加厚你们；你们做将官的，都受之安然，一个谢字儿讨不得？你黄凤仙到哪里去了？"

唐状元只得说个真情，说道："实不相瞒，二位元帅所说，非干黄凤仙不来亲谢之事。自从前受赏之后，是小将戏谑他，有此神术，怎么不肯传授丈夫。他依前术法教小将进去走一遭，小将失于转头，一直走到酆都鬼国，走得眼见鬼，却才回来。"老爷道："这是你的事，与黄凤仙何干？"唐状元道："是小将回来抱怨他，他说我再走一个你看。是小将要跟他一路走，不曾进得，一头拳撞灭了指路的灯，因灭了指路灯，到如今不知去向，两日未归。有此一段情由，伏望二位元帅恕罪！"王爷道："他原先说来，阴灭了灯，他却自有害。可惜！可惜！陷害了这一员好女将。"老爷道："这是唐状元的不是。”

唐状元道：“是小将的不是。”王爷道：“彼时灯是多早晚撞灭的？”唐状元道：“因在船舱板上画个城门，灯在船舱头上，他前一脚进门，小将就后一脚跟着进去。不料门就关上了，撞一个头拳，撞阴了灯。”王爷道：“即时撞阴了灯，所去不远，只好就在这个阿丹国。”老爷道：“这个也难道。”王爷道：“唐状元，你宽心，本国国王一会就到，便见明白。”道犹未了，只见蓝旗官报道，阿丹国国王参见。

不知国王参见之后，黄凤仙有无何如，且听下回分解。

第86回　天方国极乐天堂　礼拜寺偏多古迹

诗曰：

大漠寒山黑，孤城夜月黄。
十年依蓐食，万里带金疮。
拂露陈师祭，冲风立教场。
箭飞琼羽合，旗动火云张。
虎翼分营势，鱼鳞拥阵行。
功成封宠将，力尽到贫乡。
雀老方悲海，鹰衰却念霜。
空余孤剑在，开匣一沾裳！

却说阿丹国国王金冠黄袍，腰系玉带，脚穿皮靴，拜见二位元帅，深谢不杀之恩，元帅见以宾礼。国王奉上金叶表文一道，又奉上降书一封。元帅不曾拆书，只见礼物里面有一个瓷花瓶儿，又不曾封号，瓶口上有一股生气。王爷心上就犯疑，指着瓶儿说道："那个瓶儿是甚么？"王爷威严之下，番王凛凛然，敢说甚么诳话，从直供招说道："瓶儿有好些话讲。"王爷道："你讲来。"番王道："昨日卑末同了大小官员查盘库藏，只听见隔壁有个人声气，是总兵官叫做去摩阿，近前一看，原来是个人，一头子就钻到这个瓷花瓶里面去了。拿起来看，却又不见个人。问他甚么事体，他又一一的答应。卑末问他愿去愿留，他又说道愿同献上元帅。卑末一时不省得他的始末缘由，只得依他所言，献上元帅。唐突之罪，望乞恕饶！”二位元帅心里都明白了，晓得是个黄凤仙坐在里面，却要替他寻个出路，才见得妙。问说道：“国王你可晓得他是个甚么人？”番王道：“卑末却有所不知，只是他自家曾说道，是七百年前的金母，七百年后的银母。”王爷道：“这就是了。他曾有个金娃娃、银娃娃在我的船上，故此他要到我船上来。”王爷叫声左右的开了舱门，放出那两个娃娃来。黄凤仙坐在瓶里，晓得王爷是个出活他，他就念动真言，捻动妙诀。一声响，两个娃娃都站在元帅面前，都有七尺之高，三尺之圆。一个黄澄澄火光闪烁，一个白盈盈宝雾氤氲。番王看见，老大的惊恐：“世上有此异事？金娃娃、银娃娃都是会走的。”瓶儿分明在面前，王爷却自己不叫，却又吩咐番王叫他出来。番王叫声道：“瓶里大哥，你出来罢。”道犹未了，一声响，一个黄凤仙跳将出来。王爷道：“你说是瓶里大哥，依我说还是梁上君子。”三宝老爷不要相见，生怕番王别生议论，把个头摇一摇，说道：“你领你的娃娃下舱去罢。”黄凤仙默会其意，一手一个金娃，一手一个银娃娃，竟自进去了。唐状元接着说道：“做得好法哩！”黄凤仙道：“都是你吹灭了我的灯，险些儿送了我的残生。”唐状元道：“作兴你到瓶里坐，岂有不好之理！”黄凤仙道：“你可晓得生也是这一瓶，死也是这一瓶。”

却说番王心里想道：“这元帅都是洪福齐天的，一个金母、一个银母，都要奔到他处来，这岂是偶然，我们怎么是他的对手！”即时递上礼物，元帅叫左右的先取过书来，拆封读之。书曰：

阿丹国国王昌吉刺谨拜奉书于大明国钦差征西统兵招讨大元帅麾下：恭维元老，聿奉天威。旗影云舒，似长虹之下指；剑锋电转，疑大火之西流。断蛇豕之群，绝蚊蚋之响。某无知蛮貊，妄触藩篱；自分万死之无逃，讵意再生之有路；荷蒙更始，与以维新。安堵居然，似入新丰之市；首丘依尔，忻瞻故国之墟。敬勒短函，用伸眷瞩，愿宽洪造，不尽钦承。

书毕，番王递上礼单，只见单上计开：

金镶芙蓉冠四顶，金镶宝带二条，金镶宝地角二枚，游仙枕一对（枕之而寐，则九洲三岛皆在其中，奇物也），猫睛石二对（大三钱许），各色鸦呼俱上十，鸦鹘石十枚，蛇角二对，赤玻璃一十，绿金睛一十，青珠十枚（俱圆，大至径寸），珍珠百颗（俱大颗），玳瑁、玛瑙、车渠俱百数，琉璃百副，琥珀盏五十副，金锁百把（中有人物、鸟兽、花草，制极精巧），麒麟四只（前两足高九尺余，后两足高六尺余，高可一丈六尺，首昂后低，人莫能骑，头耳边生二短肉角），狮子四只（似虎，黑黄无斑，头大口阔，声吼如雷，诸兽见之，伏不起），千里骆驼二十只，黑驴一只（日行千里，善斗虎，一踶而毙），花福禄五对，金钱豹三对，白鹿十只（纯白如雪），白雉十只，白鸠十只，白驼鸡二十只（如白福禄），绵羊百只（大尾无角），却尘兽一对（其皮不沾尘，可为褥，价亦高），风母一对（似猿，打死，得风即活，若以菖蒲塞鼻，则死不复活矣），紫檀百株，蔷薇露百瓶，赤白盐各百担（赤如火，白如银），羊刺蜜百桶（草名，上生蜜），阿勃参十斛（油宜涂癣疥，大效，价极贵），庵罗十斛（果中极品，俗名香盖），石栗十斛（生山石中，花开三年方结实，土人尤爱惜之），龙脑香十箱（状如云母，色如冰雪），镔铁百担（剖砺石中得者，中有自然花纹，价倍于银），哺噜嚟（钱名，赤金铸之，王所用，重一钱，底面俱有纹）。

进贡已毕，复具金银、色缎、青白花瓷器、檀香、胡椒、米面诸品，各色果实、牛羊鸡之类，止无猪鹅，地方不出故也。奉上元帅，聊充军庖。元帅道：“当此厚礼，何前倨而后恭也？”番王道：“前日相忤，非卑末之罪，多因是两个总兵官无礼，故致如此。”元帅道：“总兵官叫做甚么名字？”番王道：“一个叫做来摩阿，一个叫做去摩阿。”元帅道：“贤王自家也有些不是，你岂不知我们出师之时，奉行天命，以礼而来，岂是来摩阿的？

我们到一个国，降书降表而去，岂是去摩阿的？”番王欠身施礼，说道：“卑末有罪，伏乞元帅原宥！”元帅道：“讲过就是，何罪之有！”一面取过中国土仪回敬番王，下及大小番官，无不周遍。

番王拜谢回国，盛排筵宴，请上二位元帅饮蔷薇露当酒，相敬极欢。元帅道：“盛筵中不设猪肉何如？”番王道：“敝国俱奉回回教门，禁食猪肉，故此绝不养猪，亦不养鹅，先代流传如此。”元帅道：“贵国中气候常暖，可还有冷时么？”番王道：“四时温和，苦无寒冷之日。”元帅道：“贵国中何为一年？”番王道：“以十二月为一年。”元帅道：“何为一月？”番王道：“见新月初生为一月。”元帅道：“何为春夏秋冬四季？”番王道：“四时不定，自有一等阴阳官推算，极准，算定某日为春，果有草木开放；算定某日为秋，果有草木凋零。大凡日月交蚀、风云潮汛一切等项，无不准验。”元帅道：“适来经过的街市上，尽好热哄哩。”番王道：“街市上无物不有，书籍彩帛，市肆混堂，熟食什物，俱各全备。”元帅道：“国富民饶，足征贤王之治。”番王道：“卑末俱奉回回教门，无苛敛于民。民苦无贫者，仅仅上下相安而已，敢望天朝万万？”

元帅道：“贤王俱奉回回教门，回回可有个祖国么？”番王道：“极西上有一个祖国，叫做天堂极乐之国。”元帅道：“去此多远？”番王道：“三个多月日才可到得。”元帅道：“我们可得到么？”番王道：“二位元帅来此有几十万里之外，岂有这两三个月日的路程就到不得的？”

元帅道：“中途可还有哪个国么？”番王道：“小国这一带都是极西之地，天尽于此，苦没有甚么国。就是天堂国，卑末们都不曾过往。”

王爷道：“待我问个杯卜可是到得么？”“怎叫做个杯卜？”王爷一手取出戒手刀来，一手举起饮蔷薇露的杯来，对天祝告说道：“到得天堂，一刀杯两段；到不得天堂，一刀空直上。”祝告已毕，丢下杯去，一刀挑上来，可可的一刀杯两段。番王道：“人有善念，天心从之。杯卜大吉，元帅指日可到。”道犹未了，把门的番官禀说道：“朝门外有三个通事，四个回回，自称奉天堂国国王差遣，赍着麝香、瓷器等项物件为礼，远来迎接大明国征西元帅老爷。”这一报不至紧，把番王吃一惊，就像做个梦惊醒过来，不知是真是假，连二位元帅也不敢准凭，天下有这等一个凑巧的？说这国就是这个国，说这人就是这个人，眼目前还不为奇，万里之外怎么能够应声而到？过了半晌，王爷道："报事的可报得真么？"把门的道："列位爷爷在上，敢有报不真的？"番王道："一定是真，好场奇事。"

元帅吩咐叫他进来。进到堂上，果然共是七个人，都生得人物魁肥，紫膛颜色。元帅道："你们都是甚么人？"通事说道："小的七个中间，有三个通译番书，名为通事；四个是国王亲随头目。"元帅道："你国王是哪一国？"通事道："俺国王是天堂极乐国。"元帅道："你们到这里做甚么？"通事道："小的们奉国王差遣，特来迎接元帅老爷。"元帅道："你们国王怎么得知我们在这里？"通事道："敝国有个礼拜寺，是俺国王的祖庙，祷无不应，事无不知。自从去年一个月月初生之夜，有一对绛纱灯自上而下，直照着寺堂上，一连照了六七夜。番王不知是何报应，虔诚祷告祖师爷爷。祖师爷爷托下一个梦，说道：'那一对绛纱灯，是天妃娘娘所设的，导引大明国的宝船来下西洋。宝船在后面稽迟，纱灯笼却先到了这里。尔等好着当差人先去迎接，好在阿丹国相遇。'国王得梦之后，即时差下我们前来迎接，一路上访问，并无消息。昨日才到这里，果是阿丹大国，神言不虚。"

元帅道："你们是旱路而来？你们是水路而来？"通事道："小的是从旱路而来。"元帅道："来了多少日子？"通事道："也不晓得多少日子，只是月生了七遭。"元帅道："月生七遭，却不是七个月？"阿丹王道："旱路迂曲，水路则折半足矣！"元帅道："你们手里拿的是甚么东西？"通事道："拿的是些麝香、瓷器之类，少充贺敬，聊表国王之诚。"元帅道："麝香也罢，瓷器怎么得来？"通事道："有个千里骆驼驮将来。"

元帅问了一个的实，却才晓得天妃娘娘之显应，天堂国王之至诚，满心欢喜。即时传令旗牌官，请七个使客上船款待。元帅辞谢阿丹王，收拾开船。七个来人仍旧要从旱路而去。元帅道："水行逸而速，陆行劳而迟。你们从船便了。"道犹未了，宝船已自一齐开岸，趁着顺风，照西上直跑。来人虽欲陆行，不可得已。一程顺风，更不曾停阻。

行了三个多月，忽一日天堂国通事到中军帐下磕头，禀说道："七日之内可到天堂本国。”元帅道:“七日以后的事,怎么七日以前就知道?”通事道:“本国依城四角造塔四座,各高三十六丈,其影倒垂天海,七日路外一览可见。小的适来看见影,故此晓得七日之内可到本国。”再行两日,满船上都看见天妃娘娘的绛纱灯,禀知元帅。元帅道:“前后之言,若合符节,可见得维神有灵,维我大明皇帝有福。”再行几程,搭至七日上面,蓝旗官报道:“前面却是一个国。”道犹未了,通事来禀说道:“到了敝国,请元帅传令收船。”

国王亲自迎接,帐上相见。国王人物魁伟,一貌堂堂,头戴金冠,身穿黄袍,腰系宝嵌金带,脚穿皮靴,说的都是阿剌比言语。跟随的头上缠布,身上长花衣服,脚下鞋袜,都生得深紫膛色。元帅厚待国王,谢其迎接,不辱礼仪。国王唯唯,礼拜甚恭。

三日后,二位元帅请同国师、天师、列位公公、大小诸将,亲造其国。只见风景融和,上下安贴,自西以来,未之有也。国王迎接进城,盛设筵宴,大飨诸将。只是不设酒,回回教门禁酒故也。元帅道:“大国名天堂么?”国王道:“敝国即古筠冲之地,名为天堂国,又名西域。回回祖师始于敝国阐扬教法,至今国人悉遵教门,不养猪、不造酒,田颇肥,稻颇饶,居民安业,风俗好善。卑末为民上者,不敢苛敛于民。下民也无贫难之苦,无乞丐,无盗贼,不设刑罚,自然淳化,上下安和,自古到今。实不相瞒列位所说,是个极乐之国。”王爷道:“无怀氏之民与!葛天氏之民与!”元帅道:“大国有礼拜寺,在哪一厢?”国王道:“在城西,离城有半日程途。”元帅道:“前日蒙天妃娘娘显灯,蒙祖师老爷托梦,我们要亲自去拜谒一番,少伸谢意。”国王道:“卑末奉陪。”

到了礼拜寺,只见寺分为四方,每方有九十间,每间白玉为柱,黄玉为地。中间才是正堂,正堂都是五色花石垒砌起来。外面四方,上面平顶,一层又一层,如塔之状,大约有九层。堂面前一块拜石,方广一丈一尺,是汉初年间从天上掉下来的。

堂门上两个黑狮子把门,若行香进谒的,素行不善,或是贼盗之类,黑狮子一口一个,故此国中再无贼盗。堂里面沉香木为梁栋、析科之类,镀金椽子,一年一镀,黄金为阁霤,四面八方都是蔷薇露和龙涎香为壁。

中间坐着是回回祖师，用皂苎丝罩定，不见其形。面前悬一面金字匾，说道：“天堂礼拜寺。”每年十二月初十日，各番回回都来进香，赞念经文，虽万里之外都来。来者把皂苎丝罩上，剜割一方去，名曰香记。其罩出于国王，一年一换，备剜割故也。堂之左是司马仪祖师之墓，墓高五尺，黄玉叠砌起来的。墓外有围垣，圆广三丈二尺，高二尺，俱绿撒不泥，空石砌起来的。堂左右稍后有各祖师传法之堂，俱花石叠砌而成，中间俱各壮丽。寺后一里之外，地名蓦氏纳，有麻祖师之墓。堂上毫光日夜侵云而起，如中国之虹霓。墓后有一井，名为阿净糁，泉甚清冽，味甘。下番之人取其泉藏在船上，若遇飓风起时，以此水洒之，风浪顿息，与圣水同。说不尽的古迹。二位元帅、天师、国师、列位公公、大小将官游玩不尽，各官礼拜伸谢。

却说三宝老爷原是回回出身，正叫做回龙顾祖，好不生欢生喜，赞念经文，顶天礼拜。马公公道：“今番却好吟诗。”王公公道：“咱们一窍不通的，只好告免罢了。”王爷道：“有其诚，则有其神。神圣既在，嘿相于我，我们何敢说个甚么诗，亵渎于他。”国师只是念佛。天师道：“游不尽的山，行不尽的路，请回船罢。”辞了礼拜寺，回到船上。国王进上书表，元帅拆封读之，书曰：

天方国国王筠只里谨再拜奉书于大明国钦差征西统兵招讨大元帅麾下：窃惟七纬经天，六合异照临之下；八纮纪地，火炉同覆载之间。卓彼中华，冠裳人物。蠢兹夷裔，左衽侏㒧。慨声教之远迷，敢遐荒之自绝，惟神我告，用识天威。惟我神将，幸沾圣化。翘首熙隆，合湛露晞阳之雅；扪心感戴，续卿云覆旦之歌。某不任激切屏营之至。

国王道：“愧不能文，聊陈下悃而已。还有不腆之仪，贡上天王皇帝。”元帅道：“既承盛美，不敢不恭。”接过单来，只见单上计开：

天方图一幅，天方国图四景画四幅（按花草美人：花草以晴雨为卷舒，美人按乐声能舞），夜光璧一端（暗室视之，如秉烛然），上清珠一对（光明洁白，可照一室，视之有仙人、玉女、云鹤之状摇动于中，水旱兵革，祷之无不验），木难珠四颗（碧色，木难鸟口中结沫所成），宝石、珍珠、珊瑚、琥珀，金刚五百（似紫石英，百炼不消，可以切玉），玻璃盏十对，降真香百匣（烧之能引鹤），唵叭儿香，麒麟一对，狮子四对，草上飞一对，驼鸡五十只，橐驼一百只，羚羊一百只，龙种羊十只（以羊脐种土中，溉以水，闻雷而生，脐属土中，刀割必死，俗击鼓惊之，脐断，便行啮草，至秋可食，脐内复有种），却火雀一对（似燕，置火中，火灭，其雀无伤，因浴沙水受卵，故能然），狻猊一对（生七日，未开目时，取之易调习，稍长则难驯伏，以其筋为琴弦，一奏余弦皆断；取一滴乳，并他兽乳同置器中，诸乳皆化为水），名马五十匹（高八尺许，各为天马），金满伽一千文（番钱，各重一钱，金有十二成），梨一千（重五六斤），桃一千（重十斤）。

进贡礼毕，又呈上金银、米麦、牛羊、鸡鸭及各果品，及各色缎、檀香、麝香、瓷器之属，奉充军饷。元帅道：“受之有愧。”国王道：“第愧不腆。”元帅一面排筵款待，也不设酒，一面收拾回敬国王，其左右头目、大小番官、一切通事，各各俱备。国王盛感元帅大恩。元帅传令开船，国王辞谢而去。既去之后，复又来求见。元帅道：“贤王有何见谕？”国王道：“特来请二位元帅，宝船还向哪一边行？”元帅道：“还往西行。”国王道：“敝国就是西海尽头的路。卑末并不曾听见西边还有甚么去路，就是满国中长老，并不曾传闻西边还有甚么国土。元帅还往西行，也须要一番斟酌。”元帅道：“地有三千六百轴，怎么就尽于此？”国王道：“区区管见，固尽于此，但凭元帅尊裁。”元帅道：“多谢指教。只是我们之行，还不可止。”国王又辞谢而去。

宝船开洋，无晓无夜，往西而行。只见天连水，水连天，渺渺茫茫，悠悠荡荡。一日又一日，不觉得百日将近。一月又一月，不觉得三月以来。二位元帅心上都有些费周折。怎么费周折？将欲前行，天堂国王已经说道：“前面没有甚么国土。”果真的来了这些日子，不见有些下落。将欲不行，却又来到这个田地，半途而废。有此两端，故此都费周折。王爷说道：“老公公在上，我们离京已经五六年多，不知征剿几时才是住手，不如趁着此时回去也罢。我想化外夷人，一时征剿不尽，又兼大小诸将，年深日久，渐渐的年迈力衰。明日到了个进退两难之地，反为不美。”老爷道：“老先生之言，深为有理。只是一件，当原日万岁爷差遣我们之时，头行牌上写着是‘抚夷取宝’。花费了多少钱粮，捱延了许多岁月，‘抚夷’两个字，或者无歉；‘取宝’两个字，放在哪里？虽有些小进贡宝贝，怎抵得个传国玉玺？为今之计，不得不向前去。”王爷道：“只怕前面无益有损，悔之无及！”老爷道：“这个长虑最是，我和你不如去请教天师，看是何如？再不然之时，又去请教国师，看是何如？”王爷道：“既如此，请便同行。”

同见天师，坐还未定，老爷就把个前程的事，细讲一番。天师道：“贫道心上也在筹度，不得个长策。”王爷道：“烦天师问一个卜何如？”天师道：“卜虽决疑，我和你疑已深矣，非卜所能决。贫道有一个八门神数，姑容明早看下，或吉或凶，专来奉禀。”王爷道：“怎叫做八门神数？”天师道：“先把八门排下在玉皇阁上，次后奏一道牒文，达知玉帝，恳问前程。玉帝发落下来，就下在那个门上：下在吉门上，则吉；下在凶门上，则凶。这叫做八门神数。”王爷道：“这个是好。玉帝是万神宗，祸福无差，明早专候。”

二位元帅到了明日早上，东方才白，曙色朦胧，天师已自来到了中军帐上，二位元帅说道：“好早也！凶吉何如？”天师出口就说道：“凶多吉少。”二位立时吃了一惊，连忙的问道：“怎见得凶多吉少？”天师道：“牒文竟照惊门上落下来，未及落地之时，复往死门上撞将去。幸喜得还是景门挡住，看还有可救。死而后救，这却不是凶多吉少么？”王爷道：“来了这些年数，征了这些国数，以学生愚见，不如回去罢。”三宝老爷说道：“非我不肯回去，怎奈传玺不曾得来。原日白象驮玺陷入西番，正在这个西洋地面。”天师道：“这如今事在两难，不如去问国师一声。”老爷道：“咱两个正要去问他。”见了国师，又把前程的事，细说一遍，都说道要国师做个主张，国师道：“阿弥陀佛！三军之命，悬于一帅，行止都在元帅身上。贫僧怎么有个主张？”三宝老爷道：“非咱不肯前进。只是天师牒上凶多吉少，因此上就没有了主张。”国师道：“若有甚么凶吉事，这个一则天师，一则贫僧，还须一定要逢凶化吉，转祸成祥。”二位元帅大喜，说道：“若能够逢凶化吉，转祸成祥，凭他甚么阴司鬼国，也走他一遭。”云谷站在一边说道：“前唐状元倒不是走到鬼国里面去了？前面是个鬼国也未可知。”后来果真的走到阴司鬼国，这几句话岂不是人心之灵，偶合如此！

二位元帅得了天师之数，本是一忧；得了国师之言，又成一喜，放心大胆，一任前去。又去了两个多月，先前朝头有日色，晚头有星辰，虽没有了红纱灯，也还有些方向可考。到了这两个月之后，阴云惨惨，野雾漫漫，就像中朝冬月间的雾露天气，只听见个声气。这个时候，不由你不行。掌定了舵，前面还是直西，若左了些，便不知道是哪里；右了些，也不知道是哪里。再加个转过身，越发不知去向，哪敢转过身来？

兢兢业业，又走了一个多月。只见前哨船撞着在个黄草陡崖上。蓝旗官报到中军帐，元帅道：“既有陡崖，一定是个国土。且住下船，再作区处。”即时传令，大小宝船一齐收住。这时候，正是：云暗不知天早晚，雪深难辨路高低。一会儿乌云陡暗，对面不见人，伸手不见掌，想是夜得来了。过了一夜之时，又有些朦朦的亮，想是天明了。二位元帅坐在中军帐上，传令夜不收上岸去打探。夜不收不敢去。老爷道：“着王明去。”王明道：“天涯海角都是人走的，怕它甚么雾露朦胧！”一手拿着隐身草，一手一口戒手刀，曳开步来就走。走到十数里路上，天又亮了些。再走，又走到十数多里路上，天又亮了些。再又走，走到十数多里路上，天愈加亮净了。虽则有些烟雨霏霏，也只当得个深秋的景象，不是头前那样黑葳葳的意思。王明道：“这莫非又是我王明造化来！弃暗投明，天公有意。”

毕竟不知造化还是何如，天意还是何如，且听下回分解。

第 87 回　宝船撞进酆都国　王明遇着前生妻

诗曰：

门庭兰玉照乡闾，自昔虽贫乐有余。
岂独佳人在中馈，却因麟趾识关雎。
云軿忽已归仙府，乔木依然拥旧庐。
忽把还乡千斛泪，一时洒向老莱裾。

却说王明行了三五里路，前面是一座城郭，郭外都是民居，又尽稠密。王明恨不得讨了信，回复元帅，算他的功。趱行几步，走进了城，又只见城里面的人，都生得有些古怪："也有牛头的，也有马面的，也有蛇嘴的，也鹰鼻的，也有青脸的，也有朱脸的，也有獠牙的，也有露齿的。王明看见这些古怪形状，心下就有些害怕哩。大凡人的手脚，都管于一心，心上有些害惶，手就有些酸，脚就有些软。王明心上害怕，不知不觉，就像脚底下绊着甚么，跌一瞉碌，连忙的爬将起来，把一身的衣服都跌污了。

王明跌污了这一身衣服，生怕起人之疑，找到城河里面去洗这个污衣服。就是天缘凑巧，惹出许多的事来。怎么天缘凑巧，却又惹出许多的事来？王明在这边河里洗衣服，可可的对面河边，也有一个妇人在那里洗衣服。

王明看着那个妇人，那个妇人也看着王明。王明心里有些认得那个妇人，那个妇人心里也有些认得王明。你看我一会，我看你一会。王明心里想道：“这妇人好像我亡故的妻室。”那妇人心里想道：“这汉子好像我生前的丈夫。”两下里都有些碍口饰羞，那妇人走上岸去，又转过头来瞧瞧儿。王明忍不住个口，叫声道：“小娘子，你这等三回四转，莫非有些相认么？”那妇人就回言说道：“君子，你是何方人氏？姓甚名谁？为何到此？”王明道：“我是大明国征西大元帅麾下一个下海的军士，姓王，名字叫做王明。为因机密军情，才然到此。”那妇人道：“你原来就是王克新么？”那妇人又怕有天下同名同姓的，错认了不当稳便，又问道：“你既是下海的军士，家中可有父母、兄弟、妻子么？”王明道：“实不相瞒，家中父亲早年亡故，母亲在堂，还有兄弟王德侍奉。有妻刘氏，十年前因病身亡。为因官身下海，并不曾继娶，并不曾生下子嗣。”王明这一席话，说得家下事针穿纸过的，那妇人却晓得是他的丈夫，心如刀割，两泪双流，带着眼泪说道：“你从上面浮桥上过来，我有话和你讲哩！”王明走过去，那妇人一把扯着王明，大哭一场，说道：“冤家！我就是你十年前因病身亡的刘氏妻室。”王明听见说道是他的刘氏妻室，越发荡了主意，好说不是，眼看见是，口说又是；好说是，十年前身死之人，怎么又在？半惊半爱，说道：“你既是我妻刘氏，你已经死了十数年，怎么还在？怎么又在这里相逢我哩？你一向还在何处躲着么？”刘氏说道：“街市上说话不便，不如到我家里去，我细细的告诉你一番。”

转一弯，抹一角，进了一个八字门楼三间横敞，青砖白缝，雅淡清幽。进了第二层，却是三间敞厅，左右两边厢房侧屋。刘氏就在厅上拜了王明，王明道：“你这是哪里？”刘氏道：“你不要忙，我从头告诉你。我自从那年十月十三日得病身故，勾死鬼把我解到阴曹，共有四十二名。灵曜殿上阎罗王不曾坐殿，先到判官面前，把簿书来登名对姓。”王明吃慌说道：“你说甚么阎罗王？说甚么判官？终不然你这里是阴司么？”刘氏道：“你不要慌，我再告诉你。那判官就叫做崔珏，他登了名，对了姓，解上阎罗王面前。一个个的唱名而过，止唱了四十一名。阎罗王道：‘原批上是四十二名，怎么今日过堂只是四十一名？’崔判官说道：‘内中有一个是错勾来的，小臣要带他出去，放他还魂。’阎罗王说道：‘此举甚善，免使冤魂又来缠扰，你快去放他还魂。’崔判官诺诺连声，带我下来。来到家里，我说道：‘你放我还魂去吧。’判官道：‘你本是四十二个一批上的人。我见你天姿国色，美丽非凡，我正少一个洞房妻室。我和你结个鸾凤之交罢了。’我说道：‘你方才在阎罗王面前说道放我还魂，怎么这如今强为秦晋？这是何道理？’崔判官说道：‘方才还魂的话，是在众人面前和你遮羞，你岂可就认做真话！’我又说道：‘你做官的人，这等言而无信。’崔判官说道：‘甚么有信无信，一朝权在手，便把令来行。你若违拗之时，我又送你上去就是。’我再三推却，没奈何，只得和他做了夫妇。”

王明道：“你这里却不是个阴司？”刘氏道：“不是阴司，终不然还是阳世？”王明道：“既是阴司，可有个名字？”刘氏道：“我这里叫做酆都鬼国。”王明道：“可就是酆都山么？”刘氏道：“这叫做酆都鬼国。酆都山还在正西上，有千里之遥，人到了酆都山去，永世不得翻身。那是个极苦的世界，我这里还好些。”王明道：“你这里可有个甚么衙门么？”刘氏道：“你全然不知，鬼国就是十帝阎君是王，其余的都是分司。”王明道：“既是这等一个地方，怎么叫我还在这里坐着？我就此告辞了。”刘氏道：“你慌怎的？虽是阴司，也还有我在。”王明道：“你却又是崔判官的新人。”刘氏道：“呆子，甚么新人！你还是我生前的结发夫妻，我怎生舍得着你！”王明道：“事至于此，你舍不得我，也是难的。你是崔判官的妻，这是崔判官的宅子，崔判官肯容留我哩？”刘氏道：“不妨碍，判官此时正在阴间判事，直到下晚才来。我和你到这侧厅儿长叙一番。”

王明道：“阴司中可饮食么？”刘氏道：“一般饮食。你敢是肚饥么？”王明道：“从早上到今，跑了三五十里田地，是有些肚饥了。”刘氏说道：“我和你讲到悲切处，连茶也忘怀了。”叫声：“丫头们！”只叫上这一声，里面一跑就跑出两三个丫头们来。刘氏道：“我有个亲眷在这里，你们看茶，看酒饭来。”那丫头道：“可要些什么肴品吗？”刘氏道：“随意的也罢。”即时是茶，即时是酒肴，即时是饭，王明连饥带渴的任意一餐。自古道：

"饭饱就有些弄箸。"王明说道："当初我和你初相结纳之时，洞房花烛夜，何等的快活！到落后你身死，我下海，中间这一段的分离。谁想到如今，反在阴司里面得你一会。这一会之时，可能够学得你我当初相结纳之时么？"王明这几句话，就有个调戏刘氏之意。刘氏晓得他的意思，明白告诉他，说道："丈夫，我和你今日之间虽然相会，你却是阳世，我却是阴司，纵有私情，怕污了你的尊体。况兼我已事崔判官，则此身属判官之身，怎么私自疏失？纵然崔判官不知，比阳世里你不知，还是何如？大抵为人在世，生前节义，死后也还忠良。昔日韩擒虎生为上柱国，死作阎罗王。以此观之，实有此事。"好个刘氏，做鬼也做个好鬼，王明反觉失了言，告辞要去。

刘氏道："只你问我，我还不曾问你。你既是下海，怎么撞到阴司来？"王明道："我自从下海以来，离了南京城里五六年了，征过西洋二三十国。我元帅还要前行，左前行，右前行，顺着风，信着船，不知不觉就跑到这里来。"刘氏道："怎么又进到这个城里来？"王明道："元帅差我上岸打探着是个甚么国土，哪晓得是个阴司！故就进到这个城里来了。"刘氏道："你船上还有个元帅么？"王明道："你还有所不知，我们来下西洋，宝船千号，战将千员，雄兵百万，还有一个天师，还有一个国师。"刘氏道："你在船上还是哪一行？"王明道："我是个下海的军士，只算得雄兵百万里面的数。"刘氏道："你可有些功么？"王明拿起个隐身草来，说道："我全亏了这根草，得了好些功。"刘氏道："既如此，你明日回朝之日，一定有个一官半职。我做妻子虽然死在阴司，也是瞑目的。"王明道："我元帅专等我的回话，我就此告辞了。"刘氏道："也罢，我崔判官也只在这早晚来也。"

道犹未了，崔判官已自到厅上，问说道："侧厅儿是哪个在讲话哩？"王明慌了，悄悄地说道："你出去，我且站在这里。"刘氏道："他岂可不看见？"王叨道："我有根隐身草，不妨碍。"刘氏道："隐身草只瞒得人，怎瞒得神。暗室亏心，神目如电。你站着转不好，你不如同我出来，只我先行一步就是。"

好个刘氏，行止疾徐，曲中乎礼，行到厅上，说道："侧厅儿是我在那里讲话。”判官道：“好一阵生人的气味！你和哪个讲话？”刘氏道：“是我一个哥哥在这里。”判官道：“他怎么认得到这里来？”刘氏道：“是我在河边洗衣服，撞遇他的，故此请他进来。”判官道：“他可曾过堂么？”刘氏道：“他还是阳世上的人，误入到这里的。”判官道：“他既是阳世之人，怎么误入到这里的？”刘氏道：“他随着征西大元帅，宝船千号，来下西洋，顺着风，就走到这个地方上来了。他又是元帅差遣着打探军情，却又误入到这城里来了。”判官道：“一个阳世人，误入到我阴司里面，奇哉！奇哉！他叫甚么名字？”刘氏道：“他叫做王明。”判官道：“呀！你姓刘，他姓王，怎么是你的哥哥？”刘氏连忙的转过口来，说道：“哥哥为因家道贫穷，出赘在王老实家里，做个女婿。王老实是名军，吃担米。王老实没儿子，哥哥就顶他的名吃他的米。这如今就当得是他的差，故此姓王。”判官道：“既如此，快请他出来，我和他相见。”刘氏道：“哥哥是个穷军，敢长揖于贵官长者之前？”判官嘎嘎的大笑三声，说道：“夫人差矣！他既是你的哥哥，就是我的大舅。天子门下有贫亲，请他相见，有何不可？快请出来。”

刘氏请出王明来，行了礼，叙了话。判官道：“人人都说千载奇逢。大舅，你是个阳世，我们是个阴司，今日之间，却是个万载奇逢。”王明道：“不知进退，万望长者恕却唐突之罪！”判官道：“说哪里话！请问大舅，你是大明国人，随着甚么征西大元帅来下西洋？”王明道：“有两个元帅，一个是三宝太监，叫做郑某；一个兵部尚书，叫做王某。”判官道：“还有哪个？”王明道：“还有一个江西龙虎山引化真人，号为天师；一个金碧峰长老，号为国师。”判官点一点头，说道：“金碧峰就在这里。这等还好。”王明道：“大人曾相认金碧峰来？”判官道：“虽不相认，我晓得他。共有多少船来？”王明道：“宝船千号，战将千员，雄兵百万。”判官道：“甚么贵干？”王明道：“下西洋抚夷取宝。”判官道：“可曾取得有宝么？”王明道：“取的宝不是以下之宝，是我中朝历代帝王传国玉玺，并不曾取得。”判官道：“怎么走到我这里来了？”王明道：“只因不曾取得有宝，务死的向前。故此就来到这里。”

判官道：“来头差矣！你前日可曾到天堂极乐国么？”王明道：“已经到来。”判官道：“天堂国是西海尽头处。我这里叫酆都鬼国，是西天尽头处。你走到这个尽头路上来，怎么转侧？况兼阴司里面有许多魍魉之鬼，纷纷的告状说道，是甚么抚夷取宝的人，枉杀了他。原来就是大舅。你这船上还好，喜得见了你，你又和我至亲。”王明看见判官口里说话不干净，相问说道：“这些魍魉之鬼，要怎么哩？”判官道：“枉杀了他，他们要一命填一命，你们就不得还乡。”

王明听见“不得还乡”四个字，肚里就是刀割，安身不住，告辞要去。判官道：“尊舅，你好不近人情，千难万难，难得到这里，怎么就说个‘去’字？今日天晚，我已自吩咐你的令姐，安排些薄酌，权当作接风，草榻了这一宵。明日该我巡司，带你到各司狱里面去看一看，也不枉到我这里一遭。”王明道：“少不得有一遭到大人这里。”判官道：“那时节就不得回去告诉世上人一番。”道犹未了，酒肴齐到。虽然崔判官敬着王明，其实王明的心里吞不下这个香醪美醖，当不过这个贤主情浓，强支吾了一夜。

到了明日，判官道：“尊舅，你来，我和你同进了城里面去走一走儿。”崔判官前走，王明后随。走到了城门口，阴风飒飒、冷雾漫漫，一边走出一个鬼来：左一边是个青脸獠牙鬼，右一边是个五花琉璃鬼。看见王明，喝声道：“哇！你是个生人，走到哪里去？”崔判官回转头来，说道：“胡说！他是我一个大舅子，你怎敢阻挡于他？”鬼说道：“既是令舅，只管请去罢。”

王明跟定了崔判官，走了一会，只见左壁厢有一座高台，四周围都是石头叠起的，约有十丈之高。左右两边两路脚擦步儿，左边的是上路，右边的是下路。台下有无数的人，上去的上，下来的下。上去的也都有些忧心忡忡，下来的着实是两泪汪汪。王明低低的问说道：“姐夫，那座台是个甚么台？为甚么有许多的人在那里啼哭？”判官道：“大舅，你有所不知，大凡人死之时，头一日，都在当方土地庙里类齐。第二日，解到东岳庙里，见了天齐仁大帝，挂了号。第三日，才到我这酆都鬼国。到了这里之时，他心还不死。阎君原有个号令，都许他上到这个台上，遥望家乡。各人大哭一场，却才死心塌地。以此这个台，叫做望乡台。”

右壁厢也有一座高台，也是石头叠起的，也有十丈之高，却只是左一边有一路脚擦步儿，却不见个人在上面走。王明问道：“姐夫，右边那座台是个甚么台？为甚么没有个人走哩？”判官道：“大舅，你听我说。为人在世，只有善恶两途。善有善报，恶有恶报。这是为善的，见了阎君之后，着赏善分司备办彩旗鼓乐，送上天堂，却才这个台上上去。以此这个台叫做上天台。”王明道：“怎么只一条路？”判官道：“可上而不可下，故此只一条路。”王明道：“怎么人走的稀少？”判官道：“为人在世，能有几个上天的？”王明道：“上天台是个美事，怎么又做在右边？”判官道：“左入右出，依次序而行，原无所分别。”

走了一会，只望见左右两座高山，一边山上烟飞火爆，烈焰腾空。王明问道：“姐夫，那座山怎么这等火发？”判官道：“叫做火焰山。为人在世，肚肠冷不念人苦，手冷不还人钱，冷痒风发，不带长性；这一等人见了阎君之后，发到这个火焰山上来烧，烧得他筋酥骨碎，拨尽寒炉一夜灰。”那一边山上刀枪剑戟，布列森森。王明问道：“那座山怎么有许多凶器？”判官道：“那叫做枪刀山。为人在世，两面三刀，背前面后，暗箭伤人，暗刀杀人，口蜜腹剑，这一等人见了阎君之后，发到这个枪刀山上来，乱刀乱枪，乱砍做一团肉泥，问君认得刀枪否？”

再走一会，王明原是出门之时吃了两钟早酒，走到这里，口里有些作渴，只见前面一个老妈妈儿坐在芦席篷里，热汤汤的施茶。王明道：“姐夫，我去吃钟茶来。”判官笑笑儿，说道：“我这里茶可是好吃的？”王明道：“怎么不是好吃的？不过只是要钱罢了。”判官道：“只是要钱，说他做甚么？这个老妈妈原旧姓贪，在阳间七世为娼，死了之时，阎君不许投托人身。他却摸在这里，搭个篷儿，舍着茶儿。哪里真个是茶？大凡吃他的一口下肚，即时心迷窍塞，也就不晓得我自家姓甚么，名甚么，家乡住处是甚么。”王明道：“这茶叫做甚么名字？”判官道：“不叫做茶，叫做迷魂汤。要晓得娼家的事，贪心不足，做鬼也要迷人。”

再走了一会，只见前面一条血水河，横撇而过，上面架着一根独木桥，围圆不出一尺之外，圆又圆、滑又滑。王明走到桥边，只见桥上也有走的，幢幡宝盖，后拥前呼。桥下也有淹着血水里的；淹着的，身边又有一等金龙银蝎子，铁狗铜蛇，攒着那个人，咬的咬、伤的伤。王明问道：“姐夫，这叫做甚么桥，这等凶险？却又有走得的，却又有走不得的。”判官道：“这叫做奈何桥。做鬼的都要走一遭。若是为人在世，心术光明，举动正大，平生无不可对人言，无不可与天知。这等正人君子，死在阴司之中，阎君都是钦敬的，不敢怠慢，即时吩咐金童玉女，长幡宝盖，导引于前，拥护于后，来过此桥，如履平地。你方才看见走的，就是这一等好人。若是为人在世心术暗昧，举动诡谲，伤坏人伦，背逆天理，这等阴邪小人，死在阴司之中，阎君叱之来渡此桥，即时跌在桥下血水河里，却就有那一班金银蝎子，铁狗铜蛇，都来攒着咬害于他。你方才看见淹着的，就是这一等歹人。”王明说道：“果真的：善恶到头终有报，只争来早与来迟。”

再走一会，走到一条孤埂上，四望寂寥，阴风刮面，冷雨淋头，好凄惶人也！王明问道：“姐夫，这条埂叫做甚么名字？”判官道：“这叫做凄惶埂。凡在阴司之间，走过这条埂上，两泪双重偏惨切，伤心一片倍凄惶，故此叫做凄惶埂。”那埂约有三五里之长，埂上的人，来也有，去的也有。只见一群三五个，东歪西倒，手风脚斜，一个口里叫说道：“三枚。”一个口里叫说道：“两谎。”王明道：“这一干是甚么人？”判官道：“都是些酒鬼。”又一群三五个衣衫褴褛，脸青口黄，一个一手攒着一个大拳头，两手攒着一双拳头。王明道：“这一干是甚么人？”判官道：“都是些穷鬼。”又一群五七个，眉不展，眼不开，头往东，脚又往西，手向前，身子又退后，死又不死，活又不活，峻峻峥峥。王明道：“这一干是甚么人？”判官道：“都是些瘟鬼。”又一群五七个，一个一头拳，撞到东，一个一头拳，撞到西，一个逢着人，打个失惊，喝声道：“哇！”一个逢着人，也不管认得认不得，招下手，叫声：“来！”一个支支舞舞，一个吆吆喝喝。王明道：“这一干是甚么人？”判官道：“都是些冒失鬼。”又一群七八十来个，都生得嘴唇短，牙齿长，里多外少，扯拽不来，包裹不过。王明道：“这一干是甚么人？”判官道：“都是些呲牙鬼。”又一群八九十数个，仰叉着睡在地上，手又撑，脚又蹬，眼又眨，口又赓。王明道：“这一干都是些甚么人？”判官道：“这都是些挣命鬼。”又有一群十二三个，一个个儿有帽儿，没有网儿，有衫儿，没裙儿，有鞋儿，没袜儿，有上梢来，没下梢；一个手里一根拐棒，一个手里一个椰杓。王明道：“这一干都是些甚么人？”判官道：“都是些讨饭鬼。”又有一群十二三个，一个肩上据着一根屋梁，一个手里一条绵索。王明道：“这一干都是些甚么人？”判官道：“都是些吊死鬼。”又有一群二三十个，内中有一等拿着黄边线儿，照着地上只是一洒；有一等拿着个钱，左看右看，收着又看，看着又收，闹闹吵吵，成群结党而来。王明道：“这一干都是些甚么人？”判官道：“那洒着钱的，是个舍财鬼儿；那看着钱的，是个吝财鬼儿。凄惶埂虽然是长，走的鬼多，样数又多，王明见一样问一样，判官问一样答应一样，不觉的走过了这条埂。

王明抬头一看，前面又是一个总门，门楼上匾额题着“灵曜之府”四个大字。进了总门，却是一带的殿宇峥嵘，朱门高敞，俨然是个王者所居气象。走近前去，一连十层宫殿，一字儿摆着。一层宫殿上一面匾额，一面匾额上一行大字。从右数过左去：第一，秦广王之殿；第二，楚江王之殿；第三，宋帝王之殿；第四，五官王之殿；第五，阎罗王之殿；第六，变成王之殿；第七，泰山王之殿；第八，平等王之殿；第九，都市王之殿；第十，转轮王之殿。王明道：“这些殿宇，都是些怎么府里？”判官道：“轻些讲来。这正是我们十帝阎君之殿。”王明道：“两廊下都是些甚么衙门？”判官道：“左一边是赏善行台，右边是罚恶行台。”

王明道：“可看得看儿？”判官道：“我和你同去看看。”判官前走，王明随后。先到左一边赏善行台。进了行台的总门里面，只见琼楼玉殿，碧瓦参差。牵手一路，又是八所宫殿，每所宫殿门首，都是朱牌金字。第一所宫殿，朱牌上写着“笃孝之府”四个大字。判官领着王明走将进去，左右两边彩幢绛节，羽葆花旌，天花飞舞，瑞气缤纷，异香馥郁，仙乐铿锵，那里说个甚么神仙洞府也？判官到了府堂上，请出几位来相见。出来的都是通天冠、云锦衣、珍珠履，左有仙童，右有玉女。分宾主坐下，叙话献茶，一一如礼。判官道：“内弟王明是大明国征西军士，因为宝船走错了路，误入阴司，斗胆进来相探。”那几位说道：“我们同是大明国，但有幽冥之隔耳。”王明道：“在下肉眼不识列位老先生。”判官道：“列位都是事父母能竭其力，笃孝君子。我略说几位你听着：这一位姓刘，尊讳殷，孝养祖母，天雨粟五十钟，官至太保；这一位姓严，尊讳震，割股疗父，天赐舜孝草，涂所割处，即时血止痛除；这一位姓高，尊讳上达，未冠时割股愈母疾，官至右佥都御史；这一位姓顾，尊讳仲礼，事母至孝，母卒，庐墓三年，得朝廷旌表，赐金十斤；这一位姓王，尊讳延，事继母至孝，官至尚书左丞相；其余列位，大率都是孝子，都在这个‘笃孝之府。’”王明诺诺连声。判官领着他告辞而出，王明道：“列位既都是孝子，怎么不轮回出世？”判官道：“这些赏善行台里面的人，都得天地之正气，无了无休，每遇明君治世，则生为王侯将相，流芳百世。不遇明君治世，则安享阴府受天福。”王明道：“平生不信叔孙礼，今日方知孝子尊。”第二所宫殿，朱牌上写着“悌弟之府”。

毕竟不知这个“悌弟之府”是些甚么人，且听下回分解。

第88回　崔判官引导王明　王克新遍游地府

诗曰：

城阙官车转，山林隧路归。
苍梧寒未远，姑射露先晞。
玉脂蛟龙蛰，金寒雁鹜飞。
老臣它日泪，湖海想遗衣。

却说到了第二所宫殿，朱牌上写着“悌弟之府”。崔判官领着王明走将进去，依前的仪从，依前的仙乐，依前的天花。看见几位依前的通天冠、云锦衣、珍珠履，依前的左仙童、右玉女。判官道：“大舅，这列位你可相认么？”王明道：“其实失认。”判官道：“这列位都是善事兄长，能尽弟道的君子。我略说几位你听着：这一位姓姜，尊讳肱，令弟尊讳季江，适野遇盗，兄弟争死。贼说道：‘贤哉二兄弟，不敢犯。’这一位姓郑，尊讳均，令兄为吏受贿，公佣工得钱帛归，讽其兄，兄感悟，率有清名，官至大夫；这一位姓卢，尊讳操，事继母尤谨，继母生三弟，出就学，公为执鞭赶驴，继母卒，友爱三弟越加厚，后享年九十九，二子俱仕至尚书；这二位姓周，尊讳司，极能尊敬长上，待前辈如父母，待同辈如兄弟，一日过江遇风浪，舟独全，土地菩萨说道：‘船上有个周不同，才保无事。’司字少一直，不成同字，故此叫做周不同，后官至司理少卿；其余列位，大率都是尽弟道的，都在这个‘悌弟之府’。”王明道：“孝弟为仁本，应知百福全。”

第三所宫殿，朱牌上写着“忠节之府”四个大字。崔判官领着王明走上进去，依前的仪从、仙乐、天花，看见几位依前的冠裳、朱履、依前的仙童、玉女。判官道：“大舅，这几位你可相识么？”王明道：“未及相识。”判官道：“这列位都是为国忘家忠臣烈士，我略说几位你听着。这一位姓余，尊讳阙。”王明道：“姐夫，快不要讲这几位老爷，我认得好些。”判官道：“你认得哪几位？”王明道：“这边是方正学老爷，这边的周修撰老爷，这边是陈清献老爷。共一班二十三位老爷，我都是认得的。”判官道：“亲不亲，故乡人。你去探访他们一番，有何不可？”王明道：“我是个俗子武夫，怎么好混扰他们？我和你出去罢。”判官领着王明就走。王明道：“原来这几位老爷，都在这个阴司安享哩！正是：

雪霜万里孤臣老，河岳千年正气收。”

第四所宫殿，朱牌上写着“信实之府”四个大字。崔判官领着王明走将进去，依前的仪从，看见几位老爷，依前的冠服，依前的仙童、玉女。判官道：“大舅，这几位你相识么？”王明道：“不曾相识。”判官道：“这都是以实为实守信君子，我略说几位你听着：这一位姓朱，尊讳晖，全朋友之信，周朋友妻子之急，官至尚书左仆射；这一位姓范，尊字巨卿，千里之远，不爽鸡黍之约；这一位姓邓，尊讳叔通，聘夏氏女为婚，女以疾哑，或劝其更择婚，公谓业已聘定，弃之如信何！诸公子多登第；其余都是言而有信，笃实君子，都在这个‘信实之府’。”王明道：“须知一诺千金重，长舌何如苦食言。”

第五所宫殿，朱牌上写着“谨礼之府”四个大字。崔判官领着王明走将进去，依前的仪从，看见几位老爷，依前的冠服，依前的仙童、玉女。

判官道："尊舅，这几位相识么？"王明道："不曾相识。"判官道："这都是谦卑、逊顺、守礼君子。我略说几位你听着：这一位鲁恭士，尊讳池，行年七十，不敢不恭，尝说是：'君子好恭，以成其名；小人学恭，以除其刑。'鲁君岁赐钱万贯；这一位姓王，尊讳震，年六十四寿终，阎君嘉其廉厚有德，增寿一纪，寿至七十六；这一位姓狄，尊讳青，坐客酗酒大骂，至取杯掷其面，公唯唯谢罪，执礼愈恭，官至枢密使；其余列位，都是恭而有礼的，都在这个'谨礼之府'。"王明道："三千三百无非礼，小大由之总在和。"

第六所宫殿，朱牌上写着"尚义之府"四个大字。崔判官领着王明走将进去，依前的仪从，看见几位老爷，依前的冠履，依前的仙童、玉女。判官道："尊舅，这几位你可相认么？"王明道："不曾相认。"判官道："这都是义重如山的君子。我略说几位你听着："这一位姓吴，尊讳达之，嫂死卖身营葬，从弟敬伯夫妇自鬻于人，反为卖田十亩赎之归，齐高帝闻其仗义，赐田二百亩；这一位姓杨，尊讳起汶，乡人有孤子，被人强占房屋，公义形于色，卖己田赎之，子孙代代贵显。"道犹未了，王明道："这个中间，我也认得几位。"判官道："你又认得哪几位？"王明道："左边那一位，是莱州徐老爷，尊讳承珪，自小儿丧了父母，兄弟三人共一爨，并族人三十口甘藜藿，过了四十年。洪武爷名其乡曰'义感'。"判官道："你还认得哪一位？"王明道："右一边那一位，是北海吴老爷，尊讳奎，尝出己资，置义田千亩，以赡亲戚朋友之贫乏者。洪武爷赏他冠，寿年百岁有奇。"判官道："舅子也是通得儒，认得几位好人哩！舅子，你还不认得这后一位的！是江州陈义门，九世同居，家徒七百余口，南唐立为义门。"王明道："前朝的事，就有所不知。若是本朝人物，声名赫赫昭天地，气节凌凌泣鬼神。我们虽是个小人儿，未尝不认得。"

第七所宫殿，朱牌上写着"清廉之府"四个大字。崔判官领着王明走将进去，依前的仪从，看见几位老爷，依前的冠服，依前的玉女、仙童。判官道："尊舅，这几位你可认得么？"王明道："姐夫，不敢欺说，我今番就认得好几位哩！"判官道："你认得哪几位？"王明道："我也略节说说儿你听着。有一位是周进士，尊讳丹，门无私谒，吏胥不得为奸，由县丞擢考功主事；有一位是张学士，尊讳以宁，平日清白，奉使安南，卒于途，止幞被而已，有诗云：‘覆身唯有黔娄被，垂橐浑无陆贾金。’那一位是古尚书，尊讳朴，平生不事产业，案头惟自警编一帙书，卒之日，无一钱尺帛遗子孙；那一位陈按院，尊讳仲述，平生称为清白御史，死无以为殓。我认的这几位老爷，你说可是么？”判官道：“这个说得是，今番还有一府，你再认得几位就是好的。”王明道：“且看是。”

到了第八所宫殿，朱牌上写着“纯耻之府”四个大字。崔判官领着王明走将进去，依前的仪从，看见几位老爷依前的冠服，依前的玉女、仙童。判官道：“你今番再来认一认儿。再认得几位老爷，就算你也是个识者。”王明道：“姐夫，我做舅子的真是个识者。”判官道：“口说无凭，你说来我听着。”王明道：“上面一位不是凌御史老爷？尊讳汉，鞫狱平恕，曾有德及于人，其人谢以黄金一锭，凌爷说道：‘快拿过去，不要羞了我的眼睛。’又一位不是王参政老爷？尊讳纯，尝持节抚谕麓川宣慰司，司官赠以金，王爷道：‘你爱我耶？还是羞我耶？’司官说道：‘愿以报德。’王爷道：‘我本无德，而汝馈我以金，是重我之耻也！’坚执不受。又一位不是钱知县老爷，尊讳本忠，清操苦节，有窗友以事相干，且云可得百金。钱爷拒之门外，绝不与见。夫人问其故，钱爷道：‘嗜利之徒，耻与为友。’”王明认了这几次，又叫声“姐夫”，说道：“我认下这几位老爷，可是真么？”判官道：“逼真是了。只是还有许多，你认不全哩！”王明道：“有相见的，有不相见的，怎么认得全？”判官道：“就在面前那一个，是简学士，耻华服之污体，终身布衣；奉观察耻车徒之污足，徒步而行；范枢密使耻华堂之污居，荜门桑户；赵清献耻仆从之污官，一琴一鹤。”道犹未了，王明道：“彼一时也，此一时也。前朝的老爷，我怎么会认得？”判官道：“认不得古人，你也算不得个尚友古人。”王明道：“姐夫，你岂不闻：今月曾经照古人，古人不见今明月？”

判官道：“走尽了这些仙府，我和你还转到罚恶行台去瞧瞧来。”王明道：“罚恶行台里面，还是怎么样儿？”判官道：“也是八个分司，按不孝、不弟、不忠、不信、无礼、无义、无廉、无耻。都是一等恶人，都在那里受着禁持，故此叫做罚恶行台。”王明道：“既是恶人，不要去看他罢。自古道：‘见不善如探汤。’瞧他做甚么！”判官道：“我和你转到后面十八重地狱门前去，瞧一瞧何如？”王明道：“女人死了，都在哪里？”判官道：“另有一个所在，叫做女司。一边是善，一边是恶。一边赏善，一边罚恶。”王明道：“可看得么？”判官道：“男女有别，等闲不敢叫开他的门，恐怕阎君晓得，坐罪不小。”王明道：“既是看不得，不如到地狱里走一遭儿罢。”判官领头，王明随后。行了有三五里之远，只见另是一般光景，日光惨淡，冷风飕飕，周围一带都是石头墙，约有数仞之高。前面一所门，门都是生铁汁灌着的。门上一面黑匾，匾上一行大白字，写着“普掠之门”四个大字。判官走到门上叫声：“开门哩！”道犹未了，两边走出两个小鬼来，都是牛头夜叉，形容古怪，眼鼻崚嶒，口里连声喝道，突突开了门，打一惊，说道：“今日造化低，撞着这等一个柴头鬼？原来王明生得瘦削，夜叉只说道是捉得来的有罪之鬼，送下地狱来，还嫌他瘦削儿，故此说道：“造化低，撞着这等一个柴头鬼。”判官晓得他的意思，喝声道：“胡说！这是我一个大舅，特来耍子的，那个说甚么？”这正叫做是不怕你官，只怕你管。判官开了口，哪个夜叉再敢胡涂？判官一竟走进去，王明也跟定着他走进去。

一进门，就是第一重地狱，门上匾额写着“风雨之狱”四个字。王明走进小门儿里面去张一张，只见里面立着一根铜柱，把个有罪的汉子捆在铜柱上，外面架起一道大铜环，围着铜柱环上，却是短小尖刀。小鬼到铜环上打一鞭，风就呼呼的应声而响，风响得大，环转得快。环原是挨着人身上转的，环上安得是刀，却不环在转、刀在刺，转得快，刺得狠？一会儿环底头一声雷响，把个汉子打成齑粉，血流满地。打死了之后，小鬼却又到环上打一鞭。这一鞭是个退法鞭，响了一声，雷收风静，地上慢慢的旋起一个旋窝儿风来，左旋右旋，旋来旋去，把那些残骸剩骨复手又是原身，依旧一个汉子。王明道：“这雷是甚么雷？”判官道：“叫做黑天雷。”王明道：“这风是甚么风？”判官道：“这叫做冤孽风。”王明道：“这都是甚么人？”判官道：“都是阳世上十恶不赦的。”王明道：“只过这个风雷之狱么？”判官道：“你原来不晓得一些儿：但凡人死之后，见了十帝阎君，审问明白，果是善良，彩旗鼓乐，送进赏善行台，按孝、弟、忠、信八个分班别类，该到哪一府的，到哪一府去受用。审问的果是造恶，发下十八重地狱，一重到一重，到一重受一重苦。受了这些苦，却才发到罚恶行台里面，也是分班分类，该到哪一司的，到哪一司去伺候；伺候三年之后，变为牛、羊、犬、豕，生在世上，把人剥皮，把人炒骨，吃人秽污，受人打骂。”王明道：“到几时才是了日？”判官道：“恶有大小，罪有轻重。累世也有数目。若是十恶不赦的，历百千万劫，无了无休。”

到第二重地狱，门上匾额写着“金刚之狱”四个大字。王明走进小门儿里面去看一看，只见地上一扇粗石磨盘，约有八尺方圆。四面八方，八方上坐着八个大鬼，一个鬼双手拿着一把铁锤。四面上站着四个大鬼，一手又抓过一个汉子来，一脚一踢，踢到磨盘上。八个鬼齐齐的八锤，把个汉子打做了柿饼的样子。甲抓一个，一脚一踢，一齐锤打做一个饼。乙抓一个，一脚一踢，一齐锤又打做一个饼。丙抓一个，一脚一踢，一齐锤又打做一个饼。丁抓一个，一脚一踢，一齐锤又打做一个饼。打到临了之时，另是一对小鬼来，说道：“只是做饼，倒便饶了他。”拿一个饼放在烟头上熏了熏，原来还是原来，依旧又是个汉子。王明看见，心胆都寒，说道：“姐夫，你看里面那个打，好怕人也！”判官道：“你岂不闻：人情似铁非为铁，官法如炉却是炉。”

到第三重地狱，门上匾额写着“火车之狱”四个大字。王明走近小门儿里去瞧一瞧，只见一轮车装着几个汉子。小鬼们嘴里哨一声响，那轮车飞拥而去。小鬼们呼一口气，那车下的火喷将出来，车走得快，火烧得大，一会儿把个汉子烧得乌焦巴弓，做一块灰烬之末。成了灰，却又取过来洒上几点水，原来还是原来，依旧是个汉子。车转不了，汉子烧不了。王明道：“那轮车好狠火也！”判官道：“这叫是：不做无量罪不重，火不烧时人不知。”王明道：“每人又还原，这怎么说？”判官道：“冤孽相缠，百千万劫。”

到第四重地狱，匾额上写着“溟泠之狱”四个大字。王明近前瞧一瞧儿，只见小门儿里一口清水圆池，一班小鬼站在两边，喝声道：“哇！”

一手一个汉子，丢到圆池里面，就是一个大鲇鱼，一张大阔口，一口一毂碌吞将下去。又是一个小鬼喝声道："哇！"又是一手一个汉子丢下去，又是一个鲇鱼吞将下去。丢十个，才满一回。一回之后，满地里都是些鲇鱼，悠扬跳跃，如醉饱之状。上面小鬼却又喝声道："哇！还我原人来。"一声喝不至紧，就不见了这些鲇鱼，另是一班金丝鲤鱼，一尾鱼衔着一个人，照池沿上一掼掼将上来，依旧又是那些汉子。王明道："姐夫，那池里鱼都是教成的？"判官道："鱼因贪饵才吞钩，造孽多般总是愚。"

又到第五重地狱，匾额上写着"油龙之狱"。王明近前去瞧一瞧儿，只见小门儿里面摆列着无数的将军柱，柱头上都倒挂着一条龙。柱底下都绑着是大个的汉子，汉子身上赤条条的没有寸丝，小鬼们把柱头上一献，龙口里就彪出泖滚的香油，一直照着汉子满头扑面浇下来，皮是绽的，肉是酥的，那些汉子止剩得一把光骨头柴头儿的样子。到了光骨头的田地，那些小鬼们走近前，一把骨头上浇上一瓢滚水，原来又是原来，照旧还是一个汉子。王明道："姐夫，龙口里敢是香油么？"判官道："是泖滚的香油。"王明道："姐夫，好狠也！"判官道："从来作恶天昭报，事到头来不自由。"

又到第六重地狱，匾额上写着"虿盆之狱"四个大字。王明走近前去瞧一瞧儿，只见小门儿里面一个深土坑，坑里面都是些毒蛇、恶蝎、黄蜂、黑虿。一干小鬼一手抓过一个汉子来，照坑里一掷，坑里那些蛇、蝎、蜂、虿嗡一声响，群聚而来，嘬其血，串其皮，食其肉，了无人形。一手又抓过一个来，又是一掷，又是这等各样毒物串皮食肉。抓过许多，掷着许多。直到末后之时，又是一个小鬼喝声道："上来！"手里拿着一管小笛儿，吹上一声响，果真的又是那些汉子走将上来。只是皮开肉绽，体无完肤。王明道："那坑里怎么有这些恶物哩？"判官道："天造地设的一般，不怕你走到哪里去。"王明道："好磨折人也！"判官道："说得这个话！恶人自有恶人磨，撞着冤家没奈何。"

又到第七重地狱，匾额上写着"杵臼之狱"四个大字。王明走近前去看他看儿，只见小门儿里面当堂安上一个大杵臼，约有数丈之宽。四围站着四个小鬼，一个手里拿着一副大碓杵。掀下一个汉子来，只听见一齐杵响，须臾之间，打成一块蒜泥的样子。把个蒜泥捏成一个团儿，逐个儿放在左边还魂架上。到了末后之时，架子一声响，原来还是原来，照旧是个汉子。王明道："姐夫，好狠杵臼哩！"判官道："今日方知孙杵臼，从来不信有程婴。"

又到第八重地狱，匾额上写着"刀锯之狱"四个大字。王明走近前去看一看，只见小门儿里面两片板夹着一个人，或是男子汉，或是女人家。却有一班小鬼，两个鬼拽着一张锯，从头上锯到脚跟下止。皮开肉绽，也有两半的，也有三挂的，也有四截的，也有碎砒的。锯到着后之时，又是一个小鬼做好做歹，一个个的拿起来，用笤帚在浑身上扫一过，一个还是一个，男子是男子，女人是女人。只是那些刀痕血迹，到底有些。王明道："姐夫，这个锯解的又惨些！"判官道："生前造恶无凭据，死后遭刑分外明。"

又到第九重地狱，还不曾走到门上，只听得后面一个人吆喝道："崔相公哪里去哩？"王明转头一看，只见一个人生得是牛的头，马的脸，身上穿件青布长衣，腰里系条红罗带，脚下是双黑皮皂靴，口里吆喝道："崔相公。你哪里去哩？"判官道："你吆喝怎的？"青衣说道："阎罗爷有事相请。"道犹未了，又是一个猪头狗脸的赶将来吆喝道："阎罗爷有事相请，请你快些去哩！"道犹未了，又是一个驴头羊嘴的赶将来，吆喝道："崔相公，爷在厅上，有事请你，即忙就走哩！"崔判官看见来得凶，只得站着，问说道："有甚么紧事？一时就是三递人来。"众人说道："我们只晓得奉着官差，哪里晓得有甚么事哩！"判官道："堂上可有些甚么人在那里？"众人说道："堂上是转轮王放出来的无罪之人。"判官道："已经无罪，各自散去托生罢了，怎么又转到堂上来？"众人说道："在那里告甚么枉刀杀人的状子。"判官道："爷怎么说？"众人说道："爷因是不得明白，故此相请相公，请查文簿，看他们果有罪，果无罪；杀人的果枉刀，不枉刀。"

判官道："既如此，不得不去。只一件来，大舅，我如今阎君有召，不得相陪，自己再去细看一番罢。"王明道："姐夫，你不在之时，我小弟也不去了。"判官道："地狱共是一十八重，我和你才看得八重，还有十重不曾看见。况兼前面正有剉、烧、舂、磨，正好看哩！”王明道：“举一可例，其余莫说，已自看过八重，小弟出去，也就告辞罢。”

一会儿，出了地狱，判官道：“进灵曜之府。”王明走出子城来。判官又叮嘱道：“大舅，你还到我家里等着我哩！”王明道：“不等你罢。”判官道：“我有一封家书烦你相带，你怎么不等我哩？”王明听见说是家书，不得不等。一径找到崔家，见了刘氏，王明道：“娘子，你今日做了我的姐姐。好个姐姐也！”刘氏道：“判官做了你的姐夫，还好个姐夫哩！”两个闲谈，不在话下。

却说崔判官进了灵曜之府，直上第五殿见了阎罗王，行了礼，阎罗王说道：“这一干无罪之鬼，状告枉刀杀人，却不知他的有无虚实，你去细查一番，看他的真假，以便发落施行。”崔判官道：“查此不难，叫他们供出口词来，我这里拿个罪恶簿来一对，便见明白。”阎罗王说道：“此言有理。”即时传令，着令这些告状的逐一供出口词。

常言道：“你是阎罗王，阎王出令，谁敢有违？”一干鬼齐齐的站在丹墀之下，轮班序次，一宗宗的诉上来。

第一宗一个老者。提着一个斗大的头，哭哭啼啼，自称是金莲宝象国总兵官，名字叫做姜老星忽刺。临阵之时，被南朝唐状元所误，一箭铲下了头。屈死无辜，告唐状元填命。

第二宗是两个小后生。一个拎着一个脑盖骨，哭哭啼啼，自称是姜老星忽刺第三个公子，名字叫做姜代牙。临阵之时，被南朝张狼牙闪在后面，不知不觉，一狼牙钉打碎了脑盖骨。屈死无辜，告张狼牙填命；一个拎着一块鼻梁骨，一双乌眼珠，哭哭啼啼，自称是姜老星忽刺第二个公子，名字叫做姜尽牙。临阵之时，被南朝张狼牙所误，一狼牙钉打断了鼻梁骨，爆出一双乌珠儿来，至今做个瞎鬼。屈死不甘，告张狼牙取命。

第三宗是五千个番兵结做一伙，也有没头的，没眼的，没鼻子的，没手的，没脚的，吆吆喝喝，哭哭嘶嘶，同口一辞，都说道：“是总兵官姜老星部下的番兵，临阵之时，死了总兵官，被唐状元乱刀砍死。一概屈死无辜，一概告唐状元取命。”

第四宗是千百头野水牛。一个一身水，哭哭啼啼，都说道：“我们野水牛本是畜生，孽障未除，生长在金莲宝象国，郊眠露宿，饥餐草，渴饮水，并不曾有甚么罪恶。只因奉女将姜金定官差，哪晓得张天师逼勒我们下水，一任的响雷公，把我们活活的逼死于海水之中。屈死无辜，告张天师填命。”

第五宗是千百头犀牛。头上角峻嶒，身上鳞落索，也是哭哭啼啼，说道：“我们是一干犀牛，生长在水里，与水族为邻，并无半毫过恶等，因承奉金莲宝象国女将姜金定所差，被张天师借到那里千百条长长大大的蜈蚣虫，强钻我们的鼻头，活活的钻死我们这一干性命！情屈无辜，告张天师填命。”

第六宗是一干妇人，约有五百多个，都只是精着个头，并没有身子，一个个哭哭啼啼，说道：“我们原是妇人身，只到夜晚间，头会飞走，晚间飞去，明早飞来，并无差错。多因女将姜金定差遣我们出城，也只是备数而已。被张天师叫下五方黄巾力士，撇掉了我们原身，致使头不归身。顷刻间，坑陷了我们五百口性命。情屈无辜，告张天师填命。”

第七宗是一干柴头鬼。

毕竟不知怎么叫做柴头鬼，不知这一干柴头鬼诉个甚么冤？且听下回分解。

第89回　一班鬼诉冤取命　崔判官秉笔无私

诗曰：

圆者被人讥，方者被人忌。
不方与不圆，何以成其器？
至圆莫如天，至方莫如地。
天地之大也，人犹有所议。
人或讥我圆，我圆思以智。
人或讥我方，我方思以义。
醒者彼自醒，醉者彼自醉。
宁识阴司中，报应了无异。

却说第七宗是一干柴头鬼，像有头又不见个头，像有手又不见个手，像有脚又不见个脚。凹头突脑，乌蕉巴弓，原来是火里烧过来的，故此叫做柴头鬼。哭哭啼啼，都说道："我们一干人，是罗斛国谢文彬麾下的番兵，共有三五千个。因为谢文彬和南朝争斗，与我们何干？被南朝五营大都督设下毒计，把我们连人连船尽行烧死。蛟龙厮战，鱼鳖何干？活活的烧死我们这三五百个的性命。情实无辜，告五营大都督填命。"崔判官道："你只说五营大都督，还是甚人才好对哩？”柴头鬼说道：“就是唐状元为首。”判官道：“若你们委实无辜，这就该唐状元填命。”

第八宗又是两个小后生。一个驼着个背，口里叫着：“好疼也！好疼也！”一边叫着，一边说道：“我是爪哇国苏刺龙。临阵之时，被南朝马游击背空处打一锤，打得腰驼背曲，一命归泉。屈死无辜，告马游击填命。”一个连肩带背，拎着半边身子，哭哭啼啼，说道：“我是爪哇国苏刺虎，临阵败走，暗地里马游击一刀，卸下一边身子来。身死无辜，告马游击填命。”

第九宗也是两个后生。一个拎着一副顶阳骨，哭哭啼啼，说道：“我是爪哇国一员副将，名字叫做哈刺婆。临阵之时，切被金都督偷空儿一镋，镋掉了一副顶阳骨。屈死无辜，告金都督填命。”一个背着脊梁骨，哭哭啼啼，说道：“我也是爪哇国一员副将，名字叫做哈刺密。回阵之时，也被金都督背后赶将来，脊梁骨上一镋，镋得一命归泉。身死无辜，告金都督填命。”

第十宗是五百个番兵，站着的就是一千个。怎么这等多哩？

原来一个人是一刀两段的：上一段，下一段。虽是五百个人，上下两段，却不是一千个？一齐儿哭哭啼啼，都说道：“我们叫做鱼眼军，承总兵官的号令，去到南船之下，被王元帅设计，满船底下都是飞抓，抓起一个来，一刀两段。屈死无辜，告王元帅填命。”

第十一宗是三千名步卒。一个个都是身首两分，皮开肉绽，怨气腾腾，哭哭啼啼，都说道：“我们都是爪哇国上铜板册的军人，跟随总兵官出阵，大败而归，被南朝诸将擒获。可怜我们三千个人，都是砍头，都是剥皮，都是剐骨，都是一锅儿煮吃了。有何得罪，遭此极刑？告郑元帅填命。”判官道：“你们原是哪一个擒获的，你们还寻哪一个，怎么要郑元帅填命？”众人说道：“一锅煮吃之时，都是郑元帅主令，故此要他填命。”

第十二宗是十三个番官。浑身上下，寸丝不挂，连身上的肉都是一条一条儿牵扯着，哭哭啼啼，说道：“我们是爪哇国国王驾下亲随头目，共是十三员。城池失守，与我等何干？被南朝人拿去，一个人剐了一千刀。平白地遭此锋镝之惨，告郑元帅填命。”

第十三宗是一个老大的番官。也拎着一个头，哭哭啼啼，说道：“我是爪哇国一个总兵官，名字叫咬海干，尽忠报国。被南朝拿住，砍了头祭海。孤忠无以自见，反遭毒刑，告郑元帅填命。”

第十四宗是一个女人声口，苦无甚么头面。哭哭啼啼，说道：“我是爪哇国一个女将，名字叫做王神姑，舍身为国，被南朝诸将万马踏为肉泥。跖犬吠尧，吠非其主。遭此极刑，告南朝诸将填命。”判官道：“你那妇人的状不准。”王神姑又哭又说道：“怎么不准？”判官道：“我这簿上注得有你是自家发下大咒，咒神不肯恕饶，以致如此。下去，再查你前身。”

第十五宗是一个南朝人。拎着一个头，哭哭啼啼，说道：“我本贯南朝人氏，名字叫做陈祖义，来到浡淋国，官授沙胡左头目之职。好意迎接南船，反被他枭首示众。恩将仇报，死不甘心，告郑元帅填命。”

第十六宗是一连三个女人。一个女人拎着一个头，哭哭啼啼，说道：“我是女儿国一个公主，名字叫做金头宫主。为了唐状元，切被妹妹砍了头。树因花发，藕以莲生，告唐状元讨命。”一个挤着个奶头，哭哭啼啼，说道：“我就是金头宫主第二的妹子，名字叫做银头宫主。为因唐状元，致使第三个妹子一刀割了我的奶头，重伤致死。唐状元是个贻祸之根也，告唐状元填命。”一个捻着一把腰眼骨，哭哭啼啼，说道：“我就是金头宫主第三的妹子，名字叫做铜头宫主。为因两个姐姐争风，是我判其曲直，被马太监蓦地里一刀，刺了我的腰眼骨，刺了一个大窟窿，身死无辜，告马太监填命。”判官道：“那两个姐姐自己淫乱争风，怎么告得唐状元？这个不准。这个妹妹告马太监，还有三分理，待过会儿再查。”

第十七宗又是一个女人。拎着一个头，哭哭啼啼，说道：“我是女儿国一员女将，名字叫做王莲英，百战百胜。切被卖国女贼黄凤仙，一刀砍下了我的头。忠君者身死，卖国者反昌。情屈何干，告黄凤仙填命。”判官道：“一个忠君，一个卖国，再查前身，黄凤仙还填你的命。”

第十八宗共是五十个没头的鬼。先一班二十五个，哭哭啼啼，说道：“我们是撒发国总兵官部下看宝藏库的小军，上半夜梦寐之中，吃南朝王明一个一刀，一刀砍下一个头来。身死无辜，告王明填命。”后一班二十五个，哭哭啼啼说道：“我们同是撒发国，同是看宝藏库的小军，下半夜梦寐之中，吃南朝王明一个一刀，一刀砍下一颗头来。身死无辜，告王明填命。”

第十九宗这个人有些古怪。怎么古怪？合着一个人，分开来又是四架。哭哭啼啼，说道：“我是撒发国一个总兵官，名字叫做圆眼帖木儿，提刀出阵，被王明暗地里劈了我四刀，开我做四架。屈杀英雄，死不瞑目，告王明填命。”

第二十宗是一干没头没脑，断手断臂。吆吆喝喝，说道：“我们总是圆眼将军部下的小军，被王明暗刀所杀，人不计其数，刀不计其伤。负屈含冤，告王明填命。”

第二十一宗是两个狐狸精，说道：“我们修行千百多年，为因金毛道长官差，被张天师把我两个，一个劈开做了两个。情死不甘，告张天师填命。”判官道：“你原先同伴之时，还有四个神道，也劈做两半个，他们偏不告状，偏你们两个会告状！”两个狐狸精齐说道：“他们是青龙、朱雀、玄武、白虎之神，已经告在天曹，玉帝也准了他的状，许他取命。”判官道：“既如此，我这里也准你的。”

第二十二宗是一干番卒，有小半是带伤的，有大半是没头的。带伤的哭哭啼啼，说道：“我们是锡兰国的防海水军，切被南朝解都督把个甚么赛犀飞，害了我们的性命。死不甘心，告解都督填命。”没头的哭哭啼啼，说道：“我们同是锡兰国的兵卒，被解都督拿住，一人一刀，一刀砍了首级。死有何罪？告解都督填命。”

第二十三宗是一个总兵官，领了无数的兵卒。总兵官哭哭啼啼，说道：“我是锡兰国一个总兵官，名字叫做乃奈涂，挺身为国，吃南朝刘游击一刀，砍了一个头。又把我的头挂在高竿上，又且将去传示四邻。卫国之臣，宁得何罪？遭此荼毒！告刘游击填命。”那无数的兵卒一齐吆喝，一齐啼哭，说道：“我们就是乃奈涂总兵官部下的兵卒，被刘游击当阵杀死，拿住的又是砍头。身死无辜，告刘游击填命。”

第二十四宗是一干毛陆秃的白象，也哭哭啼啼，说道：“我们是个守分的中生，奉锡兰国总兵官差遣，被南朝刘游击，把个甚么赛星飞，害得我们伤的伤，爬的爬，以致身死。情理何甘！告刘游击填命。”判官道：“你这些中生，原日自不合出阵，今日也不合来缠扰，哪里有这闲工夫准你的状。”

众象说道：“老爷可怜见，蝼蚁尚且贪生，何况我们狮象之列，都是有德有行的中生，怎么肯白受其死？”判官道：“既如此，待我再查。”

第二十五宗又是一个番总兵。手里提着一个头，哭哭啼啼，说道：“我是金眼国一个总兵官，名字叫西海蛟，南兵之难，身经百战，吃金都督一镋，铲下我斗大的头来，英雄无效用之处，情屈何甘！告金都督填命。”道犹未了，后面又跟着无数的番兵，都是些肢体不全，连伤带血的，都是吆吆喝喝，都说道：“我们一干人，为因番总兵身死之后，吃金都督雪片的镋来，措手不及，负屈身死。告金都督填命。”

第二十六宗又是两个番官。一个拎着头，说道：“我是金眼国水军酋长，名字叫做哈秘赤，海上鏖战之时，吃刘百户设计塞了我的舵眼，坑陷了我海鳅船；又戳我一枪，又致使我砍下头来。此情何恨！告刘百户讨命。”一个只得上半段，连头带胳膊，站在地上，下半截身子不见，在那里口里说道：“我也是金眼国一个水军头目，名字叫做沙漠咖，吃了姚把总一刀，挥我为两段，上一段还在，下一段远葬沙鱼之腹。此恨何长！告姚把总填命。”道犹未了，后面一拥而来，就有几千个没头的鬼，都说道：“我们都是跟随哈酋长、沙头目出阵的，只因他两个身死之后，可怜我们撞着火，烧个死；撞着刀，勒个死；捉将去，吓个死。罪不加众，情屈何甘！”烧死的告梁把总填命，杀死的告姚把总讨命，捉去的告张百户讨命。”

第二十七宗这个鬼，生得齐整，青春年少，叫屈连天，原来是金眼国国王的盘龙三太子。一手提着一张刀，一手拎着一个头，气冲冲的说道：“我做太子的为父杀贼，这是理之当然，怎么活活的吃水军大都督陈堂一亏，逼勒得举刀自刎？天下做忠臣孝子的，岂可这等抑郁不伸！到如今没奈何，只得告求阎君殿下，替我做个主张，一定要陈都督偿命！况兼我还有一个忠臣，叫做哈里虎，被他逼勒得溺水身亡。还有八个头目，还有三百只番船，还有三千名番兵，都堆做一坑，烧做灰烬之末。你们不信之时，你看后面都是甚么？”把手一指，只见一个鬼平跳起来，说道：“我是金眼国国王驾下的驸马将军，名字叫做哈里虎，为因国家有难，不避斧钺，万死一生。哪晓得天道无知，偏使贼人得志，致使我们溺水身亡！割我头的是个游击将军黄彪，我今日告黄游击取命。”道犹未了，只见八个头目吆吆喝喝，说道：“我们八个头目，活活的火葬在陈都督手里，今日要陈都督偿命。”道犹未了，只见三千名番兵，一齐的哭哭啼啼，都说道：“我们这一干人，共有三千多个，岂可都是数尽禄终，白白的丧在陈都督火里。情苦何堪！今日要陈都督偿命。”

第二十八宗是个丞相的样子，一个头提在手里，哭哭啼啼，说道：“我是金眼国国王驾下右头目的便是，名字叫做萧哒嘌，为因赍了国书，请了三位大仙，就吃南朝二位元帅砍我的头，又把我的头号令各门、各街、各市。君令臣行，这是常理，怎么叫我受这等的苦毒？到今日没奈何，望阎君替我做主，要二位元帅填命。”

第二十九宗是两个道士。一个说道：“我在阳世间叫做金角大仙。”一个说道：“我在阳世上叫做银角大仙。还有一个师弟，叫做鹿皮大仙。师兄师弟三个同时下山，同时和南兵争斗，怎么我两个就砍了头现了本相？我师弟反做了红罗山的山神？功罪不明，赏罚不正。我两个要金国师填命。”

第三十宗又是五个柴头鬼。一个口里哼也哼的，说道：“我是银眼国一个总兵管，名字叫做百里雁，活活的吃南朝王尚书一天火，烧得骨碎筋酥。衔冤不尽，告王尚书填命。”后面四个哭哭啼啼，都说道：“我们是银眼国四员副将，一个叫做通天大圣，一个叫做冲天大圣，一个叫做撼山力士，一个叫做搜山力士。四个人平白地吃王尚书一餐火，烧得灰飞烟灭。负屈含冤，无门控告，特来告上阎君，要王尚书偿命。”判官道：“你这干人都是吊谎，既是烧得骨碎筋酥，灰飞烟灭，怎么如今还有个形状儿，在我这里告状？”众鬼齐齐的说道：“禀上判官大人，你有所不知，又是南船上一个金碧峰看见不忍，又替我们安埋骸骨，又替我们念上几卷受生经，故此又得这些形状儿，到这里伸冤诉屈。”判官道：“既是如此，还说得通。我准你的，再查。”

第三十一宗又是一个妇人。哭哭啼啼，说道：“我是银眼国百里雁的妻房，名字叫做百夫人，代夫报仇，吃南朝设计，钩牵索捆，砍下头来。夫为妻纲，妻报夫仇，这是个正理，怎么反教我们毒遭刑宪！砍下我头的是唐状元，我如今要唐状元填命。”

第三十二宗是五六百个没头没脑的鬼。嘈嘈杂杂、吆吆喝喝，都说道：“我们是跟随百将军、百夫人的两枝军马，共有七百多名，活活的死在南人之手。有屈难伸，要寻他总兵官填命。”判官问道：“可还有么？”下面答应道：“没有了。”阎罗王说道：“崔判官，这三十二宗人命，事非小可，你仔仔细细把个罪恶簿来，与他对证一番。中间有等恶极罪大的，发下罚恶司，要他周环地狱。有等恶未甚，罪苦不大的，轻恕他，发下左转轮王，与他托生而去。果若是素无罪恶，枉刀屈杀了他，准南朝人一命填他一命。怕他甚么元帅？怕他甚么都督？怕他甚么状元？到了我这衙门，按法而行，毫无所隐。昔日唐太宗尚然填还人命，何况以下之人？”崔判官说道：“是，小臣即时查对。”

好个崔判官，一手一枝笔，一手一扇簿，从头彻尾，查对了一番，又加一番，怕有差错；再加一番，这叫做三思而行，事无不慎。崔判官却才禀告阎君，说道：“某也善，某也未善；某也是，某也未是。”阎君道：“既是查对得明白，你当面判断还他们。”判官道：“你们仍旧一宗一宗的上来，听我们判断。”众人答应道：“是！”

判官叫过第一宗，下面应声道：“有！”判官道：“姜老星，你前身杀人无厌，已经七世为猪，尚且填还不满；你今日出世为人，还是这等为君强战，糜烂民肉，怙恶不悛！依法该送下罚恶司，遍历一十八重地狱。”姜老星说道：“容小的分诉。”道犹未了，阎君传下令来，不许强嘴，强者竟送阿鼻地狱之下，永世不许转身！果有不甘，许末后再禀。阎王有令，谁敢有违？只是耸听而已。

判官叫过第二宗，下面应声道：“有！”判官道：“姜尽牙，你已经三世为人，只因你为人在世，怒目而视哥嫂，注定了打出你的眼乌珠儿来。姜代牙，你已经二世为人。只因你在世作事机深，抠人脑髓，理合打碎你的脑盖骨。你这两个报应已毕，发左转轮王，许你托生。”下面应声：“是！”

判官叫声第三宗，下面应声道：“有！”判官道：“你这一干人，初世为人，前世都是一群马，作践人间五谷，以致今世死于刀兵。苦无大恶，发左转轮王托生。”下面应声：“是！”

判官叫声第四宗，下面应声道：“有！”判官道：“你这一干畜生，已经三世为牛。只因你前生在世，食人之禄，不能终人之事，欺君卖国，你这簿上，该十四世为牛。你们今日受了这一苦，准一世为牛，通前后十三世为牛就满。许牲录司去托生为牛。”下面应声：“是！”

判官叫声第五宗，下面应声道：“有！”判官道：“你这一干畜生，才初世为犀牛。只因你前世都做道士，游手好闲，又且秽污斋醮，故此出世做个犀牛。你头上这一只角，恰像道士那顶冠儿，昨日那一天大蜈蚣，都是些徒弟徒孙的冤孽。你这簿上，共是六世为牛，今番也免你一世，再五世就满。许牲录司去托生。”下面应声：“是！”

判官叫声第六宗，下面应声道：“有！”判官道：“你这一干妇人，前世都是淫奔之妇，背了结发丈夫，私通外人情趣。已经十世为母猪，羞耻不避，秽污异常，还有些余孽未满，却注你做个尸致之鱼，今番受了这一苦，罪恶填满了。许赴左转轮王，托生为人。”下面应声：“是！”

判官叫声第七宗，下面应声道：“有！”判官道：“你这五千多人，原是五千条毒蛇转世。阎罗王只说你们改行从善，哪晓得你们蛇钻竹洞，曲心还在，故此又注你这一死。你们这簿上，还该一世为猪，再世为牛，三世才转人身。许牲录司去托生。”下面应声：“是！”

判官叫声第八宗，下面应声道：“有！”判官道：“苏刺龙，你已经三世为人。只因前生在世，专一驮人的财物，不肯还人，以致罪恶贯满。故此今日一锤打驼了你的背，命染黄泉。苏刺虎已是四世为人，只因你前生在世，专一破人姻缘，离间人骨肉，以致罪恶贯满，故此今日一刀连肩带背的，分开你的尸骸。却只一件，你两个苦无大恶，还是人身。许赴左转轮王托生。”下面应声：“是！”

判官叫声第九宗，下面应声道：“有！”判官道：“哈刺婆，你已自二世为人。只因你前生在世，专一说话过头，行事满顶，故此今日吃这一镋，削掉了你的顶阳骨。哈刺密，你已是五世为人。只因你前生在世，说话没脊骨，行事没脊骨，故此今日吃这一镋，铲掉你的脊梁骨。却你两人又无别恶，还是人身。许赴左转轮王托生。”下面应声：“是！”

判官叫声第十宗，下面应声道：“有！”判官道：“你这五百个鱼眼军，才是两次为人。初次为人，你就奴群狗党，饮酒输钱，牵扯不断，故此今日注你一个一刀，砍为两段。你第三世为人，方知警省。许赴左转轮王托生。”下面应声：“是！”

判官又叫声第十一宗，下面应声道：“有！”判官道：“你这三千个人，都是前生不敬父母，不尊长上，不孝不弟之人。已经十二世为牛，砍头剥皮，剐骨锅煮。才然初世为人，罪孽尚且未满，仍旧又是砍头剥皮，剐骨锅煮。你们这簿上，还有四世为牛。许赴牲录司托生。”

判官叫声第十二宗，下面应声道：“有！”判官道：“你这十三个人，也是初世为人。原日为因抵触了继母，六世为驴，受人欺压，遭人鞭扑。才得为人，复又剐你这一千刀，今后罪孽，稍可饶你罢。许赴左转轮王托生。”下面应声：“是！”

判官又叫声第十三宗，下面应声道：“有！”判官道：“咬海干，你这个人原没有甚么罪恶，已经八世为人。这一世又是个尽忠报国。只因你前世枉杀了一条大蛇，故此今世不免这一刀之苦，却也不敢偿命。送赏善府受用。”下面没有答应。

判官叫声第十四宗，下面应声道：“有！”判官道：“王神姑，你是个不敬公姑，不顺父母，不尽妇道，犯了七出之条的妇人，已经十八世为母狗。今日又犯咒神，故此要遭万马踏为肉泥。送罚恶分司，还历那一十八重地狱。”下面应声：“是！”

判官叫声第十五宗，下面应声道：“有！”判官道：“陈祖义，你已是五世为人，苦无罪恶。只因你呼喝长兄一声，故此不免这一刀之苦。却来生还是人身。许赴左转轮王托生。”下面应声：“是！”

判官叫声第十六宗，下面应声道：“有！”判官道：“你这三个女人，前身是个田三嫂，吵家精，在我地狱里面，已是锯开了做三个。教你为人，改心从善，谁知你还是这等贪淫无耻，故此一个人又是一刀。也罢，今番再变一遭母狗，消你那些淫欲之火，却再来托生。许赴牲录司伺候。”下面应声：“是！”

判官叫声第十七宗，下面应声道：“有！”判官道：“王莲英，你原是个孝妇出身，已经三世戴珠冠，穿霞帔。只因有些小不足处。甚么些小不足处？瞒着婆婆吃了一只鸡，故此今生要砍这一下，却不该人来填命。许赴左转轮王托生。”下面应声：“是！”

判官叫声第十八宗，下面应声道：“有！”判官道：“你这五十个人，前世都是个出头的好汉。只因有些出头害人，苦没有甚么大善行，故此今世都要砍头。却来生还是人身。许赴左转轮王托生。”下面应声：“是！”

判官叫声第十九宗，下面应声道：“有！”判官道：“圆眼帖木耳，你为人在世，言不信，行不果，取不明，与不明。有这四样不是处，故此今日砍你四刀，开你做四架。你来生仅仅的讨得个人身，却也没有甚好处。赴左转轮王托生。”下面也不曾答应。

判官叫声第二十宗，下面应声道：“有！”判官道：“你这一干人，都是前一世在乡党之中，暗箭伤人，暗刀杀人，故此今生遭王明的暗剑。却也苦没有大过恶，还得人身。许赴左转轮王托生。”下面应声：“是！”

判官叫声第二十一宗，下面应声：“有！”判官道：“你这两个狐狸，一边修行，一边魇污迷人。今日又不合跟随着甚么道长，这正叫做狐假虎威，罪孽重大！”叫过鬼司来：“送他到阴山之下，永世不许转身！”下面哭哭啼啼而去。

判官叫声第二十二宗，下面应声道：“有！”

不知这个应声道“有”，还有些甚么过恶？判官怎么判断？且听下回分解。

第 90 回　灵曜府五鬼闹判　灵曜府五官闹判

诗曰：

大定山河四十秋，人心不似水长流。
受恩深处宜先退，得意浓时便好休。
莫待是非来入耳，从前恩爱反为仇。
世间多少忠良将，服事君王不到头。

却说判官叫声第二十二宗，下面应声道："有！"判官道："你这一干带伤的，前生卖酒浑是水，不见个米皮儿，故此今生遭解都督的赛犀飞，水里抓起你来；你那些砍头的，是前生酒里下了蒙汗药，故此受祸又惨些，都还不失人身。许赴左转轮王托生。"下面应声："是！"

判官叫声第二十三宗，下面应声道："有！"判官道："乃奈涂，你前生是个强盗头儿，谋财害命，故此今日注上砍头，又将你的头传示邻国。你那些兵卒，都是你这一班为从的，应得阵上杀死，拿住砍头，却都失了人身。怎么失了人身？得他的财，下世要变牛变马还他的。许赴牲录司托生。"下面应声："是！"

判官叫声第二十四宗，下面应声道："有！"判官道："你这些畜生，还说你有德有行，你们七世前都是个人身，都曾放火烧人房屋，已经七世变畜生，不离汤火之灾，冤业尚然未满，却又生这一场赛星飞来烧你，今番却得了人身。许赴左转轮王托生。”下面应声：“是！”

判官叫声第二十五宗，下面应声道：“有！”判官道：“西海蛟，你是个尽心报国的。只因你前生是条好汉，专一充大头鬼唬吓人，故此今日要铲下你那斗大的头来。你后面那一干人，都是衬帮你的，助人唬吓，死有余辜。只一件，一施一报，还不失个人身。西海蛟请进赏善府，众人俱赴左转轮王托生。”下面齐应声：“是！”

判官叫声第二十六宗，下面应声道：“有！”判官道：“哈秘赤，你前生是个屠户，杀生害命，故此注你一枪，又砍你的头。沙漠咖，前生上半世做好人，下半世杀牛营生，故此注你下半截身子，远葬鲨鱼之腹。却都不失人身，许赴左转轮王托生。你们后面那一干人，原是几千个鼠耗托生，啮嚼之罪，应得如此。今番该是变蛇，少得清净。许赴牲录司托生。”下面应声：“是！”

判官叫声第二十七宗，下面应声道：“有！”判官道：“盘龙三太子，是为子死孝，哈里虎是为臣死忠。你两个俱十世为人的，三太子只因前生勒死了一只鹿，故此今世有自刎之罪；哈里虎前生把滚汤浇死了一穴蝼蚁，故此今生有溺水之报。两个人俱善多恶少，俱该填命。只是南人已经厚待你们了，不必填命。请进赏善府受用。那八个头目，是八只斑斓虎托生；那三千名兵，是三千个豺狼托生，应得此报。八个头目，今番出世是羊；三千名番兵，今番出世是猪。俱赴牲录司托生。”下面应声：“是！”

判官叫声第二十八宗，下面应声道：“有！”判官道：“萧哒嘌，你前生倒是个好人，吃斋把素，看经念佛，修积得五世为人。今生又做丞相。只因你前生那些大秤小斗，故此不免这一刀。赴左转轮王托生，原不失富贵之厚。”下面应声：“是！”

判官叫声第二十九宗，下面应声道：“有！”判官道：“你这两个畜生敢如此无礼，冒顶了人，反敢自称甚么金角、银角！叫鬼司即时赶他到阴山之下，不许他转身！”两个哭哭嘶嘶而去。

判官叫声第三十宗，下面应声道："有！"判官道："百里雁，你原是个飞天的光棍，勒骗良善财物，致有今日这一场火烧。你得人的财物，还要变下畜生填还人，可赴牲录司托生。"百里雁不肯去，判官喝声："鬼司们，扯他去。"又说道："那两个大圣，原是偷天换日的光棍；两个力士，原是掘地三尺的光棍。同是火光，故同是火烧。俱发下牲录司变畜牲，填还人财物。"下面应声："是！"

判官叫声第三十一宗，下面应声道："有！"判官道："百夫人，你前生是个长脚妇人，东家又到西家，南邻又走北舍。又不合不受婆婆教训，凡有吩咐，只是头摇，故此今日有些绊脚砍头之祸。却只是恶少善多，许赴左转轮王托生。"下面应声："是！"

判官叫声第三十二宗，下面应声道："有！"判官道："你这七百个，都是前生一班吃狗肉的和尚，故此聚在一坨儿受此刀兵之苦。魇污的罪重，今番不得人身。许赴牲录司去托生。"下面应声："是！"

道犹未了，阎罗王问道："可曾完么？"判官道："已经完了。"阎罗王道："可有甚么差错？"判官道："没有甚么差错。"阎罗王问道："丹墀之下，众鬼都散去了么？"鬼司道："都散去了，止有五个大鬼还在那里，不肯出去。"阎罗王道："那五个不肯出去，有些怎么话说？"

道犹未了，五个鬼历阶而上，都说道："崔判官受私卖法，查理不清。"阎罗王道："我这里是甚么衙门！有个受私卖法之理？"五鬼道："纵不是受私卖法，却是查理不清。"阎罗王道："哪一个查理不清？你说来我听着。"

劈头就是姜老星说道："小的是金莲宝象国一个总兵官，为国忘家，臣子之职，怎么又说道我该送罚恶分司去？如此说来，却不是错为国家出了力么？"崔判官道："国家苦无大难，怎叫做为国家出力？"姜老星道："南人宝船千号，战将千员，雄兵百万，势如累卵之危，还说是国家苦无大难！"崔判官道："南人何曾灭人社稷，吞人土地，贪人财货，怎见得势如累卵之危？"姜老星道："既是国势不危，我怎肯杀人无厌？"判官道："南人之来，不过一纸降书，便自足矣，他何曾威逼于人？都是你们偏然强战。

这不是杀人无厌么？”

咬海干道：“判官大人差矣！我爪哇国五百名鱼眼军，一刀两段；三千名步卒，煮做一锅。这也是我们强战么？”判官道：“都你们自取的。”圆眼帖木儿说道：“我们一个人劈做四架，这也是我们强战么？”判官道：“也是你自取的。”盘龙三太子说道：“我举刀自刎，岂不是他的威逼么？”判官道：“也是你们自取的。”百里雁说道：“我们烧做一个柴头鬼儿？岂不是他的威逼么？”判官道：“也是你们自取的。”

五个鬼一齐吆喝起来，说道：“你说甚么自取？自古道：‘杀人的偿命，欠债的还钱。’他枉刀杀了我们，你怎么替他们曲断？”判官道：“我这里执法无私，怎叫做曲断。”五鬼说道：“既是执法无私，怎么不断他填还我们人命！”判官道：“不该填还你们。”五个鬼说道：“但只‘不该’两个字，就是私弊。”这五个鬼人多口多，乱吆乱喝，嚷做一坨，闹做一块。判官看见他们来得凶，也没奈何，只得站起来，喝声道：“哇！甚么人敢在这里胡说？我有私，我这管笔可是容私的？”五个鬼齐齐的走上前来，照手一抢，把管笔夺将下来，说道：“铁笔无私，你这蜘蛛须儿扎的笔，牙齿缝里都是私丝，敢说得个不容私！”

判官看见抢去了笔，心上越发吃恼，喝声道：“哇！又还胡说哩！我有私，我这个簿可是个容私的？”五个鬼因是抢了笔，试大了胆，又齐齐的走上前去，照手一抢，把本簿抢将下来，说道：“甚么簿无私，你这茧纸儿钉的簿，一肚子都是私丝！”

判官去了笔，又去了簿，激得怒从心上起，恶向胆边生！平跳将起来，两只手攒着两个拳头，前四后二，左五右六，上七下八，支起个空心架子，实指望打倒那五个鬼。哪晓得那五个鬼都是一班泼皮鬼，齐齐的打上前来，一下还一下，两下就还一双，略不少逊。自古道：“好汉不敌两。”老大的只是判官一个，哪里打得那五个鬼赢？把头上的晋巾儿也打掉了，把身上的皂罗袍也扯碎了，把腰里的牛角带也蹬断了，把脚下的皂朝靴也脱将去了。判官空激得暴跳，眼睁睁的没奈他们何处。阎罗王看见不是势头，也跳将起来，高叫道：“你们众人敢这等鬼吵么？快叫众鬼司来，推他到阴山之下去，看他何如！”那五个鬼连阎罗王也不怕，说道：“这的与老爷不相干，只因判官卖法，故此激变了我们。”阎罗王道：“怎叫做卖法？”五个鬼说道：“南朝人枉刀杀人，理合一命填还一命。判官任私执拗，反叫我们到牲录司去变畜，反叫我们左转轮王托生，反叫我们到赏善府去闲住。似此不公不法，怎怪得我们？”阎罗王道：“你们前世所为不善，今世理合如此，怎么还欺负我判官？”

五个鬼看见阎罗王发作，也只得软些，说道：“老爷在上，我们都是人怨语声高，激石乃有火，怎么敢欺负判官？”阎罗王道：“你们还说不是欺负。我且问你，你们打掉判官的巾儿，可是欺负他到头上？扯碎了判官的皂罗袍，可是欺负他身无所倚？蹬断了判官的牛角带，可是恣意欺负人，略无芥蒂？若说起皂朝靴来，还有好些话讲。”五个鬼说道：“怎么还有好些话讲？”阎罗王说道：“判官脚下的靴，可是好脱的？你们都脱将去，还不是欺负人么？”道犹未了，只见把城门的小鬼，慌慌张张跑将进来，跪着禀说道：“报！报！报！今番却是天大的祸事来到！”道犹未了，把子城的小鬼，也是这等慌慌张张跑将进来，跪着说道：“报！报！报！今番却是天大的祸事来到！”道犹未了，把灵曜府门的小鬼，也是这等慌慌张张跑将进来，跪着说道：“报！报！报！今番天大的祸事来到！”这一连三个报来得忙，报得重，说得凶，把个崔判官吓得只是抖战。阎罗王也荡了主意。那五个鬼今番却也不敢鬼推，姜老星只得进罚恶司，咬海干、三太子同进赏善府，帖木儿托生左转轮王，百里雁到牲录司。

阎罗王问道：“你这一干小鬼头，报甚么天大祸事来了？”把城门的小鬼说道：“小的不知道来历，只看见五个猛汉，骑着五骑马，舞着五般兵器，抢门而进，金头鬼王吃他一苦。”把子城的小鬼说道：“小的也不知来历，只看见五个猛汉，跨着五骑马，舞的五般兵器，银头鬼王吃他一亏。”把府门的小鬼说道：“小的也是不知来历，只看见果是五个猛汉，跨着五骑马，舞五般兵器，来到灵曜府门之外，来来往往，走一个不住；吆吆喝喝，嚷一个不休。满口说道：‘要拿崔判官老爷，要见阎罗王老爷。’小的未敢擅便，只得报上老爷，伏乞老爷详察。”阎罗王说道：“这五个人是哪里来的？”“不知是哪里来的。”

原来是南朝宝船千号，战将千员，雄兵百万，来到这个黄草崖前，蓝旗官报上元帅，二位元帅着令夜不收上崖体探，夜不收看见天昏地黑，不敢前行，却又责令王明上崖体探。王明去了有一七多些，还不见个回报。这一七中间，天色渐明，虽有些烟雨霏霏，却不过像我们中朝深秋的景致。老爷道：“今日宝船来到这个田地，夜不收又不敢去，王明又不见来，却怎么是好？”王爷道：“昔日诸葛武侯五月渡泸，深入不毛之地，毕竟致使南人不敢复反。我们今日船上，都是这等袖手旁观，怎叫做个下海？”王爷这几句话，似轻而实重，却是敲着这些将官出不得身，干不得事。恰好激石乃有火，激水可在山。

道犹未了，早已有个将官，铁幞头、红抹额、牛角带、皂罗袍，手里拿着一杆狼牙棒，坐下跨着一匹乌骓马，高叫道：“元帅在上，末将不才，愿前去体探一番，再来回话。”元帅抬头看时，原来是前哨副都督张柏。道犹未了，帐下又闪出一员大将来，身长三尺，膀阔二尺五寸，不戴盔，不穿甲，手里拿着一百五十斤重的任君镗，坐下跨着一匹紫叱拨的活神驹，高叫道：“末将不才，愿同张狼牙前去体探。”元帅抬头视之，原来是右营大都督金天雷。道犹未了，帐下又闪出一员大将来，红扎巾，绿袍袖、黄金带、锦拖罗，手里拿着一条三十六节的简公鞭，坐下跨着一骑赛雪银鬃马，高叫道：“末将不才，愿同二位将军前去体探。”元帅抬头视之，原来是征西游击大将军胡应凤。道犹未了，帐下又闪出一员大将来，丰髯长鼻，伟干长躯，满面英风，浑身环甲，手里拿着一把七十二楞的月牙铲，坐下跨着一匹深虎刺的卷毛驹，高叫道：“末将不才，愿同三位将军前去打探。”元帅举目视之，原来是征西游击大将军雷应春。道犹未了，四个将军，四骑马，四般兵器，蜂拥而去。只见帐前闪出一员大将来，高叫道：“四位将军且慢跑，还有我浪子唐英在这里。”元帅抬头看时，果是好个唐状元，烂银盔、银锁甲、花玉带、剪绒拖，一杆朱缨闪闪衮龙枪，一匹银鬃照夜白千里马。老爷道：“有了四员大将，已自足矣，不消唐状元去罢。”王爷道：“老元帅，岂不闻古先时五虎将之名乎？”老爷道：“好个五虎将！

快着唐状元去。”

四员将军前跑，一个唐状元后随。跑了有十数多里头，天色渐渐开亮，只是黄云紫雾，别是一般景色。唐状元高叫道：“列位且不要忙，这个国一定有些古怪，我和你要拿定一个主意才是，孟浪不得。”四员大将齐齐的答应一声：“是！”却又是走了十数多里路头，也还不见个民居街市。五个大将军打伙儿又跑，再又跑了十数多里路头，只见远远的望见有一条矮矮的墙头儿，中间有一个小小的门儿，五员将，五骑马，五般兵器，一抢而入。

只见门里面左边闪出两个青脸獠牙的鬼来，右边闪出两个牛头马面的鬼来，一齐吆喝着，说道：“你们是哪里来的？一味生人气。”五个将官看见这些鬼，又听知说道“生人气”，心上都有些不稳便。唐状元道：“敢是个鬼国么？”众官道：“像个鬼国的模样。”唐状元道：“我和你也怕他不成。”道犹未了，只见青脸鬼喝声道：“哇！你们竟自进去，过关钱儿也没有些？”唐状元也喝声道：“哇！你是甚么关？敢要过关钱儿。”青脸鬼说道：“亏你还有一双眼，连鬼门关也认不得。”唐状元转眼一瞧，果真是那一座小小门上写着“鬼门关”三个大字。唐状元说道：“列位，我和你怎么撞到鬼门关上来了？”张狼牙说道：“怕他甚么鬼门关！”金都督说道：“哪管他甚么关，只是杀上前去。”胡游击说得好，说道：“昔人但愿生入玉门关。我们今日生入鬼门关，也是一场异事。”雷游击说道：“今日中间，且不要谈玄。进了鬼门关，却是个国，人与鬼斗杀，全靠拿出些主意来。”唐状元道：“我们须索个抖擞精神，杀到他底。”众官齐齐的应声：“是！”只说得一声“是”，你看他五员将，五骑马，五般兵器，一拥而进。怕他甚么青脸獠牙鬼，怕他甚么牛头马面鬼，转吓得都走过一边，都只认做一起鬼，哪里晓得还是个人，都说道：“好狠鬼也！我们只当他的鬼孙儿！”

五骑马，一会儿就跑到城门之下。只见城上有一面牌，牌上写着“古酆都国”四个大字。众官一齐说道：“来得好，恰好是个酆都鬼国，却是个鬼窝儿里。”道犹未了，城门里拥出一群小鬼来，当头一个大鬼，站着地上就有一丈多长，头上一双黄角金晃晃的，两只手攒着一双拳头，喝声道：

“哇！你们是哪里来的？早早下马磕头。快通名姓，少待迟延，就教你认得我哩！”金都督喝声道：“鬼奴！你是甚么人？就认不得你！”大鬼说道：“我有名的金头鬼王，你岂可还不认得我么？”五个将官听知得是个金头鬼王，齐齐的一声喝，一片的刀枪。莫说那些小鬼，把个金头鬼王就吓破了胆，舍命就跑。递跑连跑，早已背心窝里吃了三十六节的简公鞭，一鞭打做个四马攒蹄的样子，仰翻着在地上。金头鬼王吃了这一亏，也只说是个甚么凶神恶鬼，哪里晓得是阳世上活人！五个将军打翻了这个鬼，一拥而进。

将军是将军，马是马，一会儿又跑到一座城门之下。这一座城较矮小些，这一座城门较窄狭些，阴风飒飒，冷雾漫漫。众将抬头一看，只见城上也有一面牌，牌上写着“禁城”两个字。唐状元道：“‘禁城’二字，却是阎罗天子所居之处，我和你可好进去么？”张狼牙说道：“怕他甚么阎罗天子，怕他不写下一封降书。”唐状元道：“且莫讲降书，不知前面是个甚么出处？”雷游击说道：“阎罗王不怕鬼瘦，我们今日也不怕阎罗瘦，少不得要乾鞳他一番。”道犹未了，只见禁城里面拥出一群小鬼来，吆吆喝喝。当头也有一个大鬼，也有一丈之长，也有头上双角，只是头面上白净净的，不像头里的黄，高叫道：“你们是哪里来的？或是奉哪里的公差，快通名姓，怎么撞入我这禁城之中？”唐状元喝声道：“哇！我们五虎将军，日战阳间夜战阴。你是个甚么野鬼，敢拦我去路！”那鬼也还认不得是个阳人，只说阴司里有此一等恶煞，也就狠起来，攒着一双拳头，高叫道：“你说甚么五虎将军，你哪里认得我银头鬼王么？”众官齐齐的一声喝，说道：“你是怎么银头鬼王？饶你那个金头鬼王，险些儿打折了脊梁骨。”一片的马响，一片的刀枪，把个银头鬼王又捞翻了在地上。那些小鬼却就走得无影无踪。五个将军也不管他，又是一拥而进。

一会儿却进到一个处所。这却不是城墙，这却不是城门，只见无限的朱门高敞，殿宇峥嵘，俨然是王者所居的气象，宫门上也有一面牌，牌上写着“灵曜之府”四个大字。唐状元道：“今番却到了阎罗王宫门上，我和你也要仔细一番。”两个游击说道：“状元之言有理。”道犹未了，只见金都督就跳将起来，说道："今日之事，有进无退，怎么说得'仔细'两个字？"恰好张狼牙起来狠起来，说道："天下事，一不做，二不休，怕他怎么阎罗王！"五个将官，齐齐的一吵，满口吆喝道："要捉判官！要见阎王！"故此有许多小鬼，报进灵曜府里去。

却说阎王听知这一报说道："五个将官，五骑马，五样兵器，舞进灵曜之府。"连阎王也荡了主意，只不晓得是个甚么来历，叫声判官问道："你几时错发了文书，错勾甚么恶鬼？"判官想了一会，说道："并不曾发甚么文书，并不曾错勾甚么恶鬼。"阎王道："既不错，怎么有这五个猛汉到府门前来厮吵？"判官道："今日的日神不利。适来是五个鬼大闹一场，怎么又有五个将军，五骑马，又来大闹？"阎王道："敢是天上掉下来的？"判官道："不应掉得这样凶。"阎王道："地上长出来的？"判官道："不应长得这样凶。"阎王道："水里荡将来的？"判官道："不应荡得这等凶。"阎王道："地狱里走出来的？"判官道："不应走得这等凶。"阎王道："适来告状的鬼带将来的？"判官道："不应带这等凶。"

道犹未了，五条猛汉，五骑马，五般兵器，一拥而入，已是进到灵霄府阎罗王殿下。阎罗王看见来得凶，也无法可治，叫声："崔珏，你快下去问他一个来历，你切不可斗他。"道犹未了，阎罗王转身进到后殿去了，止剩得一个崔判官在殿上，吓得只是抖衣而战。一时又寻不见巾儿，一时又换不着袍儿，一时又穿不着靴，一时又寻不着笔，一时又寻不到文簿。殿下五条猛汉齐齐的吆喝道："你那殿上站的快下来，我问你一个来历。少若迟延，一齐杀上殿，教你命染黄沙，那时悔之晚矣！"崔判官不敢违拗，只得走下殿来。

不知这一下来问个甚么来历？有个甚么吉凶？且听下回分解。

第 91 回　阎罗王寄书国师　阎罗王相赠五将

诗曰：

朝进东门营，暮上河阳桥。
落日照大旗，马鸣风萧萧。
平沙列万幕，部伍各见招。
借问大将谁？恐是霍嫖姚。

却说崔判官勉强支起架子，走下殿来，说道：“你们还是强神？你们还是恶鬼？我这里是个十帝阎君所居之处，怎么容得这等吵闹？这等持枪跨马？”唐状元见他说是阎君所在，也以礼开谈，说道：“你不要吃惊，我们号为五虎将军，日战阳间夜战阴。”判官道：“你这些将军，还是阳世上人？还是阴司里人？”唐状元道：“你这里还是阳世？还是阴司？”判官道：“将军说话也好差了。一行告诉你，这是十帝阎君所居之处，岂可又不是阴司！况兼你们一路而来，先过鬼门关，次进酆都城，又次进禁城，却才进我灵曜府。过了这许多所，岂可不认得我这是个酆都鬼国！”唐状元道：“大圣人尚且好问好察，我们焉得不问？”判官道：“列位可是阳世上人？”唐状元道：“是阳世上人。”判官道：“还是哪一国？”唐状元道："是大明国朱皇帝驾下差来的。"判官道："既奉朱皇帝钦差，怎么走到我这鬼国来？"唐状元道："为因兵下西洋，抚夷取宝，故此轻造。"判官道："我这鬼国是西天尽头处，却也是难得到的。"

唐状元还不曾开口，张狼牙就抢着说道："胡说！我管你甚么尽头不尽头，我管你甚么鬼国不鬼国，你快去拜上你的黑面老儿，早早修下封降书，备办些宝贝，免受我们一刀之苦。"判官道："你这位说话又差。你大明国朱皇帝是阳间天子，我酆都国阎罗王是阴间天子。地有阴阳，职无尊卑，礼无隆杀，焉得你反问我们要降书，问我们要宝贝！"张狼牙就急起来，喝声道："哇！我们兵下西洋，已经三十余国，哪一国不递上降书，哪一国不奉上宝贝？饶他是个勇猛大将军，饶他是个天、地、人、各仙长，也都是这等帖耳奉承。又何况你这些瘟鬼，敢在我面前摇唇鼓舌，说短道长。"

判官受了这一席狠话，倒也无奈何，说道："你若还说起这西洋二十余国来，就该磕我四个头，拜我八拜。"张狼牙已经动气，再又加上个磕头礼拜的话，他就心如烈火，胆似钟粗，拿起个狼牙钉来，照着判官头上只是一片筑。张狼牙已自太过了，却加上个金都督又是个卤莽灭裂的，又是一片任君锐锐将去。再又加上两个游击也狠起来，一个一条简公鞭，一个一把月牙铲，鞭的锤敲，铲的斫削。喜的判官是个鬼溜下罢儿，也不觉得。四个将军攒着一个判官，就像钟馗擒小鬼的形景，把个判官左走也不是，右走也不是。唐状元连声叫道："不要动手哩！且问他一个来历，再杀也不迟。"判官道："正是，我且告诉你一番，看你是？我是？"

唐状元吆喝得紧，众人只得住手。判官道："你们兵下西洋，枉杀千千万万的性命。今日顷刻之间，接下三十二宗告你们填人命的状词，是我把罪恶簿来一查，查他前生今世作何善恶，当得何等报应。善者是我送进赏善行台，快活受用；恶者是我发下罚恶分司，遍历一十八重地狱。还有一等善多恶少者，又送左转轮王托生，并不曾断你们填还性命。我这一段情由，还叫我不是？你们可该磕头，可该礼拜！"唐状元道："你任何职？能够判断还他。"判官道："我是崔珏判官，有名的阎罗殿下铁笔无私。"

唐状元道："你既是个判官，怎么这等衣冠不整，仪从不张？"判官道：

“说起来，你们又该磕头，又该礼拜。”张狼牙又恼起来，喝声道：“哇！”唐状元道：“不消嚷，且待他再说一番。”判官道：“为因不曾判断填命，中间有五个强梁之鬼，和我争闹一场，说我徇私曲庇。是我责备他们，他们五个鬼，鬼多手多，反加我以无礼。”唐状元道：“怎么无礼？”判官道：“倒也不堪提起，把我的巾儿、袍儿、带儿、靴儿都一果儿，连笔儿、簿儿也险些儿。故此衣冠不整，仪从不张。”唐状元道：“这是你的执法不偏，致令五鬼闹判。”张狼牙又闹起来，说道：“谁听他那一面之词，终是要封降书降表，要些宝贝进贡。若说半个‘不’字，我这里只是一味狼牙钉，凭你怎么处我。”道犹未了，就是抡起狼牙钉来，照着判官头上雨点一般过去。金都督又是镋，两个游击又是一条鞭，一把铲，把个判官又赶得没处跑。唐状元急忙吆喝，他们住手。

却说阎罗王站在后殿上，听知外面一往一来，细问细答，阎君长叹一口气，说道：“这都是仗了佛爷爷的佛力无边，就欺负上我门哩！”道犹未了，只见内殿之中闪出一位老者，寿高八百，鹤发童颜。一手一根拄杖，一手一挂数珠儿，走近前来，问说道：“是个甚么佛爷爷？在哪里？”阎君起头一看，原来是个椒房之亲、岳宗泰岱，名字叫做个过天星。怎有这个亲？怎有这个名字？只因他一日走地府一遍，一夜走天堂一遍，脚似流星，故此叫做个过天星；他所生一女，名字叫做净幻星君，嫁与阎罗王，做正宫皇后，他却不是阎罗王的外岳？故此叫做椒房之亲，岳宗泰岱。他问道：“是哪个佛爷爷？在哪里？”阎罗王说道：“这五个将军是大明国朱皇帝钦差来下西洋取宝的。他船上有个长老，原是燃灯古佛临凡，故此他们仗他的势力，欺上我门来。”老者道：“你怎么晓得？”阎罗王说道：“他日前到我处来。”老者道：“来有甚么贵干？”阎罗王道：“因为路上有许多的妖魔鬼怪，他来查问。”老者道：“你这如今怎么处他？”阎罗王道：“倒有些不好处得。怎么不好处得？欲待要多叫过些鬼司来，搬动那一干游魂索、贮魂瓶、锥魂钻、削魂刀，怕他们走上天去？却于佛爷爷体面不好看相。欲待将就他们，他们又不省事，轻举妄动，出言无状，却于我自家的体面上又不好看相。这却不是不好处他？”

老者道："只知其一，未知其二。"阎罗王道："怎么说？"老者道："这五个人也不是凡夫俗子，你有所不知。"阎罗王道："这个委是不知，请教。"老者道："那持枪的，姓唐名英，是个武曲星。那狼牙钉的，姓张名柏，是个黑煞星。那舞铙的，姓金名天雷，是个天蓬星。那拿月牙铲的，姓雷名应春，是个河鼓星。那简公鞭的，姓胡名应凤，是个魁罡星。"阎罗王道："既是些天星临凡，却也害他不得。况兼又有佛爷爷在船上，莫若只是做个人情与他去罢。"老者道："你须去自家吩咐他们一番。"阎罗王道："我还有好些话与他讲哩。"

好个阎罗王，竟自走出殿上来，只见四个将官攒着一个判官，这边一个连声叫道："快住手哩！快住手哩！"阎罗王却就开口，先叫上一声："左右的何在？"这正叫做堂上一呼，阶下百诺，左右两边拥出百十多个鬼来。阎罗王站在上面，两边列着百十多个鬼，却不有了些威势。问一声："下面甚么人？敢持刀骤马，逼勒我判官么？"判官正在没走处，一直跑上了殿。

唐状元看见殿上问话的是个冕而衣裳，王者气象，心里晓得是阎罗天子，勒住马，高声答应道："末将们介胄之士，不敢下马成拜。实不相瞒，我们是大明国朱皇帝驾下钦差来抚夷取宝的。"阎罗王道："怎么撞进我灵曜府里来？"唐状元道："为因不见玉玺，直穷到了底，故此擅入府门。"阎罗王道："你们就该抽身回去罢，怎么又威逼我判官？"唐状元道："非干威逼。判官一言不合，怒气相加。"判官接着说道："都是那黑脸大汉，说要甚么降书降表，要甚么进贡礼物。"阎罗王道："这说话的好差！我和你阳间天子职掌相同，但有阴阳之别耳！怎么我这里有个降书？有个礼物？"唐状元道："阴阳虽异路，通问之礼则同。我们今日也是难逢难遇，须则求下一封阴书，明日回船之时，奏上阳间天子，才有个明证。"阎罗王说道："你还讲个'回船'二字，你这个船有些难回了。"唐状元心上吃了一惊，说道："怎见得难回？"阎罗王道："你们下洋之时，枉杀了千千万万的人命。他们这如今一个个的负屈含冤，要你们填还他性命。虽然是我崔判官和你们硬断，到底是怨气冲天，无门救解。大小宝船，却有沉覆之危。"唐状元道："事至于此，怎么没有处分？不如就在这里讨个解释出去才好。”阎罗王道：“你们自家计处一番，可有个解释之法。”唐状元道：“我们苦无解释之法。”阎罗王道：“你们回船请教国师，就见明白。”唐状元听见说到国师身上，心里老大的惊异，晓得回船决有些祸患，却只得把几句言话儿出来，高叫道：“我们朱皇帝是阳间天子，大王是阴间天子，内外协同，岂可没个互相救援之意。”阎罗王道：“回船请教国师，我这里无不依允。只你们也是进我府门一遭，各通名姓上来，我这里还有一物相赠，以表邂逅殷勤。”唐状元道：“末将姓唐名英，原中武科状元，现任征西后营大都督之职。这任君镋姓金，双名天雷，现任征西右营大都督之职。这狼牙钉姓张名柏，现任前哨副都督之职。这简公鞭姓胡，双名应凤，现任征西游击大将军之职。这月牙铲姓雷，双名应春，现任征西游击大将军之职。”阎罗王道：“好一班武将！莫说阳世上威风第一，就是我阴司里武艺无双。”

道犹未了，即时叫过左右的，取文房四宝来，写下了四句短札。又叫过管库藏的，取出一件宝物来，盛在朱红匣儿里面，着判官传下，吩咐短札儿拜上国师，朱红匣儿相赠五员武将。唐状元连声称谢，跃马而出。

出了门，金都督道：“好了这个黑脸贼。”张狼牙道：“你骂我？”金都督道：“骂适来的阎罗天子。”张狼牙道：“你说甚么黑脸贼？我穿青的，你有些护皂。”道犹未了，这正叫是回马不用鞭，早已到了宝船上，拜见二位元帅。只见王明正在那里讲刘氏是他的生妻，死后嫁与崔珏判官；又讲崔珏判官误认他做个大舅，领他进城，看见望乡台、枪刀山、奈河桥、孤凄埂、赏善行台、罚恶分司，又是一十八重地狱，锉、烧、舂、磨，各色刑宪。正讲到兴头上，唐状元一干五员大将，五骑马，五般兵器，飞舞而归。见了元帅，都问王明：“你上哪里去了这些日子今日才来？”王明道：“我今日不是崔珏判官两场口角，还不得家来也。”唐状元道：“甚么崔珏判官？”王明道：“就是阎罗上的崔珏判官。”唐状元道：“甚么口角？”王明道：“一日之间，先是五个鬼和他大闹一场，后又是五个天星和他大闹一场。家里闻知这两场凶报，生怕有些差池，故此我拜辞而来。”

唐状元不觉的大笑了三声。元帅道：“你笑甚么？”唐状元道：“原来真是个鬼国，真是个阴司，亏我们硬和他争闹一场。”元帅道：“怎么和他争闹？”唐状元道：“王克新说五个鬼和判官大闹，就是为了我们杀死的魍魉之鬼，一总有三十二宗，都在告状取命。五个天星，就是我们杀到灵曜府里阎王殿下。”

元帅道：“怎么就杀了这几日？”唐状元道：“早去晚来，只是一日。”元帅道：“已经三个日子，王明共去了十个日子。”唐状元道：“可见洞中方七日，世上几千年。阴阳有准，祸福无差。”

元帅道：“里面风景何如？”唐状元道：“阴风飒飒，冷雾漫漫，不尽的凄凉景色。”元帅道：“居止何如？”唐状元道：“照旧有街道，照旧有房舍。有个鬼门关，有座酆都城，有座禁城，却才到灵曜之府。中有阎罗王的宫殿，朱门宏敞，楼阁崚嶒，俨然王者所居气象。元帅道：“阎罗王何如？”唐状元道：“冕而衣裳，俨然王者气象。”元帅道：“可看得真么？”唐状元道：“觌面相亲，细问细对。他还有一封短札，拜上国师；还有一件礼物，赏赐末将们的。”元帅道：“怪哉！怪哉！连阴司之中也征到了，连阎罗王也取出降书来，也取出宝贝来。今日之事，千载奇事。”即时请过国师、天师。唐状元递上书，国师拆封读之，原来是个七言四句，说是：

身到川中数十年，曾在毗卢顶上眠。
欲透赵州关捩子，好姻缘做恶姻缘。

国师见之，心上有些不快活。元帅道：“国师老爷为何不悦？”国师道：“贫僧心上的事，一言难尽。只不知阎君送唐状元们是个甚么宝贝？”唐状元道：“是一个朱漆的红匣儿。”即时交上，二位元帅当面开来，原来是卧狮玉镇纸一枚。王爷道：“以文具而赠武郎，阎君亦不免谬戾之失。”国师道：“彼有深意存焉，岂得为谬戾。”元帅道：“请教国师，有些甚么深意？”国师道：“镇纸原有所自来，相赠则一字一义，却不是个深意存焉？”元帅道：“何所自来？乞国师见教。”国师道：“说起来话又长了些。”元帅道：“阎君相赠，大是奇事，愿闻详细，哪怕话长。"

国师道："这镇纸是唐西川节度使高骈赠与蜀妓薛涛的，到我朝又为洪武甲戌进士田孟沂所得。今日却又是阎君赠与唐状元，这却不是镇纸原有所自来。"元帅道："何所考证？"国师道："唐时有薛氏女，名涛。为时绝妓，丽色倾城。又且精研经史、词章、诗赋，绰有大家。彼时有个西川节度使姓高名骈，字千里，来镇巴蜀。诸妓中甚珍爱薛氏女，宠冠一时，将赠甚厚。后来高以病去，薛氏女随亦物故。葬附郭三里许火村之阳。所葬处山青水碧，景色独幽。郑谷蜀中诗有'小桃花绕薛涛坟'之句，后人因此盛栽桃树，环绕其坟。春时游赏，士女毕集，称胜概焉。

"到我朝洪武十四年，五羊人姓田名百禄，携妻挈子，赴任成都教官。其子名洙，字孟沂，随父任。洙自幼聪明，清雅标致，书画琴棋，靡不旁畅。诸生日与嬉游，爱之过于同气。凡远近名山胜景，吟赏殆遍。明年秋，父百禄议欲遣洙回籍，母又不忍舍洙，告其父说道：'儿来未久，奈何遽使之去？又且官清毡冷，路费艰难，莫若再留住许时，别寻一个归计。'其父百禄心上费了一番周折，却谋于诸生中最亲厚者，使他另设一馆，一则可以读书进业，二则藉其俸资，为明年归计。诸生都不忍舍去。

"孟沂一闻田老师命，唯唯奉承，荐在郭外五里许巨族张运使之家。次年正月半后，择吉设帐，诸生中又多送去。张姓主人大喜，张筵开馆。又一日，宴其父百禄。席罢，主人说道：'令嗣君晚间只宜就宿斋头，免致奔走劳顿不便。'百禄满口称谢，说道：'愈加体爱之周。'到了二月花辰之日，孟沂解斋归省，路经火村，只见村野中境界幽雅，环小山之下都是桃树，又且花方盛开，烂烟如锦。孟沂心甚爱之，四顾徘徊，有不能舍之意。忽见桃林中有一所别馆，门里走出一个女人来，绰约娇姿，年方二八，眉弯柳绿，脸衬桃红。孟沂不敢起头，过门而去。自后每进城去，必过其门；每过其门，美人必在门首。

"有一日过其门，遗失了所得的俸金，为美人所得。明日又过其门，美人着令婢者追孟沂，还所遗金。孟沂心里想道：这女子有德有貌，往谢其门。婢者先行报美人，说道：'遗金郎今来奉谢。'请入内所。美人出，两家相见。美人先自开口，说道：‘郎君莫非张运使家西宾乎？’孟沂说道：‘承下问，不足便是。’美人说道：‘好一对贤主佳宾。’孟沂说道：‘虚席无功，辱承过奖了。请娘行尊坐，容小生拜谢还金之德。’美人说道：‘张运使是贱妾一家姻娅，彼西宾即此西宾，何谢之有！’孟沂说道：‘敢问娘行名阅为谁？与敝东何眷？’美人说道：‘此贱妾舅氏之家，姓平，成都故家。舅氏存日，与张运使同外氏。贱妾姓薛氏，文孝坊人，嫁平幼子康。不幸康早丧，舅姑随亦终天年。贱妾孀居，茕茕孑立。’道犹未了，茶至。茶罢又茶，如是者至三至四。孟沂辞谢欲去，美人说道：‘既辱大驾宠临，还愿羁留顷刻。’孟沂说道：‘不敢留了。’美人说道：‘贱妾若不能留，盛东亦不能无罪，说道：我有此佳宾，竟不能为我一款。贱妾之罪，夫复何辞？

“道犹未了，即陈设酒肴，分为二席，宾主偶坐。坐中劝酬备至，语杂谐谑。孟沂心里想道：‘主家姻娅，何敢放肆？’每敛容称谢。酒至半酣，美人说道：‘郎君素性倜傥，长于吟咏。今日相逢，颇称奇觏，何苦做出这一段酸子的形状来？’孟沂说道：‘非敢寒酸。一则识荆之初，二则酒力不胜，请告辞罢。’美人道：‘说哪里话，贱妾虽不聪敏，亦曾从事女经，短章口律，颇得其解。今遇知音，而高山流水，何惜一奏。’孟沂先前叹他有德有貌，说到了经书诗律，愈见得才貌双全，纵非惜玉，能不怜才？敛容称谢，说道：‘古有引玉，不佞愿先抛一砖。’美人说道：‘先奉一玻璃盏，以发诗兴。’孟沂拿着玻璃盏在手里，口占一律，说道：‘路入桃源小洞天，乱红飞去遇婵娟。襄王误作高唐梦，不是阳台云雨仙。’

“吟毕，孟沂举酒自饮。美人说道：‘诗则佳矣，但短章寂寥，不足以尽兴。用落花为题，共联一长篇，相公肯么？’孟沂说道：‘谨如教。’美人道：‘相公请先。’孟沂说道：‘娘行请先。’美人说道：‘自古男先于女，还是相公。’孟沂道：‘恕僭了！’

孟：韶艳应难挽，美：芳华信易凋。

孟：缀阶红尚媚，美：委砌白仍娇。

孟：堕速如辞树，美：飞迟似恋条。
孟：藓铺新蹙绣，美：草叠巧裁绡。
孟：丽质愁先殒，美：香魂恸莫招。
孟：燕衔归故垒，美：蝶逐过危桥。
孟：沾帙将晞露，美：冲帘乍起飙。
孟：遇晴犹有态，美：经雨倍无聊。
孟：蜂趁低兼絮，美：鱼吞细杂藻。
孟：轻盈珠履践，美：零落翠钿飘。
孟：鸟过生愁触，美：儿嬉最怕摇。
孟：褪时浮雨润，美：残处漾风潮。
孟：积径交童扫，美：沿流倩水漂。
孟：媚人沾锦瑟，美：瀹茗入诗瓢。
孟：玉貌楼前坠，美：冰容魂里消。
孟：芳园曾藉坐，美：长路解追镳。
孟：罗扇姬盛瓣，美：锜篱仆护苗。
孟：折来随手尽，美：带处近鬓焦。
孟：泥涴犹凄惨，美：瓶空更寂寥。
孟：叶浓荫自厚，美：蒂密子偏饶。
孟：岂必分茵席，美：宁思上砑硝。
孟：香余何吝窃，美：佩解不须邀。
孟：冶态宜宫额，美：痴情媚舞腰。
孟：妆台休乱拂，美：留伴可终宵。

“诗联既成，时已二鼓将尽。美人延孟沂入寝室，自荐枕席。孟沂酒兴诗狂，把捉不住，不觉有缱绻之私。

“次日，孟沂告别。美人赠以卧狮玉镇纸一枚，且说道：‘无惜频来，勿效薄幸郎也！’孟沂习以为常，给主人说道：‘老母相念之深，必令家宿，不敢留此。’主人信之。

“半年后，张运使过泮宫，谒田老师，告诉说道：‘令嗣君每日一归，不胜匍匐，俾之仍宿斋头，乃为便益。’田老师吃一惊，说道：‘自从开馆之后，止寓公馆中，并未有回家也，何言之谬？’张运使心上疑惑，不敢尽词而出，归告张夫人。夫人道：‘此必拾翠寻芳耳。’张运使道：‘此中苦无歌馆，顾安所得乎？’左右踌躇，不得他的端的。差下一个精细家童尾其归。只见田孟沂行至桃林中，忽然不见。运使心上明白了，差人宿田老师衙舍，俟先生来时，问说道：‘昨夜何宿？’先生道：‘衙舍。’主人道：‘小仆适从衙舍来，并不曾见先生。’先生道：‘或从途路上相左么？’主人道：‘小仆宿衙舍，何为相左？’孟沂看见遮饰不过，把美人还金款洽、赓诗各项的事，细说一番。运使道：‘这的不是我亲，是个鬼祟相戏。’即时请到田老师，细述前事。老师道：‘这一定是桃林中有个妖物。’

“三人同往旧处，只见桃红千树，草绿连天，何尝有个别馆？运使说道：‘不是妖物。这桃林中地名火村，唐妓薛涛葬在这里，此必薛涛精魄相戏。’田老师说道：‘不消疑了。他说道嫁与平幼子康，乃平康巷也。他说道文孝坊，城中并无此额。文与孝合，岂不是个教字？妓女居教坊司也，非薛涛其谁！’孟沂说道：‘还有一枚玉镇纸在这里。’运使接过来一看，镇纸之下有‘高氏文房’四个字。运使说道：‘这镇纸即西川节度使高骈所赠薛涛者。’经这一场异事，田老师即时谢过主人，遣孟沂还广中。

“孟沂极宝重镇纸，后中洪武甲戌进士，授山东曹县知县。门子看见镇纸稀奇，窃之而去。孟沂屈赖侍婢，疑其有外，挞之至死。侍婢死后，告于阎君，阎君约集门子偿命，留镇纸入宫。这镇纸却不是唐西川节度使高骈赠与唐妓薛涛，唐妓薛涛赠与我朝田孟沂，田孟沂又为门子所窃，勾留阴司，阎君又把来相赠唐状元，这却不是有所自来！”

元帅道：“看镇纸可有字么？”唐状元递与元帅，果是镇纸之下有“高氏文房”四个大字。二位元帅说道：“国师高见，不但通今博古，却又察幽烛明。”国师道：“偶中耳。”元帅道：“又蒙吩咐相赠，则一字一义，再请教一番。”

毕竟不知是个甚么一字一义？且听下回分解。

第92回　国师勘透阎罗书　国师超度魍魉鬼

诗曰：

吾身不与世人同，曾向华池施大功。
一粒丹成消万劫，双双白鹤降仙官。
海外三山一洞天，金楼玉室有神仙。
大丹炼就炉无火，桃在开花知几年？

却说元帅请问国师一字一义还是何如，国师道：“他原是卧狮玉镇纸，卧音握同，狮与师同，这两个字是说唐状元五员大将，手握重兵；玉音御同，这个字是说唐状元五员大将，持刀跨马，到他御前；镇与震同，这个字是说唐状元五员大将，威震幽冥；纸音止同，这个字是说唐状元五员大将，兵至于此，可以自止。总是说道：‘你们五员大将，手握重兵，到我御前，威震幽冥矣，是不可以止乎？’这是劝我们班师的意思。”元帅道：“国师明见。但不知国师四句诗，还是怎么说？”国师道：“贫僧适来不堪告诉，意思也是一同。只是比例讥诮贫僧，着是狠毒，令贫僧如负芒刺。”元帅道：“愿闻诗句是怎么念？讥诮是怎么比例？”国师道：“诗原是八句，他只写着四句来，这就是讥诮贫僧半途而废。却这四句，原是玉通和尚动了淫戒之心，比例讥诮贫僧动了杀戒之心，这却不着实狠毒！”元帅道：“怎见得玉通和尚动了淫戒之心？”国师道：“这个话又是长篇。”元帅道：“难得国师老爷见教，幸勿见拒。”国师道：“因是宋绍兴间，临安府城南有个水月寺，寺中有个竹林峰，峰头有个玉通神师。俗家西川人氏，有德有行，众僧都皈依他，众官府都敬重他，着他做本寺住持。虽做住持，却在竹林峰顶上坐功修炼，已经有三十余年不曾出门。每遇该管上官迎送之礼，俱是徒弟、徒孙代替，上官每每也不责备他。

“忽一日，有个永嘉县人氏姓柳，双名宣教，一举登科，御笔亲除宁海军临安府尹。到任之日，凡所属官吏、学舍、师徒及粮里耆老、住持、僧道一切人等，无不远迎。到任之后，各有花名手本，逐一查点一番。恰好的查点得水月寺住持玉通和尚不到，是个徒孙代替。柳爷说道：‘迎我新官到任，一个住持尚然不来，着令徒孙代替，何相藐之甚！’即着该房出下牌票，拘审玉通，要问他一个大罪，庶警将来。当有寺众里住持一齐跪着，禀说道：‘相公在上，这玉通和尚是个古佛临凡，独在竹林峰上，已经三十多年，足迹不曾出门户。旧时一切迎送，俱是徒弟徒孙代替。’道犹未了，各属官参见。柳爷告诉各属官一番，各属官齐声道：‘这个和尚委实三十年不曾出门户，望相公恕饶！’道犹未了，又是各乡官相见。柳爷又告诉各乡官一番。各乡官齐声道：‘这个和尚委实三十年不曾出门户，望相公恕饶！’柳爷是个新任府官，锋芒正锐，却又是和尚轻藐他，他越发吃力。虽则众口一辞，饶了和尚拿问，心上其实的不饶他。

“过了三日，赴公堂宴，宴上有一班承应歌姬，内中却就有一个柳腰一搦，二八青春，音韵悠扬，娇姿婉丽，柳爷心里想道：‘这个歌姬好做玉通和尚的对头也。’宴罢，各官散毕，柳爷独叫上这个歌姬，喝退左右，问说道：‘你姓甚名何？’歌姬道：‘贱人姓吴，小字红莲。’柳爷道：‘你是住家的，还是赶趁的？’红莲道：‘贱人在这里住家，专一上厅答应。’柳爷道：‘你可有个动人的手段么？’红莲道：‘业擅专门，纵不动人，人多自动。’柳爷道：‘小伙儿可动得么？’红莲道：‘少壮不努，老大伤悲。岂有不动的？’柳爷道：‘老头儿可动得么？’红莲道：‘满地种姜，老者才辣。岂有不动的？’柳爷道：‘道士可动得么？’红莲道：‘其冠不正，望望然来。岂有不动的？’柳爷道：‘和尚可动得么？’红莲道：‘佛爷虽圣，不断中生。岂有不动的？’柳爷道：‘既如此说，你果是个行家。我却有件事，要你去动他动儿，你可肯么？’红莲道：‘爷那里钧令，小贱人怎么敢辞？赴汤蹈火，万死不避！’柳爷却又捣他捣儿，说道：‘吴红莲，假如你受了我的差遣，却又不依从我所言，当得何罪？’红莲道：‘准欺官藐法论，贱人就该死罪。’柳爷道：‘我和你讲白了，去动得人来，重赏银一百两，着你从良，任你跟得意的孤老；动不得人，重重有罪。’红莲道：‘老爷吩咐就是，只不知是个甚么人？是个道士么？是个和尚么？’柳爷满心欢喜，说道：‘好伶俐妇人也！一猜必中，委是一个和尚。’红莲道：‘是哪个和尚？’柳爷道：‘是水月寺的住持玉通和尚，你可晓得么？’红莲道：‘小贱人不认得那和尚，只凭着我几度无情坑陷手，怕他不做有情人！’磕头而去。老爷又叮嘱道：‘这个打不得诳语，要收下他的云雨余腥。’红莲道：‘理会得。’

“走出府门，一路里自思自想，如何是好。回到家里，把柳府尹之事，和妈儿细说一番。妈儿道：‘别的和尚还通得，这玉通禅师有些难剃头哩！’好红莲，眉头一蹙，计上心来，说道：‘不怕难剃头，也要割他一刀儿。’

“到了夜半三更，备办下干粮，更换衣服，竟自去。去到竹林峰左侧下义冢山上，扒起一堆新土来，做个坟茔，自家披麻带孝，哭哭啼啼。这一堆土离峰头上不过百步之远，这哭哭啼啼不过百步之外，这正是：凄凉无限伤心泪，任是猿闻也断肠。怕他甚么玉通和尚不动情么？到了天亮，果真玉通和尚问道：‘是哪里哭哩？’原来水月寺里只是和尚一个；徒弟又在五台山去了，不在家；徒孙又在村庄上碾稻做米去了，不在家。自此之外，更只讨得一个八九十岁聋聋哑哑、撞撞跌跌的老道人在家里，回复道：‘是峰头下新坟上甚么人哭。’玉通道：‘好凄惨也！’从此后，自清早上哭到黄昏，自黄昏时哭起哭到天亮，第一日哭起哭到第二日，第二日哭起哭到第三日，一连就哭了六七日。那玉通禅师是个慈悲方寸，哭得他肝肠都是断的，恰好又是十一月天气，天寒地冻，点水成冰。

“哭到第七日上，阴风四起，大雪漫天。红莲心里想道：‘今夜却是账了。’到了三更上下，哭哭啼啼，一直哭到竹林峰上玉通和尚打坐窗子前，叫声道：‘佛爷爷，天时大雪，你开门放我躲一会儿。不慈悲我，一条狗命，即时冻死在这里。’玉通和尚听知他哭了一七，这岂是个歹人？直哭到窗子下来，这岂又是个歹意？原心本是慈悲他的，又兼风狂雪大，少待迟延，冻死人命，于官法上也不稳便。故此再不猜疑，走下禅床，开门相见，琉璃灯下，却是个妇人，披麻戴孝。玉通说道：‘原来是一位娘子。’那红莲故意的又哭又说道：‘小妇人是个女身，家在城里南新街居住。丈夫姓吴，今年才方年半夫妻，不幸夫死。上无公公，下无婆婆。我欲待彼时同死，争奈丈夫尸骸没有埋葬，故此每日每夜在老爷山头下义冢之中造坟，造完了坟，小妇人一定也是死的，止差得一二日工程。不料天公下此大雪，小妇人怕冻死了，前功尽弃，故此不知进退，唐突佛爷爷，借宿一宵。’玉通和尚道：‘好孝心也！请坐禅堂上，待贫僧看火来你烘着。’红莲又诡说道：‘但得一坐足矣，不劳火哩。我痛如刀割，心似火烧。’

“这个妇人不曾见面之时，这等七日啼哭；见面之后，这等一席哀告。天下事可欺以理之所有，玉通和尚再不提防他，只是一味慈悲，恨不得怎么样儿救他一救。哪晓得他是个明修栈道，暗度陈仓！

“只见琉璃灯下，亮亮净净，长老坐在禅床上，满心的不忍；红莲坐在蒲团上，哼也哼，还在哭。哭了一会，把只手揉起肚子来。揉了一会，一跤跌在地上，滚上滚下，滚出滚进，咬得牙齿只是一片响，故意的偏不叫人。玉通和尚心里想道：‘这妇人是有些淘气。本是哭了这一七，今日又受了这一天雪，冻死在这里却怎么？’只得走下禅床来，问声道：‘敢是甚么旧病发了么？’红莲又故意做个不会讲话的，一连问了两三声，却才慢慢儿说道：‘我原是个胃气疼也，丈夫死了，没有医手。’玉通和尚再不警觉，只说是真。又问说道：‘你丈夫还是怎么样医？’红莲又故意的说道：‘这个怎好告诉得佛爷爷。’玉通和尚听知他不肯告诉，越发说是真情，又说道：‘小娘子，你差意了。一死一生，只在呼吸之顷，你快不要碍口饰羞的。’红莲讨实了和尚的意思，却才慢腾腾地说道：‘我丈

夫在日，热捱热儿，故此寒气散去。’

“和尚心里明白，热捱热儿，须则是个肚皮儿靠肚皮才是，也又不敢乱开个口。问说道：‘小娘子，你这胃气在心脘上？还在肚皮上。’红莲说道：‘实不相瞒，贱妾这个胃气是会走的，一会儿在心坎上，一会儿就在肚皮上。’玉通和尚只怕疼死了这个妇人，哪里又想到别的，说道：‘小娘子，你不嫌弃，待贫僧把肚皮儿来捱着你罢。’红莲分明是要啜赚他，却又故意的说道：‘贱妾怎么敢？宁可我一身死弃黄泉，敢把佛爷爷清名玷污！’玉通和尚说道：‘小娘子，你岂是个等闲之人，事姑孝，报夫义，天下能有几个？贫僧敢坐视你死而不救！’红莲又故意的在地上滚上滚下，滚出滚进，口里哼也哼，就像个要死的形状。其实好个玉通和尚！一把抱住了小娘子，抱上禅床，解开禅衣，露出佛相，把个小娘子也解开上身衣服，肚皮儿靠着肚皮，捱了一会。不知怎么样儿，那小娘子的下身小衣服都是散的。那小娘子肚皮儿一边在捱，一双小脚一边在捣，左捣右捣，把和尚的小衣服也捣掉了。吴红莲原是有心算无心，借着捱肚皮为名，一向捱着和尚不便之处。和尚原是无心对有心，捱动了欲火，春心飘荡，李下瓜田。

“哪顾如来法戒，难遵佛祖遗言。一个色眼横斜，气喘声嘶，好似莺梭柳底。一个淫心荡漾，话言妖涩，浑如蝶粉花梢。和尚耳边，诉云情雨意；红莲枕上，说海誓山盟。怕甚么水月寺中，不变做极乐世界；任他们玉通禅座，顿翻成快活道场。

“这都是长老的方便慈悲，致使得好意翻成恶意。红莲到雨收云散之时，把个孝头布儿收了那些残精剩点，口里连声说道：‘多谢！多谢！’欢天喜地而归。

“玉通长老心上早已明白，敲两下木鱼，说道：‘只因一点念头差，到今日就有这些魔障来也。这不是别人，即是新任太爷嗔嫌我不曾迎接，破我色戒，堕我地狱。事到头来，悔之不及！’道犹未了，天色黎明，只见徒孙站在面前。玉通道：‘你从何来？’徒孙道：‘庄上碾稻做米回来。’玉通道：‘从哪门来？’徒孙道：‘从武林门穿城过来。’玉通道：‘可曾撞着甚么人来？’徒孙道：‘清波门里，撞遇着一个行者，拖着一领麻衣。后面两个公差跟着，口里说道：‘好个古佛临凡也！虽然听不得真，大略只是这等的意思。’玉通叹一口气，说道：‘不消讲了。’叫道人：‘烧热汤，我要洗澡。’叫徒孙：‘取文房，我要写字。’

“徒孙先取到文房，玉通和尚先写下了一幅短笺，折定了压在香炉之下。道人烧热汤来，和尚洗澡。洗澡之后，更了禅衣，吩咐徒孙上殿烧香。徒孙烧了香，走进禅堂，只见师公坐在禅床上，说道：‘徒孙，即时间有个新任太爷的公差来，你问他甚么来意。他说道要请我去，你说道：我师祖已经圆寂了，止遗下一幅短笺，现在香炉之下，你拿去回复太爷便罢。’道犹未了，玉通禅师闭了眼，收了神，拳了手，冷了脚，已经三魂渺渺，七魄茫茫。徒孙还不省得怎是个圆寂，问说道：‘师公，怎叫做个圆寂哩？’问了两三声，不见答应，却才省悟，晓得是师公已自圆寂去了。即时叫过道人来商议后事。道人还不曾见面，倒是临安府的承局来到面前。

“原来是红莲得了玉通和尚的破绽，满口称谢，欢天喜地而去。此时已是天色黎明，进了清波门，恰好的有两个公差在那里伺候。红莲即时进府，回复相公。相公喝退左右，红莲把前项事细说一番，又把个孝头布儿奉上看去。柳爷大喜，说道：‘好个古佛临凡也！’即时取过百两白金，赏与吴行首，责令从良，任其所好。吴行首拜谢而去。即又叫过一个承局来，把孝头布放在一个黑漆盒儿里面。盒儿贴着一道封皮，封皮上不是判断的年月，却是四句诗，说道：

水月禅师号玉通，多时不下竹林峰。
可怜若许菩提水，倾入红莲两瓣中。

“封了盒儿，着承局竟到水月寺，送与玉通禅师，要讨回帖，不可迟误！相公有令，谁敢有违？故此徒孙叫过道人，承局早已到在面前来了。徒孙道：‘尊处敢是请俺师祖么？’承局道：‘正是。太爷有命相请令师祖。小长老，你何以得知？’徒孙道：‘先师祖圆寂之时，已曾吩咐到来。’承局吃了一惊，说道：‘令师祖终不然已经圆寂去了？’徒孙道：‘怎敢相欺？现在禅床之上。’

承局进去一看，果然是真。承局说道：‘令师祖去得有些妙处，只是我在下何以回复相公？’徒孙道：‘尊处不须烦恼，家师祖又曾写了一幅短笺，封固压在香炉之下，叮嘱道：‘若本府柳相公有请，即将香炉下短柬取回。’承局愈加惊异，说道：‘令师祖果真古佛临凡！有此早见，奇哉！奇哉！’即时拿了短笺，转到府堂上，回复相公。柳相公拆封读之，原来是七言八句辞世偈儿，说道：

自入禅门无挂碍，五十三岁心自在。
只因一点念头差，犯了如来淫色戒。
你使红莲破我戒，我欠红莲一夜债。
我身德行被你亏，你的门风还我坏。

“柳相公读罢，吃了一惊，说道：‘这和尚乃是真僧，是我坏了他的德行。’即时吩咐左右，备办龛堂。却又请到南山净慈禅寺法空禅师，与他下火。原来法空禅师是个有德行的，恭承柳相公严命，来到水月寺，看见玉通禅师坐在龛堂之上，叹说道：‘真僧可惜，真僧可惜！差了念头，堕落恶迹！’即时请出龛堂，安于寺后空阔去所。法空禅师手拿火把，打个圆相，说道：

身到川中数十年，曾向毗卢顶上眠。
欲透赵州关捩子，好姻缘做恶姻缘。
桃红柳绿还依旧，石边流水冷涓涓。
今朝指引菩提路，再休错意怨红莲。

“念罢，放下火去，化过龛堂，只见火焰之中，一道金光冲天而去。

“这一宗事，却不是玉通和尚动了色戒之心？适来阎君送与四句诗，正是法空禅师度玉通和尚的前四句，却不是把个动色戒之心，讥诮贫僧动杀戒之心？只写四句，却不是讥诮贫僧半途而废？这等帖儿，可狠毒么？”

唐状元道：“国师在上，阎罗王又曾说来，说我们下洋之时，枉杀了千千万万的人命，怨气冲天，大小宝船，俱有沉海之祸。彼时末将就请问他一个解释之法，他又说道：‘你回去请教国师就见明白。’似此说来，有个沉海之祸，还在国师身上解释。”国师道：“阿弥陀佛！阎君说问贫僧便见明白，还是要贫僧超度这些亡魂。”元帅道：“怎见得？”国师道：“总在他四句诗里。他四句诗原是法空禅师超度玉通和尚的，问贫僧，却不是问他四句诗？问他四句诗，却不是‘超度’两个字？”元帅道：“我和你今日来到酆都鬼国，已自到了天尽头处，海尽路处。正叫是：天涯海角有穷时，岂可此行无转日。大小宝船少不得是回去的。况兼阎罗王也说道：‘可以止矣。’幽冥一理，岂可执迷！只一件来，沿路上钢刀之下，未必不斩无罪之人，‘超度’两个字最说得有理，伏望国师鉴察。”国师道：“这也是理之当然。”

好个国师，就大建水陆两坛，旗旌蔽日，鼓乐喧天，昼则念经说法，夜则施食放灯。牒文达上三十三天，天天自在；禅杖敲开一十八重地狱，狱狱逍遥。一连做了七七四十九个昼夜。圆满之日，国师老爷亲自祝赞，亲自酬奠。一只采莲船，无万的金银甲马，用凭火化天尊。火焰之中，一道白烟望空而起。一会儿结成三十二朵莹白的莲花，飘飘荡荡。一会儿，三十二朵莲花，共结成一个大莲蓬，约有十斤之重，悠悠扬扬。猛然间一阵风起，把个莲蓬倒将过来。一会儿一声爆竹响，莲蓬直上天去，爆开了莲蓬瓤，掉下三个莲子来。众官起头一看，掉在地上的哪里是个莲子，原来是三个道童儿。三个道童朝着国师老爷齐齐的行个问讯，说道：“佛爷爷，弟子们稽首。”国师道：“你是甚么人？”一个说道：“弟子是明月道童。”一个说道：“弟子是野花行者。”一个说道：“弟子是芳草行者。”国师道：“原从何处出身。”明月道童说道：“弟子们曾受佛爷爷度化，是佛爷爷门下弟子。”国师道：“有何所凭？”明月道童说道：“有一首七言四句足凭。”国师道：“试念来我听着。”明月道童说道：

人牛不见了无踪，明月光寒万象空。
若问其中端的意，野花芳草自丛丛。

国师老爷点一点头，说道：“从何而来？”道童道：“弟子自从佛爷爷度化之后，身居紫府，职佐天曹。为因昨日佛爷爷做圆满，三十二宗魍魉之鬼，俱已超凡，俱已正果。玉帝传旨，着令弟子三个下来，做证明功德，是弟子三个劈开方便路，弘敞紫虚宫。”国师道：“来此何干？”道童道：“弟子闻佛爷爷宝船回转，特来送行。”国师道：“生受你得。”道童道：“何为生受？弟子道号明月，表字清风。日上清风送行，晚上明月送行。清风明月无人管，直送仙舟返帝京。”国师道：“好个返帝京！又生受野花行者。”行者道：“何为生受？野花如锦铺流水，为送仙舟上帝京。”国师道：“也好个上帝京！又生受芳草行者。”行者道：“多情芳草连天碧，远送仙舟进帝京。”国师看见送行的送得顺序，满心欢喜，说道：“好个进帝京！多谢三位厚意。到京之日，自有重酬。各请方便罢！”一个道童，两个行者，又打个问讯而去。

元帅道：“国师种种的妙用，咱学生全然不知。”国师道：“哪一件不知？”元帅道：“那三十二瓣莲花，是个甚么妙用？”国师道：“原是三十二宗魍魉之鬼。三十二瓣莲花，各自超升。”元帅道：“共结一个莲蓬，是个甚么妙用？”国师道：“共结一个莲蓬，共成正果。”元帅道：“明月道童是个甚么妙用？”国师道：“这道童就是银眼国引蟾仙师座下的青牛。”元帅道：“既是青牛，怎么这等受用？”国师道：“因是贫僧度化他，故此身居紫府，职佐天曹。今日又不负先前度化之德，特来送行。”元帅道：“圆满已毕，道童又来送行，宝船择日回去罢！”国师道：“天下事有始有终，始终相生，循坏之理。当原日宝船起行之时，万岁爷大宴百官，犒赏士卒。故此从下西洋以来，将勇兵强。无不用命，战胜攻取。今日来到了酆都鬼国，行人所不能行之地，到人所不能到之国。荷天地覆载之功，辱神圣护呵之德。事非小节，未可造次，须还要斟酌一番。”元帅道：“这个斟酌，就在国师身上。”国师道：“依贫僧愚见，还要如仪祭海神一坛，还要大宴百官一席，大赏士卒一番。礼毕之后，却才回船转棹。不识元帅肯么？”元帅道：“国师之言有理，敢不遵依。”即时传令，备办祭仪，安排筵宴，以便择日应用。到了吉日，铺下祭礼，旗牌官请二位元帅行礼，元帅请到天师、国师行礼，天师、国师各相推让一番，还是国师行礼。各官依次礼毕，国师偈曰：

维海之止，维天之西。
海止天西，神岂我欺！

祭毕，即日大宴百官，犒赏士卒，大小将官都在帅府船上，各军士各按各营、各哨、各队。这一日的大宴，虽则是海尽头处，其实铺设有法，肴品丰肥。

毕竟不知怎么样儿的铺设，怎么样儿的肴品，且听下回分解。

第93回　宝赍船离酆都国　太白星进夜明珠

诗曰：

路入酆都环鬼国，此行天定岂人为。
徂征敢倚风云阵，所过须同时雨师。
尚喜远人知向望，却惭无术抚疮痍。
阎罗天子应收旆，宁直兵戈定四夷。

却说这一日大宴百官，犒赏士卒，帅府船上铺设有法，肴品丰肥。怎见得铺设有法？满船上结起彩楼：

飞阁下临陆海，重台上接天潢。珠玑锦绣遍攒妆，绛绎流苏采幌。阑槛玉铺翡翠，榱楹金砌鸳鸯。金猊宝篆喷天香，时引蓬莱仙仗。

帅府堂上铺设筵席：

味集鼎珍佳美，肴兼水陆精奇。玉盘妆就易牙滋，适口充肠莫比。竹叶秋倾银瓮，葡萄满泛金卮。试将一席细详之，中户百家产矣。

筵席左一边，设一班音乐：

宝瑟银筝细奏，凤箫龙管徐吹。稽琴祢鼓祭天齐，节乐板敲象齿。戛玉鸣金迭响，一成九变交施。霓裳羽服舞娇姿，不忝广寒宫里。

筵席右一边，设着一班杂剧：

傀儡千般巧制，俳优百套新编。番竿走索打空拳，掣棒飞枪跳剑。放马吹禽戏兽，长敲院本秋千。娇儿弱女赛神仙，承应今朝盛宴。

宴罢，元帅道："请国师择日回船。"国师道："昔马伏波铜柱操界，却不出中国之中。我们今日来到酆都鬼国，天已尽矣！可寂寂无闻，令后世无所考据？"元帅道："此意极高，只是黄草崖上不便标界。"国师道："贫僧有个处分。"道犹未了，国师念聒几声，偏衫袖儿里面，走出一个一尺二寸长的小和尚来，朝着国师打个问讯，说道："佛爷爷呼唤弟子，有何使令？"国师道："你去须弥山西北角上，有一座三十六丈长的小山嘴儿，你与我移来，安在这个黄草崖上。快去快来，不可违误。"小和尚应声"是"，一道火光而去。一会儿，一道火光而来，回复国师。国师道："可曾移来么？"小和尚道："已经移来，安在崖上。"国师道："天柱峰左壁厢有一根三丈六尺长的小石柱儿，你替我撮来，安在这座山上。快去快来，不可迟误。"小和尚应声"是"，一道火光而去。一会儿一道火光而来，回复国师。国师道："可曾撮来么？"小和尚道："已经撮来，安在山上。"国师道："你可通文字么？"小和尚道："未出童限，不曾通得文字。"国师道："既不通文字，你去罢。"一道火光而去。

国师又念聒几声，只见一道火光里面，掉下护法韦驮天尊，朝着国师打个问讯，说道："佛爷爷，呼唤小神，何方使令？"国师道："就这崖上有一座小山，山上有一根小石柱，你去把降魔杵磨下几行大字来。"韦驮道："磨下几行甚么大字？"国师道："石柱原有八面，正南上一面，你磨下‘大明国朱皇帝驾下钦差征西大元帅立’十六个大字。其余七面，各磨下‘南无阿弥陀佛’六个大字。全在你的降魔杵上讨分晓。”韦驮诺诺连声，一云而起。一会儿复命，国师道：“字可完么？”韦驮道：“已经完了。”国师道：“回避罢。”韦驮打个问讯而去。

国师老爷这一段意思虽好，移山移得神玄，撮石柱撮得神玄，磨字磨得神玄，众将官都不准信不在话下，连天师，连二位元帅心下也有些不准信。却又国师平素不打诳语，不敢问他。可可的徒孙云谷问说道：“降魔杵磨字怕不精细，日后贻笑于阎罗王。”国师原出于无心，应声道：“你何不上去瞧着，看是何如，来回我话。”众人心上疑惑的，巴不得国师吩咐去看，都就借着云谷的因头儿，一拥而去。去到黄草崖上，果真的一座小山，实高有三十多丈。众人又上山去，果真一根石柱，实有三丈多高。众人又瞧石柱，果真石柱上八方都有字，正南上是“大明国朱皇帝驾下钦差征西大元帅立”十六个大字。其余七面，俱是“南无阿弥陀佛’六个大字。仔细看来，这些字好不精妙也，饶他是仓颉制字，也只好制得这等精；饶他是羲之、献之，也只好写得这等妙。二位元帅叹之不尽，都叹说道：“好国师！”你也叹说：“好国师！”我也叹说：“好国师！”

这一叹，众人都是一时之兴，不曾想到天师在面前。一长便形一短，叹西施便自难为东施。天师心里想道：“金碧峰恁的设施，我祖代天师人，岂可袖手旁观，漫无所建立。”眉头一蹙，计上心来，说道：“二位元帅在上，国师妙用立这一座山，竖这一根石柱，足称双美。只再得一通石碑，勒一篇铭，尤其妙者。”三宝老爷说道：“碑文可免罢。”天师道：“老公公，岂不闻勒碑刻铭之说乎？”王爷道：“不可得耳！固所愿也。”天师就乘机说道：“王老先生吩咐不可得，还是碑不可得？还是铭不可得？”王爷道：“铭在学生，易得耳。特碑不可得。”天师道：“既然铭在王元帅，碑就在贫道。”王爷道：“学生先奉上铭。”天师道：“铭完之后，贫道就奉上碑。”王爷吩咐左右取过文房四宝来，援笔遂书，说道：

爰告酆都，我大明国，

爰勒山石，于昭赫赫。
文武圣神，率土之滨；
凡有血气，莫不尊亲。

天师应声道："好！非此雄文，不足以镇压阎罗天子。"王爷道："过奖何堪！请天师老大人碑碣。"道犹未了，天师合手一呼，仰手一放，划喇一声响，一个大雷公站在面前，把两只翅膀摆上两摆，说道："天师何事呼唤小神？"天师道："此山用一座石碑，勒一篇铭，相烦尊神取过一通素碑来。"雷公应声"是"，一声响，一溜烟而去，一声响，一溜烟又来，早已一通素碑，立在石柱之前，比石柱止矮得五尺多些。雷公道："碑可好么？"天师道："好。"雷公道："我去罢？"天师道："一客不烦二主，相烦勒上这八句碑铭。"一声响，一溜烟早已勒成了八句。雷公道："字可好么？"天师道："好！"雷公道："我去罢？"天师道："后面还要落几行款。"雷公道："愿闻款志。"天师道："王爷撰文，郑爷篆额，贫道书丹，尊神立石。"雷公应声"是"，一声响，一溜烟，早已列成几行款志。雷公性急，不辞而去。

天师这一出，分明是国师激出来的，却其实役使雷霆，最有些意思，不在国师之下。众官这一会儿赞叹天师，你也说："好天师！"我也说："好天师！"天师道："不要空说好，我念着你们听，看果好不？"二位元帅道："愿闻后面款志罢。"天师念道：

"大明国王元帅撰文。大明国郑元帅篆额。大明国张天师书丹。九天应元雷公普化天尊立石。"

众人一齐大笑起来，说道："好个雷公立石。"云谷站在面前，说道："王爷撰文，撰得顺序。张爷书丹，书得顺序。雷公立石，立得顺序。只是郑爷篆额，却篆左了些。"郑爷道："篆左了些，就是关元帅篆法。"云谷道："怎见得是关元帅篆法？"郑爷道："关云长月下看《春秋》，《春秋》不是《左传》？”王爷道：“这个‘篆’，那个‘传’，篆法还不同些。”道犹未了，国师传令，请列位爷开船。云谷上船，告诉国师，说道：“天师竖一通石碑在石柱之前，这是甚么意思？”国师道：“正少此碣。君子成人之美。”云谷道：“石碣比石柱矮五尺许，这是甚么意思？”国师道：“居已于下，君子无欲上人之心。”云谷道：“天师役使雷公，这是甚么意思？”国师道：“雷公最狠，君子不成人之恶。”道犹未了，蓝旗官报道：“开船。”

自开船之后，逐日上顺风相送，每晚上明月相随。行了半月，没有了月，又是一颗亮星相亲相傍，不亚于月之明。云谷问道：“老祖在上，连日这等风顺，这是甚么意思？”国师道：“你不记得明月道童送行么？”云谷道：“晚间明月相亲，这是甚么意思？”国师道：“不记得道号明月，表字清风。早上清风送行，晚上明月送行，终不然有个诳语么？”云谷道：“从后去，这清风、明月可还有么？”国师道：“你不记得‘野花芳草，愿送仙舟’之句乎？”云谷道：“原来那个道童，两个行者送我们行，不知还在哪里止？”国师道：“进了白龙江口，便自回来。”云谷道：“却好长路头哩！”

道犹未了，外面报二位元帅过船相拜。坐犹未定，又报道天师老爷过船相拜。相见坐定，王爷道：“连月好顺风也。”天师道：“多谢国师老爷。”国师道：“朝廷之福，诸公之缘，贫僧何谢？”天师道：“老师忘怀了‘清风明月无人管，直送仙舟上帝京’？”国师连声道：“不敢！不敢！”这三位老爷都在讲话，都有喜色，独有三宝老爷眉头不展，缄口不言。国师道：“老公公何独不言？”三宝老爷道：“咱学生夜来得一梦，不知凶吉何如？心下疑虑。故此无言。”国师道：“见教是个甚么梦哩？”老爷道：“夜至三更时分，梦见一个老者，对我唱个喏，说道：‘我有两颗赛月明，相烦顺带到南朝，送与主人公收下。’咱问他姓甚么？名甚么？他说道：‘姓金，名太白。’咱问他家住哪里，他说道：‘家住中岳嵩山上。’咱问他主人为谁，他说道：‘山上主人就是，不必具名。’咱问他赛月明在哪里，他说道：‘已先送在船上。’咱问他送在何人处，他说道：‘一颗送在姓支的矮子处，一颗送在姓李的胡子处。’道犹未了，不觉的钟传鼓送，惊醒回来，原来是南柯一梦。咱想起来这个梦，梦得有些不吉。”

国师道："怎见得不吉？"老爷道："一则赛月明是个晚间所用物件，不见得正大光明。二则口说赛月明之名，不曾看见赛月明之实，怕此行有名无实。三则是支矮子、李胡子，支胡之说中间怕有甚么隐情。一个梦有许多猜疑，不知吉凶祸福，故此放不下心。"国师道："天机最密，贫僧不敢强为之解。"天师道："梦中不是凶兆，老爷过虑了些。"王爷道："月明是个明，加一'赛'字，岂不是大明，寄信到南朝，是个回送与主人，岂不是见主上？以学生愚见，岂不是回转大明国，拜见主上么？况兼那老者自称姓金，名太白，却不是太白金星，以此相告元帅？"天师道："王老先生解得是好。"国师道："这也是依理而言，不为强辩。"三宝老爷说道："到底白字多。赛明月是个白，不见其实是个白。名字太白，又是个白。吉主玄，丧主素，终是不吉。"

天师看见老爷心上疑惑不解，说道："元帅宽怀，容贫道袖占一课，看是何如？"老爷道："足见至爱。"一会儿天师占下了一课，连声道："大吉！大吉！"老爷道："怎见得？"天师道："占得是双凤朝阳之课。凤为灵鸟，太阳福星。当主大喜。"老爷心上还不释然。原来三宝老爷本心是个疑惑的，又且国师劈头说道："天机最密，贫僧不敢强为之解。"老爷只猜国师说的是不好话，他信国师的心多，故此王爷说好，他不信；天师说好，也不信。只见侯公公站在面前，说道："梦还不至紧，只要圆得好。可惜船上没有个圆梦先生。"天师道："雄兵万百，战将千员，岂可就没有个圆梦先生？"老爷道："来说是非者，就是是非人。就在侯公公身上，要个圆梦先生。"侯公公笑一笑，说道："是非只为多开口，烦恼皆因强出头。少不得我去寻一个圆梦先生来也。"

好个侯公公，口里连声吆喝道："咱老子要个圆梦先生！咱老子要个圆梦先生！"叫上叫下，宝船上叫了一周，并不曾见个圆梦先生。侯公公心里想道："乘兴而来，怎么好没兴而返？敢是我不该自称咱老子，故此圆梦的不肯出来。也罢，礼下于人，必有所求，不如改过口来罢。"却连声叫道："咱儿子要个圆梦先生！咱儿子要个圆梦先生！"叫上叫下，叫到一只船上，只见一位老者，须眉半白，深衣幅巾。侯公公正然往西去，那老者正然往东来，两个撞一个满怀。侯公公叫道：“咱儿子要个圆梦先生！”那老者说道：“儿子要圆梦，不如请我老子。”道犹未了，侯公公一把扯着，再不肯放他，竟扯到千叶莲台上。

侯公公道：“这是咱老子，会圆梦。”老爷好恼又好笑，说道：“怎就是你老子？”侯公公道：“饶是叫他老子，他道不肯来。”那老者也是个积年，相见四位，各行一个相见之礼。老爷道：“你姓甚名谁？祖籍何处？现任何职？”老者道：“小老姓马名欢，原籍浙江会稽县人氏，现任译字之职。”老爷道：“咱这里要个圆梦先生，你可会圆么？”马欢道：“小的略知一二。”老爷道：“你这圆梦，敢是杜撰么？”老者道：“师友渊源，各有所自。”老爷道：“你原是个甚么师父？”老者道：“小的师父姓邹，名字叫做邹星先生，平生为人善圆古怪跷蹊梦，勘破先天造化机。”老爷道：“只是邹星先生，不知诹得准么？”马欢道：“名字邹星，拆字圆梦，半点不诹星。”老爷道：“名邹人不诹，却不有名无实？”马欢道：“且莫讲我师父不是有名无实，就是小的今年长了八八六十四岁，圆了多少富贵、贫贱、圣愚、贤不肖的梦，岂肯有名无实？”老爷道：“依你所言，梦是人情之常？”马欢道：“哪怕他富贵之极，贫贱之极，少不得各有个梦。哪怕他圣愚之分，贤不肖之异，也少不得各有个梦。”老爷道：“富厚之家，奉养之下，岂有个闲梦？”马欢道：“石崇从小梦乘龙，这岂不是富人梦？”老爷道：“既有个典故，哪是贵人梦？”马欢道：“汉高逢梦赴蟠桃，这岂不是贵人梦？”老爷道：“哪是贫人梦？”马欢道：“范丹夜梦拾黄金，这岂不是贫人梦？”老爷道：“哪是个贱人梦？”马欢道：“歹僧梦化小花蛇，这岂不是贱人梦？”老爷道：“哪是圣人梦？”马欢道：“孔子梦寐见周公，这岂不是圣人梦？”老爷道：“哪是愚人梦？”马欢道：“董遵诲不辨黑黄龙，这岂不是愚人梦？”老爷道：“哪是贤人梦？”马欢道：“庄周梦蝴蝶，这岂不是贤人梦？”老爷道：“哪是不肖人梦？”马欢道：“丹朱梦治水，这岂不是不肖人梦？”

老爷看见这个马译字，应对如流，心上老大的敬重他，却又问说道：“说了有梦，可有个无梦的？”马欢道：“一有一无，事理之对。既有这些有梦的，就有这些无梦的。”老爷道：“你可说得过么？”马欢道：“小的也说得过。”老爷道：“你从头儿说来与我听着。”马欢道：“牙筹喝彻五更钟，这却不是富人无梦？不寝听金钥，这却不是贵人无梦？袁安僵卧长安雪，这不是贫人无梦，斜倚熏笼直到明，这岂不是贱人无梦？周公坐以待旦，这岂不是圣人无梦？守株待兔，这岂不是愚人无梦？睡觉东窗日已红，这不是贤人无梦？小的夜来鼾鼾直到五更钟，这岂不是不肖人无梦？”老爷道：“输身一着，好个结稍。”马欢道：“世事总如春梦断，全凭三寸舌头圆。”老爷道：“好个‘三寸舌头圆’！咱夜来一梦，你仔细和我圆着。”马欢道：“请元帅老爷说来。”老爷道：“咱梦见一个老者，自称姓金，名字太白，相托我寄一双赛月明回中岳嵩山去，却又赛月明不在手里，说一颗在咱们船上支矮子处，说一颗在咱们船上李胡子处。说话未了，醒将过来，不知这个吉凶祸福，还是怎么？你与我圆来。”马欢道：“禀元帅老爷得知，此梦大吉。”老爷道：“怎见得？”马欢道：“老者姓金，名字太白，是个太白金星。”王爷道：“我也是这等圆。”马欢道：“月是夜行的，赛月明是个夜明珠。”王爷道：“这个夜明珠，我就圆不着了。”马欢道：“一颗在支矮子处，膝屈为矮，是跪着奉承，主不日之间先见；一颗在李胡子处，胡子在口子，口说尚难凭，主久日之后才见。寄回，是个回朝。中岳，是我大明皇帝中天地而为华夷之主。嵩山，是山呼万岁。元帅老爷这一个梦，依小的愚见所圆，主得两颗夜明珠，一颗先在面前，一颗还在落后。却到回朝之日，面见万岁爷，山呼拜舞，献上这双稀世之珍，官上加官，爵上加爵，随朝极品，与国同休，这岂不为大吉之梦！”王爷道：“后一段，我学生就解不出来。马译字委是会解。”马欢道：“口说无凭，日后才见。”三宝老爷得这一解，心上略宽快些，重赏马译字而去。三宝老爷归到“帅”字船上，念兹在兹，只在想这两颗夜明珠。船行无事，传下将令，把这百万的军籍，逐一挨查，任是挨查，并不曾见个支矮子；李胡子虽有，并没有个夜明珠的情由。时光迅速，节序推延，不觉的宝船回来，已经一个多月。每日顺风，每夜或星或月，如同白昼一般。大小宝船不胜之喜。忽一日，云生西北，雾障东南，猛然间一阵风来：

晚来江门失大木，猛风中夜吹白屋。

天兵斩断青海戎，杀气南行动坤轴。

一阵大风不至紧，马船上早已掉下一个军士在海里去了。报上中军帐，元帅吩咐挨查军士甚么籍贯，甚么姓名，一面快设法救起人来。元帅军令，谁敢有违，一会儿回复道："军士姓刘，双名谷贤。原籍湖广黄州府人氏，现隶南京虎贲左卫军。站在篷下，失脚堕水，风帆迅驶，救援不便。"元帅传令，问他船上众人："可见军士形影么？"回复道："看见军士在水面上飘飘荡荡，随着宝船而来。"老爷道："异哉！异哉！夜明珠偏不见，却又淹死了一名军士。马译字之言大谬。"王爷道："军士自不小心，与梦何干。只是这个风却大得紧，怕船有些不便，将如之何？"老爷道："国师原说是：'清风明月无人管，直送仙舟上帝京。'怎么今日又主这等大风？还去请问他一番，就见明白。"

二位元帅拜见国师，把刘谷贤掉下海、风大宝船不便行两桩事，细说了一遍。国师道："贫僧也在这里筹度。开船之时，幸喜得那个道童和那两个行者前来送行。这三十日中间，顺风相送，怎么今日又是这等大风？"老爷道："风头有些不善。"国师道："天意有在，一会儿自止，也未可知。"王爷道："海峤飓风，自午时起，至夜半则止。这个风，从昨日黄昏起。到今日，这早晚已自交未牌时分，还不见止。多管是夜来还大。"老爷道："日上还看见些东南西北，夜来愈加不好处得。"道犹未了，云谷报说道："船头上站着两个汉子，一个毛头毛脸，手里拿着一只大老猴；一个光头滑脸，手里提着一只大白狗。齐齐的说道，要见老爷。"三宝老爷说道："敢是送过夜明珠来？"国师不敢怠慢，走出头门外来，亲自审问他两个的来历。

只见那汉子瞧见国师，连忙的双膝跪着。国师道："你两个是甚么人？"那毛头毛脸的说道："弟子是红罗山山神，特来参见。"国师道："红罗山山神，原是鹿皮大仙。你有甚么事来见我？"山神道："弟子蒙佛爷爷度化大德，护送宝船。"国师道："你手里拿着是个甚么？"山神道："是个风婆娘。"国师道："怎叫做风婆娘？"山神道："他原是个女身，家住在九德县黑连山颠唧洞，飞廉部下一个风神，主管天上的风。一张嘴会吹风，两只手会舞风，两只脚会追风，醉后之时又会发酒风。故此混名叫做风婆娘。”国师道：“怎么这等一个形状？”山神道：“他面貌像个老猴，看见人来，惭愧满面，不肯伸头出颈。任你打他一千，杀他一万，见了风就活，万年不死。”国师道：“你拿他来做甚么？”山神道：“佛爷爷宝船回棹，已有明月道童、野花行者、芳草行者顺风送行。争奈这个风婆娘不知进退，放了这一日大风。道童、行者都是软弱之门，降他不住。弟子怕他再发出甚么怪风来，宝船行走不便。是弟子助道童一力，拿将他来，未敢擅便，特来禀知佛爷爷。”国师道：“今后只令他不要发风。饶他去罢。”风婆娘娘说道：“今日是小的不是。既蒙佛爷爷超豁，小的再不敢发风。”山神道：“口说无凭，你供下一纸状在这里，才有个准信。”国师道：“不消得。”山神道：“他名字叫坏了，转过背就要发风。”国师道：“擒此何难！”风婆娘说道：“只消佛爷爷一道牒文，小的就该万死，何须这等过虑！”山神道：“还要和他讲过，宝船有多少时候在海里行着，他就多少时候不要发风。”国师道：“大约有一周年。”风婆娘说道：“小的就死认着这一周年，再不敢发风。”国师道：“放他去罢。”只说得一声放。你看那风婆娘一声响，一阵风头而去。

国师道：“那一个是甚么人？”

毕竟不知那一个是甚么人？且听下回分解。

第94回　碧水鱼救刘谷贤　凤凰蛋放撒发国

诗曰：

高风应爽节，摇落渐疏林。
吹霜旅雁断，临谷晓松吟。
屡弃凉秋扇，恒飘清夜砧。
泠然随列子，弥谐逸豫心。

却说国师道:“那一个是甚么人？”光头滑脸的说道:“弟子是铜柱大王。”国师道：“铜柱大王，原是陀罗尊者。你有甚么事来见我？”大王道：“弟子蒙佛爷爷度化大德，特来护送宝船。”国师道：“你手里提着是个甚么？”大王道：“是个信风童儿。”国师道：“怎叫做个信风童儿？”大王道：“他原先是个小郎，家住在汝南临汝县崆峒山玉烛峰土穴之内。专一走脚送信，其快如风，飞廉收他在部下，做个风神主管，送天上的风信。三月送鸟信，五月送麦信，七八月送檐信，海洋上送飓飚信，江湖上送舶棹信，鲁东门送爰居信，五王宫送金铃信，岐王宫送碎玉信，昆仑山送祛尘信，扶枝送鸟鹊信，怒时送大块信，喜时送鸣条信。故此叫做个信风童儿。”国师道：“怎么这等一个形状？”大王道：“他皮毛状貌像只白狗，帝尧朝里为人所获；碎割碎剐切得只有苍蝇翅膀至薄。但遇有风，其肉先动；摇动他的肉，其风自生。后来遇着风又活将起来，后归飞廉部下。”国师道：“你拿他来做甚么？”大王道：“因他到海上来送飓飚风信，明月道童和他争闹，他就把明月道童打了一跌。加上那两个行者，一个吃他踢了一脚，一总三个都不是他的对头。是弟子怀忿于心，拿住他来见佛爷爷，请佛爷爷重加惩治。”国师道：“放风是头里的风婆娘，与送信的何干？”大王道：“风虽发，不送信，风不起。风之大小，时日之多寡，都在送信的口里定夺。”国师道：“既然如此，他今后不送信就是。你放他去罢。”信风童儿听见佛爷爷放他去，不胜之喜，说道：“佛爷爷就是天地父母之心，我今后再不送风信来罢。”国师道：“也难道今后再不送风信？只是周年之内不送，便自足矣！”信风童儿说道：“就是周年。”国师道：“你去罢。”好个信风童儿，说声去，不曾住口，一声响，一阵风头而去。铜柱大王说道：“佛爷爷只管慈悲，也不管人之好歹。这等一个娃子家，口尚乳臭，他顾甚么信行，转背只好又送出信来。”国师笑一笑说道：“拿此等童儿，何难之有？”道犹未了，把禅杖一指，一个信风童儿，一毂碌跌在面前，叫说道：“小的再也不敢，怎么佛爷爷又拘我回来？”国师道：“你去罢。”一声响，又是一阵风头而去。大王道：“弟子今番晓得了。”国师道：“你两人回去罢。”红罗山神道：“弟子愿送。”桐柱大王道：“弟子愿送。”国师道：“我们海上要过一周年，你两人怎送得这远？”两个齐说道：“弟子蒙老爷度化，万年不朽，天地同休，岂说这一周年，呼吸喘息之顷耳！况兼明月道童，何如？”国师道：“既如此，你两人住在镜台山罢，前行经过哪一个去，你来报我知道。”两个齐应声“是”，齐上镜台山而去。

国师又邀二位元帅坐在莲台之上。二位元帅说道：“国师妙用，人数不知。当时只说空饶了鹿皮大仙，哪晓得今日得他拿了风婆娘，除此一害。当原先只说便饶了陀罗尊者，哪晓得今日得他拿了信风童儿，又除一害。”国师道：“且莫讲除害两个字，不知如今风势何如？”元帅道：“想也会住。”即时吩咐旗牌官，看外面风势何如？”旗牌官道：“风势渐渐的平伏。”元帅道：“渐渐平伏，可喜！可喜！”旗牌官道：“还有一喜，不知老爷们可晓得么？”老爷道：“甚么喜？敢是夜明珠么？”旗牌官道：“早上掉下去的军士，幸遇一尾大鱼，好好地送上船来。”老爷道：“军士现在何处。”旗牌官道：“现在马船上。”老爷道：“叫过他来，咱问他一个端的。”元帅军令叫去就去，叫来就来，一会儿一个军士跪在面前。老爷道：“你是甚么人？”军士道：“小的是虎贲左卫一名小军，姓刘名谷贤。”老爷道：“早上掉下水去，可就是你么？”谷贤道：“是小的。”老爷道：“怎得上来？”谷贤道：“是一尾大鱼送小的上来。”老爷道：“是个甚么样的鱼？”谷贤道：“其鱼约有十丈之长，碧澄澄的颜色，黑委委的鳍枪。是小的掉下去之时，得它乘住，虽然风大浪大，它浮沉有法，并不曾受半点儿亏。”老爷道：“清早上到如今，风大船快，不知行了多少路，怎么会赶着？”谷贤道：“小的坐在它的身上，也不觉得远哩！”老爷道：“你怎得上来？”谷贤道：“是它口里说道：‘你去罢。’不知怎么样儿，小的就在船上。它临去之时，口里又说道：‘多拜上佛爷爷。’”国师点一点头，说道：“贫僧晓得了。”

三宝老爷说道：“国师老爷晓得敢是条龙么？敢是送夜明珠么？”国师道：“龙便是龙，只不是夜明珠哩！”老爷道：“怎见得是龙，又不是夜明珠？”国师道：“元帅不准信之时，贫僧叫它过来，就见明白。”老爷道：“水族之物，焉得有知。既去了，怎么又叫得转来？”国师道：“这不打紧。”

道犹未了，把禅杖一指，早已有个汉子，碧澄澄的颜色，黑委委的鳍枪，头上一双角，项下一路鳞，合着手打个问讯，说道：“佛爷爷呼唤弟子，有何指挥？”国师道：“刘谷贤多谢你救援。”汉子道：“弟子承佛爷爷超度，无恩可报。今日止救得谷贤一命，何足挂齿！”国师道：“你为何不职掌龙宫，还在外面散诞？”汉子道：“弟子运蹇时乖，撞遇着一个惫懒旧知己，扳扯一场，故此羁迟岁月。”国师道：“是哪旧知己？”汉子道：“菩萨鱼篮里的歪货。”国师道：“鱼篮里是个甚么？”汉子道：“是个金丝鲤鱼成精作怪的中生。”国师道：“他怎么与你知己？”汉子道：“实不相瞒佛爷爷所说，弟子怎叫做碧水神鱼？原做曲鳝出身，在南膳部洲东京城北，碧油潭之水，碧澄澄的约有万丈之深，弟子藏在里面有千百年之久，故名碧水神鱼。”国师道：“金丝鲤鱼在哪里？”汉子道：“因它同在碧油潭里。”

国师道：“它怎么会成精作怪？”汉子道：“因是宋仁宗皇祐三年正月元宵令节，东京城里奉圣旨放灯，大兴灯会。金丝鲤鱼动了游赏之心，即时跑出崖去，变成个女子，使个分身法，变成一个丫环，吐出一颗小珠儿，变成一笼灯火，一个女子前面走着，一个丫环一笼灯，自由自在，穿长街，抹短巷，缓步金莲，恣意游玩。只见：

弱骨千丝，轻球万眼。庭开菡萏，荧荧华岳明星；洞绕篔筜，点点竹宫爟火。云母帐前潋滟，多则过十千枝，光溜溜的露影琉璃；夜明帘外辉煌，少也有一万盏，翠泠泠雨丝缨络。急闪闪瑶光乱散，妆成鹿衔五色灵芝；慢腾腾兽炭雄喷，做出犬吠三花宝叶。游鱼上下，似洞霄宫里，隐隐约约，鱼油锦上生波；走马纵横，像吐火山前，璁璁珑珑，玛瑙屏中绝影。怎见得星移万户，赤溜溜的珠球滚地抛来；可知他月到千门，碧团团银烛半空丢下。灵船低泛，通霞台上，沉沉霭霭，平白地透出霞舟百里，丹烟流宿海；火镜高燃，望日观前，雄雄魄魄，半更天推出日扇九枝，红艳簇天坛。的的攒攒冕舸棱，尽点缀了丹房檐蔔；霏霏袅袅旋华盖，镇飘飖些紫蔓葡萄。绿绿夭夭，高挂着明璚宛转，都来是方空素縠粘成；红红白白，细看他花格纶连，好不过员峤轻蚕裁就。又不是龙吟声、彪吼声、驎合逻、驎迤夜、驎跋至，蚕发擂了，冬冬曈曈，瑞门禁鼓，六街惊椮，阿香车里行雷；且道个遏云社，飞盏社，乔宅眷、乔迎酒、乔乐神，旋扮将来，嘈嘈杂杂，复道危栅，百队香攒，玉女窗前笑电。绿香沉穗，吹笙送度，紫微峨峨艳艳，半层圈络，金茎盘上映初晴；绣袄云花，夹仗绕开，四照玲玲珑珑，几柱水条，玉胆瓶中看欲化。水晶槊，璀璀璨璨，白凤凝酥，到处广寒宫一般清澈；珊瑚座，堛堛璘璘，玄龙吐烛，咫尺融皋国万里通明。玉消膏，琥珀饧，屑屑零零，妆花璀耦，朱盘架，簇插飞蛾；流苏带，芳堤叶，闲闲淡淡，嗲火杨梅，缟衣衫，争传帖蛋。别样的机关，活动得奇奇怪怪，彩楼高处，削成仙子三山；诸般故事，彩画得分分明明，玉栅铺时，簇成皇帝万岁！

正是：黄道宫罗瑞锦香，云霞冉冉度霓裳；龙舆凤管经行处，万点明星簇紫星。

京城地面街道又宽阔，灯火又闹哄，那妖精贪看了一会。哪晓得折转身来，金鸡已三唱矣，天色将明。妖精怕现了本相，不敢转到碧油潭，急忙的走进金丞相后花园中鱼池里面藏了。花园中有几盆牡丹花，妖精每夜里来吐气喷之，牡丹颜色鲜丽，红的红似血，白的白似雪，最可人情。

一日，有个赴选的刘秀才，寄寓在金丞相府里，听知道花园中牡丹盛开，颜色鲜丽，禀过丞相，带酒进园里游赏一番。酒阑人散，那妖精走上岸来，摇身一变，变做金丞相的千金小姐，调戏刘秀才。大抵好色之心，人皆有之，刘秀才被他所惑，日往月来，情稠意密，被府中侍婢看见。侍婢虽然心上明白，晓得千金小姐美玉无瑕，没有这个淫奔之行，却刘秀才房里又有个美人相亲相伴。侍婢费了好一番寻思，走进小姐房里来。房里是个小姐，走到刘秀才房里去，刘秀才房里又是个小姐，侍婢们吃惊，报上金丞相。金丞相不得明白，报上包阎罗。包阎罗把两个小姐一下子都拘将来，审问一番，也不得明白，即时吩咐张龙、赵虎，取出照妖镜来一照，原来是一个金丝鲤鱼。那妖精现了本相，却才慌了，吐出一口黑气冲天，天昏地黑，一声响，连千金小姐都不见了。这是一桩鬼怪，包阎罗岂肯甘休？牒到城隍，城隍不敢怠慢，差下阴兵，四路里一访，却访得千金小姐在碧油潭左侧四雄山石室之中。闻报包阎罗，金丞相亲自取回小姐去了。却访得金丝鲤鱼在碧油潭里出身，阴兵来拿它，它就走到南海中间躲着。因为阴兵来拿，弟子也安身不住，也自移了窝窠。落后来包阎罗不放城隍，城隍没奈何，只得具札通知四海龙王，关上海门，严加捕捉。那妖精又卖弄神通，往天上跑，恰好撞遇着观音菩萨，却才收服了它，放在鱼篮之中，除此一害。

城隍回命，包阎罗大喜，金丞相作谢，刘秀才得生。那妖精却不是个惫懒的，弟子和它同住过，却不是个旧知己？国师道：“他虽惫懒，怎牵连着你？”汉子道：“弟子蒙佛爷爷度化之后，已经脱变成了龙。到了龙宫，见了龙王，旧例要参谒菩萨去。到南海参谒之时，那妖精闲在篮里，一毂碌跳将起来，说道：弟子也曾成精，也曾作怪，也曾迷人，今日不该成此正果，牵扯弟子这一番。菩萨怕中间有等隐情，却就打回龙宫海藏来行查扯，喜得佛爷爷当日度化弟子，写得有个‘佛’字在弟子处，却才得这一硬证。龙王却才回复菩萨，弟子却才得了正果。因受它这一牵扯，故此羁迟不得职掌龙宫，还在闲散。”

国师道：“闲散到几时才住？”汉子道：“已经入班在第七个上，不出一年之外，就有事管。”国师道：“你怎么晓得刘谷贤掉在水里？”汉子道：“弟子护送佛爷爷回京，故此晓得。”国师道：“救人一命，胜造七级浮屠。你快去罢，就该你是头班。”好个汉子，即时现出本相来，峥嵘头角，鳞中崚嶒，一朵红云，托着一条黑龙，冲天而起。

二位元帅不胜之喜，原来这个汉子就是碧水神鱼，变成了这条好龙也。当原日只说是便饶了碧水神鱼，哪晓得今日又得它这一力！国师妙用，何处无之！三宝老爷又说道：“龙便是条龙，只是又没有夜明珠哩！”国师道：“贫僧怎么敢打诳语，龙便是，鱼却不是。”老爷道：“马译字还是说谎，怎么再不见个珠影儿？”王爷道：“命里有时终须有，命里无时到底无。老元帅怎么这等慌？”各自散去。

光阴似箭，日月如梭。忽一日，旗牌官跪着禀事。老爷道：“你禀甚么事？”旗牌官道：“小的看守蜘蛛，五七年来并无半毫差错。到了今日之时，猛然间蜘蛛不见在哪里去了，笼里面止遗下得一个滴溜圆的白石子儿，大约有鸡卵之大小的，不知是个甚么出处，特来禀知元帅老爷。”老爷道：“那白石子儿在哪里？”旗牌官道：“现在蜘蛛笼里。”老爷道：“你去取来。”元帅军令如雷如霆，一会儿取到白石子儿。老爷拿在手里，看一看，只见那石子儿岂是等闲之物？身圆色白，视之烨烨有光。老爷看了一会，想了一会，却明白了，大笑三声，叫快请过王爷来。王爷进门看见老爷一天之喜，说道：“老元帅，怎么今日这等盈盈笑色，喜上眉峰？”老爷手里拿着那白石子儿，说道：“王老先生，你试猜一猜，猜咱有何事可喜？”王爷道：“想是得了夜明珠么？”三宝老爷看见王爷一猜必中，越发大笑起来，说道：“王老先生，天下事这等有准。”王爷道：“怎见得？”老爷道：“当原日梦见赛月明，咱学生只说是个不吉之兆。虽则天师说双凤朝阳，咱学生又怕他课不灵验；马译字说夜明珠，咱学生也怕他圆梦不准，耽了无限的心机。哪晓得天师的灵课，马译字神猜。”王爷道：“果是一颗夜明珠么？”老爷双手拿出珠来。王爷一看，果然圆又圆，大又大，亮又亮，乃稀世之奇珍，无价之大宝。王爷道：“可喜！可贺！又不知支矮子是哪个？”老爷道：“你也猜一猜儿，猜着哪个？”王爷道：“知之为知之，不知为不知。这个我学生猜不着也。”老爷道：“请天师、国师同来作一猜，看哪个猜着。”

即时请到天师、国师，老爷相迎之际，不胜之喜。天师道：“恭喜元帅得了夜明珠。”国师道：“阿弥陀佛！恭喜！恭喜！”老爷道：“咱学生得了夜明珠，怎么二位老师就都晓得？”天师道：“入门休问荣枯事，观着容颜便得知。老元帅这等欢天喜地，岂不是得了夜明珠么。”老爷道：“珠便是了。”递出珠来。国师看过，天师看过。都说道：“好颗夜明珠，却是无价之宝。”老爷又说道：“毕竟支矮子是个甚么人，相烦天师猜着？”天师想了一会，说道：“这倒也是难猜。”老爷又请回国师，国师只作不知，说道：“善哉！善哉！天师尚然不知，何况贫僧。”老爷道：“这个支矮子曾在国师门里出身，怎么就不知道？”国师道：“既是贫僧门里出身，有个不知道之理？只因是信风所过，不记得他。”

说了个“信风所过”四个字，把三宝老爷吓得只少一跌，连声说道：“国师神见！国师神见！”王爷道：“怎么‘信风所过’，就是神见？”天师道：“贫道也省得了。”王爷道：“省得是个甚么？”天师道：“我和你初下西洋，才到爪哇国之时，一阵信风所过。国师说道：‘当主一物，其形如吼，其大如斗，其丝万缕，其足善走。先前虽主一惊，以后还有一喜。’今日夜明珠就是那一喜。”王爷道：“哎，原来支矮子是个蜘蛛。国师信风之言，数年之后，这等灵验。”老爷道：“马译字圆梦，更圆得有趣。”天师道：“贫道‘双凤朝阳’的课，却也颇通。”国师道：“‘双凤朝阳’，还不在这里。”老爷道：“想在李胡子身上。”国师道：“李胡子另是一颗夜明珠，‘双凤朝阳’另是一宗功德。”老爷道：“在几时？”国师道：“目前就见。”道犹未了，国师叫过阴阳官，问他行船行了多少月日。阴阳官回复道："已经行了五个月零八日。"国师道："是了。"又叫过非幻禅师，吩咐他天盘星上取下一个凤凰蛋来。又叫过云谷徒孙，吩咐他旗牌官处取过那一个凤凰蛋来。一时俱到。国师拿着两个蛋在手里，念念聒聒，念了几声，咒了几声，一会儿两道白气冲天而起，白气中间飞出一对凤凰，衔着那两个蛋壳，悠悠扬扬，自由自在，直奋九天之上。把二位元帅、一位天师、四位公公、大小将官、满船军士，哪一个不说道："真的'双凤朝阳'，真的国师妙用。"

三宝老爷又问道："原日撒发国收在凤凰蛋里，今日朝阳，撒发国还在哪里？"国师道："已经放回他去了。"老爷道："不曾损坏军民人等么？"国师道："贫僧敢打诳语？曾经说过的话，以三年为率，多一日受一日福，少一日受一日之苦。经今五年多些，哪一个不受福无量，哪一个不生欢生喜。"老爷道："可看得见么？"国师道："要见何难！"老爷道："可用梢船么？"国师道："自从开船之后，五个多月不曾落篷，岂可今日为着这个撒发国，反又梢船。"老爷道："既不梢船，何以得见？"国师道："管你看见就是。"老爷道："怎管得看见？"国师道："贫僧自有个妙处。且问列位中间哪几位要看？各人认将下来。"老爷道："咱一个是不消说的，要看。"四个公公一齐说道："要看。"王爷道："我学生不愿看。"天师道："贫道也不愿去。"国师道："不愿去的便罢。"三宝老爷道："诸将中有愿看的么？"狼牙棒张柏应声道："愿看。"游击将军马如龙应声道："愿看。"王爷道："只两个去看足矣，其余的不许乱答应。"诸将中分明都是愿去看的，得王爷这一拦阻，却才不敢多话。国师道："愿看的请上来，依次而坐。"三宝老爷坐上面，四位公公坐左侧，两位将军坐右侧。国师道："列位去时，尽着脚走，以铃响为号，都要转身。"众人一齐应声："是！"国师道："阿弥陀佛！都要闭了眼。"众人一齐闭了眼。国师又念声："阿弥陀佛！"伸出手来，一个人眼上画一个十字，众人一齐瞌睡，静悄悄的。

国师坐下，吩咐云谷旋烹新鲜茶来，与列位老爷醒瞌睡，云谷应声"是"，即时备办烹茶。国师手里一声铃响，众位瞌睡的一齐醒过来。三宝老爷双脚平跳着，双手齐拍着，嗄嗄的大笑，说道："异哉！异哉！"国师一边叫云谷递上茶来。云谷回复道：“茶尚未热。”王爷道：“茶尚未热，好快去快来也！”老爷道：“得此奇妙，何用茶为！”王爷道：“怎这等奇妙？”老爷道：“我如今满腹中都是奇妙的，只是一口说不出来。”王爷道：“怎么一口说不出来？”老爷道：“其妙处多得紧，说它不尽。”王爷道：“说个大略就是。”老爷道：“咱平生看见五囤三出，心上着实有些狐疑。到了今日，却才深服。咱适来闭上眼，不知怎么就出了神，怎么就到撒发国，依旧的城郭，依旧的宫墙，依旧的民居，依旧的番总兵府，依旧的圆眼帖木儿战场，依旧的金毛道长仙迹，是咱看见两个老者对手着棋，咱问他道：‘大国是甚么国？’他说道：‘是撒发国。’咱问道：‘你国中平安么？’他说道：‘我这个国国小民贫，不载经典，自古到今，平安无事。只是三五年前，受了一场兵火。这三五年后，却混沌了一场。这五七日中间，才见天日，故此在这里着几局棋，贺一个太平。’咱问他：‘是个甚么兵火？’他说道：‘是个大明国差来的两个元帅，一个道家、一个僧家，其实的厉害，杀了一个总兵官，灭了一个金毛道长，却不是一场兵火？’咱心里倒好笑，指着咱说元帅，就是指着和尚骂秃子！咱又问他道：‘怎么混沌了一场？’他说道：‘为因抗拒了那两位元帅，不曾递上的降书降表，却就吃他一亏，把我们这一个国，下了甚么禁符，弄了甚么术法。致使得这三五年间，满天重雾，混混沌沌，不辨东西南北，不见日月星辰。也没有商贩等船到我这里来，我这里也没有人敢出外去。’咱问他：‘可过得日子么？’他说道：‘只是混沌些！渔樵耕牧，却比旧时一同，日子倒是过得。却又有件好处，三五年间，没有半个人死，没有半个人害病，这个又好似旧时。’咱问道：‘是几时开的？’他说道：‘才开五七日。’咱心上还要问他，猛空的那里一声铃响，转过身来，恰好还在这里。似梦非梦，何等的奇妙。”王爷道：“你们众人看见些甚么？”众人道：“地方都是一同。只各走各人的路，各撞着各样人。”王爷道：“你们撞着甚么人？也说一个。”马公公道：“咱撞着一班白须长者饮酒。”洪公公道：“咱撞着一群光头娃子放羊。”侯公公道：“咱撞着锄田的吃着二十四样小米饭。”王公公道：“咱撞着三绺梳头的都穿着二十四幅青腰裙。”张狼牙说道：“我进城门之时，撞着四个人：一个手里一口快剑，一个手里一张琵琶，一个手里一把伞，一个手里一条带。”马游击说道：“我出门之时，也撞遇着四个人：一个手里一撮米皮，一个手里一座东岳，一个手里一盏灯笼，一个手里一骑秃马。”王爷道：“这些人是个甚么意思？”国师道：“贫僧有所不知。”天师道：“贫道更不得知。”天师口便说道“更不得知”，脸上笑了一笑。

毕竟不知天师这一笑甚么缘故？且听下回分解。

第95回　五鼠精光前迎接　五个字度化五精

诗曰：

圆不圆兮方不方，须知造化总包藏。
玉为外面三分白，金作中央一点黄。
天地未出犹混沌，阴阳才判始清光。
瀛于撒发君民乐，胜上天宫觐玉皇。

却说撒发国收在凤凰蛋里面，愈加福寿康宁。四位公公看见四样人物，两员将军看见两班人物，都不识得是个甚么意思。只有天师笑了一笑。王爷道：“天师这一笑，想是有个高见？伏乞见教。”天师说道：“贫道非敢妄笑，只是恭喜国师老爷无量功德。”王爷道：“怎见得无量功德？须要天师老大人见教一番。”天师道：“一班白须长者饮酒，白须是老，饮酒是钟，这叫做老有所终。一群光头的娃子牧羊，娃子是幼，牧羊是养，这叫做幼有所养。锄田的吃二十四样小米饭，锄田的是农夫，二十四样饭，是米多不过，这叫做农有余粟。三绺梳头的穿二十四幅青腰裙，三绺梳头是个女人，二十四幅青腰裙，是布多不过，这叫做女有余布。张狼牙撞着四个：一个一口剑，剑是锋风；一个琵琶，琵琶是调；一个伞，伞是雨；

一个带，带是顺。进门去撞着，从此以前，风调雨顺。马游击撞着四个人：一个米皮，米皮是谷国；一个东岳，东岳是泰；一个灯笼，灯笼是明；一个秃马，秃马无鞍是安。出门来撞着，从此以后，国泰民安。总而言之，是撒发国君民人等收在凤凰蛋里，坐了这三五年来，老有所终，幼有所养，农有余粟，女有余布，从此以前，风调雨顺；从此以后，国泰民安。这却不是国师老爷的无量功德？故此贫道恭喜，不觉的笑将出来。”王爷道：“原来有此一段情由。可喜！可喜！”哪一个不叫声：“佛爷爷！”哪一个不念声：“阿弥陀佛！”各自散去。

不觉的日往月来，又是三个多月。国师老爷坐在千叶莲台之上，叫过阴阳官问道：“从开船以来，一总走了多少月日？”阴阳官回复道：“走了八个半月。”国师道：“既走了八个半月，该到满剌伽国。”阴阳官禀道：“路途遥远，算不得日期。”国师道：“虽算不得日期，甚么样的顺风，尽日尽夜而行，差不多也是年半来了，岂有不到之理？”

道犹未了，红罗山神和铜柱大王两个跪着，一齐禀事。国师道：“生受你二人在船上护送。”两个齐说道：“弟子们没有甚么生受，还是生受明月道童和那二位行者，每日每夜如此顺风。”国师道：“都是一同生受。你两个来，有甚么话讲？”两个齐说道：“适来听见佛爷爷问满剌伽国，此处到那里，只消三昼夜工夫，苦不远路，特来禀知。”国师道：“既不远路，便自可喜。你两个且各方便着。”

果然是过了三昼夜，蓝旗官报道：“前面经过一个国，不知是个甚么国？不知可收船也不收船？”二位元帅即时请到天师、国师，计议前事。天师道：“收了船，着夜不收去打探一番，便知端的。”国师道：“不消打探，此中已是满剌伽国。”元帅道：“国师何以得知？”国师道：“三日之前，铜柱大王们先来告诉贫僧，故此贫僧得知。”二位元帅不胜之喜，说道：“天师门下有值日神将听令，国师门下却有山神大王听令，三教同流，又且同功同用。妙哉！妙哉！”

道犹未了，元帅传令收船。收船未定，蓝旗官报道：“船头上有五个将军迎接。”元帅吩咐他进来相见。五个将军进到中军帐下，行相见之礼。

大约都有一丈多长，好长汉子，只是头有些尖，眼有些小，稀稀的几个牙齿，枪枪的几根胡须。老爷道："你们是甚么人？"五个将军齐声答应道："小的们是满剌伽国国王驾下值殿将军。"老爷道："你们姓甚么？名字叫做甚么？"齐声道："小的们姓'冯、陈、褚、卫'的'褚'字，原是一胞胎生下我兄弟五人，故此顺序儿叫名字，叫做褚一、褚二、褚三、褚四、褚五。"老爷道："你们有甚么事来相见？"褚一道："小的兄弟五人承国王严命，替元帅老爷看守库藏，看守限满，故此迎接老爷。"老爷道："库藏中无所损坏么？"褚一道："库藏中一一如故，并无所坏。只是门背后新添了'黄凤仙'三个大字。"老爷道："怎么有这三个大字？"褚一道："这三个大字，原是数年之前，一个女将蓦进库里来，偷盗财宝，是小的们兄弟五人一齐赶将他去，他见了都督之时，写下这三个大字，以为后验。故此有这三个大字。"老爷道："这话儿是实，我得知了，你们去罢。"

五个将军朝着国师又另行一个相见之礼，叩了二十四个头。国师道："你们怎又在这里？"褚一道："弟子们自从东京大难之后，却又修行了这千百多年，才能够聚会在这里。因是满剌伽国国王授我们兄弟们值殿将军之职，故此得看守佛爷爷宝藏，三四年间幸无损坏。全仗佛爷爷收录弟子们这一功，度化一番，弟子们才得长进。"国师道："你们既是改心修行，便自入门。况又有些看守之功，贫僧自有个处。你们且各自方便着。"五个将军一齐磕头，一齐而去。国师道："阿弥陀佛！万物好修皆自得，人生何处不相逢。"

道犹未了，中营大都督王堂迎接，各各相见，各各诉说离别一番。道犹未了，满剌伽国国王，各各相见，各各叙旧。元帅传令，盘上库藏，限即时起锚开船。国王留住，元帅不允。国王又告诉要跟随宝船朝见大明皇帝。元帅许诺，另拨一只马船，付国王居止。国王携妻挈子，并大小陪臣，一切跟随公办，共有五六十人，住马船上，打着进贡旗号。不出三日之外，宝船齐开。五个值殿将军拜辞国师老爷。国师道："管库有功，你各人伸上一只手来，各人写上一个字与你去。"五个将军一人一只手，国师一人与他一个"佛"字，俱各磕头礼拜而去。开船之后，闲居相叙。三宝老爷说道："来了一年将近，再不见个李胡子。这一颗夜明珠，却有些假了。"国师道："自有其时，何愁之有！"老爷道："昨日那五个值殿将军是个甚么出处，国师老爷一个人与他一个字？"王爷道："前日碧水神鱼也只是一个佛，致令他峥嵘头角，职掌龙宫。国师这一个字，却不是小可的，怎么轻易与他？"国师道："二位元帅，你有所不知。这五个将军原是灵山会上出身，落后在东京朝里遭难，近时改行从善。又兼今日看守库藏有功，故此贫僧与他这一个字，度化他反本还原，得其正果。"二位元帅道："怎叫做灵山会上出身？"国师道："这又是一篇长话。"元帅道："愿闻。"国师道："这五个将军原父亲是灵山会上天仓里面一个金星天一鼠，职授天仓左大使，历任千百多年，并无挂误。灵霄殿玉皇大天尊考上上，廷授天厨太乙星君。所生五子，各能自立，各有神通，俱不袭父职，移居锦帆山下瞰海岩中。讳鼠为褚，改姓褚，顺序而名，故此就叫做褚一、褚二、褚三、褚四、褚五，这却不是灵山会上出身？"元帅道："怎叫做东京城里遭难？"

国师道："因为兄弟五人离了西天，来到东京瞰海岩下，卖弄神通，往来变化：时或变做老人家，脱骗人财物；时或变做青年秀士，调戏人家的女人；时或变做二八佳人，迷乱人家子弟。忽一日，西京路上有一座锦帆山，山势盘旋六百余里，幽林深谷，崖石嵯峨，人迹所罕到。大凡鬼怪精灵，都赶着这里好做买卖。

"却说清河县有个施秀才上京赴试，带着一个家僮儿，名字叫做小二，饥餐渴饮的夜住晓行，路从锦帆山下经过。正叫做：一心指望天边月，不惮披星戴月行。来到山下，已经更半天气，天色昏濛，人烟稀少。小二说道：'夜静更深，不如投宿旅店罢。'施秀才依小二所说，竟投到一个旅店之中。店主人出来问了乡贯来历，晓得是个赴选的相公，十分敬重，备办酒肴，共席饮酒。饮酒中间，论及古今事变，经史百家，那店主人应对如流，略无疑滞。施秀才心里想道：'恁的开店主人，能博古通今如此？我十载萤窗，尚且不能记忆。'因而问：'店主人亦曾从事学问么？'主人道：'实不相瞒，在下也曾连赴几度科场，争奈命途多舛，科场没分。又因家有老母，不能终养。故此弃了诗书，开张小店，每日寻得几文钱，将就供养老母足矣！亦不图觅甚么重利厚资。正叫做：苟活而已，何足为君子道。’施秀才因店主人说及老母，却动了他内顾之心，说道：‘雁飞不到处，人被利名牵。公有老母，得尽仰事之道，于愿快足。我学生因这功名两字，家有少艾，不能俯育，人道实亏。道及于此，心胆俱裂！’施秀才这一席话，原是真情，实指望知音说与知音听，哪晓得不是知音强与弹。怎叫做不是知音强与弹？

“原来这个店主人，不是真店主人，就是那天厨太乙星君的第五个儿子，名字叫做褚五，正然在锦帆山下弄精作怪。看见施秀才来得天晚，他就撮弄出一所店房，假扮一个主人，鬼推这许多肴酒，意思要下手施秀才。及至听知道施秀才家有少艾，他就顿起不良之意，举起一杯酒，呵了一口毒气，递与施秀才。施秀才不知不觉饮了这一杯，方才饮下喉咙去，就觉得四肢无力，昏昏沉沉，褚五故意的叫声：‘施管家，你相公行路辛苦，酒力不加，要寻瞌睡，你快去服事相公就寝也。’施小二只说是真，扶着施秀才上床去睡。小二也饮了一杯，也是一样的睡着。

“褚五看见迷昏了这两个主仆，却就腾云驾雾，来到清河县施秀才门首，摇身一变，变做个施秀才，走进房里，叫声：‘娘子，我回来也。’那娘子何氏正然在梳洗之时，唇红齿白，绿鬓朱颜，好不标致哩！看见丈夫回来，正叫做新娶不如远归，不胜之喜，问说道：‘相公，你离家方才二十余日，怎么急地里就得回来？’褚五故意的说道：“不堪告诉。莫非是卑人时乖运蹇，未到东京之日，科场已罢，纷纷的都是回籍秀才，是我讨了这个消息，竟日抽身而回，不曾上京去。’何氏说道：‘你前日带着小二同去，怎么今日又是只身回来？’褚五又故意的说道：‘小二不会走路，行李又重，故此还在后面，迟几日才到。’何氏以为实然，只说是自己丈夫，自去自来梁上燕，相亲相傍水中鸥。哪晓得那个真施秀才在路上受苦连天？

“却说施秀才吃了褚五的毒酒，睡到五更头，肚腹疼痛，滚上滚下，叫声：‘小二！’小二也是肚腹疼痛，叫爹叫娘。一个滚到天亮，一个叫到天明，哪里有个店房？哪里有个店主人？施秀才说道：‘哪里眼见鬼，就到这个田地。’小二说道：‘山脚下人原来不忠厚，把个毒药耍人。’一主一仆正在急难之处，幸喜得天无绝人之路，有个樵夫荷担而来。施秀才没奈何，扯着告诉他夜来这一段情由。樵夫道：‘此处妖怪极多，夜半受了妖魔的毒气，以致如此。’施秀才就求他一个解救之方。樵夫说道：‘离此百步之外，就有一所店房，可以栖身。离此六十里之外，有个茅山董真君，施舍仙丹，专一驱治鬼魅阴毒，可以救解。’施秀才说道：‘我主仆二人俱已受毒，怎得个儿前去？’樵夫又看一看，说道：“你的毒气太重，三五日就要丧命。你管家的毒气尚浅，在十日之后才重。’施秀才说道：‘小价虽然毒浅，目今已不能动止，将如之何？”樵夫道：“管家只消把地上的土块儿吃他三五口，权且解得一二日之危。有了一二日，却不请到茅山董真人的仙丹么？’

“道犹未了，樵夫已不在前面。小二道：‘怪哉！怪哉！夜来见鬼也罢，日上怎么又见鬼哩！’施秀才说道：‘蠢才！夜来是鬼，日上是神仙，这决是神仙来搭救我们也！’果真的小二吃了三五口土，疼痛顿止，人事复旧。即时走向前去，找着店房，安了主人，上着行李，觅却茅山，拜求董真人。各得一粒仙丹，一主一仆一口吞之。吞了下喉不至紧，一人吐了几大盆。却才消得毒气。日复一日，旧病安妥，再欲上京，东京科场已罢矣。施秀才没奈何，带着小二，谢了店主人，归到清河县自家门首，着小二先进门去说信。

“只见何氏接着小二，说道：‘你既是跟着相公上京，怎么于路只是躲懒，不肯趱行？’小二吃了一惊，说道：‘主母怎说出这话来？怎见得小的躲懒，不肯趱行？’何氏道：‘还说不躲懒！二十日前主人到了家里，二十日后，你却才来，这岂是个趱行么？’小二说道：‘主母，这话越发讲差了。我与主人公日上同行，夜来同寝，相呼厮唤，寸步不离，怎得一个主人公二十日前到了家里？’何氏道：‘你不准信之时，后堂坐着的是哪个？’小二走进堂前去，果真是个施秀才坐在上面。小二吃忙，走出门外来，恰好又是个施秀才站在外面。小二说道：‘今年命蹇，只是见鬼，路上也见鬼，家来又是鬼。’

“道犹未了，施秀才走进门去，叫声：‘娘子何在？’何氏还不曾答应，那褚五假充施秀才倒是狠，走出门来，喝声道：‘哇，你是甚么人？

假充我的形景，调戏我的妻小。’劈头就一拳，把个施秀才打得没些分晓，不敢进门，他反告诉何氏说道：‘小二路上不小心，带将甚么鬼魅回来，假充做我，特来调戏。明日快去请法官惩治于他，才得安静。’何氏还不敢认他是个假的。

“只是施秀才赶在门外，告诉左邻右舍，把山下店主人的事，各说一番，却有小二做证。左邻右舍道：‘此必店主人就是个妖怪，贪君妻貌，故此蛊毒于前，归宁于后。这一桩事少不得告到官，才得明白。’施秀才告到本县，本县不能决，告到本府，本府不能决，一直告到王丞相处。王丞相先审问施秀才，施秀才把个前缘后故，细说一番。却又叫到小二审问，小二口词和施秀才无二。却又拘到后面店主人，店主人口词与秀才无二。王丞相心上明白，说道：‘有此妖怪，大是异事！’即时移文提到假施秀才并何氏一干人犯，当面一证。两个施秀才面貌无异，连何氏也认不透，连小二也认不透，王丞相也认不透。

“王丞相心生一计，吩咐一齐寄监。到晚上取出何氏来，问他真施秀才身上有何为证。何氏道：‘我丈夫右臂上一个点黑痣。’丞相得之于心，到明日早上取出一干人犯，先前嘱咐了公牌，假施秀才右臂上没有黑痣，我吩咐下来，即时就要枷号他，不可轻恕。取到人犯，王丞相更不开口，叫过公牌，取到枷锁，吩咐两个施秀才都要脱去上身衣服，枷号起来。即时脱去上身衣服，公牌们看得真，下手得快，拣没有痣的就枷起来，却不恰好是枷到假施秀才了。那假施秀才委是有些灵变，就晓得右臂上没有点黑痣，口里连声叫屈，说道：‘枉刀杀人，天地鬼神可怜见也！’王丞相大怒，骂说道：‘泼怪还敢口硬！真施秀才右臂上有点黑痣，你假施秀才右臂上没有黑痣，你还赖到哪里去？’假施秀才就弄上一个神道，说道：‘这都是这些公牌误了老相公的公事，小的怎么右臂上没有黑痣？老相公不肯准信之时，乞龙眼亲自相验。’王丞相又怕屈问了人，只得亲自下来相验一番，果真是右臂上也有一点黑痣！两个施秀才都是右臂上有点黑痣，怎么辨个真假？怎么再好枷号哪个？只得收监听候再问。

“到了监里之时，假施秀才心里想道：‘今日险些儿弄假了事，说不得再叫一个哥来，鬼推王丞相一下，看王丞相何如？’好个褚五，即时呵起难香，早已瞰海岩下有个褚四，听知道褚五监禁在丞相府中，他即时闪进府堂上，摇身一变，变做王丞相一样无二。大清早上，擂鼓升堂，各属各役依次参见。参见之后，取出施秀才一干人犯前来听审，三言两句，把个真施秀才故意的认做假，一夹棍二十板子，打得真施秀才负屈含冤，连声叫苦。

“叫声未绝，真王丞相却来升堂，只见堂上先有一个坐在那里，坐着的却是假王丞相。假王丞相偏做更凶，喝声道：‘哇！你是甚么人？敢假我形景，妄来坐堂。’叫左右的公牌：‘快与我拿下去，拷打一番。’真王丞相到底是真，怎肯服输于他，喝声道：‘哇！谁敢来拿？’公牌虽不敢动手，心上却不能无疑。怎么不能无疑？都是一样面貌，都是一样语音，都是一样形景，都是一样动情，故此不能无疑。真王丞相拿出主意来，扯着假王丞相，面奏宋仁宗皇帝。褚四又弄一个神通，喷上一口妖气，连仁宗皇帝御目都是昏花，不能明视，辨不得真假。传下旨意，把两个丞相权且寄送通天牢里，待明早再问。怎么明早再问？原来仁宗皇帝是个赤脚大仙临凡，到夜半北斗上时，直见天宫，诸般妖怪不能逃避。

“褚四早已知其情，生怕北斗上时，露了本相，即时呵起难香，叫过褚三来作一商议。褚三也又弄起灵通，闪进金銮殿上，摇身一变，变做个仁宗皇帝。未及五鼓，先坐在朝元殿上，会集文武百官，商议王丞相之事。正要开通天牢，取出两个丞相，适逢得真仁宗皇帝宫里升殿。文武百官看见两个圣上，面面相觑，不敢开言。百官没奈何，只得奏知国母。国母取过玉印，随身出殿审视，只见两个圣上面貌相同，语音相似，国母也吃了一惊，想了一想，说道：‘尔百官都不要惊慌，真圣上两手自别：左有山河纹，右有社稷纹。’文武百官眼同启视，两个圣上都是左山河，右社稷。国母又说道：‘既是妖怪神通广大，尔百官可传下玉印，把两个圣上都用上一颗，真圣上请回宫；假的送到通天牢，明日击治。’

“道犹未了，早已是两个国母，站在朝元殿上。原来褚三看见事势不谐，呵口难香，请到褚二。褚二却又摇身一变，变做国母。大家鬼吵做一团，文武百官俱不能辨，只是真圣上、真国母自家心里明白，只得退回后官而去。一个假国母，一个假圣上，对着百官有许多议论，百官只得唯唯奉承。正在议论中间，只见后殿走出一个小内使，传一道诏书出去。文武百官还不解其意，褚二心上早已明白了十二分。怎么这等明白？原来那一道诏书，是钦取包待制进朝问理。褚二神通广大，知过去未来，故此早已明白了十二分。这一明白不至紧，一口难香，惊动褚一。包待制未及起马之时，褚一走到朝门外，摇身一变，变做个包待制，带了二十四名无情汉子，取出三十六样有用刑具，径进朝吆吆喝喝，说道：‘你们都不要走了，我已牒知城隍，奏请玉帝。今番却容不得私占。’吩咐取出通天牢里人犯来。两个王丞相，两个施秀才，面面相觑，都指望包待制断出真假，决不衔冤。哪晓得是个假包待制，做得这等闹哄。“道犹未了，却是个真包待制来了。刚进朝门之内，假包公就嚷起来，说道：‘好妖怪！敢借我名色进朝来骗人么？’众人又昏了，辨不得真假。真包公心里却明白，口里不好做声，想说道：‘世上有此等妖魔鬼怪，敢撮弄到朝元殿上来，敢把我老包也来顶替？’转想转恼，叫上一声：‘恼杀人也！’一毂碌跌翻在丹墀里。众人只说是个假包待制，吃了一亏，哪晓得倒是个真的。真包待制认得是个五鼠，借这一跃，真魂径上西天雷音寺里世尊殿前，借出金睛玉面神猫来降服他们。过了一会，包待制苏醒，爬将起来，喝声道：‘你这些孽畜，哪里走哩！’袖儿里放出一个金睛玉面神猫来，一爪一个，抓翻过来。原来假包待制是个褚一，假国母是个褚二，假仁宗皇帝是个褚三，假王丞相是个褚四，假施秀才是个褚五。五个老褚原来是五个老鼠，五个老鼠就是适来五个值殿将军，这岂不是东京城里一厄？”

元帅道：“既是妖怪，怎么适来国师超度他？”国师道：“他们自从东京遭厄之后，改行从善，声声是佛，口口是经，经今又修行了千百多年，已自有了仙体。况兼昨日库藏之中，若不是他们在里面看守，岂没个鼠耗相侵？岂没有个妖魔用害？有此大功，故此贫僧不得不重报。”元帅道：“国师广开方便之门，致令妖怪却得成其正果，这何等的功德！”国师道：“甚么功德？昔日三祖以罪忏罪，二祖将错就错；一阵清风劈面来，罪花业果俱零落。贫僧佛门中原是如此。”

三宝老爷道：“国师倒好，只是咱们的李胡子还不见踪影。”国师道：“自有其时。”老爷道：“咱夜来又要见过吸铁岭，又不知何如？”国师道：“这一定在吸铁岭下有个李胡子。”三宝老爷晓得国师不打诳语，得了这一句话，日夜里巴不得吸铁岭。哪晓得窗外日光弹纸过，不觉得宝船又行了几个月，国师问及阴阳官，阴阳官回复道：“已经共行了十一个多月。”国师道：“是到吸铁岭也。”道犹未了，铜柱大王禀说道：“前面已是吸铁岭，止差得一日路程了。”

毕竟不知这吸铁岭今番是怎么过，且听下回分解。

第96回　摩伽鱼王大张口　天师飞剑斩摩伽

诗曰：

大漠寒山黑，孤城夜月黄。
十年依蓐食，万里带金疮。
拂露陈师祭，冲风立教场。
箭飞琼羽合，旗动火云张。
虎翼分营势，鱼鳞拥阵行。
功成西海外，此日报吾皇。

却说铜柱大王报道：“前行去吸铁岭不远，止差得一日路程。”国师吩咐徒孙云谷报上元帅。二位元帅请过天师，议论梢船与否。天师道：“原是国师过来，还要请教国师才是。”同时请问国师，国师道：“贫僧前次过来，费了老大的气力，不知眼目下何如，待贫僧问他声儿，看是怎么？”老爷道：“大海中间，好问哪个？”国师道：“自有问处。”道犹未了，国师只点一点头。只见有个矮矬矬的老者，朝着国师行个礼，禀说道：“佛爷爷呼唤小神，有何指使？”国师道：“你是何人？”老者道：“小神吸铁岭山神土地是也。”国师道：“近日岭下行船何如？”土地道：“原日这五百里地，水底下都是些吸铁石子儿，舟船其实难过。”国师道：“古往今来，过了多少，敢可没有人行么？”土地道：“虽然是行，却船用竹钉所钉，或有疏虞。自从佛爷爷经过之后，那吸铁石子儿都变成金子，任是舟船来往，并无沉溺之患。”

国师道：“金子可拾得么？”土地道：“说起金子，却又有些古怪。”国师道：“怎么古怪？”土地道：“只济贫不锈富。贫到足底，就拾着一块大的，或三十斤，或五十斤；贫略可些，就拾着一块小的，或三斤，或五斤；若是富商贵客，任你怎么样儿不见半点，假饶他捞着一块，就是石头。”王爷道：“圣人有言：‘君子周急不继富。’这个岭，今后改名君子岭罢。”国师道：“依王先生所言，就改名叫做君子岭。”叫过土地来，吩咐他看守着“君子岭”三个字，不许损坏，致使后人好传。土地道：“不曾镌刻文字，怎叫小神看守？”国师道：“你去，已经有了字在海南第一峰上。”土地神不敢违拗，应声而去。二位元帅道：“国师，怎么就是有字？”国师道：“实不相瞒列位所说，承王爷吩咐之后，贫僧叫过韦驮天尊，刊了三个大字在峰头上。”元帅道：“国师妙用，鬼神不测！”道犹未了，蓝旗官禀说道：“船过岭下，敢是吸铁岭么？过这岭可收船么？”元帅道：“任风所行，不必收船罢。”好风好水好天道，过这五百里之遥，如履平地。

到了明日，却又是软水洋来了。二位元帅又来请问国师，国师道：“也叫土地来问他一个端的。”佛爷爷号令，不识不知，一声要土地，就有个土地老儿站在面前。国师道：“你是何神？”土地道：“小神软水洋土地神是也。”国师道：“近日软水洋行船何如？”土地道：“当原先委是难行，近日却好了。”国师道：“当原日难行，岂可就没人走罢！”土地道：“怎么说个没人走的话？天下软水有三大处，各自不同。小神的这个水，虽然软弱，却有分寸。”国师道：“怎见得有个分寸？”土地道：“我这水自从盘古分天地之后，每日有一时三刻走得船。只认他不真，不知是哪个时辰。有造化的遇着走一程，没造化的一沉到底。孙行者护送唐僧在这里经过，牒着海龙王借转硬水走船。自此之后，却就每日有两次好走：早潮一次有两个多时辰，晚潮一次有两个多时辰。舟人捉摸得定，遇潮时便走。走了这些时候就住，却还不得通行。自从昔年佛爷爷经过之后，硬水愈多，软水愈少，每日间只好一时三刻是软水。却又在半夜子时候，日间任是行船，坦然无阻。我这水却不是有这些分寸？”国师道：“昔年海龙王说道：‘难得狠哩！’”土地道：“也难全信他。卖瓜的可肯说瓜苦么！”国师道：“生受你，去罢。”土地道：“小神还有一事奉禀。”国师道：“有甚么事？”土地道：“前行海口上出了两个魔王，船行不可不仔细。”国师道：“是个甚么魔王？”土地道：“一个是鱼王，约有百里之长，十里之高，口和身子一般大，牙齿就像白山罗列，一双眼就像两个日光。开口之时，海水奔入其口，舟船所过，都要吃他一亏。怎么吃它一亏？水流得紧，船走得快，一直撞进他的口，直进到他肚子里，连船连人永无踪迹，这不是吃它一亏？”国师道：“有此异事？”土地又说道：“非是小神敢在佛爷爷之前打这诳语，曾经上古时候，有五百只番船过洋取宝，撞着它正在张口，五百只船只当得五百枚冷烧饼！”国师道：“可有个名字？”土地道：“名字叫做摩伽罗鱼王。”国师点一点头，说道：“原来就是它这孽畜么？”三宝老爷道：“国师老爷，你说话倒说得松爽，我们听之头有斗大。”国师道：“怎这等怕它？”老爷道：“来了数年之久，征了许多番蛮，得了许多的宝贝。今日中间，仰仗佛爷爷洪力，却又转到这个田地，再肯撞入不测之乡，甘心自殒？”国师道：“怎到得不测之乡？”土地道：“倒是狠户，吉凶未拟。”

国师道：“那一个又是甚么魔王？”土地道：“那一个是鳅王。”国师道：“甚么鳅王？”土地道：“鳅，就是中国的泥鳅。因它长而且大，积久成精，故此叫做鳅王。”国师道：“是个甚么形景？”土地道：“鳅王苦不甚长，约有三五里之长，五七丈之高，背上有一路鬐枪骨，颜色血点鲜红，远望着红旗靡靡，相逐而来。”国师道：“怎么为害？”土地道：“鳅王只是一个长舌头搭着舟船，就如钉耙之状，再不脱去，直至沉船而止。”国师道：“生受你，你去罢。”土地道：“小神还有一事奉禀。”国师道：“又有甚么事？”土地道：“也是海口有一座高山，叫做封夷山，山上有个千年老猴，成精作怪。五七年前，西天又走过一个甚么李天王来，配为夫妇。那李天王又有件甚么宝贝，照天烛地，无所不通。一个猴精，一个天王，如虎而翼，故此专一在海口上使风作浪，驾雾腾云，阻人的去路，坏人的船只。佛爷爷少不得在那里进口，却也要仔细一番。”国师道：“这的不在话下，你去罢。”土地老儿拜辞而去。

三宝老爷说道：“今番天王姓李，却不是个李胡子么？有件宝贝，却不是个夜明珠么？咱学生的梦，一定在这里圆了。”天师道：“宝船上原有个李海在这里掉下海去，敢就是他，得生寄寓，假充李天王，未可知也。”王爷道：“岂有此理，太仓稊米，死能再生！”天师道：“或者得道为神，也未可知。”王爷道：“人死魂散，能有几个为神？”

道犹未了，蓝旗官报说道：“前面有一望之远，有许多船只，都是大红旗号，衔头结尾，相逐而来，极目不断。或是海寇，或是外国刀兵。小的未敢擅便，特来报知元帅，伏乞元帅天裁！”元帅道：“怪哉！怪哉！这是鳅王来也。若不是土地老儿预先报说，险些儿遭它毒手。”即时传令各船，说道：“前面来的不是船只，是个海鳅之王。专一用舌头勾搭，往往沉入之船。如今俱不许喧嚷。着舵工掌定了舵，锭手掌定了篷上斗，兜定了绳索，瞭手看定了方向，捕盗兵番人各手执快刀一把，如遇鳅王舌上任意剐割，以脱去为度。”元帅军令，谁敢有违？各船安排已定，二位元帅同天师，俱在国师千叶莲台之上坐着，眼同看见，果真的红旗靡靡，逐队而来。看看相近，原来恰是百十多条鳅，就像中国泥鳅的样子，只是不止三五里之长，也不止三五丈之高。众捕盗兵番虽然挎刀相待，其实的心上都有些惊慌。却不知怎么样儿，那些鳅王挨身而过，一往一来，并不曾伸出舌头来。元帅坐在莲台之上，看见不动舌头，心上大喜，说道：“今番又仗赖佛爷爷洪力过此，鳅王不致贻害。”国师道：“贫僧不知何力之有？”老爷道：“若不是佛刀驱逐他，他怎不伸出舌头来？”

道犹未了，只见鳅王过到一半，鳅王背上红云隐隐，紫雾腾腾，云雾中间，坐着一位官长，绯袍玉带，大袖峨冠，像个前朝丞相的样子，朝着莲台上拱一拱手，说道：“列位恭喜了！”二位元帅同天师、国师都吃他一惊，却不知他的来历，只得回复道：“请了。我们劳而无功，何为恭喜？”官长道：“使于四方，不辱君命，可谓士矣！岂不恭喜？”元帅道：“既承褒奖，敢问相公尊姓大名？现任何职？”官长道：“老身宋丞相赵鼎是也。”这四位听知道是个宋丞相赵某，愈加钦敬。王爷道：“原来是忠简公，失敬了！敢问老相何事海上？”忠简公道：“诚恐坐下一干孽畜贻害宝船，故此老身押队而行，聊致护持之私。”王爷道：“老相何以得知这一干孽畜贻祸小船？”忠简公笑一笑，说道：“老身原是被害之家，故此知得。”王爷道：“怎么老相曾经被害？”忠简公道：“老身在生之日，得罪朝廷，珠崖受贬，从雷州浮海而南，三日之外，遇着这孽畜。彼时还只是一条小舟，险些为它所碎，这不是老身曾被它害？”王爷道：“今日何敢相劳！”忠简公道：“圣天子在位，百神呵护。何况老身职属臣子，昭祀无穷。故此不避风涛之险，特来护持。”王爷再欲动问，鳅王去得远，红云渐散，紫雾渐收，不曾得终话而去。三宝老爷道：“好灵土地也。”王爷道：“土地之来，还是国师所召，焉得赵忠简押班扶助？果然我大明皇帝洪福齐天，神人协顺。”

道犹未了，蓝旗官又来报道：“前面山头上闪出两个日光，不知主何凶吉？特来禀知元帅，伏乞上裁！”元帅道：“两个日头在哪一边些？”蓝旗官道：“在西南上些。”元帅大惊，说道：“摩伽罗鱼王来也！”即时传令：各船各舵工，把船都要望东北上攒着些。各船得令，各舵工一齐着力，把船望东北攒着。元帅攒船的意思，原是指望让过那摩伽罗鱼王，哪晓得那摩伽罗鱼王只见挨近身来。鱼王挨得紧，宝船攒得紧，攒上攒下，攒来攒去，大小宝船一齐攒近岸。蓝旗官报道：“大小宝船俱已攒近了岸，特请元帅钧命。”元帅道：“既是近岸，许落篷下锚，权且安歇。”篷还不曾落完，那鱼王越发挨近船帮来了。船上人只看见一座峭壁高山，长蛇一字摆着，也不晓得是多少长，只晓得有数百丈之高，山脚下空空洞洞，海水奔入其中。两边山岩之下，都是白石头崚嶒古怪。山左一个日头，山右一个日头，照者天上一个日头，耀眼争光。大小军士口里不敢道，心里都说是：“怎么海水面上荡将一座山来？”大小将官心里想道：“怎么这里山像个龙牙门山？怎么山左右有两个日头？”哪晓得是个鱼王，恁的长，恁的大。

却说元帅即时传令，示谕各船，说道："水面上浮来的不是甚么山陵冈阜，原是个鱼王作祟。许各船排定放箭、放铳、放炮，挨次而行。以鱼退为度。"各船得令，五营、四哨、各游击、各都督，各领各部下战船，摆着一声号笛，一齐箭响，就射了一个多时辰，也不知费了多少箭，那鱼王只当不知。箭后就是铳，先鸟铳，次二震天雷铳，又放了一个多时辰，也不知费了多少火药，那鱼王只当不知。铳后又是炮，先将军炮，次后襄阳大炮，也不知费了多少石点，那鱼王只当不知。大小将官不得鱼王退，回复元帅。元帅请到天师，天师道："来到家门前，岂容这个孽畜猖獗！贫道即行。"好天师，站着玉皇阁上，念念聒聒，飞起一口七星剑去，那口剑竟奔着鱼王的脑盖骨。鱼王吃了这一剑，却才有些护疼，把个头摆两摆。这摆岂当等闲，山摇地动，水涌波翻，连大小宝船一连晃了七八十晃，尚然不得宁静。天师看见鱼王不肯动身，一声令牌，收加剑来，剑头上烧下四道飞符。一霎时落下马、赵、温、关四员天将，齐打拱，齐禀事。天师道："此中一个鱼王横拦海口，阻我归路，相烦四位天将赶逐它去罢。"四位天将一云而起，各逞英雄，各施手段：马元帅狠一砖，赵元帅狠一鞭，温元帅狠一杵，关元帅狠一刀。这四位天将狠是四般兵器，鱼王却才有些难挨，把个身子望水底下触了一触。这一触不至紧，海里面水陡然间涌起有千百十丈，大小宝船连忙绞起锚来。不然之时，船都要挂碍沉没。天师怕有甚么差池，只得辞谢四员天将。四员天将腾云而去。

王爷道："这鱼王倒不好处。怎么不好处？不计较它，它又拦着路上，计较它，它又翻江搅海，宝船不便。"三宝老爷道："再求国师一番何如？"王爷道："国师只是慈悲方便，这鱼却不晓得人情，也没奈何它处。"老爷道："国师前日嘴里说道：'就是它这孽畜。'想必国师还晓得它的来历。"王爷道："既如此，又碍口饰羞，不如当面去讲。"

二位元帅见了国师，把放箭、放炮、放铳的事，细说一遍。又把天师遣天将的事，细说一遍，国师道："阿弥陀佛！终不然不晓得贫僧在这里。"这句话说得不真不假，不轻不重，连王爷心里也说道："国师又好痨气，一个鱼，蠢然无知之物，它有个甚么晓得？"三宝老爷说道："它晓得国师在这里，便何如？它不晓得在这里，便何如？”国师道：“它晓得贫僧在这里，不应如此无礼。”老爷道：“着个人去告诉它何如？”国师道：“也通得。”老爷道：“着哪个去？”国师道：“须还是天师。”即时请过天师，浼他告诉的话。天师道：“贫道适来劳烦天将，它还不肯动身。若只‘告诉’两个字，却也未必怎么。”国师道：“试它试儿。若不肯动，贫僧再处。”天师道：“怎么告诉？”国师道：“借天师宝剑，贫僧写下一个字，天师却才飞剑出去。飞剑之时，不要照它的脑盖骨，须照它的眼，它才看见。”天师不敢怠慢，即时取出剑来。国师老爷把手指头写个“佛”字在剑上。天师念念聒聒，一剑飞起，竟照着鱼王的眼上。鱼王把个眼睁了一睁，看见是个“佛”字，即时间眼儿闭，头儿垂，口儿合上，身子儿渐渐的小，一小二小，急小慢小，顷刻之间，就只好一条曲鳝的样子，却又朝着宝船上绕三绕，转三转，悠然而去。天师拿着剑，交还国师老爷的“佛”字，请问这鱼王是个甚么缘故，国师道：“这鱼王好一段缘故，一言难尽。”天师道：“请教一番。”

国师道：“这鱼王前身是人，生在中天竺地方。中天竺所属之国，叫做摩伽陁国。国王所生三子，鱼王是他长子，取名摩伽罗。初生下他时，啼哭三日不止。双脚顿地；地下顿成一小穴，穴出水清且香。国王举家不知摩伽罗哭为何，穴出水为何。忽一日，有老僧过其门，看见摩伽罗吃一惊，说道：‘而若生耶？’国王问他甚么因果，老僧道：‘此子雷音寺如意童子。因蟠桃会上一者失敬菩萨，二者堕毁仙瓶，以致佛爷大怒，斥谪尘凡，六十年才得轮转。’国王又问道：‘他昨日降生之初，啼哭不止，双脚顿地，地上流出清泉，此又何因果？’老僧道：‘啼哭不止，为他堕落苦因。地上这一股清泉，是他乐果。这泉却不可轻易他。’国王道：‘怎么不可轻易？’老僧道：‘此泉名为圣水，能止风涛。或遇天上大风，略用数点洒之，其风立止。或遇海上惊涛，略洒几点，其涛立静。’道犹未了，老僧忽不见。国王心上就明白，晓得这个老僧不是凡人，这些语话不是虚谬。

“摩伽罗日渐长大，圣水日渐灵验。一切番船往来海上，都用琉璃瓶盛之，一遇风涛，无不立应。摩伽罗长大，不事生业，专一习学戏术，鬼魅诙谐，无不通晓。落后国王年老病故，该他嗣位。在位半年，贪人妇女，杀人非罪。国中百姓不堪，不愿他为王，四路作乱，四邻兵起。他看见事势不谐，竟自走到南天竺国。国王苦不为礼。摩伽罗自陈能仙术，可令人长生不老，发白转黑。国王不信。摩伽罗说道：‘国王不信，请尝试之。’国王说道：‘既试之有验则真。’摩伽罗即时就在桌子上，用几撮黄沙铺开来，做成田亩之状，取一片纸画一条牛，另画一个农者，喝声道：‘牛起来耕田！’那画牛应声而起。又喝声道：‘农者起来扶耕！’那画上农者应声而起。鞭杖农具，无不全备。一会儿耕田，一会儿种瓜。那瓜一会儿萌芽，一会儿藤蔓，一会儿开花，一会儿结果。牛在田埂上闲眠，农者在田埂上瞌睡。摩伽罗又喝声道：‘粪多而力勤者为上农。那农者，你怎么只是瞌睡？你把那瓜地上四周围栽些枣树，长些枣儿，也得宴酒。’农者又应声而起，果真的栽起枣树。一会儿长大，一会儿开花，一会儿结果。摩伽罗问说道：‘那农者，这如今还是瓜熟？还是枣儿熟？’农者道：‘两下里都熟。’摩伽罗道：‘你拣选上熟的摘来。’农夫唯唯，递上四枚瓜，递上几升枣儿。摩伽罗接着，奉上南天竺国王。国王剖而食之，瓜是瓜味，枣儿是枣儿味，比着寻常间愈见鲜美。国王心上且信且疑，说道：‘这瓜、枣敢是撮弄来的么？’摩伽罗说道：‘方今隆冬盛寒，顾安所得此？’国王道：‘这话儿也说得过。’自此之后，相待以礼，终须不见十分敬重。又一日，摩伽罗说道：‘我王乏财，我能为君充足。’国王道：‘苦无他用，只这两日少些银钱。’摩伽罗请同国王到御花园中琉璃井上，把手指头到井栏上画一画，喝声道：‘钱！’只见井里面的银钱，一个个的连班逐队而出，一会儿钱满数斛。国王看见他果有仙术，心上大悦，却着实敬重他。问他长生之术，教他另居修炼，国王无不依从。只因国王有个爱妃在深宫里面，猛然间飞进两个蝴蝶，那蝴蝶口里会讲话，对着爱妃耳根头说道：‘摩伽罗是个活佛临凡，你若肯与他一宵恩爱，就可升天，不坠地狱。’爱妃大惊，即以其语告诉国王。国王晓得是摩伽罗撮弄仙术，调戏他爱宠，深恨摩伽罗，即时差下兵番赶逐他去，不容潜住国中。摩伽罗做了坏事，抱头鼠窜而去。

“去到摩毗黎国，国中人都传闻他的出身，晓得他素行不善，没有个人加礼于他。国王也晓得详细，不与他相见。他愀然不乐，住在店肆之中。每朝出暮归，归来就是烂醉，醉后衣袖里面掏出金银珠宝，送店主人，不算账。店主人心上有些疑惑他，每着人跟寻他去到哪里，他却只是饮酒闲游，并无生业。主人又恐他囊资富盛，每窃窥他囊橐，苦无长物。住了半年多些，每每如此。主人却生出一个法来，夜静时专到窗隙中去看他动静。只见他到了三更时分，取出十数多个纸剪的鼠耗来。喷上一口水，那些鼠耗一齐活将起来。他又喝声：‘去！’那些鼠耗一拥而去。顷刻之间。喝声：‘来！’那鼠耗一拥而来。这一来不至紧，口里却都衔得有物，或金或银，或钱或宝，一齐丢在地上。都喂以果食，又喷上一口水，那些鼠耗依旧是一张纸。主人大惊，说道：‘原来此人是个鼠窃之辈，怪知得我这国中，半年中间，多鼠侵害，明日直言其事驱逐他出境，不许潜留。’摩伽罗又做坏了这场事，抱头鼠窜而去。

“去到伽尸国，不容。去到苏摩黎国，不容。去到斤施利国，不容。去到婆罗国，不容。没奈何，远走高飞，去到西印度国，也不容；又走到罽宾国，也不容。却走到波斯国，改名换姓，苟活残喘也自够了，他却又不安分。一日，波斯国王在献宝，他就撮弄一个鬼怪，把块纸剪做两只飞鸦，一只飞鸦衔他一个宝贝来。国王不晓得，只说是飞鸦如此成怪。又一日，波斯国王在御花园赏花，花最多，最鲜丽可爱。他又撮弄一个鬼怪，受过一碗饭，嚼一口，吐一口，嚼两口，吐两口，把个碗饭嚼到了，吐到了，吐成一天的土黄蜂，飞集御花园内，扫了国王一天豪兴。国王也不得知，只说土黄蜂如此无礼，偏来作恶，可恼人也。又一日，波斯国王后宫饮宴，歌姬舞女，罗列成行。摩伽罗也邀着三五个道友，设酒具肴，更相酬劝。摩伽罗心中不乐，道友说道：‘今日摩兄不乐，莫非座上少一点红么？’摩伽罗说道：‘一点红何足为重，连国王的歌姬舞女，要他来，他不敢不来，要他去，他不敢不去。’道友道：‘这个也难道。’摩伽罗道：‘兄长不准信之时，小弟即时叫他来。’好个摩伽罗，叫声‘来’，果是来。须臾之间，就有十数个美人从西廊下空房中出来，都宫妆美貌，窈窕娇娆，待立于侧。摩伽罗说道：‘你们众人再舞。’众美人一齐舞，柳腰轻摆，百媚千娇，歌罢又舞，舞罢又歌，直到夜半时。摩伽罗吩咐他去，复从西廊下空室中去。诸友不胜之喜，酒阑而散。却说波斯国王夜宴中间，猛可的歌姬舞女齐骨碌跌翻在地上，瞬目不能言。番王吃一大惊，说道：“快救醒来！少待迟延，命不能保。’左右的急忙扶着叫着，再有哪个醒罢。番王又道：‘人命关天，快叫御医来看。’”

毕竟不知御医看是怎么，且听下回分解。

第97回　李海诉说夜明珠　白鳝王要求祭祀

诗曰：

细敲檀板啭莺喉，响遏行云迈莫愁。
多少飞觞闲醉月，千金不惜买凉州。
长安儿女踏春阳，无处春阳不断肠。
舞袖弓腰浑忘却，峨眉空带九秋霜。

“却说这些歌姬舞女跌翻在地上，番王道：‘人命关天，快叫御医来看。’一时间御医齐到，看下脉来，说道：‘此非病症，不当死。’番王道：‘既不当死，怎么这等不省人事？’御医道：‘此必鬼魅相侵，天明后当复醒。’果然天明后，齐齐的醒将过来。番王问其故，齐说道：‘奉摩伽法师差遣。’番王一时不解其意，差下巡捕官兵，满国中查究，查得是个摩伽罗，审问一番，却又晓得他平生行事，即时拿住，解上番王，一条铁索锁在琵琶骨上。番王吩咐打板，板打在地上，粘不到他的皮肉；番王吩咐夹夹棍，节节断，夹不到他的脚上；番王吩咐杀，砍下头来，头不见，身子不见，又听见他的声气说道：‘你杀得我好，我做鬼也不饶你！’

“番王怕他做鬼不饶，没奈何，请下一个天自在。这天自在又是哪里来的？原来波斯国有个躐蹋僧人，不剃头，头发四时只有半寸长；不洗脸，脸上四时有尘垢；不修整衣服，衣服四时是披一片挂一片。相逢人只讲‘天上好自在’，人人都叫他是个‘天自在’。这天自在却有老大的神通，大则通天达地，小则役鬼驱神，无所不能，故此番王请下他来。请到天自在，告诉他摩伽罗一番。天自在道：‘这个孽畜四下里害人，罪恶盈满，今日该犯到我手里来了。’即时搭起一座高台，有七七四丈九尺高，天自在坐在台上，书符遣将，敲了三下令牌，就要摩伽罗见面。摩伽罗怎敢来见面？抽身就走。

“走到北天竺，天自在又关会北天竺城隍之神。北天竺安不得身，又走到东天竺。天自在又关会东天竺城隍之神，东天竺又安不得身。却又要走，只见天自在关会五天竺五个城隍之神，各天竺所属同各城隍之神。各处安不得身，却又要上天，天上又是天自在借下的天罗，密密层层，没有空隙；却要下地，地下又是天自在借来的地网，密密层层，又没有个空隙。没奈何，一轂碌钻到西海里面去了，变做一个鱼，摆摆摇摇，权且安住身子。天自在却又晓得他下了海变做鱼，一道牒文，关会四海龙王，闭着海门一捉，捉得摩伽罗没处藏躲。正叫做：人急悬梁，狗急缘墙。它就尽着平生的本领一变，变做这等一个大鱼，百十多里之长，二三十里之高。撒起蛮力，和那些水族神兵厮杀一场。水族神兵俱已杀败，天自在也差做了这个对头，只得一道疏表告佛爷爷。佛爷爷差下了李天王，把紧箍子咒收它，却才收得它服，佛爷爷不坏它，却也不放纵它，要它供下一纸状，不许它做人，不许它变化，止许它做鱼，长不过一尺，大不过三寸，如违即时处斩。故此它方才看见个‘佛’字，即时俯首而去。这却不是鱼王一段缘故？一言难尽。”

天师道：“若不是国师老爷远见，险些儿家门前又做出一场来。”老爷道：“哪里就是家门前？”天师道：“鱼王去后开船，又走半日，已自是白龙江口上，只要转身，就进到江里面，离了大海，怎么不是家门？”老爷道：“若是白龙江口，怎么不转过舵来？”即时传命，各船各舵工仔细收口。蓝旗官报道：“前面烟雾昏沉，不看见江口在哪里，故此各船各舵工不敢擅自转舵，不敢擅自收口。”老爷道：“海口上有一座封夷山，各舵工只看有山就是。”蓝旗官道：“连山也不见在哪里。”老爷道：“既看不见山在哪里，这一定是那土地老儿的话来了。”马公公道：“土地老儿甚么话？”老爷道：“软水洋土地老儿说道：‘封夷山上有一个千岁老猴，专一在海口上使风作浪，驾雾腾云，阻人去路。’这却不是他的话儿来了？”王爷道：“水面上的事这等难。当原日下海之时，只说去得难，转来却容易。哪晓得转来还有这许多难。”天师看见王爷口里左说难，右说难，他怒从心上起，恶向胆边生，一手掣过一口七星剑来。

刚掣过剑来，国师道：“天师大人且不要急性，待贫僧着发这些护送的，你再来也未迟。”天师看见国师开口，不敢有违，连声道：“是，是。”国师轻轻的念上一声“阿弥陀佛”！却才叫过明月道童、野花行者、芳草行者。三位见了国师，绕佛三匝，礼佛八拜。国师道：“我们宝船已经来到白龙江，生受你们，回去罢。”三位道：“再送一程。”国师道：“不消了。”三位拜辞。国师道：“明年盂兰会上相谢。”三位连声道：“不敢，不敢！”乘风而去。国师却又叫过铜柱大王、红罗山神。二位见了国师，绕佛三匝，礼佛八拜。国师道：“我们宝船已经来到白龙江，生受你两个，回去罢。”二位道：“再送一程。”国师道：“不消了。”二位拜辞。国师道：“再过三年，我有道牒文来取你。”二位连声道：“专候！专候！”乘风而去。国师道：“天师大人，请有事见教。”

道犹未了，一个毛头毛脸，抠眼凸腰的老猴，一毂碌落在面前。原来国师在着发那些护送的，天师就在一边烧了飞符，请下天将，拿住老猴，专等国师事毕，他就一毂碌落在面前。国师道：“阿弥陀佛！这是哪个？”天师道：“这就是封姨山上的老猴精，驾雾腾云，阻我们归路。故此贫道请下天将，拿将他来。”国师道：“阿弥善哉！你既是驾雾腾云，你趁早些收了云雾便罢。天师大人，快不要加害于他。”老猴吆喝道：“佛爷爷可怜见，小的是一团好意，天师老爷还不得知！”三宝老爷听见说“好意”两个字，却就吊动了他的赛月明，连忙道：“你是好意，敢是个李天王送夜明珠么？”老猴又着三宝老爷猜着，连声说道：“这位老爷神见，果是一个李将军，果是一颗夜明珠。”三宝老爷喜之不胜，说道：“李将军在哪里？”老猴道：“现在小的山上。”老爷道：“既在你山上，怎么不早来告诉，却又腾云驾雾，阻人船只？”老猴道：“不因渔父引，怎得见波涛？不是小的腾云驾雾，怎得天师拿住小的？不是天师拿住小的，怎得李将军上船？”老爷道：“原来有此一段好意，请起来待茶。”老猴道：“怎敢要茶，小的还去送过李将军来。”好老猴，一声去就是去，一声来就是来。这一来不至紧，连李将军一齐来了。二位元帅、一个天师、一个国师、四位公公、大小将官仔细一看，恰好是昔年掉下水的李海！人物面貌俱然照旧，只是嘴上胡子长了许多。三宝老爷抚掌而笑，说道：“异哉！异哉！我好一个梦，马译字好一个圆梦！”天师道：“且慢些讲梦，叫李海过来谢了老猴，着发他去罢。”国师道：“救人一命，胜造七级浮屠。这中生救了我们船上一个军士，又且养育了这些年数，莫大之功。天师大人，你那里与他一张执照，封他为封夷山山神，万年享祀，天地同休。”天师不敢怠慢，即时写下牒，用着印，付与老猴。老猴磕头礼拜，乘风而去。老猴这一去不至紧，天清气朗，万里无云，明明白白。一个白龙江口，大小宝船一齐转过舵来，一齐进了江口，船行无事。

李海来磕头，三宝老爷说道：“李海，你当原先掉下水去，怎么得到这个山上？”李海道：“小的掉下水去，随波逐浪而滚，滚到山脚之下，还不曾死，是小的沿上崖去，躲在山脚下一个岩洞之中。过了一宿，过明日早上，转思转想，越悲越伤，是小的放声大哭一场。这一哭不至紧，就是小的福星降临，怎么福星降临？崖上就是山，山叫做封夷山，山上就是这个老猴，有三个小猴。老猴听见那里哭，问着小猴，小猴问着小的，小的却从直告诉他一段缘故，小猴又去告诉老猴。老猴说道：‘人命关天，你们把葛藤接起引他上来。’果真引小的上山。小的上山见了老猴，却又从前告诉他一段缘故。老猴会起数，起一数说道，小的日后有条金带之分，小的又与他有宿世之缘，却就加礼小的。小的就住在这山上，不觉得过了这些年数。”老爷道：“老猴说你有一颗夜明珠，你这如今珠在哪里？原是从哪里来的？”李海道：“说起珠来，又有好些缘故。”老爷道：“是个甚么缘故？"李海道："那山上有一条千尺巨蟒，无论阴晴，三日下海一次饮水。下海之时，鳞甲粗笨，尾巴摇曳，抓得山头上石子儿雷一般响。小的听见响，却问老猴。老猴告诉它的出处，小的去看它看儿。只见它项下一盏明晃晃灯笼，小的又问老猴。老猴说道：'不是灯笼，是颗夜明珠。'小的彼时就安了心，把山上的竹子断将来，削成竹箭儿，日晒夜露，晒一个干，露一个饱，那竹箭儿比铁打的还硬帮三分，却悄悄的安在它出入必由之路上。它在那条路上走了有千百多年，并无挂碍，哪晓得小的算计它！小的心里也想来，天下事成败有个数，这中生数该尽，死在竹箭上；数不该尽，莫说竹箭，饶它甚么金、银、铜、铁、锡，都是不相干。可可的它数合该尽，走下山来，死在竹箭之上。小的即时取了它的夜明珠，告诉老猴。老猴又起一数，说道这中生数合该尽，小的数合该兴。小的夜明珠有此一段缘故。"

老爷道："这缘故也巧。如今珠在哪里？"李海道："彼时小的得了珠之时，拿在手里。老猴看见，哄小的说道：'前面又是个大蟒来取命也！'小的吃他一哄，起头去看。老猴哄得小的起头去看，他就一手抢过夜明珠；一手抓开了小的腿肚子，一下子安在腿肚子里面。"老爷道："这如今？"李海道："这如今珠在皮肉之里，外面皮肉如故。"老爷道："你取开暑袜儿看看。"李海即时取开来，众位老爷一看，果真是那只腿就像盏灯笼，光亮亮的。老爷道："几时才取出来？"李海道："那老猴说来，这珠直要回朝之日，面见万岁爷，方才取得。"老爷道："迟早何如？"李海道："老猴说来，小的是个小人，镇压这颗珠不起；除是见了万岁爷，方才取得。一迟一早，俱要伤害小的。"老爷道："既如此，不消取它。"

王爷道："虽在李海处，也是太白金星之意，彼此一同。"天师道："今日到此，万事俱备。再不须多话，各人安静休养，以待进朝之日，面见万岁爷。"众位都说道："天师之言有理。"各人安静休养，不过三日中间，旗牌官报说道："不知哪里来的一个老道人，须发尽白，手里敲着木鱼，口里念着佛，满船上走过，不知是个甚么出处？小的们未敢擅便，特来禀知元帅。"元帅道："不过是个化缘的，问他要甚么！叫军政司与他甚么就是，再不消到我这里来烦渎。"

蓝旗官得了将令，跑出来迎着道人，问说道："你是个化缘的么？"道人不做声。旗牌官问道："你化衣服么？"道人不做声。旗牌官问道："你化斋饭么？"道人不做声。旗牌官问道："你化道巾么？"道人不做声。旗牌官问道："你化鞋袜么？"道人不做声。旗牌官问得不耐烦，不理他，由他去敲。由他去敲不至紧，日上还可，到了晚上，他还是这等敲。

中军帐两位元帅听着，明日早叫过旗牌官来，问说道："昨日化缘道人，怎么不肯化缘与他？"旗牌官道："问着他，他只不开口。"老爷道："既不开口，怎么又在船上敲着木鱼？喜得这如今是个回船之日，若是出门之时，军令所在，也容得这等一个面生可疑之人罢？"旗牌官看见元帅话语来得紧，走将出去，扯着道人，往中军帐上只是跑，禀说道："这道人面生可疑，伏乞元帅老爷详察！"元帅道："那道人，你是哪里人氏？"道人道："小道就是红江口人氏。"元帅道："你姓甚么？"道人说道："小道姓千百之百的百字。"元帅道："你叫甚么名字？"道人说道："只叫做百道人，并没有名字。"元帅道："你到我船上做甚么？"道人说道："小道无事不到老爷宝船上。"元帅道："你有事，你就直讲罢。"道人说道："元帅心上明白就是。"元帅道："甚么明白？你不过是个化缘。我昨日已经吩咐旗牌官，凭你化甚么，着军政司化与你去。旗牌官说问你，你不做声。你既要化缘，怎么碍口饰羞得？"道人说道："非是贫道不做声，旗牌官说的都不是，故此不好做声得。"元帅道："旗牌官说的不是，你就明白说出来罢。"道人说道："贫道的话告诉旗牌官不得。"元帅道："你告诉我罢。"道人说道："也告诉不得。"元帅道："既告诉不得，你来这里怎么？"道人说道："元帅自家心上明白就是。"元帅道："心上明白是个混话，我哪里晓得？"道人又说道："元帅自家心上明白就是。"一问，也说道："元帅自家心上明白就是。"二问，也说道："元帅自家心上明白就是。"三问、四问，他越发不作声。元帅急性起来，叫声："旗牌官，撵他出去！"旗牌官一拥而来，一个撵，撵不动；二个撵，撵不动；加上三个、四个，也撵不动；就是十个、二十个，也撵不动。元帅道："好道人，在那里撒赖么？"道人说道："我岂是撒赖！我去自去，你怎么撵得我去？"元帅道："既如此，你去罢。"道人拂衣而去，又是这等敲木鱼，又是这等念佛。元帅道："这个泼道人这等可恶，叫旗牌官推他下水去罢。"元帅军令，谁敢有违？一班旗牌官你一推，我一送，把个道人活活的送下水里去了。旗牌官回复元帅，说道："送道人下了水。"

道犹未了，道人恰好的站在背后。元帅道："旗牌官敢吊谎么？"旗牌官道："怎敢吊谎！明明白白送下水去，不知怎么又会上来？"元帅道："这一定又是个变幻之术。"王爷道："这样妖人，何不去请教天师作一长处。"老爷道："纤疥之疾，何足挂怀！叫旗牌官再送他下水去就是。"军中无戏言，叫送他下水，哪个敢送他上岸？一会儿，一干旗牌官推的推，送的送，只指望仍前的送他下水，哪晓得这个道人有些古怪，偏然不动，就像钉钉了一般！

老爷大怒，骂说道："无端贼道！说话又不明，送你又不去，你欺我们没刀么？杀你不死么？"道人说道："元帅老爷息怒，贫道不是无因而至此，只是老爷一时想不起。"元帅道："尽说得是些混话，有个甚么想不起？"道人说道："你叫我去，我且去。你叫我下水，我且下水。只元帅想不起之时，贫道还要来相浼。"老爷道："胡说！你且去。"道人说道："我就去。"好个道人，说声"去"，果真就去。

去到船之上，又告诉旗牌官说道："你们送我下水，不如我自家下水去罢。"旗牌官道："你下去我看看。"一轂碌跳下水去，一轂碌跳上船来。站在船头上，众人去推他，偏推不动。一个不动，十个不动，百个也不动。偏是没人推他，他自家一轂碌又跳下水去，一轂碌又跳上船来。一班旗牌官不敢轻视于他，却回复元帅，把他跳下水，跳上船的事故，细说一遍。老爷道："没有甚么法，待他再来见我之时，我吩咐一声杀，你们一齐上，再不要论甚么前后，不要论甚么上下，乱刀乱砍，看他有甚么妙处。"

道犹未了，那道人又跑将进来，说道："元帅老爷可曾想起来么？"元帅喝一声道："杀！"元帅军令，谁敢有违。一班刀斧手一齐动手，你一刀，我一刀，刀便去得快，杀便杀得凶。只是道人不见在哪里，连人也不见，怎么杀得他？元帅吩咐住了刀，刚住了刀，一个道人又站在帐下。元帅又吩咐杀，又是一片刀响，一片杀，那道人又不见了。住了刀，那道人又站在面前。元帅道："怪哉！怪哉！这等一个道人，淹不死，杀不死，你还是个甚么神通？"道人说道："元帅老爷，你自家心上明白就是。"老爷道："你只说个混乱，何不明白说将出来。"道人说道："只求老爷想一想就是。"老爷道："没有甚么想得。"王爷道："终久不是结果，不如去请教天师。"

老爷没奈何，只得去请教天师，把前缘后故细说一遍。天师叫过道人来，问道："你是哪里人？"道人说道："小道是红江口人。"天师道："你姓甚么？"道人说道："小道姓千百之百的百字，姓百。"天师道："你叫甚么名字。"道人说道："并没有名字，就叫做百道人。"天师道："你手里敲的甚么？"道人说道："小道手里敲着是个木鱼。"天师道："你口里念着甚么？"道人说道："小道口里念着是佛。"天师点一点头，说道："我认得你了。你何不明白说将出来，怎么只要元帅心上明白？"道人说道："这原不是个口皮儿说的，原是个心上发的。故此小道不敢说，只求元帅老爷心上明白。"天师道："你只该来寻我，怎么又寻元帅？"道人说道："当时许便是天师，这如今行都是元帅。"

三宝老爷说道："还是个甚么许？甚么行？天师大人指教一番罢。"天师笑一笑，说道："这原是贫道身上一件事未完，今日却要经由元帅。"老爷道："是个甚么未完？"天师道："元帅就不记得当原日我和你兵过红江口，铁船也难走，江猪吹、海燕拂，云鸟、虾精张大爪，鲨鱼量人斗，白鳝趁波涛，吞舟鱼展首。日里蜃蛟争，夜有苍龙吼。苍龙吼，还有个猪婆龙在江边守。江边守，还有个白鳝成精天下少。这道人姓百，手里敲木鱼，口里念佛。百与白同，木鱼是个'鱼'字，念佛是个'善'字。'鱼'字合'善'字，却不还是个'鳝'字，加上一个'白'字，却不是个'白鳝'两个字。"

老爷道："原来这道人就是白鳝精！当原先出江之时，已经尽礼祭赛，怎么又是天师未完？"天师道："元帅老爷，你却忘怀了，彼时是贫道设醮一坛，各水神俱已敌去，止有他神风凛凛，怪气腾腾，是贫道问他，还要另祭一坛么？他摇头说'不是'。贫道问他，还要跟我们下海么？他摇头道'不是'。贫道问他，还要封赠一个官职么？他点头点脑说道：'是，是。'贫道彼时写一道敕与他，权封他为红江口白鳝大王，又许他回船之日，奏过当今圣上，讨过敕封，立个祠庙，永受万年香火。一言既出，驷马难追。这却不是贫道的未完？"老爷道："有此一段情由，咱学生想不起了。天师，你许他奏过圣上就是。"天师道："今日回船候命，行止俱在元帅老爷，贫道未敢擅便，还要元帅老爷开口。"老爷道："依天师所许，咱回朝之日，奏上万岁爷，讨过敕封，立所祠庙，永受万年香火。"

道犹未了，白鳝道人已经不见形影。只是各船上俱听见白道人临行之时，口里说道："风调雨顺，国泰民安。"老爷晓得说道："只这两句就说得好，庇国福民，聪明正直为神，不枉了天师这一段原意。"王爷都只说安静休养，等待进朝，哪晓得又吃白鳝大王生吵热吵，吵了这一场。

老爷道："今后却是家门前，可保无事。"天师道："进了朝门，见了万岁爷复了命，龙颜大悦，那时节才保无事。只这如今虽然是江，也还是水面上，不敢就道无事。"老爷道："咱学生有个妙法，可保无事。"天师道："有个甚么妙法？"老爷道："朝廷洪福齐天，一呼一吸，百神嘿应；一动一静，百神呵护。咱学生把圣旨牌抬出来，安奉在船之脑额上，再有哪个鬼怪妖魔敢来作吵！"天师道："这个话倒也讲得有理。只一件，鬼怪妖魔虽然不敢作吵，九江八河的圣神岂不来朝？"老爷道："来朝是好事，终不然也要拒绝他？"天师道："挨了诸神朝见，这就通得。"三宝老爷即时吩咐左右抬出圣旨牌，安奉在船额上。左右回复牌安奉已毕。天师道："二位元帅却要备办参见水府诸神。"二位元帅心上还不十分准信，嘿嘿无言。须臾之顷，旗牌官报说道："船头下一道红光烛天而起，红光里面闪出三位神道。"

毕竟不知是个甚么神道？且听下回分解。

第98回　水族各神圣来参　宗家三兄弟发圣

诗曰：

岸上花根总倒垂，水中花影几千枝。
一枝一影寒山里，野水野花清露时。
故国几年仍缙笏，异乡终日见旌旗。
凯歌声息连云起，水族诸神知未知？

却说旗牌官报道："船头下一道红光烛天而起，红光里面涌出三位神道，都是朱衣象简，伟貌丰髯，口口声声叫说道山呼、山呼，万岁、万岁，小的们不知是个甚么神道，特来禀告元帅老爷得知。"三宝老爷原来抬出圣旨牌去，只指望鬼怪妖魔不来作吵，哪晓得又惊动了这等一班有名神道。听知得这一场凶报，没奈何，只得浼求天师，怎么着发他们回去。天师到底是个惯家，即说道："二位元帅不要吃惊，我和你且坐到将台上，看他怎么来，却怎么回他去。"

果然是二位元帅、一位天师，坐在将台之上。只见三位神道朱衣象简，伟貌丰髯，声声叫道："万岁！万岁！"天师问道："三神朝谒，愿通姓名。"第一位说道："小神洋子江上水府显灵至圣忠佐济江王之神。"第二位说道：

“小神洋子江中水府显灵顺圣忠佐平江王之神。”第三位说道：“小神洋子江下水府显灵大圣忠佐通江王之神。”天师道：“三位水府何事到此。”三位水府说道：“圣旨在上，特来朝参。”天师道：“朝参已毕，请退。”三位水府应一声“是”，一拥而去。

道犹未了，船头下又是一道红光烛天而起，红光里面认出一位神道，又是朱衣象简，伟貌丰髯，口口声声道：“山呼万岁！”天师道：“来者何神？早通名姓。”其神道：“小神江渎广源顺济王楚屈原大夫是也。”天师道：“庙祀何处。”江神道：“江之源发于岷峨山下。小神之庙，立于成都府中。”天师道：“庙貌雄壮么？”江神道：“旧时庙貌卑浅不称，得宋文潞公重加修饰，焕然一新。”天师道：“文潞公何由到此？”江神道：“文潞公少时随其父越任蜀州幕官，道过成都府，晋谒小神之庙。是小神先一晚吩咐奉祀官等收拾停当，洒扫祠庭，候宰相到此。奉祀官得之于心，明日伺候，果见文潞公到。奉祀官接之甚勤，且引导细观画壁，且言祠庙废兴之故。文潞公大惊，说道：‘你这奉祀官何如此殷勤也？’奉祀官说道：‘夜来江渎灵神报说今日宰相下临。相公异日之宰相，不敢不敬。’文潞公笑一笑，说道：‘宰相非所望，但得宦游成都，当令庙貌一新，不至若此卑浅。’庆历中，文潞公果以枢密直知益州，听事之三日，谒小神庙，凄然有感，心上正在踌躇，忽前奉祀官叩头礼拜。文潞公叹一声，说道：‘事物兴废俱有数，人生何处不相逢。’昔年多谢殷勤，今日果然宦游也。’奉祀官说道：‘他日必为宰相，岂止官宦游我成都。’文潞公道：‘原我说来宰相非所望，只得宦游成都，当令庙貌一新。此言岂敢自食！’即时下令鸠材饬工，计新祠庙。甫下令之明日，江水大涨，漫山漫岭而来。涨头上推下十抱之木有数千百根，竟奔小神之庙而止。未几涨消。文潞公大喜，说道：‘天从人愿。’命工取之，充为庙材。物曲尽利，人官尽能，小神之庙遂雄壮甲于天下。这却不是庙貌旧时卑浅，得文潞公一新！”天师道：“你今日来此何干？”江神道：“圣旨在上，特来朝参。”天师道：“朝参已毕，请退。”江神应一声“是”，一拥而去。

道犹未了，船头下又是一道红光烛天而起。红光里面闪出一位神道，庞眉皎发，美髭髯，面如童少，博带峨冠，连声道："万岁！万岁！万万岁！"天师道："来者何神？早通名姓。"其神道："小神九江八河之上灵通广济显应英佑侯姓萧名伯轩是也。"天师道："尊神原来是太洋洲上萧老官人。后面是哪个？"萧公道："后面是豚子萧祥叔。"天师道："再后面是哪个？"萧公道："再后面是小孙萧天任。"天师道："都是同时得道么？"萧公道："小神生于宋，得道于咸淳初年。"天师道："尊神不消讲得，平生刚正自持，言笑不苟，美美恶恶，里闾咸为之质正，宋咸淳间为神。曾附童子，先事言祸福，动若发机。乡民相率朝谒，立庙于新淦之太洋洲，福泽一方，万代瞻仰。贫道附近在龙虎山，颇知颠末，只不知令嗣君几时得道？"萧公道："豚子生于元至正中，仕为灵阳主簿。灵阳剧盗泼天王劫县库藏，逼勒县官，豚子不屈而死。上帝谓豚子生前忠正，死后刚方，命为神著于乡，乡人合祀于小神之庙。"天师道："令孙几时得道？"萧公道："小孙于洪武中，仕为白沟河巡检司巡检，死王事。上帝谓死虽非命，聪明正直，足以为神。目今尚水著闻。"天师道："斯民也，三代之所以直道为神也。可喜！可喜！"萧公道："过承夸奖。"天师道："尊神来此贵干？"萧公道："圣旨在上，特来朝参。"天师道："朝参已毕，请退。"萧公应声"是"，领着子和孙一拥而去。

去犹未了，只见船头下一道红光烛天而起，红光里面又闪出一位神道，浓眉虬髯，面如黑漆，纱帽圆领，皂靴角带，连声叫道："万岁！万岁！万万岁！"天师道："来者何神？早通名姓。"其神道："小神姓晏名成仔，官拜平浪侯，本贯临江府清江镇人氏。"天师道："原来是晏公都督大元帅。"晏公道："小神忝居天师桑梓，但上下之分相悬，不及请益。"天师道："尊神平生嫉恶如探汤，少不善，必面叱之。乡人起敬起畏，动辄曰：'得无晏君知乎？'贫道平日敬恭之有素者，只不知尊神初仕居何官？"晏公道："小神元初以人材所选入官，为文锦局堂长。元人暴虐，征求无厌。局官旧管供应宫锦，有机户濮二者，坐织染累，鬻二女、一子赔偿上官。小神怜其无辜，出俸资代之；不足，脱妻簪珥满其数。濮得爷子完聚，日夜焚香告天。上帝素重小神刚正廉谨，遂命为神。小神承上帝命，奄忽于官，家人初不之知也。小神死之日，即先畅驺导于里之旷野，峨冠博带，护呵甚严，里中人见之愕然，莫不称叹，说道：‘晏氏之子荣归故乡，人材官如此夸耀。’月余，小神舆榇而归，里中人且骇且疑。及至相语，则见之日，即小神官舍死之日也。里中人始惊异。家人启棺相视，棺中一无所有，乃知小神尸解为神，立庙祀之。厥后小神颇奉职于九江八河之上，无少差失云。”天师道：“久仰！久仰！今日到此，有何尊干？”晏公道：“因为宝船中有圣旨在外，故此特来朝参。”天师道：“朝参已毕，请回罢。”晏公应一声“是”，一拥而起。

言犹未了，船头下又是一道红光烛天而起。红光里面闪出一位神道，金盔金甲，耀眼争光。兼且人物长大，声响如雷，连声叫道：“万岁！万岁！万万岁！”天师道：“来者何神？早通名姓。”其神道：“小神姓风名天车，官拜沿江游奕神是也。”天师道：“你何处出身？”游奕神说道：“小神生于蜀之酆都。生下地来，有三只眼，一只观天，凡遇烈风暴雨，无不先知；一只观地，凡有桑田沧海，无不先知；一只观人，凡有吉凶祸福，无不先知。因小神观天、观地、观人无不先知，故此上帝授小神一个沿江游奕之职，专一报天上之风云，江河之变迁，人间之祸福。”天师道：“曾有何显应？”游奕神道：“宋丞相陈尧咨未遇之时，有远游，泊舟三山矶，先一日请谒，具告他来日午时有大风突至，舟行必覆，公宜避之，陈唯唯称谢。到明日，自朝至中，天清气朗，万里无云。舟人累请解缆，陈不许，舟人再三促之，陈说道：‘紧行，慢行，先行，只有许多路程，更待同行。’舟一时开发殆尽，片帆风饱，无限悠扬，舟人嗟叹不已。甫及午牌时候，忽然西北上一朵黑云渐渐而起，起到大顶上之时，大风暴至，折木飞沙，怒涛如山。同行舟收拾不及，不免沉溺之患，陈舟如故。舟人始信陈语，跽而致谢。陈心亦异小神之报，每欲谢无由。他日焦山下又见小神，陈揖小神近前致礼，问小神故。小神具告他是沿江游奕神，以公他日当做宰相，故奉告。陈说道：‘何以报德？’小神说道：‘贵人所至，百神理当接卫，不敢望报。但愿求《金光明经》一部，乘其力，稍可迁秩。’陈唯唯。这正叫做：君子一言重于九鼎。陈他日专遣人送三部《金光明经》，诣三山矶投之。

小神原日只求一部，因得陈三部，连升三级，陈宰相得小神免一时沉舟之患，小神得陈宰相升平等数级之官。这一段情由，就是小神显应。”天师道：“今日到此何干？”游奕神说道：“因为宝船之上有圣旨在外，特来朝参。”天师道：“朝参已毕，请回罢。”游奕神应声“是”，天师又说道：“尊神且慢去，贫道还有一事相问。”游奕神说道：“有何事见教？”天师道：“你职掌游奕，可晓得朝廷么？”游奕神说道：“朝廷一动一静，神鬼护佑；一语一嘿，神鬼钦承。岂有不晓得之理？”天师道：“你既晓得，这如今万岁爷可在南京么？”游奕神说道：“在南京。”天师道：“前日有信，闻说道朝廷营建北京，有迁移之意，果是真么？”游奕神说道：“是真。万岁爷已曾御驾亲临北京城里，这如今又转南京来也。迁都之意已决，只还不曾启行。”天师道：“不曾启行，还是贫道们有缘。”游奕神拜辞而去。老爷道：“怎见得不曾启行还是有缘？”天师道：“便于复命，不是有缘何如？”

道犹未了，船头上一道黑烟烛天而起。老爷道：“黑烟起处，又是个甚么神道么？”天师道：“多谢元帅老爷照顾，今日中间抬出圣旨牌去，接待了这一日江河上有名神道。今番却又不是个神道，却又有些确气哩！”老爷道：“怎见得不是个神道？”天师道：“先前的神道，都是红光赤焰，瑞气祥烟，并没有些黑气，今番黑气冲天，一定是个妖魔鬼怪也。”

道犹未了，一声响，一道气，半边青，半边红，上拄天，下拄地，拦住在船头之下。元帅老爷吃了一慌，问说道：“这是甚么？”天师道：“这却古怪，是一段长虹。”老爷道：“这虹是些甚么出处？”天师道：“虹即蝃蝀，阴阳交接之气，著于形色者。”王爷道：“古有美人虹，那是甚么出处？”天师道：“那是《异苑》上的话，说道古时有一夫一妇，家道贫穷，又值饥馑，食菜根而死，俱化成青红之气，直达斗牛之墟，故此名为美人虹。苏味道有一首诗可证？诗说道：

纡余带星渚，窈窕架天浔。
空因壮士见，还共美人沉。

逸势含良玉，神光藻瑞金。
独留长剑彩，终负昔贤心。”

三宝老爷说道:“蝴蝶便是真的，还望天师收起它去才好。”天师道:“贫道不敢辞！”好天师，说一声“不敢辞”，已经手里捻着诀，一个诀打将去。天师的诀岂是等闲，尽是天神天将蜂拥一般去。一声响，早已不见了那条蝴蝶，恰好散做一天重雾，伸手不见掌，起头不见人。老爷道：“这重雾又是个甚么出处？”天师道：“雾是山中子，船为水鞁鞋，苦没有甚么出处。”王爷道：“难道没有甚么出处？昔日黄帝与蚩尤对敌，九战不能胜。黄帝归于泰山，三日三夜，天雾冥冥。有一个妇人，人的头，鸟的身子。黄帝知其非凡，稽首再拜，伏不敢起。妇人说道：‘吾乃九天玄女是也。子欲何问，何不明言？’黄帝说道：‘小子欲万战万胜，万隐万匿，何术以能之么？’女人说道：‘从雾而战，万战万胜，从雾而隐，万隐万匿。’这岂不是个出处么？还有梁伏梃《早雾诗》一律为证：

水雾杂山烟，冥冥见晓天。
听猿方忖岫，闻獭始知川。
渔人惑隩浦，行舟迷泝沿。
日中氛霭尽，空水共澄鲜。”

三宝老爷说道：“蝴蝶又散做一天重雾，都是些古怪，却怎么处他？”天师道：“还是贫道做他的对头。”好天师，说声“对头”，早已又是一个诀打将过去。一声响，那一天重雾，猛然间泼天大晴。船头之下，恰好又是一棵老松树，上没了枝，下没根脚，无长不长，无大不大，笔笔直站在帅字船前头。老爷道：“今番又变做一棵老松树，好恼人也！”王爷道：“大夫松是个贵物，怎么反恼人哩！”天师道：“难道松树就全是贵物？”王爷道：“有哪些不贵处？”天师道：“方山有野人出游，看见一个虬髯使者，衣异服，牵一白犬追迫而去。野人问说道：‘君居何处？去何速也？’

使者说道：‘在下家居偃盖山。此犬恋家，不欲久外，故去速。’野人尾之，使者至一古松下而没。野人仰视古松，果仰偃如盖，却不知野人白犬之故。忽一老翁当前，野人问其故。老翁指古松说道：‘此非虬髯使者乎？白犬则其茯苓也。’野人大悟，知使者为古松之精。松树成精，岂是个贵物？”王爷道：“唐明皇遭禄山之变，銮舆西幸，时事可知矣！禁中枯松复生，枝叶葱菁，宛如新植者。落后肃宗果平内难，唐祚再兴，枯松呈祥，这岂不是贵物？”天师道：“天台有怪松，自盘根于岩穴之内，轮囷逼侧而上，身大数围，而高四五尺。磊砢然，蹙缩然，干不假枝，枝不假叶，有若龙挛虎跛，壮士囚缚之状，岂是个贵物？”王爷道：“庾颉叹和峤说道：‘和君森森如千尺松，虽礧砢多节，施之大厦，有栋梁之用。’岂不是个贵物？李德林有一律诗为证：

结根生上苑，擢秀迩华池。
岁寒无改色，年长有倒枝。
露自金盘洒，风从玉树吹。
寄言谢霜雪，真心自不移。”

三宝老爷说道："二位再不消苦辩。只今日之间，一条长虹散为一天重雾；一天重雾，收为一棵古松，中间一定是个鬼怪妖魔，这等搬斗。似此搬斗之时，怎得行船？怎得复命万岁爷？”天师道：“元帅之言深有理，待贫道审问他一番，看他是个甚么缘故。”天师即时披发仗剑，踏罡步斗，念念聒聒。念了一会，聒了一回，提起剑，喝声道：“你是甚么妖魔？你是甚么鬼怪？敢拦我们去路么？你快快的先通姓名，后收孽障。少待迟延，我这里一剑飞来，断你两段！那时悔之，噬脐无及！”那棵松树果然有灵，一声响，一长长有千百丈长。天师喝声道：“哇！何必这等长！”那棵松树一声响，一大大有百十围之大。天师又喝声道："哇！何必这等大。"那棵松树长又长，大又大，好怕人也。天师披着发，仗着剑，喝声道：“哇！你或是个人，就现出个人来；你或是个鬼，就现出个鬼来；你或是个物件，就现出物件来。

你或是护送我们，就明白说我是护送；你或是要求祭祀，就明白说我要祭祀；你或是负屈含冤，就明白说我是负某屈、含某冤，要取某人命，要报某人仇。怎么这等只是不吐，起人之疑？"

天师这一席话，说得有头有绪，不怕你甚么人不耸听。那棵树果然的有灵有神，能大能小，一声响，一毂碌睡翻在水面上。天师吩咐旗牌官："仔细看来，水面上睡着是个甚么物件？"旗牌官回复道："是一条棕缆。"天师点一点头，说道："原来是这个孽畜！也敢如此无礼么？"老爷道："一条棕缆，怎是个孽畜？"天师道："元帅老爷，你就忘怀了！我和你当原日出门之时，开船紧急，掉下了一条棕缆，今日中间成了气候，故此三番两次变幻成形，拦吾去路。"老爷道："一条棕缆，怎么就有甚么气候？"天师道："一粒粟能藏大千世界，一茎草能成十万雄兵，何况一条棕缆乎！"元帅道："既如此，凡物都有气候么？"天师道："此亦偶然耳，不可常。"

道犹未了，那棕缆在船头之下，一声响，划划剌剌，就如天崩地塌一般。天师提着七星宝剑，喝声道："哇！你这孽畜还是得道成神？还是失道成鬼？快快的现将出来！"一声喝，狠是一剑。这一剑不至紧，天师只指望斩妖缚邪，哪晓得是个脱胎换骨！怎叫做脱胎换骨？那条缆早已断做了三节。断做了三节，笔笔直站起来，就是三个金甲神，头上金顶圆帽，身上金锁子甲，齐齐的朝着天师举一手，说道："天师大人请了。"天师道："你是何神？敢与我行礼。"三个金甲天神齐齐的说道："小神们已受上帝敕命，在此为神。只不曾达知人王帝主，故此在这里伺候。"天师道："你原是我船上一条棕缆，怎么上帝命你为神。"三个齐齐的说道："原日委是一条棕缆，在天师船上出身，自从天师下海去后，小神兄弟三人在这洋子江上福国泽民，有大功于世，故此上帝命我等为神。"天师道："你只是一条棕缆，怎么又是兄弟三人？"三个齐齐的说："原本是一胞胎生下来，却是三兄弟，合之为一，分之则为三。"天师道："你们既是为神，尊姓大表？"三个齐齐的说道："因是棕缆，得姓为宗。因是兄弟三人，顺序儿排着去，故此就叫做宗一、宗二、宗三。"天师道："上帝敕命为神，是何官职？"三个齐齐的说道："兄弟三个俱授舍人之职。"天师道："原来是宗一舍人、宗二舍人、宗三舍人。”三个齐齐的说道：“便是。”天师道：“既是这等有名有姓的神道，怎么变幻搬斗？”宗一道：“无以自见，借物栖神。”

天师道：“尊神在江上有甚么大功？”宗一舍人说道：“小神在金山脚下建立一功。”天师道：“甚么一功？”舍人道：“金山脚下有一个老鼋，这鼋却不是等闲之辈，他原是真武老爷座下龟、蛇二将交合而生者。蛇父、龟母生下他来，又不是个人形，又不是个物形，只是弹丸黑子之大，一点血珠儿。年深日久，长成一个鼋，贪着天下第一泉，故此住在金山脚下。前此之时，修行学好，每听金山寺中的长老呼唤，叫一声老鼋，即时浮出水面上，或投以馒首，或投以果食，口受之而去。呼之则来，叱之则去。寺僧以为戏具，取笑诸贵官长者，近来有五七十年。学好千日不足，学歹一日有余，动了淫杀之心，每每在江面上变成渡江小舸，故意沉溺害人性命，贪食血肉；又或风雨晦冥之夜，走上岸去，变成美妇人，迷惑良人家美少年。百般变幻，不可枚举。水府诸位神圣奏明玉帝，要驱除它，一时未便。却是小神抖擞精神，和它大杀了几阵。它有七七四十九变，小神变变都拿住它，却才驱除了它。驱除它却不除了这一害，救多少人的性命，得多少人的安稳，这却不是小神金山脚下建立一功？”

天师道：“这是一功。第二位舍人有甚么大功？”宗二舍人道：“小神在南京下新河草鞋夹建立一功。”天师道：“草鞋夹是甚么功？”舍人说道：“草鞋夹从古以来，有个精怪。甚么精怪？原是秦始皇朝里有个章亥，着实会走路，日行千里，夜行八百里。是秦始皇着他走遍东西南北，量度中国有多少路程。他走到东海，断了草鞋子，就丢下一只草鞋在南京下新河，故此下新河有一所夹沟，叫做草鞋夹。那草鞋夹在那夹沟之中，年深日久，吸天地之戾气，受日月之余光，变成一个精怪。他这精怪不上岸，不变甚么形相，专一只在草鞋夹等待各盐船齐帮之时，他也变成一只盐船，和真的一般打扮，一般粉饰，一般人物，故意的杂在帮里。左一头拳，右一脑盖，把两边的船打翻了，他却就中取事，利人财宝，贪人血肉。这等一个精怪，害了多少人的性命？骗了多少人的财物？再没有人知觉。水府诸位神圣都说：‘大明皇帝当朝，宇宙一新之会，怎么容得这等一个精怪，在辇毂之下肆其毒恶？’计处商议要惩治于他，却是小神不自揣度，和他大杀几场。他虽然神通广大，变化无穷，终是邪不能胜正，假不能胜真，毕竟死在小神手里。这如今草鞋夹太平无事，却不是小神建立一功？”

天师道：“这也是一功。第三位舍人是甚么功？”宗三舍人说道：“小神也在南京上面蝶矶山建立一功。”天师道：“蝶矶山是甚么功？”舍人道：“蝶矶原是一个小山独立江心，矶上一穴，约有千百丈之深，穴里面有一条老蟍，如蛟龙之状。那老蟍出身又有些古怪，怎么古怪？他原是西番一个波斯胡南朝进宝，行至江上，误吞一珠，那颗珠在肚子里发作，发作得波斯胡只是口渴，只是要水吃，盆来盆尽，钵来钵尽，不足以充欲。叫两个随行者抬到江边，低着头就着水，只说好吃一个饱。哪晓得那个波斯吃饱了水，一毂碌撺到水里去了！撺到水里去不至紧，变成一个物件，说他像蛇，没有这等鳞甲；说他像龙，又没有那副头角。像蛇不是蛇，像龙不是龙，原来就叫做蟍。蝶即蛟龙之类，故此那个矶头得名为蝶矶。蟍性最毒，专一在江上使风作浪，驾雾腾云，上下商船，甚不方便。是小神略施小计，即时收服了它，放在穴里，虽不害它性命，却不许它在外面维持。这如今洋子江心舟船稳载，这却不是小神一功？”天师道：“这是一功。三位舍人果然是除国之蠹，有护国之功；除民之害，有泽民之功。上帝敕命为神，理当如此。”

三位舍人齐说道：“小神兄弟虽蒙上帝敕命，却不曾受知人王帝主，故此在这里伺候天师，相烦天师转达。”天师道：“三位既有此大功，贫道即当奏上，请回罢。”三位说道：“既蒙天师允诺，小神兄弟奉承一帆风，管教今夜到南京，明早进朝复命。”

毕竟不知这一帆风果否何如，且听下回分解。

第 99 回　元帅鞠躬复朝命　元帅献上各宝贝

诗曰：

将军曾此誉时髦，唱凯英风拂锦袍。
八表顺时惊雨露，四溟随剑息波涛。
手扶北极鸿图永，云卷长天圣日高。
未会汉家青史上，韩彭何处有功劳？

却说三位舍人说道：“既蒙天师允诺，小神兄弟们奉承一帆风，管教今日晚上到南京，明早进朝复命。”道犹未了，三位舍人一拥而去。果真的时来风送滕王阁，行了一夜船，到了五更将近，蓝旗官报道：“大小宝船已经到了南京，收住在下关草鞋夹一带，禀知二位元帅进城复命。”三宝老爷一跃而起，说道：“今日却也到了南京，这五七年间好担心也。”即时传令，着大小将官收拾各国进贡礼物。

二位元帅赍了各国表章，进朝复命。来到午门上，正是五更三点，宫里升殿，文武班齐。二位元帅领了大小将官，丹墀之下，扬尘舞蹈，三呼万岁。万岁爷见之，龙颜大喜，问说道：“去了多少年数？”元帅奏道：“永乐七年出门，今是永乐十四年，去了七年有余。”万岁爷问道：“征了多少国？”元帅道：“征过之国颇多，一一有表文在此，一一有进贡礼物在此。”万岁爷道：“头一国是甚么国？先念他表文一道。”元帅道：“头一国是金莲宝象国。”取出表来，当殿宣读：

金莲宝象国臣占巴的赖诚惶诚恐，稽首顿首：伏惟皇帝陛下，功超邃古，位建大中。衣裳垂而保合乾坤，剑戟铸而范围区宇；神武不杀，人文化成；抱明明之德，以临御下民；怀翼翼之心，以昭事上帝；至仁不伤于行苇，大信爰及于渊鱼。故得天监孔彰，帝临有赫，显今古未闻之事，保邦家大定之基。窃念臣微类醯鸡，贱如刍狗。世居夷落，地远华风；虔荷烛齿，曾无执贽。今者窃观兵仗，普及遐陬。限年岁于桑榆，阻胪陈于玉帛。矧沧溟之旷绝，在跋涉以稍难。是敢钦倒赤心，遥瞻丹阙。任土作贡，同蝼蚁之慕膻；委质事君，比葵藿之向日。臣无任激切屏营之至。

万岁爷听罢，说道：“夷狄之国，颇知读书，来表雅驯，未可轻易视他。以后表文免宣读。”元帅献上进贡礼单，黄门官宣读金莲宝象国进贡：宝母一枚，海镜一双，大火珠四枚，澄水珠十枚，辟寒犀二根，象牙簟二床，吉贝布十匹，奇南香一箱，白鹤香一箱，千步草一箱，鸡舌香一盘，海枣一盘，如何一盘。献上万岁爷龙眼观看，万岁爷道：“海镜似蚌蛤之形，焉得此名？”元帅道：“其亮光可射日，故得此名。”万岁爷又问道：“白鹤香是怎么？”元帅道：“其香烧在炉中，香烟结成一对一对的白鹤冲天，故名白鹤香。”万岁爷道：“着黄门官烧来看。”黄门官接了香，烧在御炉之中，果然是香烟里面结成白鹤之形，成双作对，冲天而起。龙颜大悦。满朝文武百官哪个不说道：“好宝贝！”万岁爷又问道：“那如何，却不过是个枣子之类，怎得此名？”元帅道：“虽然其形类枣，却九百年才结实一度。人生一世，不曾见它开花如何，不曾见它结实如何，故名为如何。”

第二国宾童龙国。元帅进上表文，黄门官接着。元帅献上进贡礼单，黄门官宣读宾童龙国进贡：龙眼杯一副，凤尾扇二柄，珊瑚枕一对，奇南香带一条。献上万岁爷龙眼观看，问道：“杯、扇何如？”元帅奏道：“杯果是骊龙眼眶了镶成的。扇果是凤凰尾巴缉成的。”龙颜大喜。

第三国罗斛国。元帅进上表文，黄门官接着。元帅献上进贡礼单，黄门官宣读罗斛国进贡：白象一对，白狮子猫二十只，白鼠二十个，白龟二十个，罗斛香二箱，降真香二箱，沉、速香各二箱，大风子油十瓶，蔷薇露二瓶，苏木二十扛。献上万岁爷龙眼观看，万岁爷道：“白象着象妈儿厮养。白猫、白鼠俱无益之物，可给赏各内使。白龟放到御河之中，不可伤它生命。其余的各归职掌。”

第四国爪哇国。元帅奏道：“爪哇国国王都马板，倔强无礼，曾戕杀我天使。又无故要杀我朝从者百七十人，恶极罪大。小臣不曾受他的进贡，不曾受他的降表。都马板供下一纸状词，供定亲自前来朝贡。”元帅递上供状。万岁爷道：“不消供状。都马板同着两个头目已进朝，偿前死者金六万两，又进贡黄金一万两。朕却之，赦勿问。”元帅复奏道：“都马板无礼之甚，必重治而后知儆！”万岁爷道：“偿死者金，已知畏矣！远人知畏便罢，不必深究。”满朝文武百官哪个不说道：“尧仁如天，舜德好生。我皇上兼聰条贯，即尧舜再生，何以加此！”

第五国重迦罗国。元帅奏道：“重迦罗国国小民贫，又且不事诗书，故此降表不具，进贡不备。止备鹦鹉一对，其余羚羊、木棉、椰子、秫酒、海盐，已经船上费用不存。”献上鹦鹉。万岁爷龙眼观看，说：“这飞禽何补于用？令纵之禁苑，任其自来自去。更布告军民人等知悉，毋得持弓挟弹，伤其生命！”满朝文武百官哪一个不说道：“万岁爷恩及禽兽。”

第六国浡淋国。元帅进上表文，黄门官受表。元帅奉上进贡礼单，黄门官宣读浡淋国进贡：神鹿一对，鹤顶鸟一对，火鸡一对，琉璃瓶一对，珊瑚树一对，昆仑奴一对，血结二匣，蔷薇水二坛，金银香二箱，膃肭脐五十。献上万岁爷龙眼观看，万岁爷道：“神鹿纵之紫金山，鹤顶鸟纵之禁苑，俱令自去。火鸡发光禄寺候用。昆仑奴有甚么用？”元帅奏道：“昆仑奴能踏曲为乐。”万岁爷道：“发教坊司，令勿深究。血结何用？”元帅奏道：“血结治伤圣药。”万岁爷道：“其赐大小将官，有余再给散各军士。”满朝文武百官哪一个不说道：“万岁爷万物咸若，视民如伤。”

第七国女儿国。元帅献上表章，黄门官接着。元帅奏道：“女儿国国小民贫，又且都是女身，不与邻国贸易，小臣不曾受他的进贡。”万岁爷道：“令其有知足矣，何必进贡。”

第八国满剌伽国。元帅奏上表章，黄门官受表。元帅奏上进贡礼单，黄门官宣读满剌伽国进贡：珍珠十颗，叆叇十枚，黄速香十箱，花锡百担，黑熊二对，黑猿二对，白鹿十只，白麂十只，红猴二对，火鸡二十只，波罗蜜二匣，做打麻二坛，茭簟簟十床，茭簟酒十坛。献上万岁爷龙眼观看，万岁爷道：“猿、猴、鹿、麂之类，各随其性，纵之使去。火鸡仍发光禄寺。做打麻是个甚么？”元帅奏道：“树脂结成者，夜点有光，可代灯烛。”万岁爷道：“劳民伤财，要此何用？”元帅奏道：“土仪不得不进。”万岁爷道：“叆叇　是个甚么？”元帅奏道：“眼镜之类，观书可以助明。”万岁爷道：“其赐左右入门办事老臣。”满朝文武百官哪个不说道：“万岁爷不私所有，真天地无私气象。”

第九国哑鲁国。元帅进上表章，黄门官受表。元帅奏道：“哑鲁国国小民贫，止有表章，进贡不备。伏乞万岁爷鉴察！”奉圣旨：“是。”

第十国阿鲁国。元帅奏上表章，黄门官受表。元帅奏道：“阿鲁国国小民贫，止有表章，进贡不备。伏乞万岁爷鉴察！”奉圣旨：“是。”

第十一国苏门答剌国。元帅奏上表章，黄门官受表。元帅奉上进贡礼单，黄门官开读苏门答剌国贡：金麦三十斛，银米三十斛，水珠一双，螺子黛十颗，琉璃瓶十对，象牙十枝，鸟卵一双，鵕鸏一双，活褥蛇十条，名马十匹，胡羊五十只，竹鸡二百只，五色番锦百端，红丝千斤，驼毛褥五十床，花簟五十床，锦祺百幅，金饰寿带五十条，铜带五十条，连环臂韝五十副，蔷薇水五十瓶，栋香、白龙脑香、白越诺香、龙涎香、乳香、腽肭脐香、寻枝瓜、偏桃、千年枣、石榴、臭果、酸子、葡萄、美菜。礼物献上龙眼观看，万岁爷道：“金粟银米取之太多，不伤于廉乎？”元帅奏道：“出其素所有者，非逼而取之也。”万岁爷道：“蛇、雀之类，仍前纵放毋违。名马着五府官领去，鸡、羊发光禄寺厨官。余物贮库支用。”

第十二国默伽国。元帅奏道：“默伽国国小民愚，表章不具，止贡上金刚指环一对，摩勒金环一对。伏乞天恩容纳！”奉圣旨：“是。”

第十三国孤儿国。元帅奏道：“孤儿国国小民愚，表章不具，止贡上稍割牛一头，龙脑香一箱。伏乞天恩容纳！”万岁爷道：“何为稍割牛？”元帅奏道：“牛长四角，十日一割，不割则死。人饮其血，寿可五百岁。牛寿亦如之。”万岁爷道：“其令都民厮养，庶与民同寿。”满朝文武百官哪个不说道：“人情莫不欲寿，皇上寿之而不伤。”

第十四国勿斯里国。元帅奏道：“勿斯里国国小民愚，表章不具，止贡上火蚕绵一百斤。伏乞圣恩鉴纳！”万岁爷道：“何为火蚕绵？”元帅奏道：“本国有蚕虫，名曰火蚕。所吐丝极热，絮衣一袭，止用一两。稍多则热气逼人，不可用。”万岁爷道：“边塞上征人苦寒，其令给散毋违。”满朝文武百官哪个不说道：“挟纩之恩，天高地厚。”

第十五国勿斯离国。元帅奏道：“勿斯离国国小民愚，表章不具，止贡上奄摩勒十盘，波罗蜜五盘。伏乞圣恩鉴纳！”万岁爷道：“奄摩勒是个甚么？”元帅奏道：“味香酸甚佳。”奉圣旨：“所司收贮。”

第十六国吉慈尼国。元帅奏道：“吉慈尼国国小民愚，表章不具，止贡上龙涎香五十斤。伏乞圣恩鉴纳！”奉圣旨：“是。”

第十七国麻离板国。元帅奏道：“麻离板国国小民愚，表章不具，止贡上兜罗锦十匹，杂花番锦十匹，细布五十匹。伏乞圣上鉴纳！”奉圣旨：“是。”

第十八国黎伐国。元帅奏道：“黎伐国国小民愚，表章不具，止贡上白砂糖五担，吉贝一箱，镔铁十担。伏乞圣恩鉴纳！”奉圣旨：“是。”

第十九国白达国。元帅奏道：“白达国国小民愚，表章不具，止贡上金钱二千，银钱五千，五色玉各五端，夜光璧五片，白光琉璃鞍一副。伏乞圣恩鉴纳！”圣上道：“小国焉有许多珠宝？”元帅奏道：“国小民富，故此有这宝贝。”奉圣旨：“是。”

第二十国南浡里国。元帅奉上表章，黄门官受表。元帅奉上进贡礼单，黄门官宣读南浡里国进贡：狻猊一只。献上万岁爷龙眼观看，万岁爷道：“这狻猊还是自小儿收养的么？”元帅奏道：“生七日，未开目时，取之则易调习，稍长则难。”万岁爷道：“养它无用。着令所司厮养，毋戕害朕百姓。”满朝文武百官哪一个不说道：“我皇上仁民爱物，自有科等。”

第二十一国撒发国。元帅奏道：“撒发国君民人等习于不善，又且该三年大难，是国师收他到极乐国过了这五年。故此不曾受他表章，不曾受他礼物。”万岁爷道：“这如今怎么？”元帅奏道：“这如今已经放还本国。”万岁爷道：“不致损伤么？”元帅奏道：“极乐国中老有所终，幼有所养，农有余粟，女有余布。五年以前，风调雨顺；五年以后，国泰民安。”万岁爷道：“夷人乐业便罢，不必表章进贡。”满朝文武百官哪一个不说道：“我皇上如伤轸念，无间华夷，真天地无私气象。”

第二十二国锡兰国。元帅奏道：“锡兰国王负固不宾，恶极罪大，小臣未敢擅便，锁械国王来京，伏候圣旨定夺。”圣旨道：“国王虽无道之甚，锁械来京，已足褫其胆，夺其魄，其特赦之。仍送四夷馆同满剌伽国王。”满朝文武百官哪一个不说道：“万岁爷春育海涵，天覆地载。”

第二十三国溜山国。元帅奉上表章，黄门官受表。元帅奉上进贡礼单，黄门官宣读溜山国进贡：银钱一万个，海𧴩二十担，红鸦呼十枚，青鸦呼十枚，青叶蓝十枚，昔剌泥十枚，窟没蓝十枚，降真香十石，龙涎香五石，椰子杯一百副，丝嵌手巾一百条，织金手帕百方，鲛鱼干一百石。献上万岁爷龙眼观看。万岁爷道：“青叶蓝是甚么？”元帅奏道：“蓝色宝面上有青柳纹，故得此名。”万岁爷道：“昔剌泥、窟没蓝是甚么？”元帅奏道：“俱是宝石，番名如此。”奉圣旨：“各归所司职掌。”

第二十四国大葛兰国。元帅奏道：“大葛兰国国小民愚，表章不具，止贡上：金钱一百文，彩缎五十匹，花布二百匹，青白花瓷十石，胡椒十石，椰子二十担。”献上万岁爷龙眼观看，万岁爷道：“国小民愚，其勿伤彼之财。”元帅奏道：“俱是土产，并无伤财等项。”奉圣旨：“所司收掌。”

第二十五国小葛兰国。元帅奏道：“小葛兰国国小民愚，表章不具，止贡上：金钱一百文，银钱五百文，黄牛十只，青羊二十只，胡椒十石，苏木五十担，干槟榔五十石，波罗蜜五百斤，麝香一百斤。”献上万岁爷龙眼观看。万岁爷道：“黄牛高大有力，其给散附郭农家。青羊、胡椒俱发光禄寺，苏木发织染局，免征求之扰。余者各归职掌。”

第二十六国柯枝国。元帅奉上降表，黄门官受表。元帅奉上进贡礼单，黄门官宣读柯枝国进贡：佛画塔图一幅，菩提树叶十张，金佛像一尊，金钱一百文，银钱一千五百文，珍珠四颗，珊瑚树四枝，胡椒一百石，龙涎香五百斤，各色花布五百匹，蓬蓬柰一百担。献上龙眼观看，万岁爷道：“各国进贡礼多，似觉劳民伤财。”元帅奏道：“俱是各国土物，并无伤劳等情。”奉圣旨：“是。”

第二十七国古俚国。元帅奉上表章，黄门官受表。元帅奉上进贡礼单，黄门官宣读古俚国进贡：五色玉各四片，马价珠一枚，金厢带一条，草上飞一只，黑驴一头，胡锦百端，花蕊布五百匹，芸辉十箱。献上龙眼观看，万岁爷道：“草上飞怎么？”元帅奏道：“兽名，性最纯善，偏狮象等恶兽见之，即伏于地，乃兽中之王。”万岁爷道：“好个兽中之王！黑驴何用？”元帅奏道：“日行千里，曾斗虎，一踣而虎毙。”万岁爷道：“无用。日行千里，其给驿递厮养听用。”满朝文武百官哪一个不说道：“不用千里驴，却千里马之意。”

第二十八国金眼国。元帅奉上表章，黄门官受表。元帅奏道：“金眼国王性极愚顽，全不达华夷之分。小臣委曲开示他一番，不曾受他的进贡。”奉圣旨：“是。”

第二十九国吸葛刺国。元帅奉上表章，黄门官受表。元帅奉上进贡礼单，黄门官宣读吸葛刺国进贡：方美玉一块，圆美玉一块，波罗婆步障一副，琉璃瓶一对，珊瑚树二十枝，玛瑙石十块，珍珠一斗，宝石一担，水晶石一百块，红锦百匹，花罗百匹，绒毯百床，卑伯一百匹，满者提一百匹，沙纳巴一百匹，忻白勒搭黎一百匹，纱塌儿一百匹，名马十匹，橐驼十只，花福禄十只。献上龙眼观看，万岁爷道：“卑伯以下四件是甚么？”元帅奏道：“俱番布名色。”万岁爷道：“名马发兵部官领给，这个还有实用。余物虽珍贵，却其实无裨于实用，各归所司职掌。”满朝文武百官哪一个不说道：“不贵异物如此。”

第三十国木骨都束国。

第三十一国竹步国。

第三十二国卜剌哇国。元帅奏道：“三国共进上一封表章。”黄门官受表。元帅奏道：“三国共是一份进贡。”黄门官接单宣读进贡：玉佛一尊，玉圭一对，玉枕一对，猫睛石二对，祖母绿二对，马哈兽一对，花福禄一对，狮子二对，金钱豹一对，犀牛角十根，象牙五十根，龙涎香十箱，金钱二千文，银钱五千文，香稻米十担，香菜十品。献上龙眼观看，万岁爷道：“佛像不可亵渎，安奉瓦罐寺中住持奉祀。马哈、福禄、狮豹之类，虽得之易，其实厮养之难，今后不宜取它。香稻给散老农贻种，香菜给散老圃留种。”满朝文武百官哪一个不说道：“安奉玉佛，得敬鬼神而远之道。虑马哈、福禄、狮豹难养，防率兽食人之渐。老农、老圃留种，有足民务本之意。”后来香稻有种，其粒最长，其味最香，至今进贡香菜，各色不一。只一菜剖瓮而出，内虚外菁葱，味爽，失其名。元帅命名瓮菜，至今不绝。

第三十四国剌撒国。元帅奉上表章，黄门官受表。元帅奉上进贡礼单，黄门官宣读剌撒国进贡：鲸睛一双，鲂须二根，千里骆驼一对，龙涎香四箱，乳香八箱，山水瓷碗四对，人物瓷碗四对，花草瓷碗四对，翎毛瓷碗四对。献上龙眼观看，圣上道：“这一国尽稀世之宝，何以承当他的！”元帅奏道：“这一国国小民富，且动必以礼。”奉圣旨：“是。”

第三十五国祖法儿国。元帅奉上表章，黄门官受表。元帅奉上进贡礼单，黄门官宣读祖法儿国进贡：玉佛一尊，佛袈裟一袭，金钱豹十只，福禄十只，驼鸡十只，汗血马二十匹，良马十匹，龙涎香十箱，乳香十箱，倘伽一千文。献上龙眼观看，奉圣旨：“玉佛安奉大报恩禅寺，马着兵部等官给散，余者各归所司职掌。”

第三十六国忽鲁谟斯国。元帅奉上表章，黄门官受表，元帅奉上进贡礼单，黄门官宣读忽鲁谟斯国进贡：狮子一对，麒麟一对，草上飞一对，福禄一对，马哈兽一对，名马十匹，斗羊十只，驼鸡十只，碧玉枕一对，碧玉盘一对，玉壶一对，玉盘盏十副，玉插瓶十副，玉八仙一对，玉美人一百，玉狮子一对，玉麒麟一对，玉螭虎十对，红鸦呼三双，青鸦呼三双，黄鸦呼三双，忽剌石十对，担把碧二十对，祖母剌二对，猫睛二对，大颗珍珠五十枚，珊瑚树十枝，金箔、珠箔、神箔、蜡箔、水晶器皿、花毯、番丝手巾、十样锦、毯罗、毯纱撒哈剌。献上龙眼观看，万岁爷道：“这一国何进贡之多？”元帅奏道：“这国国富民稠，通商贸易，故此进贡礼物颇多。”万岁爷道：“怎麒麟都有？”元帅奏道：“也是土产。”奉圣旨：“各归所司职掌。”

第三十七国银眼国。元帅奏道：“银眼国王信任妖邪，抗拒天兵，无道之甚。是国师不许他独立为国，止许他编户为民，故此不曾受他表章，不曾受他进贡。”万岁爷道：“慎勿灭人之国，绝人之化。”元帅道：“国师已经超度他白眼转为黑眼，受用不尽。虽不称国，上下相安，富足如故。”奉圣旨：“罢。”

第三十八国阿丹国。元帅奉上表章，黄门官受表。元帅奉上进贡礼单，黄门官宣读阿丹国进贡：金镶宝地角二枚，金镶芙蓉冠四顶，金镶宝带二条，游仙枕一对，猫睛石二对，各色鸦呼各十枚，鸦鹘石十枚，蛇角二对，赤玻璃一十，绿金睛一十，青珠十枚，珍珠百颗，玳瑁、玛瑙、车渠、琉璃百副，琥珀盏五十副，金锁百把，麒麟四只，狮子四只，千里骆驼二十只，黑驴一只，花福禄五对，金钱豹三对，白鹿十只，白雉十只，白鸠十只，白驼鸡二十只，绵羊百只，却尘兽一对，风母一对，紫檀百株，蔷薇露百瓶，赤白盐各百担，羊刺蜜百桶，阿勃参十斛，庵罗十斛，石粟十斛，龙脑香十箱，镔铁百担，哺噜嚟一千。献上龙眼观看，圣上问说道：“怎么后面这些国进贡愈多！”元帅奏道：“往西去国极富，民极淳，故此进贡愈后愈盛。”万岁爷道：“西方圣人，于理亦有。”

第三十九国天方国。元帅奉上表章，黄门官受表。元帅奉上进贡礼单，黄门官宣读天方国进贡：天方图一幅，四景画四幅，夜光璧一端，上清珠一对，木难珠四颗，宝石百颗，珍珠百颗，珊瑚树百枝，琥珀百块，金刚五百，玻璃盏十对，降真香百匣，唵叭儿香十箱，麒麟一对，狮子四对，草上飞一对，驼鸡五十只，橐驼百只，羚羊百只，龙种羊十只，却火雀一对，狻猊一对，名马五十匹，金满伽一千，梨一千，桃一千。献上龙眼观看。不知喜否何如，且听下回分解。

第100回　奉圣旨颁赏各官　奉圣旨建立祠庙

诗曰：

皇华使者承天敕，宣布纶音往夷域。
鲸舟吼浪沧溟深，经涉洪涛渺无极。
洪涛浩浩涌琼波，犀山隐隐浮青螺。
占城港口暂停憩，扬帆迅速来阇婆。
阇婆远隔中华地，天气蒸人人物异。
科头跣足语侏㒧，不习衣冠兼礼义。
天书到处腾欢声，蛮首酋长争相迎。
南金异宝远驰名，怀恩慕义摅忠诚。
阇婆又往西南去，三佛齐过临五屿。
苏门答剌峙中流，海舶番商经此聚。
自此分鯮往锡兰，柯枝古俚连诸番。
弱水南滨溜山谷，去路茫茫更险艰。
欲投西域还凝日，但见波光接天绿。
舟人矫首混东西，惟指星辰辨南北。
忽鲁谟斯近海傍，大宛未息通行商。

曾闻博望使绝域，何如当代覃恩光。
书生从役忘卑贱，使节三陪游览遍。
高山巨浪岂曾观，异宝奇珍今始见。
俯仰堪舆无有垠，际天极地皆王臣。
圣朝一统混华夏，旷古及今孰可伦？
圣节勤劳恐迟暮，时值南风指归路。
舟行四海若游龙，回道遐荒接烟雾。
归到京华觐紫宸，龙墀纳拜皆奇珍。
重瞳一顾天颜喜，爵禄均颁雨露深。

却说元帅献上天方国进贡，龙眼观看，问说道："天方国是甚么地方？"元帅奏道："天方国是西天尽头路上。小臣们心不肯服，勉强往前再进，不觉得撞进酆都鬼国。拜见阎罗天子，有阎罗天子送唐英等一枚卧狮玉镇纸、寄国师一首四句诗二事可证。"万岁爷道："鬼国则非人世矣！兵至于彼，大是异事！"元帅奏道："仰仗天威，人鬼钦服。自进贡之外，还有太白金星献上两颗夜明珠：一颗在蜘蛛肚里，那蜘蛛从'帅'字船上下来，非人力所致；一颗在小军李海腿肚子里面，原是封夷山上所得，又非人力所为。去时有个天妃娘娘天灯领路，来时有宗家三兄弟顺风相送，俱乞圣恩裁答。"万岁爷道："传国玺何如？"元帅答道："杳无消息。"

万岁爷道："此行诸将士勤劳，天师、国师扶助，皇风宣畅西夷，夷而慕华，莫大之益。但越海泛槎，搜奇索异，不足为宝；又且狮象之类，每日食万钱，非中人数十口之费不足给养。谓缓急何？着所司一切不可驯伏之物，置之牧养之所，毋令伤人。一切飞走之类，纵之闲旷之地，容其自去。一切有用之物，给散各司候用。一切珍宝藏之内帑，各该部知道。"满朝文武百官相率上表称贺。奉圣旨：免贺，各该部议功叙赏来说。

到了明日，兵部一本，为议功颁赏事，细将征西员役功劳，逐一开揭，请旨定夺。奉圣旨：

征西大元帅郑某进二级，蟒衣玉带，仍掌司礼监事，金银彩帛之类，分数上等。副元帅王某进柱国、太傅，荫一子中书舍人，金银彩帛之类，分数上等。五营大都督、四哨副都督，各升三级，金银彩帛有差。各游击、参将、都司，各水军各都督，各升二级，金银彩帛有差。黄凤仙封二品夫人，金银彩帛有差。王明、李海俱实授指挥使，金银彩帛有差。各各一应大小将官、一应大小军士，各各钦赏有差。带来夷人等，另行钦赏，不在数内。

择日筵宴征西大小将官、大小军士。宴罢，二位元帅叩头谢恩，交还帅印；五营、四哨叩头谢恩，交还都督印；各游击、参将、都司，各水军都督，各叩头谢恩，交还各原所授印；凡有印信及大小关防，一切缴报。

圣旨一道，着礼部会议，加国师官职，国师拜辞不受；加天师官职，天师拜辞不受。颁赏国师，国师拜辞不受；颁赏天师，天师拜辞不受；颁赏非幻禅师、云谷禅师，非幻、云谷拜辞不受；颁赏朝天宫道官、道士及神乐观乐舞生，道官、道士、乐舞生拜辞不受。奉圣旨：国师不受，着工部择地建立碧峰禅寺，以求祀事；天师不加官职，着所在官司于龙虎山别建玉皇阁一座，以永祀事。大元帅勤劳，着工部择地建立香火，敕赐"静海禅寺"匾额；副元帅勤劳，着有司官别立生祠，以示来裔。

国师、天师、二位元帅，俱各叩头谢恩。二位元帅上言，请敕建天妃宫、宗家三兄弟庙、白鳝王庙以昭灵祝。奉圣旨："是。"

后来静海禅寺建于仪凤门外，天妃宫、宗三庙、白鳝庙俱建于龙江之上，碧峰寺建于聚宝门外。静海寺有篇《重修碑》可证，天妃宫有篇《御制碑》及《重修记》可证，碧峰寺有篇《非幻庵香火记》可证。